Heinz Rölleke

Das große deutsche Sagenbuch

Heinz Rölleke

Das große deutsche Sagenbuch

Albatros

Titel der Originalausgabe:
Das große deutsche Sagenbuch

Die Deutsche Bibliothek – CIP-Einheitsaufnahme
Ein Titeldatensatz für diese Publikation ist bei
Der Deutschen Bibliothek erhältlich.

Umschlagmotiv: Johann Christian Reinhart, Sturmlandschaft
ISBN 3-491-96027-4

Inhalt

ANHANG

Vorwort

»Sage vergeht nie ganz, die verbreitete, welche der Völker redende Lippe umschwebt: Denn sie ist unsterbliche Göttin« – mit diesen Worten hat im 7. Jahrhundert vor Christus Hesiod, der erste der namentlich bekannten europäischen Schriftsteller, solche Literatur gewürdigt, die sich anscheinend seit Menschengedenken mündlich vererbt und erhalten hat. Er attestiert ihrer zeitlichen Dauer Unsterblichkeit, ihrer räumlichen Präsenz weite, grenzüberschreitende Verbreitung und spricht ihr schließlich den Charakter eines göttlichen Wesens zu. Bis an die zweieinhalb Jahrtausende, nämlich bis hin zu den Brüdern Grimm, den Übersetzern des Hesiod-Wortes, sollte es dauern, ehe die mündlich überlieferte Literatur im allgemeinen und die »Sage« im besonderen wieder so hoch geschätzt und bewertet wurden. Unter »Sage« versteht man jene literarische Gattung, die man verdeutlichend auch »Volkssage« nennt und für die sich in anderen europäischen Sprachen nur ungefähre Pendants finden: *folk legend* im Englischen, *légende populaire* im Französischen, *cuento popular* im Spanischen, *legenda, mif* und/oder *predanije* im Russischen. Das Spektrum dieser Gattungsbezeichnungen macht unschwer deutlich, daß einerseits häufig auf den Anteil des ›Volks‹ an der Ausgestaltung und Erhaltung solcher Geschichten abgehoben, andererseits aber deren Nähe zu den früher mündlich tradierten Mythen (Götter- und Heroengeschichten) und/oder den schriftlich formulierten und ›vorzulesenden‹ Legenden (Heiligengeschichten) betont wird; das erhellt vor allem aus dem Nebeneinander der entsprechenden Benennungen im Russischen.

Dieses Spektrum verdient zunächst Aufmerksamkeit. In der Bezeichnung ›Volkssage‹ zielt der erste Teil des Kompositums wie in den Gattungsnamen ›Volkslied‹ und ›Volksmärchen‹ auf Dichtungen ab, die weder einem bestimmten Autor noch einer bestimmten Epoche zugeschrieben werden können, sondern anonym überliefert sind, so daß man geneigt war, sie als Produkte eines schöpferischen Volksgeistes, eines Kollektivums zumindest, anzusehen. Bei aller Kritik an dieser romantischen Auffassung muß doch festgehalten werden, daß das Volk jedenfalls vielfach in diesen literarischen Gattungen impliziert ist, wenn schon nicht als eigenständige dichterische Kraft, so doch als unverzichtbare Bedingung für die oft epochenübergreifende Überlieferung der Sagen, Lieder und Märchen. Dabei ist überall mehr oder weniger jener Prozeß festzustellen, den man früher als ›Zersingen‹ oder ›Zersagen‹ (negativ) wertete; heute spricht man gerechter und angemessener von einem ›Um-‹ und ›Zurechtsingen‹ oder ›-erzählen‹. Damit ist die produktive Komponente, die das ›Volk‹ in die Rezeptionsgeschichte einbringt, umschrieben: Anonym und vorwiegend mündlich überlieferte Texte werden ›im Volk‹ von Generation zu Generation und von Ort zu Ort zwar im wesentlichen treu bewahrt, erfahren aber durch Vergessen, Mißverstehen oder weiterführende Assoziationen und Einfälle stete Veränderungen, so daß man weder einer ursprünglichen Fassung habhaft werden noch eine allein gültige Textredaktion konstituieren kann. Zum andern rechtfertigt sich die Kennzeichnung ›Volk‹ auch dadurch, daß solche Sagen, Lieder und Märchen in der Regel ›vom Volk‹ handeln, das heißt Themen bieten, die in allen Volksschichten viele Generationen hindurch relevant sind und verstanden werden. Im Hinblick auf die Form ist festzustellen, daß die Texte auch unter diesem Aspekt ›volksmäßig‹ gemacht bzw. überliefert sind. Schließlich ist zu bedenken, daß wohl zu allen Zeiten Märchen und Lieder, vor allem aber Sagen auch bewußt ›fürs Volk‹ gedichtet wurden, und zwar um für bestimmte Ideologien zu werben oder um aufzuklären, besonders aber um zu erziehen und zu warnen (zu diesem Genre gehören etwa die zahlreichen Sagen von bestraften Grenzfrevlern, hier Nr. 127, 601 u. a., oder von Verstößen gegen kirchliche Gebote, hier Nr. 159, 398 u. a.).

Dieses Ineinander der Aspekte ›fürs Volk‹ (gemacht), ›vom Volk‹ (handelnd), ›im Volk‹ (überliefert), ›aus dem Volk‹ (entstanden) hat zu vielen Mißverständnissen bei der Beschreibung und Beurteilung dieser literarischen Phänomene geführt, weil meist nur ein Akzidenz im Vordergrund der Diskussion stand. Die vier Aspekte müssen indes stets in ihrer Gesamtheit im Auge behalten werden, wenn es nicht zu ungerechtfertigten Verkürzungen kommen soll.

Was die schon durch die ausländischen Gattungsbezeichnungen festgehaltene Nähe der Sage etwa zu den Mythen, den Märchen oder den Legenden betrifft, so gibt es in der Tat Gemeinsames, aber auch Trennendes.

Gemeinsam ist diesen Textsorten der Umgang mit dem Wunderbaren und Übernatürlichen: Von Unsterblichen und Unsterblichkeit ist die Rede, von Jenseitsfahrten, von Verwandlungen des Menschen in Tiere, Pflanzen oder Steine, von redenden Tieren oder Gegenständen, von Zauber und Magie, von wunderbaren Heilungen oder Schädigungen, von der Macht der Wünsche, der Flüche und der Orakel und schließlich immer wieder von fabulösen Lebewesen wie Hexen, Riesen, Zwergen und Dämonen aller Arten sowie von Luft-, Wasser- und Feuergeistern, aber auch von Einhörnern, Drachen und vergleichbaren Wesen; Gott, seine Engel und Heiligen treten ebenso wie der Teufel und seine Helfer leibhaftig handelnd in die Menschenwelt ein.

Indes gehen die genannten Gattungen je auf eigene Weise mit dem Transrealen um. Die Mythen halten den erzählten Mythos für wahr; sie verlangen Glauben, in dem das *Mysterium tremendum et fascinosum,* das bei jeder Begegnung mit Jenseitigem entsteht, aufgehoben ist. So müssen ja auch die Engel in den biblischen Berichten zunächst immer das *tremendum,* das sie bei den Menschen unweigerlich hervorrufen, mit der stereotypen Formel »Fürchtet euch nicht!« beschwichtigen, damit diese ihre Sinne dem *fascinosum* des Wunders öffnen können.

Die Legende legt den Nachdruck auf das *fascinosum*: Das Wunder wird als solches groß herausgestellt, aber letztlich als gottgewollt und dem Menschen dienlich aufgefaßt, so daß die vorherrschende Reaktion der Legendenfiguren wie der lesenden oder hörenden Rezipienten auf die Wundertaten ein fasziniertes, frommes Staunen ist.

Die Märchenfiguren und -hörer reagieren auf die Begegnung mit dem Transrealen ganz anders, nämlich ohne jedes Erstaunen oder Erschrecken, ja sie scheinen das ganz Andere der Wunderwelt überhaupt nicht zu realisieren: Hier gehen diesseitige und jenseitige Welt bruch- und unterschiedslos ineinander über.

Die Sage schließlich erzählt mehr vom *tremendum* des Wunders: Ihre Helden erschrecken vor der Aufhebung der Naturgesetze gleichermaßen wie vor den jenseitigen oder wunderbaren Wesen, und selten genug werden sie aus ihrer zuweilen gar tödlichen Verstörung erlöst.

Dieser unterschiedliche Umgang mit dem Wunder und dem Wunderbaren kann an einem Beispiel verdeutlicht werden, und zwar am Motiv des Zeitsprungs oder der Zeitaufhebung.

Von Epidemides erzählen die antiken Mythen, er sei bei seinem fünfzig Jahre währenden Schlaf in der diktäischen Höhle sozusagen aus dem Fortgang der Zeit herausgefallen: Daraus wurden unter anderem seine Weisheit und seine Prophetengabe abgeleitet; das wunderbare Faktum wird mit erschrockenem Staunen berichtet und mündet in eine den Menschen wohltätige Stiftung.

In der Legende ist es der Mönch zu Heisterbach (vgl. hier Nr. 716), der, über das Psalmwort meditierend, daß vor Gott tausend Jahre wie ein Tag sind, durch ein Wunder darüber belehrt wird: Als er von einem Spaziergang ins Kloster zurückkehrt, sind nicht wenige Stunden, sondern hundert Jahre vergangen. Die Legende erweist damit Gottes Macht über die Naturgesetze; der Mönch und die das Wunder preisenden Klosterbrüder, aber auch der Leser oder Hörer der Legende geraten darob in frommes Staunen.

Im »Dornröschen«-Märchen wird der hundertjährige Schlaf so gut wie gar nicht zur Kenntnis genommen: Die Märchenheldin ist in dieser Zeit um keine Spur gealtert, und es liegt ihr, den anderen Märchenfiguren sowie den

Märchenrezipienten nichts so fern, als sich auch nur im geringsten über dieses unerhörte Wunder zu wundern oder gar zu entsetzen. Die Handlung wird fortgesetzt, als sei nichts geschehen, und die Hörer- oder Lesererwartung zeigt sich in nichts getäuscht.

Die Sage hingegen geht mit solchen Fakten ersichtlich anders um. Die bekannteste Ausprägung dieses Sagentypus (vgl. hier Nr. 868 u. a.) hat Washington Irving durch seine Erzählung *Rip Van Winkle* berühmt gemacht: Ein Hirt findet eine Höhle und besieht sie sich scheinbar eine Stunde lang; als er wieder ans Tageslicht kommt, muß er nach langem Zweifeln und Schaudern feststellen, daß tatsächlich inzwischen viele Jahre ins Land gegangen sind. Auf diese Erkenntnis reagieren der Sagenheld und die übrigen Figuren der Erzählung mit Verstörung und Entsetzen, und das Ende des Sagenhelden ist fürchterlich.

Aus dem unterschiedlichen Umgang mit dem Wunder resultiert also zum großen Teil auch das stereotyp unterschiedliche Finale der Märchen und der Sagen: hier stets das märchenhafte Happy-End, das den Protagonisten etwa den erwünschten Ehepartner, ein Königreich, den fortwährenden Gebrauch von Wundergaben oder unermeßliche Reichtümer beschert – dort oft das fast immer irreversible unglückliche Ende des Sagenhelden, der schrecklich an Leib und Leben gestraft wird, ewig in Stein verwandelt bleiben oder als ruheloser Geist umherirren muß, all seine Reichtümer wie seine Macht und sein Ansehen einbüßt. Während aber der Märchenheld zuweilen scheinbar unverdient sein Glück erringt, wird den Sagenfiguren wie den Lesern und Hörern solcher Geschichten immer verdeutlicht, warum es zu Unglück oder Bestrafungen kommt.

Solche Verdeutlichungen oder Begründungen resultieren auch aus der den Volkssagen charakteristischen Neigung zu Erklärungen aller Art. So erzählen sie zum Beispiel nicht nur, warum der Bischof Hatto II. von Mainz (im 10. Jahrhundert) angeblich so fürchterlich zu Tode kam, sondern zugleich auch warum bei Bingen ein »Mäuseturm« steht, und vor allem, wie der zu seinem seltsamen Namen gekommen ist. Die Unbarmherzigkeit und Grausamkeit des Bischofs werden spiegelbildlich bestraft: Weil er die von ihm verbrannten Armen mit Mäusen verglich, fressen ihn wirklich die Mäuse auf. Sein vergeblicher Rettungsversuch steht als für alle Zeiten sichtbare Warnung in Form des Turmes im Rhein. Daß dieser Turm früher der Zolleintreibung diente und darum »Maut-Turm« hieß, wird in einer volksetymologischen Erklärung aufgehoben, die aus dem unverständlich gewordenen Wort »Maut« das ähnlich klingende Wort »Maus« macht. Diese Erkenntnis aber erweist, daß die berühmte Sage vom Binger Maus- oder Mäuseturm (hier Nr. 706) tatsächlich von einer realen baulichen und einer sprachlichen Gegebenheit ihren Ausgang nahm: Das

Erklärungsbedürfnis, warum ein Turm im Rhein steht, der einen so seltsamen Namen hat, wird durch die Geschichte befriedigt. Daß dergestalt sagenhafte Erklärungen solcher Vorgänge nicht einzigartig sind, belegt im vorliegenden Band eine Variante der Mäuseturm-Sage, die in Bayern lokalisiert ist (hier Nr. 849).

In diese Kategorie gehören selbstverständlich auch die unzähligen sagenhaften Berichte der Gründungen von Städten, Klöstern, Burgen und anderen auffälligen Baulichkeiten gleichermaßen wie die über deren Zerstörung oder gar gänzliches Verschwinden. Da solcherart begründende Geschichten, die Aitiologien (von griechisch AITIA: Grund, Ursache), meist mit Wundern oder zumindest wunderbaren sprachlichen Erklärungen aufwarten, gehören sie zweifellos zum innersten Kern der Gattung Sage. Besondere Phantasie wandten die Sagenerzähler oft an die Erklärung bestimmter Bildwerke. Die Sage von der Bigamie des Grafen von Gleichen (hier Nr. 597) fußt einzig auf einem Grabmal im Erfurter Dom, das den Grafen mit zwei ihm nacheinander angetrauten Frauen zeigt. »Die blinde Jungfrau« von Bamberg (hier Nr. 785) ist in Wahrheit die allegorische Gestalt der Synagoge wie sie traditionell an vielen mittelalterlichen Domportalen dargestellt ist, und zwar mit zerbrochenem Herrschaftsstab in der einen, den mosaischen Gesetzestafeln in der anderen Hand und vor allem mit den verbundenen Augen. Ein weiteres Beispiel für diese besonders interessante Spezies ist die Sage »Die Jungfrau mit dem Bart« (hier Nr. 616). Unter Namen wie St. Kümmernis oder Wilgefortis wurde die Heldin der Geschichte in ganz Europa verehrt; ihre Existenz ist aus einer Fehlinterpretation des ›Volto Santo‹ im Dom zu Lucca hergeleitet: Eine Darstellung des gekreuzigten Christus in byzantinischem Stil mit prächtigem Rock und goldenen Schuhen wurde als Abbild einer bärtigen Frau mißverstanden und aitiologisch ›erklärt‹.

Sagen haben im Gegensatz zum gleichsam ›freischwebenden‹ Märchen, das in der Regel keine identifizierbaren Persönlichkeiten, Orte oder Zeitpunkte kennt, viel stärkeren ›Sitz im Leben‹, und zwar eben durch solche Anknüpfungen an bestimmte vergangene oder noch heute sichtbare Phänomene, eben durch so präzise wie der Bischof Hatto mit seinem Mäuseturm genannte historische Persönlichkeiten, Orte oder Gegebenheiten. Hier wäre auch auf die Sage »Spukhäuser in Dresden« (Nr. 322) hinzuweisen, wo sogar Straßen und Hausnummer angegeben sind!

Anders als das Märchen stiften und erhalten Sagen Traditionen, die den Menschen auf eine bestimmte Weise mit der Geschichte, den Vorfahren, den charakteristischen Landschafts- und Siedlungsformen sowie vor allem den Baudenkmälern in seiner engeren oder weiteren Heimat verbinden. Diese Phänomene bekommen für den, der ihre Sagen kennt, oft eine kräftigere Färbung und Plastizität, als sie die realistische Geschichtsschreibung vermitteln kann. Aber auch dem Ortsfremden bieten die Sagen zuweilen stärkere Identifikationshilfen als die tatsächliche Historie. Wie vielen Menschen mögen etwa bei den Namen »Hameln« oder »Weinsberg« nicht eher die Sagen vom Rattenfänger oder von den sprichwörtlich treuen Weibern (hier Nr. 246 und 939) als die Realgeschichte dieser Orte einfallen? Oder wer denkt angesichts der Schwanenburg in Kleve oder der Wartburg bei Eisenach nicht zumindest auch, wenn nicht gar in erster Linie, an die Sagen vom Schwanenritter oder vom Sängerkrieg (hier Nr. 626 und 581)? Der berühmte Tintenfleck in der Lutherstube der Wartburg (vgl. hier Nr. 583) wurde bis vor kurzem für die Touristen noch regelmäßig aufgefrischt, ein Beispiel dafür, wie sich die Realität den durch Sagen geweckten Erwartungen anpassen muß (tatsächlich hat Luther in seinen Tischreden zwar von Belästigungen durch den Satan, aber nie von einem Wurf mit dem Tintenfaß erzählt – das wurde ihm erst im 17. Jahrhundert zugeschrieben, und zwar als eine Verdinglichung der Idee, daß man den Teufel auch mit geistlichem Schrifttum, mit Tinte also, bekämpfen könne).

Jacob Grimm hat bereits 1816 am Beginn seiner Vorrede zu den *Deutschen Sagen* sowohl einen der Unterschiede zwischen Märchen und Sage als auch vor allem die Vertrauen und Identität stiftende Kraft letzterer unübertrefflich ansprechend herausgestellt, indem er von der alttestamentarischen »Tobias«-Geschichte ausgeht, wo der Erzengel Raphael als zunächst unerkannter Reisebegleiter auftritt:

> Es wird dem Menschen von Heimats wegen ein guter Engel beigegeben, der ihn, wenn er ins Leben auszieht, unter der vertraulichen Gestalt eines Mitwandernden begleitet; wer nicht ahnt, was ihm Gutes dadurch widerfährt, der mag es fühlen, wenn er die Grenze des Vaterlandes überschreitet, wo ihn jener verläßt. Diese wohltätige Begleitung ist das unerschöpfliche Gut der Märchen, Sagen und der Geschichte, welche nebeneinander stehen und uns nacheinander die Vorzeit als einen frischen und belebenden Geist nahezubringen suchen. Jedes hat seinen eigenen Kreis. Das Märchen ist poetischer, die Sage historischer; jenes stehet beinahe nur in sich selber fest, in seiner angeborenen Blüte und Vollendung; die Sage, von einer geringeren Mannigfaltigkeit der Farbe, hat noch das Besondere, daß sie an etwas Bekanntem und Bewußtem haftet, an einem Ort oder einem durch die Geschichte gesicherten Namen. Aus dieser ihrer Gebundenheit folgt, daß sie nicht, gleich dem Märchen, überall zu Hause sein könne, sondern irgendeine Bedingung voraussetze, ohne welche sie bald gar nicht da, bald nur unvollkommener vorhanden sein würde.

Während die Brüder Grimm von den Anfängen ihrer Märchensammeltätigkeit an (1807) und noch bis zum Erscheinen des zweiten Bandes ihrer *Kinder- und Hausmärchen* (1815) kaum auf Gattungsunterschiede geachtet, sondern unter dem bewußt weitgefaßten Begriff der Sage alle einstmals oder gegenwärtig mündlich überlieferte Literatur subsumiert hatten, setzten sie mit ihren *Deutschen Sagen* (1816/18) die schärfer gefaßte und abgegrenzte Gattung der ›Volkssage‹ durch und machten sie zugleich allenthalben bekannt. Immerhin blieb der Begriff in ihrer Theorie und der Praxis ihres Sammelns und Publizierens so weit, daß er zahlreichen Untergattungen unschwer Raum gab: Totensagen, Teufelssagen, Zwergensagen, Riesensagen, Wildgeistersagen, dämonologische Sagen auf der einen, historische Sagen auf der andern Seite sowie, an beiden Hauptgruppen gleichermaßen partizipierend, die aitiologischen Sagen.

Dieser Pioniertat der Brüder Grimm folgten zahllose Sammlungen und Veröffentlichungen im deutschen Sprachbereich, die in der Regel wegen der regionalen Gebundenheit der meisten Texte sich auf bestimmte Stämme, Länder, aber auch Städte und Orte konzentrierten. So kam gleichsam bloß additiv ein so gewaltiges Stoffreservoir zusammen, daß die ebenfalls von den Brüdern Grimm initiierte Sagenforschung bis heute zu keinem hinreichenden Überblick gekommen ist (das *Handwörterbuch der Deutschen Sage* ist nur bis zur Lieferung »A« gediehen und dann abgebrochen worden). Die Forschung selbst war zunächst eher kritiklos an Jacob Grimms Positionen orientiert, der geneigt war, den Sagen höchstes Alter mit entsprechendem Informationswert und Ursprung im sog. ›Volksgeist‹ zu attestieren: »Die Wahrheit in jeder Sage ist doch zu fühlen, sie rührt uns an, wie die Spitze des Sonnenstrahls, den wir an seinem Ursprung nicht fassen können« (brieflich am 26. 12. 1811 an Savigny). Später hat man diese Positionen wohl zu radikal in Frage gestellt und in Sagen durchweg jüngere Konstrukte sehen wollen, die nicht in jedem Fall überlieferungswürdig seien. Noch 1951 bekämpfte Johann Kruse mit seinem Buch *Hexen unter uns* die angeblich schädlichen Auswirkungen von Sagenpublikationen, die Aberglauben konservierten oder neu aufleben ließen. Dies heißt wohl, die Durchschlagskraft der Sagen etwas über- und das Unterscheidungsvermögen der Leser erheblich unterschätzen.

Der Grimmschen Sagenedition war längst kein solcher Verkaufserfolg wie ihren *Kinder- und Hausmärchen* beschieden – entgegen deren insgesamt sieben Auflagen zu Lebzeiten der Grimms blieben die *Deutschen Sagen* bei der Erstauflage stehen. Um so stärker aber haben die Grimmschen Sagen und die ihnen folgenden Sammlungen seit ihrem frühesten Erscheinen bis heute Künstler jeglicher Provenienz angeregt.

Adelbert von Chamisso, der mit seiner Ballade »Das Riesen-Spielzeug«

eine der berühmtesten Umsetzungen einer deutschen Sage (hier Nr. 730) geschaffen hatte, sprach den Dank der Dichter an die Sagensammler exemplarisch in seiner »Zueignung an die Brüder Grimm« seines Gedichts »Der arme Heinrich« aus:

> Ihr, die den Garten mir erschlossen,
> Den Hort der Sagen mir enthüllt,
> Mein trunken Ohr mit Zauberklängen
> Aus jener Märchenwelt erfüllt.

Und schon früher hatte Achim von Arnim, der aus der Grimmschen Sagensammlung zahlreiche Motive in seine Dichtungen übernahm, in seiner Zueignung der Novelle »Isabella von Ägypten« die Brüder Grimm angeredet:

> In Eurem Geist hat sich die Sagenwelt
> Als ein geschloß'nes Ganze schon gesellt,
> Mein Buch dagegen glaubt, daß viele Sagen
> In unsren Zeiten erst recht wieder tagen.

In seinem Gedicht »Nun kenne ich die Nacht« assoziiert Arnim in fast mystischer Begeisterung Wesen und Wirkung der Sage mit einer Liebesnacht und der Schöpfung neuen Lebens:

> Ich kenn die Schöpfungszeit
> Und ihre reichen Tage,
> Nun mich die Nacht der Sage
> Mit ihrer Lust erfreut.
> Ich seh aus allen Himmeln neue Sterne wandeln,
> Und alles reget sich im schaffenden Verwandeln.

Und er sieht in den Sagen jenseits der nicht gegebenen oder erhaltenen geschichtlichen Zeugnisse das Wesen ganzer Völkerschaften aufgehoben:

> Ihr Völker ...
> Ihr lebt, von denen nie ein sterblich Wort zu sagen,
> Unsterblich ...

Bekannt ist, daß Franz Grillparzer sich zu seinem Lustspiel »Weh dem, der lügt« durch eine Sage anregen ließ, oder wie sehr etwa die Sagen vom Mäuseturm oder vom Rattenfänger (hier Nr. 706 und Nr. 246) die Künstler immer wieder in ihren Bann gezogen haben.

Nachdem Fischart schon 1575 auf die Binger Sage angespielt hatte, übernahmen sie Brentano in seine *Rheinmärchen* sowie Arnim in seine *Päpstin Johanna*, Kopisch dichtete nach der Sage die Ballade *Der Mäuseturm*; die Rattenfängersage, die seit dem Hochmittelalter kontinuierlich immer wieder in der deutschen Literatur erwähnt wurde, kehrt in Gedichten Goethes und in *Des Knaben Wunderhorn* wieder, Brentano, Zacharias Werner, Contessa, Fouqué, Robert Browning, Simrock, Wilhelm Raabe, Carl Zuckmayer, jüngst noch Michael Ende und viele andere haben den Stoff bearbeitet.

Die Sage vom »Stechlin« (hier Nr. 369) ging in Theodor Fontanes gleichnamigen Roman ein.

Justinus Kerner machte aus der Sage »Der Geiger aus Gmünd« (hier Nr. 984) eine seiner bekanntesten Balladen.

Theodor Storm, selbst ein eifriger und erfolgreicher Sagensammler, entwickelte aus einer holsteinischen Sage (hier Nr. 15) seine letzte und berühmteste Novelle »Der Schimmelreiter«, die ihrerseits wieder (ähnlich Brentanos Erfindung des »Lorelei«-Mythos) in die mündliche Sagentradition überging.

Eine vergleichbare Wechselbeziehung zwischen Sagentradition und Kunstdichtung läßt sich schließlich auch bei den »Weibern zu Weinsberg« (hier Nr. 939) aufzeigen. Eine weitverbreitete und seit dem 9. Jahrhundert schriftliche belegte Wandersage wurde an einem historischen Ereignis des Jahres 1140 festgemacht; Ayrer verwandte sie im 16. Jahrhundert in seinem Schauspiel *Sidea,* Kirchhoff und Fischart erzählten sie wenig später nach, Bürger gestaltete eine Ballade daraus, ehe die Grimmsche Sagenfassung von Brentano, Kerner und Chamisso aufgegriffen wurde.

Man kann sich über dieses Hin-und-Her zwischen Volks- und Kunstliteratur uneingeschränkt freuen. Doch nicht wenige Leser werden auch Hermann Hesse zustimmen mögen, der 1935 im Hinblick auf historisierende Dichtungen schrieb: »Mir persönlich ist nun freilich jede kleinste Sage ... viel lieber als solche Versuche.«

Mögen viele Sagenaufzeichnungen auch wenig Poetisches bieten, so daß sich der Rezipient manchmal eher als ›Benutzer‹ denn als ›Leser‹ (wie durch die Märchen) angesprochen fühlt: Die Ernsthaftigkeit, mit der diese Texte vorgetragen und überliefert wurden, die Mannigfaltigkeit ihrer Themen und Motive machen den Umgang mit dem Weltbild, der Weltdeutung und damit der Weltbewältigung vergangener Zeiten in vieler Hinsicht zu einem unverächtlichen Gewinn. Denn »es ist Wahrheit in ihnen« (Jacob Grimm, 1808) – nicht zwar im Sinn der bloßen Betrachtung der sichtbaren Realität oder historischer ›Wirklichkeiten‹, aber nach der Einsicht des Dichters Novalis, in der tieferen ›Erkenntnis‹ der »Welt«, die nur dann wieder in ihre ursprüngliche »Klarheit« gelangen kann, wenn »man in Märchen und Gedichten erkennt die ew'gen Weltgeschichten«.

ZU DIESER AUSGABE

Als Jacob Grimm am 22. Januar 1811 zum erstenmal zu systematischem Sammeln deutscher Sagen aufrief, versprach er den Aufzeichnern und Einsendern ein wissenschaftliches Werk, das Materialien zur *Geschichte der deutschen Poesie* bieten, aber zugleich sich »von jedermanns Ergötzlichkeit nicht entfernen« sollte. Der letztere Aspekt steht bei der vorliegenden Ausgabe im Vordergrund, das heißt, es konnte im Blick auf die intendierte Leserfreundlichkeit nicht das Ziel dieser Sammlung sein, die jeweils ältesten oder nach den Kriterien der wissenschaftlichen Volkskunde charakteristischsten bzw. zuverlässigsten Fassungen bestimmter Sagen zu bieten, sondern eher einen Querschnitt durch Aufzeichnungen und Wiedergaben vor allem des 19. Jahrhunderts, die erstmals und für dauernd die Vorstellungen von dieser volksliterarischen Gattung geprägt haben. Daß die früheren Editoren und Bearbeiter sich hinsichtlich ihrer Vorstellung gattungsgerechter Geschichten und vor allem in ihren stilistischen Um- und Ausformungstendenzen so weit unterscheiden, daß ein verhältnismäßig breites Spektrum von Erzähltypen und -redaktionen entstand und hier entsprechend präsent ist, muß kein Nachteil sein. Die somit gegebene Buntheit möchte vielmehr den Eindruck von Langeweile vermeiden helfen, der bei der Lektüre so vieler Sagensammlungen entsteht, die nur einem bestimmten Gattungs- und Stilideal verpflichtet sind. Dabei sollte indes zugleich ein anderes Extrem vermieden werden: Indem diese Sammlung außer einigen Einzelübernahmen hauptsächlich aus nur etwa siebzig vorgängigen Editionen schöpft, ist die Erzählart nicht gänzlich divergent. Freilich ist dabei zu bedenken, daß die vorgängigen Sageneditionen sich ihrerseits aus unterschiedlich vielen Einzelquellen speisen, die insgesamt in einem Zeitraum von mehreren Jahrhunderten aufgezeichnet wurden. So geht etwa Leander Petzoldts Wiedergabe der Sage vom Sängerkrieg auf der Wartburg (hier Nr. 581) aus dem Jahre 1976 auf die Grimmsche Fassung von 1818 zurück, der ihrerseits eine Bearbeitung des Jahres 1727 von J. B. Menckens zugrunde liegt; Menckens redigierte eine Edition von Johannes Rothe vom Ende des 17. Jahrhunderts, die letztlich auf eine historische und sagenhafte Elemente mischende Dichtung aus der Mitte des 13. Jahrhunderts zurückgreift.

Die leitenden Kriterien bei der Auswahl und Aufnahme einer Sage in die vorliegende Ausgabe waren ihre Relevanz 1. für eine jeweilige Landschaft und 2. für einen bestimmten Typus sowie 3. vor allem, daß sie den wichtigsten Gattungseigentümlichkeiten des Genres ›Volkssage‹ entspricht.

1. Eine für den deutschsprachigen Raum einigermaßen ›flächendeckende‹ Auswahl wurde erstrebt, konnte aber natürlich nicht gänzlich erreicht werden, zum einen weil der Umfang dieser Sammlung nun einmal begrenzt ist, zum andern weil die Sagenüberlieferung selbst an verschiedenen Orten mehr oder weniger dicht, mehr oder weniger originell ist. Das liegt nicht ausschließlich an der Dichte der mündlichen Überlieferung, sondern auch an den verschieden früh und verschieden intensiv einsetzenden Sammel- und Aufzeichnungsbemühungen – durchaus archäologischen Gegebenheiten und Aufarbeitungen entsprechend. So ist es gekommen – und so spiegelt es auch das vorliegende Buch –, daß z. B. für einzelne Landstriche in Bayern, Baden-Württemberg oder Thüringen ein überaus reicher Bestand von interessanten Sagenaufzeichnungen gegeben ist, während etwa einzelne pommersche Landschaften oder Teile des Ruhrgebiets (soweit es nicht zu Westfalen gehört) mit verhältnismäßig wenigen und oft auch weniger originellen Sagen vertreten sind.

Es ist auch unter diesem Gesichtspunkt bewußt nicht gänzlich vermieden worden, den gleichen Sagentypus mehr als einmal – eben in verschiedenen landschaftlichen Ausprägungen – zu bieten, auch weil damit nicht uninterssante Vergleichsmöglichkeiten gegeben sind (etwa zwischen dem berühmten »Rattenfänger von Hameln« und dem viel weniger bekannten »Rattenfänger von Korneuburg«, hier Nr. 246 und Nr. 1078).

Die Zuordnung zu den einzelnen Kapiteln folgt den in den jeweiligen Sagen genannten Orten oder auch den Regionen, in denen sie aufgezeichnet wurden (dabei standen kleinere Orte, auch und gerade wenn sie inzwischen eingemeindet wurden oder ihren Namen geändert haben, bewußt im Mittelpunkt des Interesses). Daß hier angesichts der historischen Verwerfungen von Stammeszugehörigkeiten, Grenzen und bestimmten Oikotypen keine letzte Konsequenz erreichbar ist, versteht sich ebenso von selbst wie die Tatsache, daß manche Sagen nicht eindeutig einem bestimmten Gebiet zuzuordnen sind und sich damit gewisse Grenzüberschreitungen ergeben. Grundsätzlich wurde bei der Anordnung der Einzelsagen innerhalb der Kapitel angestrebt, vom Norden zum Süden fortzuschreiten. In einigen wenigen Fällen sind auch thematische Zusammengehörigkeiten berücksichtigt, sofern sie sich in etwa in die geographische Ordnung einfügten. Das angestrebte Ordnungsprinzip dürfte jedenfalls einer ersten Orientierung dienlich sein, zumal das ausführliche Ortsregister mannigfach und auch lokal gezielte ›Einstiege‹ unschwer ermöglicht.

Da sich dieses Sagenbuch an Leser in allen deutschen Landen wendet, wurde grundsätzlich auf die Aufnahme durchgehend mundartlicher Texte verzichtet.

2. Historische und lokale Sagen (die sich selbstverständlich auch häufig überschneiden) sind etwa in gleicher Anzahl vertreten; die Sagen einiger Berufsstände (z. B. Bergmannssagen) sind zumindest andeutungsweise repräsentiert. Dabei wird unschwer das ganze Spektrum bestimmter Sagentypen sichtbar: Von der Erklärungs-, Gründungs- und Untergangssage über die dämonologische Erzählung (meist mit üblem Ausgang) bis hin zur glücklich endenden, meist christlich geprägten Wundergeschichte. Gott und seine Heiligen, vor allem aber der Teufel und alle Arten von Toten- und Geisterspuk, von Dämonen, Riesen und Zwergen können hier auf breitem Raum ihre sagenkonformen Eigenschaften und Aktivitäten entfalten.

3. Um einem bestimmten lokalen Interesse zu entsprechen, brachten und bringen viele Sagensammlungen, wenn nicht genügend genuine Sagen vorhanden sind, durchaus realistisch erzählte historische Begebenheiten oder Anekdoten um bekannte Persönlichkeiten ein, in denen keine Begegnungen mit dem Numinosen oder Wunderbaren stattfindet. Auf solche nicht gattungskonformen Erzählungen wurde hier tunlichst verzichtet. Statt dessen konzentriert sich diese Auswahl auf aitiologische Sagen, in denen Namen, historische Begebenheiten, besondere Gebäude oder geologische Gegebenheiten durch phantasievolle Geschichten ›erklärt‹ werden, sowie auf Berichte von übernatürlichen Wesen oder von Begegnungen und Auseinandersetzungen mit ihnen; zuweilen sind auch Geschichten berücksichtigt, die schlichtweg aufs Schauern oder Gruseln des Hörers zielen.

Die Sagentexte werden wörtlich nach den angegebenen Quellen wiedergegeben (gegebenenfalls unter Weglassung dort zu den Texten gestellter Herkunftsangaben oder sonstiger Anmerkungen und Einschübe), sind indes orthographisch behutsam modernisiert; die Zeichensetzung wurde hingegen durchweg beibehalten. Das gilt auch für einige der veralteten Schreibungen der Ortsnamen. In wenigen Fällen wurden fehlende Überschriften ergänzt.

Bei der Auswahl und Zusammenstellung der Sagen haben dankenswerterweise mitgewirkt: Helen Bamberg, Eva Bodinet, Stefan Dukowski, Stefan Neumann, Dirk Rummel, Hannelore Tute, Tim Vowinckel, Christoph Vratz sowie Mitarbeiter des Verlags. Besonderer Dank gilt Dr. Johannes Barth für seine überaus sachkundige und engagierte Mitarbeit.

Wuppertal, im Januar 1996 *Heinz Rölleke*

Verzeichnis der Sagen

Schleswig-Holstein mit Friesland

Hansestädte

Mecklenburg und Pommern

West- und Ostpreußen

Niedersachsen

Sachsen

Brandenburg mit Berlin

Schlesien

Westfalen

Hessen

Thüringen

Rheinland mit Rheinland-Pfalz und Saarland

Bayern mit Franken und Spessart

Böhmen

Baden-Württemberg mit Schwarzwald und Bodensee

Österreich

Schweiz

DIE SAGEN

SCHLESWIG-HOLSTEIN
FRIESLAND

1.

DES MEERMANNS FRAU IN KINDESNÖTEN

Ein Segelschiff wurde einst auf der Reise nach England vom Sturm überfallen und geriet in große Gefahr. Zu allem Überfluß versagte auch noch das Steuerruder, und als die Schiffsleute über Bord sahen, um zu erkunden, wie das käme, gewahrten sie einen Wassermann. Er steckte seinen Kopf dicht am Ruder aus den Wogen und verlangte nach dem Schiffer. Der Kapitän, ein unerschrockener Mann, fragte ihn, wer er sei und was er wolle. »Ich bin der Meermann, mein Weib liegt in Kindesnöten; und da sie keine Hilfe hat, macht sie solchen Lärm in ihrer Wohnung. Deine Frau muß herunterkommen und ihr bei der Geburt helfen.« »Meine Frau schläft und kann nicht kommen«, antwortete der Schiffer. »Sie muß kommen!« rief der Meermann, »sonst macht meine Alte noch ärgeren Sturm und Seegang, und ihr geht mit Mann und Maus unter.« Die Frau des Kapitäns hatte alles gehört: »Ich komme gleich«, rief sie und stieg mit dem Meermann hinab in die Tiefe. Alsbald ward es stille und die See war ruhig. Der Schiffer hatte große Sorge um seine Frau, aber über eine kleine Weile hörte er unten in der See so lieblich das alte Wiegenlied »Heia, heia, hei« singen, und die Wellen gingen so eben und gleichmäßig, als wenn die ganze See wie eine Wiege geschaukelt würde. »Aha«, dachte er, »das Kind ist schon geboren und alles ist gut gegangen.« Es dauerte keine Stunde, da kam seine Frau wieder herauf aus der See und stieg glücklich wieder an Bord. Sie war kaum einmal naß geworden, hatte die ganze Schürze voll von Gold und Silber, und wußte viel zu erzählen. Das Meerweib hatte ein Kleines bekommen, welches man auf Sylt Seekalb zu nennen pflegt, aber die Meerfrau meinte, es sei so schön wie ein Engel.

2.

ERTRUNKENE GEHEN WIEDER UND KÜNDIGEN IHREN TOD AN

Die Wiedergänger nennt man auf Sylt Gongers. Man darf einem Gonger nicht die Hand reichen, sie verbrennt, wird schwarz und fällt ab. Wem ein solcher Gonger begegnet, der erschrickt nicht, sondern wird vielmehr betrübt. Der Gonger meldet sich aber nicht in der nächsten Blutsverwandtschaft, sondern im dritten oder vierten Gliede. In der Abenddämmerung oder bei Nacht läßt er sich sehen in der Kleidung, in der er ertrunken ist. Er sieht dann zur Haustür hinein und lehnt sich mit den Armen darauf, geht auch sonst im Hause herum, verschwindet aber bald und kommt am folgenden Abend um dieselbe Zeit wieder. Nachts öffnet er, gewöhnlich in schweren aufgezogenen Stiefeln, die voll Wasser sind, die Stubentür, löscht mit der Hand das Licht aus und legt sich dem Schlafenden auf die Decke. Am anderen Morgen findet man einen kleinen Strom salzigen Wassers in der Stube, das dem Ertrunkenen von seinen Kleidern abgetröpfelt ist. Lassen sich die Verwandten durch dieses Zeichen noch nicht überreden, so erscheint der Gonger so lange wieder, bis sie es glauben.

3.

WIE EIN DIEB ERMITTELT WIRD

Zur Zeit eines Krieges hatte ein Schlachter auf Amrum so viel zu tun, daß er den Sohn seines Nachbarn zum Gehilfen annahm. Allein dieser betrog ihn und stahl ihm mit seiner Mutter Hilfe einige hundert Taler. Nach einigen Tagen entdeckte der Schlachter seinen Verlust. Er warf sogleich Verdacht auf seinen Gehilfen und gab ihm solches zu verstehen. Allein dieser verfluchte sich und beteuerte seine Unschuld bei allem, was heilig ist.

Zu dieser Zeit war in Morsum auf Sylt ein berühmter Hexenmeister, zu dem schickte der Schlachter seine Frau hinüber, und der Hexenmeister traf sogleich seine Anstalten. Er ließ sich ein Mehlsieb bringen, legte einen Schlüssel und eine Schere hinein und setzte das Sieb auf ein großes Gefäß voll Wasser. Darauf sprach er seine Zauberformeln und die Schlachterfrau mußte die Namen aller Verdächtigen mehrmals nennen. So oft sie nun die

Namen ihrer Nachbarn nannte, tanzten Schlüssel und Schere herum; und als der Hexenmeister die Frau ins Wasser schauen ließ, sah sie deutlich, wie der Gehilfe ihres Mannes seiner Mutter das Geld reichte. Der Hexenmeister konnte das Geld aber nicht zurückliefern, da die Diebe damit schon über Wasser gereist seien. Übrigens ist im Hause der diebischen Nachbarn doch kein Segen gewesen, sondern die Bettüren haben da beständig offen gestanden, weil immer einer krank gelegen.

4.

DER KLAWENBUSCH BEI KAMPEN

Daß einst Gehölz auf Sylt gewesen ist, erzählt man sich nicht nur, sondern der Hagedorn, der im Südosten vom Dorfe Kampen steht, gibt auch davon Zeugnis. In alten Zeiten war die ganze Talschlucht bis nach der Wuldemarsch hinunter mit solchem Gebüsch bedeckt. Das Gehölz hieß das Wolderholz oder noch häufiger der Klawenbusch, weil die Bauern aus den krummen Zweigen die Klawen ihres Pferdegeschirrs zu schneiden pflegten. Aber die Einwohner des Dorfes, auf deren Feldmark das Gehölz lag, waren besorgt, daß Leute aus andern Dörfern in der Benutzung des Holzes ihnen zuvorkommen möchten, und gönnten ihnen keine Klawen aus ihrem Busch; ja unter sich selbst sahen sie neidisch einer auf den andern und meinten, der eine hätte unnötigerweise seinen Pferden neue Klawen gegeben oder sich zu reichlich überhaupt mit Holz und Busch versehen. Und weil jeder dem andern zuvorkommen wollte und jeder sich so reichlich versah, als er nur konnte, wurde schließlich durch den Wetteifer der Kampener selbst das ganze Wolderholz bis auf den Hagedorn ausgerottet. Da kamen sie endlich zur Besinnung, und wohl zur Warnung der Nachkommen vor Eigennutz und Neid ist der Strauch bis auf den heutigen Tag stehengeblieben.

5.

DER DIKJENDÄLMANN

In der Gegend des alten Eidum auf Sylt strandete an dem Dünental Dikjendäl in einer furchtbaren Sturmnacht ein Schiffer aus Archsum. Mit großer Gefahr rettete er sich und seinen Geldkasten auf den heimatlichen Strand und hoffte einen menschenfreundlichen Landsmann zu finden, der sich seiner annehmen würde. Doch einige raubgierige Strandläufer hatten seine Ankunft bemerkt und seinen Geldkasten entdeckt. Anstatt sich des Schiffbrüchigen anzunehmen, fielen sie über ihn her, schlugen ihn mit ihren Knüppeln zu Boden und verscharrten ihn in den Sand. Noch einmal richtete der Sterbende sich wieder empor, doch die Unmenschen taten mit Gewalt den Kopf des Unglücklichen in den weichen Grund, hieben ihm die rechte Hand ab und schleppten den Geldkasten davon. Seit der Zeit wandert der Unglückliche in jenem Dünentale, wo der Mord geschah, ruhelos als ein Gespenst umher und heißt der Dikjendälmann. Gleich als wolle er Gerechtigkeit fordern, richtet er den Armstumpf drohend empor, und jedermann geht ihm gern aus dem Wege.

6.

WARUM NICHT?

Ein junges Mädchen in Braderup auf Sylt hatte, wie die meisten Frauen auf den friesischen Inseln, täglich die schwersten Arbeiten zu verrichten. Sie fühlte sich unglücklich und beneidete im stillen die Zwerge, die immer fröhlich sind, aber selten arbeiten. Einmal ging sie mit ihrer Nachbarin bei einem Hügel vorbei, wo man oft die Ünnereersken hatte singen und tanzen hören, aufs Feld zur Arbeit. »Ach«, rief sie, »könnte man's auch doch haben wie die Leute da drunten!« – »Möchtest du denn wohl bei ihnen sein?« fragte das andere Mädchen. »Ach ja, warum nicht?« antwortete sie. Das hörte ein Zwerg, und als nun am andern Morgen das Mädchen wieder vorüberkam, warb er um ihre Hand, führte sie in seinen Berg und heiratete sie. Da soll sie ganz glücklich gelebt und dem Zwerg mehrere Kinder geboren haben.

7.

IN STEIN VERWANDELT

Ein Mädchen in Eidum auf Sylt hatte sich mit einem jungen Manne verlobt und ihm geschworen, sie wollte eher zu Stein als die Frau eines anderen werden. Der junge Mann ging in vollem Glauben an ihre unwandelbare Treue zur See. Doch das Mädchen vergaß ihn bald, nahm nachts Besuche von anderen Freiern an und verlobte sich endlich mit einem Schlachter aus Keitum. Der Hochzeitstag wurde bestimmt, und der Brautzug ordnete sich mit einem Vormann an der Spitze nach alter Weise und ging von Eidum auf Keitum zu. Da begegnete ihnen auf der Mitte des Weges ein altes Weib und rief: »Eidembör, Keidembör, ju Brid es en Her!« (Eidumer, Keitumer, eure Braut ist eine Hexe.) Ärgerlich und erzürnt antwortete der Vormann: »Es üs Brid en Hex do wild ik, der wü jir altimal dealsonk, en wedder apwugset üs grä Stiin!« (Wäre unsere Braut eine Hexe, so wollte ich, daß wir allesamt in die Erde sänken und wieder aufwüchsen als graue Steine.) Kaum hatte er die Worte gesprochen, so versank die ganze Gesellschaft samt der Braut und dem Bräutigam in die Erde, und alle wuchsen als graue Steine wieder zur Hälfte hervor. Man hat diese fünf großen Steine, zwei und zwei nebeneinander mit dem Vormann an der Spitze, bis vor wenigen Jahren noch gezeigt. Sie standen nördlich von Tinnum, nicht weit vom ehemaligen Dinghügel. Dabei waren zur Erinnerung an jene Begebenheit zwei kleinere runde Hügel aufgeworfen, die man die Bridfearhoger, d. h. Hügel der Hochzeitsgesellschaft, nannte. Sie sind jetzt auch abgetragen.

8.

GOTTES SEGEN ENTZOGEN

Auf den Halligen und in der Marsch überhaupt gibt es selten Brunnen mit ganz frischem Wasser, und man fängt daher den Regen in Gruben auf, die Regenbäche oder Fedinge heißen. Auf der Hallig Nordmarsch war eine Quelle mit süßem Wasser, die viel besucht und benutzt wurde. Aber bald war sie ein Gegenstand des Neides und Streites, und einer war gar boshaft genug, einen großen Stein hineinzuwerfen und dadurch den

Brunnen zu verstopfen. Seit der Zeit leiden die Bewohner der Hallig bei großer Dürre oder nach Überschwemmungen oft Mangel an frischem Wasser. Man hat vergebens nach dem verlorenen Brunnen gegraben, denn wenn man sich um eine Gabe Gottes streitet, entweicht der Segen allezeit. Darum sind auch die Fische aus den Prielen zwischen den Halligen gewichen, seit die Obrigkeit sich den Fang aneignete. Seitdem der Gänsefang besteuert wurde, fliegen alle Gänse an Sylt vorüber, und keine Heringe kommen mehr an diese Küsten, seitdem man mit den Helgoländern um den Fang Krieg geführt hat.

9.

WIE DER GRÜTZTOPF IN DAS FRIESISCHE WAPPEN KAM

Die Friesen waren einst im Kriege mit den Dänen. In einer Schlacht gerieten sie in Unordnung und flohen. Die friesischen Weiber, welche im Lager eben Brei kochten, ergriffen die Grütztöpfe, als sie ihre Männer so feige sahen, und gingen damit dem Feinde entgegen. Rechts und links flog nun der heiße Brei den Dänen um die Ohren. Sie verwunderten sich anfangs und lachten; aber als die Friesen die Kühnheit ihrer Frauen sahen, kehrten sie von Scham erfüllt um und begannen die Schlacht von neuem. Da kam die Reihe des Fliehens an die Dänen, und es hieß später, die friesischen Weiber hätten die Dänen mit dem Breitopf in die Flucht geschlagen, die Männer aber ihn aus Dankbarkeit in das friesische Wappen aufgenommen.

10.

HEXEN IM WIRBELSTURM

An einem heißen Sommertage setzte ein Mann aus Nieblum auf Föhr, der in der Wohlmende mit Grasmähen beschäftigt war, sich zum Essen nieder, um in Ruhe ein Stück Brot zu verzehren. Da kam eine große Wasserhose in gerader Richtung auf ihn los. Da der Mann wohl wußte, daß solche von Hexen herrühren, warf er beherzt sein Brotmesser hinein, um die Hexe zu verwunden. Da wurde er im Nu gefaßt und wirbelnd durch die Luft getragen, bis er endlich wohlbehalten auf einer kleinen Insel am Ende der Welt wieder den Boden berührte. Er sah den elendesten Tod vor Augen, denn die Insel war ganz wüst und durchaus unbewohnt, und von einem stürmischen Meer umgeben. In seiner Angst und Not schrie er um Hilfe und bat die Hexe um Verzeihung. Da ward ein Stuhl niedergelassen, an dem ein Strick mit drei Knoten befestigt war. Er setzte sich darauf, und es kam eine Stimme aus der Luft, die ihm zurief, wenn er wieder nach Hause wolle, so solle er einen Knoten öffnen. Ginge dann die Fahrt nicht schnell genug, so könne er auch den zweiten lösen, vor dem dritten aber solle er sich hüten. Sogleich ging seine Reise durch die Luft vor sich, als er den ersten Knoten löste. Bald machte er auch den zweiten los und fuhr nun so geschwind wie eine Kanonenkugel dahin. Schon lag Föhr wieder vor seinen Augen, aber er konnte der Versuchung nicht widerstehen, auch den dritten Knoten zu öffnen. Nun ging es mit ungeheurer Schnelligkeit fort, und hätte er nicht auf den Kirchturm von St. Johannis getroffen, so wäre er über die Insel hinweggeflogen. Unglücklicherweise stieß der Mann mit dem Turmhahn zusammen und verlor dabei beide Beine.

11.

WOHER DIE ORTE IHREN NAMEN HABEN

Als der Flecken Wyk auf Föhr erbaut wurde, konnten die Leute sich gar nicht darüber einig werden, welchen Namen der Ort bekommen sollte. Als man noch so darüber stritt, kam ein Ferkel dahergelaufen, das fünf Meilen weit von Tondern mit der Flut weggetrieben war. Es lief mitten unter die Streitenden und schrie mit lauter Stimme: »Wyk, wyk, wyk!« Da stimmten alle vergnügt ein und riefen: »Wyk soll der Ort heißen«, und so wurde er fortan genannt.

An der Lindau in Nordfriesland war einst eine große Überschwemmung, so daß viel Menschen und Vieh ertranken. An einer Stelle trieb eine tote Sau an, und daran erkannten die Menschen, daß hier der höchste und der sicherste Punkt sei. Darum bauten sich hier einige Leute an, um gegen die Fluten sicher zu sein. Den Ort nannten sie danach Soholm, d. h. Sauinsel.

12.

DIE ÜBERFAHRT DER ZWERGE NACH AMRUM

Einst wurde der Fährmann auf Föhr, der mit seinem alten Boote die Überfahrt nach Amrum besorgte und in Utersum ein halbverfallenes Haus besaß, in einer stürmischen Nacht durch starkes Klopfen aus dem Schlafe geweckt. Als er in die Dunkelheit hinaustrat, konnte er nichts sehen, aber eine dünne Stimme fragte ihn, ob er einige Fahrgäste nach Amrum übersetzten wolle. »Bei diesem Wetter nicht!« erwiderte der Fährmann, aber die Stimme rief wieder: »Fahrt nur zu, es soll Euer Schaden nicht sein, und mit uns sinkt das Boot nicht!« Nach langem Überlegen entschloß sich der Schiffer endlich, die Fahrt zu wagen, und ging zu dem Anlegeplatz, wo er sein Boot angebunden hatte. Schon ehe er dort ankam, hörte er ein gedämpftes Stimmengewirr und dazwischen lautes Poltern im Boote. Als er herangekommen war, fand er es so voll von kleinen Odderbaanki, daß er selbst kaum noch Platz finden konnte. Glücklich brachte er die erste Ladung nach Amrum, kehrte zurück, und dann setzte er noch viele Male von den kleinen Gästen über. Sobald sie die Insel Amrum erreicht hatten, verließen immer alle ohne ein Wörtchen des Dankes schleunigst das Boot, auch die letzten, die er übersetzte, verschwanden so. Mißmutig über diesen Undank kehrte der Schiffer heim. Doch als er zur Tür hineingehen wollte, stieß sein Fuß gegen einen harten Gegenstand. Er bückte sich und fand, daß es ein Hut war, mit lauter Goldstücken gefüllt, die hatten die Zwerge als Lohn für die Überfahrt dort heimlich hineingelegt. Der Schiffer war nun reich genug für sein Lebtag und konnte ein sorgenfreies Leben führen.

13.

DER GEIZHALS HARK OLUFS

Hark Olufs, ein Amringer von Geburt, war auf dem Mittelmeer von Seeräubern gefangengenommen, in Algier verkauft und kam so als Sklave in die Dienste des Bei Assin von Constantine. Dem diente er treulich zwölf Jahre, ward sein Schatzmeister und General und schlug den Bei von Tunis in einer großen Schlacht. Da erhielt er endlich Erlaubnis, in seine Heimat zurückzukehren, und lebte nun den Rest seiner Lebenszeit auf Amrum von seinen Schätzen, die er aus der Türkei mitgebracht hatte.

Nach seinem Tode aber hatte er im Grabe keine Ruhe, er wanderte im Sterbekleide auf Hochstiän (Hochstein, einer Anhöhe zwischen dem Kirchdorf Nebel und dem Süddorfe) umher, und lange wagte es keiner, den Geist zu fragen, was ihm fehle. Endlich unternahm es einer. Da gab er zur Antwort, er habe in seinen letzten Jahren die meisten seiner Schätze, die er aus dem Türkenlande mitgebracht, unter der Türschwelle seines Hauses zu Süddorf begraben, ohne seinen Erben davon zu sagen. Das ließe ihm jetzt keine Ruhe. Als man darauf unter der Türschwelle nachgrub, fand man einen großen Topf, ganz mit Gold gefüllt. Der Schatz wurde gehoben und alles unter die Erben verteilt. Von da ab hatte der Geist Ruhe, und man hat ihn nicht wieder gesehen.

14.

DIE TREUE OSE

Ein Bauer zu Wenningstede hatte in einem Jahre glücklich sein Heu geerntet und gab nach altem Brauch allen, die ihm geholfen, einen Ernteschmaus. Während der Mahlzeit entstand ein heftiger Streit unter den Gästen. Der Wirt mischte sich ein und erschlug einen der Streitenden. Als sein Jähzorn verraucht war, floh er erschrocken aus seinem Hause, und man suchte ihn an den folgenden Tagen überall vergebens. Man sagte, er sei von der Insel und damit dem Gerichte entkommen. Seine Frau mußte nun statt seiner die gewöhnliche Mannbuße wegen des Totschlages bezahlen und darum einen großes Teil des Landes verkaufen, das bisher zum Hofe gehörte. In der Folgezeit ernährte sie sich und ihre kleinen Kinder mühselig durch ihrer Hände Arbeit. Jahre vergingen unterdes, ohne daß man von dem unglücklichen Totschläger etwas hörte. Fast schien sein Name und seine Tat vergessen zu sein, als das Gerücht entstand, die fromme, bisher unbescholtene Ose, die Hausfrau des entwichenen Mörders, sei schwanger. Die Leute zerbrachen sich die Köpfe darüber, wer wohl der Freier der unglücklichen Frau sein möchte. Die Neugierigsten gönnten sich eher keine Ruhe, als bis sie die Sache entdeckt hatten.

Da fand es sich denn, daß der Mörder gar nicht von der Insel weggewesen war, sondern sich seit jenem unglücklichen Erntefest in einer

Höhle der Wenningsteder Dünen verborgen gehalten hatte und daselbst von seiner treuen Frau zehn Jahre erhalten worden war. Nach dieser langjährigen Buße wurde der Wiedergefundene freudig von allen aufgenommen. Zum Andenken aber an die Treue der Frau und ihre aufopfernde Liebe gegen Mann und Kinder heißt das Dünental bis auf den heutigen Tag das Osetal.

15.

DER SCHIMMELREITER

Vor langen, langen Jahren geschah es einmal, daß nach einem strengen Froste im Februar plötzlich starkes Tauwetter einsetze. Dazu gesellte sich ein furchtbarer Nordwest, der die grimmen Wogen mit gewaltigen Eismassen gegen den Eiderstedter Deich trieb. Die Einwohner sahen voll Angst dem kommenden Unglück entgegen. In der Nacht war der Deichgraf auf seinem Schimmel mit den Deichleuten zu einer gefährdeten Stelle geritten und gab ruhig und wohlüberlegt seine Befehle. Aber ob viele fleißige Menschenhände gleich rastlos arbeiteten, um einen Deichbruch zu verhindern, so mußte der Deichgraf doch erkennen, daß das Mühen auf die Dauer vergeblich war. Er befahl, in einiger Entfernung den Deich durchzustechen und die Wogen freiwillig einzulassen, damit kein größeres Unheil angerichtet würde. Die Deichleute waren starr vor Entsetzen und weigerten sich; da fuhr er sie zornig an: »Ich trage die Verantwortung, und ihr habt zu gehorchen.« Mürrisch führten sie den Befehl aus, aber als die See brausend durch den Deich brach und immer größere Landflächen bedeckte, flammte der Zorn der Friesen auf, und sie bedrohten den Deichgrafen mit schrecklichen Verwünschungen. Der aber gab seinem Schimmel die Sporen, und Roß und Reiter stürzten in die Brake hinab und wurden nicht mehr gesehen. Alsbald schlossen mächtige Eisschollen den Durchstich, auch legte sich der Sturm, und die Wasser traten langsam zurück.

Später haben nächtliche Wanderer einen Reiter auf einem Schimmel aus dem Bruch hervorkommen sehen. Das ist der Deichgraf, der noch immer an stürmischen Tagen wiedergeht und den Deich entlang reitet, als wolle er die Menschen vor einem nahen Unglück warnen.

16.

ANRUFUNG DES TEUFELS

In dem Kanal, der von Kollum nach dem Neuensiel an der Lauwerssee unterhalb Engwierum läuft, befindet sich im Bereich des Dorfes Oudwolde eine Schleuse, die in der Landsprache Aldwaldmer Syl heißt. Bei diesem Siel lagen einst einige Schiffer vor Anker und warteten darauf, daß der allzu starke, böige Wind abflaute. Zum Zeitvertreib heckten die Schiffer allerlei kurzweilig Spiel aus und kamen zuletzt überein, um die Wette zu springen oder zu schreiten. Jeder tat nun sein Bestes, und einer war gewandter als die anderen. Eine Entfernung von vierzig Fuß in drei Sätzen zurückzulegen, das war allerhand, aber noch nicht genug. Mit viel Fluchen und Schwatzen maßte sich ein Prahlhans an, er wolle von einem Eckstein über die Schleuse bis zum gegenüberliegenden Stein treten. Dies Meisterstück vollbrachte er wirklich zu aller Staunen, wobei er laut den Teufel anrief. Aber das war kaum geschehen, da schritt eine andere Person von einem Eckstein zum anderen schräg gegenüber, und dieser Schritt war unendlich viel größer. Man sah nicht, wer dies Kunststück vollbrachte, und plötzlich war der Unbekannte verschwunden, ohne daß man wußte, wo er geblieben war. Es war der Teufel selbst. Die Teufelsfährten waren durch den kräftigen Absprung im Eckstein stehengeblieben, und noch jetzt kann man die Abdrücke seines Fußes sehen.

17.

TEUFEL SPUKT IM LEICHNAM

Im sechzehnten Jahrhundert lebte auf der Hallig Sandstrand ein Mann namens Benno. Der hatte viele Unmündige und Waisen betrogen, Kirchen und Schulen beraubt und großen Reichtum gewonnen, aber niemand wagte sich gegen ihn aufzulehnen.

Plötzlich starb der Mann in einer Nacht und ward mit großer Pracht in einem ausgemauerten Grabgewölbe mitten in der Kirche bestattet. In der nächsten Nacht hörten der Küster und die Nachbarn unversehens einen großen Lärm in der Kirche, so daß sie alle aus den Betten und Häusern hervorkamen. Am Morgen öffnete der Pastor mit seinem Küster und anderen im Namen Jesu die Haupttüre der Kirche, und mit Schrecken sahen sie, daß das Grab jenes reichen Mannes geöffnet und leer war. Kurz darauf erschien der Teufel in Bennos Gestalt, sah die Leute mit wildem Blick an und sprach: »In diesem Leichnam wohne ich, er ist mein Eigentum. Die göttliche Gerechtigkeit befiehlt mir, drei Stunden lang bei Tag und drei Stunden lang bei Nacht in der Gestalt dieses Verdammten zu erscheinen. Darum gehet hinweg, oder es wird euch übel ergehen!« Der Pastor antwortete ihm ruhig, er solle aus dem Leichnam weichen, aber der Teufel fing laut an zu lachen und sagte auf friesisch: »Hemm kaant möh nandte düen!«

So wurde der Leichnam einige Wochen von den Würmern nicht verzehrt, sondern blieb frisch und gleichsam lebendig. Und der Satan trug ihn sogar bei hellem Mittag herum zum Schrecken der ganzen Gegend. Da wurden die Priester zusammengerufen, es wurden in allen Kirchen der Insel Gebete angeordnet, und dann ging man mittags gegen elf Uhr dem Teufel mutig entgegen. Dieser wandelte schon herum, aber machte sich eine ganze Stunde lang nichts aus den frommen Bedrohungen und Gebeten. Endlich fing der jüngste unter den anwesenden Priestern an, heftig und mit derben Worten den Teufel auszutreiben. Da bekannte der Satan sich endlich überwunden und rief auf friesisch: »Huort, huort, ek möth förth, dö würst eth düen!« Der Pastor warf mit Bibeln nach ihm und trieb den bösen Geist glücklich in die Hölle hinab. Der Leichnam des reichen Benno aber wurde jetzt von dem Scharfrichter von Husum außerhalb des Ackerfeldes der Insel im Schlamm begraben und mitten durch den Körper ein langer, spitzer Pfahl gestoßen, der bunt bemalt war.

Nicht lange nachher kam ein armer Bauer, dem es sehr an Brennholz fehlte und der von der ganzen Geschichte weiter nichts wußte, und fing an mit kräftigen Armen den Pfahl auszureißen. Da schrie der Teufel sogleich: »Aa, aa, lät jet murr!« Als der Bauer das hörte, stieß er den Pfahl mit aller Kraft wieder in die Tiefe, worauf der Teufel rief: »Dirr dä stör, aß an Schialm!« Der Pfahl hat noch viele Jahre gestanden und ist erst zu Anfang des siebzehnten Jahrhunderts durch eine Wasserflut weggerissen worden.

Ein Enkel des unseligen Bauern war später Ratsherr in Husum; er war ein vortrefflicher und liebenswürdiger Mann, aber beim Pöbel kamen er und seine Kinder nicht ohne Sticheleien weg und mußten oft das spöttische Wort »Benneke Bütendik« hören.

18.

DAS HAUS MIT NEUNUNDNEUNZIG FENSTERN

Bei Witzwort in Nordfriesland hat einmal ein armer junger Bauer um die reiche Nachbarstochter gefreit, sie hat ihn auch gewollt, aber ihrem Vater ist er zu arm gewesen. Da hat er sich dem Teufel verschrieben, der sollte ihm in einer Nacht bis zum Hahnenschrei ein Haus mit hundert Fenstern dafür bauen. Wie aber das Bauen dann so grausig schnell ging, ist er in seiner Angst zu den Frauensleuten im Nachbarhaus gelaufen. Und des Mädchens Mutter, die zu den beiden Liebesleuten hielt, die hat Rat gewußt, geht in den Hühnerstall und weckt den Hahn, daß er laut zu krähen anfängt. Da hat an dem Haus grad nur noch ein Fenster gefehlt; zu dem ist der Teufel hinausgefahren, der hatte nun das Spiel doch noch verloren. So steht der Bau noch mit den neunundneunzig Fenstern, ein schöner großer Hof, er heißt der rote Hauberg. Die hundertste Scheibe hat man oft einzusetzen versucht, aber sie ist immer wieder zerbrochen.

19.

MUTTER POTSAKSCH

Bei Hollingstedt an der Treene war eine alte Frau, die man nur Mutter Potsaksch nannte, weil sie niemals Schuhe trug, sondern immer barfuß oder in Socken ging. Sie konnte hexen und Wetter machen. Ihre Tochter hatte sie in allen ihren Künsten unterrichtet. Sie vermietete diese endlich bei einem reichen Bauern als Kindermädchen. Einmal als Wirt und Wirtin ausgegangen waren und die Knechte und Mägde in der Stube saßen und sich allerlei erzählten, kam das Mädchen, das das Kind wiegen sollte, herein und setzte sich zu ihnen. Die alte Magd hieß sie hinausgehen und wiegen. »Ei was«, antwortete das Mädchen, »die Wiege geht schon von selbst.« Da riefen alle, daß sie das doch einmal sehen möchten. »Dann könnt ihr noch ganz andre Dinge zu sehen bekommen«, sagte das Mädchen und ließ die Wiege zur Stube herein- und wieder hinauswiegen. »Und das ist noch gar nichts«, fuhr das Mädchen fort, »wenn ihr wollt, so will ich euch eine von den Kühen totmelken, die da auf der Koppel gehen.« Alle wünschten es einmal zu sehen, und nun nahm sie ein Messer, steckte es in einen Ständer und verlangte, daß man ihr ein Wahrzeichen gäbe, welche Kuh es sein sollte. Man zeigte ihr eine bunte Kuh. Nun fing sie an auf dem Heft des Messers zu melken, und die Kuh stand, als wenn sie im Stalle gemolken würde. Als das Mädchen aufhörte, fiel die Kuh tot nieder. »Da habt ihr's«, sagte sie, »nun will ich euch noch mehr zeigen, was ich kann. Ich will juchhe rufen und ein dreimastiges Schiff soll auf der Mistpfütze schwimmen.« Alle meinten, das sei unmöglich; als sie aber nur einmal juchte, sahen alle das Schiff. Darauf juchte sie zum zweiten Male, und eine große Musikband war auf dem Schiff und spielte lustige Stückchen. Unterdes kamen Wirt und Wirtin wieder nach Hause, und die Knechte und Mägde erzählten, was geschehen sei. Da ließen sie die alte Potsaksch kommen und verlangten von ihr, daß sie ihr Kind wieder wegnehmen sollte, und die Kuh sollte sie wieder lebendig machen. »Nichts leichter als das«, rief die Alte, steckte drei Gabeln mit den Stielen in die Erde, daß die Zinken in die Höhe standen, stellte sich darüber, und alsbald stand die Kuh auf und graste wie vorher. Diese Geschichte wurde ruchbar und bei der Obrigkeit angezeigt. Nun sollte die alte Hexe verbrannt werden. Auf der Koppel, wo die Kuh zuerst totgemolken, wurden drei Faden Holz mit vielem Stroh geschichtet, und man ließ darin einen Raum wie eine kleine Stube. Als die alte Hexe dahin geführt wurde, eine unzählige Menge Volks war zugegen, ging der Zug an des Bauernvogts Hause vorbei. Da bat Mutter Potsaksch die Frau des Bauernvogts, die in der Tür stand, um einen Tropfen Milch. Die stieß sie aber fort und rief, sie solle ja doch gleich brennen, sie brauche keine Milch. Da sagte die alte Potsaksch: »Das hat mir schon heut nacht geträumt.« Man brachte sie nun in die kleine Stube und zündete das Feuer an. Als es niedergebrannt war und man in der Asche nach den Knochen suchte, da kam Mutter Potsaksch über die Koppeln dahergegangen und sagte: »Was habt ihr nun getan! Ihr habt des Bauernvogts Frau verbrannt.« Alle erschraken; des Bauernvogts Frau war nirgends zu finden, und niemand wagte sich mehr an die alte Hexe. Der Amtmann wußte nicht, was er aus der Sache machen sollte, und berichtete darüber dem König. Da bot der König ewig viel Geld aus dem, der die Hexe umbrächte. Aber keiner wollte sich daran machen. Endlich fing ein Schmiedgesell damit an, daß er der Alten viele schöne Worte und Schmeicheleien sagte und sie zuletzt ganz verliebt machte; sie wollte ihn heiraten. Der Hochzeitstag kam, und sie sollten zur Kirche. Auf dem Wege dahin mußten sie über ein breites Wasser. Da hatte der Schmiedgesell überall Netze hin und her aufstellen lassen, und Fischer lauerten hinter den Büschen am Ufer. Als sie nun im Kahn saßen, sagte er zu ihr: »Potsaksch, kann sie die Kirche schon sehen?« – »Nein«, sagte sie, »dann muß ich mich erst drehen.« Als sie sich nun umwandte, stieß er sie ins Wasser und rief den Fischern, daß sie die Netze zuzögen. So mußte die Alte umkommen.

20.

RINGKJÖPING

Am Wege von Viöl nach Bargum in Nordfriesland sieht man auf der Heide Hügel von Flugsand. Da stand in alten Zeiten eine Stadt, die bei den Handelsleuten Ringkjöping hieß, weil wegen der Armut der Einwohner der Verkauf dort gering war. Im Westen war die Gegend mit Flugsand bedeckt, der mit jedem Jahre der Stadt näher rückte und sie zu verschütten drohte. Da erhielten die Einwohner Kunde von einer Grasart in einem fernen Lande, die im Sande wuchert und ihn zum Stehen bringt (Sandhafer). Und sie sandten Männer aus in jenes Land, um Samen zu holen. Ehe aber diese noch wiederkamen, erreichte der Sand die Stadt und bedeckte sie, und alle Einwohner mußten auswandern. Es haben die Leute später nachgegraben und Dachziegel von dem verschütteten Ort gefunden.

21.

DER RIESE RAPEL

Vorzeiten hauste in einer Höhle des Rapelsberges bei Varel (Bauerschaft Neuenwege) ein Riese namens Rapel. Damals konnte man auf der Wapel zu Schiff bis nach Konneforde fahren, und der Riese plünderte die Schiffe, die vorbeifuhren, auch machte er die ganze Gegend unsicher und überfiel die reisenden Leute. Er hatte von seiner Höhle aus einen Faden über die Landstraße gespannt, und jedesmal, wenn ein Wanderer den Faden berührte, erklang in der Höhle eine Klingel, die an dem Strick befestigt war. Dann eilte der Riese hinaus, erschlug und beraubte die Reisenden. Die getöteten Menschen fraß er auf und bewahrte die Knochen in seiner Höhle. Soviel Menschen auch verschwunden, soviel Güter auch geraubt waren, so wußte doch niemand, wo der Räuber sich aufhielt. Wenn zu Pferde ausritt, so verwirrte er nämlich die Spuren, indem er die Hufeisen verkehrt herum unternagelte.

Einmal hatte der Riese Rapel ein Mädchen aus der Umgegend geraubt und mit in seine Höhle genommen; weil sie ihm gefiel, ließ er sie am Leben, und sie mußte ihm den Haushalt führen. Im Laufe der Zeit schenkte sie ihm mehrere Kinder, aber die fraß der Riese immer wieder auf. Darüber war die Gefangene sehr betrübt und war auch ganz krank darum, daß sie ihre Freiheit verloren hatte. Der Riese gestattete ihr zuletzt, daß sie an einem Sonntage nach Varel gehen dürfe. Doch mußte sie ihm schwören, keinem Menschen ihren Aufenthalt zu entdecken und gleich wiederzukommen. Als die Leute aus der Kirche kamen, stellte sie sich an die Kirchenmauer und erzählte dieser ihr Leid. Sie wollte eine Kanne Erbsen auf den Weg streuen, der zu ihrer Wohnung führe, denn sagen dürfe sie ihn nicht.

Die Kirchleute hörten aber ihre Erzählung und boten den Landsturm auf, der umstellte die Höhle und hielt siedendes Wasser bereit. Inzwischen war es Abend geworden, und der Riese wälzte den schweren Stein vor seiner Höhle weg, um seinen Raubzug zu beginnen. Aber in demselben Augenblick wurde ihm der Kessel voll heißen Wassers ins Gesicht gegossen, daß ihm Hören und Sehen verging, und der Landsturm erschlug ihn. In der Höhle des Riesen fand man unermeßliche Schätze, aber auch eine große Menge von Menschenknochen und Totenköpfen, die alle reihenweise aufgestellt waren. Die Höhle im Rapelsberge ist eingestürzt, aber der Stein, der sie verschloß, liegt noch dort.

22.

DER DOLLART

Vor vielen hundert Jahren dehnten sich grüne Wiesen und gelbe Kornfelder, wo jetzt der Dollart seine blauen Fluten wälzt. Dort lag der reichste und größte Teil des Reiderlandes, und hier wohnte ein stolzes und hoffärtiges Volk auf fruchtbarem Boden. Ein Flecken namens Torum war so wohlhabend, daß dort acht Goldschmiede ihre Nahrung fanden. In Reiderwolde wohnten gar neun Stiege Frauen, und jede trug vor ihrer Brust eine goldene Schildspange so groß, daß sie ein Groninger Kröseken (Hohlmaß) faßte.

Auf eine Zeit kam der Krieg ins Land, und die Dörfer gerieten in große Feindschaft gegeneinander; Vetkoper hießen die einen, und Schieringer nannten sich die anderen. Sie schädigten sich wie zwei feindliche Brüder, wo sie nur konnten, und verbrannten die Siele. Da strömte das Wasser ein und überschwemmte das Reiderland. Es wohnte dort ein Häuptling Tidde Winnengha, der sehr reich an Gütern war, den forderten die Hausleute und Gemeinden zum Deichbauen auf. Aber er gab nur zur Antwort: »Ich will nicht eher deichen, als bis die Fluten einen Speer hoch über mein Land laufen.« Da er sich also weigerte, wurde sein Land ausgedeicht, und er mußte sein Gnadenbrot im Kloster Palmar essen. Die Hausleute aber vermochten auf die Dauer doch nicht den Deich zu halten, dieweil sie einander befehdeten und niemals einig waren. Immer ungestümer brachen die Wogen herein und vernichteten zuletzt alles Land. Zweiunddreißig Flecken und Dörfer ertranken in den Fluten, und dabei waren reiche Klöster.

Mancher Schiffer, der bei ruhigem Wellengang mit seinem Kahn über den Dollart fährt, hat schon auf dem Meeresgrunde Häuser und Türme erkennen können, und andere haben bei stillem Abendwetter ein Glockenklingen aus der Tiefe gehört.

23.

DER GEWARNTE STEUERMANN

Einst war ein Steuermann aus Ostfriesland an Bord eines englischen Schiffes, das im Hafen von Stockholm vor Anker lag. Abends ging er auf das Verdeck, um ein wenig frische Luft zu genießen. Da sah er am Ende des Schiffes ein kleines rotes Männchen und ein gleiches auf dem nächstliegenden Schiffe. Er merkte wohl, daß es Klabautermännchen seien, und betrachtete sie neugierig. Die beiden begannen mit einem Male ein Gespräch. »Gehst du mit mir in See?« fragte der auf dem anderen Schiffe. »Nein«, antwortete der auf des Steuermanns Schiffe, »ich bleibe im Kanal; denn dort geht dies Schiff unter.« »Halt«, dachte der Steuermann, »wenn's so steht, gehst du wenigstens nicht mit.« Am andern Morgen erzählte er dem Kapitän sein Erlebnis, dieser aber und die ganze Mannschaft lachten ihn aus. Der Steuermann ließ sich jedoch nicht irremachen, nahm seinen Abschied von dem Schiffe und ging auf ein anderes. Als er seine Reise beendigt hatte und an seinem Bestimmungsort ankam, erhielt er auch schon die Nachricht, daß sein früheres Schiff mit Mann und Maus im Kanal untergegangen sei.

24.

SPUKSICHTIGE PFERDE

Ein Landmann aus dem Kirchspiel Wiarden im Jeverland fuhr mit seiner Schwester und einer Nichte zu Schlitten nach Minsen, um die Pastorenfamilie zu besuchen. Die beiden Mädchen waren mit den Pastorentöchtern lustig und schwatzten, dieweil der Pastor mit dem Landmann in den Krug ging. Gegen zehn Uhr abends wurde wieder vorgespannt, und der Landmann wählte von der Pastorei aus einen anderen Weg, der aber bald wieder mit der eigentlichen Landstraße zusammenläuft. Kaum war er auf dem neuen Wege eine Strecke gefahren, so fingen die Pferde an zu stutzen und wollten nicht aus der Stelle.

Der Kutscher stieg ab, faßte die Pferde am Zügel und brachte so das Fahrzeug ein paar Schritt weiter. Wenn er sich aber aufsetzte, ging's mit den Pferden wieder nach der alten Weise. Krugleute kamen dazu und halfen, aber die Pferde waren kaum aus der Stelle zu bringen. Als sie endlich mit Mühe und Not die eigentliche Landstraße erreichten, ging es mit einem Male flott weiter, und bald waren sie zu Hause. Doch war es zwei Uhr geworden über einen Weg, den ein Fußgänger in einer Stunde zurücklegt.

Einige Zeit darauf verunglückten sieben Schiffer im Horumersiel, die in einer Jolle auf der Jade fuhren und mit ihrem Schiffe umschlugen. Die Leichen trieben am Minser Deich an und wurden alle an einem Tage begraben. Dabei fuhren die sieben Wagen mit den Leichen auf demselben Weg ins Dorf ein, auf dem der Landmann kurz zuvor das nächtliche Abenteuer mit den Pferden gehabt hatte. Nun konnte man sich die Geschichte leicht erklären, die Pferde hatten den Leichenzug vorausgesehen und wollten nicht über ihn hinwegschreiten.

25.

NÄCHTLICHE SCHIFFSFAHRTEN

Ein Schiffer von Wangeroog lag mit seinem Schiff vor Friederikensiel. Abends ging er mit seiner Mannschaft gut und wohl zu Bett. Als aber die Flut kam und das Schiff flott wurde, da war das Wasser voll Leben und Lärmen. Der Schiffer stand auf, um nach dem Rechten zu sehen, konnte aber nicht aus dem Vorunner (der Kajüte) herauskommen; deshalb sagte er zu seinem Steuermann, der auch seine Koje im Vorunner hatte, er möge aufstehen, aber auch der konnte nicht herauskommen. Nun hörten sie, wie die Segel schlugen und klatschten, und das Schiff legte sich schwer auf eine Seite, wie wenn das Wasser sehr hohl geht. Der Schiffer sprach: »Das Schiff segelt ja!« Da kam eine Stimme sss! und bedeutete ihn ruhig zu sein. Als es Morgen war, machten sie das Vorunner wieder offen, ohne daß sie die geringste Schwierigkeit wie in der Nacht hatten. Wie sie auf das Verdeck kamen, lagen knietief Blätter auf Deck, und überall stand es voll Blut. Das Schiff selbst aber lag auf derselben Stelle, wo es am Tage zuvor gelegen hatte.

26.

DER GESCHUNDENE JUNKER

Der Junker auf Haus Middoge im Jeverland hatte einen Bund mit dem Teufel geschlossen. Als er nun zum Sterben kam, ordnete er an, daß seine Leute bei seiner Leiche Wache halten sollten bis an den Hahnenschrei der dritten Nacht. War bis dahin nichts Böses geschehen, so hatte der Teufel sein Spiel verloren. Die Wächter zogen auf dem gepflasterten Boden um sich einen Kreis, segneten und bekreuzigten sich und erwarteten schweigend die Nacht, denn sie wußten, daß sie keine Silbe sprechen durften, wenn der Teufel nicht Gewalt über sie bekommen sollte. Den Leichnam aber wagten sie nicht in ihren Kreis aufzunehmen. Schon gleich in der ersten Nacht um die Mitternachtsstunde kam der Teufel mit großem Geräusch, aber die Wächter fürchteten sich nicht. Soviel auch der Teufel mit Drohungen und Schreckbildern und wieder mit großen Haufen von Gold und Silber und anderen Lockungen die Wächter versuchte, so blieben sie doch standhaft, bekreuzten sich und beteten innerlich, aber sprachen kein Wort und verließen den Kreis nicht. So ging es die erste und die zweite Nacht. In der dritten Nacht, kurz vor dem Hahnenschrei, ward endlich der Teufel zornig, ergriff den Leichnam, zog ihm mit einem Ruck die Haut ab und schleuderte sie auf die Wächter. Die Wächter aber bückten sich, und die Haut flog an die gegenüberstehende Wand; dort drückte sie sich wegen ihrer Feuchtigkeit in unregelmäßigen Umrissen auf der Tünche ab. Der Fleck ist noch jetzt zu sehen, und keine Mittel haben ihn bis jetzt wegschaffen oder verdecken können.

27.

HEXEN BESORGEN FAHRWIND

Ein Schiffer von Wangeroog namens Luters Fauk lag an einem Sonntag mit seinem Schiffe vor Minsen am Bollwerk, und den Sonntagmorgen ging er zur Kirche. Am Abend kommen zwei Frauen von Wangeroog auf einem Besenstiel hergeritten, haben beide einen roten Wollrock an, und ihr Haar steht hintenaus wie ein Pechquast. Sie kommen bei Luters Fauk vorbei, da ruft er sie an, ob sie nicht guten Fahrwind machen könnten, er habe dort schon solange gelegen. »Freilich«, sagten sie, »dort gleich bei der Deichecke steht ein Baum, davon mußt du den dritten Zweig abreißen und ihn holen, wenn wir zuvor dagewesen sind und darauf gespien haben!« Als er den Zweig an Bord hatte, ist der Wind von Osten gekommen, und er segelt aus und ist in einem halben Ettmal (zwölf Stunden) in Amsterdam. Dort löscht er seine Güter aus, und in vierundzwanzig Stunden ist er wieder vor Horumersiel bei Minsen. Dort meinen die Leute, er liege noch da mit seiner Ladung und sei gar nicht weggewesen. Da sagt er, nein, er sei schon in Amsterdam gewesen, habe gelöscht und wolle wieder laden. Er sei mit guter Hilfe von der Jade weggekommen, verlange aber kein zweites Mal so nach Amsterdam zu fahren. Das Wasser sei grasgrün gewesen und es habe gesaust und gebraust, daß man nicht habe hören noch sehen können. – In der folgenden Nacht kam eine Katze zu ihm und sagte, er solle den Zweig verbrennen von dem Baum, und er tat also. Als er nun wieder nach Wangeroog kommt, liegen seine Schwester und seine Schwägerin zu Bett und sind beide todkrank.

28.

DAS MINSER OLLÔG

Vor der nordöstlichen Spitze des Jeverlandes liegt in der Jade eine Sandbank, die zur Flutzeit oft von den Wogen überdeckt wird. Sie heißt das Minser Ollôg, weil dort das alte Kirchdorf (Lôg) Minsen gelegen habe. Einst hatten die Minser ein Seeweibchen gefangen, plagten es sehr und wollten von ihm Mittel gegen allerlei Gebrechen wissen, aber das Seeweibchen hatte nur einen unverständlichen Reim zur Antwort:

Kölln oder Dill,
Ick segg jo nich, wo't got för is,
Un wenn ji mi ok fillt.
(Kölln oder Dill [Suppenkraut],
Ich sag' euch nicht, wo's gut für ist,
Und wenn ihr mich auch schindet.)

Endlich ersah es einen günstigen Augenblick, entwischte und stürzte sich schnell in die Fluten. Dann wandte es sich nochmals um, spritzte mit den Händen Salzwasser über den Deich, tauchte unter und verschwand. Am anderen Tage, als die Leute gerade in der Kirche waren, erhob sich ein großer Sturm, und eben als der Prediger den Segen sprach, durchbrachen die Wogen den Deich und verschlangen das Dorf mit allen Ländereien. Davon hat man noch bis auf diesen Tag das Sprichwort: »Dat geit ut as dat Bäen to Minsen.« Die wenigen Leute, die sich gerettet hatten, erbauten das jetzige Dorf; die kahle Sandbank im Meere aber, wo das alte Minsen gelegen, ist noch zu sehen.

29.

DEN NIS PUK NICHT NECKEN!

Auf dem Hofe Bombüll in der Wiedingharde bei Tondern hielt sich oft ein Puk auf und verkehrte viel mit den Dienstboten; er half ihnen bei der Arbeit und verhütete Schaden und Unfall. Sonderlich führte er Aufsicht über das melkende Vieh. Als es einst in einem langen Winter an Futter zu mangeln anfing, klagte der Hausherr darüber. Da ging der Puk, der es unbemerkt gehört hatte, in der nächsten Nacht nach einem anderen Hofe, wo er einen vollen Heuschober gefunden hatte, und trug auf seinem breiten Rücken alles Heu in die Scheune seines Herrn hinüber. Für seine Dienste aber mußte er jeden Abend seinen Teller mit Grütze und einem Stück Butter darin erhalten. Als die Butter teurer wurde und man einmal die Butter herausließ, hatte er am anderen Morgen der besten Kuh im Stalle den Hals umgedreht. Von nun an trachtete man ihm nach dem Leben, aber man kriegte den Puk nicht zu sehen; rischrascheln hörte man ihn im Stroh und flöten und singen. Einmal hat man ihn doch gesehen. Als zur Erntezeit die Leute mit Allemann auf dem Felde arbeiteten und Puk im Hause einhütete, wurden die heimkehrenden Knechte ihn gewahr. Puk saß im Giebelloch und sonnte sich. Er machte allerlei wunderliche Grimassen, sang und flötete und neckte die Hofhunde. Er wiegte sich bald auf dem einen, bald auf dem anderen Bein und sang ein Liedlein zu seinem eigenen Ruhme:

Kopf groß,
Weisheit viel.
Aug' so rund,
Ist nicht blind.
Zahn so spitz,
Beißt gewiß.
Züngelzung',
Näscherzung'.

Geschickte Hand [wirft]
Saat ins Land.
Beinchen kurz,
Doch nicht [zu] kurz.
Bell', fluch' und schlag',
Puk ist zu geschwind.
Puk, Puk, Puk,
Er ist klug.

Während Puk sang und an nichts Arges dachte, schlich sich einer der Knechte ganz leise auf den Boden hinauf, stieß den Kleinen zur Giebelluke hinaus und rief seinen Mitknechten zu: »Da habt ihr ihn, schlagt ihn tot!« Die Untenstehenden kamen geschwind mit Dreschflegeln und Stöcken herbei, aber sie fanden an der Stelle, wo Puk hingefallen war, nichts als Topfscherben; der Puk selbst war unverletzt in seinem Schlupfwinkel verschwunden und trieb in der Folgezeit sein Wesen wie zuvor. Puk sann von nun an darauf, wie er Böses mit Bösem vergelten könne. Später aber vergaß er den Schimpf und zeigte sich großmütig gegen den hinterlistigen Knecht. In einer Nacht sah er ihn, wohl infolge eines Rausches, eingeschlafen auf dem Hofplatz liegen. Da schlich Puk zum Brunnen, hob den Deckel mühsam ab und schleppte ihn beiseite. Dann trug er den Schläfer an den Brunnenrand und legte ihn so nieder, daß seine Beine in die Tiefe hinabhingen. Als der Knecht am hellen Morgen erwachte, wußte er gleich: Das hat Puk getan. Seitdem beschloß er, ihn künftig in Frieden zu lassen.

An einem anderen Knecht, der den Nis ebenso geärgert hatte, rächte sich Puk durch folgende Späße. Als der Knecht bei einem anderen Kameraden, der kleiner war, schlief, faßte Puk ihn oben bei den Haaren und rief: »Nich liek!« (Ungleich) und zog ihn so weit nach oben, daß er mit seinem Kameraden gleich hoch lag. Dann hob er die Decke am anderen Ende des Bettes auf, rief abermals: »Nich liek!« und zog den Knecht wieder an der großen Zehe herunter. Auf diese Weise zerrte er ihn die ganze Nacht hin und her, so daß der Knecht kein Auge zukriegte. Oder ein andermal zog Nis Puk die nagelneuen Stiefel des Knechts an und schlurrte damit die ganze Nacht so lange umher, bis Sohlen und Hacken herunter waren. In einem anderen Hause knickte er sogar die Bodenleiter ein, und als der Knecht Korn hinauftragen wollte, brach er durch und mußte beide Beine brechen.

30.

WIE DER WIEDERGÄNGER SICH RÄCHT

Vor vielen Jahren, als die Bauernfrauen noch selbst den Flachs spannen, diente auf einem Hofe zu Barlinghausen im Lande Wursten eine Kleinmagd. Die hatte zum Spinnen keine Lust und kein Geschick, und deshalb tadelte ihr Herr sie oft. Aber es half nichts, und zuletzt bestrafte er sie auf grausame Art. Er umwickelte ihren Zeigefinger mit einem Flachsfaden und hielt ihn eine Zeitlang über ein brennendes Licht, aber auch diese Strafe fruchtete nicht. Eines Morgens führte er sie auf den Hofplatz und gebot ihr, sich auf eine Düngerschleppe zu setzen. Dann band er das linke Handgelenk der Magd mit einem Strick an die Schleppe. Darauf mußte ein Knecht ein Pferd vor die Schleppe spannen und im Kreise immer schneller um die Hofstelle herumfahren, so daß das Mädchen herunterfiel und an der Erde hinterherschleifte.

An einem Wintertage wurde die Magd wieder einmal so grausam bestraft, doch gelang es ihr, das Tau zu lösen. Sie rollte aber die schräge Hofwurt hinunter in die Graft, die mit einer dünnen Eisschicht bedeckt war, und brach ein. Weder Herr noch Knecht kümmerten sich darum und als man endlich nachschaute, wo sie geblieben war, fand man sie nur noch als Leiche. Da verscharrten die Männer sie unter dem Eise des Grabenrandes.

Seit jenem Tage erschien Nacht für Nacht auf dem Hofe des grausamen Bauern ein Gespenst, das war die tote Magd. Sie beunruhigte besonders die Frau des Bauern, die darüber ernstlich erkrankte. Da erschien ihr auch noch die Mutter der Toten und fragte sie nach der Todesursache ihrer Tochter. Die Frau aber beteuerte, ihr Mann sei unschuldig, und rief den Himmel an, er möge sie mit Wasser strafen, wenn ihr Mann mit Wasser gesündigt habe. Da geschah ein Wunder. Vom selben Tage an war des Bauern Kind mit hellseherischer Kraft begabt, so daß die Leute von weither zu ihm kamen, um seine Wunderkraft zu erproben. Weit merkwürdiger aber war, daß das zarte Kind seit jenem Tage nicht mehr wie andere Menschen trank, sondern das Wasser gleich einem Stück Vieh eimerweise zu sich nahm. So strafte der Himmel die Frau mit Wasser.

Nicht lange danach begab es sich, daß das Kind von Hause fortging, vor den Augen der Leute durch Wasser und Gräben schritt, ohne die Schuhe und Kleider zu benetzen, und dann für immer den Blicken der Menschen entschwand. Seitdem aber wurde die Familie des Bauern von dauernden Schicksalsschlägen heimgesucht, und schließlich war nur noch der Bauer selbst von allen Angehörigen am Leben. Aber auch er kam aufs schrecklichste um.

An einem Herbsttage hatte er mit einem Viergespann Roggen nach der Brennerei in Sievern gebracht. Es war schon tiefe Dunkelheit, als er heimkehrte, und dazu kam ein schreckliches Unwetter. Vergebens erwartete man ihn am nächsten Morgen, und nur der Hund, den der Bauer mitgenommen hatte, stand winselnd vor der Tür. Nun ahnte man nichts Gutes und suchte den Herrn; der lag auf halbem Wege in einem Graben, zertreten von seinen eigenen Pferden. Er war in der Dunkelheit mit dem Gespann in einen tiefen Schloot geraten, und als er sich nun bemüht hatte, den Wagen herauszubringen, war er zu Fall gekommen, und die Rosse hatten ihn zertreten. Nach dem Tode des Bauern sah man über dem Unglückshause zu Barlinghausen noch oftmals ein Spuklicht, das dreimal nacheinander aufflammte und verschwand.

31.

HELFER BEI DER FELDARBEIT

Im Lande Wursten wohnte ein Bauer zu Misselwarden. Der ging eines Tages mit seinen Knechten zum Acker, um einen Graben auszuwerfen. Sie maßen alles genau ab und hielten sich dabei so lange auf, daß es Abend darüber wurde, ehe sie einen Spatenstich getan hatten. Darum brachen sie die Arbeit ab und gingen wieder nach Hause. Kaum hatten sie das Land verlassen, und die Dämmerung war hereingebrochen, da kamen kleine Männchen, alle mit einem roten Rock bekleidet, aus den Weiden und Äckern rings zusammen. Sie hatten dort unter der Erde an den Grabenrändern und unter alten Ellernbüschen ihre Behausung. Jeder trug einen kleinen Spaten in der Hand, und sie begannen den Graben auszuheben und arbeiteten ohne Rast und Ruh die ganze Nacht hindurch. Ehe der Tag graute, hatten sie ihr Werk vollendet und waren spurlos verschwunden, woher sie gekommen waren. Als der Bauer am anderen Morgen mit seinen Knechten nach dem Lande ging, fanden sie den Graben schon fertig vor und machten ein dummes Gesicht, denn das konnten sie sich nicht erklären. Aber zuletzt waren sie ganz zufrieden damit und gingen vergnügt nach Hause.

32.

DER MANN MIT DEM SONDERBAREN WAGEN

In der Gemeinde Stollhamm in Butjadingen heißt eine Flur »de Wisken«. Dort liegen dicht beieinander zwei Bauernhöfe, »grote« und »lüttje Smärpott« genannt. Vor langer Zeit wohnte im »groten Smärpott« ein sonderbarer Mann, der fuhr immer bei Nacht alle seine Frucht ein, auch den Torf, und verrichtete alle Feldarbeit zur Nachtzeit. Pferde hatte er nicht, wohl aber einen Wagen. Nun traf es sich, daß sein Nachbar um einen Wagen verlegen war und ihn von dem Bauern auf dem »groten Smärpott« leihen wollte. Dieser sagte ihm: »Ja, du kannst ihn bekommen, aber er ist noch nicht geschmiert.« Den anderen Morgen vor Tau und Tag ging der Nachbar hin, um den Wagen zu holen, aber der Bauer auf dem »groten Smärpott« lag noch vor Anker (schlief noch). Da holte der Nachbar selbst den Schmiertopf – denn er wußte, wo er stand – und wollte den Wagen schmieren.

Als er nun dabei war und das vierte Rad gerade einschmieren wollte, fing der Wagen von selbst an zu laufen und sauste in voller Fahrt vom Hof herunter. Der Besitzer des Hofes wachte noch zur rechten Zeit auf und sah den Wagen laufen, wie er schon beim »lüttjen Smärpott« war. Schnell rief er ihm nach:

»Trinnöhlken Smär, kumm hier man här!«

Sofort kehrte der Wagen wieder um; denn dies war das Wort, das ihn besprechen konnte, aber niemand kannte es sonst. Seit der Zeit aber hieß das eine Haus »de grote Smärpott« und das andere »de lüttje Smärpott«.

33.

MODERS HART IS HARTER AS EN STEEN!

Es ist ein alter Glaube, daß das Wasser sein Opfer fordert, und um die Wasserleute zu versöhnen, bringt man ihnen freiwillig, was sie verlangen. Eine große Sturmflut hatte vor vielen, vielen Jahren die Deiche und Siele am Jadebusen zerstört, und es kostete die größte Mühe, die Deiche wieder herzustellen. Besonders schwierig war der neue Deichbau bei Steinhausersiel. Wieder und immer wieder riß die Flutströmung die geschlagenen Holzdämme hinweg. Endlich sagte ein Arbeiter, man müsse ein lebendiges Kind in dem Deich eingraben, dann werde er erst halten. Es fand sich auch eine Mutter bereit, ihr taubstummes Kind zu verkaufen, das ihr schon lange lästig war. Dieses steckte man in eine Tonne und legte noch etwas Kuchen oder Zwieback dabei, und das Kind griff fröhlich danach. Dann legte man die Tonne in das Erdloch und begann schon Erde darüber zu werfen. Aber plötzlich erlangte das taubstumme Kind die Sprache wieder und rief: »Moders Hart is harter as en Steen!«

34.

DER SORGENDE BAUER

Ein Landwirt aus Engbüttel lag auf dem Totenbett. Er hatte aber gerade in den Tagen einen Kaufvertrag mit einigen Viehhändlern schließen wollen. Das bedrückte ihn sehr in seiner letzten Stunde. Die Händler wußten von dem Todesfall noch nichts und kamen am andern Morgen nach Engbüttel, um den Vertrag abzuschließen. Sie fanden denn auch nichts Absonderliches darin, daß sie den Bauern vor dem Hause antrafen, er lehnte über den Hofzaun und rauchte in aller Ruhe sein Pfeifchen. Sie begrüßten ihn also freundlich, begannen alsbald die Rede auf den Handel zu bringen und wurden nach kurzem Hin und Her einig. Man verabredete noch den Ort, wo der Bauer die Ochsen abliefern sollte, und dann entfernten die Händler sich in der Richtung nach Lehe.

Aber schon nach wenigen Minuten kehrten sie zurück, sie hatten vergessen, zu verabreden, wann das Vieh abgeliefert werden sollte. Das sollte nun nachgeholt werden. Da sie den Bauern nicht mehr am Gartenzaun vorfanden, traten sie in das Haus, um nach ihm zu fragen. Aber statt des Bauern trafen sie nur seine Frau, und die sagte, sie sei schon seit einem Tage Witwe. Da schüttelten die Händler ungläubig den Kopf, und erst als die Witwe sie an die Bahre des Toten führte, mußten sie glauben, was geschehen war. Der Tote hatte ihnen das Vieh verkauft.

35.

DER BUTTFANG AM SONNTAG

Es wohnte einmal ein Fischer auf der äußersten Ecke von Butjadingen, der schlug sich eines Sonntagmorgens Glauben und Aberglauben aus dem Sinn und ging auf Buttfang aus. Als er aber den Deich hinaufging, rief gerade die kleine Glocke von der Langwarder Kirche, und das so hell, als wenn sie dicht hinter ihm hinge. Da begann es ihm zu grausen und er dachte bei sich: »Wärst du doch nur lieber wieder umgekehrt.« Als er aber oben auf den Deich kam und über den Groden (das Außendeichvorland) und über das Watt hinwegschaute, da stand ein Mann mit einer glühendroten Mütze am Priel (Wasserlauf im Watt), der bückte sich fortwährend nieder und griff und griff und tat es in den Beutel. Da dachte er bei sich: »Wenn es dem nichts schadet, dann geht es bei dir auch gut ab.« Er nahm einen Schluck (Branntweins) gegen das Gruseln, ging den Deich hinab über den Groden und das Watt und fischte hinter dem fremden Schiffer her, und fing Butt über Butt. Der fremde Fischer ging immer weiter und weiter hinaus, und der andere ihm nach. Da rief die große Langwarder Glocke über den Deich, so hell, als ob sie dicht über seinem Kopf hinge. Da fröstelte ihn, wie wenn ihn das Fieber packen sollte, aber der Fremde winkte ihm zu, er solle ihm getrost nachkommen. Und er nahm noch einen Schluck und fischte hinter ihm her, immer weiter und weiter hinaus, bis es totenstill um ihn wurde. Da riefen beide Glocken über den Deich und das weite Watt, und zwar so hell, als hinge ihm die eine Glocke vor dem einen, und die andere vor dem anderen Ohr. Da erschauerte er, als würde er mit eiskaltem Wasser begossen, aber der fremde Fischer winkte ihm, er solle nur ruhig immer weiter nachkommen. Er nahm also den dritten Schluck, aber das half nicht; er trank den ganzen Rest in der Flasche aus, aber auch das half nicht. Da wurde ihm zumute, als hätte er jemand ermordet und sollte dafür hangen. Er warf den Beutel über die Schulter und lief, was er nur konnte. Aber da drang die Flut hinter ihm her, so daß er nicht wußte, wo sie auf einmal hergekommen war, und sie lief mit ihm um die Wette. Als er sich umsah, war das Wasser schon dicht hinter ihm, und nun schlug es ihm schon auf die Hacken. Nun brauste es schon an ihm vorbei, und nun trat er schon bis an die Knöchel hinein. Nun ging es ihm schon bis an die Waden, und nun bis über die Waden, jetzt bis ans Knie, bis übers Knie, und von jetzt an war es ihm, als wenn er lief und lief und doch nicht weiterkam. Nun stieg es ihm schon bis an die Lenden, bis an den Leib. Weg warf er den Beutel mit Butt, steckte Arme und Hände voraus, warf sich nieder und fing an zu schwimmen. Und er schwamm und schwamm, bis das Wasser endlich zu flach wurde und er wieder zu laufen anfing. Und er lief und stieg, bis er den Groden unter den Füßen hatte, und rannte, bis er aufs Trockene kam und in seinem klatschnassen Zeug oben auf dem Deich stand. Als er sich hier verpustete und sich nach dem Fremden umsah, war der andere verschwunden. »Nun weiß ich, wer du gewesen bist«, sagte er bei sich selbst, »und von jetzt an geh ich mein Lebtag nicht wieder sonntags auf Buttfang.«

36.

DER SCHATZ IM JADEBUSEN

In einem Dorf an der Jade unterhielt sich eine Gesellschaft über die untergegangenen Dörfer und Kirchen, deren Schätze hinreichen würden, einen für das ganze Leben reich zu machen, wenn er nur den Mut hätte, sie herauszuholen. Aber niemand wollte es wagen aus Furcht, er werde nicht wieder lebendig ans Tageslicht kommen. Da sprach einer: »Wenn hier so viele feige Memmen sind, so will ich es doch wagen, will als armer Mann in die See hinabsteigen und als reicher wieder auftauchen.« Soviel die anderen ihn auch warnten, er führte doch seinen Vorsatz aus. Auf dem Boden der See fand er eine prächtige Kirche, die voll silberner und goldener Geräte war. Viele raffte er zusammen, aber die kostbarsten Schätze lagen auf dem Altar, und davor lag ein großer schwarzer Hund mit fletschenden Zähnen. Doch der Habgierige fürchtete sich nicht und ging kühn auf den Altar los. Wie er aber nach den silbernen Leuchtern auf dem Altare griff, stürzte der Hund sich auf ihn und zerriß ihn.

37.

DER STEUERMANN ALS WALRIDER

Ein Schiffer aus Barßel hatte im Winter sein Schiff im Hafen von Emden verankert und seinen Steuermann zur Bewachung darauf gelassen. Als der Schiffer einmal wieder nach dem Rechten sah, fand er das Fahrzeug nicht mehr ganz auf derselben Stelle; darum verbarg er sich ohne

Wissen des Steuermanns auf dem Schiffe, um zu sehen, was dieser damit anfange. In der Nacht wurden die Anker gelichtet, und fort ging's in sausender Eile. Gegen Mitternacht legte das Schiff an, und der Steuermann stieg aus und entfernte sich. Jetzt kam auch der Schiffer aus seinem Versteck hervor und sah sich um, aber alles war ihm unbekannt und fremd. Da nahm er sein Messer, schnitt einige Stäbe ab, die am Ufer standen und nahm sie mit sich in sein Versteck zurück. Nicht lange nachher erschien auch der Steuermann wieder, und in ebenso sausender Eile wie zuvor ging die Fahrt zurück. Unterwegs erhielt das Schiff einmal einen tüchtigen Stoß, ohne indes weiter aufgehalten zu werden. Am andern Morgen fragte der Schiffer den Steuermann, was er denn über Nacht gemacht und wo er gewesen. Der Steuermann tat, als ob er von nichts wisse. Da holte der Schiffer die Stäbe hervor, die er in der Nacht an der fremden Küste geschnitten, und siehe da, es war spanisches Rohr. Da beichtete der Steuermann und sagte, er sei ein Walrider und müsse seinem Schicksal folgen. Auch fragte er den Schiffer, ob er den Stoß des Schiffes auf der Rückfahrt wohl wahrgenommen. Er habe auf der Luftfahrt ein wenig zu niedrig gehalten, und das Schiff habe sich an einem Kirchturm gestoßen.

38.

DIE KLUNDERBURG

Die Klunderburg zu Emden ist schon viele hundert Jahre alt. In dem alten Gebäude ist es nicht recht geheuer, und manchmal hat man darin ein Spuken und Poltern vernommen.

Der großartige Bau wurde von zwei Fräulein von Knyphausen unternommen und kostete sehr viel Geld. Die Emder glaubten, daß die beiden Jungfern wohl schwerlich Mittel genug hätten, um das kostspielige Werk zu vollenden und fragten sich, ob das Geld wohl noch langen würde. Da holten sie schweigend eine große Kiste, schüttelten sie und sprachen: »Et klundert noch! t' sall woll langen!« Und wirklich wurde der Bau zu Ende geführt und bekam danach seinen Namen »Klunderburg«.

39.

DAS GEISTERSCHIFF

Als noch die Ems unmittelbar unter der Stadtmauer von Emden floß und der Delft jeden Abend abgeschlossen wurde, begab es sich einmal, daß ein gewaltiger Nordweststurm losbrach. Bei diesem Wetter wurde ein großes Kauffahrteischiff, das lange auf fremden Meeren geschwalkt hatte, sehnlichst zurückerwartet. Bei der Einfahrt in die Ems war es bereits gesichtet und gemeldet worden und erschien des Nachts mit vollen Segeln vor der Stadt. Schon war es dem schützenden Delft nahe, und man sah bei dem trüben Lampenschein die Seeleute sich tummeln, um die Landung vorzubereiten, und man hörte die Stimme des Kapitäns, dessen Kommandorufe den Sturm übertönten, als plötzlich das Schiff von einer Windsbraut erfaßt wurde. Mit einem Ruck wurde es emporgehoben, niedergetaucht, wieder aufgehoben, herumgewirbelt und dann in die Tiefe hinabgestampft. Vierzig brave Emdener Seeleute riefen durch die Nacht um Hilfe, und die Leute am Ufer erfaßte Grauen und Mitleid mit ihren Vätern und Brüdern, die im Angesicht ihrer Vaterstadt so jämmerlich zugrunde gehen sollten. Man verlangte vom Hafenschließer das Wachtboot, um die Seeleute zu retten, unter denen sein eigener Sohn war; aber er weigerte sich, es herzugeben, weil er den Schiffskapitän auf den Tod haßte, und sprach: »Die Barke bleibt hier! Es wäre nutzlos, sie ausgehen zu lassen, auch hat der Kapitän es nicht besser verdient, als es ihm jetzt da draußen geschenkt wird!« Endlich zwang man ihn den Schlüssel herzugeben, aber da war es längst zu spät, das Schiff war mit Mann und Maus versunken.

Aber noch immer, wenn der Nordweststurm die Wellen aufpeitscht, sieht man in dunkler Mitternacht ein Geisterschiff heranstürmen, in bläulichen Lichtschimmer eingehüllt. Man hört das Klappern der Rahen, das Rasseln der Ketten, die Kommandorufe des Kapitäns und den Todesschrei der ertrinkenden Matrosen.

40.

MARENHOLZ

Vor vielen hundert Jahren regierte in Ostfriesland eine Fürstin für ihren unmündigen Sohn. Sie hatte einen Rat, der hieß Marenholz, von dem ließ sie sich gänzlich lenken und leiten. Der Marenholz aber mißbrauchte das Vertrauen seiner Herrin und tat, was ihm gefiel.

Als der junge Fürst zu seinen Jahren gekommen war, kehrte er von großen Reisen heim und hörte viel Klagen über die Regierung seiner Mutter und ihres Rats, und daß die beiden so vertraut miteinander seien. Da eilte er zornig gen Aurich und ließ den Edelmann gefangensetzen und ihn vor Gericht stellen. Die Richter fanden den Rat des Todes schuldig, und umsonst flehte des Fürsten Mutter um Gnade.

Zur Hinrichtung hatte der junge Fürst das Jagdschloß Sandhorst bestimmt, wo der Rat so manche frohe Stunde verbracht hatte. Als nun der Marenholz auf dem Blutgerüst kniete und den Todesstreich erwartete, sah er vor sich die Krone eines Apfelbaums ragen und erkannte den Lieblingsbaum seiner Herrin. Da rief er: »So wahr dieser Baum von jetzt an blutrote Äpfel trägt, so wahr bin ich unschuldig an dem Verbrechen, das der Fürst mir vorwirft!« Dann fiel sein Haupt.

Der Frühling kam, und der Baum stand in Blüte. Und als es Herbst wurde, trug der Baum blutrote Äpfel, da er doch zuvor gelbliche Früchte getragen hatte. Da ließ die Fürstin ihrem Sohne sagen: »Du hast einen Unschuldigen ermordet, den ich liebte. Ich will dich hinfort nimmer sehen!«, und zog mit ihrem Hab und Gut in ferne Lande. So oft der Fürst in Sandhorst war und den Baum sah, erschauerte er. Zuletzt ließ er den Baum umhauen und das Schloß verkaufen, so verhaßt war ihm die Stätte. Doch immer wieder trieben die Wurzeln neue Schößlinge, die trugen rote Früchte. Daran erkannte das Volk eine Offenbarung Gottes und glaubte an die Unschuld des Marenholz. Man pflanzte von den Kernen der roten Früchte und verbreitete so den Baum durchs ganze Land. Noch heute heißt der Apfel in Ostfriesland Marenholter.

41.

HERR NORBERG

Herr Norberg zu Detern in Ostfriesland war armer Leute Kind und hütete zuerst bei einem Bauern die Gänse. Aber er war ein kluger Junge, und als er herangewachsen war, wurde er als Schreiber angestellt. Bald hatte er sich viel Geld erworben, und die Leute kamen, um von ihm zu leihen. Er aber fragte zuvor bei allen, ob sie lesen und schreiben könnten, und sagten sie ja, so hatte er nichts zu leihen. Sagten sie nein, so schrieb er einen Schuldschein, und wenn er den Leuten nur zehn Taler auszahlte, schrieb er hundert darauf; das mußten sie dann mit einem Kreuze unterzeichnen. Zuletzt wurde Norberg sogar Advokat und bereicherte sich erst recht mit List und Tücke. Er war ein schlimmer Rechtsverdreher und klaubte Armen und Reichen das Geld aus der Tasche. Mit Recht wurde er darum von jedermann gehaßt. Er zog sich zuletzt ganz von der Welt zurück und ließ seine Haustür mit starken Eisenbändern beschlagen.

Schon bei seinen Lebzeiten wurde er an mehreren Stellen zugleich gesehen. Nach seinem Tode aber war er ein Wiedergänger, so daß alle Hausgenossen vor Furcht das Haus verließen, und dem Nachbarn wurden fünfundzwanzig Taler dazugegeben, daß er das Haus nur bewohnte. Eines Tages ging die Frau nach dem Abtritt, hatte sich aber kaum hingesetzt, so setzte sich Herr Norberg neben sie. Da lief sie erschrocken fort und schrie: »Peter, Peter, der Teufel ist da!« Jede Nacht durchlärmte er das ganze Haus, sah in jedes Bett hinein, und wenn dann die Bewohner schrien: »Der Teufel ist da!«, so ging er schleichend davon.

Um nun den Teufel loszuwerden, ließen die Leute einen Pastor kommen. Der hat ihn durch sein Beten in eine Graft verwiesen, die sollte er mit einem bodenlosen Eimer leerschöpfen. Nun war der Teufelsspuk weg. Als aber einmal ein trockener Sommer kam, wurde die Graft leer, und der Teufel stellte sich wieder ein. Der Pastor verwies ihn nun in einen Sandberg, der Eichenberg genannt, dort muß er die Sandkörner zählen. Da ist er noch jetzt und springt des Nachts manchem Furchtsamen, der des Weges kommt, auf den Rücken.

42.

GNÄDIG, HERR DÜVEL

Zu Hollen in Ostfriesland befand sich vorzeiten ein großer Hof, auf dem ein reicher Bauer saß. Aber er hatte einen wahren Fuchs von Nachbarn, der schon manches krumme Ding gerade gemacht hatte, wenn es seinen Vorteil galt. Dieser überlegte nun, was zu tun war, um den reichen Bauern von seinem Hof zu verjagen. Er kam auf den Einfall, einmal den Teufel zu spielen. Gedacht, getan. Er verkleidete sich recht als ein Gespenst. Mit Kuhschwanz, Hörnern und böse funkelnden Augen schlich er sich des Nachts vor das Bett des Bauern, der einige Nächte lang Angst schwitzte und vor Beklemmung keine Luft bekommen konnte, bis er Hilfe erhielt. Wenn man nämlich vom Teufel spricht, ist er in der Nähe, und wenn man wie ein Teufel spukt, hat er einen schon in seinen Krallen. Und so konnte der Alte das auch nicht länger ansehen, daß sein Stellvertreter dort oben auf der Erde solche Späße betrieb. Als es nun am dritten Abend wieder losgehn sollte, stieg er im feinsten Staat aus der Hölle heraus und faßte seinen Genossen gerade im selben Augenblick beim Kanthaken, als dieser dem Bauern schon sein letztes Stündlein ansagte. Unser neuer Teufel war nicht wenig erschrocken, als der Alte ihn ordentlich kniff und mit fürchterlicher Stimme fragte: »Wer bist du?« Aber zuletzt kriegte er seine fünf Sinne wieder beisammen und jammerte: »Gnädig, Herr Düvel, ik bün ook 'n Gespök.« »Du erbärmlicher Wicht!« rief der Teufel, »was willst du wohl vorstellen?« und warf ihn zur Türe hinaus und trat ihm auf den Fuß. Der Tritt muß gut gewesen sein, denn von Stund' an humpelte der Mann, und seine Nachkommen haben bis auf den heutigen Tag an ihrem rechten Fuß ein hufartiges Zeichen.

43.

DER LANGE HINNERKSEN

Vor langen Zeiten lag unweit der Stadt Esens im ostfriesischen Harlingerland das Dorf Bense außerhalb des Norddeichs. Es bestand nur aus etwa drei bis vier Bauernhöfen, aber diese waren unermeßlich reich. Die Gutsbesitzer waren allesamt hoffärtige und frevelhafte Leute und verachteten den lieben Gott. Aber am schlimmsten von allen trieb es ein langaufgeschossener Mann, der lange Hinnerksen genannt.

Schon in seiner Jugendzeit war er der gottloseste Bursche in der ganzen Umgebung und war früh verdorben. Er sehnte sich nach etwas ganz Außerordentlichem und schloß einen Vertrag mit dem Gottseibeiuns. Vierzig Jahre mußte der Teufel ihm, und er danach dem Teufel in alle Ewigkeit dienen. Hätte es sich aber einmal getroffen, daß der Teufel eine Forderung nicht zu erfüllen vermochte, dann wäre der Vertrag null und nichtig gewesen. Der Herr nutzte seinen Diener aus, soviel er nur konnte. Einst fiel es ihm ein, eine Reise nach England zu machen, aber nicht zu Schiff, sondern vierspännig in einer feinen Kutsche. Voll Übermut sagte er zu seinem Diener: »Baue mir eine Brücke über die Nordsee, aber sie soll erst entstehen, wenn ich anfange zu fahren. Und sie soll so schnell gelegt werden, daß ich ohne Aufenthalt im Galopp jagen kann, und sofort hinter dem Wagen soll sie wieder abgebrochen werden!« Gefordert, gebaut! Der lange Hinnerksen fuhr im gestreckten Galopp über das Meer. Noch viele tolle und halsbrecherische Teufeleien führten die beiden zusammen aus, doch ließ sich der Teufel nie in seiner wahren Gestalt erblicken. Nun begab es sich einmal, daß der Bauer einen neuen Großknecht annahm, der war ein frommer Mensch und gewann das Vertrauen seines Herrn. Er mußte in jeder Nacht aufstehen und den Pferden die Krippen nachfüllen. Einst zur Mitternacht stellte sich ein Begleiter bei ihm ein, schweigend sah er dem Knechte zu, und ebenso schweigend verrichtete dieser seine Arbeit und ging kopfschüttelnd zu Bett. Von dieser Nacht an stellte sich der mitternächtliche Wandersmann regelmäßig ein, und der Knecht gewöhnte sich an ihn. Als es einst wieder Mitternacht geworden war, erwachte der Knecht von einem furchtbaren Lärm. Die Pferde hatten sich losgerissen und sprangen wild umher, doch der Knecht beruhigte sie alsbald und band sie wieder fest. Da lachte hinter ihm der unheimliche Gast höhnisch auf, und der Knecht merkte, daß der leibhaftige Satan ihn begleitete. So ging das Lärmen viele Nächte hindurch, bis der Knecht es zuletzt nicht mehr ansehen und hören mochte. Er trat eines Morgens zu seinem Herrn und sprach: »Herr, der Teufel bindet jede Nacht Eure Pferde ab und peinigt sie; wollt Ihr dem Dinge nicht ein Ende machen?« Der Bauer wußte wohl, was dies zu bedeuten habe, und bat ihn, er möge die nächtliche Fütterung einstellen. Da der Knecht aber auf seiner Pflicht bestand, so sagte der Herr zu ihm, er wolle einmal mitgehen. Bei der nächsten Gelegenheit weckte der Knecht seinen Herrn und beide gingen in den Stall zum Heuboden hinauf, und der Teufel mit ihnen. Der Bauer aber tat, als sähe er nichts. Als sie oben waren, sagte der Knecht ängstlich: »Herr, der Dritte steht hinter Euch!« »Tue deine Pflicht«, antwortete der Bauer, »ich will die meine tun!« Zog ein scharfes Messer heraus und hieb damit nach dem Kopfe des Eindringlings. Aber er traf nur den Schatten und plötzlich wurde ihm selbst sein Kopf mit einem Ruck halb umgedreht, so daß er zu Boden stürzte. Der Knecht hob den Bauern auf und führte ihn ins Haus, wo er sich jammernd und wehklagend zu verstecken suchte. Auch verbot er, etwas von der Sache zu erzählen, aber dennoch wurde es fern und nah ruchbar. Bald kam der lange Hinnerksen zu sterben, und der Teufel holte seine Seele.

Trotz dieser Warnungszeichen ließen die anderen Benser Gutsherren nicht ab von ihrem sündhaften Leben, ja sie trieben es nur noch ärger denn zuvor. In einer Nacht folgte die Strafe, als kein Mensch daran dachte. Das Meer erhob sich aus seinen Ufern und verschlang das ganze stolze Dorf. Ein mächtiges Seegatt war eingerissen, wo einst Bense stand, und bis auf den heutigen Tag hat man es nicht aufschlicken können.

44.

DER LANGESLOOT FORDERT SEIN OPFER

Ein Schlittschuhläufer lief eines Abends bei hellem Mondschein auf dem Langesloot von Ernewolde nach Wartena. Da sah er plötzlich ein schwarzes Gespenst hinter sich. Er beeilte sich, aber der Spuk folgte ihm ebenso schnell nach. Der Schlittschuhläufer nahm alle Kräfte zusammen, aber das schwarze Gespenst blieb fortwährend einige Schritte hinter ihm. In Todesangst flog er nur so über das Eis hinweg, aber konnte es doch nicht lassen, ab und zu sich umzusehen. So merkte er nicht, daß vor ihm eine Wake, eine große Öffnung im Eise, war, und lief hinein. Ein Hohngelächter klang ihm in die Ohren, und der Spuk war verschwunden.

Der Schlittschuhläufer sauste quer durch das Wasser mit dem Kopf gegen den scharfen Rand der Eiskruste an der gegenüberliegenden Seite der Wake. Er war in solcher Fahrt, daß das Haupt glatt vom Rumpfe geschnitten wurde, und der Rumpf schoß unter dem Eise weiter, während der Kopf darüber hinglitt. Bei der nächsten Wake kamen die beiden Teile so gut wieder aufeinander zurecht, daß der Mann von dem ganzen Sturz nichts bemerkt hatte, und sogleich fror das Haupt wieder auf dem Rumpfe fest. Bei dem Dorfe Wartena stieg er aus dem Wasser und stand alsbald durchnäßt und frierend auf dem Deich. Er begab sich nach einer Bäckerei, um sich am Ofen etwas zu erwärmen; der Bäcker war eine alte Bekanntschaft und erlaubte es ihm gerne. Aber als der Schlittschuhläufer am Ofen saß, taute, ohne daß er es merkte, sein Kopf los. Er wollte sich schneuzen, aber durch den Ruck an der Nase fiel das Haupt vornüber in das Becken mit glühenden Kohlen. Darin fand er seinen Tod und wurde so ein Opfer des Wassergeistes vom Langesloot.

Einst fuhr ein Schiffer auf dem Langesloot nach Ernewolde. Er hatte einen schweren Tag gehabt, und es war schon ziemlich spät am Abend geworden. Ungefähr auf der Hälfte der Kanalstrecke steuerte er das Fahrzeug nach dem Ostdeich. Dort wollte er in der schönen Sommernacht vor Anker gehen, aber der Knecht dachte an nichts Gutes und riet es ihm entschieden ab. Der Schiffer glaubte nicht an Spuk und legte das Fahrzeug unmittelbar am Deich fest. Danach nahmen die beiden Männer ihr Abendessen zu sich und begaben sich zur Ruhe, der Knecht vorn und der Schiffer hinten im Kahn.

Der Knecht konnte nicht gleich einschlafen, so müde er auch war, er hatte eine Vorahnung von einem Unglück. Am anderen Morgen, noch vor Sonnenaufgang, lag ein dichter Nebel über der Landschaft, da stand der Schiffer auf und sprang an der linken Seite seines Schiffes über Bord, an den Ostdeich, meint ihr? Nein, er taumelte Hals über Kopf ins Wasser und ertrank. Was war geschehen? Der Spuk hatte in der Nacht das Fahrzeug nach der anderen Seite hinübergeschoben und am Westdeich festgelegt, während der Vordersteven noch nach Süden gerichtet war. So wurde der Schiffer für seinen Unglauben mit dem Tode bestraft. Seit der Zeit aber blieb kein Schiff mehr des Nachts im Langesloot vor Anker liegen.

45.

DIE SCHLACHT BEI BORNHÖVEDE

Als Graf Alf mit seinen Holsten dem König Waldemar auf dem Felde bei Bornhövede gegenüberstand und schon lange gekämpft war, begannen seine Scharen zu weichen. Denn die Sonne schien ihnen ins Gesicht und die Dänen wehrten sich tapfer. Da flehte der edle Herr mit inbrünstigem Gebete zu der heiligen Maria Magdalena, deren Tag gerade war, und verhieß ihr ein Kloster zu bauen, wenn sie ihm hülfe. Da erschien die Heilige in den Wolken, segnete das Heer und bedeckte mit ihrem Gewande die Sonne. Als die Holsten dieses Wunder sahen und Graf Alf sie zugleich mit Worten ermunterte, faßten sie neuen Mut und nachdem die

Dithmarschen ihre Schilde umgekehrt hatten und den Dänen in den Rükken gefallen waren, ward der vollständigste Sieg erfochten.

In dieser Schlacht hatte der König Waldemar seinen Stand auf dem Hügel, der nach ihm der Köhnsberg heißt. Es ward ihm sein Pferd unter dem Leibe erschossen. Als seine Leute geflohen waren und es schon dunkel werden wollte, irrte er noch hilflos auf dem Schlachtfelde umher. Da traf er einen schwarzen Ritter, der seinen Helm geschlossen hatte; den bat er für eine gute Belohnung ihn nach Kiel in Sicherheit zu bringen. Der Ritter nahm ihn zu sich aufs Pferd und brachte ihn ohne ein Wort zu sagen zur Stelle. Als sie in den Schloßhof einritten und die Diener mit Fackeln erschienen, forderte ihn der König auf, seinen Helm zu öffnen und seinen Namen zu nennen, damit er seinen Lohn empfange. Da schlug der Ritter das Visier zurück und alle erkannten erstaunt den Grafen Alf selbst. Er wandte darauf sein Roß und ritt eilend zu seinen Leuten ins Lager zurück.

46.

ALTONA

Auf dem Hügel, wo jetzt Altona steht, standen vor einigen hundert Jahren nur wenige elende Fischerhütten. Da wetteten zu einer Zeit die reichen Hamburger miteinander, sie könnten, wenn sie nur wollten, mit ihrem Gelde noch eine solche Stadt erbauen wie Hamburg. Gesagt, getan. Um nun zu erfahren, wo das erste Haus gebaut werden sollte, band man einem Waisenknaben die Augen zu, damit er nicht sehen könnte, und ließ ihn gehen, wo er aber zuerst niederfiele, sollte die Stadt stehen. Der Knabe ging fort, kam bald von dem Hamburger Gebiet auf holsteinischen Grund und Boden, und wie er nun an jenen Hügel kam, stieß er an und fiel nieder. Da riefen die Hamburger: »Dat ist ja all to na!« Aber sie hielten doch Wort, die Stadt ward dahin gebaut und bekam den Namen Altona.

47.

DER WERWOLF IN OTTENSEN

In Ottensen bei Altona war ein Bauer, der mit dem Bösen einen Kontrakt machte. Von nun an lebte er in Saus und Braus, und das Geld fehlte ihm nicht, obwohl er vorher so arm gewesen war, wie nur einer. Dafür aber mußte er an dem letzten Tage jedes Monats sich in einen Werwolf verwandeln und jedesmal einen Menschen umbringen. Lange gelang es ihm auch. Aber als er einmal eine alte Frau, die hinter der Tür stand, anfallen wollte, schlug diese schnell den obern Teil zu und klemmte so lange seinen Kopf dazwischen, bis er sich nicht mehr rührte. Da ließ sie los und er fiel zurück, war aber noch nicht tot, sondern hatte sich nur so gestellt und lief voll Angst fort. Als er aber in der folgenden Nacht im Bette lag, kam der Teufel, um ihn zu holen, weil er seinen Kontrakt nicht gehalten habe. Doch kam der Bauer diesmal noch frei; denn er versprach seine eigne kleine Tochter aufzufressen.

Ungefähr ein Jahr darauf war der Bauer mit seiner Magd allein auf dem Feld beim Heu, als es Mittag schlug und er sich erinnerte, daß es der letzte des Monats sei. Sogleich spannte er seinen Riemen um, den er immer bei sich trug und stürzte sich plötzlich als Wolf auf die arme Magd. Glücklicherweise erinnerte die sich gleich seines Taufnamens, und als sie ihn dreimal dabei gerufen hatte, stand er wieder verwandelt vor ihr; denn das allein kann helfen. Da lief die Magd eilig nach dem Dorfe, holte ihre Sachen und ging, ohne einem Menschen etwas zu sagen, nach Hamburg. Denn sie wollte vor Furcht nicht länger in seinem Hause bleiben, das er sich prächtig am Graswege erbaut hatte. In der Nacht kam der Böse wieder zu ihm und nur durch den Tod seines zweiten, einzig noch übrigen Kindes konnte er sich retten. Da erkannte seine fromme Frau, daß ihr Mann ein Werwolf sei, und ging von ihm in ein Kloster (Pflegehaus) und alle Leute verließen ihn und niemand wollte mehr in seinem Hause bleiben. So mußte auch er es zuletzt verkaufen und ging nach Hamburg, wo er in einem Wirtshaus sich einmietete und seine Schandtaten ungestört und unerkannt zu vollbringen dachte. Aber seine frühere Magd diente zu seinem Unglück jetzt in dem Hause und sie hatte ihn gleich erkannt. Als daher der letzte Tag des Monats kam und der Bauer sich eben auf seinem Zimmer eingeschlossen und verwandelt hatte, holte sie die Wache, nannte dreimal seinen Namen, und da er nun sogleich wieder zu einem Menschen wurde, ergriff man ihn und führte ihn ins Gefängnis.

48.

DIE HAND DES HIMMELS

In Blankenese war ein junger Fischer; dem ging's unglücklich und es wollte ihm mit dem Fange gar nicht gelingen. Er geriet in Mangel und Elend, und Frau und Kinder mußten Hunger leiden. Einmal war's ein heißer Sommertag gewesen. Als aber gegen Abend ein Gewitter im Westen mit der Flut aufstieg, entschloß sich der Fischer noch eine Fahrt zu wagen, weil er gehört hatte, daß in solchen Augenblicken die Fische am besten ins Garn gingen. Er stieg ins Boot und fuhr auf die Elbe hinaus, obgleich alle ihn warnten und das Wasser schon dunkel und unruhig ward. Kaum aber hatte er seine Netze ausgeworfen, so konnte er sie auch schon wieder aufziehen und in einem Augenblick war seine Jolle voll. Da wollte er noch einen Zug versuchen und die Netze noch einmal auswerfen, als ein fürchterlicher Donnerschlag über ihm losbrach und ihn erschreckte. Wie er wieder zu sich kam, sah er mitten auf den Fischen eine weiße Totenhand liegen. Da setzte er rasch die Segel auf und wie ein Pfeil schoß seine Jolle dem Strande zu. Es war ein Glück für ihn, daß er sich hatte warnen lassen und Gott nicht länger versucht hatte. Die Totenhand hängte er nachher als Wahrzeichen in der Nienstedter Kirche auf, und sie ist lange noch da zu sehen gewesen, da sie ganz unverwest blieb. Man nannte sie die Hand des Himmels. Als sie endlich herunter fiel, verbrannte man sie zu Asche und bereitete eine Oblate daraus, die bis auf den heutigen Tag gezeigt wird. Der Fischer ward seit jenem Tage ein reicher und begüterter Mann, weil, wie man sagte, die Hand des Himmels mit ihm war.

49.

DE GODE KRISCHAN

Es war einmal eine traurige Zeit für Blankenese. Kein Fisch ging ins Netz mehr, keiner biß mehr an die Angel, das Korn auf dem Felde verdorrte und war taub, die Obstbäume standen leer, Kühe und Schafe trockneten auch, die Pferde wurden lahm, es herrschte der bitterste Mangel. Und je weiter es in dem Jahre gegen den Herbst kam, je ärger ward es. Eine Scheune und ein Stall nach dem andern brannten ab, so wie Korn und

Vieh eingebracht waren. Selbst die kleinen Kinder wurden nachts vor dem Bette der Eltern aus den Wiegen weggestohlen, obgleich man Türen und Fenster wohl verwahrt hatte und sie nachher auch noch immer fest verschlossen fand. Was die Ursache dieses Unglücks sei, wußte niemand zu sagen, niemand wußte auch Rat. Der Ort war dem äußersten Elend nahe. Da entdeckte endlich durch Zufall ein Hirtenbursche, wie es damit sei. Er war gegen Abend vor Müdigkeit am Abhange des hohen Sülbergs eingeschlafen. Erst um Mitternacht erwachte er und wollte eben schnell nach dem Dorfe zurückkehren, als er zu seinem Schrecken den Berg sich voneinander tun und ein altes häßliches Weib aus der Spalte hervorkommen sah. Eine Weile stand sie noch auf der Spitze des Berges still und sah sich nach allen Seiten um, dann stieg sie hinab und ging dem Dorfe zu mit den Worten: »Nun, ich will hin und will allen Kühen und Pferden die Schwänze abschneiden. Das soll morgen einen hübschen Spektakel geben.« Der Hirtenjunge hatte sich aus Furcht hinter einen Busch verkrochen und platt auf den Bauch niedergelegt, um nicht von der Hexe gesehen zu werden. Kaum aber war sie fort, eilte er dem Strande zu, machte ein Boot los und fuhr auf die Elbe hinaus; denn ins Dorf wagte er sich nicht, weil er der Hexe leicht begegnet wäre. Am Morgen aber ruderte er wieder zurück, weckte die Leute und erzählte, was er gehört hatte. Da sah man nun in den Ställen nach und kein Pferd und keine Kuh war verschont geblieben; später fand man die abgeschnittenen Schwänze unten am Ufer liegen.

Nun dachten die Blankeneser darauf, wie am besten dem Unheil abzuhelfen sei. Die heilige Christnacht ward zur Ausführung des Planes ausersehen. An der Stelle des Berges, wo der Hirtenjunge das Weib hatte herauskommen sehen, ward ein großer Holzstoß errichtet und viel Stroh zusammengetragen. Am Abend versammelte sich das ganze Dorf, alt und jung, am Fuße des Berges, mit dem Pastor aus Nienstedten an der Spitze; der gute Christian, wie der Hirtenjunge hieß, stand allein in der Nähe des Scheiterhaufens mit einer brennenden Lunte in der Hand. Als nun die Uhr zwölf schlug, so fing es in dem Holzstoß an zu rasseln, mehrere Stücke fielen auseinander und in einem Augenblick stand die Hexe vor ihm. Sogleich steckte der Bursche die Lunte in das Stroh und in demselben Augenblicke stimmten die Leute unten am Berge einen Gesang an und kamen immer näher herzu. Der Scheiterhaufen stand bald in hellen Flammen; darum konnte die Hexe nicht zurück in den Berg, gegen den Pastor und den Gesang konnte sie auch nicht ankommen, und dem guten Christian konnte sie nichts anhaben, weil er erst eben vorher das Abendmahl genommen hatte und reines Herzens war. Die Blankeneser kamen unterdes immer näher und näher in einem Kreise auf sie zu und drängten sie so endlich in die Flamme; da mußte sie elendiglich verbrennen. Die Stelle, wo dies geschehen ist, blieb bis auf diesen Tag kahl und öde und kein Halm wächst darauf; aber die Geschichte vom goden Krischan ist noch in Blankenese und der ganzen Umgegend wohl bekannt; denn er war es, der das Dorf von der Plage befreite, so daß es seitdem wieder zu seinem alten Wohlstand kommen konnte.

50.

DIE UNTERIRDISCHEN

a) Jedesmal fast, wenn im Pinnebergischen Hochzeit ist, so kann man merken, daß die Unterirdischen unsichtbar mit am Tische zwischen den Leuten sitzen; sie helfen ihnen essen und es wird an der Seite, wo sie sich aufhalten, noch einmal so viel verzehrt als auf der andern; die Speisen verschwinden nur so. Dasselbe tun sie auch im nördlichen Schleswig.

Auf Sötel zu Süden Horrsted wohnten sie früher auch. Der Schafhirte von Horrsted hat oft mit ihnen getanzt. Sie hatten dann viele goldene Ketten um sich und nötigten oft den Schafhirten in ihre unterirdischen Wohnungen zu kommen. Auf den Büschen in der Nähe hatten sie zuzeiten viel Leinenzeug ausgebreitet zum Bleichen oder zum Trocknen, auch viele goldene Gefäße zum Auswettern daran aufgehängt.

Sie können sehr bösartig sein. Einen Mann in Süderstapel, der mit den neuen Kolonisten ins Land zog, haben sie sein Leben lang verfolgt. Sie stahlen ihm einmal seinen Schimmel und brachten ihn erst wieder, als er lahmte.

b) Jetzt gibt es keine Unterersche mehr, der wilde Jäger ließ ihnen keine Ruhe. Da haben sie zuletzt den Fährmann in Lübeck angenommen, daß er sie über das große Wasser (die Ostsee) setze. Einer von ihnen machte den Akkord und ehe sich's der Fährmann versah, war das ganze Schiff grimmelnd und wimmelnd voll von Untererschen, die alle mit wollten. Sie bezahlten aber gut und die Familie des Mannes hat noch ihren Reichtum von der Zeit her.

Als sie noch ihr Wesen hier hatten, konnte man in einem Hause in Stocksee durchaus keine Kälber groß ziehn, sie starben immer in den ersten Tagen. Da kam einmal, als die Leute wieder eins zugesetzt hatten, eine ganz kleine Frau heraus und sagte: »Leute, Kälber könnt ihr hier nicht groß ziehn, ich habe mein Bett gerade unter dem Stall. Wenn der Addel (die Mistjauche) herunterläuft, muß das Kalb sterben.« Da verlegten die Leute den Stall und das Unglück hörte auf.

Auch in Sebelin sind einmal mehrere Unterirdische hinter den Kühen im Kuhstall aus der Erde gekommen und haben geklagt: »De Trippeln sünd oewer de Troll.« Das sollte heißen, die Kühe stünden gerade über dem Bükkessel. Also büken die Unterirdischen auch.

Ein Bauer pflügte mit seinem Jungen. Da rochen sie, daß die Unterirdischen frisches Brot hatten. »Ach«, sagten sie, »hätten wir auch doch was ab!« Als sie nun die Wende wieder herumkamen, stand da ein Tisch gedeckt vor ihnen. Sie setzten sich nieder und ließen sich's wohl schmecken. Nach der Mahlzeit aber nahm der Junge die Messer weg, da wollte der Tisch gar nicht verschwinden, tat's auch nicht eher, als bis die Messer an ihren Ort gelegt waren. Und nach der Zeit haben sie nicht einmal wieder was gerochen, viel weniger also den Tisch zum zweiten Male gesehen.

Ein Rendsburger erzählt, es sei in seiner Familie lange ein ganz eigner Stein aufbewahrt gewesen, den man einst bei einem im Freien spielenden Kinde gefunden habe. Das Kind habe gesagt, ein ganz kleines Männchen hätte den Stein ihm gegeben, und es habe noch mit dem Finger auf die Stelle hingezeigt, wo das geschehen. Das Männchen aber war nachher nicht mehr zu sehen.

51.

DER VERGRABENE SCHATZ

Nicht weit von Ütersen liegt das Dorf Heist. Hier lebte vor Jahren ein alter Mann, der viel zur See gereist war und sich viele Reichtümer erworben hatte. Denn so mußte man im Dorfe glauben, obwohl er nur zur Miete wohnte, weil er den Armen immer reichlich gab und immer Geld vollauf hatte. Doch nach seinem Tode fand man zur Verwunderung der Leute nichts in seiner Wohnung. Aber seit der Zeit zeigte sich auf der Loge, der Meente des Dorfes, ein großes helles Licht in dunkeln Nächten, viel größer als ein gewöhnliches Irrlicht und auch flackerte es nicht umher wie diese, sondern stand unbeweglich auf einer Stelle. Ein paar junge Bauern beschlossen endlich, es einmal näher zu untersuchen. An einem Abend, als das Licht sich wieder zeigte, gingen sie hinaus auf die Loge, und als sie in seine Nähe kamen, stießen beide nach Verabredung einen tüchtigen Fluch aus, weil sie wußten, daß ein gewöhnliches Irrlicht davor wegliefe; aber dies Licht blieb stehen. Sie fluchten zum zweiten Male und zum dritten Male; da fuhr das Licht zischend empor und floh nicht, sondern kam gerade auf sie los. Voll Schreck ergriffen sie die Flucht und erreichten eben noch das Wirtshaus, als es ihnen ganz nahe auf den Fersen war; und da sie eben die Tür zugeschottet hatten, fiel ein so furchtbarer Schlag dagegen, daß sie vor Schreck niederfielen. Am andern Morgen fand man ein großes Hufeisen darauf eingebrannt, und so oft der Tischler das Brett auch herausnahm, immer war es am andern Morgen wieder zu sehen. Nach längerer Zeit wollte der eine Bauer auf der Loge einen Feldstein mit Pulver sprengen. Als man nun eine Grube aufwarf, um den Stein dahinein zu legen, traf man auf etwas Hartes und fand bald einen eisernen Kasten, der, als man ihn mit vieler Mühe öffnete, eine große Menge der allerblanksten Geldstücke enthielt. Nun erkannte man, daß sie zufällig die Stelle getroffen hätten, wo sich immer das Licht zeigte, und auf dem Deckel des Kastens war ein eben solches Hufeisen zu sehen wie an der Wirtstür. Der Bauer war so klug, das Geld nicht allein für sich zu behalten, sondern teilte es mit dem ganzen Dorfe, weil es auf der Gemeindewiese gefunden war. Seit der Zeit ist das Licht verschwunden und auch das Hufeisen an der Wirtstür blieb weg, als man ein neues Stück einsetzte. Die Loge ist jetzt seit Jahren auch aufgeteilt.

52.

DAS JOHANNISBLUT

Zu Klostersande bei Elmshorn lag früher zwischen dem Pilzer- und dem Kuppelberg die sogenannte Hexenkuhle. Man sieht hier oft an gewissen Tagen, namentlich am Johannistage, mittags zwischen zwölf und ein Uhr, alte Frauen wandeln, die auf den Pilzerberg wollen, um in dieser Stunde ein Kraut zu pflücken, das allein da wächst. Dies Kraut hat in seiner Wurzel Körner mit einem purpurroten Saft, der das Johannisblut heißt. Die alten Frauen sammeln dies in blecherne Büchsen und bewahren es sorgsam auf; aber nur, wenn es in der Mittagsstunde gepflückt wird, kann es Wunder tun. Mit dem Schlage eins ist seine Kraft vorbei.

53.

DIE GLOCKE IN KREMPE

Ehe noch die schöne Kremper Kirche im Russenkriege von den Schweden in die Luft gesprengt ward, hing in ihrem noch heute berühmten Turme eine Glocke, die sich vor allen andern durch ihren Klang auszeichnete.

Als sie nämlich gegossen ward und die Speise schon zum Gusse fertig war, ging der Meister noch einmal davon und befahl dem Lehrjungen unterdes des Ofens wahrzunehmen. Der benutzte nun die Zeit und goß einen ganzen Tiegel voll geschmolzenes Silber hinein, ums recht gut zu machen, oder weil er wohl meinte, es solle doch noch dazu. Als der Meister nun zurückkam und den leeren Tiegel sah, ergrimmte er so, daß er einen Stock ergriff und damit auf den Jungen losschlug, daß er tot niederfiel. Da man nun die Glocke auf ihren Stuhl brachte, gestanden alle, daß sie nimmer einen helleren Klang gehört hätten; aber so lange man sie geläutet hat, war es, als sage sie immer mit traurigem Tone: »Schad' um den Jungen! Schad' um den Jungen!«

Die Glocke erregte bald den Neid der Hamburger; aber vergebens boten sie den Krempern große Summen. Endlich aber ward man handelseinig; die Hamburger wollten für die Glocke eine goldene Kette geben, so groß, daß sie um ganz Krempe herum reichte. Als man nun die Glocke auf einen Wagen brachte und man damit auf den hohen Weg ganz nahe bei Krempe kam, sank der Wagen ein und so viel Pferde man auch davor spannte, er war nicht von der Stelle zu bringen. Als man aber umkehrte, ging er ganz leicht mit zwei Pferden wieder nach Krempe zurück und die Glocke mußte da bleiben und hat bis zu jenem unglücklichen Tage im Turm gehangen. Die Glocke hieß Maria. Man hat vergeblich nach der Sprengung der Kirche nach einem Bruchstück gesucht; einige meinen, die Schweden hätten sie vorher gestohlen, aber andre sagen, sie sei tief hinunter in die Erde gesunken.

54.

DIE AHNFRAU VON RANZAU

In dem hollsteinischen adlichen Geschlecht der von Ranzau gehet die Sage: eines mals sei die Großmutter des Hauses bei Nachtzeit von der Seite ihres Gemahls durch ein *kleines Männlein,* so ein Laternlein getragen, erweckt worden. Das Männlein führte sie aus dem Schloß in einen hohlen Berg zu einem kreißenden Weib. Selbiger legte sie auf Begehren die rechte Hand auf das Haupt, worauf das Weibchen alsbald genas. Der Führer aber führte die Ahnfrau wieder zurück ins Schloß und gab ihr ein *Stück Gold* zur Gabe mit dem Bedeuten, daraus dreierlei machen zu lassen: funfzig *Rechenpfennige,* einen *Hering* und eine *Spille,* nach der Zahl ihrer dreien Kinder, zweier Söhne und einer Tochter; – auch mit der Warnung: diese Sachen wohl zu verwahren, ansonst ihr Geschlecht in Abnahme fallen werde.

Die neuvermählte Gräfin, welche aus einem dänischen Geschlecht abstammte, ruhte an ihres Gemahles Seite, als ein Rauschen geschah: die Bettvorhänge wurden aufgezogen und sie sah ein wunderbar schönes *Fräuchen,* nur ellnbogengroß mit einem Licht vor ihr stehen. Dieses Fräuchen hub an zu reden: »Fürchte dich nicht, ich tue dir kein Leid an, sondern bringe dir Glück, wenn du mir die Hülfe leistest, die mir Not tut. Steh auf und folge mir, wohin ich dich leiten werde, hüte dich etwas zu essen von dem, was dir geboten wird, nimm auch kein ander Geschenk an, außer das was ich dir reichen will und das kannst du sicher behalten.«

Hierauf ging die Gräfin mit und der Weg führte unter die Erde. Sie kamen in ein Gemach, das flimmerte von Gold und Edelstein und war erfüllt mit lauter kleinen Männern und Weibern. Nicht lange, so erschien ihr König und führte die Gräfin an ein Bett, wo die Königin in Geburtsschmerzen lag, mit dem Ersuchen ihr beizustehn. Die Gräfin benahm sich aufs beste und die Königin wurde glücklich eines Söhnleins entbunden. Da entstand große Freude unter den Gästen, sie führten die Gräfin zu einem Tisch voll der köstlichsten Speisen und drangen in sie zu essen. Allein sie rührte nichts an, eben so wenig nahm sie von den Edelsteinen, die in goldnen Schalen standen. Endlich wurde sie von der ersten Führerin wieder fortgeführt und in ihr Bett zurückgebracht.

Da sprach das Bergfräuchen: »Du hast unserm Reich einen großen Dienst erwiesen, der soll dir gelohnt werden. Hier hast du drei *hölzerne Stäbe,* die leg unter dein Kopfküssen und morgen früh werden sie in Gold verwandelt sein. Daraus laß machen: aus dem ersten einen *Hering,* aus dem zweiten *Rechenpfennige*, aus dem dritten eine *Spindel* und offenbare die ganze Geschichte niemanden auf der Welt, außer deinem Gemahl. Ihr werdet zusammen drei Kinder zeugen, die die drei Zweige eures Hauses sein werden. Wer den Hering bekommt, wird viel Kriegsglück haben, er und seine Nachkommen; wer die Pfennige, wird mit seinen Kindern hohe Staatsämter bekleiden; wer die Kunkel, wird mit zahlreicher Nachkommenschaft gesegnet sein.«

Nach diesen Worten entfernte sich die Bergfrau, die Gräfin schlief ein und als sie aufwachte, erzählte sie ihrem Gemahl die Begebenheit, wie einen Traum. Der Graf spottete sie aus, allein als sie unter das Kopfkissen griff, lagen da drei Goldstangen; beide erstaunten und verfuhren genau damit, wie ihnen geheißen war.

Die Weissagung traf völlig ein und die verschiedenen Zweige des Hauses verwahrten sorgfältig diese Schätze. Einige, die sie verloren, sind verloschen. Die vom Zweig der Pfennige erzählen: einmal habe der König von Dänemark einem unter ihnen einen solchen Pfennig abgefordert und in dem Augenblick wie ihn der König empfangen, habe der, so ihn vorher getragen, in seinen Eingeweiden heftigen Schmerz gespürt.

55.

DIE HEXEN IN WILSTER

In Wilster gab es ehedem viele Hexen und böse Leute; das ist aber schon lange her. Die Ältermutter meiner Großmutter hat es dieser als Kind erzählt und die Geschichte immer angefangen: »Dat weer all lang voer mien Tied.«

Es war in Wilster ein junger Mann, ein Sonntagskind, der die Hexen vorzüglich sehen und kennen konnte. Eines Tages stand er auf einem Platz in der Stadt, wo eine Menge Bauholz gelagert war, vor einem alten Hause und schimpfte zum Giebelfenster hinauf: »Wat sittst du dar all wedder un spinnst, du ole verfluchte Hex?« Da rief die Hexe herunter: »Sönken, Sönken, laat mi doch mien Faden spinnen!« und augenblicklich saß der junge Mensch unter dem Bauholz, wo die Leute ihn mit Mühe hervorzogen.

In einer Nacht ward derselbe junge Mann durch einen fürchterlichen Lärm aus dem Schlafe geweckt. Gleich mußte er aus den Federn und da sah er einen ewig langen Zug von Weibern auf Besenstielen und Ofengabeln reiten, die mit Feuerzangen an blanke Kessel schlugen, und so ging's fort;

er mußte hinterdrein. Als sie auf den Kreuzweg kamen, hielten sie einen großen Tanz, er mußte mit allen rund tanzen. Auch hatten sie einen großen silbernen Becher; der ging von Hand zu Hand und sie tranken dem jungen Mann daraus zu und hielten einen Ringeltanz um ihn. Aber gerade als er den Becher in die Hand bekam, schlug die Uhr eins, die Hexen verschwanden und er blieb allein nach mit dem Becher in der Hand. Als er sich besonnen hatte und den Becher betrachtete, fand er die Namen aller Hexen darauf ausgegraben; obenan stand die Frau Bürgermeisterin. Da ging er am andern Morgen zum Bürgermeister und meldete ihm alles, wie schändlich es in der Stadt hergehe, und wie seine eigne Frau eine Hexe sei. Da gab ihm der Bürgermeister viel Geld, damit er nicht weiter davon rede.

Zu dieser Zeit stand die Stadt noch nicht, wo sie jetzt steht, sondern weiter nach Norden zu an einem Arm der Wilsterau, der die alte Wilster heißt. Die Leute taten alles, um die Hexen auszurotten und ihrer los zu werden. Als sie aber sich daran machten die mächtigste und bedeutendste unter ihnen zu vertreiben, versank plötzlich an einem Sonntagvormittag während der Kirchzeit die ganze Stadt, so daß nur die oberste Spitze des Turmes sichtbar blieb. Vor fünfzig Jahren konnte man diese noch immer sehen, und nachts um zwölf Uhr hat man die Hexen darauf tanzen sehen und gehört, wie sie jubelten und frohlockten über den Sieg, den sie über ihre Gegner errungen.

56.

PAYSSENER GREET

Auf der großen Heide zwischen Itzehoe und Hohenwestede bei dem Dorf Payssen in der Nähe des einsamen Wirtshauses zeigt man noch die Stelle, wo einst ein großes Schloß stand. Das Wirtshaus heißt der Payssener Pohl (Pfuhl). Hier auf dem Schlosse wohnte eine gottlose Herrin; sie war gefürchtet in der ganzen Umgegend; die Reisenden nahm sie erst freundlich auf, führte sie aber bald an eine Falltür, wo eine solche Vorrichtung war, daß die Hinabsinkenden getötet wurden; auch an ihrem Gesinde übte sie die größten Grausamkeiten und ihren Mann hatte sie in ein dunkles Gefängnis einsperren lassen, und soll ihn dann mit eigner Hand ermordet haben. Darauf hat sie noch einen falschen Schwur getan, in dem sie ihre Unschuld an seinem Tode beteuerte. Alsbald ist aber das Schloß versunken, und zur Strafe ward der Frevlerin aufgelegt, die Heideblümchen des ganzen

Reviers zu zählen; wenn sie einmal damit fertig würde, solle sie erlöst sein. Wenn sie nun in einer Nacht ein Stück gezählt hat, sind am Morgen eine neue Menge Blumen hinzugekommen und andre verschwunden, und so geht es immer fort und sie wird niemals fertig. Ihr Gespenst irrt noch immer auf dem hohen Heideviert umher; man nennt sie die Payssener Greetje, und sie ist weit und breit bekannt, da die Landstraße von Rendsburg nach Itzehoe gerade an dem Ort ihrer Strafe vorbeiführt.

Die Payssener Greet hat sich oft den Vorüberreisenden gezeigt und sie erschreckt. Wer sie anruft, dem erscheint sie, und manchem Verirrten hat sie bei Nacht und Nebel den richtigen Weg gezeigt. Böse Menschen aber verfolgt sie. Oft hat sie den Pferden in die Zügel gegriffen und den Wagen umgestürzt. Ein Fuhrmann hatte in dem Wirtshause vor der Heide einmal ein Glas zu viel getrunken und wollte spät abends noch weiter. Man warnte ihn vor der Greet; er aber sagte, sie solle nur kommen, er wolle ihr schon Bescheid tun. Mitten auf der Heide standen seine Pferde plötzlich still und gingen nicht von der Stelle, so sehr er auch drauf einschlug. Der Fuhrmann fluchte und tobte, da stand mit wildem flatternden Haar, die Faust drohend geballt, das riesige Gespenst mit einmal vor ihm. Der Kerl, außer sich vor Wut, erhub die Peitsche, um einen Streich auf sie zu führen, als der Wagen umkippte und er zu Boden stürzte. Am andern Morgen fand man ihn besinnungslos da liegen.

Einmal kam ein fremder Herr, der sich hier im Lande auf unehrliche Weise viel Geld und Gut erworben hatte, hier durch. Er wollte mit dem Erworbenen nun ins Ausland reisen, aber die Fuhrleute weigerten sich bei Nacht über den Viert zu fahren. Da ging er dreimal, unverständliche Worte murmelnd, um jeden Wagen und sagte darauf, daß sie nun zauberfest wären. Als sie aber an den Kreuzweg kamen, sahen die Fuhrleute eine große Frauengestalt nebenhergehen, die mit langem Arm überlangte und mit dem Zeigefinger auf jede Kiste im Wagen tippte, als wenn sie sie zählte. »Gott sei uns gnädig«! rief der Fuhrmann, bei dem der Herr im Wagen saß. Als dieser des Fuhrmanns Angst sah, machte er drei Kreuze über seine Augen und der Fuhrmann sah die Gestalt nicht mehr. – Wenn überhaupt einer ungerechtes Gut über die Heide fährt, so hockt die Payssener Greet sich hinten auf den Wagen und die stärksten Pferde können ihn nicht von der Stelle ziehn. Ebenso tut sie, wenn Leute gestohlene oder unrechtmäßig erworbene Sachen tragen. Ein Dieb hatte im Dorfe einen Sack voll gestohlen; als er auf die Heide kam, mußte er irregehen, und seine Last ward immer schwerer und schwerer, und auf keine Weise war es ihm möglich sie abzulegen, so gerne er ausgeruht hätte. Als er sich endlich umsah, saß die Greet hinten auf und vor Schreck sank er um. Da er am andern Morgen erwachte, befand er sich bei dem Hause, wo er in der Nacht gestohlen hatte. Er gab dem Eigentümer alles zurück und erzählte, wie die Greet ihn in der Nacht irregeführt, und bat um Verzeihung. Seit der Zeit hat er nicht wieder gestohlen.

Viele glauben, daß die Payssener Greet dem nur etwas anhaben könnte, der in den Bezirk ihres ehemaligen Schlosses käme und sie beim Zählen der Blumen störe; wer sie einmal über den Kreis hinausbrächte, der würde sie erlösen, so habe auch eine alte Prophezeiung gelautet und ein Prediger hätte sie endlich wirklich erlöst. Er sollte nämlich einem Sterbenden das Abendmahl reichen und den letzten Trost geben. Da es Nacht war, wollte niemand ihn über den Viert bringen nach dem Dorfe, wo der Kranke lag. Da verlangte der Prediger zwei weißgeborne Pferde und wollte selbst hinüberfahren. Es erbot sich noch ein achtzehnjähriger Jüngling ihn zu begleiten. Als sie an den Kreuzweg kamen, standen die Pferde still und gingen nicht weiter. Der Prediger und sein Fuhrmann sahen sich um und mitten im Wagen stand hoch aufgerichtet die Greet. Der Prediger sprach seinen Segen und fragte sie, warum sie sich in ihrer Arbeit stören lasse. Sie antwortete nicht, sondern setzte sich so schwer in den Wagen nieder, daß die Achse brach und das Rad seitwärts überfiel. Da stieg der Prediger vom Wagen, langte über und hob die Greetje herunter und befahl ihr, die Achse anzufassen und dem Wagen fortzuhelfen. Sie mußte nun, ohne niederzusetzen, mit dem Wagen fort bis an die Grenze, wo dieser mit einem Male wieder heil war, und Greetje verschwand. Seit der Zeit soll sie Ruhe haben. Der Pastor war ihr zu schwer gewesen, weil er niemals was Böses getan hatte, noch je ein Fluch oder Schwur über seine Lippen gekommen war.

57.

DER MÜHLSTEIN AM SEIDENFADEN

An einem heißen Sommertage arbeiteten bei den Steller Bergen ein Knecht und ein Mädchen im Heu; sie waren Braut und Bräutigam und hätten gerne Hochzeit gemacht, waren aber bitterlich arm. Da sahen sie um Mittag eine dicke Tutsche (Kröte) vorüberschleichen. Der Knecht nahm die Heugabel und wollte das häßliche Tier durchstechen; aber das Mädchen fiel ihm in den Arm und bat ihn soviel, das arme Tier doch leben zu lassen. Er aber hatte noch eine zeitlang seinen Spaß mit seiner Braut und tat immer als wenn er das Tier töten wollte, bis es verschwunden war. Abends als sie nach Hause kamen, sagte der Bauer zu ihnen, daß sie auf den andern Tag zu Gevatter gebeten seien, und erzählte, wie am Mittage eine Stimme ganz deutlich sich habe hören lassen, aber man hätte niemand sehen können. Der Knecht und das Mädchen wußten gar nicht was sie davon denken sollten. Am andern Morgen als sie früh aufstanden, fand aber der Knecht vor seinem Bette Grütze oder Sägespäne gestreut, auf der Diele und vor dem Hause lagen auch Körner, und wie er diesen nun immer weiter nachging, kam er bis an die Steller Berge. Da kam eine Stimme aus einem Berge und sagte, er solle zu Mittag wiederkommen und seine Braut mitbringen, sie sollten Gevatter stehen. Nun sagte der Knecht dem Mädchen Bescheid, beide machten sich zurecht und gingen um Mittag an den Berg. Da stand dieser offen, und ein kleines Männchen in einem grauen Rock empfing sie und führte sie durch einen langen Gang hinein. Da drinnen war alles ganz herrlich und prächtig, Wände, Boden und Decke funkelten von Gold und Edelsteinen, eine kostbare Tafel mit Gold- und Silbergeschirr und mit den herrlichsten Speisen besetzt stand in der Mitte; der ganze Raum aber grimmelte und wimmelte von lauter kleinen Leuten, die sich alle um das Bett der Wöchnerin drängten. Als nun der Knecht und das Mädchen kamen, brachte einer dem Knecht das Kind, das er zur Taufe halten sollte, und führte ihn zu einer Stelle wo die heilige Handlung verrichtet ward. Aber da blickte einmal während derselben der Knecht über sich und sah, wie gerade über ihm an der Decke ein Mühlstein an einem seidenen Faden hing. Er wollte etwas von der Stelle weichen, aber konnte keinen Schritt tun. In Todesangst wartete er das Ende ab und trat dann schnell zurück. Da kam der kleine Mann in dem grauen Rock wieder zu ihm und bedankte sich; von dem Mühlstein aber sagte er zu dem Knecht, daß er nun wohl wisse, wie seiner Frau gestern müsse zu Mute gewesen sein, da er sie mit der Heugabel habe erstechen wollen; denn sie sei die Kröte gewesen. Darauf wurden der Knecht und das Mädchen von den kleinen Leuten noch wohl traktiert; und nachdem sie gegessen, brachte das graue Männchen sie wieder aus dem Berg, gab aber dem Mädchen vorher die Schürze voll Hobelspäne. Die wollte sie sogleich wegwerfen, aber der Knecht sagte: »Nimm sie mit, du kannst noch ein Feuer dabei anzünden.« Auf dem halben Wege nach Hause ward die Tracht aber so schwer, daß sie die Hälfte doch heraus warf; als sie aber nach Hause kamen, war das übrige zu lauter blanken Dukaten geworden. Da lief der Knecht hin und wollte auch noch das, was sie weggeworfen, nachholen; allein es war alles verschwunden. Doch hatten die beiden so viel bekommen, daß sie sich einen Hof kaufen und heiraten konnten; und sie haben viele Jahre glücklich gelebt.

58.

PETER SWYN

1.

In dem Kriege des Jahres 1500 machten die Dithmarschen große Beute. Zu keiner Zeit waren die Holsten mit so viel Kleinoden und Edelsteinen geschmückt und in so prächtigen Kleidern und kostbaren Rüstungen in den Krieg gezogen. So kriegten die Dithmarschen so viel Geld und Gut, als sie nie zuvor begehrt noch gewünscht hatten, also daß sie nicht groß darauf achteten, noch es ordentlich probieren ließen. Güldene Ketten, dieweil sie schwarz geworden waren, hielt man für Eisen und legte die Hunde daran, bis man sie erst beim Abschleißen erkannte.

Aus der Beute hatte Peter Swyn in Lunden, einer der achtundvierzig Regenten des Landes, ein kostbares sammetnes Wams gewonnen. Damit erschien er auf einem Fürstentage in Itzehoe und trug dabei ein paar weiße Webbeshosen. Ihn begleitete Junge Johanns Detlef; beide waren ein paar beredte scharfsinnige Männer von geschwindem Wort.

Als die holsteinischen Herren den wunderlichen Anzug sahen, lachten sie darüber; aber Junge Johanns Detlef sprach alsobald zu ihnen: »Lachet doch nicht; denn wo der Wams geholt ward, hätte man auch wohl die Hosen kriegen können, hätte Ehre und Zucht das nicht gehindert.« Auch erzählt man, man habe Peter Swyn selbst um seine Kleidung gefragt, worauf er geantwortet: »Das sammetne Wams trage ich, dieweil ich ein Landesherr bin; die Webbeshosen aber, weil ich ein Hausmann.«

2.

Peter Swyn, der vornehmste Achtundvierziger zu seiner Zeit, ein Mann fein im Rat und frech in der Tat, brachte es dahin, daß auf den Morgen Land ein Sechsling Schatzung mehr gelegt ward, die vorhin nur ein Schilling gewesen. Deswegen wurden alle Leute auf ihn erbittert und ein ganzes Jahr lang hat er sich in seinem Hause zu Großlehe verborgen gehalten. Eines Tages aber wagte er sich zu seinen Kleiern aufs Feld, setzte sich aber aus Vorsicht zu Pferde. Doch kaum kam er auf den Acker, so sprangen die Kerle aus dem Graben und ermordeten ihn. Der Acker ist der, der zwei Wreden östlich von Lehe an dem Quer- und Gooswege rechter Hand liegt, und wo noch bis auf diesen Tag der große Stein steht, da ist die Stätte.

59.

MARTJE FLORIS

In Eiderstede hat man die Sitte, bei jedem frohen Mahle »Martje Floris Gesundheit« auszubringen und darauf anzustoßen und zu trinken; das ist wahrlich eine gute Sitte, die sich auch schon über die Grenzen der Landschaft verbreitete und nimmer sollte vergessen werden.

Als nämlich Tönningen im Jahre 1700 belagert ward, hatte eine Gesellschaft von feindlichen Offizieren auf einem Hofe in Cathrinenheerd (er ist erst vor einigen Jahren eingegangen) Quartier genommen und wirtschafteten nun da arg. Sie ließen Wein auftragen, setzten sich an den Tisch und zechten und lärmten, ohne auf die Hausleute viel zu achten, als wären sie selber die Herren. Martje Floris, die kleine zehnjährige Tochter vom Hause, stand dabei und sah mit Unwillen und Bedauern dem Treiben zu, weil sie der Trübsal ihrer Eltern gedachte, die ein solches Leben in ihrem Hause dulden mußten. Da forderte endlich einer der übermütigen Gäste das Mädchen auf, heranzukommen und auch einmal eine Gesundheit auszubringen. Was tat nun Martje Floris? Sie nahm das Glas und sprach: It gah uns wol up unse ole Dage. Und von der Zeit an trennt sich in Eiderstedt selten Gast und Wirt, ohne des Mädchens und ihres Trinkspruchs zu gedenken, und jeder versteht's, wenn es heißt: »Martje Floris Gesundheit.«

60.

DIE PRINZESSINNEN IM TÖNNINGER SCHLOSS

Als Tönningen einmal von Feinden belagert war, haben die drei Töchter des Generals, der das alte Schloß bewohnte und die Stadt verteidigte, ein Gelübde getan und sich in den Keller verwünscht. Das Schloß ist nun längst abgetragen; aber die Keller sind noch da und von der Wasserseite sichtbar. Darin werden die verzauberten Prinzessinnen von einem großen Höllenhunde mit feurigen Augen bewacht. Ein Matrose faßte einmal den Entschluß, sie zu befreien. Er ging zu einem Prediger, ließ sich das Abendmahl geben und über die ganze Sache genau unterrichten. Dann begab er sich, ausgerüstet mit einem guten Spruch, auf den Weg und kam bald an ein großes eisernes Tor, das sogleich aufsprang, sobald er nur seinen Spruch gesagt hatte. Als er nun hineintrat, saßen die drei weißen Jungfern da und lasen und zerpflückten Blumen und Kränze, in der Ecke aber lag der Höllenhund. Der Matrose sah, wie schön sie waren; da faßte er Mut und fragte, wie er sie erlösen könne. Die Jüngste antwortete, daß er das Schwert, das an der Wand hange, nehmen und damit dem Hunde den Kopf abschlagen müsse. Der Matrose nahm das Schwert herunter und erhub es schon zum Hiebe, da sah er seinen alten Vater vor ihm knien, und er hätte ihn unfehlbar getroffen. Voller Entsetzen aber warf er das Schwert weg und stürzte zur Tür hinaus, die mit ungeheurem Krachen zufiel. Er selbst aber starb nach drei Tagen.

61.

DAS BRAVE MÜTTERCHEN

Es war im Winter und das Eis stand. Da beschlossen die Husumer ein großes Fest zu feiern: sie schlugen Zelte auf und Alt und Jung, die ganze Stadt versammelte sich draußen. Die einen liefen Schlittschuh, die andern fuhren in Schlitten und in den Zelten erscholl Musik, und Tänzer und Tänzerinnen schwenkten sich herum und die Alten saßen an den Tischen und tranken eins. So verging der ganze Tag und der helle Mond ging auf; aber der Jubel schien nun erst recht anzufangen.

Nur ein altes Mütterchen war von allen Leuten allein in der Stadt geblieben. Sie war krank und gebrechlich und konnte ihre Füße nicht mehr gebrauchen; aber da ihr Häuschen auf dem Deiche stand, konnte sie von ihrem Bette aus aufs Eis hinaus sehen und die Freude sich betrachten. Wie es nun gegen Abend kam, gewahrte sie, indem sie so auf die See hinaus sah, im Westen ein kleines weißes Wölkchen, das eben an der Kimmung aufstieg. Gleich befiel sie eine unendliche Angst; sie war in frühern Tagen mit ihrem Manne zur See gewesen und verstand sich wohl auf Wind und Wetter. Sie rechnete nach: in einer kleinen Stunde wird die Flut da sein, und wenn dann der Sturm losbricht, sind alle verloren. Da rief und jammerte sie so laut als sie konnte; aber niemand war in ihrem Hause und die Nachbarn waren alle auf dem Eise; niemand hörte sie. Immer größer ward unterdes die Wolke und allmählich immer schwärzer; noch einige Minuten und die Flut muß da sein, der Sturm losbrechen; da rafft sie all ihr bißchen Kraft zusammen und kriecht auf Händen und Füßen aus dem Bette zum Ofen; glücklich findet sie noch einen Brand, schleudert ihn in das Stroh ihres Bettes und eilt so schnell sie kann hinaus, sich in Sicherheit zu bringen. Da stand das Häuschen augenblicklich in hellen Flammen, und wie der Feuerschein vom Eise aus gesehen ward, stürzte alles in wilder Hast dem Strande zu. Schon sprang der Wind auf und fegte den Staub auf dem Eise vor ihnen her; der Himmel ward dunkel und bald fing das Eis an zu knarren und zu schwanken, der Wind wuchs zum Sturm, und als eben die Letzten den Fuß aufs feste Land setzten, brach die Decke und die Flut wogte an den Strand. So rettete die arme Frau die ganze Stadt und gab ihr Hab und Gut daran zu deren Heil und Rettung.

62.

NU QUAM JEM GLAD NISKEPUKS

In der Hattsteder Marsch, nahe einem Deiche, wohnte ein Bauer, ein Friese, mit Namen Harro Harrsen. Der Mann lebte in drückenden Umständen und mußte, wollte er Umschlag halten, jede noch so geringe Ausgabe ersparen. Aber sein altes Haus drohte ihm über dem Kopf zusammenzufallen, ungeachtet alles Stütz- und Flickwerks. Einige gute Freunde schossen ihm endlich Geld zum Bau her, aber nicht genug, um ganz neu zu bauen. Harro Harrsen mußte sich helfen. Alle nur einigermaßen brauchbaren Holzstücke sammelte er aus dem alten Hause und brachte sie in dem neuen an. Da fand er unter diesen einen guten Ständer aus Eichenholz; oben darin war ein Loch, worin früher ein Strebebalken gelegen hatte. Harro Harrsen war ein anschlägiger Kopf, er wußte zu allen Dingen Rat. Er dachte gleich, wie er die Vertiefung sah, daß sie gut zu einer Wohnung für einen kleinen Niskepuk wäre. Er nagelte also, nachdem das Haus fertig war, ein Brett so groß wie eine Mannshand darunter wie ein Bord, stellte eine Schale mit Grütze darauf, mit reichlich Butter darin, und rief nun freundlich: »Nu quam jem, glad Niskepuks!« (Nu kommt, liebe Niskepuks.) Sie ließen nicht lange auf sich warten. Bald kamen sie, um sich das neue Haus zu besehen, tanzten hindurch und einer, der nur drei Zoll hoch war, blieb zurück und wählte sich die Ständerhöhle zur Wohnung. So wie Harro Harrsen die Anwesenheit des kleinen Gastes merkte, sorgte er dafür, daß immer Grütze in der Schale war, und steckte ein noch größeres Stück Butter hinein. Das tat er alle Tage. Von der Zeit an waren jedesmal, wenn er morgens in den Stall kam, die Pferde gestriegelt, die Kühe geglättet, die Krippen gereinigt, Boos und Lucht ausgefegt und das Stroh zum

Ausdreschen hingelegt. Das Vieh gedieh von Tage zu Tage, die Kühe gaben reichlicher Milch, und die Schafe warfen regelmäßig drei, vier Lämmer. So ward Harro Harrsen ein wohlhabender Mann und hieß in der ganzen Gemeinde nur der reiche Bauer. Deswegen pflegte er seinen kleinen Einlieger immer besser. Sein Knecht Hans war nicht weniger gut Freund mit diesem. Ging er spät abends zu Türen aus (was man anderswo Fenstern nennt), so paßte Niskepuk auf die Stalltür. Öffnete sie ein andrer, erhielt er einen Schlag mit einem Knittel ins Gesicht; vor Hans aber öffnete und schloß sie sich von selbst. Hans fand auch fast jedesmal morgens seine Früharbeiten getan, wenn er nach Hause kam, oder wenn er einmal die Zeit verschlief. Zuletzt verheiratete er sich mit Botel Oxen. Der neue Knecht, der in seine Stelle trat, stand sich aber nicht so gut mit dem Kleinen, er wollte es anfangs nicht glauben, was man von ihm erzählte, nachher neckte er ihn oft. Als daher Harro Harrsen starb und seine Söhne in andern Kirchspielen sich angesiedelt hatten, soll Niskepuk zu Hans gezogen sein; dieser ward bei seiner Küsterei und Krugwirtschaft in Schobüll ein wohlhabender Mann. Thede Boje Thießen aber, der andere Knecht, brachte es in seinem ganzen Leben nicht weiter als zu einem Purrenfänger und kam zuletzt auf die Armenkasse.

63.

RUNGHOLT

In Rungholt auf Nordstrand wohnten weiland reiche Leute; sie bauten große Deiche und wenn sie einmal darauf standen, sprachen sie: »Trotz nu, blanke Hans!« –

Ihr Reichtum verleitete sie zu allerlei Übermut. Am Weihnachtsabend des Jahres 1300 machten in einem Wirtshause die Bauern eine Sau betrunken, setzten ihr eine Schlafmütze auf und legten sie ins Bett. Darauf ließen sie den Prediger ersuchen, er möchte ihrem Kranken das Abendmahl reichen, und verschwuren sich dabei, daß wenn er ihren Willen nicht würde erfüllen, sie ihn in den Graben stoßen wollten. Wie aber der Prediger das heilige Sakrament nicht so greulich wollte mißbrauchen, besprachen sie sich untereinander, ob man nicht halten sollte, was man geschworen. Als der Prediger daraus leichtlich merkte, daß sie nichts Gutes mit ihm im Sinne hätten, machte er sich stillschweigends davon. Indem er aber wieder heimgehen wollte und ihn zween gottlose Buben, so im Kruge gesessen, sahen, beredeten sie sich, daß so er nicht zu ihnen hereingehen würde, sie ihm die Haut voll schlagen wollten. Sind darauf zu ihm hinausgegangen, haben ihn mit Gewalt ins Haus gezogen und gefragt, wo er gewesen. Und wie er's ihnen geklaget, wie man mit Gott und ihm geschimpfet habe, haben sie ihn gefragt, ob er das heilige Sakrament bei sich hätte, und ihn gebeten, daß er ihnen dasselbige zeigen möchte. Darauf hat er ihnen die Büchse gegeben, darin das Sakrament gewesen, welche sie voll Biers gegossen und gotteslästerlich gesprochen, daß so Gott darinnen sei, so müsse er auch mit ihnen saufen. Wie der Prediger auf sein freundliches Anhalten die Büchse wiederbekommen, ist er damit zur Kirche gegangen und hat Gott angerufen, daß er diese gottlosen Leute strafe. In der folgenden Nacht ward er gewarnet, daß er aus dem Lande, so Gott verderben wollte, gehen sollte; er stand auf und ging davon. Und sogleich erhob sich ein ungestümer Wind und ein solches Wasser, daß es vier Ellen hoch über die Deiche stieg und das ganze Land Rungholt, der Flecken und sieben andre Kirchspiele dazu, unterging, und niemand ist davon gekommen als der Prediger und zwo, oder wie andre setzen, seine Magd und drei Jungfrauen, die den Abend zuvor von Rungholt aus nach Bopschlut zur Kirchmeß gegangen waren, von welchen Bake Boisens Geschlecht auf Bopschlut entsprossen sein soll, dessen Nachkommen noch heute leben. Die Ulversbüller Kirche hat noch eine alte Kirchentür von Rungholt.

Nun gibt es eine alte Prophezeiung, daß Rungholt vor dem jüngsten Tage wieder aufstehen und zu vorigem Stande kommen wird. Denn der Ort und das Land steht mit allen Häusern ganz am Grunde des Wassers und seine Türme und Mühlen tun sich oft bei hellem Wetter hervor und sind klar zu sehen. Von Vorüberfahrenden wird Glockenklang und dergleichen gehört. – Imgleichen wird bei der Süderog am Hamburger Sand ein Ort gezeigt, welcher Süntkalf geheißen und es ist ein Sprichwort:

Wenn upstaan wert Süntkalf,
So werd Strand sinken half.

64.

EKKE NEKKEPENN

Die Zwerge mögen die Frauen der Menschen besonders gerne leiden. Einer verliebte sich einmal in ein Mädchen aus Rantum und verlobte sich mit ihr. Sie besann sich aber nach einiger Zeit anders und sagte ihm den Kauf auf. Da sagte der Kleine: »Ich will dich schon lehren Wort halten; nur wenn du mir sagen kannst, wie ich heiße, sollst du frei sein.« Nun fragte sie überall herum nach dem Namen des Zwerges; aber niemand wußte es ihr zu sagen. Traurig ging sie umher und suchte die einsamsten Orte, je näher die Zeit kam, daß der Zwerg sie holen wollte; da kam sie endlich bei einem Hügel vorbei und hörte darin diesen Gesang:

Delling skell ik bruw,
Mearen skell ik baak,
Aurmearn skell ik Bröllep haa:
Ik jit Ekke Nekkepenn,
Min Brid es Inge fan Raantem;
En dit weet nemmen üs ik alliining.

Als der Zwerg nun am dritten Tage kam, um sie zu holen, und fragte, wie er heiße, da sagte sie: »Du heißt Ekke Nekkepenn!« Da verschwand der Zwerg und kam nimmer wieder.

65.

DIE MÄHER

Die Brorkenkoogswisch in der Tonderschen Marsch bei dem Kanzleihof Fresmark hat ihren Namen von einem reichen Bauer, namens Brork, der vor seinem Tode all sein Vermögen unter seine drei Söhne teilte, bis auf diese schöne Wiese, über die sie sich brüderlich vereinbaren sollten. Als nun der Vater gestorben war, machten die drei unter sich aus, daß dem die Wiese gehören solle, der bei der ersten Mahd auf ihr die meisten Schwaden schlüge. Beim Mähen aber wurden sie eifersüchtig aufeinander und erschlugen sich zuletzt einer den andern mit den Sensen.

Seit der Zeit tanzen auf der Brorkenkoogswisch allnächtlich drei Irrlichter herum und machen das Wettmähen und den Bruderzwist nach; dann verlöschen sie eins nach dem andern.

66.

KNABEN ENTSCHEIDEN EINEN RECHTSFALL

Ein Arm der Widau bei Tondern führt den Namen Renzau von dem kleinen Dorfe Renz, Kirchspiels Burkall. Wo die Ufer ziemlich hoch und steil sind, fiel einmal ein Mann hinein, und er wäre ertrunken, wenn nicht einer, der in der Nähe arbeitete, sein Geschrei gehört und herbeigeeilt wäre; der hielt ihm eine Stange entgegen, und der Mann half sich daran heraus, stieß sich jedoch ein Auge dabei aus. Darum erschien er auf dem nächsten Thing, verklagte seinen Retter und verlangte von ihm Buße für das verlorne Auge. Die Richter wußten nicht, was sie aus der Sache machen sollten, und sie verschoben sie aufs nächste Thing, um sich inzwischen darauf zu besinnen. Aber das dritte Thing war schon da und der Hardesvogt war noch nicht mit sich einig. Mißmütig setzte er sich auf sein Pferd und ritt langsam und nachdenklich auf Tondern zu, wo das Thing damals gehalten ward. So kam er nach Rohrkarrberg und dem Hause, das da noch steht, gerade gegenüber lag ein Steinhaufe, darauf drei Hirtenknaben saßen und was Wichtiges vorzuhaben schienen. »Was macht ihr da, Kinder?« fragte der Hardesvogt. »Wir spielen Thing«, war die Antwort. »Was habt ihr denn für eine Sache vor?« fragte er weiter. »Wir halten Gericht über den Mann, der in die Renzau fiel«, antworteten sie. Da hielt der Hardesvogt sein Pferd an, um auf das Urteil zu warten. Die Jungen kannten ihn aber nicht, weil er ganz in seinen Mantel gehüllt war, und ließen sich nicht stören. So ward es also für Recht erkannt, daß der gerettete Mann an derselben Stelle wieder in die Au geworfen werden solle: könne er sich dann selbst retten, so solle er Ersatz für das Auge haben; könne er es aber nicht, so hätte der andre gewonnen. Ehe der Hardesvogt weiter ritt, langte er in die Tasche und gab den Jungen ein gutes Trinkgeld und ritt dann fröhlich nach Tondern und entschied, wie die Hirtenknaben getan hatten. Der Schurke konnte sich wirklich nicht allein retten und mußte darum ertrinken; und so gewann der andre seine Sache.

Auch bei Rapstede haben einmal Knaben eine schwierige Sache geschlichtet. Ein Schneider und ein Bauer, die beide nichts anders hatten als eine elende Kate, schlossen einmal einen großen Handel von so und so viel

Tonnen Korn und zu dem und dem Preise ab, obgleich der Schneider wußte, daß der Bauer kein Geld, und der Bauer wußte, daß der Schneider wohl eine Nadel hätte, aber kein Korn. Das Korn stieg bald im Preise und der Bauer bestand nun vor Gericht darauf, daß der Schneider es ihm liefern solle. Die Richter wußten nicht, ob sie einen solchen Handel gelten lassen sollten. Da haben Knaben wieder das Urteil gefunden, daß alles ungültig sei, weil beide gegenseitig als Nachbarn ihre Umstände gekannt hätten, und daß beide noch dazu strafbar seien, weil sie einen solchen betrüglichen Handel geschlossen hätten.

67.

KÖNIG WALDEMAR

Nicht weit von Bau stand vorzeiten das alte Jagdschloß Waldemarstoft, das der König Waldemar im Sommer und Herbst bewohnte, um seinem Lieblingsvergnügen, der Jagd, nachzugehen. Einmal ritt der König frühmorgens mit vielen Jägern und Hunden in den Wald. Die Jagd ward gut, aber je größer die Beute war, desto stärker ward in ihm die Lust. Der Tag verging, die Sonne neigte sich und noch immer ließ er nicht ab. Als endlich tiefe Nacht eintrat und die Jagd eingestellt werden mußte, rief der König aus: »O, wenn ich doch ewig jagen könnte!« Da erscholl eine Stimme aus der Luft: »Dein Wunsch sei dir gewährt, König Waldemar, von Stund' an wirst du ewig jagen.« Bald darauf starb der König, und von seinem Todestage an reitet er in jeder Nacht auf einem schneeweißen Pferde, umgeben von seinen Jägern und seinen Hunden, durch die Luft im wilden Jagen dahin. In den Johannisnächten ist er allein hörbar, doch hört man ihn im Flensburger Stadtgraben auch an Herbsttagen ziehen. Dann tönt die Luft von Hörnerklang und Hundegebell, von Pfeifen und Rufen wieder, als ob eine ganze Jagd im Anzuge wäre. Man sagt dann: »Da zieht König Wollmer!«

68.

GEISTER-MAHL

Als König Friedrich der Dritte von Dänemark eine öffentliche Zusammenkunft nach Flensburg ausgeschrieben, trug sich zu, daß ein dazu herbeigereister Edelmann, weil er spät am Abend anlangte, in dem Gasthaus keinen Platz finden konnte. Der Wirt sagte ihm, alle Zimmer wären besetzt, bis auf ein einziges großes, darin aber die Nacht zuzubringen wolle er ihm selbst nicht anraten, weil es nicht geheuer und Geister darin ihr Wesen trieben. Der Edelmann gab seinen unerschrockenen Mut lächelnd zu erkennen und sagte, er fürchte keine Gespenster und begehre nur ein Licht, damit er, was sich etwa zeige, besser sehen könne. Der Wirt brachte ihm das Licht, welches der Edelmann auf den Tisch setzte und sich mit wachenden Augen versichern wollte, daß Geister nicht zu sehen wären. Die Nacht war noch nicht halb herum, als es anfing, im Zimmer hier und dort sich zu regen und rühren und bald ein Rascheln über das andere sich hören ließ. Er hatte anfangs Mut, sich wider den anschauernden Schrecken fest zu halten, bald aber, als das Geräusch immer wuchs, ward die Furcht Meister, so daß er zu zittern anfing, er mogte widerstreben, wie er wollte. Nach diesem Vorspiel von Getöse und Getümmel kam durch ein Kamin, welches im Zimmer war, das Bein eines Menschen herabgefallen, bald auch ein Arm, dann Leib, Brust und alle Glieder, zuletzt, wie nichts mehr fehlte, der Kopf. Alsbald setzten sich die Teile nach ihrer Ordnung zusammen und ein ganz menschlicher Leib, einem Hof-Diener ähnlich, hob sich auf. Jetzt fielen immer mehr und mehr Glieder herab, die sich schnell zu menschlicher Gestalt vereinigten, bis endlich die Türe des Zimmers aufging und der helle Haufen eines völligen königlichen Hofstaats eintrat.

Der Edelmann, der bisher wie erstarrt am Tisch gestanden, als er sah, daß der Zug sich näherte, eilte zitternd in einen Winkel des Zimmers; zur Tür hinaus konnte er vor dem Zuge nicht.

Er sah nun, wie mit ganz unglaublicher Behendigkeit die Geister eine Tafel deckten; alsbald köstliche Gerichte herbeitrugen und silberne und goldene Becher aufsetzten. Wie das geschehen war, kam einer zu ihm gegangen und begehrte, er solle sich als ein Gast und Fremdling zu ihnen mit an die Tafel setzen und mit ihrer Bewirtung vorlieb nehmen. Als er sich weigerte, ward ihm ein großer silberner Becher dargereicht, daraus Bescheid zu tun. Der Edelmann, der vor Bestürzung sich nicht zu fassen wußte, nahm den Becher und es schien auch, als würde man ihn sonst dazu nötigen, aber als er ihn ansetzte, kam ihn ein so innerliches, Mark und Bein durchdringendes Grausen an, daß er Gott um Schutz und Schirm laut anrief. Kaum hatte er das Gebet gesprochen, so war in einem Augenblick alle Pracht, Lärm und das ganze glänzende Mahl mit den herrlich scheinenden stolzen Geistern verschwunden.

Indessen blieb der silberne Becher in seiner Hand, und wenn auch alle Speisen verschwunden waren, blieb doch das silberne Geschirr auf der Tafel stehen, auch das eine Licht, das der Wirt ihm gebracht. Der Edelmann freute sich und glaubte, das alles sei ihm gewonnenes Eigentum, allein der Wirt tat Einspruch, bis es dem König zu Ohren kam, welcher erklärte, daß das Silber ihm heimgefallen wäre und es zu seinen Handen nehmen ließ. Woher es gekommen, hat man nicht erfahren können, indem auch nicht, wie gewöhnlich, Wappen und Namen eingegraben war.

69.

DER FREISCHÜTZ

Der letzte Herzog zu Glücksburg hatte einen Jäger, der so lange als er in seinem Dienste gewesen, durchaus kein Wild getroffen hatte. Darüber verdrießlich, verabschiedete der Herzog ihn. Traurig ging der Jäger davon, nicht wissend, wie er sich ernähren sollte; er konnte es überhaupt gar nicht begreifen, wie es zugehe, daß er jetzt gar nichts treffen könne, da er doch früher ein guter Schütze war. Voll von solchen Gedanken, ging er durch das Gehölz Trimmerup, als ihm ein altes Mütterchen begegnet. Sie fragte ihn, was ihm fehle, und er erzählte ihr alles. »Dem ist aber leicht abzuhelfen«, sagte sie, »wenn du zum Abendmahl gehst, nimm nur die Oblate hinter dem Altar wieder aus dem Mund und hänge sie, wenn du nach Hause kommst, in einen Baum und schieße darnach. Dann wirst du sicherer treffen als jemals.« Der Jäger tat, wie ihm geraten war. Und darauf ging er wieder zum Herzog und sagte, er habe sich im Schießen geübt, treffe immer und wolle gerne wieder in seinen Dienst. »Wir wollen versuchen«, sagte der Herzog, »nimm deine Flinte und komm mit in den Wald.« Als sie nun über die Brücke gingen, sah der Herzog drei wilde Enten über sie hinfliegen; er machte den Jäger darauf aufmerksam und sagte, er solle eine davon schießen. »Welche?« fragte dieser. »Den Enterich«, sagte der Herzog. Der Jäger legte an, schoß, und der Enterich stürzte zu ihren Füßen. Da ward dem Herzog unheimlich, denn der Böse mußte da mit im Spiele sein. Er sagte daher zum Jäger: »Ich kann dich nicht gebrauchen, du schießt besser als ich«, und ließ ihn wieder gehn. Und kurz darauf fand man des Jägers Hut unter der roten Brücke und seinen Leib gevierteilt hundert Schritte davon, unter den Erlen, die nicht weit vom Wege stehen.

70.

TUTLAND

Im südlichen Angeln an der Landstraße von Schleswig nach Kappeln liegt am Osbek bei Loit ein Hügel, der Tutland genannt wird. Hier stürzte nämlich vor vielen Jahren einmal ein Halbmeister vom Pferde und brach den Hals. Er durfte nun nicht in geweihter Erde begraben werden, sondern die Ecke der anstoßenden Koppel Westerlük nahm den Leichnam auf. Seit der Zeit war's nicht geheuer an dem Orte. Alle Reisende wurden da beunruhigt, und die Leute im Dorf hörten an jedem Donnerstagabend, dem Todestage des Halbmeisters, den noch in Angeln gebräuchlichen Weheruf: O jaue tut! o jaue tut! Wer über die Brücke, die über den nahen Bach führt, ungehindert hinüberkam und nicht ins Wasser geworfen ward, konnte von Glück sagen. Sie heißt noch die Schelmenbrücke; aber auch auf dem Hügel Tutland hat der Spuk jetzt aufgehört.

71.

PINGEL IST TOT!

In Jagel bei Schleswig war vorzeiten ein Wirt, der bemerkte mit Verdruß, daß sein Bier immer zu früh all ward, ohne daß er wußte wie. Einmal fuhr er nach der Stadt, um neues Bier zu holen. Als er nun zurückkam und bei dem Jagelberg vorbeifuhr, wo ein Riesengrab ist, hörte er ganz jämmerlich schreien: Pingel ist tot! Pingel ist tot! Er geriet darüber in die größte Angst, und fuhr schnell nach Hause; da erzählte er seiner Frau: »Ach, was hab ich eben für Angst ausgestanden; da fuhr ich an dem Jagelberg vorbei, und da schrie es so jämmerlich: ›Pingel ist tot! Pingel ist tot!‹« Kaum hatte er diese Worte gesprochen, so kam ein Unterirdischer aus dem Keller gesprungen und schrie:

Ach, ist Pingel tot, ist Pingel tot,
So hab ich hier Bier genug geholt,

und damit lief er fort. Nachher fand man einen Krug bei dem Fasse im Keller stehen, den der Unterirdische zurückgelassen hatte; denn er hatte für den kranken Pingel das Bier gestohlen.

72.

KULEMANN

Bei Jagel liegt der hohe Jagelberg; darin wohnen die Unterirdischen. Ein Bauer Klaas Neve in Jagel war nun einmal in Verlegenheit um fünfzig Taler. Er hatte aber eine kluge Frau; die gab ihm den Rat die Unterirdischen zu bitten. Da ging Klaas Neve dreimal um den Jagelberg herum und rief: »Kulemann, Kulemann!« »Wat sall Kulemann?« »Ik wull föftig Daler van em lehnen.« »Wo lang' denn?« »Up en Johr.« »Gah up de anner Siet van den Barg, da sast du finden wat du söchst.« Klaas Neve ging um den Berg; da fand er fünfzig blanke Taler. Als nun das Jahr herum war, sagte seine Frau, vor allen Dingen sollte er nun die fünfzig Taler zusammenpacken und den Unterirdischen bringen; sonst möchte es ihnen gehen wie ihren Nachbarn, die auch von den Unterirdischen geliehen, aber nicht wieder bezahlt hätten; dafür sei ihnen nachher alles von den Unterirdischen behext worden, so daß sie zuletzt von ihrer Stelle gemußt hätten. Der Bauer tat wie seine Frau gesagt hatte, und nahm noch dazu einen schönen großen Schinken auf den Nacken. Damit ging er dreimal um den Berg und rief: »Kulemann, Kulemann!« »Wat sall Kulemann?« »Ik will em sine föftig Daler werrer bringen, de he mi vör en Johr lehnt hett; hier is ok en Schinken för de Tinsen.« Da antwortete es aus dem Berge: »Kulemann is dood, un da du so en erlike Mann büst, so söllt di de föftig Daler schenkt sien.«

73.

DIE SCHWARZE GREET

Zwei arme Fischer, die auf dem Schleswiger Holm wohnten, hatten die ganze Nacht vergeblich gearbeitet, und zogen zum letztenmal ihre Netze wieder leer herauf. Als sie nun traurig heimfahren wollten, erschien ihnen die schwarze Greet, die sich öfters den dortigen Fischern zeigt; sie kommt vom andern Ufer her, wo eine Stelle im Dannewerk in der Nähe von Haddebye nach ihr Margretenwerk heißt, und erscheint in königlicher Pracht mit Perlen und Diamanten geschmückt, aber immer im schwarzen Gewande – ganz so, wie sie früher auf dem Husumer Schloß im sogenannten Margretensaal zu schauen war. Die sprach zu den Fischern: »Legt eure Netze noch einmal aus, ihr werdet einen reichen Fang tun; den besten Fisch aber, den ihr fangt, müßt ihr wieder ins Wasser werfen.« – Sie versprachen es und taten, wie die Greet gesagt; der Fang war so überschwenglich groß, daß ihn der Kahn kaum fassen wollte. Einer der Fische aber hatte Goldmünzen statt der Schuppen, Flossen von Smaragd und auf der Nase Perlen. »Das ist der beste Fisch«, sprach der eine, und wollte ihn wieder ins Wasser setzen. Aber der andre wehrte ihm und versteckte den Fisch unter den übrigen Haufen, daß die Greet ihn nicht sähe; dann ruderte er hastig zu, denn ihm war bange. Ungern folgte ihm sein Gefährte. Aber wie sie so hinfuhren, fingen die Fische im Boote allmählich an zu blinken, wie Gold, denn der Goldfisch machte die übrigen auch golden. Und der Nachen ward immer schwerer und schwerer, und versank endlich in die Tiefe, in die er den bösen Gesellen mit hinabzog. Mit Not entkam der andre und erzählte die Geschichte den Holmer Fischern.

74.

DER GOLDKELLER IM LABÖER BERGE

An einem Ostermorgen, als eben die Frühlingssonne freundlich schien, ging eine Frau aus Laböe mit ihrem Kinde auf dem Arm hinaus ins Freie, und wie sie so wandelt und endlich an den Wunderberg kommt, findet sie diesen offen stehen. Ein heller Schein leuchtete ihr entgegen und als sie hineintrat, fand sie da Haufen Goldes und Silbers liegen. Da setzte sie ihr Kind auf einen großen Tisch, der in der Mitte stand, und gab ihm die drei roten Äpfel zum Spielen, die darauf lagen; sie selber füllte ihre Schürze schnell mit Gold und eilte dann hinaus. Sogleich aber merkte sie, daß sie in der Hast ihr Kind vergessen habe. Umsonst klagt und weint sie nun und geht wohl hundertmal um den Berg herum; der Eingang war nirgend mehr zu finden. Gern hätte sie all ihr Gold und Silber drum gegeben, wenn sie ihr Kind wiedergehabt. – Als aber wieder die Zeit der Ostern kam und es um die Kirchzeit war, ging die Frau wieder zum Berge, und worauf sie das ganze Jahr gehofft hatte, war erfüllt. Der Berg stand offen, und wieder funkelten die Schätze. Sie aber sah sich nicht nach ihnen um, sondern eilte hinein und fand ihr Kind noch auf dem Tische sitzen, wie sie es gelassen hatte, mit den Äpfeln munter spielend. Lächelnd streckte es seine Arme der Mutter entgegen; sie ergriff es rasch und eilte hinaus; aber kaum traf der erste Sonnenstrahl das Kind, so verschied es in ihren Armen.

75.

AM OLDENBURGER WALL

Daß im Oldenburger Wall viele Schätze liegen, ist eine allgemein bekannte Sache. Einmal pflügten da Wandelwitzer Bauern zu Hofe. Da in der Mittagsstunde, während sie ihre mitgebrachte trockene Kost verzehrten, stand auf dem runden Wall ein gedeckter Tisch mit silbernem Tischgerät. Den Pflügern stiegen bei der Erscheinung die Haare zu Berge, denn sie merkten, daß das nicht mit rechten Dingen zugehe, und keiner wagte sich dahin. Aber einer von den Pflugtreiberjungen, ein dreister, machte sich unter einem Vorwande von den übrigen fort, schlich auf den Berg und nahm einen silbernen Becher von der Tafel, den er bei sich steckte. Als nun nach der Mittagsstunde der Tisch noch immer nicht wieder verschwand, schöpfte man Verdacht, daß wohl einer was angerührt hätte. Dem Jungen ward auch angst und er gestand, daß er den Becher genommen hätte. Da bedrohten ihn die andern und er mußte den Becher wieder hinsetzen. Und kaum hatte er das getan, so verschwand die Tafel mit allem und ist seitdem nicht wieder gesehen worden.

Nur derjenige wird die Schätze erhalten, der den Mut hat, den dabei Verwünschten zu erlösen. Das weiß man auch allgemein, und es ist doch noch nicht geschehn. Einmal spät abends kam ein Mann aus der Stadt über den Wall. Da hörte er, daß hinter ihm einer mit einer Schiebkarre geschoben kam, sah aber nichts. Die Furcht beflügelte seinen Schritt, und kaum war er in seinem Hause vor dem Burgtor, als er auch die Schiebkarre um die Ecke biegen hörte. Er hatte aber nicht das Herz hinauszugehen und den Schieber anzureden. Am folgenden und am dritten Abend kam die Schiebkarre wieder ums Haus und der Mann hörte sogar das Seufzen und Stöhnen des Geistes, der sich nach Erlösung sehnte: allein auch jetzt wagte er es nicht, ihn nach seinem Begehr zu fragen, und nun wird er erst nach hundert Jahren wiederkommen. Der Mann hat es in seinen spätern Jahren oft genug bereut, sein Glück so verscherzt zu haben. Denn ihm war es alles bestimmt.

Vor hundert Jahren etwa ging einmal eine Frau abends spät bei Mondschein nach dem Walle, um sich aus der Sandgrube gelben Sand zu holen. Als sie nun von dort zurückkam, hörte sie erst in der Ferne, dann immer näher und näher die schönste Musik, wie sie solche in ihrem Leben nicht gehört hatte, und dabei ein Geräusch und Pferdegetrappel, wie wenn zu Roß und zu Fuß ein ganzes Heer vorübergezogen käme, immer von einem Hügel auf den andern, bis es endlich wieder verhallte. Voller Schrecken eilte sie nach Hause und wäre gerne dageblieben, wenn sie nur nicht ihren Spaten in der Sandgrube gelassen hätte. Sie mußte also zum zweiten Male hin, hörte jetzt aber nichts. Als sie das nun am andern Tage ihren Nachbarn erzählte, wußten diese noch mehr davon. Denn solche kriegerische Umzüge rührten von den alten heidnischen Wagerwendenfürsten her, die noch immer im Walle hausen. Andre hatten auch den wilden Jäger gehört, der einmal einem, als er rief: »Stah, Haas! stah, Haas!« einen Pferdefuß in seinen Garten warf mit den Worten: »Hest mit jaagt, schast ok mit freten.«

76.

DER ALTE AU

In der Propstei weiß jung und alt viel von dem alten Jäger Au, Aug oder Auf zu erzählen. Zwar treibt er in unsern Tagen sein Spiel nicht mehr so vor sichtlichen Augen, aber man weiß noch viele Stellen und Häuser zu bezeichnen, wo er mit seinem wilden Gefolge in alten Zeiten am häufigsten hauste und die Leute in Angst und Schrecken setzte. So ist in Fiefbergen ein Haus, da war es früher gar nichts Ungewöhnliches, wenn er es mehrere Male in der Woche ganz durchjagte. Gewöhnlich kam er durch die Hintertür und wenn er dann, was jedoch nicht immer geschah, auch die Wohnstube und die übrigen Gelegenheiten des Hauses durchzogen hatte, so tobte er durch die Seitentür wieder hinaus und davon. Er hatte beständig viele Hunde, gewöhnlich ganz kleine, bei sich, auf deren Schwanz ein Licht brannte. Viele alte Leute erzählen davon und versichern, daß der alte Jäger ihnen nichts getan, wenn sie sich ganz ruhig verhielten und allenfalls den Segen, das Vaterunser oder ein anderes Gebet gesprochen hätten.

Einer alten Frau aus Brodersdorf, die noch nicht lange tot ist, ist der alte Aug einmal nachts zwischen Lutterbek und Brodersdorf mit seiner ganzen Jagd begegnet. Nichts als Lichter und Lichter brannten bei ihr herum und dabei lärmte, schrie, schoß und heulte es, daß ihr Hören und Sehen verging. Denn sie geriet gerade mitten ins Gedränge. Das hat die alte Frau häufig erzählt und sie log nicht.

77.

NEHMTEN

Als in grauen Zeiten das Christentum sich hier im Lande verbreitete, hausten am Plöner See zwei Rittersleute, von denen der eine schon Christ, der andere noch Heide war. Sie lebten bald in Unfrieden, bald so miteinander, als wenn sie zwölf Meilen auseinander wohnten und sich gar nicht kannten. Als einmal der christliche Ritter von einer lange Reise zurückkam, war unterdes des heidnischen Ritters Töchterlein zur blühenden Jungfrau geworden; beide führte erst der Zufall zusammen, bald aber öfter die Liebe und sie gelobten einander Treue. Lange verweigerte der heidnische Ritter ihrem Bunde seine Einwilligung. Endlich ließ er sich bewegen und nun ein großes Stück von seinem Lande abnehmen, seiner Tochter zur Mitgift, und sprach dabei: »Nehmt hen!« – Der glückliche Christenritter setzte zu der Krone seines Wappens den Stern seines Schwiegervaters und das Geschlecht der Kronstern besitzt bis auf den heutigen Tag das Gut Nehmten.

78.

DER SCHWARZ UND WEISSE BOCK

Ein reicher Bauer schickte einmal sonntags alle seine Kinder und Leute aus dem Hause, teils in die Kirche, teils aufs Feld. Darauf grub er im Pferdestalle ein Loch, setzte einen Koffer hinein und schüttete sein Geld muldenweise darin auf. Darnach verschloß er den Koffer, machte das Loch wieder zu und versiegelte es mit den Worten: »Na, Düwel, nu verwahr dat so lang, bet se di en schwart un witten Segenbock bringt.« Ohne Wissen des Geizigen hatten aber seine Kinder einen armen alten Mann die Nacht beherbergt. Er hatte auf dem Heuboden geschlafen und stand gerade auf, wie der Bauer all sein Geld vergrub; so hatte er alles mit angesehen. Der Teufel bemerkte ihn gleich und sagte: »Twee Ogen seet! schal'k de utpußen?« Der Bauer dachte, das könnte nur eine Katze sein und sagte: »Laat seen, wat süht!« In aller Stille verließ der alte Mann das Haus.

Der Bauer starb und seine Kinder bewirtschafteten nun schon seit einiger Zeit die Stelle; da kam der alte Mann einmal wieder dahin und bat um Aufnahme. Sie wiesen ihn anfangs ab; bald aber, als sie sich erinnerten, daß sie ihn schon einmal wider Willen ihres Vaters beherbergt hätten, ließen sie ihn da bleiben. Das Gespräch kam bald auf die schlechte Zeit und die Kinder klagten. Der Alte fragte, ob denn ihr Vater ihnen nicht reichlich Geld hinterlassen hätte? »Ach nein«, sagten sie, »nichts als Schuld und Ungeduld.« Da versprach er ihnen Geld genug zu verschaffen, wenn sie ihn lebenslänglich versorgen wollten und einen schwarz und weißen Ziegenbock schaffen könnten. Die Leute waren damit gerne zufrieden; aber es kostete Mühe, einen solchen Ziegenbock zu finden, weil damals hier im Lande die Ziegen noch viel seltener waren. Als man ihn endlich fand, brachte der Sohn des Bauern ihn in den Pferdestall und sagte, wie der alte Mann ihm vorgeschrieben hatte:

Dar, Düwel, dar hest dien:
Nu gif du mi mien.

Sogleich zerriß der Teufel wütend den Bock, die Leute aber holten sich den reichen Schatz, mit dem sich sonst der Teufel wohl manche Seele erkauft hätte.

79.

GOTT EINMAL VERSCHWOREN, BLEIBT EWIG VERLOREN

In dem Dorfe Fissau lebte vor vielen Jahren ein alter Hexenmeister; dem war es nicht genug über Menschen und Vieh böse Krankheiten zu bringen, sondern er verführte auch Jünglinge und Jungfrauen zu seiner höllischen Kunst und überlieferte ihre Seelen dem ewigen Verderben. In einer dunklen Nacht begab er sich einmal mit einem jungen Mädchen, ohne daß ein Dritter davon wußte, nach Eutin auf den Kirchhof und das Mädchen mußte den Ring der Kirchentür anfassen und ihm die Worte nachsprechen:

Hier faat ik an den Karkenrink,
Un schwöre Gott af un sien Kind.

Das Mädchen war erst wenige Tage vorher in der Kirche konfirmiert; nun hatte sie seit der Zeit keinen frohen Tag mehr und lebte in tiefer Schwermut. Sie ward nachher an den Schmied des Dorfes verheiratet, ward Mutter mehrerer Kinder; still und fleißig arbeitete sie den Tag über in ihrem Hause, aber die Nächte hindurch lag sie und weinte ihre bittern Tränen. Nichts gab ihr Freude und Ruhe und sie welkte so hin, bis endlich ihr letzter Tag da war. Da ward nach altem Brauch der Prediger zur Sterbenden gerufen; er betete und tröstete sie, sie aber sprach: »Ach, Herr Pastor, bete er nur immer zu; mir hilft doch nichts; denn ich bin eine Hexe«, und erzählte ihm die Geschichte jener Nacht. »Es ist kein Sünder so groß, der sich nicht legt in Christi Schoß«, tröstete sie der Prediger und bat sie, ihm nach ihrem Tode Nachricht zu geben, ob sie die ewige Seligkeit erlangt hätte oder nicht; im ersten Falle sollte sie ihm als Taube, im andern aber als Krähe erscheinen. Als man mitten im Todeskampfe der Sterbenden noch einen Trunk reichte, seufzte sie laut: »O, wie brennt dat na de Höll herin!« und verschied.

Schon war eine längere Zeit seitdem verstrichen, als eines Sonntags nachmittags der Prediger in seiner Laube im Garten saß, und eine Krähe laut schreiend sich darauf niedersetzte. Der Prediger ging hinaus, um das Tier zu verjagen; aber es blieb sitzen und rief immer lauter. Da erinnerte er sich der Frau des Schmieds und fragte: »Also bist du doch nicht zu Gnaden gekommen?« Da antwortete die Krähe: »Gott einmal verschworen, bleibt ewig verloren!«

80.

DER UGLEI

Nicht weit von Eutin mitten in einem Buchengehölze liegt ein kleiner See, der Uglei. Sein dunkles Wasser ist immer still und unbewegt und es sieht alles um ihn her so recht traurig und schwermütig aus. Der See ist nicht immer da gewesen; doch ist es schon lange her, daß er entstanden ist. Oben auf dem Hügel, wo jetzt das Sommerhaus steht, stand früher eine Burg, in der ein junger schöner, aber wilder Ritter hauste. Er liebte nichts mehr als die Jagd, und jeden Morgen früh begab er sich in den Wald. Da begegnete ihm oft eines armen Bauern Tochter; sie mußte jeden Morgen ihres Vaters Pferde in den Wald auf die Weide treiben. Der Ritter ward bald durch ihre Schönheit von heftiger Liebe entzündet; aber das Mädchen wies seine Bitten und seine Geschenke zurück, und auf alle seine Bewerbungen gab sie zur Antwort, daß sie doch nimmer seine Frau werden könnte, da sie nur eines armen Mannes Tochter sei. Und doch hatte das Mädchen den schönen Ritter längst liebgewonnen. Eines Morgens, da er sie wieder mit seinen Bitten und Versprechungen verfolgte, waren sie zu einer Senkung im Walde gekommen, wo eine kleine Kapelle stand. Da führte der Ritter das Mädchen hinein und vor den Altar tretend sprach er: »Hier vor Gottes Angesicht nehme ich dich zu meinem Ehegemahl und der Himmel soll mich an dieser Stätte vernichten, wenn ich dir nicht treu bleibe und mein Wort halte.« Das Mädchen glaubte seinem Schwure und an jedem Morgen trafen sie sich nun im Walde. Als das Mädchen aber den Ritter an sein Versprechen erinnerte, vertröstete er sie anfangs, bald blieb er ganz aus und kam nicht wieder. Als sie sich nun verlassen sah, da legte sie ein schwarzes Kleid an, grämte sich, ward krank und starb in kurzer Zeit. Der Ritter hatte sich unterdes mit einer reichen Gräfin verlobt und der Hochzeitstag war bestimmt. Sie sollten in der kleinen Kapelle im Walde getraut werden. Als der Prediger aber seine Rede gehalten hatte und das Brautpaar eben zusammengeben wollte, da ist der Geist des unglücklichen Mädchens erschienen, hat drohend gegen den Bräutigam den Finger erhoben, und als dieser vor Schrecken umsank, brach augenblicklich ein solches Unwetter mit Donner und Regen los, als wenn der Himmel einstürzen wollte. Da ist die Kapelle mit allen, die darin waren, versunken und der See steht seit der Zeit an dem Orte. Nur der Prediger, die Braut und ein kleines unschuldiges Mädchen, die auf die hölzernen Stufen des Altars getreten waren, wurden gerettet. Zuweilen aber bei stillem Wetter gegen Abend klingt noch der Ton des Glöckleins der Kapelle aus dem Wasser herauf.

81.

DER SEGEBERGER KALKBERG

Von dem Segeberger Kalkberg erzählen die Leute so viele Geschichten, daß ich nicht weiß, welche die richtige ist.

Der Herr Statthalter Heinrich Ranzau versichert, daß der Teufel den Berg aus dem kleinen See herausgetragen habe, der sich da in der Nähe befindet und der daher eben so tief ist als der Berg hoch. Segeberg soll darum auch eigentlich Seeberg heißen. Man pflegt heute noch davon zu sagen:

Daß dich der tu plagen,
Der Segeberg hat getragen.

oder: »Ruhe, du bist gut«, sä de Düwel, »do harr he Segebarg dragen.«

Andre erzählen, daß der Teufel einst den Felsen von einem weit entfernten Gebirge hergeholt habe, um damit die erste christliche Kirche in unserm Lande zu zerschmettern. Er trug ihn auf seinem Nacken bis Segeberg, mußte ihn da aber fallen lassen und konnte ihn nicht wieder aufheben. – Man sagt auch, er habe den großen Plöner See damit ausdeichen wollen, um die Plöner in Schaden zu bringen, deren Gottesfurcht und Wohlstand ihn ärgerte. Er hatte den Felsen von Lüneburg geholt und flog damit durch die Luft, als ein altes Weib ihn erblickte und schnell ihm ihren bloßen Hintern zukehrte. Darüber aber erschrak er so, daß er seine Bürde bei Segeberg fallen ließ.

Die Gleschendorfer versichern, daß der Kalkberg früher bei ihrem Dorfe gestanden hätte, da wo jetzt der Kuhlsee liegt. Hier wohnte der Teufel. Als aber in Segeberg ein Kloster erbaut ward, so ward er darüber so erbittert, daß er den Berg herausriß und auf Segeberg zu warf. Doch verfehlte er sein Ziel, der See aber steht seit der Zeit da. – Der Teufel soll auch den Berg, als er noch bei Gleschendorf stand, einmal an die Lübecker verkauft haben. Als er ihn in der Nacht nun in die Nähe der Stadt tragen wollte, machte er einen so großen Umweg, daß, als der Hahn krähte und er den Berg fallen lassen mußte, dieser bei Segeberg liegen geblieben ist.

82.

DER TREUE KÜCHENJUNGE

Im östlichen Holstein lag einst das feste Schloß Nienslag, das mit dreifachem Wall und Graben umgeben war, und dabei lag ein See. Hier wohnte ein Herr von Ranzau. Als aber einst die Wenden es hart bedrängten und eine Verteidigung nicht länger möglich war, entwich der Graf heimlich, um nur sein Leben zu retten, schwamm über den See und ließ die Burg und seine Leute im Stich und dazu seinen einzigen jungen Sohn. Da unterhandelte die Mannschaft mit dem Feinde, übergab die Burg mit allem, was darauf war, und erhielt freien Abzug, ohne etwas mitnehmen zu dürfen. Nur ein kleiner schwächlicher Junge, der immer mit in der Küche geholfen hatte, erhielt zuletzt auf seine inständige Bitte die Erlaubnis, so viel mitzunehmen, als er tragen könne. Da ging der treue Junge hin, wo er den Sohn seines Herrn versteckt hatte, die beiden waren immer Spielkameraden und gute Freunde gewesen, und nahm ihn auf seine Schultern, trug ihn hinaus und rettete ihn so.

83.

DER WODE

Den Wode haben viele Leute in den Zwölften und namentlich am Weihnachtsabend ziehen sehen. Er reitet ein großes weißes Roß, ein Jäger zu Fuß und vierundzwanzig wilde Hunde folgen ihm. Wo er durchzieht, da stürzen die Zäune krachend zusammen und der Weg ebnet sich ihm; gegen Morgen aber richten sie sich wieder auf. Einige behaupten, daß sein Pferd nur drei Beine habe. Er reitet stets gewisse Wege an den Türen der Häuser vorbei und so schnell, daß seine Hunde ihm nicht immer folgen können; man hört sie keuchen und heulen. Bisweilen ist einer von ihnen liegen geblieben. So fand man einmal einen von ihnen in einem Hause in Wulfsdorf, einen andern in Fuhlenhagen auf dem Feuerherde, wo er liegen blieb, beständig heulend und schnaufend, bis in der folgenden Weihnachtsnacht der Wode ihn wieder mitnahm. Man darf in der Weihnachtsnacht keine Wäsche draußen lassen, denn die Hunde zerreißen sie. Man darf auch nicht backen, denn sonst wird eine wilde Jagd daraus. Alle müssen still zu

Hause sein; läßt man die Tür auf, so zieht der Wode hindurch und seine Hunde verzehren alles, was im Hause ist, sonderlich den Brotteig, wenn gebacken wird.

Einst war der Wode auch in das Haus eines armen Bauern geraten und die Hunde hatten alles aufgezehrt. Der Arme jammerte und fragte den Wode, was er für den Schaden bekäme, den er ihm angerichtet. Der Wode antwortete, daß er es bezahlen wolle. Bald nachher kam er mit einem toten Hunde angeschleppt und sagte dem Bauern, er solle den in den Schornstein werfen. Als der Bauer das getan, zersprang der Balg und es fielen viele blanke Goldstücke heraus.

Der Wode hat einen bestimmten Weg, den er alle Nacht in den Zwölften reitet. Der geht rings um Krumesse herum über das Moor nach Beidendorf zu. Wenn er kommt, so müssen die Unterirdischen vor ihm flüchten, denn er will sie von der Erde vertilgen. Ein alter Bauer kam einmal spät von Beidendorf und wollte noch nach Krumesse; da sah er, wie die Unterirdischen daher gelaufen kamen. Sie waren aber gar nicht bange und riefen: »Hüt kann he uns nich krigen, he sall uns wol gaan laten, he hett sik hüt morgen nich woschen.« Als der Bauer nun etwas weiter kam, begegnete ihm der Wode, und der fragte ihn: »Wat repen se?« Der Bauer antwortete: »Se seggt, du hest di van morgen nich woschen, du sast se wol gaan laten.« Da hielt der Wode sein Pferd an, ließ es stallen, saß ab und wusch sich damit. Nun stieg er wieder auf und jagte den Unterirdischen nach. Nicht lange darauf sah ihn der Bauer zurückkommen; da hatte er sie mit ihren langen gelben Haaren zusammengebunden und zu jeder Seite mehrere vom Pferde herabhangen. So hat er die Unterirdischen verfolgt, bis sie jetzt alle verschwunden sind. Deshalb jagt er auch nicht mehr auf der Erde, sondern oben in der Luft.

So erzählte dies ein alter achtzigjähriger Mann in Krumesse, der auch stillen und böten kann. Der Wode ist in ganz Lauenburg bekannt und überall schließt man vor ihm die Türen in der Weihnachtszeit.

84.

DAS KEGELSPIEL IM RATZEBURGER DOM

An der Ratzeburger Domkirche sind zahlreiche Kanonenkugeln eingemauert, die bei der Belagerung von 1693 durch die Dänen hineingeschossen sein sollen.

Die Hannöverschen hatten damals den Vertrag mit den Dänen gemacht: Wenn ein berühmter Schütze, der sich bei den Dänen vor der Stadt befand, ein Kegelspiel in die Mauer der Domkirche hineinschießen könnte, so sollte die Stadt kapitulieren; könnte er es nicht, sollte das Heer abziehn. Der Kanonier stand auf der Schanze bei der Vogelstange und schoß wirklich ein ganzes Kegelspiel hinein. Als er aber zuletzt den Kegelkönig hineinschießen wollte und alle in der größten Besorgnis waren, lud ein hannöverscher Kanonier seine Kanone und schoß dem Dänen den Kopf vom Rumpfe. Darum sieht man noch heute das Kegelspiel an der Domkirche eingemauert, aber der König fehlt.

85.

DIE DREI ALTEN

Im Herzogtum Schleswig, in der Landschaft Angeln, leben noch Leute, die sich erinnern, nachstehende Erzählung aus dem Munde des vor einiger Zeit verstorbenen, durch mehrere gelehrte Arbeiten bekannten Pastor Oest gehört zu haben; nur weiß man nicht, ob die Sache ihm selbst, oder einem benachbarten Prediger begegnet sei. Mitten im 18. Jahrhundert geschah es, daß der neue Prediger die Markung seines Kirchsprengels umritt, um sich mit seinen Verhältnissen genau bekannt zu machen. In einer entlegenen Gegend stehet ein einsamer Bauernhof, der Weg führt hart am Vorhof der Wohnung vorbei. Auf der Bank sitzt ein Greis mit schneeweißem Haar und weint bitterlich. Der Pfarrer wünscht ihm guten Abend und fragt: was ihm fehle? »Ach«, gibt der Alte Antwort, »mein Vater hat mich so geschlagen.« Befremdet bindet der Prediger sein Pferd an und tritt ins Haus, da begegnet ihm auf der Flur ein Alter, noch viel greiser als der erste, von erzürnter Gebärde und in heftiger Bewegung. Der Prediger spricht ihn freundlich an und fragt nach der Ursache des Zürnens. Der Greis spricht: »Ei, der Junge hat meinen Vater fallen lassen!« Damit öffnet er die Stubentüre, der Pfarrer verstummt vor Erstaunen und sieht einen vor Alter ganz zusammengedrückten, aber noch rührigen Greis im Lehnstuhl hinterm Ofen sitzen.

HANSESTÄDTE

86.

DES TEUFELS KAPELLE

Bald nach der Grundsteinlegung der Lübecker Marienkirche versammelte der Baumeister alle seine Gesellen um sich, ermahnte sie zum Eifer und zur Nüchternheit, und bat sie stets eingedenk zu sein des heiligen Werkes, das sie zur Ehre Gottes errichteten, und darum auch das Singen unheiliger Lieder zu vermeiden. Sie gelobten es, und als das fromme Werk nun begonnen war, geschah es, daß der Teufel an den Neubau kam und sich in der Meinung, hier werde ein Weinhaus gegründet, nach dem Zwecke des Baues erkundigte. Da mußte er erfahren, daß hier eine Kirche erstehen sollte, und gerade wollte er mit Fluchen anheben, als ihm der Meister ein Kreuz vorhielt, daß er davonfliegen mußte. Da eilte er erzürnt zum Brokken, suchte sich einen der größten Felsblöcke aus und wollte das Werk zertrümmern. Aber die Handwerker sahen ihn kommen, und ein junger Geselle rief:

»Herr Düwel, witt he dat blieven la'n,
dieweil wir enen Utweg ha'n;
's wör beter, he vergleek sick mit uns in Göde,
als dat he sick erst mit den Wurf bemöhte!«

Der Teufel willigte unter der Bedingung ein, daß für ihn eine Kapelle, ein Weinhaus, eingerichtet werde. Den Stein warf er von sich; hart neben der Kirche schlug er ein tiefes Loch, das die Bauleute mit einem Gewölbe bedeckten und so den Ratsweinkeller gründeten. Der soll denn dem Teufel auch gute Dienste erwiesen haben, denn seine geschwärzten Räume waren weit mehr besucht als die helle, freundliche Kirche.

87.

DER LÜBECKER FREIHEITSBAUM

Einmal lagen die Lübecker mit den Dänen in harter Fehde. Krieg ist nicht jedermanns Sache, und so waren in der Stadt, besonders unter den Schonenfahrern, viele Bürger, die geneigt waren, sich dem Dänenkönig zu eigen zu geben. Nun gab es aber eine Prophezeiung in der Stadt: solange der große Rosenbusch an der Marienkirche grüne und blühe, solange werde Lübeck frei bleiben, und darum willigte der Rat auch nicht in einen voreiligen Friedensschluß, sondern es wurde wacker weitergefochten. Aber eines Morgens war der Rosenbaum welk und abgestorben, der doch am Abend zuvor noch so herrlich geblüht hatte, und als man zusah, hatte eine Maus ihr Nest an seine Wurzeln gelegt, und ihre Jungen hatten die Wurzeln durchgenagt und den Baum zuschanden gemacht. Bald darauf mußte sich Lübeck den Dänen ergeben.

Als die Stadt aber wieder kaiserfrei wurde, ließ der Rat den Rosenbaum samt der Maus in der Marienkirche hinter dem Chor in Stein hauen, zum Wahrzeichen, daß oft aus kleinen Ursachen über Nacht ein großes Unglück entsteht.

88.

DER GRAF, DER NICHT VERWESEN DURFTE

Einst lebte in Lübeck ein reicher und mächtiger Graf, der sich aber durch sein schlechtes Betragen den Fluch seiner sterbenden Eltern zugezogen hatte. Aber das wußten nur die wenigsten, und er selbst suchte sein Gewissen in rauschenden Festen zu betäuben. Allein kaum ein Jahr nach dem Tode seiner Eltern starb auch er und wurde in der Katharinenkirche beigesetzt.

Fünfzig Jahre später öffnete man zufällig seinen Sarg und fand seinen Leichnam unverwest. Das Gerücht von dieser seltsamen Begebenheit drang weit in die Ferne, und kein Fremder verließ Lübeck, bevor er nicht den unverwesten Grafen gesehen hatte.

Nun saßen einmal in einem Wirtshaus bei der Katharinenkirche lustige Zechbrüder beisammen und prahlten mit ihrem Mut und ihrer Unerschrockenheit. In das Gespräch mischte sich auch die Schenkmamsell, und indem sie alle zu übertrumpfen suchte, vermaß sie sich, den Körper des Grafen aus der Kirche zu holen. Die Wette wurde gemacht, das Mädchen verschaffte sich den Eingang zur Totenkapelle und kam bald mit ihrer unheimlichen Last zurück. »Da habt ihr den Grafen«, rief sie lachend, »zurückbringen könnt ihr ihn selbst! Die Wette habe ich gewonnen!« Die Gesellen aber zitterten wie Espenlaub, und keiner wollte sich der unangenehmen Aufgabe unterziehen. Da baten sie das Mädchen, ihnen das Geschäft abzunehmen, und gegen ein gutes Stück Geld zeigte sie sich auch willig und trug den Grafen zurück.

Aber kaum hatte sie ihn in seinen Sarg gebettet, als der Tote sich aufrichtete und sie anredete: »Jetzt habe ich dir einen Gefallen getan, nun tue du mir wieder einen als Gegendienst!« Zu Tode erschrocken, nickte die Dirne. »Geh hinter den Altar«, fuhr der Tote fort, »und bitte meine Eltern um Vergebung!« Das Mädchen tat's zitternd, aber eine Stimme antwortete ihr: »Nie und nimmermehr!« Auf den Wunsch des Grafen bat sie dann noch einmal, und wieder wurde sie abschlägig beschieden. Erst, als sie zum dritten Male bat, rief die Stimme so laut, daß das Gewölbe widerhallte: »Nun, so sei er verweset!« Das Mädchen eilte so schnell wie möglich aus der Kirche, aber als man am nächsten Morgen nach dem Grafen sah, war er in Staub zerfallen.

89.

SPÖKENKIEKEN

Als in Lübeck der schwarze Tod wütete, geschah es, daß die Mönche des Burgklosters in große Not kamen, weil neben vielen anderen Brüdern auch ihr Koch der Pest zum Opfer fiel. In ihrer Verlegenheit baten sie einen Laien, ihnen auszuhelfen, und der erklärte sich auch bereit, für die Mönche zu kochen. Da er ein beherzter Mann und bei den Ordensleuten schnell beliebt war, ersuchten sie ihn, während einiger Nächte die Wache mit ihnen zu teilen. Auch hierzu war er gern bereit.

Wie er nun in der zweiten Nacht wachte, glaubte er zum offenen Fenster herein eine Stimme zu hören: »Bereite das Mahl für die Brüder, die wandern wollen!« Zuerst sehr bestürzt, faßte sich der Koch rasch und fragte, wieviele denn deren seien. »Es sind sechsunddreißig«, erwiderte die Stimme.

Über diese Worte dachte der Koch noch eine Weile nach, dann ging er zum Krankensaal. Da bot sich ihm ein seltsames Bild. Sechsunddreißig Mönche standen in der Mitte des Saales, alle in schneeweißen Gewändern, das Antlitz verhüllt.

Wenige Tage später starben in der Tat sechsunddreißig Mönche an der Pest. Sie wurden auf dem gemeinsamen Friedhof begraben.

90.

REBUNDUS

Wenn in alten Zeiten ein Domherr zu Lübeck bald sterben sollte, so fand sich morgens unter seinem Stuhlkissen im Chor eine weiße Rose, daher es Sitte war, daß jeder, wie er anlangte, sein Kissen umwendete, zu schauen, ob diese Grabesverkündigung darunter liege.

Es geschah, daß einer von den Domherren, namens Rebundus, eines Morgens diese Rose unter seinem Kissen fand. Er nahm sie behend weg und steckte sie unter das Stuhlkissen seines nächsten Beisitzers, obgleich dieser schon darunter nachgesehen und nichts gefunden hatte. Rebundus fragte darauf, ob er nicht sein Kissen umkehren wolle? Der andere entgegnete, daß er es schon getan habe; aber Rebundus sagte weiter, er habe wohl nicht recht hingeschaut und solle noch einmal nachsehen, denn ihm bedünke, es habe etwas Weißes darunter geschimmert. Hierauf wendete der Domherr sein Kissen und fand die Grabblume; doch er sprach zornig, das sei Betrug, denn er habe gleich anfangs genau hingeschaut und unter seinem Sitz keine Rose gefunden. Damit schob und stieß er sie dem Rebundus wieder unter sein Kissen, dieser aber wollte sie nicht wieder sich aufdrängen lassen, so daß sie einer dem andern zuwarf und ein Streit und heftiges Gezänk zwischen ihnen entstand.

Als sich das Kapitel ins Mittel schlug und sie auseinanderbringen, Rebundus aber durchaus nicht eingestehen wollte, daß er die Rose als erster gehabt, sondern auf seinem unwahrhaftigen Vorgeben beharrte, fing endlich der andere, aus verbitterter Ungeduld, an zu wünschen: »Gott wolle geben, daß der von uns beiden, welcher Unrecht hat, statt der Rose in Zukunft zum Zeichen werde, und wenn ein Domherr sterben soll, in seinem Grabe klopfen möge, bis an den Jüngsten Tag!« Rebundus, der diese Verwünschung wie einen leeren Wind achtete, sprach freventlich dazu: »Amen! Es sei also!«

Als nun Rebundus nicht lange danach starb, hat es von dem Tage an unter seinem Grabstein, so oft eines Domherrn Ende sich nahte, entsetzlich geklopft, und es ist das Sprichwort entstanden: »Rebundus hat sich gerührt, es wird ein Domherr sterben!« Eigentlich ist es kein bloßes Klopfen, sondern es geschehen unter seinem sehr großen, langen und breiten Grabstein drei Schläge, die nicht viel weniger krachen, als ob das Wetter einschlüge oder dreimal ein Kartaunenschuß geschehe. Beim dritten Schlag dringt über dem Gewölbe der Schall der Länge nach durch die ganze Kirche mit so starkem Krachen, daß man denken sollte, das Gewölbe würde ein- und die Kirche übern Haufen fallen. Es wird dann nicht bloß in der Kirche, sondern auch in den umstehenden Häusern vernehmlich gehört.

Einmal hat sich Rebundus an einem Sonntag zwischen neun und zehn Uhr mitten unter der Predigt geregt und so gewaltig geschlagen, daß etliche Handwerksgesellen, welche eben auf dem Grabstein gestanden und die Predigt angehört, teils durch das starke Erbeben des Steins, teils aus Schrekken, nicht anders herabgeprellt wurden, als ob sie der Donner weggeschlagen hätte. Beim dritten entsetzlichen Schlag wollte jedermann zur Kirche hinaus fliehen, in der Meinung, sie würde einstürzen, der Prediger aber ermunterte sich und rief der Gemeinde zu, dazubleiben und sich nicht zu fürchten; es wäre nur ein Teufelsgespenst, das den Gottesdienst stören wolle, das müsse man verachten und ihm im Glauben Trotz bieten. Nach etlichen Wochen ist des Dechants Sohn verblichen, denn Rebundus tobt auch, wenn eines Domherrn naher Verwandter bald zu Grabe kommen wird.

91.

MODER DWARKSCH

In alten Zeiten lebte in dem Keller an der Ecke des Kohlmarkts eine wohlhabende Familie; die war fromm und gottesfürchtig, außer der Frau, die aller Bosheit voll und mächtig gewesen. Diese hat endlich nur noch in ihrem großen ledernen Lehnstuhl am Ofen gesessen und Tag und Nacht die Leute gequält und durch schändliche Reden geärgert. Es half auch nicht, daß man getreue Nachbarn, gute Freunde, den Beichtvater, ja die hochweisen Herren selber dazu gerufen: es hat sie keiner in ihrem Wesen ändern können. Nachdem sie nun ihren Mann unter die Erde, ihre Kinder aber zur Verzweiflung gebracht, hat sie auch daran glauben müssen und ist dahingefahren. Als aber am Abend nach dem Begräbnis die Haut verzehrt (das Leichenmahl gehalten) wird, ist der lederne Lehnstuhl auch wieder besetzt; Moder Dwarksch ist wieder da, treibt mit Schelten und Schimpfen die Gesellschaft wie Spreu auseinander und hat ihr Wesen vor wie nach, nur daß sie noch gelber und verschrumpelter und unheimlicher ausgesehn. Vergebens suchte man sie durch kluge Frauen, durch den Schäfer, durch den Wasenknecht, durch einen frommen Mönch zu bannen: sie saß nach wie vor in ihrem Lehnstuhl und wurde nur grimmiger.

Endlich ist ein Schneider aus Pommern eingewandert, der was konnte. Er sprach: wofern man ihm ein gut Stück Geld verehren wollte, sei er wohl im Stande, der Sache ein Ende zu machen. Als man ihm solches mit Freuden bewilligt, hat er der alten Hexe Leibgericht ausgekundschaftet, welches Speckpfannkuchen mit Schnittlauch gewesen; läßt alsbald deren zwölf der schönsten in der Herberge zum großen Christoffer backen und um Mitternacht auf einem neuen zinnernen Teller bereit halten. Dann versperrt er die Tür mit einem großen Hopfensack, in dessen Grund er die blanke Schüssel mit den Speckpfannkuchen setzt, und spricht seinen Spruch. Da ist Moder Dwarksch alsbald vom Lehnstuhl auf- und in den Hopfensack gefahren und über die Speckpfannkuchen hergefallen: der kluge Schneider aber schnürt den Sack zu und trägt ihn in die Grönauer Heide, wo er die Alte mit dem stärksten Zwange bannt.

Seitdem hat nun Moder Dwarksch ihr Wesen dort getrieben: den Leuten die Wege verrannt, den Sand aufgeblasen, falsche Lichter gezeigt, sie durch Notrufe und Geheul verstört und sich an die Wagen gehängt, daß sie nicht durchkommen konnten. Besonders aber hat sie alle, die Speisen bei sich geführt, verfolgt, und mit Speckpfannkuchen gar ist die Heide nicht zu passieren gewesen. Einer aber, der es um Mitternacht dennoch gewagt, ist anderen Tags mit umgedrehtem Genick aufgefunden.

92.

DER SCHATZ

In der Glockengießerstraße, hinuntergehend linker Hand, einige Häuser abwärts vom Glandorpen Hof, hatte vor hundert und etlichen Jahren ein alter Geizhals gewohnt, der so viel Geld zusammengescharrt, daß er damit nicht zu bleiben gewußt; dennoch hatte er keinem auch nur einen Pfennig gegönnt. Wenn er nun seine Kisten soll angesehn, schnitt es ihm durchs Herz, daß seine Erben, arme aber fröhliche Leute, nach seinem Tod alles an sich nehmen sollten, und so hat er ein gutes Teil im Hofe vergraben; aber da er plötzlich krank geworden, hat er sehr getobt und sich gewünscht: der Teufel solle sein Erbe sein.

Als er nun bald danach gestorben, hat man fleißig gesucht und alles umgekehrt, jedoch kein Geld gefunden: dergestalt daß leicht zu erkennen war, der Teufel sei des reichen Mannes Erbe geworden. Dennoch hat der den Kasten aus dem Hofe nicht wegnehmen können, weil ein Stein darauf gelegen, der mit einem Kreuz bezeichnet war.

Nun wohnte in diesem Jahr im gleichen Hause ein Brauer, der sich mit Mühe ernähren konnte, nebst seinem Weib und seinem Sohn, welcher beständig krank darnieder lag. So kömmt eines Tages ein fremder Mann und spricht zu ihm: daß auf dem Hofe ein großer Kasten mit Geld stehe, den er heben könnte, wenn er nur gewillt sei; wodurch er von aller seiner Not befreit wäre. Darüber ist der Brauer sehr froh und geht mit dem Fremden heimlich in den Hof; der zeigt ihm den Ort, und wie er den Stein wegnehmen müsse, um an den Schatz zu kommen. Das tut er auch; wie er aber mit dem Stein aus der Grube steigt, kömmt seine Frau gelaufen und schreit: »Ach, lieber Mann, was ist doch unserm Sohn widerfahren, daß er im Bett liegt und den Kopf in den Nacken verdreht!« Der Mann läßt den Stein sofort auf den Boden fallen und läuft der Frau entgegen; sogleich aber hat der Fremde den Kasten genommen und ist nach dem Stall zu gegangen und verschwunden.

Darüber sind die guten Leute heftig erschrocken: wie sie aber in die Stube kommen, wo der Sohn gelegen, ist er im Begriff aufzustehn, und von Stund an gesund, wie andere, und auch ein feiner Mann geworden, der sein Leben lang seine Eltern ernährte.

Etliche aber sagen, der Teufel habe nicht alles fortgebracht, und es liege dort noch ein Schatz, dem er nicht allein beikommen könne.

93.

KLAUS STÖRTEBEKER UND GODEKE MICHELS

Woher Störtebeker stammt, weiß niemand recht. Einige sagen, er sei in Ostfriesland geboren, aber die meisten berichten, er sei eines Edelmanns Sohn aus Halsmühlen bei Verden an der Aller. In seinen jungen Jahren hat er lustig gelebt, hat Fehden ausgefochten, gerauft, geschmaust und gezecht und danach in Hamburg mit andern wilden Gesellen so lange bankettiert und gewürfelt, bis er Hab und Gut verpraßt hatte. Und wie ihm nun zuletzt die Hamburger seiner Schulden halber sogar das ritterlich Gewand und Rüstzeug genommen und ihn der Stadt verwiesen haben, da ist er unter die Vitalienbrüder gegangen und ein Seeräuber geworden, wie vor ihm noch keiner gewesen ist.

Deren Anführer war damals Godeke Michels (nach heutiger Art zu sprechen: Gottfried Michaelsen), ein tapferer gewaltiger Mann, auch guter Leute Kind, über dessen Heimat sich Holstein, Mecklenburg, Pommern und Rügen streiten; andere aber nennen eine verfallene Burg bei Walle im Verden'schen als seinen Geburtsort. Der hat den neuen Genossen mit Freuden aufgenommen; und nach abgelegten Proben seiner Kraft (denn er hat eine eiserne Kette wie Bindfaden zerreißen können) wie auch seiner Unerschrockenheit und Tapferkeit, hat er ihm gleich ein Schiff unterstellt und hernach den Oberbefehl über die ganze Brüderschaft mit ihm geteilt. Und weil der neue Genoß, der seinen adligen Namen abgelegt, so ganz unmenschlich trinken konnte, daß er die vollen Becher immer in einem Zuge ohne abzusetzen hinunterstürzte und dies Becherstürzen täglich unzählige Male wiederholte, so nannte man ihn den Becherstürzer, oder plattdeutsch Störtebeker.

Als die Raubgesellen einstmals die Nordsee recht leer geplündert hatten, fuhren sie nach Spanien, um dort zu rauben. Störtebeker und Godeke Michels machten wie immer gleiche Teile der Beute, nur die Reliquien des heiligen Vincentius, die sie aus einer Kirche genommen, behielten sie für sich und trugen sie seitdem unter ihrem Wams auf der bloßen Brust. Und daher ist's gekommen, daß sie hieb- und schußfest gewesen sind; kein Schwert und Dolch, keine Armbrust, Büchse oder Kartaune hat sie je verwunden, geschweige denn töten können – so ging die Sage.

Und nach ihrer Vertreibung aus der Ostsee haben sie von ihren Schlupfwinkeln auf Rügen und andern Orten lassen müssen. Darauf haben sie aber in Ostfriesland gute Freunde gewonnen und dort ihren Raub bergen und verkaufen können. Besonders bei Marienhave haben sie viel verkehrt und dort gibt's noch viele Erinnerungen an Störtebeker. Der Häuptling, Keno ten Brooke, wurde sein Schwiegervater, denn dessen schöne Tochter verliebte sich in den kühnen mächtigen Mann und folgte ihm auf sein Schiff und in sein schwankend' Reich.

Wenn Störtebeker Gefangene machte, die ein Lösegeld versprachen, so ließ er sie leben. Waren sie aber arme Teufel und alt oder schwächlich dazu, wurden sie gleich ohne weiteres über Bord geworfen. Erschienen sie ihm jedoch tüchtig und brauchbar, so machte er erst eine Probe mit ihnen. Wenn sie nämlich seinen ungeheuren Mundbecher voll Wein in einem Zuge leeren konnten, dann waren sie seine Leute, dann nahm er sie als Gesellen an. Die es aber nicht konnten, die wurden auch abgetan.

Störtebeker und Godeke Michels haben zuweilen Reue über ihr Leben gefühlt. Und deshalb soll jeder von ihnen dem Dom zu Verden sieben Fenster, zur Abbüßung ihrer sieben Todsünden, geschenkt haben; das Störtebeker'sche Wahrzeichen, zwei umgestürzte Becher, ist in einem dieser Fenster angebracht. Auch Brotspenden an dortige Arme haben sie gestiftet. Und hierin finden viele eine Bestätigung der Angabe, daß beide Verden'sche Landeskinder gewesen seien.

Als Störtebeker endlich gefangengenommen worden war, machte man in Hamburg, kraft des vom Kaiser verliehenen Blutbannes über Seeräuber, kurzen Prozeß mit den Piraten. Störtebeker saß in einem Keller des Rathauses, der »Störtebeker's Loch« genannt worden ist. Die Sage erzählt: Als man sein Todesurteil ihm verkündet, hat er nicht gern daran gemocht und hat für Leben und Freiheit dem Rat eine goldene Kette geboten, so lang, daß man den ganzen Dom, ja die Stadt damit umschließen könne; die wolle er aus seinen vergrabenen Schätzen herbeischaffen. Der Rat aber hat solch Anerbieten mit Entrüstung von sich gewiesen und der Justiz freien Lauf gelassen.

Schon folgenden Tags fand die Hinrichtung auf dem Grasbrook statt. Das Volkslied sagt, daß diese 72 wilden verwegenen Gesellen, die ihrer Bitte gemäß im besten Gewand so stattlich und mannhaft hinter Trommlern und Pfeifern in den Tod geschritten, von den Weibern und Jungfrauen Hamburgs sehr beklagt seien. Der Scharfrichter Rosenfeld enthauptete sie und steckte ihre Köpfe auf Pfähle hart am Elbstrande.

Der Sage nach durchsuchten die Hamburger Störtebeker's Schiff besonders eifrig nach seinen ungeheuren Schätzen. Außer einigen Pokalen und anderem Gerät fanden sie aber anfangs nichts, bis endlich ein Zimmermann, der mit der Axt zufällig gegen den Hauptmast schlug, eine Höhlung darin entdeckte, welche voll geschmolzenen Goldes war. Von diesem Schatz wurden die beraubten Hamburger Bürger entschädigt und die Kosten des Kriegszuges bezahlt. Von dem Überrest aber, so heißt es, ließ der Rat eine schöne goldene Krone für den St. Nicolai-Kirchturm anfertigen. Aber noch war Godeke Michels mit dem Rest der Vitalienbrüder zu vertilgen. Gleich nach Störtebeker's Hinrichtung liefen die Hamburger wieder in die Nordsee aus, um ihr Werk zu vollenden. Wiederum war es Simon von Utrecht auf seiner bunten Kuh, dem nach den alten Berichten der Preis auch dieses Seezuges gebührt, der mit völliger Niederlage der Piraten endete. Unter den 80 nach Hamburg gebrachten Gefangenen war Godeke Michels mit seinem Unterhauptmann Wigbold, einem gelehrten Magister der Weltweisheit, der seinen Stand auf dem Rostocker Katheder mit dem Schiffskastell vertauscht hatte.

Auch diese 80 Seeräuber wurden ebenso wie ihre früheren Spießgesellen auf dem Grasbrook enthauptet.

Die Sage geht noch weiter: Als der ehrbare Rat, welcher der Hinrichtung beigewohnt, die schwere Arbeit des Scharfrichters wahrgenommen, da habe er ihn teilnehmend gefragt: ob er ermüdet sei? Darauf soll Rosenfeld grimmig gehohnlacht und trotzig gesagt haben: es sei ihm nie wohler gewesen, und er habe genug Kraft, um noch den ganzen Rat ebenfalls zu köpfen. Wegen dieser höchst verbrecherischen Antwort sei der Rat sehr entsetzt gewesen und habe den Kerl sofort entlassen.

Störtebeker's Andenken haben noch verschiedene in Hamburg als Kuriositäten und Merkwürdigkeiten aufbewahrte Dinge frisch erhalten. Eine kleine Flöte oder Pfeife, mit der er auf dem Schiff im Sturm oder Kampf seine Signale gegeben, soll früher nebst dazu gehöriger silberner Halskette in der Kämmerei gewesen sein. Eine 19 Fuß lange eiserne Kanone (sogenannte Feldschlange) sowie Störtebeker's Harnisch hat man im vormaligen Zeughaus aufbewahrt. Das Richtschwert Meister Rosenfeld's kann noch jetzt im Arsenal des Bürger-Militairs gesehen werden.

Als größte Merkwürdigkeit Hamburgs aber und als zweites Wahrzeichen der Stadt (das erste und älteste war der Esel mit dem Dudelsack im Dom) galt der sogenannte Störtebeker, ein silberner Becher, aus dem er getrunken haben soll. »Wer nach Hamburg kommt, und sollte nicht in die Schiffer-Gesellschaft gehen, damit er aus Störtebeker's und Godeke Michels Becher trinke, und seinen Namen in das bei dem Becher befindliche Buch schriebe, der wäre nicht in Hamburg gewesen«, heißt es in einem alten Buch, betitelt: Die lustige Gesellschaft. Auf dem Becher, der etwa 1¼ Elle hoch ist und vier Bouteillen faßt, ist eine Seeschlacht dargestellt, die mit dem andern Bildwerk darauf Störtebeker's Leben andeuten soll. Er ist aber, wie schon die darauf eingegrabenen schlechten hochdeutschen Verse lehren, später angefertigt, und sicher nicht von ihm gebraucht gewesen. Er befindet sich jetzt im Schiffer-Armenhaus.

94.

DES TEUFELS STIEFEL

Vor vielen Jahrhunderten kam aus dem Pommerland ein Schustergesell nach Hamburg, der hieß Hans Radegast. Weil gerade das Schusteramt viele Gesellen verloren hatte, die vom Morgensprach-Herrn wegen Aufsässigkeit zum Wandern verurteilt waren, fand Hans Radegast in der Herberge gleich Arbeit, ohne daß man ihn um Geburtsbrief und Wanderbuch befragte. Weil er nun ein geschickter anstelliger Gesell war, behielt ihn der Meister gern und dachte nur bei sich: der Hans Radegast sieht zwar aus wie ein Wende und ist aus Pommerellen eingewandert, wo auf einen Deutschen zehn Wenden kommen, aber da er seine Sache versteht und sich stille hält, so will ich fünf grade sein lassen; war meiner Großmutter zweiter Mann doch auch ein Wende, und wenn sie's im Amt gewußt hätten, wäre ich nimmer Meister und Bürger geworden.

Hans Radegast aber wußte sehr wohl, daß er ein Wende war, und hätt's nicht verbergen können, weil er kein brieflich Zeugnis hatte, als echt, recht und Deutsch geboren, und man sah's seinem Gesicht auch gleich an, daß seine Mutter eine wendische Hexe konnte gewesen sein. So lange er unter den Pommerellen gewesen war, hatte ihn das nicht bekümmert. Als er aber nach Lübeck und von da nach Hamburg kam und unter den Deutschen lebte, da wurde er seines Unglücks bewußt, dieweil er so viel vernahm von der Wenden Bosheit und Grausamkeit, und wie sie vordem gegen das Christentum und in Hamburg mit Brennen, Morden, Rauben und Plündern gewütet und keinen Stein auf dem andern gelassen hatten, so daß ein ingrimmiger Haß entstanden war gegen alles wendische Wesen, der noch Jahrhunderte lang sich vererbte von Vater auf Sohn und Enkel – so daß in deutschen Städten ein Wende war wie ein Ausgestoßener und Verfehmter.

Und als er beichten ging zum Pfaffen, konnte er's nicht lassen, denn sein Geheimnis drückte ihn, als wenn es Sünde und Blutschuld wäre, und er offenbarte ihm, wenn er's gewiß niemandem weiter sagen wolle, so müsse er's bekennen: er wäre wendischer Abkunft. Und der Pfaffe hat sich bekreuzigt und lange besonnen, dann hat er gesagt, ein Verbrechen wär's zwar eigentlich nicht, das Wendentum, aber schön wär's auch nicht, und wovon er ihn absolvieren sollte, das wüßte er nicht, er möchte nur hingehen und sehen, wie er sich fromm und ehrlich durch die Welt schlüge, und still sein Unglück tragen.

Nun wäre das wohl so gegangen, aber Hans Radegast warf sein Auge auf eine feine Jungfer, die wollte er heiraten, und zuvor Meister und Bürger dieser Stadt werden. Das Geld dazu hatte er sich schon erspart. Altflicker oder Schuhknecht hätte er leichter werden können, aber dann hätte ihn die feine Jungfer nicht genommen, die trug einen hohen Sinn und wollte nur einen Meister haben, woran sie auch merken konnte, ob er ein Wende sei oder nicht. Als er sich aber bei dem Morgensprach-Herrn meldet und tut seinen Spruch und begehrt das Amt, da treten die Alterleute auf und fragen nach dem Geburtsbrief und sagen's ihm auf den Kopf zu, daß er ein Wende sei, der in kein zunftmäßig Amt kommen und das Bürgerrecht nimmer gewinnen könne.

Und da half kein Bitten und Flehen, die Alterleute wollten's nicht, und die Amtsrolle und Artikel zeigten's, daß sie im Recht waren. Und Hans Radegast kam in Zorn deshalb und vermaß sich, er wäre kein Wende und der beste Schuster in Hamburg und verstünde mehr als alle Meister, darum müßte er ins Amt und Bürgerrecht; und vermaß sich so sehr, daß er als Meisterstück alles zu machen verhieß, was die Alterleute von ihm fordern würden. Darauf dann die Alterleute, um seiner zu spotten und sein zudringlich Begehren gänzlich abzuweisen, ihm gesagt: falls er über Nacht bis Sonnenaufgang ein makellos Paar Reiterstiefel ohne irgendeine Naht machen könne, so solle er ins Amt kommen und Meister werden, ihrethalben auch zum Bürgerrecht gelangen. Würd's aber hernach entdeckt, daß er doch ein Wende oder Slawe war, so würde es ihm gehen wie dem Hans Swinegel 1466, dem sein fälschlich erworbener Bürgerbrief wieder abgenommen worden war.

Und als er nun gegen Mitternacht still und allein in der Kammer saß und bei seinem unmöglichen Unterfangen schier verzweifelte, da haben ihn Ehrsucht und Weltlust geblendet, daß er den Teufel rief, ihm beizustehen, und das Werk, dessen er allein nicht mächtig, zu vollbringen. Und der Teufel, der allemal erscheint, wenn ein junges Blut ihn nur an die Wand malt, kommt angeflogen mit Sausen und Brausen durchs Fenster herein, gehörnt, mit Pferdefüßen, ein scheußlich Ungetüm, davor ein anderer als Hans Radegast sich entsetzt hätte; aber das Wendenblut fürchtet solchen Satansspuk nicht und willigt ein, ihm seine unsterbliche Seele zu verschreiben und fortan den Namen Gottes nicht mehr zu nennen, da er ihm sonst sofort verfallen sein soll. Und als der Pakt geschlossen, setzt sich der Teufel flugs oben auf den Tisch und gebraucht Pfriemen und Pechdraht, als wäre er niemals was anderes als ein Schuster gewesen, und ehe der Hahn den Tag ankräht, ist das Stiefelpaar fertig, von braunem Leder, und nirgendwo ist eine Naht zu sehen, worauf der Teufel wieder mit Saus und Braus verschwindet.

Und als andern Tags die Alterleute kamen und die Stiefel besahen und keine Naht daran fanden, entsetzten sie sich und mußten ihr Wort einlösen, und Hans Radegast als Meister anerkennen. Und obwohl er nun ins Amt gekommen ist, so hat's ihm doch nicht geholfen, denn als er vor dem Rat den Bürgereid leisten will, und vergißt seinen Pakt und spricht die Worte aus: »alse my Gott helpe und syn hilliges Wort«, da fällt plötzlich ein Donner und Wetter vom Himmel mit Dampf und Rauch, und Hans Radegast ist stracks nach Nennung des Namens Gottes zu Boden geschlagen und nimmer wieder aufgestanden.

Und als die Herren des Rats sich von ihrer Bestürzung erholt und durch ihre Diener den toten Mann haben aufheben lassen, da hat er das Gesicht im Nacken gehabt und die Zunge schwarz zum Halse herausgereckt, so daß jeder mit Entsetzen gesehen, daß den wendischen Mann der Teufel geholt.

Die ungenähten Stiefel wurden durch einen geschickten geistlichen Teufelsbanner exorzisiert und mit Weihrauch besprengt; sie haben lange Zeit hoch oben an einem Pfeiler im Dom gehangen. Als der Dom zerstört wurde, kamen sie ins Artilleriezeughaus im Bauhof, wo sie bis vor wenigen Jahrzehnten zu sehen waren.

95.

DIE ELBGEISTER

Vor mehreren hundert Jahren war die Stadt Hamburg nicht wie jetzt gegen die andringenden Fluten geschützt, sondern von den Häusern bis zum Flußbett zog sich eine breite Niederung hin. Diese wurde häufig überschwemmt, namentlich im Frühjahr oder im Herbst, wenn heftige Regengüsse eintraten und Nordweststürme die Fluten aus der Nordsee in die Elbe trieben. Durch den mitgeführten Sand wurden die Niederungen nach und nach unfruchtbar.

Von diesen Niederungen wird erzählt, daß sich die Elbgeister auf ihnen versammelten, um zu beraten, wie sie den Menschen Schaden zufügen könnten. Die Menschen waren den Elbgeistern verhaßt, weil sie durch die Schiffe in das Reich der Geister einzugreifen versuchten.

Die Überschwemmungen währten fort. Wenn sie auch nicht viel Schaden anrichten konnten, da das Land unbebaut war, das von ihnen betroffen wurde, so ging diese Strecke den Menschen doch verloren. Da kam ein kluger Mann auf den Gedanken, den Elbgeistern diese Niederungen abzuringen. Er schlug vor, sie durch Erdwälle vor den Fluten zu schützen. Sein Vorschlag fand Beifall, und bald sah man viele Menschen beschäftigt, die schützenden Deiche aufzuwerfen.

Die Elbgeister kamen jeden Abend und sahen sich das Beginnen der Menschen an. Sie konnten sich nicht erklären, wozu diese Arbeit dienen sollte, und spotteten darüber. Endlich waren die Deiche fertiggestellt, und getrost sahen die Bewohner einer Überschwemmung entgegen. Ein heftiger Weststurm trat ein und trieb die Wellen zu außerordentlicher Höhe.

Aber der Deich setzte ihnen kräftigen Widerstand entgegen, und die Niederungen blieben verschont. Als die Elbgeister dies bemerkten, sahen sie sich überlistet. Sie versuchten mit heftigen Stürmen und Hochfluten das Werk der Menschen zu zerstören, aber ihr Mühen war vergeblich. Nur an einer schwachen, dem Ansturm besonders ausgesetzten Stelle gelang es. Am nächsten Morgen aber sprang der Wind nach Osten um, das Wasser lief ab, und die Bewohner konnten ihren Deich nicht nur ausbessern, sondern bedeutend verstärken.

Von nun an begann ein fortgesetzter Kampf mit den Elbgeistern. Immer wieder versuchten diese, das Werk der Menschen zu zerstören. Verschiedene Male ist es ihnen gelungen, im Jahr 1825 und teilweise in den siebziger Jahren in Billwerder. Noch heute sollen sich die Elbgeister in Gestalt von Eulen auf dem Deich aufhalten, der heute Billwerder-Deich heißt, früher aber den Namen Eulendeich führte.

96.

DAT LÜTTE RÜMEKEN

»Dat lütte Rümeken« zu Hamburg ist das Heiligengeistfeld in St. Pauli bis zur Grenze von Altona. Von ihm erzählt man sich folgende Geschichte:

Jedesmal, wenn der lebenslustige Graf Otto von Schauenburg, der zu Pinneberg residierte, auf seiner Vogtei Ottensen Recht gesprochen hatte, stärkte er sich im Hamburger Ratskeller. Einmal dehnte sich die Zecherei so lange aus, daß er die Stunde, da alle Stadttore fest verschlossen werden, verpaßte. Die Ratsherren aber wußten ihrem Ehrengast das Unglück so vergnüglich vorzustellen, daß er sich nicht weiter darum sorgte und der Einladung des Bürgermeisters, bis zum Morgen in seinem Haus Herberge zu nehmen, gern nachkam. Als nun der Graf dort angelangt, siehe da steht eine prächtige Tafel mit Speisen und herrlichsten Weinen zum Abendimbiß bereit, und die Frau Bürgermeisterin kredenzt dem hohen Gast den Goldpokal. Sie ließ es sich angelegen sein, den Grafen in fröhlicher Rede so zu vergnügen, daß er von all den guten Dingen sehr lustig wurde. Und als nun der reichliche Wein auch sein Bestes tat, da ist die schöne Bürgermeisterin mit lieblichen Worten den Grafen angegangen, daß er ihr doch das kleine Räumchen schenken möge, »dat lütte Rümeken« zwischen dem Millern-Tor und dem Bach, der zur Elbe läuft, weil die Hamburger Frauen gern im

Stadtgebiet ihr Linnen bleichen wollten. Und da sie so artig bat und der Graf ein ritterlicher Herr war, der einer bittenden Frau, zumal wenn sie schön war, nichts abschlagen konnte, er auch nicht gewahr wurde, daß das gewünschte kleine Räumchen eigentlich ziemlich groß sei – so beschied er das Ansuchen günstig. Und da zufällig ein Notar anwesend war und gleich eine Abtretungsurkunde darüber abfassen konnte, unterschrieb der Graf Otto flugs und fröhlich den Brief und setzte sein Siegel dazu, worauf der Wein nach getanen Staatsgeschäften noch besser mundete, bis der Graf vom Bürgermeister und Notar, nicht ohne deren tätige Beihilfe, zu Bett geleitet wurde.

Andern Morgens, als er heimkehrend über das abgetretene »lütte Rümeken« ritt, verwunderte er sich sehr über dessen Umfang, aber er war ein edelmütiger Herr, der fröhliche Schwänke wohl leiden konnte, darum lachte er über die List seiner Gastfreunde, die er nun wohl verstand, und ließ die Sache gut sein. Und wenn er später, wie noch oft geschah, nach Hamburg zu Weine und Biere ritt, so nahm er sich besser in acht und verpaßte niemals wieder die Stunde des Torschlusses. Und hat der schönen Bürgermeisterin lächelnd gesagt: um das ganze Hamburger Linnenzeug zu bleichen, möchte sie wohl seine ganze Herrschaft Pinneberg für ein – lüttes Rümeken ansehen und ihm fördersamst abschwätzen.

97.

DIE GLUCKHENNE

Über dem zweiten Bogen des Rathauses der Stadt Bremen findet sich ein Steinbild: eine Gluckhenne mit ihren Küchlein, und es gilt dies als eins der Wahrzeichen unserer Stadt. Von seinem Zustandekommen aber wird gesagt, daß vor Zeiten ein Häuflein flüchtiger Menschen den Strom herabgekommen sei; sie hatten vor ihren mächtigen und beutegierigen Nachbarn weichen müssen und lagen nun mit ihren armen Kähnen im Fluß und suchten einen Ort, an dem sie ihre Hütten aufschlagen könnten. Aber es war schon Abend und spät geworden, ohne daß ein Zeichen geschah und ihnen wies, daß sie mit Glück bleiben könnten. Da, in den letzten Strahlen der untergehenden Sonne, gewahrten sie eine Henne, die sich und ihren Küchlein einen Ruheplatz suchte für die Nacht; sie lief am Ende einen kleinen Hügel hinan und duckte sich mit ihren Kleinen in das hohe Heidekraut. Das nahmen die Flüchtlinge für ein gutes Zeichen und schlugen auf diesem Hügel ihre Hütten auf. So wurde der erste Grund zu der Stadt Bremen gelegt, und da die Ankömmlinge alles Fischer waren, drum ist das Fischeramt das älteste in der Stadt. Die Henne mit ihren Küchlein aber setzte man im Bilde an den zweiten Rathausbogen.

98.

DIE SAAKE

Die Bremer Saake ist keineswegs, wie man nach dem Sprachgebrauch annehmen sollte, irgendein menschliches Wesen, das sich bösen Künsten und der Zauberei ergeben hat, sondern ein grauenhafter Spuk, ein mitternächtlicher Unhold. Es ist ein tückisches Scheusal, das träge in irgendeiner dunklen Ecke oder hinter dem Vorsprung eines Hauses hingestreckt liegt, bis jemand arglos die Straße herunterkommt, dem es sich in Blitzesschnelle auf den Rücken schwingt, um sich von ihm tragen zu lassen, bis der Unglückliche zu ersticken droht oder bewußtlos niedersinkt.

Es hat aber die Saake größere Gewalt über böse, frevelhafte Menschen als über den Gerechten. Weshalb es auch jedem frommen Mann, der in ruchloser Gesellschaft bei Bier und Wein sitzt bis in die späte Nacht, geraten sein mag sich nicht hinreißen zu lassen durch gottlose Reden der andern, sondern seine Zunge im Zaum zu halten. Denn man kann der Saake nicht ausweichen, weil sie unsichtbar ist, außer daß ihr Augenpaar in der Dunkelheit schimmert wie glühende Kohlen. Wer ihr aber einmal in die Feueraugen geschaut hat, dem ist es nicht mehr möglich zu entrinnen, seine Füße stehen festgewurzelt am Boden, und er kann sich nicht eher von der Stelle bewegen, als bis er fühlt, daß der Spuk sich um seine Schultern und Hüften gelegt hat, wie ein schwerer Kornsack. Dann mag er fortarbeiten mit seiner Last in Schweiß und Todesangst.

Und so ist es vor diesem nichts Seltenes gewesen und hat manchen rechtschaffenen Bürger getroffen, daß er, vom Schütting, wo in frühern Zeiten eine Weinschenke war, vom Fulbras auf der Wachtstraße, oder aus dem Ratskeller kommend, wo er lustig und guter Dinge gewesen, und ohne die mindeste Ahnung des Unheils, das ihn erwartete, in aller Zucht und Ehrbarkeit ein Glas nach dem andern zu Leibe gesetzt hatte – beim ersten Kreuzweg spürte, wie es ihn mit Zentnerschwere überkam und in die Beine schoß, daß er sich kaum noch aufrecht zu erhalten vermochte auf seinen Füßen. Und die Häuser und Straßen fingen an zu tanzen und zu springen und sausten zuletzt wie toll und töricht um ihn her im Kreise, so daß er die Richtung verlor, nicht wußte woher noch wohin, und aufs Geratewohl fortschob, bis ihm der Schweiß von Stirn und Wange lief. Dabei lagen ihm allerlei Steine im Wege, groß und klein, die er sah, und er mußte die Füße hoch in die Höhe heben, wenn er hinüberschreiten wollte. Und es kamen ihm wiederum alle Augenblicke Steine und Spitzen in die Quere, die er nicht sah, so daß er darüber stolpern mußte, bis er endlich erschöpft und von der schweren Last, die er zu tragen hatte, überwältigt zu Boden sank und die Besinnung verlor, bis etwa ein vorübergehender Nachtwächter oder ein anderer guter Mann ihn wieder emporrichtete.

Da erinnerte er sich denn deutlich, daß er die Saake habe tragen müssen, und erkannte mit Erstaunen, daß er seit den fünf Stunden sich noch keine zwanzig Schritt vom Weinkeller entfernt habe. Mit solchen Fährlichkeiten hatte der zu kämpfen, welcher mit der Saake zu tun hatte. Daher ist es leicht erklärlich, wie alle Welt eine solche Angst und Scheu vor dem Ungetüm hatte, daß es gemieden wurde wie die Pest und der Tod.

99.

WÜRFELSPIEL MIT GESPENSTERN

Im Ratskeller zu Bremen gab es früher eine abgelegene Ecke, die hieß »das schwarze Loch«. Damit hatte es eine seltsame Bewandtnis.

Hier pflegten nämlich die Spieler zu sitzen, und mancher Fluch war da schon zur rauchgeschwängerten Decke gestiegen.

An einem Silvesterabend saßen da einmal vier Spieler und würfelten, darunter ein ehrsamer Schmiedemeister. Sie hatten schon viele Stunden gespielt, und der Schmiedemeister hatte fast all sein Geld verloren. Aber er wollte nicht aufhören, auch nicht, als sein junges Weib ihn bat, heimzukommen; er dachte, ein neues Spiel könne ihm wiederbringen, was er in früheren darangegeben. Schließlich rückten auch seine Mitspieler vom Tische ab und wollten nicht mehr mittun, meinten wohl gar, ihr Kamerad sei betrunken und mahnten zum Aufbruch. Da faßte den Meister der Zorn, er begann zu fluchen und rief, wenn die Lebenden nicht mit ihm spielen wollten, sollten's die Toten tun, er habe noch ein Leben zu verspielen! Indem schlägt's zwölf, krachend springt der Fußboden auf, und aus der Tiefe steigen Gerippe, mit Tüchern bekleidet, beinerne Würfel und Becher in der Hand. Alle fliehen entsetzt, nur der Meister bleibt aufrecht sitzen und wird von den Toten zum Spiel aufgefordert: einen Ring gegen sein Leben setzen sie.

Der Meister willigt ein. Ein Gespenst nimmt die Würfel und wirft. Nichts! »Topp«, ruft der Meister, »es gilt!« und greift nach den Würfeln. Kaum hat er geworfen, höhnt eine laute Stimme: »Nichts!«, ein dröhnender Schlag erschüttert das Gemach, alle fliehen. Als sie nach einiger Zeit wiederkehren, ist der Schmied verschwunden, sein Weib liegt bewußtlos auf der Erde. Bald darauf starb sie am Wahnsinn.

Der Rat ließ kurze Zeit darauf das schwarze Loch zumauern. Doch sollen die Seelen der Spieler noch heute keine Ruhe haben und gelegentlich an die Wand pochen, namentlich wenn Spieler zu lange beim Würfelspiel oder bei den Karten sitzen.

100.

EIN VERBÜNDETER DES TEUFELS

Einst fuhr ein Bremer Marktvogt mit einer Ladung Heringe von Enkhusen nach Bremen. Als er sah, daß der Wind günstig war, erkundigte er sich bei dem Schiffer, ob Taue und Segel fest wären, und als der Schiffer dies bejahte, gebot er ihm, sich nur ruhig hinzulegen: er wolle einstweilen am Steuer stehen. Der nahm das Anerbieten zu Dank an, und als der Marktvogt dem Schiffsknechte ein Gleiches zumutete, ging auch der zur Ruhe.

Aber wie groß war die Verwunderung am folgenden Tage, als der Schiffer mit seinem Knecht aufstand und sah, wie das Schiff in der Schlachte in Bremen vor Anker lag! Eine tüchtige Fahrt in einer einzigen Nacht! Davon wurde viel gesprochen. Es war unzweifelhaft, daß der Marktvogt einen Bund mit dem Teufel habe.

Er konnte auch die Nestel knüpfen, und als er deswegen verklagt wurde, stellte er es nicht einmal in Abrede. Da wurde er auf Geheiß des Rates der Stadt am Pranger mit Ruten gestrichen und auf ewig aus der Stadt verwiesen, bei Todesstrafe. Denn er war ein Verbündeter des Teufels und ein arger Zauberer, ohne Frage.

101.

HENKERSNOT

In Bremen, sagt man, sei in den Hexenzeiten ein Tischler gewesen, der wohnte an der Hukpforte, und ein Schiffer, der von seinem Fahrzeug hinter der Mauer an dem Hause vorbei heimging, wunderte sich, am späten Abend noch Licht darin zu sehen. Er fand in der Fensterlade ein Astloch und als er durch dieses spähte, wurde er gewahr, wie der Tischler zwei dünne Stäbchen kreuzweise übereinander legte und sie mit einem kupfernen Nagel zusammenheftete. Dabei schaute er ab und zu in ein Buch, das auf dem Tische lag, und in dem er leise murmelnd las.

Am selben Abend hatte ein Ratsherr, der den Bau des Rondel auf dem Schwanengatt beaufsichtigte, das Unglück, daß ihm ein schon vorher entzündetes Auge auslief. Das vernahm der Schiffer und er reimte sich das so zusammen, daß der Tischler es mit seinem Schlag auf den Nagel ausgeschlagen habe. Und obwohl dieser behauptete, er habe nichts Unrechtes getan, sondern nur Tischlerwerk verrichtet und dabei seiner Gewohnheit nach ab und zu einen Vers in der Bibel gelesen, und man könne ja bei ihm Nachsuche halten, so würde man in seinem Hause nichts Arges finden. Das geschah auch und man fand wirklich das Gerät, in dem die Stäbchen mit dem Kupfernagel lagen, und außer der Bibel sonst kein Buch im Hause, aber man meinte, die dienstbaren Geister hätten das Buch umgewandelt und aus dem Höllenzwang eine Bibel gemacht. So wurde er als ein offenbarer Hexer, der unter Beschwörungen den Leuten mit einem kupferfarbenen Nagel die Augen ausschlug, zum Tode verurteilt.

Der Scharfrichter aber war krank und elend und sein Knecht verließ ihn, weil er auch den Meister für einen Teufelsbündner hielt. Und als dieser das Schwert erhob, ging es ganz wunderlich zu, denn er sah nicht nur einen Hals und Kopf vor sich, sondern sieben, und wußte nicht, welches der rechte sei, und schlug erbärmlich drauf los, so daß er den Kopf erst nach mehreren Schlägen abzuhauen vermochte. Das Volk aber schrie aufgebracht gegen ihn und wäre er nicht ohnmächtig zu Boden gesunken, hätte man ihm gewiß was angetan.

102.

DER NACHTWÄCHTER UND DIE GANS

Einem Nachtwächter begegnete auf einem Kreuzweg eine Gans, so groß und schwer, wie er sie noch in seinem Leben nicht gesehen hatte. Das wird einen herrlichen Sonntagsbraten geben, dachte er, und da sich das Tier nicht greifen lassen wollte, so holte er aus mit seinem Stock und schlug ihr ein Bein ab. Jetzt nahm er seine Beute unter den Arm und brachte sie nach Hause zu seiner Frau. Die war sehr erfreut über den unverhofften Fang und setzte die verwundete Gans, die auch vor Kälte zitterte und halb erfroren schien, einstweilen hinter den Ofen, der noch etwas warm war, auf einen Stuhl, damit sie sich im Lauf der Nacht etwas erholen sollte.

Als der Wächter aber mit seiner Frau am folgenden Morgen in die Stube trat, erschraken sie sehr, als sie hinterm Ofen eine wohlbekannte vornehme Dame fanden, welche jammerte und wehklagte, daß sie vergangene Nacht ein Bein gebrochen. Da ging der Nachtwächter in sich und schaffte die Verwundete ohne Aufsehn nach ihrer Wohnung, und er hat nie nachher bereut, daß er den ganzen Vorfall verschwiegen und keiner Seele erzählt hat, denn die Dame wollte um alles in der Welt nicht bekannt sein.

103.

HAHL AWER!

Zwei Bauernburschen, denen des Glücks zu Hause nicht gedeihen wollte, kamen nach Bremen und suchten allda ihr Heil zu machen; der jüngere wurde bei einem reichen Bürger ein Gärtner und heiratete nach einiger Zeit die Tochter des alten Fährmanns am Punkendeich, dessen Nachfolger er auch wurde. Der ältere aber wurde Packknecht bei einem Kaufmann, stieg auf zum Buchhalter und zum Mann der reichen Pflegetochter, wurde reich und groß. Jedoch der Ehrgeiz ließ ihm keine Ruhe, so daß ihm Weib und Kinder und der Reichtum nicht genügten, aber da ihm sein Reichtum Ansehen verschaffte und die Stelle des Stadtrichters zufällig zu vergeben war, seine Unparteilichkeit außer Zweifel stand und sein Vermögen die sicherste Bürgschaft für seine Unbestechlichkeit zu gewähren schien, wählte man ihn in dieses Amt. Er nahm es mit Ernst und Würde wahr, und niemand hatte Ursache, sich über seine Entscheidungen zu beschweren.

Als einige Jahre hingegegangen waren, vereinigten sich die Melker auf dem Werder und forderten von dem Fährmann-Bruder eine Herabsetzung des Fährgeldes nach dem Werder. Was sie dem alten Fährmann bewilligt hätten, sei freiwillig geschehen. Da trat der Fährmann vor den Bruder-Richter und überreichte ihm die Beweise, daß er in seinem Recht sei. Der Richter fürchtete aber, man könne ihn für parteiisch halten, wenn er dem Bruder Recht gäbe, und setzte das Fährgeld auf die Hälfte herab. Da erschrak der Bruder Fährmann, denn dieses Urteil verkürzte ihm seine Haupteinnahme und stürzte ihn in Not, und er rief aus: Das ungerechte Urteil wird dir auch noch im Tod keine Ruhe lassen. Der Bruder Richter, der bei diesem Wort erkannte, wie ungerecht er eben gewesen war, erhob sich, um dem Fortgehenden nachzueilen, aber nach wenigen Schritten erbleichte er und sank zum Schrecken aller tot zu Boden.

Nach seinem Tode hatte sein Weib an ihrem reichen Hause keine Freude mehr und sie verkaufte es. Den Käufer aber reute bald sein Geld, denn wenn er aus dem Fenster auf die Straße schaute, so stand der tote Richter hinter ihm und blickte ihm über die Schulter. Oder er zeigte sich unvermutet in der Küche und im Keller und erschreckte die Hausbewohner. Da ließ man einen gelehrten Kapuziner kommen, der bezwang den toten Richter und brachte ihn am Abend trotz allen Widerstrebens auf einen bereitgehaltenen Wagen. Der fuhr zum Ostertor, und als sie am Rathaus vorüberkamen, da rief es mit schrecklicher Stimme dreimal aus dem Wagen: Richter, richte recht! Je näher sie aber dem Ostertor kamen, desto schwerer wurde der Geist, denn er wollte nicht zur Stadt hinaus, bis die Pferde schließlich standen. Aber der Kapuziner ließ aus dem Marstall Vorspann kommen, und nun ging es rasch zum Tor hinaus nach dem Schwarzen Meer und der Pauliner Marsch. Dort wurde der tote Richter hin verbannt mit der Bedingung, daß er nicht eher wiederkommen dürfe, ehe er nicht den Sumpf mit einem Siebe ausgeschöpft und das Gras auf der Wiese bis auf den letzten Halm gezählt habe. Dort aber neckte und quälte der Verbannte alle, die sich seinem Ort nahten.

Da sich nun niemand mehr auf die Pauliner Marsch getraute und er ja in die Stadt der Bedingung wegen nicht rückkehren konnte, versuchte er nach dem Werder auszuweichen. Als der Bruder Fährmann am Morgen sein Schiff betrat, um die Melker überzusetzen, stand unter ihnen mit abgewandtem Gesicht ein prächtig angezogener Mann. Und als er drüben angekommen war und das Fährgeld heischte, raffte sich jener Mann empor, schoß jäh an ihm vorüber und rief aus: Der letzte Mann bezahlt die Fähr! Da erkannte der Fährmann, wen er übergesetzt hatte und die Melker schrien, er möge sie um Gotteswillen gleich wieder zurückführen. Der Bruder Richter aber übte nun hier seine Neckereien und Quälereien, wie vordem auf der Pauliner Marsch. Als aber der Winter kam und es auf dem Werder einsamer wurde und das Wasser die Landschaft weit und breit überströmte, da verlangte es ihn zurück auf die Marsch. Er trat also ans Ufer und rief den Fährmann: Hahl awer! Der kam, als er den aber erkannte, der am Ufer stand, da wandte er die Fähre und entwich.

Jener hat später noch sehr oft gerufen; aber dem Fährmann war der Ruf bekannt und er ließ sich nicht täuschen, und ebensowenig nach ihm seine Kinder und Nachfolger. So muß nun der Verbannte, den man um seines Rufes willen den Hahl-awer nennt, für immer auf dem Werder bleiben. Und heute noch ziehen sich die Anwohner am Punkendeich die Bettdecke über die Ohren, wenn sie vom Werder herüber den Hahl-awer hören.

104.

DER TEUFEL ALS SCHATZHÜTER

Im Niedervielande bei Bremen wohnte ein Bauer, der sehr reich war. Der Überfluß machte ihm aber große Sorgen, denn ringsum war Krieg, und jeden Tag konnten räuberische Horden auch auf seinen Hof kommen. Da dachte er mit allem Fleiß daran, sein Gut vor den Räubern zu schützen und beschloß, es dem Schoß der Erde anzuvertrauen.

Er hatte aber einen jungen Knecht, den er aus Mitleid in seine Dienste genommen, da er arm und elternlos war. Als nun an einem Sonntag der Bauer alle seine Leute in die Kirche geschickt hatte, um unbeobachtet seine Absicht ausführen zu können, versteckte sich der Knecht in der Scheune, weil er sich schämte, in seinen schlechten Kleidern in den Gottesdienst zu gehen. Gerade die Scheune hatte der Bauer zum Versteck seiner Habe ausersehen, und so konnte der Knecht, der im Heu ganz verborgen war, gut beobachten, wie sein Herr zuerst ein großes Loch grub, immer tiefer und tiefer, bis es mannstief war, wie er dann in einem großen kupfernen Kessel Gold und Silber, Münzen und Gefäße in gewaltigen Mengen hinabsenkte, wieder zuschaufelte und den Boden einebnete und dann den Teufel zu des Ortes Hüter bestellte, dergestalt, daß in sieben Jahren niemand den Schatz heben dürfe, und wer dann käme ihn zu holen, dürfe kein anderer sein als seiner Tochter Bräutigam: der solle nicht graben mit Spaten oder Schaufel, sondern müsse den Kessel mit silbernem Fuhrwerk, vor das lebendige, beflügelte Feuer gespannt sei, zu Tage fördern. Jedem Unbefugten, der sich daran wagte, möge der Böse den Hals brechen.

Als der Bauer seinen Spruch getan, schwirrte eine große Fledermaus durch die Scheune, umkreiste dreimal in schnellem Fluge den Mann und den Schatz und verschwand im Augenblick. Der Bauer nickte befriedigt und ging seiner Wege.

Der Bursche konnte dieses Erlebnis nicht vergessen; wo er ging und stand, lag ihm der Schatz im Sinn und wie er seiner habhaft werden könne. Er nahm seinen Abschied von dem Bauern, ging zur See und wurde ein schmucker und starker Mann, aber als die sieben Jahre zu Ende gingen, hielt es ihn nicht länger auf dem Schiff, und er machte sich auf und wanderte seinem Heimatdorf zu. Dort kannte ihn längst keiner mehr, aber er erfuhr bald im Wirtshaus, daß sein Bauer vor kurzer Zeit gestorben sei; nun lebe die Familie in großer Not, denn mit dem Reichtum des Alten scheine es nicht weit her gewesen zu sein – in seinem Nachlasse habe sich weder Gold noch Silber gefunden. Der Bursche ging bald auf den Hof, fand alles, wie man es ihm geschildert hatte und wurde, da die verwaiste Tochter sich seiner noch gern erinnerte, dort ein häufiger Gast, bis er den Mut fand, um das schmucke Mädchen zu freien, das ihn nicht abwies. Nun hätte er in aller Ruhe mit seinem zur See erworbenen Gute seinen Haushalt als ein vermögender Mann beginnen können, aber der Schatz lag ihm im Sinn, und er trachtete danach, wie er ihn heben könne. Da träumte er einmal, die Scheune stehe in Flammen, und als er genauer hinsah, war es ein roter Hahn, der auf dem Strohdach stand und mit den Flügeln schlug. Der flog einen Augenblick hernach von seinem hohen Standpunkt herab, setzte sich auf eine umgestürzte Pflugschar auf dem Hofe, pickte mit dem Schnabel und scharrte mit den Füßen daran und gebärdete sich ganz, als wolle er den Pflug in die Höhe richten und mit sich führen.

Lange Zeit verstand der Bursche diesen Traum nicht, aber plötzlich kam ihm ein guter Gedanke. Er fuhr ungesäumt zu einem Goldschmied in die Stadt und bestellte einen silbernen Pflug, den er sofort mit blanken Talern bezahlte; nach acht Tagen schon konnte er ihn holen, und nun machte er sich sofort ans Werk. In der nächsten Nacht, sobald die Glocke zwölf geschlagen, machte er sich auf, unter dem rechten Arm den Silberpflug, unter dem linken einen prächtigen roten Hahn. Vor der Scheune spannte er den Hahn vor den silbernen Pflug, öffnete das Tor und fuhr nach der Stelle, wo der Schatz verborgen lag, und obgleich kein Mondschein in die Scheune fiel, war es doch kerzenhell darin, denn der Pflug leuchtete hell, und der Hahn glänzte wie Feuer und Flammen.

Schweigend ging er daran, im Kreise zu ackern und die Erdschollen zur Seite zu pflügen, und obwohl ein Gebrause und schreckliches Stimmengewirr anhob, vollbrachte er in tiefster Ruhe sein Geschäft, bis er an den Deckel stieß und den Schatz in all seiner Herrlichkeit gehoben hatte. Dann nahm er alles, packte es in Körbe und lief damit in den Hof, es zu bergen. Da machten die Leute freilich große Augen und freuten sich des wiedererrungenen Gutes, und im Herbst gab es eine lustige Hochzeit.

Der Silberpflug blieb dann lange Zeit ein Wahrzeichen der Familie, bis er im Schwedenkrieg verlorenging.

105.

DER MEERWEIZEN

Wenn die Bremer Schiffer nach Amsterdam fahren, kommen sie an einer Stelle vorbei, – es soll bei Harlingen sein – wo Weizen im Meer wächst; die Ähren kommen ganz goldgelb aus dem Wasser hervor, aber es sind keine Körner drin. War nämlich mal in dieser Gegend eine reiche Frau, die war so reich, daß sie gar nicht dachte, sie könne je arm werden. Da kam nun einmal einer ihrer Schiffer aus der Ostsee, der hatte Weizen geladen und sie fragte ihn, auf welcher Seite er ihn eingeladen habe, und als er ihr antwortete: »Auf dem Backbord«, sagte sie, so solle er ihn auf dem Steuerbord wieder ausschütten. Da warnte er sie denn, sie solle sich nicht versündigen, es könne ihr noch schlecht ergehen, sie aber zog einen Ring vom Finger und sagte, indem sie ihn in's Meer warf: »So wenig, als ich diesen Ring wiederbekommen kann, so wenig kann ich auch je arm werden!« und ließ den Weizen in's Meer schütten. Andern Tages schickt sie ihre Magd auf den Markt, einen Schellfisch zu kaufen, und als diese ihn zu Hause aufschneidet, so liegt der Ring drin; und da hat's denn nicht lange gewährt, so ist die Frau ganz arm geworden, so arm, daß sie zuletzt nicht mehr soviel hatte um ihre Scham zu bedecken. An der Stelle aber wo sie den Weizen in's Meer schütten lassen, wächst er noch fort bis auf den heutigen Tag.

MECKLENBURG UND POMMERN

106.

DAS PETERMÄNNCHEN ZU SCHWERIN

Auf dem Schlosse zu Schwerin hat sich vor alter Zeit oft ein kleines Petermännchen sehen lassen, das ist gewöhnlich in grauen Kleidern einhergegangen, wenn es aber Krieg geben sollte, trug es sich rot, und wenn einer sterben sollte kohlschwarz. Man hat aber auch immer gesagt, daß es ein verwünschter Prinz sei, der gern erlöst sein wolle, und das hat einmal ein Soldat ganz genau erfahren. Der stand um Mitternacht vor dem Schlosse auf Posten, da kommt das Petermännchen an und sagt, er möge sich doch mit ihm fassen; hätte er das dreimal getan, dann wäre er erlöst, und dann würde das alte Schwerin wieder in aller Pracht aus dem See hervorkommen, das jetzige aber und zugleich auch der Herzog würde untergehn. Der Soldat ist auch darauf eingegangen und hat zwei Nächte hintereinander mit dem Petermännchen gerungen; als er sich aber am dritten Tage frühmorgens ein andres Hemd anziehn will, da sieht einer seiner Kameraden, daß er am ganzen Leibe braun und blau ist, und fragt ihn, woher das komme. »Ja, sagt jener, das kann dich nicht verwundern, ich habe mit dem Petermännchen nun schon zweimal gerungen, und wenn es zum drittenmal geschieht, so ist Petermännchen und das alte Schwerin erlöst.« Das hat des Soldaten Kamerad andern wiedergesagt, und da ist's noch denselben Tag auch an den Herzog gekommen und der hat den Soldaten schnell in eine andere Garnison versetzt. Petermännchen ist aber gewaltig böse geworden und hat es den alten Herzog Friedrich Franz reichlich entgelten lassen, denn bald hier bald da hat er ihm aufgehockt und dann hat er ihn ächzend und keuchend ein Stück Weges schleppen müssen.

Auch zu andern Zeiten hat sich Petermännchen oft sehen lassen; so kam er einmal zu einem Mädchen, das gerade die Betten machte, und fragte sie, ob sie das seine wohl auch machen wolle. »Warum nicht?« antwortet sie; da heißt er sie folgen und geht mit ihr durch einen langen unterirdischen Gang unter dem See fort, bis dahin, wo die Ziegelei ist, da hatte Petermännchen nämlich seine Wohnung; und hier hat sie ihm nun das Bett machen müssen und vieles Gold dafür zum Lohne erhalten. Man sagt auch, daß Petermännchen hier an einem großen Blocke sitze, und wenn sein Bart dreimal um denselben gewachsen sei, so werde er erlöst sein.

107.

TEUFELSGITTER

Zu Wismar in der Marienkirche um den Taufstein herum geht ein überkünstliches Gitter, das sollte ein Schmied bauen. Als er sich aber dran zerarbeitete und es nicht konnte zustand bringen, brach er unmutig aus: »Ich wollte, daß es der Teufel fertig machen müßte!« Auf diesen Wunsch kam der Teufel und baute das Gegitter fertig.

108.

DIE SIEBEN IN ROSTOCK

Die von alten Zeiten her berühmte Universitäts- und Münzstadt Rostock ward als merkwürdig von den Alten bezeichnet wegen der Siebenzahl.

Die Stadt hatte sieben Tore, sieben Brücken, sieben sämtlich vom Markt ausgehende Hauptstraßen, sieben Türme und sieben Türen im Rathause, an der Marienkirche sieben Portale, an den Uhrwerken sieben Glocken und im Rosengarten, der aus alter Zeit berühmt ist und dessen in der Sage von des Minnesängers Heinrich Frauenlobs Begängnis zu Mainz gedacht wurde, sieben uralte Linden. Man hat vor alters wohl manches Mal Rostock spottend nachgesagt, es habe zu diesen vielen Sieben auch nur sieben Studenten, und es ist sogar gedruckt worden, es lebe und sterbe mancher Rostocker, ohne nur einen Studenten gesehen zu haben.

Den alten Namen aber hat Rostock von einem Rosenstock, es ward urbs rosarum, die Rosenstadt, genannt, und das steht wieder mit dem erwähnten Rosengarten in Verbindung.

109.

DIE DAMBECKSCHE GLOCKE IN RÖBEL

Die Kirche in Dambeck, deren Mauern noch stehen, ist uralt und hat schon vor der Sündflut dagestanden; der Turm mit den Glocken ist aber in den See gesunken und da hat man denn vor alter Zeit die Glocken oft am Johannistag aus dem See hervorkommen und sich in der Mittagsstunde sonnen sehen. Mal hatten einige Kinder ihren Eltern das Mittagsbrot aufs Feld hinausgetragen, und als sie an den See kamen, setzten sie sich ans Ufer und wuschen ihre Tücher aus. Da sahen sie denn auch die Glocken stehen und eines der kleinen Mädchen hing sein Tuch auf eine derselben, um es zu trocknen. Nach einer kleinen Weile setzten sich zwei von den Glocken in Marsch und stiegen wieder hinunter in den See, aber die dritte konnte nicht von der Stelle; da liefen die Kinder eilig nach der Stadt und erzählten, was sie gesehen. Nun kam ganz Röbel hinaus und die Reichen, welche die Glocke für sich haben wollten, spannten acht, sechzehn und noch mehr Pferde vor, aber sie konnten sie nicht von der Stelle bringen. Da kam ein armer Mann mit zwei Ochsen des Weges gefahren und sah was vorging; sogleich spannte er seine beiden Tiere vor und sagte:

Nu met Gott foer arme un rike
all to gelike!

und führte die Glocke ohne alle Mühe nach Röbel. Da hat man sie denn in der Neustädtischen Kirche aufgehängt, und jedesmal, wenn ein Armer stirbt, dessen Hinterbliebenen das Geläut mit den anderen Glocken nicht bezahlen können, wird diese geläutet und ihr Ton geht fortwährend: »Dambeck, Dambeck.«

110.

DIE TOTENMESSE ZU WESENBERG

Vor alten Zeiten ist Wesenberg katholisch gewesen; da ist sonntags und mittwochs immer eine Frühmesse gehalten worden. Zu der Zeit hat auch eine Frau gelebt, die wachte eines Morgens im Winter, als es noch finster war, auf, und da war ihr, als höre sie läuten, glaubte drum, sie habe die Zeit verschlafen, zog sich eilig an und ging zur Kirche. Als sie dahin kommt, stehen auch die Türen weit offen, die Kerzen sind angezündet und die ganze Kirche ist gedrängt voll von Leuten. Vor dem Altar aber stehen zwei Prediger, die teilen das Abendmahl aus, und wie die Frau näher tritt, ist ihr der eine ganz fremd, den andern aber kennt sie noch wohl, der war wohl schon länger als zwanzig Jahre tot. Darob wird ihr ganz unheimlich und still geht sie in ihren Stuhl, kniet nieder, verrichtet ihr Gebet und will eben wieder heim, da tritt eine Frau an sie heran, die sie auch noch gekannt hatte, die aber auch schon längst tot war, und sagt zu ihr: »Wir Toten lassen euch den Tag, so laßt uns denn auch die Nacht; geh ruhig heim, aber sieh dich nicht um.« Da kam die Frau ein Grauen an, daß sie sich kaum aufrechtzuhalten vermochte, aber sie kam doch glücklich hinaus und eilte nach Hause; als sie jedoch an ihrer Haustür war, konnte sie nicht unterlassen, noch einmal umzuschauen, und da war am andern Tag das Stück ihres Mantels, welches in dem Augenblick noch außerhalb gewesen war, wie weggebrannt.

111.

DER GRIFF AN DER WESENBERGER KIRCHE UND DAS HALSEISEN

An der Nordseite der Wesenberger Kirche befindet sich an der Eingangstür ein wohl einen Fuß langer eiserner Griff, der künstlich zusammengeschmiedet ist, so daß die wunderlichsten Verschlingungen sich daran zeigen. Von dem erzählt man: als die Kirche gebaut worden, habe ein Schmied einen Griff zu der Tür machen sollen, und als er nun damit fertig gewesen, seien die Wesenberger gekommen und hätten gesagt, der gefalle ihnen nicht, er solle ihnen einen besseren machen; das hat sich der Mann auch nicht verdrießen lassen, ist hingegangen und hat noch einen viel schöneren als den ersten gemacht, und gemeint, nun würden sie doch zufrieden sein. Die Wesenberger sind aber gekommen und haben wieder allerhand an dem Griff auszusetzen gehabt, so daß dem Mann endlich die Laus über die Leber gelaufen ist und er gerufen hat: »Nun so mag euch der Teufel selber einen besseren machen!« und damit ist er fortgegangen. Andern Morgens kommen die Leute bei der Kirche vorbei, und siehe da, es saß ein neuer Griff an der Tür, und zwar war es der, welcher heute noch daran zu sehen ist. Den haben sie nun gar erst nicht haben mögen, weil ihn offenbar nur der Teufel gemacht haben konnte und sie dessen Werk nicht anrühren mochten, wenn sie zur Kirche gingen; darum haben sie ihn sogleich abgerissen, aber er saß am andern Morgen stets wieder an der Tür, sie mochten ihn abreißen, so oft sie wollten, und so haben sie ihn denn endlich sitzen lassen; aber ob sie ihn anfassen, weiß ich nicht.

An der Mittagsseite der Kirche steht auch vor der Eingangstür eine uralte Linde, die schon halb ausgehöhlt ist und die Stadt bereits zweimal in Flammen gesehen hat; an der sitzt ein großes Halseisen, in welchem, wie man sagt, zu katholischen Zeiten diejenigen, welche Kirchenbuße tun mußten, eingeschnürt sind.

112.

DER EINÄUGIGE BORCH

Bei Parchim in Mecklenburg liegt ein See, der ist von einem wunderschönen Buchwald umgeben, und man erzählt, in ihm sei vor Zeiten eine Stadt Ninove versunken. Den Leuten in der Stadt ist es auch verboten, in dem See zu fischen; nichtsdestoweniger brachten die Stadtfischer eines Abends auf Wagen ein Boot dahin und fingen in der Nacht an zu fischen; als sie nun das Netz heraufzogen, war's so schwer, daß sie es kaum herausbrachten, und als sie hineinsahen, hatten sie einen großen Hecht gefangen, der wog wohl mehrere Zentner, so daß sie ihn nur mit Mühe in's Boot bringen konnten. Nun fing es aber im See gewaltig an zu lärmen und zu toben, sie hörten die Stimme eines Mädchens, welche mit den Worten: »Nutsche, Nutsche!« die Schweine lockte, und eine Mannsstimme fragte darauf: »Hast du sie nun alle beisammen?« worauf jene erste wieder antwortete: »Ja, neunundneunzig habe ich, aber der einäugige Borch fehlt noch!« Und indem rief sie wieder: »Nutsche, Nutsche!« da sprang der Hecht mit einem gewaltigen Ruck aus dem Boote und rief:

»Hier bin ich, hier bin ich!«, und sogleich war aller Lärm verschwunden und alles totenstill.

113.

DIE WASSERMUHME

Bei Slate unweit von Parchim an der Elde fließt ein tiefer Bach, der nahebei in die Elde fällt. Eines Abends erging sich der Prediger des Dorfes am Wasser entlang unter den hohen Eichen. Die Sonne war untergegangen, und die Dämmerung brach herein, da rauschte es im Wasser, und eine dumpfe Stimme ward hörbar, die sprach: Die Stunde ist da, aber der Knabe noch nicht. Dieses Wort aus dem Wasser machte den Geistlichen bedenklich, er gab seinen Spaziergang auf und ging nach dem nahen Dorfe zu. Da lief ihm ein hübscher Knabe entgegen. Der Pastor rief ihn an. Wohin, mein Sohn, wohin so eilend? – Zum Bache! rief der Knabe dreist. Ich will Muscheln dort suchen und bunte Steine! – Gehe nicht, mein Knabe! sprach der Geistliche. Laufe lieber zu mir in das Haus und hole mir meine Bibel. Du sollst auch einen Schilling haben. Der Knabe lief hin und holte die Bibel und brachte sie und wollte dann schnell nach dem Wasser eilen, da sie aber jetzt im Dorfe und in des Kruges Nähe waren, sprach der Pastor: Verziehe noch, Knabe, du sollst auch einmal trinken. Und heischte Bier im Krug für den Knaben, und der Knabe trank. Da scholl ein Schrei und ein Rauschen vom Wasser her, und der Knabe sank tot nieder. Die Stunde war da und der Knabe auch.

114.

DER GAST DES PFINGSTTÄNZERS

Zu Kessin war lustiger Pfingstreigen, das Pfingstbier war gut und die Freude groß. Ein munterer Bauernknecht war unter den Tänzern, der war von einem entfernten Dorfe hergekommen und tat das beste mit. Als aber Mitternacht herzukam, mochte er nicht länger bleiben, obschon die Tänzer ihn dazu nötigten und die Dirnen sich merken ließen, daß sein Weggang ihnen nicht lieb sei, aber er ging. Stockdunkel war es auf des Knechtes Pfad, aber dieser hatte nicht zu viel getrunken und schritt sicher fürbaß, dann tat sich der Himmel flammend auf und machte alles in weite Ferne taghell, und ein schwerer Donnerschlag rollte, und dann war es wieder tiefdunkel, aber der Bursche fürchtete sich nicht, sondern ging gottgetrost seinen Weg. Auf einmal hallt es neben ihm wie Tritte, und im Dunkel der Sommernacht sieht er, daß ein langer Mann neben ihm wandert. Der lange Mann grüßt ihn nicht, und der Knecht grüßt nicht den langen Mann, denn viel Grüßens ist im Mecklenburger Lande nicht Sitte. Jetzt kamen die stillen Wanderer an einen schmalen Steg, da fing der lange Mann an zu reden und fragte: Wie willst du da hinüberkommen? – Der Nase nach! Ist's deine Sorge? antwortete der Knecht mit landüblicher Derbheit und schritt über den Steg. Der Lange folgte ihm. Nach einer Weile kamen sie an ein umzäunt Gehöft. Wie willst du da hinüberkommen? fragte wieder der Fremde. – Geht dich das an? fragte der Knecht zurück. Ohne deine Hilfe! und stieg über den Zaun. Da kletterte der Lange auch über den Pfahlzaun. Jetzt ging der Knecht an das Haus, das war verschlossen. Wie willst du da hineinkommen? fragte der lange Mann. Du wirst mir doch nicht aufschließen! antwortete der Knecht, klopfte ans Fenster, und da war eine alte Frau im Stübchen, die erhob sich, schlug Licht und trippelte zur Türe und schloß auf. Das war des Burschen Mutter, die hieß ihn willkommen. Der Fremde trat uneingeladen mit in das Haus und in die Stube, und da sagte der Bursche: Ach Mutter, da ist auch ein fremder Mann, dem ist nicht wohl zumute, geht doch hin zum Herrn Nachbar, dem Pastor, er möchte kommen und den fremden Herrn aus Gottes Wort trösten. Da schauerte es dem Langen durch alle Gebeine, und hörte auf, lang zu sein; er kroch in sich zusammen und wurde klein und immer kleiner, und endlich kroch er unten durch die Türspalte wie ein Mäuslein und war dagewesen. Und der Knecht und seine Mutter freuten sich und dankten Gott, daß sie den schlimmen Gast los waren.

115.

DER GAST DES KORNWUCHERERS

Auf dem Hofe Großen-Metchling im Mecklenburger Lande saß ein alter geiziger Pachter, der häufte Ernten auf Ernten, und wenn das Korn nicht recht teuer wurde, so verkaufte er nicht, und wenn ihn auch die Leute fußfällig darum baten. Er hatte alle Kisten und Kasten voll Geld und Gut, aber tagtäglich suchte er mehr zusammenzuscharren, und durch unerhörten Kornwucher war er einzig und allein so reich geworden. In die Kirche ging er nicht; er sprach: Ich diene meinem Gott im Freien, dem Teufel aber diente er, dem Gott Mammon. Er übersah die Saatfelder und rechnete aus, wieviel sie tragen würden, und ärgerte sich, daß auf den Äckern seiner Nachbarn auch Getreide stand und diese auch ernten würden. So ging er ebenfalls an einem Pfingsttage draußen herum, sah, wie alles fröhlich wuchs und Gottes Segen wieder sichtbar nahe war und wie es doch nun an ein Räumen der Kornspeicher gehen müsse, und war sehr unzufrieden und verwünschte und verfluchte die wohlfeile Zeit, wie alle nichtsnutzigen elenden Kornwucherer tun. Da kam ein Mann dahergefahren, der saß in einer schwarzen Kutsche, und ein schwarzer Kutscher lenkte schwarze Rosse; der Mann bot spöttisch gute Zeit und hielt an. Er stieg auch aus, und es hing ein langer Mantel über ihm, der seine Gestalt ganz einhüllte. Gute Aussicht auf gesegnete Ernte, nicht wahr? fragte der Fremde, und der Pachter murrte: So halb und halb; Pfingsten kann man den Erntemond noch nicht loben. Vorrat ist Herr! – Ihr habt wohl noch Vorrat? fragte der Fremde. – Etwas, nicht allzuviel, war die Antwort. Der Fremde fragte nach dem Preise, der Fremde sagte: Topp, ich kaufe. – Dem Pachter lachte das Herz im Leibe, doch ärgerte er sich, daß er nicht noch mehr gefordert hatte, und lud den Fremdling ein, mit ihm zu frühstücken. Der Fremde ging mit dem Pachter. Wie beide den Hof betraten, schrien Hühner und Gänse und Enten wild durcheinander und flatterten auf und davon, und der Hofhund winselte, zog den Schwanz ein und kroch tief in seine Hütte. Die Frau des Pachters war in der Kirche, er ließ aber durch die Magd tüchtig aufschüsseln. Der Fremde neckte die Magd, dabei fiel unversehens sein Messer vom Tische, und wie die Dirne sich bückt, sieht sie des Fremden Füße, einen Geierfuß und einen Pferdefuß. Die Magd eilt zur Türe hinaus, stößt auf die Pachterin, die eben aus der Kirche kommt, teilt ihr mit, was sie gesehen, und die Frau sendet sie, eilend den Pastor, der gerade aus der Kirche komme, hereinzubitten. Dieser kommt im ganzen Summarium, wie man dortigen Landes sagt, im höchsten Ornat, die Bibel unterm Arme. Der Fremdling erschrickt, ruft aber dem Pastor frech entgegen: Guten Tag, Pfaffe! Hast du das Messer noch, das du als Bube mir, deinem Mitschüler, gestohlen? – Ganz verwirrt tritt der Geistliche zurück, und jener spricht: So sind sie! Andern wollen sie Buße predigen und sind doch selbst nicht rein. – Da fährt ein Geistlicher aus dem nahen Brudersdorf am Hause vorbei, die Frau ruft ihn herein, auch er tritt im ganzen Summarium, die Bibel unterm Arm, in die Stube. Da zittert und bebt der Fremde, diesem konnte er nichts vorwerfen, und jener bedräut ihn hart als den bösen Feind, den Unkrautsäemann, den brüllenden Löwen, und endlich öffnet er ein Fenster und ruft: Fahr aus, du unsauberer Geist, und gib Raum dem Heiligen Geist! Rasch fuhr unter Donnergeprassel der Böse aus dem Fenster, und aus den Kornspeichern da zog es wie Dampf und Nebel, Wolke auf Wolke, daß die Leute vermeinten, es brenne droben, aber es war nur der Kornwurm, der ausflog in zahllosen Millionen, drei Ernten auf einmal, die des Kornwucherers Geiz der Armut vorenthalten. So groß ist Gottes Macht und strafende Gerechtigkeit, daß er ein kleines Käferchen zur Rute macht, die den schändlichen Kornwucherer auf das empfindlichste züchtigt. Der Pachter war bis in sein Innerstes erschüttert, er ging in sich und wurde ein frommer Mann, verkaufte den Überfluß seines Getreides um gerechten Preis und hielt nicht wucherisch damit zurück, er hatte Sorge, es möchte ihm noch einmal von dannen fliegen. Heutiges Tages wird in Büchern geschrieben, der Kornwucherer sei eine Fabel, ein Wahnglaube. Es heiße nicht Wucher, sondern Handel. – Wer es glaubt!

116.

DER HEILIGE DAMM

An der Ostsee in der Nähe von Doberan war ein Ort in großer Bedrängnis von der Flut, und die Einwohner sahen ihr gewisses Verderben vor Augen. Mit jedem Tage entführte die Flut ein Stück vom Lande, schon drohte den nächst am Ufer gelegenen Häusern der Untergang. Da wurden im ganzen Mecklenburger Lande Betstunden angeordnet, und das Flehen und Schreien eines ganzen Landes fand Gnade vor dem Herrn. Zum letzten Male hatten sich mit Furcht und Zagen die Bewohner zum Schlummer niedergelegt, und viele fanden ihn nicht, denn die See rauschte gewaltig und ging hoch, und der Boden erzitterte, und es zuckten Blitze über die Meereswogen. Dann wurde es stiller, und der Mond trat hinter Wolken hervor, und da schauten manche vom Strande ängstlich hinaus, da lag etwas Großes, Dunkles im Wasser, und manche meinten, es sei der Kraken, der seinen inselgleichen Rücken aus der Flut hebe, und als der Tag kam, siehe, so verlief sich das Wasser mehr und mehr vom Strande, und vor den Blicken der erstaunten Bewohner lag eine hohe Düne wie ein Wall und fester Damm. Der war auf das Gebet des Landes in einer Nacht entstanden durch die göttliche Hilfe, und alles Volk lobte

Gott, und sie nannten den Damm den heiligen Damm und konnten ihn nicht ohne Dank und Verehrung erblicken.

117.

ALTMECKLENBURG

Unweit von Wismar liegt ein Kirchflecken am Schiffgraben, der aus dem Schweriner See in die Ostsee führt, der heißt Mecklenburg, dort ist noch ein alter Wall zu sehen, und das ist die Stätte, die dem ganzen großen Lande Mecklenburg den Namen verliehen hat. Im Innern dieses Walles ruhet noch, wie die Sage geht, eine goldene Wiege und im Grunde der wasserreichen Wiese eine vorzeiten versunkene kupferne Brücke. Viel altes Scherbengerät hat sich dort gefunden, auch nennt und zeigt man noch die Stelle, wo der Brunnen dieser alten Wendenburg soll gestanden haben, die eine große Stadt geschirmt, von welcher nichts mehr übrig als der heutige offne Flecken, der allein den alten Namen gerettet. Der Name soll vom Mäkeln (Handeln) herrühren, und das alte Mecklenburg soll vorzeiten eine hochberühmte Handelsstadt gewesen sein und fünf deutsche Meilen im Umfang gehabt haben. Einst führte Herzog Albert von Mecklenburg Krieg mit der Königin von Dänemark, der schwarzen Gret, und wurde ihr Gefangener, da haben die Frauen des Herzogtums zusammengeschossen Gold und Geschmeide, um ihren Herrn aus der Gefangenschaft zu lösen, und haben ihn erlöset, und da hat er ihnen das Recht verliehen, Lehengüter besitzen zu dürfen gleich den Männern, und soll dort die ausschließlichen Mannlehen nicht geben.

118.

DER GRÜNENDE STAB

In Spendin, einem dem Kloster Dobbertin gehörigen Gute, stahl einmal ein Mann ein Pferd. Von den Häschern verfolgt, traf er einen Schäfer und bat ihn, das Pferd nur einen Augenblick zu halten, damit er seine Notdurft verrichten könne. Die Häscher kamen heran, ergriffen den Schäfer und schleppten ihn, wiewohl er seine Unschuld beteuerte, vor den Richter, der ihn zum Tode verurteilte. Als er nach dem Gerichtsberge geführt wurde, stieß er am Wege seinen Stecken in die Erde und sagte: »So wahr ich unschuldig bin, so wahr wird dieser Stecken ausschlagen!« Kaum war er hingerichtet, als der eichene Stab Blätter und Zweige trieb. Der Berg und die Eiche werden noch heute gezeigt.

119.

DER TOTENTANZ

Der Küster in Hagenow sah einst vom Turme aus die Toten um Mitternacht aus ihren Gräbern kommen, auf dem Kirchhof tanzen und knixen und einander fragen »Wo lang is di din Kitt?« Der Küster parodierte diese Worte, indem er rief »Wo lang is di din Schritt?« Da kamen die Gespenster heraufgeklettert, der Küster zieht die Glocke, daß sie Eins schlägt, und alsbald kehren die Toten um und schlüpfen in ihre Gräber zurück; der Küster aber starb am dritten Tag darnach.

120.

DER WAULD UND SEIN WAGEN

Ein Mann geht einmal spätabends bei stürmischem Wetter von einem Dorfe zum anderen. Unterwegs hört er vor sich eine sehr grobe Stimme und ein furchtbares Gebell von allerhand Hunden, großen und kleinen. Als er näher kommt, sieht er mitten im Wege einen Wagen mit schwarzen Pferden halten, der vorn und hinten und an beiden Seiten von Hunden umringt ist. Er tritt hinzu, und der auf dem Wagen sitzende Mann bittet ihn, er möchte ihm doch seine Deichsel, die zerbrochen sei, wieder heil machen. Der andere, der ein Rademacher gewesen ist, besinnt sich auch nicht lange, und es fallen, da er die beiden Enden erst gerade machen muß, einige Späne ab. Als er mit der Arbeit fertig ist, sagt der auf dem Wagen, er hätte nun gar nichts, was er ihm geben könnte als die abgefallenen Späne. Da wird es dem Rademacher unheimlich, er steckt rasch ein paar Späne in die Tasche und läuft nach Hause. Daselbst angekommen, legt er die Späne auf den Herd und legt sich schlafen. Am anderen Morgen sind alle Späne ›Zwei-Drittel‹ (altmecklenburgisches Geld) gewesen. Nun läuft er rasch hin, um sich noch mehr Späne zu holen, sie sind aber alle fort gewesen.

121.

DER BEILWURF DES WILDEN JÄGERS

An einem Silvesterabend hatte einmal ein Spielmann in einem Dorfe bei Templin zum Tanze aufgespielt und ging um Mitternacht nach Hause; wie er aber in den Wald kam, da hörte er die wilde Jagd daherbrausen und weil er ein furchtsamer Gesell war, versteckte er sich hinter einem Eichstamm. Das half ihm aber nichts, denn die wilde Jagd zog an der Erde hin, kam immer näher und näher, und im Nu stürzte einer der Jäger auf den Baum los und rief: »Hier will ich mein Beil hineinhauen.« Im selben Augenblick bekam der Spielmann einen gewaltigen Schlag auf den Rücken und fühlte auch eine große Last auf demselben, so daß er eiligst und in Angst davonlief. Erst in seinem Hause machte er Halt und ward nun zu seinem Schrecken inne, daß er einen großen Buckel bekommen hatte. Da war er gar betrübt und am andern Morgen lief die ganze Nachbarschaft zusammen, um das Wunder zu sehen. Da kam zuletzt auch einer, der riet ihm, er solle übers Jahr um dieselbe Stunde sich wieder hinter denselben Eichbaum stellen, da werde ihm geholfen sein. Das beschloß denn der Spielmann auch zu tun und konnte die Zeit kaum erwarten; endlich war's wieder Silvester und er ging hinaus in den Wald zu derselben Eiche; da kam um Mitternacht auch wieder die wilde Jagd und derselbe Jäger stürzte auf den Baum zu und rief: »Hier hab ich vor einem Jahr mein Beil hineingehauen, hier will ich's auch wieder herausziehen.« Und im selben Augenblick gibt es im Rücken des Spielmanns einen gewaltigen Ruck und fort war der Buckel.

122.

SPUK IM HOHLWEG

Zwischen Penzlin und Hohenzieritz liegt im Hohenzieritzer Holze ein ziemlich langer und sehr tiefer Hohlweg, um den sich nach Penzlin zu mehrere Gräben hinter einander ziehen. Dieser Hohlweg heißt die Iserputt. Hier sollen nachts zwölf Uhr zwölf weiße Männer mit einem schwarzen Sarge sich zeigen. Ein alter Fuhrmann fuhr einst am hellen Tage hier durch. Plötzlich blieben seine Pferde stehen. Er ging vorn zu seinen Pferden hin und sah ihnen durch die Ohren; da bemerkte er, daß ein langer, schwarzer Kerl auf seinem Wagen hingestreckt lag und ihn höhnisch anlachte. Da nahm der Fuhrmann seine Peitsche, schlug drei Kreuzknoten hinein und hieb auf den Kerl los. Sofort kamen Pferde und Wagen frei.

123.

UNTERIRDISCHE BACKEN

Am Gallberge bei Plau pflügten zwei Knechte nebeneinander. »Höre«, sagte der eine, »mir ist's als rieche es hier nach frischem Brot und Bier.« »Ja, mir kommt's auch so vor«, sagte der andere, »gewiß backen und brauen die Unterirdischen.« »Wenn sie uns nur etwas abgäben«, sprach der erste wieder, »ich habe gewaltigen Hunger und Durst.« So waren sie am Ende des Ackers angekommen und wollten eben umwenden, als sie auf dem Rasen zwei blanke Krüge mit Bier und zwei Stücke Brot hingestellt sahen. Als sie sich vom ersten Schreck erholt, langten sie zu und ließen es sich schmecken. Der erste Knecht füllte, statt zu danken, die leere Kanne mit Unrat, der andere aber, der ihn darüber schalt, legte einen blanken Groschen hinein. Der Übeltäter aber wurde von Stunde an siech und starb nicht lange darnach.

124.

DER DRAK

De Drak ›trekt‹ oft des Abends. Das ist ein Tier, so lang wie ein Wesbom, mit blankem Kopf und feurigem Schwanz. Wenn man ihn nun ziehen sieht und sagt »Süh dor!« so ist er wieder weg. Er bringt manchen Leuten Geld, Korn etc., andern nimmt er was weg. Wenn man den Drachen durch den Schornstein in ein Haus hineinfahren sieht und man zieht dann einen ›Slarpen‹ (Pantoffel) an den verkehrten Fuß oder steckt ein Rad verkehrt an den Wagen, so kann der Drache nicht wieder heraus und verbrennt das Haus. Wenn er sich dann herausgebrannt hat, setzt er sich auf den Zaun und lacht sich was.

125.

DER DRACHE ZU MALCHIN

In Malchin erzählte man sonst noch viel vom Drachen, und viele hatten ihn gesehen, wie er durch die Luft gezogen, so groß wie ein Wesbaum, vorn mit einem ordentlichen dicken Kopf und einem langen Schwanz hinten, und bezeichneten auch genau die Häuser, wo er den Leuten etwas zugetragen. Nun war auch einmal einer, der hatte gehört, wie man den Drachen zwingen könne, das was er trage, fallen zu lassen; da ging er hinaus, als der Drache gezogen kam, und zieht sich, mit Respekt zu melden, die Hosen ab. Da hat der Drache seine Last in einen Brunnen fallen lassen, und als er nun hinging, um zu sehen, was es sei, war der Brunnen bis zum Rande mit Erbsen gefüllt. Die hat man dem Vieh als Futter vorgeworfen, es hat sie aber nicht fressen mögen. – Nicht so gut ist es einem andern ergangen; der tat auch so, hatte sich aber dabei nicht gehörig vorgesehen und war nicht, wie man das tun muß, dabei unter Dach geblieben, da hat ihn der Drache so beschmutzt, daß er den Gestank sein' Lebtag' nicht hat wieder loswerden können.

126.

TEUFEL ALS KARTENSPIELER

Wo jetzt das Gasthaus von Weitendorf (bei Sternberg) steht, war früher schon ein solches, das aber abbrannte. Eines Abends saß der Wirt desselben mit zwei Gästen am Tisch und spielte Karten. Der eine Gast verlor viel Geld und geriet darüber in ein arges Fluchen. Nach einiger Zeit trat ein Fremder herein und bat mitspielen zu dürfen. An ihn verlor der Gast auch viel Geld, das er unter Flüchen bezahlte. Um Mitternacht fiel dem Wirt eine Karte unter den Tisch. Als er sie aufhob, bemerkte er, daß der Fremde einen Pferdefuß und einen Krähenfuß habe. Da nahm er die Kreide und schrieb vor sich auf den Tisch »Jesus Christus hat mich erlöst.« Der andre Gaste, der nicht geflucht hatte, tat dasselbe, der Flucher aber nicht. Da sprang der Fremde auf, packte den Gast am Kragen und fuhr mit ihm durch die Wand, an der eine große Stelle mit Blut bespritzt wurde. So oft man sie auch weißte, kam das Blut immer wieder zum Vorschein, und als das Haus abbrannte, blieb allein diese Wand stehen.

127.

DIE VERWÜNSCHTEN LANDMESSER

Die Irrwische, welche nachts an den Ufern und Feldrainen hin und her streifen, sollen ehdem Landmesser gewesen sein und die Marken trüglich gemessen haben. Darum sind sie verdammt, nach ihrem Leben umzugehen und die Grenzen zu hüten.

128.

DIE ARME REICHE FRAU ZU STRALSUND

In der Stadt Stralsund ist um das Jahr 1420 eine sehr schöne Jungfrau gewesen, die aber allein in der Welt stand, denn ihre Eltern waren ihr früh weggestorben. Dieselbe war ebenso reich als schön, hatte alles in Überfluß, freilich aber auch nie gearbeitet und war so üppig erzogen, daß sie sich täglich zweimal in kostbarem Ungarwein badete. Nachdem sie viele Freier abgewiesen, reichte sie dem Säckelmeister der Stadt, Wolflamm geheißen, ihre Hand. Sie feierten eine ungemein prächtige Hochzeit, bei welcher sieben ganzer Tage lang bankettiert wurde, allein die Armen gingen leer aus. In solcher Freude und Herrlichkeit ging es nun aber fort, jedoch dachte weder er noch sie daran, daß es einmal mit ihrem Reichtum auf die Neige gehen könne. Ehe es noch so weit kam, pochte an einem sehr kalten Wintertage ein alter armer Mann an ihre Türe und bat, starr vor Kälte, um etwas warmes Essen. Es war gerade Essenszeit und aus den Silberschüsseln dampfte der Geruch von kostbaren Speisen dem Bettler in die Nase, die hochmütige Frau aber lachte ihm ins Gesicht, stieß mit dem Fuß ihn nach der silbernen Schüssel, aus der gerade der Haushund fraß, und sprach: »Hier kannst Du mit dem Hunde tafeln, der aus Silber seine Knochen verspeist, sie sind auch für Dich gut genug!« Da sah sie der Bettler zornig an und sprach: »Wehe Euch, Frau, mit derselben Hundeschüssel sollt Ihr nach wenigen Jahren noch betteln gehen, und dann wird man Euch so tun, wie ihr jetzt mir tut!« Das ließ sie sich aber nicht kümmern, sondern warf den alten Mann zur Türe hinaus, setzte sich mit ihrem Gemahl zur Tafel und aß und trank nach Herzenslust. Allein die Strafe folgte ihrem Frevel auf dem Fuße, sehr bald waren ihre Reichtümer vergeudet, und als ihr Gatte, der sich nicht an Sparsamkeit und ein einfacheres Leben gewöhnen konnte, sich an der Stadtkasse vergriff, um ihr schwelgerisches Leben fortzuführen, fiel er auf dem Bergener Kirchhof auf Rügen noch eher im Streit durch die Hand eines Herrn von Zaum, als sein Unterschleif an den Tag kam. Nun aber konnte er nicht länger verbogen bleiben, alle ihre Häuser, Felder und Gärten wurden ihr genommen, um den verursachten Schaden zu ersetzen, nichts ward ihr gelassen als ein kleiner Witwengehalt, allein dabei ward ihr zur Pflicht gemacht, wenn sie nicht auch das Wenige verlieren und aus dem Stadtgebiet gepeitscht sein wolle, mit jener silbernen Hundeschüssel, der einzigen, die sie von ihrer Habe behalten hatte, in die Häuser der Wohlhabenden ansprechen zu gehen und zu sagen, man solle doch der armen reichen Frau um Gottes Willen ein Stück Brot geben.

129.

DIE HIRTIN VOM RUGARD AUF DER INSEL RÜGEN

Am Abhange eines Hohlweges nahe beim Rugard liegt ein Stein, in den ein Peitschenhieb und die Fußspur eines Mädchens eingedrückt sein soll. Ein wollüstiger Höfling der Fürstenburg traf einst eine schöne Hirtin an, die ihre Herde in der Einsamkeit nahe beim Rugard weidete. Das Mädchen mußte vor ihm fliehen. Als sie eben im Begriffe war, über den Hohlweg auf einen an der entgegengesetzten Seite liegenden Stein zu springen, rief ihr der nahe Verfolger zu: »So wenig als die Spur ihres Fußes sich dem Steine eindrücken und so wenig als sie mit ihrer Peitsche eine Vertiefung in den Stein hauen könne, eben so wenig werde sie ihm entkommen.« Das Mädchen sprang, hieb im Sprunge mit der Peitsche auf den Stein, und siehe, ihre Fußspur war dem Steine eingedrückt, der Peitschenhieb hatte eine Vertiefung im Steine hervorgebracht und sie selbst war gerettet.

130.

DIE UNTERIRDISCHEN AUF RÜGEN

Vor Zeiten ist das ganze Rügenland voll Unterirdische gewesen, die haben in Hügeln, Hünengräbern und Ufer-Abhängen gewohnt. Es gab ihrer vier verschiedene Arten, graue, schwarze, grüne und weiße. Die grauen waren den Menschen am gefährlichsten, demnächst die schwarzen. Beide haben Mädchen nachgestellt, Säuglinge vertauscht und den Menschen manchen Schabernack getan. Die weißen aber waren fromm und guttätig. Jede Partei hatte ihren eigenen König und ihre abgesonderten Wohnstätten. Der Hauptsitz der schwarzen war im Wallberge bei Garz; bei Bergelave und in den neuen Bergen beim Dorfe Rothenkirchen wohnten die grauen, bei Patzig die weißen und die grünen in der Granitz.

Auf dem Zudar ist ein Hügel, in welchem früher Unterirdische gehaust haben. Dort ritt einst spät einer vorbei, der traf die Unterirdischen, wie sie draußen am Hügel schmausten und zechten. Da bat er sich im Übermut auch einen guten Trunk aus, und sogleich brachte ihm einer vom kleinen Volke einen gefüllten goldenen Becher. Der Reiter aber schüttete das Getränk über seinen Kopf weg, gab dem Pferd die Sporen und jagte mit dem Becher als Beute davon. Da rief es hinter ihm: »Vierbeen lop, Eenbeen kriegt di!« und die Unterirdischen, die nur ein Bein hatten, waren flugs hinter ihm drein, ja einer ist schon nahe daran, das Pferd am Schweife zu fassen, als er die Zudar'sche Kirche erreichte und gerettet war. Dort in der Kirche ist noch heute der Becher zu sehen.

Später haben die Unterirdischen das Land verlassen. Sie sind durch ganz Rügen gezogen und haben sich vom Goldberg aus, der hinter Poseritz liegt, vom Glewitzer Fährmann übersetzen lassen. Dieser ist dadurch zu großem Reichtum gelangt, und seine Nachkommen sind noch bis auf den heutigen Tag vermögende Leute. Zu ihm also kam eines Abends ein kleiner Mann und bestellte ihn zum Überfahren. Da hat er denn die ganze Nacht fahren müssen und doch nicht gesehen, was er überbrachte, sondern nur die Last in der Fähre gefühlt, daß das Boot tief hineinsank. Als das letzte Boot voll hinüberfuhr, fragte ihn der kleine Mann, ob er einen Scheffel Geld haben oder kopfweise für seine Arbeit bezahlt sein wolle. Der Fährmann wählte den Scheffel Geld. Dann fragte ihn der Kleine wieder, ob er auch wohl wissen möge, was er gefahren, und als er es bejaht, setzte der Mann ihm seine Mütze auf. Da sah der Fährmann das ganze pommersche Ufer wimmeln von Unterirdischen, und erfuhr von seinem Begleiter, daß sie alle Rügen verließen, da für sie kein Segen mehr im Lande sei, seit die Menschen angefangen, Brot und Getreide zu kreuzen und den Besen aufrecht hinzustellen, mit dem Stiel nach unten.

Von da an nämlich haben die Unterirdischen nicht mehr daran kommen können. Einige erzählen, daß es allein die grünen gewesen sind, welche sich mit ihrem König beim Goldberg haben übersetzen lassen.

131.

DIE SOLDATEN IM BURGWALL

Früher wohnten im Dorfe Schwierenz auf Jasmund Bauern; nun ist das Dorf verschwunden, und es stehen nur noch einige Katen dort. Eines Morgens vor Aufgang der Sonne wollte ein Bauer von dort Hafer nach Bergen zum Verkauf fahren, und als er in den Weg kam, der von Stubbenkammer nach Nipmerow führt, stand da ein Mann und fragte, ob er ihm nicht seinen Hafer verkaufen wolle. Der Bauer ging auf den Handel ein und mußte dem Fremden folgen. Der fuhr ihn, so dünkte es dem Bauer, den Weg nach dem »Borgwall« (Herthaburg); da es aber immer noch finster blieb, war nichts zu erkennen. So gelangten sie über Zugbrücken und durch Tore vor ein großes Gebäude, nach der Rechnung des Bauern mußte es im Burgwall sein. Da wurden die Pferde abgeschirrt, der Hafer ward abgeladen und der Bauer ward von seinem Begleiter in einen Saal geführt. Dort sah er viele wie Soldaten bewaffnete Männer an langen Tischen sitzen, die hatten alle das Haupt auf den Arm gestützt und schliefen. Als er hereintrat, erwachten sie und fragten, was es Neues in der Welt gäbe. Er antwortete: »Nichts Neues!«, und da schliefen sie weiter. Dann führte ihn der Mann in ein zweites Gemach. Da standen an Krippen viele Pferde. Und bei jedem Pferd stand ein gerüsteter Mann. Überall waren die gleichen Husaren, den einen Arm hatten sie auf den Rücken der Pferde gelehnt und schliefen ebenfalls. Als der Bauer hereintrat, wachten die Männer auf und taten dieselbe Frage, was es draußen Neues gebe. Auf die wiederholte Antwort »nichts Neues« aber schliefen auch sie weiter. Nachdem der Mann ihn dann aus dem Gebäude geleitet, ihm das bedungene Geld für den Hafer gegeben, auch ihn und seine Pferde mit reichlicher Nahrung gesättigt hatte, fuhr der Bauer ab, und da er hinauskam, war es noch immer finster, als er aber die Stelle wieder erreichte, wo er am Morgen den Fremden angetroffen hatte, ging eben die Sonne unter.

132.

DER DUBBERWORTH UND DIE DÜRREN HÜGEL AUF JASMUND

Auf der Südseite des Fleckens Sagard auf der Rügenschen Halbinsel Jasmund findet man ein ungeheures Riesengrab, der Dubberworth genannt; es ist 16 Ellen hoch und sein Umkreis beträgt 170 Schritte. Nach einer alten Sage wäre hier eine Riesin begraben, und ein anderes Riesenweib hätte ihr dieses Grab errichtet, indem sie Erde und Steine ganz allein von der Stubnitz über eine halbe Meile hierher getragen. Gewöhnlich erzählt man aber auf Jasmund die Sage anders und zwar folgendermaßen.

Vor undenklicher Zeit hauste auf Jasmund eine mächtige Riesin, unter deren Botmäßigkeit dieses Ländchen stand und welche sich einem Fürsten von Rügen zur Gemahlin antragen ließ, entweder weil sie Neigung zu ihm hatte, oder um durch solche Verbindung ihre Macht zu vergrößern. Dieser aber schlug diese Ehre aus. Erbittert über den erhaltenen Korb drohte sie Gewalt zu brauchen, um entweder die Heirat zu erzwingen oder sich wegen des erlittenen Schimpfes zu rächen. Sie beruft also ihre Kriegsleute zusammen und um diese schnell durch die schmale Passage des Jasmunder Boddens, bei der Lietzower Fähre nach Rügen hinüberzubringen, beschließt sie, die Meerenge mit Sand auszufüllen und legt selbst Hand ans Werk. Allein schon der erste Versuch läuft unglücklich ab. Kaum ist sie mit der ersten Ladung bis Sagard gekommen, als in der Nähe dieses Ortes in den Sack oder die Schürze, worin sie dieselbe trägt, ein Loch reißt, woraus eine Masse von Sand herausstürzt, der sich sogleich zu einem Hügel, dem Dubberworth aufbläht. Als sie nun mit dem Rest bei der Fähre anlangt, so zerplatzt die Schürze gänzlich und die hie und da verschüttete Masse bildet die Sandhügel bei der Fähre.

133.

DIE JUNGFRAU AM WASCHSTEIN BEI STUBBENKAMMER

Dicht am Ende der Kreidewand von Groß-Stubbenkammer auf Rügen erhebt sich der sogenannte Waschstein, ein großer Granitblock, etwa hundert Schritt vom Ufer aus der See hervorragend. Hier soll nach der Erzählung der dortigen Fischer alle 7 Jahr ein Meerweibchen hinaufsteigen und sich auf ihm waschen. Unter demselben soll sich aber auch eine tiefe Höhle befinden, wo einst der berüchtigte Seeräuber Störtebecker seine überall zusammengeraubten Schätze verbarg. Nun erzählt dort das Volk, es sei in dieser Höhle bis auf den heutigen Tag nicht geheuer, um Mitternacht steige aus ihr eine trauernde Jungfrau, ein weißes Tuch in der Hand haltend, hervor und suche in dem Wasser die in dem Tuch befindlichen Blutflecken herauszuwaschen. Da ihr dies aber nicht gelinge, so verschwinde sie allemal wieder mit trauriger Miene. Man sagt nun, sie sei ein vornehmes Fräulein aus Riga gewesen, welche Störtebecker ihrem Bräutigam vom Traualtar weg entführt und hier nach der Höhle am Waschstein geschleppt habe, wo er sie bei seinen Schätzen eingeschlossen habe. Da er nun aber im Jahre 1402 samt seinen Spießgesellen von den Hamburgern gefangengenommen und hingerichtet ward, mußte die Jungfrau, von der niemand wußte, elendiglich in der Höhle umkommen, und dort sitzt sie noch als ruheloser Geist bei den Schätzen und bewacht sie. Eines Nachts sah sie ein Fischer, als sie das Tuch im Meer auswusch. Er faßte sich ein Herz und redete sie an und sprach: »Gott helf Dir schöne Jungfrau, was tust Du hier?« Da trat sie zu ihm hin und hieß ihn ihr folgen, sie wolle sein Glück machen, weil er »Gott helf« zu ihr gesprochen. Sie führte ihn nun in eine große Höhle, die er zuvor nie gesehen hatte, wo große Haufen Silber- und Goldstücke und kostbare Juwelen lagen. Auf einmal vernahm er auf dem Meer Ruderschlag, ein großes schwarzes Schiff rauschte heran, und aus demselben stiegen viele hundert Männer in alter Tracht, jeder seinen Kopf unter dem Arm. Sie traten einer nach dem andern in die Höhle und fingen an, in den Schätzen zu wühlen und die Geldstücke zu zählen. Nachdem sie dies eine Zeitlang getan, verschwanden sie wieder in derselben schauerlichen Weise, wie sie gekommen waren. Es waren die zu ewigem Umherwandeln verdammten Geister Störtebeckers und seiner Kameraden. Als sie alle hinaus waren, da füllte die Jungfrau dem Fischer einen großen Krug mit Goldstücken und Kleinodien, geleitete ihn wieder zu seinem im Meer liegenden Boot und verschwand dann wieder unter dem Waschstein, aber niemand hat sie je wiedergesehen.

134.

FRITZ SCHLAGENTEUFEL

Vor langen Jahren lebte zu Patzig, eine halbe Meile von der Stadt Bergen, ein armer Schäferjunge, der Fritz Schlagenteufel hieß. Der fand eines Morgens zwischen den Hünengräbern, die dort auf der Heide liegen, ein kleines silbernes Glöckchen. Das war von der Mütze eines braunen Zwerges, das dieser die Nacht vorher beim Tanze verloren hatte. Solch ein Glöcklein aber zu verlieren ist für die kleinen Kerlchen ebenso schlimm, als wenn sie das Spänglein am Gürtel verlieren, sie können nicht eher wieder einschlafen, als bis sie es wieder haben. Der Zwerg konnte nun aber sein Glöckchen nicht gleich suchen, denn er durfte nicht alle Tage hinaus aus seinem Berge auf die Oberwelt, sondern nur einige Tage im Jahre. Als er aber endlich einmal herauskam, da war Schlagenteufel nicht mehr im Dorfe Patzig, sondern hatte sich als Schafknecht nach Unruh bei Gingst vermietet. Indes der Zwerg spürte ihm nach, und so hörte er denn eines Tages den Schäfer mit dem Glöckchen klingeln. Schnell verwandelte sich nun der Zwerg in eine alte Frau und suchte demselben das Glöckchen mit glatten Worten abzuschwatzen, allein jener ging nicht darauf ein und erst, als er ihm ein weißes Stäbchen dafür bot, mit dem er angeblich zaubern könne, gab er es hin. Das Stäbchen hatte aber die geheime Kraft, daß alles Vieh, was damit getrieben ward, viele Wochen eher fett wurde und zwei Pfund Wolle mehr trug als andere Schafe. Dadurch ward nun Schlagenteufel bald der reichste Schäfer auf Rügen, der sich zuletzt ein Rittergut, Grabitz bei Rambin, kaufen konnte und selbst noch ein Edelmann ward.

135.

DER HERTHASEE UND DIE HERTHABURG

Auf der Insel Rügen in dem Teile, der Jasmund genannt wird, nicht weit von Stubbenkammer findet man noch heute mitten in dem Buchenwalde, der sogenannten Stubnitz, einen alten Wall, gewöhnlich der Borgwall, auch zuweilen die Herthaburg genannt. Derselbe liegt an der Nordseite des sogenannten Borg- oder schwarzen Sees. Letzterer hat seinen Namen nicht etwa von der Farbe seines Wassers, das völlig rein und klar ist, sondern von seiner finstern und zwischen zwei waldigen Anhöhen eingeklemmten Lage und davon, daß die Schlagschatten der Bäume, die ihn an seiner Nordseite, sowie am östlichen Rande einfassen, sich zu gewissen Tageszeiten über ihn hinstrecken und seinen Spiegel verdunkeln. Man findet in ihm große Hechte, deren Rücken mit Moos bewachsen sind, aber früher hat der Teufel sehr oft seine Possen mit den von den Fischern hier gebrauchten Fischgerätschaften getrieben. Angeblich badete sich ehedem alljährlich die Göttin Hertha, welche auf dieser Burg, d. h. in einem Tempel, der in dem Innern dieses Walles, einem ohngefähr 164 Schritte langen ebenen Raume gestanden haben soll, verehrt ward und gewissermaßen bei ihnen die Mutter Erde vorstellte. Von hier ward der heilige Wagen, der mit einem geheimnisvollen Schleier bedeckt war, und von zwei Kühen gezogen wurde, herabgelassen. Nur ihr geweihter Priester durfte sie begleiten, die Sklaven aber, welche diese Zugtiere den steilen Abhang nach dem See hinableiteten, wurden, sobald sie ihre Dienste verrichtet hatten, alsbald in dem See ertränkt, weil jeder Uneingeweihte, der die Göttin gesehen hatte, sterben mußte.

An jener Stelle ist es aber heute noch nicht geheuer, denn man sieht oft bei hellem Mondenscheine aus dem Walde, wo die Herthaburg gestanden hat, eine schöne Frau, die von vielen Dienerinnen begleitet ist, herabkommen und nach dem See hinabgehen, dort verschwindet sie, man hört aber das Plätschern der Badenden im Wasser. Den Wanderer aber, der dies sieht, zieht es mit wunderbarer Gewalt jener Sirene nach, sobald er aber das Wasser berührt hat, sinkt er unter und kommt nie wieder ans Tageslicht. Man darf auch weder einen Kahn noch ein Netz auf den See bringen. Einmal hatten Leute es gewagt, auf diesem Wasser herumzufahren, und dann den Kahn dort gelassen. Am andern Tag war er verschwunden, und erst nach langem Suchen fanden sie ihn auf dem Wipfel einer hohen Buche wieder, aus dem See rief aber eine Stimme: »Ich und mein Bruder Nickel haben dies getan!«

136.

DAS NEUE TIEF

Die Insel Rügen ist früher noch einmal so groß gewesen als sie jetzt ist, so hat die Halbinsel Mönchgut einst mit Pommern zusammengehangen, oder sie war nur durch einen so schmalen Strom von dem Festlande getrennt, daß zur Not ein Mann hinüberspringen konnte. Derselbe war auch nicht tief, so daß man einmal einen Damm aus Pferdeschädeln gemacht hat, auf dem man von Rügen nach Pommern hinübergegangen ist. Soviel ist gewiß, daß wo jetzt das neue Tief ist, früher das trockene Land von Rügen war. Man sieht jetzt noch bei ruhigem und stillem Wetter unten auf dem Meeresboden Eichen- und Tannenbäume. In einer Nacht des Jahres 1302 (oder 1303, 1308 oder 1309) ist aber ein so schrecklicher Sturmwind auf der ganzen Ostsee gewesen, daß er Häuser und Kirchen wie Kartenblätter umgeblasen hat. Der hat auch das Land zu Rügen von Pommern abgerissen, so daß ein guter Teil des erstern da in die See sank, wo sich der große Bodden befindet. Zwei ganze Kirchspiele sollen hier vergraben liegen, das von Ruden und das von Carven, nichts ist davon übriggeblieben, als das kleine Inselchen, welches mitten im Bodden liegt.

Das Fahrwasser nun, was so zwischen diesem Ruden und der Insel Rügen entstanden ist, hat man seitdem das neue Tief genannt. Ohne dasselbe würde aber Stralsund als Seestadt zugrunde gegangen sein, nachdem der Gellen von den Niederländern mit ihrem Ballast fast versandet worden ist.

137.

DIE ALTE BURG BEI LÖBNITZ

Nahe bei Löbnitz über grünen Wiesen, durch die sich das Flüßchen Barth hinschlängelt, grünt ein kleiner Eichenwald, mit seinem durchrinnenden Bächlein und den schönsten und dichtesten Haselbüschen, welche sich fast jeden Herbst unter dem braunen Schmuck ihrer Früchte beugen. An der Südseite des Wäldchens liegt eine Ziegelei, und am nördlichen Ende erhebt sich eine Burghöhe, deren Umwallung rings eine mit dichten Dornbüschen und Unkraut überwachsene Senkung umgibt und worin sich die Füchse ihre Baue gegraben haben. Diesen alten Burgtrümmern gegenüber erhob jenseits am rechten Ufer des Flusses, unweit Wobbelkow, ein stattliches Hünengrab sein grün bemoostes Haupt, von dessen Gipfel man die Stadt Barth mit ihren roten Dächern und in der Landschaft umher ein halbes Dutzend Kirchdörfer übersehen kann. Dieses Eichwäldchen wird nach den Trümmern jener Burg jetzt noch »zur alten Burg« genannt und man erzählt, daß wenn junge Mädchen sich verleiten lassen im Sommer in diesen lieblichen Busch zu gehen, um dort Nüsse zu pflücken, sie spurlos verschwinden und erst vielleicht zehn Jahre später plötzlich wieder zum Vorschein kommen, ohne daß man eigentlich erfährt, wo sie so lange gewesen sind. Gewöhnlich soll ihnen ein Matrose in bunter rotgestreifter Jacke am Saume des Waldes, einen Blumenstrauß in der Hand, in den Weg kommen und sie verleiten, ihm in den Busch zu folgen. Dann aber bekommt sie niemand wieder zu sehen. Man erzählt sich nun hierüber folgende Sage.

Vor langen Jahren hat auf der Insel Rügen ein Edelmann aus dem jetzt ausgestorbenen Geschlechte der Eigen die Güter Löbnitz, Divitz und Wobbelkow besessen und bei Löbnitz ein prächtiges Burgschloß gehabt, wo man manche Nacht durchschwärmt und bankettiert hat. Gegenüber aber auf dem hohen Hünengrabe an dem andern Ufer, dort am Wege zwischen Redebaß und Wobbelkow, hat er auch noch ein zweites Lustschloß gehabt und von hier aus hat er mit einem Fernrohr die Landstraßen überschauen können, und wo er gesehen hat, daß ein Wagen oder eine Kutsche dahergefahren gekommen ist, da hat er seine Leute hingeschickt, die haben über dieselbe müssen herfallen und sie ausrauben, sind aber schöne Mädchen oder Frauen darin gewesen, die hat er auf die Burg im Walde schleppen lassen und dort hat er mit ihnen seine böse Lust gebüßt. Dies hat er solange getrieben, bis der siebenjährige Krieg gekommen ist, da haben die Moskowiter seine Güter verbrannt und ihm alles genommen und er hat bloß noch die Burg behalten und hier hat er sich verstecken und knapp leben müssen wie andere Leute. Endlich hat aber der Blitz in dieselbe geschlagen und er ist in ihr mit allen seinen Leuten jämmerlich umgekommen. Dicht an dem Gemäuer der Burg steht aber eine uralte Eiche, von der der Blitz auch die eine Hälfte abgespellt hat. An diese Eiche bringt man kein Pferd, weil es hier nicht geheuer ist, denn wenn im ganzen Walde kein Vögelchen schwirrt oder zirpt, hier schreien Spatzen und Zeisige und Meisen den ganzen Tag und flattern mit solchem Lärmen herum, daß man sein eigen Wort nicht verstehen kann, in der Nacht aber wirtschaften hier die Eulen, Krähen und Raben so laut, daß jedem Vorübergehenden die Haare zu Berge steigen. Dann kommen auch die Füchse aus ihren Löchern und heulen mit und die Schlangen ringeln sich in unendlicher Zahl aus dem Bache hieran. Auf einer abgestorbenen Buche horstet aber ganz in der Nähe der Burg ein schwarzer Storch, der einzige seiner Art in der ganzen Gegend, der Hauptmann des ganzen Vogelgesindels auf der Eiche. Er hat auf den Wiesen ein dreimal größeres Jagdrevier als irgendeiner der bunten Störche, deren es so viele auf den Barthwiesen gibt, allein keiner von diesen kommt in sein Gebiet, ja sie fliegen davon, als wenn sie den Teufel sähen, wenn sie ihn nur von fern erblicken. Des Nachmittags sieht man ihn immer zwischen der Burg und dem Hünengrabe hin- und herfliegen und das Volk glaubt, daß er der alte Edelmann selbst ist oder sein Sohn, den er mit einer Mohrin, die er dem Sultan im Mohrenlande abgekauft hatte, gezeugt haben soll. In seiner Nähe sieht man nun sehr oft einen Jägerburschen oder Matrosen in einer bunten Jacke, wenn nun eine hübsche Dirne hier im Walde Blumen pflücken oder Nüsse auflesen will, macht er sich stets freundlich an sie heran, reicht ihr Blumensträußchen und erbietet sich, ihr im Walde eine Stelle zu zeigen, wo die schönsten Blumen blühen und die braunsten Nüsse hängen. Da lockt er sie dann auf den Burgwall und ruft, sie solle hierherkommen und sich einmal die schöne Aussicht anschauen. Da oben liegt aber ein kleiner roter runder Stein wie zu einem Sitz zurecht gemacht mit einem immer grünen Plätzchen ringsherum, da hat er Blumen und Nüsse hingestreut, und er heißt sie sich setzen und sich des Blickes über die weite Landschaft freuen, aber siehe! wie sie herantreten und den Stein berühren, tut sich das grüne Plätzchen auf und Buntjack und Jungfer und Nüsse und Blumen, alles sinkt tief hinab in die Erde in die unterirdischen Säle, die noch weit unter den Fuchsbauen unter dem Burgwall sich hinziehen und wo die Geister des alten Edelmanns und seiner Gesellen ihr Wesen treiben, und die armen versunkenen Dirnen kommen nimmer wieder, oder es kommen auch wohl nach Jahren einige wieder ans Licht und unter die Menschen, aber sie schämen sich zu sagen, wo sie so lange gewesen sind und was ihnen widerfahren ist. Die Jungen aber, die in der Nacht auf den Wiesen die Pferde hüten, erzählen viel von dem Eulen- und Krähengeschrei, aber zuweilen haben sie auch ein Wimmern und Winseln wie tief aus der Erde gehört, und dann haben sie den schwarzen Storch gesehen sich in der Luft über dem Walde mit den Flügeln wiegend und klatschend, als sei ihm dies eine Freude.

138.

DER ERBDEGEN

In der Gegend des Dorfes Christov unweit des Greifswalder Boddens liegt im Felde ein Teich, in welchem früher große Schätze verborgen gewesen sein sollen. Nun lebte damals ein Bauer in der Gegend, zu dem kam eines Tages ein fremder Knecht und wollte sich bei ihm vermieten, als aber der Bauer fragte, welchen Lohn er begehre, so sagte dieser, Geld wolle er nicht, sondern eine Kleinigkeit, die in seinem Hause sei und für ihn irgendwelchen Wert nicht habe. Darüber wunderte sich der Bauer zwar, allein da er einen Knecht brauchte und der Fremde ihm gefiel, so ging er auf diese Forderung ein. Der Knecht diente ihm nun ein ganzes Jahr fleißig, ehrlich und treu, und als dasselbe um war, und der Bauer ihn nun fragte, ob er nicht seinen versprochenen Lohn haben wolle, da sagte jener: »Allerdings! auf Deinem Boden hast Du einen Erbdegen, den erbitte ich mir als Lohn!« Der Bauer wußte von einem solchen Dinge nichts, allein der Knecht führte ihn auf den Hausboden und zeigte ihm unter dem Dache versteckt ein altes verrostetes Schwert ohne Scheide. Wie nun aber der Bauer ihn dasselbe wegnehmen hieß, versetzte er, wenn es ihm etwas nützen solle, müsse sein Herr es selbst herunternehmen und ihm in die Hände geben, sonst habe es keine Kraft.

Am andern Morgen trat der Knecht vor seinen Herrn und bat ihn, er möge einen Wagen anspannen lassen, er wolle ihm zeigen, zu was er den Erbdegen habe haben wollen. Sie fuhren dann zusammen nach dem obgedachten Teiche und als sie dorthin gekommen waren, da sagte der Knecht: »Nun paß auf, Herr, ich werd jetzt mit dem Degen in den Teich springen, dann wirst Du ein schreckliches Brausen und Stürmen im Wasser vernehmen, lasse Dich dies aber nicht kümmern, siehe aber, ob das Wasser schwarz oder rot wird. Ist ersteres der Fall, dann ist alles verloren und dann mache, daß Du fortkommst, damit es Dir nicht schlecht ergehe, ist es aber rot, dann habe ich gewonnen und dann warte, bis ich wieder herauskomme.«

Als der Knecht also gesprochen hatte, sprang er richtig in den Teich hinein und es kam so, wie er gesagt hatte, nach einigen Minuten entstand ein wildes Tosen im Wasser, die Wellen schlugen turmhoch empor, und der Bauer dachte schon daran Reißaus zu nehmen, da ward auf einmal die Oberfläche wieder glatt und ruhig und das Wasser schön hochrot, und nach einiger Zeit kam der Knecht wieder aus der Tiefe des Wassers, eine schwere Kiste in den Händen tragend, heraus, mit der stieg er ans Ufer, legte sie auf den Wagen des Bauern und sagte: »Hier hast Du den Teil, der Dir dafür gebührt, daß Du mir den Erbdegen gegeben hast, fahre jetzt wieder nach Hause, ich aber muß wieder in den Teich hinab um mir meinen Anteil zu holen!« Damit sprang er wieder ins Wasser, der Bauer aber fand, als er nach Hause gekommen war, in der Kiste lauter harte Silbertaler, den Knecht aber hat er niemals wiedergesehen.

139.

DIE HOCHMÜTIGE EDELFRAU ZU WUSSEKEN

Zu Wusseken am Jasmundischen See lebte vor vielen Jahren eine sehr hochmütige Edelfrau. Als dieselbe einst zum Abendmahl ging und vor den Altar trat, kam ein Schweinehirt gerade vor ihr zu sitzen, also daß er, weil er vor ihr war, auch das Abendmahl hätte eher bekommen müssen. Dies ärgerte die stolze Frau dermaßen, daß sie ihn mit solcher Gewalt wegstieß, daß der Priester die Hostie, welche er gerade in der Hand hatte, zur Erde fallen ließ. Allein was geschah? Die heruntergefallene Hostie ward auf einmal blutig, und die Edelfrau versank plötzlich in den Fußboden, so daß sie auf keine Weise herausgezogen werden konnte. Da gelobte sie zu Gott, sie wolle zu Fuße nach Rom pilgern und dort den Papst selbst um Ablaß bitten. Da ward sie wieder frei. Die Hostie, mit der sich dies Wunder begeben, ward nun in eine Monstranz eingeschlossen und in der dortigen Kirche öffentlich ausgestellt, und viele Jahre ist man dorthin gewallfahret. Endlich ist die Kirche zerstört worden, allein die Stelle, wo sie gestanden hat, ein Eichenwäldchen bei Wusseken, bezeichnet noch das stehengebliebene Gemäuer ihres Turmes.

140.

DIE STADT WINETA

An der nordöstlichen Küste der Insel Usedom hat vor mehr als tausend Jahren eine große Stadt gestanden, Wineta genannt, mit einem großen Hafen. Diese Stadt ist aber umfangreicher gewesen, denn irgendeine andere in Europa. Bewohnt haben sie Griechen, Slawen, Wenden und andere Völker. Auch die Sachsen haben darin wohnen dürfen, doch das Christentum zu bekennen war ihnen nicht erlaubt, denn alle Bürger sind Heiden geblieben bis zur endlichen Zerstörung und dem Untergang der Stadt. Trotzdem sind aber die Einwohner in Zucht, Sitte und Herberge bescheiden und so fromm gewesen, als irgendeine andere Nation. Die Stadt ist aber stets voll gewesen von jeglicherlei Waren und hat alles gehabt, was nur seltsam, angenehm und nötig gewesen ist. Wann die Stadt untergegangen ist, weiß man nicht. Die Bewohner dieser Stadt waren aber durch ihren Handel so wohlhabend geworden, daß ihre Stadttore aus Erz und Glockengut, die Glocken aber aus Silber gemacht waren, und das Silber war überhaupt so gemein in der Stadt, daß man es zu den gewöhnlichsten Dingen gebrauchte und die Kinder auf den Straßen mit den harten Talern spielten. Allein durch diesen Reichtum und Luxus verschlimmerten sich auch die Sitten der Bürger, sie fingen an unter sich uneinig zu werden, weil jedes der hier wohnenden Völker den Vorzug vor dem andern haben wollte. Daher sollen die einen die Schweden, die andern die Dänen zu Hilfe gerufen haben und jene natürlich bereitwillig gekommen sein, nicht um ihnen zu helfen, sondern um die reiche Stadt zu zerstören und gute Beute zu machen. Dies soll zu den Zeiten Karls des Großen geschehen sein. Nach einer anderen Sage aber hätten nicht äußere Feinde, sondern die strafende Hand Gottes die üppige Stadt zerstört, sie wäre vom Meere verschlungen worden. Darauf seien die Schweden mit Schiffen aus Gotland gekommen, hätten aus dem Meere eine große Masse von Silber, Gold, Erz und andern Kostbarkeiten herausgefischt und wären dann mit den erzenen Stadttoren, die sie ganz wiedergefunden, nach Wisby auf Gotland geschifft, wohin sich denn auch der Handel Winetas gezogen habe.

Man erzählt nun aber jetzt noch wunderliche Dinge über das, was man bei stillem Wetter auf dem Meeresgrunde, wo die Stadt versunken ist, heute noch sehen kann. Man sieht dann unten auf dem Grunde des Wassers oft ganz seltsame Bilder; große, wunderliche Gestalten wandeln dort unten in weiten faltigen Kleidern durch die Straßen, oft sitzen sie auch auf großen schwarzen Pferden oder in goldenen Wagen. Manchmal gehen sie fröhlich und geschäftig einher, manchmal bewegen sie sich auch in langsamen Trauerzügen, und man sieht, wie sie einen Sarg zum Grabe begleiten. Die silbernen Glocken der Stadt kann man noch jeden Abend, wenn kein Sturm auf der See ist, hören, wie sie tief unten zur Vesper läuten. Am Ostermorgen, denn vom stillen Freitag bis zum Ostermorgen soll der Untergang von Wineta gedauert haben, kann man die ganze Stadt sehen, wie sie früher gewesen ist. Sie steigt dann als ein warnendes Schreckenbild zur Strafe für ihre Abgötterei und Üppigkeit, mit allen ihren Häusern, Kirchen, Toren, Brücken und Trümmern aus dem Wasser herauf und man sieht sie deutlich über den Wellen. Man sagt dann, sie wafele. Wenn es aber Nacht oder stürmisches Wetter ist, dann darf kein Mensch und kein Schiff sich den Trümmern der alten Stadt nahen. Ohne Gnade wird das Schiff an die Felsen geworfen, an denen es rettungslos zerschellt, und keiner, der darin gewesen, kann aus den Wellen sein Leben retten.

Von dem in der Nähe gelegenen Dorfe Leddin führt noch jetzt ein alter Weg zu den Trümmern, den die Leute in Leddin von alten Zeiten her den Landweg nach Wineta nennen.

141.

PFERDEMAHRT

In Usedom lebte einmal ein Wirt, der hatte ein Pferd, das war immer tüchtig und gut im Stande gewesen, aber auf einmal wurde es mager und nahm ab, und so gut es auch gefüttert wurde, wollte es doch nicht wieder aufkommen. Das kam ihm doch ganz wunderbar vor und er sann hin und her, woher es wohl kommen möchte, konnte es aber nicht herausbringen und ließ endlich einen klugen Mann herbeiholen, daß er ihm riete. Der kam alsbald, besah das Pferd und sagte, er wolle bald helfen. Darauf blieb er über Nacht dort, und mitten in derselben ging er in den Stall, verstopfte ein an der Türe befindliches Astloch, holte dann den Wirt, und sie traten nun hinein. Da sah denn dieser zu seiner großen Verwunderung eine Frau aus seiner Bekanntschaft auf dem Pferde sitzen, und soviel sie sich auch mühte, konnte sie doch nicht herabsteigen. Das war der Pferdemahrt, der so gefangen war. Da bat sie denn hoch und teuer, sie doch diesmal nur noch frei zu lassen, und das tat man auch, aber sie mußte vorher versprechen, nie wiederzukommen.

142.

HÜNENSTEIN BEI MORGENITZ

Auf dem Neunzehnkirchturmsberg bei Morgenitz auf Usedom, der davon seinen Namen haben soll, daß man ehemals von dort neunzehn Kirchtürme sah, liegt ein Stein, der zeigt die Eindrücke einer Hand, eines Fußes, einer Schlange und einer Hundstrappe, den soll ein Hüne, als er noch weich war, von Uckermünde oder vom jenseitigen Ufer der Peene, das weiß man nicht genau, dorthin geworfen haben, und aus dieser Zeit sollen denn auch die Eindrücke darauf herrühren. – Einige sagen auch, ein Hüne hätte einen Streit mit den Räubern, die zu Mellentin gewohnt, gehabt, und hätte ihn dahin schleudern wollen, hätte aber seines Zieles verfehlt, und da sei der Stein hierhergefallen.

143.

DIE BEIDEN STÖRE UND DIE GEIZIGEN MÖNCHE ZU GROB

Auf der Insel Usedom lag ehedem ein großes Kloster, Grobe oder Grabow genannt, welches ein Pommerscher Fürst, namens Ratibor, samt seiner Gemahlin im Jahre 1150 gestiftet hatte. Der erste Abt hieß Sybrandt und war ein frommer hoher Mann. Einst herrschte nun aber im ganzen Lande eine große Hungersnot, so daß auch die Mönche zu Grobe Not litten, da kamen auf einmal zwei große Störe aus dem Haff nach dem Kloster geschwommen und trieben sich solange vor demselben herum, bis einer derselben von den Mönchen gefangen worden war, dann aber schwamm der andere, gerade als hätte er einen Gefangenen hierhergebracht, wieder davon. Im nächsten Jahr kam derselbe Fisch wieder und brachte abermals einen so großen Kameraden mit und verschwand, nachdem dieser gefangen war, ganz in derselben Weise wieder. Dieselbe Erscheinung wiederholte sich noch viele Jahre. Einst aber wurden die Mönche frech und fingen beide Störe, da ist kein anderer an ihrer Statt wieder nach Grobe gekommen.

144.

DER RITTER MIT DER GOLDENEN KETTE

Um das Jahr 1360 lebte auf der Insel Usedom in dem Schlosse zu Mellentin ein Ritter, namens Nienkrake oder Neukirchen. Er trug immer eine große starke goldene Kette um den Hals, weshalb man ihn auch kurzweg nur den Ritter mit der goldenen Kette nannte. Dieser Ritter verliebte sich aber in eine junge schöne Nonne in dem benachbarten Kloster Pudagla, da er sie aber natürlich nicht auf gewöhnlichem Wege sich erobern konnte, so ließ er von seiner Burg einen fast eine Meile langen unterirdischen Gang nach jenem Kloster graben, durch diesen gelangte er in das Kloster und entführte die Nonne. Man wußte lange nicht wo die Nonne hin war, endlich aber verriet ein Bauer aus dem Dorfe Mellentin es dem Bruder derselben und dieser rückte mit einer starken Schar vor seine Burg um ihm das Mädchen, mit der er sich inzwischen durch seinen Burgkaplan hatte trauen lassen, wieder zu entreißen, allein der Herzog von Stettin, bei dem er wohl gelitten war, kam ihm zu Hilfe und verscheuchte die Belagerer. Er lebte nun noch lange Jahre glücklich und zufrieden, und beide wurden nach ihrem Tode in der Kirche zu Mellentin begraben.

Sein Bildnis ist übrigens noch in der Kirche zu sehen. Da er mit der Kette, von welcher er sich auch im Tode nicht trennen wollte, begraben ist, so hat einmal ein gottloser Mensch versucht, dieselbe zu rauben. Er feilte täglich so lange an dem stark verlöteten Sarge, bis er ein Schildchen abgefeilt hatte. Da erschien in der Nacht der Ritter mit der goldenen Kette, ganz wie er auf dem Bilde abgemalt ist, der Frau dieses Mannes, berührte mit den großen Federn seines Helmes ihr Gesicht, bis sie erwachte, und schaute sie scharf an. Darauf hat sie ihren Mann verhindert, seine Absicht auszuführen, und niemand hat seit der Zeit sich wieder an den Sarg gewagt.

145.

DIE BRUNNENKETTE ZU PUDAGLA

Von Pudagla nach Mellentin auf der Insel Usedom führte ehedem ein unterirdischer Gang, der ist aber jetzt zugemauert, und das kam so:

Lange nachdem das Kloster zu Pudagla eingegangen war, wollte man mehrmals den Gang untersuchen, um zu wissen, ob er auch wirklich nach Mellentin führe, aber keiner konnte es ergründen und alle kehrten unverrichteter Sache wieder zurück. Da wurde grade einmal eine Frau dort zum Tode verurteilt und man machte ihr den Vorschlag, sie solle in den Gang hinuntersteigen und ihn untersuchen, dann solle ihr das Leben geschenkt sein. Darauf ging sie ein, stieg hinab und nachdem sie schon weit, sehr weit gegangen war, kam sie an eine große eiserne Tür, die sprang von selber auf, und sie sah auf einmal eine große Zahl von kleinen Zwergen mit langen grauen Bärten um einen Tisch sitzen, die fragten, was ihr Begehren wäre. Da erzählte sie nun alles, wie es gekommen, daß sie herabgestiegen, und darauf sagte einer der Zwerge: »Ist das so, so sollst du diesmal ungestraft wieder hinaufkommen; aber sage denen da oben, sie möchten uns hier nicht wieder stören.« Darauf bat sie, man möge ihr ein Wahrzeichen mitgeben, womit sie ihre Aussage bekräftigen könne, und erhielt auch als solches eine lange Erbsranke; mit der stieg sie wieder hinauf und berichtete alles, was sie gesehen, und als sie nun das Wahrzeichen vorbrachte, da verwandelte es sich vor aller Augen in ein schwere eiserne Kette, die nun zum ewigen Andenken am Soot befestigt wurde, wo sie noch bis auf den heutigen Tag hängt. Der Gang aber wurde danach zugemauert, damit niemand wieder die Unterirdischen in ihrer Wohnung störe.

146.

FRAU EIN WERWOLF

In Caseburg auf Usedom waren einmal ein Mann und seine Frau beim Heuen auf einer Wiese beschäftigt, da sagte die Frau nach einiger Zeit, sie habe gar keine Ruhe mehr, sie könne nicht mehr bleiben, und ging fort. Vorher aber hatte sie noch ihrem Manne gesagt, das solle er ihr versprechen, daß, wenn etwa ein wildes Tier käme, er ihm seinen Hut hinwerfen und dann fliehen wolle, daß es ihm keinen Schaden täte. Das versprach der Mann. Nur eine kleine Weile war sie fort, da kam durch die Swine ein Wolf geschwommen, der ging grade auf die Heuer los; da warf ihm der Mann seinen Hut hin, den das Tier sogleich in kurz und kleine Stücke zerriß; aber unterdessen hatte sich ein Knecht mit einer Forke herangeschlichen und erstach den Wolf von hinten; im selben Augenblick aber verwandelte sich das Tier, und alle erstaunten nicht wenig, als sie sahen, daß es des Bauers Frau war, die der Knecht getötet hatte.

147.

PUKS ZIEHT MIT DEM GEBÄLK

In Swinemünde stand ehemals an der Ecke der Königsstraße ein kleines Haus, in welchem ein Mann wohnte, dem alles nach Wunsch ging und der zuletzt ganz wohlhabend wurde. Das kam daher, daß er einen Puks hatte, der ihm in der Wirtschaft behülflich war und den man oft des Nachts im Hause klappern und hämmern hörte. Als der Mann starb, kam das Haus an einen Bäcker, der ein schönes, steinernes Gebäude an der Stelle aufführte und auch das alte Gebälk hinauswarf und neues nahm, damit das Haus recht haltbar würde. Das war aber sehr zu seinem Schaden. Denn von dem Augenblick an wich das Glück von der Stelle und er ist seines Lebens nie wieder recht froh geworden. Sein Nachbar in der Lootsenstraße aber kaufte ihm das Gebälk ab und baute sein Dach damit aus. Und darin saß der Puks; denn von Stund an wurde der Nachbar ein wohlhabender Mann und ist's geblieben bis an seinen Tod. Kein Mensch aber konnte recht begreifen, wie das kam, bis endlich einmal ein Paar Kinder auf den Boden kamen und dort ein kleines Männchen sitzen sahen; das trug einen großen aufgekrämpten Hut und einen roten Rock mit blanken Knöpfen, von denen sieben auf jeder Seite saßen. Da wußte man denn, woher der Wohlstand kam.

148.

DER HECKETALER

In Swinemünde lebte vor einigen Jahren ein Mann, der hatte einen Hecketaler und den hatte er so erhalten: Er ging in der Neujahrsnacht an die Kirchtür, hatte sich einen ganz schwarzen Kater, der auch nicht ein weißes Haar am Leibe hatte, gefangen und ihn in einen Sack gesteckt. Den nahm er auf den Rücken, ging rückwärts von der Kirchtür um die Kirche und als er herum war, klopfte er dreimal an. Da trat ein Mann heraus und fragte, ob er den Kater verkaufen wolle? – »Ja!« – Wie teuer? – »Für einen Taler!« – Das ist zu viel, ich will acht Groschen geben! – »Dafür ist er nicht!« – Darauf ging er zum zweiten Mal auf dieselbe Weise um die Kirche herum, klopfte abermals an, derselbe Mann trat wieder heraus, er wiederholte seine

Forderung und nun bot er ihm sechzehn Groschen. – »Dafür ist er nicht!« – Und nun ging er zum dritten Male rückwärts um die Kirche, klopfte wieder an, der Mann kam wieder heraus, er forderte und erhielt nun seinen Taler. Darauf warf er den Sack mit dem Kater hin, und lief mit dem Gelde so schnell er nur konnte nach Hause. Seitdem mochte er den Taler ausgeben, so oft er wollte, sobald nur der letzte Groschen fort war, hatte er auch den ganzen Taler wieder in der Tasche.

149.

DIE WEISSE FRAU AUF DEM KALKBERGE

Auf dem Kalkberge unweit der Bohlbrücke bei Swinemünde läßt sich zu gewissen Zeiten eine weiße Frau mit einem großen Bund Schlüssel sehen, die auf Erlösung harrt. So sah sie auch einmal ein Mann aus Swinemünde, als sie gerade ihre Wäsche im naheliegenden See wusch; da rief er, als er bei ihr war: »Gott helf!« Sie aber wurde sehr zornig und rief: »Hättest Du ›Gott helf uns allen‹ gesprochen, so wär' ich erlöst, aber so muß ich noch ferner wandeln.« Und damit warf sie ihm grimmig ihr Bund Schlüssel ins Genick; der Mann eilte schnell nach Hause, aber es währte nur drei Tage, da war er tot.

150.

DER STRAND ZWISCHEN SWINE UND DIVENOW

Der Strand zwischen der Swine und dem Flüßchen Divenow ist immer nicht recht geheuer gewesen. Im Jahre 1500 hat der Herzog Bogislav seinem Kanzler Jürgen Kleist das Amt zu Usedom gegeben und dieser hat deshalb oft über die Swine ziehen müssen. Nun ist er einmal des Nachts von hier nach Divenow zurückgefahren, da hat sich plötzlich der Himmel dermaßen verfinstert, daß man nicht zwei Fuß breit vor sich hat sehen können und Kleist und seine Diener haben nicht mehr gewußt, wohin sie sich wenden sollten. Da hat eine Stimme gerufen: »Hierher, hierher!« Die Knechte wollten sich auch nach der Seite wenden, wo die Stimme herkam, allein ihr Herr, welcher gleich dachte, daß hier ein Teufelsgespenst im Spiele sei, hat es ihnen verboten. Er befahl also, sie sollten nur auf dem Wege, wo sie waren, weiterfahren. Da schrie die Stimme noch lauter als zuvor: »Hierher, hierher!« Als man auch auf diesen zweiten Ruf nicht hörte, kam auf einmal ein feuriger Mann daher, der über seinen nackten Leib einen ganz feurigen Mantel umgehängt hatte. Derselbe kam an den Wagen heran, hielt sich an dessen Lehne fest und lief immer neben demselben her, ohne ein Wort zu sagen, nur sah er Kleist immer unverwandt an. Zuweilen schlug er auch den Mantel auseinander, da konnte man ihm in den Leib sehen, da sah es aus, als wenn zwischen den Rippen ein feuriger Ofen sei. Im Laufen ward das Gespenst aber immer größer und größer und reichte zuletzt bis an den Himmel hinan, als aber durchaus niemand sich verleiten ließ, mit ihm zu sprechen, so ließ er schließlich von dem Wagen ab, grunzte fürchterlich, schlug seinen Mantel ganz auf und schüttelte ganze Flammensäulen heraus, wie aus einem brennenden Kohlenmeiler, endlich aber verschwand er. Jürgen Kleist und seine Knechte aber haben sich so entsetzt über das, was sie gesehen, daß sie den Schreck viele Tage nicht verwinden konnten. Ein Hund, den sie bei sich hatten, hat sich vor Angst zwischen die Räder geflüchtet und dort gewinselt und geheult, als müsse er sterben. Man sagt, das Gespenst habe dem Kanzler seinen Unglauben gegen das Fegefeuer austreiben wollen.

In späterer Zeit reiste einmal der Edelmann Jacob Flemming auf demselben Strande zur Nachtzeit. Auf einmal fingen seinen Knechten an die Peitschen zu brennen, und als sie das Feuer abschlagen wollten, so flog es in den Wagen, wo Flemming saß, und flog darin herum. Darüber erschrak ein Knabe, der vorn im Wagen saß, dergestalt, daß er unter denselben hinabstürzte. In demselben Augenblick kam aber eine große feurige Kugel geflogen und fiel ebenfalls unter den Wagen, und als nun die Knechte nach dieser stechen wollten, so hätten sie bei einem Haar den armen Knaben gestochen, hätte er nicht früh genug um Hilfe geschrien. Das Feuer soll aber dem Edelmann, der ein arger Flucher war, eine Warnung gewesen sein, sich vor dem höllischen Feuer zu hüten.

151.

DER FEUERKÖNIG AUF DEM SEEGRUNDER SEE

Zwischen Stettin und Uckermünde liegt der Seegrunder See. In diesem haust ein wildes Gespenst, der sogenannte Feuerkönig. Derselbe kommt, wenn es Sturm geben soll, in einem kleinen, leichten Kahne auf den Wellen des Sees dahergeschifft, eine feurige Krone auf dem Kopfe, in einer feurigen Rüstung, ein glühendes Schwert in der Hand, um seine Schultern fliegt ein feuerroter Mantel. Dem Gespenst muß man aus dem Weg gehen. Einst ist ihm ein Fischer entgegengefahren und hat ihn fragen wollen, warum er allemal komme, wenn Sturm sei, allein man weiß nicht, was für Antwort er bekommen hat, denn am andern Morgen lag er tot in seinem Kahne.

152.

DIE BESESSENE AGNES ZU STETTIN

Im Jahre 1577 ist eine Magd, Agnete genannt, zu Stettin gestorben, welche leider von dem bösen Geiste in die 21 Jahre leibhaftig besessen gewesen und jämmerlich geplagt worden ist.

Es wird aber berichtet, daß zu dieser Magd Mutter, als sie auf einem Ackerhof, nicht weit von Stettin gelegen, gewesen, ein altes Weib gekommen ist, so Butter von ihr hat kaufen wollen. Als diese aber keine verkaufen wollen oder können, ist dasselbe Weib mit zornigen Gebärden, bösem Wunsche und Drohworten davongegangen und hat dieser ihrer Tochter Agnete, so noch ein kleines Mägdlein war und vor dem Hofe saß und spielte, den leidigen Teufel in den Leib geflucht und gezaubert. Als nun die betrübten Eltern diesen erbärmlichen Zustand an ihrem Kinde gesehen, haben sie es nach Stettin geschickt und der Herrschaft solches geklagt, es auch soweit gebracht, daß die Zauberin ihren verdienten Lohn empfangen hat. Mit dem Mägdlein ist es aber inzwischen nicht besser geworden, sondern der höllische Drache hat in diesem armen Menschen von Jahr zu Jahr immer heftiger tumultuiert, rumort und gepoltert, ihren Leib aufgeblasen und greulich zerstoßen, ihr Angesicht geschändet und ein Auge ausgerissen, beide Arme voll scharfe Nadeln gestochen und sie oftmals augenscheinlich von der Erde erhoben, in der Luft herumgeführt, auf hohe Kirchengebäude und andere gefährliche Örter niedergesetzt, zuweilen auch ins Wasser geworfen und also sein Trauerwesen und ihr gespielt und dennoch ihr am Leben nicht schaden können. Außerhalb des Paroxysmus hat sich besagte Agnete christlich und wohl bezeigt, ist fleißig zur Kirche gegangen, hat die Predigten gerne angehört, die heiligen Sakramente oft gebraucht, auch die gemeinen Kirchengesänge mit großem Ernste mitgesungen und bei solcher Andacht ist sie auch vom bösen Feinde in der Kirche nicht gefährdet oder verletzt worden. Endlich aber drei Jahre vor ihrem Tode ist sie von solcher greulichen Plage erledigt worden und im grauen Kloster allhier selig verstorben.

Zuweilen hat nun diese Magd fremde Sprachen geredet, von zukünftigen Dingen gewußt, auch solche angezeigt und erzählt, wie sie von fünf Teufeln (genannt Junker Schmeckmeus, Walter der große, Springinsfeld, Witworst und Dumbelt) besessen sei, welche verschiedene Eigenschaften gehabt. Item wie der Teufel sie dreimal in Paul Litzows Bierkufe gebadet habe und dem guten Mann dadurch das Bier verdorben sei. Ingleichen als einstmals ein anderer besessener Mann von Pasewalk anhero gelaufen ist, hat dies Agnes zuvor ganz genau verkündigt und gesagt: »Ihr Bräutigam von Pasewalk werde bald kommen«, ist auch vor Freuden vom obersten Saale des Abthauses, sobald der Kerl nur in die Stadt gekommen ist, heruntergesprungen und hat ihm den Rosengarten hinauf mit vollen Sprüngen entgegengetanzt, und was dergleichen Fantaseien und Getrieb des Teufels mehr gewesen sind.

153.

DIE UNGERATENEN KINDER IN STETTIN

In der Stadt Stettin lebten zu einer Zeit zwei ungeratene Kinder, die ihren Eltern viel Herzeleid machten und in ihrer Gottlosigkeit zuletzt soweit gingen, daß sie dieselben sogar schlugen. Dafür traf sie aber eine entsetzliche Strafe. Denn nachdem sie beide plötzlich gestorben waren, und man sie begraben hatte, streckte sich auf einmal von jedem die Hand aus dem Grabe heraus, mit welcher sie sich an ihren Eltern vergriffen hatten. Das Schrecklichste dabei aber war, daß die Hände frisch und blutend waren und nicht verwesen konnten. Man grub sie zwar in die Erde wieder hinein, allein dies half alles nicht, sie wuchsen wieder heraus. Da beschloß man zuletzt auf Beratung des Rats und der Geistlichkeit, daß man sie mit einem Spaten abdrehen wolle. Dies geschah und man hing sie zum ewigen Andenken in der Kirche zu St. Peter und Paul in der Sakristei auf, wo sie noch jetzt hängen sollen.

Auch in der Kirche zu Bergen auf Rügen zeigt man eine abgehauene Menschenhand vor, welche von einem Vatermörder sein soll und nach dessen Tode aus dem Grabe hervorgewachsen ist und nicht wieder hat hineingebracht werden können, so daß man sich zuletzt genötigt gesehen hat, sie abzuhauen. Desgleichen wird auch auf der Ratsbibliothek zu Stralsund eine ähnliche Hand eines Vatermörders aufbewahrt.

154.

VON EINEM SPIRITUS FAMILIARIS

Im Jahre 1668 ist ein Reisender nach Stettin gekommen und in einem Gasthause eingekehrt. Da nun aber dort alles besetzt war, so hat man demselben in der Nacht nur eine Kammer geben können, welche bloß mit Brettern verschlagen war. Als er den ersten Schlaf geendigt, hörte er in der Nebenkammer sehr eifrig beten, und einem Menschen zusprechen. Daraus nahm der Fremde ab, daß der Patient eine ungewöhnliche Krankheit haben müsse, denn er rief öfters: »Sehet doch, dort steht er an der Kammertür!« Durch diesen traurigen Umstand ward er aber verhindert wieder einzuschlafen und wünschte sehnlichst den Morgen herbei. Nachdem er nun den Wirt wegen dieses Patienten befragt hatte, erzählte dieser, daß derselbe eigentlich keine Krankheit habe, wohl aber mit großer Anfechtung und Gewissensangst bereits 14 Tage zugebracht habe und dem Geistlichen und seiner Umgebung große Mühe und Kummer mache. Die Ursache aber sei folgende.

Vor 24 Jahren sei dieser Mensch, so sonst seiner Hantierung nach ein Schneider sei, als Musketier unter den Schweden gewesen, habe dort aber den größten Mangel gelitten und zu Leipzig auf der Pleißenburg in Garnison gelegen. Derselbe aber habe einen Kameraden gehabt, der hätte alle Tage ins Bierhaus gehen und trinken können, da er doch eben so wenig Sold als er bekommen habe. Deswegen habe er ihn eines Tages gefragt, wie dies zugehe, und der habe ihm geantwortet, als er einstmals auf der Schloßbastei Schildwache gestanden, sei ein Mann zu ihm gekommen und habe ihm versprochen, er wolle ihm einen *Spiritus familiaris* geben, wenn er solchen bei sich trage, werde er alle Morgen dritthalben Groschen in seinem Sack finden, jedoch müsse er seinen Namen mit Blut schreiben und 24 Jahre hinzu, so könne er die ganze Zeit über täglich soviel Geld ohne Mühe bekommen. Das habe er getan, und auf diese Weise könne er alle Tage gut Bier trinken. Wenn er aber dergleichen auch tun wolle, so könne er ihm zu solchem behilflich sein. Dieser Schneider willigt alsobald ein und verspricht zwischen Tag- und Nachtscheidung einen solchen Zettel zu machen und auf die Bastei zu gehen, wenn der Mann da anzutreffen sei. Er tat solches auch und als er mit diesem Vorsatz auf die hohe, etwas dunkle Wendeltreppe daselbst hinaufgeht, überfällt ihn eine grausame Furcht. Da kehrt er wieder um, und es gereuet ihn die Sache, indem er betrachtet, in was für Gefahr er seinen Leib und Seele dadurch versetzen werde. Er zerreißt also den Zettel in kleine Stücke und geht wieder zurück. Es ist ihm auch niemals das Geringste zugestoßen, außer jetzt, da die 24 Jahre eben um sind, setzt ihm der böse Feind so heftig zu und sucht den armen Menschen in Verzweiflung zu bringen. Indes sich nun besagter Reisender 14 Tage in diesem Wirtshaus aufgehalten, ist doch in solcher Zeit dieser Patient wieder ganz zurechtgekommen und hat weiter keine Anfechtung gehabt.

155.

DIE SINGENDEN TOTENKÖPFE ZU STARGARD

Die Stargarder waren arge Heiden und sehr oft hatten sie gegen ihre christlichen Nachbarn mit der Schärfe des Schwertes gekämpft und viele von ihnen erschlagen. Die Köpfe der Erschlagenen hatten sie mit sich genommen und in ihrem festen Schlosse als Siegeszeichen aufgesteckt. Da trug es sich in der heiligen Christnacht des Jahres 924 auf einmal zu, daß diese sämtlichen aufgesteckten Christenköpfe mit heller und lauter Stimme zu singen anfingen: »*Gloria in altissimis Deo!*«, und sie haben auch nicht eher aufgehört, als bis sie das ganze Lied zu Ende gesungen hatten.

156.

DIE MARÄNEN IM MADÜNSEE

In dem Madünsee bei Stargard findet man häufig einen Fisch, der sonst nur in italienischen Seen vorzukommen pflegt. Dies ist die sogenannte Maräne oder Muräne. Man erzählt sich nun den Grund, warum dieser Fisch gerade hier und in keinem andern deutschen See gefunden wird, also.

Einst hat im Kloster Colbatz, welches an diesem Madünsee lag, ein Abt gelebt, der in Italien lange sich aufgehalten und dort solchen Geschmack an den Maränen gefunden hatte, daß er, weil er ein Leckermaul war, gar keine Ruhe hatte, bis er sich solche Fische verschaffen könnte. Der Teufel, welcher auf die Gelegenheit lauerte, eine Seele zu gewinnen, trat zu ihm und erbot sich, ihm so viel solche Fische verschaffen zu wollen, als er nur wolle, wofern er sich ihm verschreiben werde. Der Abt sperrte sich lange, endlich aber ward seine Lecksucht so groß, daß er auf den Vorschlag einging, allein sich ausmachte, der böse Feind müsse ihm die Fische vor dem Hahnenrufe bringen. Er glaubte nämlich, der Teufel könne den weiten Weg nicht in so kurzer Zeit zurücklegen. Als nun der Teufel verschwunden war, da fiel dem Abt erst ein, in welchen bösen Handel er sich eingelassen habe, er betete also zu Gott, derselbe möge ihn doch aus den Krallen des Satans erretten. Er hatte aber kaum die letzten Worte seines Trostgebetes ausgesprochen, da hörte er in der Luft ein fürchterliches Brausen, es war der Teufel, der aus Italien mit einem ganzen Netz voll Maränen geflogen kam. In dem nämlichen Augenblicke aber, als er über dem See schwebte und nach dem Kloster flog, krähte der Hahn und der Glöckner im Kloster zog den Strang der Glocke, um die Brüder zur Hora zu rufen. Da sah der Teufel, daß er zu spät gekommen war und ließ vor Wut das Netz mit den Maränen in den See fallen und da sind sie noch bis zu dieser Stunde.

157.

DAS ANKLAMISCHE GESPENST

Seit Weihnacht des Jahres 1687 hat sich ohnweit der Pommerschen Stadt Anklam in einem Dorfe, Groß-Buntzau genannt, der leidige Satan bei einem Prediger Tag und Nacht aufgehalten. Er nahm nicht allein allerhand

Kleidung an, sondern verstellte sich auch oft in Viehs-Gestalt mit Hühner- oder andern Tierfüßen, er saß manchmal öffentlich am Tische, kehrte sich jedoch stets an die Wand, und wenn ihn der Priester zur Rede stellen wollte, antwortete er mit allerhand garstigen Zoten, lief öfters davon und zeigte den Hintersten, wobei er stets wie eine Ziege blöckte. Er ging oft über des Priesters Bücher und blätterte darin, er tat indes niemandem etwas zuleide, aber wenn man ihn an seinen Ort wies, warf er mit Steinen um sich und verwundete solcher Gestalt des Priesters Sohn an der Stirne. Desgleichen ward eine alte Frau im Hause, die ihm den Hintersten gezeigt, mit ihrer eigenen Hand im Gesichte übel zugerichtet. Einem Studenten, der in das Haus kam, mit des Priesters Tochter zu reden, warf er eine Katze um den Hals und lachte darüber von Herzen. Hernach hat ihn die Magd, welche das Vieh füttern wollen, unter dem Heu gefunden, und da sie ihn herausgeschlagen, hat er sich auf ein Pferd gesetzt und ist rund herum ums Pfarrhaus geritten.

Merkwürdig ist es, daß der Priester einen Zettel mit den Worten: »Des Weibes Samen soll der Schlange den Kopf zertreten« an die Stubentüre geklebt, welchen der Bösewicht dergestalt durchlöchert hat, als wenn's mit Hagel durchschossen wäre, daß man seine Schrift daran erkennen konnte. Er verkleidete sich meist in Gestalt eines Gewürzhändlers oder Apothekergesellen mit einer grünen Schürze. Seine Augen waren so groß als Brillengläser, das Gesicht etwas rauchhaarig wie eine Eselshaut, und seine Füße vorn wie Kuhfüße, hinten aber mit Klauen. Gottes Allmacht aber regierte dabei, daß alle Mauersteine, womit er nach den Leuten warf, im Herunterfallen wie Federn hin -und herflatterten, daß die Leute Zeit hatten, dem Wurfe zu entweichen. Etliche Wochen nachher gesellte sich zu diesem Bösen noch ein anderer langer weißer Geist oder Gespenst, sagte aber und tat niemandem etwas Böses, nur daß er im Hause hin -und herwandelte.

Um den 16. Februar 1688 hielt sich der böse Geist annoch hier auf und schlug damals des Predigers Tochter sehr übel, und als darauf des Priesters Knecht mit einem Fuder Holz aus dem Wald gekommen war, setzte er sich zu ihm auf den Wagen und beschwerte ihn dergestalt, daß die Pferde mit der Last nicht fortkommen konnten. Der Knecht geht daraufhin etliche Bauern zu Hilfe zu holen, wie er aber wieder an die vorige Stelle kommt, findet er weder Pferde noch Wagen, weshalb er nach Hause geht und daselbst alles unbeschädigt wiederfindet.

158.

DER NAME DER STADT GREIFSWALD

Das Wappen der Stadt Greifswald besteht in einem Greife. Dasselbe soll an die Gründung der Stadt erinnern. Da wo jetzt die Stadt liegt, befand sich ehedem ein dichter, fast undurchdringlicher Wald. Rings um denselben war ebenfalls alles wüst und unbebaut, bloß die Gegend um das Kloster Eldena, welches nicht weit vom Ausflusse des Ryks in die See liegt, war angebaut. Da beschlossen die Bewohner des Klosters in ihrer Nähe eine Stadt zu erbauen, und sie sandten einige aus ihrer Mitte aus, um einen passenden Platz zur Anlegung derselben auszuwählen. Sie gingen den Fluß Ryk hinauf, wo sie auch eine, wie sie meinten, vortrefflich dazu geeignete Stelle fanden; um selbige aber genau abzustecken, gingen sie ein Stück in den nahegelegenen Wald hinein, da fanden sie auf einem abgebrochenen Baumstamme ein Nest, auf dem saß ein großer vierfüßiger Greif mit einem doppelten Schwanze und brütete. Da hielten sie dies für ein gutes Zeichen und erbauten auch wirklich hier die Stadt Greifswald, der Ort aber, wo das Nest gewesen ist, soll der älteste Teil der Stadt, der sogenannte Schuhhagen gewesen sein. Der Greif aber hat sich weiter in den Wald hineinflüchten müssen, hat aber aus Rache manches Rind aus der jungen Stadt geraubt. An jener Stelle ist es aber immer unheimlich zugegangen, bald hat man dort des Nachts ein großes Weib gesehen, das ein großes Schlüsselbund trug und damit rasselnd eine Herde Ferkel vor sich hertrieb, bald eine Frau, die eine Herde schneeweiße Gänse vor sich hertrieb, bald ein schwarzes, bald ein weißes Pferd, welches den Leuten aufhockte und sie so lange drückte, bis ihnen das Blut aus Maul und Nase floß.

159.

DER WETTLAUF UM DAS OPFERGELD

Vor der Stadt Greifswald stand ehedem eine Kapelle, der hl. Gertrud geweiht, wohin viel gewallfahret ward. Nun war aber einst an einem Feste der Heiligen sehr viel Opfergeld eingekommen, welches der hier angestellte Priester an den Gotteskasten abzuliefern hatte. Da kam der Geizteufel über ihn, und er beschloß, das Geld für sich zu behalten. Da er aber auch sonst noch ein frecher und ungläubiger Geselle war, so nahm er das Bild der hl. Gertrud vom Altar und stellte es an den Eingang der Kapelle jenem gegenüber und sprach zu ihm: »Jetzt wollen wir sehen, wem das Opfergeld sein wird, wir wollen beide nach dem Altare laufen, und wer zuerst hinkommt, dem soll es gehören!« Nachdem er so gesprochen, lief er nach dem Altare, allein siehe, das hölzerne Bild ward auf einmal lebendig, lief an ihm vorbei und kam eher hin als er. Das Wunder erschreckte aber den Bösewicht nicht, er nahm das Bild ein zweites Mal vom Altare, stellte es wieder an den Eingang und lief abermals nach dem Opfergelde, welches auf dem Altare lag, allein das Bild lief ihm wieder nach und überholte ihn ein zweites Mal. Aber auch dies schreckte ihn nicht, er holte es zum dritten Male, stellte es wieder an den Eingang und lief zum Altare. Diesmal aber kam er allein hin, denn die hl. Gertrud blieb stehen und weinte bitterlich, der gottlose Priester aber nahm das Geld und trug es nach Hause, aber schon in der nächsten Nacht ward er schwer krank, und nach drei Tagen war er tot und ward auf dem Gertrudenfriedhof begraben.

In der nächsten Nacht um die Mitternachtsstunde aber erschien der Teufel auf dem Kirchhofe, klopfte an das Grab des Priesters und rief hinein: »Stehe auf, Pfaff, und laufe mit mir um die Wette.« Da mußte der Tote aus dem Sarge aufstehen, als er aber aus dem Grabe hervorstieg, da packte ihn der Teufel mit seinen Krallen und schleppte ihn fort, wie sie aber an der Kapelle vorbei kamen, da wollte der Priester sich an dem Türschlosse anhalten, weil er dachte, der Teufel müsse ihn loslassen, allein es half ihm alles nichts, der Teufel riß ihn fort und führte ihn über die Kirchhofsmauer hinweg in sein höllisches Reich. Der Windmüller aber in der benachbarten Windmühle sah dies alles mit an und machte Anzeige davon, als man aber dann den Ort näher untersuchte, da konnte man in der Türe noch die Spuren der Fingernägel sehen, womit der Priester in Todesangst in das Holz sich eingekrallt hatte, auch tiefe Fußstapfen des Teufels waren in den Boden getreten und das Gras ringsherum versengt. Alle diese Spuren sind geblieben und lange zu sehen gewesen, bis die Kapelle weggerissen ward, um aus der Stelle, wo sie stand, einen Wallgraben zu machen. Nach einer andern Sage hätte aber der Teufel den Priester an einen Flügel der gerade stillstehenden Windmühle aufgehängt, und seit dieser Zeit sei stets in jener Mühle die Flügelwelle linksum statt rechtsum gelaufen und die Begebenheit sei nicht in der Gertrudenkapelle, sondern in der 1298 erbauten Nicolaikirche passiert.

160.

DER GROSSE STEIN BEI GRISTOW

Nördlich von der Insel Gristow, etwa auf halbem Wege zwischen Cammin und Zünz, liegt in der Diwenow nicht weit vom Ufer ein gewaltiger Granitblock; der liegt schon seit grauen Jahren da und ist vor Alters ein prächtiges Schloß gewesen, in welchem ein gieriger Räuber wohnte. Dieser stellte vornehmlich auch den Mädchen nach und wollte einst einem solchen Gewalt antun; aber die verstand sich auf Zauberei, drückte das ganze Schloß in einem großen Steinklumpen zusammen und schloß den bösen Räuber für ewige Zeiten darin ein.

In Cammin erzählt man auch den Kindern, daß der Storch sie vom großen Stein her ihren Eltern bringe.

161.

DIE KLOSTERRUINE ZU ELDENA

Ehemals stand ein Kloster zu Eldena bei Greifswald, welches sehr reich war. Dasselbe ist aber schon längst zerstört und nur noch wenige Ruinen sind von seiner Kirche übrig, die man aber von weit aus sehen kann. In der Tiefe seiner unterirdischen Gewölbe sollen aber viele Schätze verborgen liegen, namentlich soll ein finsterer Gang in ein großes Gemach führen, in welchem sich ein Tisch befindet, neben dem eine große schwarze Kutsche steht, welche von einem großen schwarzen Pudel bewacht wird. Vor ohngefähr hundert Jahren kamen zwei Kapuziner von Rom nach Eldena, welche den dasigen Landreiter nach einer verborgenen Türe fragten, welche angeblich in das alte Gemäuer unter der Ruine führen sollte. Derselbe wußte natürlich nichts davon, gab ihnen aber seinen Knecht als Führer mit, damit sie sie selbst suchen könnten. Sie schienen die Räumlichkeiten jedoch genau zu kennen, bezeichneten dem Knechte auch eine Stelle, wo er den Schutt wegräumen solle, und es fand sich richtig eine Türe. Als die Kapuziner dieselbe berührten, tat sie sich von selbst auf und diese traten nun mit dem Knechte hinein, sie kamen in mehrere Zimmer, wo gar nichts war, dann aber in eins, wo mehrere Leute mit Schreiben beschäftigt zu sein schienen, mit diesen sprachen die Kapuziner vieles heimlich, und dann gingen sie wieder hinaus. Als aber der Knecht wieder auf der Oberwelt war, da erfuhr er, daß er ohne es zu merken, drei Jahre abwesend gewesen war und man ihn bereits für tot gehalten hatte.

162.

MILCH ABMELKEN

In Caseburg war einmal ein Bauer, dessen Kühe wollten keine Milch geben, so gut er ihnen auch zu fressen gab, so daß er endlich einsah, sie müßten behext sein und einen klugen Mann kommen ließ, damit er ihm helfe. Der ging denn auch in den Stall, sah die Kühe an und wußte sogleich, wie es mit ihnen stand; sie waren behext. Drum ging er im Dorf umher, um die Hexe ausfindig zu machen; da sah er denn im Stalle des Nachbars dessen Frau, die stand an der Wand des Stalles, die nach dem Gehöfte jenes Bauern zu lag, hatte einen Besenstiel in dieselbe geschlagen, daran einen Eimer gehängt und melkte den Besenstiel, und dieser gab Milch wie ein natürliches Euter. Da war die Hexe verraten; er bedrohte sie gewaltig und von der Zeit an gaben des Bauern Kühe wieder Milch.

163.

DER MANN OHNE KOPF IN PYRITZ

Ein Teil von Pyritz heißt das Mönchsviertel. Bis zum 30jährigen Kriege hat hier an der Stelle, wo jetzt das Schulhaus ist, ein Nonnenkloster gestanden. In jeder Sylvesternacht sieht man vom Kirchhofe der Stadt aus in einem Wagen einen großen Mann ohne Kopf fahren, ebenso haben die Pferde keine Köpfe. Man erzählt nun, daß vor alten Zeiten in dieser Gegend ein boshafter und habsüchtiger Mann gewohnt habe, der habe eine Schwester gehabt, die ihm hinderlich gewesen sei, eine große Erbschaft zu machen. Er habe sie also ins Kloster mit Gewalt gebracht und den Leuten gegenüber vorgegeben, sie sei gestorben. Erst auf seinem Totenbett hat er seine Missetat bekannt und das innige Verlangen ausgesprochen, seine Schwester noch einmal wiederzusehen, allein Gott hat ihm diese Gnade nicht gewährt, sondern zur Strafe hat er im Grabe keine Ruhe, und er muß alle Jahre einmal ohne Kopf auf einem glühenden Wagen nach dem Kloster fahren.

164.

DER CHIMMEKE IN LOITZ

Auf den Pommerschen Schlössern gab es ehedem viele Kobolde, die man Chimmeke nannte, aber wenn man sie nicht beleidigte, im ganzen niemandem etwas zu Leide taten. Ein solcher Chimmeke war auch auf dem Schlosse zu Loitz. Man setzte ihm abends eine Schüssel mit Milch hin und diese verspeiste er über Nacht. Als aber um das Jahr 1370 die Mecklenburger das Schloß innehatten, so war ein übermütiger Küchenjunge mit darin, der die dem Kobold hingesetzte Milch selbst austrank und auch noch darüber spottete, daß derselbe um seine Milch kam. Das verdroß denselben sehr, und als der Küchenjunge am andern Morgen, ehe der Koch aufgestanden war, in die Küche kam um Feuer anzumachen, da ergriff ihn der Chimmeke, riß ihn in Stücken und steckte dieselben in den großen Grapen (Topf), der mit heißem Wasser auf dem Feuer stand. Danach kam der Koch und wollte Fleisch in den Grapen stecken, der Chimmeke aber war auch da und sagte zu ihm, das sei gar nicht nötig, das Fleisch sei schon gar, er solle es nur anrichten und auftragen, und als der Koch in den Topf sah, fand er darin die Hände und Füße des Küchenjungen. Der Kobold ist seit der Zeit aus dem Schlosse weggezogen und hat sich niemals wieder darin sehen lassen, der Topf aber ist zum ewigen Angedenken dort aufbewahrt und lange Jahre gezeigt worden.

165.

DAS BRENNENDE GELD

In einer Novembernacht gegen Morgen kamen drei Bauern von einer Hochzeit aus dem Dorfe Lanken geritten, um nach ihrem Heimatsdorfe zurückzukehren. Als sie aus dem Walde, der die beiden Dörfer trennt, herauskamen, sahen sie an einem kleinen Busche auf dem Felde ein großes Feuer, das bald wie ein glühender Herd voll Kohlen glimmte, bald wieder in hellen Flammen aufloderte. Erst hielten sie voller Verwunderung still und sahen sich nach den Hirten um, welche es angemacht haben konnten, allein bald fiel ihnen ein, daß jetzt keine Zeit zum Verweilen im Freien sei, und daß also etwas Anderes hier vorgehen müsse. Auf einmal rief einer: »Nachbarn ich weiß was es ist, hier brennt Geld, seid still, laßt uns hinreiten und jeder mag seine Taschen ruhig mit den Kohlen füllen, dann haben wir genug für alle Zeit!« Der älteste aber sprach: »Behüte Gott, daß ich in dieser späten Zeit aus dem Wege reiten sollte; ich kenne den Reiter zu gut, der da ruft: hoho, hallo! halt den Mittelweg«, der zweite hatte auch keine Lust dazu, der jüngste aber faßte sich ein Herz, gab seinem Pferde die Sporen und nötigte es, es mochte sich noch so sperren, in das Feuer hineinzureiten, er sprang ab, füllte sich die Taschen voll Kohlen und jagte dann seinen beiden Gefährten nach. Dicht vor Bielmitz holte er sie ein und nun ritten sie, ohne ein Wort miteinander zu sprechen, wieder in ihr Dorf hinein. Als sie dort ankamen, war es bereits ganz hell, der Bauer aber, der sich die Kohlen eingesackt hatte, war zu neugierig zu wissen was er für Kleinodien und Geldstücke mit sich herumschleppe, denn die Schwere derselben zog ihm die Taschen ganz herunter, er griff also hinein und brachte allerdings nichts als tote Mäuse heraus. Da lachten ihn seine beiden Gefährten nicht wenig aus, versprachen ihm aber, niemandem ein Sterbenswörtchen davon zu verraten.

Der Bauer aber hat gleichwohl noch keine Ruhe gehabt über die brennenden Kohlen, er hat gemeint, es sei doch ein Fehler gewesen, daß er statt des Goldes Mäuse nach Hause gebracht, er hätte einige Körnlein Salz bei sich haben und auf die Kohlen werfen sollen, dann hätte das Gold nicht verschwinden können. Er ist also die nächste Nacht wieder hingeritten und hat genau an derselben Stelle, die aber den Tag über grasgrün gewesen ist, das Feuer brennen sehen. Er ist also wiederum hingeritten, hat Salz auf die Kohlen geworfen, soviel er davon hat zusammenraffen können, in die Taschen gesteckt und im Galopp wieder nach Hause geeilt. Er hat auch unterwegs keinen Laut von sich gegeben, hat auch niemandem begegnet, so daß also nun unfehlbar eigentlich nichts im Wege stand, daß er richtig den Schatz mit nach Hause brachte; allein als er zu Hause anlangte, hatte er immer nur wieder Kohlen in der Tasche, allerdings gemischt mit einigen schwarz gewordenen Schillingen. Diese haben gleichwohl seinen Ruin herbeigeführt, denn statt sich zu überlegen, ob er selbige nicht vielleicht vorher in der Tasche gehabt hat, glaubte er, sie seien nur die Vorboten größerer Schätze, er ist also alle Nächte hingeritten, hat dabei seine besten Pferde halb zu Tode geritten, und seine Wirtschaft ist auch dabei zugrunde gegangen, denn am Tage hat er doch schlafen müssen. Endlich ist er aber einmal gar nicht wiedergekommen, nur seinen Hut haben die Leute im Schmachter See wiedergefunden. Dort wird er wohl, vom Teufel irregeführt, ertrunken sein.

166.

DER SCHWARZE SEE BEI GRIMMEN

Die Stadt Grimmen soll früher an einer andern Stelle gestanden haben, da nämlich, wo jetzt der schwarze See ist. Hierin ist die Stadt mit allem versunken, was in ihr war, wann aber, das weiß man nicht. Derselbe liegt ohngefähr eine Achtelmeile von der jetzigen Stadt Grimmen, links am Wege nach Grellenberg; wo er am längsten ist, ist er ohngefähr 70 Schritte lang und 60 Schritte breit, seine Tiefe aber kennt niemand, er soll grundlos sein. Rund umher ist er mit kleinen Anhöhen und einem Erlenbusche umgeben, dessen Boden aber so feucht und morastig ist, daß man nur im trockensten Sommer trocknen Fußes bis an den See gelangen kann. Sein Wasser ist schwarz und bitter und verändert sich niemals, mag der Wind noch so stürmen, seine Oberfläche bleibt immer glatt. Das soll aber daher kommen, weil der See auf der versunkenen Stadt ruht. Es lebt auch kein Fisch in seinem Wasser, und das soll darin seinen Grund haben, weil eine geweihte Kirche, deren Glocken man noch oft hören kann, in ihm versunken ist.

167.

DAS WEISSAGENDE VÖGLEIN

Im Jahr 1624 hörte man in der Luft rufen: »Weh, weh über Pommerland!« Am 14. Juli ging des Leinenwebers Frau von Colbatz nach Selow, mit Namen Barbara Sellentins, daselbst Fische zu kaufen. Da sie auf dem Rückwege nach Colbatz unterwegs war, hörte sie den Steig herunter am Berge ein Geschrei von Vögeln, und wie sie besser hinankam, schallte ihr die Stimme entgegen: »Höre, höre!« Sie sah mittlerweile ein klein weiß

Vögelein, einer Schwalben groß, auf einer Eiche sitzend, das redete sie mit deutlichen, klaren Worten an: »Sage dem Hauptmann, daß er soll dem Fürsten sagen, die Anrennung, die er kriegen wird, soll er in Güte vertragen, oder es wird über ihn ausgehen; und soll also richten, daß ers vor Gott und der Welt verantworten kann!«

168.

DER SPUK IN DER KIRCHE ZU KÖSLIN

Am Sonntag Exaudi des Jahres 1676 ist unter der Vesperpredigt um halb 3 Uhr ein großes Gepolter auf dem Gewölbe der Kirche zu Köslin (in Hinterpommern) entstanden, welches sich anfänglich wie ein gelind rasselndes Donnerwetter angelassen, hernach aber gar schleunig nach der Mitte des Kirchengewölbes bis an das Chor fortgegangen ist. Das Geräusch hat sich dann dergestalt verstärkt, daß jedermann in Furcht geraten ist, es werde nicht bloß selbiges Gewölbe, sondern die ganze Kirche einfallen, weswegen denn die Schulknaben von dem Chor, ja fast die ganze Gemeinde mit Schrecken und Bestürzung zur Kirche hinausgeeilt ist, weil ein jedweder sich dem augenblicklichen Tode entziehen wollte. Nachdem aber besagtes Gepolter aufgehört, haben sich die Leute wiederum in die Kirche hinein verfügt, da denn der Archidiakonus Mag. Johann Glock, welcher während dem Getümmel stillschweigend auf der Kanzel stehengeblieben war, in seiner Predigt fortfuhr und dieselbe vollends zu Ende brachte. Nach geendigtem Gottesdienste wurden einige auf das Gewölbe geschickt, um nachzusehen, ob etwas eingefallen oder von der Mauer abgerissen sei, wodurch besagtes Krachen verursacht worden, allein sie fanden nicht die geringste Spur noch Merkmal von einer Ursache, welche eine so heftige Wirkung hätte nach sich ziehen können. Dies ist eine Warnung gewesen, weil bald darauf ein landverderblicher Krieg sich in derselben Gegend ausgebreitet hat.

169.

DIE JUNGFERNMÜHLE BEI BÜTOW

Unweit des Schloßberges bei Bütow befindet sich eine Mühle, welche die Jungfernmühle genannt und von dem kristallhellen Wasser einer Quelle am Schloßberge getrieben wird. Ihren Namen soll sie von folgender Begebenheit haben.

Ein Bauer ackerte an dem Mühlbache und sah mehrmals zu demselben eine Jungfrau kommen, die mit einem goldenen Eimer Wasser schöpfte und sich damit wusch. Da ihr Ansehn nicht gespenstisch und abschreckend war, wagte er es eines Tages sie zu fragen, warum sie das tue. Die Jungfrau setzte ihren Eimer nieder und erzählte ihm, daß sie eine Prinzessin und die ehemalige Herrin des Schlosses, das auf dem Hügel gestanden, gewesen, aber samt diesem verwünscht worden sei, worauf jenes versunken, sie aber zu dem Herumwandern und zu Abwaschungen verurteilt wäre, und daß sie sich nach ihrer Erlösung sehne. Der Bauer war dreist genug zu fragen, wie diese möglich wäre. »Wenn mich«, entgegnete sie, »jemand ohne anzuhalten und ohne sich umzusehen, auf den wendischen Kirchhof in Bütow trägt und mich dort mit aller Gewalt zu Boden wirft. Wer meine Erlösung vollbringt, dem wird es an Glück und Reichtum nicht fehlen.« Diese Verheißung machte dem Bauer Lust, das Wagnis zu bestehen. Er trägt auch wirklich die Jungfrau, trotz großer Hindernisse, bis auf den Kirchhof. Dort aber greift ihm jemand hinten an den Kopf, worüber er so erschrickt, daß er sich umsieht und die Jungfrau fallen läßt. Diese fährt aber mit Jammergeschrei in die Luft und ruft, daß sie nun viel härtere Qual als seither erdulden und wieder hundert Jahre warten müsse, ob sich dann vielleicht ein standhafterer Befreier für sie finde. Seitdem ist aber die Jungfrau nicht wieder gesehen worden.

170.

DIE VAMPIRE IN CASSUBEN

Im Lande Cassuben hat es sich sonst zugetragen, daß zuweilen Kinder mit einer ganz feinen Kopfbedeckung, wie ein zartes Mützchen gestaltet, auf die Welt gekommen sind. Will man nun verhindern, daß ein solches

Kind, wenn es gestorben, ein Vampir werde, so muß man ihm das Mützchen abnehmen, es trocknen und dann sorgfältig aufbewahren. Bevor nun die Mutter desselben nach ihren Sechswochen zur Kirche und zum Opfer geht, muß sie es verbrennen und die Asche zu Pulver reiben und mit Muttermilch vermischt dem Kinde eingeben. Geschieht dies nicht und stirbt ein solcher mit der Mütze geborener Mensch, bevor er auf diese Weise die Mütze aufgegessen hat, so ersteht daraus das schrecklichste Unglück. Begraben richtet er sich im Sarge auf und verzehrt zuerst alles Fleisch an seinen Händen und Füßen, sammt seinem Sterbehemde. Dann steigt er aus dem Sarge heraus und verzehrt nun die Lebenden, zuerst seine Anverwandten, die nähern und dann die entfernteren; ist alles tot, dann läutet er die Kirchenglocken im Dorfe und nun muß alles sterben, Groß und Klein, so weit der Schall der Glocken reicht. Gegen diesen Totenfresser gibt es nur ein Mittel, man muß ihn ausgraben und mit einem Spaten seinen Kopf vom Rumpfe abstechen.

171.

DER KÖNIG IM LAUENBURGER BERG

Auf einem Berg bei der Lauenburg in Cassuben fand man 1596 eine ungeheure Kluft. Der Rat hatte zwei Missetäter dort zum Tod verurteilt und schenkte ihnen unter der Bedingung das Leben, daß sie diesen Abgrund besteigen und besichtigen sollten. Als diese hinein gefahren waren, erblickten sie unten auf dem Grund einen schönen Garten, darin stand ein Baum mit lieblich-weißer Blüte; doch durften sie nicht daran rühren. Ein Kind war da, das führte sie über einen weiten Plan hin zu einem Schloß. Aus dem Schloß ertönte mancherlei Saitenspiel, wie sie eintraten, saß da ein König auf silbernem Stuhl, in der einen Hand einen goldnen Szepter, in der andern einen Brief. Das Kind mußte den Brief den beiden Missetätern überreichen.

172.

KLABATERSMÄNNEKEN ODER PUKSE

Die Klabatersmänneken oder Pukse halten sich in Häusern, in Mühlen und auf Schiffen auf, wo sie von ihnen hingesetzter Milch leben und dafür allerhand Dienste verrichten; namentlich melken sie die Kühe, striegeln die Pferde, arbeiten in der Küche oder sie waschen das Schiff, helfen die Anker aufziehen und anderes mehr, und man hat nichts mehr zu fürchten, als wenn das Klabatermänneken das Schiff verläßt. Darum muß man sich ganz besonders hüten, ihnen einen Rock oder ein Paar Schuhe hinzulegen, denn dann verlassen sie augenblicklich ihren Aufenthalt. Sie gehen nämlich in kurzen roten Jäckchen einher, die nicht im besten Stande sind und oft Blößen zeigen, so daß es einem wohl das Herz bewegen möchte, wenn man sie sieht. In den Häusern halten sie sich besonders gern im Gebälk auf, weshalb man auch beim Umbau eines Hauses die Balken nicht fortwerfen darf, sondern soviel als möglich zum neuen Hause verwenden muß.

173.

DER KLABATERMANN

In Pommern gibt es ebenso wie in ganz Norddeutschland an denjenigen Orten, wo Schiffe gebaut werden, den sogenannten Klabatermann. Dies ist ein kleiner Mann, kaum zwei Fuß hoch, in roter Jacke, weißen Schifferhosen und mit einem runden Hute bedeckt. Gesehen haben ihn nur wenige und es verlangt auch niemand darnach ihn zu sehen, denn wer ihn gesehen hat, der muß bald sterben. Er ist der gute Geist des neugebauten Schiffs und seiner Mannschaft. Man sieht ihn zwar nicht, allein desto mehr hört man ihn und gewahrt seine unsichtbare Tätigkeit. Ist am Schiffe etwas an einer Stelle entzwei, wo niemand hinkommen kann, da kalfatert sie der Klabatermann, und davon hat er seinen Namen. Ist der Schiffer in der Kajüte eingeschlafen und droht Gefahr, da stößt ihn gewiß der kleine unsichtbare Schutzgeist und heißt ihn aufstehen und die Augen offen haben. Den Matrosen hilft er, ohne daß sie ihn sehen, bei allen ihren Arbeiten und namentlich bezeigt er sich den fleißigen und flinken gegenüber gefällig und tätig, nimmt auch von ihnen Speise an, die faulen aber und trotzigen quält und zwickt er so lange, bis sie sich bessern. Hilft aber diese Ermahnung nicht, dann läßt er sich vor ihnen sehen und schneidet ihnen grimmige Gesichter, dann ist aber auch ihr letztes Stündlein in der Nähe. Beim Sturme hört man ihn an allen Ecken des Schiffes hantieren, wenn er aber bemerkt, daß trotz aller Anstrengungen desselben nichts zu retten ist, dann steigt er so hoch er kann, gewöhnlich auf die Spitze des Bugspriets und stürzt sich von hier mit großem Geräusche hinab in die Wellen. Alsdann wissen aber die Schiffer, daß es aus mit ihrem Schiffe ist und hat ihn ja einer von ihnen hinabspringen sehen, so gilt es für gewiß, daß dieser das Land und die Seinen nicht wieder sieht. Dann arbeitet auch niemand mehr, sondern jeder ist nur noch auf seine eigene Rettung bedacht.

Man sagt nun aber, man könne ihn durch folgendes Mittel auch ohne Gefahr zu sehen bekommen. Man muß nämlich des Nachts zwischen zwölf und ein Uhr allein zum Spilloch gehen und sich selbst durch die Beine durch und so durch das Spilloch sehen: dann kann man den kleinen Geist erblicken, wie er an der Vorderseite des Spillochs steht. Ist er aber nackt, so darf man ihm nicht etwa aus Mitleid Kleider zuwerfen, denn dies nimmt er übel.

Man glaubt aber auch, daß nicht ein jedes Schiff einen solchen Kalfater- oder Klabatermann habe, sondern daß nur einigen dieses Glück zuteil werde. Er selbst soll aber eigentlich die Seele eines Kindes sein, welches tot geboren oder doch vor der Taufe gestorben ist. Wenn solche Kinder in der Heide unter einem Baume begraben worden und von einem solchen Baume irgend etwas zu dem Baue des Schiffes verwendet worden ist, dann geht mit dem Holze die Seele des Kindes als Klabatermännchen in das Schiff hinüber. Es gibt übrigens auch Schiffer, welche sagen, daß ein Schiff, welches einen solchen Klabatermann bei sich trage, niemals untergehen könne.

174.

DAS WAFELN

An der Ost-See glauben die Leute den Schiffbruch, das Stranden, oftmals vorherzusehen, indem solche Schiffe vorher spukten, einige Tage oder Wochen, an dem Ort, wo sie verunglücken, bei Nachtzeit wie dunkle Luftgebilde erschienen, alle Teile des Schiffs, Rumpf, Tauwerk, Maste, Segeln in bloßem Feuer vorgestellt. Dies nennen sie *wafeln.*

Es wafeln auch Menschen, die ertrinken, Häuser, die abbrennen werden und Orte, die untergehen. Sonntags hört man noch unter dem Wasser die Glocken versunkener Städte klingen.

WEST- UND OSTPREUSSEN

175.

DAS SCHLOSS DER JUNGFRAUEN

Nördlich des Memelufers erstrecken sich fünf Bergrücken, jeder vom anderen durch eine tiefe Schlucht getrennt. Der mächtigste von ihnen heißt Kaukarus. Sein Name leitet sich von dem litauischen Berggott ab, der hier in erhabener Einsamkeit thronte. Sein Volk siedelte auf den niederen Bergen, und ihre Burgen nahmen sich aus wie Knechte, die sich zu Füßen ihres Herrn hinducken. Wo heute Eichenwälder rauschen oder gar nur wildes Gestrüpp wuchert, blühten einst liebliche Gärten. An steinernen Altären wurde dem Gott Kaukarus geopfert.

In dem Schloß der Jungfrauen, das der Wohnung des Gottes am nächsten war, bereiteten sich die Töchter der edlen Geschlechter auf ihre späteren Pflichten als Gattin vor. Es war dem Jüngling untersagt, sich einem Mädchen in dessen Elternhaus werbend zu nähern. Erst im Schloß der Jungfrauen wurden bei Spiel und Tanz die Bande für das Leben geknüpft, und es war der Sinn dieser wundersamen Einrichtung, daß alle heiratslustigen Jünglinge unter allen heiratsfähigen Mädchen des Landes ihre Auswahl treffen konnten. Solches hat es sonst nirgend gegeben und zu keiner Zeit, und nirgendwo waren die Ehen so glücklich wie in Litauen unter der Herrschaft des Gottkönigs Kaukarus.

Aber das Schönste auf Erden ist zugleich auch das Vergänglichste. Es drangen die Deutschritter über die Memel vor, und der Kraft, die ihnen ihr Glaube und ihr Volkstum verlieh, waren die der Schönheit und Zärtlichkeit ergebenen Kinder des Kaukarus nicht gewachsen. Ihre Burgen fielen eine nach der anderen unter dem Angriff der Ordensstreiter. Doch kam es zwischen ihnen und den Litauern nicht zur letzten Schlacht, es waren die Heerscharen eines Gottes, der noch über dem Kaukarus stand und den bis dahin niemand gekannt hatte, die sich aus den Wolken heraus auf die Söhne des Kaukarus stürzten, als diese sich zum Gefecht wider die Deutschritter sammelten. Es wollte dieser Gott den Deutschrittern den Triumph verwehren und den Litauern die Demütigung der Niederlage durch das Kreuz ersparen, darum übernahm er es, den alten Glauben und die alte Herrschaft selbst zu vernichten. Gepanzerte Reiter stürzten vom Himmel herab, und da die Söhne des Kaukarus nicht untergehen wollten, entspann sich um die fünf Bergrücken eine furchtbare Schlacht. Schauerlich hallte es in den Schluchten wider vom Aufeinanderprall der Waffen, vom Wiehern der Pferde, vom Wehgeschrei der Getroffenen. Kaukarus selber, zu dem sie bisher gebetet hatten, reihte sich ein in die Schar der Kämpfer, und aus dem Gott wurde ein Mensch wie sie.

Und wer weiß wie diese Schlacht geendet hätte, wenn dem übermächtigen Gott nicht eine unbegrenzte Zahl von Streitern zur Verfügung gestanden wäre? Denn wie Kaukarus einen Vorteil gewann, rief er sogleich neue Heerscharen herbei, um seine Linien zu ordnen. Da griff Kaukarus zum letzten Mittel, das ihm zur Verfügung stand. Er erweckte die Toten, die auf jenem der fünf Berge, der der Schwarze Berg hieß, ihren letzten Schlaf taten, zum Leben und so kam es, daß alle litauischen Ritter des Gottes Kaukarus, die lebendigen und die toten, diese letzte Schlacht ausfochten. Die Deutschritter hatten in der Ferne angehalten und beobachteten das grausige Geschehen und haben die Kunde davon der Nachwelt überliefert. Die Schlacht verlagerte sich von den Höhen auf eine Ebene, und heute noch wächst dort kein Halm und kein Baum.

Wie die Schlacht auf dem Blachfeld hin und her wogte, da sahen die Krieger des Kaukarus wie aus dem Schloß der Jungfrauen steile Flammen emporstiegen. Die Mädchen hatten es selbst angezündet und mit brennenden Gewändern, von Flammen umzüngelt, schritten sie dem Abgrund zu. In ihn stürzten sich die lebendigen Fackeln hinab. Wie ihre Väter und ihre Brüder dies sahen, ergaben sie sich in ihr Schicksal. Ihre Waffen wegwerfend, ließen sie sich einer nach dem anderen niedermachen. Was wollten sie noch ohne Frauen, die das Leben schön und ewig machen?

Jedes Jahr zur Johannisnacht wiederholt sich die Geisterschlacht am Kaukarus. Schon am Abend kann man die Bergrücken in unheimlichem Lichtschein erglühen sehen. Mit Einbruch der Nacht erhebt sich ein Brausen und Tosen. Und wer Augen für das Überirdische und Geisterhafte hat, dem bieten sich die flammenumzuckten Umrisse des Schlosses der Jungfrauen dar und er vermag ihre Bewohnerinnen zu erblicken, wie sie lebenden Fackeln gleich sich in den Abgrund stürzen.

176.

DAS WUNDER DER MARIENBURG

Als Sultan Saladin seinen Kampf gegen die Kreuzfahrer mit der Einnahme von Jerusalem und Akkon siegreich gekrönt hatte, gewährte er dem Deutschen Ritterorden freien Abzug, als Dank für die Samaritertätigkeit in seinen Hospitälern, in denen auch verwundete Sarazenen gesund gepflegt wurden. Ja, er gestattete den Deutschrittern sogar soviel mitzunehmen als sie tragen konnten. Diese ließen alle persönliche Habe zurück, um dafür die Steine des Ordenshauses aus Jerusalem in die Heimat bringen zu können, jenes Hauses, in dem einst der Herr Jesus Christus das letzte Abendmahl genommen und die Worte gesprochen hatte: »Tuet dies zu meinem Gedächtnis.«

Die Deutschritter brachten die Steine erst nach Marburg. Als dann Konrad von Masowien den Orden nach Preußen rief und ihm dort eine neue Aufgabe erwuchs, wanderten die Steine dorthin weiter. Aus ihnen wurde das feste Bollwerk an der Nogat, die Marienburg, errichtet. Dort regierten die Hochmeister, die nach und nach ganz Preußen ihrer Herrschaft zu unterwerfen wußten. Der Ruhm der Marienburg aber und vor allem seines Remters, des Versammlungsraumes der Ritter, strahlte über das ganze Abendland. Denn dieser Remter wurde als Wunderwerk bestaunt. Eine Decke mit zwölf Spitzbogen ruhte auf einem einzigen Pfeiler. In ihm sei das Wunder des Heiligen Landes für alle Zeiten eingemauert, sagten die Leute, denn zu seinem Bau waren nur Steine vom einstigen Ordenshaus in Jerusalem verwendet worden.

Alle Macht geht einmal zu Ende, und auch die Deutschritter mußten sich dem Gesetz von Aufstieg und Niedergang beugen. Zehn Jahre nach der Schlacht von Tannenberg erschienen die Polen vor der Marienburg, und in ihren Reihen kämpften auch viele Russen und Tataren. Die Belagerer dachten es sich einfach zu machen und mit einer einzigen Bleikugel den zart und filigran gleich einem Lilienstengel aufragenden Pfeiler zu zersplittern und damit den ganzen Mittelbau der Burg, das Herz des Widerstands, zum Einsturz zu bringen. Zuerst versuchte es ein russischer Arkebusier, doch er verfehlte sein Ziel und erblindete danach. Des Königs Büchsenspanner verlachte ihn und gab den zweiten Schuß ab, doch da zersprang der Lauf, die Splitter flogen weit umher und töteten einige vornehme Herren, darunter jenen Tatarenhauptmann, der dem Hochmeister Ulrich von Jungingen in der Schlacht den Kopf abgeschlagen hatte. Tatarenkrieger rissen den Büchsenspanner des Königs in Stücke. Nach schweren Kämpfen fiel die Marienburg vollkommen verwüstet in die Hände der Angreifer. Den Remter aber fanden sie unversehrt vor.

Wieder aufgebaut, wechselte die Marienburg im Laufe der Jahrhunderte mehrfach den Besitzer und wurde im letzten Krieg wiederum vollständig zerstört – nur mit Ausnahme des Remters, der Bomben und Granaten heil überstanden hatte und weiter in makelloser Schönheit erstrahlt. Es ist wirklich als ob ein Wunder in ihm eingemauert wäre. Die neuen Herren haben die Marienburg aus den Ruinen neu erstehen lassen, nur am Remter brauchte kein Handgriff getan zu werden. Er ist ewig.

177.

DER WERWOLF AM BAUMSTUMPF

Im Dorfe M. in Masuren lebte ein Mann, der hatte von seinem Vater die Macht geerbt, sich nachts heimlich in einen Wolf zu verwandeln. Deshalb wurde er in der Umgebung auch Werwolf genannt. Es wagte aber niemand in der Gegenwart des Mannes von dieser Sache zu sprechen, da er dann für seine Herde fürchten mußte. Im nahen Walde stand ein Baumstumpf, der Überrest einer vom Blitz zerstörten Fichte. Sobald den Bauern die reißende Wut überkam, schlich er von seinem Hof in den Wald und rollte über jenen Baumstumpf. Dabei sprach er die geheimgehaltenen Zauberworte, die sein Vater ihm auf dem Sterbebett ins Ohr geflüstert hatte, und schon trabte er als Wolf weiter. Hatte er seinen Blutdurst in den Herden der Nachbarn, denen er feindlich gesinnt war, gestillt, so kehrte er zu jenem Ort zurück, überschlug sich rückwärts über den Baumstumpf und war wieder Mensch. Nur der stiere Blick und geronnenes Blut an Lippen und Bart ließen erkennen, daß er in der Nacht als Wolf auf Raub ausgewesen war.

178.

DIE KUNST, MIT MAHREN UMZUGEHEN

Nachtalben gibt es überall, aber in Ostpreußen trifft man sie besonders häufig an. Sie heißen dort Mahren und sind junge Mädchen, die, von Hexen verzaubert, in der Nacht zu ganz kleinen Wesen zusammenschrumpfen, dann durch einen Mauerspalt oder ein Schlüsselloch in die Zimmer schlafender Menschen eindringen und sich ihnen auf die Brust setzen. Die Schläfer werden dann von furchtbaren Träumen geplagt. Meist erfolgt die Behexung in der Wiege. Schlimme Gevatterinnen, die heimlich das Hexenhandwerk betreiben, sprechen die Verwünschung aus, wenn die Taufe vollzogen wird. Doch gilt die Verwünschung nur für den Namen, den das Kind bei der Taufe erhält. Entdeckt jemand von einem Mädchen, daß es eine Mahr ist, dann braucht es nur auf einen anderen Namen umgetauft zu werden und es ist erlöst. Selbst dürfen sich die Mahren nie entdecken, sie müssen von den Schläfern überrascht und festgehalten werden. Das ist oft gar nicht so leicht, denn die Mahr ist meist schon fortgeflogen, wenn dem furchtbaren Traum ein qualvolles Erwachen folgt. Doch wem es gelingt eine Mahr zu erlösen, der kann sich kein besseres Eheweib wünschen.

Einem Schustergesellen in Angerburg gelang es einmal eine Mahr zu fassen, die als Strohhalm auf seiner Brust lag. Er legte den Halm in eine Schublade und wurde am Morgen von einem Mädchen geweckt, dem er immer die Schuhe besohlt hatte. Er führte die Jungfrau sofort in die Kirche, und als sie zugab, eine Mahr zu sein, und ihren bei der Taufe empfangenen Namen nannte, vollzog der Pfarrer sogleich die Umtaufe. Der Schustergeselle heiratete sie und wurde sehr glücklich.

Nicht weit davon waren gar die drei Töchter eines Gastwirts zu Mahren gemacht worden. Ein Wanderbursche, der in der Herberge übernachtete, hörte, als er noch vor Morgengrauen erwachte, wie sich die drei Mädchen im Nebenzimmer ihr Leid klagten. Er konnte daraus entnehmen, daß sie die ganze Nacht als Mahren unterwegs gewesen waren. Der Wanderbursch berichtete dem Gastwirt von seiner Entdeckung, und dieser ließ seine drei Töchter umtaufen.

Zwei Knechte schliefen zusammen in einer Kammer, und einer von ihnen wurde oft von einer Mahr heimgesucht. Einmal erwachte er, während sie ihn noch plagte, und er rief seinem Kameraden zu: »Faß die Mahr auf meiner Brust... schnell, schnell.« Geschwind sprang der aus dem Bett, griff an die Brust des andern Knechts und hatte einen Strohhalm in der

Hand, der sich verzweifelt hin und her wand, um zu entkommen. Der Heimgesuchte erinnerte sich an das Erlebnis des Schustergesellen in Angerburg und bat den Kameraden, den Strohhalm in die Tischlade zu legen. Am nächsten Morgen nahm er ihn heraus und aus dem Halm wurde ein wunderschönes junges Mädchen. Beide wollten sie gleich zur Frau nehmen. Jeder glaubte mehr Recht auf das Mägdlein zu haben. Der eine, weil es ihn als Mahr heimgesucht, der andere, weil er es gefangen hatte. Aber schließlich ließ sich dieser doch davon überzeugen, daß die Mahr zu jenem mehr Zuneigung empfinden würde, den sie so oft nächtlich besuchte. Der heiratslustige Knecht aber wußte Rat. Er würde dem Pfarrer einen falschen Namen nennen und das Astloch in der Tür verstopfen, durch das sie schlüpfte, wenn sie ihn besuchte. Denn ein Mädchen oder eine Frau, die eine Mahr ist, mag sich noch so viel in Freiheit bewegen, mag zur Kirche gehen oder über Land wandern, ihre nächtliche Gestalt kann sie nicht wieder annehmen, wenn sie nicht ein zweites Mal das Schlupfloch benützt, das ihr bei ihrem Erscheinen als Zutritt diente. Es mag Jahre dauern, bis sie es findet, aber sie wird es immer suchen, denn der Trieb, wieder eine Mahr zu werden, ist unwiderstehlich. Diesen Plan führte er aus, heiratete und verstopfte das Astloch so gut, daß es überhaupt nicht zu entdecken war. Die Ehe wurde sehr glücklich. Der Knecht blieb am Hof des reichen Bauern, der ihn für seine braven Dienste von Jahr zu Jahr besser entlohnte. Kinder kamen und verschönten das Leben des Paares. Die Frau war lieb, und alle hatten sie gern, niemand merkte ihr etwas an von ihrem früheren Leben, nur dem Ehemann fiel auf, daß sie bisweilen in langes, tiefes Nachdenken versank. Da geschah es nun einmal, daß die Kinder beim Spielen an das Werg gerieten, mit denen das Astloch in der Tür verstopft und unsichtbar gemacht worden war. Sie zogen es heraus und verstreuten das Werg auf dem Boden. Bald darauf kam die Mutter ins Zimmer und entdeckte, was geschehen war. Sie sagte nichts, reinigte den Raum von den umherliegenden Strähnen, so daß der Mann, als er vom Feld kam, nichts bemerkte. In der folgenden Nacht flog die Mahr aus dem Haus, in dem sie so viele Jahre so glücklich gelebt hatte. Sie ist nie mehr wiedergekommen.

179.

DER SECHSTE AM GALGEN

In Angerburg war ein Meisterdieb am Werk, den man lange nicht fangen konnte. Einmal aber hängte er ein Paar Krücken auf einen Baum und bat, als lahmer Bettler auftretend, einen vorbeireitenden Pfarrer, ihm die Krücken herunterzuholen. Der Teufel habe sie ihm entrissen und in die Zweige geworfen. Der Pfarrer durfte die Bitte nicht abschlagen, saß ab und mühte sich am Baum, indes sich der Meisterdieb in den Sattel schwang und höhnisch lachend davonritt. Da war aber nun das Faß übergelaufen. Der Vogt bot alles auf, den Burschen zu fassen, und schließlich gelang es ihm auch. Mit vier anderen Spitzbuben, die im Turm einsaßen, wurde er auf einen extra großen Galgen gehängt. Die Leichname wurden zur Abschrekkung nicht abgenommen. Da kamen nun ein paar Edelleute am Schindanger vorbei, und einer von ihnen, der allzuviel Wein getrunken hatte, nahm seinen Hut ab und schwenkte ihn gegen die armen Sünder, die da mit lang gewordenen Hälsen am Galgenholz baumelten. »Der erste da, dessen Augen so verdreht sind, ist der berühmte Meisterdieb«, lallte er, »sei mir gegrüßt, du Meister deines Berufes, eigentlich ist es schade, daß du so jung sterben mußtest. Ich lade dich ein, du Galgenvogel, mich mit deinen vier Brüdern zu besuchen. Auf ein gutes Essen und einen feinen Trunk kannst du bei mir zählen.« Die Gesellschaft brach in ein lautes Gelächter aus und ritt weiter.

Am anderen Morgen, als der Edelmann noch immer schwer vom Wein im Bett lag, klopfte es an dem Tor, und die fünf Gehenkten, den Strick um den Hals, begehrten Einlaß. Die Frau lief verstört zu ihrem Mann und berichtete ihm, daß da fünf seltsame Gesellen mit einem Strick um den Hals sich auf eine Einladung unter dem Galgen beriefen. Dem Edelmann war etwas grausig zumute, aber er bewirtete die armen Sünder so, wie er es versprochen hatte. Es ging schweigsam zu bei dem Mahl, und als es vorüber war, erhob sich der Meisterdieb und sprach: »Wir danken Euch, edler Junker, für die Bewirtung und künden Euch, daß wir in genau vier Wochen wieder ein Holz miteinander teilen werden, so wie wir jetzt den Tisch miteinander teilten.«

Der Edelmann nahm die Prophezeiung nicht auf die leichte Schulter, obgleich ihm seine Frau und seine Freunde die Ängste auszureden suchten. Er verließ sein Haus während vier Wochen nicht, bat auch ständig Gäste zu sich, um Hilfe bei Gefahr in seiner Nähe zu haben. Am Abend des letzten Tages der von den Gehenkten gesetzten Frist ritt er, als es zu dunkeln begann, aus. Er dachte, mit dem Einbruch der Nacht sei die Prophezeiung erloschen. Das Schicksal wollte es, daß eben zu dieser Zeit der Komtur des Ritterordens Jagd auf einen Mörder machte und ihn in den Wäldern vermutete, in dem der Edelmann nach vierwöchiger freiwilliger Gefangenschaft etwas frische Luft zu schöpfen gedachte. Die Knechte des Komturs glaubten in dem Edelmann den Mörder vor sich zu haben, als sie ihm in der Dunkelheit begegneten. Sie versuchten ihn festzunehmen, doch der Edelmann setzte sich zur Wehr und stach einen Knecht nieder. Nun war auch der Komtur herangekommen, und als er den erstochenen Knecht sah, war er überzeugt, daß es ihm gelungen war, den Mörder zu stellen. Er warf sich über ihn, und mit Hilfe seiner Knechte vermochte er den Edelmann zu überwältigen. Der Komtur wollte ein Exempel statuieren und befahl, den Edelmann sofort zum Galgen zu bringen und neben den dort schon baumelnden Gehenkten aufzuknüpfen. Vergebens versuchte der Edelmann das Mißverständnis aufzuklären, der Komtur dünkte sich seiner Sache so sicher und war so in Wut, daß ihn alles Bitten nicht bewegen konnte, den Befehl zurückzunehmen. So mußte der Edelmann als sechster neben den fünf Gehenkten am Galgenholze baumeln.

180.

DER TOPICH VON MASUREN

In Masuren ist der Topich zu Haus, ein gefährlicher Wasserneck. Er wurde im Marxhöfer- und Groß-Gablitzersee beobachtet, auch im Maurersee ist er schon aufgetaucht. Darum behaupteten manche, es sei nicht immer der gleiche Topich, der da sein Unwesen treibe, sondern es gäbe in jedem masurischen See einen. Die nur an einen Topich glauben, können für sich ins Treffen führen, daß man den Wasserneck überall nur in der gleichen Gestalt gesehen habe. Er ist nicht größer als ein fünfjähriger Junge, trägt ein rotes Käppchen über dem Ohr, und wenn er aus dem Wasser springt, ruft er: »Die Stunde ist nah, das Opfer nicht da.« Damit zieht er einen, dem es vorbestimmt ist, dem Topich ins Garn zu gehen, unwiderstehlich zum Wasser hin. Der gleiche Zwang treibt ihn dann dazu, die rote Mütze des Neck zu berühren, die dieser an ein Ufergebüsch gehängt hat. Dann geht alles blitzschnell. Die Berührung raubt dem Opfer die Widerstandskraft, und der aus der Tiefe auftauchende Topich hat keine Mühe mehr, es zu überwältigen und mit sich hinab zu nehmen auf den Seegrund. Dem Topich ist nämlich vom Herrn der Geister ein kurzes Leben zugemessen. Er kann es nur verlängern, wenn er das Herzblut irdischer Menschen trinkt. Es muß aber ein starkes, gesundes Blut sein. Darum verschmäht der Topich die Alten. Sie sind die einzigen, die vor ihm sicher sind.

181.

DIE IRRBERGE BEI NEIDENBURG

Die Mainagóri (Laub auf dem Berg) oder Irrberge, nicht weit von den Goldbergen gelegen, sollen ihren deutschen Namen von folgender Begebenheit erhalten haben.

Die Kriegsnot des Jahres 1807 trieb die Bewohner Wallendorfs und anderer benachbarter Dörfer in die Mainagóri. Es herrschte aber in der ganzen Gegend große Hungersnot. Da fand ein Mädchen am Fuß der genannten Berge eine möhrenartige genießbare Wurzel und stillte ihren Hunger. Ihr Beispiel machte die anderen aufmerksam, alles suchte nach der Wurzel und je mehr Leute danach suchten, je mehr fanden sie davon. Wer von dieser Wurzel gegessen hatte, vergaß Not und Sorgen, aber – er fand auch nicht den Ausweg aus den Bergen nach Hause. Die aus dem Wald kamen, sahen wohl ihre Wohnungen und ihr Feld, aber bei jedem Versuch, sie zu erreichen, gingen sie irre. So irrten sie in den Bergen tagelang, bis sie endlich zuerst in fremde Dörfer in der Nachbarschaft, dann von diesen auf weiten Umwegen nach Hause gelangten.

182.

DIE HEXEN AUF DEM KADDIGSBERGE

Auf dem Kaddigsberge, der am Wege von Heiligenbeil nach Deutsch Bahnau liegt, versammelten sich in alten Zeiten in der Walpurgisnacht die Hexen. Sie hatten dann auf dem Berge ein großes Feuer und kochten ihr Mahl. Davon aßen sie mit den Teufeln zusammen. Danach ritten die Hexen auf Besenstielen und Feuerzangen durch die Luft, und jeder, der in der Walpurgisnacht am Kaddigsberg vorbeiging, wurde von den

Hexen getötet. Einmal ist aber ein mutiger Knecht in der Walpurgisnacht auf den Berg gestiegen und hat die Hexen mit einem Strick an einen Baum gebunden, worauf sie alle verbrannt wurden.

183.

GUSTAV ADOLFS DEMUT

Der Schwedenkönig hatte die Bewohner von Polen, Rußland und Ostpreußen besiegt. Viele Ortschaften, wie Hagenau, Wiese und Paradies, hatte er vernichtet, so auch die Kirche in Hagenau – eben die Kirche vom Kirchberg –, die in Wiese und Mohrungen. Die Bewohner von Hagenau flüchteten und gründeten das heutige Hagenau. Als der Schwedenkönig seinen Mut an keinem anderen Volk mehr erproben konnte, wollte er Gott besiegen. Nun ließ Gott so lange Unwetter über das Heer des Schwedenkönigs kommen, bis das ganze Heer außer drei Generälen vernichtet war. Da erkannte der Schwedenkönig seine Ohnmacht. Er kniete nieder und stach seinen Degen in die Erde und sprach: »Herr, ich habe gesündigt in den Himmeln und vor dir.«

184.

DAS BLUTENDE CHRISTUSBILD

Zur Zeit der Schwedenkriege hat ein feindlicher Soldat nach einem Bilde geschossen, auf dem sich der gekreuzigte Heiland befand und das an einer Weide an der Passarge hing. Es floß Blut aus drei Öffnungen. Ein Offizier, der sich davon überzeugt hatte, daß wirkliches Blut aus den drei Schußwunden floß, hat den Soldaten erschießen lassen. Über dem Bilde ist später die Kreuzkirche errichtet worden.

In der Mohrunger evangelischen Kirche befindet sich ein Kruzifix, als man das einmal zerkleinern wollte, floß Blut daraus.

185.

DER SCHUSS IN DEN HIMMEL

Da war ein Besitzer hinter Dt. Eylau, der war steinreich. Drei große Güter soll er gehabt haben. Der hat sich geärgert, wie all der Regen kam. Er konnte doch wohl nicht einernten. Und da geht er aufs Feld und wird den lieben Gott totschießen. Er schoß mit dem Revolver, der dreimal geladen war, in den Himmel hinein! Und gerad' wie er schoß, kam ein großes Gewitter, und es fing an zu donnern und zu blitzen. Da blieb der Mann gleich stehen, so wie er war, wie von Stein. Bloß die Augen sind wie aus Glas und klappen immer auf und zu. Wo er hingeschossen hatte, blieb aber am Himmel ein schwarzer Fleck. Nun schrieben sie an den Kaiser, was sie mit dem versteinerten Mann machen sollten. Da schrieb der Kaiser, sie sollten ihn begraben. Das ging aber nicht. Denn sie hatten sechs Pferde vorgespannt, und die kriegten ihn nicht von der Stelle. Er war nämlich halb in die Erde hineingesunken, daß er nur noch halb zu sehen ist, und da war er wie festgeklebt und festgenagelt! Da schrieben sie noch einmal an den Kaiser, was sie tun sollten. Sie wollten nämlich ein Gitter herumsetzen, daß es aussieht, wie ein hübsches Denkmal! Darauf antwortete der Kaiser: »Das wird nicht erlaubt, ein Gitter zu setzen. Und wenn der Mann Gott so gelästert hat, braucht er auch nicht begraben zu werden. Er soll ruhig stehen bleiben, wie er steht, daß ihn jeder sehen kann, zum Zeichen für seine Gotteslästerung.« Nun fahren viele Leute (oder ›gehen sie alle‹) hin und sehen ihn sich an. Und die Geschichte ist ganz gewiß wahr, denn meiner Schwägerin ihr Sohn kennt den Herrn. Auch die Leute auf der Kolonie wissen es schon alle, und die kennen ihn auch alle, und sie wissen auch alle, wie er heißt. Auch die Schulkinder hier in Osterode wissen es alle, und wenn die Kinder schon alle es wissen, muß doch was Wahres dran sein. In die Blätter kommt es nicht, denn die Angehörigen wollen nicht haben, daß es 'rauskommt.

186.

DER JUNKER MIT DEM HASENHERZ

An der Weichsel, dort wo später Bromberg entstand, lebte einst ein Edelmann, der weithin berühmt war für seine Tapferkeit, aber auch berüchtigt für seine erbarmungslose Härte. Als er sich auf einer Insel des Stroms eine Burg erbauen ließ, mußten alle Männer auf ihren Lehen ringsum Frondienst leisten, bei schlechter Kost und harter Arbeit wurden aber viele von Krankheit befallen und vom Tod dahingerafft. So erging es auch einem Jäger, den der Junker aus seinem Häuschen im Walde fortgeschleppt und unter seine Fronknechte eingereiht hatte. Ein Fußfall seines Weibes hatte dem hartherzigen Edelmann nur ein höhnisches Lachen und die abweisenden Worte »ich entlasse keinen, ehe die Burg nicht steht« entlockt. Dieser Jäger starb auch nach kurzer Zeit.

Die Frau, die durch ihr Leben im Walde mit den Geheimnissen der Natur und manchem Zauber vertraut geworden war, schwor furchtbare Rache. Als sie ihren Mann beerdigte, begegnete sie dem Edelmann und meinte mit scheinheiligem Augenaufschlag, ihr Mann sei nun erlöst, wenn er jetzt unter den himmlischen Heerscharen weilt, so verdanke er dies seinem harten Fronherrn, denn ohne Prüfung und Leid sei uns allen das Paradies verschlossen.

Dem Junker gefiel diese Rede, und er forderte die Frau auf, in seine Dienste zu treten, da sie ja doch nicht allein im Walde bleiben könne. Sie willigte ein, und bald ergab sich die Gelegenheit, ihren Herrn zu fragen, was er am meisten liebe. »Mein tapferes Herz«, erwiderte stolz der Edelmann, »ja mein tapferes Herz, das liebe ich am meisten. Oh, welche Freude bereitet es mir, wider den Feind anzustürmen, überall um mich her Zittern und Bangen zu verbreiten und nur mich selber furchtlos zu wissen wie ein Löwe!«

Die Frau dachte bei sich: »Wie gut, daß du mir verraten hast, wo ich dich am tiefsten verwunden kann, du Teufel.« Und sie beschloß, dem Mann, der für sie der Mörder ihres Gatten war, ein Hasenherz einzusetzen. In der Nacht schlich sie sich in sein Schlafgemach mit einem Hasenherz in der einen und einem Zaubermesser in der anderen Hand. Sie öffnete ihm die Brust, nahm sein Herz heraus und setzte ihm dafür das Hasenherz ein.

Als der Edelmann am nächsten Morgen erwachte, merkte er, daß eine furchtbare Veränderung mit ihm vorgegangen war. Schon eine Fliege, die um seine Nase summte, erschreckte ihn bis in sein tiefstes Inneres. Er malte sich aus, daß die langen Beine des Brummers Fangarme sein könnten und der kleine Rüssel ein giftiger Stachel. In seiner Vorstellung wuchs die kleine Fliege zu einem riesigen Tier, Glotzaugen schienen ihn anzuglühen wie Feuerräder. Ängstlich verkroch er sich unter die Decke. Dort jagte ihn ein Getöse auf, von dem er glaubte, die Hölle verkündete mit wilden Trompetenstößen den Beginn ihrer Herrschaft. In Wahrheit waren es die Bauleute, die ihr Tagewerk begannen. Aber wie erbebte er erst, als wie gewohnt ein Knecht in das Zimmer trat, um ihm in Wams und Stiefel zu helfen. »Ein Mörder, ein Mörder«, rief er.

Die Kunde von der Verwandlung des tapferen Junkers in einen Feigling verbreitete sich bei seinen Feinden, und sie rückten heran, um die günstige Gelegenheit zur Eroberung der Burg zu nützen. Die Knechte hielten es für das beste, die Feinde glauben zu lassen, daß die Geschichte mit dem Hasenherz nur ein Märchen sei, und sie gürteten ihren Herrn für den Kampf, setzten den Widerstrebenden auf ein Pferd und stellten sich vor der Burg dem Gegner. Aber wie der Junker der anrückenden Feinde ansichtig wurde, packte ihn wieder diese entsetzliche Angst. Er saß ab und rannte hakenschlagend wie Meister Lampe zurück zur Burg. Dort streifte ein mückensuchendes Schwälbchen seine Stirn. »Oh weh«, rief er aus, »ich wurde von einer Kugel getroffen.« Dann sank er tot zu Boden.

187.

VERBANNUNG INS HOHE HOLZ

Vor mehreren hundert Jahren lebte in Frauenburg ein Bürgermeister namens Lichtan. Er hatte in seinem Leben manches Unrecht getan und starb plötzlich, ohne es gutgemacht zu haben. Bald ging er in den Gebäuden, die er gebaut hatte, um. Da wandten sich seine Angehörigen zu einem Priester, damit er die Gebäude ausweihe und für die Ruhe des Verstorbenen bete. Doch es half nichts. Da sind sie zum Bischof gegangen, um die Genehmigung zu erlangen, den Lichtan zu verbannen. Der Bischof bestellte einen Geistlichen. Der stieg in eine Kutsche mit vier schwarzen Pferden und fuhr betend nach dem Hohen Holz in der Gegend von Rosenort. Der Geistliche hatte zum Kutscher gesagt, er solle an einer bestimmten Stelle halten und hier nur eine bestimmte Zeit warten; wenn er bis dahin nicht zurück sei, werde er nie wiederkommen. In der Gegend der Lankauer Berge stieg der Geistliche aus und ging dem Hohen Holz zu. Der Kutscher hat lange Zeit auf seinen Herrn gewartet. Er wollte schon abfahren, wie der

Geistliche gesagt hatte, um sich über die Grenze zu retten. Da ist der Geistliche doch noch zurückgekommen, sehr eilig und schweißtriefend. Nachher hat er oft erzählt, wie er im Hohen Holz mit dem Bösen zu kämpfen gehabt habe. Der Teufel hätte ihm vorgehalten, daß er in seiner Jugend einen Zwieback gestohlen habe. Der Geistliche habe gesagt: »Das ist damals wohl unüberlegt in meiner Jugend geschehen.« Und lange noch hatte er gestritten und gebetet, aber schließlich den Teufel doch überwältigt. Nun gebot er dem Kutscher, nach Hause zu fahren, so schnell die Pferde laufen konnten, sich aber nicht umzusehen. Erst als sie über die Grenze waren, hat der Geistliche gesagt: »Gott sei Dank! Jetzt kannst du langsamer fahren, die Gefahr ist vorüber.« Der Spuk hat jedoch den Wagen noch weiter verfolgt. Der Pfarrer hat den Kutscher nämlich nach einer Weile gefragt: »Was siehst du hinter der Kutsche nachkommen?« Und der Kutscher hat geantwortet: »Herr, einen schwarzen Hund.« Der Geistliche hat weiter gebetet und zum zweitenmal die gleiche Frage gestellt und zur Antwort bekommen: »Herr, ein rollendes Bund Erbsenstroh.« Beim dritten Male aber hat er geantwortet: »Herr, ein helles Feuer!« Und dann sind sie glücklich in der Stadt gewesen. Seit jenem Tage ist Lichtan verbannt gewesen und nie mehr gesehen worden.

188.

DIE STILLE FRAU

In Heiligelinde hat eine Frau gewohnt, mit der hat keiner Freundschaft halten wollen. Aber keiner hat ihr was Böses nachsagen können. Sie ist immer still und fleißig bei der Arbeit gewesen, nur manchmal, dann hat sie eine Wut bekommen, daß sie mit den Zähnen geknirscht hat. Und da haben die andern ein Grauen vor ihr gehabt. Dann ist sie in den Wald gelaufen, und wenn sie wiederkam, hat sie geweint und für zwei gearbeitet. Einmal sind die Frauen alle zum Getreidebinden aufs Feld gegangen. Und eine hat ihr kleines Kind mitgehabt und hat es hinter eine Hecke gelegt. Aber sie hat immer auf die stille Frau sehen müssen, die hat immer gearbeitet und kein Wort geredet, aber manchmal hat sie nach dem Kinde gesehen, und dann ist die Wut in ihren Augen gewesen. Und dann ist sie in den Wald gelaufen. Da ist die Mutter froh gewesen, daß sie weg war; aber die Angst hat ihr doch keine Ruhe gelassen. Da haben sie gesehen, wie ein Wolf aus dem Wald kam und zu dem Kinde lief, und ein Mann hat ihn mit der Sense getroffen. Der

Wolf hat geschrieen wie ein Mensch und ist in den Wald zurückgesprungen. Und wie sie ihm nachgelaufen sind, da haben sie die stille Frau tot liegen gefunden. Und wie sie ihr die Kleider ausgezogen haben, da haben sie gesehen, daß sie einen kleinen Wolfszagel hatte. Da ist es offenbar geworden, daß die Frau ein Werwolf gewesen ist.

189.

DIE SCHWARZKÜNSTLERIN UND DER TEUFEL

Das ist noch nicht so lange her, da wurden einem Bauern aus Spieglowken zwei Pferde aus dem Weidegarten gestohlen, und der Nachbar kam und sagte: »Mensch, geh nach Rößel zur Schwarzkünstlerin, die wird dir sagen, wo deine Pferde sind.« Und der Bauer ging nach Rößel zu der Frau. Und wie er in der Stube war, da wurde ihm so angst. Und die Schwarzkünstlerin schrie: »Caspar, Caspar!« Aber alles blieb still. Und die Frau sagte zum Bauern: »Geh weg und komm auf den Abend wieder, ich werde noch einmal fragen, wenn es dunkel wird. Er will dich nicht sehen.« Und der Bauer ging, aber er blieb auf dem Hof und versteckte sich auf einem Schuppen. Und als es nun dunkel wurde, da kam die Frau vor die Tür und schrie wieder: »Caspar, Caspar!« Und da kam ER. Und sie frug ihn, wo die Pferde wären, und wie sie das gehört hatte, da sagte sie: »Was soll ich nun verlangen?« Und er sagte: »Was willst du verlangen, der Bauer huckt auf dem Schoppen und hat alles gehört.« Da schrie die Frau: »Erwürg ihn, erwürg ihn!« Aber ER sagte: »Wie soll ich ihn erwürgen? Er liegt unterm Querbalken und hat ein Abendmahlshemd an.« Und er verschwand. Und der Bauer kroch vom Schuppen runter und zitterte und ging nach Hause. Nun wußte er, wo seine Pferde waren, aber er hat sich nicht getraut, sie zu holen. Und er hat keinem Menschen etwas erzählt als bloß seiner Frau, und die hat es der Nabersche erzählt.

190.

DER KAMSVIKUS

Der Kamsvikus ist eine mit wildem Gestrüpp bedeckte Hügelkuppe bei Insterburg. Dort geht es toll zu in dunklen Nächten. Ein schwarzer Gepard jagt eine Kuh mit feurigen Hörnern und das geht immer rundum und rundum dicht unter dem Gipfel und wer den Tiergespenstern in den Weg gerät, der muß sein Leben lassen. Manch einem ist das schon so ergangen, der auf dem Kamsvikus nach vergrabenem Gold schürfte.

Gepard und feurige Kuh waren einst einmal der Heidenfürst Kamsvikus und seine Gemahlin gewesen und hatten es schlimm, sehr schlimm getrieben. Der Fürst gab sich als ein furchtbarer Wüterich. Von seinen Raubzügen in christliches Land brachte er viel Beute mit, Goldschätze und auch Gefangene, Jünglinge und Jungfrauen, die er den Göttern opferte. Sein Weib heuchelte die Hilfsbereite, brachte den Armen und Kranken Arzneien und Nahrung in ihre Hütten, war aber alles nur Schein und Trug und in ihrem Herzen war sie dem Wüterich ein würdiges Gemahl.

Gott allein weiß, wie es kam, daß diesem Höllenpaar ein Sohn geboren wurde, gesegnet mit der Gnade der Güte, Barmherzigkeit und Milde. Er hatte von dem Christenglauben gehört, der sich um das Reich seines Vaters auszubreiten begann, von Klöstern und von Mönchen auch, die als Einsiedler im Walde lebten, Vorposten gleich einer himmlischen Macht, die sich langsam an den Kamsvikus heranschob. Medus hieß der Jüngling, der dazu ausersehen war, die letzte Heidenfeste im Land zwischen Pregel und Memel zu zerstören – nicht durch Feuer und Schwert, sondern durch die Tugenden des neuen Glaubens. Medus lernte nämlich bei einem Streifzug durch die väterlichen Wälder einen solchen Einsiedler kennen und freundete sich mit ihm an. Seinen Eltern verriet er aber nichts davon, aus Angst, sie würden den Mönch töten lassen. Aber dem Mutterauge blieb die Veränderung im Wesen des Sohnes nicht verborgen, und sie ließ nicht nach, in ihn zu dringen, was es sei, das solchen Glanz in seinen Augen und solche Sanftmut in seinem Benehmen bewirkt habe. Da gab er denn das Geheimnis preis, freilich nicht ohne eine Bedingung daran zu knüpfen. Die Mutter mußte ihm versprechen, den Vater zu bewegen von seinem wüsten Treiben abzulassen. Medus war glücklich als die Mutter es ihm zusagte. In welch grausamer Weise sie ihr Versprechen einzulösen gedachte, das konnte er nicht ahnen, da ihm seine Mutter bisher ja als das Gegenteil von seinem Vater erschienen war. Die Gelegenheit ergab sich, als sich Kamsvikus bei einem Festgelage sinnlos berauscht hatte. Da ließ sie ihn von den Knechten greifen und im Burgverlies lebendig einmauern. Tagelang noch hörte man das verzweifelte Schreien des zum Tode Bestimmten, bis es endlich verstummte.

So hatte es Medus nicht gewollt! Vergebens waren seine Bitten gewesen, den Vater doch noch das Tageslicht schauen zu lassen, aber heuchlerisch erwiderte die Heidenfürstin, an ihrem Gemahl sei nichts mehr zu bessern, er habe diesen Tod verdient. Er rang um Erleuchtung, was er nun tun solle, denn noch traute er der Mutter keine böse Tat zu, sondern dachte, sie habe den neuen Glauben, von dem sie gehört hatte, zu inbrünstig in sich aufgenommen und sei entschlossen mit dem Tod zu bestrafen, wer dem alten anhänge. Schließlich glaubte er, nur in der Waldklause bei dem Einsiedler Frieden finden zu können, und er bat um Erlaubnis, dorthin aufbrechen zu dürfen. Die Heidenfürstin wehrte es ihm nicht. Als aber Medus nach drei Tagen in der Klause ankam, fand er sie dem Erdboden gleichgemacht und den Mönch als Toten zwischen den Trümmern liegen. Die Mordbuben der Heidenfürstin waren schneller gewesen als er! Er hatte alles verloren, die Eltern und den Freund und, um die schrecklichen Frevel zu sühnen, nahm er von dieser Stunde an keine Nahrung mehr zu sich. Im gleichen Augenblick aber, da er seinen Geist aufgab, zerstörte ein Blitzstrahl die Heidenburg, und ein Fluch ließ den Kamsvikus als schwarzer Gepard wiederauferstehen und verdammte seine Frau, die Gestalt einer Kuh mit feurigen Hörnern anzunehmen, auf Ewigkeit von der Raubkatze verfolgt. Der Fluch, so sagen die Leute, sei noch von den alten Göttern auf sie herabgesandt worden, als Strafe dafür, daß ihr Name durch die beiden Wüteriche geschändet worden war. Die Neunmalklugen aber, die an keine Gespenster und übernatürlichen Dinge glauben, die meinen zu wissen, was da am Kamsvikus in manchen Nächten aufblitze; ein Elmsfeuer sei es, elektrische Lichtbündel bei Gewitterluft, um spitze Gegenstände zuckend, und wenn auch Kirchtürme und Masten der Schiffe ihre beliebten Erscheinungsorte sind, warum soll's nicht gelegentlich am Kamsvikus um ein Kuhgehörn funken.

191.

DAS GESPENSTERHAUS VON DANZIG

In Danzigs vornehmster Straße, der Langengasse, stand lange Zeit hindurch ein halbfertiges Haus, an dem die große Menge von Spaziergängern und Einkaufslustigen, die von früh bis abends hier unterwegs war, nur scheu vorüberhastete. Es war verbürgt, daß jeder, der es wagte, in diesem Haus eine Nacht zuzubringen, am Morgen eine Geldbörse mit Dukaten an seinem Bett vorfand, aber daß er auch viel an Schrecken durchzumachen hätte. Doch niemand, der sie erlebt und, mit Dukaten belohnt, sich wieder des Morgenlichts erfreuen durfte, war bereit, das Geheimnis des Hauses preiszugeben.

Da kam einmal ein junger Seemann nach Danzig, ein flotter Bursche vom Rhein, der in einer einzigen Nacht seine ganze Heuer verspielte und die war nicht zu gering, denn er hatte eine Weltreise hinter sich. Da überfiel ihn großer Kummer. Zu Hause wartete eine Braut, und mit dem Geld hätte ein Häuschen gebaut werden sollen. Da tröstete ihn einer der Kumpel, die ihm das Geld abgeknöpft hatten: »Leg dich doch eine Nacht ins Geisterhaus schlafen, da kriegst du mehr dafür, als du verspielt hast.« Der Matrose war, als man ihm Genaueres berichtete, Feuer und Flamme für die Sache und holte sich im Rathaus den Schlüssel zum Gespensterhaus. Die Warnungen des Ratsschreibers schlug er in den Wind.

Mit einem Windlicht ausgerüstet begab er sich abends zu dem Haus, das leicht zu finden war, weil der Dachstuhl fehlte und der Beischlag, der Vorbau, erst bis zur halben Höhe gewachsen war. Unheimlich war es schon in den mit Spinnweben überzogenen Zimmern, in denen in allen Ecken Mäuse und Ratten raschelten. Aber beherzt nach Art eines Matrosen, der die Stürme auf dem Atlantik kannte und karibischen Seeräubern getrotzt hatte, reinigte er das Bett im Schlafzimmer von fingerdicker Staubschicht, stellte das Licht auf den Tisch und legte sich zur Ruhe. Es dauerte nicht lange, da begann es im Kamin zu rumoren. »Nur heraus, Nachtgespenst«, rief der Seemann, »hier liegt einer, der sich mit dir unterhalten möchte.« Ehe er sichs versah, stand ein Mann in langem schwarzen Talar vor ihm, der behauptete ein Schwarzkünstler zu sein, der sein Gewerbe in Venedig gelernt habe. Er besitze zum Beispiel die Fähigkeit jeden Verstorbenen erscheinen zu lassen.

Er erbot sich, des Matrosen Eltern aus dem Grab herbeizurufen. Der Matrose erwiderte, daß sich seine Eltern der besten Gesundheit erfreuten. Die Magier schien das aber gewußt zu haben, und er hatte diesen Vorschlag nur zu seiner Einführung gemacht. Denn nun rückte er mit dem Eigentlichen heraus: »Dann will ich dir die Bewohner dieses Hauses vorführen, sie wurden alle ermordet. Sie sind so begierig, wieder einmal Luft der Oberwelt zu atmen, daß sie dir, wenn du ihnen ihr Erscheinen gestattest, einen Beutel voll Dukaten bezahlen wollen.«

Der Matrose überlegte eine Weile, dann lehnte er ab. Denn es war ihm die Erleuchtung gekommen, daß der lebenslange Schrecken, den die Dukatenempfänger aus dem Geisterhaus mitnahmen, in der Beschwörung der Ermordeten seine Ursache habe. »Wen soll ich dir dann herbeizitieren?« fragte ärgerlich der Schwarzkünstler. Gut gelaunt, dem dämonischen Gesellen nicht auf den Leim gegangen zu sein, rief der Matrose: »Adam und Eva möchte ich gerne hier begrüßen.«

Und wahrhaftig es erschienen Adam und Eva. Sie machten ein sehr trauriges Gesicht, und auf die Frage, was sie denn bekümmere, sagte Adam: »Wir bereuen unseren Sündenfall noch immer, denn wir sind schuldig an dem ganzen Leid der Welt.« Ein Sturm erhob sich, das Licht verlöschte. Der tapfere Bursche erhob sich vom Lager, tastete sich durch den ganzen Raum, konnte aber niemanden entdecken. Adam und Eva waren mitsamt dem Magier verschwunden. So legte er sich denn nieder. Am Morgen galt sein erster Blick der Börse mit Dukaten, denn er meinte, er habe sie sich redlich verdient, auch wenn er den Ermordeten nicht den Gefallen tat, vor ihm erscheinen zu dürfen. Es war aber keine Börse da, und so zog der denn etwas bekümmert ab, im Hausflur grinste ihn der Schädel des Magiers zum Abschied an, er war vom Rumpf getrennt. So hatte er denn doch noch seinen Schrecken abbekommen und nichts dafür erhalten! Er begab sich zum Rathaus und erstattete Bericht. Zu seiner Überraschung händigte ihm der Stadtschreiber einen Beutel mit Dukaten aus. »Du hast das Haus von Gespenstern befreit. Das soll dein Lohn sein.« Über dem Eingangstor seines Hauses am Rhein ließ er später ein Relief von Adam und Eva anbringen.

192.

DIE PFERDEKÖPFE IM HAUSGIEBEL

Als das Licht der Reformation aus dem Herzen Deutschlands seine segnenden Strahlen über das ganze Land verbreitete, sah man auch in Danzig bald die Vortrefflichkeit der neuen Lehren ein und beschloß, einige

Kirchen dem Gottesdienst nach den geläuterten Lehren einzuräumen. Viele zwar widersetzten sich dieser Ketzerei – wie es genannt wurde – und unter ihnen besonders ein alter Ratsherr, ein eifriger Anhänger der katholischen Religion.

In einer Versammlung des Rates ward wiederum heftig über diesen Gegenstand gestritten, und jener Ratsherr verweigerte mit Hartnäckigkeit seine Genehmigung zum Einräumen einer Kirche. »Diese neuen Irrlehren« – so schloß er seine Rede – »werden verweht werden wie Spreu im Winde, und ebensowenig wie es möglich ist, daß mich meine beiden Schimmel bei der Heimkehr aus dem Bodenfenster meines Hauses mit fröhlichem Wiehern begrüßen werden, ebensowenig werden jene Ketzer um sich greifen.« Die Sitzung ward aufgehoben. Aber als der Ratsherr sich seiner Wohnung näherte und gleichsam im Triumphe nach dem Giebel hinaufschaute, siehe da steckten seine beiden Schimmel die Köpfe zum Bodenfenster hinaus und wieherten, als sie seiner ansichtig wurden, ihm lustig entgegen. Alsbald ging der Ratsherr in sich, und aus dem hartnäckigen Gegner der lutherischen Lehren ward er einer ihrer rüstigsten Verteidiger. Zum Andenken an jenes Wunder aber ließ er zwei Pferdeköpfe an dem Giebel seines Hauses in Stein aushauen, wie man sie heute noch in der Jopengasse sehen kann.

193.

FESTMACHEN

Die Fischer am Kurischen Haff, welche mit ihrem Fang den Markt der Stadt Memel zu besuchen pflegen, besitzen die Kunst, jeden, der sich während ihrer Abwesenheit unterfängt, etwas vom Wagen zu stehlen, solange festzumachen, bis sie wiederkommen. So sah vor etwa 100 Jahren die Frau F. mit eigenen Augen, daß ein Kerl bei dem Wagen eines solchen Fischers auf dem Markte festgemacht stand. Der kurische Fischer, der sein Fuhrwerk verlassen hatte, kam endlich zurück, sprach den Kerl mit einigen Zeremonien wieder los und jagte ihn sodann mit Peitschenhieben fort. Der Kerl schrie fürchterlich und erzählte, er sei, sobald er etwas von dem Wagen habe nehmen wollen, ganz gelähmt worden, was auch nicht eher, als bis der Fischer die ihm unverständlichen Worte gesprochen, übergegangen sei. Daher wagt es niemand, von dem Wagen eines kurischen Fischers, mag er auch ganz ohne Aufsicht dastehen, etwas zu stehlen.

194.

HEXENMEISTER VERTREIBT EINE HEXE

In Kahlberg auf der Frischen Nehrung glaubten die Fischer früher, wenn sie nichts gefangen hatten, daß die Hexe in den Netzen säße. Da lebte ein Mann im Dorf, der Schneiderpeter genannt wurde; zu dem gingen die Fischer dann mit ihren Netzen. Schneiderpeter sammelte sich zwölf Sorten altes Zeug zusammen, darunter auch alte Schuhsohlen, damit räucherte er in der Räucherbude die Netze aus. Dann flog die Hexe aus der Luke hinaus, und die Fischer konnten ihre Netze holen.

195.

DER ZAUBERWETTKAMPF DES ALTEN DESSAUER

Seit der Feldmarschall Fürst Leopold von Anhalt-Dessau durch seine Hilfe für Prinz Eugen, den edlen Ritter, vor Turin und Cassano im Spanischen Erbfolgekrieg dem Kurfürsten Friedrich Wilhelm von Preußen die Königswürde verschafft hatte, war er zu einer Legendenfigur im Volk geworden. Und nicht nur in Preußen-Brandenburg, das ihm »lange Kerle« als Grenadiere für den siegreichen Kampf zur Verfügung gestellt hatte, sondern auch in Wien und weit nach dem Süden hinunter und ebenso hinauf nach dem Norden erzählte man sich die Geschichten vom alten Dessauer und sang den »Dessauermarsch«. »So leben wir... so leben wir.« Die Leute ließen es sich auch nicht nehmen, fest zu behaupten, der alte Dessauer könne auch zaubern.

Das ärgerte einen alten litauischen Zauberer, weil man ihn höhnte, daß er sein Handwerk doch nicht so gut verstünde wie der alte Dessauer. So erschien der litauische Magier eines Tages auf dem Gut Norkitten, wo der alte Dessauer lebte, denn es gefiel ihm, der so viele Länder gesehen hatte, nirgends besser als dort im Kreise Insterburg. Der Litauer machte nicht viel Umschweife und forderte den Feldmarschall zum Zauberwettkampf heraus. Dieser nahm die Herausforderung an, und der Magier schlug vor, erst möge der Marschall sein bestes Zauberkunststück zeigen. Der Dessauer dachte eine Weile nach, dann schlug er ein und befahl die große Kutsche, die sechsspännige, fertigzumachen und Schafspelze und gefütterte Fußsäcke darin zu verstauen. Der Magier machte erstaunte Augen: »Es ist August und die Hitze groß, Exzellenz.«

»Ja, mein Lieber, wir fahren über das Kurische Haff nach Memel, und das ist jetzt im August so dick zugefroren wie sonst manchmal im Winter nicht.«

Der Dessauer hatte keineswegs zuviel versprochen. Bei brennender Augustsonne fuhr er mit dem Magier über das zugefrorene Kurische Haff, aber Eis war immer nur dort, wo sich die Kutsche eben befand, hinter ihr zerschmolz es so schnell, wie der Zauber seine Kraft verlor.

»Bravo, bravissimo«, zollte der Magier Beifall, »das haben Eure Durchlaucht gut gemacht, im Augenblick könnte ich es nicht übertrumpfen. Aber bei dem großen Fest, das Seine Majestät, der König, alle Jahre im Februar im Schloß zu Königsberg zu veranstalten beliebt, werde ich mein Gegenstück liefern, so mir Eure Durchlaucht die Erlaubnis gibt, unter den Gästen zu sein.« Daran werde es nicht fehlen, schmunzelte der Fürst zufrieden über seine Leistung als Zauberkünstler und überzeugt, daß sie unübertreffbar sein werde.

Es kam ein sehr strenger Winter. Solche Mengen von Schnee hatte man schon jahrelang nicht in den Straßen von Königsberg gesehen. Die kleinen Häuser verschwanden hinter Bergen von Schnee und Eis. Vor dem Schloß fuhren die Schlitten vor, einer nach dem andern, und es wollte schier kein Ende nehmen, denn von ganz Ostpreußen, von allen Gütern und Schlössern waren die Gäste des Königs gekommen. Wie das Fest in vollem Gang war, entdeckte der Fürst den Magier inmitten einer größeren Gruppe adeliger Herren. Er steuerte schnurstracks auf ihn zu und forderte ihn ein wenig polternd, wie es die Art eines alten Kriegers ist, auf, nun seine Kunst zu zeigen. Der litauische Zaubermeister verneigte sich ehrerbietig: »Ihr habt im Sommer den Winter hervorgebracht, ich will Euer Durchlaucht im Winter den Sommer sehen lassen.«

Der Fürst wurde ein wenig unruhig, denn er fürchtete der Litauer würde fertig bringen, was er ankündigte, denn insgeheim hatte er gehofft, er würde sich gar nicht mehr blicken lassen. »Den Sommer also, den Sommer will Er mir zeigen... gut, dann hätten wir aber nur gleichgezogen.«

»Sehr wohl, Durchlaucht«, verneigte sich der Zaubermeister zum zweitenmal, »aber ich werde Euch in die Sommerlandschaft etwas hineinstellen, für das Ihr mir die Palme nicht versagen werdet.«

Der Magier ließ die Gesellschaft an die großen Fenster des Festsaales treten, die einen guten Blick auf die verschneite Stadt freigaben. Dann legte er seinen Zaubermantel an, nahm den Zauberstab und murmelte einige arabische Sätze (jedenfalls wollten es einige der Anwesenden als arabisch erkannt haben). Man hörte ein Sausen, Blitze zuckten über den Schnee, und vor den erstaunten Augen hatte sich, als sich das scheinbare Ungewitter legte, die Landschaft vollständig verwandelt. »Das muß Italien sein«, hörte man erstaunte Ausrufe, »natürlich, es ist Italien mitten im Sommer«, bekräftigten es andere. Und wirklich, die großen Linden im Vordergrund hatten die Gestalt von Zypressen und Maulbeerbäumen angenommen, ein typisches italienisches Gäßchen, das gegen das Schloß zu in einen Platz auslief, vervollständigte das Bild. »Italienische Stadt im Sommer während des Winters«, murrte der Fürst, der noch immer seine Niederlage nicht eingestehen wollte, »Eis im Sommer ist besser.«

»Belieben Euer Durchlaucht noch den Flecken genauer in Augenschein zu nehmen«, sagte der Magier mit höflicher Dringlichkeit.

Da brachs aus dem alten Dessauer heraus: »Das ist ja Potz Donner das Dorf Cassano, wo ich mit meinem Freund, dem Prinzen Eugen, dem Spitzbubenherzog von Orleans eins auswischte. War das 'ne Backpfeife, Herrgottchen... ja, ja, so lebten wir damals.«

»Noch einen Augenblick Geduld, Durchlaucht«, bat der Magier, »ich will die Szene beleben, damit das Souvenir vollkommen wird.«

Und da... und da... aus dem Hintergrund marschierten Grenadiere heran, die »langen Kerle« im Stechschritt, die Sonne funkelte in den Blechschilden der hohen Mützen. Eine Musikkapelle folgte ihnen, und Grenadiere und Musikbande nahmen Aufstellung vor dem Schloß, und die Instrumente intonierten den Dessauermarsch. Aus zweihundert Kehlen scholl es zum Schloß hinauf: »So leben wir... so leben wir.«

Das Zauberbild verschwand. »Er hat den Wettkampf gewonnen«, sagte der alte Dessauer.

196.

DER TEUFEL VERBLENDET DIE LEUTE, DASS SIE SICH SELBST BLENDEN

Im Insterburgischen liegt ein Dörfchen, Narpißken genannt, dort geht ein Flüßchen vorbei, die Golbe geheißen. Dieses Flüßlein haben noch bis in die Mitte des 16. Jahrhunderts viele für heilig gehalten und zum Beweise ihrer Verehrung sich ein Auge ausgestochen, weil sie dachten, sich dadurch dem Flusse angenehm zu machen.

197.

DIE FRAU AUS DEM SEE

Es geschah einmal, daß der Kommandant eines Regiments, das in Tilsit lag, seinen Trommler zum Üben in den Wald schickte, weil es ihm eine Gänsehaut über den Rücken jagte, wenn der junge Tambour das Kalbsfell bearbeitete. Dieser, sich ein einsames Plätzchen suchend, gelangte an einen buschumstandenen See. Da fiel sein Blick auf Kleider und Schleier, die im Gebüsch aufgehängt waren, und auf den See hinausspähend, gewahrte er drei Mädchen, die sich beim Baden vergnügten. Der Junge konnte nur staunen, was für tüchtige Schwimmerinnen das waren, so wendig und flott hatte er noch nie einen Menschen das Wasser teilen sehen. Und herrje, was waren das nur für Schleier! Sie sahen nicht aus wie irdische Gespinste. Ein Glanz ging von ihnen aus, der ihn verwirrte. Und diese Verwirrung muß es wohl gemacht haben, daß er sich der drei Schleier bemächtigte und sie an seiner Brust verbarg. Aber die drei Mädchen im See hatten es bemerkt und stießen ein jammervolles Wehklagen aus. Zugleich schwammen sie dicht an das Ufer heran, schlugen mächtig die Flut, von der ein Schwall sich über den Tambour ergoß. Das brachte ihn zur Besinnung, und er rief: »Haltet ein, ich will euch ja geben, was euch gehört.« Damit zog er einen der Schleier hervor, und eine Stimme erscholl: »Mein, mein!« Da warf er ihn der Ruferin zu. Dann nestelte er den zweiten Schleier aus dem Uniformrock und wieder der Ruf: »Mein, mein!« Und da bekam die zweite der Jungfrauen ihren Schleier. Da war nun aber noch eine dritte da, und sie war so schön, daß sich der Tambour nicht entschließen konnte, ihr den Schleier zurückzugeben. Denn er ahnte wohl, daß ein Zauber in diesem Gespinst steckte, der, wenn er es bei sich behielte, das Mädchen an ihn binden mußte.

Da stieg dieses aus dem Wasser und fiel dem Tambour zu Füßen: »Ich bin eine Nixe, und ohne Schleier kann ich nicht zurückkehren in den Palast meines Vaters, des Seekönigs. Gib mir den Schleier zurück!«

Da sagte der Soldat: »Folge mir, du Schönheit aus dem See, du sollst meine Frau werden.« Und er gab den Schleier nicht frei.

So war die Nixe dem Tambour verfallen. Sie kleidete sich an und folgte ihm. Er war der Sohn eines Bauern, nicht weit von Tilsit, und er führte sie zu seinen Eltern. Er stellte sie als seine Braut vor, verriet aber nichts über ihre Herkunft. Den Bauersleuten gefiel sie gut, nur mit dem grünen Gewand konnten sie sich nicht befreunden. Sie brachten bäuerliche Kleidung, lehrten sie, während der Tambour die Frist, zu der er sich verpflichtet hatte, zu Ende diente, die Verrichtungen in Haus und Feld.

Als der Tambour abrüstete und nach Hause zurückkehrte, fand er seine Braut als eine richtige Bauernstochter vor. Sie heirateten und von diesem Augenblick an, kehrte das Glück auf den Hof ein. Die Felder gediehen, sie blieben von Unwettern verschont und die Ernten wurden größer mit jedem Jahr. Den Schleier und das grüne Gewand verschloß der junge Ehemann in einer Truhe. Die junge Frau war freundlich und niemand wußte, ob sie glücklich war. Nur manchmal sang sie mit lieblicher Stimme seltsame Lieder, die unverständlich blieben und an das Murmeln von Wellen gemahnten. Ein Kindlein wurde dem Paar geboren, eine Tochter, aber das Wesen der Frau änderte sich nicht, sie blieb schweigsam, ihre Haut schien immer durchsichtiger zu werden. Eines Tages mußte der Sohn über Land, weil er mit dem Müller einen besseren Preis für den Weizen aushandeln wollte. Den Schlüssel zur Truhe übergab er seiner Mutter und trug ihr strenge auf, diese auf keinen Fall zu öffnen. Die junge Frau hatte das beobachtet und sobald ihr Mann aus dem Haus war, begann sie seine Mutter mit großer Zärtlichkeit zu umgarnen. Und als sie am Ende mit der Bitte herausrückte, die Mutter möge die Truhe öffnen, da konnte diese dem Drängen der Schwiegertochter nicht widerstehen. Mit fiebernder Gier wühlten ihre Hände in der Truhe, sie zog das grüne Gewand hervor und legte es an, und als sie dann den Schleier über ihren Kopf warf, erhellte ein überirdischer Glanz die Stube. Lange Zeit waren die Augen der Mutter von dem Glanz geblendet, und als sie endlich wieder sehen konnte, war die Nixe verschwunden. »Weine nicht, Mutter«, sagte der Sohn, als er erfuhr, was geschehen war, »sie ist heimgekehrt in ihr geheimnisvolles Wasserreich. Gönnen wir ihr das Glück, da wir sie wirklich geliebt haben.« Die Mutter siechte vor Kränkung dahin und starb bald. Der Sohn erreichte ein hohes Alter, doch sah ihn niemand mehr lachen. Die Tochter der Nixe war ein Menschenkind wie alle anderen, nur manchmal sang sie unverständliche Lieder.

198.

DIE WOLFSJUNGEN

In der Elchniederung nahe dem Memelstrom trieb sich ein Junge herum, der auf einem Bein hinkte und ein verschlossenes Wesen zur Schau trug. Man bekam ihn nur selten zu Gesicht und wußte nicht, wo er zuhause war und wie er sich ernährte. So kamen Gerüchte auf, daß er dem Bösen zu

Diensten war. Einmal zwischen dem Christtag und den Rauhnächten ging der Junge von Dorf zu Dorf und forderte jeden anderen Jungen, dessen er ansichtig wurde, auf, ihm zu folgen. Zauderte einer der Aufgeforderten, dann zog der Hinkende eine Geißel hervor, deren Schnüre aus Eisendraht geflochten waren und zwischen denen noch stählerne Kugeln baumelten. Mit dieser Rute peitschte er den Rücken der Zögernden und zwang sie so unter seinen Willen. So sammelte er wohl weit über hundert Jungen um sich und trieb sie unter erbarmungslosen Hieben hinaus auf ein weites Feld.

Sobald sie dieses erreicht hatten, ging eine schreckliche Verwandlung mit den Knaben vor. Ein dichtes Fell kroch, von ihren Füßen beginnend, an ihren Körpern hinauf, zuletzt nahm das Gesicht tierische Züge an, sie waren zu Wölfen geworden. Allein der Hinkefuß behielt seine menschliche Gestalt. Mit der Eisenpeitsche trieb er das Rudel erbarmungslos an, in Viehherden hinein und in Schafställe, wo die Raubtiere grausam wüteten. Kam das Rudel an einen Wasserlauf, dann ließ der böse Knabe seine Eisenrute über die Wellen hinsausen, sofort teilte sich die Flut, und die Tiere konnten, ohne naß zu werden, das Hindernis überqueren. An Menschen versagte die Kraft der Verzauberten. Begegneten sie einem Menschen, dann nahmen sie kläglich winselnd Reißaus. Nach zwölf Tagen und Nächten fiel das Wolfsfell ab, und die Jungen wurden wieder, was sie gewesen waren. Freilich, ihre Schultern und ihr Rücken sahen böse aus. Von Geißelhieben zerfleischt, dauerte es viele Wochen, bis sie von den Wunden genasen.

Der Junge zeigte sich später auch noch jenseits der Memel, und einmal soll er an die tausend Jungen zu einem Wolfsrudel gemacht haben.

199.

DIE UNTERIRDISCHEN UND DER BÖSE KNABE

In Tilsit lebten einst zwei Knaben, die Freundschaft geschlossen hatten, obgleich der eine von gutem, der andere von bösem Charakter war. Sie spielten miteinander oder durchstreiften die Gegend, immer hoffend, etwas Merkwürdiges, gar Schauriges zu erleben. Einmal kamen sie zum Fuß des Tilsatisberges, auf dem einst die Burg des Königs Tilsatis gestanden hatte, von der aber nicht einmal Ruinen übrig geblieben waren. Doch wollten die Gerüchte nicht verstummen, daß Tilsatis und die Seinen gar nicht gestorben waren, sondern im Innern des Berges weiterlebten. Am Fuße des Berges nun öffnete sich inmitten von wüstem Gestrüpp ein Spalt, dessen Tiefe noch niemand ergründet hatte, ja, dem sogar die Ziegenhirten ängstlich aus dem Weg gingen. Und just diesen Spalt entdeckten auf einem ihrer Streifzüge die beiden Knaben. Sie hatten von ihm gehört und ein gewisses Schaudern packte sie, als sie in die Dunkelheit des Schachtes hinabstarrten. Sie konnten nicht den Schimmer eines Lichts gewahr werden, und nichts schien sich da unten auch zu regen. Kein Laut drang aus der Tiefe. Da überkam's den bösen Knaben mit unheimlicher Lust, er konnte nicht anders und stieß seinen Gefährten in die Tiefe. Als ihm zu Bewußtsein kam, was er angerichtet hatte, stürzte er in panischer Angst davon. Zu Hause erzählte er seinen Eltern, sein Kamerad wäre in einem Teich ertrunken. Schnell verbreitete sich die Kunde vom Tod des Knaben, und eine Menge von Leuten begann nach der Leiche zu suchen. Man stakte den Teich ab, der nicht weit von Tilsatisberg, mit Röhricht bestanden, ein Paradies der Wasservögel war. Auf einmal flogen zwei Fischreiher auf, zogen langsam gegen den Berg hin und begannen einen Punkt zu umkreisen. Das lockte dann die Menschen, deren Suche vergeblich geblieben war, zum Hang des Berges, und da öffnete sich plötzlich ein Spalt, und aus ihm trat der verloren geglaubte Knabe hervor, einen Topf in der Hand. Der gute Knabe ließ seine Eltern und ihre Begleiter, die ihn freudig umdrängten, im Glauben, er sei ertrunken, um seinen Kameraden vor Strafe zu bewahren. Er sagte, daß er nach seinem Sturz ohnmächtig geworden und erst auf einem weichen Lager in einer Höhle erwacht sei. Ein Mädchen mit einer goldenen Krone habe ihm Milch gereicht, und da habe er sich an die uralte Mär von der Milchprinzessin erinnert und gewußt, daß er im Innern des Tilsatisberges sei. Erquickt und gestärkt habe er sich vom Lager erhoben und sei dann von der Milchprinzessin durch viele unterirdische Kammern geführt worden, die Kammer der Sonne, die Kammer des Monds, die Kammer der Sterne. Der ganze Himmel sei hineingezaubert in die unterirdischen Gewölbe, und er habe nahe, ganz nahe, ihn sehen können. Ausrufe des Erstaunens und der Bewunderung unterbrachen ihn, doch er fuhr fort: »Die Prinzessin führte mich nun aus den Gewölben des unterirdischen Himmels heraus in einen Saal, in dem nichts weiter zu sehen war wie der Topf, den ich da in Händen halte. Ich möge ihn als Belohnung für mein freundliches Wesen behalten, sagte die Prinzessin und ermahnte mich, die Scherben ja nicht wegzuwerfen, wenn der Topf einmal zerbrechen sollte. Ich nahm den Topf also an mich, und in diesem Augenblick öffnete sich eine Türe. Ich sah das Licht des Tages hereinfluten, schritt weiter und bin nun wieder glücklich bei euch.«

Nun erst fanden die Eltern Gelegenheit ihren Sohn zu umarmen und ans Herz zu drücken. Bei dieser stürmischen Begrüßung entglitt dem Knaben der Topf, er fiel zu Boden und zerbrach in viele Stücke. »O weh«, sagte er,

»nun muß ich die Scherben auflesen, so wie mir das die Prinzessin aufgetragen hat.«

Und wie er nun die Scherben aufnahm und seine Eltern ihm dabei halfen, hielt jeder ein Stück Gold in Händen.

Da beschloß der böse Knabe, der sich an der Suche beteiligt hatte, auch sein Glück im Berg zu versuchen. Er schlich sich heimlich zum finsteren Spalt und stürzte sich in die Tiefe. Ohne ohnmächtig zu werden und ohne Schaden zu nehmen, landete er am Grunde des Schachtes. Aber statt der Milchprinzessin erwartete ihn dort ein mürrischer Greis. Er führte ihn durch Kammern, angefüllt mit Totenschädeln und züngelnden Schlangen. Nach langer Wanderung gelangten sie in einen großen Saal, in dessen Mitte auf einem Dreifuß eine Hexe mit flammendem roten Haar thronte. »Die Memelhexe«, schrie er entsetzt auf und schwor, seiner Untat an dem Freund eingedenk, sich bessern zu wollen. Dann fiel er in Ohnmacht und fand sich schließlich im wilden Gestrüpp am Fuß des Tilsatisberges wieder.

200.

HEILIGE SPUREN

Die Jungfrau Maria wollte einmal von Labiau nach Memel gehen. Als sie an das Kurische Haff kam, fand sie weder Brücke noch Schiff zum Übersetzen. Da füllte sie ihre Schürze mit Sand und Steinen und warf davon eine Handvoll nach der andern vor sich ins Wasser. So entstand ein Damm, auf dem sie glücklich nach Memel kam. Die Reste jenes Dammes bilden das Riff, das sich noch heute in jener Richtung durch das Haff hinzieht.

201.

DER TEUFEL SPIELTE KARTEN

Bei Steinort am Kurischen Haff liegt ein großer Stein, auf dem der Teufel Karten gespielt haben soll. Man sieht deutlich eine Hand und die Finger dran, und der Arm ist bis zum Ellenbogen reingeschlagen. Kinder klettern oft auf den Stein; sie müssen dann immer einer auf den andern steigen, denn der Stein ist recht hoch. Da oben wächst nichts. Auf andern Steinen wächst doch ein bißchen Grünes, hier aber nicht. Wenn der Bruder beim Kartenspiel so recht boßig auf den Tisch schlug, sagte der Vaterchen: Na na, schlag man nicht so wie der Teufel, daß hier gleich die Finger im Holz abgedrückt sind.

In Gr.-Kuhren, unweit Rothenen, liegt ein großer, hellblauer Stein mit Knebel-Abdrücken; da hat der Teufel auch Karten gespielt. Und in Wermten, Krs. Heiligenbeil, soll im Walde Maiberg ein Stein liegen, auf dem »irgendein Fuß abgedrückt« ist. Zwei Kinder haben dort Karten gespielt, eine Hand aber ist dazwischen gefahren, und nachher ist eine Fußspur zu sehen gewesen. Mit der Zeit hat sich die verwischt, so daß nun nicht mehr zu erkennen ist, was für ein Fuß es gewesen sein wird.

202.

DIE BIERHEXE

In einer Brauerei in Königsberg schlug jedes Gebräu um. Der Mälzenbrauer war ärgerlich, er dachte, es läge am Brauknecht und jagte ihn fort. Es lag aber an einer Katze. Die setzte sich immer, wenn das Gebräu fast fertig war, auf den Rand des Braukübels, und indem sie tat, als ob sie hineinfallen wollte, rief sie: »Holle, bolle, bool gefalle.« Diese Worte pflegte sie einige Male zu wiederholen und verschwand dann, ohne daß jemand wußte, woher sie gekommen oder wo sie geblieben; das Bier aber war dann regelmäßig umgeschlagen. – Bald meldete sich ein kluger Brauknecht, der wohl merkte, wie es um die Sache stand und versicherte dem Brauherrn, daß er ein Sonntagskind sei und den Spuk wohl austreiben wolle. Er fing also mutig sein Werk an, und als die Katze wieder auf den Kübel sprang und ihren Spruch »Holle, bolle« anfing, ließ er sie gar nicht ausreden, sondern goß ihr gleich einen Schoppen kochendes Bier über den Hals, daß sie verbrannt und jammernd davonschlich. – Das Gebräu war herrlich geraten, aber anderntags lief das Gerücht durch das Haus, daß die Frau sehr krank sei. Was ihr fehlte, wußte man nicht, denn sie wollte es niemandem sagen; aber der kluge Brauknecht riet, doch nachzusehen, ob sie nicht verbrüht sei. Als sich das wirklich zeigte, entdeckte der Brauknecht seinem Herrn den ganzen Unfug. Der zeigte die Sache dem Gericht an; die Frau ward der Hexerei überführt und verbrannt.

203.

DAS WUNSCHPFERD

In den Wäldern Ostpreußens lebt ein Zauberpferd, das Menschen erscheint, die dringend Hilfe brauchen und es innig herbeiwünschen. Es ist ein Schimmel mit dem der Vogt Dietrich zum Pruzzenfürsten Drago ritt, um ihn zu bewegen, vom alten heidnischen Brauch, jedes weiße Pferd sofort nach der Geburt zu töten, abzulassen. Dietrich hatte ein Kreuz an die Satteltasche gehängt und als der Schimmel den Dolchstößen der Pruzzen widerstand, beugte sich Drago der Macht des neuen Glaubens. Das Pferd aber riß aus und verschwand in den Wäldern, die Wunderkraft mit sich nehmend.

Einmal erkrankte die Frau eines Wirtes in einer abgelegenen Gegend, und der Mann machte sich eilends auf den Weg, um den Arzt in Königsberg herbeizurufen. Der Weg dehnte sich und dehnte sich. Er dachte an sein armes in Fieberschauern liegendes Weib und wie weit Königsberg noch war. Wenn ihn doch eine Kutsche überholte, die ihn mitnähme, so wünschte er, oder ein Bauer in der Nähe wäre, der ihm sein Roß leihen würde. Und wie er seinen Blick für einen Augenblick von der Straße hob und seitwärts blickte, da sah er auf einer Koppel ein Pferd stehen, einen Schimmel mit altertümlichem Sattelzeug. Noch dachte er nicht, daß es das Wunschpferd sei, er nahm sich in seiner Not die Erlaubnis, sich in den Sattel zu schwingen. Am Rückweg dann wollte er das Roß wieder auf der Koppel abstellen. Aber wie er so auf dem Rücken des Pferdes dahinflog, dessen Hufe kaum den Boden zu berühren schienen, und er viel schneller, als er es für möglich hielt, die Türme des Doms von Königsberg vor sich auftauchen sah, da begann er zum erstenmal an Spuk zu glauben. Doch er hatte nicht Zeit sich viel Gedanken zu machen, denn plötzlich, in schnellem Schwung, warf ihn das Pferd ab und verschwand im Gebüsch. Da stand er nun wieder auf der Landstraße, die Angst um seine Frau im Herzen und das Ziel wieder ferner gerückt, denn zu Fuß war's nach Königsberg noch eine ganze Weile. Da kam in flotter Fahrt eine Kutsche aus Königsberg daher. Ein Dreispitz beugte sich aus dem Schlag und fragte: »Ist's hier richtig nach Lapehnen?« Erst war der Wirt ganz verwirrt. Lapehnen! Das war ja sein Heimatdorf. Welcher Zufall! Er bejahte und fügte hinzu, daß er der Wirt von Lapehnen sei. »Ei, just zu dem will ich ja hin. Steig ein.« Der Wirt nahm Platz und weiter ging die Fahrt. Der Dreispitz aber fuhr fort: »Ich bin der Doktor Schneitgut aus Königsberg. Ein Kind hat mir angesagt, daß eine Frau in Lapehnen dringend einen Arzt benötigt, ich machte mich gleich reisefertig, und als ich vor die Tür trat, um bei dem Fuhrwerker gegenüber meinen Wagen anspannen zu lassen, da stand eine Kutsche vor der Tür. Ich fragte, ob sie für mich sei, der Kutscher bejahte es, und darauf gab ich ihm Order nach Lapehnen zu fahren.«

»Euer Gnaden«, erwiderte der Wirt darauf, »als die Kutsche vor mir auftauchte, sah ich weder Pferd noch Lenker.«

Der Doktor beugte sich zum Fenster hinaus: »Potz Donner! Ich auch nicht. Wo die nur abgeblieben sind? Dabei sausen wir dahin, als ob uns der Sturmwind trüge.«

»Der oder das Wunschpferd zieht unsichtbar an der Deichsel«, antwortete der Wirt. Man kam bald nach Lapehnen, der Doktor hatte gute Heilkräuter mitgebracht, und die Frau genas.

Der Wirt war nun der Überzeugung, die rechte innere Wunschkraft zu besitzen, um sich nach Belieben des Zauberpferdes bedienen zu können. Einmal in einer Sturmnacht eilte er hinaus zum Strand, weil sich die Nachricht verbreitet hatte, ein schöner Dreimaster nähere sich. Der Wirt dachte, daß dieser gewiß im Sturm zerschellen werde und es dann reiche Beute an Strandgut in seine Hände spülen würde. Er sah die Lichter der Bark wie Irrwische in der Dunkelheit tanzen, einmal Ost, das andere Mal West, und er rannte am Strande auf und nieder, um ja am richtigen Platz zu sein, wenn das Schiff unterging. Aber es hatte den Klabautermann an Bord und überstand das Unwetter. Als ein strahlender Morgen anbrach, sah man es mit vollen Segeln dem Hafen von Königsberg zustreben.

Todmüde schlich sich der habgierige Wirt nach Haus. Und als ihn seine Füße kaum mehr tragen wollten, da fiel ihm das Wunschpferd ein, und er begann es mit der ganzen Kraft seiner Seele herbeizuwünschen. Und richtig, es erschien auch, aber es war grausig anzusehen. Es hatte keinen Kopf und hatte Schaum vor dem Mund, und der Wirt nahm Reißaus. Er begriff, daß man das Wunschpferd nicht zu einem unredlichen Unternehmen herbeirufen dürfe.

204.

OSIANDERS GRAB

In der Altstädtischen Kirche zu Königsberg befindet sich auf der Erde, unweit des Altares, der Grabstein des Doktors der Theologie Andreas Osiander, welcher zu Königsberg am 17. Oktober 1552 verstorben ist. Derselbe war in seinem Leben ein großer Irrlehrer gewesen und hatte in vielerlei Streit gelebt mit den Gottesgelehrten seiner Zeit. Deshalb, obgleich er bei großer Versammlung des Volks und unter Begleitung des Markgrafen Albrecht und dessen ganzen Hofstaates begraben wurde, hörte man doch einige Tage nach seinem Begräbnisse, der Teufel habe ihm den Hals umgedreht und seinen Körper ganz zerrissen. Daher der Herzog durch solch Gerücht bewogen ward, den Körper durch das Altstädtische Gericht besichtigen zu lassen, um die Plauderer Lügen zu strafen. Aber als der Sarg geöffnet wurde, fand man die Leiche Osianders nicht darin, dagegen den Leichnam eines anderen Menschen, welcher im Leben Nickel Balthasar geheißen; darüber entsetzten sich alle. Aber den Stein deckte man wieder über die Gruft.

205.

EIN MÜLLER KAUFT SEELEN

Der Müller Sch. aus Rudau im Samland war mit dem Teufel im Bunde. In jedem Jahr mußte er dem Teufel eine Seele zuführen, wenn er weiter am Leben bleiben wollte. Er schickte einen Müllerknecht mit Mehl weg und gab ihm dafür als Lohn ein Goldstück. Nahm der das Goldstück, so stürzte er sich unterwegs das Genick ab. Endlich war einer so klug und nahm das Goldstück nicht. Er kam gesund zurück, aber der Müller mußte sterben.

Häufig wird erzählt, daß immer dann, wenn der mit dem Teufel abgeschlossene Vertrag abgelaufen ist, der Freimaurer einen andern Menschen erkaufen muß. Der Vertrag mit dem Teufel ist ja nur auf eine bestimmte Zeit abgeschlossen, ist die vorbei, dann verlangt der Teufel die Seele des Freimaurers, wenn er keine andere als Ersatz bekommt.

206.

WIE MAN EINEN WECHSELBALG LOSWIRD

In Pillau im Samland war eine Mutter neben ihrem Kind eingeschlafen. Da schlich eine Untererdsche (Unterirdische) herbei und vertauschte ihr eigenes Kind mit dem getauften Kindlein. Als die Mutter erwachte, sah sie zu ihrem Entsetzen einen Wechselbalg mit schrecklich großem Kopf neben sich liegen. Darüber war sie sehr unglücklich.

Als dieses Wesen eines Tages kein Lebenszeichen von sich gab, glaubte sie schon, es sei gestorben, und rüstete sich, es zu verscharren. Durch das Fenster einen Blick in die Stube werfend, sah sie den Wechselbalg auf dem Tisch tanzen. Er war grausig anzusehen mit seinen dünnen Beinchen und seinem Wasserkopf. Und obgleich er in der Wiege kein Wort gesprochen hatte, sang er jetzt:

»Dat ös man got, dat min Mutterke nicht wet
dat öt Trampeltine het.«

Die Mutter stürzte in das Zimmer, fand das Kind aber schon wieder in der Wiege liegend. Eine Muhme, die zufällig vorbeikam, wußte Rat. Sie heizte den Backofen an und tat so, als ob sie das Kind hineinwerfen wollte. In diesem Augenblick trat die Untererdsche ein. Die Angst um ihr Kind hatte ihr jede Scheu genommen. Das Kind der Frau hatte sie im Arm und legte es in sein Bettchen. Der Muhme aber entriß sie den Wechselbalg. Dann verschwand sie hinter dem Ofen.

207.

OH, UM GOTT, BERNSTEIN FREI!

Der Hochmeister des Deutschen Ritterordens schickte einmal einen neuen Vogt ins Samland, den Bruder Anselmus von Rosenberg. Dieser verkündete, daß von Stund an niemand mehr ohne Erlaubnis Bernstein sammeln und verkaufen dürfe, weder den Bernstein, den das Meer an den Strand wirft, noch jenen, den man in der blauen Erde an Samlands Steilküste findet, denn der Bernstein sei in Zukunft Eigentum des Deutschen Ritterordens. Wer sich an ihm bereichere, stürbe am Galgen. Ein furchtbares Wehklagen entstand. Seit urdenklichen Zeiten gehörte Bernstein dem Finder. Die Fischer kamen zum neuen Vogt gelaufen und baten: »Wenn Ihr, Herr Vogt, nun den Bernstein allein für die Ordensritter zu Geld machen wollt, dann bedenkt, daß er kein gewöhnlicher Edelstein ist, sondern ein Wunderstoff. Ihr wißt es noch besser als wir, daß Blut in einer Schale aus Bernstein nicht gerinnt, und das Blut vieler heiliger Märtyrer uns in Bernsteingefäßen erhalten geblieben ist. Versündigt Euch nicht am Bernstein! Oh, um Gott, Bernstein frei!«

Der Vogt erwiderte ungerührt: »Was sich im Meer tummelt, ist euer, das Land aber ist des Deutschen Ordens, und was das Meer an Land wirft, ist sein.«

Da kamen die Handelsherren zu Bruder Anselmus und sagten: »Ihr wißt es noch besser als wir, daß Bernstein ein geheimnisvoller Stoff ist. Als der große Philosoph Thales von Milet die Urkraft der Erde suchte, die alles in Bewegung hält, da stieß er auch auf den Bernstein und entdeckte, daß er mit einem Tuch gerieben die Fähigkeit besitzt, andere Stoffe anzuziehen und abzustoßen. Er nannte es Elektron. Die Urkraft ist jedes Menschen Eigentum. Oh, um Gott, Bernstein frei!«

»Nicht jedes Menschen!« widersprach der Vogt. »Einer muß sein, der weisen Gebrauch von ihr macht, der lenkt und regiert. Die Urkraft gehört dem Orden!«

Es kam eine alte verschleierte Frau zu Bruder Anselmus und rief: »Ich komme als Botin uralter, verklungener Tage und künde Dir, daß Bernstein die Träne versunkener Bäume ist... Tränen in der Stunde des Todes geweint und in der Tiefe des Meeres, das die Wälder verschlang, versteint. Bernstein bringt dir kein Glück, Deutschritter... Oh, um Gott, Bernstein frei!«

Doch der Vogt blieb hart: »Wo Kampf ist, gibt es Leid und Unglück. Das muß ein Deutschritter tragen. Mich schreckt deine Weissagung nicht.«

Da sprach denn die verschleierte Frau den Fluch aus, daß die Seele des Bruders Anselmus unerlöst bleibe, wenn er sein Bernsteingesetz nicht zurückziehe. Doch der dachte nicht daran nachzugeben und ließ jeden Fischer, der einen Bernsteinfund verheimlichte und jeden Händler, der Bernstein in Samland aufzukaufen suchte, erbarmungslos dem Henker überliefern. Die Knechte des Vogts kehrten in den Hütten der Fischer das Unterste zuoberst, um dem Bernstein nachzujagen, viele haben damals dessen Besitz mit dem Leben bezahlt.

Der über Bruder Anselmus von der geheimnisvollen Frau verhängte Fluch ging in Erfüllung. Seine Seele fand im Grabe keine Ruhe. In Sturmnächten irrt sie noch heute an Samlands Küsten umher und klagt: »Oh, um Gott, Bernstein frei!«

208.

DIE GRÜNDUNG VON RIGA

Vor vielen hundert Jahren reisten Bremer Kaufleute nach Wisby, der reichen Hansestadt auf der Insel Gotland. Schon hatten sie den Skagerak und Kattegat und damit den gefürchtetsten Teil der Meeresfahrt hinter sich, als plötzlich ein furchtbarer Sturm aufkam. Nach tagelangem Kampf gegen die entfesselten Elemente waren das Steuerruder zerbrochen und die Segel zerfetzt, und hilflos den Wellen überantwortet, trieb die Kogge in rasender Fahrt nach Norden. Für Augenblicke kam aus der Ferne die Insel Gotland in Sicht und verschwand wieder gleich einem Schemen, als wollte der Himmel die armen Seereisenden durch ein Trugbild von Rettung und Geborgenheit narren.

Als die Winde sich endlich legten, wußten sie nicht mehr, wo sie sich befanden. Endlich klarte auch der Himmel auf, und am Stand der Gestirne erkannten sie, daß die Fahrt jetzt nach dem Westen ging. Wieder verstrichen einige Tage, der Kurs wechselte wieder nach Ost, und dann kam eine bewaldete Küste in Sicht. Sie waren, ohne daß sie es wußten, in die sturmgeschützte Bucht von Riga verschlagen worden. Zu jener Zeit hatten die Deutschritter dort noch nicht ihre Herrschaft angetreten, und wilde heidnische Völkerschaften bewohnten das Land. Eine sanfte Dünung setzte die Kogge an den Strand. Sie sahen sich um, und der Platz gefiel ihnen wohl. Sie entdeckten einen großen Strom, der sich hier ins Meer ergoß, und sie mußten dabei an ihre Heimatstadt denken, die ihren Reichtum auch dem Wasser verdankte, dem Strom, auf dem jene Waren herankamen, die sie über die Salzflut in alle Welt versandten. Da begann es sich im Wald zu regen, Lärm erhob sich, und eine Kriegerschar stürzte aus dem Gehölz. Ihr Anführer war ein strahlender Jüngling. Er befahl, die Schiffbrüchigen gefangenzunehmen. Die Bremer Kaufleute widersetzten sich nicht, denn ihre Waffe war nicht das Schwert, sondern ihre Klugheit und ihr geschäftlicher Sinn. Sie bedeuteten dem Herrscher, sie würden sich ihm aus Dankbarkeit nützlich erweisen, wenn er ihnen das Leben schenke. Da wurde der königliche Jüngling neugierig, und er wollte wissen, was sie für Künste beherrschten und wie sie ihm Nutzen bringen wollten. Sie machten ihm klar, daß sie für den Reichtum des Landes, das, wie sie erfuhren, Livland hieß, Holz und kostbare Felle wilder Tiere, viele schöne und nützliche Dinge einhandeln könnten. Nur müßte es ihnen erlaubt werden, an dem Fluß eine Niederlassung und einen kleinen Hafen zu errichten. Sie verbürgten sich dafür, Livland wohlhabend und glücklich zu machen, denn alles Wohlergehen in der Welt komme von den Verbindungen der Menschen untereinander.

Der König aber traute den Menschen aus dem fernen Lande nicht, denn er hatte nie gehört, daß man durch Handel reich werden könne und glaubte, daß nur der Krieg und die Kriegsbeute den Wohlstand mehrten. Darum dachte er nicht daran, den Vorschlag anzunehmen, sondern erwiderte lachend, er würde ihnen ein Gebiet überlassen, auf dem sie sich ansiedeln durften, aber es sollte nur so groß sein wie ein Stück Boden, ausgemessen nach einer Ochsenhaut. Zu seiner Überraschung nahmen die Kaufleute das Angebot an, denn sie hatten erkannt, daß in der Ausdrucksweise des Königs die Möglichkeit zu einer List steckte. Die Ochsenhaut wurde gebracht, und der König staunte nicht wenig, als er sah, wie die Männer ihre scharfen Messer nahmen und die Ochsenhaut in feine Streifen zerschnitten. Zusammengeknüpft ergaben die Streifen eine lange Lederschnur. Mit dieser umgrenzten die Kaufleute aus Bremen einen großen Raum am Strand, und als dann gar noch ein Stück Schnur übrigblieb, zeigte sich der König so entzückt von dem klugen Witz der Fremdlinge, daß er ihnen noch eine Insel im Strom als Draufgabe überließ. Auf dieser Insel entstand später der erste Stadtteil von Riga mit den Burgen Üxküll und Dahlen.

Doch bis es soweit kam, verging noch eine lange Zeit. Die Kaufleute errichteten erst einmal einige Holzhäuser am Flußufer und fingen, nachdem sie die Kogge wieder instandgesetzt hatten, einen bescheidenen Handel an. Um von den Liven Tauschwaren zu holen, mußten sie über einen Bach, der manchmal viel Wasser führte und nur schwer zu durchschreiten war. Da sich die Siedler auf den Brückenbau nicht verstanden, beeinträchtigte das Gewässer den Handel mit den Liven, die im Walde wohnten, bisweilen recht sehr. Da erschien eines Tages ein Riese, der sich erbot, gegen einen kleinen Fährlohn die Kaufleute auf seinen Schultern über den Bach zu tragen. Das bedeutete eine große Erleichterung für die tapferen Pioniere von Riga. So knapp sie auch an Geld waren, den Fährlohn zahlten sie gern und nannten den freundlichen Riesen ihren Großen Christoph.

Einmal in einer dunklen Nacht lockte den großen Christoph ein klägliches Rufen nach dem Bachufer. Dort fand er einen Knaben, der flehte über das Wasser getragen zu werden, denn seine Eltern wohnten tief im Wald. Der Riese fragte den Knaben, ob er auch den üblichen Fährlohn bezahlen könne, jedoch dieser jammerte, daß er nichts besitze als das dünne Hemdchen, das er am Leib trage. Der Riese brummte, daß, wenn er erst einmal eine Ausnahme mache, bald jeder eine haben wolle. Aber schließlich konnte er dem Jammern des Kindes nicht widerstehen, trug es zum andern Ufer und legte es dort zum Schlafen nieder. Fürsorglich bedeckte er es mit

Laub, damit es nicht erfriere. Dann streckte auch er seine müden Glieder neben dem Knaben zur Ruhe aus. Als er am Morgen erwachte, war das Kind verschwunden, das Laub aber zu purem Gold geworden.

Es begab sich nun, daß der Große Christoph bald danach verschwunden war, ob er sich sterbend noch tiefer in seine Wohnhöhle verkrochen oder ob es ihn anderswo hingezogen hatte, es kam niemals zutage. Die Siedler aus Bremen aber fanden das Gold und erbauten davon, als sich kein Besitzer meldete, die Stadt Riga.

209.

EIN MÄDCHEN LAHM GEHEXT

In Ulpitten borgte einmal eine Frau ihrer Nachbarin etwas Geld und erhielt es trotz allen Mahnens nicht zurück. Um sich nun wenigstens etwas zu entschädigen, bat sie die Frau um ihr Gesangbuch. Als sie das hatte, sagte sie, nun würde sie ihr zeigen, was borgen ist. Gäbe sie ihr nicht das Geld, so bekäme sie auch nicht das Gesangbuch wieder. Da rief das Weib in vollem Boß, sie werde ihr das noch zeitlebens gedenken. Es dauerte auch gar nicht lange, da fing die Tochter von der Frau, die sich das Gesangbuch geborgt hatte, zu lahmen an. Zuletzt ging sie auf Krücken, und alle Leute sagten, so hätte sich jenes Weib gerächt, sie hätte das Mädchen behext.

210.

ERZBISCHOF VERTREIBT WASSERGEISTER

Bei dem Dorfe Neuhoff, unweit der Elbe im Amte Wolmirstett, befindet sich ein See, der der Heilige See genannt wird. Zu den Zeiten des Erzbischofs Burkhard, der der siebenundzwanzigste in der Reihe dieser Kirchenfürsten war, war dieser See voll böser Geister und Gespenster; diese erschreckten die Fischer und Schiffsleute zum öfteren, taten ihnen vielen Schaden und ersäuften und brachten gar manchen Mann jämmerlich ums Leben. Wie solches der Erzbischof Burkhard, ein sehr frommer und gottesfürchtiger Herr, vernahm, ist er in großer Innigkeit dorthin gezogen, hat denselbigen Ort gesegnet und die bösen Geister daraus vertrieben, so daß sie sich niemals wieder haben sehen lassen. Derselbe See heißt davon bis auf den heutigen Tag der Heilige See.

211.

DIE DREI HÄHNE

In Jurgaitschen gehen viele Leute frühmorgens in die Kirche ein bißchen beten. Im Sommer 1914 hatte der Glöckner einmal vergessen, zeitig aufzustehen, und die Kirchentüre war noch nicht aufgeschlossen. Wie schon ein paar Leute da waren und weil sie nicht draußen warten wollten, mußte einer nach dem Glöckner gehen. Der Glöckner kam auch gleich und schloß vor allen die Tür auf. Die Leute drängten sich schnell in die Kirche hinein, und jeder wollte seinen Platz aufsuchen. Als sie aber nach dem Altar hinsahen, da erschraken alle und ihnen wurde gleich ganz kalt bei dem, was sie sahen: Vor dem Altar stand ein Mann, den keiner kannte; und sie sahen gleich, daß der nicht von hier war. Seine Kleider waren wie Erde und seine Mütze spitz wie ein Zuckerhut. Keiner konnte sich denken, wie der in die verschlossene Kirche reingekommen war. Unter den Armen hatte er drei Hähne. Einer war rot wie Blut, einer war pechschwarz wie ein Tuch, der dritte war fahl wie Erde. Der mit den Hähnen stand steif wie ein Prickel. Er rührte sich nicht ein bißchen und sah aber alle an. Und alle Leute waren halb tot. Auf einmal sagte hinten ein Alter: »Unser Herre Gott, unser Herre Gott, unser Herre Gott!« Grade, wie er das sagte, hob jener die drei Hähne in die Höhe, hielt sie ein Weilchen ganz still und war auf einmal von dem Platz vor dem Altar verschwunden.

212.

TODANMELDEN

In Lindendorf wohnte eine Frau, die hatte zwei Söhne. Als 1914 der Krieg ausbrach, mußten beide ins Feld. Die Frau hatte in ihrer Wohnung eine alte Uhr ohne Uhrwerk. Einmal an einem Tage, da fing die Uhr an zu schlagen. Als die Frau in die Uhr hineinsah, da lag ein Blumenstrauß und ein Kranz darin. Einige Tage später erhielt die Frau die Nachricht, daß der eine Sohn gerade um dieselbe Zeit gefallen war, als die alte Uhr geschlagen hatte.

Es war 1917. Zwei Tage bevor Tante Minnas Bruder fiel, kam er drei Nächte lang im Grubenanzug – der Onkel war Bergmann in Palmnicken gewesen –, so wie er immer gekommen war, wenn er aus der Arbeit kam. Er saß auf dem Stuhl und sagte nichts. Am vierten Tage bekamen sie die Nachricht, daß er gefallen war. Auch bei seinen Eltern kam er in den drei Nächten ans Fenster klopfen. Immer dreimal hat er geklopft.

213.

SLOMSPETTERS

Im Algawischker Teich lebte ein immer zu Scherzen aufgelegter Wassergeist, niemand konnte da vorbeikommen, ohne von ihm mit Wasser oder Schlamm bespritzt zu werden. Slomspetters nannten ihn die Einheimischen auf ihr mundartliches Platt. Widerfuhr es aber einem Fremden, daß er pudelnaß nach Algawischk kam, dann wurde ihm gesagt: »Der Schlammspeier ist es gewesen.« Aber mit der Zeit wurde den Leuten der Schabernack des Slomspetters doch zu dumm, und sie mieden es, am Algawischker Teich vorbeizugehen. Das begann der Wirt, der seine freundliche Gaststätte am Weg vom Teich zum Ort betrieb, in seinem Beutel zu spüren. Da entschloß sich der Wirt, ein ernstes Wörtchen mit dem Neck zu reden, und es war ihm gleichgültig, ob der gescholtene Slomspetters am Ende vielleicht bösartig würde, denn so wie es jetzt bergab mit dem Geschäft ging, konnte es nicht weitergehen. Als er am Teich anlangte, empfing ihn sogleich eine gehörige Ladung Algawischker Schlamm.

Der Wirt ließ den Guß standhaft über sich ergehen und spähte scharf nach dem Schilf hinüber und richtig, da sah er auch schon den schlammigschmutzigen Burschen, den leeren Eimer noch in der Hand. »He, du«, rief er zu dem Neck hinüber, »was sollen denn die Späße. Ich bin der Wirt vom Weg nach Algawischk und bald ein ruinierter Mann, wenn du's so weitertreibst.«

Eine wohlklingende Stimme antwortete freundlich: »Oh, das tut mir sehr leid. Ich will ja nur mit den Menschen spielen, denn ich bin noch ein ganz junger Wassergeist. Aber alle laufen vor mir davon – so, als ob ich ein böser Neck wäre.«

»Tja, deine Späße sind etwas rauh, mein lieber Slomspetters. Die Mädchen möchten schon mit anderen Geschenken umworben werden als mit deinem fischigen Unrat, und auch die Burschen wissen etwas Besseres als ihren Sonntagsstaat zum Trocknen aufzuhängen, jedesmal, wenn du mit ihnen spielen wolltest.«

»Herrje«, machte Slomspetters, »ich dachte in meiner Dummheit, es machte euch Menschen Spaß, ein bißchen naß zu werden. Ich bitte sehr um Entschuldigung.«

Der Wirt dachte, er müsse den angeknüpften Faden weiterspinnen, um dem Slomspetters ein Versprechen abzunehmen, daß er in Hinkunft seine Gäste, wenn sie am Teich vorübergehen, in Ruhe lasse. So lud er ihn zu einem Kindstauffest in seiner Schenke für den nächsten Tag ein. Als die Taufgesellschaft sich versammelt hatte und von der Einladung an den Neck erfuhr, hätte sie am liebsten gleich wieder kehrt gemacht. Doch während man noch ratschlagte, ging die Tür auf, und ein schmucker Seemann trat ein. Er trug weite blaue Hosen, eine Marinejacke und ein keckes Käppchen über dem Ohr. Er hatte einen Korb erlesener Fische mitgebracht, wie sie nur selten an einem Angelhaken zappeln. Dies brachte er dem Täufling als Geschenk mit, wobei er »Petri-Heil« sagte. Doch spuckte er sodann verstohlen in eine Ecke, denn der Name des heiligen Petrus hatte auf seiner Zunge einen bitteren Nachgeschmack hinterlassen.

Die Fiedeln spielten auf, und Slomspetters holte sich ein Mädchen zum Tanz. Die Hübsche zierte sich: »Hast mich ja ordentlich angesprüht neulich, einen Tanz von mir kriegst du nicht.«

Aber der Seemann ging es scharf an und legte der sich Sträubenden seinen Arm um die Hüften. Auch ein Verslein wußte er zu sagen:

»Am Algawischker Teich, da ist das Himmelreich, welche der Slomspetters küßt, die schönste ist.«

Und dann küßte er sie, und sie fand, daß sein Kuß ein wenig feucht war, aber er gefiel ihr, und sie legten einen flotten Tanz auf die Bretter. Es kamen dann noch andere Mädchen dran, und zwischendurch setzte sich Slomspetters an den Männertisch und gab dort so prächtige Scherze zum besten, daß sich alles vor Lachen bog. Man war sich einig, daß dies die schönste Kindstauf' seit langem gewesen sei. Und fortan gabs kein Fest mehr im Dorf, zu dem nicht Slomspetters geladen wurde, da er sich hinfort auch in seinem Teich höchst manierlich benahm.

Auf einmal, vor gar nicht so langer Zeit, erreichte ihn kein Anruf mehr im Teich. Blutigrote Zeichen standen am Himmel. Ein Alter, der sich auf Geisterbeschwörung verstand, brachte es dann doch fertig mit Slomspetters ins Gespräch zu kommen. Seine Stimme klang jetzt traurig, auch rührte er sich nicht aus dem Schilf heraus. Und so gab Slomspetters kund: »Wenn's wieder so sein wird am Algawischker Teich, wie es früher einmal war, dann komm ich gern, eher nicht.«

214.

DER TEUFEL HOLT EINE HEXE

In einem Dorfe bei Wartenburg lebte vor vielen Jahren eine alte Frau, von der die Leute sagten, daß sie hexen könne. Jedem, der zu ihr kam, bot sie kleine Quarkkäschen zu essen an. Und wer davon nahm wurde sterbenskrank. Es war aber sonderbar: die alte Frau, die auch von den Quarkkäschen aß, blieb gesund und rüstig. Kein Dienstbote wollte mehr bei der Alten bleiben. Da kam eines Tages ein junger Bursche ins Dorf und fragte nach Arbeit. Der Krugwirt wies ihn an die Alte, erzählte ihm aber, welche Macht sie habe. Der Bursche lachte nur und meinte, da könnte er sich ja noch etwas verdienen, wenn er die Alte umbrächte. – Er ging also zu der Alten und fragte nach Arbeit. Die behielt ihn gleich. Dann sagte sie, er habe wohl Hunger und brachte einen Teller mit Quarkkäschen auf den Tisch. Der Bursche nahm eins in die Hand, machte ein Kreuz und wollte hineinbeißen. Da zersprang es mit einem lauten Knall, und eine schwarze Gestalt sprang heraus, die sich auf die Hexe stürzte und mit ihr durch den Kamin sauste, einen Qualm und Gestank zurücklassend. – Der Bursche aber ging zum Pfarrer. Der Pfarrer weihte das Haus, das nun dem Burschen gehörte, da sich keiner fand, der es kaufen wollte.

215.

BARONIN TRENCK TANZT MIT DEM TEUFEL

Die Baronin Trenck auf Schakaulak gab zu Ehren ihres Neffen, des österreichischen Baron Trenck, des Panduren, bevor dieser wegen seiner tollen Streiche von Kaiserin Maria Theresia auf dem Spielberg (in Brünn) eingekerkert wurde und bevor auch ihrem Sohn, dem preußischen Trenck, wegen ähnlicher Streiche auf der Sternschanze zu Magdeburg durch den alten König Fritz ein ähnliches Schicksal widerfuhr, ein großes Fest. Die Feste auf Schakaulak waren berühmt und berüchtigt zugleich, denn alles war toll, was mit dem Namen Trenck zusammenhing. Die Baronin bestand darauf, daß drei Tage und drei Nächte ununterbrochen gefeiert wurde, und es war dafür gesorgt, daß sich niemand heimlich auf »spanisch empfehlen« konnte. Ein Gast auf Schakaulak kam niemals vor drei Jahren wieder, so lange dauerte es nämlich, bis er den Schrecken eines so erbarmungslosen Festes verdaut hatte. Aus Anlaß der Begegnung der beiden Vettern ordnete die Baronin an, daß das Fest gar vier Tage dauern sollte, und das war einem der Geladenen doch zu viel, und ehe noch die Tore auf Schakaulak verriegelt waren, verschwand er mit der Verwünschung: »Wenn doch der Teufel die tolle Baronin holte.«

Und damit begann das Fest, die Verwünschung war in dem Wirbel und Trubel bei Wein und Tanz, bei Gesang und Gegröle bald vergessen. Einmal geht jedes Fest zu Ende und so auch dieses. Um Mitternacht des vierten Tages bat die Hausfrau zur Schlußpolonaise, und diese Aufforderung elektrisierte die Ermatteten. Alles strömte in den großen Saal, und die Baronin stellte sich, flankiert von Sohn und Neffen, unter allgemeinem Beifall an die Spitze der Paare. Noch fehlte für sie selbst ein Tänzer, und während sie überlegte, wem sie die Ehre geben sollte, dem Sohn oder Neffen oder irgendeinem dritten – denn ganz hinten im Saal erspähte sie einige adelige Herren, die Miene machten, sich vor der Schlußpolonaise zu drücken –, meldete ein Diener die Ankunft eines verspäteten Besuchers. Der Name einer bekannten ostpreußischen Gutsbesitzersfamilie, ging dem Livrierten genüßlich von der Zunge. Er bestellte der Hausherrin die Entschuldigung, die Einladung habe den gnädigst um Pardon bittenden Gast zu spät erreicht, weil er nämlich auf einem anderen Fest geweilt habe. Er wurde in Gnaden aufgenommen, und die Baronin erwählte ihn zu ihrem Tänzer. Ihre Bitte um Nachsicht, wenn ihr vielleicht etwas Müdigkeit anzumerken wäre, begegnete er mit der höflichen Antwort, auch er habe ein höllisches Fest hinter sich, und seine Augen brennen ihm ganz teuflisch vor Übernächtigkeit, und somit habe er der Baronin nichts voraus. Der Tanz begann, und trotz des mächtigen Gehüpfes fand der Gast immer wieder Gelegenheit seiner Partnerin etwas zuzuflüstern, und dieser fiel auf, daß dabei die Worte »höllisch heiß«, »teuflisch gute Stimmung«, »satanisches Vergnügen« und ähnliches mit Hölle und Beelzebub in Verbindung Stehendes wiederkehrte. Auf einmal spürte die Baronin wie eine riesige Hitze von dem Gast ausging, und kurz darauf stand er in hellen Flammen. Schwefelgestank um sich verbreitend, schritt die Fackelgestalt vor den schreiend zurückweichenden Tänzern zur Wand, auf die sie mit harter Faust pochte. Sofort klaffte ein Loch auf, durch das der Bube flammenzischend entschwand.

Die rechte Hand der Baronin Trenck, die sie dem Beelzebub zum Tanz gereicht hatte, war rußgeschwärzt, desgleichen die ganze rechte Seite ihres Körpers. Die Schwärze ließ sich nie mehr wieder abwaschen, die Baronin sah man fortan deshalb nur noch in hochgeschlossenem Kleid und mit Handschuhen. Aber das konnte ihre gute Laune nicht verderben, sie pflegte sich von da ab nur mehr »als teuflisch gut gelaunt« zu bezeichnen.

216.

TEUFELSAUSTREIBUNG

In den Kirchenakten zu Claußen ist folgendes zu lesen: Anno 1640 hat Pfarrer Wisniewski aus einem römisch-katholischen Weibe, so vom Teufel besessen gewesen, am zweiten Sonntag nach Trinitatis nach gehaltener Predigt, da die Gemeinde das Lied »Ein feste Burg ist unser Gott« mit großer Andacht gesungen, den Teufel Kobold ausgestrieben, der sie zu allem Bösen angeführt haben soll, daß sie nicht nur sich selbst den Hals abschneiden, sondern auch andern Menschen das Leben nehmen und sie mit Heuforken und Mistgabeln an die Wand spießen wollen; und da nach Ausfahrung der böse Geist sich auf der Kirchenschwelle in angenommener greulicher Gestalt gezeiget, ist der Pfarrer auf ihn zugegangen und hat ihm zugerufen: »Geh hinweg, unreiner Geist, und gib Raum dem heiligen Geiste.« Und da er ihm seine Sünden vorgeworfen: »O Undankbarer, du hast deinen Herrn Gott, den allmächtigen Schöpfer vergessen, der dich heilig erschaffen hat; aber du hast dich selbst unrein und schlecht gemacht«, ist der Teufel über die Maßen grimmig geworden und hat wie ein Löwe zu brüllen angefangen: »Ich gehe hinweg, aber nicht auf deinen Befehl, sondern durch das Gebot des Jesus von Nazareth,« habe aufgehört das Weib zu quälen, »so wahr als ich Kobold bin, sollst du haben ein Andenken.« Worauf er rücklings mit seinem krummen Fuße auf einen vor der Kirchtür liegenden Stein einen Schlag getan und in demselben einen seiner Fußtapfen dergestalt eingedrückt, daß die große und drei andere Zehen eines Menschenfußes und die Ferse an demselben Fuße, wie von einem großen Hahnenfuß ganz deutlich zu sehen sind, worauf der Teufel verschwunden.

217.

SCHWARZKÜNSTLER VERSCHWINDET IN DIE LUFT

Zur Zeit des Hochmeisters Heinrich Reuß von Plauen war in einem Städtlein Preußens ein Schulmeister, der der Schwarzen Kunst kundig war. Er ließ jede Nacht von seinen Geistern des Bürgermeisters Tochter zu sich ins Schulhaus entführen. Das entdeckte der Bürgermeister. Der Schwarzkünstler wurde gefangen genommen und sollte seine Strafe erhalten. Da forderte er von der Jungfrau, die sich erboten hatte, ihn zu heiraten, von ihrem Vater aber nicht gehört wurde, ein Pfand der Vergebung. Diese reichte ihm einen seidenen Faden aus ihrem Tüchlein. Den warf der Schulmeister sogleich in die Luft und schwang sich, indem er die Jungfrau umfaßte, geheime Worte murmelnd, an dem Faden mit ihr auf und verschwand vor den Augen der Anwesenden in die Luft.

218.

TOTBETEN, TOTSINGEN

Ein Mittel böser Menschen, andern Schaden zuzufügen oder ihnen sogar den Tod zu bringen, ist das sogenannte Verbeten. Sie halten dieses Verbeten und Totsingen sehr geheim, aber man weiß doch, wie es gemacht wird. Einer kann einen andern totsingen, indem er ein geistliches Lied ein Jahr lang morgens und abends singt. Andere sagen, daß man einen Psalm rückwärts lesen und hinter jedem Verse den Namen des Opfers nennen muß, wieder andere, daß ein ganzes Jahr hindurch täglich morgens um

6 Uhr an einer und derselben Stelle in einer und derselben Stellung ein Psalm, wohl der 94., dreimal rückwärts gebetet werden muß. Jedesmal muß das Vaterunser angehängt werden, zweimal ohne Amen, das letzte Mal mit Amen. Wenn der Totbeter irgend etwas an der Vorschrift versieht, so muß er selbst sterben. So geschieht es ja auch denen, die sich des sechsten oder siebenten Buches Moses zum Zaubern bedienen und es an etwas fehlen lassen. Überhaupt, wenn jemand einem andern durch Zauber etwas antun will und vermag es nicht, so fällt der Zauber auf ihn selbst zurück.

Im Treuburger Kreise soll das Totsingen früher oft mit Erfolg angewendet worden sein. Bei Hohenstein erzählte man von einer Familie, in der Mann und Frau zu Tode gesungen worden sind. Die es getan hatte, war einen Tag vor und einen Tag nach dem Tode des Opfers auf dem Gehöft erschienen; das gehörte mit zum Zauber.

Gott sei Dank gibt es Mittel, sich gegen die Zauberei zu wehren oder eine angetane Behexung wieder wegzubringen. Wer die Mittel richtig kennt und richtig anzuwenden versteht, braucht nichts zu fürchten. Gut ist z. B. das Hemd auf der verkehrten Seite zu tragen, oder bestimmte kräftige Pflanzen immer bei sich zu haben, auch Stahl ist nützlich und vieles andere mehr. Es ist sehr wichtig, viele solcher Mittel zu wissen, denn nicht nur bekannte Hexen u. a., die geheime Künste verstehen, können einem schaden, sondern darüber hinaus meint man, der böse Wunsch eines Menschen, der sonst ganz harmlos ist, bekomme übernatürliche Kraft, wenn dieser Mensch sich rächen will. – Wenn man eine Hexe sieht, so soll man den Besen vor die Tür schmeißen, dann kann sie nicht hinein, vor allem darf man einer Hexe nichts borgen.

219.

GEISTER BESCHWÖREN

Etwa vor 60 Jahren erzählte die Wirtsfrau Schwellnuß aus Ramutten, sie hätte als ungefähr neunjähriges Mädchen einen in seinem Handwerk sehr geschickten Schmied gekannt, der Geister beschwören konnte. Er soll einen Vertrag mit dem Bösen gemacht haben. Drei Tage nach einem Begräbnisse konnte er auf Verlangen der Angehörigen den Verstorbenen oder die Verstorbene auf dem Kirchhof zeigen, aber erst nach Sonnenuntergang. Als die Tante der Erzählerin dieser Begebenheit gestorben war, zeigte er sie den Angehörigen auch. Wie aus dem Boden gewachsen stand die Verstorbene da in den Leichenkleidern, die rechte Hand auf das Holzkreuz am Kopfende des Grabes gelehnt.

Es gibt Menschen, die haben die Macht, Teufel und Spuk auszutreiben und zu verbannen. Vor allem können das Pfarrer und zwar, wie schon gesagt, meist katholische, weniger die evangelischen. Der Glaube ist schon alt, lebt jedoch auch heute noch kräftig fort.

220.

DIE DREI SÄRGE

Es war im Jahre 1913 in der Gegend von Memel. Als da einmal ein Nachtwächter in der Nacht die Mitternachtsstunde auspfiff, trat aus dem Schatten ein kleines Männchen zu ihm und bat: »Pfeif doch dreizehn!« Der Nachtwächter lachte und sagte: »Das gibt es doch gar nicht!« Da verschwand das Männchen. In der nächsten Nacht kam es wieder und bat ihn diesmal viel eindringlicher: »Pfeif doch dreizehn!« Der Wächter wies es wieder ab. Aber die Sache kam ihm doch merkwürdig vor, und er ging am nächsten Morgen zum Amtsvorsteher und erzählte ihm alles. Der riet ihm: »Wenn das Männchen wiederkommt, dann pfeif ruhig einmal dreizehn.« In der dritten Nacht tat es der Nachtwächter wirklich. Da sah er drei Särge vor sich stehen. Einer war voll Blut, einer voll Wasser, und der dritte war leer. Und das war eine Voraussagung des Krieges. In dem ersten Sarge, da war das viele Blut, das fließen sollte. In dem zweiten waren die Tränen, und der dritte Sarg bedeutete das arme, leere Ostpreußenland, das die Russen ausplündern würden.

221.

DER BLUTREGEN IM JAHRE 1914

So kurz um den Johannisabend 1914 sahen die Leute in der Nacht überm Lindenberger Hof eine ganz hellweiße, große Sonne. Die drehte sich wie ein Wagenrad ganz langsam weiter. Aber die Sonne war es nicht, die war schon untergegangen, und es war schon lang um Mitternacht.

Der Mond war auch groß zu sehen. Auf einmal blieb die blanke Sonnchen stehen und platzte auf, daß die Funken nach allen Seiten stoben. Und ein Weilchen drauf fiel aus dem Himmel Blut und Feuer, immer so ganz sachten auf Lindenberg runter, wie Regentropfen und große Klunkern; und das dauerte nicht lange, da war alles wieder verschwunden, als wenn nichts gewesen wäre. Die Leute erschreckten sich alle, die das sahen, aber keiner wußte damals, was das sollte zu bedeuten haben.

222.

VÖLKERFREUNDSCHAFT ÜBER GRÄBER HINWEG

In Raghit bei Gumbinnen lebten Deutsche und Litauer in Freundschaft. Aber dem Gesetz gefiel das nicht – es ist schon lange her –, und es wurden eigene Schulen für die deutschen und eigene für die litauischen Kinder errichtet, ja selbst die Toten der beiden Völker trennte man, mochten sie im Leben auch noch so gute Freunde gewesen sein. Es gab in Raghit einen deutschen und einen litauischen Friedhof. Zwischen beiden lag ein kahles Stück Land und darüber, so raunte man sich zu, flögen die Toten hinweg, wenn sie in stürmischen Nächten einander besuchten. Denn die Beschränkungen, die ihnen irdischer Starrsinn auferlegt hatte, verloren ihre Gültigkeit gegenüber Gräbern.

Daß dieses Gerücht auf Wahrheit beruhte, erfuhr ein Handwerksmeister, der sich just in diesem Streifen Brachland ein Haus bauen wollte. Bis zum Richtfest ging alles gut, aber nachdem er ein Dach aufgesetzt hatte, fand er dieses am Morgen nach einer stürmischen Nacht in seine Teile zersplittert weithin verstreut auf dem Boden. Daraufhin zimmerte er ein neues Dach und legte sich, als es fertig war, auf die Lauer. Und wirklich, da konnte er sehen wie sich auf dem deutschen Friedhof die Gräber öffneten, weiße Gestalten daraus emporstiegen und hinüberflogen zu den Gräbern der Litauer. Nach einer Zeit kehrten sie wieder auf dem gleichen Weg zurück, wobei einige von ihnen das Dach, das sie beim Fluge hinderte, einfach wegrissen. Einige Nächte darauf kamen die litauischen Toten zu ihren verstorbenen deutschen Freunden zum Gegenbesuch. Der Handwerksmeister ließ sich nicht dazu überreden, die Gräber mit schweren Steindeckeln zu verschließen. Freundschaften, die über den Tod hinaus währen und stärker sind als das Gesetz der Lebenden, die soll man nicht stören, sagte er.

NIEDERSACHSEN

223.

HANS KÜHNBURG

Zu der Zeit, als noch die Wölfe und Bären hier am Harz allein Herren gewesen sind und alles dicker Urwald war, bringt ein Mann, Hans Kühn hat er geheißen und in Herzberg gewohnt, seine beiden Pferde nach dem Bruchberg in die Weide. Da es damals noch viel Wildpret hier gegeben hat, so haben jene Fresser sich daran was zugute getan und selten andere Tiere und noch weniger Menschen angefallen. Deshalb hat Hans Kühn sich und seine Pferde für gesichert gehalten und ist dreist darauf in den Harz hinaufgeritten. Dort angekommen, wo jetzt noch der Felsen steht, der die Hans Kühnburg heißt, kommt aber eine Schar Wölfe aus dem Dickicht mit furchtbarem Geheul, mit schrecklicher Eile auf ihn zugestürzt, daß er in seiner Herzensangst vom Pferde herunterspringt und so schnell als möglich auf die Spitze des Felsens klettert. Er ist auch so glücklich, hinaufzukommen. Von dort oben aus sieht er aber nun dem Kampf der Wölfe mit den Pferden zu. Die Pferde stellen sich mit den Köpfen zusammen, schlagen kräftig hinten aus und suchen sich ihrer Haut so gut als möglich zu wehren. Die Menge der Feinde ist aber zu groß, und die Bestien sind zu flink. An Entlaufen ist nicht zu denken gewesen; die Ungeheuer kreisen die armen Tiere enger und enger ein, bis sie sie zuletzt zerfleischt und getötet haben. Darüber kommt der Abend heran, und die Sonne geht herrlich unter, da oben aber sitzt von großer Angst und Bangigkeit gequält unser Hans Kühn und darf seine Burg nicht verlassen, die ihn schützt; denn die Wölfe umkreisen noch immer den Felsen und bewachen ihn dort ohne abzulassen. Es wird vollkommen Nacht, und die Bestien verlassen den Felsen nicht. Der Morgen kommt, der Abend bricht wieder herein, immer sind sie noch da. Der dritte Morgen beginnt zu leuchten, und die Wölfe gehen nicht weg, desto schlimmer wird aber der arme Mensch von Durst und Hunger, von Angst und Not gequält. Alles Rufen, alles Schreien, Fluchen und Beten hat nicht geholfen und er nimmt sich vor, lieber hier oben zu verhungern, als von den Tieren sich zerreißen zu lassen. In der dritten Nacht endlich, da er es nicht mehr aushalten kann, da er fast ohnmächtig zur Erde sinkt, fängt er nochmals an, recht herzhaft um Hülfe zu beten und siehe da, eine große Ohreule kommt auf den Felsen zugeflogen, setzt sich bei ihm nieder und hat eine Rute im Schnabel, welche sie vor sich auf die Erde legt. Nachdem sie sich zurechtgeschüttelt und ihre Federn in Ordnung gebracht hat, fängt sie an in einem tiefen Baßton zu reden: Du unvorsichtiger Mensch, warum bist du so dummdreist gewesen und hast dich ohne Waffen in diese unsichere und gefährliche Gegend gewagt. Eigentlich müßtest du hier verhungern und die Raben dein Fleisch verzehren; doch dein und deiner Frau und Kinder Gebet ist zu herzlich und innig gewesen, darum bin ich da, dir zu helfen. Sieh, diese Rute, die ich dir mitgebracht habe, bringt dich durch die Gefahren hindurch. – Er greift gleich danach und er fühlt neue Kraft in seine matten Glieder dringen, er fühlt neuen Mut und eine Belebung, wie er sie zuvor nie gekannt hat. Nimm das Kleinod in Acht, ruft ihm die Eule im Wegfliegen zu und ist verschwunden. Er hat aber die verhängnisvolle Rute in der Hand und traut sich selbst kaum und dem, was er gehört und gesehen hat. Mit dem Zauberstab bewaffnet, steigt er von seinem Felsen herunter und geht dreist seinen Weg entlang, und die Wölfe gehen ihm, ihrem Feind, aus dem Wege.

224.

DER WILDE JÄGER HACKELBERG

Vorzeiten soll im Braunschweiger Land ein Jägermeister gewesen sein, *Hackelberg* genannt, welcher zum Waidwerk und Jagen solch große Lust getragen, daß, da er jetzt an seinem Todbett lag, und vom Jagen so ungern abgeschieden, er von Gott soll begehrt und gebeten haben (ohnzweifellich aus Ursach seines christlichen und gottseligen Lebens halber, so er bisher geführt), daß er für sein Teil Himmelreich bis zum jüngsten Tag am Sölling mögt jagen. Auch deswegen in ermeldte Wildnis und Wald sich zu begraben befohlen, wie geschehen. Und wird ihm sein gottloser, ja teuflischer Wunsch verhängt, denn vielmal wird ein gräulich und erschrecklich Hornblasen und Hundsgebell die Nacht gehört: jetzt hie, ein andermal anderswo in dieser Wildnis, wie mich diejenigen, die solch Gefährd auch selbst angehört, berichtet. Zudem soll es gewiß sein, daß, wenn man Nachts ein solch Jagen vermerkt und am folgenden Tag gejagt wird, einer ein Arm, Bein, wo nicht den Hals gar bricht, oder sonst ein Unglück sich zuträgt.

Ich bin selbst (ist mir recht im Jahr 1558), als ich von Einbeck übern Sölling nach Ußlar geritten und mich verirrte, auf des Hackelsbergers Grab ungefähr gestoßen. War ein Platz, wie eine Wiese, doch von unartigem Gewächs und Schilf in der Wildnis, etwas länger denn breit, mehr denn ein Acker zu achten; darauf kein Baum sonst stund wie um die Ende. Der Platz kehrte sich mit der Länge nach Aufgang der Sonne, unten am Ende lag die Zwerch ein erhabener roter (ich halt Wacken-) Stein, bei acht oder neun Schuhen lang und fünfe, wie mich däuchte, breit. Er war aber nicht, wie ein anderer Stein, gegen Osten, sondern mit dem einen Vorhaupt gegen Süden, mit dem andern gegen Norden gekehret.

Man sagte mir, es vermögte niemand dieses Grab aus Vorwitz oder mit Fleiß, wie hoch er sich deß unterstünde, zu finden, käme aber jemand ungefähr, lägen etliche gräuliche schwarze Hunde daneben. Solches Gespensts und Wusts ward ich aber im geringsten nicht gewahr, sonst hatte ich wenig Haare meines Haupts, die nicht emporstiegen.

225.

DAS UNTERGEGANGENE SCHLOSS

Bei Herzberg liegt ein Teich, der heißt der Güß, in dem ist vor langen Jahren ein Schloß untergegangen und das ist schon so lange her, daß es die Herzberger gar nicht mehr recht glauben wollten, drum haben sie einmal einem Taucher viel Geld geboten, er solle doch hinuntersteigen und zusehen, ob es wahr sei. Der hat's auch getan und als er unten ankommt, steht da ein prächtiges Schloß mit einer großen Tür, das ist gar herrlich anzuschauen; da ist er denn wieder heraufgestiegen und hat alles erzählt, und da haben sie ihn gebeten, er möge doch noch einmal hinuntersteigen und in das Schloß hineingehen, damit er ihnen erzählen könne, wie es darin aussehe. Auch das hat er getan, ist wieder hinabgesprungen, ins Schloß gegangen und hat eine wunderschöne Prinzessin mit einem großen Schlüsselbund an der Seite darin sitzen sehn. Als er darauf wieder heraufgekommen und alles erzählt, hat man gar sehr in ihn gedrungen, er solle noch zum drittenmal hinuntersteigen und ein Wahrzeichen mit heraufbringen, aber das hat er nicht gewollt; endlich jedoch haben sie ihm viel viel Geld geboten, wenn er es täte, und da hat er sich doch betören lassen und ist zum drittenmal hinabgestiegen. Aber er ist nicht wieder heraufgekommen, sondern statt seiner ist an der Stelle, wo er hinabgetaucht, ein großer Blutstrahl emporgequollen.

226.

BAU DER ZELLERFELDER KIRCHE

Wie die Zellerfelder Kirche abgebrannt ist und wieder hat aufgebaut werden sollen, da hat jeder gegeben, wie er's gekonnt und gehabt hat. Da ist aber ein armer Schelm gewesen, der hat nichts gehabt und hätte doch auch gern seinen Pfennig gegeben. Wie er so darüber nachdenkt, was er wohl macht, da fällt's ihm ein: I! wenn du einen Korb Schwämme holtest! Gibt's nicht viel, gibt's wenig und es gibt einer wohl einen Groschen mehr, wenn du sagst, was du mit dem Gelde machen willst. Also geht er stante pede in den Wald und verirrt sich, bis er auf einen freien Platz kommt, wo er sich umsieht und nachrechnet, wo er wohl sein mag.

Wie er sich so umsieht, auf einmal haben ihn drei maskierte Männer gepackt. Die halten ihn fest und verbinden ihm die Augen und führen ihn mit sich weiter und er merkt endlich, daß es eine Treppe hinab geht. Endlich wird stillgehalten und es wird ihm die Binde von den Augen genommen. Da ist er in einem großen Saal, der ganz köstlich ausstaffiert ist und viele Lichter brennen, so hell wie der Tag. Er hat sich nicht lange besinnen können. Denn da sitzen viele Männer, alle maskiert, und einer verhört ihn. Da erzählt er aufrichtig, wie's ihm gegangen ist, und sagt, sie sollten ihm doch nun auch wieder seine Freiheit geben. Seine Frau und Kinder warteten gewiß mit Schmerzen auf ihn. Aber er wird nicht entlassen, sondern in ein anderes Zimmer geführt, wo man ihm Speise und Trank gibt und sagt, er solle sich nur erst erquicken und sich dann ruhig schlafen legen, morgen wolle man mehr mit ihm reden. Das Zimmer ist auch ganz prächtig gewesen und das Essen und der Wein und das Bett ist eben nicht gewesen, als ob's Spitzbuben gehörte. Nachdem er sich erquickt hat, legt er sich zu Bett und denkt: Na! das ist eine schöne Geschichte! Wo bist du denn nun eigentlich? Spitzbuben sind's gewiß nicht; die wären nicht so manierlich mit dir umgegangen. Bist wohl gar unter die Venediger geraten. Hm! Da wärst du gerade recht gekommen.

Am andern Morgen, das heißt, wie er geweckt wird, bekommt er erst wieder einen Trunk Wein und Backwerk dazu, und darauf wird er wieder vor die Herren geführt. Die sind da nicht mehr maskiert und sind ganz ansehnliche Leute gewesen. Die fragen ihn, ob er nicht Lust hätte, die Welt zu sehen; wenn er ehrlich wäre, könnte er ein reicher Mann werden. Ja, sagt er, das ginge so nicht, er wisse ja auch nicht, wer die Herren wären, aber er dächte, sie müßten wohl Venediger sein, und da müßte er ja Frau und Kind verlassen und das wäre doch unrecht. Nun, sagt da einer, wir sehen, daß du eine ehrliche Haut bist, und wenn du dir etwas wünschst, nun so sag's. Ja, sagt er, wenn sie ihm ein paar Groschen geben wollten, es wäre ihm doch so verdrießlich, daß er gar nichts geben könnte für die Kirche. Die Sammler kommen heute und am Ende könnte man denken, er sei nur so lange geblieben, um nichts geben zu dürfen. Die Herren wären ja so reich, könnten wohl auch etwas tun für den Aufbau der Kirche. Da gibt's ein lautes Gelächter. »Na, so suche dir etwas aus.« Da führt ihn ein Mann in ein anderes Zimmer und zeigt ihm ganze Fässer voll Pistoletten. »Nun, willst du nicht zugreifen?« – »O ja! werde mich hüten; hieße am Ende gar, ich hätt' es gestohlen!« – »Nun, des Menschen Wille ist sein Himmelreich. Da, weiter haben wir nichts für dich.« Er gibt ihm eine blecherne Henne. Auch gut, denkt mein Bergmann, und bedankt sich.

Darauf werden ihm die Augen verbunden und so wird er wieder abgeführt. Wie ihm die Binde abgenommen wird, befindet er sich auf einem Weg. Er kennt ihn, es ist der Weg nach Zellerfeld gewesen. Er nach Haus. »Na, gottlob!«, ruft seine Frau, »aber wo hast du denn so lange gesteckt?« – »Na, nur stille! Mir ist' wunderlich gegangen.« Und da erzählt er. »Aber was sollen wir denn nun mit dem Ding machen?« heißt es. Und während sie das Ding so um und um betrachten und betasten, da auf einmal öffnet sich unter dem Bauch der Henne ein Kläppchen und es fallen lauter Goldstücke heraus, alle wie kleine Küchlein gestaltet. Da ist's Freude gewesen im Hause, und der arme Schelm ist auf einmal reich geworden und hat die Zellerfelder Kirche gebaut. Und zum Wahrzeichen hat er die Glucke mit den Küchlein über den Kirchtüren in Stein abbilden lassen.

227.

DIE NONNE AUF DEM ANDREASBERG

An einem heißen Sommertage fuhr ein Mann aus Hasserode mit einer Schiebekarre nach dem Andreasberg, um sich zu seinem Bedarf Holz zu holen. Kaum hatte er sich einen Baum niedergehauen, so trat eine weiße Gestalt vor ihn und er erschrak so sehr, daß er sein Beil aus der Hand fallen ließ. Die weiße Gestalt war wie eine Nonne. Erschrecke dich nicht – redete sie ihn an – du kannst von mir viel Neues erfahren, und was für dich sehr nützlich ist, wenn du tust, was ich dir sagen werde. Ich will alles tun, was du mir sagen wirst, antwortete er. Die Nonne sagte, komm und geh mit mir. Er folgte der Nonne, sie gingen beide bis auf den sogenannten Brücknerstieg, der etwa eine halbe Stunde vom Andreasberg liegt. Beide gingen an eine Klippe, worüber ein alter Baum lag; sie sagte: rücke den Baum zur Seite, da liegt ein Kind, das nimm mit dir, was dann weiter geschieht, wirst du bald erfahren.

Da hob er das Kind auf und nahm es mit nach seiner Schiebkarre, die er auf dem Andreasberg hatte stehn lassen. Kaum war er da angekommen und hatte das Kind auf weiches Moos niedergelegt, da kam ein kleines graues Männchen, das sprach: du Erdwurm, ich sage dir, geh mit und tue, was ich dir sage. Sie gingen beide miteinander fort und kamen in ein Tal, das das Schliekstal genannt wird. Da war ein kleines Loch, da ging das Männchen hinein und winkte ihm, er solle mitkommen; er ging mit hinein, es war ganz hell in diesem Gemach und es war wie eine Stube. Als er um sich blickte, sah er dieselbe Nonne, die ihn auf dem Brücknerstieg nach dem alten Baum geführt hatte; als sie den Mann ansah, fing sie an zu lachen, schwieg aber ganz still. Das Männchen sagte: nimm diesen Stein mit nach Hause und verkaufe ihn, merke dir diese Stelle und suche weiter nach den Steinen. Wenn du zu deiner Schiebkarre kommst, dann wird ein großer schwarzer Ziegenbock vor dem Kind liegen; greif aber zuerst nach dem Ziegenbock und binde ihn an deine Schiebkarre, so wird das Kind verschwinden; erschrecke dich aber ja nicht und sprich kein Wort. Dann fahre nach Hause, der Ziegenbock wird auch sobald verschwinden, du darfst aber kein Wort sagen, ehe du nicht nach Hause kommst. Wenn du gar kein Wort sprichst, dann sind wir beide erlöst; sprichst du ein Wort, so muß die Nonne ewig wandeln; sprichst du zwei Worte, so müssen wir beide ewig wandeln.

Kaum war der Mann fortgefahren, da verschwand der Ziegenbock wie das Kind; auf einmal kam ein Hase auf drei Beinen. Halt! rief er. Da fiel es ihm ein, was ihm der Mönch gesagt hatte; er schwieg, bis er nach Hause kam. Hiervon soll es herrühren, daß die Nonne noch jetzt vom Andreasberg bis zum Brücknerstieg wandelt. Durch diesen Mann soll nach kurzer Zeit ein Bergwerk im Schliekstal erfunden und soll da 136 Jahre Berg-Betrieb gewesen sein. Die Stelle, wo die Kunst gestanden hat, ist noch bis heutigen Tages zu sehen, wie auch die wandelnde Nonne auf dem Andreasberg und Brücknerstieg.

228.

ENGELGLÖCKLEIN

Geht man von Osterode nach Herzberg, so liegt hinter der Aschenhütte ein Berg, dessen Fuß die Sieber bespült, und der der Hausberg genannt wird. Auf diesem Berg soll vor langen Jahren ein Nonnenkloster gestanden haben, das recht fest gebaut war, so daß es nicht leicht gewesen ist, es zu überrumpeln. Einst kommt eine wilde Kriegerschar da durch und will in diesem Kloster ordentlich einhüten. Die rohen Soldaten haben nicht allein das Kloster plündern, sondern auch die Nonnen mißhandeln wollen. Die Speise ist ihnen aber garstig versalzen; denn, als sie vor das Tor kommen und hineinwollen, ist es zu, und keine Gewalt imstande, das Kloster zu nehmen, und hineinzukommen. Die Krieger legen sich auf die Lauer, umzingeln das Kloster und wollen die Nonnen durch Hunger und Durst zwingen, die Tore zu öffnen. In der großen Not eilen die Nonnen mitsamt ihrer Äbtissin in die Kapelle, werfen sich vor dem Altar auf ihre Knie nieder und bitten Gott, er möge sie vor Schimpf und Schande bewahren und von ihren Peinigern erretten, er möge ihnen Mittel und Wege zeigen, wie sie dem Unglück entrinnen könnten.

Als sie so in Tränen gebadet beten, kommt eine Taube zum Fenster herein, fliegt auf den Altar, setzt ein kleines Körbchen darauf und fliegt wieder fort. Das sehen alle Nonnen, die Äbtissin tritt vor den Altar, öffnet das Körbchen und siehe, es liegen zwei Glöcklein darin, ein goldenes und ein silbernes. Nun nimmt die Äbtissin das goldene Glöcklein und läutet, es hat einen wunderbar schönen Ton gehabt, und augenblicklich tritt ein Engel zu ihr und fragt, was sie von ihm wünsche. Voll Schreck und Freude sagt die Äbtissin: Sie wünsche Schutz gegen ihre Peiniger, die vor dem Kloster lägen. Der Engel hat ein goldnes Zepter in der Hand, damit berührt er den Boden, der tut sich auf, er geht hinein und sagt, sie sollen ihm alle folgen; das tun sie auch. Der Engel führt sie in eine weite Grotte, die ist mit Hunderten von brennenden Wachskerzen erleuchtet. Auf der einen Seite steht ein Altar, vor dem werfen sich die Nonnen nieder und danken voll Inbrunst Gott für ihre augenblickliche Rettung. Da ist der Engel verschwunden; dann stehen sie auf und sehen sich in ihrer neuen Behausung um.

Da stehen auf der andern Seite der Grotte mehrere gedeckte Tische; das Essen fehlt aber darauf. Auch stehen viele Betten da herum und es fehlt nichts weiter, was sie bedürfen, als Essen und Trinken: da nimmt die Äbtissin so zufällig das Körbchen mit den Glöcklein vor sich und läutet mit dem silbernen Glöckchen. In dem Augenblick sind wieder zwei Engel da, und fragen, was die Frau Äbtissin wünsche; die wünscht Essen und Trinken für sich und ihre Nonnen; da trägt der eine Engel die schönsten Speisen und der andere die feinsten Getränke auf den Tisch, dann sind die Engel wieder verschwunden. So geht's sieben Tage, und die Soldaten vor dem Kloster warten vergebens, daß die Tore geöffnet werden. Aus Ärger und Verdruß werfen sie Feuerbände in die Klostergebäude, die Engel löschen sie aus; sie laufen Sturm, müssen aber immer unverrichteter Sache wieder zurück. Kurz, sie sind gezwungen, trocken abzuziehen; denn sie haben eingestehen müssen, die Nonnen schützt Gott. Als nun die rohen Horden wieder abgezogen sind, kommen die Nonnen wieder aus ihrem Versteck hervor und danken Gott alle Tage in der Kapelle. Später sind die Nonnen da weggegangen, und das Kloster ist zerfallen; der Hausberg steht aber jetzt noch.

229.

DIE ENTSTEHUNG DER BERGWERKE AUF DEM RAMMELSBERG

Auf dem Brocken regierte in alter Zeit die Zauberjette und hatte noch elf junge Frauenzimmer in ihrer Gewalt. Nun hatten sich zwei Ritter am Brocken verirrt, von denen hieß der eine Otto, der andere Ramme. Sie hatten schon mehrere Tage am Brocken zugebracht und konnten sich nicht aus der Wildnis finden. Plötzlich sahen die beiden, daß mehrere Männer in der Wildnis auf sie zukamen. Das war eine Räuberbande, die in der Schweiz verstört war und sich nach dem Brocken durchgeschlagen hatte. An diese Bande mußten die Ritter sich anschließen, um ihr Leben zu retten, und versprachen, ihr auf jede Weise zu helfen. Nun suchten sie sich die beste Stelle am Brocken aus, um eine Höhle aus Steinen zu bauen. Was sie aber am ersten Tag gearbeitet hatten, war den andern Tag wieder auseinander. Da wunderten sie sich, wie das geschehen sein könnte, daß der Kram auseinandergekommen wäre. Sie faßten aber Mut und arbeiteten den zweiten Tag wieder an der Höhle. In dieser zweiten Nacht mußten zwei Räuber vor der Höhle wachen und der Kram war am nächsten Morgen wieder auseinander. In der dritten Nacht wachen die beiden Ritter und der Räuberhauptmann. Wie es um die Mitternachtsstunde hinkommt, sieht zuerst der älteste der beiden Ritter, Ramme, elf Frauenzimmer kommen, die haben einen kleinen Hammer und klopfen an den Pfeiler, den die Räuber hingebaut haben, da fließt er auseinander wie Wasser. Ritter Ramme aber zieht sein Schwert, ergreift die, welche den kleinen Hammer trägt und fragt, warum sie ihre Arbeit wieder vernichte. Es antwortet ihm aber niemand und am Brocken entsteht ein ungeheures Krachen. Die andern Räuber kommen zu Hilfe, da fragt der Ritter zum zweiten und dann zum dritten Male, warum sie ihre Arbeit vernichten. Da antwortet die, die den kleinen Hammer in der Hand trägt; sie kann ihm den Grund nicht sagen, doch soll er und der andere Ritter mit zu ihrer Befehlshaberin gehen, da würden sie erfahren, warum sie die Ordre erhalten hätten, ihre Arbeit wieder zu vernichten.

Nun gehen die beiden Ritter mit und kommen in eine große steinerne Höhle, die nordwestlich am Brocken liegt. Als sie hinein sind, ist da die Zauberjette und die Höhle ist so schön inwendig, wie ein Schloß nur sein kann. Die Ritter fragen, warum sie den Befehl ausgäbe, ihre Arbeit zu vernichten. Da antwortet sie, sie wolle allein hier am Brocken herrschen und habe deswegen noch elf Personen unter ihrem Joch, sie sei die Zauberjette. Gefiele es den Rittern, so möchten sie bei ihr bleiben und mit ihr leben, dann wolle sie auch die Bande am Brocken dulden. Wenn die Ritter aber nicht bei ihr bleiben wollten, so möchten sie nur ihren Bau einstellen, denn es würde doch alles wieder zerstört werden. Die Ritter entschlossen sich endlich, bei der Zauberjette zu bleiben. Wie sie aber einige Zeit bei ihr gewesen sind, wird ihr Zauber sehr schwach, weil sie in dieser Zeit nicht nach ihrer sonstigen Gewohnheit gelebt hat, denn sie ist sonst alle Nacht nach dem Wolfsbrunnen unten am Brocken gegangen, daraus hat sie in jeder Mitternachtsstunde drei Gepschen (hohle Hände) voll Wasser nehmen und trinken müssen. Davon hat sie ihren Zauber gehabt und das hat sie um der Gesellschaft der Ritter willen versäumt. Nun wird sie zuletzt so schwach, daß sie an zwei Stöcken gehen muß. Endlich fühlt sie, daß es mit ihr zu Ende geht, bekennt gegen die Ritter alle ihre Missetaten, und zeigt ihnen all ihr Vermögen und ihre Schätze. Von den Dienerinnen, die sie unter ihrem Zauberjoch hat, macht sie fünf frei und geht dann mit den beiden Rittern unten am Brocken nach einer Höhle und zeigt dort alle Schätze, die darin sind. Darunter stand auch das Marktbecken, welches jetzt auf dem Markt zu Goslar steht. Vor der Höhle lag ein schwarzer Hund. Als sie den Rittern alles gezeigt hat, greift sie in die Wand und zieht eine Flasche und einen goldenen Becher hervor, schenkt ein und will noch einmal auf die Gesundheit der beiden Ritter mit diesen trinken. In dem Augenblick aber, wo sie eingegossen hat, kommt der Vater des Ritters Ramme hinten aus der Höhle und sagt: »O du alte Zauberjette, jetzt sind die zwölf Jahre um, für die du mich in den Schlaf gezaubert hast.« Da staunten die Ritter und der Sohn, der den Kelch in der Hand hatte, ließ ihn vor Schrecken zu Boden fallen. Alsbald aber erkannte er seinen Vater, der vor ihm stand, und der Alte sagte: er sei ihr Retter, das sei das ärgste Gift, das sie hätten trinken sollen. Da zog der Sohn des alten Ritters sein Schwert und hackte der Zauberjette den Kopf ab. Da entstand wieder ein furchtbares Krachen und ein Gewinsel des Hundes, der noch in der Höhle gewesen ist. Die Räuber, welche die Ritter oft bei der Zauberjette besucht hatten, waren ihnen auch jetzt auf dem Gang mit der Zauberjette zu ihrem Schutz aus der Ferne gefolgt. Als die das Krachen hörten, drangen sie in die Höhle ein. Wie sie nun in der Höhle waren, da verwandelte sich der schwarze Hund in einen alten Mann und sprach: Alles, was sie sähen, gehöre ihnen, sie hätten's erlöst; er sei froh, daß er nun nichts mehr zu verwahren brauche. Alles dies aber ist am Rammelsberg geschehen und sind noch immer die Goslar'schen Bergwerke beschäftigt, die Schätze der Zauberjette zu heben.

230.

DAS TEUFELSLOCH ZU GOSLAR

In der Kirchenmauer zu Goslar sieht man einen Spalt und erzählt davon so: Der Bischof von Hildesheim und der Abt von Fuld hatten einmal einen heftigen Rangstreit, jeder wollte in der Kirche neben dem Kaiser sitzen und der Bischof behauptete den ersten Weihnachtstag die Ehrenstelle. Da bestellte der Abt heimlich bewaffnete Männer in die Kirche, die sollten ihn den morgenden Tag mit Gewalt in Besitz seines Rechtes setzen. Dem Bischof wurde das aber verkundschaftet und ordnete sich auch gewappnete Männer hin. Tags drauf erneuerten sie den Rangstreit, erst mit Worten, dann mit der Tat, die gewaffneten Ritter traten hervor und fochten; die Kirche glich einer Wahlstätte, das Blut floß stromweise zur Kirche hinaus auf den Gottesacker. Drei Tage dauerte der Streit und während des Kampfes stieß der Teufel ein Loch in die Wand und stellte sich den Kämpfern dar. Er entflammte sie zum Zorn und von den gefallenen Helden holte er manche Seele ab. So lang der Kampf währte, blieb der Teufel auch da, hernach verschwand er wieder, als nichts mehr für ihn zu tun war. Man versuchte hernachmals, das Loch in der Kirche wieder zuzumauern und das gelang bis auf den letzten Stein; sobald man diesen einsetzte, fiel alles wieder ein und das Loch stand ganz offen da. Man besprach und besprengte es vergebens mit Weihwasser, endlich wandte man sich an den Herzog von Braunschweig und erbat sich dessen Baumeister. Diese Baumeister mauerten eine schwarze Katze mit ein und beim Einsetzen des letzten Steins bedienten sie sich der Worte: »Willst du nicht sitzen in Gottes Namen, so sitz ins Teufels Namen!« Dieses wirkte und der Teufel verhielt sich ruhig, bloß bekam in der folgenden Nacht die Mauer eine Ritze, die noch zu sehen ist bis auf den heutigen Tag.

Nach Aug. Lercheimer von der Zauberei, sollen der Bischof und Abt darüber gestritten haben, wer dem Erzbischof von Mainz zunächst sitzen dürfe. Nachdem der Streit gestillet war, habe man in der Messe gesungen: »Hunc diem gloriosum fecisti.« Da fiel der Teufel unterm Gewölb mit grober, lauter Stimme ein und sang: »Hunc diem bellicosum ego feci.«

231.

DIE KAISERTOCHTER ZU GOSLAR

Wie noch der Dom in Goslar gestanden hat, und es ist ein Fremder gekommen und hat ihn sich ansehen wollen, so ist gewöhnlich ein Geistlicher mitgegangen, und hat einem die Merkwürdigkeiten gezeigt, und da hat er denn den Leuten einen Sarg gewiesen, darin hat ein Frauenbild gelegen und ihr zu Füßen ein kleines Hündlein, und dabei hat er diese Geschichte erzählt. Es ist einmal ein Kaiser (Heinrich der Dritte) in Goslar gewesen, der hat eine Tochter gehabt, die ist so schön gewesen, daß sich ihr eigener Vater in sie verliebt hat, und er hat sich gar nicht bezwingen können und hat sie zu seiner Gemahlin haben wollen. Die Prinzessin ist dazu zu gottesfürchtig gewesen und hat's nicht tun wollen. Aber der Kaiser hat sich es nicht ausreden lassen, sie sollte seine Gemahlin werden, es möchte daraus werden was da wolle, und es ist schon der Tag zur Hochzeit angeordnet.

Die Nacht vor der Hochzeit, wie sich das Mädchen gar nicht mehr zu helfen wußte und in ihrem Schlafzimmer war, warf sie sich auf die Knie und rief die Mutter Maria an, sie möchte ihr doch helfen. Da erschien ihr die Mutter Maria und fragte, was sie wolle. Sie erzählte ihr ihre Not und bat sie, wenn's nicht anders geschehen könne, so möchte sie ihr doch lieber ihre Schönheit nehmen, ehe sie diese Sünde tun müßte. Da sagte ihr die Mutter Maria, ihr Wunsch sollte erfüllt sein. Den andern Morgen, wie die Prinzessin aufstand und sich im Spiegel besah, kannte sie sich fast gar nicht mehr, so häßlich war sie geworden, und wie sie der Kaiser zu sehen bekam, wollte er anfangs gar nicht glauben, daß sie seine Tochter sei, aber endlich hat er sie doch erkannt, und sie hat ihm alles gesagt, wie sie's gemacht hat. Da wird er ganz wütend und will sie hinrichten lassen. Aber seine Minister legten sich ins Mittel und alles, was zugegen war, bat ihn, er möchte ihr doch Gnade widerfahren lassen. Da sagte er endlich: nun ja, wenn sie in acht Tagen ein Altartuch für den Dom fertig schaffen könnte, so wollte er sie wieder zu Gnaden annehmen.

Nun hat aber die Prinzessin über alle Maßen schön weben und stricken können, und darum hat er alles gesagt, wie das Altarbuch sein soll, und er machte es so schwer, daß einer wohl Jahr und Tag daran zu tun gehabt hätte. Aber die Prinzessin dachte: wer dir einmal geholfen hat, der kann dir auch wieder helfen. Wie sie des Abends in ihrem Schlafzimmer war, rief sie wieder die Mutter Maria an, aber wer auch nicht kam, das war die Mutter Maria. Da ward ihr aber so angst, und sie wußte nicht wohin und woher. Und die andere Nacht, wie sie wieder die Mutter Maria anrief, kam sie auch nicht und die dritte Nacht auch nicht. Da kam sie ganz von Sinnen vor Angst und sie rief den Bösen an. Der kam auch richtig und fragte, was sie wolle. Da sagte sie's ihm und bat ihn, er solle ihr helfen. Er sagte ja, das wolle er tun, wenn sie ihm ihre Seele verschreiben wolle. Nein, sagte sie, lieber wolle sie sterben, als ihre arme Seele ins höllische Feuer schicken. Er antwortete, sie möchte sich besinnen, morgen Nacht wolle er wiederkommen. Die vierte Nacht kam richtig der Böse wieder: ob sie sich besonnen hätte? Sie sagte nein, ihre Seele wollte sie ihm nicht verschreiben. Er antwortete: nun so wolle er doch das Altarbuch machen, das heißt, wenn er in der letzten Nacht käme, zwischen elf und zwölf Uhr, und sie wachte, so wolle er ihre Seele nicht haben, schliefe sie aber, so müßte sie sein werden. Ja, antwortete sie, damit wäre sie zufrieden. Die andere Nacht wuchs das Altartuch zusehends und ward ganz wunderschön, wie's gar nicht zu erdenken ist, und sie ward auch gar nicht müde. So ging alles recht gut, bis in die letzte Nacht, wie das Altartuch beinahe fertig war. Da konnte sie sich gar nicht halten vor Müdigkeit und schlief ein. Nun hat aber die Kaisertochter ein kleines Hündchen gehabt zu ihrem Vergnügen, das hat Quedel geheißen. Das Hündchen ist niemals von ihr gewichen, weder Tag noch Nacht. Das lag auf ihrem Schoße und war munter, wie sie schlief. Wie's zwischen elf und zwölf war und der Böse trappte über den Saal, wie er eben auf die Tür zukam, hörte es das Hündlein und fing laut zu bellen an. Da erschrickt die Prinzessin und wird auch munter, und wie der Böse sah, daß sie wachte, ward er wütend und griff nach dem Hündlein und schmetterte es gegen den Boden, daß es auf der Stelle den Geist aufgab, und darauf verschwand der Böse.

Aber zum ewigen Gedächtnis an die Begebenheit hat die Kaisertochter das Kloster Quedlinburg bauen und das Hündlein einbalsamieren lassen, und ehe sie starb, hat sie befohlen, daß es mit ihr in einem Sarg liegen soll.

Und das ist das Hündlein und das Frauenbild, das man im Dom zu Goslar gezeigt hat und das in dem kleinen Teil des Doms, der noch steht, noch heute gezeigt wird. Das Altartuch hat man zu jener Zeit auch noch sehen können.

232.

DER GRAF VON REINSTEIN

In Steckelnberg ist früher ein Burggraf gewesen, der hat wild in der ganzen Gegend gehaust, und man hat sich viel gemüht, ihn zu fangen, aber es hat nie gelingen wollen; denn er hatte seinen Rossen die Hufe verkehrt aufgeschlagen, und wenn man nun meinte, er sei in der Burg, so war er draußen, und wiesen die Spuren der Pferde nach dem Lande, so war er drinnen. So wild und grausam war er aber, daß er sich oft an einem Tag eine gewisse Zahl setzte, der er die Köpfe abschlagen wollte, und dann ruhte er nicht eher, als bis er sie erfüllt hatte. Aber mit dem Alter hat er doch Mitleid gehabt und als einmal ein steinalter Mann noch spät abends die Straße kam, fragte er ihn, wie alt er sei, und als der es ihm nun gesagt, da ließ er ihn ziehen, obgleich er noch der letzte war, der ihm an seiner Zahl fehlte. So hat er es lange ungestraft getrieben, aber zuletzt haben ihn die Quedlinburger auf dem Regenstein, der ihm auch gehörte, gefangen und haben ihn mit sich nach Quedlinburg geführt. Da hat er ihnen dann, als sie auf den Markt kamen, gute Worte geben, hat seine Lanze in die Erde gesteckt und gesagt, so weit sie hervorsähe, wolle er den ganzen Markt mit Gold anfüllen, wenn sie ihn frei ließen; aber sie haben sein Sündengeld nicht gemocht und ihn, wie er's verdiente, vom Leben zum Tode gebracht.

Andre erzählen, der Graf sei im Hackelndeich bei Gernrode, wo er sich auf der Flucht versteckt, gefangen worden und darauf habe man ihn in einen hölzernen Käfig gesetzt und in Quedlinburg auf offenem Markte dem Hohn der Buben preisgegeben. Sein Bruder hätte endlich das geforderte Lösegeld aufgebracht und außerdem hätte er noch 7000 Morgen Wald auf dem Ramberg abtreten und sämtliche Türme der Stadtmauer bauen müssen.

233.

DIE UNVERWESTE LEICHE IM MUSEUM VON GÖTTINGEN

Im Herzberg wohnte ein Kaufmann, namens Schachtrup, der mit Stahl handelte. Einst bekam er aus London aus Versehen eine Tonne Gold statt einer Tonne Stahl zugeschickt. Als später Nachfrage gehalten wurde, verschwor er sich, daß er nicht verwesen wollte, wenn in einer Tonne Gold gewesen wäre. Nach seinem Tode ist er wirklich nicht verwest. Nachdem er zwanzig bis dreißig Jahre in der Erde gelegen hatte und sein Sarg schon ganz zerfallen war, wurde er ausgegraben und in das Haus gebracht, worin die Totenbahren stehen. Da wurde er mehrmals den Leuten, um sie zu erschrecken, vor das Haus gestellt und so viel Unfug mit ihm getrieben, daß man beschloß, der Sache ein Ende zu machen, und ihn an das Museum zu Göttingen schickte. Da steht er nun, wenn man die Museumstreppe heraufkommt, gleich am Eingang.

234.

DER GÖTTINGER WALD

Die Waaker erzählen, der Göttinger Wald habe ursprünglich bis an den Tweschweg ihnen gehört und sei erst auf folgende Weise an die Göttinger gekommen. Die Waaker hatten sich um den Wald wenig bekümmert, und so war es zugegangen, daß die Göttinger sich einen Teil davon anmaßten. Darüber entstand nun ein Prozeß zwischen beiden. Da nun niemand die Grenze genau zu bestimmen vermochte, trat eine alter Hirt aus Herberhausen auf und sagte, er wisse sie genau anzugeben; denn er habe in dem Wald viele Jahre lang das Vieh gehütet. Darauf mußte er sich zu einem Göttinger Ratsherrn in den Wagen setzen, und dieser fuhr mit ihm an Ort und Stelle. Der Hirt aber dachte, etwas müßten die Waaker doch wohl behalten, und ging dann so dicht an dem Feldrain hin, daß nur der schmale Streifen Waldes Neu-Waake gegenüber, welcher der Streitforst heißt, liegen blieb und den Waakern zugesprochen wurde. Als die Waaker nun sahen, wie er so die Grenzen abging und fast den ganzen Wald den Göttingern zuwandte, riefen sie ihm laut zu, sie wollten, daß er Hals und Beine bräche. Der Wunsch ging auch schnell in Erfüllung; denn als der Hirt wieder in den Wagen steigen wollte, fiel er und brach das Genick.

235.

DIE BURGEN DER GLEICHEN

Nicht weit von Göttingen liegen auf einer Berghöhe zwei Burgruinen, Altengleichen und Neuengleichen genannt. Die Sage geht, daß in sehr frühen Zeiten zwei Grafen aus dem Sachsenland sie erbaut, die dann von diesen Burgsitzen aus das Land bedrückt und beraubt hätten. Da seien sie unter der Regierung Kaiser Ottos IV. befehdet, von den Bewohnern des Landes vertrieben und ihre Burgen zerstört worden, worauf sie sich nach Thüringen gewendet und dort die unter dem Namen die drei Gleichen bekannten Bergschlösser erbaut hätten.

Die Ritter, welche auf den Gleichen wohnten, sind Raubritter gewesen; die auf Burg Teistungen bei Heiligenstadt waren es ebenfalls und standen mit ihnen im Bunde. Wollten sie nun gemeinschaftlich etwas unternehmen, oder drohte einem von ihnen Gefahr, so gaben sie sich mit einer ausgestreckten Laterne ein Zeichen.

Auf den beiden Gleichen haben einmal zwei feindliche Brüder gelebt, die stets miteinander in Fehde lagen. Man erzählt auch, ihr Haß habe seinen Grund darin gehabt, daß der eine Altengleichen mit drei Vierteln der Herrschaft innehatte, indes der andere Neuengleichen bewohnte und nur das letzte Viertel der Gleichenschen Herrschaft besaß. Auf dem Platz unter den Gleichen, welcher Kriegsplatz oder Kriegsholz heißt und jetzt den Reinhäusern gehört, haben sie miteinander gekämpft. Wollte der eine Bruder seinen Freund auf der Niedeck besuchen, so ließ er seinem Pferd die Hufeisen verkehrt unterschlagen, damit der andere nicht wissen sollte, ob er weggeritten oder wieder zu Hause angekommen sei. Einst wollte der Ritter, welcher auf der nach Gelliehausen hin gelegenen Burg wohnte, ausreiten; weil er aber etwas vergessen hatte, kehrte er wieder um es zu holen. Sein Bruder, der ihn bemerkt hatte, stand schon auf der Lauer und schoß nach ihm mit einer Pistole, traf ihn aber nicht. Zuletzt forderten sich die Brüder zu einem Zweikampf heraus. Zu dem Ende stellte sich jeder in das Tor seiner Burg und beide schossen gleichzeitig aufeinander. Beide wurden getroffen und blieben tot auf dem Platze.

236.

RIESEN BACKEN GEMEINSCHAFTLICH

Zwei Riesenbrüder wohnten voneinander getrennt, der eine auf der Bramburg, der andere auf der Plesse. Da sie nur einen Backofen hatten, der auf der Plesse stand, so buken sie immer miteinander. Einst wollten sie wieder gemeinschaftlich backen und es war unter ihnen verabredet, sobald alles bereit und der Ofen gehörig geheizt sei, so sollte der auf der Plesse seinem Bruder dadurch ein Zeichen geben, daß er im Backtrog einige Male kratze, dann wollte der andere mit seinem Teig herüberkommen. Auf einmal hört der auf der Bramburg ein Kratzen, denkt dies sei das Zeichen, daß er jetzt kommen und einschieben solle, nimmt also seinen Teig und geht nach der Plesse. Doch hier ist noch nichts zum Backen bereit und der auf der Plesse sagt, als jener ihm darüber Vorwürfe macht, daß er ihm zu früh das verabredete Zeichen gegeben habe, er habe sich ja nur ein wenig auf den Rippen geschabt. Darüber geraten die beiden miteinander in einen heftigen Streit; der Bramburger, welcher schwächer ist, muß flüchten, der auf der Plesse wirft ihm aber noch einen großen Stein nach, der ihn jedoch nicht trifft. Noch jetzt liegt dieser Stein in dem Feld zwischen Lödingsen und Asche, die fünf Finger von der Hand des Riesen sind deutlich darin abgedrückt.

237.

WECHSELBALG ENTDECKT

Auf der obern Straße in Wulften wohnte ein Leinweber namens Mönch. Einst ging dessen Frau nach Osterode und nahm ihren anderthalbjährigen Sohn mit, den sie auf dem Rücken trug. Als sie in die Nähe von Schwiegerhausen gekommen war, erblickte sie in einiger Entfernung etwas, das wie ein Nebel aussah. Als sie näher gekommen war, stand mit einem Male ein kleines Männchen vor ihr, welches kein Wort sprach, ihr aber, ohne daß sie etwas gemerkt hätte, ihren Sohn vom Rücken nahm und dafür einen Zwerg darauf setzte. Mit diesem ging sie weiter, merkte jedoch bald, daß die Last auf ihrem Rücken viel schwerer geworden war. Unterwegs redete sie das vermeintliche Kind auf ihrem Rücken mehrmals an, bekam aber keine

Antwort; da nun ihr Sohn bereits sprechen konnte, so erkannte sie daraus, daß ihr Kind mit einem Wechselbalg vertauscht sei, und als sie sich umsah und den ungewöhnlichen dicken Kopf des Zwerges erblickte, da wurde ihre Vermutung zur Gewißheit. Voll Betrübnis ging sie ihres Weges weiter nach Osterode, wo ein Arzt, den sie befragte, es ihr bestägtigte, daß dies ein Zwerg, ihr rechtes Kind somit vertauscht sei. So ging sie denn mit dem fremden Kind nach Wulften zurück und weinte bitterlich. Schon hatte sie den Zwerg mehrere Jahre bei sich gehabt, ohne jemals Freude davon zu haben (denn dieser zeigte zwar recht guten Appetit, wurde aber trotzdem um nichts größer und sprach auch nie ein Wort), als sie sich endlich Hilfe suchend an ihren Nachbar Hesse wandte, der in dem Ruf stand, ein kluger Mann zu sein. Dieser erteilte ihr den Rat, den Wechselbalg auf den Herd zu setzen und dann in zwei Eierschalen das Wasser zum Brauen zusammenzutragen: dann werde der Wechselbalg schon den Mund auftun, und die Zwerge würden ihn wieder holen und das rechte Kind zurückbringen. Die Frau tat, wie der Nachbar ihr geraten hatte. Der Wechselbalg auf dem Herde sah ihrem Beginnen anfangs in stummer Verwunderung zu, endlich aber brach er sein langes Schweigen und sprach die Worte: »So bin ich doch so alt wie der Thüringer Wald und habe noch nie gesehen, daß in Eierschalen das Wasser zum Brau getragen ist.« Da hatte die Frau ihren Zweck erreicht, hob den Zwerg vom Herd und brachte ihn in die Stube zurück.

Als nun der Jahrstag wieder kam, an welchem die Zwerge ihr das Kind vertauscht hatten, nahm sie den Wechselbalg auf den Rücken und ging mit ihm denselben Weg nach Osterode, den sie damals gegangen war. Mit einem Male sah sie auf derselben Stelle den Zwerg wieder vor sich stehen, der ihr früher hier begegnet war. Dieser redete das Kind auf ihrem Rücken sogleich mit den Worten an: »Hast du denn geschwatzt?« – »Ja, das habe ich getan; sie machte so närrisches Zeug, daß ich wohl schwatzen mußte.« Nun wurde der Frau der Wechselbalg von dem Rücken gehoben, und ihr das rechte Kind darauf gesetzt, jedoch so, daß sie nichts davon merkte. Sie aber ging, wir ihr der Nachbar gleichfalls geboten hatte, ohne sich umzusehen und ohne ein Wort zu sprechen, erst wieder ganz hin nach Osterode und kehrte von dort aus nach Wulften zurück, wo sie dann auch wirklich ihr rechtes Kind vom Rücken hob.

Nun erst fragte die glückliche Mutter ihren Sohn, wie es ihm bei den Zwergen ergangen wäre, und der Knabe erzählte: ein kleines Männchen habe ihn auf den Rücken genommen und sei so mit ihm davongelaufen; endlich wären sie vor einen Berg gekommen, da habe der Zwerg eine Blume gepflückt, worauf der Berg sich alsbald aufgetan habe und sie hineingegangen wären. In dem Berg wären noch viele andere Zwerge gewesen; so oft einer hineingekommen sei, habe er die Blume in der Hand gehabt; sei aber einer herausgegangen, habe er die Blume weggeworfen und der Berg habe sich wieder geschlossen; er selbst sei nicht wieder aus dem Berg herausgekommen. Wäre einer der Zwerge nach Hause gekommen, so habe er auch immer Geld mitgebracht. In dem Berg selbst sei alles niedlich und sauber gewesen, und ihn hätten die Zwerge recht gut behandelt. Eines Mittags aber wären sie alle recht verdrießlich geworden und als er nach der Ursache gefragt habe, hätten sie geantwortet, er käme nun wieder in seine Heimat zurück. Darüber haber er sich gefreut und geäußert, das sei ja recht gut; die Zwerge aber hätten gesagt, für sie sei es ein großes Unglück. Als nun der Jahrestag der Vertauschung wiedergekehrt sei, da habe ihn der Zwerg wieder auf den Rücken genommen und sei mit ihm zu der Stelle gegangen, wo ihn die Mutter wieder bekommen hatte.

238.

DER SCHÄFER UND DER ALTE AUS DEM BERG

Nicht weit von der Stadt Wernigerode befindet sich in einem Tale eine Vertiefung in steinigem Erdboden, welche das Weinkeller-Loch genannt wird und worin große Schätze liegen sollen. Vor vielen Jahren weidete ein armer Schäfer, ein frommer und stiller Mann, dort seine Herde. Einmal, als es eben Abend werden wollte, trat ein greiser Mann zu ihm und sprach: »Folge mir, so will ich dir Schätze zeigen, davon du dir nehmen kannst, so viel du Lust hast.« Der Schäfer überließ dem Hund die Bewachung der Herde und folgte dem Alten. In einer kleinen Entfernung tat sich plötzlich der Boden auf, sie traten beide ein und stiegen in die Tiefe, bis sie zu einem Gemach kamen, in welchem die größten Schätze von Gold und edlen Steinen aufgetürmt lagen. Der Schäfer wählte sich einen Goldklumpen und jemand, den er nicht sah, sprach zu ihm: »Bringe das Gold dem Goldschmied in die Stadt, der wird dich reichlich bezahlen.« Darauf leitete ihn sein Führer wieder zum Ausgang und der Schäfer tat, wie ihm geheißen war und erhielt von dem Goldschmied eine große Menge Geldes. Erfreut brachte er es seinem Vater, dieser sprach: »Versuche noch einmal in die Tiefe zu steigen.« »Ja, Vater«, antwortete der Schäfer, »ich habe dort meine Handschuhe liegen lassen, wollt Ihr mitgehen, so will ich sie holen.« In der Nacht machten sich beide auf, fanden die Stelle und den geöffneten Boden und gelangten zu den unterirdischen Schätzen. Es lag noch alles, wie das erstemal, auch die Handschuhe des Schäfers waren da; beide luden so viel in ihre Taschen, als sie tragen konnten und gingen dann wieder heraus, worauf sich der Eingang mit lautem Krachen hinter ihnen schloß. Die folgende Nacht wollten sie es zum drittenmal wagen, aber sie suchten lange hin und her, ohne die Stelle des Eingangs, oder auch nur eine Spur, zu entdecken. Da trat ihnen der alte Mann entgegen und sprach zum Schäfer: »Hättest du deine Handschuhe nicht mitgenommen, sondern unten liegen gelassen, so würdest du auch zum drittenmal den Eingang gefunden haben, denn dreimal sollte er dir zugänglich und geöffnet sein; nun aber ist er dir auf immer unsichtbar und verschlossen.« Geister, heißt es, können das, was in ihrer Wohnung von den irdischen Menschen zurückgelassen worden, nicht behalten und haben nicht Ruh, bis es jene wieder zu sich genommen.

239.

JUNGFRAU ILSE

Der Ilsenstein ist einer der größten Felsen des Harzgebirges, liegt auf der Nordseite in der Grafschaft Wernigerode unweit Ilsenburg am Fuß des Brockens und wird von der Ilse bespült. Ihm gegenüber ein ähnlicher Fels, dessen Schichten zu diesem passen und bei einer Erderschütterung davon getrennt zu sein scheinen.

Bei der Sündflut flohen zwei Geliebte dem Brocken zu, um der immer höher steigenden allgemeinen Überschwemmung zu entrinnen. Eh sie noch denselben erreichten und gerade auf einem andern Felsen zusammenstanden, spaltete sich solcher und wollte sie trennen. Auf der linken Seite, dem Brocken zugewandt, stand die Jungfrau; auf der rechten der Jüngling und miteinander stürzten sie umschlungen in die Fluten. Die Jungfrau hieß *Ilse*. Noch alle Morgen schließt sie den Ilsenstein auf, sich in der Ilse zu baden. Nur wenigen ist es vergönnt, sie zu sehen, aber wer sie kennt, preist sie. Einst fand sie frühmorgens ein Köhler, grüßte sie freundlich und folgte ihrem Winken bis vor den Fels; vor dem Fels nahm sie ihm seinen Ranzen ab, ging hinein damit und brachte ihn gefüllt zurück. Doch befahl sie dem Köhler, er sollte ihn erst in seiner Hütte öffnen. Die Schwere fiel ihm auf und als er auf der Ilsenbrücke war, konnt er sich nicht länger enthalten, machte den Ranzen auf und sah Eicheln und Tannäpfel. Unwillig schüttelte er sie in den Strom, sobald sie aber die Steine der Ilse berührten, vernahm er ein Klingeln und sah mit Schrecken, daß er Gold verschüttet hatte. Der nun sorgfältig aufbewahrte Überrest in den Ecken des Sacks machte ihn aber noch reich genug. – Nach einer andern Sage stand auf dem Ilsenstein vorzeiten eines Harzkönigs Schloß, der eine sehr schöne Tochter Namens Ilse hatte. Nah dabei hauste eine Hexe, deren Tochter über alle Maßen häßlich aussah. Eine Menge Freier warben um Ilse, aber niemand begehrte die Hexentochter, da zürnte die Hexe und wandte durch Zauber das Schloß in einen Felsen, an dessen Fuße sie eine nur der Königstochter sichtbare Tür anbrachte. Aus dieser Türe schreitet noch jetzo alle Morgen die verzauberte Ilse und badet sich im Flusse, der nach ihr heißt. Ist ein Mensch so glücklich und sieht sie im Bade, so führt sie ihn mit ins Schloß, bewirtet ihn köstlich und entläßt ihn reichlich beschenkt. Aber die neidische Hexe macht, daß sie nur an einigen Tagen des Jahrs im Bad sichtbar ist. Nur derjenige vermag sie zu erlösen, der mit ihr zu gleicher Zeit im Flusse badet und ihr an Schönheit und Tugend gleicht.

240.

DER ABZUG DES ZWERGVOLKS ÜBER DIE BRÜCKE

Die kleinen Höhlen in den Felsen, welche man auf der Südseite des Harzes, sonderlich in einigen Gegenden der Grafschaft Hohenstein findet, und die größtenteils so niedrig sind, daß erwachsene Menschen nur hineinkriechen können, teils aber einen räumigen Aufenthaltsort für größere Gesellschaften darbieten, waren einst von Zwergen bewohnt und heißen nach ihnen noch jetzt Zwerglöcher. Zwischen Walkenried und Neuhof in der Grafschaft Hohenstein hatten einst die Zwerge zwei Königreiche. Ein Bewohner jener Gegend merkte einmal, daß seine Feldfrüchte alle Nächte beraubt wurden, ohne daß er den Täter entdecken konnte. Endlich ging er auf den Rat einer weisen Frau bei einbrechender Nacht an seinem Erbsenfelde auf und ab und schlug mit einem dünnen Stabe über dasselbe in die bloße Luft hinein. Es dauerte nicht lange, so standen einige Zwerge leibhaftig vor ihm. Er hatte ihnen die unsichtbar machenden Nebelkappen abgeschlagen. Zitternd fielen die Zwerge vor ihm nieder und bekannten: daß ihr Volk es sei, welches die Felder der Landesbewohner beraubte, wozu aber die äußerste Not sie zwänge. Die Nachricht von den eingefangenen Zwergen brachte die ganze Gegend in Bewegung. Das Zwergvolk sandte endlich Abgeordnete und bot Lösung für sich und die gefangenen Brüder, und wollte dann auf immer das Land verlassen. Doch die Art des Abzuges erregte neuen Streit. Die Landeseinwohner wollten die

Zwerge nicht mit ihren gesammelten und versteckten Schätzen abziehen lassen und das Zwergvolk wollte bei seinem Abzuge nicht gesehen sein. Endlich kam man dahin überein, daß die Zwerge über eine schmale Brücke bei Neuhof ziehen, und daß jeder von ihnen in ein dorthin gestelltes Gefäß einen bestimmten Teil seines Vermögens, als Abzugszoll werfen sollte, ohne daß einer der Landesbewohner zugegen wäre. Dies geschah. Doch einige Neugierige hatten sich unter die Brücke gesteckt, um den Zug der Zwerge wenigstens zu hören. Und so hörten sie denn viele Stunden lang das Getrappel der kleinen Menschen; es war ihnen als wenn eine sehr große Herde Schafe über die Brücke ging. – Seit dieser letzten großen Auswanderung des Zwergvolks lassen sich nur selten einzelne Zwerge sehen. Doch zu den Zeiten der Eltervāter stahlen zuweilen einige in den Berghöhlen zurückgebliebene aus den Häusern der Landesbewohner kleine kaum geborene Kinder, die sie mit Wechselbälgen vertauschten.

241.

DAS GESICHT DER MAGD

Es ist in Hattorf gewesen und am Andreasabend, da war eine Frau, die lag schon längere Zeit krank und weil das Dienstmädchen sie gut verpflegte, war sie heute recht zutraulich mit ihr und sagte: sie solle sich den Abend splitternackt ausziehen und in den Schornstein sehen, da könne sie ihren Zukünftigen erblicken. Wenn er nicht im Schornstein wäre, so würde er im Ofenloch sitzen. Trüge sie aber schon einen im Herzen und hätte sich heimlich mit ihm versprochen, so könnte sie sehen, ob etwas daraus würde, wenn er da säße; aber dann wollte sie ihr nur wünschen, daß sie keine Leiche im Schornstein erblicke, sonst müßte ihr Bräutigam sterben.

Sie trüge keinen im Herzen, sagt das Mädchen, zieht sich den Abend splitternackt aus, blickt im Schornstein hinauf, sieht aber niemand. Da leuchtet sie auch mit ihrem Licht ins Ofenloch, da sitzt der Herr vom Hause darin und betrachtet sie. Da läuft das Mädchen zur Frau und klagt ihr, was der Herr für einer sei. Die Frau fragt sie immer wieder, ob es denn wohl wahr sei, daß sie den Herrn im Ofenloch gesehen habe. Es will aber niemand mit dem Herrn darüber sprechen, die Magd nicht aus Scham und Verdruß, die Frau nicht, weil sie in der Sache tiefer sieht als die Magd. Endlich sagt die Frau weinend zur Magd, wenn sie wirklich den Herrn im Ofenloch hätte sitzen sehen, so müßte sie, die Frau, noch in diesem Jahr sterben; die Magd aber würde die Frau im Hause werden, und damit wollte sie ihr ihre Kinder empfohlen haben. Ein halbes Jahr darauf war die Frau tot. Nun sagt der Herr zu der Magd: »Ich muß wieder eine Mutter für meine Kinder haben«, heiratet sie, und sie wird die Frau im Hause.

242.

DER NAME VON DUDERSTADT

Drei Brüder haben Duderstadt gebaut und als sie damit fertig gewesen sind, haben sie der Stadt auch einen Namen geben wollen, haben sich aber nicht darüber einig werden können, wer von ihnen eine solchen geben sollte, und der erste hat zum zweiten gesagt: »Gib du der Stadt den Namen«, und der hat zum ersten gesagt: »Gib du der Stadt den Namen«, und ebenso hat der's wieder zum dritten gesagt, und der hat's ihm mit denselben Worten zurückgegeben und da haben sie sich kurz entschlossen und die Stadt Duderstadt geheißen.

243.

DAS CATHARINENLÄUTEN IN HANNOVERSCH MÜNDEN

Vom Kloster Hilwartshausen aus hatte sich eine herzogliche Prinzessin nach dem Reinhartswald auf die Jagd begeben. Sie verirrte sich dort, und schon war der Abend angebrochen und sie hatte alle Hoffnung aufgegeben, noch an diesem Tag aus dem Wald wieder herauszukommen, als sie von Münden herüber abends 9 Uhr läuten hörte. Sie folgte nun dem Schall und kam so in der Nähe von Münden aus dem Walde heraus. Aus Dankbarkeit verehrte sie dann der Kirche St. Blasii eine Glocke mit der Bestimmung, daß vom Catharinentage (25. Nov.) an vier Wochen hindurch diese Glocke abends 9 Uhr eine Viertelstunde lang geläutet würde. Dies geschieht noch jetzt und der Küster erhält dafür vom Amt Münden ein fettes Schwein.

244.

DIE KIRCHE IN FREDELSLOH

Ein Mönch des Klosters Fredelsloh war wegen eines schweren Verbrechens zum Tode verurteilt. Er bekam jedoch die Botschaft, er solle begnadigt werden, wenn er den Grundriß einer Kirche in menschenähnlicher Gestalt liefere. Da hat er sich nun immer besonnen, doch er konnte zu keinem Ergebnis kommen. In der letzten Nacht, bevor er am andern Tage den Entwurf liefern mußte, ging er voller Gedanken auf dem Platz umher, auf dem die Kirche errichtet werden sollte.

Es war aber mitten im Sommer, als es auf einmal zu schneien anfing. Es schneite freilich nur auf der Stelle, die als Bauplatz der Kirche ausersehen war. Der Schnee fiel, o welch ein Wunder! zudem so, daß die Gestalt eines liegenden Menschen darin erkennbar wurde. Der Mönch erblickte hierin eine Offenbarung des Himmels. Schnell holte er Pfähle herbei und schlug auf sämtliche Ecken einen Pfahl. Dann zog er ringsherum mit einer Hacke eine Rille von einem Pfahl zum anderen. Als er dies getan hatte, war der Schnee wieder vergangen.

Er zeichnete noch in derselben Nacht den Grundriß des Gotteshauses. Als er am anderen Tag denselben überreichte, wurde er begnadigt. Der Grundriß zeigte zwei Türme: die Füße, ein Längsschiff: den Rumpf, zwei seitliche Anbauten: die Hände, am oberen Ende die Altarnische: den Kopf. Nach diesem Grundriß wurde die Klosterkirche zu Fredelsloh dann auch erbaut.

245.

DAS FÄHRHAUS BEI LIPPOLDSBERG

Der Landgraf von Hessen war einst auf dem Landtag [Reichstag]. Hier geriet er, der ein reifer Mann war, mit dem Kaiser, der noch sehr jung war, in einen Streit und ward so zornig, daß er diesem eine Ohrfeige gab. Dafür ließ ihn der Kaiser gefangennehmen und zu Wien in einen Turm setzen.

Schon hatte er zwei Jahre in dem festen Turm gesessen, da erschien vor ihm im Turm ein Mann – es war aber der Böse – und fragte ihn, ob er denn Lust habe, ewig in dem Turm zu sitzen; wenn er ihm verspreche, in seinem

Lande die Hexen nicht mehr zu verfolgen und zu verbrennen, so wolle er ihn dorthin bringen, er brauche nur zu bestimmen, wohin er wolle. Der Landgraf nahm den Vorschlag an, versprach, die Hexen in seinem Land nicht mehr zu verbrennen, und forderte, der Böse solle ihn nach dem Fährhaus bei Lippoldsberg bringen. Darauf flog der Teufel mit dem Landgrafen erst nach Kassel; der Landgraf erinnerte ihn aber an sein Versprechen, ihn nach dem Fährhaus zu bringen, und nun bringt der Teufel den Landgrafen wirklich hin zum Fährhaus bei Lippoldsberg an der Weser.

Der Fährmann mit Namen Westphal nimmt ihn, der von dem langen Aufenthalt rauh und unordentlich (prummelig) aussah, in sein Haus auf und gibt ihm, da sie gerade essen, auch Speise, erst braunen Kohl, dann auch noch ein tüchtiges Stück Wurst, verweigert es aber dem Fremden, so sehr dieser auch darum bittet, über Nacht im Hause zu bleiben, da dies von dem Landgrafen verboten sei. Doch der Sohn des Fährmannes fühlt Mitleid, macht sich heimlich an den Fremden und sagt diesem, er möge nur mit ihm gehn, er werde ihn heimlich auf den Heuboden führen, wo er schlafen könne. Nachts um zwei Uhr wolle er ihn wecken; sein Vater würde nichts merken, da er mit den Knechten erst um vier Uhr aufstände. So macht das auch der Fremde und geht fort, nachdem er von dem Jungen noch ein gutes Frühstück mit auf den Weg erhalten hatte. Als die Knechte am anderen Morgen aufstehen, finden sie an die Tür geschrieben: in dieser Nacht hat hier der Landgraf von Hessen geschlafen. Der Sohn sagt nun zum Vater, es würde ihnen gewiß übel ergehen, da er den Landgrafen habe wegjagen wollen. Nach drei Tagen werden Vater und Sohn nach Kassel zum Landgrafen gerufen. Dieser tritt ihnen zuerst in demselben Anzug entgegen, in dem er im Fährhaus erschienen war, und spricht: daß der Alte ihn nicht habe im Hause behalten wollen, sei ganz recht gewesen, weil es ja verboten gewesen sei; dafür aber, daß er ihm zu essen gegeben habe, solle er und seine Nachkommen die Fähre ohne Pacht haben, solange der Name Westphal bestehe. So hat nämlich der Fährmann geheißen.

246.

DIE KINDER ZU HAMELN

Im Jahr 1284 ließ sich zu Hameln ein wunderlicher Mann sehen. Er hatte einen Rock von vielfarbigem, buntem Tuch an, weshalb er *Bundting* soll geheißen haben, und gab sich für einen Rattenfänger aus, indem er versprach, gegen ein gewisses Geld die Stadt von allen Mäusen und Ratten zu befreien. Die Bürger wurden mit ihm einig und versicherten ihm einen bestimmten Lohn. Der Rattenfänger zog demnach ein Pfeifchen heraus und pfiff, da kamen also bald die Ratten und Mäuse aus allen Häusern hervorgekrochen und sammelten sich um ihn herum. Als er nun meinte, es wäre keine zurück, ging er hinaus und der ganze Haufe folgte ihm, und so führte er sie an die Weser; dort schürzte er seine Kleider und trat in das Wasser, worauf ihm alle die Tiere folgten und hineinstürzend ertranken.

Nachdem die Bürger aber von ihrer Plage befreit waren, reute sie der versprochene Lohn und sie verweigerten ihn dem Manne unter allerlei Ausflüchten, so daß er zornig und erbittert wegging. Am 26sten Juni auf Johannis und Pauli Tag, Morgens früh sieben Uhr, nach andern zu Mittag, erschien er wieder, jetzt in Gestalt eines Jägers erschrecklichen Angesichts mit einem roten, wunderlichen Hut und ließ seine Pfeife in den Gassen hören. Alsbald kamen diesmal nicht Ratten und Mäuse, sondern Kinder, Knaben und Mägdlein vom vierten Jahr an, in großer Anzahl gelaufen, worunter auch die schon erwachsene Tochter des Burgermeisters war. Der ganze Schwarm folgte ihm nach und er führte sie hinaus in einen Berg, wo er mit ihnen verschwand. Dies hatte ein Kinder-Mädchen gesehen, welches mit einem Kind auf dem Arm von fern nachgezogen war, darnach umkehrte und das Gerücht in die Stadt brachte. Die Eltern liefen haufenweise vor alle Tore und suchten mit betrübtem Herzen ihre Kinder; die Mütter erhoben ein jämmerliches Schreien und Weinen. Von Stund an wurden Boten zu Wasser und Land an alle Orte herumgeschickt, zu erkundigen, ob man die Kinder oder auch nur etliche gesehen, aber alles vergeblich. Es waren im Ganzen hundert und dreißig verloren. Zwei sollen, wie einige sagen, sich verspätet und zurückgekommen sein, wovon aber das eine blind, das andere stumm gewesen, also daß das blinde den Ort nicht hat zeigen können, aber wohl erzählen, wie sie dem Spielmann gefolgt wären; das stumme aber den Ort gewiesen, ob es gleich nichts gehört. Ein Knäblein war im Hemd mitgelaufen und kehrte um, seinen Rock zu holen, wodurch es dem Unglück entgangen; denn als es zurückkam, waren die andern schon in der Grube eines Hügels, die noch gezeigt wird, verschwunden.

Die Straße, wodurch die Kinder zum Tor hinausgegangen, hieß noch in der Mitte des 18. Jahrhunderts (wohl noch heute) die *bunge-lose* (trommeltonlose, stille), weil kein Tanz darin geschehen, noch Saiten-Spiel durfte gerührt werden. Ja, wenn eine Braut mit Musik zur Kirche gebracht ward, mußten die Spiel-Leute über die Gasse hin stillschweigen. Der Berg bei Hameln, wo die Kinder verschwanden, heißt der Poppenberg, wo links und rechts zwei Steine in Kreuzform sind aufgerichtet worden. Einige sagen, die Kinder wären in eine Höhle geführt worden und in Siebenbürgen wieder herausgekommen.

Die Bürger von Hameln haben die Begebenheit in ihr Stadtbuch einzeichnen lassen und pflegten in ihren Ausschreiben nach dem Verlust ihrer Kinder Jahr und Tag zu zählen. Nach Seyfried ist der 22ste statt des 26sten Juni im Stadtbuch angegeben. An dem Rat-Haus standen folgende Zeilen:

Im Jahr 1284 na Christi gebort
tho Hameln worden uthgevort
hundert und dreißig Kinder dasülvest geborn
dorch einen Piper under den Köppen verlorn.

Und an der neuen Pforte:

Centum ter denos cum magus ab urbe puellos
duxerat ante annos CCLXXII condita porta fuit.

Im Jahr 1572 ließ der Burgermeister die Geschichte in die Kirchenfenster abbilden mit der nötigen Überschrift, welche größtenteils unleserlich geworden. Auch ist eine Münze darauf geprägt.

247.

DER TEUFEL ALS DOPPELGÄNGER

Einem Kranken in Wiedensahl sollte das Abendmahl gebracht werden. Der Pastor sagte dem Küster, er sollte nur vorangehen; er, der Pastor, würde gleich nachkommen. Als der Küster nun auf dem Wege war, begegnete ihm der Pastor schon, als käme er von dem Kranken zurück. Der Küster sah es ganz genau: es war sein Schimmel und sein Mantel, und lautlos ritt der Pastor an ihm vorüber. Dem Küster ging ein Schauder über den Rücken, doch er ging weiter zu dem Kranken. Da kam der Pastor auch bald hin, und sie gaben dem Kranken das heilige Abendmahl. Als sie dann weggingen, erzählte der Küster dem Pastor: an der und der Stelle wäre er ihm vorhin schon begegnet. Als sie an der Stelle waren, kam ihnen wieder der Reiter entgegen, des Pastors Ebenbild. Da rief ihn der Pastor an: »Teufel, was tust du in meiner Gestalt?« Sprach der Teufel: »Solange du den Mantel da trägst, der am heiligen Christabend genäht ist, solange habe ich auch Gewalt, in deiner Gestalt zu gehen.« Da ritt der Pastor schnell nach Hause, machte ein Feuer und verbrannte den Mantel, und von der Zeit ab nahm er den Schneider immer ins Haus, dann wußte er, daß sein Zeug nicht an einem heiligen Tage gearbeitet wurde.

248.

DIE NATTERNKÖNIGIN

Einmal hatte ein Bauer in der Nähe Verdens Besorgungen in der Stadt gemacht. Der Heimweg führte ihn durch einen wilden Wald. Wie er so seines Weges ging, raschelte es im Laub und eine Schlange wand sich heraus. Die trug auf dem Kopf eine goldene Krone, an der aber ein Zacken fehlte. Sie setzte sich auf den Weg, reckte den Hals und sprach: »Höre, ich will zur Essemühle, wo die Zwerge wohnen. Sie sollen meine Krone wieder ganz machen, ein Ast hat sie mir beschädigt. Heb mich auf deine Schulter und nimm mich mit.« Damit ringelte sie sich an seinem Stock empor. Der Bauer aber traute seinen Sinnen nicht und warf das Tier ins Gebüsch.

Da krochen aus dem Wald viele Schlangen, die sich um ihre Königin ringten und auf den Bauern losfuhren; entsetzt floh er. Wie er so querfeldein über den Acker lief, gewahrte er, wie die Spitze seines Stockes in roter Glut leuchtete. Er warf ihn fort und erreichte mit Mühe seinen Hof.

Bäuerin und Gesinde, denen er den Vorfall erzählte, glaubten, er habe beim Kronenwirt zu tief ins Glas geguckt, und verlachten ihn.

Es wurde Erntezeit. Da kam eines Abends der Besitzer jenes Haferfeldes in sein Haus und zeigte ihm eine Handvoll schwerer Haferkörner, die er von seinem Acker geerntet hatte. Es war pures Gold.

Jetzt erkannte der Bauer, daß die Spitze seines weggeworfenen Stockes von Golde geleuchtet hatte. Aber alles Suchen blieb vergebens.

Der Besitzer des goldenen Hafers gelangte durch diese Ernte zu Reichtum und ließ sich einen Ring mit zwei Schlangenköpfen anfertigen. Und der Ring bewährte seine glückbringende Kraft an allem, was auf dem Hofe geschah.

Nach vielen, vielen Jahren kam ein junger Bauer auf den Hof. Der mißachtete der Väter Brauch und Glauben und verkaufte den Ring. Alsbald wich der Wohlstand von seinem Haus. Die Äcker und Wiesen versandeten, nur mühselige Arbeit verhalfen ihm zu etwas Lohn.

249.

DER ROSENSTRAUCH ZU HILDESHEIM

Als Ludwig der Fromme Winters in der Gegend von Hildesheim jagte, verlor er sein mit Heiligtum gefülltes Kreuz, das ihm vor allem lieb war. Er sandte seine Diener aus, um es zu suchen; und gelobte, an dem Orte, wo sie es finden würden, eine Kapelle zu bauen. Die Diener verfolgten die Spur der gestrigen Jagd auf dem Schnee, und sahen bald aus der Ferne mitten im Wald einen grünen Rasen, und darauf einen grünenden wilden Rosenstrauch. Als sie ihm näher kamen, hing das verlorene Kreuz daran; sie nahmen es und berichteten dem Kaiser, wo sie es gefunden. Alsbald befahl Ludwig, auf der Stätte eine Kapelle zu erbauen, und den Altar dahin zu setzen, wo der Rosenstock stand. Dieses geschah, und bis auf diese Zeiten grünt und blüht der Strauch, und wird von einem eigens dazu bestellten Manne gepflegt. Er hat mit seinen Ästen und Zweigen die Ründung des Doms bis zum Dache umzogen.

250.

DAS SCHAUTEUFELSKREUZ

In der Nähe des alten Marktes in Hildesheim steht ein uralter Stein mit einer betenden Figur. Der Stein und der zunächst gelegene Platz heißt das Schauteufelskreuz. Es ist dieser Stein einem Schauteufel, der hier jämmerlich umkam, zum ewigen Gedächtnis errichtet. Die Sache verhielt sich so. Vor vielen hundert Jahren stellten die Hildesheimer jährlich einen großen Fastnachtszug an, wobei allerlei Scherze und Neckereien getrieben wurden. Dem ganzen Zug voraus liefen die Schauteufel, die in ihrer schwarzen Mummerei mit Hörnern und blutroten Zungen schrecklich anzusehen waren. Das war viele Jahre hindurch ganz gut gegangen. Aber man soll den Teufel nicht an die Wand malen und noch weniger sein Kleid anziehen. Jetzt sind es nun bald vierhundert Jahre her, als ein ausgelassener junger Bursche sich beim Fastnachtszug zu der gottlosen Mummerei hergab. Schon hatte er mit seinem Haufen viele Straßen die Leute neckend und ohrfeigend durchzogen, als er plötzlich auf der Stelle, wo jetzt das Schauteufelskreuz ist, vor Schrecken stillstand. Auch der ganze Zug war wie festgebannt, denn ihm gerade entgegen vom alten Markt her kam ein anderer Zug, der aus leibhaftigen Teufeln bestand. Allen voran stürmte der böse Feind daher und gab seinem unglücklichen Nachäffer eine solche Ohrfeige, daß er auf dem Platze blieb und starb. Da riß alles aus, was Beine hatte, und der höllische Spuk verschwand mit großem Lärm und Stank in der Luft. Der Magistrat verbot das Schauteufellaufen ein für alle Male. Andere erzählen, das Schauteufelskreuz habe ein Schuster gestiftet, der vor vielen Jahren an der Ecke des alten Marktes wohnte. Dieser Schuster wußte vor Hunger und Kummer weder aus noch ein, und faßte endlich den gottlosen Entschluß einen Vertrag mit dem Teufel zu machen. Er stahl deshalb bei Nacht und Nebel von der Dombibliothek den Höllenzwang, der dort an einer großen Kette lag, und beschwor den bösen Feind. Dieser, der nie lange auf sich warten läßt, wenn er eine Seele wittert, die für seiner Großmutter Kaffeekessel reif ist, erschien auch bald und fragte nach seinem Begehr. Der Schuster verschrieb ihm gegen drei Himpten Geld seine Seele unter der Bedingung, daß ihm der Teufel die Seele lassen sollte, wenn er nach Jahresfrist wiederkehrte und fände, daß das ganze Geld bis auf Heller und Pfennig nur zu einem Gott wohlgefälligen Zwecke angewandt sei. Das war der Teufel gern zufrieden und fuhr hohnlachend davon; denn er konnte wohl denken, daß der verhungerte Schuster, wenn er auch Kirchen und Klöster reichlich bedächte, doch einen großen Teil des Geldes für seinen bellenden Magen und seine durstige Kehle verwenden würde, und wenn er einmal ins Wohlleben gekommen wäre, würde es mit andern Dingen, die Gott nicht wohlgefallen, keine Not haben. Der Schuster aber war nicht von ehegestern und dachte bei sich: Hast du so lange in Hunger und Kummer gelebt, so wirst du es auch noch ein Jahr aushalten, trug also seine drei Himpten Geld zum Goldschmied und ließ ein großes silbernes Kreuz daraus machen: das nahm er mit sich nach Hause und erwartete nach Ablauf des Jahres ganz ruhig den Teufel. Dieser blieb auch nicht eine Minute länger aus, war aber sehr erstaunt, als er den halbverhungerten Schuster noch ebenso wie vor einem Jahre in seiner ärmlichen Schusterstube den Pechdraht ziehen sah. »Was hast du mit dem Gelde gemacht?« fuhr ihn der Teufel an. – »Schau Teufel dieses Kreuz« rief der Schuster aufspringend und ihm das silberne Kreuz entgegenhaltend. Da zerschlug der Teufel bitter und böse ein Fach Fenster und fuhr fluchend und stinkend davon. Der Schuster aber lachte sich ins Fäustchen, ließ sein Kreuz wieder einschmelzen und war von nun an ein steinreicher Mann. Zum Dank für seine Erlösung aus des Teufels Krallen ließ er den Denkstein setzen, der noch heute das Schauteufelskreuz heißt.

251.

DIE TOTSCHLÄGERIN AUF DER KREUZFREIHEIT

Vor vielen, vielen Jahren diente im Wedekindschen Haus am Hildesheimer Altstädter Markt ein schönes, aber jähzorniges Mädchen als Ladenjungfer. Da geschah es eines Tags, daß sein früherer Verlobter, der es einer anderen wegen treulos verlassen hatte, in den Laden trat und so höhnisch etwas zu kaufen verlangte, daß das Mädchen vom Zorn gepackt wurde, ein zufällig dort liegendes Messer ergriff und es dem Treulosen mitten ins Herz stieß, daß er tot umfiel. »Jeses, Marie un Josep!«, rief der herbeieilende Hausherr, »Mäken, wat häst du anrichtet! Mak, dat du wat biste wat haste up de Friheit kummst, süs biste en Kind des Dodes!« Die Jungfer ließ sich das nicht zweimal sagen und lief, was sie laufen konnte, bis sie glücklich die Kreuzfreiheit erreichte; dort flüchtete sie sich in ein Haus, dessen Bewohner sie liebevoll aufnahmen. Sie blieb in dem Hause und erwarb sich durch Arbeitsamkeit und fleißige Hilfe die Gunst ihres neuen Brotherrn so sehr, daß dieser nichts einzuwenden hatte, als sein Sohn sich die Totschlägerin zur Hausfrau erwählte. So wurde sie Frau, Mutter, ja sogar Großmutter, und lebte glücklich und zufrieden; nur durfte sie das Haus niemals verlassen. Da geschah es einst, daß sie eines Sommernachmittags, auf ihrer Hausschwelle sitzend, ihre zwei kleinen Enkelkinder wartete, als plötzlich, während die Kinder in der Mitte der Straße spielten, ein schwerbeladener Wagen daherkam, der das eine Kind zu überfahren drohte. Sie sprang herzu und rettete es vor dem sicheren Tode, aber nun hatte sie die Grenze der Freiheit überschritten, ward ergriffen und mußte ihr Leben auf dem Rabenstein enden.

252.

HANS MIT DEM HÜTCHEN

Vor alten Zeiten hat auf der alten Winzenburg Hans mit dem Hütchen (Hans met Häutken) sein Wesen getrieben, der seinen Namen davon bekommen, daß er nie in ganzer Gestalt sichtbar gewesen, sondern stets nur einen großen roten Quast an seinem Hut, oder, wie andre sagen, einen großen roten Hut hat sehen lassen. Besonders hat er sich gern in der Küche zu schaffen gemacht, und hat zu einer Zeit eine große Liebe zu einer dort dienenden Magd gehabt, der er alles nur mögliche zu Gefallen getan, so daß sie ihn endlich einmal gefragt, weshalb denn immer nur sein Hut sichtbar sei, und ihn zugleich gebeten, er möge sich ihr doch in seiner vollen Gestalt zeigen. Lange hat er ihren Bitten widerstanden, aber endlich hat er doch nachgegeben und sie zu einer bestimmten Stunde in den Keller bestellt. Als sie dort hinuntergekommen ist, hat sie in einer großen Mulde einen kleinen Knaben, der in seinem Blute schwamm, liegen sehn und ist bei dem Anblick ohnmächtig niedergesunken; als sie aber wieder zu sich gekommen ist, ist er verschwunden gewesen.

Als der letzte Graf von der Winzenburg im Sterben gelegen, hat Hans mit dem Hütchen in aller Eile den Rennstieg, der graden Wegs von dort nach Hildesheim führt, gebaut und ist hierher zum Bischof gelaufen, und hat ihm gesagt, der Graf sei tot, er solle eilig kommen und sich die Schlüssel der Burg holen, sonst wäre der Braunschweiger eher da. Da hat sich auch der Bischof schnell aufgemacht und ist zwei Stunden früher als der Braunschweiger dagewesen, und so ist denn die Winzenburg an Hildesheim gefallen.

253.

STIFTUNG VON KLOSTER GANDERSHEIM

Nachdem Herzog Liudolf gesehen, daß das Braunshausische Kloster für die Anzahl der eingeführten Stiftsfräulein zu enge werden wolle, hat er sich zwar entschlossen, ein größeres Stift für dieselben anzulegen, ist aber nicht wenig besorgt gewesen, wo er einen gefälligen Ort hierzu finden solle. Als er solche Gedanken mit sich getragen, erschienen des Nachts, und zwar zwei Tage vor dem Allerheiligen-Fest, den Schweine- und anderen Hirten an dem Orte, wo das Gandersheimische Stift zu sehen, eine große Anzahl Lichter, welche die ganze Waldgegend sehr hell machten, worüber die Hirten bestürzt wurden und solches ihrem Hausherrn und Meister anzeigten, der es als ein großes Wunder ansah und sich dadurch bewegen ließ, die folgende Nacht daselbst mit ihnen zu wachen; in der Mitternacht zeigte sich eine noch größere Anzahl von Lichtern auf eben der Stelle. Dies ward sogleich dem in der Nähe befindlichen Herzog Liudolf kund gemacht, welcher sich entschloß, mit seinem ganzen Hofstaat in der bevorstehenden Allerheiligen-Nacht sich in den düsteren Wald an bezeichneten

Ort zu begeben. Bei seiner Ankunft zeigten sich abermals die Lichter, so daß es schien, als wenn es heller Tag durch der Sonne Aufgang geworden wäre, woraus der Herzog schloß, dies müsse der rechte Ort sein, den sich alle Heiligen zu ihrem Ehrendienst auserlesen, deswegen er auch sofort des anderen Tages und fernerhin Wald und Büsche ausroden und zur Weih- und Klosterstelle bereiten ließ.

254.

ST. ALEXANDER

In der Münsterkirche zu Einbeck ist ein Standbild des heiligen Alexander. Nach dem Volksglauben hat er in der Kapelle ein Bett, welches ihm die Magd des Küsters täglich machen muß. Am andern Morgen findet sich ein Eindruck darin, als wenn das Standbild darin gelegen hätte, und für das Mädchen liegen immer 2 Groschen (nach andern 6 Groschen) da. Macht sie aber das Bett erst am Abend, so wird sie mit Ohrfeigen empfangen.

255.

DAS FRÄULEIN VON BOMENEBURG

In der Nähe von Wiebrechtshausen liegt der Retoberg (Reteberg); mitten im Retoberg aber auf einer kleinen Anhöhe ist der sog. Altar des Reto, jetzt nur noch ein Loch. Von diesem Retoberg geht alle Jahre in der Osternacht eine schöne Frau, welche heftig weint, hin zur Rhume und wäscht sich daraus. Das Mädchen oder die Frau, welche hinterhergeht und sich nach ihr aus dem Flusse wäscht, erhält dadurch wunderbare Schönheit. Die schöne Frau aber ist die Tochter des Ritters von der Bomeneburg, welche zwischen Northeim und dem Northeimer Brunnen gelegen haben soll. Sie hieß Kunigunde und wollte sich nicht zum Christentum bekehren. So verlobte sie sich denn mit einem fremden Ritter, der ebenfalls vom Christentum nichts wissen wollte. Dieser bestimmte den Tag der Hochzeit, machte aber die ausdrückliche Bedingung, daß er nicht in der Kirche getraut würde. Der Hochzeitstag war gekommen, aber den ganzen Tag über erwartete die Braut ihren Bräutigam vergebens. Draußen wütete ein furchtbarer Sturm. Endlich kam um Mitternacht unter Donner und Blitz der Bräutigam, ganz in schwarzer Rüstung, durch das Fenster herein, nahm sie trotz ihres Sträubens mit sich, und keiner hat sie wieder gesehen. Er brachte sie dann in den Retoberg, worin sie jetzt noch wohnt und aus dem sie nur einmal im Jahre herauskommen darf, um an die Rhume zu gehn und sich da zu waschen.

256.

DER TREUESCHWUR

Noch zu Ende des 18. Jahrhunderts stand in Braunschweig, nahe an der Burgkirche, ein altes Haus, in dessen Gesims ein Sarg geschnitzt war, aus welchem eine weibliche Gestalt dem Bösen mit dem Pferdefuße die Hand reicht. Die Unterschrift hieß:

Kaum hatt ich sie mir gefreyt,
Da hat der Tod sich nicht gescheut
Sie in das kühle Grab zu holen,
Daraus der Satan sie gestohlen.

Das Haus ist eingerissen, aber die Sage von dem rätselhaften Bilde daran hat sich erhalten.

Die hübsche Tochter eines reichen Brauherrn war mit einem jungen Kaufmann aus Bremen verlobt und sie hatten beide ein Gelübde getan: Wenn einer die Treue bräche und zuerst stürbe, so sollte der andre ihn aus dem Grabe wecken können, wenn er ihn daran mahne. Darauf ist der Bräutigam in die Welt gezogen, Schätze zu sammeln, und weil er über die Zeit ausgeblieben ist, auch der Vater der Braut oftmals gesagt hat, daß er seine Tochter keinem andern als nur einem Genossen seines Gewerbes in die Ehe geben wollte, so hat sie endlich dem strengen Willen des Vaters sich ergeben und dessen Werkgenossen und Gehilfen in Verzweiflung sich antrauen lassen. Aber schon nach etlichen Monaten ist sie gestorben. Wie nun der Bräutigam wiedergekommen ist und gehört hat, daß seine Braut gestorben sei, hat er den alten Totengräber mit Gelde verleitet, heimlich bei Nacht das Grab aufzuschaufeln und den Sarg zu öffnen, darin das Mägdlein, bleich aber lieblich anzuschauen, mit einem Kranz um die Scheitel gelegen hat. Auf die Mahnung an ihr Gelübde ist sie erwacht, hat den Geliebten erkannt und fest in ihre Arme geschlossen, daß der Gräber darüber von Schrecken bewußtlos zu Boden gefallen ist. Wie er sich wieder hat erholt gehabt, ist der Sarg leer, die beiden verschwunden gewesen, und hat nachdem niemand sagen können, was aus ihnen geworden.

Das Volk sagte, der böse Feind habe die Tote aus dem Grab geholt, und der Mann ließ die Geschichte an seinem Hause abbilden.

257.

SCHUSTER FUSTER

Als Herzog Anton Ulrich noch auf seinem Lustschlosse Salzdahlum Hof hielt, hatte er oft fürstliche Gäste bei sich zu Besuch. Unter diesen war auch ein Herr, der sehr gern am Schachbrett saß und sich für einen großen Meister des edlen Spieles ausgab. Nun lebte zu der Zeit in Salzdahlum auch ein alter Schuhmacher mit Namen Fuster. Das war ein ganz einfacher Mann, der aber ausgezeichnet Schach spielen konnte.

Als nun der hohe Gast wieder einmal beim Herzog zu Besuch war und auch diesmal den Mund recht voll nahm und von seiner Kunst viel Aufhebens machte, gedachte der Herzog, ihn etwas zu demütigen, und sagte demnach zu ihm: »Ihr rühmt Euch Eures klugen Spieles, und doch habe ich hier im Dorfe einen Schuster, gegen den Ihr nicht aufkommen könnt. Er wird Euch jedesmal besiegen!« Da warf sich der fremde Herr in die Brust und sagte: »Durchlauchtigster Fürst, befehlet den Mann hierher, und ich setze 100 Dukaten für jedes Spiel, das er mir abgewinnt!« Der Herzog ließ den Alten zu sich ins Schloß entbieten mit dem ausdrücklichen Vermerk, er möge nur kommen, wie er gehe und stehe. Bald erschien denn auch der Schuhmacher. Der Herzog erzählte ihm, warum er ihn gerufen habe, und forderte ihn auf, ja nicht scheu zu sein, sondern zu tun, als ob er zu Hause wäre. Das ließ sich denn Fuster nicht zweimal sagen. Erst schnallte er seine Gamaschen ab, die voll Kot und Dreck waren, schlug sie um die Ofenbeine und warf sich in die Ecke. Dann steckte er seine Pfeife in Brand und setzte sich ohne Scheu dem vornehmen Herrn gegenüber. Während des Spieles hustete und pfiff er, räusperte sich oft und spuckte dann auf den Fußboden. Überhaupt führte er sich gar nicht höflich auf. Dabei gewann er aber zur großen Freude des Herzogs ein Spiel nach dem andern, und weil der hohe Gast sich nicht ergeben wollte, so saßen sie bis tief in die Nacht hinein. Endlich sah der fremde Herr ein, daß er gegen den Schuster nicht aufkommen konnte. Er zahlte dem Sieger den versprochenen Lohn und räumte das Feld. Der Alte zog wohlgemut mit seinen gewonnenen Dukaten nach Haus, der vornehme Herr aber hat sich seit der Zeit nicht wieder seiner Kunst gerühmt.

Als der Schuhmacher gestorben war, ließ ihm der Herzog einen Leichenstein setzen, der folgende Inschrift trug:

Hier ruht Fuster,
der alte Schuster.
Pfeift er nicht, so hust't er,
und hust't er nicht, so pfeift er.
Im Schachspiel war er Meister.

258.

DER GEBANNTE BÖSEWICHT

Im kleinen Schlosse zu Wolfenbüttel hat ehemals ein vornehmer Herr gewohnt. Der hatte viel Bosheit zu Lebzeiten ausgeübt, und als er nun gestorben war, konnte er deswegen keine Ruhe finden im Grab, spukte nächtens herum und erschreckte die Bewohner im Schlosse. Die waren übel dran, wußten aber keinen Rat, wie sie den bösen Gast loswerden konnten. Zuletzt wandten sie sich an eine alte Frau in der Stadt, die als Hexe verschrien war, und baten um ihre Hilfe. Was die Hexe sie geheißen, haben sie ausgeführt. Das geschah so. Es kam eines Abends spät jemand mit einer Kutsche angefahren, der befahl dem Geist: Im Namen des Bösen, steige ein! Dem vermochte der Spukende nicht zu widerstehen und nahm Platz. Der Kutscher fuhr ihn nach der alten Gerichtstätte, die da hinten am Lechelnholz liegt, am alten Weg nach Braunschweig. Es war Mitternacht, als sie dort ankamen. Nun befahl der Kutscher dem Geist: Im Namen des Bösen, steig aus! Der gehorchte. Kaum war er ausgestiegen, da wendete der Diener und fuhr rasch weg. Der Geist rief und schalt, aber es half ihm nichts. Der Kutscher sah sich nicht um, hieb auf seine Pferde ein und kam so glücklich in Wolfenbüttel wieder an. So wurden die Leute im Schlosse ihres schlimmen Gastes ledig.

259.

DIE MÖNCHE VON MARIENTHAL

Einst raubten die lüsternen Mönche von Marienthal die schöne Tochter eines Landmanns, der in der Nähe des Klosters wohnte. Mit dieser trieben sie ihr Unwesen. Die Jungfrau mußte sich ganz und gar dem Willen der Mönche fügen und konnte nur im Stillen ihr Schicksal beklagen. Bald aber schwand die Schönheit des Mädchens dahin, und mit dem 21. Jahre war es so häßlich geworden, daß die Mönche seiner überdrüssig wurden. Sie beschlossen nun, das Mädchen zu ermorden. Heimlich wurde es getötet, und die Leiche dann in ein vor dem Hochaltar befindliches Gewölbe gebracht.

Aber die ruchlose Tat war doch nicht unbemerkt geblieben. Zu der Zeit nämlich lebte im Kloster ein Fischmeister mit Namen Distel. Dieser hatte einen Bruder, welcher in Braunschweig bei den Husaren diente. In der besagten Nacht kam derselbe auf Urlaub, um die Seinen zu besuchen. Als er an der Kirche vorbeiritt, bemerkte er drinnen Licht. Er drängte sein Pferd an die Mauer und sah nun durch ein Fenster genau, was da vorging. Empört über die Untat der Mönche, ritt er vor das Haus seines Bruders, erzählte dem, was er gesehen, und forderte ihn auf, sofort mit ihm zur Kirche zu gehen, um die Mönche bei ihrem Vorhaben zu überraschen. Allein dieser wollte es nicht gern mit den Mördern verderben und anwortete seinem Bruder, er möge sich doch um das, was ihn nicht angehe, auch nicht kümmern.

Unmutig verschmähte es nun der Husar, bei seinem Bruder einzukehren, und ritt sofort nach Braunschweig zurück. Am nächsten Morgen zeigte er die Tat dem Gerichte an. Als nun eine genaue Durchsuchung der Kirche stattfand, entdeckte man die Leichen auch noch anderer Ermordeter. Zur Strafe wurden die Mönche des Landes verwiesen. Allein sie wollten gutwillig nicht gehen, fühlten sich vielmehr hinter ihren dicken Mauern recht sicher. Da schickte der Fürst gegen das widerspenstige Kloster ein Heer, mit dem sich auch die Bauern der Umgegend, die von der Ermordung des Mädchens gehört hatten, verbanden. Diesen vereinigten Kräften gelang es bald, das Kloster zu erstürmen, und die Übeltäter zu verjagen. Einige aber wollten doch den geliebten Ort, wo sie so viele gute Tage gehabt, nicht verlassen und versuchten ein Versteck in dem dunklen Gange, der nach Marienberg führte. Dieser Schlupfwinkel wurde bald gefunden; weil sich aber niemand in den Gang hineinwagte, wurde der Tod der Versteckten beschlossen. Man zog einen Graben von dem in der Nähe gelegenen

Klosterteiche bis zum Gang und leitete dann das Wasser hinein, so daß die Übeltäter ertrinken mußten. Seit der Zeit hat sich kein Mönch wieder in Marienthal niederlassen dürfen.

260.

DIE KEGELSPIELER IN DER VÖPPSTEDTER RUINE

Vor dem Vöppstedter Tor des alten Marktfleckens Salzgitter liegt als letzter Zeuge eines verschwundenen Dorfes eine ehrwürdige Kirchenruine: die Vöppstedter Kirche. Schon Karl der Große soll diese Kirche mit dem wehrhaften Turm und den schmalen Fensterlein erbaut haben. Viel hat sie im Laufe der Zeiten, die gut und böse waren, erleben müssen. Davon erzählen der zerschossene Turm, das zerfallene Dach und die Kugelspuren in der Kirchentür, vor der einst blutgewohnte Salzgittersche Bürger schwedische Marodeure trotz Bittens und Flehens erschossen.

Unheimlich ist's um Mitternacht um diesen Bau. Das erfuhr auch einst ein Wilddieb vom Damm, der in der Johannisnacht in dem Vöppstedter Erbschaftsforst wildern wollte. Als er sich im Schatten der Kirchhofsmauer an der Ruine vorbeischlich, hörte er in ihr, als eben in Salzgitter die Turmuhr die zwölfte Stunde verkündete, heiteres Sprechen und lautes Gelächter. Der Wilddieb, neugierig geworden, versteckte sein Gewehr hinter einem alten Grabstein und schlich sich nach dem offenen Spitzbogen an der Rückwand, der erst seit einigen Jahren zugemauert ist. Aber kaum blickte er um die Ecke, um die fröhliche Gesellschaft zu erspähen, als er von einer kräftigen Hand im Genick erfaßt und in die Kirche gezogen wurde. Der vor Schreck zitternde, ertappte Lauscher sah sich einer Gesellschaft von sieben Männern gegenüber, die altmodisch gekleidet und ihm unbekannt waren. Auch schien es ihm, als wenn von diesen Leuten ein dumpfer Modergeruch ausginge und ihre Augen wie faulendes Weidenholz durch die Dunkelheit leuchteten. Da wurde es ihm unheimlich zumute. Die Sieben aber starrten ihn mit ihren glühenden Augen unverwandt an, und endlich sagte einer von ihnen, der ganz wild aussah, und als einziger einen struppigen roten Vollbart trug: »Da bist du ja. Das hat auch lange genug gedauert. Jetzt wollen wir man anfangen zu kegeln. Marsch, richte die Kegel auf!« Als sich der Wilddieb umdrehte, sah er durch den Spitzbogen, der bis auf die Erde reichte, auf einem verfallenen Grabhügel statt der Kegel Totenbeine aufgestellt. Sein Grausen aber verwandelte sich in Entsetzen, als die unheimlichen Männer ihre Köpfe abnahmen und mit ihnen statt der Kugeln nach dem absonderlichen Kegelspiel warfen.

Da mußte unser Wilddieb sein Entsetzen vergessen und sich sputen, denn immer hitziger wurden die Spieler, immer schneller sprangen die Köpfe zwischen das klappernde Totengebein, und wenn einer der Gespenster vorbeiwarf, dann lachten die Köpfe, die die andern in den Händen hielten, ganz unbändig. In der entsetzlichen Aufregung passierte es dem Wildschützen, der die Köpfe immer wieder zurückrollen mußte, daß er dem Kopf des Rotbärtigen einen so tollen Schwung gab, daß er gegen die Kirchenwand flog und dabei ein Stück der Nase verlorenging.

Da geriet aber der Rotbärtige in Wut. Er sprang auf den Wilddieb zu, riß ihm ein Stück von der Nase ab und klebte es seiner eigenen zerschundenen wieder an. Der Wilddieb vermeinte, sein letztes Stündlein sei gekommen. Da klang es vom Kirchturm klar und tröstlich »eins«. Mit einem Schlage waren Spuk und Totenbein fort, aber mit ihm auch das Nasenende.

Der Wildschütz schlich mit blutender Nase heim. Die Lust zu seinem verbotenen Handwerk war ihm für immer vergangen. Seinen Kameraden, die ihn am andern Morgen wegen seiner verunstalteten Nase hänselten, erzählte er, er sei die Kellertreppe heruntergefallen, als er sich zu Pellkartoffeln habe Fett holen wollen. Einem Freund aber, dem er sich anvertraute, sagte er, er glaube, die Geister seien Gerichtete gewesen, die ein hoher Rat von Salzgitter habe köpfen lassen. Ihm sei gleich der rote Strich um den Hals der Geister aufgefallen, der nur vom Schwerthieb habe herstammen können.

261.

EIN BÜRGER VON HANNOVER ERBRICHT ZWEI HÜNDLEIN

Im Jahre 1580 hat sich in der Stadt Hannover ein seltsames und vorhin unerhörtes Wunder zugetragen: Ein Bürger daselbst Albrecht Hencke, seines Handwerks ein Schneider, ging eine lange raume Zeit und befand sich sehr übel, daß er auch sehr jämmerlich und ungestalt ward. Nun begab es sich eines Tages, daß er an seine Hausfrauen begehret, sie sollte ihm süße Milch zu essen geben, als die gessen, kam ihm mit Züchten ein Brechen an, und indem er sich also ängstet, und sehr heftig mit Züchten, speiet, hat man alsbald in dem Unflat, den er gebrochen, zwei kleine weiße lebendige junge Hündelein, die noch blind waren, kriechen gesehen. Diese Hündelein wurden in einer irden Schüssel, in Sankt Georgen Kirchen gesetzet, das jedermann dahin gehen und sie besehen möchte. Doch lebten dieselben Hündelein nicht lange, sondern starben bald dahin. Der Mann aber, ward nach der Zeit immer besser gesund. Von diesen Hündelein, ob sie, und wie sie, aus des Mannes Leibe haben kommen mögen, oder ob sie der Satan, eben als sich der Mann gebrochen, unter den Unflat gemenget habe, davon lasse ich die Naturkündiger weiter disputieren, man siehet aber hieraus, wie der liebe Gott, große unerhörte Wunder, vor dem Tage seines letzten Gerichts hergehen läßt.

262.

DER KÖNIG IST TOT

Ein gewisser Kavalier in Hannover ging bei hellem Tage unter einer Allee spazieren, und da er ungefähr seine Augen auf das Kurfürstliche Schloß richtete, sah er eine ganze Leichenprozession von demselben in tiefster Trauer herunterkommen. Er hörte zugleich alle Glocken in der ganzen Stadt läuten, worüber er sich nicht wenig verwunderte, und deswegen alsbald auf das Schloß zuging, um zu erfahren, was dieses für eine Leiche wäre, zumalen man von keinem Kranken gehört hatte. Da er sich nun bei einem und dem andern deswegen erkundigte, wurde er ausgelacht, weil kein einziger Mensch in der Stadt von einem Leichen-Begräbnis oder Geläute etwas wissen wollte. Nachdem 6 Tage verflossen, lief die traurige Zeitung ein, daß der teure Georg, König von Großbritannien aus dem Hause Hannover, zur größten Bestürzung seiner Untertanen Todes verblichen. Daher zu vermuten ist, daß die dienstbaren Geister solchen hohen Trauerfall durch dieses Gesicht zu erkennen geben wollten.

263.

DER VERSTEINERTE JUNGE

Ein böser Junge aus Hannover hielt sich gern in der Nähe der Rathaustreppe auf, und wenn die würdigen Ratsherren kamen, um über das Wohl der Stadt zu beraten, stellte er sich hin, streckte die Zunge aus und riß mit beiden Händen seinen ohnehin schon großen Mund weit auseinander. Alle Ermahnungen nutzten nichts. Da – eines Tages blieb sein Mund so stehen; er konnte die Zunge nicht wieder einziehen und die Hände nicht wieder daraus entfernen. Er wurde kälter und kälter und verwandelte sich schließlich in Stein. Das Gesicht aber nahmen die Maurer und setzten es zur Warnung für böse Buben in die Wand des Rathauses.

264.

DER GEBANNTE FUHRMANN

An einem trüben Frühwintermorgen hielt einmal ein Fuhrmann, der mit vier Pferden vor seinem Karren von Hannover nach Bremen fahren wollte – damals gab's noch keine Eisenbahn –, vor Dannebels Krauge (Dammkrug) zwischen Neustadt und Frielingen, um einen »Lüttjen« als Herzstärkung zu trinken. Auf der Diele waren die Knechte und einige Tagelöhner beim Dreschen. Da sagte einer von diesen, der weit in der Welt umhergekommen war und allerlei geheime Künste verstand, zu den anderen, während der Fuhrmann in der Dönze saß: »Schall de mal wisse mit sin'n Wagen stahnblieben, dat de veier Päre den Wagen nich antein künnt?« Die anderen sagten nichts darauf, weil in dem Augenblick der Fuhrmann aus der Stube kam. Er trat zu seinen Pferden, nahm das Leit in die Hand und trieb sie an. Doch die Pferde bleiben stehen und können trotz aller guten Worte nicht von der Stelle. Da sieht der Fuhrmann, daß sie gebannt sind, und laut ruft er auf die Diele: »Bruder, laß los, oder ich schlage dich tot!« Und dann tritt er an die Gäule mit Hü und Hott von neuem an. Aber es geht noch nicht –, die Tiere stehen wie angewurzelt. Da nimmt er die Axt vom Wagen und schlägt vor der Deichsel in die Erde. Im selben Augenblick stürzt der Drescher auf der Diele tot zu Boden. Der Fuhrmann aber ist mit den Pferden, die nun den Wagen ziehen konnten, weitergefahren.

265.

DIE SIEBEN TRAPPEN

Dicht bei dem Dorf Benthe, im Fürstentum Calenberg, sieht man mitten im Felde sieben aufrechtstehende Steine. Damit hat es diese Bewandtnis.

Einmal kam ein Ackermann mit seinem Knecht des Wegs, sie hatten dies und jenes gesprochen, und wie sie an der Stelle waren, wo jetzt die sieben Steine stehn, sagte der Knecht zufällig, daß er noch ein gut Teil seines Lohnes zu fordern habe. Dessen wollte der Herr sich nicht bewußt sein, aber der Knecht behauptete es standhaft, und es war auch so. Da sagte der Ackermann: so soll der Teufel mich beim siebenten Schritt in die Erde schlagen, wo ich Euch Euren Lohn nicht redlich bis auf diese Stunde ausbezahlt habe. Der Knecht antwortete nichts weiter, beim siebenten Schritt aber erhob sich ein fürchterlich Krachen und Getöse, die Erde öffnete sich und verschlang den gottlosen Betrüger; schloß sich auch gleich wieder, daß der Knecht dreist darüber weggehen konnte.

Zum ewigen Andenken an diese Begebenheit sind die sieben Steine in die Erde gelegt, der Platz aber wird die sieben Trappen genannt. Die Gemeinde Benthe hat seitdem die Verpflichtung gehabt, für die Erhaltung der Trappen zu sorgen, wofür sie bis auf den heutigen Tag alljährlich von dem Amte Calenberg einen halben Scheffel Roggen erhält.

Noch jetzt sagen die Bauern, daß es nachts bei den Trappen spuke; daher denn auch bei Nachtzeit keiner gern vorübergeht.

266.

DIE RIESENSTEINE

Hin und her zerstreut in der Lüneburger Heide findet man große Steinblöcke, Riesensteine genannt. Manches Jahr haben sich die Gelehrten den Kopf darüber zerbrochen, wie solche wohl dahin gekommen, und haben es nicht ergrübelt. Ich weiß es, denn ein Schäfer in der Heide hat mir's erzählt; und du sollst es nun auch erfahren, denn ich will dir erzählen, was mir der Schäfer gesagt hat.

Vor vielen hundert Jahren hausten in der Lüneburger Heide, besonders in der Gegend zwischen Fallersleben, Gifhorn, Uelzen und Lüneburg, drei Riesen, die waren so groß wie Bäume; eine ausgerissene Tanne war ihr Spazierstock, und sie waren der Schrecken der ganzen Gegend und trieben mit den Menschen ihr Spiel, bald im Bösen, bald im Guten, wie es ihnen ihre Laune eben eingab. Besonders ging es, wenn sie hungrig waren, den Müllern und Bäckern schlecht: den Windmüllern packten sie in die Mühlenflügel, daß das Gewerk plötzlich stillestand; den Wassermüllern legten sie sich quer durch den Mühlengraben und dämmten mit ihren Leibern das Wasser ab, und nicht eher wurden beide die Plagegeister los, als bis sie all ihr Mehl verbacken ließen und das Brot den Riesen gaben. Ebenso schlecht erging es den Bäckern, wenn sie nicht gleich zum Geben bereit waren: die Riesen legten ihre zarten Hände auf die rauchenden Schornsteine und bliesen auch wohl von oben hinein, daß der arme Bäcker mit Frau und Kind aus seinem eigenen Hause flüchten mußte vor Qualm; und wenn er alsdann seinen Vorrat von Lebensmitteln herausgab, so verzehrten sie alles und zogen lachend von dannen. Den Fuhrleuten hingegen, oder vielmehr den Pferden, waren sie oft gefällig: wenn die armen Tiere ihre Karren mühsam durch die schlechten Sandwege schleppten und nicht mehr weiter konnten – so kam oft ein Riese herangeschritten, warf die Pferde samt dem Fuhrmann auf den Wagen und trug alles über die Sandschwellen bis auf bessern Boden.

So trieben sie ihr Wesen manches Jahr, bis sie endlich dieser Tändeleien überdrüssig wurden und hin und her sannen, ob sie nicht ein Werk beginnen könnten, welches ihnen auf längere Zeit Beschäftigung gewähre. Und richtig! sie fanden eins. Die Qual der Pferde, die ihnen im Grunde lieber waren als die Menschen, war ihnen schon lange zu Herzen gegangen, und sie sprachen untereinander: »Wir wollen mitten durch die Heide eine Heerstraße bauen, die ihresgleichen nicht haben soll auf Erden, und alle Fuhrleute, die dann noch ihre Pferde quälen, wollen wir auffressen!« Denn Menschenfleisch war ihnen ein Leckerbissen. Als sie nun aber beginnen wollten, da, da fehlte es ihnen an Steinen, und in der Nähe waren nirgends welche zu haben. Zwar hätten sie solche leicht vom Harzgebirge holen können, doch dahin wagten sie sich nicht; denn sie hatten den Helljäger erzürnt, der dort wohnte, und mit dem ist nicht zu spaßen! Nun aber wußten sie aus ihrer Jugendzeit, daß im Norden noch ein Land liege, wo es viele große Steine gebe; und so waren sie aus aller Verlegenheit. Denn war der Weg dahin auch noch so weit; was verschlug ihnen das? Alle vier Schritte eine Meile – das schafft schon was in einem Tage, und sie hatten noch dazu nicht im geringsten zu eilen. So schritten sie munter darauf los; aber, o weh! da kam ein großes Wasser! Doch auch hier wußten sie Rat: sie rissen große Eichen aus, machten Flöße davon und schifften rüstig durch das weite

Weltmeer. Als sie in dem kalten Lande ankamen, das hinter der See in Mitternacht liegt, bröckelten sie Stücke von den Bergen so groß wie ein Haus und packten eins auf jede Schulter; zwei kleinere, so groß wie ein Backofen, steckte jeder in die Ohren, und so gingen und schifften sie zurück in die große Heide. Zuweilen freilich mußten sie tüchtig pusten, und dann flog der Sand vor ihnen her wie eine Wolke, was die Sandwehen in der Heide bezeugen bis auf den heutigen Tag; doch das machte sie nicht irre: sie schichteten in kurzer Zeit bei Uelzen große Haufen auf.

Da aber wurden sie auf unangenehme Weise gestört! Einst hatte nämlich während ihrer Abwesenheit ein Imker daselbst seinen Bienenzaun aufgeschlagen, und die flüchtigen Tierchen zerstreuten sich hin und her durch die blühende Heide und trugen Wachs und Honig ein. Die Riesen achteten anfänglich nicht weiter darauf und zertraten mit ihren großen Füßen manche Biene; endlich jedoch wurden die harmlosen Tierchen wütend und sannen auf Rache, und sie setzten sich den Riesen an die nackten Beine und zerstachen sie. Und als nun die Riesen nach ihnen schlugen und auf einmal viele totklappten mit ihren großen Händen; da holten die Bienen ihre Königin und begannen einen Kampf auf Leben und Tod: zu Tausenden fielen sie über die mächtigen Riesen her; und mochten diese auch Tausende zerquetschen, was fragte die Bienenkönigin danach! Immer neue Scharen summten herzu und bedeckten den Riesen Gesicht und Hände und Beine und zerstachen sie auf jämmerliche Weise. Da griffen diese zu ihren Steinen und warfen sie mit solcher Gewalt unter die Bienen, daß mancher häusertief in den Boden sank, andere hingegen auf der Oberfläche blieben, wo du sie noch jetzt finden kannst, zum Zeichen, daß es wahr ist, was ich sage. Und die Bienen wurden immer zorniger und jagten die Riesen in der ganzen Heide umher; und überallhin warfen diese die Steine nach ihnen. Endlich indes mußten die gefährlichen Riesen den kleinen Bienen das Feld räumen, und sie flüchteten sich ans Meer. Doch auch hier fanden sie keine Ruhe vor den erbosten Feindinnen: diese setzten sich in großen Schwärmen auf sie, und in größter Qual stürzten sich die drei Riesen ins Meer und ertranken. Die Siegerinnen kehrten heim und trugen Wachs und Honig wie vorher; sie wissen es aber bis zu dieser Stunde noch recht gut, daß ihr Stachel wehe tut, deshalb darfst du sie nicht necken. Und die großen Steine kannst du auch noch sehen, wenn du in die Heide kommst, und der »Heidjer« nimmt und zersprengt sie, baut seine neuen Häuser darauf und nennt sie Riesensteine, was sie auch sind, wie du nun selber weißt.

267.

DER KIEPENKERL UND DER TEUFEL

Ein uralter tief ausgefahrener Weg führt von Tostedt her quer durch die Nordheide, vorbei am Scheinberg und Falkenberg bei Neugraben, dann durchs Moor zur Elbe nach Moorburg. Dieser Weg wurde in früheren Jahrhunderten allgemein viel von Eier- und Hühneraufkäufern benutzt, die ihre Ware nach Hamburg zum Verkauf brachten; daher heißt er heute noch im Volksmunde »Küken- oder Heunerstieg.« Diesen Weg benutzte eines Tages ein sogenannter »Kiepenkerl«. Beim Erhandeln seines Federviehes und der Eier war es sehr spät geworden, so daß er erst gegen Mitternacht bei hellem Mondschein durch die Neugrabener Heide am Falkenberg vorbeikam. Der Mann wollte von Moorburg aus mit dem Schiff nach Hamburg fahren, um dort am anderen Morgen seine Eier zu verkaufen. Unterwegs rauchte er seine kurze Pfeife, die ihm ausging. Da er kein Feuerzeug bei sich führte, so wollte es das Glück, daß er, als er am Falkenberg vorbeikam, glühende Kohlen am Wege liegen sah. »Halt!« dachte er, »da haben gestern die Schäfer ein Feuer gehabt. Das trifft sich gut. Hier kann ich endlich meine Pfeife wieder anstecken. Das trifft sich ja prächtig!« Er klopft also seine Pfeife aus, stopft sie aufs neue mit Tabak und bückt sich, eine Kohle aufzunehmen. Kaum hat er diese erfaßt, so bekommt er einen heftigen Schlag in den Nacken, so daß er zur Erde taumelte. »Wat schall so'n Unsinn!« ruft der erschrockene Mann aus und dreht sich um; aber kein Mensch ist zu sehen.

Er wundert sich nicht schlecht und geht bald seines Weges weiter durchs Moor nach der Elbe zu. Als er auf dem Schiff seine Pfeife ausklopft, fallen mehrere blinkende Goldstücke heraus. Ganz erstaunt hebt er sie auf und beschaut sie nach allen Seiten hin. Er ist starr vor Verwunderung und grübelt ständig über seinen ihm in den Schoß gefallenen Schatz nach. Da fällt ihm das Kohlenfeuer am Falkenberg ein. Er hat in seiner Jugendzeit oft die Geschichte von den Schätzen gehört, die der Teufel dort bewachen soll. Schnell bringt der Kiepenkerl am andern Morgen in Hamburg seine Eier und Hühner auf den Markt und eilt wieder heim, um möglichst rasch nach dem Falkenberg zu kommen. Hofft er doch, dort weitere Schätze zu finden. Das Feuer ist zwar erloschen. Der Mann rührt mit seinem Stock in der Asche, und richtig findet er noch einige Goldstücke. Es waren Schätze des Teufels, die dieser beim gestrigen Mondenschein an die Oberwelt gebracht und sich an ihrem Glanz ergötzt hatte. In der Eile hatte er einige Stücke vergessen, die nun dem glücklichen Händler in die Hände fielen. Der machte mit dem Gold sein Glück, kaufte sich eine Hofstelle und brauchte von jetzt ab nicht mehr den sauren und fraglichen Weg durch die Heide anzutreten.

268.

DIE LÜNEBURGER SALZSAU

In den ersten Jahrhunderten unserer Zeitrechnung hat sich einmal eine Sau in einer Quelle bei Lüneburg gewälzt. Viele Stunden später bemerkte man, wie an ihren Borsten viel Salz klebte; so wurde man auf den Salzreichtum der Quelle aufmerksam. Die Knochen der Salzsau, der Lüneburg einen großen Teil seines Wohlstandes verdankt, werden noch heute in einem Glaskasten des Rathauses aufbewahrt.

269.

DER ESEL VOM KLOSTER LÜNE

Im Kloster Lüne hielt man einen Esel, der jeden Morgen mit Roggen und Weizen zur Abtsmühle in Lüneburg pilgern mußte, um das Brotkorn dort mahlen zu lassen. Am 30. April 1372 hatte der Treiber mit seinem Esel bis in den Nachmittag warten müssen, und als er spät zurückkehrte, sah er das Kloster in Flammen. Alle Vorräte gingen verloren, nur das Mehl nicht, welches der Esel auf dem Rücken trug, den man nach der Katastrophe grasend auf einer Weide an der Ilmenau fand, als ob ihn das Feuer nichts angehe. Von dem Mehl, das er trug, konnten die Nonnen das erste Brot wieder backen, und an der Stelle, wo man den Esel grasend antraf, wurde später das neue Kloster errichtet. Dem strömten von allen Seiten, von Fürsten, geistlichen und weltlichen Herren in Lüneburg so viele Unterstützungen zu, daß es bald reicher wurde, als es je zuvor gewesen. Als die Nonnen aber infolgedessen übermütig wurden und ihrem Klosteresel silberne Hufe machen ließen, kam der von seinem nächsten Mühlengang nicht mehr zurück; der Übermut der Klosterjungfrauen wurde bekannt, und die Geschenke hörten auf. Um das Andenken an diese Ereignisse der Nachwelt aufzubewahren, ließen die Nonnen den Esel mit dem silbernen Huf auf Glas malen und in ein Fenster des Kreuzganges setzen.

270.

DIE GOLDENE WIEGE

Vom Weinberg bei Hitzacker geht ein altes Gerücht, daß darin eine goldne Wiege, so noch von den unterirdischen Zwergen zurückgelassen, sich befinde. Sie ist alle Johannis-Nacht zwischen zwölf und ein Uhr in der Nacht am Berge zu sehen, sobald aber ein Mensch das geringste Wort dabei spricht, versinkt sie alsobald wieder mit dem darin liegenden Schatz, und ein großer schwarzer Hund sitzt darauf mit hellfunkelnden feurigen Augen.

Einstmals hatten sich zwei Kameraden besprochen, die Wiege ganz in der Stille, ohne einen Laut, fortzuholen; sie sind aber durch das Blendwerk des Teufels, da solcher einen Galgen über ihnen aufgerichtet und sie darin zu hängen gedräuet, dran verhindert worden. Denn da sie vor Angst um Hilfe gerufen haben, ist die Wiege sofort wieder versunken.

271.

DAS JAMMERHOLZ

Zwei Stunden von Dannenberg liegt das Dorf Jamel, zu dem Gräflich Groteschen Gut Breese gehörig, das seinen Namen von dem Wald erhalten hat, der dort in grauer Vorzeit gelegen, und das Jammerholz genannt ward.

In diesem Walde haben, einer alten Volkssage nach, die Wenden ihre bejahrten, zur Arbeit nicht mehr fähigen Eltern erschlagen. Eines Tages, als diese grausame Tat an einem schneeweißen Greise, der gebunden und jammernd an der Erde lag, vollführt werden sollte, kam eine Herzogin von Celle des Weges gezogen, und hörte den Klageruf. Sie drang in das Gebüsch und sah den Alten und neben ihm etliche junge, kräftige Männer, mit rauhen Fellen bedeckt. Sie sprachen, als die Herzogin fragte, weshalb der Greis so kläglich jammere: das sei ihr alter Vater, der nicht mehr zum Leben tauge; deshalb auch wollten sie ihn zu Tode schlagen. Die Herzogin vermahnte die Männer, von ihrem grausamen, unnatürlichen Vorhaben abzustehen; die aber sprachen wieder: Was soll ein Mensch auf der Welt, der sich und allen andern nur Last und Schaden bringt? Seht Ihr den Rost an dieser Axt? Das ist von seines Vaters Blut, den er selbst auch einst erschlagen. Und so werden unsere Söhne, wofern wir zu hohen Jahren kommen, dermaleinst uns wieder töten. Die Herzogin ließ den Söhnen Geld geben, davon sie ihren Vater erhalten sollten. Sie nahmen's und sagten: solange das Geld ausreiche, so lange könne der Alte noch leben.

272.

DER BRAUTSTEIN

Auf der Kolborner Heide, unfern dem Städtchen Lüchow, ragt ein rotbesprengter Granit etwa vier Fuß über den Boden hervor. Davon erzählt die Sage:

Ein Ritter und eine adlige Jungfrau liebten sich herzlich. Eines Abends saßen sie traurig auf einem Felsenstein im Birkenwald auf der Heide: denn sie sollten nun Abschied nehmen, weil der Ritter in den Krieg zog. Er fragte die Braut, ob sie ihm auch treu verbleibe, und er sie, wenn er heimkehren sollte, nicht in den Armen eines fremden Buhlen finde. Das schmerzte die Braut, sie vermaß sich teuer und schwur, ehe solle der Fels sich von seiner Stelle rücken und sie verfolgen und lebendig in der Gruft bedecken, ehe sie dem Geliebten die Treue brechen werde.

Sie hat ihm aber dennoch die Treue gebrochen, und wie sie gesagt ist geschehen. Denn als sie mit dem Buhlen auf dem Stein gesessen, hat der Stein sich plötzlich geregt, hat sich riesengroß aus der Erde gehoben, und die Falsche, die vergeblich vor ihm geflohen, hinabgedrängt in die aufgerissene Erde. Ihr Blut hatte den Fels und die kleinen weißen Blumen der Heide gerötet.

Wie der Ritter nun heimkam und sah, daß der Fels aufrecht stand und daß blutrote Adern über seine graue Fläche liefen, und daß auch die Heide mit roten Blümlein bedeckt war, da ahnte ihm wohl, was geschehen sei. Er schlug heftig mit seinem Schwert an den Stein, und siehe: ein roter Blutstrahl sprang daraus und ein banger Klageton erscholl aus der Tiefe. Und so oft er den Stein mit seinem Schwerte schlug, so oft vergoß der Stein sein Blut und tönte der Wehlaut aus der Erde. Da erkannte der Ritter, daß er betrogen sei, nahm noch einen Strauß von der roten Heide zum Angedenken an seine traurige Liebe mit, und trieb dann sein Roß wieder hinaus in neue Kämpfe.

Der Stein wird der Brautstein genannt; Brauttreue heißt die rote Heide.

273.

DAS HELLHAUS IN OSTENHOLZ

Früher hat man in den Gegenden zwischen Weser und Elbe noch oft den Helljäger durch die Luft ziehen hören, und zwar besonders in der Zeit zwischen Weihnachten und Großneujahr; man hat dann besonders dafür gesorgt, daß am Christabend nach Sonnenuntergang das Haus geschlossen und namentlich das große Tor an der Diele zugemacht war, und selten wagte es einer noch nach Sonnenuntergang hinauszugehn.

In Ostenholz bei Fallingbostel steht ein Haus, das nennt man ringsum in der Gegend das Hellhaus; da hatten sie mal am Christabend nach Sonnenuntergang die Tore zu schließen vergessen, und als nun der Helljäger drüber fortzog, lief einer seiner Hunde hinein, und legte sich unter die Bank am Herd und war durch nichts fortzubringen. Hier hat er ein ganzes Jahr gelegen und hat nichts gefressen; nur alle Morgen hat er die Asche vom Herde abgeleckt. Als aber das Jahr um gewesen und die Zwölften wieder da waren, da hat man, als der Helljäger wieder vorüberzog, das Tor aufgemacht und der hat den Hund wieder mitgenommen.

Da wo jetzt das Hellhaus in Ostenholz steht, hat vor langen Jahren einer gewohnt, dessen Sohn ist mit andern am heiligen Christabend auf einer großen Jagd gewesen; da hat er ein Reh verfolgt und gesagt, wenn er das schießen täte, so wolle er ewig alle Christabend jagen. Da hat er's denn auch geschossen, aber er hat auch nach seinem Tode alle Christabend jagen müssen und das ist der Helljäger, und das Haus, in dem er bei seinen Lebzeiten gewohnt, ist das Hellhaus. Wenn nun aber der Christabend herangekommen und der Helljäger umgezogen ist, hat der Wirt des Hellhauses jedesmal eine Kuh hinauslassen müssen und die ist, sobald sie nur draußen war, verschwunden gewesen; welche Kuh das aber jedesmal sein mußte, hat man schon vorher ganz genau wissen können, denn wenn es so um den Michaelis- oder Martinstag gekommen, hat sich die Kuh, welche an der Reihe war, zusehends vernommen und ist endlich bis zum Christabend die fetteste im ganzen Stall geworden. Das hat man denn so die ersten vier oder fünf Jahre nach dem Tode des Wirtsohnes gehalten, und hat jedesmal am Christabend die Kuh hinausgelassen, aber endlich ist es ihnen doch zu lästig geworden und sie haben es nicht mehr tun wollen. Als nun der Helljäger am Christabend des nächsten Jahres wieder vorbeigekommen, haben sie das Haus fest zugemacht; aber da ist ein Lärmen und Toben um es herum entstanden, das ist fürchterlich gewesen, die Hunde des Helljägers sind heulend und schnuppernd um und um gelaufen, und die Kuh, welche an der Reihe war, ist im Stall wie rasend geworden, und hat sich mit den Vorderfüßen hoch aufgerichtet und ist die Staken hinaufgesprungen, und soviel man sie auch geschlagen, es hat alles nichts geholfen, sie hat sich nicht zur Ruhe begeben wollen. Da haben's die Leute im Hause nicht länger aushalten können, haben das Tier los und das Tor aufgemacht und gesagt: »Na so lauf in Dreiteufels Namen!« und da ist sie sogleich fortgewesen; aber seit der Zeit ist auch der Helljäger nicht wieder gekommen.

274.

DIE KLUGEN BÜRGER VON SOLTAU

Vor nun bald 400 Jahren lebte einer der vormaligen Herzöge von Lüneburg, Heinrich der Mittlere genannt, in Unfrieden mit dem Herzog Erich von Braunschweig. Dieser fiel mit seinen Leuten ins Lüneburgische ein und brannte und sengte alles nieder, wo er hinkam. Zuletzt kam er auch nach Uelzen und wollte von da über Soltau ins Stift Verden hinein, da der Bischof daselbst sein Freund war und Heinrich von Lüneburg höllisch mit seinen Leuten hinter ihm hergebraust kam.

Die Leute in Soltau waren in großer Angst, da sie vernahmen, daß der grausame Herzog Erich herankomme, und der Rauch von brennenden Dörfern ihnen sein Nahen verkündete. Sie dachten nämlich, es werde ihrer Stadt ebenso ergehen, wenn der Herzog mit seinem Heere käme, und sie könnten ihn doch nicht abwehren.

Nun waren aber einige wackere Soltauer Bürger da, welche nicht so traurige Gedanken hegten und meinten, sie könnten durch List den ganzen Haufen der Braunschweiger davonjagen. Sie nahmen also ein großes Laken, banden es an eine lange Stange, dazu drei Musketen, die einzigen im ganzen Ort, und einen großen Kessel und machten sich damit frühmorgens auf den Weg nach Uelzen, wo der Harbersche Sandberg sich durch die

Heide hinzieht. Auf diesen Berg stellten sie sich und warteten auf die Braunschweiger, deren erste Leute sie auch bald gewahr wurden. Dann ließen sie ihr großes Laken im Winde wehen und schossen mit den Musketen in einem fort und machten dabei mit ihrem Kessel einen schrecklichen Lärm.

Als die Braunschweiger die große Fahne sahen und den Lärm hörten, erschraken sie und meinten, daß das ganze Lüneburger Heer hinter dem Berge wäre und gegen sie heranziehe. Sie kehrten also eilig um und machten lieber einen Umweg ums Moor über Hötzingen nach dem Verdenschen zu. Auf diese Weise gewann aber Herzog Heinrich Zeit, mit seinen Lüneburgern heranzukommen und die Braunschweiger beim Wieh, zwei Stunden von Soltau, ganz nahe an der Stiftsgrenze, zu überfallen und zusammenzuhauen, so daß ihr ganzes Heer zugrundeging und sich zerstreute. Herzog Erich aber ward gefangen genommen und nach Soltau gebracht.

So kam es, daß die klugen und tapfern Soltauer Bürger nicht nur ihre Stadt retteten, sondern auch daß Herzog Heinrich die Braunschweiger erwischte und schlug, ehe sie ins Verdensche kamen, wo sie sicher gewesen wären, weil Heinrich das fremde Gebiet nicht betreten durfte.

275.

HERMANN BILLUNG

In der Umgebung des freien Sattelhofes Stübeckshorn, zwei Stunden von Soltau, hat sich unter den Landleuten folgende Sage erhalten, die angeblich einer geschriebenen Chronik des Hofes entnommen ist. Kaiser Otto der Große befindet sich einst auf der Reise nach Soltau. Er fährt über den Hof zu Stübeckshorn und will seinen Weg quer über das benachbarte Feld nehmen. Hier hütet aber Hermann, der junge Sohn des Meiers, die Schafe und wie er die Absicht des Kaisers bemerkt, stellt er sich mit seinem Hirtenstock, an welchem ein kleines Beil befestigt ist, den Pferden entgegen und droht, beim Weiterfahren sofort mit seinem Beil einzuhauen. Diese Keckheit des Knaben gefällt dem Kaiser. Er nimmt ihn mit sich an den Hof, macht ihn zum Edelmann und nennt ihn – Hermann Billung (Beil = Biel, Bill). Das ist der wahre Ursprung des berühmten Geschlechts.

Hermann Billung nahm zu in allen Tugenden, bewies sich rechtschaffen und fromm, so daß alle Leute ihn liebgewannen. Da befahl ihm Kaiser Otto seine Kinder, daß er sie auferzöge. Danach setzte er ihn zum Richter über ein besonderes Land. Er regierte und richtete so recht, daß alle Leute ihn fürchteten. Da der Kaiser ausziehen mußte gen Rom und Italien, befahl er diesem Hermann das Land zu Sachsen. Fünf Jahre blieb der Kaiser aus und Hermann regierte zu jedermanns Freuden. Als Otto wiederkam, der Graf gestorben und sein Land an den Kaiser gefallen war, da beschloß er in seinem Rat, daß er Hermann von Stübeckshorn zum Herzog an Gero's Stelle machen wollte. Also gab ihm Otto zum Wappen einen blauen Löwen in einem goldenen Feld; Herzog Hermann wohnte in Lüneburg und der Kaiser gab ihm das Land an der Elbe.

276.

DAS BILD IM RATHAUS ZU CELLE

Im Rathaus der Stadt Celle in der Provinz Hannover befindet sich ein in Öl auf Holz gemaltes Christusbildnis, das die Unterschrift trägt: Ihr sollt nicht falsch schweren bei meinem Namen und entheiligen den Namen Deines Gottes, denn ich bin der Herr. Levitic: 19. An. 1606. – Über dieses Bild berichtet ein in der Celler Kirchen-Bibliothek aufbewahrtes Schriftstück folgende merkwürdige Geschichte: Es hat im Jahr 1684 zu Celle auf dem Rathaus nachfolgender sehr merkwürdiger Fall sich begeben. Als der dortige Rat bei dem Echterding (Gerichtsverhandlung) den Groß-Voigt und andere vornehme Gäste der Gewohnheit nach tractiret und einer unter denselben (den man wegen seiner sonst guten erudition und vornehmen Standes halber zu nennen Bedenken trägt) sich einiger lächerlicher Reden über den christlichen Glauben vernehmen lassen und derselbe deswegen von einem anwesenden Stadt-Prediger korrektionieret und ermahnet, davon still zu schweigen und den umstehenden Dienern keine ferneren Ärgernisse zu geben, unter anderen auch scherzweise zu ihm gesagt: Er solle bedenken, daß der Salvator (welches ein in einem Rahmen von 3 Fuß hoch gefaßtes und gerade hinter ihm an der Wand mit Nägeln angeheftetes Bildnis Christi, die Weltkugel mit einem Kreuze in der Hand haltend, gewesen) hinter ihm stünde und alles angehört, was er geredet. Er aber habe geantwortet: Er schere sich viel um den Sakramentischen Salvater. Hat's sich zugetragen, daß eben zu der Zeit in dem Moment, da besagter Mann solche lästerlichen Reden geführet, obenerwähntes Bild herunter und platt auf seinen Kopf, so er zum guten Glück mit dem Hut bedecket, gefallen, worauf derselbe ganz still geworden, und solcher unbedachten Reden halber einige Reue geschienen. Dieses habe ich, Bürgermeister Tiedemann, nebst allen anwesenden Gästen und Dienern, wovon noch verschiedene im Leben, selbst angehöret und gesehen.

277.

DIE ENTSTEHUNG DES KLOSTERS WIENHAUSEN

Das Kloster Wienhausen verdankt seine Entstehung der Pfalzgräfin Anna von Meißen, welche die Gemahlin war vom Pfalzgrafen Heinrich, dem ältesten Sohne Heinrichs des Löwen. Ursprünglich ist das Kloster in Nienhagen, einem Pfarrdorf an der Fuse, in der Nähe des Dörfchens Burg, angelegt gewesen. Als aber die ungesunde Luft und die durch die sumpfige Gegend erzeugten vielen Schlangen und sonstiges Ungeziefer den Aufenthalt unmöglich machten, da hat die edle Stifterin Gott angefleht und ihn gebeten, er möge ihr doch einen anderen und besseren Ort für ihr Kloster anzeigen. In einer Vision hat sie denn auch darauf die mit Dornen und Bäumen bewachsene Gegend des jetzigen Wienhausen erschaut, welche dem Edlen Berthold von Woldesburg gehörte. Auch war am anderen Morgen, als die Pfalzgräfin sich auf den Weg machen wollte, den Ort und den Platz für ihr Kloster zu suchen, nicht allein der Pfad dahin mit frischem Schnee bedeckt, sondern auf dem neuen Klosterplatz lag ebenfalls der blanke Schnee, und so konnte denn die fromme Stifterin nicht mehr im Irrtum darüber sein, wo der Neubau aufzuführen. Anfänglich ist jedoch Berthold von Woldesburg nicht geneigt gewesen, den Platz abzutreten, als ihm aber Pfalzgräfin Anna den in warmer Sommernacht darauf gefallenen Schnee gezeigt und an demselben Tag ihn zwei auf seinem Hause sitzende schneeweiße Tauben zur Nachgiebigkeit ermahnt, da hat er endlich das Wunder laut gepriesen, und sein Eigentum gern und willig zu dem frommen Zweck hergegeben. Das neue Kloster ward Wygenhausen geheißen, und zwar von dem damals in dortiger Gegend zahlreichen Weihen oder Wygen, – und aus Wygenhausen ist später der Name Wienhausen entstanden.

278.

WERWÖLFE IN DER HEIDE

In Lachendorf hatte ein Bauer einen Knecht; der lag mit einem andern Knecht auf der Wiese hinterm Busch, und sie hielten Mittagsruhe. Da schlief der zweite Knecht beinahe ein, aber er blinzelte doch mit den Augen und sah, wie der andre Knecht einen ledernen Gürtel umtat und sich in einen Werwolf verwandelte, darauf fortlief, ein junges Füllen, das unten auf der Wiese graste, anfiel und fraß mit Haut und Haar. Wie er nun zurückkam, legte er sich neben den andern Knecht, der noch tat, als wenn er schliefe. Wie die Zeit um war, standen sie beide auf und mähten bis es Abend war. Darauf gingen sie zusammen nach Lachendorf, und unterwegs sagte der eine Knecht zum Werwolf: ich möchte mich doch nicht an lebendigem Pferde satt fressen. – Das hättest du draußen nicht sagen sollen, es wäre dir übel ergangen, sagte der Werwolfsknecht. Ein andermal stand der Knecht wieder von der Mittagsruhe auf, tat seinen Gürtel um und lief davon, aber da verfolgten ihn die Knechte, hetzten die Hunde auf ihn und schlugen ihn tot, weil er ein Werwolf war.

Die Menschen verwandeln sich in Werwölfe, indem sie einen Gürtel umlegen, und dann stehlen sie den Leuten allerlei. Den Knechten, die Korn auf dem Rücken tragen, nehmen sie das Korn ab. Ruft man einen Werwolf bei seinem menschlichen Namen, wenn man ihn nämlich weiß, so muß er so lange laufen, bis er umkommt.

279.

DER GEIST DES HERRN VON BARTENSLEVEN

Vor alter Zeit wohnte auf der Wolfsburg, Wulseburg nennt man sie in der Gegend, ein Herr von Bartensleven, der war ein gar grausamer Mann. So war er auch einst in den Krieg gezogen und nahm eine Stadt ein, und da wütete er so, daß er sogar die Kinder in der Wiege ermordete und eins davon mit seinem Spieß durchbohrte, es zur Erde warf und rief: »Da liege du, bis dich die Würmer fressen.« Aber solche Unmenschlichkeit ist ihm übel bekommen, denn kaum war er aus dem Kriege heimgekehrt, so haben die Würmer begonnen ihn bei lebendigem Leibe aufzufressen, so daß er jämmerlich hat umkommen müssen. Wie aber sein Ende herangeht, da ist er in sich gegangen und hat zur Buße seiner Sünden noch eine Stiftung gemacht, daß alle Jahr am Johannistag die Armen der ganzen Umgegend, Hirten und solcher Leute mehr, reichliche Spenden erhalten sollten, und das geschieht noch bis auf diesen Tag. Zwar war einmal ein Verwalter, der gerne das Geld, weil es so viel war, für sich selbst behalten hätte und es darum, als der Tag herannahte, nicht auszahlte, aber dem ist es schlecht bekommen. Denn kaum saß er am Mittag bei Tische, so erhob sich auf einmal ein fürchterliches Gepolter und Türwerfen und kam ins Zimmer, packte den Verwalter und warf ihn bald in diese, bald in jene Ecke, bis es endlich verschwand. Das ist der Geist des Herrn von Bartensleven gewesen, und es ist keinem Verwalter wieder eingefallen, das Geld zurückzubehalten.

280.

DAS PETERMÄNNCHEN VON STADE

Dem Fremden, der durch Stades Straßen geht, fallen oft Männer in einer alten Amtstracht auf: sie tragen auf dem Kopf einen schwarzen Dreispitz, über den Schultern einen weiß eingefaßten schwarzen Umhang, sie gehen in kurzen schwarzen Kniehosen und schwarzen Schuhen mit silbernen Schnallen. Es sind die Brauerknechte; sie haben das Recht, die Toten zu Grabe zu tragen. Ihr Gildehaus »Knechthausen« – erbaut 1603 – liegt in der Bungenstraße. Dort feiern sie Fastnacht und die Aufnahme der neuen »Knechte«; da tagen sie auf der Diele, dem »Rosenort«, der einst mit roten Ziegeln gepflastert war; sie trinken seit alters Eierbier aus Zinnkrügen; der Äldermann liest – auf der Tonne stehend – die alten Satzungen vor, und an der Wand wird das Holzbildnis der heiligen Gertrud verhüllt, sie mag oder soll das tolle Treiben nicht sehen. In der Woche der Fastnacht aber wird das »Petermännchen«, auch Peter Männken genannt, eine holzgeschnitzte Figur, mit einem Fichtenkranz geschmückt zur Giebelluke hinausgehängt.

Wie entstand der alte Brauch? Die Sage berichtet: Um das Jahr 1600 herrschte in der Stadt Stade ungewohnt reges Leben. Die englischen Tuchhändler hatten ihren Stapel auf dem Kontinent nach Stade verlegt, dazu waren die Wallonen gekommen; die Preise für Wohnräume, für Häuser stiegen und stiegen.

Da trugen die Ratten die Pest in die Stadt. Selbst Bürgermeister und

Ratsherren wurden dahingerafft; es gab wohl keine Familie, die nicht der schwarze Tod heimsuchte. Niemand wagte mehr, die Toten in die Pestkuhle zu schaffen – aus Furcht angesteckt zu werden. Da bat die Jungfer Gertrud, eines Braumeisters Tochter, ihren Liebsten, den Brauerknecht Peter Männken, doch zu helfen, und der Vater versprach dem Gesellen die Hand seiner Tochter. Peter hatte Mut und überredete andere Brauerknechte, mit anzupacken. Die Toten wurden begraben. Die Seuche wich. Peter Männken erhielt seine Gertrud zur Frau und die Brauerknechte für immer das Recht, die Toten der Stadt zu Grabe zu tragen.

281.

DER NAME VON BEDERKESA

In der Gegend von Bederkesa haben sich vor alter Zeit zuerst drei Edelleute niedergelassen, die haben jeder eine Burg gebaut und zwar zu Flögeln, Holzerberg und Bederkesa, und als sie nachher zusammengekommen sind, hat jeder die Lage der seinigen gerühmt, der aber, welcher sich zu Bederkesa niedergelassen, hat, als die beiden andern ausgesprochen, gesagt: »ik hev bêter kêst« und davon hat der Ort den Namen Bederkesa erhalten.

282.

DAS MOORGESPENST

Eine Mutter hatte sich an einem kalten Tage mit ihren zwei Kindern in das Teufelsmoor verirrt. Als es Abend wurde und ihre Angst wuchs, sah sie fern ein Licht aus einem Hause schimmern. Ihre Hoffnung stieg, sie fand das Haus. Als sie aber um Aufnahme für die Nacht bat und um etwas Brot für sich und ihre Kinder, wurde sie vor der Tür abgewiesen. So ging es ihr Haus bei Haus. »Wir haben selbst nichts«, war die Antwort. Und so mußte sie wieder in die dunkle Nacht hinaus und rief den Fluch des Himmels über die hartherzigen Menschen. Schließlich sank sie entkräftet auf einem Moordamm nieder und schlief mit ihren Kindern ein. Man fand alle drei erfroren auf.

Und seit der Zeit spukt sie als Moorgespenst durch die Abende und Nächte. Wenn die Dämmerung naht und der Nebel aufsteigt, da sieht man aus den Nebeln eine große graue Gestalt sich erheben: das Moorweib. Es schwebt über die Landschaft und über die Siedlungen, bald vom Winde hochgehoben, bald auf eine Siedlung niederfallend. Und wo seine Nebelhand sich auf ein Haus legt, da kommt bald der Tod und holt sich ein Kind. Das ist der Fluch, der auf dem Moore ruht. So glauben und erzählen die Moorbauern.

283.

DER KAMM DER ÄBTISSIN PELILA

Dem Kloster Heeslingen stand Pelila als Äbtissin vor. Sie hatte zwei Brüder, beide recht angesehen, aber während Friedrich treu und zuverlässig für den minderjährigen Grafen von Stade die Vormundschaft führte, war Ulrich ein arger Raufdegen, der auf Händel und Kampf ausging.

Eines Morgens kam Pelila aus ihrer Badekammer, sie hatte aber ihren schönen Kamm dort liegen lassen. So rief sie ihrer Dienerin zu: »Geh in die Badestube und hole mir den Kamm, den ich dort vergaß.« Alsbald kam sie zurück – ohne den Kamm, schneeweiß im Gesicht: »O Herrin, im Badegemach steht euer Bruder Ulrich, und ein Neger kämmt ihm mit euerm Kamm das Haar.« Streng verwies ihr Pelila solche Worte: »Wie kannst du so etwas Sündhaftes und Unsinniges reden. Geh und hol den Kamm!« Die Dienerin ging und kehrte nicht wieder. Man fand sie tot in der Badestube. Zur gleichen Stunde fiel der Äbtissin Bruder Ulrich irgendwo im Kampf. Das erfuhr die Äbtissin von einem Knecht des Bruders, der heimkehrte. So berichtet Abt Albert von Stade.

284.

WARUM DIE BUXTEHUDER POST NICHT MEHR NACH SITTENSEN FÄHRT

Als die Post eines Abends den Thörenwald passiert hatte und in der Gegend von Lengenbostel und Freetz angekommen war, tauchte neben dem Wagen ein unheimlicher, schwarz gekleideter Mann auf. Schwarz schien auch sein Gesicht zu sein. Schweigend schwang er sich zum Postknecht auf den Bock. In demselben Augenblick konnten die Pferde den Wagen nicht mehr von der Stelle bewegen. Sie waren über und über mit Schaum bedeckt, schnoben angstvoll und legten sich vergeblich mit ihrem ganzen Gewicht in die Sielen. Der Kutscher hatte das Gefühl, daß kein anderer als der Teufel neben ihm sitze. Er ergriff sein Horn und blies: »Allein Gott in der Höh' sei Ehr'!« Aber dieses Lied erwies sich nicht als kräftig genug. Da blies der Postknecht: »Ein' feste Burg ist unser Gott!« Schweigend, wenn auch zögernd, räumte nun der Unheimliche den Sitz, und sofort kam das Gefährt vorwärts. In Sittensen erzählte der Postknecht, noch an allen Gliedern zitternd, sein Erlebnis und weigerte sich, fernerhin die Post von Buxtehude nach Sittensen zu fahren. Schließlich ließ er sich überreden, noch einmal in Begleitung die Fahrt zu unternehmen. Das nächste Mal fuhren von Buxtehude einige beherzte Männer mit im Wagen. Zwischen Lengenbostel und Freetz wiederholte sich die Begebenheit genau so; wieder wich der Finstere erst dem kräftigen Lied »Ein' feste Burg ist unser Gott!« – Der Postknecht legte den Dienst nieder, und da niemand seine Stelle übernehmen wollte, ging die Post ein.

285.

DAS OLDENBURGER HORN

In dem Hause Oldenburg wurde sonst ein künstlich, und mit viel Zierraten gearbeitetes Trinkhorn sorgfältig bewahrt, das sich aber gegenwärtig zu Copenhagen befindet. Die Sage lautet so: Im Jahr 990 (967) beherrschte Graf Otto das Land. Weil er, als ein guter Jäger, große Lust am Jagen hatte, begab er sich am 20. Juli gedachten Jahres mit vielen von seinen Edelleuten und Dienern auf die Jagd, und wollte zuvörderst in dem Walde,

Bernefeuer genannt, das Wild heimsuchen. Da nun der Graf selbst ein Reh hetzte, und demselben vom Bernefeuersholze bis an den Osenberg allein nachrannte, verlor er sein ganzes Jagdgefolge aus Augen und Ohren, stand mit einem weißen Pferde mitten auf dem Berge, und sah sich nach seinen Winden um, konnte aber auch nicht ein Mal einen lautenden (bellenden) Hund zu hören bekommen. Hierauf sprach er bei ihm selber, denn es eine große Hitze war: »Ach Gott, wer nur einen kühlen Trunk Wassers hätte!« Sobald als der Graf das Wort gesprochen, tat sich der Osenberg auf, und kommt aus der Kluft eine schöne Jungfrau wohl gezieret, mit schönen Kleidern angetan, auch schönen über die Achsel geteilten Haaren und einem Kränzlein darauf; und hatte ein köstlich silbern Geschirr, so vergüldt war, in Gestalt eines Jägerhorns, wohl und gar künstlich gemacht, in der Hand, das gefüllt war. Dieses Horn reichte sie dem Grafen und bat, daß er daraus trinken wolle, sich zu erquicken.

Als nun solches vergüldtes, silbern Horn der Graf von der Jungfrau auf und angenommen, den Deckel davon getan und hinein gesehen: da hat ihm der Trank, oder was darinnen gewesen, welches er geschüttelt, nicht gefallen und deshalben solch Trinken der Jungfrau geweigert. Worauf aber die Jungfrau gesprochen: »Mein lieber Herr, trinket nur auf meinen Glauben! denn es wird euch keinen Schaden geben, sondern zum Besten gereichen;« mit fernerer Anzeige, wo er, der Graf, draus trinken wolle, sollt's ihm, Graf Otten und den Seinen, auch folgends dem ganzen Hause Oldenburg wohlgehn, und die Landschaft zunehmen und ein Gedeihen haben. Da aber der Graf ihr keinen Glauben zustellen noch daraus trinken würde, so sollte künftig im nachfolgenden gräflich oldenburgischen Geschlecht keine Einigkeit bleiben. Als aber der Graf auf solche Rede keine Acht gab, sondern bei ihm selber, wie nicht unbillig, ein groß Bedenken machte, daraus zu trinken: hat er das silbern vergüldte Horn in der Hand behalten, und hinter sich geschwenket und ausgegossen, davon etwas auf das weiße Pferd gesprützet; und wo es begossen und naß worden, sind ihm die Haar abgangen. Da nun die Jungfrau solches gesehen, hat sie ihr Horn wieder begehret; aber der Graf hat mit dem Horn, so er in der Hand hatte, vom Berge abgeeilet, und als er sich wieder umgesehn, vermerkt, daß die Jungfrau wieder in den Berg gangen; und weil darüber dem Grafen ein Schrecken ankommen, hat er sein Pferd zwischen die Sporn genommen, und im schnellen Lauf nach seinen Dienern geeilet; und denselbigen, was sich zugetragen, vermeldet, das silbern vergüldte Horn gezeiget, und also mit nach Oldenburg genommen. Und ist dasselbige, weil er's so wunderbarlich bekommen, vor ein köstlich Kleinod von ihm und allen folgenden regierenden Herren des Hauses gehalten worden.

286.

OLIVER CROMWELL UND DIE OLDENBURGER PFERDE

Anton Günther, welcher seine schönen Pferde häufig an andere Potentaten verschenkte und damit mehr ausrichtete als durch die schönsten Worte seiner Gesandten, machte einmal auch dem Protektor von England Oliver Cromwell ein Geschenk von sechs schönen Hengsten. Cromwells Oberstallmeister mußte deshalb eigens nach Oldenburg kommen, um die Pferde in Empfang zu nehmen und nach London zu geleiten. Als der Oberstallmeister mit den Hengsten in London angelangt war und dies dem Protektor meldete, sagte er »Herr, fahrt nicht mit den Pferden; der Kerl muß der Teufel sein, so hat er mich angeblickt, als er mir die Pferde übergab.« Aber Cromwell achtete des nicht und ließ die Pferde alsbald anspannen. Der Oberstallmeister fuhr und hatte gewaltige Not mit den Tieren, so wild waren sie und strebten dem Führer aus der Macht zu kommen. Endlich wollte Cromwell selbst fahren. »Herr«, sprach der Oberstallmeister, »ihr könnt die ganze Welt regieren, aber nicht des Teufels Pferde!« Aber Cromwell bestand auf seinem Willen und übernahm, grade als der Wagen sich auf einem abschüssigen Wege befand, die Zügel. Kaum spürten die Pferde den Wechsel, so gingen sie durch, und der Protektor kam in die größte Gefahr, bis es endlich dem Oberstallmeister gelang, die Zügel wieder zu erfassen und mit aller Anstrengung seiner Kräfte die Pferde wieder in seine Gewalt zu bringen.

287.

DER SCHLOSSFLUCH

Als Graf Anton Günther das Schloß zu Oldenburg erbaute, wollten die Mauern nicht stehen bleiben. Da nahmen die Mauerleute einer Mutter, die mit ihrem Kind vorüberging, das Kind fort und mauerten es lebendig ein. Von der Zeit an blieb der Bau stehen. Die Mutter aber sprach einen Fluch über das Schloß aus, daß bis zum fünften Gliede kein Kind, das in dem Schlosse geboren werde, seine Mutter kennenlernen solle.

Nach anderen gilt der Fluch für alle Zeiten und ist ausgesprochen von dem Fräulein von Ungnad, der Geliebten des Grafen Anton Günther, als sie der Graf verstieß und ihr zugleich ihren Sohn, den nachmaligen Grafen von Aldenburg, nahm. – Der Fluch kann gelöst werden, wenn einmal eine neu vermählte Landesfürstin mit einem Gespann von sechs Schimmeln, dem ein Vorreiter auf einem Schimmel beigegeben ist, eingeholt wird. Als im Jahre 1852 der jetzige Großherzog seine Gemahlin heimführte, waren daher die nötigen Schimmel, der Sicherheit wegen sogar neun, bereitgehalten. Indes ganz kurz vor dem Einzug wurde erst der eine, dann ein zweiter und endlich auch ein dritter krank und unbrauchbar, so daß die Einholung zuletzt doch mit dunklen Pferden geschehen mußte.

288.

GRAF FRIEDRICHS KAMPF MIT DEM LÖWEN

In Rastede, wo er 1059 eine Kirche erbaut, lebte Graf Huno von Oldenburg mit seiner Gemahlin Willa und seinem Sohn Friedrich. Er war ein sehr frommer Mann. Als Kaiser Heinrich IV. einen großen Fürstentag in der Stadt Goslar hielt, säumte Hugo, weil er Gott und frommen Werken oblag, dahinzugehen. Da verleumdeten ihn falsche Ohrenbläser und klagten ihn des Aufruhrs gegen das Reich an; der Kaiser aber verurteilte ihn zum Gottesurteil durch den Kampf, und kämpfen sollte er mit einem ungeheuern, grausamen Löwen. Huno begab sich mit Friedrich, seinem jungen Sohn, in des Kaisers Hof; Friedrich wagte mit dem Tier zu fechten. Vater und Sohn flehten Gottes Beistand an und gelobten, ein reiches Kloster zu stiften, wenn ihnen der Sieg zufiele. Friedrich ließ einen Strohmann zimmern und gleich einem Menschen bewaffnen; den warf er listig dem Löwen vor, schreckte ihn und gewann unverletzt den Sieg. Der Kaiser umarmte den Helden, schenkte ihm Gürtel und Ring und belohnte ihn mit vielen Gütern im Reich.

289.

DER GANG AN DEN SARG

Im Dorfe Dreibergen bei Zwischenahn in Oldenburg sitzen abends vier Dorfbewohner beim Glas Bier beisammen. Man unterhält sich über allerhand Spuk und ähnliches. Einer rühmt sich seiner besonderen Furchtlosigkeit nächtlichen Gespenstern gegenüber. Seine Kumpane wollen ihn auf die Probe stellen und schließen folgende Wette mit ihm ab: Er soll in derselben Nacht über den Kirchhof in die Dorfkirche gehen in das Chorgewölbe, in welchem am Tage vor der Beerdigung die Toten des Kirchspiels aufgebahrt werden und wo auch in dieser Nacht ein Sarg mit einem Toten steht. Als Zeichen seiner Anwesenheit soll er einen Nagel in den Sarg schlagen. Der Furchtlose macht sich auf den Weg; je näher er aber seinem Ziele kommt, desto mehr steigt die Angst in ihm. Zitternd tastet er sich in der Dunkelheit über den Friedhof, durch die Kirche, bis er vor dem Sarg steht. Schon halb wieder abgewandt, schlägt er eilig mit zitternden Händen den Nagel in das Holz desselben. Dann treibt es ihn fort von dem Ort des Schreckens. Wie er sich aber zum Gehen anschicken will, da gewahrt er zu seinem Schrecken, daß ihn von hinten jemand festhält. – Seine Freunde warten Stunde auf Stunde vergeblich auf seine Rückkehr. Schließlich machen sie sich auf den Weg, ihn zu suchen. Sie finden ihn leblos neben dem Sarg liegen. Der Saum seines Rockschoßes ist am Sarg festgenagelt.

290.

DIE KIRCHE VON GANDERKESEE

Eine Gräfin von Delmenhorst übergab auf ihrem Sterbebett ihren drei Töchtern zehn Diamanten, davon waren neun ganz gleich, der zehnte aber sehr groß und wie ein Auge gestaltet. Sie bat dabei die Töchter, sich wegen der Steine untereinander zu einigen; sie selbst wolle die Teilung nicht vornehmen, damit es nicht scheine, als wolle sie eine bevorzugen. Die Töchter in ihrem großen Schmerz über den bevorstehenden Verlust ihrer Mutter gelobten, daß die Steine keinen Zwist unter sie bringen sollten, und jede war sogar bereit, sogleich den großen Diamanten den anderen zu überlassen. Die Gräfin starb nun in Frieden. Lange Zeit wurde der Diamanten nicht erwähnt. Endlich aber wünschten die Töchter doch, ein Andenken von der Verstorbenen zu führen, und gingen an die Teilung. Die neun gleichen Steine waren bald verteilt, aber auf den großen Stein, den früher keine haben wollte, erhob nun jede Anspruch. Die älteste machte ihr Alter geltend, die zweite: sie führe der Mutter Namen, die dritte: sie sei der Mutter Liebling gewesen. Die Schwestern, bisher ein Herz und eine Seele, gerieten in große Uneinigkeit, und alle Bemühungen des Vaters, den Frieden wieder herzustellen, blieben fruchtlos. Da nahm ihnen der Vater den großen Diamanten weg und sagte, daß ihn nun keine besitzen solle. Aber auch hierdurch kam kein Friede, denn jede von ihnen warf nun den anderen vor, daß sie von ihnen um ihr Recht betrogen sei. Seit aber die Töchter das Gelübde ihrer Einigkeit so vergessen hatten, erschien allnächtlich der Geist der Verstorbenen wehklagend unter den Fenstern des Grafen. Der bekümmerte Graf wußte kein Mittel, seinen Töchtern die Eintracht und seiner verstorbenen Gemahlin ihre Ruhe wiederzugeben, bis endlich ein alter Pilger, der bei ihm einkehrte, ihm den Rat gab, den Diamanten in eine Kirche zu vermauern, die Kirche aber da zu bauen, wo ein Gänserich, den er vom Schlosse aus fliegen lasse, sich setzen würde. Der Graf befolgte den Rat und baute die Kirche zu Ganderkesee, welche den Diamanten noch in einer ihrer Mauern birgt. Seitdem war der Streit der Töchter vorbei, und die Mutter konnte ruhig in ihrem Grabe bleiben.

291.

IN STEIN VERWANDELT

In der Ahlhorner Heide, eine kleine halbe Stunde von der Aumühle, finden sich eine Menge Hünensteine beieinander. Vornan stehen vier große Steine, dann folgen in zwei langen Reihen vielleicht siebzig kleinere. Man nennt sie die Visbeker Braut. Etwa dreiviertel Stunden davon, bei Engelmanns Bäke, findet sich eine ähnliche, aber noch größere Steingruppe, welche der Bräutigam genannt wird. Einst, so heißt es, sollte ein Mädchen aus Großenkneten (Heinefeld) von ihren Eltern gezwungen werden, eines reichen Bauern aus Visbek Sohn zu heiraten, da sie ihn doch nicht liebte. Als nun die Braut mit ihrem Brautgefolge zur Hochzeit nach Visbek zog und den Turm der Visbeker Kirche erblickte, da betete sie, daß der liebe Gott sie lieber in Stein verwandeln möge, als daß sie zu der verhaßten Ehe gezwungen werde. Und so geschah es. Sowohl die Braut mit ihrem Gefolge als auch der Bräutigam, der ihr von Visbek entgegenkam, mit dem seinigen stehen in Stein verwandelt da.

Häufig wird auch erzählt, die Braut habe einen andern Jüngling geliebt, sei auch wiedergeliebt worden, aber der Vater habe seine Werbung wegen seiner Armut zurückgewiesen. Als der Brautzug nun über die Heide zog, begegnete ihm der abgewiesene Freier und sprach nochmals den Vater an. Aber dieser erwiderte

Sie soll nicht werden dein,
und wenn ihr auch werdet zu Stein!

Alsbald verwandelten sich alle Personen in beiden Zügen in Steine.

292.

WER IST DIR BEI DEN HAAREN GEWESEN

Im Stedingerland diente ein Knecht, der die Gabe hatte, Vorspuk zu sehen. Wenn ein Todesfall bevorstand, mußte er aus dem Bett und auf die Diele gehen, wo dann der Sarg stand, und jedesmal starb der, welchen er gesehen, in Jahresfrist. Als es ihn einmal wieder auf die Diele trieb, sah er den Sarg, aber den Toten, der darin lag, kannte er nicht. »Warte«, dachte er, »ich will dich schon wieder kennen, wenn ich dich antreffe«, nahm ein Messer und schnitt dem Toten über der Stirn ein Büschel Haar ab. Als sie am nächsten Morgen beim Trinken saßen, sagte die große Magd zum Knecht: »Du, wer ist dir bei den Haaren gewesen?« Der Knecht erschrak und sah, daß er selbst der Tote gewesen sei, dem er das Haar abgeschnitten. Er kündigte sofort den Dienst, denn der Tote muß in dem Hause sterben, wo er gesehen, und verdang sich anderswo. Aber nach einiger Zeit fühlte er eine große Sehnsucht nach seiner alten Herrschaft und machte sich, da er sich ganz wohl fühlte, auf, um dieselbe zu besuchen. Wie er aber im Hause war, starb er.

293.

DER SCHATZ IM BRUNNEN DER HOLTERBURG

Die Holterburg liegt in Osnabrück; nur noch einige Mauerreste ragen dort empor, wo früher die Burg stand. Im Burghof war ein Brunnen. In diesem Brunnen soll ein Schatz liegen, ein goldener Tisch mit diamantener Platte, viele, viele tausend Taler wert. Einst lebte dort eine weise Frau, die wußte ein Sprüchlein, damit konnte man den Zauber lösen und den Schatz gewinnen. Eines Tages nun nahm sie sich zwei starke Leute mit und versprach ihnen, den Gewinn mit ihnen zu teilen, wenn sie ihr behilflich sein wollten, den kostbaren Tisch aus dem Brunnen zu holen. Sie waren es zufrieden; denn wer möchte nicht gern schnell reich werden? Unterwegs aber schärfte das Weib den Leuten ein, daß sie am Brunnen kein Wort sprechen sollten, sonst sei alle Mühe vergebens. Als sie nun dort angekommen waren, sprach die Alte ihr Sprüchlein, die Männer ließen lange Stricke mit eisernen Haken in die Tiefe hinab, und bald fühlten sie, daß sie etwas gefaßt hatten. Sie zogen und zogen – und siehe da, der Tisch war schon am Rande des Brunnens, und die Platte, die aus einem einzigen Diamanten bestand, leuchtete wie die Sonne. Von dem Glanz geblendet, rief der eine Mann aus: »O Jesus Maria!« In demselben Augenblick fiel der Schatz wieder donnernd in die Tiefe und liegt noch heute dort. Das Weib war vor Schreck gestorben, und auf das Sprüchlein konnte sich niemand mehr besinnen.

294.

DIE KARLSSTEINE IM HONE

Dreiviertel Stunden von Osnabrück entfernt befindet sich im Hone, an der Chaussee nach Bramsche, ein grau und ehrwürdig zum Wanderer niederblickendes, gewaltiges Steindenkmal. Es sind die Karlssteine, die ihren Namen vom Kaiser Karl dem Großen haben. Es sind drei ungeheure Granitblöcke, von denen jeder auf vier Steinunterlagen ruht. Sie befinden sich auf einem an der Chaussee sich erhebenden Hügel, zu dem ein Fußpfad hinaufführt, in einer Waldschlucht, die durch den Piesberg und den Hasterberg gebildet wird. Die mittleren Decksteine sind geborsten und nach innen eingesunken. Man erzählt folgendes:

Einst, als der große Frankenkaiser mit dem Herzog Wieck oder Wittekind jagen ging, kamen beide mit ihrem Jagdgefolge auch zu den großen Opfersteinen im Hone. Vergebens versuchte Karl den Sachsenfürsten zu bewegen, seinen Göttern abzuschwören. Streng und düster wies Wittekind das Ansinnen des Kaisers von sich. Als dieser aber nicht nachließ, den Herzog zu drängen, das Christentum anzunehmen, rief der Sachsenfürst endlich, auf die Steine zeigend: »Nun wohl denn, wenn du mit der Haselgerte, die du in der Hand hältst, den Opferstein zerschlägst, will ich an die Macht deines Gottes glauben.« Da drückte Karl seinem Rosse, das sich vor dem großen Granitblock scheute, die goldenen Sporen in die Weichen, erhob voll Vertrauen auf den Beistand seines Gottes die Gerte und schlug damit auf den Stein, und siehe, derselbe ward in drei Stücke zersprengt. Da erkannte Wittekind, daß der Christengott stärker sei als die Götter der Sachsen; er ließ sich zu Belm, unweit Osnabrück, taufen, und Karl war sein Pate.

Nach andern zog Karl in den Hon, um die Opfersteine zu zerstören. Es wollte ihm aber nicht gelingen, da die Steine dem Eisen wie auch dem Feuer widerstanden. Schon wollte er von seinem Vorhaben abstehen, als ihn sieben Brüder, die in seinem Heer dienten, auf die Hilfe Gottes hinwiesen. Sie bauten den Opfersteinen gegenüber einen Altar und flehten zu Gott, daß er ihrem König beistehen möge. Voll Verzweiflung, daß ihm seine Absicht nicht gelang, schlug Karl mit einer Pappelgerte auf den Opferstein, indem er ausrief: »Gleich unmöglich ist es, diesen Stein und die harten Nacken der Sachsen zu brechen!« Kaum aber hatte er die Worte gesprochen, da zersprang der Stein in drei Stücke. Um den Altar der sieben Brüder wurden aber zum Gedächtnis an diesen Beweis der göttlichen Macht sieben Buchen gepflanzt.

Den Karlssteinen gegenüber, an der andern Seite der Osnabrück – Bramscher Chaussee, befindet sich jetzt ein steinernes Kreuz mit der Inschrift: »Hoc loco Caroli magni temporibus primam in hac regione missam cellebratam esse antiquitus traditum est.« Hier ist also die Stelle, wo der Altar der sieben Brüder gestanden hat. Statt der früheren Buchen ist das Kreuz von zehn neuen Buchen umgeben, der von diesen eingeschlossene Platz heißt im Volksmund »Tonteggenböken« (zu den zehn Buchen).

295.

DER BÖSE GEIST ALKE

In einem der beiden großen Erdlöcher des Giersfeldes bei Osnabrück hat ein gottloser Mann gewohnt, der mit Haus und Hof vom Boden verschlungen ist. Seitdem ist es in dem Bach nicht geheuer, und es steigt zu Zeiten, namentlich, wenn man ihn ruft, »der böse Geist Alke« daraus hervor. Er zeigt sich in der Gestalt eines feurigen Rades, das, namentlich wenn man um Mitternacht den Geist ruft, aus der Tiefe heraufrasselt, an den Abhängen des Erdfalls emporrollt und dann über das ganze Giersfeld dahinschweift, den Rufer verfolgend.

Einer der alten ehemaligen Grumfelds nun hat wirklich einmal das Abenteuer mit dem Alke und seinem feurigen Rad bestanden. Er saß einst mit seinen Zechbrüdern, gleichfalls wohlhabenden niedermünsterschen Bauern, beim Biere zusammen. Sie sprachen von ihren Rindern und Pferden und renommierten namentlich mit ihren Reitpferden und deren Hurtigkeit. Grumfeld behauptete, er habe den besten Läufer, der es sogar mit Alkes feurigem Rade aufnahmen könne. Die Bauern hielten dagegen und boten neun Pfund Silber, daß er es nicht bestehen würde. Er aber nahm die Wette an und bereitete sich vor. Er sattelte seinen Schimmel und ritt mit ihm zunächst einmal am hellen Tag zur Alkenkuhle, zeigte ihm den Weg und die ganze Gelegenheit und Gestalt des Ortes und machte ihm deutlich, worauf es ankäme.

Das kluge Tier, das alles begriff, kam mit ihm in schnellem Laufe nach Hause zurück, und da wies ihm Grumfeld auch noch die große Haustür, die er bei dem Ritt in der Nacht offenhalten wollte, und die sie bei der Verfolgung aufnehmen sollte. Dann pflegte und hätschelte er sein Pferd den ganzen Tag über und gab ihm das Beste, was er hatte, zu fressen und zu trinken. Er selber aber betete am Abend dreimal in heiliger Andacht, zum Vater, Sohn und heiligen Geiste, daß sie ihm seine Sünden vergeben, seine Seele bewahren und ihn retten wollten aus dieser Gefährlichkeit.

Als so Mitternacht herbeigekommen war, ritt er, allein auf Gottes Hilfe vertrauend, hin zur Alkenkuhle. Indem er hier bis an den Rand des finstern Loches heranritt, wandte er seinen Blick zum Himmel und zu den leuchtenden Sternen oben im Norden. Sein Schimmel stand wie eine Bildsäule mit der Schnauze zur Kuhle gewandt und rührte kein Glied. Da auf einmal erklangen rings um das Giersfeld herum mit dumpfen Tönen die Glocken, und es schlug zwölf Uhr zuerst in Steffen, dann in Merzen und zuletzt in Alfhausen. Mit dem letzten Schlage von Alfhausen erhob Grumfeld seine

Stimme und laut, daß es über die ganze Heide hinschallte, rief er: »Alke komm! Gehst du mit?« Alsbald hörte man es in der Tiefe der Kuhle rumoren, und eine greuliche Stimme, die aus der Mitte der Erde zu kommen schien, antwortete: »Warte nur! Den einen Schuh habe ich bereits an, und der andere rückt schon von selber herbei! Da bin ich! Und will dich bald packen!« Augenblicks wandte der Bauer sein Pferd und gab ihm die Sporen, und wie ein Pfeil vom Bogen fliegt, so ging nun durch die Nacht und über die Heide die höllische Jagd von der Alkenkuhle nach Grumfelds Hause. Der tapfere Grumfeld auf seinem klugen Schimmel mit fliegender Mähne voran, und Alke auf seinem flammenden und funkensprühenden Rade hinterdrein.

Jener hatte anfänglich einen guten Vorsprung voraus, doch minderte sich dieser mit jedem Satze, und das feurige Rad kam ihm näher und näher auf die Hacken, indem es dabei immer größer anwuchs und über die Gesträuche und Graben hinwegsetzte, so daß Grumfeld und sein Pferd, wenn sie sich umgeblickt hätten, wohl vor Schreck gestorben wären. Aber sie hatten nun schon die weitgeöffnete Haustür in Sicht, aus der das trauliche Herdfeuer ihnen entgegenblickte. Dies gab dem Schimmel neue Kraft, und mit einem letzten und verzweifelten Sprunge setzte er durch die große Tür mitten auf die Tenne hin. Hier an des Hauses Feuerstelle dankte Grumfeld seinem Schöpfer, daß er sich seiner väterlich angenommen habe und gelobte ihm, daß er von jetzt an seinen Gott nie wieder versuchen wolle. Er dankte aber auch seinem getreuen Schimmel, der ihm so freundlich beigestanden hatte, streichelte ihn und brachte ihn in den Stall.

Das feurige Rad war dicht hinter seinen Hufen her auf der Hausschwelle angestoßen und war dort zurückgeprallt. Als ein Wahrzeichen und zur Erinnerung an das Abenteuer sah man dort am andern Morgen einen verkohlten Flecken zum Beweise, daß Grumfeld nicht bloß geträumt habe, und derselbe wurde noch lange nachher, nachdem der Bauer seine, wenn auch nicht ehrlich, doch im Schweiße seines Angesichts gewonnenen neun Pfund Silbers eingestrichen hatte, von den Leuten besehen und bewundert.

SACHSEN

296.

URSPRUNG DER SACHSEN

Nach einer alten Volkssage sind die Sachsen mit Aschanes (Askanius), ihrem ersten König, aus den Harzfelsen mitten im grünen Wald bei einem süßen Springbrünnlein herausgewachsen. Unter den Handwerkern hat sich noch heut zu Tage der Reim erhalten:

Darauf so bin ich gegangen nach Sachsen,
wo die schönen Mägdlein auf den Bäumen wachsen;
hätt ich daran gedacht,
so hätt ich mir eins davon mitgebracht;

und Aventin leitet schon merkwürdig den Namen der Germanen von germinare, auswachsen ab, weil die Deutschen auf den Bäumen gewachsen sein sollen.

297.

ABKUNFT DER SACHSEN

Man lieset, daß die Sachsen weiland Männer des wunderlichen Alexanders waren, der die Welt in zwölf Jahren bis an ihr Ende erfuhr. Da er nun zu Babilonia umgekommen war, so teilten sich viere in sein Reich, die alle Könige sein wollten. Die Übrigen fuhren in der Irre umher, bis ihrer ein Teil mit vielen Schiffen nieder zur Elbe kam, da die Thüringer saßen. Da erhub sich Krieg zwischen den Thüringern und Sachsen. Die Sachsen trugen große Messer, damit schlugen sie die Thüringer aus

Untreuen bei einer Sammensprache, die sie zum Frieden gegenseitig gelobet hatten. Von den scharfen Messern wurden sie *Sahsen* geheißen. Ihr wankeler Mut tat den Römern Leids genug; so oft sie Cäsar glaubte überwunden zu haben, standen sie doch wieder gegen ihn auf.

298.

DES KLEINEN VOLKS HOCHZEITFEST

Das kleine Volk auf der Eilenburg in Sachsen wollte einmal Hochzeit halten und zog daher in der Nacht durch das Schlüsselloch und die Fensterritzen in den Saal und sie sprangen hinab auf den glatten Fußboden, wie Erbsen auf die Tenne geschüttet werden. Davon erwachte der alte Graf, der im hohen Himmelbette in dem Saal schlief und verwunderte sich über die vielen kleinen Gesellen. Da trat einer von ihnen, geschmückt wie ein Herold, zu ihm heran und lud ihn in ziemenden Worten gar höflich ein, an ihrem Fest Teil zu nehmen. »Doch um eins bitten wir«, setzte er hinzu, »ihr allein sollt zugegen sein, keins von euerm Hofgesinde darf sich unterstehen, das Fest mit anzuschauen, auch nicht mit einem einzigen Blick.« Der alte Graf antwortete freundlich: »Weil ihr mich im Schlaf gestört, so will ich auch mit euch sein.« Nun ward ihm ein kleines Weiblein zugeführt, kleine Lampenträger stellten sich auf und eine Heimchenmusik hob an. Der Graf hatte Mühe, das Weiblein beim Tanz nicht zu verlieren, das ihm so leicht daher sprang und endlich so im Wirbel umdrehte, daß er kaum zu Atem kommen konnte. Mitten in dem lustigen Tanz aber stand auf einmal alles still, die Musik hörte auf und der ganze Haufe eilte nach den Türspalten, Mauslöchern und wo sonst ein Schlupfwinkel war. Das Brautpaar aber, die Herolde und Tänzer schauten aufwärts nach einer Öffnung, die sich oben in der Decke des Saals befand und entdeckten dort das Gesicht der alten Gräfin, welche vorwitzig nach der lustigen Wirtschaft herabschaute. Darauf neigten sie sich vor dem Grafen und derselbe, der ihn eingeladen, trat wieder hervor und dankte ihm für die erzeigte Gastfreundschaft. »Weil aber«, sagte er dann, »unsere Freude und unser Hochzeit also ist gestört worden, daß noch ein anderes menschliches Auge darauf geblickt, so soll fortan euer Geschlecht nie mehr als sieben Eilenburgs zählen.« Darauf drängten sie nach einander schnell hinaus, bald war es still und der alte Graf wieder allein im finstern Saal. Die Verwünschung ist bis auf gegenwärtige Zeit eingetroffen und immer einer von den sechs lebenden Rittern von Eilenburg gestorben, ehe der siebente geboren war.

299.

DIE WETTERMACHER ZU LEIPZIG

Einst haben zwei vornehme Männer sich in Gegenwart M. J. Rüdingers über das, was sie in ihrer Jugend begangen, miteinander unterhalten und folgendes erzählt. Als sie zu Leipzig studieret, haben sie ihrem Famulus sein Schwarzkünstlerbuch genommen und beim Spazierengehen mitgenommen und darin eine mit gewissen Worten und Charakteren und sonderbaren Werken und Verrichtungen beschriebene Kunst, Wetter und Donner zu machen gefunden. Nun haben sie auf freiem Felde gesehen, daß kein einziges Wölkchen am Himmel gewesen, und so hat einer von der Gesellschaft angefangen, ob sie nicht ein Kunststück aus ihres Famuli Buche versuchen wollten. Einige haben ja, andere nein gesagt, da aber die meisten Stimmen gegolten, und diese dafür gewesen, die Kunst zu probieren, hat jeder etwas dabei tun müssen. Der eine hat den Kreis machen, ein anderer ein Grüblein graben, der dritte Wasser holen und hinein gießen, der vierte die hineingemengte Materie umrühren, der fünfte die Charaktere malen, der letzte aber die im Buche vorgeschriebenen Worte im Kreise vorlesen müssen. Darauf hat es sich aber zugetragen, daß, so hell der Himmel zuvor gewesen war, so dunkel er jetzt ward, und je mehr sie fortfuhren das vorgeschriebene Werk zu verrichten, desto schwerer hat sich das Gewitter gezeiget. Darauf sind sie auf die Knie gefallen und haben mit aufgehobenen Händen zu Gott gebetet, daß er ihnen solches, was sie aus Fürwitz getan, um des Teufels Macht zu probieren, um Christi Willen vergeben möge, sie wollten auch Zeit ihres Lebens es nimmermehr wieder tun und alle davon abmahnen. Darauf ist allgemach das Gewitter wieder vergangen und der Himmel schön und hell geworden, sie haben aber das Buch in die nahe fließende Pleiße geworfen, so zwar, daß sie es vorher aufgeblättert und aufgesperrt und Steine an die Ecken gebunden, daß es desto eher im Wasser verderbt würde.

300.

DIE EULE IN LEIPZIG

Im Hofe eines Hauses auf der Peterstraße zu Leipzig ist in einer kleinen Nische eine steinerne Eule zu sehen, welche das Andenken an eine traurige, dort vorgefallene Begebenheit erhalten soll.

Einst war in jenem Hause ein Pförtner oder Hausmann, der so verschlafen war, daß er fast niemals aufmachte, es mochte noch so stark an die Tür gepocht werden, was zur Folge hatte, daß die Inwohner des Hauses, wenn sie zu spät nach Hause kamen, nicht hereinkonnten und also bei allem Unwetter außen stehen bleiben mußten. Darüber beschwerten sie sich so lange bei dem Hausbesitzer, bis dieser den Pförtner aus dem Dienste zu entlassen drohte. Darüber war nun dieser sehr betrübt und sann hin und her, wie er sich sein Brot erhalten wollte. Da trat auf einmal der Teufel in menschlicher Gestalt und nicht furchtbar, wie gewöhnlich, zu ihm und bot ihm an, wenn er mit ihm einen Vertrag über seine Seele machen wolle, daß er ihn nach 10 Jahren holen könne, wolle er in der Nacht unter der Gestalt einer Eule für ihn wachen und ihn wecken, so jemand hereinwolle. Zwar wollte jener anfangs nicht darauf eingehen, allein die Liebe zu einem ruhigen und sorgenfreien Leben veranlaßte ihn endlich doch den Vertrag mit seinem Blute zu unterzeichnen. So trat denn der Teufel als Eule seinen Dienst an, und seit dieser Zeit hatte sich niemand mehr über das Verschlafensein des Hausmanns zu beschweren. Als aber die 10 Jahre um waren, fand man ihn früh tot in seinem Bette; der Teufel hatte ihm den Hals umgedreht.

301.

DER SCHWARZE BRUNO ZU LEIPZIG

In einem Kloster zu Meißen lebte ein Mönch, mit Namen Bruno, den man gewöhnlich den schwarzen Bruno hieß. Mit Hilfe der schwarzen Kunst, die er in Italien gelernt hatte, hinterging und betrog er die frommen, geistlichen Klosterherren und trieb nächtelang in den Frauenklöstern unter den jungen Nonnen sein Wesen. Endlich verwies ihn der Erzbischof aus dem Kloster und aus der ganzen Gegend. Er ging hierauf nach Bautzen und wurde dann zu Leipzig in einem Kloster aufgenommen. Hier führte er indes ein noch ruchloseres und wollüstigeres Leben als zuvor und wurde endlich von einem großen Zauberer in eine Kristallflasche gebannt und diese 19 Fuß tief unter die Erde vergraben.

Nach vielen Jahren, als man in der Stadt an der Stelle, wo er eingegraben worden war, ein stattliches Haus zu bauen begann, fand ein Erdgräber die Flasche, in welcher der schwarze Klosterbruder alsbald erkannt ward. Alle Versuche, sich dieser Flasche wieder zu entäußern, blieben fruchtlos. So oft er sie an einen andern verschenkte oder an irgendeinen entlegenen Ort verbarg, hat sie sich stets wieder in seiner Tasche eingefunden und ihn Tag und Nacht geängstigt, bis er sie endlich unter die Erde in den Keller seines Hauses vergrub und dieses verkaufte.

Einst schickte der neue Eigentümer desselben seine Tochter in den Keller, um Wein zu holen. Wie sie dahin kommt, funkelt ihr etwas Helles entgegen, sie hebt eine fest verschlossene Flasche von der Erde auf, in welcher ein leuchtendes Golddingchen lustig auf- und abhüpft, nimmt es mit und bittet ihren Vater, ihr das schöne Tierchen zu schenken, das sie in der Nacht zum Leuchten neben ihr Bett setzen wolle.

Voll Entsetzen erkennen die Eltern den bösen Klostergeist darin, entreißen dem Mädchen das Gefäß, knüpfen ein schweres Eisen daran und senken es in den tiefsten Grund der Pleiße.

In Leipzig hat man nachher lange nichts von dem gebannten Bruno vernommen. Es heißt aber, er sei aus seiner Verbannung erlöst und wandle als schwarzer Hund an den Ufern der Elster und Pleiße, wo man oft sein nächtliches Heulen höre.

302.

DER KOBOLD AM BARFUSSPFÖRTCHEN ZU LEIPZIG

Um die Mitte des 17. Jahrhunderts hat ein angesehener Bürger zu Leipzig, namens Scheibe, in einem großen Hause auf dem Barfüßerkirchhofe (alle die Häuser daselbst haben ursprünglich zu diesem Kloster gehört) eine getäfelte Wand neu weißen lassen und dahinter viele Löcher in der Wand gefunden. Als das erste Loch geöffnet ward, ist flugs ein Haufen Messer herausgefallen von sehr alter Form, ein Teil rostig, der andere ziemlich blank; einige sind sehr schmal und sehr lang gewesen, vielleicht zum Aufspießen der Lerchen, andere mit Achatsteinen besetzt, noch andere mit elfenbeinernen Heften. Weiter hat er im Keller graben lassen und darinnen viele runde Töpfe gefunden, alle mit kleinen Kindesgebeinen angefüllt. Von der Zeit an aber, daß jene Messer gefunden waren, hat sich im Hause ohne Unterlaß ein Kobold geregt, der nach allen Leuten in der Stube geschmissen, aber draußen auf dem Saale ihnen nichts getan hat. Auch hat er niemanden verletzt, sondern nur geschabernakt. So hat er auch nichts gesprochen, denn wie er von dem Besitzer gefragt ward, was für ein Geist er sei, ob ein guter oder böser: »Alle guten Geister loben den Herrn«, oder: »Was tust Du? Gib ein Zeichen von Dir, Putz!« da hat er zur Antwort jenem etwas an den Kopf geworfen, das ist sein Zeichen gewesen. Doch hat er auch einmal einem weh getan, denn ein Hausbewohner, der sehr auf ihn gelästert und geflucht, hat einstmals mit dem Pantoffel eine derartige Maulschelle von dem Ungetüm bekommen, daß ihm der ganze Backen aufgeschwollen und ihm Schmerzen gemacht hat. So hat es im allgemeinen gedäucht, als wenn das Gespenst aus einem alten Schranke hervorkäme und würfe, und ist dieser doch immer verschlossen gewesen. Weiter hat es manchmal den Anschein gehabt, als wenn es in der Kammer alles über und über kehre, würfe, zerschlüge, und wie man dann dazu gekommen, ist alles an seinem rechten Orte gewesen. Des Nachts haben sie immerfort Licht brennen müssen, denn da haben sie noch am meisten Ruhe gehabt, wenn es aber finster gewesen, da hat es immer länger gedauert. Es hat auch den Wirt und andere im Bette gezupft, das Bett vom Leibe weggezerrt etc., doch das Licht niemals ausgelöscht, sondern brennen lassen. So sind sie dieses Wesen gewohnt geworden, daß sie es nur ins Gemein verlacht und verhöhnt: »siehe, da kommst Du wieder etc.« Der Mann hatte ein Gefäß voll Flederwische im Keller stehen gehabt, das ganz fest zugemacht gewesen, die hat der Geist einmal alle herauspraktiziert und zwar so, daß das Gefäß obenauf zugedeckt geblieben, und hat sie nacheinander auf den Wirt losgeworfen. Da hat denn dieser erst gemeint, es wären nicht die seinigen, indem er gespaßt: »siehe, was hast Du nun wieder vor? hast Du Flederwische in der Nachbarschaft gestohlen? O gib sie immer her, ich habe sie von Nöten.« Da hat jener aber das Ding alle auf seinen Buckel losgezählt. Das hat er etliche Jahre so getrieben, bis es sich selbst verloren. Den kleinen Kindern hat er nichts getan, außer daß er ihre Strümpfchen, Stühlchen, Kleider etc. immer nach dem Wirte zu warf. Da nun das Haus nachmals von einem andern Wirte gekauft ward, hat es sich wieder gefunden, sonderlich nachdem man aufs neue das ganze Haus wegen des vermuteten Schatzes durchgrub. Übrigens meinte der frühere Besitzer auch, es sei ihm nicht anders, als daß er ein paar kupferne Särge einstmals, als er seinen Abtritt verändern ließ, bemerkt habe.

303.

DOKTOR FAUST IN LEIPZIG

Schon der erste Biograph des Dr. Faust, G. S. Widmann berichtet von jenen Teufelsstücklein, die Dr. Faust in Leipzig ausgeführt. Er ist nämlich bei seinem Aufenthalte daselbst auch in den noch jetzt vorhandenen sogenannten Auerbachskeller, der sich unter dem 1530 neu erbauten Auerbachs-Hofe befindet, gekommen, hat dort mit den Studenten ein Trinkgelage gefeiert und ist schließlich auf einem Weinfasse zur Kellertreppe hinausgeritten, wobei zu bemerken ist, daß der frühere Eingang in denselben nicht da lag, wo er sich jetzt befindet, sondern das Fenster des Zimmers, wo die gleich zu erwähnenden Bilder hingen, denselben bildete. Von dieser Heldentat geben noch zwei alte Bilder von der Hand eines unbekannten Malers (5 E. 8 Z. lang, und in der Mitte des Bogens – sie sind nämlich in dem obern Teile nach dem Mauerbogen abgerundet, in dem sie aufgehangen sind – 1 E. 18 Z. hoch) die um das Jahr 1525 entstanden sein mögen, freilich durch die Zeit und verschiedene schlechte Restaurierungen viel gelitten haben und sich noch jetzt in Auerbachs Keller befinden, Kunde. Auf dem einen Bilde ist Dr. Faust dargestellt, wie er unter Musik mit Studenten tafelt und zecht, auf dem zweiten ist sein Ritt auf dem Fasse geschildert, auf beiden aber ist sein dämonischer Begleiter, der schwarze Hund nicht vergessen. Das erste Bild trägt ein lateinisches Distichon zur Aufschrift, welches also lautet:
Vive. Bibe. Obgraegare. Memor. Fausti. Hujus. Et Hujus.
Poenae: Aderat Claudo. Haec. Ast erat. Ampla. Gradu 1525.
Über der Reiterszene steht dagegen folgender deutscher Vers:

> 1525. Doctor Faustus Zu Dieser Frist
> Aus Auerbachs Keller Geritten ist
> Auf Einem Faß Mit Wein Geschwint,
> Welches Gesehn Viel Mutterkind.
> Solches Durch Seine Subtilne Kunst Hat Gethan,
> Und Des Teufels Lohn Empfangen Davon.

304.

DAS VERLIEBTE GESPENST ZU LEIPZIG

Einst hatte ein Student auf dem Neumarkt sich eine Stube gemietet, in welcher ihm mehrere Wochen nichts Wunderbares aufstieß. Als er aber eines Tages nach elf Uhr zu Bett ging und der Mond so hell schien, daß er nach ausgelöschtem Lichte alles in seiner Schlafkammer unterscheiden konnte, sah er auf einmal eine alte Frau durch die Türe an sein Bett treten und während ihm vor Schreck der Angstschweiß vom ganzen Körper herablief, sich bemühen ihn aus dem Bett zu ziehen. Weil er sich aber fest dawider stemmte, mit allen Kräften sein Bett hielt und zurückzog, so stießen sie mit den Nasen zusammen, der Geist ließ den schon in die Höhe gehobenen Studenten wieder niederfallen und verschwand unter lautem Seufzen. Als nun besagter Student am andern Abend später als sonst nach Hause kam, und vor einem sonst zugeschlossenen Keller vorbeimußte, sah er denselben ganz geöffnet und ein helles Kohlenfeuer in demselben leuchten, er dachte sich jedoch dabei nichts, sondern begab sich in seine Stube, wo es denn auch nicht lange währte, bis der Geist wiederkam und dieselben verliebten Angriffe auf den Studenten machte, aber ebenso scharf zurückgedrängt ward. Da derselbe also nicht ankam, machte er ein Zeichen, daß ihm der Student folgen sollte, was dieser aber wohlweislich nicht tat. Am dritten Abend bat er einige Freunde zu sich und nahm ein Kartenspiel vor, um die Zeit hinzubringen, weil er glaubte, die alte Person werde nicht wiederkommen, allein richtig zur bestimmten Stunde kam die Frau, während seine Freunde in tiefen Schlaf gefallen waren, wieder, und machte dieselben Angriffe auf seine Unschuld, verschwand aber als er bei ihm wieder nicht ankam. In Folge davon gab der Student seine Wohnung auf.

305.

DER TEUFEL IM BEICHTSTUHLE ZU OSCHATZ

Einst saß in der Klosterkirche (Marienkirche) zu Oschatz ein Mönch in dem Beichtstuhle, der durch den Kreuzgang in ein Gemach ging, wo sich die Beichtenden versammelt hatten, und sollte Beichte halten. Da erschien der Teufel bei ihm und bekannte so viele grobe Sünden, die er begangen oder vollbringen geholfen habe, daß der Mönch es für unmöglich erklärte, wie ein Mensch dies alles getan haben könne. Nun entdeckte ihm der Teufel, wer er sei, und der Mönch fragte ihn, weshalb er denn überhaupt beichte, da er doch wissen müsse, daß er keine Gnade bei Gott finden könne? Der Satan aber antwortete, alle, die vor ihm zur Beichte gegangen wären, hätten ebenso schwarz und häßlich ausgesehen als er, und sobald sie die Absolution erhalten, wären sie schön und weiß gewesen, deswegen sei er hierhergekommen, um dies auch zu werden. Der Mönch verweigerte ihm indes die Absolution, worauf der Teufel in die Höhe fuhr und die Decke des Beichtstuhls mit fortnahm. Zum Gedächtnis dieser Begebenheit hing man an dem Orte, wo dieser Vorfall sich ereignet haben soll, eine Tafel auf, auf der derselbe abgebildet war. Auf dieser standen die Worte: 1478 testibus historicis, renovirt den 22. Februar 1578.

306.

DIE SCHMATZENDEN TOTEN ZU OSCHATZ

Als die Pest 1552 zu Oschatz wütete, wurden zu Ende des Augusts zwei Wächter angestellt, welche 3 Nächte auf dem Gottesacker wachen und horchen sollten, ob es wahr sei, was man berichtet, daß die Toten geschmatzt hätten. Es war nämlich die Sitte, wenn man solches vernommen und daraus geschlossen hatte, daß die schmatzenden Toten noch mehrere ihrer Freunde nachholen würden, dieselben auszugraben, ihnen die Kleider, daran sie kaueten, aus dem Munde zu reißen und ihnen mit dem Grabscheite den Kopf abzustechen. Noch heute entfernen an vielen Orten im Königreiche Sachsen darum die Leichenweiber sorgfältig alles vom Munde des Verstorbenen, ehe er eingesargt wird, damit er nichts von seinem Anzuge mit demselben erreichen kann.

307.

DER ZAUBERER CASPAR DULICHIUS

Im Jahr 1642 war ein gewisser Caspar Dulichius Pfarrer zu Camenz, er führte aber ein so wenig geistliches Leben, war so streitsüchtig und narrenhaft, daß man ihn schon nach einigen Jahren wieder absetzte. Nachdem er zehn Jahre in der Irre herumgezogen war, kam er nach seiner Rückkehr nach Camenz aus irgendeinem Grunde ins Gefängnis auf den sogenannten Pulsnitzer Turm. Da kam es aber heraus, daß er mit dem leibhaftigen Teufel im Bunde war, denn am 7. Oktober 1652 war er bei verschlossenen Türen vom Turme gestiegen und hatte mit mehreren Personen auf der Straße gesprochen und doch am andern Morgen sich wieder in seinem Gefängnisse befunden. Dazu kam das Gerücht, daß er in Wien zur katholischen Religion übergetreten sei, und sein eigenes Geständnis, daß er eine Nuß besitze, vermöge welcher er sich unsichtbar machen könne, sowie daß ein von Haaren geflochtener Kranz ihm die Herrschaft über die Geister des Schattenreiches verleihe. Man schritt daher zur Inquisition und verschickte die Akten an den Leipziger Schöppenstuhl, welcher auf die Tortur erkannte, um ihm das Geständnis seines Bundes mit dem Teufel abzupressen. Aber schon bei dem Anblick der Marterinstrumente erklärte der Delinquent, er bekenne, daß er einen Bund mit dem Teufel gemacht habe, auch mit dessen Hilfe vom Turme herabgestiegen sei. Er widerrief zwar seine Aussage am 6. November 1654, es half ihm aber nichts, er ward am 8. Juli 1655 auf dem Markte in Camenz öffentlich mit dem Schwerte hingerichtet.

308.

DER GOTSCHDORFER HEILBRUNNEN

Bei Gotschdorf und Neukirch, eine halbe Meile von Königsbrück, war in früheren Zeiten ein heidnischer Götzentempel mit einem heiligen Brunnen. Dieser Tempel wurde später in eine christliche Kirche verwandelt, aber nach wie vor kamen die Leute an gewissen Tagen, um in dem Brunnen zu baden und von seiner Wunderkraft immerwährendes Heil und Kraft zu erlangen, so daß die christlichen Priester Geld dafür nahmen und große Schätze sammelten. Erst als eine der vorigen Königsbrücker Herrschaften ihn überdecken ließ, hat er seine Kraft verloren, aber doch nicht gänzlich seine Heiligkeit eingebüßt. Noch zu Ende des vorigen Jahrhunderts kamen an einem bestimmten Tage des Jahres die Neukircher Burschen, um den Brunnen feierlich zu reinigen. – Eine halbe Meile von Königsbrück ist eine andere Quelle, welche die Eigenschaft haben soll, daß Steine, welche man hineinwirft und einige Zeit darin liegen läßt, weich werden. Im Jahre 1646 ließ der Freiherr v. Schellendorf, damaliger Besitzer von Königsbrück, die Quelle untersuchen und fassen, und es fand sich bald ein Zulauf von Leuten aus allen Ständen, die ihr Wasser als Heilmittel brauchten. Ein Bauersmann kam auch dahin und gebrauchte den Brunnen. Da er aber nicht sogleich eine heilsame Wirkung verspürte, verachtete er die Gottesgabe und sprach spöttisch: »Wasser ist Wasser, ich lobe mir eine Kanne Bier dafür«, worauf ihn der Schlag auf der Stelle rührte, daß er stumm geworden und hierauf in einigen Tagen gestorben ist. In derselben Gegend sind auch sonst zwei Salzquellen gewesen, deren Wasser die Landleute zum Salzen der Butter gebraucht haben, welche davon sehr schmackhaft ward, allein in der Hussitenzeit sind sie mit Schlamm verstopft und mit Gehölz überwachsen.

309.

DER SCHWIMMER

In Meißen hat es sich zugetragen, daß etliche Beckers-Knechte am Pfingst-Fest unter der Predigt hinaus gegangen sind und oberhalb der Ziegel-Scheune, gleich dem Baumgarten gegenüber, in der Elbe gebadet. Einer unter ihnen, der sich auf seine Fertigkeit im Schwimmen verlassen, hat zu seinen Gesellen gesagt, wofern sie ihm einen Taler aufsetzten, wollte er dreimal nach einander, unausgeruht, dies Wasser hin und her beschwimmen. Den zwei andern kam das unglaublich vor, und sie willigten ein. Nachdem der verwegene Mensch es zweimal vollbracht und nun zum drittenmal nachdem Sieben-Eichen-Schloß zu hinüber schwimmen wollte, da sprang ein großer Fisch, wie ein Lachs, vor ihm in die Höhe und schlug ihn mit sich ins Wasser hinab, also daß er ertrinken mußte. Man hat ihn noch selbiges Tages gesucht und oberhalb der Brücke gefunden: am ganzen Leibe waren gezwickte Mäler, von Blut unterlaufen, zu sehen und man konnte gar leicht die Narben erkennen, die ihm der Nix oder Wassergeist gemacht.

310.

DAS MÄNNLEIN AUF DEM RÜCKEN

Als im März 1669 nach Torgau hin ein Seiler seines Wegs gewandelt, hat er einen Knaben auf dem Felde angetroffen, der auf der Erde zum Spiel niedergesessen und ein Brett vor sich gehabt. Wie nun der Seiler solches im Überschreiten verrückt, hat das Knäblein gesprochen: »Warum stoßt ihr mir mein Brett fort? mein Vater wirds euch danken!« Der Seiler geht immer weiter und nach hundert Schritten begegnet ihm ein klein Männlein, mit grauem Bart und ziemlichem Alter, von ihm begehrend, daß er es tragen möge, weil es zum Gehen ermüdet sei. Diese Anmaßung verlacht der Seiler, allein es springet auf seine Schultern, so daß er es ins nächste Dorf hocken muß. Nach zehn Tagen stirbt der Seiler. Als darüber sein Sohn kläglich jammert, kommt das kleine Bübchen zu ihm, mit dem Bericht, er solle sich zufrieden geben, es sei dem Vater sehr wohl geschehen. Weiter wolle er ihn, benebenst der Mutter, bald nachholen, denn es würde in Meißen eine schlimme Zeit erfolgen.

311.

DIE SAGE VON DER WASSERKUNST ZU BAUTZEN

Vor langen Jahren hat ein Mechanikus vom Stadtrat zu Bautzen den Auftrag bekommen, die Stadt mit Wasser aus dem Flusse zu versehen, allein da das Werk sehr kostspielig war, sich verpflichtet, seinen Kopf herzugeben, wenn es nicht gehe. Er hat also eine sogenannte Kunst gebaut und dazu einen der Türme in der Ringmauer verwendet, wo das Wasser durch Maschinen in die Höhe gehoben und von da in die Stadt geleitet ward. Als das Werk fertig war, siehe da ging es aber nicht, man setzte also den Erbauer fest, und es erwartete ihn sonach der Tod. Indessen glückte es ihm, des Nachts zu entwischen, er flüchtete die Neusalzer Straße hinaus, als er aber an den bei dem Dorfe Ebendörfel liegenden Berg kam, ward er plötzlich von Müdigkeit ergriffen, setzte sich nieder und schlief ein. Da träumte er so lebhaft, als sehe er es, daß in einer der Röhren seiner Wasserkunst eine Ratte stecke und in Folge davon das Werk verstopft sei. Beim Erwachen beschloß er, auf die Gefahr hin, sein Leben einzubüßen, zurückzukehren und sich dem Rate zu stellen. Wie gedacht so geschehen, er kehrte um und stellte sich seinen Richtern unter der Bedingung, daß sie gestatteten, daß, ehe er zum Tode geführt werde, er noch einmal das Getriebe seines Wasserwerkes untersuchen dürfe. Dies ward ihm gestattet und siehe, er fand wirklich eine Ratte in der Röhre genau so, wie er sie im Traume gesehen hatte. Als dieselbe herausgezogen war, ging die Wasserkunst und geht noch bis auf den heutigen Tag. Im Volksmunde hieß aber der Berg bei Ebendörfel fortan der Traumberg, woraus später Dromberg oder Dronberg durch Wortverdrehung geworden ist. Eine andere Sage nennt ihn freilich richtiger den Thronberg.

312.

DER BLUDNIK IN DER OBERLAUSITZ

Der wendische Bludnik (von blud, Irrtum) ist der deutsche Irrwisch. Er ist ein schadenfroher Gnome, der bei Nacht und Nebel die Menschen so verblendet, daß sie den Weg verlieren und irre gehen und dabei leicht in Sümpfe gerathen. Das macht er besonders mit den Vorwitzigen, die ihm mutwillig nachlaufen. Am besten ist es daher, man sieht ihm so wenig als möglich nach und geht bedachtsam und ruhig seines Weges. Manchem jedoch, der ihm gute Worte gibt und eine annehmliche Bezahlung verspricht, hilft er den bereits verlorenen Weg wieder finden und geleitet ihn richtig nach Hause. Aber wehe dem, der ihn zum Besten hat und ihn betrügen will. Ein Verirrter versprach ihm einmal zwei Silbergroschen, wenn er ihn richtig nach Hause bringen wollte. Der Irrwisch war damit zufrieden, und sie kommen auch endlich vor das Haus des Verirrten. Dieser erfreut, daß er keiner Hilfe mehr bedarf, dankt dem Führer, gibt ihm aber statt des Versprochenen eine geringe Kupfermünze. Der Irrwisch nimmt sie auch an und fragt, sich bereits entfernend, »ob sich der Geleitete nun allein nach Hause finden werde?« Letzterer antwortet ganz fröhlich: »ja! denn ich sehe schon meine Haustür offen.« Da schreitet er auf diese zu und – fällt ins Wasser, denn es war alles Täuschung gewesen. Besonders mit den Betrunkenen macht sich der Irrwisch seinen Spaß, wenn sie vom Jahrmarkt oder von einem Trinkgelage nach Hause gehen. Er führt sie vom Wege ab und in die Irre, und wenn sie in ihrer Trunkenheit nicht weiter gehen wollen, sondern es vorziehen, draußen ihren Rausch auszuschlafen, dann brennt er sie auf die Fußsohlen. In einigen Gegenden hat das Volk den Glauben, die Irrlichter wären die Seelen der ungetauft gestorbenen Kinder.

313.

DER KEULER ZU KRECKWITZ

Einem Herrn von Nostitz auf Kreckwitz träumte einst, daß er von einem großen Eber, welcher zu jener Zeit die Umgegend in Furcht und Schrecken setzte und den Nachstellungen rüstiger Waidmänner Hohn sprach, getötet wurde. So ein eifriger Priester Diana's er auch war, er nahm sich diesen Traum so zu Herzen, daß er weder auf das Zureden seiner Vertrauten, welche ihm seine Angst ausreden wollten, hörte, noch es wagte, einen Fuß über die Schwelle seines Zimmers, geschweige denn in den Forst zu setzen. Einige Tage nachher erschallten plötzlich im jauchzenden Jubeltone die Hüfthörner, den Sieg über ein gefälltes Wild verkündend, der Jagdzug langte im Schloßhofe an, und wer schildert seine Freude, als er seinen ihm angekündigten Mörder erlegt vor sich liegend erblickte. Er befahl Küche und Keller zu öffnen und die wackern Waidmänner mit Speise und Trank zu erfreuen, eilte in den Schloßhof und trat hohnlachend vor den erlegten Feind und rief, indem er seine Hand auf dessen Gepräge legte: »nun wirst Du mir nichts mehr tun!« Unversehens schlitzte er sich am Gewehr des Wildes, welches ihm eine Entzündung verursachte, die vernachlässigt in Brand überging und seinen Tod herbeiführte. Von dieser Zeit an läßt sich nun der Keuler Feuer hauchend am Abend des St. Hubertustages sehen, und wehe dem, der ihm begegnet, indem er gewiß sein Gewehr schmerzlich empfinden würde.

314.

DER BLUTFLECKEN AN DER GROSSEN MÜHLE IN BUDISSIN

Am Fuße des Protschenberges nahe am rechten Ufer der Spree liegt die sogenannte große Mühle mit sechzehn Gängen. An ihrer Mauer oben, nicht weit unter dem Dachgesimse, sieht man eine Menge Blutflecken, von denen die Sage folgendes erzählt:

Als die Mühle gebaut ward, traf der Bauherr mit dem Teufel eine Übereinkunft, nach welcher der Teufel sich verpflichtete, dem Müller beim Bau zu helfen, der Müller aber dem Teufel das Privilegium einräumte, auf dem 16ten Gange Pferdeäpfel zu mahlen und zwar, ohne daß ihn jemand dabei stören sollte. Als nun die Mühle mit Teufelshilfe fertig war, schüttete der Müller auf 15 Gänge Getreide, und der Teufel auf seinen 16ten Pferdeäpfel. So hatten sie es lange Zeit in gutem Frieden getrieben, als der Müller einen neuen Knappen annahm, welcher ein vorwitziger und unfolgsamer Geselle war. Denn obgleich es ihm der Meister streng verboten, schüttete er dennoch auf den 16ten Gang Getreide und schmälerte das Recht des Teufels. Dieser aber mochte es nicht leiden und ward zornig, faßte den Mühlknappen und warf ihn zur Strafe außen an die Mauer, so daß er alsbald tot blieb, die Blutflecken aber, welche sein zerschmetterter Körper hinterließ, lassen sich durch nichts wegbringen.

315.

DIE SAGE VOM PROTSCHENBERGE BEI BUDISSIN

Der alten Ortenburg gegenüber erhebt der sogenannte Protschenberg sein granitnes Haupt, welches fruchtbare Getreidefelder, in deren Mitte sich der Friedhof befindet, bedecken. Man sagt, daß vor alten Zeiten auf demselben eine Burg gestanden, von der ein unterirdischer Gang zur Spree herabgeführt habe, und als Überrest davon zeigt man noch heute in der Mitte des zackigen Felsabhanges die Teufelshöhle, ein enges, nur etwa 5–6 Schuh weit hineingehendes Felsenloch mit schlüpfrigem, abschüssigem Eingange. Es soll aber diese Höhle unermeßliche Schätze bergen, die von drei alten Männern mit langen, weißen Bärten bewacht werden.

Jene Höhle wird zuweilen noch die Judenschule genannt, und zwar aus folgendem Grunde. Es sollen nämlich zur Zeit der Judenverfolgungen ihrer Sicherheit wegen, und um nicht in ihren Religionsübungen gestört zu werden, sich mehrere Juden daselbst versammelt und feierlich angelobt haben, daß, wenn sie unentdeckt bleiben und unbehindert mit ihrem Vermögen nach Polen gelangen würden, sie dieses nie vergessen, vielmehr jährlich an einem bestimmten Tage an diesem Orte reichlich Spenden verteilen würden. Ihr Abgang muß ungehindert geschehen sein, denn als einst im 16. Jahrhundert eines Sonntags (es soll der Erlösungstag aus der babylonischen Gefangenschaft gewesen sein) nach der Frühkirche ein ehrsamer Bürger Budissins, namens Gotthelf Arnst, in dieser Gegend lustwandelte, trieb ihn die Neugierde an, diese Höhle zu besuchen. Er trat hinein, und – wahrscheinlich war sie zu jener Zeit geräumiger als gegenwärtig – er erblickte sieben Männer in polnischer Judentracht mit ehrwürdigen weißen Bärten, sitzend um eine runde Tafel und in Goldstücken wühlend. Bestürzt über diese ungewöhnliche Erscheinung, wollte er zurückgehen, allein man rief ihm zu: »Fürchte Dich nicht! denn wir sind nicht hier, um Böses, sondern Gutes zu tun!« worauf man ihm dann erzählte, wie sie ihre Reise vor einigen hundert Jahren ungestört gemacht, und daß ihr abgeschiedenen Geister jährlich an diesem Tage hier zusammenkämen, und den, den sie träfen, aus Dank für ihre Rettung, beschenkten. »Nimm daher« – fuhren sie fort – »soviel Du kannst und willst, denn nur einmal ist es jedem zu kommen erlaubt, doch beeile Dich, bald ist sie verronnen die Zeit, während welcher es uns vergönnt ist, hier auf Erden zu weilen.« Arnst nahm sein Taschentuch, packte des Goldes ein, soviel er vermochte, und begab sich dankend aus der Höhle. Als er mit seiner Goldlast den Berg erklommen hatte, vernahm er einen dumpfen Knall, welches, wie er später erfuhr, das Verschwinden der freigebigen Juden bedeutete. Mit dem Gelde soll er sich Häuser und Feld, und darunter auch den unfern Budissin gelegenen sogenannten Weinberg, welchen späterhin ein gewisser Steinberger ausbaute, erkauft haben und als wohlhabender Mann gestorben sein. Ob irgendein anderer nach ihm wiederum diese Höhle besucht habe, und ebenfalls so glücklich gewesen sei, davon schweigt die Sage.

316.

DER FEUERSEGEN ZU BUDISSIN

Zu Anfang des 17. Jahrhunderts kam eine wandernde Zigeunerfamilie nach Budissin und suchte, da fast alle eine Krankheit befallen hatte, ein Obdach auf einige Tage. Die Mutter mit ihren zwei kranken Kindern ging von Haus zu Haus, um die Herzen der Einwohner zu bewegen, und der Vater lag auf einer Steinbank am Tore. Allein kaum gelang es den Armen einige geringe Gaben zu erhalten, sie aufzunehmen bezeigte niemand Lust, und so mußten sie dem kranken Vater leider alle Hoffnung auf Obdach in der feuchten Herbstnacht rauben. Traurig, vor Kälte zitternd, saßen sie nun am Tore, da schritt ein Mann vorüber, der selbst arm und dürftig aussah. Dieser fragte sie, warum sie so klagten, und als sie ihm ihre Not gestanden, da führte er sie mit den Worten: »nun kommt nur mit mir!« in seine schlichte Wohnung in der Goschwitz unfern der äußern Ringmauer der Stadt. Er gab ihnen eine Kammer, reichte dem durchfrorenen Vater einen erwärmenden Trank, teilte mit den Unglücklichen sein Abendbrot und bereitete ihnen ein Lager aus frischem Stroh. So übte er mehrere Tage lang sein Werk der Barmherzigkeit an ihnen, bis sie imstande waren, ihren Weg wieder in ihre Heimat, nach Ungarn, fortzusetzen. Ehe sie Abschied von dem menschenfreundlichen Manne nahmen, sprach der genesene Zigeuner zu ihm: »wir wollen nicht undankbar von dieser Stätte gehen, sondern ein bleibendes Zeichen zurücklassen. Von dieser Stunde an wird dieses Gebäude kein Raub der Flammen werden, und wenn auch die ganze Stadt in Schutt und Asche verwandelt würde, so wird doch kein Feuer dieses Haus anfassen!« Damit murmelte er den sogenannten Feuersegen und zog von dannen. Zwar glaubte anfangs der Besitzer des Hauses den Worten des Zigeuners nicht, allein bald ward er eines andern belehrt und erfuhr zu seinem nicht geringen Staunen, daß der Fremdling Wahrheit geredet hatte. Nach wenigen Jahren ward Budissin von Wallenstein erobert und mit kaiserlichen Truppen besetzt, der Friedländer zog bald darauf nach Böhmen und ließ den Obersten von Goltz als Stadtkommandanten zurück. Dieser ließ, als die Sachsen vor die Stadt rückten, die Vorstädte der Stadt in Brand stecken, ein widriger Wind jagte das Feuer in die innere Stadt und bald stand diese in Flammen, nur ein unbedeutendes Haus in der Goschwitz blieb unversehrt und das war das, welches die Zigeuner beherbergt hatte: die Soldaten legten mehrmals Pechkränze an, konnten aber das Dach nicht in Brand bringen. Noch vor wenigen Jahren war es bewohnt, allein 1840 ward es wegen Baufälligkeit niedergerissen, der Platz geebnet und als Garten benutzt.

317.

DER LEBENDIG GEWORDENE KUCHEN ZU DÖBELN

Am 17. Dezember des Jahres 1736 hat der alte Bäckermeister Hammer für seinen Krankheits halber im Teplitzer Bade verweilenden Sohn, der auf dem Niedermarkte wohnte, früh gebacken und Kuchen geschoben. Nachdem er nun bereits einige in den Ofen geschoben und noch mehrere hineinschieben wollen, hat er den indessen zugesetzten Backofen wieder geöffnet, da ist ihm plötzlich einer der vorigen, der dem Leuchtfeuer gegenübergestanden, nicht nur entgegengekommen, sondern auch, weil er nicht flugs zugegriffen, wirklich zum Ofen herausgefahren, hat sich aber, weil er oben noch weich und nur unten etwas geharscht gewesen, im Fallen gerollt und ist demnach in den Kot und in die Kohlen gefallen, also daß er nicht hat wieder hineingeschoben werden können. Solches ist von vielen für ein Anzeichen kommender Teuerung gehalten worden.

318.

DIE NEUN ÄCKER BEI EISENBERG

Die nördlich von der Stadt Eisenberg oberhalb der sogenannten Weiden oder Schneckenmühle liegenden Felder werden die neun Äcker (fälschlich auch die neuen Äcker) genannt. Die Ursache dieses Namens ist aber folgende.

Einst hatte in der Stadt Eisenberg ein Ehemann mit einer Jungfrau Ehebruch getrieben und da dies zu einer Zeit stattfand, wo man diese Handlung noch mit dem Tode der Schuldigen zu bestrafen pflegte, so nahm die strafende Gerechtigkeit das Frauenzimmer gefangen, den eigentlichen Verbrecher konnte sie nicht fassen, er war bereits auf und davon gegangen. Wie es damals zu geschehen pflegte, so fackelte man nicht lange, die Schuldige, welche alles gestanden hatte, ward zum Tode durch das Schwert verurteilt und auf jenen Feldern nahe bei der Stadt, oberhalb der Schneckenmühle das Schaffot errichtet. Der Scharfrichter aber sollte an der Delinquentin sein Meisterstück machen. Nun war sie aber ein sehr schönes Weibsbild und er hatte selbst Mitleid mit ihr und beschloß, keiner seiner Leute sollte ihren schönen Leib anrühren. Als er nun ihren Kopf mit einem Schlage heruntergeschlagen hatte, nahm er sogleich ein Stück grünen Rasens, deckte es, noch ehe das Blut aus den Adern strömen konnte, fest auf den Rumpf der Enthaupteten und, indem er mit starker Hand den Körper der Enthaupteten am Arme ergriff, führte er sie vom Schaffot herab bis zu dem schon angezündeten Scheiterhaufen, wo ihre Glieder verbrannt werden sollten. So schritt der blutige kopflose Leib neben dem Scharfrichter durch das auseinander stiebende Volk dahin, einen Weg von neun Äckern Entfernung, ehe der flammende Holzstoß erreicht war, und dort stieß er ihn ins Feuer. Die Stadt aber schenkte dem Scharfrichter als Lohn für seine kühne Tat den Plan, den er durchschritten hatte, und davon heißt er noch heute die neun Äcker.

319.

NAME UND URSPRUNG DER STADT DRESDEN

Dresden soll von einer römischen Kolonie herrühren, die Drusus Germanicus auf dem Taschenberg, damals einem durch Kunst gemachten Hügel, von dem noch jetzt das von der Schloßgasse nach dem Zwinger führende Gäßchen den Namen hat, angelegt habe. Sein Name soll entweder aus den Worten Tropaea Drusi (die Siegeszeichen des Drusus) oder den drei Seen, welche früher hier waren, nämlich dem Jüdenteich, der Entenpfütze und dem eigentlich so genannten, später völlig ausgeschütteten See, der sich in einen Ober- und Untersee teilte und von dem noch die Seegasse, die große und kleine Oberseegasse und die sogenannte Gasse am See ihren Namen haben, benannt worden sein.

320.

TEUFELS FUSSTAPFE IN DER KREUZKIRCHE

Die große Orgel unter dem Turme war zu Anfang des 17ten Jahrhunderts so schadhaft in den Ventilen geworden, daß sie 20 Jahre nicht gespielt werden konnte. Dies geschah infolge dessen, daß der Teufel einen Kreuzschüler, welcher während der Predigt auf dem Chore Karte gespielt hatte, neben derselben weggeholt hatte. Zur Beglaubigung der Sage zeigte man bis zum Jahre 1760 im steinernen Fußboden der Orgelempore noch den Tritt eines Pferdefußes, welchen der erzürnte Teufel dabei eingestampft haben sollte.

321.

DER DRESDNER MÖNCH

Wie die weiße Frau im Schlosse zu Berlin stets durch ihr Erscheinen den Tod eines Fürsten aus dem Hause Hohenzollern verkünden soll, so sollen sich nach der Volkssage auch ähnliche Vorbedeutungen bei einem dem sächsischen Fürstenhause drohenden Todesfalle zeigen. In Weimar erblickte man z. B., so berichten viele Schriftsteller, so oft jemand der durchlauchtigsten Fürsten aus dieser Linie das Zeitliche segnen wolle, ein Licht. In Dresden soll früher, so oft ein grauer Barfüßer-Mönch sein abgehauenes Haupt unter den Arm und eine brennende Laterne in der Hand tragend auf dem Walle der Dresdner Bastei und an derjenigen nach der Elbe gelegenen Stelle der frühern Festungswerke, welche die Jungfer ober das grüne Haus genannt ward, sich sehen ließ, dies den Tod eines Gliedes der kurfürstlich sächsischen Linie angezeigt haben. Dieser Mönch war angeblich früher zweimal an dem obersten Sims des Hauptturms der alten Kreuzkirche an den zwei Ecken der nach dem Walle zugehenden Seite in Stein gehauen; weil aber auf der nach der Seite der Stadt zugewendeten Ecke das Bildnis Christi angebracht war, so dachte man sich unter diesen beiden Mönchsgestalten auch den Teufel und seine Großmutter. Gewöhnlich kam er aus dem sogenannten Mönchsbrunnen auf dem Wilsdruffer Walle heraus, der bis 1726 gestanden hat. Den 22. April 1694 hat er sich auch im königlichen Schlosse als Anzeichen eines hohen Todesfalls sehen lassen (Johann Georgs IV.); aber auch am 3. Oktober 1698 hat er die Wachen an den Toren von Altdresden geplagt und erschreckt, so daß sie sich von allen Posten einander zu Hilfe riefen und ein Soldat sich nur dadurch mit Mühe von dem Herabgeworfenwerden in den Graben schützen konnte, daß er sich am Schilderhause festhielt. Den Lieutenant, der die Runde getan, hat er ebenfalls attackiert, dieser hat aber die Pike gefällt, worauf das Gespenst unsichtbar ward. Hierauf ist ein solcher Lärm entstanden, daß man die Trommel rühren und niemand mehr die Wache verrichten wollte, wie aus den im Regimentshause an diesem Tage getanen

Aussagen hervorgeht. Das Volk erzählte sich damals, jener Mönch habe einst die beiden Brüder Kurfürst Moritz und August an der Stelle, wo jetzt das Moritzmonument steht, und die davon früher die Horche hieß, behorcht und sei zur Strafe dafür geköpft worden; erscheine aber seitdem als ein der kurfürstlichen Familie Unglück verkündender Spukgeist. Ja man dachte sich sogar unter dem Bilde des Gott Vater unter dem Architrav dieses 1553 von Kurfürst August auf dem sogenannten Hasenberge errichteten allegorischen Monumentes jenen spukhaften Mönch. Nach einer andern Sage wäre aber dieser (graue oder braune) Mönch, der klein von Gestalt und sehr friedsam gewesen, übrigens nur die, so ihn geneckt, bestraft hätte, auch zu andern Gelegenheiten häufig im königlichen Schloß sichtbar gewesen. So habe einst ein Kurfürst einen Diener in ein bestimmtes Zimmer geschickt, um etwas zu holen, da habe dieser den grauen Mönch an einem Tische sitzen und schreiben sehen, erschrocken sei er zurückgeeilt und habe seinem Herrn, was er gesehen, gemeldet, der Kurfürst sei schnell ohne Begleitung an denselben Ort gegangen, habe auch den Mönch noch schreibend gefunden und ihn gefragt: »Was machst Du hier?« Der aber erwiderte: »Ich schreibe Deine Sünden auf.« Da versetzte der wackere Fürst: »Hat Dir Gott die Macht dazu gegeben, so tue es immerhin«, und begab sich, ohne andere Fragen zu tun, aus dem Zimmer. Mit diesem Gespenste darf jedoch das sogenannte weiße Gespenst nicht verwechselt werden. Dies war eine lange Frau in weißen Gewändern, welche nach der Volkssage sich früher ebenfalls sehen ließ, wenn ein Todesfall in der kurfürstlichen Familie in der Nähe war: es zeigte sich besonders auf der Treppe der ersten zur zweiten Etage des ersten Turmes rechts im großen Schloßhofe, da wo früher ein geheimes Cabinet und die kurfürstliche Handbibliothek war, und so soll dasselbe z. B. den Tod der Gemahlin des Kurfürsten Johann Georgs II. Magdalene Sybilla im Jahre 1687 angezeigt haben. Endlich soll es sonst auch noch auf dem vom Schlosse aus in die frühere, jetzt weggerissene, am Bärengarten befindliche Hofapotheke führenden Gange umgegangen sein, doch hat man eigentlich nie wirklich etwas gesehen, sondern furchtsame Personen erzählen nur, daß, wenn sie abends diesen Gang betreten, es gerade so sei, als wenn ein großer weißer Ballen hinter ihnen her gewälzt werde. Über das im Winter 1865–66 in den Zimmern über dem Gr. Gewölbe gehörte Geräusch und Poltern ist keine Aufklärung erlangt worden.

322.

SPUKHÄUSER ZU DRESDEN

An Spukhäusern zu Dresden war ehedem kein Mangel, vor zwanzig Jahren noch behauptete man, daß niemand in dem Hause Nr. 4 der Carusstraße (sonst Borngasse) in der ersten Etage wohnen bleibe, weil es im ganzen Logis die Nacht rumore. Dasselbe sagte man von dem Hause Nr. 31 der Schloßgasse, zweite Etage. Ebenso sagte man, daß in dem großen Hause am Freiberger Platze Nr. 21[a], unmittelbar neben dem Garten des Findelhauses sich in der Nacht eine weißgekleidete Nonne ohne Kopf sehen lasse, welche übrigens niemanden etwas zu Leide tue. Jetzt ist sie schon lange nicht mehr erschienen. Auch von der dritten Etage des Hauses Nr. 13 der Moritzstraße erzählte sich das Volk sonst eine unheimliche Geschichte. Man sagte nämlich, es sterbe jedes Jahr in demselben irgend jemand. Die Leute, welche des Nachts in die vierte Etage hinauf gingen, behaupteten, sie sähen ein sonderbar gekleidetes Frauenzimmer durch das auf die Treppe gehende Küchen- oder Vorsaalfenster herausschauen. Ein mir bekannter Dresdner Bürger, der vor einer Reihe von Jahren in diesem Logis wohnte, erzählte hierüber folgendes. Er wohnte noch kein Jahr daselbst, da verloren sie ein kleines Mädchen durch den Tod; dasselbe ward unter Blumen in der sogenannten guten Stube aufgebahrt und er und seine Frau und Schwiegereltern befanden sich gegen Abend in der Wohnstube, und wollten gerade zu Abend essen. Da ging die Mutter, während jene sich schon zu Tische gesetzt hatten, noch einmal in die obengedachte mit Lichtern hellerleuchtete und neben der Wohnstube befindliche Stube, erschrak aber fürchterlich und schrie laut auf, als sie über das Gesicht des toten Kindes sich eine altertümlich gekleidete Frauensperson mit einer großen Flügelhaube, wie solche noch jetzt auf dem Lande alte Bäuerinnen zu tragen pflegen, bücken sah. Auf das Geschrei der Frau stürzten die in der Wohnstube befindlichen Personen heraus, konnten aber nichts mehr erblicken. Später erfuhr ich beim Nacherzählen dieser Geschichte von einem ältern Herrn, daß sich zu Anfang dieses Jahrhunderts in diesem Logis die Haushälterin eines Hofbeamten, namens Kost, die, wie er aus der Beschreibung des Phantoms abnahm, ganz so gekleidet zu gehen pflegte – er hatte sie oft gesehen – aus Melancholie das Leben durch Erhängen genommen hatte, und also jedenfalls mit der nicht zur Ruhe gekommenen Erscheinung identisch war. Späterhin scheint aber auch dieses Gespenst ganz verschwunden zu sein, denn man hat nichts wieder von ihr gehört noch gesehen, und die Sage von dem jährlichen Sterben eines dort Wohnenden hat sich längst als unwahr herausgestellt.

323.

HANS JAGENTEUFEL

Man glaubt: wer eine der Enthauptung würdige Untat verrichte, die bei seinen Lebzeiten nicht herauskomme, der müsse nach dem Tod mit dem Kopf unterm Arm umgehen.

Im Jahr 1644 ging ein Weib aus Dresden eines Sonntags früh in einen nahen Wald, daselbst Eicheln zu lesen. In der Heide an einem Grund nicht weit von dem Orte, das verlorene Wasser genannt, hörte sie stark mit dem Jägerhorn blasen, darauf tat es einen harten Fall, als ob ein Baum fiele. Das Weib erschrak und barg ihr Säcklein Eicheln ins Gestrüpf, bald darauf blies das Horn wieder und als sie umsah, erblickte sie auf einem Grauschimmel in langem grauen Rock einen Mann ohne Kopf reiten, er trug Stiefel und Sporn und hatte ein Hifthorn über dem Rücken hangen. Weil er aber ruhig vorbei ritt, faßte sie wieder Mut, las ihre Eicheln fort und kehrte abends ungestört heim. Neun Tage später kam die Frau in gleicher Absicht in dieselbe Gegend und als sie am Försterberg niedersaß, einen Apfel zu schälen, rief hinter ihr eine Stimme: »Habt ihr den Sack voll Eicheln und seid nicht gepfändet worden?« »Nein«, sprach sie, »die Förster sind fromm und haben mir nichts getan, Gott, bis mir Sünder gnädig!« – mit diesen Worten drehte sie sich um, da stand derselbe Graurock, aber ohne Pferd, wieder und hielt den Kopf mit bräunlichem, krausendem Haar unter dem Arm. Die Frau fuhr zusammen, das Gespenst aber sprach: »Hieran tut ihr wohl, Gott um Vergebung eurer Sünden zu bitten, mir hats nicht so wohl werden können.« Darauf erzählte es: vor 130 Jahren habe er gelebt und wie sein Vater Hans Jagenteufel geheißen. Sein Vater habe ihn oft ermahnt, den armen Leuten nicht zu scharf zu sein, er aber die Lehre in den Wind geschlagen und dem Saufen und Trinken obgelegen und Böses genug getan. Darum müsse er nun als ein verdammter Geist umwandern.

324.

DER PESTHÄNDLER BEI PIRNA

Zu Ausgang des Monats Mai im Jahre 1669 ist ein Mann mit 3 Säcken zu einem Schiffer zwei Meilen von Dresden bei Pirna gekommen und hat von ihm über die Elbe gesetzt zu werden begehrt. Der Schiffer hat aber einen von den Säcken angefaßt, um ihn in den Kahn zu legen, allein er konnte ihn seiner Schwere wegen nicht bewältigen, und doch hat jener sie alle drei auf den Buckel genommen und ist damit fortgegangen, als wären sie nichts. Als er nun diese Schwäche des Schiffers sieht, lädt er seine drei Säcke selber in den Kahn und verlangt nur übergesetzt zu werden. Darauf stößt der Schiffer vom Lande und gelangt mit genauer Not in die Mitte des Flusses, wo aber der Kahn sinken will, und jener erklärt, ein Sack müsse herausgeworfen werden, denn sonst müßten sie umkommen und untergehen. Der fremde Mann aber will davon nichts wissen, sondern sagt, er solle ihm seine Säcke liegen lassen und nur fortfahren, denn es werde keine Not haben, ob es sich gleich so anlasse. Mit diesen Worten geht es fort und so kommen sie endlich ans entgegengesetzte Ufer. Hier begehrt nun aber der Sackmann, daß der Fährmann den Kahn immer noch längs dem Ufer hinschiebe; dies geschieht auch, allein immer ist es ihm noch nicht genug, bis endlich der Schiffer böse wird und spricht: wer weiß, was Ihr in Euren Säkken habt, ich fahre nicht weiter, ich habe mein versprochenes Geld einmal zur Genüge verdient, und hier müßt Ihr ausladen. Darauf spricht jener: Du bist mir auch trotzig genug gewesen und hast Dich mehr als zuviel gegen mich grob gezeigt, und damit Du es weißt, hier hast Du Dein Fährgeld und ich meine Säcke, in dem einen habe ich das hitzige Fieber, in dem andern das kalte, im dritten die Pest, und davon sollst Du Deinen Part am ersten bekommen, denn nach Johannis wird eine solche Hitze werden, daß die Leute auf dem Felde verschmachten und umfallen werden. Damit hat er seine Säcke wieder auf den Rücken genommen, ist ausgestiegen, fortgewandert und hat dem Schiffer das Nachsehen überlassen.

325.

DIE SAGEN VOM LILIENSTEIN

Der Lilienstein, ein dem Königstein gegenüberliegender hoher Fels, der von ferne gesehen, ganz von der Elbe umflossen zu sein scheint, muß früher bewohnt gewesen sein, wie man noch heute aus gewissen Merkmalen abnehmen kann. Man erzählt sich, daß einige Personen, welche aus Neugierde denselben betreten hätten, plötzlich einen Keller mit einer eingemauerten Türe vor sich gesehen, aus Furcht aber nicht hineingegangen wären, sich jedoch den Ort so genau angemerkt, daß sie ihn, wenn sie wieder zurückkehrten, eigentlich ohne Mühe hätten finden müssen. Gleichwohl haben sie später weder ihr gemachtes Merkmal, noch Ort, noch Keller wieder erkennen können. Es soll sich aber in demselben ein großer Schatz, eine ganze Braupfanne voll Dukaten befinden und einige Personen, welche den Ort entdeckt hatten und den Schatz zur Nachtzeit heben wollten, sind von den gespenstischen Wächtern vom Felsen herabgeworfen und am andern Morgen am Fuße desselben, obwohl unbeschädigt, wieder aufgefunden worden.

Einst ist eine arme Frau aus Waltersdorf mit ihrem Kinde auf den Lilienstein in die Beeren gegangen, da bemerkt sie plötzlich am Berge eine offene Türe und sieht in dem Gewölbe, welches diese verschließt, eine Menge Goldhaufen liegen; sie setzt also das Kind auf einen dabei stehenden goldenen Tisch, rafft emsig so viel von den Haufen, als sie in ihrer Schürze fortbringen kann, auf und eilt damit, ihr Kind zurücklassend, nach dem draußen stehenden Korbe. Als sie aber umkehrt, findet sie die Türe nicht mehr und muß also auch ihr Kind als verloren ansehen. Nach Verlauf eines Jahres geht sie aber an demselben Tage und zu derselben Stunde wieder an den nämlichen Ort, findet auch die Türe wieder und erhält auch ihr Kind unversehrt, welches auf dem Tische mit goldenen Äpfeln und Birnen spielt, gleichsam als wäre seitdem nur ein Augenblick verflossen, zurück.

326.

DER SPUKHAFTE MÖNCHSKOPF ZU CHEMNITZ UND DRESDEN

In der Stadt Chemnitz bei dem sogenannten Kloster in der Vorwerksstube war noch vor nicht gar langer Zeit ein Mönchskopf zu sehen, auf dem, so oft man die Stube reparierte, allemal ein Groschen Geld liegen gefunden ward. Dieser Kopf war aber sehr empfindlich, wenn jemand mit ihm Kurzweil treiben wollte. So ist einmal ein Steinmetzgeselle nach Chemnitz gekommen, und weil er vieles von diesem Kopf gehört, hat er ihn sehen wollen. Als er nun dessen altes, zorniges Gesicht genau betrachtet, hat er es nachzumachen und überall auszuspotten sich viele Mühe gegeben. So ist es geschehen, daß er mit einer Gesellschaft von Kameraden einmal nach Hause ging, da kam ihm ein Bedürfnis an, und als unterdessen seine Reisegefährten weitergingen, ist er, wie er später aussagte, von einem Mönch in einen mit Eis bedeckten Teich – es war gerade Winterszeit – geworfen worden, und hat ihn derselbe dermaßen geängstigt, daß, als seine Kameraden, die wieder umkehrten, ihn suchten, sie ihn winselnd und fast vor Schrecken stumm antrafen, für tot herauszogen und so nach Hause brachten. Sein Mund war ihm dergestalt der Quere gezogen, daß er über ein halbes Jahr zubrachte, ehe er wieder gesund ward, auch in der Kirche für ihn gebetet ward.

Noch im ersten Viertel des vorigen Jahrhunderts hat an einem gewissen Ort zu Dresden in einer Mauer ein Männchen gestanden, welches alle, dic es vexiert, mit Ohrfeigen regalierte, bis ein neuer Besitzer des Hauses es durch Maurer, die nichts davon wußten, ohne Gefahr abheben und in ein anderes Haus tragen ließ, wo es dann weder den Arbeitern, noch dem Hausherrn etwas zu Leide tat.

327.

DER TEUFELSSTEIN BEI MITTWEYDA

In der Nähe der Rochlitzer Vorstadt von Mittweyda befindet sich der sogenannte Kalk- oder Galgenberg, der mit einer großen Menge von Granitblöcken, von denen manche wohl an die 100 Zentner schwer sein mögen, bedeckt ist. Auf einem derselben erblickt man die Spuren einer

Riesenhand, und soll diese der Abdruck einer der Klauen des Teufels sein. Der hat nämlich einmal auf dem genannten Berge gesessen und die Wallfahrt der Pilger nach Seelitz mit angesehen; da ist er gerührt worden und hat beschlossen sich zu bessern und Buße zu tun und dem Herrn eine Kirche zu bauen. Als er jedoch die höllischen Heerscharen davon in Kenntnis gesetzt, haben diese erst nichts von Reue und Besserung wissen wollen, dann haben sie aber versprochen, ihm gehorsam zu sein, wenn er vom Aufgang bis Untergang der Sonne seine Kirche fertig haben werde. Der Teufel hat sich auch sofort an die Arbeit gemacht und auf dem Berge einen prachtvollen Dom aufgeführt, allein während er mit Stolz seinen Prachtbau betrachtete, hat er vergessen, daß er ihnen versprochen, die Kuppel mit einem goldenen Kreuz zu zieren. Dabei ist die Sonne hinter die Berge gesunken und die höllischen Bewohner haben ihn an sein Wort erinnert, worauf er voll Wut dergestalt auf die Erde stampfte, daß die Kirche zusammenstürzte, und hat er sodann selbst die großen Steinblöcke übereinander geworfen.

328.

DIE MORDGRUBE ZU FREIBERG

Als um die Mitte des 14. Jahrhunderts das Bergwerk zu Freiberg im höchsten Flor war, trug es sich zu, daß, indem es gewöhnlich war, daß an Feiertagen gewisse Zusammenkünfte und gemeine Tänze bei Zechenhäusern gehalten wurden, auch in einer sehr berühmten Bergzeche zwischen Bertelsdorf und Erbißdorf ein solcher öffentlicher Reigentanz gehalten ward (1360). Da ist gerade ein katholischer Priester mit einer Monstranz vorübergegangen, um einen Kranken zu beichten, und der Glöckner hat nun zwar das gewöhnliche Zeichen mit dem Glöcklein gegeben, allein keiner der Tanzenden oder Zuschauer hat darauf geachtet, mit Ausnahme des Fiedlers, der zum Tanze aufspielte, welcher sich auf die Knie niederließ, um dem heiligen Sakrament die Ehre zu erweisen. Da hat sich alsbald die Erde aufgethan, und die ganze anwesende Gesellschaft lebendig verschlungen, mit Ausnahme des Fiedlers, der sich auf einem kleinen Hügel so lange erhielt, bis man ihm zu Hilfe kam: dann ist aber der Hügel auch eingesunken, also daß man weder Tänzer noch Tänzerinnen wieder gesehen hat. Seit dieser Zeit hat sich aber an diesem Orte nie wieder irgendein nützlicher Bau vornehmen lassen, man hat auch weder die Verfallenen, noch den Schmuck und das Geschmeide, so sie an und bei sich gehabt, wieder erlangen und retten können, denn ob man wohl oft geräumet und sonst viele Mühe deswegen angewendet, ist doch alles, was man des Tages über bewältigt, des Nachts wieder eingegangen und hat daher diese Zeche noch bis heute den Namen Mordgrube behalten. Vor Zeiten ist die ganze Geschichte zu Erbißdorf in der dasigen Kirche abgemalt gewesen und im Jahre 1490 hat man an der Stelle jenes Ereignisses noch ein gewaltig rundes Loch, so groß wie der halbe Markt zu Freiberg sehen können.

329.

DER BERGGEIST AM DONAT ZU FREIBERG

Auf dem Donat Spath, im Bereiche der Elisabethen Fundgrube zu Freiberg sieht man in der Nähe eines alten Schachtes den Namen *Hans* in Stein gehauen und deutet ihn als das Erinnerungszeichen an einen hier verunglückten Bergmann dieses Namens. Die Sage erzählt hierüber folgendes.

Es hat einmal am Donat ein armer Bergmann, namens Hans, gearbeitet, der so in Dürftigkeit schmachtete, daß er oft in der Grube mit Tränen laut über seine Not jammerte. Da zerteilte sich einmal plötzlich der Felsen und aus dem steinernen Tore trat ein kleines Männchen hervor. Das war der Berggeist. Der sprach zu ihm: »Hans, ich will Dir helfen, aber Du mußt mir jede Schicht dafür ein Pfennigbrot und ein Pfenniglicht geben und keinem Menschen etwas davon sagen.« Hans erschrak zwar, allein da er sah, daß derselbe guter Laune sei, so versprach er alles. Der Berggeist verschwand und ließ ihm viel Silber zurück, Hans aber hatte nun immer Überfluß an Geld, ließ tüchtig aufgehen, hütete sich aber wohl, irgend jemandem etwas von seiner Geldquelle zu sagen. Da kam das Stollnbier, an welchem die Bergleute gewöhnlich etwas über die Schnur zu hauen pflegen. Dies tat leider auch Hans, und nicht lange dauerte es, so war er schwarz, vergaß sein dem Berggeist gegebenes Versprechen und erzählte seinen Genossen, was ihm begegnet war. Am andern Tage, als er nüchtern geworden, erinnerte er sich freilich an sein Geschwätz, allein er konnte das Gesagte nicht wieder zurücknehmen und fuhr mit Zittern und Zagen an. Sein Geschäft war aber, den Knechten, welche am Haspel standen, das Zeichen zu geben, allein dasselbe ließ an diesem Tage lange auf sich warten, man rief ihn zwar, aber es erfolgte keine Antwort. Plötzlich zuckte es am Seile, ein helles Licht erglänzte in der Teufe, und die Haspelknechte, die freilich nicht wußten, was das zu bedeuten haben könne, drehten gleichwohl geschwind den Rundbaum und bald war der Kübel zu Tage gefördert. Allein statt des Erzes lag in demselben der Bergmann Hans tot mit blauem Gesichte wie ein Erwürgter, auf ihm das letzte Pfennigbrot, und rings um den Kübel brannten die Pfenniglichter, die er dem Berggeist geopfert hatte und die dieser jetzt samt dem toten Geber zurückgab.

330.

GEIST MÜTZCHEN

Nicht weit von Freiberg ist ein Gehölz, das heißt der heimische Busch, und in demselben hauste vordem ein Kobold, den die Leute Mützchen nannten und damit an den bekannten Kobold Hütchen erinnerten. Geist Mützchen gehörte zu jenen gespenstischen Hockelmännchen, die sich den Reisenden und solchen Leuten, die im Walde Geschäfte hatten, aufhockten und sich weite Strecken tragen ließen, bis die Leute ganz abgemattet waren und fast odemlos umsanken. Wenn sie ihn nun fast nicht mehr tragen konnten, hüpfte er von ihrem Rücken plötzlich weg, schnellte auf einen Baum und schlug ein schmetterndes Gelächter auf. Dies arge Possenspiel trieb Geist Mützchen absonderlich im Jahre 1573 und sind viele Personen durch sein Aufhockeln krank geworden. Einst fand eine Butterhökin einen prächtigen Käse im heimischen Busch. Des Fundes froh und überrechnend, was sie dafür lösen werde, legte sie ihn in ihren Tragkorb, da wurde der Korb so schwer, so schwer, daß sie endlich von der Last niedergezogen ward und in die Knie sank und den Korb abwarf. Da rollte ein Mühlstein aus dem Korbe und in die Büsche, und aus den Büschen schaute Mützchen mit gellendem Gelächter, daher man auch von einem hell und grell Lachenden sagt: der lacht wie ein Kobold. Den Namen aber hatte Mützchen von seiner Nebelkappe, die ihn unsichtbar machte, und wenn er sie abtat, so sah man ihn, und dann setzte er sie oft plötzlich wieder auf und war im Nu verschwunden. Davon ist das Sprichwort entstanden, wenn jemand etwas sucht und es an einem Orte gesehen zu haben glaubt und es doch nicht finden kann, daß man sagt: je da sitzt er und hat Mützchen auf! – nämlich der Zwerglein unsichtbar machendes Nebelkäppchen.

331.

DAS ASCHENWEIBCHEN ZU ZITTAU

In der Neujahrsnacht des Jahres 1756 und um die Mitternachtsstunde der folgenden Tage haben eine Anzahl Personen ein verkrüppeltes und verrunzeltes altes Frauenzimmer vor der Johanniskirche und auf vielen Straßen mit einem Besen eifrig den gerade gefallenen Schnee zusammenkehren sehen. Einige, welche sich ein Herz faßten, fragten sie, was sie da mache und wer sie sei, und sie antwortete: »ich bin das Aschenweibchen der Stadt und kehre die Asche zusammen, aller Orten wo welche liegt: ich habe noch lange zu tun, denn sie liegt bergehoch und auf allen Gassen, doch hier (vor der Johanniskirche) gerade zumeist.« Da sich nun diese Erscheinung täglich wiederholte, und die ganze Stadt in Schrecken setzte, beschloß ein hochedler Rat, der Sache ein Ende zu machen und die Landstreicherin, denn dafür hielt man sie, einzufangen. Die Stadtsoldaten, mehrere Ratsherrn an der Spitze, lauerten ihr auch eines Nachts auf, sie erschien auch wie gewöhnlich, man rief sie an, allein sie ließ sich in ihrem Kehren durchaus nicht stören und als man nach ihr schlug und griff, verschwand ihre Gestalt in der Luft. Sie kehrte aber darauf die nächsten Nächte nach wie vor fort, doch wagte sich niemand mehr an sie, und so konnte man sie jede Nacht eifrig kehren sehen, bis am 23. Juli des Jahres 1757 die mit den Sachsen verbundenen Kaiserlichen die von einigen 100 Preußen besetzte Stadt auf einmal bombardierten und zum größten Teil in Asche legten. Eine der ersten Bomben schlug in die St. Johanniskirche und zündete, und überall, wo das graue Mütterchen sich früher hatte sehen lassen, waren glühende Kugeln gefallen und hatten die Gebäude in Brand gesteckt. Während des Brandes aber sah man eine graue Gestalt über die glühenden Trümmer schweben und mit einem Besen Wolken von Asche vor sich herfegen. Nun begriff man die warnende Erscheinung des grauen Mütterchens, aber leider zu spät. Seitdem schwebt es in der Silvesternacht und am Vorabend des sogenannten Brandfestes (22. Juli) wie ehedem fegend durch die Straßen der Stadt und ruft dadurch allen leichtfertigen Bürgern die Lehre zu: »Seid wachsam und hütet Euch, daß das Unglück nicht noch einmal unerwartet über Euch komme und Euch ganz vernichte.«

332.

DER DREIBEINIGE DACHS

Im Ronneburger Forste hatten ein paar Lichtenberger einen Dachs erlegt. Kaum daß sie ihn im Sacke haben, überrascht sie die wilde Jagd und eine Stimme fragt, »ob alles Wild erlegt sei?« Gleich darauf antwortet eine andere Stimme: »es fehlt nur noch ein dreibeiniger Dachs!« Von Grausen erfaßt eilen jetzt die Versteckten davon, entleeren im Laufen ihren Sack und was sehen sie, was heraus fällt? ein Dachs mit drei Beinen.

333.

DIE ZAUBERELSE ZU ZWICKAU

Im Jahre 1557 den 22. Mai ist zu Zwickau die alte Zauber-Else gefänglich eingezogen worden. Die hatte den Leuten Getränke gesotten, den Mägden Kinder abgetrieben, auch viele Menschen an ihren Gliedmaßen, Armen, Beinen, Fingern, Brüsten und an den Fersen geschädigt, auch viele andere Zauberei mehr getrieben. Sie hatte auch einen Maler zu Glauchau Gift beigebracht, daß er gestorben. So hatte sie auch leiblich mit dem bösen Feinde gebuhlt und eine lange Zeit mit ihm zugehalten, der ihr auch Geld gebracht, bisweilen 2 und 3, bisweilen auch 4 Taler, mehr aber nie. Da man sie gefragt, wie er aussehe, hat sie geantwortet, er wäre ein alter grauer, häßlicher Teufel. Dieser böse Geist ist auf der Gasse oftmals mit ihr gegangen, »doch«, sprach sie, »es hat ihn niemand als ich sehen können«. Als sie gefangen gesessen, ist er oftmals zu ihr vors Gefängnis und an das vergitterte Fenster gekommen und hat sie gefragt, was sie mache, ob sie herauswolle, er wolle ihr helfen. Sie hat aber geantwortet, sie wolle gern heraus, aber sie habe noch ihre Seele zu bedenken. Auf diese Rede ist er davon geschieden, sie aber hat gesessen bis zum 18. Juni, da hat sie wegen vielfältiger Zauberei ihre Strafe empfangen und ist am Galgen verbrannt worden.

334.

DIE STEINERNEN GÄSTE

In der südlichen Vorhalle der Kirche zu Neukirch befanden sich ehemals die Grabmalsplatten zweier Ritter angelehnt. Einst war am Kirmesfest der Müller aus der Haarthmühle zur Kirche gegangen. Beim Verlassen des Gotteshauses fielen seine Blicke auf jene steinerne Bildnisse, und in aufquellender Spottlust lispelte er: »Ihr kinnt mir zur Kermst kommen!« – Der Tag verstrich unter froher Geselligkeit, und die Nacht brach herein. Da ertönte ein Klopfen, und die gebetenen Gäste, die steinernen Ritter, traten festen Schrittes ins Zimmer des Müllers. Sie setzten sich zur Tafel, sprachen den aufgetragenen Speisen unmäßig zu und machten keine Miene, wieder aufzubrechen. In namenloser Angst schickte der Müller zum Pfarrer Klunge. Dieser erteilte dem Boten den Rat, man möchte den Rittern je ein Brot vorlegen, auf welchem das früher mehrfach gebräuchliche Zeichen eines Schlüssels eingebacken wäre. Zum Glück waren zwei solcher Brote noch vorhanden. Kaum hatte man dieselben auf den Tisch gebracht, als sich die Ritter auch schon erhoben und zum Weggehen anschickten. Der Müller aber mußte die Schatten geleiten bis an die Friedhofsmauer, über welche sie hinwegsprangen, um darauf zu verschwinden.

335.

DER GETREIDESCHNEIDER IM ERZGEBIRGE

Am Johannistage in der sechsten Stunde kommt der sogenannte Getreideschneider auf die Felder und schneidet über die Ecke eines Stückes Getreide durch und hat dann, wenn der Bauer drischt, den halben Nutzen davon. Um diesem vorzubeugen, nimmt der Bauer Liebstöckelöl (Öl aus levisticum officinale) und macht, nachdem er den Finger in das Öl getaucht, ebenfalls in der sechsten Abendstunde des Johannistages drei Kreuze an jede Ecke des Feldes auf die Erde. Ist aber der Getreideschneider bereits dagewesen, so hängt der Bauer, bevor er das Getreide einfährt, ein Büschel Reisigspitzen (frischgrünende Tannenzweige) über dem Scheuertor auf, drischt sobald als möglich und macht dabei mit dem

Reisigbüschel den Anfang. Dann ist der Bann gelöst und der Getreideschneider zieht keinen Nutzen.

336.

DAS WÜTENDE HEER BEI WIESENTHAL UND IM ERZGEBIRGE

Im ganzen Erzgebirge, besonders in dem höhern Teile desselben läßt sich das wütende Heer sehen und hören. Man hört ein starkes Jägergeschrei und gewöhnlich den Ruf: Hu! hu! hu! So reiste zu Ende des 17. Jahrhunderts ein alter Geistlicher von Wiesenthal, namens David Ryhl, nach Annaberg durch einen dicken Wald, und es erhob sich mitten im Walde ein ungemein lauter Jägerlärm, um welche Zeit doch kein Arbeiter noch Jäger auf dem Felde zu finden war. Der Fuhrmann besann sich bald darauf und sagte: »Herr, es ist das wütende Heer, wir wollen in Gottes Namen fahren, es kann uns nicht schaden.«

Eines Tages sind noch in diesem Jahrhundert zwei Brüder, Spitzenhändler, in der Schneeberger Gegend auf der Straße von Stangengrün nach Hirschfeld geritten, da haben sie plötzlich am hellerlichten Tage auf freiem Felde das laute Hohoschreien des wilden Jägers gehört, aber ihn selbst nicht gesehen, nur unter ihren Pferden, die sich furchtbar gebäumt, sind eine Menge kleiner Dachshunde herumgelaufen, ohne daß sie jedoch einen derselben hätten von den Pferden treten sehen, und plötzlich ist Alles wieder verschwunden gewesen.

Manchmal hört der Wanderer, wenn er in dem obern Erzgebirge durch die einsamen Wälder und Felder geht, immer etwas teils im Gebüsch, teils im Korne neben sich hergehen, gerade wie wenn ein großes Tier, eine alte Kuh das Getreide niedertritt, gleichwohl sieht er nichts, und man schreibt auch diesen Ton dem wilden Heere zu.

Einstmals ist im Dorfe Steinpleiß die ganze wilde Jagd mit Hundegebell, Peitschenknall und Jagdgeschrei um Mitternacht mitten durch den Hof des Richters gegangen.

Ein anderes Mal ritt ein beherzter Mann ganz allein in der Abenddämmerung nicht weit von Annaberg auf der gewöhnlichen Heerstraße, da sah er einen alten Bergmann vor sich hergehen. Als er an ihn herankam, bot er ihm einen guten Abend, erhielt aber keine Antwort, ebensowenig auf die Wiederholung des Grußes, und da er etwas hitzig war, schrie er: »Ei so soll Dich Grobian gleich der Teufel –!« und zog ihm eins mit der Reitgerte über. Aber siehe, auf einmal wußte er nicht mehr wo er war, er ritt bis in die Nacht in der Irre herum und erst gegen Mitternacht hörte er Stimmen, er rief, es kamen Leute, er fragte, wo er sei, und erfuhr, er sei in seinem eigenen Heimatorte, man führte ihn bis an sein Haus, und immer noch kannte er sich nicht aus, erst als seine alte Mutter mit einem Lichte vor die Türe trat, wußte er wieder, wo er war. Der wilde Jäger hatte ihn geäfft.

Im Jahre 1626 ritt Junker Rudolf von Schmertzing, Erbsaß auf dem Hammergut Förstel, halbtrunken von Annaberg weg, ganz allein und vermeinte den geraden Weg über Schlettau auf die Scheibenbergischen Mühlen durch die untern Scheibner Räume zu nehmen. Es verführte ihn aber eine Jagd von Jägergeschrei und Hundegebell, welchem er nachritt, und er verfiel mit seinem Pferde in einen Morast, darin das Pferd halb versunken stekken blieb. Er machte sich mit großer Mühe los, lief zu den benachbarten Fuhrwerken, kleidete sich aus und ließ Leute auftreiben, die das Pferd mit Stangen und Seilen wieder aus dem Morast ziehen mußten.

337.

EIN BERGGEIST BETRÜGT EINEN SCHATZGRÄBER

Im Jahre 1679 hat sich in dem sonst sogenannten Knappschaftshause zu Schneeberg, welches ein gewisser Nicolaus Hacker, Bergmeister zu Schneeberg, besaß, ein Gespenst in Gestalt eines alten graubärtigen kleinen Mannes einem Schüler, der in gedachtem Hause zur selbigen Zeit seine Wohnung hatte, sehen lassen, und hat es durch sein öfteres Erscheinen und Sprechen mit ihm endlich dahin gebracht, daß der Schüler zuletzt nicht mehr furchtsam war, sondern einen von dem Gespenste ihm angegebenen Schatz zu graben sich erkühnte. Wiewohl er nun diesen Schatz, nachdem er Tags zuvor immer darnach gegraben, endlich in vielen goldenen Ketten und Silbergeschirr, darauf sonst die alten Schneeberger viel gehalten, erblickt haben wollte, so hat er dennoch das betrogene Spiel in den Händen gehabt. Denn als es zum Treffen und Heben gekommen, wie darzu das alte Männchen die Zeit gesetzt, hat der Schüler in dem Gewölbe, wo er allein gewesen, zwar gesehen, wie zwei anwesende Männer den Schatz aus der Erde gehoben haben, und lauter Pretiosen auf den daselbst vorhandenen Tisch ausschütteten, wornach ihn auch das alte Männlein greifen heißen, aber da er daneben von einem andern, der auf einem Sessel an der Seite gesessen, die Worte gehört, wie er als ein armer Mensch sich erkühnen könne, einen solchen kostbaren Schatz zu heben, darüber er als der Herr der Welt doch die Macht habe? ist er voll Schrecken wieder umgekehrt und, wie leicht zu erachten, in selbiger Stunde in höchster Angst gewesen, bis der Seiger nachmittags 4 Uhr geschlagen. Denn eben bis auf diese Stunde hatte das alte Männlein die Gelegenheit zum Schatzgraben gesetzt und gerade um diese Zeit hat ein ziemlicher Sturmwind gewütet und einen Baum im Garten umgebrochen, dahin zugleich, wie das Gespenst bei seiner letzten Erscheinung gesagt, der Schatz aus dem Hause fortgerückt sein sollte.

338.

SAGEN VOM WASSERMANN IM ERZGEBIRGE

Zuweilen hört man aus dem Schwarz- und andern Wassern ein greuliches Geheul, wenn ein Unglück, Feuer- oder Wasserschaden bevorsteht. Im Jahre 1630, den Tag zuvor ehe Annaberg abbrannte, hat es im Elterleiner großen Teiche am Geyerschen Wege entsetzlich geheult, daß des Zeugschmieds Junge, der mehr Wasser aufschlagen sollte, mit Schrecken davongelaufen. Im Jahre 1645, den 10. Juli am andern Pfingsttage, heulte es früh in einem Teiche zu Elterlein jämmerlich, daß eine Jungfer, die gerade über den Teichdamm ging, aus Furcht eilend ausriß, darauf ist ein Schulknabe, M. Rudels, des alten Richters Sohn, im Teiche ertrunken. Im Jahre 1632 ließ Theophilus Groschupf, Stadtschreiber zu Scheibenberg, an den Erbisleiten einen Raum ausroden und zu Feld machen; da nun einer seiner Arbeiter um Mittag hinunter an einen Brunnen geht, um Trinkwasser zu holen, findet er einen überaus häßlichen Mann dabei liegen, der ihm nicht allein auf seinen Gruß nicht dankt, sondern auch im Rückwege auf ihn fällt und ihn braun und blau drückt, daß er 8 Wochen darüber krank lag. Im Jahre 1613 wollten Bürger zu Gottesgabe einen alten Teich, der lange als ein Sumpf wüste gelegen, ausräumen. Als nun zwei Bergleute den Sumpf abführen und zugrunde arbeiten wollen, fährt ein Wasserteufel im Sumpfe auf, wütet und tobt und treibt die Bergleute mit Wasser und Kot ab, daß sie ausreißen müssen. Zum Scheibenberg, eine starke Viertelstunde unter dem Elterleiner Wege, läuft der tiefe Stolln aus in einen Teich; da hat es oft die Leute bei Tag und Nacht erschreckt und den Weg bald in eines großen ungeheuren Mannes, bald in eines Wolfs Gestalt vertreten oder sonst mit Tumult und Gerassel ganze Reitertrupps betört, denn der Weg geht durch Wasser und Teiche. Im Jahre 1644, im Juli, waren die Oberscheibener bei ihren Teichen im Heumachen, da kommt am Sonnabend vor dem 10. Trin. ein mächtiger Sturmwind mit Sausen und Pfeifen, fährt in die Teiche und wirft das Wasser hoch in die Höhe, als wenn sich zwei Pferde im Wasser miteinander schlügen, darüber erschrecken die Leute, laufen an die Heuschober, die bösen Geister aber fahren aus den Teichen in die Heuschober, spielen damit in der Luft, fahren unter die Äcker hinaus und nehmen die Wipfel oben von den Bäumen mit, wo sie angetroffen, bis gegen Crottendorf zu.

339.

DAS NÄCHTLICHE FALLEN IM ERZGEBIRGE

Im Erzgebirge sagt das Volk, wenn man in der Nacht etwas fallen hört, es müsse darauf ein Todesfall erfolgen – darum nennt man dies das Leichenbret – dieser könne aber von dem Menschen ab und auf ein Vieh gewendet werden, wenn man spreche: »falle auf meine Henne, Ziege etc.«

Im Jahre 1627 lag der Pfarrer zu Markersbach ruhig samt seiner Ehefrau im Bett, nur die Magd war noch wach: da hörte sie etwas oben im Hause stark fallen, sie läuft hinauf in der Meinung, ihr Herr habe gepocht, aber dieser sagt, sie habe wohl geträumt und solle zu Bett gehen und am neunten Tage nachher war er tot. Im Jahre 1688, ehe M. G. Uhlmann, Informator beim Superintendenten zu Annaberg, starb, geschah des Nachts ein großer Fall im Hause, er aber hört nichts davon und am dritten Tage war er schon tot. Im Jahre 1633 lebte noch zu Scheibenberg eine Pfarrerswitwe von Thum; da diese ihren Sohn, der verreiste, ein Stück Weges begleitet hatte und nunmehr auf dem Heimwege begriffen war, tat's in ihrem Hause einen schweren Fall und zwar zu derselben Stunde, wo sie auf dem Rückwege von einem Fieberfroste überfallen ward, daran sie auch nach 10 Tagen starb. Daselbst diente damals eine alte Magd bei dem Bürger und Hausbesitzer Auerbach, die sprach, wenn sie einen solchen Fall hörte, folgenden Spruch: »Gütchen, ich gebe Dir mein Hütchen, willst Du den Mann, ich gebe Dir den Hahn! willst Du die Frau, nimm hin die Sau! willst Du mich, nimm die Zieg'! willst Du unsere Kinder lassen leben, will ich Dir alle Hühner geben! –«

In Elterlein geschah es, daß man bei unterschiedlichen solchen gespenstigen Fällen dem Ungetüme eine Henne und Ziege gab, diese Stücke wurden am folgenden Morgen tot gefunden, und Lehmann sagt, er habe es mit seinen eigenen Augen gesehen, daß eine Henne, die auch so weggeschenkt worden, früh auf dem Oberboden tot dalag, als wäre sie unter einer Presse zerquetscht worden.

340.

DIE SAGEN VOM SCHEIBENBERGE UND SEINEM ZWERGKÖNIG

Das Städtchen Scheibenberg im Obererzgebirge hat seinen Namen von dem an seiner nordwestlichen Seite befindlichen tafelförmigen Basaltberge gleiches Namens. Derselbe soll von Zwergen bewohnt sein und reiche Schätze in sich schließen. So trug es sich zu, daß im Jahre 1605 M. Lorenz Schwabe, Pfarrer in Scheibenberg, mehrere Gäste aus Annaberg bei sich hatte und seine Frau etliche darunter befindliche Freundinnen über und um den Scheibenberg führte, um ihnen die Gegend zu zeigen. Sie trafen ein Loch darin an, in welches drei Stufen führten, und in diesem lag ein glänzender Klumpen wie glühendes Gold. Darüber erschraken sie, gingen eilends wieder heim und führten den Pfarrer samt den Gästen heraus, konnten aber das Loch nicht wieder finden.

Allerdings befindet sich auch an der Morgenseite des Berges eine Art Höhle, das Zwergloch genannt. Darin wohnten sonst der Sage nach viele Zwerge, deren König Oronomassan (nach anderen Zembokral) hieß. Sie waren nicht über 2 Schuh lang und trugen recht bunte Röckchen und Höschen. Es schien ihr größtes Vergnügen zu sein, die Leute zu necken; sie taten aber auch manchem viel Gutes und halfen vorzüglich frommen und armen Leuten. Einst im Winter ging ein armes Mädchen aus Schlettau in den am Fuße des Scheibenberges gelegenen Wald, um Holz zu holen. Da begegnete ihr ein kleines Männchen mit einer goldenen Krone auf dem Haupte, das war Oronomassan. Er grüßte das Mädchen und rief gar kläglich: »Ach, Du liebe Maid, nimm mich mit in Deinen Tragkorb! Ich bin so müde, und es schneit und ist so kalt, und ich weiß mir keine Herberge! Drum nimm mich mit zu Dir in Dein Haus!« Das Mädchen kannte den Zwergkönig zwar nicht, aber da er gar zu flehentlich bat, so setzte sie ihn in ihren Tragkorb und deckte ihre Schürze über ihn, damit es ihm nicht auf den Kopf schneien möchte. Darauf nahm sie den Korb auf den Rücken und trat den Rückweg an. Aber das Männchen in dem Korbe war zentnerschwer, und sie mußte alle Kräfte zusammennehmen, daß sie die Last nicht erdrückte. Als sie nach Hause gekommen, setzte sie den Tragkorb keuchend ab, und wollte nach dem Männchen darin sehen, und deckte ihre Schürze ab. Aber wer schildert ihr freudiges Staunen? das Männchen war fort und statt seiner lag in dem Tragkorb ein großer Klumpen gediegenen Silbers.

341.

DAS HEUGÜTEL

Gewisse Leute hatten einmal sehr mageres Vieh, bis sie ein Heugütel bekamen. Da wurde es mit dem Vieh besser. Das Heugütel aber ist der Geist eines ungetauften Kindes. Sie wußten, daß sie ein Heugütel im Hause hatten, denn sie streuten Asche auf den Boden unter dem Dache und da sahen sie seine Fußtapfen. Als Weihnachten kam, sagten sie: »Nun wollen wir doch auch dem Heugütel etwas zum heiligen Christ geben!«, und sie gaben ihm ein Röckchen und ein Jäckchen. Da sagte das Heugütel: »Nun habt Ihr mir ein Röckchen und ein Jäckchen gegeben, das ist zu viel, nun muß ich ausziehen!« Und das Heugütel zog fort, und das Vieh wurde wieder mager. Alte Leute im Voigtland glauben noch an das Heugütel und dringen darauf, daß neugeborene Kinder schnell getauft werden, damit sie nicht zu Heugüteln werden. Auch findet man die Redensart, wenn ein Kind seine kleinen Fußtapfen hinterläßt: »Du bist ja ein Heugütel.«

342.

PUMPHUT IN DER BURKHARDTSMÜHLE

Es mag wohl schon lange her sein, als im Voigtlande ein alter Müllerbursche, mit Namen Pumphut, lebte, der dem Wasser nach von Mühle zu Mühle ging. Wo es ihm gefallen mochte, da blieb er und für ein Glas Branntwein und ein Stück Brot machte er zur Ergötzung der Müllersleute und ihrer Nachbarn viel lose Schwänke und spaßige Dinge. Wo man ihn gut aufnahm, da ging er mit zufriedener Miene fort; wo sie ihm aber schlechte Kost vorsetzten oder ihn gar hungrig gehen ließen, da spielte er oft den Leuten arg mit.

In der Burkhardtsmühle waren alle Müller der Umgegend versammelt mit ihren Weibern und schönen Töchtern und es ging lustig darinnen zu. Die Fidel und der Dudelsack durften dabei nicht fehlen und die Müllerin hatte schon manche geleerte Flasche herausgetragen. »Halt«, dachte der Pumphut, der zufällig vorbeischritt, »da gibt es einen Schmaus, das ist so etwas für Dich!« Er trat ohne viele Worte zu machen in die volle Gaststube und setzte sich in einen Winkel.

Der Knabe, der den Schenken machte, urteilte dem Aussehen nach, es sei ein feiernder Mühlbursche, und trug ihm einen ordinären Schnaps und ein Stück trocknes Brot hin. »Da Alter, könnt Ihr Euch einmal etwas zugute tun«, sagte der Knabe. Aber das erzürnte den Pumphut im innersten Herzen, daß er sich so getäuscht hatte und er schwur bei sich, dem Müller einen losen Streich zu spielen. »So wahr ich Pumphut heiße«, murmelte er vor sich hin. Und er tat's. Beim Weggehen fragte er den Jungen, was denn das Fest eigentlich bedeute. »Es soll das Rad gehoben werden«, gab dieser zur Antwort. Pumphut schlich sich mit schelmischem Blicke durch das Pförtchen, machte am Rade seinen Hokuspokus und trollte sich lustig von dannen. –

Nachdem die Gäste in der Mühle sich tüchtig satt gegessen und getrunken hatten, schickten sie sich an zum Radhub. Sie hatten alles vorher richtig abgezirkelt und abgemessen und glaubten bald damit im reinen zu sein, aber o Wunder! die Welle war jetzt nicht weniger als eine halbe Elle zu kurz. Alles stand im ersten Augenblick stumm vor Schreck, bis der Müller in ein lautes Geschrei ausbrach und sich die Haare zerraufte. »Es paßte vorher wie angegossen«, rief einer. »Zum Teufel«, ein anderer. Endlich ließ sich eine Stimme vernehmen: »Das ist gewiß ein Streich von Pumphut.« Und nun fielen allen die Schuppen von den Augen, der Mühlbursche im Winkel war kein anderer als der Schwarzkünstler selber gewesen. »Lauft ihm nach, lauft ihm nach!« schrie alles, und es dauerte gar nicht lange, da finden sie ihn am Bache sitzen. Er wußte wohl, was sie wollten, und folgte zunächst ihrer Einladung zum Schmause. Als er sich vor aller Augen tüchtig sattgegessen hatte, klagte man ihm den Unfall und ließ die Frage mit unterlaufen, ob dem nicht abzuhelfen sei. »Da müßte der Kuckuck drin sitzen; schenk' noch einen ein, Junge«, sprach Pumphut. Darauf ging er mit hinaus, sah mit schelmischem Gesichte die verkürzte Welle, klopfte hinten und vorne mit dem Hütchen daran, und als man das Rad zum zweiten Male hob, da paßte die Welle so prächtig wie vorher. Die Müllersleute aber gaben dem Pumphut, so oft er später kam, Butter zum Brot und bessern Branntwein als beim Radhub.

343.

DER HEHMANN BEI SÜSSEBACH

Im Walde zwischen Süssebach und den Schafhäusern ließ sich sonst am Abend eine Stimme hören, wie eine tüchtige Mannsstimme, welche immer »Heh!« rief, weshalb die Leute sagten: »Der Hehmann läßt sich hören.« Drei Lauterbacher wollten sich einmal in der Nacht in jenem Walde etwas Holz holen, da ließ sich der »Hehmann« hören, und sie kehrten wieder um. So ging auch der alte Bauer Höfer eines Abends von Süssebach nach den Schafhäusern, den verfolgte der Hehmann auch mit seinen Rufen, ganz heran an ihn kam er aber nicht.

344.

DER TOTENSCHÄNDER ZU SCHÖNECK

Vor ohngefähr 70 Jahren lebte zu Schöneck ein Pfarrer Merz, welchem ein Kind von zwei Jahren starb. Nach vierzehn Tagen rief eine Kinderstimme bei diesem Pfarrer Merz des Abends nach 10 Uhr beim Schlafstubenfenster: »Mein Händchen und mein Füßchen!« und dies einige Male. Der letzte Ruf lautete: »Vater, mein Händchen und Füßchen fehlt mir!« Darauf ließ der Pfarrer Merz sein Kind wieder ausgraben und wirklich fehlten auch diese Glieder. Es wurde nachgeforscht, und man hatte auf einen Bewohner von den Birkenhäusern bei Schöneck, welcher einen Schatz hatte heben wollen, Verdacht. Am nächsten Sonntag erblickte der Pfarrer den bezeichneten Mann in der Kirche, er leitete seine Predigt auf den Vorfall und rief, indem er auf den Verdächtigen hinzeigte, laut aus: »Du Schalksknecht, Du Übeltäter, verschaffe mir die Glieder meines Kindes wieder!« Darauf soll der Mann wie tot umgefallen sein.

345.

DIE KLAGEMUTTER ZU PLAUEN

Wenn in Plauen jemand sterben will, da sieht man vor dem Hause ein Schaf liegen: das ist die Klagemutter. Oft kollert es fort, oft aber richtet es sich auf über Menschenlänge und fällt dann wieder zusammen.

BRANDENBURG MIT BERLIN

346.

DIE RIPPE ZU BERLIN

An dem Eckhaus des Molkenmarkts und der Bollengasse hängen ein Paar gewaltige Knochen, das ist das Schulterblatt und die Rippe eines Riesen, und darum nennt man das Haus auch schlechthin »Die Rippe«. Dieser Riese soll aber hier von einem Erdwurm, so nannten die Riesen in ihrem Übermut die Menschen, erschlagen und so groß gewesen sein, daß sein Leib nicht auf einem Kirchhof Platz hatte, daher hat man ihn denn zerstückeln und auf allen Kirchhöfen begraben müssen.

In der Nähe des Molkenmarkts, nach dem Rathaus zu, soll überhaupt ehemals die wahre Bärengrube gewesen sein, wo sich die Bären aufgehalten haben, und daher ist es denn auch gekommen, daß Berlin einen Bären im Wappen führt.

347.

DIE DREI BLUTSTROPFEN

Es lebte ungefähr zur Zeit der Regierung des Großen Kurfürsten ein Brauer in der Lindenstraße, der besaß dreierlei: ein gutes Bier, einen Batzen Geld und eine hübsche Schenkin. Freute sich auch, daß letztere so keusch und sittsam war, daß sie sich auf die Liebesbeteuerungen der Gäste nicht einließ, denn er begehrte das schöne Kind selber zur Ehefrau. Aber als er damit Ernst machen wollte, ging's ihm wie den andern, das Mädchen lachte ihn aus und wies ihn ab. Da schlich er sich zu nächtlicher Zeit in des Mädchens Kammer, wollte sie durch gleißendes Gold betören und gebrauchte schließlich Gewalt, um den Widerstand der schönen Schenkin zu brechen. Die aber entfloh vor ihm und sprang in ihrer Angst zum Fenster hinaus auf den Hof. Als der Brauer ihr nacheilte, war sie verschwunden, aber die Stelle, wo sie herabgesprungen, war durch drei Blutstropfen gekennzeichnet. Haß und Rache füllten nun das Herz des Brauers. Er schlug Lärm, behauptete, er sei von seiner Schenkin bestohlen worden und wies auf die Goldstücke hin, die in ihrer Kammer gefunden wurden, die er selbst aber dort zurückgelassen hatte. Das Mädchen wurde erwischt und nach kurzem Prozeß zum Tod verurteilt. Als man sie noch einmal nach dem Hof ihres früheren Brotherrn führte, rief sie aus: »Diese drei Blutstropfen werden für mich zeugen, wenn ich unschuldig sterben muß.« Und so geschah es auch. Die Blutflecken blieben sichtbar, so sehr sich auch der Brauer, von Gewissenspein gequält, bemühte, sie fortzuschaffen. In der Nacht erhob er sich von seinem Lager und wusch und scheuerte auf dem Hof herum, bis ihm Arme und Beine schmerzten und er sich kaum halten konnte von Ermattung. Aber auch in nächtlicher Stunde leuchteten ihm die drei Blutstropfen wie flammende Wahrzeichen entgegen, also daß er keine Ruhe mehr finden konnte bei Tag und Nacht. Da entschloß er sich, den ganzen Hof neu pflastern zu lassen. Die Steine mit den Blutstropfen hob er selber heraus, nahm sie in den Keller und zerschlug sie mit einem großen Hammer. Nun hoffte er Ruhe zu haben sein Leben lang. Als er aber am andern Morgen erwachte, sah er auf der Straße viele Gaffer vor seinem Haus stehen, hörte auch laute Verwünschungen gegen sich aussprechen. Er eilte auf die Straße und gewahrte zu seinem Schreck die drei Blutstropfen an der weißgestrichenen Wand des Hauses. Da packte ihn die Verzweiflung und in der Nacht stieg er zum Fenster hinaus auf ein Gesims und versuchte, mit den Nägeln die Blutflecken abzukratzen. Als es ihm aber nicht gelang, hob er verzweifelnd die Hände zum Himmel, verlor den Halt und stürzte auf die Straße. Dort fand man ihn am andern Morgen tot, mit zerschmetterten Gliedern. Die drei Blutstropfen aber verschwanden erst mit dem Abbruch des Hauses.

348.

DER FLIEGENDE CHORSCHÜLER

In vielen Städten der Mark und namentlich in Berlin erzählt man sich folgende Sage:

Eines Tages verabredeten mehrere Chorschüler miteinander, daß sie auf den Kirchturm (in Berlin soll es der der Marienkirche gewesen sein) steigen und dort aus den Krähennestern, deren sich eine große Anzahl oben befand, die Eier ausnehmen wollten. Diesen Vorsatz führten sie auch aus und stiegen zum Turm hinauf; als sie dort ankamen, wurde zu einem der Schallöcher hinaus ein Brett gelegt, welches zwei Schüler hielten, der dritte aber kroch auf diesem Brett hinaus, um in den Ritzen und Spalten des Turms Nester zu suchen. Er fand auch bald eine große Zahl derselben, gab jedoch seinen Gefährten kein einziges der Eier, welche er dort fand, und als sie ihn nun fragten, ob sie ihr Teil nicht erhalten würden, schlug er es ihnen rund ab, weil er sagte, er habe sich allein der Gefahr unterzogen und so wolle er auch allein die Frucht derselben genießen. Da wurden die andern böse und drohten ihm, daß sie das Brett loslassen würden, wenn er ihnen nicht augenblicklich einen Teil seiner Beute abgäbe; er jedoch, der vor der Ausführung ihrer Drohung sicher zu sein glaubte, sagte, das sollten sie nur tun, dann würden sie gewiß nichts bekommen. Aber kaum hatte er das gesagt, so ließen jene das Brett los und der arme Chorschüler stürzte von der höchsten Höhe des Turms herab. Nun hatte er aber seinen weiten Mantel um, der bis unten hinab zugeknöpft war, so daß sich sogleich der Wind darunter fing, den Fall hemmte und ihn wohlbehalten und unversehrt mitten auf den Markt hinabtrug, wo er zur größten Verwunderung der Käufer und Verkäufer ankam. Ob er jetzt seinen Gefährten ihren Anteil am Gewinn gegeben, weiß ich nicht, sie mögen aber auch wohl nicht mehr danach verlangt haben.

349.

DER FISCH UND DER KOLK AM BERLINER RATHAUS

Am Rathaus in der Spandauer Straße war vordem ein eiserner Fisch angebracht, der nach der Sage anzeigen sollte, wie hoch einst da das Wasser gestanden. Allein dies ist unrichtig, jener eiserne Fisch gab nämlich früher den Fischern die Größe an, unter welcher sie keine Fische mit dem Garn fangen und zur Stadt bringen durften. Ein ähnliches Bild, dessen Erklärung nicht ganz sicher ist, ist der sogenannte Kolk, ein aus Sandstein geformtes Spottbild in Vogelgestalt, mit menschlichem Antlitz und langen Tierohren, das sich an einem der niedrigen Strebepfeiler des Rathauses befindet und eine Allegorie des Prangers sein sollte, insofern früher gerade drüber das Halseisen angebracht war.

350.

DIE DREI LINDEN AUF DEM HEILIGEN-GEIST-KIRCHHOF

Auf dem Kirchhof des früheren Hospitals zum Heiligen Geist (zwischen Heiligengeistgasse und Spandauer Straße) haben vor vielen Jahren drei gewaltig große Linden gestanden, die mit ihren Ästen den ganzen Raum weithin überdeckten.

Das Wunderbarste an diesen Bäumen war, daß sie angeblich mit den Kronen in die Erde gepflanzt waren und dennoch ein so herrliches Wachstum erreicht hatten.

»Aber dieses Wunder«, heißt es in einem alten Bericht, »hatte auch die göttliche Allmacht gewirkt, um einen Unschuldigen vom Tod zu erretten. Vor vielen, vielen Jahren lebten nämlich in Berlin drei Brüder, die mit der herzlichsten Liebe einander zugetan waren und mit Leib und Leben füreinander einstanden. So lebten sie glücklich und zufrieden, als dies Glück plötzlich durch einen Vorfall gestört wurde, den wohl keiner hätte ahnen können. Denn so unbescholtenen Wandels auch alle drei bisher gewesen waren, wurde doch der eine von ihnen plötzlich des Meuchelmordes angeklagt und sollte, obgleich er noch kein Geständnis getan, den Tod erleiden, da alle Umstände die ihm zur Last gelegte Tat wahrscheinlich machten. Noch saß er im Gefängnis, als eines Tages seine beiden Brüder vor dem

Richter erschienen und jeder von ihnen sich des begangenen Mordes schuldig erklärte. Kaum hatte dies der zum Tod Verurteilte vernommen, als auch er, indem er erkannte, daß seine Brüder ihn nur retten wollten, der Tat geständig wurde, und so auf einmal statt eines Täters drei vor Gericht standen, von denen jeder mit gleichem Eifer behauptete, daß er allein jenen Mord begangen.

Da wagte der Richter nicht den Urteilsspruch an dem ersten zu vollstrekken, sondern legte den Fall zuvor noch einmal dem Kurfürsten vor, welcher verordnete, daß hier ein Gottesurteil entscheiden solle. Er befahl daher, ein jeder der drei Brüder solle eine junge, gesunde Linde mit der Krone in das Erdreich pflanzen, so daß die Wurzeln nach oben stünden; wessen Baum dann vertrocknen würde, den hätte Gott selbst dadurch als den Täter bezeichnet.

Dies Urteil sollte dann sogleich beim Anbruch des Frühlings vollzogen werden, aber siehe da! nur wenige Wochen vergingen, und alle drei Bäume, die man auf dem Heiligen-Geist-Kirchhof gepflanzt hatte, bekamen frische Triebe und wuchsen bald zu kräftigen Bäumen heran. So wurde denn die Unschuld der drei Brüder erwiesen, und die Bäume haben noch lange in üppiger Kraft an der alten Stelle gestanden, bis sie endlich verdorrt sind und anderen Platz gemacht haben.«

351.

WETTER UND HAGEL MACHEN

Im Jahr 1553 sind zu Berlin zwei Zauberweiber gefangen worden, welche sich unterstanden, Eis zu machen, die Frucht damit zu verderben. Und diese Weiber hatten ihrer Nachbarin ein Kindlein gestohlen und dasselbige zerstückelt gekocht. Ist durch Gottes Schickung geschehen, daß die Mutter, ihr Kind suchend, dazu kommt und ihres verlorenen Kindes Glieder in einen Topf gelegt siehet. Da nun die beiden Weiber gefangen und peinlich gefragt worden, haben sie gesagt, wenn ihr Geköch fortgegangen, so wäre ein großer Frost mit Eis kommen, also daß alle Frucht verderbt wäre.

Zu einer Zeit waren in einem Wirtshaus zwei Zauberinnen zusammengekommen, die hatten zwei Gelten oder Kübel mit Wasser an einen besonderen Ort gesetzt und ratschlagten miteinander: ob es dem Korn oder dem Wein sollt gelten. Der Wirt, der auf einem heimlichen Winkel stand, hörte das mit an und abends, als sich die zwei Weiber zu Bett gelegt, nahm er die Gelten und goß sie über sie hin, da wurde das Wasser zu Eis, so daß beide von Stund an zu Tod froren.

Eine arme Witfrau, die nicht wußte, wie sie ihre Kinder nähren sollte, ging in den Wald, Holz zu lesen, und bedachte ihr Unglück. Da stand der Böse in eines Försters Gestalt und fragte: warum sie so traurig? Ob ihr der Mann abgestorben? Sie antwortete: »Ja.« Er sprach: »Willst du mich nehmen und mir gehorsamen, will ich dir Geld die Fülle geben.« Er überredete sie mit vielen Worten, daß sie zuletzt wich, Gott absagte und mit dem Teufel buhlte. Nach Monatsfrist kam ihr Buhler wieder und reichte ihr einen Besen zu, darauf sie ritten durch dick und dünn, trocken und naß auf den Berg zu einem Tanz. Da waren noch andre Weiber mehr, deren sie aber nur zwei kannte, und die eine gab dem Spielmann zwölf Pfennig Lohn. Nach dem Tanz wurden die Hexen eins und taten zusammen Ähren, Rebenlaub und Eichblätter, damit Korn, Trauben und Eicheln zu verderben; es gelang aber nicht recht damit, und das Hagelwetter traf nicht, was es treffen sollte, sondern fuhr nebenbei. Sich selbst brachte sie damit ein Schaf um, darum daß es zu spät heimkam.

352.

DER NAME VON KÖPENICK

Vor langen Zeiten war einmal ein alter Fischer, der in der Nähe von Köpenick seinem Gewerbe nachging und namentlich am Müggelsee seine Netze auszuwerfen pflegte. Da geschah es einst, daß er auch dort war und ein großer Krebs vom See ans Ufer geschwommen kam, ihn anredete und sagte, er wolle ihm viel Glück bringen und ihn zum reichen Mann machen, wenn er ihn aus dem Wasser nähme und nach dem ersten Ort jenseits der Spree brächte. Darauf nahm der Fischer den Krebs und ging mit ihm nach Köpenick zu, wo er uneingedenk dessen, was derselbe gesagt, ihn auf den Markt brachte, um ihn zu verkaufen. Da das Tier so groß war, fand sich auch bald ein Käufer; aber da begann der Krebs auf einmal zu rufen: »Kööp nich! Kööp nich!« Nun gedachte der Fischer wieder der Bedingung, nahm seinen Krebs und ging weiter. Darauf setzte er über die Spree und kam nach Stralau, wo er den Krebs um vieles Geld verkaufte. Zum Andenken aber an die Worte, die der Krebs dort vor allen Leuten auf dem Markt gesprochen, wurde die Stadt Köpenick genannt, und die Stralauer zeigen noch alljährlich am Tag des großen Fischzugs, am 24. August, den großen Krebs, der von Köpenick dahin gebracht wurde.

353.

SPUKGESTALTEN IN KÖPENICK

Im Schloß zu Köpenick wohnte einst eine Prinzessin, welche eine unglückliche Liebe hatte; die soll sich, als sie das Leben nicht länger ertragen mochte, von der Schloßbrücke in den Graben hinabgestürzt haben und so ums Leben gekommen sein. Nun aber läßt's ihr keine Ruhe im Grab, und sie geht im Schloß um; namentlich aber sieht man ihren weißen Schleier oft des Nachts von der Plattform herabwehen.

Abends und nachts sieht man oft in Köpenick einen großen grauen Hund mit feurigen Augen herumgehen, der heißt Morro und hat sein Lager im Sand bei der Pyramidenbrücke; besonders sieht man ihn vor den Häusern gewisser Leute sitzen und sie gleichsam bewachen. Namentlich saß er oft stundenlang an der Tür eines langen dürren Friseurs, der in seiner ganzen Erscheinung so recht etwas Grauenhaftes hatte.

Auch sieht man um die Nachtzeit oft einen Reiter ohne Kopf auf einem Schimmel durch die Straßen von Köpenick reiten, dem Hunde nachfolgen, die gleichfalls keinen Kopf haben. Dieselbe Erscheinung zeigt sich auch in Straußberg und andern Orten.

354.

SCHLOSS GRUNEWALD

Im Grunewald ist manche Stelle, wo es nicht ganz richtig sein soll; vor allem aber spukt es im Grunewalder Schloß. Waren einmal ein paar Fischer zur Herbstzeit im Schloß und hatten sich, nachdem sie bis spät am Abend gefischt, müde in dem Seitengebäude in einem eine Treppe hoch gelegenen Zimmer zum Schlafen hingelegt. Sorgfältig hatten sie die zwei Türen, sowohl die unten an der Treppe als auch die andere, welche oben vom Treppenflur in das Zimmer führt, zugemacht. Auch die dritte Tür, die nach der angrenzenden Kammer geht, war fest zu, wie sie denn auch keiner ohne die zugehörige Klinke überhaupt öffnen kann.

Als sie nun im tiefen Schlaf lagen, kam es laut und vernehmlich »trott, trott, trott« die hölzerne Treppe herauf, die Stubentür flog auf, und sausend stürzte es durch die Stube. Die Kammertür öffnete sich, und heulend wie ein Sturmwind zog's in die Kammer hinein. Dann war's still im Zimmer. Da mit einemmal fuhr es aus dem Schlot und polterte den Ofen hinab. Wieder war dann alles still. Die Männer aber waren gleich anfangs aufgewacht und zitterten und bebten vor Entsetzen, eiskalt fuhr es ihnen durch Mark und Bein, es wagte keiner aufzusehen, sondern alle zogen sich ihre Mäntel übers Gesicht, als es bei ihnen vorbeiging. Als aber das Tosen und Poltern im Ofen vorbei war, fuhren sie auf und im Nu, sie wußten selbst nicht wie, waren sie die Treppe hinunter und stürzten über den Hof in die Kutscherstube; erst da wagten sie aufzuatmen.

Ein anderes Mal passierte ähnliches, als sie in der Kutscherstube selbst schliefen. Da öffnete sich plötzlich die Pferdestalltür und der Kutscher kam zitternd zu ihnen in die Stube. Hinter ihm raste es wie ein Wirbelwind, riß die Flurtür auf und fuhr durch den schmalen Flur nach dem Hof hinaus. Wie sie da ans Fenster eilten, sahen sie mit Schrecken, wie es im Mondschein wild auf dem Hof und an den Wänden der Gemäuer herumjuchte und tobte wie die wilde Jagd und ganz deutlich eine weiße Gestalt da herumstürmte. Derartiges wollen die Leute, die dort verkehren, öfters erlebt haben.

Namentlich soll aber der alte Kellermeister (der auch auf dem Bild am Eingang abgebildet ist) des Nachts um zwölf Uhr noch oft die große Wendeltreppe des Schlosses herabkommen und mit den Schlüsseln klappern. Auch fangen manchmal die alten großen Bratspieße unten in der gewölbten Küche an, sich von selbst zu drehen. Das Leben, das hier früher gewesen zu der alten Kurfürsten Zeiten, erklärte dabei der Erzähler, ist noch nicht vollständig zur Ruhe gekommen, und damals ist auch manches passiert, was jetzt nicht mehr vorkommt. So soll in einem Zimmer des südlichen Flügels einmal jemand eingemauert worden sein. Einige meinen, es sei die schöne Gießerin Anna Sydow gewesen, welche Kurfürst Joachim liebgehabt und deren Geist nun noch spuke; andere behaupten, es sei eine Hofdame, welche er geliebt und die seine Gemahlin während seiner Abwesenheit lebendig da hat einmauern lassen. Wunderlich sieht die Stelle allerdings aus, zumal eine kleine Wendeltreppe im oberen Stock sich gerade an sie anschließt und früher von dort auch nach unten geführt zu haben scheint; wer weiß aber, ob da überhaupt etwas eingemauert war und die Treppe nicht einfach abgebrochen und die Stelle zugemauert wurde?

355.

ABENTEUER DER KURRENDE-KNABEN IN DER KIRCHE ZU SPANDAU

Die Spandauer Kirche war früher katholisch, und die Kurrende-Knaben mußten die Kirche reinigen. Diese waren auch einst damit beschäftigt und in ihrem Übermut spielten sie Karten. Da kam auf einmal einer an sie heran – es war der Böse – und wollte mitspielen. Ruhig gestatteten sie es auch. Als er aber eine Karte nach der andern fallen ließ, merkten sie wohl, daß es der Böse wäre, spielten aber doch weiter, und einer, der viel verlor, meinte sogar, ihn solle der Teufel holen, wenn er noch weiter verlöre. Er spielte weiter und verlor wieder. Da sprang der Böse auf, riß ihn zu sich, zog ihn mit in die Höhe, die Mauer tat sich auf und beide verschwanden. Und der Riß in der Mauer ist noch bis auf den heutigen Tag zu sehen und kann nicht übertüncht werden.

Auch ein anderes Mal soll durch den Übermut eines Kurrende-Knaben etwas Merkwürdiges dort passiert sein. Bis vor hundert Jahren waren nämlich in der Kirche noch mächtige dicke Bücher, die an Ketten lagen. Darunter sollen auch das VI. und VII. Buch Mose gewesen sein, welche wir jetzt nicht mehr haben, in denen aber, wie man allgemein erzählt, alle die alten Zaubergeschichten enthalten sind. Wie nun wieder einmal die Kurrende in der Kirche reinmacht, kommen sie an diese Bücher, und vorwitzig, wie die Knaben sind, werden sie sich an dieselben machen und sehen, was darin steht. Kaum aber haben sie selbige aufgeschlagen und fangen an zu lesen, da wird auch die ganze Kirche von unten bis oben voll von allerhand Geistern. Natürlich überfiel sie eine furchtbare Angst, und es war noch ein Glück, daß der Prediger hinzukam, der fing an, das Buch rückwärts zu lesen – da verschwand der Spuk.

Ähnliches erzählt man auch in Bernau. Da fand einmal ein Knecht angeblich das VI. und VII. Buch Mose, welche der Gutsherr hatte offen liegen lassen. Wie der anfing zu lesen, da füllte sich, heißt es, das ganze Gehöft mit Ratten, und als er weiter las, mit Raben, die kamen von allen Seiten herbeigeflogen, dann kamen lauter schwarze Männer und anderer Spuk. Zum Glück kam auch hier der Gutsherr hinzu und bannte alles, indem er rückwärts anfing zu lesen.

Die wahre Bibel, sagt man dort, liegt in Leipzig, die wird nie losgemacht. Nur Napoleon I. hat sie sich losmachen lassen, aber ist damit auch nicht weiter gegangen als bis vor den Altar und hat dort darin gelesen. Da hat er denn gesehen, wie alles kommen würde in Rußland, welche Generale ihm untreu werden würden usw. Nichtsdestoweniger hat er den Zug nach Rußland freilich doch unternommen.

356.

DER ALTE FRITZ GEHT UM

Die Potsdamer Garnisonkirche, in deren Gruft der Alte Fritz begraben liegt, wird manchmal um Mitternacht ganz hell im Innern, Orgelspiel ertönt, es öffnen sich die Türen weit, und der Alte Frist kommt hoch zu Roß herausgeritten. Die Schildwachen haben den König deutlich erkannt und vor ihm präsentiert; aber das Pferd des Königs ist ohne Kopf gewesen. Er reitet nun durch die nächtliche Stadt bis hinaus nach Sanssouci, kehrt auf gleichem Weg zurück und betritt wieder die Kirche, deren Türen sich dann schließen. Das Reiterstandbild im Park von Sanssouci aber soll sich jedesmal umwenden, wenn der König die Gruft verläßt.

357.

KOHLHASENBRÜCK

In der Nähe von Potsdam, auf der Straße nach Berlin, führt eine Brücke über die Bäke oder Telte, einen kleinen Nebenfluß der Nuthe, die Brücke heißt Kohlhasenbrück und hat von Hans Kohlhase, einem Berliner Roßkamm, der zur Zeit der Kurfürsten Joachim I. und II. einst viel von sich reden gemacht hat, den Namen bekommen. Die Sache ist recht bezeichnend für jene Zeiten und war folgende.

Hans Kohlhase war ein angesehener Bürger zu Kölln an der Spree, der einen nicht unbedeutenden Pferdehandel betrieb. Was seine Bildung anbetrifft, ist zu bemerken, daß er sogar Lateinisch verstand. Einmal kam er nun mit einigen Pferden von Leipzig zurück, da wurde er in der Nähe von Düben durch die Leute des Junkers von Zaschwitz angehalten; er sollte sich ausweisen über die Pferde, es wären sicherlich gestohlene. Vergeblich, daß er seine Unschuld beteuerte, die Pferde wurden zurückbehalten. Da klagte er den Unfall seinem Kurfürsten Joachim I., und der erwirkte den

Befehl vom Kurfürsten von Sachsen, daß ihm die Pferde vom Junker von Zaschwitz zurückgegeben werden sollten. Inzwischen waren dieselben aber hinter dem Ackerpflug abgetrieben und schlecht im Futter gehalten worden, so daß Kohlhase sich weigerte, sie zurückzunehmen und Schadenersatz forderte. Als alle seine Bemühungen vergeblich waren und er nicht zu seinem Recht kommen konnte, da sandte er nach damaliger Sitte als freier Mann, dem sein Recht verweigert wurde, einen Absagebrief an den Landvogt von Sachsen, daß er des Junkers von Zaschwitz und des ganzen Landes Sachsen abgesagter Feind fortan sein wolle, bis er zu vollem Recht und zu vollem Schadenersatz für alles, was er erlitten, gelange. Mit einer Schar verwegener Gesellen begann er auch nun das sächsische Land auf jede nur mögliche Weise zu schädigen und trieb bald die Sache so weit, daß die Kurfürsten von Sachsen und Brandenburg selbige beizulegen beschlossen und beiderseitig einige ihrer Räte nach Jüterbog schickten, wohin auch Kohlhase kommen sollte, um seine Forderungen geltend zu machen. Der kam auch mit einem Gefolge von 40 Pferden; aber man ging unverrichteter Sache auseinander, da der Junker von Zaschwitz inzwischen gestorben war und seine Erben sich zu keiner Entschädigung bereit erklären wollten. Von neuem begann Kohlhase das sächsische Land heimzusuchen, ja er brannte sogar die Vorstadt von Wittenberg nieder. Da schrieb Dr. Martin Luther an den gefährlichen Mann, wie unchristlich es sei, sich selbst zu rächen. Das machte auf Kohlhase Eindruck und heimlich kam er, als Pilger verkleidet, nach Wittenberg, um mit Luther über die Angelegenheit zu verhandeln. Luther versprach, sich der Sache anzunehmen; aber es war vergeblich, und die Geschichte spielte in der früheren Weise weiter, nur daß der Kurfürst von Sachsen es bei dem Kurfürsten von Brandenburg schließlich durchsetzte, daß er Kohlhasen auch auf märkischem Grund und Boden verfolgen und fangen lassen könne. Aber die sächsischen Späher und Landsknechte griffen ihn doch nicht. So kam das Jahr 1540 heran.

Da verfiel Kohlhase auf den Rat eines seiner Spießgesellen, Georg Nagelschmidt mit Namen, auf den Gedanken, sich an seinen Kurfürsten selbst zu machen und ihn so zu veranlassen, dem Wesen ein Ende zu bereiten und sich wirksamer seiner anzunehmen. Er überfiel den kurfürstlichen Faktor Drezscher, der mit Silberkuchen aus dem Mansfeldschen unterwegs war, in der Gegend wo eben jetzt Kohlhasenbrück liegt, nahm ihm die Silberkuchen fort und versenkte sie unter der Brücke in die Telte. Das bekam ihm aber übel. Denn nun wurde überall nach ihm und Nagelschmidt gefahndet und bei Leibesstrafe verboten, sie zu beherbergen, als sich das Gerücht verbreitete, sie seien in Berlin.

Wirklich fing man auch Kohlhase, als man Haussuchung hielt. Er hatte sich beim Küster zu St. Nicolai in einer Kiste versteckt. Ebenso wurde

Nagelschmidt im Haus eines armen Bürgers am Georgentor aufgefunden. Beiden wurde der Prozeß gemacht. Kohlhase wollte man insofern begnadigen, als er nicht mit dem Rad, sondern mit dem Schwert hingerichtet werden sollte, was für minder schmachvoll galt. Schon war Kohlhase bereit, dies anzunehmen. Da rief ihm Georg Nagelschmidt zu: »Gleiche Brüder, gleiche Kappen!« – »Ich will die Begnadigung nicht, ich will mein Recht«, sagte Kohlhase, und so wurde er wie Nagelschmidt am Sonntag nach Palmarum im Jahr 1540 mit dem Rad gerichtet, obwohl es dem Kurfürsten leid getan haben soll, daß eine so tüchtige Natur ein solches Ende genommen. Ob man die Silberkuchen gefunden, berichtet keine Chronik. Die Brücke aber und der Ort, der später da entstand, bekam den Namen Kohlhasenbrück.

358.

DIE ERBAUUNG DES KLOSTERS LEHNIN

Der Markgraf Otto I. von Brandenburg jagte einst in Gesellschaft seiner Edelleute in der Gegend, wo jetzt das Kloster Lehnin steht. Von der Jagd ermüdet, legte er sich unter eine Eiche, um auszuruhen. Hier schlief er ein und träumte, daß ein Hirsch auf ihn eindrang und mit dem Geweih ihn aufspießen wollte; er wehrte sich tapfer mit seinem Jagdspieß gegen diesen Feind, konnte ihm aber nichts anhaben, vielmehr drang der Hirsch immer hitziger gegen ihn an. In dieser Gefahr rief der Markgraf Gott um Beistand an, und kaum war das geschehen, da verschwand der Hirsch und er erwachte. Er erzählte hierauf seinen Begleitern diesen Traum, und da er schon längst den Vorsatz gefaßt hatte, aus Dankbarkeit gegen die Vorsehung, die ihn bisher in Gefahren gnädig beschützt hatte, und um sich der göttlichen Gnade noch mehr zu versichern, ein Kloster zu stiften, auch seine Begleiter den Traum so auslegten, daß sie meinten, der Hirsch, der erst bei Anrufung des göttlichen Namens von ihm gewichen, sei niemand als der Teufel selber gewesen, rief er aus: »An diesem Ort will ich eine Feste bauen, aus welcher die höllischen Feinde durch die Stimmen heiliger Männer vertrieben werden sollen, und in welcher ich den Jüngsten Tag ruhig erwarten will!« Darauf legte er auch sogleich Hand ans Werk, ließ aus dem Kloster Sittchenbach (oder Sevekenbecke) im Mansfeldischen Zisterzienser-Mönche kommen und baute das Kloster, das er wegen der noch dem Christentum sehr abgeneigten slawischen Umwohner mit Befestigungen versah, von denen noch Spuren vorhanden sind. Weil aber ein Hirsch den Anlaß zur Erbauung des Klosters gegeben hatte, und dieser in der alten slawischen Sprache den Namen Lanie führte, so nannte er es Lehnin. In der Kirche zeigt man noch bis auf den heutigen Tag den Stumpf der Eiche, unter welcher der Markgraf den Traum gehabt, und hat ihn zum ewigen Andenken an den Stufen vor dem Altar eingemauert.

359.

DER SPUKENDE MÖNCH IM RINGELTURM ZU LEHNIN

An dem zerstörten Teil der Lehniner Klosterkirche befindet sich ein fast noch ganz erhaltener Turm, zu dessen Spitze eine gewundene Treppe leitet, weshalb er der Ringelturm heißt. Hier ist's nicht recht geheuer, denn man hört es oft hier Trepp auf, Trepp ab poltern und in der halb eingestürzten gotischen Halle, die darunterliegt, umhertoben. Wer dreist ist, kann auch eine mächtige Gestalt mit schwarzem Gesicht, krausem Haar und weißem flatternden Gewand sehen, aber er muß nicht zu nahe herangehen, sonst verfolgt sie ihn so lange, bis sie ihn vom alten Kirchhof vertrieben hat. Andere haben in dieser Gestalt einen Mönch erkannt, der in gefalteten Händen das Evangelienbuch hält und mit funkelnden Augen gen Himmel blickt, gleichsam als bete er zu Gott für die Ruhe der Grabstätten, die ehemals in diesem Teile der Kirche waren, aber vor mehreren Jahren zerstört wurden. Niemand kann den Greis ansehen, ohne von tiefer Rührung ergriffen zu werden.

360.

DER NAME VON JÜTERBOG

Als die Stadt Jüterbog gebaut worden war, wußte man nicht, welchen Namen man ihr geben sollte und beschloß daher, vors Tor zu gehen und zu warten, bis jemand käme; nach dem wolle man dann die Stadt nennen. So geschah's auch, und es währte nicht lange, so kam eine Krügersfrau, Jutte mit Namen, die führte einen weißen Bock mit sich; da hat man denn nach ihr und ihrem Begleiter die Stadt Jüterbog genannt, und hat ihr deshalb einen weißen Bock zum Wappen gegeben.

361.

DER SCHMIED ZU JÜTERBOG

Zu Jüterbog lebte einmal ein Schmied, der war ein sehr frommer Mann und trug einen schwarz und weißen Rock; zu ihm kam eines Abends noch ganz spät ein Mann, der gar heilig aussah, und bat ihn um eine Herberge; nun war der Schmied immer freundlich und liebreich zu jedermann, nahm daher den Fremden auch gern und willig auf und bewirtete ihn nach Kräften. Andern Morgens, als der Gast von dannen ziehen wollte, dankte er seinem Wirt herzlich und sagte ihm, er solle drei Bitten tun, die wolle er ihm gewähren. Da bat der Schmied erstlich, daß sein Stuhl hinter dem Ofen, auf dem er abends nach der Arbeit auszuruhen pflegte, die Kraft bekäme, jeden ungebetenen Gast solange auf sich festzuhalten, bis ihn der Schmied selbst loslasse; zweitens, daß sein Apfelbaum im Garten die Hinaufsteigenden gleicherweise nicht herablasse; drittens, daß aus seinem Kohlensack keiner herauskäme, den er nicht selbst befreite. Diese drei Bitten gewährte auch der fremde Mann und ging darauf von dannen. Nicht lange währte das nun, so kam der Tod, wollte den Schmied holen; der aber bat ihn, er möge doch, da er sicher von der Reise zu ihm ermüdet sei, sich noch ein wenig auf seinem Stuhl erholen; da setzte sich denn der Tod auch nieder, und als er nachher wieder aufstehen wollte, saß er fest. Nun bat er den Schmied, er möge ihn doch wieder befreien, allein der wollte es zuerst nicht gewähren; nachher verstand er sich dazu unter der Bedingung, daß er ihm noch zehn Jahre schenke; das war der Tod gern zufrieden, der Schmied löste ihn, und nun ging er davon. Wie nun die zehn Jahre um waren, kam der Tod wieder, da sagte ihm der Schmied, er solle doch erst auf den Apfelbaum im Garten steigen, einige Äpfel herunterzuholen, sie würden ihnen wohl auf der weiten Reise schmecken; das tat der Tod, und nun saß er wieder fest. Jetzt rief der Schmied seine Gesellen herbei, die mußten mit schweren eisernen Stangen gewaltig auf den Tod losschlagen, daß er ach und wehe schrie und den Schmied flehentlich bat, er möge ihn doch nur frei lassen, er wolle ja gern nie wieder zu ihm kommen. Wie nun der Schmied hörte, daß der Tod ihn ewig leben lassen wolle, hieß er die Gesellen einhalten und entließ jenen von dem Baum. Der zog glieder- und lendenlahm davon und konnte nur mit Mühe vorwärts; da begegnete ihm unterwegs der Teufel, dem er sogleich sein Herzleid klagte; aber der lachte ihn nur aus, daß er so dumm gewesen, sich von dem Schmied täuschen zu lassen und meinte, er wolle schon bald mit ihm fertig werden. Darauf ging er in die Stadt und bat den Schmied um ein Nachtlager; nun war's aber schon spät in der Nacht und der Schmied verweigerte es ihm, sagte wenigstens, er könne die Haustür nicht mehr öffnen, wenn er jedoch zum Schlüsselloch hineinfahren wolle, so möge er nur kommen. Das war nun dem Teufel ein leichtes und sogleich huschte er durch, der Schmied war aber klüger als er, hielt innen seinen Kohlensack vor, und wie nun der Teufel darinsaß, band er ihn schnell zu, warf den Sack auf den Amboß und ließ seine Gesellen wacker drauflosschmieden. Da flehte der Teufel zwar gar jämmerlich und erbärmlich, sie möchten doch aufhören, aber sie ließen nicht eher nach, bis ihnen die Arme von dem Hämmern müde waren und der Schmied ihnen befahl aufzuhören. So war des Teufels Keckheit und Vorwitz gestraft und der Schmied ließ ihn nun frei, doch mußte er zu demselben Loch wieder hinaus, wo er hineingeschlüpft war und wird wohl kein Verlangen mehr nach einem zweiten Besuch beim Schmied getragen haben.

362.

DAS GESPENST AN DER KIRCHE ZU ODERIN

Als die alte Kirche in Oderin noch stand, kam einst ein junger kräftiger Bursche auf den Gedanken, die nächtens vom Spinnen heimkommenden Mädchen zu erschrecken. Er nahm ein Laken, hüllte sich darein und stellte sich an die Kirchtür. Nun wußten aber alle Leute, daß es auf dem Kirchhof umgehe, und wer nicht mußte, ging von Dunkelwerden an nicht mehr darüber. Der Bursche hatte diese Erzählung immer verlacht. Aber als er an der Kirchtür stand und auf die Mädchen lauerte und es eben zwölf geschlagen hatte, hörte er, wie etwas die Turmtreppe herunterkam und dabei röchelte. Vor Entsetzen lief der Bursche nach Hause, kroch ins Bett und am nächsten Morgen war er tot.

363.

SPUK AM KESSELGRUND BEI GEHREN

Einmal waren vier junge Burschen aus Gehren übereingekommen, aus dem Gräflichen Stangenholz zu mausen. Es war im Sommer bei hellem Mondschein gegen Mitternacht. Sie nahmen also ihre Gabeln und gingen los. Als sie sich zwei schöne Bäume geholt hatten, gingen sie wieder nach Hause zu. Sie kamen an den Kesselgrund am grünen Berg. Plötzlich blieb der vorderste Bursche stehen. Da mußte auch der zweite anhalten. Der fragte nun den ersten ganz heimlich, warum er stehenbliebe. Da sagte der zu ihm, ich habe leise Schritte gehört. Inzwischen kamen auch die beiden andern Burschen heran und stützten ihren Baum auch auf die Gabeln. Alle vier horchten ganz genau. Da hörten sie, wie es leise um sie herumging; bald vor, bald hinter ihnen, dann nach rechts, dann nach links. Dann entfernten sich die Schritte. Die vier Burschen standen dicht beieinander, aber trotzdem sie jung und kräftig waren, kam sie ein Grausen an; denn die Schritte kamen wieder näher, ohne daß sie etwas sehen konnten. Da sagte einer von ihnen halblaut: »Hier ist eine Seele zuviel« und winkte den andern, und sie ließen die Bäume auf den Gabeln und gingen ein Stück weiter bis auf ein anderes Stück über die Grenze. Da hörten die Schritte auf, die immer um sie herumgegangen waren und der Spuk ging nach dem Kirchsteig zu, der nach Drehna führte, und sie hörten den Schall jetzt so deutlich, als ob einer auf hartem Boden mit Pantoffeln ging. Frühmorgens gingen sie dann nochmals hin, holten die Bäume, sahen aber keine Spur von einem, der da gelaufen wäre.

364.

IM SCHLOSSPARK ZU CAPUTH

Des Nachts zu Beginn der Geisterstunde taucht im Schloßpark zu Caputh eine geheimnisvolle Kutsche auf, die eine Stunde lang völlig geräuschlos das alte Schloß umfährt. Besetzt ist der Wagen mit Gästen, die starr und unbeweglich im Fond sitzen. Die Pferde aber haben keine Vorderfüße und keine Köpfe. Mit dem Glockenschlag eins ist die rätselhafte Kutsche verschwunden.

Vor vielen Jahren ging ein junger Mann einst am Parktor des Schlosses vorbei, und wie er so in Gedanken versunken dahinschreitet, öffnet sich unhörbar das Parktor, und eine schwarze Gestalt huscht neben ihm her. Als er sie ansprach, war sie verschwunden. Die Gestalt soll weder Kopf noch Hände noch Füße gehabt haben.

An der sogenannten Bucht im Schloßpark gehen Geister um. Oft will man ein Schaf ohne Kopf gesehen haben. Lautlos und unstet rennt es umher, und wem es begegnet, der hat Pech am nächsten Tag. Eine Frau ist von dem Schaf einst bis fast an die Post begleitet worden, und als sie nach Hause kam, war ihr Kind erkrankt.

365.

WIE FERCH ENTSTAND

Zur Zeit, als es noch Ritter im Land gab, lebte in einem Waldhaus am Schwielowsee eine Fee. Eines Tages durchstreifte ein fremder Ritter die Wälder um den Schwielowsee. Er verirrte sich. Die Nacht brach herein, ohne daß er auf den rechten Weg gekommen war. Da schimmerte durch die Baumstämme ein schwacher Lichtschein, auf den er zuging. Bald stand er vor dem Waldhaus. Auf sein Klopfen ließ ihn die freundliche Fee eintreten. Sie fand Wohlgefallen an dem schmucken Edelmann und bezauberte ihn deshalb, so daß er Pflichten und Heimat vergaß. Lange mochte er so bei der Fee geblieben sein. Da läuteten eines Tages irgendwo Kirchenglocken; denn deutlich wurde ihr Schall über den Schwielowsee getragen. Nun packte den Ritter tiefe Reue. Sofort wollte er das Waldhaus verlassen. Doch die schöne Fee hielt ihn noch einen Tag zurück. Sie wußte nicht den wahren Grund für des Ritters Verhalten und meinte, es wäre ihm nur zu einsam im Wald. Darum nahm sie ihn am nächsten Morgen bei der Hand und führte ihn auf einen Berg am Schwielowsee. Und siehe! Da, wo sonst Wälder sich ausbreiteten, lag plötzlich eine von der Fee über Nacht hervorgezauberte Ortschaft, die der Ritter vorher noch nie gesehen hatte. Dieser Ort war Ferch.

Die Sage meldet nicht, was nun geschah. Doch das ist unbestritten bis auf den heutigen Tag Wahrheit geblieben: Ferch macht noch immer auf jeden Wanderer den Eindruck, als könnte es nur von den Zauberhänden einer gütigen Fee und nicht von Menschenhand geschaffen worden sein.

366.

DER SCHATZ IM BRUNNEN DES SCHLOSSHOFES ZU WIESENBURG

Mitten im Burghof zu Wiesenburg steht ein reichverziertes Brunnenhäuschen. Aus der Wendenzeit her soll auf dem Brunnenboden ein Schatz ungehoben ruhen. Man erzählt, daß den Brunnenboden eine mächtige Steinplatte bilde. Unter ihr ruhe ein prächtiger Goldschmuck des Wendenkönigs Pribislav, nur in der Nacht zum 1. Mai sei es möglich, ihn zu heben. In dieser Zeit verlaufe sich nämlich auf eine geheimnisvolle Weise das Wasser und der Brunnengrund liege trocken da. Wer nun, ohne dabei zu sprechen, die Platte höbe, könne sich in den Besitz des Schatzes setzen. Vor vielen Jahren haben sich denn auch zwei Bewohner Wiesenburgs, ein Flame und ein Wende, aufgemacht, den Schatz zu suchen. Als die Uhr vom Bergfried her die zwölfte Stunde rief, ließen sie sich in den tiefen Brunnenschacht hinab. Das Wasser war fort, und sie fanden auch richtig die Steinplatte, die den Schatz verschloß. Schnell machten sie sich an die Arbeit. Schaurig hallten die Schläge mit der Hacke an den Brunnenwänden wider und tönten zu den grauen Burgmauern hinauf, kamen zurück und ballten sich wieder zu schrecklichem Getöse. Als die Schatzgräber einen Augenblick Atem schöpften und ihre Köpfe von dem mühseligen Werk aufhoben, bot sich ihnen ein fürchterlicher Anblick. Auf dem Rand des Brunnenhäuschens saßen entsetzliche Gespenster mit Hörnern, Kuhfüßen und Schwänzen, die bemüht waren, einen Galgen aufzurichten. Den Männern trat bei diesem Anblick der kalte Schweiß auf die Stirn. Aber ihrem Ziel so nahe, wollten sie die Arbeit nicht aufgeben und begannen aufs neue an der Platte zu zerren, die sich bereits zu heben begann.

Hierdurch lebte ihr Mut wieder auf, ihre Kräfte vermehrten sich, der Stein hob sich schon, als sich vom Brunnenrand eine schreckliche Stimme hören ließ: »Welchen von den beiden Geldgierigen soll ich denn aufhängen?« Die Gemeinten hoben erschrocken die Augen und sahen den Galgen bereits fertig dastehen. »Den Holländer hängt auf!« ertönte es jetzt dumpf zur Antwort. Da war aber auch des soeben Verurteilten Mut zu Ende, und mit dem verzweifelten Ausrufe: »Gnade für mich!« fiel er in die Knie. Damit war aber auch das Werk vereitelt. Ein Donnerschlag ertönte, Galgen und Teufel verschwanden. Die Platte, hinter der Gold und Silber bereits verführerisch geglänzt hatten, sank in ihre alte Lage zurück, und nur die schleunigste Flucht konnte die zwei vor dem Tod des Ertrinkens retten, da der Brunnen bereits anfing, sich schnell wieder mit Wasser zu füllen.

367.

DOKTOR FAUST

Der Doktor Faust soll ehemals auch zu Neuruppin gelebt haben, und man erzählt, daß er gewöhnlich des Abends mit einigen Bürgern Karten spielte und sehr viel gewann. Eines Abends nun fiel einem seiner Mitspieler eine Karte unter den Tisch, und als er sie aufhob, bemerkte er, daß der Doktor Pferdefüße habe; da ist denn allen sogleich klar gewesen, warum er immer so viel gewinne. – Lange Zeit nach seinem Tod hat man ihn noch öfter in einem Dickicht am See mit mehreren Leuten am Tisch sitzen und Karten spielen sehen, und da soll er noch jetzt sein Wesen treiben.

368.

DIE HEXE IM TEUFELSSEE

An den Hintergebäuden der Försterei Tornow vorbei führt ein Fußpfad hinab in eine von Kieferngehölz bestandene Schlucht, an deren einem Ende der kleine, dichtumschattete und fast kreisrunde Teufelssee liegt. Diese See, heißt es, habe seinen Namen daher erhalten, daß man einst versucht habe, den Teufel darin weiß zu waschen.

Aber auch noch eine andere Sage ist von ihm im Volk bekannt.

Einst trieb hier, so erzählt man sich in Zermützel, einem in der Nähe gelegenen Dorf, Frau Klöckner aus Binenwalde, eine arge Hexe, ihr Wesen. Schon oft war sie, wenn einer dort angelte, blutrot aus dem Wasser emporgestiegen und hatte den einsamen Angler am Land getötet oder auch wohl mit sich in das kühle Wasser hinabgezogen. Vergebens suchte man diesem Treiben ein Ende zu machen. Da kam man denn auf den Gedanken, sie zu erschießen; aber sooft man es auch versuchte, keine Kugel wollte treffen; ja der leichtsinnige Schütze konnte von Glück sagen, wenn er selbst bei dem Wagstück mit heiler Haut davonkam, da die Kugel jedesmal zurückprallte. Da meinte denn einer, der in solchen Dingen Bescheid wußte, man solle nur eine silberne Kugel in das Gewehr laden, dann würde man sie schon treffen, denn eine Hexe könne nur mit Silber erschossen werden. Aber man befolgte den Rat nicht, da man fürchtete, die Sache könne zu teuer zu stehen kommen, wenn sie öfter fehlschlüge. Schließlich gelang es eines schönen Tages, die Hexe mit einem Milchbrot in eine Flasche zu locken und diese fest zu verkorken. Darauf machte man sich denn mit der Flasche nach Rheinsberg auf den Weg. Aber unterwegs ging die Flasche durch irgendeinen Zufall auf, und die Hexe entkam nach dem Hacht, einer dicken Schonung in der Nähe von Rheinsberg, und dort soll sie noch heute ihr Wesen treiben.

369.

DER GROSSE STECHLIN

Nahe dem Dorf Neuglobsow breitet der den Bauern von Menz gehörige große Stechlin-See seine Gewässer über einen Flächenraum von ungefähr 500 Hektar aus. Ein prächtiger Wald, mit den schönsten Eichen, Buchen und Kiefern bestanden, und hohe, zum Teil sehr steil zum Uferrand abfallende Berge schließen schützend seine silberklaren Fluten ein, welche uns gestatten, noch bei 10 Meter Tiefe bis auf den Grund zu schauen. Man glaubt, einen Alpen-See vor sich zu haben. Die bergige Beschaffenheit seiner Umgebung setzt sich noch unter dem Wasser fort, und wenn auch keine Inseln in ihm zutage treten, so erheben sich doch inmitten der sehr großen Tiefe an fünf bis sechs Stellen Berge steil bis dicht an die Oberfläche. Der Boden ist zum Teil moorig und mit Wasserpflanzen, namentlich der sogenannten Pest, dicht bewachsen; auch ganze Baumstämme, die im Lauf der Zeit in die Tiefe gesunken sind, haben sich dort eingebettet. Alle diese Umstände machen den Fischern bei ihrem Handwerk große Schwierigkeiten. Es kommt oft vor, daß Netze und Taue reißen oder Holzmassen sich in dem Fischerzeug festsetzen, ja einmal brachten die Fischer anstatt der leckeren kleinen Maräne (Coregonus albula L.), die der See in Menge birgt, mehrere Scheffel Steine in ihrem Netz ans Tageslicht.

Das alles mag mit Veranlassung gegeben haben, daß sich manches Geheimnisvolle und Sagenhafte im Verlauf der Jahrhunderte an den See geknüpft hat. Schon Bratring erzählt vom Stechlin, daß man am Tag des Erdbebens von Lissabon (1. November 1755) Bewegungen auf ihm verspürt habe, und noch heute lebende alte Personen haben es in ihrer Kindheit von den Großeltern bestätigen hören, daß der See an jenem Tag geschäumt und Wellen geschlagen habe, trotz des heiteren und stillen Wetters. Der See ist ein »Kreuz-See«, d. h., er hat eine einem Kreuz ähnliche

Gestalt. Schon dieser Umstand hat dem Volk zu denken gegeben. So heißt es, kein Gewitter könne über ihn hinwegziehen, im Winter friere er nur selten zu, insbesondere aber berge er in seinem unergründlichen Innern einen gewaltigen und bösen purpurroten Riesenhahn, der das Messen der großen Tiefen und das Fischen an gewissen Orten nicht dulden wollte und seine Herde im See gegen die raubgierigen Menschen schirme und schütze. Die jetzige Generation freilich weiß nur wenig oder gar nichts mehr von diesem Ungeheuer der Tiefe, allein in den ersten Jahrzehnten dieses Jahrhunderts war der große Hahn im Stechlin noch in aller Munde: schon manchem wäre er erschienen und hätte auch manchen, der seine Warnungen nicht beachtet oder gar verlacht hätte, in die Tiefe hinabgezogen.

Von diesem roten Hahn nun erzählte vor ungefähr 70 Jahren ein damals fast 80jähriger alter Mann folgende Geschichte, von deren Wahrheit er so fest überzeugt war, daß er sie auf das Evangelium beschwor.

Vor vielen Jahren lebte im Fischerhaus am Stechlin ein Fischer namens Minack. Das war ein roher und wilder Mann, der im Vertrauen auf seine gewaltigen Kräfte weder Menschen noch Geister fürchtete. Selbst wenn ihm Nachbarn und Freunde den guten Rat gaben, er solle vor dem großen Hahn im Stechlin-See Respekt haben und sich wohl hüten, an den und den Orten zu fischen, wo der Hahn es nicht dulden wolle, so lachte er nur dazu. Und wiesen sie darauf hin, daß bereits seine Vorgänger, wenn sie sich an eine der verrufenen Stellen gewagt, ihren Frevel mehrfach durch Verlust ihrer Netze und andere Unfälle gebüßt hätten, ja daß einer hier beim Fischen »den Totenzug« getan und ertrunken wäre, so ließ sich Minack durch all das Gerede nicht schrecken, sondern fischte nach wie vor, wo und wie er wollte. Einst gedachte nun Minack an einer der tiefsten und gerade darum verpöntesten Stellen einen Hauptfang zu machen, da er genau wußte, daß sich hier die Maränen besonders zahlreich aufhielten. Es war böses, stürmisches Wetter, und mit Zitten und Zagen folgten ihm seine Gesellen. Das Netz wird auf der Höhe des Sees ausgeworfen, man fährt an das Ufer und beginnt an den mehrere hundert Ellen langen Tauen das Netz herauszuwinden. Doch bald gehen die Winden schwerer und immer schwerer herum, bis man schließlich vollständig festsitzt. Minack fährt mit seinem bereitgehaltenen Nachen auf die Höhe des Sees, um das Fischerzeug, das sich vielleicht in Schlamm und Kraut verfangen haben mochte, zu lüften. Dies geschieht in der Art, daß man das Tau, an welchem das Netz befestigt ist, über den kleinen Kahn hinnimmt und diesen demnächst am Tau auf den See hinaufzieht. So machte es denn auch Minack. Doch das Tau wird immer straffer und straffer und droht schon, den kleinen Kahn unter Wasser zu drücken. Da ruft Minack seinen Gesellen am Ufer zu: »Halt! Haltet an, laßt die Winden los!« Aber der Sturm war jetzt stärker losgebrochen, und bei dem Toben der Elemente verstehen jene fälschlich: »Windet zu, windet zu!« und arbeiten um so kräftiger darauflos. Jetzt füllt sich der kleine Nachen des Minack schon mit Wasser; das straffe Tau vom Kahn herunterzuheben, ist ihm unmöglich; in seiner Todesangst holt er sein Messer hervor und zerschneidet es. In dem Augenblick, in welchem die beiden Enden des durchschnittenen Taues in die Tiefe fahren, teilt sich die Flut, und aus den Wogen rauscht der rote Hahn empor. Indem er mit seinen mächtigen Flügeln das Wasser peitscht, betäubt er mit donnerndem Krähen den Fischer und zieht ihn hinab.

Auch von einem im See versunkenen Dorf oder gar Stadt wurde früher viel erzählt, vor allem als man vor Jahren ein Stück Holz, ähnlich dem Knopf einer Dorfkirche, einmal beim Fischen aus dem Wasser zog. Fährt man an einem schönen stillen Sonntagvormittag über die Stelle, wo die Stadt untergegangen ist, so kann man noch heute, heißt es, aus dem Wasser herauf das Läuten der Glocken vernehmen.

In der Nähe der nördlichen Spitze des Stechlin, die Kreuzlaute genannt, befindet sich ein Luch. Dort erscheinen dem nächtlichen Wanderer drei Jungfrauen mit brennenden Laternen und führen ihn so in die Irre, daß er stundenlang laufen muß, ehe er den rechten Weg wieder findet.

370.

DIE WENDENSCHLACHT BEI LENZEN

An vielen Orten der Umgegend von Lenzen und in der Stadt selber erzählt man sich von einer großen Schlacht mit den Wenden, die einst hier stattgefunden. Die einen sagen, das Schlachtfeld sei auf dem Marienberg vor Lenzen gewesen, andere, es sei bei Mohr, bei Seedorf und endlich auch bei Möllen gewesen, wo sich überall noch die Spuren des vergossenen Blutes am Boden zeigen, der davon ganz rot gefärbt ist. An allen diesen Orten lassen sich auch noch oft die Geister der Erschlagenen sehen und spuken dort kopflos umher oder tragen ihre Köpfe unter dem Arm. Bei Seedorf insbesondere wird erzählt, daß eine von der Löcknitz gebildete Breite, welche der Wennensee heißt, davon ihren Namen habe, daß einstmals ein ganzes Wendenheer darin seinen Untergang fand.

371.

WIE DIE ALTEN WENDEN SPUKEN

In der Prignitz geht die Sage, daß die ungetauft verstorbenen Wenden auf der Erde und in den Lüften ruhelos bis zum Jüngsten Tag wandern müssen. Sie spielen den Nachkommen der Deutschen, welche einst ihre Tempel zerstörten, mancherlei Schabernak. So manchen Wanderer haben sie des Nachts bös erschreckt und manchem Fuhrmann unsichtbar den Wagen so beschwert, daß die Pferde die Last kaum ziehen konnten.

Hauptsächlich erscheinen die Wenden als Unglücksboten an Kreuzwegen, z. B. am Kreuzweg Groß Gottschow-Rambow – Kleinow-Krampfer, selbst am hellen Tag.

372.

DIE ALTE HEXE FRICK

Einst fuhr ein Bauer nach der Mühle von Boitzenburg, um sein Getreide mahlen zu lassen. Abends als er wieder mit seinen schweren Säcken nach Hause fuhr, hörte er plötzlich ein wildes Brausen und lautes Hundegebell. Da kam ihm die Hexe Frick mit ihrem Hundegespann entgegengefahren, und die Hunde spieen helles Feuer aus Maul und Nase, so oft sie bellten. Dem Bauern wurde angst und bange, und er wußte sich nicht anders zu helfen, als daß er sein Mehl den Hunden zum Fressen gab, die auch mit Gier alles bis zum letzten Rest auffraßen. Und der Bauer wußte ganz genau, wenn er das nicht getan hätte, wäre es ihm sehr schlimm ergangen. Als er nun betrübt nach Hause kam und seiner Frau erzählte, wie es ihm ergangen, da meinte diese: »Bist du dein Mehl losgeworden, dann kannst du die leeren Säcke auch gleich mit fortwerfen.« Und der Mann tat, wie ihm die Frau geboten, brachte die Säcke auf den Hof und warf sie zum Kehricht. Als er aber am andern Morgen auf den Hof trat, da sah er zu seinem größten Erstaunen die Mehlsäcke wieder voll gefüllt beieinanderstehen, wie er sie aus der Mühle nach Hause gefahren hatte. Das war zum Dank dafür, daß der Bauer den Hunden der Hexe Frick zu fressen gegeben hatte.

373.

DER NAME VON PRITZWALK

Vor alters war da, wo jetzt die Stadt Pritzwalk liegt, ein großer Wald, bis endlich einmal mehrere Handwerker und Landleute, zur Zeit, als in hiesiger Gegend noch Wenden wohnten, Lust bekamen, sich hier niederzulassen. Wie sie nun den Anfang damit machen wollten, die Bäume auszuroden, da fanden sie einen Wolf unter einer Linde liegen, den schrien sie an: »Priz wolk« oder »Priz fouk!« das heißt zu deutsch: »Fort, Wolf!« Und wie sie nun bald darauf die Stadt an diesem Ort erbauten, da nannten sie diese Prizwalk, und den Namen hat sie bis heute behalten. Zum Andenken hat man auch einen Wolf, der unter einer Linde fortflieht, ins Stadtwappen gesetzt.

374.

DIE ERBAUUNG VON BERNAU

An der Ecke der Brauerstraße, wo fast der Mittelpunkt der Stadt ist, soll ehedem ein einzelner Krug gestanden haben, zu dem einst Markgraf Albrecht der Bär gekommen und sich daselbst einen Trunk gefordert. Der hat ihm so herrlich gemundet, daß er sich entschloß, an dieser Stelle eine Stadt zu bauen, welchen Entschluß er auch alsbald ausgeführt. Zu dem Ende hat er die drei Dörfer Lindow, Schmetzdorf und Lüpenitz eingehen und die Einwohner in die neue Stadt ziehen lassen; daher haben die Felder der beiden ersten noch heutzutage ihren alten Namen und besteht das Lindowsche Feld aus 84 und das Schmetzdorfsche aus 48 Hufen; Lüpenitz aber ist zu einer Heide geworden, welches jedoch ein großes Dorf gewesen sein muß, da sich dessen Feldmark auf eine Meile erstreckt. Man sieht auch noch an allen drei Orten die Rudera der Kirchen und Kirchhöfe, zu Schmetzdorf aber hat der Magistrat ein Vorwerk angelegt. Es ist jedoch auch noch eine vierte Feldmark vorhanden mit 103 Hufen, diese heißt die Bernausche, und ist daher wahrscheinlich, daß früher auch ein Dorf Bernau vorhanden gewesen, von dem die Stadt wohl dann ihren Namen erhalten.

375.

WIE BRODOWIN SEINEN NAMEN ERHIELT

Als das Kloster Chorin noch von Mönchen bewohnt war, mußten viele Dörfer dahin bestimmte Abgaben leisten, aus denen die Brüder ihre Bedürfnisse bestritten. So mußte namentlich Brodowin alljährlich Brot und Wein nach Chorin liefern, und davon hat es seinen Namen Brodowin erhalten.

376.

DER UNSICHTBARE BAUER

Nur in der Johannisnacht, in der Stunde zwischen elf und zwölf Uhr, blüht das Kraut Reenefarre (Rainfarren), und wer diese Blüte bei sich trägt, der wird dadurch den übrigen Menschen unsichtbar. So ging es auch einmal einem Bauern in der Gegend von Brodowin; der fuhr nämlich gerade zu dieser Zeit mit seiner Frau nach der Stadt, um Bier zu holen, und stieg, da die Pferde im Sand nur langsam gehen konnte, vom Wagen, um ein Weilchen nebenher zu gehen. Auf einmal bemerkte seine Frau, daß er verschwunden ist, aber gleichwohl sieht sie, daß die Zügel wie vorher gehalten werden; sie ruft daher, und er antwortet ganz verwundert, ob sie ihn denn nicht sehe, er sei ja dicht neben ihr am Wagen. Aber sie sah ihn nicht, und dabei war's doch, da ja Johannisnacht war, so helle, daß man hätte eine Stecknadel finden können. So ging's fort bis nach der Stadt, sie sprach mehrmals mit ihm, er antwortete auch, aber blieb immer noch unsichtbar. Als sie nun nach der Stadt kamen, hörte der Wirt und alles Hausgesinde wohl den Bauern reden, aber sie sahen ihn nicht, so daß dem Bauern ganz angst wurde, weil er nicht wußte, was er daraus machen solle. Da sagte ihm der Wirt, der ein kluger Mann war, er solle doch einmal die Schuhe ausziehen; das tat er auch, und augenblicklich war er wieder sichtbar, aber nun war an seiner Stelle der Wirt verschwunden. Nach einer kleinen Weile kam auch dieser wieder zum Vorschein und brachte dem Bauern seine Schuhe, und nun waren beide wieder sichtbar wie zuvor. Das war, wie der Wirt in späterer Zeit einmal erzählt hat, daher gekommen, daß der Bauer während des Gehens mit seinen Füßen die Blüten vom Rainfarren abgestreift hatte und diese ihm in die Schuhe gefallen waren; daher hatte ihm der Wirt geraten, er solle sie ausziehen, und hatte in seiner Kammer die Blüten herausgeschüttet, die er darauf zu seinem eigenen Nutzen, da ja der Bauer nichts davon wußte, aufbewahrt hat.

377.

DIE STADT IM PLAGESEE

Vor langen Jahren ging einmal ein Bauer aus Brodowin nach Oderberg. Es war schon stockfinstere Nacht, und so kam er vom Weg ab und geriet in die Teufelsberge. Plötzlich gewahrte er eine Gestalt, die ihn mit unsichtbarer Hand immer weiter und weiter, bergauf und bergab führt. Auf einmal war er in einer großen schönen Stadt, die er zuvor noch nie gesehen. Und wie er sich an all der Pracht sattgesehen, wird er wieder hinausgeführt. Da sieht er sich verwundert um, und beim Schein des Mondes, der indes aufgegangen, erkennt er, daß er dicht vor dem großen Plagesee steht. Und nun hat er wohl erraten, wo er gewesen ist, in der untergegangenen Stadt im Plagesee.

378.

DER BÖTTICHER BEI DEN UNTERIRDISCHEN

Öfter hat es schon des Nachts Leute in der Nähe des Klosters Chorin gerufen, daß sie dahin kommen sollen, aber nicht alle haben diese Stimme beachtet und sind darum auch nicht so glücklich gewesen, wie der Bötticher, der vor mehreren Jahren in einem der Tagelöhnerhäuser bei Chorin wohnte. Der hörte auch einmal in der Nacht die Stimme, die rief ganz laut seinen Namen, als wenn jemand in der Stube wäre, und gab ihm einen Ort im Kloster an, wo er sich einfinden solle, aber er tat, als höre er's nicht und drehte sich um. Da rief es zum zweiten und endlich zum dritten Mal; nun stand er auf, nahm all sein Handwerkszeug, Messer, Beil, Hammer und Reifen, wie es ihm die Stimme geheißen hatte, mit sich und ging nach dem bestimmten Ort. Hier fand er ein kleines Männchen, das grüßte ihn und war sehr freundlich, sagte ihm aber, er müsse sich die Augen verbinden lassen, denn anders könne er nicht mit ihm gehen, fügte auch hinzu, daß ihm kein Leid geschehen sollte. Da ließ es denn der Bötticher geschehen, und das Männlein führte ihn nun eine ganze Strecke, bis es ihm endlich die Binde abnahm und er sich in einem geräumigen Keller sah, wo er noch eine große Menge eben solcher Männlein wie seinen Begleiter erblickte, die mit verschiedenen Dingen beschäftigt waren, aber kein Wort sprachen. Jetzt hieß das graue Männchen den Bötticher um zwölf große Fässer, die dort standen, neue Bänder legen, er führte diese Arbeit zur Zufriedenheit aus und erhielt nun die Erlaubnis, von jedem der zwölf großen Goldhaufen, die bei den Fässern lagen, einen Teil für sich als Bezahlung zu nehmen. Darauf wurde ihm die Binde wieder vor die Augen gelegt, dasselbe graue Männlein führte ihn zurück, und er fand sich bald mit seinem Schatz allein an dem Ort, wohin ihn die Stimme zuerst gerufen hatte.

379.

DER NAME VON KREBSJAUCHE

In der Nähe von Frankfurt liegt das Dorf Krebsjauche; hier trafen einmal ein Fuchs und ein Krebs zusammen, die wetteten miteinander, wer am schnellsten laufen könnte. Da machten sich denn beide auf, und der Fuchs, der doch seiner Sache gewiß war, ging ganz langsam voraus, der Krebs aber kniff sich ganz leise und ohne daß es der Fuchs merkte, in die Haare der Rute des Fuchses und ließ sich auf solche Weise nachschleifen. Wie sie nun dicht am Ziel waren, kroch der Krebs tiefer in die Haare hinein und kniff den Fuchs mit den Scheren so an der Rute, daß dieser wütend mit ihr um sich schlug, wobei der Krebs den richtigen Augenblick wahrnahm, losließ und so mit aller Macht ans Ziel geschleudert wurde. Da rief er vor Freude: »Krebs juchhe!« und als später an dieser Stelle ein Dorf gebaut wurde, nannte man es zum Andenken an die List des Krebses »Krebsjuchhe«, woraus dann der jetzige Name entstanden ist.

380.

DER NAME VON KÜSTRIN

Als die Stadt Küstrin gebaut war, wußten die Ratsherrn nicht, wie man die Stadt benamen solle, und rieten lange hin und her; da machte endlich einer den Vorschlag, es solle sich der gesamte Rat vor das Haupttor der Stadt setzen, und nach dem die Stadt benennen, der zuerst in dies Tor hereinkommen würde. So geschah's denn auch, und der weise Rat setzte sich ans Tor und harrte; da kam auch bald ein Bauernmädchen des Weges, und als man sie fragte, wer sie sei, antwortete sie, sie sei Küsters Trin, das hat man denn zusammengezogen und der Stadt den Namen Küstrin gegeben.

381.

DAS SCHWARZE PFERD

Es war im Jahr 1590, als sich in einer Nacht in der Stunde zwischen elf und zwölf Uhr in Königsberg ein schwarzes feuriges Pferd mit brennenden Augen zeigte, das lief in allen Gassen mit erschrecklichem Geräusch auf und nieder und sprang dergestalt, daß die Häuser gebebt und Feuer aus den Steinen gesprungen. Andern Morgens fand man das Bernekowsche innere Tor offen und das Pferd in dem Raum zwischen diesem und dem äußeren Tor liegen; sobald aber der Torwärter dazu kam, sprang es in die Höhe und verschwand. Dieses Pferd ist vielleicht der Satan selber gewesen, denn am selben Tage abends gegen zehn Uhr brach in einem Haus der Stadt Feuer aus, welches er vielleicht angeblasen, um der Stadt eine große Feuersbrunst anzurichten.

382.

DIE KUPFERNE PFANNE IM SCHLOSS STERNBERG

In der Walpurgisnacht hört man im Städtchen Sternberg lautes Hundegebell und dumpfes Glockenläuten, wie aus der Tiefe heraufkommend. Das sind die Geister, die den großen Schatz bewachen, welcher einst von der zerstörten Burg übriggeblieben ist. Das war um das Jahr 1500, als Markgraf Joachim I. mit dem Markgrafen der Lausitz und dem Herzog von Glogau gegen den Raubrittersitz in Sternberg zu Felde zog. Schrecklich hatten die »edlen Ritter« unter Führung des Balthasar von Winning in und um Sternberg gehaust und ein hübsches Mädchen, das sie geraubt und geschändet hatten, das aber glücklich entkommen war, erzählte die grausigsten Dinge von dem Menschenfleisch, das ihm täglich vorgesetzt wurde, von dem großen Messer, mit dem Männer und Frauen abgeschlachtet wurden und von der riesengroßen kupfernen Pfanne, die bis an den Rand mit dem geraubten Gold und Silber angefüllt war. Die Burg wurde bis auf den Grund niedergebrannt, nachdem die erst kurz zuvor erfundenen »Donnerbüchsen« die Mauern zerstört hatten. Alle Raubritter wurden zum Tod durch den Strang verurteilt, nur die Winnings durften am Leben bleiben, mußten sich aber auf dem flachen Land ansiedeln.

Die große Kupferpfanne hat man bei der Eroberung der Burg auch gesehen, aber zwei große Schlangen haben darauf gelegen; und eine verzauberte Jungfrau, die ein großes Schlüsselbund in der Hand hielt, hat den Schatz bewacht, daß niemand sich heranwagte. Dann ist die Pfanne nebst ihrer Bewachung unter den Trümmern der Burg begraben worden. Dort ruht der Schatz noch heute, und der Geisterruf in der Walpurgisnacht erweckt immer aufs neue bei den Sternbergern das Verlangen, ihn zu heben.

383.

DER SICHELMANN

In früheren Zeiten erschien mittags um zwölf Uhr ein scheußlicher Mann von eigentümlicher Gestalt auf dem Feld. Er war furchtbar anzusehen, hatte feurig-funkelnde Augen, ein Pferde- und ein Kuhbein, an den Fingern lange Krallen und in der Hand führte er eine große Sichel. Wenn er nun mittags in der Stunde von zwölf bis eins jemand auf dem Feld antraf, so hatte dieser eine lange Unterredung mit ihm zu bestehen, und wenn er die ihm vorgelegten Fragen nicht richtig beantworten konnte, so schnitt ihm der Sichelmann den Kopf ab.

384.

PUMPHUTS TOD

So gut es Pumphut in seinem Leben gegangen ist, weil er furchtbar stark war und vieles wußte, so schrecklich ist doch sein Tod gewesen. Einst wanderte er mit einem Müllergesellen durch das Land. Als sie an einem großen Baum vorüberkamen, schoß von diesem eine große, mächtige Schlange herab, gerade auf Pumphut zu. Da half kein Wehren. Grausig ist es anzusehen gewesen, wie Pumphut mit der Schlange gerungen hat. Der Schlange ist ein Kopf nach dem andern aus dem Hals herausgewachsen, bis es an die hundert waren. Pumphut ist schließlich von der Schlange lebendig verzehrt worden.

385.

DIE FIKA

Die Fika ist eine Frau gewesen, welche gern Tabak geraucht hat. Sie hatte immer etwas Sonderbares an sich und deshalb mied man sie. Ihren Tod hat sie in einer der Branitzer Lachen gefunden. Fortan wagte sich niemand mehr an die Lache, wo die Fika ertrunken war. Nun geschah es aber doch einmal, daß ein Hirt es versah und seinen Grauschimmel in der Nähe der Lache weidete. Auch er hatte früher gehört, daß es mit der Fika nicht recht richtig gewesen sei. Da er aber von ihr, seit sie gestorben war, nichts mehr vernommen hatte, so glaubte er nicht daran, sondern rief in seinem Übermut: »Fika, willst du nicht eine Pfeife Tabak rauchen?« Es rührte sich nach diesen Worten zwar nichts in der Lache, als er sich aber nach seinem Schimmel umsah, war dieser verschwunden. Nun machte er sich auf und suchte überall nach seinem Pferd. Endlich fand er den Schimmel in der

Nähe der Lache. Sofort bestieg er ihn, um nach Hause zu reiten. Kaum aber saß er auf dem Pferd, so wurde dieses immer größer und größer, so daß er nicht mehr herabsteigen konnte. Da merkte er zu seinem Schrecken, daß es ein Gespenst war, auf dem er ritt. Also hatte die Fika sich für seinen Übermut gerächt.

386.

FEUER BANNEN

Unter den Bürgermeistern, welche die Stadt Stendal bisher hatte, ist es öfter vorgekommen, daß, wenn eine Feuersbrunst ausbrach, gewöhnlich gleich mehrere Häuser vom Feuer zerstört wurden, aber seitdem der jetzige Bürgermeister das Regiment führt, ist in diesem Falle höchstens ein Haus vernichtet worden. Das ist aber so gekommen: Als nämlich auch einmal eben eine Feuersbrunst ausbrach, kam ein kleines Männchen zu ihm, brachte ihm einen Schimmel und sagte, auf dem solle er um das Feuer reiten, da werde es sogleich stille stehn. Das hat er denn auch getan, und augenblicklich war dem Feuer Einhalt getan. So hat er es jedesmal, sobald irgendwo ein Feuer aufschlug, wiederholt, und nie ist mehr als ein Haus von demselben verzehrt worden. Aber der Schimmel ist alt geworden und endlich gestorben; da war nun der Bürgermeister in großer Not, denn er sah augenscheinlich, als wieder ein Feuer ausbrach, daß es weiter und weiter um sich griff; doch faßte er sich endlich und lief nun um das Feuer herum, wie er früher herum geritten war, und siehe da! das hatte dieselbe Wirkung; das Feuer stand still. Das tut er nun jedesmal, und nie brennt mehr als ein Haus ab.

387.

DIE RIESENSTEINE

An vielen Orten der Altmark finden sich große, mächtige Steinblöcke, die sind gewöhnlich in Vierecken aneinander gereiht, und in der Mitte liegen dann die größten Blöcke, doch oft liegen sie auch ungeordnet und wild durcheinander. Von diesen Steinen erzählt man an mehreren Orten, daß es vor Zeiten gewaltige Riesen gegeben, die einander damit warfen. Solche Steine liegen in der Gegend von Oebisfelde und Wassensdorf, die haben die Riesen über den Drömling herüber geworfen; andere liegen bei Köbbelitz, die warfen die Riesen vom Papenberg zwischen Immekath und Klötze nach Wentze, sie zielten aber nicht recht, da fielen sie an dieser Stelle nieder. Auch in der Gegend von Steinfeld und Schinne, zwischen Stendal und Bismark liegen viele derselben, mit denen sich die Riesen beider Orte, als ein Krieg zwischen ihnen ausbrach, zu Tode warfen.

388.

DIE GOLDENE WIEGE

Zwischen dem Dorfe Wadekath und dem hannöverschen Orte Wittingen liegt unweit des Weges eine goldene Wiege vergraben, die ist bis zum Rande mit Geld angefüllt. Einen Bauer aus Wadekath gelüstete es einst gar zu sehr nach diesem Schatze, da machte er denn ein Bündnis mit dem Teufel, damit der ihm dazu verhülfe. Der Teufel war auch willig und sagte, daß er ihm durch ein Zeichen den Ort angeben wolle, damit er ihn in der Nacht finden könne. So wartete denn der Bauer bis um Mitternacht und ging nun seines Schatzes schon ganz gewiß nach der bestimmten Stelle, allein wie er dahin kam, hatte der Teufel in einem weiten Umkreis Sträuße gesteckt, so daß der Bauer sich vergeblich mit Graben abmühte und nichts fand.

Mehrere Leute aus Wadekath vereinigten sich auch einmal die goldene Wiege zu heben, gingen daher zur Nacht hinaus und machten sich frisch an die Arbeit. Da ging denn auch zuerst alles ganz gut vonstatten; wie sie aber eine Weile gegraben hatten, wards anders, denn der eine hebt so von ungefähr die Augen auf, da sieht er einen schwer beladenen Heuwagen dicht an sich vorüberfahren, den zieht ein kleiner Hahn mit der größten Leichtigkeit, so daß es ihm ganz grausig wurde; kaum ist der Spuk verschwunden, so geht ein Feuer auf und erhellt rings umher den ganzen Himmel, allein sie ließen sich durch das alles noch nicht stören, sondern gruben frisch weiter. Da kamen plötzlich schwarze Männer dahergegangen, die schleppten schwere Balken heran und richteten einen großen Galgen auf. Wie der nun fertig war, stiegen sie herab und wollten den ersten der Gräber greifen um ihn daran aufzuknüpfen, da rief er unwillkürlich, nicht ihn sollten sie aufhängen, sondern seinen Nebenmann, und augenblicklich war alles wie der Wind zerstoben; aber die Wiege haben sie auch nicht gefunden.

389.

DIE GROSSEN STEINE BEI GROSS-BALLERSTEDT

Zwischen den Dörfern Groß-Ballerstedt und Grävenitz, südwestlich von Osterburg, liegen zwei gewaltige, sogenannte Hünenbetten, die aus großen Steinblöcken bestehen, die in einem Viereck gesetzt sind, in der Mitte aber liegen die größesten derselben, und zwar in dem wenige Minuten von Grävenitz in den Fichten gelegenen sechs solcher, die auf untergelegten kleineren ruhen. Um diese her sind sechzig bis siebzig in beschriebener Gestalt aufrecht aufgestellt. Diese Steine, sagt man, haben die Riesen vor alten Zeiten mit Schleudern (Slapslingers) von Schorstedt nach Grävenitz geworfen; andere erzählen, daß dort der Riesenkönig begraben liege, weshalb die Stelle auch noch »upt Graft« heißt.

Das zweite dieser Gräber liegt auf dem halben Wege zwischen Grävenitz und Groß-Ballerstedt auf einer Anhöhe mitten im Felde; ein drittes lag noch vor wenigen Jahren dicht bei Ballerstedt, ist aber jetzt zerstört, indem man die Steine zum Bau von Häusern verwandt hat. Unter diesen Steinen sollen die in der Schlacht zwischen den Markgrafen Albert und Huder erschlagenen Wenden begraben liegen. Nachdem nämlich dem letzteren die Altmark von Kaiser Heinrich genommen und dem Markgrafen Albert verliehen war, erhob sich zwischen beiden ein blutiger Krieg, in welchem Huder dreimal geschlagen wurde, zuerst südlich von Stendal bei Darnstedt, wo noch ein Steinblock mit der Spur eines Pferdehufs gezeigt wird, von dem man Ähnliches, wie von dem Steine bei Salzwedel, erzählt, dann bei Ballerstedt, und endlich bei Osterburg an dem Wasser, die Klia genannt, wo die Schlacht so blutig war, daß die Äcker noch vor dreihundert Jahren gerötet waren, und der Name der Klia in den der roten Furt umgewandelt wurde.

Die Bauern erzählen noch von allerhand Gespenstern und seltsamem Geschrei, so man hier sowohl bei Tage als bei Nacht siehet und höret, und früher wagte auch niemand, irgend einen der Steine zu verrücken oder von der Stelle zu nehmen. Ein Müller aus der Nähe unterfing sich einmal, einen derselben fortzunehmen, spaltete ihn und fertigte einen Mühlstein daraus, aber er hat kein Getreide damit mahlen können, sondern es ist wie zerquetscht darunter liegen geblieben.

390.

DER SCHLÜSSEL IM GRABE

In der Gegend von Magdeburg, andere sagen auch in der Mark, ist vor mehreren Jahren ein Bischof oder Graf gestorben, der ist ein gar reicher Mann gewesen; da er nun aber an seinen Schätzen sehr gehangen, so hat er sie verborgen und auch der Schlüssel zu dem Kasten ist verschwunden; man sagt, der liegt bei ihm in dem Grabgewölbe und die Erben könnten ihn nur erlangen, wenn sich einer finde, der neun Nächte hintereinander bei dem Sarge wache, dann werde der Tote erlöst sein und den verschwundenen Schlüssel herausgeben. Aber das ist ein gar schweres Ding, denn der Verstorbene erscheint oft als ein ungestaltes Gespenst, das halb tierische, halb menschliche Gestalt hat, dann wieder oben als ein großer Hund, unten als ein Pferd sich zeigt und dem ähnliche Gestalten annimmt. Deshalb haben alle, die ihn zu erlösen versuchten, wieder von ihrem Unternehmen abstehen müssen, da sie zuletzt die Furcht übermannte, und keiner hat es bis jetzt über vier Nächte ausgehalten; weshalb auch die Erben dem, welcher ihn wirklich erlösen wird, für jede Nacht, da er wacht, tausend Taler geboten haben.

391.

DER KOBOLD, DER NICHT WEICHEN WOLLTE

Ein Bauer in der Nähe von Blankensee kaufte einmal einen neuen Hof und merkte gar bald, daß es in dem Hause nicht recht richtig sei und ein Kobold sein Wesen darin treibe. Er versuchte alle möglichen Mittel, konnte ihn aber nicht los werden; da riet ihm endlich ein kluger Mann, er solle mit dem Kobold in den Wald fahren, ihn da auf einen Baum locken, und sobald er oben sei, schnell davon fahren. Das tat er denn auch, und, als er ins Holz kam, machte er sich an den ersten besten Stamm, nahm die Axt und tat, als wolle er ihn umhauen; alsbald war auch der Kobold oben in der höchsten Spitze, und schaukelte sich im Wipfel hin und her, damit er den Baum leichter zum Umsturz brächte. Kaum ersah das aber der Bauer, so sprang er auf seinen Wagen und jagte so eilig als möglich davon, aber er war nur erst wenige Schritte fort, so hört ers plötzlich hinter sich rufen: »Watt jechste (jagst du) denn so, de lööwst (glaubst) woll de jrööne kümmt?« und siehe da! der Kobold saß wieder hinten auf dem Wagen.

392.

DIE ERSCHLAGENE HEXE

Am letzten April war einst ein Müllergesell noch spät Abends in einer Mühle bei Rathenow beschäftigt, da kommt eine schwarze Katze zur Mühle hinein; er jagt sie mehrmals hinaus, aber sie kam immer wieder, so daß er ihr endlich einen Schlag auf den Vorderfuß versetzte, daß sie schreiend davon lief. Als er darauf die Räder geschmiert und alles in Ordnung gebracht hatte, ging er zu Bett. Andern Morgens, als er in das Haus des Müllers zum Frühstück kommt, bemerkt er, daß dessen Frau mit gequetschtem Arm im Bett liegt, und erfährt, daß sie das seit gestern abend habe, niemand wisse aber woher. Da hat er denn gemerkt, daß die Müllerfrau eine Hexe war und daß sie am vorigen Abend als Katze zum Blocksberg gewesen sein müsse.

393.

DIE RUPPINER KOBOLDE

Als die Stadt Neu-Ruppin am Ende des vorigen Jahrhunderts abbrannte und schon die Kirche in Flammen stand, sah man hoch oben auf dem Turme einen kleinen roten Kobold, der bald hier bald da aus den Luken herausschaute, und die unten stehenden Leute, denn der Kirchhof war ganz mit Menschen angefüllt, auslachte. Wie er aber hinaufgekommen, wußte sich niemand zu erklären, denn die Türen der Kirche und des Turms waren alle fest verschlossen.

Ein anderer Kobold hält sich am Ufer des Sees auf, und oft hören die Fischer abends jemanden mit lauter Stimme rufen: »Holööwer!« Fahren sie dann nach der andern Seite des Sees hinüber, so ist niemand da, und sie erkennen zu spät, daß der Kobold sie gefoppt, dessen lautes Hohngelächter auch alsbald aus dem Dickicht des Rohrs erschallt.

394.

DAS VERTAUSCHTE KIND

Die Unterirdischen, oder, wie sie gewöhnlich genannt werden, »Untereerdschken«, sind dickleibige, breitköpfige kleine Wesen, die indes nur selten in ihrer ganzen Gestalt erscheinen, und meistens unsichtbar ihr Wesen treiben. Gar gern vertauschen sie die neugebornen, schöngestalteten Kinder der Menschen gegen die ihrigen, die ungestaltet sind, und man sieht dabei höchstens die Hand, mit der sie das Kind fassen. Das beste Mittel, dasselbe vor dem Raube zu schützen, ist, daß man der Wöchnerin ein Gesangbuch unter den Kopf legt, oder im Augenblick des Vertauschens den Namen Jesu Christi ruft.

Eine Wöchnerin in Straußberg fühlte auch einst in der Nacht, daß plötzlich eine Hand über ihr Bett faßte, ihr Kind nahm und statt dessen ein andres hinlegte. Als es nun Tag wurde, sah sie ein Kind mit breitem dickem Kopf neben sich in der Wiege liegen, das war in schlechtes graues Linnen eingeschlagen, und das ihre war doch so schön gewickelt gewesen. Darüber war sie nun ganz untröstlich und mochte das garstige Ding gar nicht ansehen, die Nachbarinnen aber, die davon hörten und hinzukamen, sagten ihr, das Kind sei ein Untereerdschken, und sie sollte es ja recht liebreich aufziehen und nicht schlagen, sonst würde das ihre von den Unterirdischen wieder geschlagen. Das hat sie denn auch treulich befolgt, aber so rechte Liebe hat sie doch zu dem untergeschobenen Kinde nie fühlen können.

395.

DIE SPUKENDE SAU IN WOLTERSDORF

In dem Dorfe Woltersdorf, das am Fuße der Kranichs- oder Kronsberge liegt, welche sich an den von Rüdersdorf sich bis zur Spree erstreckenden Seen ausdehnen, treibt sich oft nachts in der zwölften Stunde eine große Sau herum, und wer ihr begegnet, dem läuft sie unter die Beine, daß er eine Strecke auf ihr reiten muß. So ging auch einmal einer noch spät um Mitternacht durchs Dorf, da sieht er plötzlich die Sau herbeistürzen; er aber trug einen Kreuzdornstock (und wer den hat, dem können die Geister nichts anhaben), mit dem schlug er der Sau über den Rücken, daß sie taumelte und eilends davonlief. Da hatte er nun zwar Ruhe vor ihr, aber als er aus dem Dorfe hinauskam, erhob sich ein so gewaltiger Sturm, daß er kaum weiter gekonnt hat, und er wird daher wohl die Sau künftig nicht wieder geschlagen haben.

396.

DER TEUFELSDAMM BEI GALENBECK

Etwa zwei Meilen nördlich von Straßburg liegt an der äußersten Spitze der Ukermark der Galenbecker See; in diesen zieht sich eine ganze Strecke ein Damm hinein, und bei niedrigem Wasser tauchen noch ein paar Stücke Land wie Inseln aus dem See hervor, die gleichsam die Fortsetzung des Dammes bilden. Von diesem erzählt man sich folgendes:

Der Hirt des Dorfes mußte vor alter Zeit seine Kühe immer jenseits des Sees weiden, und da blieb ihm denn nichts weiter übrig, als sie um denselben herum zu treiben. Das verdroß ihn, und als er sich mal wieder so recht darüber ärgerte, kam plötzlich der Teufel zu ihm, welcher ihm versprach, noch vor dem ersten Hahnenruf des folgenden Tages einen Damm durch den See zu bauen, auf dem er seine Kühe bequem zum andern Ufer hinübertreiben könne, doch müsse er ihm dafür seine Seele verschreiben. Das ging denn auch der Hirt in seinem Unmut ein, und der Teufel machte sich sogleich ans Werk, und war, als es gegen Morgen kam, mit dem Damme fast fertig; da wurde denn doch dem Hirten angst, und er lief in den Hühnerstall, wo er so lärmte, daß der Hahn zu krähen begann. Eben kam der Teufel grade über den See herüber und hatte die ganze Schürze voll Erde, um den Damm damit zu vollenden, da hörte er den Hahnenruf, ließ ärgerlich die Erde mitten in den See fallen und flog, ohne seine Arbeit zu vollenden, davon. Und so unbeendigt ist denn der Damm bis jetzt geblieben.

SCHLESIEN

397.

DIE GLÜHENDE LEICHE

Als die Totengräber zu Wünschelburg die Leiche des Totengräbers Meier, dem der Teufel den Hals umgedreht hatte, begraben wollten, fanden sie, daß sie wie ein eiserner Ofen glühte und eine gewaltige Hitze ausströmte. Erst nach einigen Tagen wurde der Versuch gemacht, die glühende Leiche zu verscharren. Sie war aber noch so heiß, daß die Männer sie dreimal wegwarfen und schließlich mit Hebebäumen der Grube zuwälzen mußten. Der Feuermann, welcher in der Umgegend häufig in der Mitternachtsstunde gesehen wurde, war natürlich der ruhelose Geist des schrecklichen Totengräbers.

398.

LAUF EINES HINGERICHTETEN

Der Küster der katholischen Kirche zu Neustädtel beraubte den Altar und verbarg das gestohlene Gut im Reisighaufen seines Nachbars, eines redlichen Bürgers, namens Konrad. Man suchte Haus und fand die geraubten Kirchengeräte, worauf Konrad trotz aller Beteuerung seiner Schuldlosigkeit zum Richtplatz geführt und enthauptet wurde. Aber als das Haupt gefallen war, hob es der kopflose Leichnam wieder auf, nahm es unter den Arm und lief damit bis vor die Stadt, wo er sich auf einen Stein setzte und dann erst umsank, als der von Gewissensbissen gefolterte wirkliche Kirchenräuber seine Tat laut bekannt hatte. Auf der Stelle baute man dann die Konradikirche auf.

399.

DIE FRAGEPEIN

Um 12 Uhr geht in der schlesischen Lausitz die Mittagsfrau oder (in Oberschlesien die Pschiponza) die Pschipolniza. In Bloischdorf ist noch ein Stein, worauf die Pschipolniza gesessen hat, der ist grau und mit Moos bewachsen und oben eingesessen. Sie plagt den Menschen mit Fragen und zwar wurde, wenn sie auf dem Felde war, zumeist vom Flachs gesprochen. Sie trug eine Sichel an einer langen Stange über der Schulter. In Oberschlesien hat sie ein rotes, dreifach gefaltetes Tuch auf dem Kopfe, hält eine Schürze in der Linken, hebt mit der Rechten auf und legt hinein. – Da lag bei Diehsa ein Bauernmädchen einst um die Mittagszeit im Grase und schlief. Daneben saß der ihr im Herzen untreue Bräutigam und sann, wie er sich ihrer entledigen könne. Da kam das Mittagsgespenst und legte dem Burschen Fragen vor und soviel er auch Antworten gab, immer brachte es neue, bis es eins schlug und da stand sein Herz still. Das Mittagsgespenst hat ihn zu Tode gefragt.

400.

DIE GUTE UND BÖSE STUNDE

Einmal traf bei Gurschdorf auf einem Felde ein Bauer ein graues Männel. Es fragte: »Ihr sät wohl Lein?« »Ja«, antwortete Tamme. »Jetzt ist es keine gute Stunde«, erwiderte das Männlein, »ihr könnt zwar machen, was ihr wollt, aber ich sage, hört auf zu säen. Ich will jetzt bis zum Kobelsberge gehen, dort werde ich stehen bleiben und warten, bis diese böse Stunde vorüber ist. Sobald ich meinen Hut schwenke, könnt ihr fortfahren zu säen!« Das Männchen entfernte sich, blieb unter dem Kobelsberg eine Weile stehen und schwenkte dann seinen Hut. Nun säte Tamme erst weiter. Alles, was er zuletzt gesät, gedieh, während die ersten Beete das Unkraut überwucherte.

401.

DAS LEDERMÄNNCHEN

Im Thammer Schloß im Kreise Glogau hauste ein Herr, dem es sehr schlecht ging. Verzweifelnd ging er am Abend hinaus aufs Sprottebruch. Er setzte sich dort auf einen Weidenstumpf und dachte schon an Verkauf seines Grund und Bodens. Da stand ein kleines Männlein mit weißem wallenden Bart und schwarzem Lederwams vor dem Herrn. Es ließ sich den Grund seiner Verzweiflung nennen und sagte zuletzt: »Grabe nach, wo du hier sitzt und du wirst reich werden!« Mit diesen Worten war auch das Männlein ebenso schnell verschwunden wie es gekommen war. Nun ließ der Besitzer nachgraben, fand aber Woche um Woche nichts als Moorerde. Erst im Hochsommer gewahrte man, daß diese Erde auch brannte; man hatte Torf gefunden. Und endlich kam man hinter den Nutzen derselben. Nun wurde der Herr durch solches Schatzgraben tatsächlich von neuem reich. Aus Dankbarkeit ließ er das Bild vom Ledermännchen malen und hängte es auf an einem Ehrenplatz. Wenn später jemand das Bild fortnehmen wollte, brachte es ihm Unglück und spukte und polterte tüchtig.

402.

GRAUE MÄNNEL

Überall spuken graue, schwarze und weiße Männel; ja im Lusdorfer Hegewald soll sich sogar ein blaues zeigen. Im Glogauer Dom befindet sich einer Herzogin Grabmal. Zu ihren Füßen zeigt man ein graues Männel; das war ihr früherer Narr. Das graue Männel geht heute noch um. Einmal erschiens dem Küster, da schlug drei Tage später der Blitz in den Dom. Ein andermal zeigte es auch den Brand des Turmes an.

Im Eilauer Dominium begannen, wenn alles ruhig war, auf einmal die Schafe wild durcheinanderzulaufen. Da machte der Schäfer mal Licht und sah ein kleines, graues Männel ohne Kopf, das hinter den Schafen herlief und die geängstigten Tiere hin- und herjagte. Dazu huschten überallhin noch luftige Spukgestalten, welche unheimliche Klagetöne von sich gaben.

An der alten Steinauer Fähre hat das Graumännel den Fährmann oft so gefoppt, daß es den Kahn aufs andre Ufer rief, das Boot beinahe bis zum Versinken belastete oder auch den Verkehr ganz hinderte, indem es den Ruderer stundenlang arbeiten ließ, ohne daß er vom Flecke kam.

403.

DAS BAHRRECHT

In Lauban lebte ums Jahr 1645 ein Bleicher, namens Gruner. Der hatte um schnöden Goldgewinstes willen einen Spitzenhändler, der bei ihm eingekehrt war, um einen Garnhandel mit ihm abzuschließen, jämmerlich erschlagen und den Leichnam, nachdem er drei Tage fest gefroren gewesen, denn es war Winterszeit, bei nächtlicher Stunde in den Queis getragen. Aber wie denn der große Bluträcher im Himmel alles ans Licht bringt, so ist auch diese Tat bald ruchbar geworden. Die Leiche wurde gefunden, und es entstand ein großer Zulauf. Der Scharfrichter und »die Jüngsten« waren bestellt, um auf den Gruner acht zu haben. Als aber der Auflauf bei der Leiche größer wird, ist auch der Mörder mit unter dem Haufen gewesen. Da haben alsbald »die Jüngsten« einen Kreis um die Leiche geschlossen, und der Scharfrichter ist in die Mitte getreten und hat mit lauter Stimme gesagt, der Mensch gehöre ihm nicht; der wäre eines gewaltsamen Todes gestorben, und der Mörder befände sich unter dem Haufen des Volkes. Hierauf haben alle bei dem Toten vorbeigehen und ihn mit den zwei Zeigefingern an der Stirne anrühren müssen. Als nun die Reihe an den Gruner kommt und er ihn anrührt, läuft das rote Blut dem Toten aus der Nase. Da hat man den Mörder sogleich ergriffen und festgesetzt.

404.

DER LEICHENWAGEN

In Görlitz fährt zu gewissen Zeiten um Mitternacht ein schwarz behangener Leichenwagen. Er wird von Rappen ohne Kopf gezogen und schwarzbekleidete Männer, ihren Kopf unterm Arm, begleiten ihn. Viele Menschen haben ihn fahren hören, weil er ein eigentümlich dumpfes Gerassel macht. Wenn einer zum Fenster hinausgeschaut, im Wahne, es sei ein gewöhnlicher Wagen, so hat er ihn um die Ecke biegen und schon im nächsten Augenblick verschwinden sehen, so daß er nichts mehr hat unterscheiden können. Und das ist gut, denn wer ihn bei sich vorbeiziehen sieht und ihn deutlich erblickt, der muß in diesem Jahr noch sterben. Der Wagen verschwindet bei Globius' Gruft. Das war ein Alchimist, der seine Frau einbalsamiert hat und auch den Diener die Kunst gelehrt, daß dieser ihn nach dem Tode einbalsamieren solle.

405.

DER NACHTSCHMIED

In Görlitz lebte ein fleißiger Schmied, der nur nicht eben auf Gottes Wort sehr viel hielt. Als nun ein Knecht bei ihm einstand, rothaarig, einäugig, lahm, der seine Arbeit in ganz unglaublich kurzer Zeit vollbrachte, wurde der Meister untätig, ja zuletzt fing er an zu trinken. Nun kam einmal spät ein Junker zu ihm in schwarzer Tracht, auf schwarzem Rosse, die rote Hahnenfeder auf seinem schwarzen Barett, der bestellte ein eisernes Gitter um eine Gruft für einen hohen Preis; nur müsse es Mitternacht des dritten Tages fertig sein. Der trunkene Meister verpfändet im Übermut Leib und Seele dafür und bindet sich auch durch eine Blutsunterschrift. Am anderen Morgen heißt er den Knecht anfangen; der meint, das hätte er wohl an einem Vormittage herstellen und versprechen können. Am Nachmittag des dritten Tages sieht sich der Meister nach seinem Gitter um; alles ist fertig, es fehlt nichts als ein Ring; der Knecht aber ist verschwunden. Nun will er selbst den Ring herstellen, aber alles Eisen springt unter seiner Hand entzwei. Wie er sich müht, es gelingt nicht; mit dem Mitternachts-Glockenschlag öffnet sich die Erde und er versinkt. Seitdem ist er verdammt, unten zu schmieden, bis der fehlende Ring am Gitter sein wird. So oft Menschen ihm helfen wollten und jenen Ring ergänzten, verschwand derselbe oder seine Leute hatten nicht eher Ruhe, bis sie den Ring abnehmen ließen. Den Nachtschmied kann man noch heut unter der Erde pochen hören.

406.

DER GROSSE LEUCHTER

Zwischen Gröditz, Neudorf und Alzenau geht der große Leuchter; der gleicht einer Schütte Stroh, die brennt. Das ist in Gröditz gewesen, da sind ein paar zum Schweineschlachten gegangen. Und es ist furchtbar finster; sie finden sich nicht zurecht. Da sehen sie ein Licht von der Seite kommen und sagen zueinander: »Wir wollen jetzt warten, bis die dort mit der Leuchte ran sind.« Und da kommt eine Leuchte, aber sie sehen keinen Menschen dabei. Sie gehen immer dem Lichte nach – und sie gehen immerfort und gehen, bis sie hernach gewahren, daß sie halt wieder zu Hause sind. Da merken sie, wer's gewesen ist und einer wird verbost und spricht: »Leck mich am ... !« Da hat der große Leuchter ihn so verbrannt, daß er viele Tage nicht mehr hat sitzen können.

407.

BRESLAUER SPUK

Auch Breslau hat seine Heimlichkeiten. So vernahmen in jedem Jahre zur Adventszeit die Bewohner des uralten Hauses zum grünen Rautenkranz auf der Nicoleistraße einen wunderbaren tausendstimmigen Gesang, der aus der Tiefe tönte. Dann wagte sich niemand in die Kellerräume hinab, die unter dem Hause in hohen Wölbungen hinzogen; es ging die Rede, das Haus sei vor viel hundert Jahren einmal ein Kloster gewesen und das seien die Stimmen von all den längst Verstorbenen, die einst im Kloster gelebt, welche jetzt aus dem Keller drängen. Die Nonnen hielten ihren jährlichen Umzug und sängen dabei die alten Lieder, die sie zu Lebzeiten bei solchen Gelegenheiten gesungen. – Ein anderes uraltes Haus in der Altbüßergasse hinter Maria-Magdalenen heißt heute noch: Zur stillen Musik. Auch hier vernahmen früher die Leute zu manchen Zeiten eine eigentümliche, geisterhafte Musik, die aus den Kellern zu kommen schien. Stieg man hinab, dann klang sie aus größerer, unergründlicher Tiefe herauf, bis sie von selbst aufhörte.

408.

DER DOPPELGÄNGER

Ein Breslauer Arzt, der jetzt schon lange tot ist, pflegte öfter eine sonderbare Begebenheit zu erzählen, die ihm selbst begegnet war und auf alle, die es hörten, einen unheimlichen Eindruck machte. Wollte man das, was er sagte, bezweifeln, so erwiderte er regelmäßig, er sei doch ein gebildeter Mann und keineswegs zum Aberglauben geneigt.

Als er noch ein junger Arzt war, wohnte er auf der Scheitniger Straße, und als ihn einmal seine Praxis bis in die späte Nacht außer dem Hause gehalten hatte, kehrte er, sehr ermüdet, erst spät abends in seine Wohnung zurück. Wie er so die Straße entlangschreitet, da merkt er, daß ein Mensch ihm gegenüber auf der anderen Seite der Straße immer gleichen Schritt hält. Das fällt ihm auf, und er hält inne, der andere bleibt ebenfalls stehen. Als er zu ihm hinüberblickt, sieht er, daß der Mensch ihm vollkommen gleicht, denselben Rock trägt, denselben Hut aufhat und genau dieselben Bewegungen macht wie er selbst. Er geht wieder, der andere ebenfalls, er greift sich an den Kopf, ob er noch bei Sinnen sei, der andere tut dasselbe. Er fängt an zu laufen, der andere läuft ebenfalls. So kommen sie an den Eingang des ehemaligen Wintergartens. Da sieht er, wie der andere quer über die Straße auf das alte Häuschen zugeht, wo er (der Doktor) bei einer Witwe wohnte. Er sieht, wie er den Schlüssel aus der Tasche zieht, die Haustür aufschließt, wieder zuschließt, und er hört ihn die alte gebrechliche Treppe hinaufsteigen. Er tritt gegenüber auf die Straße und sieht, wie der andere in seinem eigenen Zimmer Licht anstreicht und wie es hell wird. Da steht ein Baum gegenüber, den ersteigt der Doktor, um zu sehen, was in seinem Zimmer vorgeht. Die Wirtin ist eingetreten und bringt ihm das Abendbrot, als wäre er es selbst; er plaudert mit ihr, und als sie zur Tür hinausgeht, ruft er ihr noch nach, wann sie ihn wecken solle. Er sieht, wie der Mann sich entkleidet, sich in sein eigenes Bett legt und das Licht auslöscht.

Das alles kam dem Doktor höchst unheimlich vor, und wenn er auch nicht an einen Spuk dachte, so glaubte er doch, es könne am Ende auf sein Leben abgesehen sein. Einige Häuser zurück wohnte ein Freund von ihm, und er beschloß, diesen aufzusuchen und bei ihm zu übernachten. Etwas anderes zu unternehmen, dazu war es schon zu spät in der Nacht, und er zu müde – und auch irgendwie zu zaghaft. Der Freund behielt ihn natürlich mit Freuden bei sich; dem erzählt er nun die ganze sonderbare Geschichte. Beide denken, der andere Tag werde schon eine Aufklärung bringen. Er brachte sie auch. Früh am Morgen, sie lagen beide noch im Bette, kommt des Doktors Wirtin ganz aufgeregt herübergelaufen zu dem Freunde, pocht lebhaft, und als er öffnet, schlägt sie die Hände über dem Kopf zusammen: »Um Gottes willen, denken Sie doch, der Doktor ist erschlagen! Die Decke ist in der Nacht heruntergebrochen und auf ihn gefallen!« »Beruhigen Sie sich, liebe Frau«, sagte der Freund, »der Doktor ist bei mir! Wollen Sie ihn sehen?« »Aber scherzen Sie doch nicht«, sagte sie, »ich habe ja gestern abend mit ihm gesprochen, als ich ihm das Abendbrot brachte. Heute früh wollte ich ihm den Kaffee ins Zimmer tragen, da sah ich, daß die Decke unten lag und gerade auf seinem Bette. Er ist tot, alle Leute im Hause sagen, der Doktor ist erschlagen.«

Da mußte wohl der Doktor selbst hervortreten in seinem Nachtgewande, um die erregte Frau zu beruhigen. Jetzt konnte sie nicht mehr im Zweifel sein, es war der Doktor wie er leibte und lebte – aber die Sache selbst blieb dunkel und rätselhaft. Wer war der Mann gewesen, mit dem sie gestern abend gesprochen hatte? Als man die Trümmer der Decke wegräumte, fand man natürlich das Bett leer. Ohne diesen merkwürdigen Vorfall wäre der Doktor ein Kind des Todes gewesen.

409.

HEXEN ALS KATZEN

Von mancher Mieze weiß kein Mensch recht, was für ein Tier sie ist. So ist einst ein Mann beim Brechhause von Klein-Bielau vorbeigegangen, aus dem ertönte ein unheimliches Konzert. Aus Furcht gelähmt blieb er stehen; plötzlich rief man ihn bei dem Namen und er vernahm: U. U., wenn du nach Breslau kommst, grüß mir den Meermauer in der blauen Marie (ein Gasthaus Ecke Breite Straße und Neumarkt). Und weiter ging es im höllischen Konzert, das, wie er jetzt erkannte, von einer Menge Katzen herrührte, die auf den Flachshürden saßen. Nach einiger Zeit kam der Mann nach Breslau und ging auch in die blaue Marie, um seinen unheimlichen Auftrag auszurichten. Er fragte den Wirt, wo der Meermauer sei. Lachend wies dieser auf einen am Ofen sitzenden Kater. Siehe, da sprang der »Feuer speiend« zum Fenster hinaus und ward nicht mehr gesehen.

410.

DIE ALBENDE FRAU DRÜCKT EINEN BAUM

In Breslau war eine Köchin, die eine Hexe war und immer auf den Tauentzienplatz ging, um die Bäume zu drücken. Sie stieg dabei auf den Baum hinauf; dort haben die Leute sie sitzen gesehen; es hieß aber immer, man solle sie dann nicht anrufen, sonst fiele sie herunter. Ein Bauer in Borowitz glaubte, seiner Frau Linderung zu verschaffen, wenn er den Baum, den sie als Alb drücken mußte, zum Hofe schaffte; aber im Augenblick, als der Baum abgesägt wurde, starb die Bäuerin. Eine Heidenauerin brauchte zwar nicht zu sterben, aber auch ihr half das Absägen nichts; sie mußte den stehengebliebenen »Stock« drücken; als aber der Bauer die Frau erlösen wollte, indem er diesen Stock zerspaltete und zersägte, wars auch um sie geschehen. Dagegen erzählt man in der Gr.-Iser von einer jungen Frau, die dadurch Ruhe bekam, daß ihr Mann ihr erlaubte, den großen Bullen im Stall zu drücken, bis er tot war.

411.

ALBKINDER

Alb wird eins nicht durch Zeugung von albenden Eltern, sondern durch einen bösen Zauber. Da ist in Hartliebsdorf einmal bei einer Frau was Kleines gekommen. Und da sind auch ein paar, die bieten sich gleich als Paten an; die Eltern sind einverstanden und es wird auch beredet, welchen Tag getauft werden soll. Wie sie nun in die Kirche kommen, müssen sie erst ein bissel warten, der Pastor war noch nicht da. Und wie sie so um den Taufstein stehen, da ist die Sakristeitür ein bissel auf, und der Küster steckt in der Sakristei. Und da hört er, wie eine zur andern sagt: Nu, was woll'n wir's denn werden lassen, a Albla oder a Hexla. Und wie der Küster das hört, läuft er zum Pastor und sagt's dem, was er erhorcht hat dort. Da spricht der Pastor, er solle ausrichten, sie möchten wieder nach Hause gehen, dem Pastor sei plötzlich unwohl geworden, er könne das Kind nicht taufen. Richtig, der Küster schickte die Leute heim und wie sie eine Weile fort sind, da geht der Pastor ins Taufhaus und erzählt die ganze Geschichte den jungen Eltern und sagt ihnen eben, sie möchten sich andere Paten besorgen. Nun gut, die schicken zu Nachbarsleuten und er tauft ihnen das Kind stehenden Fußes in der Stube, ohne daß jene anderen was sehen und hören davon. (Sie müssen nämlich während der Taufe ein Sprüchel sagen, wenn sie so etwas vorhaben.)

412.

DER MANN OHNE KOPF

Bei der elezchen Fichte, am Spitzbergsattel, führt der Ober-Tannwald und Brand verbindende Weg vorbei. An dieser Stelle traf einst der alte Glöckltöppr einen Mann ohne Kopf; er zog einen Handschlitten hinter sich her. Der furchtlose Bauer folgte dem Mann und als er beinahe ihn fassen konnte, erhob sich ein Sturzwind, die Finsternis brach plötzlich ein und Mann und Schlitten waren verschwunden. Der Bauer kam ab vom Wege und erst nach stundenlangem Herumirren in den Spitzbergwäldern fand er den Weg.

Ein Mann, der mal vom Hauen kam, hörte, es hatte eben geregnet, ein Tratschen hinter sich. Er glaubt, es sei ein zweiter Mäher und fragt: Nu, Anton, kimmst de schunt? Da steht auch schon einer hinter ihm, der keinen Kopf hat und mit den Händen seltsame Bewegungen macht. Er erschrickt und läuft mehrere Schritte, bis er mit seiner Sense niederfällt. Als er im Weitergehen sich umblickt, sieht er, wie der Mann ohne Kopf auf dem Zinnasteg nur immer hin-und hergeht, ohne ihn weiter zu verfolgen.

An der Kapelle in Oberöls stellte ein Mann ohne Kopf einen Soldaten. Als sich des Reiters Roß nicht von der Stelle rührte, glaubte er, jemand halte es fest und rief: Laß los! Die zweite und dritte Aufforderung blieb ebenso erfolglos wie die erste. Da hieb der Reiter zu. Der Säbel klang und sprang mitten entzwei. Jetzt sah er auch den Mann ohne Kopf neben dem Pferde stehen. Ihm graute, aber es dauerte eine volle Stunde, ehe das Pferd sich rührte.

Um Schnaumrich, einer Bergkuppe neben dem Kitzelberg bei Kauffung, hat vor Jahrhunderten ein Bergmann im Streit den Vater über die Felsen hinuntergestoßen. Aber dann fand er keine Ruhe mehr und stürzte sich schließlich selbst hinab. Nun geht er um, und zwar erscheint er als flüchtig forteilender Mensch, den Kopf unter dem rechten Arm. Man nennt den Spuk das Schnaumrichmännchen. Es muß so lange alljährlich wiederkommen, bis jemand an den Felssturz ein Sühnekreuz setzen und sieben Messen wird lesen lassen.

413.

DIE MÄNNER IM ZOTTENBERG

Im 16. Jahrhundert lebte in Schweidnitz ein Mann, Johannes Beer genannt. Im Jahr 1570, als er seiner Gewohnheit nach zu seiner Lust auf den nah gelegenen Zottenberg ging, bemerkte er zum erstenmal eine Öffnung, aus der ihm beim Eingang ein gewaltiger Wind entgegenwehte. Erschrocken ging er zurück, bald darauf aber, am Sonntag Quasimodogeniti, beschloß er von neuem die Höhle zu untersuchen. Er kam in einen engen, geraden Felsengang, ging einem fernschimmernden Lichtstrahl nach und gelangte endlich zu einer beschlossenen Türe, in der eine Glasscheibe war, die jenes wundersame Licht warf. Auf dreimaliges Anklopfen ward ihm geöffnet und er sah in der Höhle an einem runden Tisch drei lange abgemergelte Männer in altdeutscher Tracht sitzen, betrübte und zitternde. Vor ihnen lag ein schwarzsamtenes, goldbeschlagenes Buch. Hierauf redete er sie mit: »pax vobis!« an und bekam zur Antwort: »hic nulla pax!« Weiter vorschreitend rief er nochmals: »pax vobis in nomine domini!« erzitternd mit kleiner Stimme versetzten sie: »hic non pax.« Indem er vor den Tisch kam, wiederholte er: »pax vobis in nomine domini nostri Jesu Christi!« worauf sie verstummten und ihm jenes Buch vorlegten, welches geöffnet den Titel hatte: liber obedientiae. Auf Beer's Frage: wer sie wären? gaben sie zur Antwort: sie kennten sich selber nicht. »Was sie hier machten?« – »Sie erwarteten in Schrecken das jüngste Gericht und den Lohn ihrer Taten.« – »Was sie bei Leibes-Leben getrieben?« Hier zeigten sie auf einen Vorhang, hinter dem allerlei Mordgewehre hingen, Menschen-Gerippe und Hirnschädel. »Ob sie sich zu diesen bösen Werken bekennten?« – »Ja!« – »Ob es gute oder böse?« – »Böse.« – »Ob sie ihnen leid wären?« Hierauf schwiegen sie still, aber erzitterten: »sie wüßtens nicht!«

Die schlesische Chronik gedenkt eines Raubschlosses auf dem Zottenberge, dessen Ruinen noch zu sehen sind.

414.

DER TOD ALS KLEINES MÄNNCHEN

Vor 20 bis 30 Jahren noch ging der Tod als altes kleines Männlein hie und da in die Häuser der Dörfer am Zobten und Geiersberge, um nachzusehen, ob die Leute wohltätig und gut wären.

Eines Abends saß noch spät eine Frau am Spinnrocken, da kam ein altes dürftiges Männlein herein und bat um etwas zu essen. Die mitleidige Frau erwiderte: »Ich habe heute selbst nicht mehr, aber ich will dir meine letzte Schüssel Milch aus dem Keller holen.«

Sie ging, brachte die Schüssel und sagte: »Da iß!« Das Männlein setzte sich und verzehrte die Milch. Dann sagte es: »Weil du dich eines Hungernden erbarmt hast, schenke ich dir ein langes Leben.« Und die Frau wurde über 80 Jahre alt. – »Ich habe sie selbst gekannt«, sagt die Erzählerin, eine Frau aus Schlaupitz, »es war die Muhme meiner Mutter.«

Ein andermal ging der Tod in ein Häusel und bat um eine Gabe. Die Frau aber wies ihn mit bösen Worten fort. Da sagte der Tod: »Warte, du sollst an mich denken!« Als die nächste Krankheit ins Dorf kam, mußte die Frau sterben.

415.

SELBSTMÖRDER

Frau Krause in Gr.-Iser erzählte: als sich mein Onkel hing, war ich bei Kittelmanns oben waschen. Und wie wir die Wäsche auf die Leine brachten, ging ein so großer Wind los, daß kein Stück hängen blieb. Da sagte ich noch zum Kittelmann: Welches Luder mag sich ock heute wieder uffgehängt haben? Und wie ich abends heimging, sagt meine Mutter: Denk ock, der Wilhelm ist heut nicht aus 'm Pusch gekommen. Aber wie ich zur Tante kam, sagt die: Mein Regulator ist heut' nachmittag stehn geblieben! rührte sich aber sonst weiter nicht. Der Großvater, zu dem ich ging, meinte: Wu wird a ock sein, gefrass'n wird s'n hon! Und wie wir ihn suchten, da hing er richtig oben im Jüngicht. Hanshenners-Wilhelm hat ihn abgeschnitten; vorher gab er ihm eine Ohrfeige, da tut es einem nichts.

416.

RÜBEZAHL

a) Im böhmischen Riesengebirge zeigte sich, wie schon im Jahre 1597 berichtet wird, nicht selten ein Mönch, den man den Rubezal nannte. Oft ließ er sich in den Bädern sehen, schloß sich Leuten an, die eine Reise durch die Wälder des Gebirges vorhatten, und wenn sie sich fürchteten den Weg zu verfehlen, redete er ihnen gut zu, sie sollten keine Angst haben, er werde sie schon auf dem richtigen Wege durch die Wälder führen. Wenn er sie dann aber irregeführt hatte und sie nicht wußten, wohin sie sich wenden sollten, schwang er sich auf einen Baum und schlug eine gewaltige Lache auf, daß es weithin durch den Wald widerhallte. Dieser Mönch oder Rubezal war der Teufel selber, der unter der angenommenen Gestalt eines Mönches seine Possen trieb.

b) Es war eine Witwe, die hatte zwei Kinder, und weil sie so sehr arm gewesen, ging sie in das Gebirge, um Steinwurzeln zu suchen. Wie sie da fleißig hackte, trat ein Mann zu ihr hin und sprach, er wolle ihr etwas Besseres schenken. Er nahm den Korb und schüttete die Steinwurzeln weg und schüttete Buchenblätter ein. Als sie nach Hause kam, waren die Buchenblätter zu Gold geworden. Da merkte sie, daß es Rübezahl gewesen war.

c) Am Abhange des Brunnberges, der Schneekoppe gegenüber, liegt das Teufelsgärtchen, auch Rübezahls Lust- oder Würzgarten genannt. Dort wächst die Springwurzel, die niemand graben darf.

Einmal kamen vier Wallonen (Walen) zum alten Krebs, der unter dem Gebirge wohnte, und baten ihn, er solle mit ihnen ins Gebirge gehen, er solle dafür haben, was er wolle. Er fragte sie, was sie dort suchen wollten. »Wurzeln und Edelsteine, unter anderem auch die rechte Springwurzel.« Da hat der alte Krebs ihnen zugeredet und sie gewarnt, sie möchten suchen, was sie wollten, aber die Springwurzel sollten sie in Frieden lassen, Rübezahl behalte sich diese vor und keinem gebe er sie, dem er nicht wolle. Da antwortete sie, deswegen eben hätten sie die weite Reise gemacht und sie wollten es wagen auf ihre Verantwortung und Gefahr. Als sie oben angekommen waren, warnte er sie noch einmal treulich, aber sie wollten nicht folgen, sondern einer von ihnen nimmt die Hacke. Aber als er den ersten Hau tut, fällt er stracks nieder, ist kohlschwarz und sofort tot. Die drei anderen erschrecken, lassen ab von ihrem Vorhaben, begraben ihren Gefährten und begnügen sich, mit dem alten Krebs nur noch Edelsteine zu suchen.

417.

DER WETTERHERR

Es ist wohl schon 300 Jahre her, da hat ein vornehmer Herr in Begleitung verschiedener Standespersonen und deren Dienerschaft den Riesenberg und die Teiche in Augenschein nehmen wollen. Zuvor aber hat man den Dienern ernstlich geboten, es soll sich keiner unterstehen, unterwegs beim Aufstieg in das Gebirge den Waldgeist, den man gemeinhin den Rübezahl nannte, mit Spottreden zu reizen, damit hierdurch nicht etwa ein widerwärtiges Wetter erweckt werde. Als sie nun aufgestiegen, war es anfangs schön, herrlich und lustig. Als aber die Diener, die von weitem den Herren folgten, anfingen, mit spöttlichen Reden den Berggeist heimlich hervorzulocken und mit unflätigen Namen an seiner Ehre anzugreifen, da ist eine kleine Wolke von Sonnenuntergang her aufgestiegen und eine andere ihr von Mittag her begegnet. Und als die ganze Gesellschaft an einem großen Teich angelangt war, schlossen sich die beiden Wolken zusammen und gaben einen mächtigen Platzregen von sich. Und dann kam ein furchtbares Unwetter mit Blitzen, Hagel und schrecklichem Donner, daß sie nicht anders meinten, als es gehe an ihr Leben. Und bei jedem Donner, auf den sich ein Hagelwetter entlud, sind die Berge erzittert, und die Täler sandten einen erschrecklichen Widerhall. Fast alle standen erblaßt da und wußten nicht Rat noch Hilfe, nur der Herr selbst blieb ruhig, faßte ein großes Kreuz in seine Hand und hielt es dem Blitz und den Donnerstreichen entgegen, worauf das Ungewitter kreuzweis gespielt mit einem so heftigen Ungestüm, daß es den Berg erschütterte, die zusammengetroffenen Winde sich in den großen Teich schlugen und die Gestalt eines Kreuzes bildeten, das nach einer Weile wie eine Schlange gestaltet war und so in den Abgrund verschwand.

418.

RÜBEZAHL UND DER GLASTRÄGER

Die Begegnung eines Einheimischen mit dem Berggeist dagegen erzählt die folgende Geschichte: Ein Glasträger ist übers Gebirge gegangen und hat sich, müde von der schweren Last, die er auf dem Rücken gehabt, nach einem Sitze umgeschaut, worauf er ein wenig ausruhen möchte. Da trifft er am Wege einen runden Klotz und setzt sich mit frohem Mut darauf. Doch währte seine Freude nicht allzu lange. Wie er im besten Ruhen ist und an nichts Arges denkt, wälzt sich auf einmal der runde Klotz von selbst unter dem Glaser weg, so daß der arme Kerl mitsamt seiner Last zu Boden schlägt und alles in Stücke bricht. Das ist aber niemand anderes als der schlaue Berggeist gewesen, der gemerkt hat, wonach den Glaser verlangte, und sich in den Klotz verwandelt hat. Nach dem Fall aber hat sich der Glaser nicht weiter nach dem Block umgesehen, der sich schleunigst aus dem Staube gemacht und in was anderes verwandelt hat. Der Glaser hat bitterlich angefangen zu weinen und seinen Schaden beseufzt. Da ist ihm Rübezahl in Gestalt eines Menschen erschienen und hat ihn gefragt, was er denn hätte. Daraufhin hat ihm der Glaser die ganze Begebenheit erzählt und hinzugesetzt, er wüßte nicht, wie er das ersetzen sollte, das Glas hätte ihn wohl acht Taler gekostet. Das hat nun dem Rübezahl leid getan, er hat ihm zugeredet, er solle sich zufriedengeben, er wolle ihm selber dazu verhelfen, daß er alles auch was darüber dafür bekäme. Er selber sei es ja gewesen, der ihm den Streich gespielt habe. Er habe sich in den Block verwandelt und hernach fortgewälzt. Er solle nur guten Mutes sein, jetzt wolle er sich in einen Esel verwandeln, den solle der Glaser mit sich führen und unten am Gebirge an einen Müller verkaufen, aber wenn er das Geld bekommen hätte, sich alsbald fortmachen.

Und im Nu wird Rübezahl zu einem Esel, der Glaser setzt sich darauf, reitet getrost vom Gebirge herunter und bietet ihn für zehn Taler einem Müller an. Er bekommt auch neun, denn der Esel hat dem Müller sehr wohl gefallen. Der Glaser hat das Geld ungesäumt eingesteckt und sich fortgemacht. Der Esel aber wird in einen Stall getan und eingesperrt. Wie aber des Müllers Knecht ihn besucht und ihm Heu zu fressen vorlegt, da hat der Esel angefangen zu reden und hat gesprochen: »Ich fresse kein Heu, nur lauter Gebratenes und Gebackenes.« Wie aber der Müllerknappe das gehört hat, ist er flugs davongelaufen und hat seinem Herrn die Neuigkeit gemeldet, daß er einen sprachkundigen Esel habe. Der Müller kommt zum Stall gelaufen, um sich den Gast anzuhören, aber da ist auf einmal kein Esel mehr da, und der gute Müller ist um seine neun Taler betrogen, die er vielleicht vorher den Leuten als Mehl gestohlen hat. So daß also Rübezahl hierin Abrechnung gehalten hat.

419.

DIE WINDSBRAUT

Vor hundert Jahren gehörte das Haus Nr. 107 in Agnetendorf im Riesengebirge einem Manne namens Sommer, bei dem sich alljährlich stets um dieselbe Zeit ein schwarz und unheimlich aussehender, fast wie ein Geistlicher gekleideter Fremdling einstellte und Nachtquartier verlangte. Der Fremde gab sich für einen »Welschen aus Italien« aus und suchte den Sommer zu bereden, ihn zu begleiten, er wolle ihm mancherlei Schätze im Riesengebirge zeigen. Allein Sommer fürchtete sich vor ihm und ging nicht mit. Das eine Jahr blieb der Welsche aus, anstatt seiner aber erhob sich, wie Sommer beim Futtermachen gewahrte, das von einem Winde emporgewirbelte Heu in Form einer menschlichen Gestalt. Da schleuderte Sommer sein langes, scharfes Messer in den Wirbel, worauf die Gestalt, zugleich aber auch das Messer verschwanden.

Drei Tage später tritt der Welsche, der jedoch etwas hinkt, wieder in Sommers Haus und redet ihm gütlich zu: er habe ihn nun ja schon öfters besucht, er möge doch nun auch einmal mit in seine, des Welschen, Heimat kommen, um zu sehen, wo und wie er wohne, und wie alles bei ihm eingerichtet sei. Da erwidert Sommer: »Ja, ich will mit dir gehen, aber sehr weit kann ich nicht; ich bin schon zu alt.« Hierauf breitete der Welsche seinen Mantel aus, auf dem die beiden Platz nehmen. Der Mantel trägt sie alsbald durch die Lüfte bis zu einer großen, wunderschönen Stadt, zu einem prächtigen, sechsstöckigen Hause, dem Hause des Welschen. In fürstlich eingerichteten Räumen wird hier dem Sommer ein leckeres Mahl vorgesetzt, und er erblickt voller Verwunderung neben seinem Teller das Messer, das er in den Heuwirbel geschleudert hatte. Auf Sommers Ausruf: »Wie kommt mein Messer hierher?« erwiderte der Welsche in freundlich-ernstem Tone: »Ich habe dir Gutes erweisen und dir die Schätze in deinem Gebirge zeigen wollen. Anstatt mir zu folgen, hast du dein Messer nach mir geworfen und mich am Beine verletzt. Das tue künftig nicht wieder.« Trotz seines gütigen Wesens flößte aber der Welsche dem Sommer Furcht ein, und er verlangte dringend heim nach Agnetendorf. Da breitete der Welsche abermals seinen

Mantel aus, sie flogen durch die Lüfte bis zum Sommerschen Häuschen zurück. Dann flog der gefürchtete Fremdling mit den Abschiedsworten: »Wenn du etwas finden willst im Gebirge, so denke an mich und rufe mich« auf seinem Zaubermantel wieder davon.

420.

ZAUBRISCHE ZEITEN

Die Wendezeiten des Jahres sind ganz besonders dem Zauber günstig. Da haben sie in den Krausebauden bei Hohenelbe am heiligen Abend einmal zusammengesessen und gespielt. Nachts um 12 Uhr ist einer rausgegangen ans Wasser und hat getrunken, da war das Wasser Wein. Als er es drinnen erzählte, sollte er nochmal mit einer Kanne gehen und welches holen. Wie er rauskam, fragte er so: Wasser, bist de noch Wein? Da antwortete es aus ihm: Ja, – du bist mein! Und zog ihn rein. – Das Wunder währt aber nur, solange ein Peitschenknall dauert, sagen sie in Nordböhmen.

421.

DIE SEELEN DER ERTRUNKENEN

So oft sich der Wassermann zeigt, sagt man im nordöstlichen Böhmen, so ertrinkt jemand, und am schwarzen Sonntag, dem Totensonntag, geschieht das gewiß. Der Wassermann sperrt die Seelen der Ertrunkenen unter Käsenäpfe (kleine, runde Näpfchen in der Größe und Gestalt einer Tabaksdose). Ihre Zahl ist so groß, daß der Wassermann hofft, auf den Jüngsten Tag so viele Seelen zu haben wie der liebe Gott.

Ein Mädchen, so erzählt man um Trautenau, war beim Wassermann im Dienst. Es hatte alle häusliche Arbeit zu tun, die es da in dem großen prächtigen Hause gab. Eines Tages war der Wassermann nicht zu Hause, nur sein Weibel saß in der Stube. Das Mädchen ging wie gewöhnlich seiner Arbeit nach, räumte in der Stube zusammen, kehrte die Dielen, wischte Staub und kam dabei auch an den großen Kachelofen, um den rings auf dem Kranze eine Menge Käsenäpfe standen. Schon lange war sie neugierig, was wohl darunter sein möchte, allein der Wassermann hatte ihr streng verboten, sie anzurühren oder gar zu öffnen. Heute aber war er nicht zu Hause, und da lüftete sie den Deckel von einem Käsenapf – und sieh, da floh eine kleine weiße Taube heraus und davon. Darüber erschrak die Magd nicht wenig und ebenso sehr auch das Wasserweibel, das den letzten Teil der Arbeit mit angesehen hatte. Ihm bangte für das Leben der Magd, denn sie mochte das Mädchen gerne. Darum sagte sie zu ihm: »Wenn der Wassermann nach Hause kommt und sieht, was du getan hast, wird er wütend und bringt dich vielleicht um. Ich kann dir nur eines raten, stelle dich hinter den Holunderbusch draußen im Garten und bleibe dort stehen, mag dir der Wassermann auch sagen und versprechen was er will. Dort bist du sicher vor ihm. Wenn sich sein Zorn gelegt hat, wird er dich wieder rufen und zu dir sprechen: ›Komm, ich tu dir nichts!‹ Sobald er das gesagt hat, kannst du aus dem Strauch heraustreten.«

Und wie das Wasserweiblein vorausgesagt hatte, so geschah es auch. Der Wassermann tobte, aber er konnte dem Mädchen nichts anhaben. Und als er sich beruhigt hatte und gesprochen: »Komm her, ich tu dir nichts«, da verließ das Mädchen den Strauch, und der Wassermann sagte: »Nun kannst du nicht mehr bei mir bleiben, aber du magst noch einmal auskehren, und das Kehricht soll dann dein Lohn sein.« Und das Mädchen packte seine Sachen, kehrte die Stube noch einmal, nahm das Kehricht in die Schürze und verließ den Wassermann. Es hatte es aber so eilig, daß es, kaum als es an die Oberfläche gelangt war, einen Teil von dem, was es in der Schürze hatte, verschüttete, ohne es zu merken. Zu Hause, als es die Schürze auftat, zeigte es sich, daß es lauter Gold gewesen war. Nun tat es ihr wohl leid, so wenig behalten zu haben, aber das wenige hatte das Gute, daß es nicht abnahm.

422.

WASSERMANN UND FISCHER

Ein Fischer saß am Ufer der Oder vom frühen Morgen an bei der Angel, konnte aber keine Fische fangen. Da kam ein kleiner Mann zu ihm, dessen Kleid unten am Saume naß war. »Wenn du mir das gibst«, sprach er zu dem Fischer, »was du zu Hause nicht kennst, so sollst du Fische fangen, so viel du nur immer willst.« Der Fischer bedachte sich, konnte sich jedoch an nichts erinnern, was ihm in seinem Hause unbekannt wäre, und willigte ein. Als er reich beladen mit Fischen in seiner Wohnung ankam, hielt ihm seine Frau ein neugeborenes Knäblein entgegen, das er allerdings noch nicht kannte. Bei dem Anblicke des Kindes überfiel den Vater große Angst, er betete ohne Unterlaß und suchte so das böse Geschick von seinem Söhnchen abzuwenden; doch half sein Flehen und Bitten nicht. Als der Knabe schon ziemlich herangewachsen war, begleitete er einst den Vater über Feld. Unterwegs kniete der Knabe bei einer Quelle nieder, um zu trinken; im nächsten Augenblick hatte der kleine Mann ihn zu sich hinabgezogen.

423.

WASSERMANN VERJAGT

In Fürstlich-Sandau wohnte ein Schmied, der hatte kein Glück. Im Sommer schmiedete er nur bis 6, im Winter bis 5 Uhr abends. Einmal, es war im Sommer, kam ein Schäfer zu ihm. Er fragte: Was gibt es Neues? Der Schmied antwortete: Nichts Neues! Ich habe kein Glück. – Warum? – Jeden Abend kommt ein Wassermann zu meiner Schmiede. Ich kann deshalb nur bis 6 Uhr schmieden. – Woher weißt du, daß es ein Wassermann ist?– Aus seiner Seite fließt immer Wasser und statt der Füße hat er Hufe. Ich weiß nicht, was ich tun soll, ihn zu vertreiben. – Da holte der Schäfer Weihwasser und Kreide, besprengte den ganzen Zaun mit Weihwasser und machte mit Kreide Kreuzlein daran. Dann sagte er dem Schmiede: Wenn der Wassermann kommt, mach ihm das Tor nicht auf! Am anderen Tage kam dieser mit einer großen Fuhre des Weges gefahren. Bei der Schmiede hielt er; die Pferde konnten den Wagen nicht weiter ziehen. Der Wassermann bat den Schmied, er möge ihm vorwärts helfen. Der Schmied tat es aber nicht; er fürchtete, ums Leben zu kommen. So kam der Wassermann einen Monat lang zu der Schmiede. Der Schmied aber ging aus dem Hofe nicht heraus, um zu helfen. Dann kam der Wassermann nicht mehr. Und der Schmied konnte länger arbeiten; er war für immer vom Wassermann erlöst.

424.

DER RIESENKREBS IM SCHÖPSFLUSS

Im Schöpsflusse bei Quitzdorf, wo's viele Krebse gibt, lebt auch ein Riesenkrebs, schwarz behaart und mit Menschenhänden. Auf einen Mann, der in der Mittagsstunde dort krebste und der sein Netz ausgebreitet hatte, um seinen Fang zu zählen, kam er zugekrochen mit schrecklich ausgestreckten Scheren. Der Mann ließ seinen Fang gern im Stich und floh davon. Ein anderer hat ihn einmal, wie etwa den Wassermann, im Sacke gehabt, der immer schwerer und schwerer ward. Und wie er nachsah, hatte er wirklich den Riesenkrebs im Netze. Loswerden konnte er ihn nun nicht, und da er den Fang doch nicht verlieren mag, trägt er ihn mit nach Hause. Aber da war er aus dem Netz längst verschwunden.

425.

VOM EBER ERWÜHLT

Im Kriege zwischen Polen und Böhmen vergruben die Glatzer einst ihre Glocke auf den Comturwiesen. Die Zeugen jedoch verstarben und man vergaß die Glocke. Einst hütete nun ein Hirt auf jenen Wiesen und als er eintrieb, blieb ein Schwein auf dem Weideplatz zurück. Es wühlte mit seinem Rüssel in der Erde, als es der Eigentümer am nächsten Tage fand. Man schaute genauer hin und fand in der entstandenen Vertiefung den oberen Teil einer Glocke; freudig hoben die Bürger der Stadt den Fund. Aber kein anderes Zugtier als ein Stier vermochte den Wagen mit der Glocke zur Stadt zurückzubringen. Darum hing man in der Pfarrkirche zu Glatz als Weihegeschenk einen Ochsenkopf auf. In Tharnau bei Grottkau wühlte ein Eber aus dem Kirchhübel eine Glocke und eine Sau half ihm dabei. Darum brummt die Tharnauer Glocke noch heute beim Läuten: Bör (Eber) wühl! Sau findt! Auch die verschwundene Pawonkauer Glocke wühlte ein Borg, als eben der Hirte ein frommes Lied während des Hütens sang, heraus und auch sie klingt noch heute: Wieprz mie wyrot (Der Borg hat mich herausgewühlt).

426.

TOTER VERTEIDIGT SEINE GRABSTÄTTE

Dem Bauer X. in einem Dorfe bei Glatz war, wie es schien, das Glück durchaus feindlich gesinnt. Was er angriff, um seine Lage zu verbessern, das mißglückte, und was er fürchtete, das traf sicher ein. Schließlich starb er auch noch eines jähen Todes. Kaum war er begraben, da tauchte das Gerücht auf, er habe sich das Leben genommen. Da dieses Gerede immer allgemeiner wurde, so beschloß der Pfarrer auf Fordern der Gemeinde trotz des Protestes der Witwe, daß die Leiche aus dem geweihten Acker herausgenommen und an die Stelle der Selbstmörder gelegt würde. Der Totengräber, mit der Ausführung dieses Beschlusses betraut, begann seine Arbeit, ließ jedoch bald wieder davon ab; denn eine unerklärliche Angst befiel ihn, er machte sich neuen Mut und stieß den Spaten nochmals in die Erde – aber nie wieder, denn eine unsichtbare Gewalt schleuderte ihn samt seinem Werkzeuge ein großes Stück fort. Jetzt hatte der Begrabene lange Zeit Ruhe. Erst nach Jahren, als jener alte Totengräber längst die letzte Ruhestatt erhalten hatte, und ein neuer an seine Stelle getreten war, da versuchte es dieser, das unheimliche Grab zu öffnen. Indessen kam auch er nicht tief hinein. Denn kaum hatte er einige Schaufeln vom Hügel abgestochen, da erhielt er von unten aus einen Stoß, daß er betäubt niedersank und mehrere Stunden ohne Besinnung liegenblieb. Seitdem hat niemand den Schlummer des unglücklichen Verleumdeten gestört.

427.

GESTORBENE MUTTER HOLT IHR KIND NACH

Als ich ein kleines Mädel war, erzählt eine Patschkauerin, da saß ich einmal, mit meinem kleinen Bruder auf dem Schoße, in der Helle am Ofen. Es war eigentlich mein Stiefbruder, und die Mutter war ihm gestorben; der Vater hatte zum zweiten Male geheiratet, und meine Mutter hatte mich mit in die Ehe gebracht. Wie ich so sitze, da sehe ich auf einmal eine Helligkeit und eine unbestimmte Erscheinung im Herrgottswinkel (das ist die Ecke, wo das Kruzifix angebracht ist). Der Kleine auf meinem Schoße streckt die Händchen aus und schreit: »Da, da!« weil er auch die ungewöhnliche Lichterscheinung sah. Dann war alles wieder wie vorher. Als dann der Vater hereinkam, da habe ich ihm erzählt, was wir bemerkt hatten. Da hat er gleich gesagt: »Es wird die Mutter gewesen sein, sie wird den Kleinen holen!« Kaum 14 Tage nachher ist der Knabe wirklich gestorben. Es war also so, die verstorbene Mutter hatte sich ihn geholt. .

428.

DIE FRAU MIT DEM SCHWEINSKOPF

Es war einmal eine geizige Bäuerin, die niemandem ein Almosen reichte. Eines Tages waren von ihrem Mittagsmahle Knödel übriggeblieben. Da kam ein Bettler und bat um ein Almosen. Die Magd reichte ihm schon die Schüssel mit den Knödeln, als die Frau ihr plötzlich eine Maulschelle gab und die Schüssel ihr entriß. Dabei sprach sie zur Magd: »Geh, trag die Schüssel zu den Schweinen!« Die Magd tat, wie ihr geheißen, aber die Schweine verschmähten die Speise und traten sie in den Kot.

Des Abends war die Frau weg, und niemand wußte, wohin. Aber jedesmal, wenn die Mägde den Schweinen ihr Futter gaben, sahen sie die Frau in schauerlicher Verwandlung mit den Schweinen fressen. Sie hatte nämlich einen Schweinskopf, alles übrige an ihr war Menschengestalt.

Später wurde sie auf die Heuscheuer bei Albendorf verbannt.

429.

EICHENDORFF UND DIE WEISSE FRAU

Storm wurde von Eichendorff, der ja aus Oberschlesien stammte, einmal erzählt: sie hätten als junge Leute von Spukgeschichten gesprochen; da habe der Besitzer des Nachbarschlosses bei ihrem Spott gesagt: Ich kann darüber mit euch nicht lachen, denn in meinem eigenen Schlosse geschehen wunderbare Dinge. Ich lade euch alle ein, morgen zu mir auf mein Schloß zu kommen. Die Freunde versammelten sich also am nächsten Abend beim Grafen. Einige Minuten vor 12 Uhr erhob sich der Graf und bat die Freunde, ihm zu folgen. Er führte sie durch dunkle Korridore bis zur breiten Treppe, die durch alle Stockwerke des Schlosses ging. Am Fuße der Treppe machte er vor einer hohen eisenbeschlagenen Tür Halt und erklärte, daß es seit hundert Jahren niemand gelungen sei, diese Tür zu öffnen. Manchmal, in dunklen Winternächten aber gehe die gespenstische Tür von selbst auf und es erscheine eine schlanke Frauengestalt, die die Treppe hinaufeile. Ein junger Diener, der am gleichen Tage in Dienste des Grafen getreten war und darum von diesem Schloßspuk keine Ahnung hatte, hielt am Fuße der Treppe eine brennende Kerze. Stumm und erwartungsvoll standen die Freunde in einem Kreise; nur Eichendorff lehnte mit dem Rükken an die gespenstische Tür. Da fühlte er plötzlich, wie die Tür hinter ihm langsam zurückwich, er wandte sich erschrocken um und alle erblickten eine schlanke Frauengestalt, Gesicht und Haar mit einem grauen Schleier umhüllt, die die Treppe hinaufeilte. Der junge Diener hielt die Dame für eine durchaus natürliche Erscheinung und überholte sie, um ihr auf den Stufen voranzuleuchten. Auf halber Höhe teilte sich die Treppe, der Diener bog links ab, aber auf eine nach rechts weisende Bewegung der Dame wandte er sich und leuchtete ihr weiter. Da vernahmen die Freunde plötzlich einen furchtbaren Schrei und das Licht erlosch. Lange standen sie in stummem Grauen da. Endlich faßte sich Eichendorff, er tastete sich in den Saal zurück und erschien dann mit einem zweiten Leuchter mit brennenden Kerzen. In Begleitung des Grafen stieg er die Treppe empor und auf der obersten Stufe sahen sie den jungen Diener mit dem Gesicht auf dem Teppich liegen. Eichendorff wandte sanft das Gesicht um und jetzt erkannte man, daß der junge Diener tot war. Seine Züge aber waren durch den Ausdruck des tiefsten Entsetzens völlig entstellt. Die gespenstische Frau jedoch war und blieb verschwunden. Vielleicht, so fügte Eichendorff seinen Worten zu, hat sie ihren Schleier zurückgeschlagen und dem Knaben ein Totengesicht gezeigt.

430.

DIE SIBYLLA IM TURM

Die Sibylla oder Sibylle ist eine große Prophetin gewesen, die in einem alten Turm ihre Sünden abbüßt. In diesem Turm sind die greulichsten Ungeheuer, Schlangen, Eidechsen, Molche, Schildkröten (die man sich als geflügelte Ungetüme denkt) und allerlei Ungeziefer. Sibylla sitzt nun in diesem Turme und näht ihr Sterbehemd. Sie ist bis zum jüngsten Tage hierher verbannt. Alle hundert Jahre macht sie einen Stich, und meine Mutter, erzählt Philo vom Walde, wollte wissen, daß sie jetzt nur noch den »Spätlich« zu nähen habe. Sobald das Hemd erst fertig ist, geschieht der jüngste Tag. Es waren schon viele Ritter im Turme, um die Prophetin verschiedentlich zu befragen. Jedem gab sie ausführliche Auskunft – aber kein einziger kam zurück, alle fanden durch jene Ungeheuer den Tod. Nur dem Fürst Lichtenstein glückte es. Er ließ sich nachts an einem Seile vom obersten Turmfenster, während die Ungetüme schliefen, herab. Auf windschnellem Rosse jagte er fort – und alle zehn Meilen hatte er schon ein anderes stehen; das frühere fiel tot nieder. Auf diese Weise kam er bis über die Grenze ihres Gebietes. Da ist noch eine Schildkröte ihm nachgeflogen, ihn zu zerreißen; doch hatte sie keine Macht mehr über ihn, weil ja die Grenze schon überschritten war. Müde setzte sie sich auf seine Schulter, als Wahrzeichen brachte er sie nach Hause. – Links von der Straße Leobschütz – Wernersdorf ist ein alter Trümmerhaufen, auf dem ein einsamer Baumstumpf stand. Das ist der Rest des Schlosses, wo die Sibylle mit ihren Schwestern, von denen eine die Melusine war, wohnte.

Die polnischen Oberschlesier behaupten, daß die Subella jede Nacht einen Stich an ihrem Totenhemde nähe, daß aber die Dienerinnen am Tage alles wieder auftrennen. Ist das Gewand erst fertig, dann ist der jüngste Tag auch da. – Die Jungfrau in der Heuscheuer arbeitet nun schon am letzten Ärmel; das hat ein junger Mensch aus dem Leierdörfel gesehen, der in der Christnacht, in der sie jedes Jahr einen Stich tut, in die Heuscheuersäle drang. Auch in der Barzdorfer Ringelkoppe näht eine verzauberte Jungfrau den letzten Ärmel ihres Erlösungshemdes.

431.

DER BERGGEIST DER OBERSCHLESISCHEN GRUBEN

Der Skarbnik (»Schatzmeister oder -bewahrer«), so heißt er dort, erscheint in allerlei Gestalten, bald als feurige Kugel oder Rädchen, die vor den Füßen hinrollen, bald als Steiger – und das ist seine gewöhnliche Gestalt – dann wieder als Flamme, als Tier. Naht er als Bergmann, so kann man ihn an den roten Augen erkennen, wie etwa den Wassermann an den grünen. Vor seinem Erscheinen summt eine Fliege im Schacht. Er soll ein Bergmeister gewesen sein, der solche Freude am Bergbau hatte, daß er

Gott bat, ihm statt der seligen Ruhe im Himmel lieber doch die Erlaubnis zu geben, bis auf den Jüngsten Tag in Gruben und Schächten herumzufahren.

Als Bergleute einmal Kohle losschlugen, hörten sie's auf der anderen Seite ebenfalls schlagen. Da schwiegen sie und horchten, aber das Geräusch ließ nicht nach. Das nahmen sie als Warnungszeichen. Ebenso rief es einem Bergmann, welcher vor Ort schlief, dreimal: »Jacek stan!« (Jakob, steh auf!) Er holte den Schlepper und kam zurück, da war die Stelle, wo er gelegen hatte, verschüttet. Einem anderen erschien das eigene Kind am Stollen und rief »Vater, komm heim«. Dann verschwand das Kind sogleich. In aller Hast lief er nach Hause und fand das Kind schlafend in der Wiege. Zur selben Stunde ist aber der alte Stollen eingestürzt.

432.

DER SKARBNIK TEILT DEN LOHN MIT EINEM BERGMANN

Ein armer, kranker Bergmann aus Godullahütte konnte wegen seiner Kränklichkeit nur wenig leisten, und sein Verdienst war deshalb sehr gering. In seiner Not rief er laut den Berggeist um seine Hilfe an. Bald darauf sah er neben sich ein kleines Männlein, das sofort ein tiefes Loch in die Kohlenwand stieß und den Sprengschuß abfeuerte. Das Ergebnis war so reich, daß der Bergmann in einem Tag soviel förderte, als früher kaum in einer Woche. So arbeiteten sie gegen vier Wochen zusammen. Am Lohntage setzten sie sich beide zusammen auf ein Brett über einem tiefen verfallenen Schachte. Gewissenhaft teilte der Bergmann das Geld ab, bis schließlich grad ein Pfennig übrigblieb. Ihn wollte der Bergmann seinem fleißigen Mitarbeiter überlassen. Dieser aber lehnte ihn ab. Nun schlug jener vor, das Geldstück zu teilen. Da sprach der Berggeist: »Weil du so ehrlich gewesen bist, so behalte du nicht nur den Pfennig, sondern den ganzen Lohn. Wehe dir, wenn du unredlich gewesen wärest! Sieh dich einmal um, worauf du sitzest.« Da wurde der Bergmann kreidebleich, denn er sah, daß er auf einem Strohhalm saß.

433·

DIE UNSICHTBAREN HOCHZEITSGÄSTE

Ein Knecht aus Schwammelwitz pflügte einmal am Fenixmänndelberge, da hört er ein tolles Geschrei im Innern des Berges. Immer wieder hört er den Ruf: »Gib mir auch eine Nebelkappe, daß ich kann nach Schwammelwitz zur Hochzeit gehen! Eine Nebelkappe, eine Nebelkappe!« Ei, denkt er, was ist denn das? Und der Hafer sticht ihn, daß er zum Loche hineinschreit: »Gib mir auch eine Nebelkappe, daß ich kann nach Schwammelwitz zur Hochzeit gehen!«

Sofort reckt sich ein kleiner Arm zum Loch heraus, und eine Nebelkappe wird ihm gereicht. Die nimmt er, und da nun gerade an diesem Tage eine große Bauernhochzeit im Dorfe ist, setzt er die Kappe auf, geht ins Hochzeitshaus und setzt sich unter die vielen Gäste. Niemand sieht ihn, die Nebelkappe macht ihn ja unsichtbar.

Aber jetzt staunt er: zwischen den Gästen, auf dem Tische, auf den Schüsselrändern, auf den Tunknäpfen sitzen die Fenixmänndel. Alle haben die Kappen auf wie er und essen und trinken tüchtig mit. Die Hochzeitgeber wundern sich schon, was an diesem Tage gar so viel gegessen und getrunken wird, es nimmt gar kein Ende mit Schüsseln und Krügen. Wenn eine neue Schüssel aufgetragen wird, da sitzen schon vier, fünf Fenixmänndel auf dem Rande. Eben kommt auch eine Schüssel bei dem Knecht an, eben will er in die Schüssel fassen, da faßt eins zur gleichen Zeit zu. Sie stoßen zusammen. Wütend schlägt es ihm die Kappe vom Kopfe, und er sitzt auf einmal da vor aller Blicken. Die Nachbarn schreien auf, und Bekannte rufen ihm zu: »Was willst du denn hier, Ignaz, du bist doch gar nicht eingeladen?«

Da bleibt ihm nun nichts anderes übrig, als zu erklären, wie er hierher gekommen war. »Wenn ihr wüßtet«, fängt er an, »was ihr für eine Gesellschaft unter euch habt, ihr würdet euch noch ganz anders verwundern als über mich.« Und dann hat er das mit den Fenixmänndeln erzählt, so daß alle immer nur so zur Seite geschielt haben, aber niemand hat sie sehen können.

434.

DER VAMPIR

In Milkendorf hatte der Schuster-Thes sich dem Leibhaftigen verschrieben. Im Walde riß er die Bäume samt den Wurzeln aus, während er sprach: Hans zieh! Vor seinem Tode bat er sein Weib, sie möge ihm die Nase abschneiden, sonst müsse er umgehen. Aber sie wollte ihn nicht verunstalten und unterließ es, seinen Willen zu erfüllen. An seinem Begräbnistage saß er auf einer Linde vor seinem Hause und geigte. Auch später trieb er sein Wesen. Oft sah man des Morgens Hunde auf dem Dachgiebel hängen, welche mit ihren Schwänzen zusammengebunden waren. Das bewog die Leute, einen Scharfrichter aus Wien kommen zu lassen, der den Leichnam ausgraben ließ. Man fand den ganzen Körper mit Federkielen bewachsen; wenn daraus Federn geworden wären, wäre Schuster-Thes auf und davon geflogen. Man hat den Körper auf dreier Dörfe Grenze verbrannt und als aus dem Feuer eine schwarze Kugel hervorrollte, zerhieb der Scharfrichter sie kreuzweise mit seinem Schwert. Danach war Ruhe in Milkendorf.

435.

WIE MAN DEN LINDWURM TÖTET

Bei Battelsdorf, welches etwas über eine Meile von Hotzenplotz entfernt ist, liegt ein Berg, der Lindberg genannt. Auf dem Berge sind drei große Gruben. In diesen Gruben hielt sich einst, wie schon der Name des Berges andeutet, ein Lindwurm auf, der Hirten und Herden, welche in die Nähe des Berges kamen, auffraß, ja selbst bis ins Dorf hinein kam, dort Menschen angriff und verzehrte. Niemand vermochte ihn zu bezwingen. Da Gewalt nichts half, so griff man zur List. Man nahm aus einem frischgeschlachteten Kalb die Eingeweide heraus, füllte dasselbe dafür mit ungelöschtem Kalk und legte es auf dem Weg zwischen der Höhle des Drachen und dem Bache, aus dem derselbe zu trinken pflegte. Als der Lindwurm bald darauf das Kalb fand, hielt er es für lebendig und verschlang es. Dann begab er sich zum Wasser, um dort zu trinken. Der Kalk geriet durch das genossene Wasser in Brand, und das Ungeheuer zerplatzte. So war die Gegend von der schweren Plage befreit.

436.

DR. KITTEL

Um einen Urahnen des Dichters Leutelt, den Schumburger Dr. Kittel hat sich ein ganzer Sagenkreis geschlungen, so daß man ihn nicht mit Unrecht einen nordböhmischen Faust nannte. Mit List erregte der Böse des Doktors Begier nach dem Lebenskraute, das Hirsch und Natter kennen, mit dem sie ihre Wunden heilen. Kittel wollte das Kraut und andere Naturgeheimnisse gern erwerben, aus Wissenslust und um den Kranken helfen zu können – er schloß mit dem Teufel einen Vertrag auf 50 Jahre. Durch gottgefällige Werke wollte er seine Seele dem Bösen entreißen. Der brachte, als Kittels Famulus, Zaubergeräte und eine Menge teuflischer Bücher in sein Haus; auch einen Mantel, auf dem der Arzt durch die Lüfte fuhr, während ihn sieben Raben trugen. Und nun begann der Doktor seine berühmten Kuren. Daß die nicht allein auf dem Wissen desselben beruhten, erfuhr der Feixpater, der einmal bei ihm zu Besuch gewesen und, als er das Kabinett aufsuchen wollte, in einen geheimen Verschlag geriet, den niemand betreten durfte und den Kittel heut aus Versehen offen gelassen. Um Mitternacht war dies Kabinett erleuchtet und um die Zeit beriet sich Kittel mit seinen Geistern über die Kranken und ihre Heilung. Da hat der Feixpater auf einem Seziertisch sich selbst tot liegen sehen. Von da an hatte er sich nicht mehr in Kittels Haus getraut und war in Jahresfrist gestorben. – Einmal ward in der Nähe von Schumburg ein toter Soldat gefunden; er war in einem verrufenen Puschborn ertrunken. Kittel brachte durch Zaubersprüche das Bornwasser zum Sieden und zog ein paar Stunden später das blanke Gerippe heraus, das er in seinem Kabinett aufbewahrte. Der Born ist verschüttet worden. – Noch mehr vermochte der Doktor.

Kein Wunder, daß jeder ihm aus dem Wege ging, außer den wenigen freilich, die selber nach solchen Künsten gierten. Ein Schlosser hat ihm einmal ein Buch entwendet und es im Tuch, in dem er sein Handwerkszeug trug, mitgenommen. Als er es wiederbrachte – er mußte wieder an Türen und Schlössern Reparaturen vornehmen –, hatte er schon soviel gelernt, daß er selbst Kittels Geist beschwor, der auch zu ihm als Schafjunge kam. Von da an wurde er täglich reicher. Die Kirche sah er dagegen nur noch von außen an. Einmal, am Hochzeitstage der Tochter, wollte er sie ins Gotteshaus begleiten. Aber er brachte es doch nicht fertig, auf dem Hinwege kehrte er um, und als die Hochzeit nach Hause kam, lag er, ganz schwarz und mit gebrochenem Halse im Stuhl.

Kittel dagegen konnte sich retten, wenn er drei heilige Messen vertrug und zwar die seiner goldenen Hochzeit, die bei der Primiz des Sohnes und die bei dessen Installierung als Pfarrer. Als die Primiz stattfand, zerriß beim siebenten Glockenschlag der Strick. Die Kirche war zum Erdrücken voll; da hörte man einen gellen Schrei, und man trug eine ohnmächtige Frau hinaus. Der Doktor wollte zu ihr, aber gelangte doch erst zur Tür, als schon das Glöcklein zur Kommunion ertönte. Kittel bekreuzte sich noch; draußen grinste die Frau ihm höhnisch ins Gesicht; aber er hatte den dritten Hauptbestandteil der Messe doch nicht versäumt. Nach dem Volksglauben war diese Bäuerin aber Kittels verkappter Geist gewesen. Die zweite Messe zur goldenen Hochzeit begann im schönsten Sonnenschein. Plötzlich wurde es dunkel wie im Sack, ein Blitz schlug in den Turm und riß den Putz von ihm los. Noch heute hält kein Anwurf (Putz) an ihm lange; so haben die bösen Geister ihre ohnmächtige Wut ausgetobt. Die letzte der Messen geschah wenige Tage, ehe sein Pakt ablief. Um Kittel von dieser abzuhalten, zeigte sich ihm sein Famulus in wahrer Gestalt und stürzte sich auf den Arzt. Wie ihn der Teufel bereits am Genick fassen wollte, erraffte sich Kittel in seiner Angst und traf den Bösen mit einem eisernen Kruzifix, daß dieser heulend und winselnd durch den Kamin entfloh. So konnte der Doktor auch dieser Messe beiwohnen und seine Seele dem Teufel ausspannen. – Dagegen erzählen andere, daß Kittel mit seinem Praktikanten, der Ratzka hieß, einmal am Schwarz-Teich zwischen Schossen- und Wolfersdorf vorbeigekommen ist. Beide hatten bereits des Guten etwas zuviel getan. Herr Doktor! rief plötzlich der Praktikant, wir reiten ja geradewegs in den Teich hinein! – Ach was! Reiten wir zu in drei Teufels Namen! Kaum hatte der Doktor das gesagt, da erhob sich ein furchtbares Gewitter, und der Praktikant sah beim Leuchten der Blitze, daß sich der Doktor auf seinem Pferde samt drei Gestalten im Schwarzteiche befand. Sein Pferd arbeitete sich aus den Wogen, und als er nach Hause kam, hatte sich auch des Doktors Pferd eingefunden. Den Geist des Doktors konnte man aber noch lange, besonders in den Gewitternächten, am Rande des Schwarzteiches sehen.

437.

DER SCHLACHTENBAUM

Wenn der Wanderer auf der Heerstraße von Vohenstrauß nach Wernberg in der Richtung von Ost nach West zieht, befindet er sich auf dem Grat eines langgestreckten Bergrückens, der zu beiden Seiten ziemlich steil abfällt. Da nun, hart an der Straße, zu linker Hand, steht ein einsamer Baum, eine Steinlinde, vor sich einen kleinen Teich, vielmehr Pfuhl, im Rücken einen Einödhof; hier weht der Wind Tag und Nacht, Sommer und Winter, in kalten Strömen, oft in der Stimme des heulenden Sturmes oder des grollenden Donners, und ewig bewegt sich das Laubdach des Baumes und teilt den Schauer des frierenden Wanderers. Darum heißt es hier: beim kalten Baum. Dieser steigt an achtzig Fuß empor und beugt seine Krone dankbar über das Wasser, das ihn nährt und tränkt. Er war ein Doppelbaum und steht nur mehr zur Hälfte. In dem Stamme ist eine Nische ausgefault, groß genug, um mehrere Menschen aufzunehmen. Sibylla Weis hat ihn gepflanzt, den Baum, den niemand kennt, und gleich einer Vala von ihm ausgesagt, daß, wenn einst sein Ast stark genug sein wird, um einen geharnischten Reiter mitsamt dem Rosse zu tragen, die Feinde aus Ost und West in zahllosen Heersäulen hier zusammentreffen werden. Dann werden sie sich eine Schlacht liefern, und bis zur Mitternachtsstunde soll das Würgen währen, wovon so arges Blutvergießen gegen Norden hin entsteht, daß es die Mühle im Tale bei Lind treibt. Davon heißt der Baum auch Schlachtenbaum. Die Rosse der Türken aber werden den Boden bedecken, so weit das Auge reicht, und den Greuel einer Pest verbreiten, wie sie die Welt noch nicht gesehen. Alles Volk und Vieh fällt ihr zum Opfer. Zuletzt wird ein Hirt heranziehen aus weiter Ferne und in dem Baume Wohnung nehmen, seine zahlreiche Nachkommenschaft aber das öde Land aufs neue bevölkern und fortan in seligem Frieden und Wohlstande besitzen.

WESTFALEN

438.

DIE WESTFALEN

Als Satan einmal vor den Herrn trat, fragte ihn der Herr, woher er käme. Satan antwortete, er habe sich auf der Erde umhergetrieben. Sprach wiederum der Herr: »Hast du auch das Westfalenvolk gesehen, das harte, unbekehrbare und allen Gläubigen so lästige?« Und Satan: »Ei, ja wohl hab ich es gesehen; wenn du es aber mir gäbest, dann sollte es dir nicht mehr zur Last fallen!« – »Nun, ich geb es dir, doch unter der Bedingung, daß du es aus der Welt hinausschaffest.« Da ging Satan vergnügt und froh hinweg und richtete einen großen Sack her, in den er alle Westfalen steckte und dann in die Luft flog, um dieselben aus der Welt fortzuschaffen. Als aber diesen die Sache verdächtig vorkam, begannen sie zu knurren und bereiteten ihrem Träger so viel Last, daß er vor Müdigkeit auf einem Berge den Sack niedersetzen mußte. Kaum fühlten dieselben sich wieder auf festem Boden, als sie alsbald den Sack zerrissen und davonflohen, daß keiner seines Nächstes gedachte, und so ist es gekommen, daß sie in alle Welt zerstreut wurden. Als aber Satan wieder zum Herrn kam, machte dieser ihm Vorwürfe und sprach: »Nun, was hast du tun wollen? Ich hatte dir die Westfalen gegeben, damit du sie aus der Welt fortschaffen solltest, und du hast sie im Gegenteil über die ganze Welt zerstreut!« Jener aber: »Halt es mir zugute Herr! Du kennst ja das Volk, wie hartnäckig es ist; weder auf mich, noch auf Dich wollen sie hören. Siehe, ich geb sie zurück in Deine Hände; mache mit ihnen, was Dir gut dünkt!«

439.

WEKING IN DER BABILONIE

Zwischen Lübbecke und Holzhausen, oberhalb des Dorfes Mehnen, liegt nahe an der Bergreihe ein Hügel, der die Babilonie genannt wird. Hier hatte einst König Weking eine mächtige Burg. Diese ist nun versunken. Und der alte König sitzet darinnen und harret, bis seine Zeit kommt. Es ist eine Tür vorhanden, welche von außen in den Hügel und zu dem Palaste führt. Allein nur selten geschieht es, daß einer, ein besonders Begünstigter, sie erblickt.

Es mögen jetzt hundert Jahr sein, als ein Mann aus Hille, namens Gerling, welcher auf der Waghorst Schäfer war, seine Herde an dem Mehner Berge weidete. Da sah er an dem Hügel der Babilonie drei fremde lilienartige Blumen und pflückte sie. Dennoch fand er des folgenden Tages grade an derselben Stelle wieder drei gleiche Blumen. Er brach auch diese, und siehe, am andern Morgen waren abermals an dem Orte eben dieselben aufgeblüht. Als er nun diese gleichfalls genommen und sich dann in der Schwüle des Mittags am Abhange hingesetzt hatte, so erschien ihm eine schöne Jungfrau und fragte ihn, was er da habe, und machte ihn aufmerksam auf einen Eingang in den Hügel, welchen er sonst nie gesehen und der mit einer eisernen Tür verschlossen war. Sie hieß ihn nun mit den Blumen das Schloß berühren. Kaum tat er es, so sprang das Tor auf und zeigte einen dunklen Gang, an dessen Ende ein Licht schimmerte. Die Jungfrau ging voran, und der Schäfer folgte und gelangte durch das Dunkel in ein erleuchtetes Gemach. Gold und Silber und allerlei köstliches Gerät lagen da auf einem Tische und an den Wänden umher. Unter dem Tische drohte ein schwarzer Hund. Doch als er die Blumen sah, ward er still und zog sich zurück. Im Hintergrunde aber saß ein alter Mann und ruhete, und das war König Weking. Als der Schäfer das alles angesehen, sprach die Jungfrau zu ihm: »Nimm, was dir gefällt, nur vergiß das Beste nicht.« Da legte er die Blumen aus der Hand auf den Tisch und erwählte sich von den Schätzen, was ihm das Beste schien und was er eben fassen konnte. Und nun eilte er, das unheimliche Gewölbe zu verlassen. Nochmals rief die Jungfrau ihm nach: »Vergiß doch das Beste nicht!« Er blieb stehen und blickte zurück und sah umher, welches denn wohl das Beste sei. Auch nahm er noch einiges, was besonders köstlich schien. An die Blumen aber dachte er leider nicht, sondern ließ sie auf dem Tische liegen. Und diese waren doch das Beste, denn sie hatten ihm ja den Eingang verschafft. Überzeugt, gewiß nicht das Beste vergessen zu haben, ging er mit Schätzen beladen durch die dunkle Halle zurück. Eben trat er an das Tageslicht heraus, als das Eisentor mit solcher Gewalt hinter ihm her fuhr, daß ihm die Ferse abgeschlagen wurde.

Dieser Schäfer liegt in der Kirche zu Hille auf dem Chore unter einem großen Steine begraben. Er hat nach diesem Ereignis viele Jahre in großem Wohlstande gelebt. Allein den Eingang hat er nie wieder erblickt, und seine Ferse ist nie heil geworden; so daß man ihn bis an seinen Tod nicht anders als mit einem niedergetretenen Schuh an diesem Fuße gesehen hat. Er hat manche Vermächtnisse nachgelassen, unter anderem auch eins für die Kirche zu Hille. Und die Nachkommen seiner Erben besitzen noch gegenwärtig den Aswen-Hof in Hille, welcher von ihm angekauft ist.

440.

DIE EGGESTER STEINE

Die alten Heiden, welche einst unser Vaterland bewohnten, waren beinahe alle vom starken Kaiser Karl besiegt und gezwungen worden, sich taufen zu lassen. Herzog Wittekind war mit den Seinen allein noch übrig. Aber auch er konnte sich nicht mehr lange halten, und seine Macht wurde alle Tage schwächer. Da erschien ihm einmal bei Nacht der Teufel und versprach ihm, einen Heidentempel zu bauen, der so gewaltig sein solle, daß ihn der starke Karl wohl müßte stehen lassen. Um dieses Heiligtum sollten sich dann alle, die noch den alten Göttern treu wären, in fester Einigkeit scharen. Selbst viele, ja die meisten der Neubekehrten würden wieder umkehren, da in ihrem Herzen der christliche Glaube nur erst schwache Wurzel getrieben habe. Und dafür, versicherte der Teufel, wolle er nichts anders, als daß nur Wittekind und die Seinen dem väterlichen Glauben nimmer entsagten! Mit Freuden willigte der Herzog ein, und der Teufel versprach dagegen, den Bau in der nächsten Vollmondnacht zu vollenden. Von dieser Zeit an waren Wittekinds Waffen gegen Kaiser Karl wunderbarerweise glücklich, und sein Anhang vermehrte sich von Tag zu Tag. So kam die Zeit des Vollmonds, und der Teufel begann sein Werk. Ungeheure Felsen schleppte er aus aller Welt Enden zusammen und türmte sie zu Gewölben und Hallen von ungeheuerem Umfange übereinander. Aber als nun der Riesentempel beinahe ganz vollendet dastand, da hat es Gott dem Wittekind plötzlich ins Herz gegeben, daß er seinen argen Wahn erkannte. Eiligst ging er hin in des starken Karls Lager und ließ sich reumütig taufen. Da das der Teufel gewahr wurde, fuhr er in großer Wut über den Tempel her und riß Säulen und Wände und Giebel mit entsetzlicher Kraft auseinander, die Felsen hierhin und dorthin zerstreuend. Das sind die Eggester Steine (Externsteine), die noch jetzt, grau und verwittert, am Eingange in den Teutoburger Wald zu sehen sind. Auf der Höhe des einen findet sich ein Gemach mit einem Opfersteine, welches der Teufel zu zerstören wohl vergessen haben muß. In viel späterer Zeit hat einmal ein christlicher Einsiedler in den Höhlen der Felsen gewohnt und in die rauhen Wände erbauliche Heiligenbilder gehauen, welche ebenfalls noch deutlich genug zu sehen sind.

441.

DIE BEIDEN HEILIGEN EWALDE

Zu einer Zeit, als das deutsche Volk noch tief in der Finsternis des Heidentums begraben lag, kamen zwölf fromme Männer aus England, welche ausgerüstet mit Entschlossenheit und Mut die deutschen Länder durchwanderten, um die Lehre Christi zu predigen in Wort und Tat. Unter diesen waren zwei Brüder, von denen der eine der weiße, der andere aber der schwarze Ewald genannt wurde. Beide wanderten in brüderlicher Eintracht miteinander und beschlossen, gemeinsam für das Wort Gottes in den Tod zu gehen. Da kamen sie zu einer heißen Sommerszeit in einen Flecken, genannt Laer, gelegen im Stifte Münster nicht weit von Burgsteinfurt, verrichteten hier ihre Gebete und segneten und belehrten das Volk. Dieses aber war seinen Götzenbildern zugetan und verachtete die heilige Lehre. Als nun die Sonnenhitze sehr groß und die Gegend wasserleer war, die durstigen Heiden aber vergeblich ihre Götzen um Wasser anflehten, da traten die frommen Brüder mit dem Bilde des gekreuzigten Heilandes in der Hand auf einen Felsen, beteten und segneten selbigen und siehe, da sprang aus dem harten Steine eine frische, klare Wasserquelle unter ihren Fußstapfen hervor und labte das ganze Volk. Erstaunend erkannte nun der Droste des Landes die Kraft und Heiligkeit der beiden Fremdlinge; willig räumte er ihnen einen Acker ein, welcher reiche Früchte trug, und alle Heiden der Umgegend ließen sich taufen in dem Wasser der wunderbar entstandenen Quelle. Als nun aber das Wort des Herrn in dem Herzen des Volkes Wurzel gefaßt hatte, schenkten die heiligen Brüder ihren Acker den Armen und zogen weiter in das Land, um auch unter den benachbarten Völkern das

Evangelium auszubreiten. Allein der Herr hatte ein anderes mit ihnen beschlossen und würdigte sie, die Märtyrerkrone zu empfangen. Auf dem noch heute so genannten Mordhofe zu Apelterbeck zwischen Unna und Dortmund wurden die frommen Brüder von den Heiden auf eine qualvolle Art ums Leben gebracht. Die Leichname wurden später von dem heiligen Erzbischof Anno aus ihren Gräbern genommen und sollen, wie mehrere alte Schriften versichern, in dem Dome zu Münster beigesetzt sein, wo man viele hundert Jahre hindurch ihr Andenken festlich feierte. Zu Laer heißt noch gegenwärtig der Acker, welchen sie besaßen, der Heiligenkamp, und ist auf demselben zur Ehre ihres Namens eine Kapelle erbauet, welche die älteste in Westfalen sein soll.

442.

DIE BRAUT ALS HEXE

In einem westfälischen Dorfe war einmal ein Mädchen und ein Junggesell, die liebten einander und wollten Hochzeit halten. Das Mädchen aber war eine heimliche Hexe. Nun gingen sie zur Stadt und wollten ihr Brautzeug kaufen. Als sie nun bei einem Bauernhause vorbeigingen, wo die Frau in der Tür stand und butterte, da sagte das Mädchen: »Bernd-Henrichs, nun will ich mal ein Kunststück machen, nun will ich machen, daß der Frau ihre Butter sogleich hier kommt.«

»Ja«, sagt er, »das tu mal«, und meint, es sei ein Scherz, und die Butter kommt gleich herangeflossen auf dem Wasser, das nebenan war. Sie nimmt sie mit zur Stadt und verkauft sie. Als sie nun das Brautzeug gekauft und nach Hause gehen, da steht die Frau noch und buttert, und der Bräutigam ruft sie allein und sagt: »Buttert doch nur nicht mehr, eure Butter ist längst fort gewesen.« Darauf gehn sie weiter. Sagt sie: »Geh ein wenig voran!« Er tut es auch. Da kommt ein Hund auf ihn zu und beißt ihn in den Rock, und all sein Schreien hilft ihm nichts. Auf einmal verschwindet der Hund, und seine Braut steht wieder bei ihm. »Mein Gott, wie ist's mir übel ergangen«, sagt er, »wo bist du so lange gewesen?« – »Ich hatte da in einem Kötterhause etwas zu tun.« – »Du hast ja die Wolle von meinem Rock zwischen den Zähnen sitzen, ich glaube, du bist 'ne Hexe; das freut mich recht, denn ich möcht auch gerne hexen lernen. Kannst du auch ein Gewitter machen? Das seh ich so gern.« – »Ja, das kann ich wohl«, sagt sie, »wenn's Hans (Teufel) nur will, den muß ich bitten: o, so mach doch ein Gewitter.« –

»Weißt du auch, in welchen Baum es einschlagen will?« – »Ja, in den krausen Eichbaum«, und sie ruft: »Hans, schlag ein!« – »Aber«, sagt er, »wenn du das Gewitter hast, kannst du es gleich wieder stillen?« – »Nein, das geht nicht an.«

Da nimmt er sie und bindet sie an die Eiche, und als das Gewitter kam, da schlug es in die Eiche, und die Eiche und das Mädchen wurden in tausend Stücke zerschlagen.

443.

ZIRKZIRK

Einer Frau hat einmal das Spinnen nicht recht von der Hand gewollt, und ihr Mann hat oft gescholten, daß sie nichts vor sich bringe, und wie sie einmal darüber ganz traurig ist und so in ihren Gedanken dahingeht, steht plötzlich ein Zwerg vor ihr, der sie fragt, was ihr fehle und ob er ihr nicht helfen könne. Da erzählt sie ihm alles, und der Zwerg sagt, er wolle ihr helfen, wenn sie ihm nur das geben wolle, was sie unter der Schürze habe; könne sie aber raten, wie er heiße, so brauche sie ihm gar nichts zu geben. Die Frau bedachte sich auch nicht lange und sagte ja, denn sie glaubte nichts darunter zu haben. Von der Zeit an hat sie immer Garn genug gehabt, und alle Sonnabende, wenn ihr Mann kam und nachsah, war das Stück voll. Da ist sie vergnügt und zufrieden gewesen, aber es hat nicht lange gedauert, da hat sich das geändert, denn sie sollte in die Wochen kommen und wußte nun wohl, was der Zwerg gemeint habe. Voll Betrübnis hat sie alles ihrem Manne erzählt, und wie der eines Tags über einen Berg geht, hört er ein schnurrendes Rad im Berge drehen und einen Zwerg dazu singen:

»Dat is gaut dat dat de gnädige Fru nich weit
dat ik Zirkzirk heit.«

Da ist er vergnügt nach Hause gegangen, hat alles seiner Frau erzählt, und als die Frau in die Wochen gekommen ist und der Zwerg sich einfand, um das Versprochene zu holen, hat sie ihm sogleich gesagt, wie er heiße, und seit der Zeit ist er nicht wiedergekommen.

444.

DER BERGGEIST

Der Berggeist ist ein kleiner Mann mit langem, weißem Barte. In der rechten Hand trägt er einen großen Stab, seine Linke hält ein klares Licht. Ganz unmerkbar durchwandert er die Erde, tritt plötzlich aus dem Gestein hervor, gesellt sich den Arbeitern zu, um ihnen Öl auf die erloschenen Lampen zu bringen und ihnen zu zeigen, wie man die wertvolle Kohle am leichtesten gewinnt. Oft kommt er auch in böser Absicht. Menschen, die mit unreinem Gewissen in die Grube fahren, sucht er durch gespensterhaftes Wesen in ihrer Arbeit zu stören, führt sie im dunklen Schoß der Erde auf Irrwege und stürzt sie ins Verderben. Guten Menschen zeigt er wertvolle Erzlager. Will sich ein Arbeiter dem klugen Berggeiste widersetzen, so führt er ihn sofort ins Verderben.

445.

DER WESTFÄLISCHE PUMPERNICKEL

Das schwarze, in ganz Westfalen übliche, Pumpernickel genannte Brot soll davon seinen Namen haben, daß einst ein reisender Franzose, dem es nicht schmecken wollte, dassselbe genommen und seinem Pferde mit den Worten gegeben habe: »Bon pour Nickel« d. h. gut für Nickel, d. i. mein Pferd; nach einer andern Sage hätte man unter Nickel nicht ein Pferd, sondern ein gemeines Frauenzimmer, eine Pfarrköchin etc. zu verstehen. Andere sagen, es habe seinen Namen von dem Bäcker Nickel Pumper, der es im 16. Jahrhundert zu Osnabrück zuerst gebacken habe.

446.

DAS HUFEISEN AUF DEM ÜBERWASSERS-KIRCHHOFE

Als die Liebfrauen-Kirche in Münster gebauet wurde, sah der Teufel mit großem Verdruß diesem herrlichen Bau zu und sann auf allerlei Mittel, das gottgefällige Werk zu hintertreiben. Endlich beschloß er, durch List die Sinne des Baumeisters zu betören, schminkte sich, flocht seine Haare in Zöpfe und kam mit schönen Frauenkleidern angetan und mit seidenen Handschuhen und köstlichen Edelsteinen ausgeziert auf dem Bauplatz. Allein der Baumeister ließ sich nicht irremachen, auf seinen Maßstab gestützt hörte er unbewegt die Reden der schönen Frau und wies selbst Geld und Edelsteine, welche sie ihm bot, mit Verachtung zurück. Da ergrimmte der Teufel, stampfte zornig mit dem Fuß auf den Boden und verschwand mit Hinterlassung eines argen Gestankes. Sein Pferdefuß aber hatte sich in den Stein, auf welchen er trat, abgedrückt, so daß die Spur des Hufeisens noch heutigentages auf dem Überwassers-Kirchhofe sichtbar ist.

447.

DER RENTMEISTER SCHENKEWALD

In alten Zeiten lebte auf dem Schlosse Nordkirchen ein Rentmeister namens Schenkewald, welcher die armen ihm untergebenen Bauern sehr unbarmherzig mißhandelte. Wenn ihm einer das Pachtgeld oder die schuldigen Zinsen nicht auf den Tag bezahlte, so fiel er ihn mit harten Worten an, ließ sich heimlich für seine Nachsicht Geld und Hühner bringen und ließ auch wohl den armen Schuldner von Haus und Hof werfen oder durch das Gericht auspfänden. Schon eine Menge Bauern waren durch seine Habsucht und Unbarmherzigkeit arm geworden, als er endlich an einer ganz plötzlichen Krankheit starb. Das war ein Jubel unter den Bauern, als Schenkewald tot war; nur die vornehmen Leute gingen mit seiner Leiche, und tausend Flüche folgten ihm in sein Grab. Allein kaum war er begraben worden, als man in dem Schlosse zu Nordkirchen bemerkte, daß Schenkewald spuken gehe. Des Nachts hörte man ihn die Treppen auf und ab laufen und entsetzlich heulen, andre sahen ihn an einem Tische sitzend Geld zählen, und wenn sie näher kamen, war er plötzlich verschwunden.

Die Einwohner des Schlosses Nordkirchen waren dieser Spukereien so müde, daß sie mehrere Messen lesen ließen und Gott baten, den Geist aus dem Schlosse zu verbannen. Als dies geschehen war, hörte man in einer finstern stürmischen Nacht den Schenkewald ärger als jemals umherpoltern. Plötzlich wurde die Hausklingel gewaltig gezogen, alle Bedienten sahen zum Fenster hinaus und siehe, es hielt eine prächtige Kutsche mit vier kohlschwarzen Pferden vor der Tür. Darin saßen zwei Kapuziner, welche ausstiegen, mit ruhigen Schritten stillschweigend in das Schloß gingen und alsbald mit Schenkewald, welchen sie in der Mitte führten, wieder herauskamen. Alle drei stiegen in den Wagen. Schenkewald saß zwischen den Kapuzinern, eine Peitsche knallte, und mit Blitzesschnelle fuhr der Wagen von dannen, welcher den Weg nach der Davert verfolgte. Seit Schenkewald in dieser Art abgeholt war, wurde auf dem Schlosse Nordkirchen alles still, in der Davert aber fährt er seitdem bis auf den heutigen Tag mit den beiden Kapuzinern und in demselben Wagen Tag und Nacht umher. Eine Menge Leute haben ihn fahren sehen und beschreiben ihn bis auf den kleinsten Umstand, wie er aussieht. Auch ist es schon mehreren begegnet, daß sie den Wagen für eine herrschaftliche Kutsche hielten und sich hinten aufsetzen wollten. Kaum hatten sie ihn aber berührt, so flog der Wagen mit den Pferden hoch durch die Lüfte davon.

448.

MAGD HOLT FEUER

Eine Magd, die in einem Hause auf dem Markte in der Stadt Münster diente, wurde einstmals in der Nacht wach. Und weil der Mond so hell schien, meinte sie, es sei schon Zeit, aufzustehen und Feuer zu machen. Sie ging also in ein Haus unter dem Bogen, um Kohlen zu holen. Sie fand dort die Haustüre weit offen und ging in die Stube. Da saßen um den Tisch viele Männer in ganz alter Kleidung und großen Perücken, die spielten Karten und sahen sie ganz böse an. Das Mädchen dachte aber davon nichts Arges, nahm die Kohlen und ging fort. Als sie nun aber aus dem Hause war, da war ihr das Feuer schon wieder ausgegangen, und sie ging wieder in dasselbe Haus, um anderes zu holen. Als sie nun in der Stube war, wo die Männer saßen, sprach einer zu ihr: »Was störst du unsere Ruh! Diesmal magst du noch Feuer nehmen! Kommst du aber zum drittenmal, so brechen wir dir den Hals!« Das Mädchen nahm also eilig das Feuer und lief nach Haus.

Als sie nun in die Haustüre trat, schlug die Glocke eins, und sie sah, daß es nicht mit rechten Dingen zugegangen, warf die Kohlen auf den Herd und ging wieder zu Bette. Am andern Morgen suchte sie nach den Kohlen, aber die waren lauter Goldgeld geworden. Bei näherer Untersuchung haben sich in dem Hause, wo die Männer gewesen sind, große vergrabene Schätze gefunden, wodurch diese Leute darum ganz reich geworden sind.

449.

DIE STEINE IN DER DAVERT

In der Gegend der Davert und ebenso auf dem Wege von Münster nach dem Sauerlande findet man einzelne große Steine. Über die Art und Weise, wie diese ungeheuren Felsstücke in die hiesige Gegend gekommen sind, gehen viele Sagen, wozu auch folgende gehört:

Als einst der Teufel mit einem großen Sack voll Steine des Weges durch die Davert kam, schrammte er mit dem Sack an einem auf der Erde liegenden Felsen vorbei, so daß der Sack ein Loch bekam. Ohne daß es der Teufel bemerkte, verlor er nun nach und nach einige Steine, die sich durch das entstandene Loch durchdrängten und noch an derselben Stelle liegen, wo sie ihm entfielen. Da er nun bis an die Grenze des Sauerlandes kam, wurde das Loch immer größer, bis endlich in der Gegend des Klusensteins der ganze Sack borst und so das sogenannte Felsmeer entstand.

450.

DER TEUFEL IN DER DAVERT

Es geht im Münsterlande allgemein die Sage, daß in der Davert außer einer Menge von andern Gespenstern und Kobolden auch der Teufel selbst sein Wesen treibe. Er läßt sich in allerhand Gestalten sehen und erscheint besonders in der Abenddämmerung als ein starker stämmiger Kerl, welcher mit großen Schritten und mit ineinandergeschlagenen Armen unter den alten Eichbäumen umhergeht. Zuweilen findet man ihn auch, wie er ganz ruhig auf einem Schlagbaum sitzt. Er tut indessen niemandem etwas zuleide und soll sogar schon mit mehreren Bauern geplaudert haben. Wer ihm aber zu Leibe geht, kommt schlecht weg. Es ist schon mehrmals begegnet, daß Bauern, die mit Knüppeln auf ihn losgehen wollten, stundenweit durch die Luft fortgeschleudert wurden und Arme und Beine zerbrachen, so daß sie ihr Leben lang Krüppel blieben. Es wird den Teufel ärgern, daß er bei der jetzigen Teilung der Davert seinen Tummelplatz in Westfalen verliert.

451.

HEYBROCK

In der Davert gibt es einige Gegenden, welche sich durch mannigfaltige Spukereien vor den übrigen besonders auszeichnen: hierzu gehört der sogenannte Heybrock. In diesem läßt sich ein kleines Männchen unter allerhand Gestalten sehen, welches gewöhnlich zur Nachtzeit umherläuft und die Wanderer durch fortwährendes Hohorufen irreführt. Zuweilen führt dieser sonderbare Geist die Leute auf den Weg nach Ascheberg hin, zu dem sogenannten Hüfelsteig, wo ein altes Weib mit einem Haspel auf einem Schlagbaum sitzt und alle Nacht haspeln muß, weil sie in ihrem Leben die Leute mit einem zu kleinen Haspel betrogen hat. Zuweilen führt er sie aber auch auf eine gleichfalls im Heybrock gelegene Wiese, auf welcher zwei alte Jungfern unter seltsamen Sprüngen und Gesängen im Mondschein miteinander tanzen, weil sie in ihrem Leben mit dem Teufel in Verkehr gestanden haben sollen.

452.

DER BÖSE GEIST

Eine halbe Stunde von hier steht ein kleines Häuschen, worin noch vor zehn Jahren eine Bauernfamilie wohnte, die dieses Häuschen von dem nahe wohnenden Schulzen gemietet hatte. Jetzt steht es seit mehreren Jahren leer, und die Familie mußt es wider Willen verlassen, weil ein Geist sich darin umtreibt, der ihnen keine Ruhe lassen wollte. Oft wenn die Frau morgens nach den Kühen sehen wollte, hatte der Geist einer den Hals umgedreht oder einem Kalbe die Füße mit Stroh aneinander gebunden und es im Stalle aufgehängt. Auch lärmte es nachts auf dem Boden und in der Küche, warf Stühle, Töpfe und anderes Gerät durcheinander und ließ keinen schlafen. Wer auch um Mitternacht vorn aus der großen Tür ging, der bekam eine tüchtige Ohrfeige, und es wurden ihm die Augen dergestalt verblendet, daß er das Haus nicht wiederfinden konnte und in der Gegend umherirrte, bis der Morgen anbrach. Nun geht die Sage, daß der Geist durch einen Baum, der bei der Erbauung dieses Häuschens aus der Davert geholt und in den vor alten Zeiten ein sehr böser Geist gebannt, mit hineingebracht sei. Die Davert aber ist ein sieben Stunden langer Wald, in der Gegend von Ottmarsbocholt, und der größte in unserem Lande, in den aus der ganzen Gegend alle bösen und unruhigen Geister verwiesen werden.

453.

DAS UNHEIMLICHE FEUER

Vor mehreren Jahren geht ein Jäger um Mitternacht über den Detterberg und kommt in eine Gegend, die das hohe Holz genannt wird, weil dort sehr hohe Eichen und Buchen stehen. Weil ihm nun die Pfeife ausgegangen und es so dunkel und schauerlich umher ist, so freut es ihn sehr, als er von fern ein Feuer sieht, und er meint, es wären Hirten, die sich dort noch wärmen; wie er nun nähertritt, sieht er ein altes Mütterchen auf der Erde vor einem kleinen Kohlenfeuer sitzen; die hält den Kopf in beiden Händen und hat das Gesicht in einem Tuche verhüllt; er bietet ihr guten Abend, zweimal und mehrere Mal, bekommt aber keine Antwort, und sie rührt sich nicht; da wird es ihm so unheimlich, und er hat nicht Lust, seine Pfeife an den Kohlen anzuzünden; wie er nun schon eine Strecke weit gegangen ist und sich umsieht, so richtet das alte Mütterchen sich empor und sieht ihm nach, worauf alles verschwunden ist; wie er nun in das Stapeler Feld tritt, so sieht er eine Leuchte daherkommen, und wie die näher kommt, so ist's ein langer schwarzer Mann, wie ein Kapuziner gekleidet, der sie trägt; der Jäger aber läuft so schnell er kann und kommt nach langem Umherirren gegen Morgen nach Hause; am andern Tage sucht er nach der Stelle, wo er das Feuer gesehen, kann aber keine Kohlen finden, behauptet aber bis auf den heutigen Tag, daß er alles so gesehen.

454.

DER HEIDEMANN

In den Heiden im Münsterlande geht an stürmischen Abenden ein Mann umher, welcher gewaltig groß ist, einen weiten Mantel um hat und eiserne Schnallen auf den Schuhen trägt. Das Volk nennt ihn den Heidemann und erzählt viele wunderbare Dinge von ihm. Wenn er nach Sonnenuntergang bei stürmischem Wetter ein Mädchen über die Heide kommen sieht, so geht er mit gewaltigen Schritten auf sie los, nimmt sie unter seinen Mantel, und indem er sich immer fester an sie schmieget, bringt er sie, ohne ein Wort zu sagen, über die Heide. Ehe er sie aber gehen läßt, drückt er ganz sanft und innig einen Kuß auf ihren Mund; das arme Mädchen geht sodann erschrocken nach Hause und ist am andern Morgen tot.

455.

DER HASE IM WEGE

In einer Gegend des Münsterlandes wohnte vor vielen Jahren ein Pfarrer, welcher von seinen Pfarrkindern seiner außerordentlichen Frömmigkeit wegen sehr geschätzt und verehrt ward. Dieser wurde einst zu einer entfernt vom Dorfe wohnenden todkranken Frau gerufen, um ihr die heiligen Sakramente zu erteilen; sie hatte gebeten, er möchte doch selbst kommen. Weil der Pfarrer aber gerade in diesem Augenblick verhindert war, so schickte er seinen Kaplan dahin, welcher dann auch die Kranke mit den heiligen Sakramenten der Sterbenden versah. Die Kranke aber bat nochmals dringend, der Herr Pastor möge doch noch einmal selbst zu ihr kommen, sie könne sonst nicht ruhig sterben, worauf sich der Pastor denn auch gleich dahin auf den Weg begab.

Unterwegs betete er im Gehen das Brevier, und als er aufsah, sah er vor sich im Wege einen Hasen sitzen, worauf er anfangs nicht weiter achtete. Als er noch einmal aufsah, hatte sich das Ding ordentlich vergrößert und nahm zusehends noch immer zu, so daß es zuletzt über Mannshöhe erreichte und den ganzen Weg sperrte. Der Pfarrer ließ sich hierdurch nicht irremachen, sondern setzte seinen Weg getrost fort, darauf vertrauend, daß er vor Gott wandele. Als er nun der Erscheinung näher kam, zog sie sich seitwärts in das nah gelegene Gebüsch zurück und ließ ihm den Weg offen. Als er zum Bette der Kranken kam, verlangte selbige nochmals zu beichten; während er ihr nun die Beichte hörte und einmal zufällig aufblickte, sah er am Fuße des Bettes die Gestalt eines scheußlichen Totengerippes stehen. Der Pastor sah wieder vor sich und hörte die Beichte der Kranken bis zu Ende. Kaum hatte er ihr die Lossprechung erteilt, so war das schreckliche Gesicht verschwunden, und die Kranke verschied bald darauf ruhig.

456.

JUNGFER ELI

Vor hundert und mehr Jahren lebte in dem münsterischen Stift Freckenhorst eine Äbtissin, eine sehr fromme Frau, bei dieser diente eine Haushälterin, Jungfer Eli genannt, die war bös und geizig und wenn arme Leute kamen, ein Almosen zu bitten, trieb sie sie mit einer Peitsche fort und band die kleine Glocke vor der Türe fest, daß die Armen nicht läuten konnten. Endlich ward Jungfer Eli todkrank, man rief den Pfarrer, sie zum Tode vorzubereiten, und als der durch der Äbtissin Baumgarten ging, sah er Jungfer Eli in ihrem grünen Hütchen mit weißen Federn auf dem Apfelbaum sitzen, wie er aber ins Haus kam, lag sie auch wieder in ihrem Bette und war böse und gottlos wie immer, wollte nichts von Besserung hören, sondern drehte sich um nach der Wand, wenn ihr der Pfarrer zureden wollte, und so verschied sie. Sobald sie die Augen schloß, zersprang die Glocke, und bald darauf fing sie an, in der Abtei zu spuken. Als eines Tags die Mägde in der Küche saßen und Vizebohnen schnitten, fuhr sie mit Gebraus zwischen ihnen her, gerade wie sie sonst leibte und lebte, und schrie: »Schniet ju nich in de Finger, schniet ju nich in de Finger!«, und gingen die Mägde zur Milch, so saß Jungfer Eli auf dem Stege und wollte sie nicht vorbeilassen, wenn sie aber riefen: »In Gottes Namen gah wi derher!« mußte sie weichen, und dann lief sie hinterher, zeigte ihnen eine schöne Torte und sprach: »Tart! Tart!« Wollten sie die nun nicht nehmen, so warf sie die Torte mit höllischem Gelächter auf die Erde, und da war's ein Kuhfladen. Auch die Knechte sahen sie, wenn sie Holz haueten, da flog sie immer von einem Baumzweig im Wald zum andern. Nachts polterte sie im Hause herum, warf Töpfe und Schüsseln durcheinander und störte die Leute aus dem Schlaf. Endlich erschen sie auch der Äbtissin selbst auf dem Wege nach Warendorf, hielt die Pferde an und wollte in den Wagen hinein, die Äbtissin aber sprach: »Ich hab nichts zu schaffen mit dir, hast du Übel getan, so ist's nicht mein Wille gewesen.« Jungfer Eli wollte sich aber nicht abweisen lassen. Da warf die Äbtissin einen Handschuh aus dem Wagen und befahl ihr, den wieder aufzuheben, und während sie sich bückte, trieb die Äbtissin den Fuhrmann an und sprach: »Fahr zu, so schnell du kannst, und wenn auch die Pferde drüber zugrunde gehen.« So jagte der Fuhrmann, und sie kamen glücklich nach Warendorf. Die Äbtissin endlich, des vielen Lärmens überdrüssig, berief alle Geistlichen der ganzen Gegend, die sollten Jungfer Eli verbannen. Die Geistlichen versammelten sich auf dem Herren-Chor und fingen an, das Gespenst zu zitieren, allein sie wollte nicht erscheinen, und eine Stimme rief: »He kickt, he kickt!« Da sprach die Geistlichkeit: »Hier muß jemand in der Kirche verborgen sein, der zulauscht«, suchten und fanden einen kleinen Knaben, der sich aus Neugierde drin versteckt hatte. Sobald der Knabe hinausgejagt war, erschien Jungfer Eli und ward in die Davert verbannt. Die Davert ist aber ein Wald im Münsterschen, wo Geister umgehen und wohin alle Gespenster verwiesen werden. Alle Jahr einmal fährt nun noch, wie die Sage geht, Jungfer Eli über die Abtei zu Freckenhorst mit schrecklichem Gebraus und schlägt einige Fensterscheiben ein oder dergleichen, und alle vier Hochzeiten kommt sie wieder einen Hahnenschritt näher.

457.

DIE UNGETAUFTE GLOCKE

Vor langen Jahren wurde zu Warendorf auf dem Turme der alten Kirche eine neue Glocke aufgehangen. Die Glocke hatte man aber nicht getauft. Als man nun mit derselben zu läuten anfing, da kam mit einem furchtbaren Heulen und Geschrei der Teufel durch die Luft geflogen, holte die Glocke von dem Turme und warf sie eine halbe Stunde von der Stadt in die Ems, in einen tiefen Kolk, der der grundlose Kolk heißt. In diesem liegt sie noch; der Kolk ist aber so tief, daß noch kein Mensch bis auf den Grund hat fühlen können. Daß aber die Glocke noch darin ist, kann man an den vier hohen Festtagen hören, denn wenn dann des Abends in der Stadt mit allen Glocken geläutet wird und man wirft einen Pfennig in den Kolk, so fängt auch die ungetaufte Glocke tief unten an zu läuten.

458.

DAS DORF EINE

Nicht weit von Warendorf im Münsterlande liegt ein Dorf, Eine geheißen. Als man dieses vor langem erbauen wollte, schickten die Leute vorher einen Abgesandten an den Bischof von Münster mit der Frage, wie das Dorf heißen solle. Der Bischof aber fragte, wie viele Wohnungen das Dorf denn schon hätte. Die Abgesandten antworteten: »Eine!« Da sprach jener: »Dann soll es auch Eine heißen!«

459.

DIE KARTAUSE BEI NOTTULN

In Nottuln geht auch die Sage von der Entstehung eines Klosters. Einer aus der Weinerbauerschaft bei Ochtrup, der früher längere Zeit in der Gegend von Nottuln wohnte, hat mir die Geschichte erzählt. Nicht sehr weit von dem Dorfe, in der Richtung auf Dülmen, so berichtete er, stand einst ein adeliger Hof. Der Sohn des Herrn war in den Krieg gezogen. Siegreich kehrte er in seine Heimat zurück. Es war Nacht und Mondschein, als er dem elterlichen Gut zuritt, dem Vater die frohe Kunde zu überbringen. Dieser sah den Reiter ankommen, wie er fast die Gräftebrücke erreicht hatte. Er glaubte nun, das sei der Feind, dem ein großes Heer nachfolge, die Burg zu vernichten. Und er schoß den Reiter tot. Am folgenden Morgen ging der Burgmann nach der Stelle hin, wo der fremde Reiter gefallen war. Da erkannte er, daß es der eigene Sohn war, den er erschossen. Und aus seinen Papieren entnahm der Vater die Nachricht von dem siegreichen Kampf. Er geriet in große Betrübnis; denn er hatte bloß diesen einen Sohn. Da hatte der Adelige keine Freude mehr an dem Gut, und er machte das Gelübde, seine ganze Habe dem zu geben, der ihm zuerst in den Weg laufe. Wie gesagt, so getan. Als dem Burgherrn ein Pater begegnete, reichte er diesem freundlich die Hand hin und redete ihn an. Der andere aber ist darob ganz verwundert gewesen. Was das zu bedeuten habe, er kenne ihn doch gar nicht. Da erzählte nun der Burgherr dem Pater, was geschehen sei und was er versprochen habe. Und ob er jetzt die Besitzung annehmen wollte. Das wollte der Pater wohl tun, und er hat daraus ein Kloster gemacht. Das ist noch jetzt die Kartause, die bei der Entschädigung der linksrheinischen Fürsten im Jahre 1803 an den Herzog von Croy kam.

460.

DER ZEHN-UHRS-HUND ZU WIEDENBRÜCK

Jeden Abend um zehn Uhr läuft in Wiedenbrück ein großer Hund auf der Straße herum, den heißt man den Zehn-Uhrs-Hund, und damit hat es folgende Bewandtnis.
Zur Zeit des Siebenjährigen Krieges war hier ein gewisser Schwanenwirt, der machte den Werber. Er kam und nahm den Bauern die Söhne weg und ließ sie mit Ketten zusammenschließen, damit sie nicht fortlaufen könnten. Zuletzt aber geschah es, daß dieser selbige Schwanenwirt von einem Haufen Bauern erschlagen ward. Da war aber sein Leichnam auf einmal verschwunden, aber hinter der Landwehr sprang ein schwarzer Hund weg, der sprach: »So geht's, wer andere Leute verrät und verkauft; bis auf den Jüngsten Tag soll ich mit einer Kette um den Hals durch die Straßen laufen, zur Warnung, daß sich keiner wieder an andern Leuten vergreift.« So geht er denn jeden Abend, wenn es zehn Uhr ist, in der Straße herum, und in den Häusern, wo er die Söhne herausgeholt hat, da guckt er durch die Scheiben hinein und macht sich so groß, daß er zu den obersten Scheiben hineinsehen kann und macht ein Paar glühende Augen, daß einem graut.

461.

DIE TEUFEL IM WARTTURM BEI BECKUM

Bei der Stadt Beckum im Münsterlande steht eine alte Warte, drin ist der Teufel gebannt, der in der Nacht oft erbärmlich heult. Eines Abends ist ein Bürger der Stadt neben die Warte gesessen, da hat der Teufel plötzlich aus einem Fenster derselben gekuckt, ohne Hörner, aber mit einem sehr langen Bart. Wie der Bürger nun vor Angst ganz still zusammenkauert, kömmt ein zweiter Teufel, kohlschwarz, aber in weißes Zeug gekleidet, mit weißer Mütze und Schürze, ganz wie ein Koch und überher mit Tiegeln, Töpfen und Kochlöffeln behängt, der frägt den Teufel im Turm: »Sind se feer (fern)?«, der andre antwortet: »Lot se so feer syn aße se wilt, ick will doch wull kocken, wat se fretten söllt«, darauf ist er schnell weitergegangen, der im Turm hat erbärmlich gewimmert und ist in das Fenster gestiegen, um dem anderen nachzufliegen, so oft er sich aber hinausgebeugt hat, ist er mit einem elenden winseligen Gebrüll zurückgestürzt, und wie nun der Bürger in seiner Not endlich ein Herz faßt, von dem Turm wegrennt, und der Teufel ihn sieht, hat er ein Rad über sich geschlagen, in den Turm hinein, der Bürger aber ist zwar sehr erschreckt, doch sonst glücklich nach Hause gekommen.

462.

DAS GELÜBDE DER GEISTER

Ein gewisser Scheffer aus Haltern, der mit irdenen Töpfen handelte, ging seines Geschäftes wegen sehr früh am Morgen auf das Land. Wie er ungefähr eine Stunde von der Stadt entfernt war, erschienen ihm plötzlich drei große beflügelte Tiere, die seinen Pfad sperrten und um Hilfe flehten. Fast zum Hinfallen erschreckt über diese Erscheinung, rief er aus, sie möchten ihr Verlangen nun äußern, und er würde es gewiß, wenn es in seiner Macht stände, gerne erfüllen, nur sollten sie sein Leben verschonen. Die Tiere sagten also, sie seien Geister und hätten während ihres Lebens ein Gelübde getan, in der Anna-Kapelle unweit Haltern einige Pfund Flachs und Wachs zu opfern, selbiges aber nicht erfüllt und könnten nicht eher zur Anschauung Gottes gelangen, bis sie einen guten Menschen fänden, der das Gelübde für sie erfüllte.

Da er nun dieses versprach, verlangten sie zum Beweise seines Versprechens ein Zeugnis. Er hielt ihnen zu diesem Zwecke sein Taschentuch vor, sie bissen darin, und blitzschnell waren die Stellen, welche sie berührten, vom Feuer verzehrt. Auch in demselben Augenblicke fühlte er eine schwere Last, indem sich diese Geister Platz auf seinen Rücken genommen hatten. Nun erinnerte er sich, daß er jene Vorschriftsregel, die bei solchen Geistererscheinungen zu beobachten ist, nämlich zu sagen: »Bleibt drei Schritte von mir entfernt!«, vergessen habe. Er ward gezwungen, diese fast zum Erdrücken schwere Last bis zur Erfüllung seines Versprechens zu tragen. Er zögerte auch nicht und ging zu dem Küster der Kapelle, welcher auf demselben Berge, worauf diese erbaut ist, wohnt, kaufte von diesem die verlangten Sachen und brachte sie hinein, wo sich auch gleich die ihn drükkende Schwere verlor. Im lichten Glanze statteten die Geister unter Jubeln dem Retter ihren Dank ab.

463.

DAS WEISSE MÜTTERCHEN

In Haltern geht abends gegen acht Uhr und später ein weiß Mütterchen um. Wenn jemand ihm begegnet, den bittet es, mitzugehen, indem es ihm einen Schatz zeigen und geben wolle. Wer ihr aber folgt, den tötet sie, und der ist unrettbar verloren.

464.

DAS ALTE SCHLOSS ZU RAESFELD

Auf dem alten Schlosse zu Raesfeld ist's nicht recht geheuer, darum wohnt nun schon seit über hundert Jahren niemand mehr auf demselben, und es verfällt immer mehr und mehr. Das ist aber so gekommen. Der letzte Sprößling der vorigen Besitzer war etwa in einem Alter von sechs Jahren, als er von dem kalten Fieber befallen wurde; da war er einst in der Küche und erzählte, der Arzt würde kommen und ihm etwas gegen das Fieber verschreiben; dieser ist denn auch nachher gekommen, das Kind ist hinaufgegangen, aber nicht wieder heruntergekommen, und man erzählt, daß es erst getötet und dann in die Wand eingemauert worden sei; diese hat aber später einen großen Riß erhalten, und so ist das Verbrechen zutage gekommen. Andere sagen, das Gewölbe, in dem der junge Graf beigesetzt worden, habe einen Riß erhalten zum Zeichen, daß der Tod desselben kein natürlicher gewesen, und seitdem ist es im Schlosse nicht mehr geheuer. Zuletzt hat auf demselben noch eine Wirtschafterin mit ihrer Tochter gewohnt; die haben eines Abends am Herd gesessen, da haben die beiden Türen begonnen zu klappern, und die Flamme ist plötzlich hell aufgelodert, und es hat im Feuer geschürt, so daß die Dirne die Mutter gefragt hat, ob sie denn nichts sehe, aber die Mutter hat sie geheißen still zu schweigen, daß sie beileibe kein Wort weiter reden möge. Nach einiger Weile ist dann alles wieder still geworden, aber da hat die Wirtschafterin nicht länger auf dem Schloss bleiben mögen, und seitdem ist es ganz verlassen.

465.

DIE BEIDEN SCHWESTERN

Vor langen Jahren lebten zu Hellinghausen, einem freundlichen Dörfchen in der Nähe von Liesborn, zwei Schwestern. Die eine war sehr reich und lebte mit ihrem Mann und ihren Kindern im Überfluß. Die andre aber war so arm, daß sie mit ihren sechs Kindern Hunger und Kälte ertragen mußte, denn sie war eine hilflose Witwe, welche nur von Almosen lebte. Viele Jahre lang hatte die reiche Schwester mit unbarmherzigen Augen den Jammer und die Armut ihrer unglücklichen Verwandtin angesehen und noch immer wurde ihr hartes Herz nicht erweicht; denn Schimpfworte und eine schmähliche Zurückweisung war jedesmal das Los der armen Schwester, wenn sie kam, um für ihre hungrigen Kinder um eine kleine Gabe zu bitten. Mit Geduld ertrug indessen die arme Frau ihre Not und nahm sich fest vor, ihre mitleidlose Schwester niemals mehr um etwas zu bitten. Eines Tages aber konnte sie das Jammergeschrei ihrer hungrigen Kinder nicht mehr ertragen; überwältigt von Mutterliebe entschloß sie sich, noch einmal zu ihrer Schwester zu gehen und dieselbe um ein Stückchen Brot anzuflehen. »Ich habe kein Brot«, war die Antwort, und als nun die arme Schwester mit Tränen noch inniger in sie drang, antwortete sie mit kreischender Stimme: »Das Brot, das ich im Hause habe, mag zu Stein werden!« und trostlos kehrte die bedrängte Mutter zu ihren hungrigen Kindern zurück. Als nun am anderen Morgen die böse Schwester den Schrank öffnete, um das Brot herauszunehmen, siehe, da war es gänzlich zu Stein geworden, und vor Schrecken stürzte sie zu Boden und war tot. Das versteinerte Brot wurde zum Andenken an diese Begebenheit und zum warnenden Beispiel an einer eisernen Kette hinter dem Hochaltar zu Hellinghausen aufgehangen, wo es noch gegenwärtig zu sehen ist.

466.

GEISTERHUND

War da ein Mann aus Mesum nach Emsdetten gewesen. Bei Nachtzeit mußte er durch den Albrock, worin der Fiskedieck liegt, nach Hause. Er hatte seinen Jagdhund bei sich. Wie er nun durch den Albrock kam, sprang da aus dem Tannenbusch der »swatte Rüen« auf ihn zu. Im selben Augenblick war sein Jagdhund verschwunden und an seiner Seite lief der schwarze. Bis kurz vor Mesum, da war auf einmal der eigene Hund wieder neben ihm. Der Mann wurde davon so elendig, daß er kaum noch gehen konnte. Er wurde auch nicht wieder gesund und hat früh sterben müssen.

467.

FESTGEBANNT

Unweit Rheine war gar ein Student, der übte auch die Kunst des Festbannens aus. Einmal ist dieser Student mit zwei Kameraden nach einem benachbarten Marktflecken gegangen. Es war gerade an einem Muttergottesfeiertag. Wie sie nun miteinander in das freie Feld kamen, sahen sie da einen Bauern, der Plaggen auf den Wagen lud. Der Student sagte: »Sack äm es staohn laoten?« Da lachten die andern ihn aus und erwiderten: »Ja, wat woß du küen'n!« Im nächsten Augenblick hat der Bauer dennoch still gestanden, die Gabel mit Plaggen halb hoch zum Wagen gewandt, unbeweglich. Dem einen der Begleiter kam die Sache unheimlich vor, und er wandte sich ab mit den Worten: »Ik gaoh wegg van di, du kaas hexen.« Und er hielt Wort. Da gingen sie nun zu zweien ihres Weges weiter. Als die beiden den Ort erreicht hatten, meinte der Student: »Ik will äm no män wier loßlaot'n, he sall no möh genög weär'n.« Kaum hatte er das gesagt, da faßte der Bauer hinten in der Ferne die Pferde beim Kopf und fuhr nach Hause. Im Gesicht glich er einem Toten, als er dort ankam. Seine Frau zeigte sich ganz besorgt und fragte, was ihm denn eigentlich sei, er sehe ja so schlecht aus. Ja, er wüßte es auch nicht recht, eine alte Hexe hätte ihn da draußen beim Plaggenladen stehen lassen. Zwei Tage lang mußte der Bauer das Bett hüten. Und wie er wieder besser war, hat er zu seiner Frau gesagt, daß er nie wieder an einem Muttergottestage würde Plaggen fahren.

468.

SPUK IN DER BRENNEREI

Wiegenkinder, herangewachsene Mädchen und Frauen hatten unter den Hexenkünsten zu leiden, ja selbst die stärkeren Männer wurden ihre Opfer. Die Sage erzählt uns von einer Brennerei in Ohne, auf der ging es nicht mit rechten Dingen zu. Der Betrieb brachte es mit sich, daß der Brenner hin und wieder auch des Nachts heizen mußte. Jedesmal aber, wenn das der Fall gewesen war, lag der Brenner vor dem Kessel tot. Die rätselhaften Vorfälle sprachen sich so weit herum, daß sich in der Umgebung kaum noch ein Brauknecht fand, und der Besitzer mußte es schon in die Zeitung setzen lassen, wenn er noch auf Erfolg rechnen wollte. Da kam nun endlich ein Brenner, der hatte das Herz auf dem rechten Fleck. Wie er in der Nacht heizen mußte und es schon reichlich spät war, sah der Unerschrokkene eine Katze durch das Mauerloch herbeischleichen. Sogleich ging er darauf zu und sagte: »Miesken, kum hier un wiäme di!« Dabei hob er sie auf und setzte sie vor den warmen Kessel. Wie nun der Brenner das Tier fragte, ob noch mehr Katzen kämen, blickte es nach dem Mauerloch und sagte: »Mau, mau«, was soviel heißen sollte, ja es kämen noch welche. Es war gerade zwölf Uhr nachts. In kleinen Abständen folgte eine Katze nach der anderen durch das Mauerloch in die Brennerei, und immer hatte der Brenner sie an den Kessel gesetzt, sagend: »Miesken, kum hier un wiäme di!« Und auf seine Frage, ob noch mehr kämen, hatte die zuletzt hereingekommene Katze stets die Antwort gegeben: »Mau, mau« und hatte dabei nach dem Loch geschaut. Zuletzt kam dann auch noch die siebte Katze. Die war so dick, daß sie kaum durch die Öffnung in der Mauer hindurch konnte. Auch diese brachte der Knecht mit der gewohnten Redensart nach dem Kessel. Wie die sieben Katzen nun alle in der Reihe vor dem Kessel saßen und der Brenner noch gefragt hatte, ob jetzt alle da seien, stieg er die Treppe hinauf, füllte den »Schepper« mit brennendheißem Wasser und schüttete dieses über die Katzen aus. Diese spritzten auseinander und rannten durch das Loch davon. Die dicke Katze aber blieb noch was vor dem Loch stecken, und so bekam sie einen zweiten »Schepper« kochenden Wassers auf den Rücken. Dann blieb alles still in der Brennerei. Den Morgen darauf fragte der Besitzer den Knecht, wie es ihm ergangen sei. Oh, mit dem nächtlichen Spuk sei er schon fertig geworden, wo denn aber seine Frau wäre. Die läge noch zu Bett, hat drauf der Besitzer erwidert. Ja, dann sollte er sie doch mal umdrehen, und da hat es sich gezeigt, daß der Hausfrau der ganze Rücken verbrannt war. Die die Brauknechte einen nach dem andern umgebracht hatte, war niemand anders als des Brennereibesitzers Frau selbst gewesen, die sich dazu in eine Katze verwandelt hatte.

469.

DIE REITENDEN HEXEN

Eine besondere Vorliebe hatten die Hexen für das Reiten. Sie ritten aber nicht auf Besenstielen, wie es uns aus dem Harz erzählt wird, sondern auf Pferden. Hören wir nur folgende Geschichte. Ein Bauer aus Haddorf bei Wettringen hatte die Gewohnheit, die Pferde des Nachts auf der Weide zu lassen, um mit dem Heufutter zu sparen. Er sollte aber keine rechte Freude daran haben. Jeden Morgen, wenn er die Tiere heimholte, waren ihnen die Mähnen geflochten, ihre Körper naß, daß der weiße Schaum nur so hervortrat, dazu hatten sie nichts im Leibe und konnten nicht arbeiten. Als das gar nicht anders wurde, stimmte es den Bauern verdrießlich. Da ging er eines Abends nach der Weide und verbarg sich in der Hecke, um aufzupassen, wer das mit seinen Pferden anstelle. Zuerst blieb alles um ihn still. Da um Mitternacht aber nahte ein Sausen durch die Luft. Eine Frau im Siebrand flog herbei, setzte das runde Ding in die Hecke und schwang sich auf eines der Pferde und ritt wie toll. Das ging nur immer: Katuffel, katuffel, de Wieske up un dahl. Wie der Bauer das gewahrte, rief er vor Zorn: »Ik sall di helpen, ik sall di dat endlicks afleän!« Und er nahm den Siebrand an sich. Die Hexe sollte ja schon kommen. Die war auf einen solchen Ausgang nicht gefaßt gewesen, kam ganz verlegen herbei und bat den Bauern, er möchte ihr doch das Sieb zurückgeben; denn sonst würde sie unglücklich werden, und um vier Uhr morgens müßte sie schon in Amsterdam zum Kuhmelken sein. Als der Bauer noch zögerte, versprach sie ihm hoch und heilig, nie wieder seine Pferde belästigen zu wollen. Nur solle er ihr das Sieb wiedergeben. Da gab der Bauer ihr das Sieb denn zurück. Die Hexe schwang sich hinein und sauste durch die Luft davon. Seit der Nacht passierte den Pferden des Bauern nichts mehr.

470.

EINE HEXENVERBRENNUNG

Es war zu der Zeit, als bei den Rittern im Lande Sitte und Recht nicht mehr galten. Da ereignete es sich, daß das Pferd eines Nienborger Ritters auf der Weide eine Wunde am Bein davontrug. Der Ritter wußte noch nichts davon. Sein Diener jedoch hatte beobachtet, wie eine Bauersfrau durch die Weide ging. Da glaubte er denn, das Weib müßte das dem Pferde wohl angetan haben, und er meldete es seinem Herrn. Dieser sandte seine Knechte sofort aus, damit sie die Frau ergriffen und herbeiholten. Da drangen denn die Söldner in das Bauernhaus ein und schleppten das Weib vor den Ritter, der über sie zu Gerichte saß. Man erkannte auf Verbrennung. Alles Unschuldbeteuern half der Frau nichts. Auf der Kusenborg im Esch schichteten die Soldatenknechte einen großen Holzstoß auf, um die Verurteilte darauf zu verbrennen. Das Urteil jedoch mußte zunächst durch den Landrichter in Münster bestätigt werden. Also sandten sie einen Boten nach Münster ab. Der Ritter brauchte indes nur eine bestimmte Zeit auf die Rückkehr zu warten. Wie diese sich ihrem Ende zu nahte und der Bote noch immer nicht erschien, ließ der Ritter den Scheiterhaufen anzünden, und dann befahl er: »Werft sie hinein, die alte Hexe, die Zeit ist verstrichen!« Da ergriffen nun die Knechte das Weib und schleuderten es in die Flammen. Alsbald wurden seine Kleider von dem Feuer ergriffen, und Rauch hüllte die vermeintliche Hexe ein. Inzwischen kehrte auch der Bote von Münster heim. In den Bülten am Esch schwang er seinen Hut auf einem langen Stabe, um sich noch rechtzeitig bemerkbar machen zu können. Aber es war schon zu spät. Die Bauersfrau hatte bereits ausgelitten. Dem Ritter tat das nichts. Auf seiner Burg ließ er ein großes Festessen zubereiten und lud die übrigen Ritter dazu ein. Da klangen nun die Gläser und eilten die Diener. Bis der Taumel sie ergriffen. Der aber das Mahl gegeben, war vom Tische aufgestanden. Keiner hatte das bemerkt. Als sie den Zechgenossen vermißten, suchten sie ihn in der ganzen Burg, ohne ihn zu finden. Endlich jedoch fanden sie ihn, auf dem »Hüsken« sitzend, tot, das Gesicht im Nacken. So ereilte den Übeltäter die gerechte Strafe. An der Stelle aber, wo dem Raubritter der Hals umgedreht wurde, erhob sich später ein frommes Steinbild, Johannes von Nepomuk darstellend.

471.

DER SARG IN DER KÜCHE

In der Nähe von Horstmar ist der Sohn eines Bauern krank gewesen. Da mußte er des Nachts öfters aufstehen. Einmal nun stieß er auf eine Leiche. Die stand dort in der Küche. Weil er wissen wollte, wer das sei, hat er dem Toten mit der Schere etwas von dem Haar abgeschnitten und dieses in die Kofferlade gelegt. Den andern hat er nichts gesagt, weil er befürchtete, sie könnten sich ängstigen. Als der Sohn sich dann am folgenden Morgen das Haar vor dem Spiegel kämmte, ist er blaß wie der Tod geworden. Dem er was von dem Haar abgeschnitten hatte, das war er selbst. Es sollte das aber mit seiner Leiche nicht wahr werden, deshalb ging er fort nach Altenberge, wo er auf einem Gut die Stelle als Verwalter annahm. Nach langen Jahren nun passierte es, daß der Verwalter schlimm krank wurde. Da haben die Angehörigen absolut gewollt, daß er sich zu Hause pflegen lasse. Der Sohn sträubte sich mit aller Gewalt dagegen. Schließlich aber hat er sich doch bereden lassen und ist nach dem Elternhofe zurückgekommen. Und da nimmt die Geschichte das bekannte Ende. Die Leiche kam wirklich in der Küche zu stehen.

Der das erzählt hat, ein Kötter bei Horstmar, von dem ich überhaupt eine ganze Reihe von Sagen aufgeschrieben habe, verbürgt sich dafür, daß alles so gekommen ist.

472.

SPUKHUND

Daß es nicht ratsam ist, des Nachts etwas anzusprechen, wird häufig in den Sagen betont. Es kann das dann einen üblen Ausgang nehmen. So auch bei einem Bauern in Welbergen, der spät noch mit dem Wagen vom Venn heimkehrte. Als er da gerade bei den jetzt verschwundenen »Dübelseiken« in der Nähe seines Hofes war, hörte er hinter sich etwas gröcheln. Das klang ähnlich wie Husten, und der Bauer glaubte, es sei das wohl ein alter Mann, dem das Laufen schwer falle. Also lud er ihn ein, sich nur auf den Wagen zu setzen. Das hat der Mann getan. Doch wie erschrokken war er, als er sich zu Hause den Gast bei Licht besah: es war ein schwarzer Hund. Erst der Pater hat ihn wieder wegbringen können in einen »Busk« am Rande des Hofes. Ganz verbannen jedoch hat der Pater ihn nicht können, weil der Bauer den Geist ja mit auf den Hof genommen hatte. Alle sieben Jahre kehrt dieser um einen Hahnenschritt nach dem Hofe selbst zurück, und wenn er das Haus erreicht hat, fällt es zusammen.

473.

DER KIRCHTURM IN GILDEHAUS

In dem westfälischen Ochtrup hat man eine Kirche gebaut, konnte aber die Kosten für einen Turm nicht mehr aufbringen. Man hätte jedoch gar zu gern einen Turm gehabt und war daher eines Tages versammelt, um zu beratschlagen, wie das Geld zusammengebracht werden könne. Lange hatte man hin und her beraten, da trat der Teufel in die Versammlung. Als er den Verhandlungen eine Zeitlang zugehört hatte, sagte er: »Ich will euch in kürzester Frist einen Turm verschaffen, wenn ihr euch wieder gefällig zeigt.« Hocherfreut nahmen die Ochtruper das Anerbieten an und fragten nach den Wünschen. Der Böse erwiderte: »Ihr müßt mir mit Hand und Siegel versprechen, nächstens, wenn die Pfarrer- und Küsterstelle erledigt werden, die von mir empfohlenen Kandidaten zu wählen. Dann soll noch morgen früh vor dem ersten Hahnenschrei der Turm fertig stehen.« Die leichtsinnigen Ochtruper gingen auf die Bedingung ein und drückten den Wunsch aus, einen Turm zu haben wie den in Gildehaus.

In der folgenden Nacht erfaßte der Teufel den Gildehäuser Kirchturm mit seinen Armen und schob ihn in der Richtung nach Ochtrup den Berg hinauf. Doch kaum war er etwa vierzig Schritt weit mit ihm gekommen, da fiel das geweihte Kreuz herunter, und zwar nach der Richtung, in der der Turm fortgeschoben werden mußte. Über das Kreuz weg konnte der Teufel trotz aller Anstrengungen mit seiner Last nicht weiterkommen. Die Zeit war unterdessen vergangen; schon graute der Morgen, und der erste Hahnenschrei ertönte. Da riß der Teufel in seinem Grimm die Spitze von dem Turm herunter und schleuderte sie fort nach Ochtrup zu.

Noch heute steht der Turm der Kirche in Gildehaus dort, wohin der Teufel ihn geschoben hat, abseits von dem Gotteshause; an die Stelle der abgebrochenen, festgefügten Spitze wurde eine neue gesetzt, die nur mit Holz und Schiefer gedeckt ist, aber das alte Kreuz wieder trägt.

474.

HOSTIENWUNDER

In Laer erzählte man mir folgende Geschichte. Ein ungläubiger Offizier hatte immer davon gehört, daß die Katholiken so sehr an die heilige Kommunion glaubten. Da wollte er doch die Probe auf das Exempel machen. Er bot drei Soldaten greulich viel Geld, dann sollten sie die Hostie nicht hinunterschlucken, sondern im Mund behalten und mit in die Wirtschaft nehmen. Die Soldaten haben das auch getan. Und wie sie nun die Hostie in das Bier taten, ist dieses zu Blut geworden. Und die Männer wurden mit einem Male ganz schwarz, bloß die Fingerspitzen, womit sie die Hostie aus dem Mund genommen und in das Bier getan hatten, waren weiß geblieben. Da war denn der Schrecken unter den Leuten groß. Und sie ließen einen Pater kommen, der sagte, die drei müßten ewig fortleben. Sie brauchten ihnen aber kein Essen zu geben und sollten sie nur einmauern. Da haben sie eine Ecke vom Zimmer abgetrennt, und darin sitzen die drei Spötter bis auf den heutigen Tag. Wo sich die Geschichte zugetragen hat, weiß man nicht genau zu sagen.

475.

DER EICHBAUM ZU STROHEN

Auf einem Brink bei Meer zu Strohen in Hellern stand lange Zeit ein alter Eichbaum, bei dem es nicht recht geheuer war. Alle Blätter und alles Holz, das herunterfiel, ließen die Bauern liegen, und jeder hütete sich, von dem Baume etwas abzuhauen. Aber einmal hieb doch der älteste Sohn des Hofes, der sich vor nichts fürchtete, von dem Baume einen Ast ab und legte ihn abends auf das Herdfeuer. Am andern Morgen aber lag in der Asche des verbrannten Holzes ein großer, schwarzer Hund. Er wich nicht von der Stelle, bis die Leute die ganze Asche zusammengesucht und unter den Eichbaum gebracht hatten. Von dieser Zeit an hat kein Bauer wieder von dem Baume etwas abgehackt, ja nicht einmal das Gras unter ihm abgemäht, aus Furcht, der Hund könnte wiederkommen.

Einmal aber war ein Zwillingspaar, das geriet darüber in Streit, wer nach des Vaters Tode den Hof erben solle. Von Worten kam es zu Taten, und sie erschlugen einander unter jener Eiche. Dafür wurden sie in den Baum verwiesen und trieben in ihm ihren Spuk.

476.

DIE ALTE LINDE ZU LAER

Nahe der Kirche zu Laer steht ein mächtiger Lindenbaum. Vor vielen, vielen Jahren ist einmal in der Matthiasnacht (am 23. zum 24. Februar) ein verwegener Knabe, der gehört hatte, daß man dann die Geister sehen könne, in ihren hohlen Stamm gekrochen. Als es Mitternacht schlug, rauschte es im Wipfel, die Hunde winselten, und still und feierlich zog eine lange Reihe weißer Gestalten paarweise an der Linde vorüber zur Kirche. Dem Knaben entschwanden die Sinne, und wochenlang lag er in wilden Fieberträumen.

477.

TIMMERMANNS »SKITZ«

Ein Zimmermann in Werlte hatte einen Bund mit dem Teufel geschlossen und ihm seine Seele zugesagt. Als ihn nun der Böse holen wollte, sagte der Zimmermann, er müsse ihm erst noch eine Botschaft ausrichten. Der Teufel war es zufrieden, und nun ließ der Zimmermann einen gewaltigen Wind fahren und sagte dem Bösen, den solle er ihm wiederholen. Das konnte er nicht und kann's bis heute nicht, so sehr er sich auch abmüht. Als Wirbelwind fährt er hinter des Zimmermanns »Skitz« her; darum nennt man ihn auch schlechthin nur »Timmermanns Skitz«.

478.

SPUKGESCHICHTEN AUS WILDESHAUSEN

An Spukgeschichten der lächerlichsten Art glaubt man hier noch sehr häufig. Man behauptet zum Beispiel, daß hier auf der Straße nahe an dem Staket unsres Gartens ein nacktes Füllen geht und graset. Nicht weit von diesem sitzt auf einem Zaun ein altes Weib mit einem Butterfaß und buttert. In einem kleinen Gehölze nahe hier am Dorfe fährt alle Abende eine Kutsche mit sechs weißen Schimmeln. An einem gewissen Platze hier nahe am Dorfe, welchen man das Schichtsfeld nennt, steht der Teufel mit einer Wanne, worin man Korn von der Spreu zu reinigen pflegt und stäubt oder reiniget statt dessen Geld darin. Nicht weit von diesem sieht man des Nachts ein Feuer brennen; in einer kleinen Entfernung von diesem soll auf einem Acker zur Nachtzeit immer jemand pflügen. In dem Dorfe Döhlen, eine halbe Stunde von hier, wälzt sich zur Abendzeit vor einem gewissen Bauernhofe ein eiserner Topf quer über den Weg. Von eben diesem Dorfe wandelt alle Abende ein Gespenst hierher, von dessen Gestalt man jedoch nichts weiter sagen kann, als daß es in der Ferne einem Schafe ähnlich sieht, und daß es einen klappernden Holzschuh trägt; diese Gestalt kommt hier ins Dorf, ruht sich ungefähr mitten in demselben hinter einer Scheune etwas aus, dann geht es weiter, hier unserm Hof vorbei, sieht auf den Kirchhof, von da geht es auf den Hof eines Bauern, kommt von demselben wieder zurück und geht endlich nach dem Dorfe Alhorn, eine Stunde von hier. Dieses Gespenst nennt man das Schut.

In einem Dorfe nahe an der Hunte, anderthalb Stunden von hier, starb in einem Bauernhause vor ungefähr 40 Jahren eine alte Frau; bei ihrem Leichenbegängnisse sah man ihre Gestalt mit einer Forke auf dem Nacken nahe hinter dem Leichenwagen herwandeln. Als die Leute von dem Begräbnisse zurückkamen, saß sie hinter dem Feuerherd und spann; man ließ sie von da durch einen Pater wegbannen in eine Vertiefung nicht weit von dem Dorfe, wo sie sich noch jetzt zeigen soll. In einem Bauernhause auf jener Seite der Hunte bindet man alle Abend Flachs in einen Spinnrokken und findet es jeden Morgen gesponnen. Zwei Stunden von hier, eine halbe Stunde vor der Stadt Wildeshausen, liegt ein einzelner Bauernhof, Spasche genannt, wo in alten Zeiten ein Schloß gestanden hat. Hier soll bei Nachtzeit eine Chaise mit sechs Hirschen fahren. Nicht weit davon wälzen sich zwei ungeheuer große Tiere, deren Gestalt man nicht genau beschreiben kann, über den Weg. Auf einem Kamp in dem Dorfe Sage pflügt des

Nachts jemand mit einem glühenden Pfluge. Auf dem Wege von hier nach dem Dorfe Döhlen wird den Leuten zur Nachtzeit der Hut abgeschlagen von einer unsichtbaren Hand. In dem Dorfe Alhorn geht in einer kleinen Straße ein Gespenst, in der Gestalt eines rauhen Hundes.

Eine halbe Stunde von Wildeshausen soll an einem kleinen Dorngesträuch am Wege eine Jungfrau sitzen, welche auf der Zitter spielt. Nicht weit von Wildeshausen, nahe bei Spasche, wo ehemals ein altes Schloß gestanden hat, liegt ein kleiner Garten; an dessen Eingang zeigt sich in der Abenddämmerung eine lange männliche Figur in einem grauen Habit. Dieses ist von mehreren glaubwürdigen Leuten vor ungefähr 18 Jahren noch gesehen worden.

479.

GEISTERSAGEN AUS LIPPE

Wie ein über 80 Jahre alter Mann mitteilte ist (seiner Ansicht nach) die älteste Sage im ganzen Lande die von einem Geiste in dem Dorfe Mosebeck (zwischen Detmold und Blomberg). Die Einwohner in dortiger Gegend glauben noch heute fest an diese Sage:

Auf dem Spruteschen Hofe in Mosebeck war eine zweite junge Frau eingezogen, die aber in jeder Nacht von einem Geiste belästigt wurde, so daß sie keine Ruhe hatte. Auf Anraten der nahen Verwandten wurde beschlossen, einen Pater aus Paderborn kommen zu lassen, damit dieser den Geist bespreche, aus dem Hause treibe und in den Brockhauser Mühlenteich banne. Zu diesem Zweck wurde ein großer Leiterwagen rückwärts auf die Diele geschoben; dann wurden die Pferde vorgespannt. Der Pater setzte sich auf den Wagen, betete und betete und beschwor den Geist, der auf dem Boden (Balken) war, herunterzukommen und sich auf den Wagen zu setzen. Der Geist blickte durch die Bodenluke und weigerte sich herabzusteigen; allein der Pater ließ nicht nach mit Beten, und der Geist bequemte sich zuletzt, kam herab und setzte sich hinten auf den Wagen. Dem Knechte, der die Pferde mit Mühe und Not hielt, war vorher verboten worden, sich umzusehen, allein er konnte seine Neugier nicht beherrschen. Er sah sich nach dem Geiste um, jedoch im nächsten Augenblick hatte sich dieser schon auf den armen Kutscher geworfen und sich festgeklammert. Der Pater hatte jetzt seine ganze Macht anzuwenden, um durch sein Beten und Besprechen den Geist wieder von dem Knecht loszubekommen. Endlich setzte sich der Geist wieder auf den Wagen; er wurde zum Brockhauser Mühlenteiche gefahren und hineingebannt.

Die Bewohner der Gegend glauben noch immer, daß der Geist in dem Mühlenteiche verborgen sei und das dabei liegende Brockhauser Holz unsicher mache. »Als ich vor ungefähr 30 Jahren«, so erzählte mein Gewährsmann, »meinen Schwager in Cappel besuchte, begleitete dieser mich bis zum Kruge in Mosebeck, wo wir uns nach einem kleinen Trunke trennten; es konnten wohl gegen elf Uhr nachts sein. Der Wirt Tegeler fragte mich ganz erstaunt, ob ich denn durch das Brockerholz heimgehen wollte, und als ich das bejahte, erklärte er, ihm könne einer hundert Taler geben, er ging in der Nacht nicht durch das Holz, denn da sei es ganz gewiß nicht richtig.«

480.

MINDEN

Die sächsische Chronik erzählet, Widukind, der erste christliche Fürst in Sachsen, habe Kaiser Karlen zugelassen, bei ihm in seinem Schlosse an der Weser einen bischöflichen Sitz zu machen, denn sie mochten beide Weite genug darin haben, und sprach Widukind zum neuen Bischofe also: »Es soll mein gut Schloß Visingen, so an der Weser gelegen, auch mein und dein sein zu gleichem Recht.« Daher wurde es nachmals in der sächsischen Sprache Myndyn genannt, aber mit der Zeit ist aus Myndyn Mynden geworden und das y verwandelt worden in ein i.

481.

DER DURANT

Die Unterirdischen entwenden gern Müttern die kleinen Kinder. Sie tun dies, um ihr Geschlecht zu verbessern. Denn wenn sie nicht von Zeit zu Zeit Menschenkinder unter sich aufnähmen, so würden sie endlich gar zu klein werden und ganz zusammenschwinden. An die Stelle der Säuglinge legen sie dann Wechselbälge hin, welche nicht wachsen und gedeihen wollen. Es gibt indessen ein Kraut, welches sie abhält, das ist der Durant.

Bindet man dies an das Kind, so ist es sicher. Eine Wöchnerin in Hartum, die dies auch getan hatte, lag einstmals des Nachts in ihrem Bette und konnte nicht schlafen. Da kamen ganz leise zwei Wichtel hereingeschlichen und nahten sich der Wiege. Plötzlich hatte der eine von ihnen den Durant bemerkt, blieb stehen und sagte zu seinem Gefährten:

Stoß mir nicht an den Durant
Sonst kommen wir nimmer in unser Vaterland.

Und damit setzten sie beide ihre Nebelkappen auf und waren verschwunden.

482.

DER GEISTERSCHIMMEL

Die Bentdorfer mußten früher ihr Korn auf dem Kopfe zur Mühle tragen. Der Weg führte an einem Busche vorbei, bei dem sie zu rasten pflegten, und der deshalb der Restebusch hieß. Sie ließen dort ihren Sack nach hinten auf das hohe Ufer sinken. In der Nähe lag eine große Heide. Darauf zeigte sich zuweilen ein Schimmel, der den Menschen gefährlich werden konnte. Wer ihn sah, mußte rufen: »Bernäken van Golen, diu dois müi doch nicks!« Dann ging der Spuk vorüber. Einmal kam auch ein Mann über die Heide. Als er den Schimmel sah, meinte er, es sei des Müllers Pferd und wollte ihm seinen Sack auf den Rücken werfen. Aber der Sack fiel mitten durch den Körper des Schimmels hindurch auf die Erde, und der Schimmel war plötzlich verschwunden.

483.

DER GEIST AM MEER

In Stadthagen ist in einem Hause ein unausstehlicher Spuk durch einen unruhigen Geist. Der wird zum Steinhuder Meere weggefahren, wobei sich niemand umsehen darf. Dem Geiste wird eine Fülle (Wasserkelle) ohne Boden mitgegeben; er darf nicht eher wiederkommen, als bis er damit das

Meer ausgeschöpft hat. Als die Leute, die ihn hingebracht haben, sich auf dem Rückwege umsehen, ist das Schilf am Ufer ganz in Feuer.

484.

»BIELEFELD«

Über den Ursprung des Namens hat man viel gefabelt. Es soll früher die Gegend voll Wald gewesen und beim Bau der Stadt dieser Wald mit Bielen (Beilen) gefällt sein, davon stamme der Name her. – Andere sagen, das Bild des Waldgottes Biel habe in dem Felde gestanden, wo man die Stadt anlegte, darum sei sie Bielevelde genannt. Die Volkssage spricht: Man war am Bau des Stadttores, als plötzlich einem Arbeiter das Beil entfiel. Damit nun unten sich jeder vor Schaden hüte, schrie er: »Dat Biel dat fällt!« und davon der Namen. Dies ist irrig. Es lagen früher in dem Felde, wo jetzt die Stadt steht, drei Waldhöfe, die Bieler Höfe genannt, und diese machten den Anfang der Stadt aus. Als sich dieselbe in dem Bielder Felde ausbreitete, nannte man sie Bielevelde, woraus nachher das Wort: »Bielefeld« entstanden ist.

485.

DAS EINGEMAUERTE KIND

In Höxter an dem Ofenhäusen Tor wurde, als die Stadt befestigt ward, ein kleines Kind mit eingemauert, weil dann die Stadt unüberwindlich wär; nun hört man alle sieben Jahre das Kindlein weinen.

486.

DER EWIGE JUDE

Im Münsterlande und im Paderbornischen erzählt man: Der Ewige Jude hat unsern Herrn Jesus Christus, als er auf dem Wege zur Richtstätte sein Kreuz trug und vor seinem Hause rasten wollte, von seiner Schwelle getrieben, und darum ist er verwünscht worden, ewig zu wandern. So sieht man ihn denn stets, reichlich mit Geld versehen, von einem Orte zum andern ziehen; er darf jedoch nur so lange rasten, als er Zeit braucht, um für einen Stüber Weißbrot (hittewigge) verzehren zu können, und dabei ist's ihm auch nur erlaubt, auf zwei Eichen zu sitzen, deren Stämme unten so ineinandergewachsen sind, daß sie einen natürlichen Sitz bilden.

487.

MARIENMÜNSTER

Der fromme Bischof Badurad von Paderborn hatte ein Gelübde getan, der Heiligen Jungfrau zu Ehren ein Kloster zu bauen; nur konnte er über den Ort, wo es stehen sollte, nicht einig mit sich werden. Zu derselben Zeit hatte ein alter Hirt, welcher über Nacht bei seinen Schafen im Felde war, ein Gesicht von einer großen Schar Hirsche mit leuchtenden Geweihen, welche sich erst, als wenn sie etwas suchten, im Tale herumtrieben; sich dann auf einem Flecke zusammenfanden und lagerten und zuletzt spurlos verschwanden. Der Hirt erzählte die Sache einem Geistlichen, und als sich die Erscheinung allnächtlich wiederholte, seinen Bekannten; das Gerücht davon trug sich hier und dorthin; endlich hörte auch Bischof Badurad davon. Im frommen Eifer, diesen höchst merkwürdigen Dingen auf die Spur zu kommen, reisete der heilige Mann selbst nach dem ihm beschriebenen Orte hin, und fand gleich in der ersten Nacht die Sache völlig so wie man ihm gesagt hatte. Wie er darüber ernsthaft nachdachte, fiel ihm ein, dies sei vielleicht der Ort, welchen sich die Heilige Jungfrau zum Tempelplatze ausersehen habe. Er flehete also in brünstigen Gebeten zu der Hochbegnadigten, sie möge, wenn hier ihr Haus stehen solle, ihren Willen in der nächsten Nacht deutlich kundgeben. In der kommenden Mitternacht ging alles wie früher; einer von den Hirschen aber erhob sich und trat in die

Mitte der andern. Da sah der Bischof, daß dieser statt des Geweihes ein goldenes Kreuz auf dem Haupte trug. Der Hirsch blieb einige Zeit stehen; dann beugte er sich und legte das goldene Kreuz auf den Boden nieder. Darauf war die ganze Erscheinung verschwunden. Jetzt glaubte Badurad alles verstanden zu haben. Er ließ sogleich an dem Orte den Bau der Kirche und des Klosters beginnen. Der Altar kam genau an die Stelle, wo der Hirsch das Kreuz niedergelegt hatte. Das goldene Kreuz selbst zeigt man in dem Kloster bis auf den heutigen Tag. Dieses ist der Anfang des Klosters Marienmünster.

488.

DER KÄRRNER ZU GESICKE IN WESTFALEN

In der Stadt Gesicke in Westfalen kam ein Kärrner zur Abendzeit in ein Wirtshaus und wollte gern darin übernachten. Die Wirtin aber sagte, sie könne ihn nicht beherbergen, weil für die Nacht viel vornehme Leute im Anzuge wären. Der Kärrner entschloß sich darauf, im Wirtsstalle zu bleiben und legte sich dort auch sogleich nieder. Weil er aber nicht einschlafen konnte, so merkte er, wie Teufelsgäste in altmodischen Kleidern ankamen. Denen wurden stattliche Traktamente vorgesetzt, Essen und Trinken, und waren lustig. Sie schmierten sich alle mit einer Salbe, die auf dem Tische stand, und verschwanden darauf durchs Fenster. Als sie fort waren, ging der Kärrner in die Stube, aß von der dastehenden Speise, schmierte sich auch mit der Salbe und befand sich gleich darauf im Weinkeller einer vornehmen Stadt. Da erkannte ihn die Tochter der Wirtin aus Gesicke, welche auch da war, und gab ihm eine rote Mütze, die er aufsetzen sollte. Er trank aber zu viel des Weines, vergaß der roten Mütze, die er in der Tasche hatte, und blieb im Weinkeller liegen. Am Morgen ward er ertappt und vor Gericht geführt, da erzählte er den ganzen Handel. Darauf zog er die rote Mütze hervor, setzte sie auf und flog davon.

489.

DER HERR VON DER WEWELSBURG

Auf der Wewelsburg hausete einmal ein recht böser, harter Herr. Er plagte die Bauern bis aufs Blut, schändete ihre Töchter und Frauen und plünderte die Krämer, die mit ihren Waren auf der Landstraße daherzogen. Sein Burgkaplan, ein frommer Priester, ermahnte ihn oft, seine ruchlosen Pfade zu verlassen; er stellte ihm die Gerichte des Ewigen in den schwärzesten Farben vor – aber alles war umsonst. Die ernsten Worte des Kaplans vermochten nicht, das steinerne Herz des gestrengen Herrn zu rühren; er blieb, wie er gewesen war. Aber als einmal der Herr von der Wewelsburg eine arme, wehrlose Dirne aufgegriffen und mit Gewalt zu seinem schändlichen Willen gebracht hatte, da ließ es der Kaplan nicht mehr bei ernsten, mahnenden Worten bewenden. Er sagte dem Wüterich geradzu, daß er nicht länger in seinen unheiligen Mauern die heiligen Zeremonien verwalten, daß er überhaupt nicht länger bei einem unverbesserlichen Sünder sich aufhalten dürfe. Und darauf schickte er sich an, die Wewelsburg für immer zu verlassen. Aber der wilde Herr ließ ihn greifen und binden, indem er mit fürchterlicher Stimme rief: »Meinst du, eitler Pfaff, ich hätte nicht Mittel, mich eines lästigen Predigers zu entledigen? Meinst du, ich müsse warten in guter Geduld, bis du selbst gingest?« Darauf ergriff er ihn und erdrosselte ihn mit eigenen Händen an den Pforten der Kapelle. Gräßlich lachend, setzte er sich dann zum schwelgerischen Bankett, mit seinen Kumpanen auf das Wohl seiner neuen Geliebten zu trinken. Unter tollem Jubel vergingen die Stunden des Tages, und noch in die Nacht hinein dauerte die sündliche Lust. Endlich taumelte der Herr von der Wewelsburg auf sein Lager. Wollüstige Träume umgaukelten sein Hirn. Da schlug die Schloßuhr Mitternacht, dumpf – langsam – ernst wie nie. Und von der Kapelle her erhob es sich stumm und nebelhaft und huschte über den gepflasterten Hof zur verschlossenen Pforte hinein. Das war der Geist des gemordeten, unbegrabenen Priesters. Durch alle die langen Gänge, an allen Türen vorüber ging er, schlich er, leise – leise. Er suchte die Gemächer des trunknen Herrn. Wie tiefes Seufzen stieg es aus ihm auf, als sich die schwere Eichentür knarrend vor ihm öffnete. Jetzt war er darin – jetzt stand er am Bette. Und ein Geräusch ward laut und ein Getön und ein Wimmern und Heulen, daß es anzuhören war wie ein langer, qualvoller Kampf, wie ein Ringen zum Tode. Alle in der Burg erwachten. Aber keiner wagte nachzusehen; denn sie schauderten vor Entsetzen. Kalter Schweiß troff von ihren Schläfen. Endlich wurden die gräßlichen Klänge schwächer, immer schwächer, und als die Turmuhr eins schlug, da verhallte der letzte schwere Seufzer. Als man bei Tagesanbruch den Herrn von der Wewelsburg wecken wollte, fand man ihn mit umgedrehtem Genicke am Boden liegend. Sein Antlitz war von fürchterlicher Todesangst entstellt worden, daß die Seinen ihres Herrn Leiche kaum erkannten. – Auf dem Friedhof der Wewelsburg fand man am nämlichen Tage einen frischen Grabhügel, den niemand aufgeworfen hatte. Die Leute dachten es gleich wohl, wenn sie es sich auch gerade nicht merken ließen, daß hier der fromme Kaplan zum ewiglangen Schlafe ruhe.

490.

SPUKENDE NONNEN

In Büren spuken zwei weiße Nonnen. Ein Müller geht einmal am Nikolasabend aus der Haustür, um nachzusehen, ob nicht etwa ein St. Nikolas (jemand, der sich in einen heiligen Nikolaus verkleidet hat) zu dem Hause komme; da sieht er auf der Brücke nahe dem Hause zwei weiße Gestalten sitzen und erkennt sie alsbald als zwei Nonnen. Sie reden ihn an und offenbaren ihm, wie sie darum spuken müßten, weil sie ein Gelübde, einen Viertelscheffel Geldes zum Heiligen Grabe zu bringen, nicht gehalten hätten; sie bitten ihn an ihrer Statt das Geld, das sie ihm einhändigen wollten, zum Heiligen Grabe zu tragen und versprechen ihm dafür einen zweiten Viertelscheffel Geldes zum Lohne. Allein er willfahrt ihren Bitten nicht und zieht sich langsam ins Haus zurück, und als er die Tür hinter sich schließt, hört er noch draußen ihr klägliches Gewimmer und Geschrei.

491.

DER GLOCKENGUSS ZU ATTENDORN

Zu Attendorn, einem cölnischen Städtchen in Westfalen, wohnte bei Menschengedenken eine Witwe, die ihren Sohn nach Holland schickte, dort die Handlung zu lernen. Dieser stellte sich so wohl an, daß er alle Jahr seiner Mutter von dem Erwerb schicken konnte. Einmal sandte er ihr eine Platte von purem Gold, aber schwarz angestrichen, neben andern Waren. Die Mutter, von dem Wert des Geschenks unberichtet, stellte die Platte unter eine Bank in ihrem Laden, allwo sie stehen blieb, bis ein Glokkengießer ins Land kam, bei welchem die Attendorner eine Glocke gießen und das Metall dazu von der Bürgerschaft erbetteln zu lassen beschlossen. Die, so das Erz sammelten, bekamen allerhand zerbrochene eherne Häfen, und als sie vor dieser Wittib Tür kamen, gab sie ihnen ihres Sohnes Gold, weil sie es nicht kannte und sonst kein zerbrochen Geschirr hatte.

Der Glockengießer, so nach Arensberg verreist war, um auch dort einige Glocken zu verfertigen, hatte einen Gesellen zu Attendorn hinterlassen, mit Befehl, die Form zu fertigen und alle sonstige Anstalten zu treffen, doch den Guß einzuhalten, bis zu seiner Ankunft. Als aber der Meister nicht kam und der Gesell selbst gern eine Probe tun wollte, so fuhr er mit dem Guß fort und verfertigte den Attendornern eine von Gestalt und Klang so angenehme Glocke, daß sie ihm solche bei seinem Abschied (denn er wollte zu seinem Meister nach Arensberg, ihm die Zeitung von der glücklichen Verrichtung zu bringen) so lang nachläuten wollten, als er sie hören könnte. Über das folgten ihm etliche nach, mit Kannen in den Händen und sprachen ihm mit dem Trunk zu. Als er nun in solcher Ehr und Fröhlichkeit bis auf die steinerne Brücke (zwischen Attendorn und dem fürstenbergischen Schloß Schnellenberg) gelanget, begegnet ihm sein Meister, welcher alsobald mit den Worten: »Was hast du getan, du Bestia!« ihm eine Kugel durch den Kopf jagte. Zu den Geleitsleuten aber sprach er: »Der Kerl hat die Glocke gegossen, wie ein anderer Schelm, er wäre erbietig, solche umzugießen und der Stadt ein ander Werk zu machen.« Ritte darauf hinein und wiederholte seine Reden, als ob er den Handel gar wohl ausgerichtet. Aber er wurde wegen der Mordtat ergriffen und gefragt, was ihn doch dazu bewogen, da sie mit der Arbeit des Gesellen doch vollkommen zufrieden gewesen? Endlich bekannte er, wie er an dem Klang abgenommen, daß eine gute Masse Gold bei der Glocke wäre, so er nicht dazu kommen lassen, sondern weggezwackt haben wollte, dafern sein Gesell befohlnermaßen mit dem Guß seine Ankunft abgewartet, weswegen er ihm den Rest gegeben.

Hierauf wurde dem Glockenmeister der Kopf abgeschlagen, dem Gesell aber auf der Brücke, wo er sein End genommen, ein eisern Kreuz zum ewigen Gedächtnis aufgerichtet. Unterdessen konnte niemand ersinnen, woher das Gold zu der Glocke gekommen, bis der Wittib Sohn mit Freuden und großem Reichtum beladen nach Haus kehrte und vergeblich betrauerte, daß sein Gold zween um das Leben gebracht, einen unschuldig und einen schuldig, gleichwohl hat er dieses Gold nicht wieder verlangt, weil ihn Gott anderwärts reichlich gesegnet.

Längst hernach hat das Wetter in den Kircheturm geschlagen und wie sonst alles verzehret, außer dem Gemäuer, auch die Glocke geschmelzt. Worauf in der Asche Erz gefunden worden, welches an Gehalt den Goldgülden gleich gewesen, woraus derselbige Turm wieder hergestellt und mit Blei gedeckt worden.

492.

DAS HILLERTSLOCH

Im Ostersiepen bei Olpe sieht man eine Einsenkung, aus welcher ein Spring hervorbricht; man nennt sie das Hillertsluak. Da hat vor Zeiten das Schloß Hillerts, eines Edelmannes, gestanden. Dieser gottlose Mensch befiehlt eines heiligen Christmorgens seinen Knechten die Ställe zu misten; die aber weigern sich dessen und gehen nach Rohde zur Kirche. Als der Gottesdienst beendigt ist, kehren sie heim, finden aber das Schloß ihres Herrn nicht wieder; es war mit Mann und Maus verschwunden, und jene Einsenkung mit dem Springe bezeichnete die Stelle, wo es gestanden. Doch nicht alles hatte der Erdboden verschlungen; die Kleidungsstücke und sonstigen Habseligkeiten des gottesfürchtigen Gesindes lagen zuhauf am Springe, so daß der Stücke nicht eines fehlte. Seit jenen Tagen nun muß der Hillert in dieser Gegend spuken gehen. Schmiede, die um Mitternacht gen Olpe zur Arbeit gingen, hörten den Junker, wie er hinter ihnen hergefahren kam, doch ihn selbst sahen sie nicht. Das Rasseln der Wagen und das Pferdegetrappel nahm erst dann ein Ende, als sie St.-Rochi Kapelle erreicht hatten. Andere, die sich in der Geisterstunde mit Holz aus dem Ostersiepen versehen wollten, sahen ein Tier auf sich zukommen, in welchem sie bei hellstem Mondscheine deutlich einen Hund zu erkennen glaubten. Sie meinten aber anfangs, das sei der Hund des Försters und dieser selbst nicht weit. Was sie so für einen gewöhnlichen Hund ansahen, ward bald, wie es seitwärts näherkam, immer größer und zuletzt so groß, daß man unter seinem Bauche hindurch ein gut Stück des Firmaments übersehen konnte. In der Nähe des Hillertslochs liegt auch eine Stelle, das Faibelsluak genannt, wo Faibel, auch ein gottloser Edelmann, samt seinem Schlosse in die Erde versunken sein und bei nächtlicher Weile spuken soll.

493.

ISERLOHN

Der Name der Stadt kommt her von Eisen und Lohnen. Denn weil daselbst sonst viel Eisenerz gegraben wurde und die in dasiger Gegend wohnenden Arbeitsleute am Sonnabend hingingen, um ihren Lohn für die getane Arbeit zu empfangen, und wenn sie gefragt wurden: »Wohin?« zur Antwort gaben: »Wy welt na Lohne gahn!« so ist hieraus der Name Iserlohn entstanden.

494.

DER BREMMENSTEIN

Der Bremmenstein ist ein vereinzelter Kalkhügel bei Iserlohn, welcher, als unser Land noch von Hünen bewohnt wurde, einem solchen in den Schuh geraten war. Da machte der Hüne auf der grünen Wiese halt, zog den Schuh ab und warf den Stein dorthin, wo er noch jetzt liegt.

Dem Bremmenstein gegenüber liegt der Bomberg, bis wohin gegenwärtig die Stadtgärten vorgerückt sind. Auf dieser Höhe hauste in alten Zeiten ein reicher Graf, bis ihm seine Burg von den Engländern zerstört wurde; daher die Klippen am Abhange des Hügels noch jetzt die englischen Klippen heißen. Den Grafen selbst traf das Schicksal, in eine Schlange verwünscht zu werden, welche von da an im Bremmensteine ihre Schätze bewachte. Alle sieben Jahre um Mittesommer kroch der Wurm an drei aufeinanderfolgenden Tagen aus dem Schoße des Hügels hervor und badete sich in einem vormals am östlichen Fuße desselben befindlichen Teiche. Er trug dann jedesmal eine Goldkrone auf dem Haupte, die er für den glücklichen Finder zurückließ.

495.

DAS STIFT GEVELSBERG

Das Stift Gevelsberg ist bekanntlich an der Stelle entstanden, wo der Erzbischof Engelbert von Köln im Jahre 1225 von den Leuten seines Vetters, des Grafen Friederich von Isenburg, erschlagen ist. Bald nach dieser Tat sah man daselbst nämlich mehrere Erscheinungen. Unter anderen sah ein Schmied von Schwelm, der in einer finstern, stürmischen Nacht des Weges kam, allda ein helles, glänzendes Licht, das mehrere Ellen hoch aus der Erde hervorkam und die ganze Gegend beleuchtete und weder von dem Regen noch von dem Winde verlöscht werden konnte, sondern nicht einmal bewegt wurde. Ferner, nachdem dieses bekannt geworden, ließ ein Gichtbrüchiger aus Schwelm sich an den Ort tragen, verrichtete dort sein Gebet und fühlte sich auf der Stelle gänzlich geheilt. Dieses und noch andere Umstände gaben den göttlichen Willen zu erkennen, daß hier eine Kirche und ein Kloster gebauet werden sollten, und man errichtete beide im Jahre 1251.

496.

DER NAME DER STADT UNNA

Der Name der Stadt Unna kommt nicht, wie man angenommen hat, aus dem lateinischen (ab unitate animorum, von der Einigkeit der Gemüter der Bürger untereinander), sondern daher, weil sie der Stadt Camen zu nahe gebaut worden ist und soll soviel hießen als: Uns to nah (d. h. allzunah).

497.

DIE SAGE VON DEM FRÄULEIN VON RODENSCHILD

Einst in der Osternacht lag zu Holte auf dem Schlosse das junge Fräulein von Rodenschild schlaflos auf ihrem Lager; da hörte sie die Glocke zwölf schlagen und gleichzeitig ertönte unten im Schloßhofe, wie es noch jetzt an manchen Orten in Westfalen Sitte ist, frommer Gesang, mit welchem das Hausgesinde den Eintritt des großen Christenfestes begrüßte. Ergriffen von den feierlichen Tönen, eilte sie ans Fenster, öffnete es und schaute in den Schloßhof hinab, wo die Knechte und Mägde sich aufgestellt hatten, um ihr Lied ertönen zu lassen. Da sah sie, daß sich die Blicke aller nach dem Balkon auf der entgegengesetzten Seite wendeten, und mit Entsetzen sah sie ein Phantom, ganz so gestaltet wie sie selbst, mit ihren Gesichtszügen, im weißen Gewande, eine Lampe in der Hand die Treppe herabsteigen, durch die Reihen der ihr ängstlich Platz machenden Diener schreiten, langsam die Treppe hinaufschreiten und in die Burg treten. Sie folgte der Gestalt wie gebannt mit den Augen und sah sie durch die Scheiben mit dem Lichte in den großen Rittersaal treten. Da konnte sie sich nicht mehr halten, sie mußte wissen, wer den frechen Spuk wagte und eilte im geflügelten Lauf Treppe auf Treppe ab, durch Gänge und Hallen immer der Erscheinung nach, bis sie dieselbe endlich an der Pforte des Schloßarchivs einholte, und ihr Auge legte sie an eine Spalte der verschlossenen Pforte, weil sie drinnen ein Rauschen unter den alten Scripturen hörte. Dasselbe tat genau auch ihre Doppelgängerin an der andern Seite der Pforte, und als sie zurückfährt, tritt auch der Schemen zurück, da faßt sie Mut und tritt ihm entgegen und sieht ihm fest ins Auge und genau so tut auch ihr Spiegelbild, da streckt sie ihm ihre Hand entgegen und fühlt eine zweite ihr ebenso entgegenkommende Rechte sie eiskalt berühren. Dann verschwindet die Erscheinung und zerrinnt in der Luft. Das Fräulein, das vor Entsetzen zu Boden sank und am Morgen von ihren Leuten hier in Ohnmacht gefunden ward, verfiel in eine schwere Krankheit, aus der sie sich jedoch wieder erholte; allein geträumt hatte sie nicht, denn die Hand, womit sie ihre Doppelgängerin berührt hatte, blieb für immer eiskalt wie von einer Leiche, und nie trug sie dieselbe seit dieser Zeit ohne Handschuh.

498.

DIE GEHEIME RICHTSTÄTTE ZU HORST

Auf einem schroffen rechten Ruhrberge erhebt sich das stattliche Haus Horst und schaut von dort aus weit ins Land hinaus. Es ist gar fest und stark gefügt und prächtig anzusehen, und doch bedeutet es nur einen Schatten untergegangener Herrlichkeit.

Als die Burg Horst schon längst zu Trümmern lag, trieben dort Knaben einst ihr munteres Spiel. Sie bröckelten an dem morschen Gemäuer, kletterten an den alten Türmen empor und tummelten sich in den Gewölben. Plötzlich stieß einer von ihnen auf eine geheime Tür. Sie war im Keller angebracht und dem Auge ganz verborgen. Und die Knaben zogen und zerrten daran, bis sie sich vor ihnen auftat. Siehe da! Ein dunkler Gang gähnte ihnen entgegen, und schmale Stiegen führten in die Tiefe. Da waren sie alle recht neugierig und wollten ergründen, was das bedeute.

Sie zündeten sich Lichter an und stiegen hinab, einer nach dem andern. Der Weg war mühsam und eng. Lange waren sie in gebückter Haltung schon gewandert, als sie ein starkes dumpfes Rauschen hörten. Das mochte der Ruhrstrom sein, dem sie nun näher kamen. Ihnen allen ward geheimnisvoll zumute. Im flackernden Scheine ihrer Lichter sahen sie vor sich einen gewaltigen runden Haublock, und darauf lag das große verrostete Beil des Henkers. Als sie hintraten, um zu sehen, huschten schwarze, flatternde Gestalten durch die Nacht des Berges hin, und ringsum klang es wie Wimmern und Jammern, Seufzen und Stöhnen.

Die Knaben schauderten. Sie wurden von einer unheimlichen Angst ergriffen. Nur der kühnste unter ihnen hatte noch Mut genug, das Beil an sich zu nehmen. Dann traten sie alle eilig den Rückweg an und erreichten glücklich wieder das Tageslicht. Bald darauf stürzte das Gewölbe ein, und seither hat niemand wieder die Stätte des Grauens betreten können.

HESSEN

499.

ZUSAMMENKUNFT DER TOTEN

Eine Königin war gestorben und lag in einem schwarz ausgehängten Trauersaal auf dem Prachtbette. Nachts wurde der Saal mit Wachskerzen hell erleuchtet und in einem Vorzimmer befand sich die Wache: ein Hauptmann mit neun und vierzig Mann. Gegen Mitternacht hört dieser, wie ein sechsspänniger Wagen rasch vor das Schloß fährt, geht hinab und eine in Trauer gekleidete Frau, von edlem und vornehmem Anstande, kommt ihm entgegen und bittet um die Erlaubnis, eine kurze Zeit bei der Toten verweilen zu dürfen. Er stellt ihr vor, daß er nicht die Macht habe, dies zu bewilligen, sie nennt aber ihren wohlbekannten Namen und sagt, als Oberhofmeisterin der Verstorbenen gebühre ihr das Recht, sie noch einmal, eh sie beerdigt werde, zu sehen. Er ist unschlüssig, aber sie dringt so lange, daß er nichts Schickliches mehr einzuwenden weiß und sie hineinführt. Er selbst, nachdem er die Türe des Saals wieder zugemacht, geht haußen auf und ab. Nach einiger Zeit bleibt er vor der Türe stehen, horcht und blickt durchs Schlüsselloch, da sieht er, wie die tote Königin aufrecht sitzt und leise zu der Frau spricht, doch mit verschlossenen Augen und ohne eine andere Belebung der Gesichtszüge, als daß die Lippen sich ein wenig bewegen. Er heißt die Soldaten, einen nach dem andern, hineinsehen und jeder erblickt dasselbe; endlich naht er selbst wieder, da legt sich die Tote eben langsam auf das Prachtbett zurück. Gleich darnach kommt die Frau wieder heraus und wird vom Hauptmann hinab geführt; dieser fühlt, indem er sie in den Wagen hebt, daß ihre Hand eiskalt ist. Der Wagen eilt, so schnell er gekommen, wieder fort und der Hauptmann sieht, wie in der Ferne die Pferde Feuerfunken ausatmen. Am andern Morgen kommt die Nachricht, daß die Oberhofmeisterin, welche mehrere Stunden weit auf einem Landhause wohnte, um Mitternacht und gerade in der Stunde gestorben ist, wo sie bei der Toten war.

500.

DAS STILLE VOLK ZU PLESSE

Auf dem hessischen Bergschloß Plesse sind im Felsen mancherlei Quellen, Brunnen, Schluchten und Höhlen, wo der Sage nach Zwerge wohnen und hausen sollen, die man das *stille Volk* nennt. Sie sind schweigsam und guttätig, dienen den Menschen gern, die ihnen gefallen. Geschieht ihnen ein Leid an, so lassen sie ihren Zorn doch nicht am Menschen aus, sondern rächen sich am Vieh, das sie plagen. Eigentlich hat dies unterirdische Geschlecht keine Gemeinschaft mit den Menschen und treibt inwendig sein Wesen, da hat es Stuben und Gemächer voll Gold und Edelgestein. Steht ihm ja etwas oben auf dem Erdboden zu verrichten, so wird das Geschäft nicht am Tage, sondern bei der Nacht vorgenommen. Dieses Bergvolk ist von Fleisch und Bein, wie andere Menschen, zeugt Kinder und stirbt; allein es hat die Gabe, sich unsichtbar zu machen und durch Fels und Mauer eben so leicht zu gehen, als wir durch die Luft. Zuweilen erscheinen sie den Menschen, führen sie mit in die Kluft und beschenken sie, wenn sie ihnen gefallen, mit kostbaren Sachen. Der Haupteingang ist beim tiefen Brunnen; das nahgelegene Wirtshaus heißt: zum Rauschenwasser.

501.

FRÄULEIN VON BOYNEBURG

Auf eine Zeit lebten auf der Boyneburg drei Fräulein zusammen. Der jüngsten träumte in einer Nacht, es sei in Gottes Rat beschlossen, daß eine von ihnen im Wetter sollte erschlagen werden. Morgens sagte sie ihren Schwestern den Traum und als es Mittag war, stiegen schon Wolken auf, die immer größer und schwärzer wurden, also daß abends ein schweres Gewitter am Himmel hinzog und ihn bald ganz zudeckte und der Donner immer näher herbei kam. Als nun das Feuer von allen Seiten herabfiel, sagte die älteste: »Ich will Gottes Willen gehorchen, denn mir ist der Tod bestimmt«, ließ sich einen Stuhl hinaustragen, saß draußen einen Tag und eine Nacht und erwartete, daß der Blitz sie träfe. Aber es traf sie keiner; da stieg am zweiten Tage die zweite herab und sprach: »Ich will Gottes Willen gehorchen, denn mir ist der Tod bestimmt«; und saß den zweiten Tag und die zweite Nacht, die Blitze versehrten sie auch nicht, aber das Wetter wollte nicht fortziehen. Da sprach die dritte am dritten Tage: »Nun seh ich Gottes Willen: daß ich sterben soll«, da ließ sie den Pfarrer holen, der ihr das Abendmahl reichen mußte, dann machte sie auch ihr Testament und stiftete, daß an ihrem Todestage die ganze Gemeinde gespeist und beschenkt werden sollte. Nachdem das geschehen war, ging sie getrost hinunter und setzte sich nieder und nach wenigen Augenblicken fuhr auch ein Blitz auf sie herab und tötete sie.

Hernach als das Schloß nicht mehr bewohnt war, ist sie oft als ein guter Geist gesehen worden. Ein armer Schäfer, der all sein Hab und Gut verloren hatte und dem am andern Tage sein letztes sollte ausgepfändet werden, weidete an der Boyneburg, da sah er im Sonnenschein an der Schloßtüre eine schneeweiße Jungfrau sitzen. Sie hatte ein weißes Tuch ausgebreitet, darauf lagen Knotten, die sollten in der Sonne aufklinken. Der Schäfer verwunderte sich, an dem einsamen Ort eine Jungfrau zu finden, trat zu ihr hin und sprach: »Ei was schöne Knotten!« nahm ein paar in die Hand, besah sie und legte sie wieder hin. Sie sah ihn freundlich und doch traurig an, antwortete aber nichts, da ward dem Schäfer angst, daß er fort ging, ohne sich umzusehen und die Herde nach Haus trieb. Es waren ihm aber ein paar Knotten, als er darin gestanden, neben in die Schuhe gefallen, die drückten ihn auf dem Heimweg, da setzte er sich, zog den Schuh ab und wollte sie herauswerfen, wie er hineingriff, so fielen ihm fünf oder sechs Goldkörner in die Hand. Der Schäfer eilte zur Boyneburg zurück, aber die weiße Jungfrau war samt den Knotten verschwunden; doch konnte er sich mit dem Golde schuldenfrei machen und seinen Haushalt wieder einrichten.

Viele Schätze sollen in den Burg noch verborgen liegen. Ein Mann war glücklich und sah in der Mauer ein Schubfach; als er es aufzog, war es ganz voll Gold. Eine Witwe hatte nur eine Kuh und Ziege und weil an der Boyneburg schöne Heiternesseln wachsen, wollte sie davon zum Futter abschneiden, wie sie aber eben nach einem Strauch packte, glitt sie aus und fiel tief hinab. Sie schrie und rief nach Hilfe, es war aber niemand mehr in der einsamen Gegend, bis abends ihre Kinder, denen Angst geworden war, herbei kamen und ihre Stimme hörten. Sie zogen sie an Stricken herauf und nun erzählte sie ihnen, tief da unten sei sie vor ein Gitter gefallen, dahinter habe sie einen Tisch gesehen, der mit Reichtümern und Silberzeug ganz beladen gewesen.

502.

TODES-WEISSAGERIN

Zu Kassel im alten Klosters-Hof beim Schloß ist die Erscheinung einer weißen Frau die Todes-Botschaft für den regierenden Fürsten gewesen. Aus gar unterschiedlichen Jahrhunderten wird solches übereinstimmend berichtet, und bestätigte sich allemal. Auch haben unsere alten Landgrafen fest daran geglaubt, und nach solcher Meldung nicht lange gesäumt, ihr irdisch Werk zu bestellen.

Auch zu Darmstadt ward früher die weiße Frau gesehen. Man weiß nicht, wer sie sei: ob ein nach ihrem zeitlichen Tode gebanntes menschliches Weib, oder aber ein gutes elbisches Wesen, eine Huldin.

503.

DER WERWOLFSRIEMEN

Bei einem Mann in Ehlen (Habichtswald), der im Verdacht stand, daß er ein Werwolf sei, fand man nach langem vergeblichen Suchen im Keller ein tiefes Loch, darein war ein Faß gesteckt und das Ganze mit einer Steinplatte belegt, so daß es schwer zu entdecken war. Das Faß war ganz voll Fleisch, das der Werwolf gesammelt hatte. Den Werwolf selbst fanden sie nicht. Wie sie nun bei der Familie danach fragten, sagte das jüngste Kind: »Wo mein Vater ist, das weiß ich nicht. Wenn er aber den Riemen umtut, der da an der Wand hängt, dann kann er über die Haustür springen« (d. h. über die Untertüre, die Türen waren geteilt). Einer von den Leuten, die das hörten, bekam Lust nach dem Riemen und schnallte ihn sich um den Leib. Kaum war das geschehen, so flog er hinaus. Er sprang nicht etwa über die Gärten und Hecken, wie es wohl Menschen können, sondern war auf einmal weg, und soviel sie auch suchten, er war nirgends zu finden. Nach vier Wochen fanden sie ihn tot im Walde. Das war die Strafe für seinen Vorwitz. Er verstand die Sache nicht.

504.

DIE RIESENPRINZESSINNEN

Vor sehr langer Zeit lebte im Reinhardswald ein mächtiger König, der hatte drei Riesinnen zu Töchtern, wovon die eine Saba, die andere Trenda und die dritte Bramba hieß. Der Vater baute einer jeden ein Schloß, für Saba die Sababurg, für Trenda die Trendenburg (jetzt Trendelburg), und für Bramba die Bramburg; da wohnten sie und pflegten sich die Tage zu verkürzen, indem sie durch Sprachrohre von ihren Schlössern aus miteinander plauderten. Lange nachher zeigte man noch zu Sababurg das große Bett der Saba, ihre Betstube, den Brunnen und den Becher, woraus sie getrunken haben soll. Das Holz an der Bettspanne war fast ganz zerschnitzt. Jeder Besucher nahm sich einen Span zum Zahnstocher davon mit, denn man glaubte, wenn man bloß einen kranken Zahn mit dem Holz berührte, vergingen augenblicklich die Schmerzen.

In der benachbarten Göttinger Gegend erzählte man früher: Auf der Sababurg im Kurhessischen ständen drei Hünenbetten. Die müßten täglich frisch gemacht werden, wenn die Leute in der Burg Ruhe haben wollten. Geschähe das nicht, dann polterte des Nachts alles wild durcheinander und keiner könnte vor Lärm ein Auge zutun. In den Betten würde auch jede Nacht geschlafen. Das könnte man des Morgens noch ganz deutlich sehen. Wer aber darin gelegen habe, dahinter wäre noch niemand gekommen.

Eine von den Riesenprinzessinnen, die Bramba, soll blind gewesen sein, aber doch zu Pferd den Weg durch die Weser nach der Bramburg gefunden haben. Ehe die Schwestern sich aber trennten, teilten sie ihr Gold und maßen es sich in einer Metze zu. Aber wenn die blinde Schwester ihren Anteil zugemessen bekam, wendeten die anderen beiden das Gemäß immer um und bedeckten nur den Boden mit Gold, so daß sie, wenn sie es betastete, meinte, sie hätte ein volles Maß bekommen. Daher kommt es, daß sie ihre Burg nicht fertigbauen konnte. Die Saba wurde hernach von der Trendela in der »Mordkammer« umgebracht.

505.

LIEBENAUS NAME

Das Städtchen Liebenau an der Diemel hieß ursprünglich Marienau oder Mergenau. Wie der neue Name aber entstanden, wurde seit Jahrhunderten in der Leute Mund also weiter erzählt; nur meldet die Überlieferung nicht, welcher Landesfeind es gewesen sei, dem damals mutige Weiber den Siegespreis verwehrten.

Denn in des Städtchens Mauern weilte der »Herr zu Hessen«, wie vor uralters, noch ehe der Titel Landgraf aufkam, der Landesfürst geheißen hat. Da zog in Untreuen mit Heeresmacht plötzlich der Feind heran, der das erfahren hatte und berannte die Mauern.

Groß war die Not der Stadt; eilends gingen Boten aus, um überallhin die Bedrängnis des Fürsten zu melden. Doch der Feind stürmte Tag und Nacht, und matt und müde wurden die wenigen Streiter. Da traten die Weiber an die Seite ihrer erschöpften Männer und fochten mit. Und die Alten, die keine Wehr zu tragen mehr vermochten, die siedeten Öl und gossen dies und glühend heißen Roggenbrei den Stürmenden auf den Leitern über die Köpfe. Da, als schon alle Kraft die Bürgerschaft verlassen und jegliche Hoffnung geschwunden schien, da nahte Entsatz; und ab zogen die Feinde.

In dankbarer Rührung aber, für solch treuen Liebesdienst wackerer Weiber, wandelte der Fürst den alten Namen des Ortes in den jetzigen: Liebenau!

506.

ENTSTEHUNG VON HELMARSHAUSEN

In uralter Zeit stand auf einem Berg hoch überm Diemelstrom ein Städtchen: Alten Köllen genannt. Drunten aber am Ufer baute ein Fischer namens Elmeri sich bequem zu seinem Gewerbe an. Er war ein freundlichbiederer Mann; ihn besuchten daher bisweilen die Bewohner des Städtchens, ließen sich beköstigen mit gerösteten Fischen und Met; und da bescheiden der gute Elmeri stets nur geringe Vergütung annahm, so kam seine Wirtschaft zu fröhlichem Gedeihen, und die Städter schmausten, tanzten und vergnügten sich je länger je öfter.

Das reizte manchen, es dem glücklichen Elmeri nachzutun; und sieben Männer kamen nacheinander, bauten Fischerhütten neben ihm an, kamen in Frieden, Freiheit, Ordnung gleichfalls zu Wohlstand, so daß die kleine Pflanzung trefflich ihren Anbau erweitern konnte.

Da geschah, daß schwerer Krieg hereinbrach, Haufen der Feinde stürmten durchs Land, und da die reisigen Männer fern beim Heer waren, so durften die Feinde ungeschoren sengen und brennen. So fiel auch Alten Köllen in Schutt und Asche; Greise, Weiber und Kinder suchten Obdach und Unterhalt bei den mildtätigen Fischern drunten am Fluß. Da nun aber die Männer aus dem Krieg heimkehrten und fanden die Ihrigen in der Pflege Elmeris und der andern Fischer, da beschlossen sie, hier ebenfalls zu bauen und zu wohnen.

Und aus den Trümmern Alten Köllens schafften sie Steine und Gebälk herab; bauten und nannten den Ort nach dem ersten Urheber: Elmeri.

507.

DAS DURSTENDE HEER

Einst war Karl mit seinem Heer in die Gebirge der Gudensberger Landschaft eingerückt, siegreich, wie einige erzählen, nach andern fliehend. Die Krieger schmachteten vor Durst. Der König saß auf schneeweißem Schimmel; da spornte er sein Pferd, daß es mit dem Huf heftig auf den Boden trat und einen Stein aus dem Felsen schlug, in welchem die Spuren seines Trittes zurückblieben. Aus der Öffnung sprudelte die Quelle mächtig, das ganze Heer wurde getränkt. Das Wasser dieser Quelle, welche Glißborn heißt und an der Morgenseite des Odenbergs liegt, ist hell und eisig kalt und besitzt die Eigenschaft, daß es ohne Seife reinwäscht; aus stundenweiter Entfernung, aus Besse und anderen Orten, kommen die Weiber dahin, ihr Weißzeug zu waschen. – Der Stein mit dem Huftritt ist in die Gudensberger Kirchhofsmauer eingesetzt und noch heute zu sehen.

508.

DER BRUNNEN ZU STEINAU

Im Jahr 1271 waren dem Abt Berold zu Fulda seine eignen Untertanen feind und verschworen sich wider sein Leben. Als er einmal in der St. Jacobs Kapelle Messe las, überfielen ihn die Herrn von Steinau, von Eberstein, Albrecht von Brandau, Ebert von Spala, und Ritter Conrad und erschlugen ihn. Bald hernach wurden diese Räuber selbdreißig, mit zwanzig Pferden, zu Hasselstein auf dem Kirchenraub betrappt, mit dem Schwert hingerichtet und ihre Wohnungen zerbrochen. Dieser Tat halben haben die Herrn von Steinau in ihrem Wappen hernachmals drei Räder mit drei Schermessern führen müssen und an der Stätte, da sie das Verbündnis über den Abt gemacht, nämlich bei Steinau (an der Straße im Hanauischen) an einem Brunnen auf einem Rasen wächst noch zur Zeit kein Gras.

509

DER BLUMENSTEIN

Als auf dem Blumenstein bei Rotenburg in Hessen noch Ritter lebten, wettete eines Abends ein junges, mutiges Bauernmädchen in dem benachbarten Dorf Höhnebach, daß es um Mitternacht bei Mondschein hinaus auf die furchtbare Burg gehen und ein Ziegelstück herabholen wollte. Sie wagte auch den Gang, holte das Wahrzeichen und wollte eben wieder zurückgehen, als ihr ein Hufschlag in der stillen Nacht entgegenklang. Schnell sprang sie unter die Zugbrücke und kaum stand sie darunter, so kam auch schon der Ritter herein und hatte eine schöne Jungfrau vor sich, die er geraubt und deren köstliche Kleidungsstücke er hinten aufgepackt hatte. Indem er über die Brücke ritt, fiel ein Bündel davon herab, den hob das Bauernmädchen auf und eilte schnell damit fort. Kaum aber hatte sie die Hälfte des Spisses, eines Berges, der zwischen Höhnebach und dem Blumenstein liegt, erstiegen, so hörte sie, wie der Ritter schon wieder über die Zugbrücke ausritt und wahrscheinlich den verlorenen Bündel suchen wollte. Da blieb ihr nichts übrig, als den Weg zu verlassen und sich in den dicken Wald zu verbergen, bis er vorüber war. Und so rettete es seine Beute und brachte das Wahrzeichen glücklich nach Haus.

510.

METZE UND MADEN

Bei Gudensberg lag früher die uralte Hauptstadt der Chatten. Sie hieß Matziachi, später Metzach, und war befestigt. Wahrscheinlich lag sie zwischen den Dörfern Ober- und Niedervorschütz. Beide Dörfer waren schützende Warten, daher ihr Name. Befestigt waren auch wohl die Höhen ringsum, die Wodensberge, auf denen der Gott Wodan verehrt wurde. Im Jahre 15 nach Christi Geburt wurde Matziachi von den Römern erstürmt und verbrannt. Aber die Feinde mußten bald das Land wieder verlassen. Denn unsere Vorfahren waren gewaltige Helden. Bei der Zerstörung der Stadt waren wohl die meisten Bewohner umgekommen. Die übriggebliebenen bauten sich von neuem da an, wo jetzt das Dorf Metze liegt. Die Sage berichtet nämlich folgendes:

Metze war vor uralten Zeiten eine große, herrliche Stadt. Aber durch ein Weib, das vorher ihren Mann ermordet hatte, wurde der Ort an die Feinde verraten und zerstört. Nur zwei Häuser blieben übrig. Das Weib liegt dafür in ewigem Banne, und zuzeiten sieht man es im Bach stehen, der durchs Dorf hinfließt. Es ist eine hohe weiße Gestalt, plätschert dort im Wasser und verfolgt die Zuschauenden. Doch kann sie nicht weiter kommen, als ihr Eigentum gegangen war. Man nennt sie die Windelswäscherin.

Nicht weit von der alten Hauptstadt wurde auch der Landtag gehalten. Dort versammelte sich das Volk; aus allen sechs hessischen Stämmen erschienen Abgesandte; dann wurde beraten über Krieg und Frieden, und es wurde Gericht gehalten. Das nannte man »maden«. Daher hat das Dorf Maden, der Mader Stein und die Mader Heide den Namen bekommen. Dort liegen auch die sechs Dörfer, von denen der sonderbare Spruch geht: Dissen, Deute, Haldorf, Ritte, Baune, Besse das sind der Hessen Dörfer alle sesse.

511.

DER SCHARFENSTEIN

Unweit Gudensberg, nahe der Heerstraße, welche nach Kassel führt, erhebt sich ein hoher, kahler Basaltfelsen, der Scharfenstein. In diesem befindet sich eine gar schöne Jungfrau und viele kostbare Schätze. Nur nach sieben Jahren, an einem bestimmten Tag, gewinnt sie Leben und verläßt das dunkle Grab des Felsens, um an das Licht des Tages zu treten. Dann niest sie siebenmal und wer ihr siebenmal ein Gotthelf zuruft, der hat nicht nur die Jungfrau aus ihrem Bann befreit, sondern gewinnt auch alle in dem Felsen verborgenen Schätze. Einst hörte ein Fuhrmann sie niesen und rief sechsmal sein Gotthelf, als er aber zum siebenten Mal ungeduldig statt dessen einen Fluch ausstieß, verschwand die Jungfrau.

512.

BONIFATIUS RETTET FRITZLAR

Im Siebenjährigen Krieg lagen einmal die Franzosen in Fritzlar. Da erschien der Feind vor der Stadt und beschoß sie sehr heftig. Alle Bürger klagten und jammerten laut. Plötzlich aber hieß es, Bonifatius sei wiedergekommen, um seine Stadt aus ihrer Bedrängnis zu retten. Alle strömten dem Haddamarer Tor zu und sahen dort den Heiligen auf der Mauer stehen. Er hielt ein großes weißes Tuch in den Händen und fing damit die Kugeln der Feinde auf. Die Kugeln prallten auf die Feinde zurück und töteten sie. Von der Stadt her wurde aber auch nicht eine Muskete abgeschossen. Da ergriff die feindlichen Krieger Angst und Schrecken, und sie machten, daß sie fortkamen. Alsbald war auch Bonifatius wieder von der Mauer verschwunden.

513.

JAGENDER SPUK

1651 kam des Rentmeisters von Borken Landknecht: Johann, zubenamet der Rühling, von Kassel zurück, wohin er seinem Herrn etliche Rechnungen getragen. Als er hinter Fritzlar in die Hecke neben der Kalbsburg kommt, hört er jemanden jagen und ins Horn blasen; auch viele Hunde bellen und ihm näher kommen.

Johann, der zu Fritzlar einen guten Rausch getrunken, schreit dem Jäger nach; und alsbald streicht ein gewaltig starker Hirsch mit etlichen Hunden vor ihm her. Darauf kommt ein Mann in ledernem Wams mit einer Axt, den jener für einen Zimmermann aus Borken ansieht. Da er ihn nun aber anredet, hat der doch Johannen keine Rede gestanden, sondern ist eilends vorübergegangen. Da kommt ein Jäger, dem Landknecht unbekannt, auf diesen zu, greift mit einer Hand, so kalt wie Eis, dem Rühling von der Stirn durch den Bart herab, so daß der schwer erschrocken schnellen Ganges nach Borken läuft; wo er sich dann gleich, weil es schon späte Nacht geworden, zu Bett legt.

Am Morgen aber sah jedermann, wie des Jägers Finger übers ganze Gesicht rote Striche gegriffen hatten; und wo die Finger durch den Bart gegangen, war es glatt und nicht ein Härlein zu schauen.

Ist auch keins wieder daselbst gewachsen. Der Rühling war ein recht Weltkind, so nach niemandem fragte; und starb über etliche Jahre hernach.

514.

DIE WEISSE FRAU

Die Stadt Homberg wurde einst hart belagert und unter den Bürgern fanden sich sogar etliche, die hielten es mit dem Feind. Auch der Türmer auf dem Schloßberg gehörte zu den Verrätern. Er konnte von seiner Wohnung aus die Bewegungen der Belagerer am ehesten beobachten und sein Amt erforderte es, daß er zu jeder Zeit der Stadt von einer drohenden Gefahr Kunde gab. In der Nacht aber, wo verabredetermaßen ein Sturm auf die Mauern von Homberg geschehen sollte, auch alles dazu vorbereitet war, unterließ der bestochene Türmer das Blasen mit dem Horn und die Stadt wäre verloren gewesen, wenn nicht die Magd des Türmers durch ihren angstvollen Ruf die Bürger aus dem Schlummer geweckt hätte. Sie konnte zwar nur auf der einen Seite des Schloßturms das Wächterhorn erschallen lassen, da die andern drei Seiten vom Türmer verschlossen waren. Dieser stürzte die Magd, weil sie seine böse Absicht vereitelt, in den vierundzwanzig Klafter tiefen Schloßbrunnen, aber die Feinde mußten unverrichteter Dinge abziehen. Seit dieser Zeit erscheint alle sieben Jahre auf dem Schloß eine weiße Frau und der Türmer darf bis heute nur auf drei Seiten die Stunde abrufen. Sollte er es wagen, auch auf der vierten Seite zu blasen, dann würde ihm die weiße Frau den Hals umdrehen.

515.

URSPRUNG DER VON MALSBURG

Die von der Malsburg gehören zu dem ältesten Adel in Hessen und erzählen: Zur Zeit als Karl der Große den Brunsberg in Westfalen erobert, habe er seine treuen und versuchten Diener belohnen wollen; einen Edelmann, namens Otto, im Feld vor sich gerufen, und ihm erlaubt, daß er sich den Fels und Berg, worauf er in der Ferne hindeute, ausmalen (d. h. eingrenzen, bezeichnen) und für sich und seine Erben eine Festung dahin bauen dürfe. Der Edelmann bestieg den Felsen, um sich den Ort zu besehen, auszumalen und zu beziehen; da fand er auf der Höhe einen Dornstrauch mit drei weißen Blumen, die nahm er zum Mal-, Kenn- und Merkzeichen. Als ihn der König hernach fragte, wie ihm der Berg gefalle, erzählte er, daß er oben einen Dornbusch mit drei weißen Rosen gefunden. Der König aber sonderte ihm sein gülden Schild in zwei gleiche Teile, obenhin einen Löwen und unten drei weiße Rosen. An dem ausgemalten Ort baute Otto hernach seine Burg und nannte sie Malsburg, welcher Name hernach bei dem Geschlecht geblieben ist, das auch den zugeteilten Schild bis auf heute fortführt.

516.

FRAU HOLLEN TEICH

Auf dem Hessischen Gebirg Meißner weisen mancherlei Dinge schon mit ihren bloßen Namen das Altertum aus, wie die Teufelslöcher, der Schlachtrasen, und sonderlich der *Frau Hollenteich*. Dieser an der Ecke einer Moorwiese gelegen hat gegenwärtig nur 40–50 Fuß Durchmesser; die ganze Wiese ist mit einem halb untergegangenen Steindamm eingefaßt und nicht selten sind auf ihr Pferde versunken.

Von dieser Holle erzählt das Volk vielerlei, gutes und böses. Weiber, die zu ihr in den Brunnen steigen, macht sie gesund und fruchtbar; die neugeborenen Kinder stammen aus ihrem Brunnen und sie trägt sie daraus hervor. Blumen, Obst, Kuchen, das sie unten im Teiche hat und was in ihrem unvergleichlichen Garten wächst, teilt sie denen aus, die ihr begegnen und zu gefallen wissen. Sie ist sehr ordentlich und hält auf guten Haushalt; wann es bei den Menschen schneit, klopft sie ihre Betten aus, davon die Flocken in der Luft fliegen. Faule Spinnerinnen straft sie, indem sie ihnen den Rocken besudelt, das Garn wirrt, oder den Flachs anzündet; Jungfrauen hingegen, die fleißig abspinnen, schenkt sie Spindeln und spinnt selbst für sie über Nacht, daß die Spulen des Morgens voll sind. Faulenzerinnen zieht sie die Bettdecken ab und legt sie nackend aufs Steinpflaster; Fleißige, die schon frühmorgens Wasser zur Küche tragen in reingescheuerten Eimern, finden Silbergroschen darin. Gern zieht sie Kinder in ihren Teich, die guten macht sie zu Glückskindern, die bösen zu Wechselbälgen. Jährlich geht sie im Land um und verleiht den Äckern Fruchtbarkeit, aber auch erschreckt sie die Leute, wenn sie durch den Wald fährt, an der Spitze des wütenden Heers. Bald zeigt sie sich als eine schöne weiße Frau in oder auf der Mitte des Teichs, bald ist sie unsichtbar und man hört bloß aus der Tiefe ein Glockengeläut und finsteres Rauschen.

517.

DER HOLLEABEND

In Rehe war einmal eine Frau, die den größten Teil des Tages und sogar die halbe Nacht fleißig spann. Zu der kam eines Abends, es war am letzten Donnerstag vor dem heiligen Christfest, eine Holl, brachte zwölf leere Spulen mit und gab mit strenger Miene der fleißigen Spinnerin auf, diese zwölf Spulen bis um zwölf Uhr voll zu spinnen, sonst würde sie ihr den Kopf umdrehen. Lächelnd entfernte sich die Holl, die erschrockene Frau aber wußte sich nicht zu raten und zu helfen. Sie ging daher zu ihrer Nachbarin und erzählte ihr, was ihr geschehen. Diese sagte: »Die zwölf Spulen bis um zwölf Uhr voll zu spinnen, ist für dich allein ein Ding der Unmöglichkeit. Spinne deshalb über jede Spule nur einmal.« Und die Spinnerin tat so. Schlag zwölf Uhr nachts kam die Holl wieder und verlangte ihre zwölf Spulen. Zitternd reichte die Frau sie ihr hin. Als die Holl die Spulen besehen hatte, fragte sie heftig: »Wer hat dich das gelehrt?«, und als die erschreckte Frau nichts darauf erwiderte, sagte die Holl: »Das hat dir der Teufel gesagt!« Und sogleich verschwand sie bei zugemachter Türe. Deshalb heißt dieser Abend (Donnerstag vor Weihnachten) der Holleabend, und viele alte Frauen hüteten sich früher, an diesem Abend ihr Rädchen zu drehen, aus Furcht vor der Holl.

518.

DIE WOHNUNG DER FRAU HOLLE

Bei Hilgershausen in der Nähe des Bades Sooden erhebt sich in einem Busch verborgen ein steiler Felsen, der Hollestein. Wie der Felsen versteckt liegt, so noch mehr die darin befindliche Höhle, die größte des Hessenlandes, die nur dem Kundigen bekannt ist. Altbemooste Steine führen wie eine wuchtige Treppe zu ihr empor, und vor dem Höhleneingang ruht ein mächtiger Opferstein, über den die Wipfel der Buchen ihre Zweige zusammenschlagen. Die mächtigen, bestaubten Felsblöcke im Innern türmen sich zu einer Tempeltreppe empor, die bis an die riesige Wölbung heranreicht. Unsichtbare Tropfen fallen klatschend auf das Gestein. Das ist die Wohnung der Frau Holle; das ist auch die Stelle, wo das Märchen von der Gold- und Pechmarie spielt.

519.

DIE WERRA

Die Werra hat ihren Ursprung in einem Grund der alten gefürsteten Grafschaft Henneberg, die Gabel genannt. Ihren Namen wollen etliche herführen von Guerra oder Werra, ist so viel als Gewerr oder Gewirr – wegen der verwirrten Schlangen-Krümmung ihres Laufes, und des Streits oder Kampfs (Guerra), welchen sie mit andern an sich nehmenden Flüssen hat. Und von diesem alten keltischen Stammwort Wehr (ist so viel als Krieg) wollen einige das Wort Germani als Guerman, Gens d'armes, Werreman (das ist ein Kriegsmann) herführen.

Von den Druiden haben wir in unserm Hessenland an der Werra ein gewisses Wahrzeichen behalten, woher der Name Trittenberg (ist so viel als der Druidenberg), wo jetzt Treffurt liegt, von ihnen übrig geblieben. Auch ist der liebliche Weibername Gertrud (Druytgen, mein Druytchen), Truten Freund – ist so viel wie treuer oder vertrauter Freund – in Hessen noch allgemein.

Ein Götz, Stuffo genannt, ist gestanden an der Werra in dem Eichsfeld auf einem hohen Berg, Staufenberg genannt. Wenn das Volk denselben angerufen, hat der Teufel durch ihn geredet, daher wird selbiger Ort noch das Stuffen-Loch oder Stuffons-Höhle genannt. Etliche halten dafür, aber ohne Grund, daß des Götzen Stuffo Bildnis auf dem Berg eine Meile Weges von Gießen, wo jetzt das Städtlein Staufenberg liegt, gestanden habe.

520.

TEUFELSSTEIN

Nicht weit von Reichenbach, im Amt (Hessisch-)Lichtenau, dem Hohen Steine gegenüber, liegt der Teufelsstein. Er sieht aus, als wären etliche hundert Karren Steine kunstreich zusammengeschüttet; es haben sich Gemächer, Keller und Kammern von selbst darin gebildet, daß es zum Verwundern ist, und bei schweren und langen Kriegen haben die Bewohner der Gegend mit ihrem ganzen Haushalt darin gewohnt. Diesen Stein soll der Teufel in einer einzigen Nacht so gebildet haben.

521.

DIE WICHTEL ALS SCHUHMACHER IN ESCHWEGE

In der alten Reichsstadt Eschwege lebte einst Meister Jobsen, ein armer Schuhflicker. Eines Abends saß er auf seinem Schemel, schon nahte Mitternacht und spärlich erleuchtete die Lampe das Stübchen. Finstere Sorgen trübten sein Inneres und der Gedanke, wie er sich mit Weib und Kind ehrlich durchbringen wolle in dieser schweren Zeit, lag ihm hart auf der Seele. Da schreckte ihn plötzlich ein Männlein auf, das wie gezaubert vor ihm stand und sagte: »Meister Jobsen, warum so grämlich? Will dein Geselle werden.« – »Bist mir auch der rechte Gesell«, sprach Jobsen verdrießlich und verwundert. »Bin's nicht allein, bin's nicht allein«, sprach das Männlein, »schneid Leder zu, schneid Leder zu, wir machen dir feine Schuh!« Sprach's und verschwand. Staunend und sinnend saß Jobsen noch eine Weile auf seinem Schemel und dachte: Das Glück reicht dir vielleicht die Hand, willst des Männleins Rede nicht verachten. Kannst Geld gewinnen, kannst reich werden. Flugs springt er, holt Leder, schneidet es zu Schuhen zurecht und legt sich müde dann zu Weib und Kind. Da trippelt und trappelt es zu Tür und Fenster herein, bald sitzt eine Schar kleiner munterer Gesellen um den Tisch herum und als Jobsen am andern Morgen erwacht, da steht manch Paar feiner Schuhe auf dem Tisch, aber die Gesellen sind verschwunden. Entzückt erzählt er seinem Weib das Abenteuer der vorigen Nacht und bringt die Schuhe zu Markte. Dann kauft er Leder ein und wohl zugeschnitten legt er's am Abend wieder zurecht. Des Nachts kommen die kleinen Gesellen und am andern Morgen findet er die schönsten Schuhe. So geht es eine Zeitlang fort, die feinen Schuhe finden viele Käufer und werden gut bezahlt, so daß Jobsen viel Geld gewinnt. Da spricht er zu seinem Weib: »Müssen doch den fleißigen Gesellen einmal etwas zugute tun. Kauf' Braten ein, back' Kuchen, bring Wein herbei.« So geschah es. Speis und Trank wurden am Abend auf den Tisch gestellt, sowie auch zugeschnittenes Leder. Allein wie wunderten sie sich, als sie am andern Morgen wohl neue Schuhe fanden, doch die Speisen waren unberührt und vom Wein nichts gekostet. »Müssen es anders anfangen«, sprach Jobsen, ging aufs Tuchhaus, kaufte rotes Zeug und ließ beim besten Schneider Röcklein und Höschen anfertigen. Wie werden sich die Gesellen freuen, dachte er, wenn sie die schönen Kleider finden? Wie werden sie flugs die schmutzigen Mäntel von sich tun? Des Nachts trippelt's und trappelt's wieder zu Tür und Fenster herein, und wie die Gesellen die schmucken roten Wämse finden, da werfen sie hurtig ihre schmutzigen Mäntel weg, putzen sich und hüpfen auf

Tisch und Bänken herum. Sie jubeln, schauen in den Spiegel und singen: »Hör, wie so knapp, und sollen machen Schuh lapp?« Damit hüpfen sie zur Tür und zum Fenster hinaus und sind nie wiedergekommen. Meister Jobsen aber ging es gut sein Leben lang.

522.

DER HÜLFENBERG

Eine Stunde von Wanfried liegt der Hülfenberg, auf diesen Berg befahl der heilige Bonifatius eine Kapelle zu bauen. Unter dem Bauen kam nun oft ein Mann gegangen, der fragte: was es denn geben sollte? Die Zimmerleute antworteten ihm: »Ei, eine Scheuer soll's geben.« Da ging er wieder seiner Wege. Zuletzt aber wurde die Kirche immer mehr fertig und der Altar aufgebaut und das Kreuz glücklich gesteckt. Wie nun der böse Feind wiederkam und das alles sehen mußte, ergrimmte er und fuhr aus, oben durch den Giebel; und das Loch, das er da gemacht, ist noch bis auf den heutigen Tag zu sehen und kann nimmer zugebaut werden. Auch ist er inwendig in den Berg gefahren und suchte die Kirche zu zertrümmern, es war aber eitel und vergebens. Das Loch, worin er verschwand, nennt man das Stuffensloch, (wie den Berg auch Stuffensberg) und es soll zu Zeiten daraus dampfen und Nebel aufsteigen. Von dieser Kapelle wird weiter erzählt: sie sei einer Heiligen geweiht, rühre ein Kranker deren Gewand an, so genese er zur Stunde. Dieser Heilige aber wäre vordem eine wunderschöne Prinzessin gewesen, in die sich ihr eigener Vater verliebt. In der Not hätte sie aber Gott um Beistand gebeten, da wäre ihr plötzlich ein Bart gewachsen und ihre irdische Schönheit zu Ende gegangen.

523.

NIXENBRAUT

Nicht weit von Kirchhain liegt ein tiefer See, der Nixenborn geheißen; und öfter lassen sich auch die Nixen sehen, um sich an den Gestaden zu sonnen. Die Mühle, die dort am Wasser liegt, heißt ebenso: Nixen-

Mühle; da baden Nöcken und Nixen sich alle am hellen Mittag. Sie haben alsdann unten einen dünnen farbigen Leib wie eine glatte Schlange, tun jedoch niemandem etwas Böses. Nur wer sie ockert, atzelt und itzelt, der muß es büßen.

Sie verkehren wohl auch mit den Menschen, haben dann ganz menschliche Gestalt; und so läßt sich ihre Art nur daran erkennen, daß ein Saum ihres Gewandes immer feucht bleibt.

So kamen eine Zeitlang drei wunderschöne Jungfrauen aus jenem See in die Spinnstube des Dorfes Nieder-Gleen, brachen aber unweigerlich immer um elf Uhr mit dem ersten Glockenschlag auf. Ein Bursche des Ortes hatte sich in die eine Nixe verliebt und verstellte also die Wanduhr um eine ganze Stunde.

Ahnungslos gingen die Jungfrauen fort. Doch am nächsten Morgen schwammen drei Blutstropfen auf dem Wasser des Sees; und am dritten Tag verstarb der an der Täuschung Schuldige.

524.

DAS LICHTLEIN

Zwei Bauern gingen aus dem Dorf Langenstein (nah bei Kirchhain in Oberhessen) nach Emsdorf zu, mit ihren Heugabeln auf den Schultern. Unterwegs erblickte der eine unversehens ein Lichtlein auf dem Spieß seines Gefährten, der nahm ihn herunter und strich lachend den Glanz mit den Fingern ab, daß es verschwand. Wie sie hundert Schritte weitergingen, saß das Lichtlein wieder an der vorigen Stelle und wurde nochmals abgestrichen. Aber bald darauf stellte es sich zum dritten Mal ein, da stieß der andere Bauer einige harte Worte aus, strich es jenem nochmals ab und darauf kam es nicht wieder. Acht Tage hernach an derselben Stelle, wo der eine dem andern das Licht zum dritten Mal abgestrichen hatte, trafen sich diese beiden Bauern, die sonst alte gute Freunde gewesen, verunwilligten sich und von den Worten zu Schlägen kommend erstach der eine den andern.

525.

STORCH HILFT LÖSCHEN

Im Jahr 1597 in der Erntezeit ist in der Stadt Homberg an der Ohm ein Feuer aufgangen, und fast der halbe Teil gegen die Stadtpforten von der Untergasse an bis hinaufwärts gegen das Schloß eingeäschert worden, wobei dann dieses besonders notabel, daß die Störche, in währendem Brand, zu einem Haus, worauf sie ihr Nest gehabt, Wasser im Mund herbeigeführet und in den Brand abgespeiet, gleichsam dadurch ihr Herberg zu salvieren.

526.

ABZUG DER WICHTELMÄNNCHEN

An der Schwalm bei Uttershausen liegt der Dosenberg; dich am Ufer gehen zwei Löcher hervor, die waren von alters her Aus- und Eingänge der Wichtelmänner. Zu dem Großvater des Bauern Tobi in Singlis kam öfter ein Wichtelmännchen freundlich auf den Acker. Eines Tages, als der Bauer Korn schnitt, fragte es, ob er in der künftigen Nacht für reichen Goldlohn Fuhren durch die Schwalm übernehme wolle. Der Bauer sagte zu; abends brachte der Wichtel einen Sack voll Weizen als Handgeld in des Bauern Haus. Nun wurden vier Pferde angeschirrt, und der Bauer fuhr zum Dosenberg. Der Wichtel lud aus den Löchern schwere, unsichtbare Lasten auf den Wagen, die der Bauer durchs Wasser auf das andere Ufer brachte.

So fuhr er hin und her von abends zehn bis morgens vier Uhr, daß die Pferde endlich ermüdeten. Da sprach der Wichtel: »Es ist genug; nun sollst du auch sehen, was du gefahren hast.« Er hieß den Bauern über die rechte Schulter blicken. Da sah der Bauer, wie das weite Feld voll von Wichtelmännchen war. Darauf sagte der Wichtel: »Viel tausend Jahre haben wir im Dosenberge gehaust, jetzt ist unsere Zeit um, wir müssen in ein anderes Land; im Berg aber bleibt so viel Gold zurück, daß die ganze Gegend genug daran hätte.« Dann lud er dem Tobi seinen Wagen voll Gold und schied. Der Bauer brachte mühsam seinen Schatz nach Hause und war ein reicher Mann geworden. Seine Nachkommen sind noch vermögende Leute, die Wichtelmännchen aber für immer aus dem Lande verschwunden.

527.

DER TEUFEL BAUT EINE STADT

Junker Hans von Dörnberg besaß auf dem Hain bei Neustadt ein Schloß und gebot außerdem über fünf Dörfer, die in dieser Gegend lagen. Er wünschte nun eine Stadt zu haben, und um seinen Zweck schnell zu erreichen, schloß er ein Bündnis mit dem Teufel und ließ ihn vier Dörfer, obgleich dieselben eine hohe und gute Lage hatten, zu dem fünften und größten in den Bruch hinabtragen. Weil nun der Teufel die Häuser bloß auf den Boden dahin gestellt hat, daher kommt's, daß keine Keller darunter sind. So ist Neustadt entstanden.

528.

DER HESSISCHE BLOCKSBERG

Im Süden des Kreises Ziegenhain erhebt sich bei Ottrau der Bechelsberg bis zu einer Höhe von 472 m empor. An seinem Abhang wachsen mancherlei Heilkräuter, die zu Himmelfahrt gesammelt werden. Der Gipfel des Bechelsberges heißt die Rumpelskuppe, ein Name, welcher dem ungeheuern, donnerähnlichen Getöse seine Entstehung zu danken haben mag, das zum Schrecken und Entsetzen der Menschen und des Viehes mitunter oben auf dem Berg gehört worden sein soll. Dieses Gepolter wird von Ohrenzeugen mit dem Toben und Brausen eines schrecklichen Sturmes verglichen. Kurz vor dem Ausbruch will man in der Nähe des Berges bisweilen eine schwarze Gestalt, auch wohl eine feingekleidete Jungfrau gesehen haben.

Nahe an der Rumpelskuppe befindet sich eine kesselförmige Vertiefung, die Hexenkaute, auch Silberkaute genannt. Hier wird am 1. Mai in der Mitternacht großes Gastgebot und Hexentanz gehalten. Der Meister führt strenge Aufsicht über Musik und Tanz. Wer z. B. um eine Viertelstunde zu spät erscheint, beim Tanz einen Fehltritt tut usw., bekommt zur großen Belustigung aller Gäste eine gewisse Anzahl Besenhiebe. Die Tracht der Teilnehmer besteht in einem langen schwarzen Kleid mit einem Strohgürtel und einer Haube, unter welcher ein langer Haarzopf herabfällt. Es wird getanzt, gesungen, gelärmt und allerhand Unfug getrieben, zuletzt der Rest der Mahlzeit für die Rückreise eingepackt und, nach gegenseitigem Anwünschen eines fröhlichen Wiedersehens für das nächste Jahr, auf stumpfen Besen und Hähnen pfeilschnell wieder weggeritten.

Die Hexen kommen stets an solchen Orten zusammen, an denen in altgermanischer Zeit Gericht gehalten und geopfert wurde; auf dem Bechelsberge aber war eine alte Ziegenhainische Gerichtsstätte.

529.

UNGLÜCKLICHE ENTZAUBERUNG

Zu Hersfeld dienten zwei Mägde nebeneinander; die pflegten, ehe sie zu Bett gingen, jeden Abend eine Weile in ihrer Stube stillzusitzen. Den Hausherrn nahm das endlich Wunder; er blieb daher einmal auf, verbarg sich im Zimmer und wollte die Sache ergründen. Wie die Mägde sich nun beim Tisch allein sitzen sahen, sprach die eine: »Geist, tu dich entzükken und jenen Knecht bedrücken.«

Darauf stieg ihr und der anderen Magd gleichsam schwarzer Rauch aus dem Hals und kroch zum Fenster hinaus; die Mägde fielen zugleich in tiefen Schlaf. Da ging der Hausvater zu der einen, rief sie mit Namen und schüttelte sie; jedoch vergebens, sie blieb unbeweglich. Endlich ging er davon und ließ sie. Morgens darauf war diejenige Magd tot, die er gerüttelt hatte; die andere aber, die von ihm nicht angerührt worden war, blieb lebendig.

530.

DER HAUN-MÜLLER

Vor langer Zeit stand einmal eine Mühle an der Haun, einem Flüßchen, das an Hünfeld vorbeifließt und bei Hersfeld in die Fulda fällt. Jedes Jahr rissen die Fluten das Wehr entzwei und der Müller hatte fort und fort zu bauen und zu bessern. Eines Tages stand der Müller betrübt am Ufer und sann darüber nach, wie er dem Wehr eine Festigkeit gäbe, welche auch bei großem Wasser widerstände. Da trat ein Mann zu ihm, forschte nach der Ursache seines Kummers und sagte, nachdem der Müller ihm diese vertraut: »Ich weiß ein Mittel, das Wehr so fest zu bauen, daß keine Flut es zerreißen kann. Ihr müßt in den Grund einen lebendigen Jungen legen und darüberhin bauen. Den Jungen schaff' ich Euch um einen billigen Preis.« Der Müller überlief es eiskalt bei diesen Worten; das Mittel sollte aber untrüglich sein und da er durch die jährliche Beschädigung der Mühle um all' seinen Wohlstand gekommen war und sich in großer Bedrängnis befand, so ließ er sich überreden, auf den Vorschlag einzugehen. Der Mann brachte den Knaben – es war sein eigener –, empfing seinen Lohn dafür und half dem Müller beim Bau. Diesen aber erfaßte die Reue und er starb kurze Zeit nachher. Doch wurde das Grab ihm keine Ruhestätte; nachts geht er am Ufer auf und ab und lockt den Wanderer in den Fluß. Jedes Jahr muß der Müller seine Beute haben. Der erste, der ihm zum Opfer fiel, war jener Mann, der ihm den Knaben verkauft hatte.

531.

SCHLOSS WALDECK

Man erzählt sich, als einer der Grafen ein Schloß an der Eder bauen wollte, fragte er einen in der Gegend hütenden Schäfer, wohin sich wohl bequem ein Schloß bauen ließe. Der Schäfer sagte darauf: »Dort, auf der Wald-Ecke!« Und daher hat denn das dort gebaute Schloß den Namen »Waldeck« erhalten.

Wenn man von Waldeck auf das Schloß zugeht, so steht da ein Felsen nicht weit von der Zugbrücke. Da haben sie oft gesagt, wenn der Fürst käme, würde er darunter sterben. Deshalb käme er nicht auf das Schloß.

532.

KÖNIG GRÜNEWALD EROBERT DEN CHRISTENBERG

Auf dem Christenberg, im Burgwald, stand vor alters ein Schloß, darin wohnte ein König mit seiner einzigen Tochter, auf die er gar viel hielt und die wunderbare Gaben besaß. Nun kam einmal sein Feind, ein König, der hieß Grünewald, und belagerte ihn in seinem Schloß. Die Belagerung dauerte lange und der König wäre fast verzweifelt, hätte die Jungfrau ihm nicht immer neuen Mut zugesprochen. Das dauerte bis zum Maitag; da sah die Königstochter, früh morgens wie der Tag anbrach, das feindliche Heer mit grünen Zweigen den Schloßberg heraufkommen und es wurde ihr angst und bange, denn nun wußte sie, daß alles verloren war, und sprach zum Vater:

Vater, gebt Euch gefangen,
Der grüne Wald kommt gegangen!

Darauf schickte sie ihr Vater ins Lager des Königs Grünewald, bei dem sie ausmachte, daß sie selbst freien Abzug haben sollte und noch dazu mitnehmen dürfte, was sie auf einen Esel packen könnte. Da nahm sie ihren eignen Vater, packte ihn darauf nebst ihren besten Schätzen und zog vom Schloß weg. Als sie eine gute Strecke gegangen war, sprach sie: »Hier woll mer ruhn!« Daher hat das Dorf »Wollmer« den Namen, das dort liegt. Bald zogen sie weiter durch Wildnisse und Berge, bis sie endlich in eine Ebene kamen. Da sagte die Königstochter: »Hier hats Feld!« Und da blieben sie und bauten sich ein anderes Schloß, das sie »Hatzfeld« nannten. Davon sieht man noch heute die Überreste, und das Städtchen dabei nannte sich auch wie die Burg »Hatzfeld«.

Noch wird ein dem Christenberg naheliegendes Tal das »Hungertal« genannt, von dem vielen Elend während der Belagerung des Schlosses. Da, wo der Berg sich mit dem Hauptrücken des Burgwaldes verknüpft, ist er durch siebenfache Gräben und Wälle befestigt; südlich unter ihm aber liegt die Lüneburg und nordwestlich die Lützelburg, zwei Hügel, von denen der erstere noch deutliche Spuren ehemaliger Befestigung zeigt.

533.

DIE GLOCKE LÄUTET VON SELBST

Zu der Zeit, da Philipp der Großmütige die Reformation in Hessen einführte, vertauschten auch die Bürger von Frankenberg den alten Glauben mit dem neuen, helleren und freudigeren, den der Wittenberger Doktor Martin Luther gelehrt hatte. Das nahmen ihnen besonders ihre Nachbarn im kölnischen Sauerland übel, denn diese waren katholisch geblieben und machten sich eines Tages auf, Frankenberg zu erobern und zu zerstören. Die Frankenberger lebten just damals mit aller Welt im tiefsten Frieden und ahnten das Schicksal nicht, welches ihnen bevorstand. Sie hatten zwar ihre Mauern und Türme mit Wächtern besetzt, denn so war es vom Landgrafen allen Städten anbefohlen worden, aber auch den Wächtern fiel es im Traum nicht ein, daß ihnen die Gefahr so nahe sein könnte. So kamen die Feinde um 9 Uhr abends unbemerkt vor der Stadt an und trafen ihre Vorkehrungen zu einem Überfall. Da ertönte urplötzlich der Sturmglocke furchtbarer Hall und rief die sorglosen Bürger zur Wehr. Niemand war der Glocke nahegekommen, sie hatte sich ganz von selbst in Schwung gebracht. Die Feinde, als sie das Gestürme hörten, glaubten sich verraten und machten sich eilig auf den Rückzug.

Trotz ihrer Wächter wäre die Stadt verloren gewesen, hätte nicht im Augenblick der höchsten Gefahr die tote Glocke ihren metallenen Mund aufgetan. Noch heute wird mit derselben, zur Erinnerung daran, jeden Abend um 9 Uhr geläutet.

534.

DIE FRAU UNTER DEN WICHTELMÄNNCHEN

Es ist noch gar nicht lange her, daß in Frankenberg eine Kinderfrau lebte, die viel wunderliche Dinge von den Wichtelmännchen zu erzählen wußte, denn sie hatte einmal ganze acht Tage unter ihnen zugebracht und ihr Tun und Treiben ihnen abgemerkt. In einer dunklen Nacht nämlich, da alle Nachbarn schon in tiefem Schlummer lagen, war die Frau durch ein starkes Klopfen an der Haustür geweckt worden. Sie sprang auf und lugte durchs Fenster, sah aber nichts als eine Laterne vor dem Haus. Da rief eine Stimme hinauf: »Werft Eure Kleider über und kommt mit mir; eine Frau harrt Eures Dienstes!« Die Kinderfrau tat wie ihr geheißen, ging hinunter und folgte der Laterne, die schon eine Ecke voraus war, zweifelnden Schrittes nach, denn es kam ihr doch höchst seltsam vor, daß sie nur die Laterne sah und nicht den Menschen, der sie trug. So ging es durch mehrere Gassen, dann zum Klostertor hinaus und noch eine gute Strecke ins Freie; da blieb das Licht endlich stehn, es öffnete sich eine verborgene Falltür und viele Stufen führten in die Tiefe. Mit Zittern und Gebet folgte die Kinderfrau ihrem rätselhaften Führer und es währte nicht lange, so befand sie sich in einem hellen geräumigen Gemach mitten unter Wichtelmännchen, die sie freundlich willkommen hießen. Ehe sie Zeit hatte, sich von ihrem Staunen zu erholen, trat aber schon eins der kleinen Männchen zu ihr heran und forderte sie auf, ihm zu der Frau zu folgen, um derentwillen sie gerufen worden war. Bald darauf kam denn auch ein ganz kleines niedliches Wichtelmännchen zur Welt und da sich Mutter und Kind wohlbefanden und alles gut von statten gegangen war, so hoffte die Kinderfrau am Morgen wieder zu den ihrigen zurückkehren zu können. Daraus wurde aber nichts; die Wichtelmännchen wollten sie durchaus nicht gehen lassen, bewirteten sie einen Tag besser wie den andern, und ließen's ihr an nichts fehlen.

Während dieser Zeit gingen die Wichtelmännchen oft fort und kehrten nicht wieder, ohne mit allerlei schönen Sachen beladen zu sein. Ehe sie weggingen, benetzten sie jedesmal ihre Augen mit einer Flüssigkeit, welche sie in einem Glas aufbewahrten. Der Alten war das nicht entgangen, und als einmal das kleine Volk wieder ausgezogen war, suchte und fand sie das Glas und tupfte ein wenig von dem Inhalt auf ihr rechtes Auge.

Acht Tage waren inzwischen vergangen und die Wichtelmännchen widerstanden nun nicht länger mehr dem Bitten der alten Frau; sie erlaubten ihr, sobald es dunkel wäre, heimzukehren: »Den Kehrdreck, der hinter der Tür liege, möge sie als Belohnung mitnehmen!« Sie war klug genug, das unscheinbare Geschenk nicht zu verschmähen, raffte den Kehrdreck in ihre Schürze und folgte guten Mutes der Laterne, die ihr, wie vor acht Tagen, von unsichtbarer Hand vorausgetragen ward. Nach einer halben Stunde langte sie wohlbehalten zu Hause an, zur großen Verwunderung ihres Mannes, der sich in den acht Tagen fast den Kopf zerbrochen hatte vor lauter Gedanken über ihr Ausbleiben. Nun erzählte sie ihm, wie das alles gekommen war und schüttete zum Schluß den Kehrdreck, den sie noch in der Schürze trug, vor ihn hin auf den Tisch. Ach, wie bebten da die Herzen der beiden Alten vor Freude! Wie blinzelten ihre Augen und wie schwiegen sie so still, als fürchteten sie durch ein lautes Wörtchen, durch einen Jubelschrei das, was sie so entzückte, wieder wie ein eitles Traumbild verschwinden zu sehen! Endlich aber lösten sich ihre Zungen; ihr Staunen ging in Worte über und jetzt sahen sie, daß es kein Traum, daß es die bare Wirklichkeit war: – ein Haufen von schimmernden Goldstücken lag auf dem Tisch!

Nach einiger Zeit war Jahrmarkt in Frankenberg. Die Kinderfrau, die nun so plötzlich reich geworden, ging zwischen den Krambuden umher, sah und kaufte mancherlei. Auf einmal bemerkte sie im Gedränge hier und dort zerstreut die Wichtelmännchen, wie sie ungesehen mit großer Geschicklichkeit die Tische und Läden plünderten. Und das sah sie mit dem rechten Auge, welches sie damals, als sie in der Wichtelwohnung war, mit jener Flüssigkeit benetzt hatte. Sie konnte es nicht über sich gewinnen, die kleinen Diebe unangeredet gehen zu lassen und sprach: »Ei, was macht ihr da für Sachen?« Die Wichtelmännchen erkannten sie wohl und fragten: »Mit welchem Auge siehst du uns?« Sie antwortete: »Mit dem rechten.« Da bliesen sie ihr in dasselbe und im Augenblick fiel es wie schwarze Nacht darüber. Sie sah die Wichtelmännchen nie wieder und blieb ihr Leben lang auf dem rechten Auge blind.

535.

DIE TOTENHÖHE

Bei Frankenberg liegt eine Hochebene, die Totenhöhe genannt. In grauer Vorzeit wurde hier eine Schlacht geschlagen und an dem jedesmaligen Jahrestag erheben sich in der Nacht die Gefallenen und wiederholen von neuem das blutige Spiel. Als einst in einer Winternacht Holzhauer über die Höhe gehen wollten, sahen sie die Geisterschlacht; ganze Scharen von Bewaffneten zu Roß und zu Fuß kämpften in wildem Streit, daß dumpf der Boden davon dröhnte. Da ergriff sie Schrecken und Angst und ihre Äxte wegwerfend, eilten sie zu ihrer heimischen Hütte zurück. Als sie des Morgens wiederkamen, ihre Äxte zu suchen, sahen sie nichts als ihre eigenen Fußtritte im Schnee.

536.

RUINE HOLLENDE IM LÜTZLERGEBIRGE

Eine Stunde nordwestlich von Warzenbach befinden sich am Nordabhang der Koppe die Ruinen der Burg Hollende. Auf dieser Burg wohnte im 11. und 12. Jahrhundert das mächtige althessische Grafengeschlecht der Gisonen. Graf Giso IV. erbte 1121 durch seine Gemahlin von Werner von Grüningen die Grafschaft Gudensberg, und seine Tochter Hedwig vererbte 1123 seinen ganzen Besitz an den Grafen Ludwig von der Wartburg. Dadurch kam Hessen an Thüringen, mit dem es bis 1247 verbunden war. Im engen Wiesengrund, der sich am Fuß des Burgberges von Hollende hinzieht, befand sich einst ein tiefer Brunnen. Der letzte Ritter der Hollende lebte mit seinen ritterlichen Nachbarn in steter Fehde. Er war ein steinreicher, habgieriger Kauz. Lüstern nach seinen Schätzen, bestürmten die Feinde seine Burg, drangen durch das zerbrochene Tor und dachten den alten Fuchs in der Falle zu haben. Er war aber durch ein geheimes Pförtchen rechtzeitig entschlüpft und mit seinen Schätzen den Berg hinabgelaufen. Unten schwang er sich auf ein Pferd, das auf der Wiese weidete, und dachte sich auf ihm mit seinem Schatz zu retten. Doch die Feinde hatten ihn bemerkt, jagten hinter ihm her und hatten ihn bald eingeholt. Zähneknirschend stand er ein Weilchen unschlüssig. Aber er will sein Geld nicht lassen, und mit verzweiflungsvollem Aufschrei stürzt er sich samt den Schätzen in den unergründlich tiefen Brunnen hinein. Darin ist er noch jetzt und hütet seinen Schatz. Sonntagskinder haben ihn unten gesehen. Schwer gepanzert von Kopf bis zu Fuß, schaut er mit glühenden Augen unverwandt auf sein gleißendes Gold. Bauern haben wiederholt versucht, den Schatz zu heben. Es leuchtete und flimmerte ihnen ganz nahe an der Oberfläche des Wassers entgegen. Sobald sie aber gierig die Hand danach ausstreckten, sank die ganze Herrlichkeit in die Tiefe zurück. Ein schwacher Born ist noch heute an jener Stelle, er heißt der Geldborn.

In geweihten Nächten wandelt ein Ritterfräulein durch die Wiesen des Auetälchens bei der Hollende und streut Schlüssel und Weizenkörner aus. Zwei Mäher fanden solche einst in früher Morgenstunde, und sie sahen auch das Fräulein, das rasch im Waldesdunkel verschwand. Der eine Mäher, ein leichter, lustiger Gesell, warf spottend die rostigen Schlüssel und dürren Weizenkörner in den Bach; der andere aber, eine ernste, sinnige Natur, trug die seinigen heim und legte sie in seine Truhe. Als er diese am andern Morgen öffnete, blinkte es ihm wie eitel Gold entgegen, und als er näher zusah, fand er wirklich goldene Schlüssel und goldene Weizenkörner. Er wurde der reichste Mann im Land. Später haben noch viele Leute, die auch gern reich sein wollten, dort nach Schätzen gesucht; doch ist ihnen nie das Edelfräulein erschienen.

537.

DER VERGESSLICHE GRAF

In Dillenburg war einmal vor vielen Jahren ein Mann der Hexerei beschuldigt worden. Der Graf wollte nicht recht daran glauben, aber das Volk wurde unruhig, so machte man dem Mann den Prozeß und verurteilte ihn zum Feuertod. Insgeheim aber befahl der Graf, man solle den

Holzstoß zwar anbrennen, sobald man jedoch ein weißes Fähnchen vom Schloß herab winken sehe, wieder auslöschen. Die Richter hielten die Hinrichtung lange hin, als aber das Volk ungeduldig wurde, mußten sie doch den Befehl geben, den Scheiterhaufen anzuzünden. Die Flammen schlugen schon an dem Mann in die Höhe, da wehte auf einmal das Fähnchen aus dem Schloßfenster. Aber als man den Holzstoß auseinanderriß, fand man nur die verkohlte Leiche. Der Graf hatte zu der Stunde gerade ein Bankett gegeben und darüber sein Versprechen vergessen. Und als es ihm endlich einfiel, war es zu spät. Nun muß er jede Nacht auf einem schwarzen Roß den Weg vom Schloß nach dem Fluß, wo die Richtstätte war, reiten. Weder er noch das Roß haben einen Kopf.

538.

SECHSHELDEN

Vom sonnigen Rhein zogen einmal sechs reisige Gesellen herauf, die gewaltige Fässer vor sich herrollten. Endlich machten sie halt, hieben in harten Steinen einen Keller aus und lagerten ihre Fässer dort. Dann setzten sie sich um Steintische und tranken kühlen Wein. Und das tun sie heute noch. Wenn aber ihre Gläser zusammenklingen, so dröhnen alle Felsen um Sechshelden.

539.

DER HEXENSCHMIED VON HIRZENHAIN

Als im Dreißigjährigen Kriege einstmals viel Reitervolk durch Hirzenhain zog, hatte der dortige Schmied, der sein Handwerk von Grund auf verstand und nebenbei noch mehr konnte als Brot essen, alle Hände voll zu tun. Die Kriegsleute waren mit seiner Arbeit stets zufrieden. Aber wenn er ein Pferd beschlagen hatte, sagten sie nicht einmal Dank, geschweige denn, daß sie gefragt hätten, wieviel die Eisen kosteten. Der Schmied sprach bei sich selbst: »Wenn das so weitergeht, habe ich bald keine Kohlen und kein Eisen mehr; aber auch keinen Batzen Geld.«

Am Tag darauf fanden sich wiederum zwei Reitersmänner ein, ließen ihre Pferde beschlagen und ritten wieder ohne Abschied davon. Auf dem Wege nach Dillenburg kamen sie an ein Wasser; aber die Pferde waren nicht zu bewegen, den Bach zu beschreiten, sondern liefen wie wild am Ufer auf und ab, bis sie ihre Hufeisen verloren hatten. Die Reiter kamen nun wieder zum Schmied nach Hirzenhain, ließen von neuem Eisen aufschlagen und vergaßen diesmal auch nicht, den Schmied für seine Arbeit zu entlohnen. Ehe sie wieder fortritten, winkte ihnen der Lehrjunge und sagte heimlich zu ihnen: »Wißt ihr auch, warum ihr nicht über das Wasser gekommen seid? Wenn ihr gleich bezahlt hättet, so könntet ihr jetzt schon in Dillenburg sein!«

540.

HERBORN

Herborn hat seinen Namen von einem Born, der am Weg nach Uckersdorf rechts vom Johannisberg liegt. Eine Frau aus Uckersdorf, die schon lange krank war, hat ihn entdeckt, als sie einst auf dem Weg nach Hause war und vor Müdigkeit und Durst kaum weiter konnte. Das Wasser löschte ihr nicht nur den Durst, ihre Schmerzen ließen nach, es gab ihr frische Kraft. Und lange war ihr der Weg nach Hause nicht so leicht gefallen. Seitdem trank sie jedesmal aus dem Born, wenn sie des Weges kam, und wurde zuletzt wieder ganz gesund. Das erzählte sie ihren Nachbarn und bald wallfahrteten viele Kranke nach dem Quell und man hieß ihn den Guten Born. Und seit auch die Herren von Dillenburg dahin kamen, nannte man ihn auch den Herrenborn. Und danach bekam die Stadt, die dort entstand, den Namen Herborn.

541.

OTTO DER SCHÜTZE

Landgraf Heinrich der eiserne zu Hessen zeugte zwei Söhne und eine Tochter; Heinrich, dem ältesten Sohne, beschied er, sein Land nach ihm zu besitzen; Otto, den andern, sandte er auf die hohe Schule, zu studieren und darnach geistlich zu werden. Otto hatte aber zur Geistlichkeit wenig Lust, kaufte sich zwei gute Roß, nahm einen guten Harnisch und eine starke Armbrust, und ritt unbewußt seinem Vater aus. Als er an den Rhein zu des Herzogen von Cleve Hof gekommen war, gab er sich für einen Bogenschützen aus, und begehrte Dienst. Dem Herzog behagte seine feine, starke Gestalt, und behielt ihn gern; auch zeigte sich Otto als ein künstlicher, geübter Schütze so wohl und redlich: daß ihn sein Herr bald hervor zog, und ihm vor andern vertraute.

Unterdessen trug es sich zu, daß der junge Heinrich, sein Bruder, frühzeitig starb, und der braunschweiger Herzog, dem des Landgrafen Tochter vermählt worden war, begierig auf den Tod des alten Herrn wartete: weil Otto, der andere Erbe, in die Welt gezogen war, niemand von ihm wußte, und allgemein für tot gehalten wurde. Darüber stand das Land Hessen in großer Traurigkeit: denn alle hatten an dem Braunschweiger ein Mißfallen, und zumeist der alte Landgraf, der lebte in großem Kummer. Mittlerweile war Otto der Schütz guter Dinge zu Cleve, und hatte ein Liebesverständnis mit Elisabeth, des Herzogs Tochter, aber nichts von seiner hohen Abkunft laut lassen werden.

Dies bestund etliche Jahre, bis daß ein hessischer Edelmann, Heinrich von Homberg, genannt, weil er eine Wallfahrt nach Aachen gelobt hatte, unterwegs durch Cleve kam, und den Herzog, den er von alten Zeiten her kannte, besuchte. Als er bei Hof einritt, sah er Otten, kannte ihn augenblicklich, und neigte sich, wie vor seinem Herrn gebührte. Der Herzog stand gerade am Fenster, und verwunderte sich über die Ehrerbietung, die vom Ritter seinem Schützen bewiesen wurde, berief den Gast, und erfuhr von ihm die ganze Wahrheit, und wie jetzt alles Erbe auf Otten stünde. Da bewilligte ihm der Herzog mit Freuden seine Tochter, und bald zog Otto mit seiner Braut nach Marburg in Hessen ein.

542.

DER ELISABETH-BRUNNEN

Eine Stunde von Marburg quillt unter einem zierlichen, von Bäumen beschatteten Gewölbe der »Schröckerbrunnen«, auch »Elisabether Brunnen« genannt, welcher sehr häufig von Marburg aus besucht wird. Der Sage nach ging die heilige Elisabeth oft dahin, um in der Einsamkeit zu beten und um in dem klaren Wasser des Quells ihr Weißzeug zu waschen; wenn es rein gewaschen war, warf sie es nur in die Luft, da blieb es sogleich auf den Sonnenstrahlen hängen. Lange gingen seitdem die Frauen und Mägde aus den nahen Dörfern hierher, um zur Pfingstzeit gleichfalls ihr Weißzeug am Schröckerbrunnen zu waschen, und das taten sich noch vor etwa 50 Jahren, denn ohne Seife wäscht, so sagen sie, das Wasser dieses Brunnens rein.

Einmal begegnete der heiligen Elisabeth ein Verbrecher, der zur Richtstätte geführt werden sollte. Einige Leute, die gerade vorüberkamen, bedauerten den Verbrecher; doch Elisabeth sagte: »Er wird es verdient haben.« Und alsbald fiel alle ihre Wäsche aus der Luft.

543.

DER AMEISENTOPF

Ein armer Handwerker in Marburg besaß einen Garten vor der Stadt in der Habichtstalgasse, nahe dem Finis- oder Venusloch. Eines Morgens war seine Frau frühzeitig aufgestanden, um im Garten zu arbeiten und hatte ihm gesagt, daß er gleich nachkommen und ihr helfen möchte; aber als sie fortging, hatte er sich noch einmal umgewendet und war wieder eingeschlafen. Als sie nun in die Nähe ihres Gartens kam, fand sie einen Topf, der, wie sich bei näherer Untersuchung zeigte, mit Ameisen gefüllt war.

»Wart«, sagte sie zu sich selbst, »das kommt mir eben recht; ich will dem Langschläfer einmal einen Possen spielen!« kehrte um und stellte den Topf, da ihr Mann noch immer schlief, unters Bett. Später, als sie nach getaner Arbeit wieder nach Hause kam, saß der Mann noch im Bett, das ganz mit Goldstücken übersät war. »Was sind das für Goldstücke?« fragte er seine Frau, die vor Verwunderung gar nicht wieder zu sich kommen konnte; sie dachte an die Ameisen und erzählte ihrem Mann den Streich. Wie sie den Topf unter dem Bett hervorzog, war von den Ameisen keine Spur mehr darin.

544.

SCHATZGRÄBEREI AM FRAUENBERG

Die Leute glauben, am Frauenberg bei Marburg liege ein großer Schatz verborgen. Einst verabredeten sich drei Männer aus Weidenhausen, ihn zu heben. Sie bedurften dazu aber einer Wünschelrute, das ist ein Haselstock, der wie eine Gabel ausläuft und am ersten Advent um Mitternacht auf der Landesgrenze gebrochen werden muß. Die drei Männer warteten also den Advent ab und verschafften sich dann zunächst den Zauberstab. Darauf gingen sie in einer Nacht nach dem Frauenberg und nahmen sich fest vor, daß keiner ein Wörtchen reden sollte, es möge kommen, was da wolle. Mit Hilfe der Wünschelrute fanden sie bald den Ort, wo sie zu suchen hatten, fingen an zu graben und stießen bald auf einen großen kupfernen Kessel. Der war aber so schwer, daß sie ihn nicht vollends aus der Erde heben konnten, obwohl sie alle drei zusammen anfaßten und mit aller Gewalt zogen. Sie machten das Loch ringsherum größer; aber es verging lange Zeit, ohne daß sie den Kessel merklich höher brachten. Auf einmal stand ein Hund unter ihnen, klein wie ein Teckel und noch ganz jung, daß er noch nicht beißen konnte, weil er noch keine Zähne hatte. Doch bellte und heulte er so schrecklich, daß den dreien die Haare zu Berge standen und einer in der Angst schon davonlaufen wollte. Wie das einer der beiden anderen merkte, verlor er die Geduld; er vergaß das Stillschweigen, stieß einen Fluch aus und rief: »So greift doch zu und macht, daß wir fertig werden!« Kaum aber hatte er den Mund aufgetan, da tat es einen Krach, und der Kessel samt dem Hund war verschwunden. Später sind sie noch mehrmals hingegangen und haben nachgegraben; doch fanden sie den Ort gar nicht wieder, wo der Kessel gesteckt hatte.

545.

ANKÜNDIGUNG DES GROSSEN KRIEGES

Im Jahr 1618 hatte ein Mann zu Schiffelbach, beim Städtchen Gemünden an der Wohra, seinem Jungen vier Mesten Korn zugestellt, sie aufs Pferd gelegt, ihn nachher nach Marburg geschickt: solche dort um zwei Gulden zu verkaufen.

Da nun dieser vor Marburg zum Dorfe Wehrda kam, hat ein vornehmer, hochgewachsener Mann ihn angesprochen und gefragt, wie teuer er's geben solle; auch hat er ihn vermahnt, er solle eine Meste nicht um weniger als einen Weißpfennig hingeben, und ihm also gehorchen, bis er ihm weiteres sagen würde.

Der Junge hat also das Korn um vier Albus verkauft, diese in seinen Beutel getan, und sich wiederum nach Hause gewandt. Da ist ihm jener Mann an der gleichen Stätte wieder begegnet, und hat vom Jungen vernommen, daß er ihm gehorsam gewesen sei. Hat dann den Jungen geheißen, unter seinem linken Arm durchzusehen; da hat er viele Spieße und blutige Degen gesehen. Darauf geheißen, unterm rechten Arm durchzugucken, hat er viel Totengebein und Schädel erblickt. Nun hat der Mann geweissagt, es solle ein arges Blutvergießen und solches Sterben geschehen als es noch nie zuvor war.

Dann hat jener noch in des Jungen Geldbeutel geblasen, viel Geld beschert und geboten, er solle alles so seinem Herrn sagen und das Geld bringen. Der Junge ist an drittem Tag danach gestorben.

546.

DER RIESE AUF DEM RIMBERG

Auf dem Rimberg bei Caldern hauste früher ein Riese. Seine Nachbarn und zugleich Brüder waren der Riese auf dem Weißenstein bei Wehrda und der auf dem Rotenstein, auf dem später das Marburger Schloß erbaut wurde. Der Rimberger und der Weißensteiner Riese besaßen einen gemeinschaftlichen Backofen, der mitten im Feld lag. Wenn sie backen wollten, warfen sie einander Felsblöcke zu. Das war das Zeichen, daß Holz zum Heizen des Ofens von des Nachbarn Burg gebracht werden sollte.

Einst warfen sie zu gleicher Zeit. Da trafen die Steine in der Luft zusammen und fielen mitten im Feld oberhalb Michelbach zur Erde nieder. Da liegen sie noch heute. Jedem Stein aber ist eine Riesenhand eingedrückt. Ein anderes Zeichen gaben sich die beiden benachbarten Riesenbrüder damit, daß sie sich am Leib kratzten. Dies war so laut, daß sie es deutlich auf ihrer Burg hören konnten.

547.

DIE LAHN HAT GERUFEN

Die Lahn und die Fulda fordern jedes Jahr ein Menschenopfer. Noch jedesmal, wenn jemand in der Lahn bei Gießen ertrunken ist, hat sie vorher laut gerufen, und das haben die Müller und Bleicher, die an dem Wasser sind, schon oft gehört. Es geschieht jedesmal mittags zwischen elf und zwölf Uhr. Da rauscht die Lahn auf, schlägt starke Wellen, und dann ruft es mit starkem Schrei aus dem so aufgeregten Wasser: »Die Zeit ist da! Die Stund' ist da! Wär' nur der Mensch da!« Nur mit Schaudern hört man dann erzählen: »Die Lahn hat gerufen; es ertrinkt bald wieder jemand!« Und das ist auch allemal eingetroffen; es ist bald darauf wirklich jemand in der Lahn ertrunken. – Bei Neustadt am Heßler ruft oft die Lahn in langen, dumpfen und hohlen Tönen: »Ich will einen Menschen haben, einen Menschen will ich haben!« Dann gehen die Fische haufenweise ins Garn, denn es wird ihnen bange.

548.

DER DÜNSBERG

Auf dem Gipfel des Dünsbergs bei Gießen hat ehemals ein festes Schloß gestanden. Danach hieß wohl der ganze Berg die Dünsburg. Reste dieses Schlosses sind noch die beiden wohlerhaltenen mächtigen Ringwälle und die Spuren eines dritten Walles, welche den Berggipfel krönen. Unter den Ringwällen liegen noch jetzt große Schätze verborgen. Zu gewissen Zeiten im Jahr öffnet sich der Berg, und wer dann das Zauberwort weiß, der kann in das Innere treten und die dort verborgenen Schätze holen.

In alten Zeiten fand am Dünsberg eine blutige Schlacht zwischen den Römern und Germanen statt. Die Römer standen auf dem Dünsberg, die Germanen auf dem Helfholz, der Höhe zwischen dem Dünsberg und Hohensolms. Auf dem Totmal zwischen Helfholz und Dünsberg wurde die Schlacht geschlagen. Die Deutschen unterlagen und wußten sich nicht zu retten. In dieser Not fielen sie auf die Knie nieder und flehten zu ihrem höchsten Gott um Beistand. Und alsbald kam ihnen über das Helfholz die erbetene Hilfe. Davon haben das Helfholz und das Totmal ihren Namen. Im Frankenbacher Feld, nordwestlich vom Dünsberg, ist ein tiefes Tal, das Hungertal, und westlich davon zieht sich der Hungerberg oder der Hungerrück hin. In diesem Tal wurden die Römer von den Deutschen eingeschlossen, und sie fanden darin größtenteils den Hungertod.

549.

LEIHGESTERN

Ein Dorf namens Hainchen hat früher an der Stelle des heutigen Leihgestern, aber etwas weiter südlich gelegen (daher heute noch der Namen Hainbrunnen). Hainchen wurde aber von Kriegshorden niedergebrannt und zwar so vollständig, daß ein Reiter, der es tags vorher gesehen hatte, keine Spur mehr von ihm fand, als er am anderen Tag wieder vorbeiritt, verwundert nach der Gegend, wo es gestanden, hindeutete und zu seinem Begleiter sagte: »Da lag's gestern.«

550.

BRAUNFELS

Als Graf Heinrich von Gleiberg einst in Unfrieden von seinem Bruder geschieden war, ritt er über Land, eine Stätte für eine neue Burg zu suchen. Da kam er an einem Schäfer vorbei, der mit seiner Herde unter einem großen Baume lagerte. Der Graf hielt sein Pferd an und sprach:

»Sage mir, Mann, wo soll ich hier wohnen?« Der Schäfer sagte: »Dort auf dem braunen Felsen schlagt Eure Burg auf!« Der Graf tat nach dem Rate des Schäfers, und so entstand Braunfels.

551.

DER WIENER SCHMIED ZU LIMBURG

In Limburg in einem alten großen Schloßgebäude (Walderdorferhof) hatte einst ein Schmied seine Werkstätte, der verstand sein Handwerk, und war weit und breit bekannt. In Mannesgröße hatte er den Schutzpatron aller Schmiede über der Tür am Giebel des Hauses in einer Nische stehen, der den Ein- und Ausgang aller bewachen sollte. Nun hatte der Schmied einen Sohn, der ging schon in jungen Jahren in die Fremde, kam auch nach Wien und arbeitete dort lange Jahre. Als er glaubte, genug gelernt zu haben, kam er heim. Er war ein Schmied geworden, wie sonst keiner mehr, wollte aber auch alles besser wissen als der Vater, dadurch entstand bald Unfrieden zwischen den beiden. Und durch den Ärger, sowie durch böse Gesellen und Neider wurde der junge Schmied zu Spiel und Trunk verleitet, sein Geschäft ging zurück, so daß ihm kein Wirt mehr etwas pumpen wollte. Da beschwor er des Nachts auf dem Heimweg vom Wirtshaus den Teufel, und schloß einen Vertrag mit ihm. Und richtig, am folgenden Morgen, als es eben dämmerte, kam der Teufel in die Werkstätte zu dem Schmied schon vor der festgesetzten Stunde, mit einem ganzen Sack voll Geld. Als der »Wiener Schmied« das Geld sah, schmunzelte er und sagte: »Nun, Meister Satan, bleibt es bei unserer Abrede? Errätst du, was ich hier schmiede, so ist meine Seele dein, doch triffst du fehl, so bleibt das Geld mir, du aber kannst meine Seele nicht bekommen!« Der Teufel grinste und sprach: »Es bleibt dabei!« Da zog der Wiener ein glühendes Eisen aus dem Feuer, mit drei Zinken, rief: »Was gibt dies? Jetzt schnell, damit ich losschlagen kann, ehe es kalt ist!« – »Eine Heugabel!« schrie der Teufel und machte einen Freudensprung. Der Schmied aber legte die Gabel auf die Amboßkante und schlug die Zinken krumm: »Ein Karst ist's!« rief er, »wie jeder sehen kann«, und hielt ihn dem Satan vor die Augen. Da ließ der Teufel sein Geld zurück und entwich mit großem Gepolter, der Schmied aber freute sich und wurde wieder fleißig und sparsam.

552.

RÄDERBERG

Ein Metzger von Nassau ging aus, um einzukaufen. Auf der Landstraße stößt er bald auf eine dahinfahrende Kutsche und geht ihr nach, den Gleisen in Gedanken folgend. Mit einmal hält sie an und vor einem schönen großen Landhaus, mitten auf der Heerstraße, das er aber sonst noch niemals erblickt, so oft er auch dieses Wegs gekommen. Drei Mönche steigen aus dem Wagen und der erstaunte Metzger folgt ihnen unbemerkt in das hellerleuchtete Haus. Erst gehen sie in ein Zimmer, einem die Kommunion zu reichen, und nachher in einen Saal, wo große Gesellschaft um einen Tisch sitzt, in lautem Lärmen und Schreien ein Mahl verzehrend. Plötzlich bemerkt der Obensitzende den fremden Metzger und sogleich ist alles still und verstummt. Da steht der Oberste auf und bringt dem Metzger einen Weinbecher mit den Worten: »Noch einen Tag!« Der Metzger erschauert und will nicht trinken. Bald hernach erhebt sich ein Zweiter, tritt zum Metzger mit einem Becher und spricht wieder: »Noch ein Tag!« Er schlägt ihn wieder aus. Nachdem kommt ein Dritter mit dem Becher und denselben Worten: »Noch ein Tag!« Nunmehr trinkt der Metzger. Aber kurz darauf nähert sich demselben ein Vierter aus der Gesellschaft, den Wein nochmals darbietend. Der Metzger erschrickt heftig, und als er ein Kreuz vor sich gemacht, verschwindet auf einmal die ganze Erscheinung und er befindet sich in dichter Dunkelheit. Wie endlich der Morgen anbricht, sieht sich der Metzger auf dem Räderberg, weit weg von der Landstraße, geht einen steinigten, mühsamen Weg zurück in seine Vaterstadt, entdeckt dem Pfarrer die Begebenheit und stirbt genau in drei Tagen.

Die Sage war schon lange verbreitet, daß auf jenem Berg ein Kloster gestanden, dessen Trümmer noch jetzt zu sehen sind, dessen Orden aber ausgestorben wäre.

553.

ST. BONIFATIUS' GRAB

In dem schönen Dom zu Fulda liegt der heilige Bonifatius begraben, der die Hessen zu Christen bekehrt und in Fulda ein Kloster gestiftet hat. Zum Dank dafür ernannte ihn der Papst zum Erzbischof von Mainz. Als vierundsiebzigjähriger Greis zog Bonifatius noch einmal zu den Friesen, um auch sie gänzlich zu bekehren. Viele glaubten. Als er aber die Gläubigen taufen wollte, kamen heidnische Friesen und ermordeten ihn. Sein Leichnam schwamm den Rhein hinauf nach Mainz. Der fromme Mann hatte im Leben den Wunsch ausgesprochen, er wolle einst zu Fulda bestattet werden. Der Bischof von Mainz aber beschloß, seinen Leichnam im Dom zu Mainz zu begraben und ließ ihn feierlich in die dortige Gruft hinabsenken. Allein am nächsten Morgen stand der Sarg oben in der Kirche neben der Gruft, in welche man ihn hinabgelassen hatte. Und doch hatte keines Menschen Hand ihn berührt. Da merkte der Bischof, daß der Heilige hier nicht ruhen wolle. Man setzte also den Leichenschrein auf einen Wagen, spannte zwei Kühe davor und ließ dieselben ziehen, wohin sie wollten. Die Kühe lenkten aber den Wagen dem Rhein zu, gingen in das Wasser hinein und schwammen mit ihrem kostbaren Gut unversehrt hindurch bis ans andere Ufer. Dort hielten sie sich aber nicht auf, sondern richteten ihre Schritte gen Fulda, und nachdem sie Tag und Nacht ohne Unterbrechung gefahren waren, langten sie endlich hier an. Und als sie hier an heiliger Stelle ankamen, da erklangen die Glocken von selbst, ohne daß sie jemand in Bewegung gesetzt hätte, und der heilige Leichnam sank hinab in das selbstgewählte Grab, wo er noch ist.

554.

DER LANGE HANNES

Vom Beginn der Fasten an bis Ostern kommt jede Nacht ein Geist vom Petersberg bei Fulda bis an die St. Nikolauskirche gegangen; da dreht er sich um und geht denselben Weg wieder zurück. Das ist der lange Hannes. Der war einst Diener bei einem Probst auf dem Petersberg und unterschlug und vergrub alles Geld, welches er von diesem für die Armen und

Kranken der Gegend erhielt. Zur Strafe dafür muß er also umwandern. Er geht aber bis an die Nikolauskirche, weil da das Armenhaus liegt und wahrscheinlich will er sehen, ob sein Schatz gefunden und den Armen gegeben worden ist.

555.

DER VERSUNKENE HOF

Bei Eichenzell unweit Fulda liegt ein großer schilfbewachsener Sumpf von hohen Tannen umgeben, still und düster. Oft sollen Trunkene hineingefallen, Pferde darin versunken sein, und manche schauerliche Sage läuft darüber in der Gegend um. Verwegene Bauern, welche einmal den schlammigen Rand des Sumpfes mit Brettern belegt hatten und nach der Mitte vordrangen, fingen dort Hechte und Karpfen, welche aber alle schwarz von Farbe waren.

In alter Zeit soll hier ein schöner Hof gestanden haben. Der Herr desselben war aber ein reicher Prasser, welcher täglich in Saus und Braus lebte und alle Schlemmer der Umgegend anzog. Wie der Herr, so auch die Knechte; sie trieben gottlosen Frevel mit dem lieben Brot und fütterten die Pferde damit. Eines Tages aber, als die Frau vom Hause gerade irgendeinen Schmutz mit Brot abwischte, versank Haus und Hof mit Mann und Maus in die Tiefe, und ein Sumpf trat an die Stelle. Kein Mensch aus dem Hof ist jemals wieder gesehen worden, zu nächtlicher Stunde aber kommen die Geister der Versunkenen als Lichter zum Vorschein und tanzen zischend auf dem Sumpf umher.

556.

DER TAUFSTEIN

Der Taufstein hat seinen Namen daher, daß der heilige Bonifatius auf demselben die ersten Christen taufte. Es waren aber viele Heiden in der Gegend, welche sie verfolgten. Wenn dieselben einen Christen fingen, stürzten sie ihn vom Bilstein herab.

557.

DAS IRRKRAUT

Es gibt ein Kräutchen, das sieht der nicht, der drauf tappt, man heißt's das Irrkraut. Sobald es der Fuß berührt, verliert man alle Richtung des Weges und geht blindlings fort, ohne jemand zu kennen, wie wenn man im Traum wandelte. So kam einmal ein Rixfelder Mann in der Schalksbach zu seinem Bruder. Er war in Lauterbach gewesen, sein Bruder kam aus dem Dorf. Also sagte er: »Guter Freund, könnt Ihr mir nicht den Weg nach Rixfeld zeigen? Ich gehe und gehe und kann's nicht finden.« – »Ei, Jobik«, sprach der andere, »ei, kennst du denn deinen leiblichen Bruder nicht mehr? Und siehst du nicht, daß das die Krautgärten von Rixfeld sind?« Da sperrte jener die Augen weit auf, starrte eine Zeitlang verwundert um sich und hörte auf »sinnverlissig« zu sein. Das war einer, der hatte auf das Irrkraut getappt.

Ähnlich erging es einem Mann aus Freienseen. Der verirrte sich im Wald und lief und lief und kam nimmer zurecht. Also setzte er sich auf den Boden, zog die Schuhe aus und fuhr mit dem rechten Fuß in den linken hinein. Wie er das tat, hörte die Macht des Irrkrauts auf, er kannte die Gegend wieder und wurde gewahr, daß er gerade vor dem Oberseenerhof stand.

558.

DIE WILDEN LEUTE

In jenen alten Zeiten, als die Kinzig noch nicht zum Main hinunterfloß, sondern da, wo jetzt Schlüchtern steht, in einem großen Sumpf sich verlor, kam eines Tages ein graues Männchen in diese Gegend und flehte in einigen Hütten um ein wenig Brot und Obdach für die Nacht. Aber die Leute prügelten das Männchen und jagten es unbarmherzig von ihren Türen. Da wendete es sich der Wildnis zu, kletterte über Berg und Stein und gelangte endlich, als eben die Sonne unterging, zu andern Hütten im Wald, worin riesengroße Männer mit ihren ebenso großen Weibern wohnten, welche Kinder hatten, so groß wie jetzt der größte Mann. Der kleine Fremdling fürchtete sich vor ihnen und wollte fliehen, doch die Riesen riefen ihn freundlich zurück, erquickten ihn mit Speise und Trank und machten ihm auch ein weiches Lager zurecht von Waldmoos und dergleichen. Die Nacht verging und als der Morgen anbrach, machte das graue Männchen sich bereit, seine Wanderung fortzusetzen, dankte seinen Wirten und sprach: »Weil ihr wohltätig gegen mich gewesen seid, so tut einen Wunsch; wenn ich zu meinem Herrn komme, will ich ihn bitten, daß er euch den Wunsch gewähre.« Und der älteste von den Männern sagte: »Wir bitten, daß wir nie sterben, sondern immer in diesem Wald unser Wesen treiben dürfen.« Da sprach das Männchen: »Wohl, ich kann euch sagen, daß euer Wunsch euch gewährt wird, und solange ihr diesen Berg nicht verlaßt, werdet ihr leben und nicht sterben.«

So leben denn die »wilden Leute« noch immer in dem Bernhardswald bei Schlüchtern, am linken Kinzigufer, und haben ihre Häuser dort oben, wo gewaltige Steinmassen herniederstarren; die werden die »wilden Häuser« genannt. Da essen die »wilden Männer« täglich am »wilden Tisch« und ihre großen, schönen Frauen steigen in den Mondnächten auf in die Lüfte; ihre Kinder schützen die Kinder der Menschen, wenn sie Beeren suchen im Wald. Die »wilden Männer« sind am vergnügtesten, wenn der Sturmwind tobt und der Blitz aus den Wolken fährt, dann gehen sie hoch oben über die Berge und rütteln an den Wipfeln der Bäume. Aber sie freuen sich auch, wenn die Aronspflanze gedeihlich emporwächst und wenn sie zwischen den Schachtelhalmen dahergehen können; sie unterstützen gern die, welche ihnen begegnen und Heilung gegen Krankheit suchen in dem Erkennen nützlicher Kräuter, und sind überhaupt nur gegen böse Menschen feindlich gesinnt, die zuweilen mit Ohrfeigen von ihnen begrüßt werden.

559.

DEN MÖRDER VERRATEN DIE DISTELN

Bei Hohenzell, einem Dorf in der Nähe der Stadt Schlüchtern, liegt ein Acker, der »das Beinert« heißt. Dieser Acker liefert zwar auch Getreide, aber heute noch wie von jeher zugleich eine Menge Disteln, die durchaus nicht auszurotten sind. Die Bauern von Hohenzell erzählen sich darüber folgendes: Als einmal in alter Zeit ein vermögender Bauer sich auf dem Acker befand, der ihm gehörte, kam ein Krämer dahergegangen, welcher ein Kästchen mit Geld trug. Der Bauer sah sich überall um und als er weit und breit keinen Menschen sah, griff er den Krämer an und obgleich dieser beweglich um sein Leben bat, so achtete der Bauer doch nicht darauf, sondern sagte zu ihm: »Du mußt sterben!« Der Krämer entgegnete: »Wenn du mich tötest, so werden die Disteln auf deinem Acker dich einst verraten.« Der Bauer sagte lachend: »Das ist sehr dumm gesprochen; Disteln haben keinen Mund.« Und er ermordete den Krämer, verscharrte ihn auf dem Acker und nahm das Geldkästchen mit sich. Aber der Mörder wurde seit dieser Zeit tiefsinnig; wenn er auf den Acker kam, schienen ihm die Disteln darauf immer größer und drohender zu werden und wenn sie im Abendwind schwankten, meinte er zu hören, wie sie ihm zuzischten: »Du bist ein Mörder!« So waren schon mehrere Jahre vergangen; der Bauer hatte Weizen auf diesem Acker aufgebunden und einige Nachbarn, die ihm arbeiten halfen, betrachteten ihn kopfschüttelnd, weil er verstört und nachsinnend auf einer Garbe saß. »Warum schwatzest du denn nicht, Hannes?« riefen sie ihm zu. Er war sehr in Gedanken und versetzte: »Das darf ich nicht sagen, und die Disteln, Gott sei Dank! können nicht sprechen, sonst würden sie mich verraten.« Die Bauern erwiderten ihm: »Was würden sie denn verraten?« Er war noch mehr in Gedanken als vorher und antwortete: »Ei, daß ich den Krämer hier ermordet und eingescharrt habe.« Sogleich ergriffen die Bauern den Mörder und überlieferten ihn der Obrigkeit, die ihn auf der Stelle hinrichten ließ, wo der Krämer sein Leben hatte lassen müssen. Der Acker heißt seitdem das Beinert, wegen der Gebeine des Krämers, die dort ausgegraben wurden.

560.

DIE KOBOLDE IM STECKELBERG

Auf dem Steckelberg unweit Schlüchtern, auf welchem im Jahr 1488 Ulrich von Hutten geboren wurde, lebte einst ein tapferer junger Ritter, der gern den Unglücklichen beistand und die Wahrheit überall in Schutz nahm. Ihm waren zahllose Weinfässer als Erbe zugefallen, und der Wein darin hatte die Kraft, den zu verjüngen, welcher ihn trank. Doch der Jüngling sprach: »Was nützt mir jetzt der Wein? Wenn ich dereinst alt bin, soll er mir munden und mir die Jugend wiederbringen.« Auch hatte er viel Geld, aber er sprach zu sich selbst: »Das Geld brauche ich jetzt nicht, es mag da liegen bis ich ein Weib habe.« So wohnten damals auch drei schöne Mädchen auf der Steckelburg, die liebten alle drei den Jüngling und sprachen: »Wenn er eine von uns erwählt, sollen auch die andern beiden bei ihm bleiben als Dienerinnen seines Hauses.« Doch der junge Ritter dachte: »Zum Heiraten habe ich noch lange Zeit.«

Und er reiste tatendurstig durch allerlei Länder, aber Bösewichter verfolgten ihn und lauerten ihm auf, und er kam ums Leben, ehe er seine Heimat wiedersah. Da traten die Kobolde zusammen und sagten: »Den Wein und das Geld des Steckelbergs nehmen wir zu uns; niemand kann mehr das Geld recht anwenden.« Und die Kisten und Kasten voll Gold und Silber rollten hinab in die Tiefe des Steckelbergs, wo auch der Wein »in seiner eignen Haut« liegt, von einem schwarzen Hund mit glühenden Augen bewacht. – Oft kamen geldgierige Leute an den Berg und gruben heimlich nach; aber sie fanden nur Katzengold und Katzensilber.

Die drei Mädchen starben vor Liebeskummer sehr jung. Treu Liebende können sie in hellen Mondnächten sehen, wie sie am Ufer einer Kinzigquelle, unten am Fuß des Steckelberges, auf und niederwandeln und unter leisem Gesang ihr Brautgewand weben.

561.

REUIGER GEIST

Die Urheberin der Schnepfischen Stiftung zu Hanau hatte zur Erbschaft ihre nächsten Anverwandten in drückender Armut gelassen; nur um der lutherischen Kirche ein großes Vermächtnis zu gründen.

Ihren Geist quälte nun die Reue. Oft sah man das Weib auf der obersten Bühne in der Kirche wandeln, also daß niemand droben seiner Andacht noch pflegen mochte. Ein Pfarrer fragte sie endlich nach ihrem Anliegen; da sprach sie: »Vermacht euere Sachen an rechte Erben, so möget ihr selig sterben!« Mit diesen Worten, als mit abgelegtem Bekenntnis, fand sie Ruhe und ist seitdem nicht mehr gesehen.

562.

FRANKFURTS GRÜNDUNG

Karl der Große hat dreißig Jahre mit den heidnischen Sachsen Krieg geführt, um sie zu unterwerfen und zum Christentum zu bekehren. Einmal wurde er von den Sachsen geschlagen und von ihnen bis zu den Ufern des Mains zurückgetrieben. Hier geriet er in große Not; denn weder Brücke noch Schiffe waren vorhanden, um über den Main zu gelangen. Auch konnte er vor Nebel keinen Durchgang finden. In dieser Not rief er zu Gott um Hilfe. Und siehe, da teilte sich der Nebel, und Karl sah eine Hirschkuh ihre Jungen über den Strom führen. Die Franken folgten den Tieren und gelangten glücklich ans andere Ufer. Als nun die Sachsen kamen, konnten sie die Franken nicht weiter verfolgen; denn sie kannten die Furt nicht und konnten sie in dem herrschenden Nebel auch nicht finden. Bald darauf kehrte Karl mit neuer Heeresmacht an den Main zurück, besiegte und unterwarf die Sachsen. An der Stelle, wo er mit seinem Heer den Strom durchschritten hatte, gründete er eine Ansiedlung; denn es war eine schöne und fruchtbare Gegend. Er nannte den Ort zum Andenken an seine wunderbare Errettung der Franken Furt oder Frankfurt. Später erbaute er eine kleine Pfalz in Frankfurt und hielt sich gern darin auf. Sein Sohn Ludwig der Fromme errichtete einen neuen Palast, welcher der Saalhof genannt wurde. Davon hat die Saalgasse bis heute ihren Namen. Ludwig der Deutsche, der Sohn Ludwig des Frommen, ist mit seiner Gemahlin im Saalhof gestorben.

563.

DIE SACHSENHÄUSER BRÜCKE ZU FRANKFURT

In der Mitte der Sachsenhäuser Brücke sind zwei Bogen oben zum Teil nur mit Holz zugelegt, damit dies in Kriegszeiten weggenommen und die Verbindung leicht, ohne etwas zu sprengen, gehemmt werden kann. Davon gibt es folgende Sage.

Der Baumeister hatte sich verbindlich gemacht, die Brücke bis zu einer bestimmten Zeit zu vollenden. Als diese herannahte, sah er, daß es unmöglich war, und, wie nur noch zwei Tage übrig waren, rief er in der Angst den

Teufel an und bat um seinen Beistand. Der Teufel erschien und erbot sich, die Brücke in der letzten Nacht fertig zu bauen, wenn ihm der Baumeister dafür das erste lebendige Wesen, das darüber ging, überliefern wollte. Der Vertrag wurde geschlossen und der Teufel baute in der letzten Nacht, ohne daß ein Menschenauge in der Finsternis sehen konnte, wie es zuging, die Brücke ganz richtig fertig. Als nun der erste Morgen anbrach, kam der Baumeister und trieb einen Hahn über die Brücke vor sich her und überlieferte ihn dem Teufel. Dieser aber hatte eine menschliche Seele gewollt und wie er sich also betrogen sah, packte er zornig den Hahn, zerriß ihn und warf ihn durch die Brücke, wovon die zwei Löcher entstanden sind, die bis auf den heutigen Tag nicht können zugemauert werden, weil alles in der Nacht wieder zusammenfällt, was Tags daran gearbeitet ist. Ein goldner Hahn auf einer Eisenstange steht aber noch jetzt zum Wahrzeichen auf der Brücke.

564.

DER FROHNHOF

Nicht weit von Frankfurt am Main liegt der Badeort Soden, der früher zu Frankfurt am Main gehörte und dessen Namen von Salzsieden herstammt. Dort ist ein Hügel, welcher das Nadelkissen heißt, und auf dem vor alten Zeiten ein Kloster gestanden hat.

In diesem Kloster lebte einst eine heilige Frau, die nicht nur beten, sondern auch waschen konnte.

Ihre Wäsche aber hing sie nicht, gleich andern Waschweibern auf ein Seil zum Trocknen, sondern in die Luft, in die pure, leere Luft.

Die Sodener Luft aber ist sehr gut und sehr gesund, nicht nur für Brustleidende, sondern auch für Weißzeug, das an zu großer Nässe leidet.

Und die Luft heilte auch allemal die Bleichsucht der heiligen Frau und trocknete ihre Wäsche.

Wenn die Sodener dies sahen, dann kamen sie heraus vor die Haustüren und konnten sich nicht satt sehen an dem blauen Wunder.

Auch solls ein Vorzeichen von schönem Wetter gewesen sein.

Endlich aber mußte wohl die heilige Frau nichts mehr zu waschen und zu bleichen haben oder war gar selbst verblichen; denn lange sahen die Sodener nichts mehr in der Luft schweben als blauen Dunst und düstre Wolken. Die Klostermauern aber fingen an, wacklig zu werden und einzustürzen.

Da hieß es denn, die weiße Frau sei erlöst, ohne daß man wußte, wer das Erlösungswerk vollbracht.

Die Bauern wollten nun das Kloster vollständig abreißen und ein neues an die Stelle bauen. Aber so oft sie auch begannen, alles fiel immer wieder ein. Da ward ihnen der Befehl, die verwünschten Steine unentgeltlich nach Frankfurt zu fahren; dort mußten sie den heute noch unvergessenen Frohnhof bauen, von dem die Frohnhofstraße den Namen hat.

565.

DIE BÖSE FEE SCHWALBA

In uralter Zeit wetteiferte das Tal der weltberühmten Badestadt Schwalbach an landschaftlicher Schönheit mit dem benachbarten Rheingau. Doch all die Herrlichkeit schwand plötzlich dahin, als die böse Fee Schwalba hier ihren Wohnsitz nahm, um Ruhe vor solchen höllischen Geistern zu finden, über die ihre Zauberkünste keine Macht hatten. Als diese Geister ihr aber auch hierher folgten und sie quälten, riß sie in ihrem Zorn die Blumen und Reben aus, entwurzelte die Fruchtbäume und vergiftete mit ihrem kalten Hauch den Erdboden, so daß ihm heute noch keinen Blumen entsprießen und keine edlen Früchte reifen, die einst die Zierde und der Reichtum des Tales waren. Anstatt der lauen Winde und des lieblichen Sonnenscheins nahmen rauhe Stürme, schaurige und heftige Fröste überhand. Wohl wehklagten die Bewohner des Tales; aber sie konnten das Herz Schwalbas nicht rühren und holten einen frommen Einsiedler vom Rhein her, die die Zauberin durch sein kräftiges Gebet zwang, vor ihm zu erscheinen, und der sie für zwei Jahrzehnte in die Einsamkeit verbannte, um Buße zu tun. Nach zwanzig Jahren war Schwalba ein altes, gebrochenes, gramgebeugtes Weib geworden und sagte: »Das Böse ist leichter zu vollbringen, als wieder gut zu machen. Das Unheil, das ich angestiftet habe, wird in seinen Folgen leider noch lange nachwirken; aber ich will weinen über das, was meine Bosheit angerichtet hat. Meine nie versiegenden Tränen sollen sich in Wasser verwandeln, hier auf ewig aus der Erde quellen und den Menschen Gesundheit verleihen.« Darauf sank sie mit dem Klausner betend auf die Knie nieder, während des Gebetes nahm Gott ihre Seelen zu sich. Noch heute quellen Schwalbas Tränen aus der Erde hervor, und viele Leidende suchen und finden hier Jahr für Jahr ihre Gesundheit. Der eine dieser Brunnen heißt Stahlbrunnen, um die Herzenshärte Schwalbas vor ihrer Bekehrung anzudeuten, der andere heißt Weinbrunnen, weil Schwalba sich wie trüber Most in edlen Wein veredelte. Nach dem Namen der Zauberin heißt der Ort noch heute Schwalbach.

566.

DAS SCHLOSS IN DARMSTADT

Der Erbauer des alten Schlosses in Darmstadt gab – wie er denn ein sehr gütiger und gern vertrauender Herr war – dem Baumeister, der dasselbe aufrichten sollte, einen großen Schatz, um damit alle Kosten des Baus zu bestreiten. Als das Schloß nun so weit fertig war, wie man jetzt sieht, vergrub der Meister den Rest des Schatzes und entfloh, nachdem er noch einen guten Teil davon zu sich gesteckt hatte. Als er später in der Fremde starb, fand er keine Ruhe im Grab; er muß jede Nacht an das Schloß nach Darmstadt, wo er an der Mauer kratzt, dort wo der Schatz liegt. Erst wenn der wiedergefunden ist, wird der Geist Ruhe finden.

567.

DER ADVOKAT UND DER TEUFEL

In Darmstadt lebte einmal ein Advokat, das war ein rechter Leuteschinder, der den armen Bauern das Fell über die Ohren zog, einen Prozeß über den andern auf den Hals jagte, sie von Haus und Hof trieb und Rechnungen machte, daß selbst den reichen Leuten in der Stadt die Augen darob überliefen. Der ging eines Tages mit einem ganzen Sack voll Papiere nach dem Ried zu. Da gesellte sich unterwegs ein Mann zu ihm, der war fast gekleidet wie ein Odenwälder Kaffer; er trug einen breitrandigen Hut, langen blauen Rock und kurze Hosen, hatte aber Beine wie Storchbeine so mager und dürr. Der ließ sich in ein Gespräch mit dem Advokaten ein und lachte dabei zu allem, was der Advokat sagte, und das Lachen klang so höhnisch und grell, daß es denselben kalt überlief. Er schaute sich den Kaffer genauer an, aber der hatte ein Gesicht wie andre Leute auch. Erst als er ihm zuletzt nach den Füßen guckte, da ging ihm ein Licht auf und er sah, daß er den leibhaftigen Teufel zur Seite hatte. Da wurde es ihm noch schwüler und er überlegte bei sich, was zu machen sei. Er dachte, es sei am Ende das beste, seinen Begleiter merken zu lassen, daß er ihn kenne und sprach darum keck heraus: »Was habt Ihr denn im Ried zu schaffen, gibt's in der Hölle keine Arbeit mehr?« Der Böse lachte und sprach: »Aha, wir kennen uns, ich muß eine Seele da holen, die schon lange für mich reif ist und die die Leute oft zu mir wünschen.« Im Ried, dachte der Advokat und bekam neuen Mut, da bin ich also nicht gemeint, und er unterhielt sich getrosten Herzens mit dem Teufel über seine Schelmereien und Plackereien, rühmte sich ihrer auch und lachte darüber, wobei denn der Teufel jedesmal herzlich mitlachte.

Als sie so ihres Weges dahingingen, kam ein armer Metzger ihnen entgegen, der trieb ein Schwein nach Hause und das Tier schnüffelte und grunzte bald hier, bald dort im Kot herum. Der Metzger war dessen müde und rief: »Der Teufel soll dich holen, wenn du nicht voran gehst!« Sogleich war der Advokat bei der Hand und sagte: »Da greif zu, das Vieh ist dein.« Aber da kam's heraus, daß der Advokat noch schlechter war als selbst der Teufel, denn der Böse sagte: »Das ist nicht so schlimm gemeint, laß dem armen Mann seine Sau, er muß die ganze Woche davon leben.« Der Advokat lachte ihn darüber aus und meinte, der Teufel habe doch ein gar zu weiches Herz und fuhr dann fort, noch viel ärgere Schandtaten von sich zu erzählen.

Als sie in den nächsten Ort kamen, hörten sie ein Kind flennen und die Mutter des Kindes schaute aus ihrem Fenster, ballte eine Fast und schrie: »Willst du dein Maul halten oder der Teufel soll dich holen!« Aber das Kind flennte fort. Da stieß der Advokat wiederum seinen Kameraden an und sprach: »Du, nimm's doch, wenn du kein Esel bist, es gehört ja dein.« Aber der Teufel lachte, ging seines Weges weiter und sprach: »Du hättest es nicht stehenlassen, aber ich nehm's nicht, denn es ist der Mutter einzig Kind und sie würde sich totgrämen, wollte ich zugreifen. Das war so schlimm nicht gemeint.« Jetzt lachte ihn der Advokat noch mehr aus und sprach: »Du bist mir ein schöner Teufel, wenn ich so dächte, dann wäre ich längst am Bettelstab.«

So gingen sie weiter und der Schinder erzählte immer lustiger von seinen Taten, bis sie an den Ort kamen, wo er gerade einem armen Bauern das Bett unter dem Leib weg verkaufen wollte. Der Bauer stand mit seinen Nachbarn zusammen auf der Gasse vor dem Hause. Als er den Advokaten sah, fiel er und sein Weib demselben zu Füßen und sie baten ihn unter Tränen, sie doch nicht ganz unglücklich zu machen; aber der Advokat lachte und sprach zum Teufel: »Jetzt sollst du einmal sehen, wie ich das mache«, gab dem Bauern einen Fußtritt und sagte: »Fort ihr Kanaillen, alles wird verkauft.« Da erhob sich der Mann in hellem Zorn und schrie: »O du Henkersknecht, dich muß noch der Teufel holen oder Gottes Wort ist gelogen!« Da lachte der Teufel laut und sprach: »Siehst du, Kamerad, das ist von Herzen so gemeint.« Faßte den Advokaten und riß ihn durch die Luft mit sich fort, und hat man nie wieder eine Spur von ihm gesehn. Die Darmstädter Advokaten haben sich alle mögliche Mühe gegeben, diese Geschichte zu vertuschen und geheimzuhalten, es hat jedoch nichts geholfen.

568.

DER LINDWURM AM BRUNNEN

Zu Frankenstein, einem alten Schloß anderthalb Stunden weit von Darmstadt, hausten vor alten Zeiten drei Brüder zusammen, deren Grabsteine man noch heutigentags in der Oberbirbacher Kirche sieht. Der eine der Brüder hieß Hans und er ist ausgehauen, wie er auf einem Lindwurm steht. Unten im Dorf fließt ein Brunnen, in dem sich sowohl die Leute aus dem Dorf als aus dem Schloß ihr Wasser holen müssen; dicht neben den Brunnen hatte sich ein gräßlicher Lindwurm gelagert, und die Leute konnten nicht anders Wasser schöpfen als dadurch, daß sie ihm täglich ein Schaf oder ein Rindvieh brachten; so lang der Drache daran fraß, durften die Einwohner zum Brunnen. Um diesen Unfug aufzuheben, beschloß Ritter Hans, den Kampf zu wagen; lange stritt er, endlich gelang es ihm, dem Wurm den Kopf abzuhauen.

Nun wollte er auch den Rumpf des Untiers, der noch zappelte, mit der Lanze durchstechen, da kringelte sich der spitzige Schweif um des Ritters rechtes Bein und stach ihn gerade in die Kniekehle, die einzige Stelle, welche der Panzer nicht deckte. Der ganze Wurm war giftig und Hans von Frankenstein mußte sein Leben lassen.

569.

DER KESSEL MIT DEM SCHATZ

An einem Winterabend saß vor vielen Jahren der Wagnermeister Wolf zu Großbieberau im Odenwald mit Kindern und Gesinde beim Ofen und sprach von diesem und jenem. Da ward auf einmal ein verwunderlich Geräusch vernommen und siehe, es drückte sich unter dem Stubenofen plötzlich ein großer Kessel voll Geldes hervor. Hätte nun gleich einer stillschweigends ein wenig Brot oder einen Erdschollen darauf geworfen, dann wäre es gut gewesen; aber nein, der Böse war dabei und da mußt es wohl verkehrt gehen. Des Wagners Töchterlein hatte nie so viel Geld beisammen gesehen und rief laut: »Blitz, Vater, was Geld, was Geld!« Der Vater kehrte sich nicht ans Schreien, weil er besser wußte, was hier zu tun wäre. Schnell nahm er's Heft vom großen Naben-Bohrer und steckt es rasch durch den Kesselring. Doch es war vorbei, der Kessel versank und nur der Ring blieb zurück. Vor ungefähr zwanzig Jahren wurde der Kesselring noch gezeigt.

570.

DAS BUBENRIED

In der großbieberauer Gemarkung liegt ein Tal gegen Überau zu, das nennen die Leute das Bubenried und gehen nicht bei nächtlicher Weile dadurch, ohne daß ihnen die Hühnerhaut ankommt. Vor Zeiten, als Krieg und Hungersnot im Reich war, gingen zwei Bettelbuben von Überau zurück, die hatten sich immer zu einander gehalten und in dem Tal pflegten sie immer ihr Almosen zu teilen. Sie hatten heute nur ein paar Blechpfennige gekriegt, aber dem einen hatte der reiche Schulz ein Armenlaibchen geschenkt, das könne er mit seinem Gesellen teilen. Wie nun alles andere redlich geteilt war und der Bub das Brot aus dem Schubsack zog, roch es ihm so lieblich in die Nase, daß er's für sich allein behalten und dem andern nichts davon geben wollte. Da nahm der Friede sein Ende, sie zankten sich und von den Worten kams zum Raufen und Balgen, und als keiner den andern zwingen konnte, riß sich jeder einen Pfahl aus dem Pferch. Der böse Feind führte ihnen die Kolben und jeder Bub schlug den andern tot.

Drei Nächte lang nach dem Mord regte sich kein Blatt und sang kein Vogel im Ried, und seitdem ists da ungeheuer und man hört die Buben wimmern und winseln.

571.

RODENSTEINS AUSZUG

Nah an dem zum gräflich Erbachischen Amt Reichenberg gehörigen Dorf Oberkainsbach, unweit dem Odenwald, liegen auf einem Berg die Trümmer des alten Schlosses Schnellerts. Gegenüber, eine Stunde davon, in der Rodsteiner Mark, lebten ehemals die Herrn von Rodenstein, deren männlicher Stamm erloschen ist. Noch sind die Ruinen ihres alten Raubschlosses zu sehen.

Der alte Besitzer desselben hat sich besonders durch seine Macht, durch die Menge seiner Knechte und des erlangten Reichtums berühmt gemacht; von ihm geht folgende Sage. Wenn ein Krieg bevorsteht, so zieht er von seinem gewöhnlichen Aufenthaltsort Schnellerts bei grauender Nacht aus, begleitet von seinem Hausgesind und schmetternden Trompeten. Er zieht durch Hecken und Gesträuche, durch die Hofreite und Scheune Simon Daum's zu Oberkainsbach bis nach dem Rodenstein, flüchtet gleichsam als wolle er das Seinige in Sicherheit bringen. Man hat das Knarren der Wagen und ein ho! ho! Schreien, die Pferde anzutreiben, ja selbst die einzelnen Worte gehört, die einherziehendem Kriegsvolk vom Anführer zugerufen werden und womit ihm befohlen wird. Zeigen sich Hoffnungen zum Frieden, dann kehrt er in gleichem Zug vom Rodenstein nach dem Schnellerts zurück, doch in ruhiger Stille und man kann dann gewiß sein, daß der Frieden wirklich abgeschlossen wird. Ehe Napoleon im Frühjahr 1815 landete, war bestimmt die Sage, der Rodensteiner sei wieder in die Kriegsburg ausgezogen.

572.

DIE HOLLEN

Die Hollen waren kleine Berggeister, welche vor Zeiten hauptsächlich in dem Klugstein, dem weißen Berg gegenüber unweit Obernburg ihre Wohnsitze hatten. Sie entfernten sich erst von dort, als die Gegend sich mehr und mehr bevölkerte und sie durch den Bergbau in ihren friedlichen Wohnungen gestört wurden. Böse Menschen hatten viel von ihnen zu leiden, gegen gute aber bewiesen sie sich wohltätig und gefällig. Die Spinnerinnen hatten sich stets zu beeilen, ihren Rocken abzuspinnen, sonst kamen die Hollen hinein und verwuschelten alles. Wenn man an manchen Tagen an dem Weißenberg vorbeiging, konnte man an den Felsenritzen den Dampf von ihren Pfannenkuchen riechen.

573.

DIE HOLLEN IN DER KLUS

In der Klus, einer Bergschlucht zwischen Volkhardinghausen und Landau, haben früher Hollen gewohnt; in dem Gestein dort ist noch deutlich die Spur der Wohnung zu sehen. Sie lebten von Wurzeln und Kräutern; Geld besaßen sie nicht. Eine aus Braunsen herbeigeholte Hebamme wurde mit Steinen belohnt, welche sie später zu hohem Preis verkaufte. Alte Hollen kommen oft zu Einwohnern benachbarter Ortschaften, doch nur in einzelne bestimmte Häuser, wahrscheinlich, wenn dieselben familienlos waren. In Twiste wurden sie durch eine List aus einem Haus vertrieben, da man sich gehütet hatte, sie zu beleidigen. Man machte nämlich bei dem Feuerherd eine Zeremonie, welche auf Zauberei deutete, worüber die Holle entrüstet das Haus verließ.

Wo eine Holle eingekehrt war, da passierte so leicht kein Unglück. Insbesondere nehmen sich die Hollen der Pflege und Aufsicht der Kinder an. Als einst eine Holle aus einem Haus zu Twiste wieder in ihre Heimat zurückzukehren wünschte, wußte sie die Gegend nicht zu bezeichnen, wo sie denn zuhause war. Der Hausherr wußte besser Bescheid. Er nahm die Holle auf den Arm, um sie in die Klus zu tragen. Als sie jedoch in die Nähe des Bilsteins gekommen waren, verbat sich die Holle das Weitertragen mit der Äußerung, sie wolle sich nun schon zurechtfinden, weil sie diesen Berg bereits vor hundert Jahren gekannt habe.

Die Hollen verloren sich, als sich die jetzige Generation der Menschen vermehrte und ihr Treiben störte, es ihnen auch nicht mehr gelang, ihre Zwergrasse durch Stehlen von Kindern zu veredeln.

574.

DAS OPFER DER MÜMMLING

Eines Abends gingen ein paar Burschen nicht weit von Michelstadt am Wasser der Mümmling her, da rief eine Stimme unter der Brücke hervor: »Die Stund' ist da, und der Mann noch nicht!« Zu gleicher Zeit kam von dem nahen Berg ein Mann herabgelaufen und wollte ins Wasser hineinspringen. Die Burschen hielten ihn fest und redeten ihm zu, er gab aber keine Antwort. Sie nahmen ihn mit ins Wirtshaus und wollten ihm Wein zu trinken geben, da ließ er seinen Kopf auf den Tisch fallen und war tot.

575.

ABWESENDER ZITIERT

Es lebte einst ein Graf von Erbach, der einen gar klugen Kanzlei-Direktor hatte. Derselbe vermaß sich eines Tages gegen seinen Herrn, daß er Tote und Lebendige zu zitieren verstehe. Als ihn der Graf aufforderte, ihm eine Probe seiner Kunst abzulegen, sagte er, einen Toten wolle er nicht zitieren, weil das zu schrecklich sei, doch wenn er einen weitentfernten Freund oder Bekannten habe, den er einmal zu sehen wünsche, so wolle er ihn bald zur Stelle geschafft haben. Der Graf ließ alle Türen und Ausgänge des Schlosses besetzen, mit dem strengen Befehl, niemanden einpassieren zu lassen, und teilte dann dem Kanzlei-Direktor mit, daß er seinen ehemaligen Jäger zu sehen wünsche, einen gar treuen, redlichen Menschen, der ihm lange und gut gedient habe und jetzt zweihundert Stunden von hier in Lothringen wohne. Der Kanzlei-Direktor bat den Grafen, sich in einen Kreis zu stellen, den er mit Kohle auf dem Fußboden gezogen hatte, und fing dann an, sein Wesen zu treiben. Plötzlich ging die Tür auf und der Jäger kam herein – nicht mit langsam abgemessenen geisterhaften Schritten, sondern rasch, munter und lebhaft, wie es von jeher seine Art gewesen. Er machte dem Grafen die gebührende Reverenz und sagte, daß er sich gar sehr freue, seinen ehemaligen Herrn einmal wieder zu sehen. Aber gerade diese anscheinend so natürliche Art der Erscheinung erfaßte den Grafen mit eisigem Grauen, er erwiderte nichts und wurde totenbleich. Schnell fing der Kanzlei-Direktor wieder seine Künste an, der Jäger machte wieder seine Reverenz, empfahl sich gehorsamst und machte die Tür mit vielem Geräusch hinter sich zu. Am gleichen Tag noch schrieb der Graf nach Lothringen an seinem Jäger und fragte ihn, wie es ihm in der letzten Zeit gegangen sei? Sehr erfreut darüber, daß sein alter Herr sich seiner noch in Gnaden erinnere, erwiderte er, daß es ihm in der letzten Zeit, wie in jeder Beziehung so auch mit der Gesundheit, recht gut gegangen sei, nur an dem und dem Tag, zu der und der Stunde habe ihn mitten im Wald plötzlich eine so unerklärlich starke Schlafsucht befallen, daß er am Fuß eines Baumes umgesunken sei und dort eine Stunde lang bewußtlos gelegen habe. Wenn man nun weiß, daß der Jäger zehn Minuten lang bei dem Grafen war, so kann man hiernach leicht ausrechnen, wieviel Zeit ein zitierter Geist braucht, um einen Weg von zweihundert Stunden zweimal zurückzulegen. Der Kanzlei-Direktor durfte von der Zeit an dem Grafen nicht mehr ins Schloß kommen.

576.

DER SCHLURCHER

In dem nicht weit von Erbach gelegenen Roschgacher Hof hatte sich ein Hausgeist, welcher Schlurcher genannt wurde, so eingenistet, daß die Leute im Haus, denen er bei allen Arbeiten mit ungeheurer Behendigkeit half, ganz an ihn gewöhnt waren und auf seine Erscheinung nicht mehr sonderlich acht gaben. Der Schlurcher trug eine graue, durch einen Strick zusammengehaltene Kutte und ein paar Holzschuhe, in denen er geräuschvoll die Treppen hinauf und hinunter schlappte oder schlurchte, wie die Bauern sich ausdrückten. Es geschah mehrmals, daß die Knechte abends beim Kartenspiel saßen und einer von ihnen sagte: »Wie wär's, wenn jetzt der Schlurcher käme?« Da saß der Genannte auch gleich mitten unter ihnen und wollte mitspielen. Dann standen die Knechte ruhig auf und ließen ihn sitzen, was ihn nicht wenig ärgerte.

Eines Abends saß ein fremder Bauer allein in der Stube und trank einen Schoppen Wein, da kam der Schlurcher die Bodentreppe herunter in das Zimmer, steckte sich am Ofen seine Pfeife an und setzte sich so recht behaglich dem Fremden gegenüber an den Tisch, der nicht recht wußte, was er aus dem sonderbaren Gast machen solle. Der alte Pächter aber, der in der Kammer neben dem Zimmer im Bett lag und von dort aus Schlurchers Unverschämtheit bemerkte, rief mit drohendem Ton: »Ah! Du glaubst, es säh' dich niemand, weil du dich so breit machst, alter Kerl! Aber marsch hinaus, sonst komm' ich dir!« Da erschrak der arme Schlurcher sehr und klapperte schleunigst die Bodentreppe wieder hinauf.

577.

DIE ZAUBERPFEIFE

In der Gegend von Lorsch, da wo jetzt der Seehof steht, lag vor Zeiten ein großer See. Die rings gelegenen Dörfer traf einst eine arge Plage, ein Emsenregen, der so dicht war, daß die Felder von Ameisen wimmelten und in wenigen Tagen kein grünes Hälmchen mehr zu sehen war. Die Bewohner wandten sich in ihrer Not an den Bischof von Worms, daß er durch seinen Segen und sein Gebet die Plage abwende. Der Bischof hieß sie in Prozession die Felder durchwandeln und Gott um Abwendung der Plage anflehen. Dies geschah. Als aber die Prozession in der Nähe des Sees an einem Feldaltar stillehielt, da trat ein Einsiedler in die Reihen und sprach: »Mich schickt der Herr zu euch, und wenn ihr gelobt, zu tun wie ich euch sage, dann sterben die Emsen im nächsten Augenblick. Gebt mir, jedes Dorf, welches die Plage traf, hundert Gulden; ich werde davon dem Herrn eine Kapelle bauen.« Das gelobten alle gern und willig und sogleich zog der Einsiedler ein Pfeifchen aus seiner Kutte und pfiff. Da flogen alle Ameisen herbei, so daß sich der Himmel von ihnen verdunkelte, und bald standen sie wie ein schwarzer Turm vor dem Einsiedler, der sie mit einem letzten Pfiff sämtlich im See versenkte. Als aber der Einsiedler zu den Gemeinden kam und den Gotteslohn verlangte, da schrien sie, er sei ein Zauberer und verdiene eher, verbrannt zu werden. So machten es alle zehn Dörfer, doch das schreckte ihn nicht. Er sagte ihnen kurz, sie würden ihre Strafe schon erhalten. Als er aber am letzten Haus des letzten Dorfes war, zog er sein Pfeifchen aus der Kutte und pfiff und siehe da, die Schweine der ganzen Gegend brachen unwiderstehlich aus Stall und Hof und folgten dem Einsiedler, der so rückwärts die Runde in den zehn Dörfern machte, ohne daß jemand gewagt hätte, ihn zu halten oder auch nur ein Wort an ihn zu richten. So führte er die Herde bis zum Lorscher See, wo er mit ihr verschwand.

Im nächsten Jahr verheerte ein Grillenregen die ganze Gegend. Da sahen die Bauern wohl ein, wie groß ihre Sünde gewesen und sie wandten sich wieder an den Bischof von Worms um Rat und Tat, doch dieser wollte nichts mehr mit ihnen zu schaffen haben und sagte, sie hätten die Strafe wohl verdient. Von neuem gingen sie in Prozession durch die Felder, um durch Gebet den Zorn des Himmels zu versöhnen. Als sie so am Lorscher See anlangten, da kam ein Köhler vom Gebirge daher, neigte sich tief vor dem Venerabile und sprach zu der Menge gewandt: »Die Strafe, die euch getroffen hat, wird alsbald von euch genommen sein, so ihr mir gelobt, daß jedes Dorf mir fünfhundert Gulden zum Bau eines Klosters zahle.« Damit waren die Dörfer gern einverstanden und sie gelobten es feierlich. Zugleich langte der Köhler ein Pfeifchen aus dem Sack und pfiff und überall erhoben sich die Grillen und folgten ihm nach dem Tannenberg, wo bald ein riesiges Feuer sie sämtlich verzehrte. Doch als der Köhler seinen Gotteslohn forderte, erging es ihm in allen zehn Dörfern nicht besser als dem Einsiedler; er erhielt nicht einen roten Heller. »Nun, wie ihr wollt«, sprach er ruhig und setzte sein Pfeifchen wieder an und hinter ihm her zog alles Wollenvieh der ganzen Gegend und die Bauern standen wie gebannt, so daß keiner ein Wort wagte. Er aber zog zum Lorscher See, wo er mit der Herde verschwand.

Das folgende Jahr kam und mit ihm ein solches Heer von Mäusen, als ob sie vom Himmel geregnet wären. Nun wo wieder Not am Mann war, konnten die Bauern auch wieder beten und bereuen und die Felder flehend und klagend durchziehen. Als die Prozession wieder am Lorscher See hielt, stand plötzlich ein Bergmännchen in ihrer Mitte, das sprach: »Ich will die Plage schnell von euch nehmen, aber dafür muß jedes Dorf mir tausend Gulden zahlen. Und wenn ihr denn euer Geld nicht Gott zulieb geben wollt, so gebt es wenigstens für euren eigenen Nutzen. Ich baue euch dafür einen Damm an der Bergstraße von Hendesheim (Handschuhsheim bei Heidelberg) bis Ramstadt, so daß die Gebirgswasser euren Fluren ferner nicht mehr schaden können.« Wie schnell die Bauern wieder mit ihrem Eide waren! Ebenso schnell griff auch das gelbe Bergmännchen nach dem Pfeifchen und dem Pfiff folgten die Mäuse zu Millionen. So ging's nach dem Tannenberg, der sich öffnete und als er sich wieder schloß, war weder vom Bergmännchen noch von den Mäusen eine Spur zu sehen. Aber Undank ist der Welt Lohn und den erntete das Bergmännchen nicht weniger als der Köhler und der Einsiedler; doch ließ es wie jene die Strafe auch auf dem Fuße folgen, und was war das für eine Strafe! Als es wieder pfiff, da folgten ihm alle Kinder, selbst bis zu den Säuglingen, die sich von der Brust der Mütter losrissen und hinter ihm drein trippelten. Als der Zug am Tannenberg anlangte, öffnete sich ein großes Felsstück, das Bergmännchen trat in den Berg, die Kinder mit ihm und der Felsen schloß sich wieder und nie sah man mehr eine Spur von den Kindern. Da waren die Bauern mürb, sie trugen, um nicht im nächsten Jahr eine neue Züchtigung zu erfahren, schnell das Geld zusammen und schickten es dem Bischof gen Worms. Seitdem erfuhren sie keine derartigen Plagen mehr.

THÜRINGEN

578.

DAS JAGEN IM FREMDEN WALDE

Friedrich, Pfalzgraf zu Sachsen, wohnte im Osterland bei Thüringen, auf Weissenburg an der Unstrut seinem schönen Schloß. Sein Gemahel war eine geborene Markgräfin zu Stade und Salzwedel, Adelheid genannt, ein junges, schönes Weib, brachte ihm keine Kinder. Heimlich aber buhlte sie mit Ludwig, Grafen zu Thüringen und Hessen, und verführt durch die Liebe zu ihm, trachtete sie hin und her: wie sie ihres alten Herrn abkommen möchte, und den jungen Grafen, ihren Buhlen, erlangen. Da wurden sie einig, daß sie den Markgrafen umbrächten auf diese Weise: Ludwig sollte an bestimmtem Tage eingehen in ihres Herrn Forst und Gebiet, in das Holz, genannt die Reißen, am Münchroder Feld (nach andern, bei Schipplitz) und darin jagen, unbegrüßt und unbefragt; dann so wollte sie ihren Herrn reizen und bewegen, ihm die Jagd zu wehren; da möchte er dann seines Vorteils ersehen. Der Graf ließ sich vom Teufel und der Frauen Schöne blenden, und sagte es zu. Als nun der mordliche Tag vorhanden war, richtete die Markgräfin ein Bad zu, ließ ihren Herrn darin wohl pflegen und warten. Unterdessen kam Graf Ludwig, ließ sein Hörnlein schallen und seine Hündlein bellen, und jagte dem Pfalzgraf in dem Seinen, bis hart vor die Tür. Da lief Frau Adelheid heftig in das Bad zu Friedrichen, sprach: »Es jagen dir ander Leut freventlich auf dem Deinen; das darfst du nimmer gestatten, sondern mußt ernstlich halten über deiner Herrschaft Freiheit.« Der Markgraf erzürnte, fuhr auf aus dem Bad, warf eilends den Mantel über das bloße Badhemd, und fiel auf seinen Hengst, ungewapnet und ungerüstet. Nur wenig Diener und Hunde rennten mit ihm in den Wald; und da er den Grafen ersah, strafte er ihn mit harten Worten; der wandte sich, und stach ihn mit einem Schweinspieß durch seinen Leib, daß er tot vom Pferde sank. Ludwig ritt seinen Weg, die Diener brachten den Leichnam heim, und beklagten und betrauerten ihn sehr; die

Pfalzgräfin rang die Hände, und raufte das Haar, und gebärdete sich gar kläglich, damit keine Inzicht auf sie falle. Friedrich wurde begraben, und an der Mordstätte ein steinern Kreuz gesetzt, welches noch bis auf den heutigen Tag stehet; auf der einen Seite ist ein Schweinspieß, auf der andern der lateinische Spruch ausgehauen: anno domini 1065 hic exspiravit palatinus Fridericus, hasta prostravit comes illum dum Ludovicus. Ehe das Jahr um war, führte Graf Ludwig Frau Adelheiden auf Schauenburg sein Schloß, und nahm sie zu einem ehelichen Weib.

579.

WIE LUDWIG WARTBURG ÜBERKOMMEN

Als der Bischof von Mainz Ludwigen, genannt den Springer, taufte, begabte er ihn mit allem Land, was dem Stift zuständig war, von der Hörsel bis an die Werra. Ludwig aber, nachdem er zu seinen Jahren kam, bauete Wartburg bei Eisenach, und man sagt, es sei also gekommen: auf eine Zeit ritt er an die Berge aus jagen, und folgte einem Stück Wild nach, bis an die Hörsel bei Niedereisenach, auf den Berg, da jetzo die Wartburg liegt. Da wartete Ludwig auf sein Gesinde und Dienerschaft. Der Berg aber gefiel ihm wohl, denn er war stickel und fest; gleichwohl oben räumig, und breit genug darauf zu bauen. Tag und Nacht trachtete er dahin, wie er ihn an sich bringen möchte: weil er nicht sein war, und zum Mittelstein gehörte, den die Herren von Frankenstein inne hatten. Er ersann eine List, nahm Volk zusammen, und ließ in einer Nacht Erde von seinem Grund in Körben auf den Berg tragen, und ihn ganz damit beschütten; zog darauf nach Schönburg, ließ einen Burgfrieden machen, und fing an, mit Gewalt auf jenem Berg zu bauen. Die Herren von Frankenstein verklagten ihn vor dem Reich, daß er sich des Ihren freventlich und mit Gewalt unternähme. Ludwig antwortete: er baue auf das Seine, und gehörte auch zu dem Seinen, und wollte das erhalten mit Recht. Da ward zu Recht erkannt: wo er das erweisen und erhalten könne, mit zwölf ehrbaren Leuten, hätte er's zu genießen. Und er bekam zwölf Ritter, und trat mit ihnen auf den Berg, und sie zogen ihre Schwerter aus, und steckten sie in die Erde, (die er darauf hatte tragen lassen) schwuren: daß der Graf auf das Seine baue, und der oberste Boden hätte von Alters zum Land und Herrschaft Thüringens gehört. Also verblieb ihm der Berg, und die neue Burg benannte er *Wartburg* darum, weil er auf der Stätte seines Gesindes gewartet hatte.

580.

LUDWIG DER SPRINGER

Die Brüder und Freunde Markgraf Friedrichs, klagten Landgraf Ludwigen zu Thüringen und Hessen vor dem Kaiser an, von wegen der frevelen Tat, die er um des schönen Weibes willen begangen hatte. Sie brachten auch so viel beim Kaiser aus, daß sie den Landgrafen, wo sie ihn bekommen könnten, fahen sollten. Also ward er im Stift Magdeburg getroffen, und auf den Gibichenstein bei Halle an der Saal geführet, wo sie ihn über zwei Jahre gefangen hielten in einer Kemnaten (Steinstube) ohne Fessel. Wie er nun vernahm, daß er mit dem Leben nicht davon kommen möchte, rief er Gott an, und verhieß und gelobte eine Kirche zu bauen in St. Ulrichs Ehr, in seine neulich erkaufte Stadt Sangerhausen, so ihm aus der Not geholfen würde. Weil er aber vor schwerem Kummer nicht aß und nicht trank, war er siech geworden; da bat er, man möge ihm sein Seelgeräte setzen, eh' dann der Kaiser zu Lande käme und ihn töten ließe. Und ließ beschreiben einen seiner heimlichen Diener, mit dem legte er an: wann er das Seelgeräte von dannen führete, daß er den anderen Tag um Mittag mit zweien Kleppern unter das Haus an die Saale käme, und seiner wartete. Es saßen aber bei ihm auf der Kemnate sechs ehrbare Männer, die sein hüteten. Und als die angelegte Zeit herzu kam, klagte er, daß ihn heftig fröre; tat derwegen viel Kleider an, und ging sänftiglich im Gemach auf und nieder. Die Männer spielten vor langer Weile im Brett, hatten auf sein Herumgehen nicht sonderliche Achtung; unterdessen gewahrte er unten seines Dieners mit den zwei Pferden, da lief er zum Fenster, und sprang durch den hohen Stein in die Saale hinab.

Der Wind führte ihn, daß er nicht hart ins Wasser fiel, da schwemmte der Diener mit dem ledigen Hengst zu ihm. Der Landgraf schwang sich zu Pferd, warf der nassen Kleider ein Teil von sich, und rennte auf seinem weißen Hengst, den er den Schwan hieß, bis gen Sangerhausen. Von diesem Sprunge heißt er Ludwig der Springer; dankte Gott und baute eine schöne Kirche, wie er gelobet hatte. Gott gab ihm und seiner Gemahlin Gnad in ihr Herz, daß sie Reu und Leid ob ihrer Sünde hatten.

581.

DER WARTBURGER KRIEG

Auf der Wartburg bei Eisenach kamen im Jahr 1206 sechs tugendhafte und vernünftige Männer mit Gesang zusammen, und dichteten die Lieder, welche man hernach nennte: den Krieg zu der Wartburg. Die Namen der Meister waren: Heinrich Schreiber, Walter von der Vogelweide, Reimar Zweter, Wolfram von Eschenbach, Biterolf und Heinrich von Ofterdingen. Sie sangen aber, und stritten von der Sonne und dem Tag, und die meisten verglichen Hermann, Landgrafen zu Thüringen und Hessen, mit dem Tag, und setzten ihn über alle Fürsten. Nur der einzige Ofterdingen pries Leopolden, Herzog von Österreich, noch höher, und stellte ihn der Sonne gleich. Die Meister hatten aber unter einander bedungen: wer im Streit des Singens unterliege, der solle des Haupts verfallen; und Stempfel der Henker mußte mit dem Strick daneben stehen, daß er ihn alsbald aufhängte. Heinrich von Ofterdingen sang nun klug und geschickt; allein zuletzt wurden ihm die andern überlegen, und fingen ihn mit listigen Worten, weil sie ihn aus Neid gern von dem Thüringer Hof weggebracht hätten. Da klagte er, daß man ihm falsche Würfel vorgelegt, womit er habe verspielen müssen. Die fünf andern riefen Stempfel, der sollte Heinrich an einen Baum hängen. Heinrich aber floh zur Landgräfin Sophia, und barg sich unter ihrem Mantel; da mußten sie ihn in Ruhe lassen, und er dingte mit ihnen, daß sie ihm ein Jahr Frist gäben: so wolle er sich aufmachen nach Ungarn und Siebenbürgen, und Meister Clingsor holen; was der urteile über ihren Streit, das solle gelten. Dieser Clingsor galt damals für den berühmtesten deutschen Meistersänger; und weil die Landgräfin dem Heinrich ihren Schutz bewilligt hatte, so ließen sie sich alle die Sache gefallen.

Heinrich von Ofterdingen wanderte fort, kam erst zum Herzogen nach Österreich, und mit dessen Briefen nach Siebenbürgen zu dem Meister, dem er die Ursache seiner Fahrt erzählte, und seine Lieder vorsang.

Clingsor lobte diese sehr, und versprach ihm mit nach Thüringen zu ziehen, um den Streit der Sänger zu schlichten. Unterdessen verbrachten sie die Zeit mit mancherlei Kurzweil, und die Frist, die man Heinrichen bewilligt hatte, nahte sich ihrem Ende. Weil aber Clingsor immer noch keine Anstalt zur Reise machte, so wurde Heinrich bang' und sprach: »Meister, ich fürchte, ihr lasset mich im Stich, und ich muß allein und traurig meine Straße ziehen; dann bin ich ehrenlos, und darf Zeitlebens nimmermehr nach Thüringen.« Da antwortete Clingsor: »Sei unbesorgt! wir haben starke Pferde und einen leichten Wagen, wollen den Weg kürzlich gefahren haben.«

Heinrich konnte vor Unruhe nicht schlafen; da gab ihm der Meister abends einen Trank ein, daß er in tiefen Schlummer sank. Darauf legte er ihn in eine lederne Decke und sich dazu, und befahl seinen Geistern: daß sie ihn schnell nach Eisenach in Thüringerland schaffen sollten, auch in das beste Wirtshaus niedersetzen. Das geschah, und sie brachten ihn in Helgreven-Hof, eh der Tag erschien. Im Morgenschlaf hörte Heinrich bekannte Glocken läuten, er sprach: »Mir ist, als ob ich das mehr gehört hätte, und deucht, daß ich zu Eisenach wäre.« »Dir träumt wohl«, sprach der Meister. Heinrich aber stand auf und sah sich um, da merkte er schon, daß er wirklich in Thüringen wäre. »Gott sei Lob, daß wir hier sind, das ist Helgreven-Haus, und hier sehe ich S. Georgen Tor, und die Leute, die davor stehen und über Feld gehen wollen.«

Bald wurde nun die Ankunft der beiden Gäste auf der Wartburg bekannt, der Landgraf befahl den fremden Meister ehrlich zu empfahen, und ihm Geschenke zu tragen. Als man den Ofterdingen fragte, wie es ihm ergangen und wo er gewesen, antwortete er: »Gestern ging ich zu Siebenbürgen schlafen, und zur Metten war ich heute hier; wie das zuging, hab' ich nicht erfahren.« So vergingen einige Tage, eh daß die Meister singen und Clingsor richten sollten; eines Abends saß er in seines Wirtes Garten, und schaute unverwandt die Gestirne an. Die Herren fragten, was er am Himmel sähe? Clingsor sagte: »Wisset, daß in dieser Nacht dem König von Ungarn eine Tochter geboren werden soll; die wird schön, tugendreich und heilig, und des Landgrafen Sohne zur Ehe vermählt werden.«

Als diese Botschaft Landgraf Herrmann hinterbracht worden war, freute er sich und entbot Clingsor zu sich auf die Wartburg, erwies ihm große Ehre und zog ihn zum fürstlichen Tische. Nach dem Essen ging er aufs Richterhaus (Ritterhaus), wo die Sänger saßen, und wollte Heinrich von Ofterdingen ledig machen. Da sangen Clingsor und Wolfram mit Liedern gegen einander, aber Wolfram tat so viel Sinn und Behendigkeit kund, daß ihn der Meister nicht überwinden mochte. Clingsor rief einen seiner Geiste, der kam in eines Jünglinges Gestalt: »Ich bin müde worden vom Reden«, sprach Clingsor, »da bringe ich dir meinen Knecht, der mag eine Weile mit dir streiten, Wolfram.« Da hub der Geist zu singen an, von dem Anbeginne der Welt bis auf die Zeit der Gnaden: aber Wolfram wandte sich zu der göttlichen Geburt des ewigen Wortes; und wie er kam, von der heiligen Wandlung des Brotes und Weines zu reden, mußte der Teufel schweigen und von dannen weichen. Clingsor hatte alles mit angehört, wie Wolfram mit gelehrten Worten das göttliche Geheimnis besungen hatte, und glaubte, daß Wolfram wohl auch ein Gelehrter sein möge. Hierauf gingen sie aus einander. Wolfram hatte seine Herberg in Titzel Gottschalks Hause, dem Brotmarkt gegenüber mitten in der Stadt. Nachts wie er schlief, sandte ihm Clingsor von neuem seinen Teufel, daß er ihn prüfen sollte, ob er ein Gelehrter oder ein Laie wäre; Wolfram aber war bloß gelehrt in Gottes Wort, einfältig und andrer Künste unerfahren. Da sang ihm der Teufel von den Sternen des Himmels, und legte ihm Fragen vor, die der Meister nicht aufzulösen vermochte; und als er nun schwieg, lachte der Teufel laut, und schrieb mit seinem Finger in die steinerne Wand, als ob sie ein weicher Teig gewesen wäre: »Wolfram, du bist ein Laie Schnipfenschnapf!« Darauf entwich der Teufel, die Schrift aber blieb in der Wand stehen. Weil jedoch viele Leute kamen, die das Wunder sehen wollten, verdroß es den Hauswirt, ließ den Stein aus der Mauer brechen, und in die Horsel werfen. Clingsor aber, nachdem er dieses ausgerichtet hatte, beurlaubte sich von dem Landgrafen, und fuhr mit Geschenken und Gaben belohnt samt seinen Knechten in der Decke wieder weg, wie und woher er gekommen war.

582.

DIE ROSEN

Der Landgraf war in der Stadt Eisenach gewesen und ging wieder zurück nach der Wartburg. Unterwegs sah er die heilige Elisabeth mit einer ihrer liebsten Jungfrauen stehen; beide kamen von der Burg herab mit allerlei Speisen und Nahrungsmitteln fast sehr beladen, die sie in Krügen und Körben unter ihren Mänteln mit sich trugen und den Armen bringen wollten, die ihrer unten im Tale harrten. Der Landgraf hatte das alles wohl bemerkt und sprach, indem er ihnen die Mäntel zugleich zurückschlug: »Lasset sehen, was ihr da traget!« Dabei wurden aber die Speisen alsbald zu Rosen. Die heilige Elisabeth war darüber so heftig erschrocken, daß sie ihrem Gemahl auf seine Frage und Rede nichts zu sagen vermochte. Dem Landgrafen tat der Schrecken, den er seiner lieben Elisabeth verursacht hatte, gar leid, und schon wollte er freundlich und mit guten Worten ihr zusprechen, als ihm auf ihrem Haupte ein Bild des gekreuzigten Heilands als ein Kopfschmuck erschien, den er vorher nie gesehen hatte. Da wollte er die heilige Elisabeth nicht länger aufhalten; er ließ sie ihren Weg gehen und den Armen und Kranken nach ihrem Gefallen Gutes tun und ging weiter nach der Wartburg.

583.

DOKTOR LUTHER ZU WARTBURG

Doktor Luther saß auf der Wartburg und übersetzte die Bibel. Dem Teufel war das unlieb, und hätte gern das heilige Werk gestört; aber als er ihn versuchen wollte, griff Luther das Dintenfaß, aus dem er schrieb, und warfs dem Bösen an den Kopf. Noch zeigt man heutiges Tages die Stube und den Stuhl, worauf Luther gesessen, auch den Flecken an der Wand, wohin die Dinte geflogen ist.

584.

LUTHERS WIDERSACHER

In jenen Tagen saßen einmal zu Mühlhausen zwei Prälaten beim Mahl. Als die Zungen vom Wein gelöst waren, kamen sie auf Luthers Sache zu reden und verhandelten besonders über die Frage, ob die neue Lehre auch in Mühlhausen einziehen werde. Und wie sie so ungeduldig auf die nächste Schüssel warteten, zürnte der eine: »So wenig die drei Rebhühner davonfliegen, die man in der Küche eben am Spieße dreht, so wenig wird diese Ketzerei hier in unserer guten Stadt zur Macht gelangen!« Aber siehe, kaum war das hochfahrende Wort gesprochen, da kam von der Küche her ein Flattern und Schnurren wie von aufgescheuchten Rebhühnern. Sie flogen durchs offene Fenster, rasteten auf einem Strebepfeiler der nahen Marienkirche und wurden da zum steinernen Wahrzeichen für alle Zeit.

585.

DER HÖSELBERG

Im Lande zu Thüringen nicht fern von Eisenach liegt ein Berg, genannt der *Höselberg*, worin der Teufel haust und zu dem die Hexen wallfahrten. Zuweilen erschallt jämmerliches Heulen und Schreien her daraus, das die Teufel und armen Seelen ausstoßen; im Jahr 1398 am hellen Tage erhoben sich bei Eisenach drei große Feuer, brannten eine Zeitlang in der Luft, taten sich zusammen und wieder von einander und fuhren endlich alle drei in diesen Berg. Fuhrleute, die ein andermal mit Wein vorbeigefahren kamen, lockte der böse Feind mit einem Gesicht hinein und wies ihnen etliche bekannte Leute, die bereits in der höllischen Flamme saßen.

Die Sage erzählt: einmal habe ein König von Engelland mit seiner Gemahlin, Namens Reinschweig, gelebt, die er aus einem geringen Stand, bloß ihrer Tugend willen, zur Königin erhoben. Als nun der König gestorben war, den sie aus der Maßen lieb hatte, wollte sie ihrer Treu an ihm nicht vergessen, sondern gab Almosen und betete für die Erlösung seiner Seele. Da war gesagt, daß ihr Herr sein Fegfeuer zu Thüringen im Höselberg hätte, also zog die fromme Königin nach Deutschland und baute sich unten am Berg eine Kapelle, um zu beten, und rings umher entstand ein Dorf. Da erschienen ihr die bösen Geister, und sie nannte den Ort *Satansstedt*, woraus man nach und nach *Sattelstedt* gemacht hat.

586.

NONNENPROZESSION

Tages noch früh in der Dämmerung ging ein Priester von Krauthausen nach Creuzburg. Es war gerade St. Ursulentag. Als er nun aus dem Felde an die Straße kam, welche nach der Stadt führt, begegnete ihm ein Zug weißgekleideter Nonnen mit brennenden Kerzen und sangen den Hymnus de profundis. Der Priester vermochte vor Furcht und Schrecken zunächst weder zu singen, noch auch davonzugehen. Da schaute aus dem Zuge eine ältere Schwester zurück und sprach zu ihm mit freundlicher Stimme: »Du bist ein Priester und schweigst? Komm herbei und singe mit uns!« Der Priester faßte Mut und tat, wie ihm geheißen war. Bald naheten sie der Stelle, wo jetzt die St. Liboriuskriche steht, und ein Greis im Priestergewand trat heran, vor dem die ganze Versammlung demütig die Knie beugte, seinen Segen zu empfangen. Als er solchen erteilt hatte, ging er selber als Führer mit einem Stabe dem Zuge voran, und sie stiegen drüben über der Werra unter lautem Singen einen Bergpfad hinan; der Priester aber machte sich inzwischen heimlich davon. Von der Höhe kam da plötzlich eine laute Stimme: »Du magst gehen, wirst aber in dein Verderben gehen!« – Am dritten Tag darauf kam er um, von einem Blitzstrahl getroffen.

Andere sagen, er sei vom Pferde gestürzt, als er nach Falken wollte, um dort eine Predigt zu halten.

587.

DER ADVOKAT

Ein Haus in Erfurt gehörte längere Zeit der Familie Dacheröden und wurde durch Besuche Humboldts, Goethes und Schillers besonders denkwürdig; darin wohnte vordem ein Advokat namens Klaus. Der war als ein Wucherer und ungerechter Mensch bekannt und gefürchtet. Man sagte, er sei nur mit Hilfe des Bösen zu seinen Reichtümern und Prozeßerfolgen gekommen. Als Klaus nun alt geworden war, lag der Teufel beständig im Anschlag, damit ihm die Seele des alten Sünders nicht entgehe. Mit großen Feueraugen saß er in der Ecke des Wohnzimmers, nahe beim Ofen und lauerte auf das letzte Stündlein des Übeltäters. Der wurde bei zunehmender Schwäche von seiner Haushälterin genötigt, das heilige Abendmahl zu nehmen, verstand sich auch mit Widerstreben dazu, spie es aber sogleich wieder aus. Während der Feierlichkeit hatte sich der Teufel davongemacht; danach aber war er sofort wieder zur Stelle, drehte dem alten Sünder das Genick um und fuhr mit seiner Seele zum Kamin hinaus.

588.

DAS KRISTALLSEHEN

Ein Erfurter Ratsprotokoll vom 10. Januar 1588 erzählt folgenden Fall: Dem Pfeifer Jost Voigt, der zugleich Hausmann auf dem Allerheiligen-Turme war, wurde aus dem Backofen im Gewölbe des Turmes eine schon gebratene Gans gestohlen. Sein Läutjunge Lorenz rät ihm, zur klugen Frau nach Daberstedt zu gehen und die zu befragen, wer der Dieb sei. Von anderer Seite wird er an die Schucken in der Schmidtstedter Straße verwiesen, die mit Kristallsehen umzugehen wisse. Und die will wirklich im Spiegel des Kristallglases den Dieb erkannt haben, bezeichnet auch dem Pfeifer dessen Persönlichkeit. Aber sie hat einen ganz Unschuldigen getroffen, wie die gerichtliche Verhandlung ausweist. Dieser, aufs höchste beleidigt, schwört, sich an dem Pfeifer zu rächen. Andern Tages geht er zu einer berüchtigten Hexe und bittet sie, ihm dazu behilflich zu sein. Für ein gutes Stück Geld ist die weise Frau bald gewonnen, jenem ein Auge auszuschlagen. Nun beginnt unter allerlei Zurüstungen und geheimen Mitteln die Zauberei. Er muß in seine Haustüre Nägel einschlagen, daran Fäden befestigen und sie straff anziehen. Dann legt er sich auf die Lauer und wartet, bis der Pfeifer Voigt durch die Turniergasse geht. Wie er seiner ansichtig wird, schlägt er den ersten Faden durch. Sofort faßt der Turmwart nach seinem Auge; ihm ist es, als ob es von einem Schusse getroffen worden wäre. Doch ist von einem eingedrungenen Körper ebensowenig wie von einer Wunde zu sehen. Das Auge schmerzt täglich mehr, und nach Verlauf von vierzehn Tagen ist es vertrocknet und ganz blind. Danach kommt es zu einem Prozeß mit Folterung und erpreßtem Bekenntnis, der in einem Hexenbrand endigt.

589.

ZAUBERKRÄUTER KOCHEN

Im Jahr 1672 hat sich zu Erfurt begeben, daß die Magd eines Schreiners und ein Färbersgesell, die in einem Hause gedient, einen Liebeshandel mit einander angefangen, welcher in Leichtfertigkeit einige Zeit gedauert. Hernach ward der Gesell dessen überdrüssig, wanderte weiter und ging in Langensalza bei einem Meister in Arbeit. Die Magd aber konnte die Liebesgedanken nicht los werden und wollte ihren Buhlen durchaus wieder haben. Am heiligen Pfingsttage, da alle Hausgenossen, der Lehrjunge ausgenommen, in der Kirche waren, tat sie gewisse Kräuter in einen Topf, setzte ihn zum Feuer und sobald solche zu sieden kamen, hat auch ihr Buhle zugegen sein müssen. Nun trug sich zu, daß, als der Topf beim Feuer stand und brodelte, der Lehrjunge, unwissend, was darin ist, ihn näher zur Glut rückt und seine Pfanne mit Leim an dessen Stelle setzt. Sobald jener Topf mit den Kräutern näher zu der Feuerhitze gekommen, hat sich etliche mal darin eine Stimme vernehmen lassen und gesprochen: »Komm, komm, Hansel, komm! komm, komm, Hansel, komm!« Indem aber der Bube seinen Leim umrührt, fällt es hinter ihm nieder wie ein Sack und als er sich umschaut, sieht er einen jungen Kerl daliegen, der nichts als ein Hemd am Leibe hat, worüber er ein jämmerlich Geschrei anhebt. Die Magd kam gelaufen, auch andere im Haus wohnende Leute, zu sehen, warum der Bube so heftig geschrien, und fanden den guten Gesellen als einen aus tiefem Schlaf erwachten Menschen also im Hemde liegen. Indessen ermunterte er sich etwas und erzählte auf Befragen, es wäre ein großes schwarzes Tier, ganz zottigt, wie ein Bock gestaltet, zu ihm vor sein Bett gekommen und habe ihn also geängstigt, daß es ihn alsbald auf seine Hörner gefaßt und zum großen Fenster mit ihm hinausgefahren. Wie ihm weiter geschehen, wisse er nicht, auch habe er nichts sonderliches empfunden, nun aber befinde er sich so weit weg, denn gegen acht Uhr habe er noch zu Langensalza im Bett gelegen und jetzt wäre es zu Erfurt kaum halber neun. Er könne nicht anders glauben, als daß die Catharine, seine vorige Liebste, dieses zu Wege gebracht, indem sie bei seiner Abreise zu ihm gesprochen, wenn er nicht bald wieder zu ihr käme, wollte sie ihn auf dem Bock holen lassen. Die Magd hat, nachdem man ihr gedroht, sie als eine Hexe der Obrigkeit zu überantworten, anfangen herzlich zu weinen und gestanden, daß ein altes Weib, dessen Namen sie auch nannte, sie dazu überredet und ihr Kräuter gegeben, mit der Unterweisung: wenn sie die sachte würde kochen lassen, müsse ihr Buhle erscheinen, er sei auch so weit er immer wolle.

590.

DAS LEICHENTUCH

Der Schulmeister in Möbisburg ging einmal noch in dunkler Nacht zum Frühläuten in die Kirche. Da lag ein feuriger Hund vor dem Altar. Darüber erschrak der Mann so heftig, daß er den dritten Tag danach starb. Nun mußten zunächst die jungen Burschen der Reihe nach, jedesmal zwei, zur Frühkirche läuten. Da geschah es, daß einmal zwei gute Freunde zusammen auf den Turm gingen. Der eine hatte den andern abgerufen, in der Meinung, daß es bald fünf Uhr sei. Als sie aber den Turm erstiegen haben, schlägt es erst zwölf, und zugleich hören sie ein Geräusch auf dem Gottesacker. Zur Turmluke hinausschauend, erblicken sie im Mondschein einen Fremden, der hastig über die Gräber läuft, auf einem Grabe niederkniet, es aufscharrt, den Toten entkleidet, auf die Achsel wirft und mit ihm von dannen rennt. »Was gilts«, spricht der eine Bursche zum andern, »ich hole mir das Leichentuch da unten.« Der andere sucht ihn davon abzubringen; aber der verwegene Mensch hört nicht, holt das Leichentuch und bringt es auf den Turm. Nach einer Weile kommt der Fremde mit dem Toten auf der Achsel zurück, wirft ihn hin und vermißt, als er ihn wieder ankleiden will, das Leichentuch. Sogleich ruft er zum Turme hinauf: »Gib das Leichentuch zurück!« Weil aber der Bursche nicht Folge leistet, so sehr ihn sein Freund auch bittet, so reißt der Fremde die Turmtür auf und stürmt die Treppe empor. In ihrer Angst kriechen die beiden Burschen unter die Glocke, weil man da vor Gespenstern und allem Bösen sicher ist. Der Fremde rennt und tobt um die Glocke herum, doch ohne sie anzurühren. Weil aber ein kleiner Zipfel des Leichentuches hervorsieht, erfaßt er es und trabt damit die Stufen hinab. Im gleichen Augenblick, als er unten den Toten erfaßt, um ihn zu bekleiden, schlägt die Turmuhr eins. Da sehen die Burschen am Turmloche, wie er Leiche und Leichentuch hinwirft und gleich dem Sturmwinde entflieht. Am andern Morgen fand man die Leiche auf dem Gesichte liegend und über sie das Leichentuch gebreitet.

591.

CHRISTIANE VON LASBERG

Am 16. Januar 1778 ertränkte sich Fräulein Christiane v. Lasberg, weil sie sich von ihrem Geliebten, dem Schweden von Wrangel, verlassen glaubte, in der Ilm bei der Floßbrücke, die damals ein wenig unterhalb der jetzigen Naturbrücke schräg über das Wasser in den Stern des weimarischen Parks führte. Kurze Zeit danach kam ein Bürger abends in jene Gegend. Da sah er am jenseitigen Ufer eine Dame in schwarzseidenem Mäntelchen lustwandeln; bei ihr war ein kleiner Hund, und in der Hand hielt sie eine Gerte, mit der sie im Sande rieselte. Der Mann wunderte sich, zu dieser Zeit eine Frau aus höheren Ständen, denen sie anzugehören schien, dort zu finden. Als er ihr bis auf zwanzig oder dreißig Schritte nahe gekommen war, entschwand sie seinen Augen, und er konnte sie, obwohl er suchte, nicht wiederfinden. Nachdenklich ging er heim und erfuhr, daß es Christel v. Lasberg gewesen sei, die sich in dieser Kleidung ertränkt habe. Auch andere haben ihren Geist dort als weiße Gestalt umherwandeln sehen, und jedermann fürchtete sich, abends allein in die Gegend zu kommen. Goethe, welcher zum Andenken der »armen Christel« dort ein Stück Felsen zum Felsentor aushöhlen ließ, von wo man den Ort ihres Todes übersah, mochte es seinen Dienern nicht verdenken, wenn sie nachts nur zu dreien einen Gang nach seinem Garten hinüber wagten.

592.

KOPPY

Mit dem Meilitzer Gutsherrn von Koppy hatte es eine besondere Bewandtnis. So oft er ausfuhr, konnte man sehen, wie eine Krähe vor seinem Wagen herflog, und während er als Hauptmann in ausländischen Diensten zu Felde lag, haben ihn die Leute gar oft zu gleicher Zeit aus den Fenstern seines Schlosses herausschauen sehen. Einst befahl er seinem Kutscher, ihn nach Münchenbernsdorf zu seiner Schwester zu fahren und sich nicht daran zu kehren, was sich etwa im Wagen ereigne. Der Knecht war ein verwogner Kerl und fuhr, daß die Rappen dampften. Doch dem wilden Junker wars noch immer nicht schnell genug; er erhitzte den Führer durch Zurufe, und als sie den Lohgrund hinauffuhren und in die Nähe des Kreuzweges kamen, befahl er, zu fahren, als ob Wagen und Gäule zugrunde gerichtet werden müßten. Sein Schicksal holte ihn aber gleichwohl ein; denn plötzlich kam es wie Sturmwind hinterdrein, viel geschwinder als die Rappen. Dann erhob sich im Wagen ein Ringen, Stampfen und Schnaufen, dem ein Stöhnen und Knacken und danach eine Totenstille folgte. Der Kutscher wußte nicht, sollte er abspringen oder ausharren. Schließlich kaleschte er aber doch nach Münchenbernsdorf hinein, öffnete den Kutschenschlag – da sah er den wilden Koppy mit vorgequollenen Augen und gebrochenem Genick. Die Schwester wollte von dem Toten nichts wissen, weshalb ihn der Kutscher sogleich zurück nach Meilitz fuhr. Dort bahrte man ihn auf; aber so oft man die Leiche auch auf dem Paradebett zurechtlegte, sie war entweder vorübergehend verschwunden oder lag in anderer Stellung und an anderem Orte. Und als man sie endlich am dritten Tage nach dem Veitsberger Friedhof überführen wollte, und vor dem Schlosse den Trauerzug in die gebräuchliche Ordnung brachte, da schaute Koppy zum Fenster heraus und betrachtete mit Aufmerksamkeit die Feierlichkeit bei seiner eignen Bestattung. Selbst nach der Beisetzung erhielt er die Umgegend noch lange in Unruhe. Sein Leichnam verfiel nämlich nicht, sondern war noch lange Zeit unversehrt in der Gruft zu sehen. Viele schauten durch die Mauerritze und sahen ihn liegen.

593.

LINDWÜRMER

Wo jetzt das Dorf Schöten bei Apolda liegt, war ehemals ein großer Teich, überall mit Schilf bedeckt. Darin lagen zwei Lindwürmer, ein Männchen und ein Weibchen, die der umliegenden Gegend, besonders den Viehherden, großen Schaden zufügten. Die Herren von Apolda, denen damals die ganze Gegend gehörte, wendeten alles an, die beiden Untiere aus der Welt zu schaffen, aber vergebens, es wollte ihnen nicht gelingen. Da geschah es, daß ein Knecht und eine Magd dieser Herren sich vergingen und das Mädchen ihre Unschuld verlor, was damals sehr hart bestraft wurde. Der Tod war beiden gewiß. Doch sollte ihnen das Leben geschenkt sein, wenn sie die Lindwürmer in dem Schilfsumpfe aus dem Wege räumten. Sie entschlossen sich zu dieser Tat und mußten das Los werfen. Obgleich es nun zuerst die Magd traf, so übernahm es doch zunächst ihr Liebhaber, sich der Gefahr des Kampfes mit den Lindwürmern auszusetzen. Mit Spieß und Schwert bewaffnet, ging er beherzt nach dem Sumpfe. Hoch stand die Sonne am Himmel; es war gerade zur Mittagszeit am Johannistage, und die beiden Ungeheuer lagen, die Schwänze ineinandergeschlungen am Ufer, sich zu sonnen. Langsam schlich sich der Kämpfer heran und hieb mit einem Streiche beide Schwänze ab. Ein schwarzer Blutstrom quoll aus den Leibern der Lindwürmer, und beide verendeten; denn in den Schwänzen war ihr Leben. Zum Andenken an diese Tat wurde dort ein Brunnen gefaßt, mit einer eisernen Kelle zum Trinken versehen und mit einem Stein, in den zwei Lindwürmer mit verschlungenen Schwänzen eingehauen waren.

594.

DIE SAALENIXE

Es ist eine allgemeine Sage, daß die Nixe der Saale jedes Jahr an einem bestimmten Tage ihr Opfer haben wolle. Darum vermeiden die Anwohner des Flusses, an diesem Tage zu baden; namentlich unterlassen es die Fischer zu derselben Zeit, ihrem Gewerbe nachzugehen. Schon mancher, der das nicht glauben wollte und darum nicht beachtet hat, mußte seinen Vorwitz mit dem Tode im Wasser büßen. – Ein Fleischer, der vom Paradiese bei Jena nach der Schneidemühle geschwommen war, wurde, als er zurück wollte, bei den Füßen festgehalten und unter das Wasser gezogen. Er rief um Hilfe, und einige weiter unten badende Leute schwammen heran. Sie ergriffen ihn und versuchten durch gemeinsame Anstrengung, ihn loszumachen. Das gelang endlich, und nun sah man an den Beinen den mit Blute unterlaufenen Abdruck zweier großer Krallen. Die Nixe hatte ihn nieder ziehen wollen. – An derselben Stelle wollte ein Maler die Nixe kennen lernen. Er ging deshalb am Ufer hin und her und lockte sie durch Weisen auf der Gitarre, von denen er wußte, daß sie ihr eigen waren. Eines Abends sah er die Nixe in ihrer Schöne hinter sich herkommen, und floh in der Verwirrung nach der Saale zu, wo er verschwand. Sein Gefährte, ein Jenaer Maler, hatte es gesehen, rief und suchte ihn aber vergebens; so auch andere Leute, die dazukamen. Dann eilten sie zum Fischer, der auch sogleich mit seinem Sohne anfing zu suchen, doch wieder umsonst. Erst am andern Tage sahen sie nahe dem Ufer einen Gegenstand gleich einem Hühnerkorbe. Sie ruderten hin und wurden gewahr, daß es die von dem Wasser ausgebreiteten Haare des Malers waren.

595.

DER RIESENFINGER

Am Strand der Saale, besonders aber in der Nähe von Jena, lebte ein wilder und böser Riese; auf den Bergen hielt er seine Mahlzeit und auf dem Landgrafenberg heißt noch ein Stück der Löffel, weil er da seinen Löffel fallen ließ. Er war auch gegen seine Mutter gottlos und wenn sie ihm Vorwürfe über sein wüstes Leben machte, so schalt er sie und schmähte und ging nur noch ärger mit den Menschen um, die er Zwerge hieß. Einmal, als sie ihn wieder ermahnte, ward er so wütend, daß er mit den Fäusten nach ihr schlug. Aber bei diesem Gräuel verfinsterte sich der Tag zu schwarzer Nacht, ein Sturm zog daher und der Donner krachte so fürchterlich, daß der Riese niederstürzte. Alsbald fielen die Berge über ihn her und bedeckten ihn, aber zur Strafe wuchs der kleine Finger ihm aus dem Grabe heraus. Dieser Finger aber ist ein langer schmaler Turm auf dem Hausberg, den man jetzt den Fuchsturm heißt.

596.

DAS HEUFUDER

Faust kam einmal gen Gotha, da er zu tun hatte. Es war im Juni, wo man allenthalben Heu einführte. Da ist er mit etlichen seiner guten Bekannten spazieren gegangen, am Abend, wohl bezecht. Als er nun vor das Tor kam und am Graben spazierte, begegnet ihm ein Wagen mit Heu. Faust aber ging in dem Fahrweg, daß ihn also der Bauer Not halber ansprechen mußte: er sollte ihm ausweichen und sich neben dem Fahrweg halten. Faust antwortete ihm: »Nun will ich sehen, ob ich dir oder du mir weichen müssest! Hast du nicht gehört, daß einem vollen Mann ein Heuwagen ausweichen soll!« Der Bauer ward darüber erzürnet, gab Faust viel trotziger Worte. Der antwortete: »Mach nicht viel Umstände oder ich freß dir den Wagen, das Heu und die Pferd!« Der Bauer sagt darauf: »Ei, so friß meinen Dreck auch!« Faust verblendet ihn hierauf nicht anders, denn daß der Bauer meinete, er hätte ein Maul so groß als ein Zuber und fraß und verschlang am ersten die Pferd, danach das Heu und den Wagen. Der gute Bauer erschrak, eilet bald zum Bürgermeister, berichtet ihm mit der Wahrheit, wie alles ergangen wäre. Der Bürgermeister ging mit ihm, lächelte, diese Geschicht zu besehen. Als sie nun vor das Tor kamen, fanden sie des Bauern Roß und Wagen im Geschirr stehen wie zuvor und hatte ihn Faust nur verblendet.

597.

DER GRAF VON GLEICHEN

Graf Ludwig von Gleichen zog im Jahr 1227 mit gegen die Ungläubigen, wurde aber gefangen und in die Knechtschaft geführt. Da er seinen Stand verbarg, mußte er, gleich den übrigen Sklaven, die schwersten Arbeiten tun: bis er endlich der schönen Tochter des Sultans in die Augen fiel, wegen seiner besondern Geschicklichkeit und Anmut zu allen Dingen, so daß ihr Herz von Liebe entzündet wurde. Durch seinen mitgefangenen Diener erfuhr sie seinen wahren Stand; und nachdem sie mehrere Jahre vertraulich mit ihm gelebt, verhieß sie, ihn frei zu machen und mit großen Schätzen zu begaben: wenn er sie zur Ehe nehmen wolle. Graf Ludwig hatte eine Gemahlin mit zwei Kindern zu Haus gelassen; doch siegte die Liebe zur Freiheit, und er sagte ihr alles zu, indem er des Papstes und seiner ersten Gemahlin Einwilligung zu erwirken hoffte. Glücklich entflohen sie darauf, langten in der Christenheit an, und der Papst, indem sich die schöne Heidin taufen ließ, willfahrte der gewünschten Vermählung. Beide reisten nach Thüringen, wo sie im Jahr 1249 ankamen. Der Ort bei Gleichen, wo die beiden Gemahlinnen zuerst zusammentrafen, wurde das Freudenthal benannt, und noch steht dabei ein Haus dieses Namens. Man zeigt noch das dreischläfrige Bett mit rundgewölbtem Himmel, grün angestrichen; auch zu Tonna den türkischen Bund und das goldne Kreuz der Sarazenin. Der Weg, den sie zu der Burg pflastern ließ, heißt bis auf den heutigen Tag: der Türkenweg. Die Burggrafen von Kirchberg besitzen auf Farrenrode, ihrer Burg bei Eisenach, alte Tapeten, worauf die Geschichte eingewirkt ist. Auf dem Petersberge zu Erfurt liegen die drei Gemahel begraben, und ihre Bilder sind auf dem Grabsteine ausgehauen (gestochen in Frankensteins annal. nordgaviens).

598.

DER HART GESCHMIEDETE LANDGRAF

Zu Ruhla im Thüringerwald liegt eine uralte Schmiede, und sprichwörtlich pflegte man von langen Zeiten her einen strengen, unbiegsamen Mann zu bezeichnen: er ist in der Ruhla hart geschmiedet worden.

Landgraf Ludwig zu Thüringen und Hessen war anfänglich ein gar milder und weicher Herr, demütig gegen jedermann; da huben seine Junkern und Edelinge an stolz zu werden, verschmähten ihn und seine Gebote; aber die Untertanen drückten und schatzten sie aller Enden. Es trug sich nun ein Mal zu, daß der Landgraf jagen ritt auf dem Walde, und traf ein Wild an; dem folgte er nach so lange, daß er sich verirrte, und ward benächtiget. Da gewahrte er eines Feuers durch die Bäume, richtete sich danach und kam in die Ruhla, zu einem Hammer oder Waldschmiede. Der Fürst war mit schlechten Kleidern angetan, hatte sein Jagdhorn umhängen. Der Schmied frug: wer er wäre? »Des Landgrafen Jäger.« Da sprach der Schmied: »Pfui des Landgrafen! wer ihn nennet, sollte alle Mal das Maul wischen, des barmherzigen Herrn!« Ludwig schwieg, und der Schmied sagte zuletzt: »Herbergen will ich dich heunt; in der Schuppen da findest du Heu, magst dich mit deinem Pferde behelfen; aber um deines Herrn willen will ich dich nicht beherbergen.« Der Landgraf ging beiseit, konnte nicht schlafen. Die ganze Nacht aber arbeitete der Schmied, und wenn er so mit dem großen Hammer das Eisen zusammen schlug, sprach er bei jedem Schlag: »Landgraf werde hart, Landgraf werde hart, wie dies Eisen!« und schalt ihn, und sprach weiter: »Du böser, unseliger Herr! was taugst du den armen Leuten zu leben? siehst du nicht, wie deine Räte das Volk plagen und mären dir im Munde?« Und erzählte also die liebelange Nacht, was die Beamten für Untugend mit den armen Untertanen übeten. Klagten dann die Untertanen, so wäre niemand, der ihnen Hülf täte; denn der Herr nähme es nicht an, die Ritterschaft spottete seiner hinterrücks, nennten ihn Landgraf Metz, und hielten ihn gar unwert. Unser Fürst und seine Jäger treiben die Wölfe ins Garn, und die Amtleute die roten Füchse (die Goldmünzen) in ihre Beutel. Mit solchen und andern Worten redete der Schmied die ganze lange Nacht zu dem Schmiedegesellen; und wenn die Hammerschläge kamen, schalt er den Herrn, und hieß ihn hart werden wie das Eisen. Das trieb er an bis zum Morgen; aber der Landgraf fassete alles zu Ohren und Herzen, und ward seit der Zeit scharf und ernsthaftig in seinem Gemüt, begunnte die Widerspenstigen zwingen und zum Gehorsam bringen. Das wollten etliche nicht leiden, sondern bunden sich zusammen, und unterstunden sich gegen ihren Herrn zu wehren.

599.

LUDWIG ACKERT MIT SEINEN ADLIGEN

Als nun Ludwig der eiserne seiner Ritter einen überzog, der sich wider ihn verbrochen hatte, sammneten sich die andern, und wolltens nicht leiden. Da kam er zu streiten mit ihnen bei der Naumburg an der Saal, bezwang und fing sie, und führte sie zu der Burg; redte seine Notdurft, und strafte sie hart mit Worten: »Euren geleisteten Eid, so ihr mir geschworen und gelobet, habt ihr böslich gehalten. Nun wollte ich zwar euer Untreu wohl lohnen; wenn ichs aber täte, spräche man vielleicht, ich tötete meine eigne Diener; sollte ich euch schatzen, spräche man mirs auch nicht wohl; und ließe ich euch aber los, so achtetet ihr meines Zorns fürder nicht.« Da nahm er sie und führte sie zu Felde, und fand auf dem Acker einen Pflug; darein spannete er der ungehorsamen Edelleute je vier, ahr (riß, ackerte) mit ihnen eine Furche und die Diener hielten den Pflug; er aber trieb mit der Geißel und hieb, daß sie sich beugeten und oft auf die Erde fielen. Wann dann eine Furche geahren war, sandte er vier andere ein, und ahrete also einen ganzen Acker, gleich als mit Pferden; und ließ darnach den Acker mit großen Steinen zeichnen zu einem ewigen Gedächtnis. Und den Acker machte er frei, dergestalt, daß ein jeder Übeltäter, wie groß er auch wäre, wenn er darauf käme, daselbst solle frei sein, und wer diese Freiheit brechen würde, sollte den Hals verloren haben; nannte den Acker den *Edelacker*, führte sie darauf wieder zur Naumburg, da mußten sie ihm auf ein neues schwören und hulden. Darnach ward der Landgraf im ganzen Lande gefürchtet; und wo die, so im Pflug gezogen hatten, seinen Namen hörten nennen, erseufzten sie und schämeten sich. Die Geschichte erscholl an allen Enden in deutschen Landen, und etliche scholten den Herrn darum, und wurden ihm gram; etliche scholten die Beamten, daß sie so untreu gewesen; etliche meinten auch, sie wollten sich eh' haben töten lassen, dann in den Pflug spannen. Etliche auch demütigten sich gegen ihrem Herrn, denen tat er gut und hatte sie lieb. Etliche aber wolltens ihm nicht vergessen, stunden ihm heimlich und öffentlich nach Leib und Leben. Und wann er solche mit Wahrheit hinterkam, ließ er sie hängen, enthaupten und ertränken, und in den Stöcken sterben. Darum gewann er viel heimliche Neider von ihren Kindern und Freunden, ging derohalben mit seinen Dienern stetig in einem eisern Panzer, wo er hinging. Darum hieß man ihn den eisernen Landgrafen.

600.

BETRÜGER UND BEDRÜCKER

Der Zug der betrügerischen Fleischer, Müller, Wirte, Holzdiebe und Bedrücker der Bürger und Bauern ist besonders ansehnlich. Im Floßloch, einer schauerlichen Kluft über Steinbach, nach Liebenstein zu, sitzen drei gebannte Geister und spielen zusammen Karte. Der eine ist ein Gastwirt aus Steinbach, der bei seinen Lebzeiten die Leute mit falschem Gewicht und Gemäß betrog, der andere ein Müller aus Grumbach, der zuviel metzte, der dritte ein Ackersmann aus Schweina, der die Grenzsteine verrückte. Der erstere spukte nach seinem Tode in der Fleischkammer und dem Keller seines Hauses und stöhnte: »Drei Kartel (Nößel) für eine Kanne, drei Viertel für ein Pfund!« Der andere polterte als Geist bei Nacht in der Mühle umher und erschreckte die Kunden. Der dritte wanderte als feuriger Mann an der Grenze seiner Äcker und tückte die Vorübergehenden, so daß sich niemand, sobald es dämmrig wurde, zwischen den Orten Steinbach und Schweina hin und her zu gehen getraute. Alle drei wurden von Jesuiten ins Floßloch gebannt, und weil sie in ihrem Leben gern Karte gespielt hatten, so gab ihnen einer der Geisterbanner eine Karte mit. Da sitzen sie nun und spielen Solo und betrügen sich, werden uneins und zanken sich, daß der Lärm weithin durch den Wald schallt und verspätete Wanderer davor entsetzt fliehen. Manche haben die unheimlichen Spieler beisammen gesehen und wohl auch »Trumpfaus!« heischen hören. Der betrügerische Gastwirt hat aber immer dazwischen gerufen: »Drei Kartel für eine Kanne, drei Viertel für ein Pfund!«

Im Walde zwischen Herpf und Melkers, dem Eutel, spukt ein kleines graues Männchen mit Spinnwebegesicht, das Hackmännchen. Es hackt und hackt immerzu und muß bis zum jüngsten Tage hacken, ohne daß auch nur ein einziger Stamm fällt, zur Strafe dafür, daß es einmal an einem Sonntage in den Eutel gegangen ist, um Holz zu stehlen. – Der böse Landrichter Stergenbeck aus Gera hatte Bürger und Bauern um Hab und Gut betrogen und mußte deshalb geistern. Man sah, wie er um Mitternacht durchs Kirchhofsgatter grinste, und hörte, wie er dabei einem Hunde gleich winselte und bellte, weshalb er dann schließlich durch den Henker an einen entlegenen Ort gebannt wurde. Der ist lange Zeit unbekannt geblieben, bis einmal ein paar Weiber zum Holztage in den Wald gingen und zur Teufelskiefer auf den Kuhtanz kamen. Da haben sie um den Baum unzählige traurig pfeifende Vögel flattern sehen; in den Ästen aber saß niemand anderes als Stergenbeck, der böse Landrichter. Er hatte einen graulichen Mantel an, sein Gesicht war löcherig anzusehen wie vom Krebs zerfressen, und blutig war das Schwert, das er im Gurte trug. Die Weiber sind nach langem entsetzten Irrlaufen von ihren Männern erst spät abends im Türkengraben wieder aufgefunden worden.

601.

ERLÖSTE FEUERMÄNNER

Bei Merkers, in der berüchtigten Hohle, brach einmal einem Fuhrmann, der Eilgüter geladen hatte, ein Rad. Die Ausbesserung durch den Wagner hatte so viel Zeit weggenommen, daß es Nacht geworden war, und doch mußte das Rad auch noch nach Tiefenort in die Schmiede geschafft werden. Jeder, den der Fuhrmann drum anging, meinte, es sei

Advent, und der feurige Mann, der sich auf dem Wege herumtreibe, sei kein guter. So mußte er den Gang selber tun, und richtig, kaum hatte er Merkers im Rücken, so trabte auch schon der Feurige mit einem mächtigen Grenzstein auf dem Rücken vor ihm her und fragte immerzu: »Wo tu ich ihn nur hin?« bis zur Werrabrücke. Dort hielt er; aber als der Fuhrmann mit dem Rade zurückkam, erhob sich das Geschwätz von neuem. Da wurde er endlich fuchswild, nahm die Peitsche, platzte auf den Feurigen los, daß die Funken stoben und rief: »So tu ihn hin, wo du ihn her hast!« Im gleichen Augenblicke war der Spuk verschwunden, und der Fuhrmann vernahm aus der Dunkelheit die Worte: »Das wollt ich nur hören! Gott sei Dank, ich bin erlöst!« – Der Feuermann am Scherstieg (zw. Barchfeld und Liebenstein), wo überhaupt vielerlei unheimlich Zeug beisammen ist, war ein freundlicher Kerl, ging vor den Leuten her und leuchtete ihnen bis ins Dorf. Dort sah er ihnen noch eine Weile mit trauriger Miene nach und ging dann zurück, andern zu dienen. Ein armer Schiebkärrner rief ihm für seine Freundlichkeit ein Lohn dir Gott! nach. Da kehrte sich der feurige Mann um, sagte mit gerührter Stimme: »Tausenden hab ich geleuchtet und hat mir keiner gedankt. Du bist der erste, hast mir zur ewigen Ruh verholfen, das lohn dir Gott!« Danach hat ihn niemand mehr gesehen. So wars auch bei Arnshaugk und Moderwitz.

602.

DAS TEUFELSBAD

Auf dem Schneekopf gibt es verrufene Moorlöcher, die Teufelskreise; unter ihnen gilt das Teufelsbad als besonders gefährlich. Kam doch Holz, das man hineingeworfen, in Arnstadt und hineingeschüttetes Blut im Mäbendorfer Felsbrunnen (Haseltal) wieder zum Vorschein. Einst verlief sich in jener Gegend ein Pferd, das einem reichen Filz gehörte. Es wurde überall gesucht und nicht gefunden, und der Eigentümer ging selbst mit, während des Suchens vor sich hinbrummend: »Wo es nur der Teufel hat?« Bis sichs denn fand, nämlich im Teufelsbad. Nur noch der Schwanz guckte heraus. Gern hätte es der Besitzer, wenn auch tot, herausgezogen; das war aber lebensgefährlich, und so schnitt er ihm wenigstens den schönen langen Schweif ab, um die Haare etwa dem Förster zu Schneisschlingen zu verkaufen. Sowie es geschehen war, versank das Pferd vollends. Voll schweren Ärgers ging der Geizhals heim. Als er aber in den Stall kam, siehe, da stand sein verlornes Pferd frisch und gesund darinnen, nur der Schwanz fehlte, den hatte er in der Hand.

603.

DIE ERDHENNE

Im Osterland wird viel von den Erdhühnchen erzählt. Wie Lachtäubchen oder auch nur so groß wie Stare, laufen sie durch die Krankenstuben und verkünden mit ihrem Gück, Gück! den nahen Tod. Nach andern Sagen erscheint das Erdhuhn acht bis vierzehn Tage vor einem Todesfall und sieht aus wie eine alte aschgraue, struppige Henne mit kurzem Halse. Um Mitternacht macht es sich eine Öffnung in die Dielen der Stube. Gluckst es nur und flattert neunmal, so wird ein Glied des Hauses tödlich krank; wirft es aber ein Häufchen Erde hügelförmig auf, dann muß jemand sterben.

604.

VERTREIBUNG DER PEST

Nach Gera sollen die Pest drei Männer gebracht haben, die aus Rohpeters Haus gekommen seien; darin wurde sie später auch wieder vermauert. Alte glaubwürdige Bürger der Stadt erzählten, daß am Anfang des 17. Jahrhunderts zwei Kerle in einer Stuben beisammen gesessen, darin etliche Personen an der Pest danieder gelegen und gestorben. Da sehen sie von ungefähr in einem Winkel der Stube einen blauen Dunst wie einen Nebel gar sachte aufsteigen, welchem sie mit Verwunderung zusehen und vermerken, daß er sich allmählich in eine Glunze an der Wand hineinverschlichen. Darauf ist einer zugelaufen und hat aus Kurzweil einen Pflock in das Loch geschlagen, nach der Zeit aber nicht wieder daran gedacht, bis nach etlichen Jahren, da man von keiner Seuche mehr gewußt, dieser Mensch in ebenderselben Stuben sich wieder befindet und von ohngefähr gewahr wird, daß der Pflock, den er vor etlichen Jahren in die Wand geschlagen, noch an seinem Orte stecke. Dadurch ist er bewogen worden, indem er nichts Böses vermutet, aus Scherz gegen die Anwesenden zu sagen: »Siehe da, vor etlichen Jahren habe ich einen Vogel darin versperrt; ich muß sehen, ob er noch darinnen stecke«, und ziehet darauf den Pflock aus der Wand. Da denn von Stund an der vorbesagte giftige Dunst aus dem Loch wieder hervorgezogen und alsbald nicht allein etliche Personen im Hause, sondern auch von neuem wieder die ganze Stadt angesteckt hat und zwar viel schrecklicher als zuvor.

605.

FEUERREITER

Als eine furchtbare Feuersbrunst den ganzen obern Teil Sangerhausens von dem Brandraine an bis zum Hause des Bürgermeisters Kaiser in Asche legte, sprengte ein Reiter auf weißem Roß herbei. Indem er dunkle Sprüche murmelte und seltsame Zeichen beschrieb, umritt er ein unscheinbares Häuschen. Dieses allein blieb stehen, während alle andern ringsum von den Flammen verzehrt wurden. – Der alte dreißigste Herr von Gera, der sich mit Eifer und Geschick des Feuerlöschwesens annahm, galt als einer, der das Feuer durch Umreiten zu ersticken vermochte. An vielen Orten mag ihm das wohl geglückt sein, und auch im Jahre 1780, als Gera in Flammen stand, will man ihn gesehen haben, wie er hoch zu Roß, einen Diener hinter sich, in rasender Eile die Stadt umjagte. Aber diesmal war sein Wagestück umsonst; denn das Feuer war verflucht. Die Frau, die es beim Ausräuchern eines Schweinestalles entzündet hatte, soll nämlich dem ins Stroh fallenden Funken nachgerufen haben: »Ei, du verfluchter Funke!« In Bieblach dagegen hat er helfen können. Da zeigte man an Karchs Haus noch lange die Erinnerungssäule, bis zu der das Feuer schon gekommen war, bevor er es durch seinen Umritt erstickte. Danach hat er sich freilich eiligst davonmachen müssen; denn es schnob alsbald hinter ihm her, und erst hinter dem nächsten Wasser war er in Sicherheit.

606.

DER SCHNUPFTABAKSMANN

Vom Schnupftabaksmann, Burgold mit Namen, sind unzählige Stückchen bekannt. Er stammte aus dem Drachenhaus in Windischenbernsdorf und war zur Zeit des Siebenjährigen Krieges Bursche auf einer Schnupftabaksmühle. Danach wurde er Werber, machte aber die abgelieferten Rekruten immer unsichtbar, so daß sie wieder davonlaufen konnten. Später trieb er im Osterland einen bescheidenen Schnupftabakshandel, obgleich er sich Gold und Silber genug hätte verschaffen können. Seiner Frau, die über ihre Armut klagte, zeigte er eine Mulde voll blanker Taler, ließ aber die ganze Herrlichkeit sogleich wieder verschwinden. Er wußte die Glücksnummern der Lotterien, ohne selber Gebrauch von seiner Wissenschaft zu machen. Nur andern teilte er gelegentlich etwas mit. In einem Wirtshaus, wo man ihn immer gut aufgenommen hatte, schrieb er die Glücksnummern der nächsten Lotterie mit Kreide unter das Handtuch an die Wand und lachte den Wirt nachträglich aus, weil der den Wink nicht verstanden hatte. Oft unterhielt er in den Schenken die andern Gäste durch seine Stückchen. So redete er den Ofen in einer wunderlichen Sprache an und brachte ihn dazu, daß er anfing zu wackeln und die Beine zu bewegen. Ja, das eine Mal peitschte der alte Zauberkünstler einen Kachelofen mit der Haselgerte aus der Stube hinaus in den Hof, während das Feuer lustig weiterbrannte. Arg gefoppt hat er mal einen Jägerburschen, der von Großebersdorf wegging, einen Hirsch zu schießen. »Du kommst zu balde!« sagte er zu ihm, und wie nun jener einen Hirsch sieht und will eben abdrükken, ists ein Pferd gewesen und ein zweitesmal eine alte Frau mit einem Tragkorbe, so daß er nicht zum Schusse kam. Endlich schießt er doch – aber o Schrecken! Da er hinkommt, hat er keinen Hirsch, sondern jene Frau geschossen! Jetzt naht sich lachend unser Schnupftabaksmann, und im Umschauen liegt statt der Frau ein wohlgetroffener Hirsch vor ihnen. Ein anderes Mal bat Burgold einen Handwerksburschen, den er bei den vier riesigen Eichen auf den Windischenbernsdorfer Hofwiesen traf, ihm doch einen Stiefel auszuziehen, der ihn gar zu sehr drücke. Jener tuts; aber nicht nur den Stiefel, nein, das ganze Bein hat er ihm ausgerissen und ist, wie ers sieht, entsetzt davongelaufen, so sehr auch der andere hinterher rief. Kaum aber sitzt der Handwerksbursche im Wirtshause zu Windischenbernsdorf, so kommt auch Burgold herein und lacht ihn aus. Freilich hats mit ihm zuletzt kein gutes Ende genommen: er ist hinterm Zaun gestorben.

607.

DER ERDSPIEGEL

Die Leute im Wippertale sagen, es liege ein Königreich in dem Berge, darauf die Arnsburg stand, oder so viel des Goldes und der Kleinodien, daß damit eines Königsreiches Wert erlangt würde. In zwei steinernen Kisten wäre das alles wohl verwahrt. Nach diesem großen Schatze trugen viele schon Verlangen, unter andern auch eine Gräfin von Schwarzburg. Sie hatte einen Burghauptmann, der ein überaus kluger und weiser Mann war. Er besaß den Erdspiegel, in dem sich alles zeigte, was sich im Innern des Erdreiches und der Berge an edlen Metallen und vergrabenen Schätzen befand. Mit diesem Erdspiegel kam er auf die Arnsburg und sah die Kisten deutlich stehen, merkte aber auch, daß der Schatz so versetzt war, daß es allzu viele Seelen kostete, wenn man ihn heben wollte. Deshalb stand die fromme Gräfin von ihrem Vorhaben ab; die Seelen blieben unverloren und das Königreich im Berge ungefunden. – Den Erdspiegel zu gewinnen, war nicht leicht. Das zeigt die Geschichte eines Mannes aus Salzungen, namens Adam. Er kaufte sich einen kleinen Spiegel mit einem Schieber, ohne beim Krämer zu handeln oder zu mäkeln, und bewahrte ihn bis zum günstigen Zeitpunkte auf. Endlich starb eine Wöchnerin, die am Karfreitag beerdigt wurde, und nun konnte er ans Werk gehen. Nachts mit dem Glockenschlag elf stand er am Kirchhof, zog die bloßen Füße aus den Pantoffeln, ließ den Mantel zur Erde fallen und schwang sich nackt, den Spiegel in der Hand, über die Mauer. Erreichte das frische Grab der Wöchnerin und arbeitete den Spiegel im Namen des dreieinigen Gottes hinein und zwar das Glas dem Sarge zugekehrt. Mühseliger war sein Rückweg, da er beim Gehen das Grab immer im Gesicht behalten mußte. Doch erreichte er glücklich die Mauer und bald darauf auch seine Wohnung. Als er am dritten Abend wieder beim hellsten Mondschein den Kirchhof in derselben Stunde betrat, war um ihn plötzlich schwarze Nacht, dann und wann von grellen Blitzen durchzuckt. Auch vernahm er ein unheimliches Geräusch, als ob jemand vor ihm mit einem Besen den Erdboden fege, um ihn von dem Grabe der Wöchnerin abzuleiten. Doch ließ er sich durch das alles nicht irre machen, fand nach einer Weile das Grab und zog, diesmal aber in Dreiteufels Namen, den Spiegel wieder heraus, drückte ihn sorgfältig mit dem Glas auf seinen Leib und trat in gewohnter Weise den Rückweg an. Der Böse suchte ihn zu hindern und den Spiegel zu vernichten. Braun und blau geschlagen, dankte der Mann dem Himmel, als er wieder jenseits der Kirchhofsmauer stand. Doch hatte er nun einen Erdspiegel und wurde durch denselben bald einer der gesuchtesten weisen Männer der Gegend. Keine Hexe, kein Dieb war sicher vor seiner Kunst. Er konnte sie und noch viel mehr in seinem Erdspiegel erblicken.

608.

EIN HEXENZUG

Ein Siedeknecht lernte die Hexen durch den Salzunger Fallmeister kennen. Sie gingen beide in der Walpurgisnacht an den Kreuzweg beim Husenbrückchen. Dort beschrieb der Fallmeister einen Kreis und winkte dem Siedeknecht mit den Worten: »Da kann uns keine was anhaben!« Der aber war ein gottesfürchtiger Mann und glaubte, sein Seelenheil zu gefährden. Versteckte sich also lieber hinter einem Gartenzaun; denn von da aus konnte er die vorbeiziehenden Hexen ebenso gut beobachten. Gleich darauf erschien wirklich die erste. Die ritt auf einem Besen und fegte damit zugleich die Straße. Hinter ihr war ein ganzer Trupp, gleichfalls den Besen oder eine Ofengabel zwischen den Beinen. Dann kam eine auf einem Fuder Heu, dem eine Herde Gänse vorgespannt war. Hinter ihr ein Wagen, der mit Speck und Würsten beladen war und von Ziegenböcken gezogen wurde. Hierauf noch eine Menge derartiger Fuhrwerke, eins sogar mit einem Gespann Flöhe. Es waren bis da fast lauter schöne Frauen gewesen. Nun erschien auch eine aus der Freundschaft des Siedeknechts und er vergaß sich und rief: »So dau Schöngleich (Schindluder), bist au da drbei?« Da ging der Spektakel los. Der ganze Haufe drang auf den armen Teufel ein. Doch die Angst gab ihm ungewöhnliche Kraft. Er sprang über Zäune und Hecken; das Hexenzeug war aber noch flinker hinter ihm drein. Zuletzt erreichte er mit der größten Not und windelweich geschlagen sein Häuschen. Daran waren drei Kreuze geschrieben, und das Gesindel konnte ihm deshalb nicht folgen. Der Fallmeister war unterdessen ungefährdet in seinem Kreise geblieben, und als sich der Spektakel verzogen, ging er ruhig nach Hause. Mußte aber noch lange an dem bösen Beine kurieren, das der Siedeknecht von der Hexenschau davongetragen hatte.

609.

KINDER ANGELERNT

Ein dreiundachtzigjähriger Häusler wußte folgende Geschichte: An einem Herbstabend hüteten drei Knaben aus Lengsfeld bei der Wüstung Waldsachsen. Sie wollten ein Feuer machen und stachen den Rasen aus. Dabei sagte der eine: »Wenn wir doch ein Stück Eisenkuchen hätten, so groß wie die Rasen!« Kaum ist der Wunsch heraus, so kommt ein Mann: »Eisenkuchen wollt ihr? Da habt ihr welchen!« Er versprach auch alle Abende frischen zu liefern, wenn sie ihm jedesmal ihren Hütplatz für den andern Tag sagen wollten. Das taten sie gern, bekamen auch am nächsten Abend richtig ihren Kuchen. Bald danach trat eine alte Frau zu ihnen, die dort in der Erde gekrabbelt hatte. Die sagte, sie wolle ihnen allerlei Kunststücke zeigen; doch müßten sie mit ihr an den Brunnen gehen, der im Tal unter der Liete lag. Dort taufte sie die Knaben, während sie unverständliche Worte murmelte, versicherte ihnen auch, daß sie nun Ungeziefer machen könnten. Am andern Morgen, als sich die Knaben auf dem Schulweg begegnen, sagt der eine: »Ich meine, ich müßte fliegen können als wie ein Vogel!« »Ich auch!« riefen die beiden andern. Und alsbald hoben alle drei die Arme und flogen auf der kleinen runden Mauer, die ehedem den Marktplatz von Lengsfeld umzog, hin und her. Bevor der Lehrer kam, zeigten sie ihre Kunst auch in der Schule und machten die ganze Stube voll Mäuse, weil ihre Kameraden sich das wünschten. Der erschrockene Kantor holt sofort den Oberpfarrer; der überzeugt sich mit eigenen Augen und setzt die Knaben zur Rede. Sie beichten ganz arglos alles, erzählen auch, sie wären am vorigen Abend, zu dritt auf den Schimmel in ihres Nachbars Scheune gestiegen und an einen Ort geritten, wo es ihnen gar gut gefallen. Der Geistliche, der Satans Hand vermutete, fragt die Knaben weiter, ob sie auch Ungeziefer machen könnten. Sie bejahten es, und im Nu wimmelt sein Rock von Läusen. Da eilte er voll Entsetzen zum Richter und meldete den Vorfall; die Knaben aber gingen nach Hause. Nun war des einen Vater der Scharfrichter Michel Weber. Der entsetzte sich, ergriff sein Richtschwert und schlug seinem Kind den Kopf ab. Grub danach im Stalle ein tiefes Grab und bedeckte es mit schweren Steinen. Die beiden andern Knaben, als sie solches vernahmen, flogen auf und davon, und niemand hat je wieder von ihnen gehört. Jener Brunnen aber unter der Liete heißt bis auf den heutigen Tag der Hexenbrunnen.

610.

DAS SCHLOSS AM BEYER

Das verwünschte und versunkene Schloß am Beyer hat einer von Oberalba gesehen, der um Mitternacht da vorüber mußte. Eine Schar wild aussehender Jäger mit langen Bärten und Spinnwebgesichtern saß davor und zechte an einer beleuchteten Tafel. Die bildschöne Tochter des Kuhhirten von Oberalba war einer Kuh gefolgt, die sich schon wiederholt heimlich von der Herde entfernt hatte. Da kommt sie durch das offne Tor des Schlosses und ist kaum in den Hof getreten, als ihr ein stattlicher Junker entgegentritt, sie bei ihrem Namen nennt und mit gar einschmeichelnden Worten fragt, ob sie ihn nicht zu ihrem Eheherrn nehmen und in dem prächtigen Schlosse da wohnen wolle. Das Mädchen betrachtete den schönen Junker und schlug ein. Hocherfreut führte er sie in das Schloß und zeigte ihr all die prachtvollen Gemächer und die kostbaren gold- und silberdurchwirkten Kleider, so daß ihr Herz vor Lust und Freude pochte. Als der Junker dies gewahrte, wiederholte er seine Frage, knüpfte aber diesmal die Bedingung daran, sie müsse fest geloben, ihm eine Reihe von Jahren, es komme was da wolle, durchaus nicht zu zürnen. Das Hirtenmädchen ging auch darauf mit Freuden ein. Sie wurde nun in die kostbaren Gewänder gekleidet und lebte als Edelfrau herrlich und in Freuden. Auch gebar sie dem Junker nacheinander zwei bildschöne Knaben. Sie liebte ihren Eheherrn so sehr, daß sie ihm nicht zürnte, als er ihr die Kinder bald nach der Geburt wegnehmen ließ. Doch als sie den dritten Knaben zur Welt gebracht hatte und ihr auch dieser genommen wurde, da empörte sich aus Liebe zu ihren Kindern ihr Herz, so daß die ihr Gelöbnis vergaß und ihrem Gemahl auf seine Frage, ob sie ihm zürne, ein heftiges Ja zur Antwort gab. Kaum war es über ihre Lippen, als den Junker eine große Traurigkeit befiel. Ihr beiderseitiges Glück, sagte er, sei nun auf immer dahin. Vor vielen, vielen Jahren wäre das Schloß mit allen Bewohnern verwünscht und verflucht worden. Sie allein, wenn sie ihrem Gelübde treu geblieben wäre, hätte den Bann brechen und ihre drei Kinder zurückerhalten können. Nun aber sei alles verloren. Die Hirtentochter verfiel hierauf in einen tiefen Schlaf, und als sie erwachte, befand sie sich in ihren alten Kleidern einsam im Walde.

611.

DER PFARRER VON ROSA

Als der alte Pfarrer von Rosa eines Abends von seiner Filiale Helmers nach Hause ging, gesellte sich unbemerkt ein unheimlicher Wanderer zu ihm und belästigte ihn mit allerlei spitzfindigen theologischen Fragen. Der Pfarrer beantwortete sie ihm lange geduldig. Aber der Geselle wurde immer dreister und fragte ihn sogar, wie er als Geistlicher es vor seinem Gewissen verantworten könne, einst eine Rübe von einem fremden Acker gestohlen zu haben. Der Pfarrer antwortete zornig, daß er das wegen allzu großen Durstes getan, auch an die Stelle der Rübe sogleich einen Kreuzer in das Loch gelegt habe. Und da er hierauf den frechen Burschen genauer ins Auge faßte, erkannte er endlich, in wessen Gesellschaft er bisher gegangen. Rief also mit lauter Stimme: »Hebe dich weg vor mir, Satanas!« Und sogleich verschwand der Teufel mit einem furchtbaren Knall, ließ aber einen solchen Schwefeldampf zurück, daß der Pfarrer fast erstickte.

612.

DIE KRONE DES OTTERNKÖNIGS

In Schmalkalden war einer, dem wollte es durchaus nicht glücken. Da hörte er: wer das Krönlein des Otternkönigs bekomme, sei für immer ein gemachter Mann. Das nahm er sich zu Herzen, verschaffte sich ein flinkes Pferd, ritt nach dem Brunnen und breitete das weißleinene Tüchlein aus. Der Otternkönig kam, legte sein Krönlein darauf und ging ins Bad. Wer war nun hurtiger wie der Schmalkalder! Mit dem Krönlein im Tuche ging es auf und davon. Doch bald hörte er einen grellen Pfiff, und im Nu sah er von allen Seiten Schlangen auf sich stürzen. Trotzdem erreichte er glücklich die Stadt und wurde ein reicher Mann; denn er konnte sich von der Krone jeden Tag soviel Gold abschaben, als er nur brauchte. Als er genug hatte, baute er sich einen großen Gasthof und hängte zum Danke eine goldene Krone als Zeichen an das Haus.

613.

DIE HEXENBÄLGE

In Frauenbreitungen war eine Hexe, zu der der Teufel immer durch den Schornstein fuhr. Sie kam danach mit einem Balge nieder; der glich dem Vater auf ein Haar: hatte Hörner, feurige Augen, einen Pferdehuf, war am ganzen Körper mit pechschwarzen Haaren bedeckt, doch kaum einen Fuß lang. Die Hexe packte ihn in eine Schachtel, ging nach den Gärten hinterm steinernen Haus und begrub ihn unter einem Birnbaum. Aber ein Maurer hatte es gesehen, macht sich nach Feierabend heimlich hinzu und scharrt die Schachtel wieder heraus. Da er aber den Deckel hebt, Teufel, springt der Bald heraus, tanzt in mannshohen Sprüngen um ihn herum und macht sich davon, dem großen See zu, wo er die Vorübergehenden noch lange gefoppt und geängstigt hat. Der Maurer aber ist bleich und sterbenskrank nach Hause gekommen und in wenigen Tagen eine Leiche gewesen. – Einen andern Hexenbalg hat ein Meininger Wundarzt vertrieben. Er war zu einer Wöchnerin gerufen worden, und sein Weg führte ihn über den Hexenberg bei Maßfeld. Da sieht er drei Hexen auf einem Rasenplatz; die werfen sich einander etwas zu und rufen dabei: »Schick mirs zu!« Der Wundarzt hält mit seinem Rößlein ein Weilchen, dann ruft er: »In Gottes Namen, schick mirs zu!« Da lag ihm auch schon ein Wickelkind in den Armen; von den Hexen aber war nichts mehr zu sehen. Im Hause der Wöchnerin fand er Verwirrung und Traurigkeit; denn das neugeborne Kind war gegen einen scheußlichen Balg vertauscht worden. Doch in dem Augenblick, als er mit dem rechten Kinde ans Lager der Wöchnerin trat, war der Balg verschwunden.

614.

FARNSAMEN

Am 6. August gingen manche Jäger um Mittag in den Wald und sammelten sich den Samen des Farnkrautes. Der wurde entweder unter das Blei gegossen oder in die Ladepfröpfe eingewickelt und dann mit verschossen. Dadurch erlangten die Jäger die Kunst, fast blindlings, z. B. zum Fenster hinaus, das Wild zu erlegen. Nach anderer Meinung ging es bei der

Gewinnung des Farnsamens viel abscheulicher zu. Der Jäger mußte um die Sonnwendzeit in der Mittagsstunde in die liebe Sonne schießen. Dann fielen drei Blutstropfen auf das vorher ausgebreitete Tuch. Die mußten aufbewahrt werden; damit war er hieb- und schußfest, konnte hinfahren, wohin er mochte, und schießen, was er wollte. Es ging nimmer fehl – bis zuletzt, wenn es zum Sterben kam, da fehlte es. Das sah man an einem Jäger in Benshausen, der sagte voraus, er werde einstmals einen Brüll tun und dann weg sein. So geschah es auch, der Teufel holte ihn. Man hat ihn hernach sitzen sehen, auf dem Viermauerweg, in altmodischer Tracht, mit umgeschlagenem dreieckigen Hut, und hatte drei Hündchen bei sich, zu jeder Seite eins und eins auf dem Schoß.

615.

FRAU HOLLA UND DER TREUE ECKART

In Thüringen liegt ein Dorf Namens Schwarza, da zog Weihnachten Frau Holla vorüber und vorn im Haufen ging der treue Eckart und warnte die begegneten Leute aus dem Wege zu weichen, daß ihnen kein Leid widerfahre. Ein paar Bauernknaben hatten gerade Bier in der Schenke geholt, das sie nach Haus tragen wollten, als der Zug erschien, dem sie zusahen. Die Gespenster nahmen aber die ganze breite Straße ein, da wichen die Dorfjungen mit ihren Kannen abseits in eine Ecke; bald nahten sich unterschiedene Weiber aus der Rotte, nahmen die Kannen und tranken. Die Knaben schwiegen aus Furcht stille, wußten doch nicht, wie sie ihnen zu Haus tun sollten, wenn sie mit leeren Krügen kommen würden. Endlich trat der treue Eckart herbei und sagte: »Das riet euch Gott, daß ihr kein Wörtchen gesprochen habt, sonst wären euch euere Hälse umgedreht worden; gehet nun flugs heim und sagt keinem Menschen etwas von der Geschichte, so werden eure Kannen immer voll Bier sein und wird ihnen nie gebrechen.« Dieses taten die Knaben und es war so, die Kannen wurden niemals leer, und drei Tage nahmen sie das Wort in acht. Endlich aber konnten sies nicht länger bergen, sondern erzählten aus Vorwitz ihren Eltern den Verlauf der Sache, da war es aus und die Krüglein versiegten. Andere sagen, es sei dies nicht eben zu Weihnacht geschehen, sondern auf eine andre Zeit.

616.

DIE JUNGFRAU MIT DEM BART

Zu Salfeld mitten im Fluß steht eine Kirche, zu welcher man durch eine Treppe von der nahgelegenen Brücke eingeht, worin aber nicht mehr gepredigt wird. An dieser Kirche ist als Beiwappen oder Zeichen der Stadt in Stein ausgehauen eine gekreuzigte Nonne, vor welcher ein Mann mit einer Geige kniet, der neben sich einen Pantoffel liegen hat. Davon wird folgendes erzählt. Die Nonne war eine Königs-Tochter und lebte zu Salfeld in einem Kloster. Wegen ihrer großen Schönheit verliebte sich ein König in sie und wollte nicht nachlassen, bis sie ihn zum Gemahl nähme. Sie blieb ihrem Gelübde treu und weigerte sich beständig, als er aber immer von neuem in sie drang und sie sich seiner nicht mehr zu erwehren wußte, bat sie endlich Gott, daß er zu ihrer Rettung die Schönheit des Leibes von ihr nähme und ihr Ungestaltheit verliehe; Gott erhörte die Bitte und von Stund an wuchs ihr ein langer, häßlicher Bart. Als der König das sah, geriet er in Wut und ließ sie ans Kreuz schlagen.

Aber sie starb nicht gleich, sondern mußte in unbeschreiblichen Schmerzen etliche Tage am Kreuz schmachten. Da kam in dieser Zeit aus sonderlichem Mitleiden ein Spielmann, der ihr die Schmerzen lindern und die Todes-Not versüßen wollte. Der hub an und spielte auf seiner Geige, so gut er vermogte, und als er nicht mehr stehen konnte vor Müdigkeit, da kniete er nieder und ließ seine tröstliche Musik ohn Unterlaß erschallen. Der heiligen Jungfrau aber gefiel das so gut, daß sie ihm zum Lohn und Angedenken einen köstlichen, mit Gold und Edelstein gestickten Pantoffel von dem einen Fuß herabfallen ließ.

617.

DAS MÄUSELEIN

In Thüringen bei Saalfeld auf einem vornehmen Edelsitze zu Wirbach hat sich Anfangs des 17. Jahrhunderts folgendes begeben. Das Gesinde schälte Obst in der Stube, einer Magd kam der Schlaf an, sie ging von den andern weg und legte sich abseits, doch nicht weit davon, auf eine Bank nieder, um zu ruhen. Wie sie eine Weile still gelegen, kroch ihr zum offenen

Maule heraus ein rotes Mäuselein. Die Leute sahen es meistenteils und zeigten es sich untereinander. Das Mäuslein lief eilig nach dem gerade gekläfften Fenster, schlich hinaus und blieb eine Zeitlang aus. Dadurch wurde eine vorwitzige Zofe neugierig gemacht, so sehr es ihr die andern verboten, ging hin zu der entseelten Magd, rüttelte und schüttelte an ihr, bewegte sie auch an eine andre Stelle etwas fürder, ging dann wieder davon. Bald darnach kam das Mäuselein wieder, lief nach der vorigen bekannten Stelle, da es aus der Magd Maul gekrochen war, lief hin und her und wie es nicht ankommen konnte, noch sich zurecht finden, verschwand es. Die Magd aber war tot und blieb tot. Jene Vorwitzige bereute es vergebens. Im übrigen war auf demselben Hof ein Knecht vorhermals oft von der Trud gedrückt worden und konnte keinen Frieden haben, dies hörte mit dem Tod der Magd auf.

618.

DER WILDE JÄGER JAGT DIE MOOSLEUTE

Auf der Heide oder im Holz an dunkeln Örtern, auch in unterirdischen Löchern, hausen Männlein und Weiblein und liegen auf grünem Moos, auch sind sie um und um mit Moos bekleidet. Die Sache ist so bekannt, daß Handwerker und Drechsler sie nachbilden und feilbieten. Diesen Moosleuten stellt aber sonderlich der wilde Jäger nach, der in der Gegend zum öftern umzieht und man hört vielmal die Einwohner zu einander sprechen: »Nun der wilde Jäger hat sich ja nächtens wieder zujagt, daß es immer knisterte und knasterte!«

Einmal war ein Bauer aus Arntschgereute nah bei Saalfeld aufs Gebirg gegangen zu holzen, da jagte der wilde Jäger, unsichtbar, aber so, daß er den Schall und das Hundegebell hörte. Flugs gab dem Bauer sein Vorwitz ein, er wolle mithelfen jagen, hub an zu schreien, wie Jäger tun, verrichtete daneben sein Tagewerk und ging dann heim. Frühmorgens den andern Tag als er in seinen Pferdestall gehen wollte, da war vor der Tür ein Viertel eines grünen Moosweibchens aufgehängt, gleichsam als ein Teil oder Lohn der Jagd. Erschrocken lief der Bauer nach Wirbach zum Edelmann von Watzdorf und erzählte die Sache, der riet ihm, um seiner Wohlfahrt willen, ja das Fleisch nicht anzurühren, sonst würde ihn der Jäger hernach drum anfechten, sondern sollte es ja hangen lassen. Dies tat er denn auch und das Wildbret kam eben so unvermerkt wieder fort, wie es hingekommen war; auch blieb der Bauer ohne Anfechtung.

619.

RIESE UND DRACHE

Zwischen Ziegenrück und Gössitz umspült die Saale in weitem Bogen einen Felsen, der das Flußbett hoch überragt und vom Volke Riesenstein genannt wird. Dort wohnte ein Riese mit seinem Weib, und ihnen gegenüber auf dem Drachenstein hauste ein furchtbarer Drache, der sich Menschen und Vieh zum Fraß holte. Der Riese zog mehr als einmal zum Kampfe gegen ihn aus, vermochte aber nichts auszurichten; denn so oft er daran war, das Untier zu überwältigen, erhob es sich auf seinen breiten Flügeln in die Luft. Wenn Riese und Drache miteinander kämpften, so dampften die Felsenhöhen, und der Grund erbebte. Nun hatte der Riese von seinem Weibe einen einzigen Sohn; den raubte der Drache, als er ihn unbehütet fand, führte ihn dahin, und die Eltern hörten mit Schrecken das Wehegeschrei ihres Kindes über sich in den Lüften. Da packte der Riese ergrimmt einen Stein und schleuderte ihn mit gewaltiger Kraft nach dem Drachen, traf ihn auch und sah ihn mit samt dem Kind in die Saale stürzen. Ein Fels, den er im Sturze berührte, zerbarst und begrub ihn und das Riesenkind. Der Wurfstein blieb an der Stromkrümme am Ufer liegen; darauf trat der Riese so heftig vor Schmerz und Zorn, daß sein Fuß sich einprägte. Der Saalefischer aber hat von je die verrufene Stelle gemieden.

620.

FEUERBESCHWÖRER

In Meinigen lebte einer namens Kutschebart, die einen sagen, er sei ein Stallmeister, Kutscher oder Reitknecht gewesen; andere wollen wissen, er habe zur Jägerei gehört. Alle aber waren sich einig, daß er ein Teufelskerl gewesen. Sein Haus hatte er gegen Feuerschaden gefeit; denn beim Niederreißen einer Wand des Hintergebäudes fand ein späterer Besitzer unter einem Balkenriegel eine Papierrolle mit der Aufschrift: »Ich gebiete dir, mein Haus und Hof, mein Weib und Kind vom Feuer zu verschonen! Kutschebart.« Die Ratsherren wollten die Schrift auf dem Rathause aufbewahren. Der Besitzer des Hauses jedoch ließ sie wieder an ihren alten Platz legen. Und das war gut; denn als mehrere Jahre darauf ein dicht an jene

Wand anstoßendes Haus niederbrannte, blieb das Hintergebäude vom Feuer verschont. Dem Kutschebart soll freilich der Teufel droben auf dem Spittelsberge den Hals umgedreht haben. Man fand ihn eines Tages, wo der alte Birnbaum am Wege nach Grimmenthal steht, und dort soll er bis heute dem einen und dem andern erschienen sein.

621.

GEORG KRESSE

Der bekannteste unter den Schwarzkünstlern des großen Kriegs war ein Bauer aus Dörtendorf (Hirschbach, Wöhlsdorf) namens Kresse. Die Soldaten sollen ihm das Haus angebrannt und während er seine sterbende Mutter heraustrug, auch noch die Braut geraubt haben. Daher seine Wut. Der Schrecken, den er mit seiner Mannschaft verbreitete, war groß. Einer, dem bei Dörtendorf die Ochsen vom Pflug gespannt wurden, hat geschrien: »Kresse, hilf! Kresse, hilf!« Da sind die Räuber davongelaufen. Nie fehlte seine Büchse; mit seinen Opfern soll er einst einen ganzen Brunnen ausgefüllt haben. Ihm selber war aber nicht beizukommen; denn er war hieb- und kugelfest, kannte auch schwarze Künste die Menge. Oft streute er Häcksel auf die Berge; der Feind fand dann alles besetzt und nahm Reißaus. Das Dorf Staitz umsteckte er einmal mit Haselgerten, die den Gegnern wie Musketiere mit Ober- und Untergewehr erschienen. In Pohlen machte er eine Anzahl Soldaten fest und schnitt ihnen Nasen und Ohren ab, bevor er sie umbrachte. Endlich wurde er aber doch überrumpelt und nach Auma gebracht. In einer Stube des Gasthofs zum Roß sollte er erschossen werden; doch keine der abgeschossenen Kugeln vermochte, ihn zu töten. Als ers aber vor Brennen nicht mehr aushalten konnte, gebot er den Soldaten, mit seinem eignen Gewehr zu feuern. Da ging ihm die Kugel durch das Herz und machte noch ein Loch in die Wand. Das soll, ebenso wie das verspritzte Blut, bis zum großen Aumaischen Brande (1790) sichtbar gewesen sein; denn es haftete kein Kalk darauf.

622.

PÖLSMICHEL

Solange der Räuber Pölsmichel auf fester Erde stand, war er unüberwindlich; hob man ihn dagegen in die Höhe, so verlor er seine Kraft, und man konnte ihn leicht bezwingen. Ein Mann aus Schmalenbuche namens Uri, der mit Michel in der Spechtsbrunner Schenke in Streit geriet, fing es klug an: er band ihn, nachdem er ihn in die Höhe gehoben hatte, mit Stricken fest auf ein Brett und schaffte ihn in solcher Lage nach Gräfenthal, wo er hingerichtet wurde.

623.

MISSGLÜCKTE SCHATZHEBUNG

Im Kloster Weißenborn war ein Knecht, dem träumte einmal, im Stalle unter der Pächterwohnung liege ein großer Schatz, der ihm bestimmt sei und des Nachts in der zwölften Stunde gehoben werden müsse. Er vergißt aber diesen Traum wieder. Bald träumt er dasselbe zum zweiten Male und in der Nacht darauf hat er nochmals den Traum. Sofort springt er aus dem Bette auf und hinunter in den Stall und wirklich erblickt er an dem bezeichneten Orte einen großen Topf mit blanken Goldstücken. Eben will er darnach greifen, da sieht er über sich einen großen Mühlstein an einem Zwirnsfaden hängen, der sich eben so schnell wie in einer Mühle herumdreht, und daneben steht ein großer Mann, welcher mit seinem Kopfe bis an die Decke reicht, eine große Schere in seiner Hand hält und jeden Augenblick den Faden durchschneiden will. Sogleich springt der Knecht zum Stalle hinaus; auf dem Hofe erholt er sich von seinem Schrecken und geht nochmals in den Stall zurück, aber – alles war verschwunden.

624.

ZWERGENKEGEL

Ein Schuhmacher trug des Nachts bei Mondschein ein Paar Stiefel nach Oppurg. Als er zur langen Teure kam, einem steilen Felsen am Wege, war oben auf den Galgenberge ein lustig Getümmel. Eines aber rief ihm herunter: ob er eine Stunde lang Kegel aufstellen wolle? Der Mann machte gute Miene zur Sache und stellte willig auf. Es waren aber lauter winzig kleine Leute, die sich da vergnügten, und ebenso zwergmäßig waren Kegel und Kugeln. Noch war keine Stunde verflossen, als die Gesellschaft zerstob. »Nimm«, sagten sie, »wenn du sie fortbringen kannst, Kegel und Kugeln zum Lohn!« Diese waren nun eben nicht zu schwer; sie fanden alle Platz in seinen Stiefeln. Da kam aber ein großer Hund hinterher gelaufen, nach dem der Schuhmacher in der Angst mit einer der Kugeln warf. Die Bestie fing sie auf mit ihrem feurigen Rachen und lief damit zum Berge zurück, war aber gleich darauf mit vollen Sprüngen wieder bei ihm. Jetzt flog dem Hunde ein Kegel in den Rachen, den er auch zum Berge zurücktrug, um alsbald nur desto rascher zurückzukehren und ein neues Stück zu holen. Dem Flüchtigen waren so, als er endlich Oppurg erreichte, nur drei Stück übrig geblieben, eine Kugel und zwei Kegel; die erstere aber war, bei Lichte besehen, von Silber, die beiden letzteren von Gold.

RHEINLAND MIT RHEINLAND-PFALZ UND SAARLAND

625.

DAS SCHWANSCHIFF AM RHEIN

Im Jahr 711 lebte Dieterichs, des Herzogen zu Kleve, einzige Tochter Beatrix, ihr Vater war gestorben, und sie war Frau über Kleve und viel Lande mehr. Zu einer Zeit saß diese Jungfrau auf der Burg von Nimwegen, es war schön, klar Wetter, sie schaute in den Rhein, und sah da ein wunderlich Ding. Ein weißer Schwan trieb den Fluß abwärts, und am Halse hatte er eine goldne Kette. An der Kette hing ein Schiffchen, das er fortzog, darin ein schöner Mann saß. Er hatte ein goldnes Schwert in der Hand, ein Jagdhorn um sich hängen, und einen köstlichen Ring am Finger. Dieser Jüngling trat aus dem Schifflein ans Land, und hatte viel Worte mit der Jungfrau, und sagte: daß er ihr Land schirmen sollte, und ihre Feinde vertreiben. Dieser Jüngling behagte ihr so wohl, daß se ihn liebgewann und zum Manne nahm. Aber er sprach zu ihr: »Fraget mich nie nach meinem Geschlecht und Herkommen; denn wo ihr danach fraget, werdet ihr mein los und ledig, und mich nimmer sehen.« Und er sagte ihr, daß er Helias hieße; er war groß vom Leibe, gleich einem Riesen. Sie hatten nun mehrere Kinder mit einander. Nach einer Zeit aber, so lag dieser Helias bei Nacht neben seiner Frau im Bette, und die Gräfin fragte unachtsam, und sprach: »Herr, solltet ihr euren Kindern nicht sagen wollen, wo ihr herstammet?« Über das Wort verließ er die Frau, sprang in das Schwanenschiff hinein, und fuhr fort, wurde auch nicht wieder gesehen. Die Frau grämte sich, und starb aus Reue noch das nämliche Jahr. Den Kindern aber soll er die drei Stücke, Schwert, Horn und Ring zurück gelassen haben. Seine Nachkommen sind noch vorhanden, und im Schloß zu Kleve stehet ein hoher Turm, auf dessen Gipfel ein Schwan sich drehet; genannt der Schwanthurm, zum Andenken der Begebenheit.

626.

DER SCHWANRITTER

Herzog Gottfried von Brabant war gestorben, ohne männliche Erben zu hinterlassen; er hatte aber in einer Urkunde gestiftet, daß sein Land der Herzogin und seiner Tochter verbleiben sollte. Hieran kehrte sich jedoch Gottfrieds Bruder, der mächtige Herzog von Sachsen wenig: sondern bemächtigte sich, aller Klagen der Witwe und Waise unerachtet, des Landes, das nach deutschem Rechte auf keine Weiber erben könne.

Die Herzogin beschloß daher, bei dem König zu klagen; und als bald darauf Carl nach Niederland zog, und einen Tag zu Neumagen am Rheine halten wollte, kam sie mit ihrer Tochter dahin und begehrte Recht. Dahin war auch der Sachsen Herzog gekommen, und wollte der Klage zu Antwort stehen. Es ereignete sich aber, daß der König durch ein Fenster schaute; da erblickte er einen weißen Schwan, der schwamm den Rhein herdan und zog an einer silbernen Kette, die hell glänzte, ein Schifflein nach sich; in dem Schiff aber ruhte ein schlafender Ritter, sein Schild war sein Hauptkissen, und neben ihm lagen Helm und Halsberg; der Schwan steuerte gleich einem geschickten Seemann, und brachte sein Schiff an das Gestade. Carl und der ganze Hof verwunderten sich höchlich ob diesem seltsamen Ereignis; jedermann vergaß der Klage der Frauen, und lief hinab dem Ufer zu. Unterdessen war der Ritter erwacht und stieg aus der Barke; wohl und herrlich empfing ihn der König, nahm ihn selbst zur Hand, und führte ihn gegen die Burg. Da sprach der junge Held zu dem Vogel: »Flieg deinen Weg wohl, lieber Schwan! wann ich dein wieder bedarf, will ich dir schon rufen.« Sogleich schwang sich der Schwan, und fuhr mit dem Schifflein aus aller Augen weg. Jedermann schaute den fremden Gast neugierig an; Carl ging wieder ins Gestühl zu seinem Gericht, und wies jenem eine Stelle unter den andern Fürsten an.

Die Herzogin von Brabant, in Gegenwart ihrer schönen Tochter, hub nunmehr ausführlich zu klagen an, und hernach verteidigte sich auch der Herzog von Sachsen. Endlich erbot er sich zum Kampf für sein Recht, und die Herzogin solle ihm einen Gegner stellen, das ihre zu bewähren. Da erschrak sie heftig; denn er war ein auserwählter Held, an den sich niemand wagen würde; vergebens ließ sie im ganzen Saale die Augen umgehen, keiner war da, der sich ihr erboten hätte. Ihre Tochter klagte laut und weinte; da erhob sich der Ritter, den der Schwan ins Land geführt hatte, und gelobte, ihr Kämpfer zu sein. Hierauf wurde sich von beiden Seiten zum Streit gerüstet, und nach einem langen und hartnäckigen Gefecht war der

Sieg endlich auf Seiten des Schwanritters. Der Herzog von Sachsen verlor sein Leben, und der Herzogin Erbe wurde wieder frei und ledig. Da neigten sie und die Tochter dem Helden, der sie erlöst hatte, und er nahm die ihm angetragene Hand der Jungfrau mit dem Beding an, daß sie nie und zu keiner Zeit fragen solle, woher er gekommen, und welches sein Geschlecht sei, denn außerdem müsse sie ihn verlieren.

Der Herzog und die Herzogin zeugten zwei Kinder zusammen, die waren wohl geraten; aber immer mehr fing es an, ihre Mutter zu drücken, daß sie gar nicht wußte, wer ihr Vater war; und endlich tat sie an ihn die verbotene Frage. Der Ritter erschrak herzlich und sprach: »Nun hast du selbst unser Glück zerbrochen und mich am längsten gesehen.« Die Herzogin bereute es aber zu spät, alle Leute fielen zu seinen Füßen und baten ihn zu bleiben. Der Held waffnete sich, und der Schwan kam mit demselben Schifflein geschwommen, darauf küßte er beide Kinder, nahm Abschied von seinem Gemahl und segnete das ganze Volk; dann trat er in's Schiff, fuhr seine Straße und kehrte nimmer wieder. Der Frau ging der Kummer zu Bein und Herzen, doch zog sie fleißig ihre Kinder auf. Aus dem Samen dieser Kinder stammen viel edle Geschlechter, die von Geldern sowohl als Kleve, auch die rieneker Grafen und manche andre; alle führen den Schwan im Wappen.

627.

WO DAS PARADIES LAG

Da zerbrechen sich die Gelehrten den Kopf darüber, wo das Paradies gelegen haben kann, und wer nach Kleve kommt, der kann es von jedem einfachen Mann, ja von jedem Kind, das zur Schule geht, erfahren. Warbeyen heißt der Ort, der nicht weit von der holländischen Grenze liegt. Als Adam und Eva von dem verbotenen Apfel gegessen und sich versteckt hatten und der liebe Gott hinter ihnen her war und sie im Garten suchte, da hat er in der Sprache dieser Gegend schon damals Adam angerufen: »Adam, war bey je?« – (Adam, wo bist du?) und nach dieser Frage des lieben Gottes an Adam bekam die Gegend dort ihren Namen. Aber es wird auch weiter erzählt, daß, gleich nachdem die ersten Menschen aus dem Paradies Warbeyen gewiesen waren, der Teufel hinter ihnen her gewesen sei, so, daß Gott ihn voll Zorn anrufen mußte: »Düffel, wart!« Und wo der Teufel da gestanden hat, ist heute der Ort Düffelward, und wo Adam und Eva stehen blieben – se bleven stohn un »keeken« – ist heute das Dorf

Keeken. So also haben Warbeyen, Düffelward und Keeken ihre Namen aus der allerältesten Zeit, als nur Adam und Eva und sonst noch keine Menschen auf Erden waren.

628.

DIE ZEDERN VON ASPEL

Unweit der Stelle, wo am Rhein die alte Stadt Rees mit ihren breiten Mauern, Türmen und Bäumen liegt, steht auch seit vielen hundert Jahren schon das Schloß Aspel. Turm und Fenster spiegeln sich im tiefen Wasser, und hohe Pappeln, Weiden, Kiefern und auch Eichen wachsen in seiner Nähe, und niemand wundert sich dessen, weil eben der Niederrhein aller dieser Bäume Heimat ist. Bei Aspel aber stehen in einer Allee, die nach Rees zu führt, einige Stämme, die in dieser Landschaft etwas ganz besonderes sind: Zedern aus dem Morgenland; und es geht eine schöne Sage, die erzählt, wie sie einst vom Süden her in diese nordische Landschaft kamen.

In der Zeit der Kreuzzüge, als sich die deutschen Ritter zusammenscharten, um das heilige Grab vor der Macht der ungläubigen Türken zu schützen, sollen sie dorthin gebracht worden sein. Der Aspeler Schloßherr, der auch manches Jahr der Heimat fern gewesen, war zurückgekehrt. Aber in dem Fest der Freude und des Wiedersehens war eine große Trauer um einen Knecht, der ihm treu gedient, der ihm und allen, die ihn kannten, der Gräfin auch, lieb und teuer war, und über den er dennoch nun schon in den ersten Tagen seiner Rückkehr ein strenges Strafgericht verhängen mußte. Eines Verbrechens war er angeklagt, einen Priester sollte er ermordet haben, drüben im heiligen Land. Er habe ihn ins Schilf geworfen und den Toten dann, um den Verdacht von sich abzulenken, auf seinem Rücken selbst zu seinem Herrn ins Lager getragen.

Das war nun alles schon eine lange Zeit vorbei. Man hatte ihn, der immer seine Unschuld beteuerte, gefangen mitgeführt, um ihn erst in der Heimat zu verurteilen. Es war dem Grafen selber schwer, an seine Schuld zu glauben. Aber durch das Zeugnis eines anderen Knechts, der die böse Tat gesehen haben wollte und einen Eid gegen ihn geschworen hatte, war kein Zweifel mehr... und nun, nach jenen ersten Tagen der Heimkehr, sollte ohne langes Gericht und Urteil die Todesstrafe an dem Knecht, der vermeintlich doch nun auch des Herrn besonderes Vertrauen betrogen hatte, vollzogen werden.

Jedoch die Gräfin, die auch den Knappen liebte, bat in letzter Stunde noch für ihn: »Laßt wenigstens den Richter sprechen! Laßt uns Klage und Gegenklage, Verteidigung und Richterspruch anhören... Denn falsches Urteil ist eine Sünde wider Gott!« Und so geschahs denn auch: Der ihn beschuldigt hatte wiederholte seine Klage gegen ihn, und er selbst beteuerte wie schon immer seine Unschuld. Er sei von eines Türken Hand verwundet worden, und indem er sich die Wunde vom Blut reinwaschen wollte, habe er die Leiche im Schilf des Flusses verborgen aufgefunden und zum Lager gebracht. Auf dem Wege aber sei ihm eben dieser Knecht, der ihn des Mords beschuldige, mit verstörtem Blick und in hastigem Lauf begegnet... und er erhebe nun, da sie in der Heimat seien, die Gegenklage: »Ich beschuldige ihn«, so rief er, zitternd am ganzen Leibe, der Versammlung zu, »des Mords. Ihn, der an meiner Statt des Grafen Freund geworden ist. Und ich beschuldige weiter ihn der bösen Tat, die er drüben im fremden Land an einem Mädchen vollbringen wollte, daran ich ihn gehindert. Ich weiß, daß nur die Angst vor mir, sein böses Gewissen wegen dieser schlechten Tat, ihn zu dem falschen Eid verleitet haben, und ich hätte geschwiegen, müßte ich nun nicht selber um mein Leben kämpfen!«

Nach diesen Worten war es still ringsum. So sehr alle auch den Knappen liebten, und so sehr einige auch ihm zu glauben neigten: Es stand Klage gegen Klage... und um ein Ende und des schweren Rätsels Lösung nun zu finden, kam man überein, daß Gott entscheiden solle. Und ehe man sich über die Art des Gottesurteils geeinigt hatte, sprang der Beschuldigte vor, schwang einen dürren Peitschenstiel, geflochten rund aus Zedernreisern, und rief also: »Ich will den dürren Stab, aus dem Morgenlande heimgebracht, in diese trockene Erde stecken. Ohne Wunder Gottes wird er nicht zum Wachsen kommen. Wächst er aber im Augenblick mit grünen Nadeln und mit jungen Spitzen wie ein junger Baum im Frühling, alsdann sei meine Unschuld klar erwiesen!« Und schon sprang er durch der Knechte Kette, pflanzte den Stab gleich nebenan in die harte, trockene Burghofserde – und seine Hände und Augen wie in Verzweiflung zum Himmel erhoben, betete er: »Gott, gib der Wahrheit Kraft! Gib diesem dürren Stabe Kraft, Wahrheit zu zeugen und die Lüge und die Sünde zu beweisen!« Und indem er kniete, lichtete sich aus grauen Wolken des Himmels klarer Schein. Und im harten Burghof lockerte sich die Erde, daß es wie ein leises Rieseln war; Wurzeln wuchsen... und zugleich brachen Knospen auf zu feinen Nadeln, und schon auch streuten sich Samen ringsumher, aus denen junge Zedern wuchsen, die noch heute dort in Aspel bei dem Burghof stehen, und deren eine bis heute die Gestalt des gewundenen Peitschenstiels behalten hat.

Da war stille Befriedigung über des Knappen Unschuld und Gottes sichtbarliches Zeichen. Erst war Staunen, eine heilige Stille wie Gebet... dann aber brach der Jubel los, und mit aufgetanen Armen holte der Graf den also treu Erwiesenen zu seinem Stuhl. Und nun erst war rechte Freude der Heimkehr nach so langer Fahrt durch Nöte und Gefahr in Kampf und heißer Sonnenglut des Morgenlandes.

629.

SIEGFRIED

In jenen grauen, fernen Zeiten war es, als noch die Götter lebten, als in den wilden, sturmdurchtobten Nächten des November die Menschen in den Höfen unterm Schilfdach saßen und hörten die wilde Jagd. Wodan, der einäugige Gott, fuhr mit seinen göttlichen Mannen und Walküren durch die Wolken. Und Donar erlebte seine Abenteuer, der starke Göttersohn mit rotem Bart, aus dem die Blitze sprühten, wenn er seinen Hammer auf den Himmelsboden warf. Ziu war der Gott des Krieges, sie machten ihm zu Ehren Schwerttänze. Und Freia, Nerthus, Hertha oder Bertha, die Mutter Erde, Göttin der Fruchtbarkeit, Göttin alles Wachsens, alles Werdens, war den Menschen gütig, – und wenn die Erde frei vom Eise war und die ersten Blumen aus dem Rasen sprossen, dann wurde sie mit Reigen und Tanz geehrt.

In diesen Zeiten war es, da Kobolde und Nixen, Elfen und Alben, Zwerge und Riesen lebten, da der Rhein wilder von den Bergen her ins Land schoß, da noch nicht lange die gewaltigen Gletscher verschwunden waren, die das niederrheinische Land mit Geröll und Steinen füllten, ganze Berge anschütteten; da noch keine Kirchtürme weithin über die Ebene grüßten, da in »Xanten am Rhein« der König Siegmund lebte, der von Gott und Christus noch nichts wußte; Siegmund, reich und stark, dessen Schwert im letzten Kampf zerbrach, als sich Wodan, der ihn heimforderte von Manheim, dem Land der Menschen, nach Wallhall in Asenheim, der Götterheimat, ihn, der bisher unbesiegbar war, im Kampfe selber stellte. Sieglind, Siegmunds Weib, war vor der Schwerter Klang und der Stimmen Kampfgewirr in den Wald geflohen, gebar einen Sohn, dem eine Hirschkuh Amme ward, weil die Mutter starb. Und so lebte Siegfried allein im Walde, wuchs heran, hatte blaue Augen und gelbes Haar, ward von der Hirschkuh behütet und gewärmt in kalten Nächten, bis er eines Tages zu der Schmiede kam, in der er sein Schwert hämmerte, nach Regins Weisung, der ein Albe war, aus der Unterwelt stammte und ihn den Weg nach Gnitaheide wies, wo der Drache lebte, den er tötete, in dessen Blut er badete. Siegfried aber, der Balmungschwinger, der nun unverwundbar war bis auf die eine Stelle, da das Lindenblatt den Körper deckte, der die Sprache der Vögel verstehen lernte, und der dann Regin (der ihm, wie die Vögel zwitscherten, nach dem Leben trachtete), mit dem Balmung den Kopf abschlug und den großen Schatz, den Nibelungenhort bekam, die Tarnkappe auch dazu...; er wurde dann der größte Held der alten Deutschen.

Als er noch auf Gnitaheide stand, kam ein Roß herangetrabt, dem er einen Teil des Schatzes auf den Rücken laden wollte, das aber stehen blieb und nicht von der Stelle wich, bis Siegfried selber sich auf seinen Rücken schwang. Dann gings im Trab (Grani hieß das Pferd) weite Wege durch das graue Heideland zum Meere hin, wo auf hohem Fels des Isensteins die dunkle Burg lag, darinnen Brunhild, die Walküre, schon seit ewgen Zeiten schlief. Der Berg war hell umflammt von jener Waberlohe, in der schon mancher kühne Recke umgekommen war. Jedoch als Siegfried auf seinem Grani-Rosse nahte, wichen die Flammen zur Seite – er ritt unversehrt hindurch – er ritt in den Burghof, da wie in einem Sarg Brunhilde schlief, in einem Panzer, der sie ganz umhüllte, der ganz wie um ihren Leib gewachsen war. Nur aber brauchte Siegfried mit dem Balmung das Erz zu berühren, da wich es wie eine dünne Haut von ihr ab. Sie reichte Siegfried den Minnetrunk, er gelobte Treue und zog dann wieder von neuem durch die Lande auf Abenteuer, bis er nach Worms an den Rhein kam, wo er Brunhild vergaß – (er hatte den Vergessenstrank getrunken, der von den Göttern gewollt war, weil sie fürchteten, daß die Kinder dieser stärksten Menschen Siegfried und Brunhild ihnen einmal gefährlich werden könnten). Und so nahm er Kriemhild zum Weibe, nachdem er in der Tarnkappe für Gunther gekämpft und Brunhild ohne seine Schuld betrogen hatte.

Brunhild ward Gunthers Weib, und Kriemhild hatte nicht unterlassen können, ihr zu sagen, daß Siegfried doch der Stärkere wäre, daß gar nicht Gunther sie besiegt habe, wodurch die Stolze so tief verletzt war, weil sie Siegfried, der sie einst auf dem Isenstein so stolz befreit, dem sie so stolz und voll Vertrauen ihre Hand gereicht hatte, trotz allem liebte. Ihre Liebe aber wandelte sich in Haß, daß sie die Anstifterin zum Morde wurde. Bei der Jagd im Spessart war es der finstere Hagen, der von den Alben abstammte, den Unterirdischen, der den stolzen Siegfried tötete. Über der Quelle brach er zusammen, auf einer Bahre brachte man den Toten in die Burg. Und nun erhob Brunhild, die selbst die Helden zu dem Morde angestiftet hatte, große Klage...

»Schauriges, Gunther, erschien mir im Traum:
Leichen im Saal – ich – tot – auf dem Lager –
Du, König, bekümmert in Ketten geschlossen,
Zu Roß umringt von feindlichen Reitern –
Die gesamte Sippe der Söhne Niblungs
Beraubt der Macht zur Rache des Meineids.

So gänzlich Gunther, vergessen hast du's,
Daß ihr beide in der Fußspur am Boden damals
Euer Blut gemischt! Mit Mord belohnst du
Deinen vordersten Vormann in allen Gefahren!

Mit welcher Treue der junge Thronherr
Der streitbare Held seine Schwüre gehalten,
Offenbarte deutlich ein Dienst ohne Beispiel:
Sein Herz widerriets, doch er kam geritten,
Um dir zum Weibe – mich zu werben.

Zwischen uns zweien legt er aufs Lager
Die mit goldenen Zeichen verzierte Klinge,
Der das Feuer gestählt die feine Schneide,
Und Gift gegütet das innere Eisen.«

Und als Brunhild so gesprochen hatte, da stieß sie sich selber das Schwert ins Herz, um mit Siegfried zusammen auf dem Brandstoß zu verbrennen. Aber eine andere Sage erzählt, daß sie auf Siegfrieds Roß Grani aufrecht und stolz den Brandstoß hinaufgeritten sei, auf dem seine Leiche in den Flammen lag, auf daß ihrer beider Seelen gemeinsam hinaufschwebten in die Ewigkeit Walhalls.

630.

DIE MEERFRAU IM ALTWASSER

Zwischen Birten und Xanten liegt ein tiefer See, der wahrscheinlich aus einem alten Rheinarme entstanden ist. In diesem See sind schon viele Leute zugrunde gegangen. Ein Mann, der in Birten die Weihnacht mitgefeiert hatte und aus der Kirche durch das nächtliche Dunkel nach Hause gehen wollte, suchte seinen Weg durch eine geweihte Weihnachtskerze zu beleuchten. Dennoch geriet er auf Abwege, und bald war der Nebel so feucht um ihn, daß das Licht zu erlöschen drohte. Mit Mühe hielt er es brennend und konnte endlich ein anderes Licht durch den Nebel schimmern sehen. Er gelangte nun bald an ein stattliches Haus, öffnete die Tür, um sich nach dem Wege zu erkundigen und trat in eine weite, erleuchtete Halle, an deren Wänden er eine Menge von seltsamen Töpfen stehen sah. Als er sich nun in der Halle umschaute, ob nicht jemand da sei, der ihm den Weg zeigen könne, hörte er sich plötzlich bei Namen rufen. Da er niemand sah, erschrak er anfangs und wollte sich entfernen. Da der Ruf sich jedoch wiederholte, ging er auf den Schall zu und gelangte so an einen der Töpfe. »Wer will hier etwas von mir?« sagte der Bauer. Da entgegnete die Stimme: »Ich bin's, dein Großvater! Mich hat die Meerfrau in die Tiefe hinabgezogen und hütet mich in ihrem Nelkentopf.« »Ihr seid ja hier in einem stattlichen Hause«, entgegnete der Bauer. »Da irrst du«, sagte die Stimme. »Du bist hier tief im Altwasser. Trügst du nicht die geweihte Kerze, wärst du längst ertrunken. Das, was dir Nebel schien, war Wasser, in dessen Tiefe du geraten bist, und dies ist das Haus der Meerfrau. Du mußt dich sputen, sonst kehrt die Wasserfrau zurück und wird dich fangen.« »Wie soll ich den Weg nach Hause finden?« fragte der Bauer ängstlich. »Nimm den Hausschlüssel, den du in der Tasche trägst und schlage den Deckel auf dem Topfe entzwei. Lege aber die Kerze nicht aus der Hand, sonst bist du verloren. Ist der Deckel in drei Schlägen entzwei, so bekreuzige dich dreimal mit dem Schlüssel und eile hinaus. Ich will dir dann leuchten, du folge mir; tu es aber rasch und schau nicht hinter dich!«

Der Bauer tastete nun in die Tasche, fand den Schlüssel und führte damit drei Schläge gegen den Deckel des Topfes, der unter dem dritten Schlage zerbrach. Dann bekreuzte er sich und suchte so rasch wie möglich durch die Tür zu entkommen. Draußen sah er auch bald ein Licht, das lustig vor ihm her flatterte. Dem folgte er so rasch wie möglich, sorgte aber, daß seine Kerze nicht erlosch. Es ging ziemlich bergan, bis endlich der feuchte Nebel verschwand und die Sterne über ihm funkelten. Er erkannte nun die Gegend und erreichte seine Wohnung.

Als der Morgen anbrach, fand er seine Fußbekleidung voll Schlamm, obschon die Wege allenthalben fest und hart gefroren waren. Da wußte er, daß er tief unten im Altwasser gewandert war.

631.

DIE VERSUNKENE RITTERBURG

Bei Goch an der Niers stand in alten Zeiten eine Ritterburg. Der letzte Burgherr war sehr reich. Er ließ seinen Pferden goldene Hufeisen aufschlagen, die Reifen seiner Wagenräder waren aus Silber, und die Halsbänder seiner Hunde waren mit Edelsteinen besetzt. Der Ritter war aber ebenso hartherzig wie reich. Einst kam um die Zeit der Abenddämmerung ein greiser Pilger auf den Burghof und bat um Herberge. Aber niemand kümmerte sich um ihn, und niemand hielt die Hunde zurück, die ihn mit wütendem Gebell anfielen. Es gelang ihm kaum die Tiere mit seinem Stabe abzuwehren. Da ritt der Burgherr mit seinem Gefolge daher. Er befahl seinen Knappen, den Pilger vor das Burgtor zu werfen. Ehe der Befehl ausgeführt werden konnte, trat die Tochter des Ritters dazwischen. Sie nahm den Pilger bei der Hand und führte ihn hinaus. Draußen beschwor der Alte die Jungfrau, nicht mehr in die Burg zurückzukehren, da sie sonst den nächsten Tag nicht mehr erleben werde. Sie glaubte ihm nicht, gab ihm zum Abschied die Hand und ging in die Burg.

In der folgenden Nacht versank das stolze Gebäude mit allem, was darin war. Nur der Garten blieb erhalten. Wo er einst lag, wachsen noch jetzt Jahr für Jahr die schönsten Blumen weit und breit.

632.

GOTT LÄSST SEINER NICHT SPOTTEN

Der Wandersmann, der das Geldernsche Land durchwanderte und spät in der Nacht auf einem Bauernhofe ankam und Obdach erhielt, fühlte plötzlich in der Nacht, daß sein Ende nahe war; und den Knecht, der auf sein Stöhnen hin herzugekommen war, bat er in herzlichem Verlangen, einen Priester zu holen, damit er nicht ohne letzte Zehrung den Weg in die Ewigkeit zu gehen brauche.

Der Knecht, den die durchstürmte kalte Nacht nicht gerade einlud, den gefahrvollen Weg durch das Dunkel allein zu machen, weckte den Bauer selbst, ihn um seinen Rat zu fragen, ihn auch wohl zu bewegen, mit ihm zu gehen – und der, wohl wissend, daß man den Armen nicht ohne Stärkung dürfe sterben lassen, glaubte in seiner dummen Verschlagenheit, den Ewigen selbst in seiner heiligsten Feier umgehen und seiner spotten zu können. Ein wenig als Priester verkleidet, in seiner wahren Eigenschaft den schwachen, verlöschenden Augen des Sterbenden kaum erkennbar, teilte er das heilige Mahl selber aus, so wenigstens, daß der Wandersmann alsbald schon ohne Erkenntnis der Täuschung, mit Welt und Leben ausgesöhnt, hinüberschlief.

Als es Tag wurde, begrub man ihn und sprach zu keinem davon. Und es war, als sei alles gut – die Saat wuchs, Lerchen jubelten, und als die Vögel ringsumher in den Pappeln, Erlen und den Büschen zwischen den Weiden verstummten, reifte das Korn. Doch in diesen Zeiten, als schon die Ernte in den Scheunen geborgen war, geschah es, daß eines Tages die Magd mit verstörtem Gesicht ins Haus gestürzt kam: »In der Scheune steht ein schwarzes Gespenst, furchtbaren Gesichts, mit funkelnden Augen und langer roter schnalzender Zunge...« Und die es durch den Türspalt sahen, erschraken nicht minder, und Tag um Tag, Nacht um Nacht (da keiner schlief) blieb das Gespenst da, wo es war. Und schließlich, als der Bauer den Priester holte, der mit einem Kruzifix durch die weite Tür dem Untier entgegenging, ward der Bann gelöst: Das Tier sprang auf, sprang an allen vorbei... und eh sie sichs versahen, lag der Bauer im Blute da: Das Untier war ihm an die Kehle gesprungen und kaum, daß er hatte schreien können, war er schon tot.

633.

WIE EIN BAUER ZU EINEM NEUEN HOFE KAM

In der Nähe von Hinsbeck am Herschen lebte in alten Zeiten ein Bauer, dessen Hof in schlechtem Zustande war. Als er nun eines Tages über sein Feld ging und nachdachte, wie er zu einem neuen Hofe kommen könne, stand auf einmal ein feiner Herr vor ihm und fragte ihn: »Ei, Bauer, warum so schlechten Mutes?« »Ach«, sagte der Bauer, »mein Hof ist so schlecht, und ich weiß nicht an einen neuen zu kommen.« »O«, sprach der Herr, »da kann ich wohl helfen, ich will dir Geld genug geben, daß du dir einen schönen, neuen Hof bauen kannst; dafür mußt du mir aber deine Seele verschreiben.« Der Bauer sagte: »Das ist doch zu viel verlangt, dir meine Seele zu verschreiben, wenn ich den Hof gebaut habe; ich muß doch auch Genuß davon haben.« Da sprach der Teufel: »Du kannst noch vierzehn Jahre leben, und wir teilen uns in dieser Zeit die Ernte so, daß ich in einem Jahre bekomme, was auf dem Erdboden wächst und in dem folgenden, was in der Erde wächst – und so abwechselnd.« Wenn nun das Jahr kam, wo des Teufels Anteil die Ernte auf der Erde war, pflanzte der Bauer, was in der Erde wuchs; dann bekam der Teufel nichts und der Bauer alles. Wenn das Jahr kam, wo der Teufel Anspruch auf die Ernte in der Erde hatte, säte der Bauer Hafer, Roggen, Weizen und dergleichen. So bekam der Teufel wieder nichts. Als das einige Jahre so zuging, sagte der Teufel zum Bauer: »So geht es aber nicht weiter, denn da bekomme ich ja gar nichts. Da wollen wir lieber einen Wettkampf eingehen. Wer am weitesten einen Stein werfen kann, der soll Sieger sein.« – Das war dem Bauer recht, wenn der Teufel zuerst werfen wollte. Da nahm der Teufel einen ganz großen Stein und warf ihn bis auf den Buschberg. Nun war der Bauer an der Reihe. Er nahm einen viel kleineren Stein, sagte aber: »Nun weiß ich nicht, wo jetzt mein Bruder weilt; der ist in Frankreich, England oder Spanien, den darf ich doch nicht totwerfen.« »Hu«, sagte der Teufel, »wenn du so weit werfen kannst bis in Frankreich, England oder Spanien, so fange nur ja nicht an, denn so weit kann ich es nicht.« Und der Teufel ging seiner Wege und überließ dem Bauer die Ernte und den Hof.

634.

DIE HERDMÄNNCHEN VON WACHTENDONK

In Wachtendonk wohnten die Erdmännchen oder Herdmännchen unter dem Rathaus; sie hatten einen großen kupfernen Kessel, den die Bürger bei Tage mitbenutzen durften. Dafür mußten sie ihn abends blankgescheuert wieder vor das Rathaus hinstellen und ein kleines Geschenk, ein Weißbrot oder dergleichen, hineinlegen. Ein Wachtendonker aber, der in der Nachbarschaft wohnte – man wußte sogar seinen Namen –, unterließ dies einst und machte sogar zum Hohn noch eine Schweinerei mit dem Kessel. Die Erdmännchen rächten sich damit, daß sie ihm in der nächsten Nacht alles Getreide aus dem Hause forttrugen. Da wollte er ihnen einen rechten Streich spielen und streute abends Erbsen auf die Treppe, daß sie in der Dunkelheit ausgleiten und herunterfallen sollten. Nun hatte er es aber ganz mit ihnen verdorben, sie stahlen ihm alles aus dem Hause weg, so daß er völlig verarmte.

Später als das Morgen-, Mittag- und Abendläuten in Wachtendonk eingeführt wurde, konnten die Erdmännchen das nicht ertragen und sind fortgezogen nach dem Hülser Berg im Kempener Land, dort hausten sie, wo jetzt der Aussichtsturm steht. Die Bauern der Umgegend hörten oft, wenn sie an dem Berg vorbeigingen, ein Gesumme wie von einem Bienenschwarm, konnten aber nirgends einen Eingang finden und sahen auch niemals irgend etwas Lebendiges aus- und eingehen. Solange die Erdmännchen aber in dem Berg wohnten, hatten die Bauern gute Tage. Einmal als der Rhein austrat, waren in einer Nacht tiefe breite Gräben gezogen, durch die das Wasser abfloß, so daß es den Feldern keinen Schaden tat; von diesen Gräben sind noch die Niepkuhlen erhalten. Und wenn die Bauern Roggen und Weizen gemäht auf dem Felde liegen hatten, konnten sie sicher sein, daß es am andern Morgen gedroschen und in Stroh und Körner gesondert auf der Tenne lag.

635.

DAS ENDE DES ZWERGENVOLKS IM HÜLSER BERG

Der junge König des Zwergenvolks, das im Hülser Berg am Niederrhein wohnte, hörte einmal von der vielumworbenen Tochter des Grafen von Krakauen bei Krefeld. Er nahm sich vor, das schöne Menschenkind zu gewinnen, und machte sich alsbald auf die Fahrt. Als er an den Schloßteich kam, traf er ein altes Weib; das riet ihm, er solle rufen:

Fischlein, Fischlein, Timpatee,
hol mich rasch wohl über den See!

Er befolgte den Rat, und sogleich kam ein großer Fisch ans Ufer. Der König setzte sich auf seinen Rücken, und schnell trug ihn der Fisch übers Wasser.

Im Schloßgarten fand er die Königstochter. Sie wurde seine Liebste. Von nun an kam er Tag für Tag zu ihr. Eines Abends überraschte ihn der Graf, wie er gerade von seiner Liebsten Abschied genommen hatte und auf dem Rücken des Fisches davonschwamm. Voll Zorn griff der Graf nach seinem Bogen und durchbohrte den Zwerg mit einem Pfeil.

An diesem Abend wartete das Volk im Hülser Berg vergebens auf die Heimkehr seines Königs. Nach langem Suchen fanden seine Getreuen ihn tot im Schloßteich von Krakauen. Sie begruben ihn und sangen dabei einen seltsamen Grabgesang. Jedesmal, wenn sie das Lied gesungen hatten, sprang einer von ihnen in das Wasser, bis sie alle ertrunken waren.

636.

BOCKUM

In der Zeit der Kämpfe um das heilige Grab in Jerusalem hatte auch der Ritter Ulrich Bock das Kreuz genommen und sich beeilt, einer der ersten im frommen Zuge zu sein. Aber er geriet in Feindes Hand und mußte Jahre lang im unterirdischen Verließ, hundert Meilen von der Heimat entfernt, in Elend und Not schmachten. Einem fast wunderbaren Zufall dankte er es, daß er seine Freiheit wieder erhielt. Geschwächt an Körper und Geist und ergraut vor der Zeit trat er seine Heimkehr an, und unter vielen Mühseligkeiten landete er endlich im Pilgergewande, allen fremd geworden, in seiner Heimat. Aber auch ihm war alles fremd. Der stattliche Buchenwald, in dem er dem edlen Weidwerk obgelegen, war gefallen, von seiner Burg war jede Spur verwischt. Ein prächtiger Neubau mit doppeltem Graben erhob sich an der Stelle. Nebenan stand aus Tuffstein erbaut ein Kirchlein, der St. Gertraudis geweiht. Wo er anklopfte, sah er fremde Gesichter. Sprach er einen Menschen an, so wich der scheu zurück, und selbst auf der Burg kannte man ihn nicht. Als er sich zum Kirchlein wandte, um sich im Gebete Mut und Stärkung zu suchen, begegnete ihm auf der Schwelle ein altes Mütterchen, das ihn stieren Blickes ansah und wie in einem Krampf mit wilder Stimme schrie: »Bock um!« Da brach der arme Ritter mit lautem Aufschrei zusammen und lag regungslos am Boden. Die Alte trippelte fort und brachte das ganze Kirchspiel in Verwirrung. Sie war die Einzige, welche den Ritter wiedererkannt hatte, aber die unerwartete Begegnung hatte ihren schwachen Geist zerrüttet. »Bock um! Bock um!« so sprach sie immerfort vor sich hin.

Als man den Ritter fand, lag er im Todeskampf. »Bock um« war auch sein letztes Wort gewesen. Der Herr von Neuenhofen, wie das neue Schloß sich nannte, war herbeigeeilt und schaute in das blasse Angesicht des entseelten Pilgers. Er sank an seine Seite, strich die weißen Locken zurück und drückte einen Kuß auf die erstarrten Lippen.

Ritter Bock war erkannt, der Ort, bisher nur St. Gertrud genannt, erhielt zur Erinnerung an den merkwürdigen Vorgang im Munde des Volkes die Bezeichnung St. Gertrudis-Bockum und bald kurzweg nur Bockum. Das alte Weib wurde nicht wieder gesehen. Auf dem Grabstein des Ritters steht ein rückwärts gewandter Bock. An die Stelle seines Geschlechts trat das der Neuhofer, die aber auch schon seit langen Zeiten ausgestorben sind.

637.

DAS BÄUMCHEN ZU ÜRDINGEN

Zu Ürdingen wurde eine arme Magd eines schweren Verbrechens angeklagt. Aber obwohl sie ihre Unschuld mit heiligen Eiden beteuerte, wurde sie doch dazu verurteilt, im Kerker Hungers zu sterben. Als sie weggeführt wurde, rief sie den Richtern zu: »Zum Zeichen dafür, daß ich unschuldig bin, wird ein Bäumchen aus meinem Grabe wachsen, das wird nicht vergehen, was ihr auch anstellen möget, es zu zerstören. Dann wird es zur Reue für euch zu spät sein.« Drauf brachte der Büttel sie in den Gefängnisturm am Neutor der Stadt.

Die Ürdinger hatten die arme Magd und ihr Schicksal fast schon vergessen, da wuchs aus der Mauer ihres Kerkers ein Bäumchen hervor; das vermochten weder Wind noch Wetter noch Menschenhand zu vernichten. Es grünte und blühte Jahr um Jahr, bis das Neutor abgetragen wurde.

638.

DER WEISENSTEIN

In Viersen auf dem Markte lag in früherer Zeit ein Stein, den man den Weisenstein nannte. Er sollte weiser sein als die Menschen, die oftmals, wenn ein Unrecht geschehen war, trotz vieler Zeugen und der klügsten Richter nicht den Übeltäter fanden und in leblosen Dingen Gottes Kraft vermuteten und durch sie ein sichtbares Zeichen als sein Urteil suchten. Bei diesem Stein aber sollte es sein, daß der Angeklagte mit der Hand auf ihn schlagen sollte. Blutete ihm davon die Nase, dann war er der Übeltäter. Jedermann aber weiß, daß es Menschen gibt, denen leicht die Nase blutet, sogar ohne daß sie auf einen Stein schlagen, und es wird wohl keiner sein, dem nicht schon einmal die Nase blutete, ohne daß er irgend eine Ursache dazu wußte.

So geschah es denn einmal (und wahrscheinlich oft), daß nicht der Übeltäter sondern derjenige verurteilt wurde, der die dünnsten Nasenadern hatte. Und als ein ehrsamer Bürger so zum Tode geführt werden sollte, ergriff es ihn so tief, ob dieses einfältigen Zeichens willen sterben zu sollen, daß er gar nicht anders denken konnte, als daß Gott ein anderes für ihn aufgespart habe. Und als er mit dem Henker an einem Lindenbaum vorbeikam, der voll der schönsten grünen Blätter hing, da trieb es ihn aus einer wunderbaren Kraft, herauszuschreien: »So gewiß der Baum im Augenblick alle Blätter verliert, so gewiß bin ich unschuldig...« Und indem er dieses sagte, ehe noch die Menge es ganz verstanden hatte, begann ein Rieseln und ein Wehen, fielen die grünen Blätter mitten in der Sommerzeit, als noch die Bienen in den Blüten summten, hernieder, daß der Platz grün wurde, wie festlich bestreut, und daß jeder, in Erschauerung vor dem Wunder, auch mit in dem Rieseln stehen wollte, das ihnen allen wie eine Gnade war, wie ein niederschwebender Segen. Und so erwiesen sie dem Angeklagten alle Ehre, und da sie dem Stein nicht mehr glaubten, warfen sie ihn über die Mauer in den Wassergraben, wo er schon bald von andern seiner Art nicht mehr zu unterscheiden war.

639.

DIE ÄLTESTE KOHLENGRUBE AN DER RUHR

Nicht weit von Langenberg an der Ruhr hütete einmal ein Junge die Schweine. Es war im Spätherbst, und der Wind wehte kalt. Da dachte der Junge ein Feuer anzuzünden, um sich zu wärmen. Aus einem nahen Wäldchen schleppte er dürres Reisig herbei. Dann sah er sich nach einer Stelle für sein Feuerchen um. Am Fuße eines Baumes hatte eine Mutte, so nennt man dort die Sau, ein tiefes Loch gewühlt; das schien dem Jungen die geeignete Stelle zu sein. Bald loderte ein helles Feuer empor.

Als der Schweinehirt seine Herde heimtrieb, brannte das Feuer noch immer, obwohl der Holzvorrat längst aufgebraucht war. Der Junge wunderte sich sehr darüber. Am folgenden Morgen, als er die Schweine wieder zur Weide trieb, wunderte er sich noch mehr; denn das Feuer war noch nicht erloschen. Es erhielt sich aber nicht durch Holz, sondern durch schwarze Erde. Das erzählte der Junge seinem Vater; der kam und fand in dem Loch zu seiner Freude gute Kohle. Er legte an dieser Stelle eine Grube an, die noch heute besteht. Sie ist das älteste Kohlenbergwerk an der Ruhr und führt den Namen »Op de Mutte«.

640.

DIE ZÖPFE VON RUHRORT

Es war zu allen Zeiten und ist auch noch heute so, daß die Schützenfeste am Niederrhein mit recht lauter, jubelnder Freude, aber auch manchmal mit ein wenig Zank und Streit gefeiert werden. Und so war es einmal in Ruhrort, dem damals kleinen Städtchen an der Ruhr. Das Geschehen einer Nacht in längst vergangener Zeit ist bis heute noch nicht ganz in der Erinnerung geschwunden, wie folgende kleine Geschichte zeigen kann.

Die Ruhrorter Junggesellen hatten ihre Duisburger Freunde eingeladen, und es ging recht lustig her mit Wort und Spiel. Aber wie es denn so ist: wenn der Wein die Gemüter erhitzt, werden die Münder übermütig. Und schließlich war es hier wie überall, daß der eine dieses und jenes vor seinen Nachbarn voraushaben wollte; aus Scherz wurde Ernst, und zuletzt entschieden die Fäuste über Recht und Unrecht – und weil die Duisburger stärker waren als ihre Gastgeber, trieben sie sie recht ins Gedränge, daß sie in ihre Häuser flüchten mußten. Da sie auch ein Zeichen ihres Sieges wünschten, schnitten sie ihnen die langen Zöpfe ab, die sie dann an der Stadtpumpe angenagelt haben.

Noch heute soll es so sein, daß die Ruhrorter Vereine bei ihren Festen mit Musik und Fahnen dreimal um die alte Pumpe ziehen.

641.

JAN FRITHOFF

Eine Zeit lang war es in der Gegend von Krußstammhecken, einer alten Grenzbezeichnung in Bruckhausen bei Dinslaken, nicht geheuer. Wenn man zur Mitternachtsstunde an dieser Stelle vorüberging, hörte man ein deutliches Stöhnen und Ächzen. Niemand konnte begreifen, was das zu bedeuten hatte, und ängstlich wurde die Stelle von jedermann gemieden. Es war aber niemand anders als der böse, alte Frithoff, der seinem Nachbar alljährlich von seinem Acker ein paar Furchen abgepflügt hatte. Als er plötzlich starb – er fiel »inne Höll« – konnte er im Grabe keine Ruhe finden. Jede Nacht mußte er den Weg vom Hünxer Kirchhof durch die »Stollbeek« zum Bruckhauser Feld machen. Hier plagte er sich mit einem schweren, eisernen Pflug, den er immer hin und her über den Acker schleifen mußte. Punkt ein Uhr war er plötzlich verschwunden. Das wiederholte sich jede Nacht, bis er endlich erlöst wurde. Eines Nachts erschien eine weißgekleidete Jungfrau, die mit silbernem Pflug die gestohlenen Furchen wieder zurückpflügte. Seitdem fand er Ruhe, und der Spuk war verschwunden.

642.

DER TEUFELSTEIN

Da liegt im Weselerwald zwischen Drevenack und Marienthal, dem Dorf, in dem das alte Kloster am grünen Isselufer lag, mitten in einer Wiese ein mächtiger Steinblock, von dem niemand weiß, wie er dahingekommen ist. Von einem Felsen kann er nicht hinabgerollt sein, weil es dort in der niederrheinischen Ebene keine Felsen gibt. Und wenn die Gelehrten heute sagen, daß er in Zeiten, als dies weite Land noch Meer war, mit einem Eisberg angespült sei, so haben aber doch die Urgroßväter der Bauern, die dort noch heute wohnen, nichts gewußt von so gelehrten Dingen, von nordischem Granit, woraus der Stein besteht, und auch von jener Zeit vor mehr als hunderttausend Jahren nichts. Als sei er aus der Luft herabgefallen, so lag er immer da, Jahrzehnt schon um Jahrzehnt, breit und dick und fast so hoch wie eine Weihnachtstanne, so daß die Knechte sich vor Sonnenschein und Regen hinter ihm verstecken konnten. Wie aus der Luft herabgefallen – doch wie kann das sein? Vom Himmel? Aus den Wolken? Von den Sternen? Es war noch nie, so daß sie's wußten, solch ein Felsblock aus der Luft gekommen – und es konnte da nur eine einzige Lösung geben, da nur einer solche Kräfte haben konnte und auch den bösen Sinn, diesen Stein hoch durch die Luft zu werfen: Der Teufel selber kann es nur gewesen sein. Und so erzählten sie:

In jener Zeit, als auch diesem Lande das Evangelium vom Christ gepredigt wurde, als in Marienthal fromme Männer das Kloster bauten und in Drevenack die Kirche immer höher stieg, daß der Turm schon weither vom Walde zu sehen war, da habe der Teufel seinen bösen Streich ausführen wollen. Den Nixen in der Issel war es fast gelungen, den Bau des Klosters zu verhindern. Sie trieben das Wasser des kleinen Flüßchens hoch über die neuen Fundamente; die Mönche aber ließen sich keine Mühe mehr verdrießen: Sie bauten neu, einige Meter höher, den Hügel aufwärts, da wo nun heute noch das Kirchlein steht und wo noch der Kreuzgang und die alten Zellen immer noch an jene längstvergangene Zeit erinnern.

Das aber war dem Teufel denn nun doch zu viel. Hoch oben auf den Testerbergen jenseits der Lippe habe ihn die Satanswut erfaßt, so daß er jenen Fels, den Teufelsstein, gegriffen habe, um ihn weit – (mit donnerstarkem Brausen sei er durch die Luft geflogen) – ja, nun weiß man nicht: um ihn gegen das Kloster oder die neue Drevenacker Kirche, die er beide von seinem hohen Sitze habe sehen können, zu schleudern. Und man weiß nicht, war seine Kraft zu schwach, so daß der Stein zwischen Marienthal und Drevenack am Weselerwald zu Boden fiel und also das Kloster nicht erreichte – oder zu ungestüm, so, daß er über Drevenacks Kirche weit in die großen Wälder flog, dahin, wo heute Wiese ist und wo er immer noch, wenn auch schon fast in die Tiefe eingesunken, liegt, und wo man immer noch an einer Seite die Löcher sieht, da seine Teufelskrallen sich in blinder Wut in die harte Masse eingegraben haben.

Im Sommer, wenn die Wiesenblumen blühen und die Rispen und die Ähren wogen, ist er kaum mehr zu sehen. Einst wird er ganz verschwunden sein, wenn aber doch die Kirchen von Marienthal und Drevenack noch lange, lange stehen werden.

643.

DIE REICHEN BAUERN

In der Gegend von Niederkassel und Heerdt war früher ein sehr fruchtbarer Boden, und als die Leute nun viele gute Jahre auf der Reihe hatten, da wurden sie so üppig und protzenhaft, daß der Pfarrer seine liebe Not mit ihnen hatte. Ein Bauer ließ ein Hufeisen von Silber machen mit seinem Namen drauf und ließ das seinem Pferde nur lose unterschlagen; und als er einmal auf die Nachbardörfer ausritt, fiel es natürlich ab. Aber das wollte er ja auch gerade; die armen Schlucker dort sollten es finden und sehen, was die Bauern in Niederkassel für schwerreiche Leute wären. Die Sache sprach sich denn auch herum, aber es kam auch dem Pastor von Heerdt zu Ohren, und der hat dann von der Kanzel herunter seiner Gemeinde ins Gewissen geredet und sie gewarnt und dabei gerufen:

Kassel, Kassel!
Gott wird dich hassen
Mit Feuer oder mit Wasser!

Und bald darnach ist eine furchtbare Überschwemmung gekommen – dieselbe, bei der auch das »Heerdter Loch« entstanden ist – hat Hunderte von Morgen des besten Ackerlandes mit Sand und Kies bedeckt und viele reiche Bauern zu armen Leuten gemacht.

644.

DER ELFENKÖNIG

Bei Wiesdorf am Rhein, wo es früher in Sumpf und Bruch viele Erlen gab und allerlei dichtes Gestrüpp, war eine Gegend, die Wüstenei genannt. Man erzählt sich, daß dort der Erlen- oder Elfenkönig gewohnt habe, der in den nebeligen Nächten, wenn der Mond durch die Erlen schien, über die Felder und Weiden ging und auch manchmal in den frühen Morgenstunden noch sichtbar war.

Es war ein Mädchen, das hinausgegangen war, um Futter für die Kuh zu holen, ehe noch die Sonne aufging und als der Tau noch im Grase lag. Da aber die Bürde so schwer geworden war, daß sie sie selbst nicht auf ihren Kopf heben konnte, sah sie sich nach jemandem um, der ihr hätte helfen können. Da aber in so früher Stunde noch niemand auf dem Acker war, war sie gerade im Begriff, ihre Last zu erleichtern. In dem Augenblick aber, in dem sie sich niederbeugte, stand ein Mann neben ihr von sonderbarer Gestalt. War es eine Krone oder war es nur Licht, goldenes Licht, das sein Haupt umstrahlte? Milde schienen seine Augen, und freundlich war seine Stimme, mit der er sich anbot, ihr zu helfen. Und es war, als hätte er das Bündel Gras kaum berührt, als sei es mit seiner Hand leicht, wie von selbst auf ihren Kopf hinaufgeschwebt – und ebenso leicht war die Last, als sie heimging und der Mann (wie war sie erschrocken) so plötzlich, wie er gekommen, verschwunden war.

Und sonderbar: Ihre Backe brannte, als wäre sie dem Herdfeuer zu nahe gekommen, so heiß, als wenn noch die Flammen sie berührten. Sie entsann sich, daß, als der Mann das Bündel auf ihr Haupt gehoben, seine Hand ihre Backe gestreift hatte, und daß seitdem das Brennen an ihr war, daß sie noch nach Tagen an diese sonderbare Begegnung und den wunderbaren Morgen erinnert wurde. Und man erzählte ihr, daß es niemand anders hätte sein können, als der Elfenkönig, der aus der Vorzeit Tagen dort in jenem einsamen Erlengrund noch immer seine Wohnung habe.

645.

DER DOM ZU KÖLN

Als der Bau des Doms zu Köln begann, wollte man gerade auch eine Wasserleitung ausführen. Da vermaß sich der Baumeister und sprach: »Eher soll das große Münster vollendet sein, als der geringe Wasserbau!« Das sprach er, weil er allein wußte, wo zu diesem die Quelle sprang, und er das Geheimnis niemandem, als seiner Frau entdeckt, ihr aber zugleich bei Leib und Leben geboten hatte, es wohl zu bewahren. Der Bau des Doms fing an und hatte guten Fortgang, aber die Wasserleitung konnte nicht angefangen werden, weil der Meister vergeblich die Quelle suchte. Als dessen Frau nun sah, wie er sich darüber grämte, versprach sie ihm Hilfe, ging zu der Frau des andern Baumeisters und lockte ihr durch List endlich das Geheimnis heraus, wornach die Quelle gerade unter dem Turm des Münsters sprang; ja, jene bezeichnete selbst den Stein, der sie zudeckte. Nun war ihrem Manne geholfen; folgenden Tags ging er zu dem Stein, klopfte darauf und sogleich drang das Wasser hervor. Als der Baumeister sein Geheimnis verraten sah und mit seinem stolzen Versprechen zu Schanden werden mußte, weil die Wasserleitung ohne Zweifel nun in kurzer Zeit zu Stande kam, verfluchte er zornig den Bau, daß er nimmermehr sollte vollendet werden, und starb darauf vor Traurigkeit. Hat man fortbauen wollen, so war, was an einem Tag zusammengebracht und aufgemauert stand, am andern Morgen eingefallen, und wenn es noch so gut eingefügt war und aufs festeste haftete, also daß von nun an kein einziger Stein mehr hinzugekommen ist.

Andere erzählen abweichend. Der Teufel war neidig auf das stolze und heilige Werk, das Herr Gerhard, der Baumeister, erfunden und begonnen hatte. Um doch nicht ganz leer dabei auszugehn, oder gar die Vollendung des Doms noch zu verhindern, ging er mit Herrn Gerhard die Wette ein: er wolle ehr einen Bach von Trier nach Köln, bis an den Dom, geleitet, als Herr Gerhard seinen Bau vollendet haben; doch müsse ihm, wenn er gewänne, des Meisters Seele zugehören. Herr Gerhard war nicht säumig, aber der Teufel kann teufelsschnell arbeiten. Eines Tags stieg der Meister auf den Turm, der schon so hoch war, als er noch heut zu Tag ist, und das erste, was er von oben herab gewahrte, waren Enten, die schnatternd von dem Bach, den der Teufel herbeigeleitet hatte, aufflogen. Da sprach der Meister in grimmem Zorn: »Zwar hast du, Teufel, mich gewonnen, doch sollst du mich nicht lebendig haben!« So sprach er und stürzte sich Hals über Kopf den Turm herunter, in Gestalt eines Hundes sprang schnell der

Teufel hintennach, wie beides in Stein gehauen noch wirklich am Turme zu schauen ist. Auch soll, wenn man sich mit dem Ohr auf die Erde legt, noch heute der Bach zu hören sein, wie er unter dem Dome wegfließt.

Endlich hat man eine dritte Sage, welche den Teufel mit des Meisters Frau Buhlschaft treiben läßt, wodurch er vermutlich, wie in der ersten, hinter das Baugeheimnis ihres Mannes kam.

646.

DIE HEILIGEN DREI KÖNIGE VON KÖLN

Als Kaiser Friedrich Barbarossa Mailand belagerte, da bat die Schwester des Bürgermeisters, die Äbtissin eines Nonnenklosters in Mailand war, den Erzbischof Reinald von Köln, ihren Bruder zu retten, dem der Kaiser den Tod zugeschworen hatte. Rainald versprach es, wenn sie ihm die Reliquien der hl. drei Könige schenken würde. Als nun die Stadt sich dem Kaiser ergab, bat sich der Erzbischof vom Kaiser das aus, was die Äbtissin auf den Schultern tragen würde. Der Kaiser gestand es ihm zu. Die fromme Frau aber kam und hatte ihren Bruder den Bürgermeister auf dem Rücken. Und so wurde ihm das Leben gerettet, denn der Kaiser mußte Wort halten. Reinald bekam nun die Reliquien und sandte sie heimlich nach Köln. Doch hatten andere Fürsten im Lande davon gehört und rüsteten sich, ins Kölnische einzufallen und den Kölnern den kostbaren Schatz abzugewinnen. Da zogen die Lehnsleute des Bischofs und die Bürger von Köln hinauf gegen Andernach, die Feinde zu erwarten. Als die es gewahr wurden, wagten sie keinen Angriff und die Kölner behielten die hl. drei Könige; die Reliquien kamen dann hernach in den Dom; und viele Andächtige pilgerten nach Köln, sie zu verehren.

Die Andacht zu den drei Königen hatte in Köln zuletzt so zugenommen, daß es den Teufel schwer ärgerte und er einen großen Stein auf das Dach des Domes warf; der fuhr hindurch, durchbrach das Gewölbe und fiel auf die Dreikönigskapelle. Da hätte er den kostbaren Schrein, der die Gebeine der drei Weisen enthält, ohne Zweifel zerschmettert, aber das wollte Gott nicht. Der Kasten wich zurück gegen die Wand hin und blieb also unverletzt.

647.

DIE PFERDE AUS DEM BODENLOCH

Richmuth von Adocht, eines reichen Bürgermeisters zu Köln Ehefrau, starb und wurde begraben. Der Totengräber hatte gesehen, daß sie einen köstlichen Ring am Finger trug, die Begierde trieb ihn Nachts zu dem Grab, das er öffnete, Willens den Ring abzuziehen. Kaum aber hatte er den Sargdeckel aufgemacht, so sah er, daß der Leichnam die Hand zusammendrückte und aus dem Sarg steigen wollte. Erschrocken floh er. Die Frau wand sich aus den Grabtüchern los, trat heraus und ging geraden Schritts auf ihr Haus zu, wo sie den bekannten Hausknecht bei Namen rief, daß er schnell die Türe öffnen sollte und erzählte ihm mit wenig Worten, was ihr widerfahren. Der Hausknecht trat zu seinem Herrn und sprach: »Unsere Frau steht unten vor der Türe und will eingelassen sein.« »Ach«, sagte der Herr, »das ist unmöglich, eh das möglich wäre, eher würden meine Schimmel oben auf dem Heuboden stehen!« Kaum hatte er das Wort ausgeredet, so trappelte es auf der Treppe und dem Boden und siehe, die sechs Schimmel standen oben alle beisammen. Die Frau hatte nicht nachgelassen mit Klopfen, nun glaubte der Bürgermeister, daß sie wirklich da wäre; mit Freuden wurde ihr aufgetan und sie wieder völlig zum Leben gebracht. Den andern Tag schauten die Pferde noch aus dem Bodenloch und man mußte ein großes Gerüste anlegen, um sie wieder lebendig und heil herabzubringen. Zum Andenken der Geschichte hat man Pferde ausgestopft, die aus diesem Haus zum Boden herausgucken. Auch ist sie in der Apostelkirche abgemalt, wo man überdem einen langen leinenen Vorhang zeigt, den Frau Richmuth nachher mit eigner Hand gesponnen und dahin verehrt hat. Denn sie lebte noch sieben Jahre.

648.

DIE WUNDERBAREN ÄPFEL

Zwei Burschen aus dem Dönberg gingen an einem Sonntagmorgen zur Kirche nach Langenberg. Das pflegten sie häufig zu tun, und gewöhnlich nahmen sie ihren Weg durch den Hof »am Stein«. Dort dienten zwei Mägde, welche ihnen befreundet waren, und welche sie häufig besuchten. Als sie nun durch den Hof schritten, rief die eine Magd ihrem Schatz ein freundliches »Guten Morgen, Peter« zu; und die andere rief frohen Mutes: »Guten Morgen, Wilhelm!« Das taten sie aber, um die Männer für den Abend zum Besuch einzuladen. Nach dem Gruß boten die Mädchen den beiden je einen Apfel an. Dankend steckte jeder seinen Apfel in die Rocktasche und gingen alsdann ihres Weges weiter.

Als sie auf dem Rückweg von der Kirche begriffen waren, aß der eine Bursche seinen Apfel, während der andere ihn in der Tasche ließ. Den Rock hing er am Abend an die Wand und vergaß den Apfel.

Es dauerte nun einige Tage, da hörte er, daß sein Freund erkrankt sei. »Du mußt doch einmal nachsehen, was ihm fehlt«, denkt er, nimmt seinen Rock von der Wand und macht sich auf den Weg. Wirklich lag Peter schwer krank darnieder. Die Nachbarn munkelten aber, er sei behext. Wieder andere behaupteten, er sei vom Teufel besessen. Alle stimmten aber darin überein, daß der junge, blühende Mann nicht von einer natürlichen Krankheit betroffen worden sei. Kaum war man aber zu dieser Erkenntnis gelangt, so eilte man nach Neviges zum Kloster und teilte dem Pater Crementines den ganzen Vorfall mit. Crementines ließ sich nicht lange bitten und ging sofort mit zum Hause des Kranken. Er erkannte sogleich, daß er bezaubert sei. Er gab ihm das mitgebrachte Heiligtum zu essen. Kaum hatte der Kranke dies genossen, als er sich erbrach; aber eine große Kröte fuhr ihm aus dem Halse.

Als Wilhelm nach Hause kam, dachte er wieder an seinen Apfel. Er griff in seine Rocktasche und zog ebenfalls eine große Kröte hervor.

649.

DER GEBANNTE TEUFEL

Auf einem Hofe bei Langenberg lebte einmal ein alter Mann mit seiner Frau. Er besaß eine Lintsgetau (Bandstuhl zur Herstellung von Leinenband) und ließ darauf seine Enkelkinder, namentlich einen jungen Mann, arbeiten. Jedesmal, wenn der Alte heimkam, schimpfte und fluchte er über die Kinder, daß sie nicht fleißig genug gewesen seien. Einst wünschte er sogar, der Satan möge sie alle holen.

Einige Tage darnach wütete der Alte wieder gegen die Kinder, schlimmer, denn je vorher. Als sich nun der Junge an die Arbeit machen wollte, fielen die Gewichtskästen des Bandstuhls laut dröhnend zur Erde, und die

Nägel seiner Finger wurden ganz schwarz. Es war nun kein Zweifel mehr: der Böse war im Hause. Bald machte er sich auf alle Weise bemerkbar. Mit jedem Tag wurde sein Auftreten schlimmer. Als alles nichts half, wandte man sich nach dem Kloster Hardenberg, an den großen Teufelsbanner Pater Crementines. Der kam denn auch und trat betend in die Stube. Als er weiter in die Stube hineinschritt, bedächtig und laut betend, da erhob sich im nebenanliegenden Arbeitszimmer lautes Gebrüll, als wenn ein Löwe sich vernehmen läßt. Doch der Pater ließ sich nicht schrecken und schritt beherzt auf das Gemach zu. Da schrie aus diesem eine Stimme: »Hebe dich fort, du bist ein Dieb!« Aber auch hierdurch ließ sich der geistliche Herr nicht beirren und setzte sein Werk fort. Der Gottseibeiuns wurde aus dem Hause verwiesen und unterhalb des Hauses in einen Siepen verbannt. Dort machte er sich in der Folgezeit noch oft bemerkbar. Aber mit jedem Jahre kommt er wieder einen Hahnenschritt dem Ort seiner einstigen Tätigkeit näher.

650.

DER TODESKAMPF IN DER LUFT

In dem Augenblicke, wo jemand verscheidet, findet ein Kampf zwischen dem Guten und dem Bösen, zwischen Gott und dem Teufel, zwischen dem Licht und der Finsternis statt. Dieser Glauben herrscht namentlich noch im Dönberg und hat sich vielfach zu Sagen verdichtet.

Einst lag ein Greis zu Kattenbruch im Dönberg auf seinem Sterbelager. Als er das Ende nahen fühlte, sandte er seinen erwachsenen Sohn eiligst zu einem reformierten Geistlichen nach Elberfeld. Der Geistliche war sofort bereit, dem Sterbenden die Tröstungen der christlichen Kirche zu gewähren, und begab sich mit dem Burschen auf den Weg. Als sie nahe zum Hause gekommen waren, blieb der junge Mann plötzlich stehen und starrte einige Zeit sprachlos in die Luft. Auf die Frage des Pfarrers, was er dort sehe, erwiderte er, daß er dort einen Kampf, ein gewaltiges Ringen zwischen unbeschreibbaren Wesen gesehen habe. Der Pfarrer teilte nun dem jungen Manne mit, daß jedesmal beim Sterben des Menschen ein Kampf stattfinde. Als sie einige Minuten später ins Haus traten, hatte der Alte ausgekämpft. Sein Tod war in demselben Augenblicke eingetreten, als sein Sohn den Kampf in der Luft beobachtete.

651.

FRAU SÄUGT JUNGE SCHWEINE BEI DEN ZWERGEN

Zu Richrath wurden noch vor kurzem in einem Steinbruch Höhlen gezeigt, in welchen in grauer Vorzeit Zwerge hausten. Einmal stahlen diese Zwerge eine Frau in der Nähe des Deilbaches und schleppten sie mit in ihre Höhle. Dort zwangen sie das arme Weib, ihre Schweine zu säugen.

Lange Jahre weilte die Frau bei den Zwergen, welche im allgemeinen gut und liebreich gegen sie waren. Aber die Sehnsucht nach dem hellen Sonnenlicht und ihrer lieben Heimat wuchs täglich bei der Frau, bis es ihr einmal gelang, aus der Höhle zu entfliehen. Sie gelangte bald auf den Hof, wo sie einst gewohnt hatte; aber niemand kannte sie mehr, und auch sie fand keinen der alten Bekannten wieder. Traurig setzte sie sich auf einen Stien im Hof und begann bitterlich zu weinen. Einige Kinder drängten sich neugierig um das seltsame, fremde Weib. Der Anblick der lebensfrohen Kinder vermehrte ihren Schmerz, und mit doppelter Bitterkeit dachte sie an ihr Los in der finstern Höhle bei den mißgestalteten Zwergen. Als einige der Kinder zudringlich wurden, rief sie ihnen zu: »Stört meine Ruhe nicht, denn ich habe keins von Euch unter meinem Herzen getragen.«

Dann ging sie fort und wurde nie wieder gesehen.

652.

DER ENTDECKTE WERWOLF

Ein Bauer aus der Nähe von Neviges kam nachts mit seiner Frau von einer Hochzeit. Da es geregnet hatte, trug die Frau ihr Kleid hoch aufgeschürzt, so daß der rote Unterrock zum Vorschein kam. Als sie in die Nähe ihrer Wohnung gekommen waren, bat der Bauer seine Frau, schon voran zu gehen, er werde bald nachkommen. Nach kurzer Zeit erblickte die Frau, durch ein Geräusch aufmerksam gemacht, ein Wolfsungeheuer hinter sich, das sie verfolgte und seine langen Zähne tief in ihrem Unterrocke begrub. Sie schrie laut auf und flüchtete der nahen Wohnung zu, worauf das Untier von ihr abließ. Kurz darnach erschien ihr Mann, dem sie sofort den Vorfall erzählte. Ohne viel zu sagen, legte sich dieser aber zu Bett. Als sich die Frau am folgenden Morgen erhob, schlief ihr Mann noch fest. Da gewahrte sie die roten Fetzen von ihrem Unterrock zwischen seinen Zähnen. Nun wußte sie, daß ihr Mann ein Werwolf sei. Sie floh zu ihren Eltern und setzte die Scheidung von ihrem Manne durch.

653.

GUNHILD

Gunhild war einem vornehmen Adelsgeschlecht am Niederrhein entsprossen. Schon in zarter Jugend zeigte sie viel Neigung zu einem beschaulichen Leben. Als sie zur Jungfrau herangewachsen war, trat sie ins Kloster zu Gräfrath. Sie war eine der frömmsten Nonnen. Aber auch bei diesen pflegt sich der Versucher einzustellen. Er erschien Gunhild in der Person des Beichtvaters, eines jungen, strengen Klostergeistlichen.

Die Unschuld und Schönheit der jungen Nonne machten den Mönch seinem Gelübde ungetreu. Er wollte um jeden Preis die Liebe der Jungfrau erwerben und in ihren Besitz gelangen. Er hatte lange zu kämpfen und zu überreden, bis er sie zur Flucht bewegen konnte. Durch Freunde und Verwandte, aber auch durch unehrliche Mittel, hatte er sich einen vollen Säckel zur Reise zu verschaffen gewußt. Glücklich kam er mit seiner Geliebten in die Fremde, wo die beiden anfangs im seligen Liebesrausch wie ehelich Verbundene miteinander lebten. Aber bald schwanden die Mittel des Mönches dahin und er suchte Betäubung im Genuß geistiger Getränke. In den Schenken lernte er verwegene, gesetzlose Menschen kennen und wurde von ihnen zu vielen Niederträchtigkeiten verleitet. Die Vorstellungen, welche ihm Gunhilde machte, halfen nichts; er fiel immer tiefer und fand zuletzt an der Heerstraße, welche er als Räuber unsicher gemacht hatte, seinen Tod. Gunhilde verfiel nun der bittersten Armut. Aber noch mehr drückte sie das Bewußtsein ihrer Schuld, wodurch sie in diese traurige Lage gekommen war. Sie beschloß endlich, in das verlassene Kloster zurückzukehren und ihr Vergehen dort zu bekennen. Ehe sie aber ihr Ziel erreichte, mußte sie den Weg, welchen sie vorher in Freude und Wohlleben gemacht hatte, in Armut und Not wieder zurücklegen. In prächtigen Kleidern war sie geflohen – als abgezehrte Bettlerin kehrte sie ins Kloster zurück. Mit Auszeichnung wurde sie von der Pförtnerin aufgenommen. Verwirrt eilte sie zur Äbtissin und klagte sich der Flucht und der vielen anderen Vergehen an. Aber sie fand kein Gehör, sondern wurde als eine Kranke zu Bett gebracht. Jedesmal, wenn sie beichtete, beschwichtigte man sie wie eine

Fieberkranke und sagte, daß sie nie ein Gesetz übertreten, nie das Kloster verlassen und stets in größtem Eifer allen ihren Pflichten genügt habe. Zuletzt begriff sie, daß sie in den sieben Jahren ihrer Abwesenheit auf Geheiß der heiligen Himmelskönigin durch einen Engel vertreten worden war, so daß niemand ihre Flucht ahnen konnte. Von nun an hielt sie ihren früheren unbescholtenen Lebenswandel wieder aufs strengste inne und befleißigte sich noch größerer Sittenstrenge und Frömmigkeit.

654.

DIE WEISSE FRAU IM DÜSSELDORFER SCHLOSS

Im Schlosse zu Düsseldorf hört man zuweilen um Mitternacht ein seltsames Rauschen, wie von seidenen Gewändern, ja es sollen Töne der Klage nicht selten dabei vernommen werden. Es schreitet dann ein hohes verschleiertes Weib in weißem Gewande durch die Gänge und soll besonders häufig in einem Saale verkehren, der den Namen des Schwanenzimmers führt. Einige sagen, das sei Jakobe von Baden, die durch ihre Schwägerin ermordete Herzogin von Berg, andere halten dafür, daß es die Stamm-Mutter des Altena-Berg-Brandenburgischen Geschlechtes sei, welche sich in den Räumen der alten Wohnung zeige, wenn irgend ihrem Hause ein glückliches oder unglückliches Verhängnis nahe. Diese Ahnfrau soll aus dem Geschlechte der Schwanen-Jungfrauen gewesen sein, und nach ihr soll das Zimmer, wo sie am meisten erscheint, das Schwanenzimmer heißen.

655.

DER ABT UND DER SCHWEINEHIRT

Kurfürst Jan Willem schenkte 1707 den Trappistenmönchen, die bis dahin das Löricker Werth bewohnt hatten, die beiden Speckerhöfe an der Düssel, aus denen dann das Kloster Düsseltal entstand. Nun brauchten sich die Mönche nicht mehr vor Hochwasser, Eisgang und feindlichen Überfällen zu fürchten und fühlten sich hier so wohl, daß sie, wie die Sage berichtet, über dem Eingangstor zum Kloster die Inschrift anbrachten: »Wir leben ohne Sorgen.« Nun stattete eines Tages der Erzbischof Joseph Clemens von Köln dem Kloster einen Besuch ab. Er hatte in seiner langen, wenig gesegneten Regierung über Mangel an Sorgen nicht zu klagen gehabt. Als er die Aufschrift las, gedachte er, dem Abt einen Schrecken einzujagen. Er legte ihm drei Fragen vor und drohte, wenn diese nicht binnen vierzehn Tagen richtig gelöst würden, solle der Abt seinen Posten verlieren. Die Fragen aber lauteten: 1. Was ist nicht krumm und auch nicht gerade? 2. Was ist nicht im Wege und auch nicht daneben? 3. Wo ist der Mittelpunkt der Erde? Trotz allen Kopfzerbrechens konnte der Abt die Lösung der Rätselfragen nicht finden. Traurig schlich er umher, bis er eines Tages dem Schweinehirten des Klosters begegnete. Der faßte sich ein Herz und fragte nach dem Grunde seiner Traurigkeit. Als der Abt ihm nun seinen Kummer vertraute, da wußte der Hirt ihm die Lösung zu sagen. »Das erste ist eine Kegelkugel, das zweite ein Karrengeleise, und der Mittelpunkt der Erde ist hier, wo ich stehe«, sagte der pfiffige Knecht. Da wurde der Abt hocherfreut. Weil er sich aber trotzdem scheute, dem Erzbischof vor die Augen zu treten, so bewog er den Schweinehirten, an seiner Statt und in seiner Amtskleidung die Reise nach Bonn zu unternehmen. Als der nun dort die drei Fragen zur Zufriedenheit gelöst hatte, plagte ihn der Schalk, und er erbot sich, des Kurfürsten geheimste Gedanken zu erraten. Da wurde dieser neugierig, machte aber ein recht verdutztes Gesicht, als er hörte: »Ihr denkt, Ihr sprecht mit dem Abt von Düsseltal; ich bin aber nur des Klosters Schweinehirt.« Zum Schluß legte der wackere Beherrscher des Borstenviehes noch ein gutes Wort für seinen Herrn ein, damit dieser auf seinem Posten verbleiben konnte. Der Schweinehirt aber erhielt als Lohn einen Freibrief und das Gnadenbrot im Kloster bis an sein Ende.

656.

DIE NACHTWANDLERIN ZU DÜSSEL

Auf einem Bauernhofe zwischen Düssel und Wülfrath lebte einst eine Bäuerin, welche sehr geizig war. Den ganzen Tag hörte man ihr Zanken und Schelten durch das ganze Haus. Versah die Magd nur das Geringste im Dienst, so folgte eine Flut von Schimpfwörtern aus dem Munde ihrer Herrin.

Namentlich war die Bauersfrau hart gegen die Armen. Nahte jemand ihrer Türe und bat um ein Stück Brot oder eine kleine Gabe, so wies sie ihn hart ab. Das Essen, welches übrig blieb, schüttete sie regelmäßig in den Schweinetrog.

Da starb die Bäuerin. Aber sie konnte keine Ruhe im Grabe finden. Regelmäßig, wenn am Abend die Schweine gefüttert wurden, erschien sie klagend und stöhnend. Dann wurden die Schweine und die andern Haustiere in ihren Ställen sehr ungeberdig.

Lange war man auf dem Hofe ratlos, wie diesem Unwesen zu steuern sei, da man die Nachtwandlerin nicht zu erblicken vermochte. Aber man war überzeugt, daß nur ein Geist diese Beunruhigung des Viehs hervorbringe. Dagegen konnte nur ein Mittel empfohlen werden: Der Geist mußte »besprochen« werden. Dazu wollte sich lange Zeit niemand verstehen, bis endlich eine Magd sich bereit erklärte.

Als am nächsten Aben dder Geist wieder sein Wesen trieb, rief die Magd herzaft: »Wer ist da?« Eine Stimme antwortete: »Die Frau vom Hause!« Die Magd erkundigte sich nun, was jene wünsche. Da erwiderte die Abgeschiedene, sie könne keine Ruhe im Grabe finden, weil sie zu ihren Lebzeiten so hart und unbarmherzig gegen die Armen gewesen sei, und das Essen lieber den Schweinen als den Armen gegeben habe. Man möchte doch ihre Schuld durch Güte gegen die Armen wieder gut machen und vor allen Dingen das Essen nicht mehr den Schweinen geben. Dann würde sie Ruhe im Grabe finden.

Die Magd versprach, die Wünsche ihrer früheren Herrin getreulich zu erfüllen. Als diese nun ein Pfand begehrte, reichte sie einen Zipfel ihrer Schürze (nicht die Hand, wie man sie ausdrücklich belehrt hatte) hin, welcher jäh abgerissen wurde.

Die Tiere beruhigten sich von der Zeit an, und von dem Geiste der nachtwandelnden Bäuerin wurde seit der Zeit nichts mehr verspürt.

657.

DER FEUERKOPF VON WÜLFRATH

Eine Gegend zwischen Mettmann und Wülfrath war längere Zeit sehr verrufen wegen eines Feuerkopfes, der sich dort oft in der Nacht zeigte. Viele Leute haben ihn gesehen und haben in eiliger Flucht ihr Heil gesucht.

658.

DIE JUGENDLICHE MELKERIN

Auf einem Bauerngute bei Ratingen war einst die Bäuerin zur Kirche gegangen. Der Bauer unterhielt sich mit seinem Töchterchen über Stall und Küche. Wie staunte aber der Vater, als ihm das Kind erklärte, daß sie schon melken könne, dazu aber gar nicht einmal den Stall zu betreten brauche, sondern die Milch aus dem Handtuch in der Wohnstube melken könne. Der Vater ersuchte das Mädchen, sofort eine Probe ihrer Kunst zu geben. Dasselbe holte auch den Melkeimer und molk an dem Handtuch, daß der Eimer in kurzer Zeit voll war. Nun wollte das Kind aufhören, weil sonst die beste Kuh im Stall zu Schanden gehen würde. Der Vater gebot ihm aber, fortzumelken und sich um alles Andere nicht zu kümmern. Das Mädchen gehorchte, holte einen anderen Eimer und molk weiter. Nach einiger Zeit hielt sie wieder an und machte den Vater darauf aufmerksam, daß die Kuh wirklich gefallen sei. Der Vater eilte zum Stall und sah seine beste Kuh verendet am Boden liegen.

Dieses Mädchen soll auch Mäuse habe machen können, denen aber die Schwänze fehlten. Später ist sie mit andern Hexen auf dem Hexenberge bei Gerresheim verbrannt worden.

659.

DER GEIST IM SCHWARZEN BROICH

Im schwarzen Broich bei Ratingen wandelt nachts eine hohe Männergestalt in Schuhen von Blech umher. Alle vier Jahre müssen ihm von einem entfernt wohnenden, vornehmen Geschlechte, welchem er angehört, ein Paar neue Blechschuhe auf den Kreuzweg gebracht werden, welcher sich mitten im schwarzen Broiche befindet, und zwar müssen diese Blechschuhe auf einem vierspännigen Wagen stehen und in der Mitternachtsstunde angefahren kommen. Diese Lieferung soll sich, wie gesagt wird, fünfundzwanzigmal erneuern. Einige behaupten, der Mann sei aus Tiefenbroich gewesen und habe sich in diesem Walde erhängt, wandle deshalb strafweise umher.

660.

DIE KEGELSCHIEBENDEN BAUERN

Auf dem Kreuzwege zwischen Mettmann und Lüttges kegeln häufig in der Nacht verschiedene Bauern, welche zu ihren Lebzeiten auf einer benachbarten Kegelbahn regelmäßig Kegel zu schieben pflegten. Bei diesem Kegeln geht es selten ohne Streit und Zank ab. Die Bauern nehmen ihre Schädel als Kegelkugeln und Arm- und Beinknochen müssen die Stelle der Kegel vertreten.

So sind sie oft von nächtlichen Wanderern gesehen worden.

661.

DER SCHNUTENTEICH BEI METTMANN

Hart am Wege von Gruiten nach Mettmann, ungefähr auf der Hälfte, liegt der von der Bevölkerung der dortigen Gegend gefürchtete und gemiedene »Schnutenteich«.

Fast jedermann weiß eine Reihe von Geschichten zu erzählen, welche alle darin übereinstimmen, daß dort den Leuten zu nächtlicher Stunde auf geheimnisvolle Weise das Geld aus der Tasche geraubt wird.

»Das tun die bösen Geister«, setzt der Landmann geheimnisvoll hinzu.

662.

DER RITT AUF DEM UNGEHEUER IM WALDE

In Kosthausen bei Haan soll ein alter, längst verstorbener Bauer umgehen. Den Anlaß dazu bot Folgendes:

Eines Tages ließ jener Bauer den Vieharzt auf seinen Hof kommen, da eine Kuh krank geworden war. Der Arzt schrieb ein Rezept, und der Bauer machte sich auf den Weg nach Erkrath, um in der dortigen Apotheke die Medizin zu holen. Da der Arzt denselben Weg nahm, gingen beide zusammen zum Kosthausener Wald. Durch denselben zieht sich noch heute ein Wassergraben. Als die beiden an diesem Graben angelangt waren, mahnte der Bauer den Arzt zur größten Vorsicht. Dieser war eben im Begriff, über den Graben zu schreiten, als sich plötzlich vor ihm ein Ungeheuer erhob. In demselben Augenblicke war er aber auch den Blicken des Bauern entschwunden. Voller Entsetzen rennt der Bauer nun durch den Wald und vernimmt endlich von fern her die Stimme des Arztes. Er eilt hinzu und findet ihn nach kurzer Zeit auf der Erde liegend. Endlich rafft er sich wieder auf und erzählt seinem Gefährten, daß er von einem wilden Tier weggetragen worden sei. Alle Versuche, von demselben loszukommen, seien vergeblich gewesen. Endlich hätte ihn das Ungeheuer zu Boden geschleudert.

Beide setzten nun ihren Weg unbehelligt fort. Der Bauer aber, welcher bald darauf starb, geistert seit seinem Tode auf Kosthausen.

663.

DAS BEHEXTE KIND

Eine Frau in Hilden hatte ein kleines Kind, welches sich durch seine Schönheit auszeichnete. Eines Tages trug sie dasselbe, um in der Nachbarschaft einen Besuch abzustatten, über Feld, als ihr eine Frau begegnete, welche in der ganzen Gegend als Hexe verschrieen war. Gerne wäre die glückliche Mutter mit ihrem Kinde schnell davongeeilt; doch jene vertrat ihr den Weg, liebkoste das Kind und sprach: »O, welch schönes Kind!« Von diesem Augenblicke an war das Kind behext. Außer manchen anderen Untugenden, die es früher nicht besessen hatte, fing es nun an, laut in der Wiege zu krähen, wie ein Hahn. In ihrer Herzensangst eilten die Eltern zum Pfarrer und flehten ihn an, zu helfen. Doch dieser suchte ihnen den Glauben, das Kind sei behext, auszureden. Die Leute gingen wieder heim und trennten das Kissen auf, auf welchem das Kind zu liegen pflegte, und fanden mehrere Federkränze in demselben. In der Mitte der Kränze befand sich ein fast ausgebildeter Hahn. Wäre er zur völligen Entwicklung gelangt, so hätte das Kind in demselben Zeitpunkte sterben müssen. Nun trugen die Eltern die Kränze zum Geistlichen, der sie »überredete«.

Das Übel war nun völlig gehoben. Das trug sich auf der Sandstraße in Hilden zu.

664.

DIE ENTSTEHUNG DER WUPPER

Einst schritt ein Gnom, den Stab in zarter Hand, durchs rauhe Land der Berge dahin. Den Menschen Wohltaten zu spenden, war sein unablässiges Bestreben. Allein ihm mangelte es an Speise, denn es war ein Hungerjahr. Da gewahrte ihn ein Weib, und, seine Not erkennend, bot sie ihm würzige Erdbeeren, welche sie im fernen Tale für ihre Kleinen gepflückt hatte. Hoch erfreut aß der Zwerg, gewährte aber dem Weibe aus Dankbarkeit die Gewährung eines Wunsches. Dessen Verlangen war nun nicht auf Gold gerichtet. Darum erbat sie das Wohlwollen des Gnomenkönigs für ihre Kinder und dies rauhe, unwirtliche Land. Der König gewährte die Bitte und befahl dem Weibe, an dieser Stelle zu graben. Kaum hatte es mit der Arbeit begonnen, als ein wasserreicher Quell hervorsprudelte, der munter zu Tal hüpfte. »Dieser Quell«, sprach der Gnom, »wird das Glück Deiner Kinder sein. Denn sein Wasser wird bald zum kräftigen Fluß erstarken, der Segen verbreiten und Gold und Silber hervorzaubern wird. Namentlich wird der Ort beglückt werden, wo Du mir die Erdbeeren gepflückt hast. Weit wird einst der Ruhm Elberfelds durch die Welt dringen.«

Da verschwand der Gnom.

665.

SAGE VOM BROSS

Um das Jahr 1600 lebte auf dem Gehöft Oberhof bei Beyenburg ein Mann, namens Broß, dessen Grabstein sich noch auf dem kath. Friedhof befindet. Broß hatte seine Magd getötet. Jäger fanden den Kopf derselben in einer hohlen Buche, welche die Hunde eifrig beschnupperten. Der Körper der Magd lag aber in einem nahegelegenen Teiche, noch heute der Broßteich genannt.

Broß ist dann nach seinem Tode sieben Jahre auf dem Oberhof umgegangen und machte sich namentlich, wenn der Besitzer desselben wechselte, bemerkbar. Abends sah man ihn wohl in der Scheune, wie er sich die Nägel an Händen und Füßen schnitt. Am Tage neckte er die Drescher, indem er leere Pickeln (ausgedroschene Garben) vom Speicher herunterwarf.

Vielfach bewegte er sich auf allen Vieren fort, sprang den Leuten im Dunkeln auf den Rücken, klammerte sich an und verließ sie erst an der Grenze des Hofes.

Die Furcht vor dem Geist des alten Broß war so groß, daß sich selbst erwachsene Leute hüteten, zu jener Zeit am Abend den Hof zu betreten.

666.

DIE HÖHLE BEI ISLAND

Elberfeld gegenüber liegt Island, das wohl älter sein mag, als die Stadt; oberhalb diesem Islande lag unten an der Wupper eine Höhle, in welcher vor alten Zeiten Zwerge, oder gespenstige Wesen gewohnt haben sollen. Diese Zwerge erschienen öfter vor Zeiten den Menschen, zeichneten sich durch Reinlichkeit und Anstand aus und litten nicht, daß sich in ihrer Nachbarschaft etwas Unehrenhaftes oder Unanständiges zutrug. Als die Stadt Elberfeld schon bedeutend angewachsen war, und die kleine Schlucht in der Nähe der Höhle vielen Bürgern ob des Schattens der hohen Eichen und durch die Kühle des fließenden Bächleins zum Erholungsgange diente, begegnete man auch dorten öfter den seltenen Wesen. Es leuchtete nun auch manchen Liebesleuten ein, welche geheimen Umgang miteinander pflogen oder pflegen wollten, daß diese Stelle, welche zahlreiche Verstecke bot, für sie eine recht günstige sei. Sie gaben sich daher dort wohl Stelldichein, allein so oft sie indessen zu Vertraulichkeit übergehen wollten, regnete es von allen Seiten dermaßen von Steinen auf das Paar, daß sie nicht anders als rasch sich durch die Flucht entziehen konnten. Wenn sich auch dieser oder jener Bursche zur Verteidigung seines Schätzchens anschicken wollte, so konnte er nirgends einen Feind finden, setzte er sich allenthalben den Steinwürfen aus und stolperte nicht selten durch Stäbe, die ihm zwischen die Beine gerieten und ihn in Pfützen und Dornen warfen. Zuletzt wagte sich niemand mehr in unlautern Absichten in die Schlucht, und so ward diese von allem schlechten Volke gemieden.

667.

DAS ZWERGENLOCH BEI ELBERFELD

In der Kluse bei Elberfeld führte vor dem Bau der Bergisch-Märkischen Eisenbahn von der Wupper aus das Zwergenloch in den steilen Abhang des Döppersberges hinein. Dort war der Eingang zum Reich der Schwarzelfen oder Zwerge. Von dort aus besuchten die kleinen, mißgestalteten, aber gutmütigen Wesen bis in den Anfang des gegenwärtigen Jahrhunderts hinein die Kluse und lustwandelten im Schatten der Buchen und Eichen, unterhielten wohl auch, trotz ihres scheuen Charakters, mit den Menschen, wenn man ihnen redlich begegnete, einen freundlichen Verkehr. Denn diese Erdmännchen, die in den Spalten und Höhlen der Berge Schätze sammeln, prächtige Waffen schmieden und herrliche Paläste bauen, verstanden sich ganz gut mit den Menschen, auch als im Wuppertale an die Stelle des Garnbleichens andere Beschäftigungen getreten waren. Aber als die Eisenbahn gebaut wurde, schlug auch die Stunde der kleinen Leute.

668.

DER ELBERFELDER MARTINSREITER

In der Martinsnacht (10. November) schreitet eine schreckliche Erscheinung in der Stadt Elberfeld von der Höhe hinunter zum Mirkerbache, dorten besteigt sie einen feuersprühenden gewaltigen Ochsen und reitet auf demselben über den Markt zur Wupper. Über dem Ritte soll der Spuk seinen Kopf gleich einem Hute abnehmen. Dieser Reiter soll ein sehr reicher Mann gewesen sein, welcher ehedem auf dem Kerstenplatze gewohnt und nach und nach die ganze Nachbarschaft erworben hätte. Zuletzt habe er eine Witwe um das ihre betrogen und deren letztes Stück Vieh sich angeeignet, wegen dieses Betruges wäre er verdammt, und müsse auf dem Stück Vieh den jährlichen Ritt unternehmen. Anfangs vollführte er diesen Ritt bis in sein Haus am Kerstenplatze. Da die Besitzer dieses Gutes aber diesen unheimlichen Gast nicht bei sich dulden wollten, ließen sie von Köln einen Geisterbeschwörer kommen, welcher den Spukgeist überlas, so daß er in das Tal der Mirke weichen, sich dort einen Schlupfwinkel suchen mußte. Mit jedem Jahre rückt er aber um einen Hahnenschritt näher, bis er endlich wieder in der alten Wohnung angelangt sein wird. Die Leute nennen den Spuk den glühenden Kornelius, oder Kornelius mit der glühenden Kuh.

669.

DER FESTSTELLENDE KÖHLER

Ein Kohlenbrenner von Barmen, der im Wirtshause saß, rühmte vor seinen Gefährten, daß ihm niemand etwas von seinem Meiler entwenden könne, wenn er schon nicht dort sei, weil er die Kunst verstehe, die Diebe festzustellen. Da wettete einer von der Gesellschaft mit ihm, binnen Stundenfrist mit seiner Schürhacke in der Stube zu sein. Der Bursche ging zum Walde, der Köhler aber sprach seine Zaubersprüche. Der erstere kam richtig an den Meiler, wie er aber die Hacke anfaßte siehe da waren ihm die Füße wie an die Erde festgewachsen und, was er zappelte, er vermochte nicht von der Stelle zu kommen. Er rief da dreimal: laß mich los im Namen der heiligen Dreifaltigkeit. Diese Worte vermochten aber den Zauber nicht zu brechen. Da griff er mit der Linken in die Tasche, die Rechte klebte an der Hacke, zog sein Messer und zerschnitt damit den linken Hosenträger. Gleich konnte er nun von der Stelle und mit der ergriffenen Schürhacke zum Wirtshause eilen. Er fand den Köhler dort tot; der Schnitt, welcher den Hosenträger spaltete, hatte ihn auch ins Herz getroffen.

670.

DIE KRUMMBEINIGEN VON SOLINGEN

An der Wupper, in der Nähe von Solingen, lag ein Schleifkotten, welcher von einer armen Schleiferfamilie bewohnt war. Wenn diese Familie einen Feiertag beging, wurde Reisbrei gekocht.

Allmählich wuchs die Familie immer mehr an, und der alte Topf wurde bald zu klein. Einen neuen, größeren Topf konnte der Schleifer nicht kaufen. Dazu reichten seine Mittel nicht.

Nun wohnten in dem gegenüberliegenden Berge die Heinzelmännchen, welche viele Töpfe, große und kleine, besaßen. Dort lieh nun unsere

Schleiferfamilie jedesmal einen großen Topf, wenn wieder Reis für die Familie gekocht werden sollte. Einen Rest der Speisen ließ man den Heinzelmännchen jedesmal aus Dankbarkeit im Topf zurück. So bestand lange ein freundnachbarlicher Verkehr zwischen den Schleifersleuten und den Heinzelmännchen.

Die Kunde davon verbreitete sich auch in Solingen, und einige der dortigen Schleifer beschlossen, auch einmal einen Topf von den liebenswürdigen Heinzelmännchen zu leihen. Gesagt, getan. Als sie aber den Topf zurückbrachten, ließen sie keinen Rest der Speisen zurück, sondern verunreinigten den Topf mit menschlichem Unrat. Das erbitterte die Heinzelmännchen derart, daß sie die Solinger Einwohner verfluchten und ihnen für alle Zukunft krumme Beine wünschten.

Der Fluch ging in Erfüllung. Und seit jener Zeit sind die Solinger krummbeinig.

671.

DER HERIBERTSBORN

Zwischen der Stadt Solingen und den Dörfern Witzhelden und Leichlingen erhebt sich ein bedeutender waldbedeckter Höhenzug, das Grünscheidt; auf diesem entspringt, von allen menschlichen Wohnungen entfernt, der Heribertsborn. An diesem Borne will man oft eine weiße Frau, oft deren drei erblickt haben. Einige Augenzeugen bemerkten sie, in blendend weiße Gewande gehüllt, unter hohen Bäumen sitzen; andere erzählen, sie pflegten in dem Quell zu baden. Alle Wanderer, welche am Tage, besonders die, welche zur Abendzeit an dieser Stelle vorbei müssen, tun dieses nicht ohne Grausen, obschon man nicht gehört hat, daß die Erscheinungen je einem ein Leides getan. Wenn Leichen an dieser Stelle vorbei getragen werden, was wohl zu geschehen pflegt, da die Bewohner der nahen Weiler ihre Toten nach den Friedhöfen von Leichlingen, Witzhelden oder Solingen bringen, setzen sie hier die Bahre nieder, sprechen im Stillen ein Gebet und verfolgen dann erst ihren Weg. Es wird erzählt, daß noch während der letzten Jahre ein Bewohner des Rheintales, welcher nach Solingen wollte und sich den näheren Weg durch den Gebirgswald beschreiben ließ, in demselben irre geworden, die Kreuz und Quer, bergan und bergab gezogen, bis zum Sinken der Nacht ohne Ausweg geblieben, endlich in seiner Trostlosigkeit an jene Bäume gelangt sei. Dort habe er drei hohe Frauen in schimmernd weißen Gewanden nebeneinander sitzen sehen. Obschon ihm das Herz hier tief im Walde in der Dämmerung dieser Erscheinung gegenüber erbebte, und obschon er sich nicht getraute, näher zu treten, fragte der Verirrte bescheiden nach dem Wege, worauf eine der Frauen sich aufrichtete und hochragend mit der Hand nach der Gegend winkte, wo sein Weg lag, welchem der Wanderer sich auch gleich mit beklommenem Herzen und wankenden Knien zuwandte. Er gelangte bald zu einem Weiler, hörte dessen Bewohner, die er um den ferneren Weg anging, manches Verdächtigte über die Frauen am Borne murmeln, fand aber keine Ursache, sich über die Weißen zu beklagen, indem sie ihm den kürzesten Weg zum Ziele angedeutet hatten.

672.

DAS STEINERNE KREUZ

Unweit der hellen Fläche des Talsperrsees bei Remscheid steht im Gestrüpp ein altes, morsches Steinkreuz, mit unleserlichen Inschriften bedeckt. Der Platz umher ist fast ganz frei von Strauchwerk und dient alljährlich am zweiten Pfingsttag einer zahlreichen Volksmenge von nah und fern zum Festplatz. In geringer Entfernung zieht die alte kölnische Straße vorüber.

Von diesem Kreuz erzählt das Volk folgendes:

Vor Zeiten wurde an diesem Platze ein Bote erschlagen und ausgeraubt. Sterbend rief er seinen Mördern zu, der Himmel werde ihn durch die Vögel rächen, welche grade über sie hinflogen. Nach vollbrachter Tat zogen die Mörder nach dem Born und kehrten in einem dortigen Wirtshause ein. Hier ließen sie es sich wohl schmecken, und bald standen Kramtsvögel vor ihnen. Da bemerkte der eine, diese würden sie gewiß nicht verraten. Aber der Wirt hatte diese Worte vernommen. Er sandte zum Gericht, und halb saßen die beiden im Kerker. So entgingen sie ihrer gerechten Strafe nicht.

673.

DIE ROSEN VON ALTENBERG

Im Hochaltar des Domes zu Altenberg befanden sich früher im gemalten Holzschnitzwerk zwei Rosen, eine weiße und eine rote, mit denen hat es folgende Bewandtnis.

Ein Bruder des Klosters lag einst schwer leidend darnieder, und mit ihm flehten alle übrigen Brüder, daß ihn der Himmel durch den Tod von seinem Schmerzenslager bald erlösen möge. Da sproßte im Mönchschor, wo der kranke Bruder gewöhnlich zu sitzen und zu beten pflegte, eine weiße Rose hervor. Drei Stunden darnach starb der Kranke. Seitdem wiederholte sich das Zeichen. Stets fand derjenige, welchem der Tod bevorstand, drei Stunden vor einem Ende eine weiße Rose auf seinem Platze. Dies währte so lange, bis einst ein junger, lebenslustiger Mönch, der dieses Todeszeichen auf seinem Stuhle fand, es seinem Nachbar hinschob. Da ward die weiße Rose plötzlich rot, wie von Blut übergossen, und beide Mönche starben darauf.

Seit dieser Zeit erschien das Zeichen nicht mehr.

674.

DER FLUCH VON ALTENBERG

Beim Kloster Altenberg befanden sich früher sieben Teiche, in welchen die Mönche ihre Fische mästeten.

Einst hatte ein Mönch des Klosters eine Jungfrau verführt. Als das im Kloster ruchbar wurde, beschloß man den Tod des Mädchens, damit jeder Makel vom Kloster ferngehalten würde. Man führte es auf einen Damm von einem der Fischteiche, um es hinabzustoßen in die kalten Fluten. Aber ehe dies geschah, erhob die Jungfrau drohend ihre Hand gegen das Kloster und sprach einen schauerlichen Fluch über dasselbe aus, dabei prophezeiend, daß es durch Flammen zu Grunde gehen werde.

Der Fluch ging in Erfüllung. Niemals ging eine Leuchte der Wissenschaft aus jenem Kloster hervor, und Flammen verzehrten teilweise das ehrwürdige Kloster mit der Kirche.

675.

DIE ZWERGE VON KOLLENBERG

Auf dem Kirchgute Kollenberg bei Radevormwald wohnte einst ein Pächter, welcher niemals seine Kühe selbst hütete, sondern die Sorge für dieselben den Zwergen überließ, welche aufs beste für das Vieh sorgten. Das Essen setzte man den kleinen Leuten in Näpfchen auf einen bestimmten Zaunpfahl.

War der Herbst herbeigekommen, so beteiligte sich einer der Zwerge auch an der Ernte. Aber er trug niemals mehr als einen Halm und schleppte denselben anscheinend nur mühsam fort, schwer seufzend bei dieser Arbeit. Die Pächtersfrau wurde einst ärgerlich darüber, daß der kleine Mann bei einer so scheinbar geringfügigen Arbeit so schwer seufzte und gab ihrem Unmut unverhohlenen Ausdruck. Seit der Zeit verschwanden die Zwerge von Kollenberg. Der Wächter aber verarmte von da ab immer mehr.

676.

VORAHNUNGEN

Bei Rabevormwald liegt eine Stelle, Bu (=Bau) genannt, weil dort vor Zeiten ein gar wunderliches Bauwerk stand. Dasselbe brannte im Jahre 1863 oder 1864 ab, wobei eine ganze Familie, und zwar Vater, Mutter und Sohn unter merkwürdigen Umständen verbrannten.

Zwei Monate vorher hatten Leute, welche von Rade kamen, an jenem Platze Feuer gesehen. Sie eilten herzu, um rettende Hand anzulegen; aber es stellte sich heraus, daß es gar nicht brannte.

Etwas später vernahm man an jener Stelle ein furchtbares Jammergeschrei. Als man aber näher kam, war wiederum alle Besorgnis grundlos.

Noch einige Tage darnach sah man in der benachbarten Lunenmühle eine Person herankommen, gehüllt in ein großes, weißes Tuch. Die Person kam näher und näher und zerrann plötzlich vor den Augen der entsetzten Bewohner der Mühle.

Bei jenem schon angedeuteten Brande trugen sich alle diese angedeuteten Einzelheiten zu. Wie das Gerede ging, hatten die Bewohner selbst das Haus angezündet; und trotzdem fanden drei Personen dabei ihren Tod. Der Vater hatte vergessen, sein Geld zu retten. Er stürzte mit seinem Sohne durch die Flammen in das Haus hinein. Da er aber den Sprung vom Söller nicht wagen wollte, wie jener, so eilte er hinab und fand auch glücklich wieder den Weg ins Freie. Aber in demselben Augenblick, als sein flüchtiger Fuß das brennende Haus verlassen wollte, stürzte ein Teil des brennenden Daches auf ihn herab, ihn unter Trümmern und Feuergarben begrabend. Aber nochmals raffte er sich auf, hüllte sich in ein großes, weißes Tuch, und schleppte sich, über und über mit Brandwunden bedeckt, zur Lunenmühle hin, wo er kurz darauf seinen Verletzungen erlag.

Auch die Mutter geriet, als sie sich zu eifrig an der Bergung von ihrem Hab und Gut beteiligte, in Brand. Ihr entsetzliches Jammergeschrei verhallte anfangs ungehört; als man endlich hinzueilte, glich sie einer brennenden Säule. Man wälzte sie zum nahen Bach hin, umd die Flammen zu löschen. Dabei verbrannte der Sohn seine Augen. Die Mutter starb. Dem Sohn verheimlichte man bis zum Begräbnistage den Tod seiner Eltern. Als man aber die Totengesänge anstimmte, erkannte er den wahren Sachverhalt und brach in ein entsetzliches Klagegeschrei aus. Auch er fand bald darnach seinen Tod.

Dieser schreckliche Brand erfolgte am hellen Tage.

677.

WOHER HÜCKESWAGEN SEINEN NAMEN HAT

Vor langen, langen Zeiten fuhr einmal eine Frau auf ihrem von einem Esel gezogenen Gefährt Käse zur Stadt. In einem Hause verweilte die Bäuerin über Gebühr, während das Langohr draußen stand. Diesem wurde allmählich die Zeit zu lang, und plötzlich setzte sich das Tier in Bewegung. Als das die Frau gewahrte, stürzte sie hinaus und lief, laut: »Hü (Halt) Keswagen« rufend, hinter dem enteilenden Fuhrwerk her. Daher rührt die Bezeichnung des Städtchens an der obern Wupper.

678.

DER RING IM SEE BEI AACHEN

Petrarcha, auf seiner Reise durch Deutschland, hörte von den Priestern zu Aachen eine Geschichte erzählen, die sie für wahrhaft ausgaben, und die sich von Mund zu Munde fortgepflanzt haben sollte. Vor Zeiten verliebte sich Karl der Große in eine gemeine Frau so heftig, daß er alle seine Taten vergaß, seine Geschäfte liegen ließ, und selbst seinen eigenen Leib darüber vernachlässigte. Sein ganzer Hof war verlegen und mißmutig über diese Leidenschaft, die gar nicht nachließ; endlich verfiel die geliebte Frau in eine Krankheit und starb. Vergeblich hoffte man aber, daß der Kaiser nunmehr seine Liebe aufgeben würde: sondern er saß bei dem Leichnam, küßte und umarmte ihn, und redete zu ihm, als ob er noch lebendig wäre. Die Tote hub an zu riechen und in Fäulnis überzugehen; nichtsdestoweniger ließ der Kaiser nicht von ihr ab. Da ahnte Turpin der Erzbischof, es müsse darunter eine Zauberei walten; daher, als Karl eines Tages das Zimmer verlassen hatte, befühlte er den Leib der toten Frau allerseits, ob er nichts entdecken könnte; endlich fand er im Munde unter der Zunge einen Ring, den nahm er weg. Als nun der Kaiser in das Zimmer wiederkehrte, tat er erstaunt, wie ein Aufwachender aus tiefem Schlafe, und fragte »Wer hat diesen stinkenden Leichnam hereingetragen?« und befahl zur Stunde, daß man ihn bestatten solle. Dies geschah, allein nunmehr wandte sich die Zuneigung des Kaisers auf den Erzbischof, dem er allenthalben folgte, wohin er ging. Als der weise, fromme Mann dieses merkte und die Kraft des Ringes erkannte, fürchtete er, daß er einmal in unrechte Hände fiele, nahm und warf ihn in einen See, nah bei der Stadt. Seit der Zeit, sagt man, gewann der Kaiser den Ort so lieb: daß er nicht mehr aus der Stadt Aachen weichen wollte, ein kaiserliches Schloß und einen Münster da bauen ließ, und in jenem seine übrige Lebenszeit zubrachte; in diesem aber nach seinem Tode begraben sein wollte. Auch verordnete er, daß alle seine Nachfolger in dieser Stadt sich zuerst sollten salben und weihen lassen.

679.

DER WOLF UND DER TANNENZAPF

Zu Aachen im Dom zeigt man an dem einen Flügel des ehernen Kirchentors einen Spalt und das Bild eines Wolfs nebst einem Tannenzapfen, beide gleichfalls aus Erz gegossen. Die Sage davon lautet: vor Zeiten, als man diese Kirche zu bauen angefangen, habe man mitten im Werk einhalten müssen aus Mangel an Geld. Nachdem nun die Trümmer eine Weile so dagestanden, sei der Teufel zu den Ratsherrn gekommen, mit dem Erbieten, das benötigte Geld zu geben unter der Bedingung, daß die erste Seele, die bei der Einweihung der Kirche in die Türe hineinträte, sein eigen würde. Der Rat habe lang gezaudert, endlich doch eingewilligt und versprochen, den Inhalt der Bedingung geheim zu halten. Darauf sei mit dem Höllengeld das Gotteshaus herrlich ausgebaut, immittelst aber auch das Geheimnis ruchtbar geworden. Niemand wollte also die Kirche zuerst betreten und man sann endlich eine List aus. Man fing einen Wolf im Wald, trug ihn zum Haupttor der Kirche und an dem Festtag, als die Glocken zu läuten anhuben, ließ man ihn los und hineinlaufen. Wie ein Sturmwind fuhr der Teufel hinterdrein und erwischte das, was ihm nach dem Vertrag gehörte. Als er aber merkte, daß er betrogen war und man ihm eine bloße Wolfsseele geliefert hatte, erzürnte er und warf das eherne Tor so gewaltig zu, daß der eine Flügel sprang und den Spalt bis auf den heutigen Tag behalten hat. Zum Andenken goß man den Wolf und seine Seele, die dem Tannenzapf ähnlich sein soll. – Andere erzählen es von einer sündhaften Frau, die man für das Wohl der ganzen Stadt dem Teufel geopfert habe und erklären die Frucht durch eine Artischocke, welche der Frauen arme Seele bedeuten soll.

680.

DER TEUFELSSAND

Der Satan wollte sich rächen für den Streich, der ihm gespielt worden war, flog darum nach dem Gestade der See und lud eine große Düne gleich einem Mehlsack auf den Rücken; mit der Last machte er sich alsbald wieder nach Aachen, um die Stadt gänzlich zu verschütten und unter dem

Sand zu begraben. So war er schon über die Maas gekommen und stand endlich nicht mehr weit von der Stadt im Soerstal; da trieb ihm ein plötzlicher Wind so viel Sand in die Augen, daß er die Gegend nicht recht erkennen konnte. Eben kam ein altes Weib daher, das hatte Schlubben (Schlappschuhe) an. Das fragte er, wo er denn eigentlich wäre und wie weit er noch bis Aachen hätte. Die Alte schaute ihm einmal ins Gesicht und erkannte ihn gleich wieder, denn sie hatte ihn früher oft beim Bau des Münsters gesehen; auch erriet sie schnell seine Absicht, als sie den Sandberg auf seinen Schultern sah, und sie sprach schlau: »Ach, da seid ihr ja ganz vom Wege abgekommen, lieber Herr. Schaut nur auf mein Fußzeug; ich habe die Schuhe in Aachen neu angezogen, und jetzt sind die Sohlen mir von der lange Reise bis hierher schon ganz zerrissen.«

Da fluchte der Teufel einen greulichen Fluch und schrie zornig: »Ich bin der Schlepperei müde; für jetzt mag mir das Betrügernest entgehen, ich werde mich doch noch an ihm zu rächen wissen.« Und mit den Worten warf er den Sandberg nieder auf die Erde und fuhr ab, wobei er einen übernatürlichen Gestank hinterließ.

Den Sandhaufen kann man noch sehen; er ist durch den gewaltigen Stoß, den er bekam, als der Teufel ihn hinwarf, in der Mitte gespalten und bildet so eigentlich zwei Berge, von denen einer der Lousberg heißt, wie das alte Weib dem Teufel selbst zu loos (lose, schlau) war.

681.

KARLS RÜCKKEHR AUS UNGARN

Als König Karl nach Ungarn und der Walachei fahren wollte, die Heiden zu bekehren, gelobte er seiner Frau, in zehn Jahren heimzukehren. Käme er in dieser Zeit nicht, so sollte sie seinen Tod für gewiß halten. Würde er ihr aber durch einen Boten sein golden Fingerlein zusenden, dann möge sie auf alles vertrauen, was er ihr durch denselben entbieten lasse. Nun geschah es, daß der König schon über neun Jahre ausgewesen war, da begann der Unfriede in den Ländern am Rhein; Raub und Brandschatzungen wollten nicht aufhören. Die Herren gingen zur Königin und baten, daß sie sich einen andern Gemahl auswähle, der das Reich beschützen könne. Die Königin aber wollte ihrem Gemahl nicht untreu werden und nichts tun, eh' er das Wahrzeichen gesandt hätte. Doch die Herren drängten so lange, bis sie endlich nachgab. Gott der Herr aber sandte einen

Engel an König Karl nach Ungarland, der es ihm kundtat. Wie der König aber verzagte, daß er in drei Tagen sollte heimkehren können, sprach der Engel: »Weißt du nicht, Gott kann tun, was er will? Geh zu deinem Schreiber, der hat ein gutes starkes Pferd, das du ihm abgewinnen mußt; das soll dich in einem Tag tragen über Moos und Heide bis in die Stadt zu Raab, das sei dein erster Tagesritt. Den andern Morgen sollst du früh ausreiten die Donau hinauf bis gen Passau; das sei der nächste Tagesritt. Zu Passau sollst du dein Pferd lassen; der Wirt, bei dem du einkehrst, hat ein schön Füllen; das kauf ihm ab, es wird dich den dritten Tag bis in dein Land tragen.«

Der Kaiser tat, wie ihm geboten war und ritt in einem Tag von der Bulgarei bis nach Raab, und den zweiten kam er nach Passau. Der Wirt, bei dem er abends, als das Vieh einging, das Füllen sah und es kaufen wollte, gab es ihm aber erst nicht, weil es noch zu jung sei und er zu schwer dafür. Erst als der Gast ihn zum drittenmal darum anging, ließ er es ihm gegen dessen Pferd.

Also machte sich der König des dritten Tages auf und ritt schnell und unaufhaltsam bis gen Aachen vor das Burgtor; da kehrte er bei einem Wirt ein. Überall in der ganzen Stadt hörte er einen fröhlichen Lärm, der kam vom Singen und Tanzen. Da fragte er, was das wäre. Der Wirt sprach: »Eine große Hochzeit soll heute gefeiert werden, denn unsere Frau wird einem reichen König anvermählt; da wird große Kost gemacht, und Jungen und Alten, Armen und Reichen Brot und Wein gereicht, und Futter wird vor die Pferde geschüttet.« Der König sprach: »Hier will ich mein Gemach haben und mich nicht um die Speise bekümmern, die sie in der Stadt austeilen; kauft mir für mein Guldenpfennig, was ich bedarf, schafft mir viel und genug.« Als der Wirt das Gold sah, sagte er bei sich selbst: »Das ist ein Edelmann, wie ich noch keinen erblickte!« Nachdem die Speise köstlich und reichlich zugerichtet und Karl zu Tisch gesessen war, forderte er einen Wächter vom Wirt, der sein des Nachts über pflege, und legte sich zu Bette. In dem Bette aber liegend, rief er den Wächter, und mahnte ihn: »Wann man den Singos im Dom läuten wird, sollst du mich wecken, daß ich das Läuten höre; dies gülden Fingerlein will ich dir zum Lohn geben.« Als nun der Wächter die Glocke vernahm, trat er ans Bett vor den schlafenden König: »Wohlan, Herr, gebt mir meinen Lohn, eben läuten sie den Singos im Dom.« Schnell stand dieser auf, legte ein reiches Gewand an und bat den Wirt, ihn zu begleiten. Dann nahm er ihn bei der Hand, und ging mit ihm vor das Burgtor, es lagen starke Riegel davor. »Herr«, sprach der Wirt, »ihr müßt unten durchschlüpfen, aber dann wird euer Gewand kotig werden.« – »Daraus mach ich mir wenig, und würde es ganz zerrissen.« So krochen sie unterm Tor hindurch; der König voll weisen Sinnes hieß den Wirt um den Dom gehen, während er selber in den Dom ging. Nun galt in Franken das Recht, »wer auf dem Stuhl im Dom sitzt, der muß König sein«. Das erschien ihm gut, er setzte sich auf den Stuhl, zog sein Schwert und legte es nackt über seine Knie. Da trat der Mesner in den Dom und wollte die Bücher bereitlegen; als er aber den König sitzen sah mit blankem Schwert und stillschweigend, begann er zu zagen, und verkündete eilends dem Priester: »Als ich zum Altar ging, sah ich einen greisen Mann mit bloßem Schwert über die Knie auf dem gesegneten Stuhl sitzen.« Die Domherren wollten dem Mesner nicht glauben; einer von ihnen ergriff ein Licht und ging unverzagt zu dem Stuhle. Als er die Wahrheit sah, wie der greise Mann auf dem Stuhle saß, warf er das Licht aus der Hand, und floh erschrocken zum Bischof. Der Bischof ließ sich zwei Kerzen von Knechten tragen, die mußten ihm zum Dom leuchten; da sah er den Mann auf dem Stuhle sitzen und sprach furchtsam: »Ihr sollt mir sagen, was Mannes Ihr seid, geheuer oder ungeheuer, und wer Euch ein Leids getan, daß Ihr an dieser Stätte sitzt?« Da hob der König an: »Ich war Euch wohl bekannt, als ich König Karl hieß, an Gewalt war keiner über mir!« Mit diesen Worten trat er dem Bischof näher, daß er ihn recht ansehen könne. Da rief der Bischof: »Willkommen, liebster Herr! Eurer Kunft will ich froh sein«, umfing ihn mit seinen Armen und leitete ihn in sein reiches Haus. Da wurden alle Glocken geläutet, und die Hochzeitsgäste fragten, was der Schall bedeute. Als sie aber hörten, daß König Karl zurückgekehrt sei, stoben sie auseinander, und jeder suchte sein Heil in der Flucht. Doch der Bischof bat, daß ihnen der König Friede gäbe und der Königin wieder hold würde, es sei ohne ihre Schuld geschehen. Da gewährte Karl die Bitte, und gab der Königin seine Huld.

682.

DER SÄNGER ARNOLD

Ein Wald, in dem der Kaiser Karl gern jagte, war der Burgel bei Arnoldsweiler; er ist so oft von Aachen dahin geritten, daß ein Feldweg durch die Lucherberger Mark zum Andenken daran noch heute Keseschpättche (Kaiserspfädchen) genannt wird. Von diesem Burgel- oder Bürgelwald wird auch eine Schenkungsgeschichte erzählt, die sich auf einer Jagd Karls zugetragen hat.

Es war zu der Zeit ein Sänger ins Land gekommen, der Legende nach aus Griechenland, er hieß aber Arnold. Da er ein Meister in seiner Kunst war, wurde er am Hofe wohl aufgenommen. Alles aber, was er mit Singen und Saitenspiel gewann, verteilte er unter die Armen und Waisen. Einst ging König Karl mit seinem Gefolge bei Ginnezwilre (Arnoldsweiler) auf die Jagd. Da lag ein großer Wald, Burgel genannt; die Leute aber, die ringsum wohnten, hatten kein Holz und litten große Not dadurch, wagten aber keines aus dem Walde zu holen, da er zum Königsgut gehörte. Da sann der fromme Arnold, wie er ihnen helfen könnte.

Und eines Tages, als der König sich zu Tisch setzte, trat er zu ihm und erbat sich eine Gnade. Der König fragte, was es wäre, da sprach er: »Ich bitte dich darum, daß du mir so viel von dem benachbarten Wald schenkst, als ich umreiten kann, während du an der Tafel sitztest.« Karl gewährte es ihm; der Sänger aber hatte schon vorher eine Anzahl der schnellsten Pferde rings um den Wald, den er zu erwerben gedachte, in gleichen Abständen aufgestellt, so daß er sofort, wenn ein Tier müde war, ein anderes besteigen konnte. So umritt er ein Waldstück zwei Meilen in die Länge und halb so breit; jedesmal aber, wenn er abstieg, zeichnete er eine hohe Eiche mit dem Schwert – die Marken sollen noch zu der Zeit, da diese Legende aufgezeichnet wurde (1637), zu sehen gewesen sein. Dann kehrte er voll Freude zurück, als Karl noch an der Tafel saß. Der König verwunderte sich über die Maßen, aber was er ihm zugesagt hatte, säumte er nicht zu erfüllen, zog einen Ring vom Finger und gab ihm mit diesem nach Königs Brauch vor aller Augen den Wald zu eigen. Der Sänger dankte ihm auf den Knien und flehte Gott um langes Leben und himmlischen Lohn für ihn an: »Wisse, Herr«, sprach er, »diese reiche Gabe wird dir für alle Zeit unvergessen sein, denn ich will sie dem Himmelsherrn darbringen für das Heil deiner und meiner Seele.«

Und nachdem er den Wald so durch Übergabe des Ringes empfangen, verteilte er ihn an die umliegenden Dörfer, deren Namen hier angeführt seien, damit kein Fremder und von dieser Schenkung Ausgeschlossener sich deren etwas anmaße: Arnoldsweiler, Ellen, Oberzier, Niederzier, Lich, Ober- und Niederembt, Angelsdorf, Elsdorf, Paffendorf, Glesch, Heppendorf, Sindorf, Manheim, Kerpen, Blazheim, Golzheim, Buir, Morschenich, Merzenich.

Auf seinen Wegen zum Bürgelwald soll der Kaiser auch über den Plan nachgedacht haben, eine große Stadt zu bauen, die von Aachen bis Düren reichte; soll es dann aber schweren Herzens der zu großen Kosten wegen aufgeben haben mit den Worten: »Ach weh, teuer!« Danach, so meinten die alten Leute früher dort, seien dann die Orte Aachen, Wehe und Düren benannt worden. Dagegen weiß man an vielen Orten des Landes um Aachen über die ganze Eifel und die Ardennen hin von einem Jagdschloß zu erzählen, das sich Karl da gebaut haben soll, so in Stolberg, Monschau, Karlshausen (im Kreise Bitburg) und Bertrad.

683.

DIE BOCKREITER

In den Ländern links des Niederrheines verbreiteten in alten Zeiten die Bockreiter Furcht und Schrecken. Sie waren eine Verbrecherzunft, die durch strenge Gesetze zusammengehalten wurde. Bei ihrer Aufnahme in die Zunft mußten sie Gott absagen und sich dem Teufel verschreiben. Der höllische Geist stand ihnen bei. Er trug sie in der Gestalt eines schwarzen Bockes an die Orte ihrer Verbrechen und wieder zurück, so daß es nur selten gelang, einen von ihnen der strafenden Gerechtigkeit zuzuführen.

Daß die Bockreiter mit des Teufels Hilfe Wunder vollbringen konnten, erfuhr ein junger Bursch aus Jülich, der den Werbern des Preußenkönigs in die Hände gefallen und nach Spandau gebracht worden war. Als er dort sieben Jahre lang Kommißbrot gegessen hatte, wurde seine Sehnsucht nach Freiheit so groß, daß er es fast nicht mehr aushalten konnte. Das merkte ein alter Korporal, ein Landsmann des Jülichers aus Herzogenrath. Der redete ihn eines Tages an und sagte: »Kamerad, du willst heim, ich sehe es dir an. Ich will dir zur Flucht verhelfen. Ich bin Bockreiter und erwarte dich in der kommenden Nacht um die zwölfte Stunde auf der Bastei. Wenn du tust, was ich dir sage, dann wirst du morgen früh vor dem ersten Hahnenschrei in deines Vaters Haus sein.« Der junge Soldat hatte in seiner Heimat viel seltsame Geschichten von den Bockreitern gehört. Seine Großmutter hatte ihm erzählt, daß zwei von ihnen einmal abends dem Sultan in Konstantinopel die Wäsche gestohlen und sie am nächsten Morgen auf dem Markt in London feilgeboten hätten. Dem Soldaten widerstrebte es zwar, sich einem Bockreiter anzuvertrauen, doch war sein Heimweh so übermächtig, daß er sich um Mitternacht an der verabredeten Stelle einfand. Der Korporal kam ihm schon entgegen. Er winkte mit einem Stock, und im nächsten Augenblicke stand ein schwarzer zottiger Bock mit feurigen Augen vor ihnen. »Steige auf seinen Rücken«, sagte der Alte, »und packe ihn fest bei den Hörnern. Wenn dich etwas unterwegs erschreckt, dann sprich nicht das Wort aus, das eine Mutter sagt, wenn sie unversehens in Gefahr kommt. Fluche lieber, soviel du willst, in drei Teufels Namen.«

Im nächsten Augenblick erhob sich der Bock in die Lüfte, und fort ging es mit Windeseile nach Westen. Plötzlich ging die Fahrt in die Tiefe. Der Soldat erschrak und rief: »Jesses!« Da warf der Bock ihn ab. Er fiel zum Glück in ein dichtes Gebüsch und kam so mit dem Leben davon. Als er sich erheben wollte, merkte er, daß er ein Bein gebrochen hatte. Am Morgen kam ein Bauer mit seinem Fuhrwerk vorbei. Der sagte ihm, daß er am Rande des Jülicher Waldes liege, und brachte ihn zu seinen Eltern.

684.

DER MEISTER ÜBER ALLE MEISTER

In jener glücklichen Zeit, als unser Herr noch unter den Menschen wandelte, kam er eines Tages in Begleitung des heiligen Petrus durch eine Stadt. In der Hauptstraße trafen sie von ungefähr auf die Werkstätte eines Schmiedes, der der Welt seine Kunst und Geschicklichkeit durch die prahlerischen Worte auf einem Schilde über der Türe verkündigte: »Hier wohnt ein Meister über alle Meister.«

Da sprach unser Herr zu Petrus: »Wollen doch einmal eben vorsprechen und diesen eingebildeten Prahler von seinem Dünkel und seiner Anmaßung gründlich kurieren.« – Traten also in die rußige Schmiede und fragten den Meister, den sie eben antrafen, bescheiden um Arbeit, vorgebend, daß sie wandernde Zunftgenossen seien und sich nach Arbeit umsähen.

Der Meister war hocherfreut und grüßte herzlich die willkommene Hilfe, die ihm in Gestalt so schmucker Gesellen wie vom Himmel gesandt erschien. Er beauftragte unsern Herrn auch sogleich mit dem Beschlagen eines Pferdes, und Petrus sollte ihm helfend zur Hand gehen.

Unser Herr nimmt alsbald ein großes Messer und schneidet, während die Zuschauer vor Grausen sprachlos stehen, dem Pferde einen Fuß nach dem andern ab, spannt sie zwischen den Schraubstock, schneidet sie nach allen Regeln der Kunst zurecht und schlägt in aller Gemütsruhe die neuen Eisen auf die Hufe. Nachdem dies geschehen, setzt er jeden der Füße wieder an das zugehörige Pferdebein, als wär's eben nur ein Kinderspiel. Doch siehe da! alle Füße sind alsbald heil und gesund und so richtig beschlagen wie nie zuvor.

Grenzenlos ist das Erstaunen des früher so eingebildeten Meisters; voll Reue wirft er sich dem Herrn zu Füßen und gelobt von der Stunde an, sich zur Demut zu bekehren und das Schild mit der lügnerischen Inschrift zu verbrennen. Der aber, durch den er so handgreiflich von dem Dasein eines Meisters über ihm belehrt worden, setzte noch in derselben Stunde, von St. Petrus begleitet, seinen Wanderstab weiter, um auch andere Leute mit seiner frohen Botschaft zu beglücken.

685.

DAS VERSUNKENE SCHLOSS

Es stand in der weiten Ebene, die da fruchtbar wie ein Garten war, dies starke Schloß mit hellen Zinnen, reich an Gold verziert und nicht unweit des Waldes, da stolze Eichen und Buchen rauschten und da oft das Jagdhorn Ritter Erichs widerhallte, der mit seinen Freunden ein wildes, lautes Leben führte im Wald beim Jagen und im Schloß beim Wein.

Es geschah, daß ein armer, alter Pilgersmann des Weges kam und durch das Schloßtor ging und sich wohl etwas fürchtete ob des Gekläffs der Hunde... und daß sich Ritter Erich, eben von der Jagd zurück, über diese Scheu des Alten lustig machte: »Hei, hetzt die Hunde auf den Mann, das gibt ein lustig Schauen und ein Lachen...« Und schon wollte sich die wilde Meute auf ihn stürzen, als von der Seite durch das schmale Törchen des Ritters wunderschöne Tochter aus dem Garten kam, beide Hände voll von roten und weißen Rosen: Elisabeth, schön von Gestalt und schöner noch in ihres Herzens Unschuld, die, als sie jenes frevle Treiben sah, die Hunde rief, die ihr gehorchten und die dann trotz des Scheltens ihres wilden Vaters zu dem Armen ging und – da sie beide Hände voll von Rosen hatte, ihm erst einen Strauß und dann die Hand gab und freundlich zu ihm sprach, so daß der Alte ganz beglückt tränenden Auges vor ihr niederkniete.

Sie aber hob ihn auf und führte ihn durch das Tor, ging eine Weile mit ihm auf den Weg, gab ihm eine gute Gabe und wies ihn zur Herberge. Aber als sie sich wieder wenden wollte, um zur Burg zurückzugehen, sprach der Alte sonderbare Worte, die sie nicht verstand, er verdrehte die Augen... und indem sie ihm zur Hilfe sprang, um den Wankenden zu halten, sah sie plötzlich mitten im hellen Sommerlicht über ihres Vaters Burg eine dunkle Wolke, die immer tiefer sank, und im gleichen Augenblick wankten des Schlosses Türme, ein ungeheuerer Donner brach los, als wenn von tausend Riesenschmiedehämmern die ganze Burg zerschlagen worden wäre. Und wo noch eben blühendes Leben war und Menschen, die nach der Heimkehr sich des Weines freuten, war nun ein See. Dunkle Bäume rauschten traurig an den Ufern rings, Schloß und Gärten sind für alle Zeiten nur Vergangenheit.

Als aber dies geschehen war, stand der Pilger wieder aufrecht. Es wird erzählt, daß Elisabeth an seiner Seite blieb, mit ihm durch weite Länder wandelte und ihn pflegte bis zu seinem Tode. Die Rosen aber, die sie ihm geschenkt, seien nie verblüht, – und als er mit ihnen vor die Himmelstür gekommen wäre, habe sie sich so weit aufgetan, daß auch Elisabeth, ihrer

Irdischkeit vergessend, von dem Glanz und Licht herangezogen, lebend, ohne Tod, aus dieser Zeit in die Ewigkeit und Seligkeit gegangen wäre.

686.

DIE HAND AUS DEM GRABE

Es war eine Tochter, die ihre Mutter geschlagen hatte. Als sie gestorben war, wuchs ihre Hand aus dem Grabe, und wo sonst Gras und Blumen stehen, war es grau und kahl. Und trotz Pflanzen und Begießen: alles verdorrte ringsumher. Das einzige, was erschauernd und furchtbar aufwuchs aus der Nacht der Erde war die weiße Totenhand.

Alle Tage war die Mutter mit Beten und Weinen zum Friedhof gegangen, bis sie schließlich die Schaufel nahm und ihr Kind tiefer in die Erde grub. Und es war so an diesem wie am nächsten und übernächsten Tage: So tief sie das Grab auch schaufelte, immer war der Arm so hoch gewachsen, daß immer wieder die Hand aus dem Grabe aufrecht stand, daß jeden, der vorüberging, ein Grauen ankam und die Mutter immer einsamer sich verschloß vor aller Menschen Blick. Einer Mutter Liebe ist jenseits von Gut und Böse, sie duldet alles und erträget alles; und also war das Grab zuletzt ihr einziger Ort, an dem sie mit der toten Tochter und ihrem eigenen schweren Leib allein war, von den Menschen fern in dieser leeren, öden Friedhofseinsamkeit.

Es begab sich eines Tages, daß der Pfarrer des Weges ging und sie ihn anrief, daß er möge beten und die Gemeinde bitten, mit zu beten um der gestraften Tochter Heil. Und als ihr die Antwort ward, es wüchsen auf dem Friedhof Birkenreiser für ein ungezogenes Kind genug, sie solle es noch im Tode strafen, dann würde jener Fluch entkräftet und die Hand im Grab verbleiben, da regte es sich in der Erde tief, das Grab zerbarst und der Tochter dumpfe Grabesstimme sprach: »So strafe mich, o Mutter, damit Du Ruhe findest. Dort steht der Birkenbaum, des Wurzeln bis in meine Tiefe kommen, schlag mich mit seinen Reisern! O, ich möchte ein Leben lang mich von dir strafen lassen, die ich dir den Frieden und die Freude dieses Lebens ganz zerstörte.« Doch indem sie sprach, zitterte es durch den Leib der Mutter: »Sie lebt, sie lebt, o, das ist ihre Stimme!« ... und es hielt sie nichts: mit einem Freudenschrei warf sie sich zu der Tochter in die dunkle Gruft, umschloß sie fest mir ihren Armen und ließ die Schollen über sich hinrieseln, daß sie bald schon beide, ganz bedeckt mit Erde, begraben waren: Im Tod vereint.

Der Pfarrer, der es so erzählte, kam mit verstörtem Blick nach Hause. Man fand ihn am andern Morgen auf jenem Grab erstarrt und tot. Doch als die Gemeinde nach drei Tagen mit seiner Leiche im großen, feierlichen Zug zum Friedhof kam, da sahen sie alle auf jenem Mutter-Tochtergrab ein Grünen und ein Blühen mit Nelken und Reseden und hundert Sommerblumen wie nirgendwo. Und jener Birkenbaum, der seine Zweige senkte, und dessen Wurzeln bis in jene Tiefe reichten, da die beiden schliefen, war wunderbar verwandelt, daß aus seinen Zweigen rote Rosen blühten.

687.

DIE KANZEL-LEY BEI NIDEGGEN

In einer Felsenhöhle bei Schloß Nideggen brachte in alter Zeit ein Eremit seine Tage mit Gebet und Bußübungen zu. Jeden Sonntag hielt er dem von nah und fern herbeiströmenden Volke eine erbauliche Predigt über Gottes Wort. Als Predigtstuhl diente ihm ein Felsblock, die Kanzel-Ley; rings im Kreise standen die andächtig lauschenden Zuhörer.

Da geschah es einmal, daß der Prediger eine halbe Stunde später zum gewohnten Dienste kam. Zu seinem größten Erstaunen sah der Herbeieilende auf seiner Felsenkanzel inmitten des zahlreich versammelten Volks einen Kuttenträger, der in Gestalt und Gesichtszügen sein leibhaftiges Ebenbild war. Auch glaubte er seine eigene Stimme zu vernehmen.

»Das kann nur der Teufel sein!« dachte der Klausner und hob sein Kreuz hoch empor vor des Predigers Gesicht. Der sprang mit einem gewaltigen Satze vom Predigtstuhl und entfernte sich eilenden Laufes mit flatternder Kutte, indem er den einen Fuß etwas nachzog. Bei Kühlenbusch kam er an eine breite Schlucht. Er schätzte in seiner Hast die Entfernung bis zum jenseitigen Rande zu kurz und sprang, statt oben auf den Rasen, unten auf ein Felsstück, wobei sich sein Pferdehuf tief in das Gestein drückte. Noch heute ist jene Stelle, »Düvelstrett«, zu sehen.

688.

BONSCHARIANT

Zu dem reichen Grafen Sibodo, der in der Zeit Kaiser Heinrichs I. lebte und ein lauer Christ war, trat einmal der Teufel in Gestalt eines Dieners, der sich Bonschariant nannte. Der Graf nahm ihn mit auf sein Schloß an der Ahr. Mit wunderbarer Geschicklichkeit erfüllte der neue Diener alle Befehle und Wünsche seines Herrn, der sich schließlich gar nicht mehr von ihm trennen konnte. Wenn der Ritter auszog zu Kampf oder Turnier, war Bonschariant stets sein unentbehrlicher Begleiter. Sibodo nahm ihn auch mit ins heilige Land, und wo der Diener an der Seite seines Herrn kämpfte, da war der Sieg.

Als der Ritter aus dem Morgenlande zurückgekehrt war, tobten bald auch am Rhein heftige Kämpfe. Es gelang Sibodo, den Feind zu schlagen und über den Strom zurückzudrängen. Eines Abends schlief er, müde vom Kampfe, unter einem Baume ein. Da schlichen die Feinde unbemerkt heran, und sein Leben schwebte in höchster Gefahr. Doch Bonschariant eilte rechtzeitig herbei und trug den Schlafenden durch die Lüfte davon. Während sie in den Wolken dahinschwebten, erwachte Sibodo und rief: »Gott sei mir gnädig!« Da knurrte und rumorte der erboste Teufel gewaltig. Von dieser Stunde an betrachtete Sibodo seinen unheimlichen Diener mit Mißtrauen und geheimer Sorge.

Nach einer Reihe von Jahren erkrankte die Gemahlin Sibodos schwer. Von nah und fern rief der Ritter die berühmtesten Ärzte herbei, doch ihre Kunst versagte am Leiden der Gräfin. Endlich sagte einer der Ärzte: »Es gibt noch ein letztes Mittel, die Kranke zu heilen, Löwenmilch mit Drachenblut, aber wer kann das herbeischaffen?« »Dies werde ich tun«, sagte Bonschariant, erhob sich in die Lüfte und rauschte nach Süden davon. Schon nach zwei Stunden kam er mit dem Wunderelixier aus dem innersten Afrika zurück. Die Gräfin genas und ward gesünder denn je. Als sie aber hörte, wie ihre Heilung sich zugetragen hatte, da drängte die Fromme ihren Gatten, den Diener, der doch der leibhaftige Teufel sein müsse, zu entlassen.

Sibodo fiel es schwer, auf die Dienste Bonschariants zu verzichten. Um aber seine Gattin zu beruhigen, beschloß er, in den Eifelbergen zur Ehre Gottes ein Kloster zu erbauen und es Steinfeld zu nennen. Dem Diener sagte er, daß die stattlichen Gebäude ein Jagdschloß werden sollten. Als das Werk nahezu vollendet war, setzte der Graf über Nacht ein Kreuz auf die höchste Spitze. Das sah am nächsten Tage in der Frühe der Teufel, als er eben einen schweren Stein herbeischleppte. Da geriet er in rasende Wut und schleuderte den Stein nach dem Zeichen des Menschensohnes. Doch das Wurfgeschoß wurde von unsichtbarer Hand abgelenkt und fiel weitab bei Dieffenbach nieder, wo es noch heute liegt. Von dieser Zeit an wurde Bonschariant nicht mehr gesehen.

689.

DIE GLÜHENDEN KOHLEN

In der Nähe eines Franziskanerklosters vor den Toren von Adenau wohnte einmal ein armer Bauersmann, dessen Weib in jungen Jahren gestorben war. Gern hätte der Witwer die Magd, die ihm das Hauswesen führte, und die er wegen ihre Tugendhaftigkeit und Schönheit von Herzen lieb gewonnen hatte, zum Weibe genommen. Doch er brachte es nicht über sich, das junge Blut zum Genossen seiner Dürftigkeit und Not zu machen.

Es war an einem frühen Morgen in der Adventszeit. Der Bauer hatte mit seiner Magd die Roratemesse in der nahen Klosterkirche besucht. Nach der Heimkehr machte er sich im Stalle zu schaffen, während die Magd in die Küche ging, um das Essen zu bereiten. Zu ihrem größten Erstaunen war die Glut auf der Herdstätte erloschen. Sie eilte sogleich mit der Kohlenpfanne nach der Klosterküche, um neue Glut zu holen. Doch siehe, am Wegrande vor der Klostermauer loderte ein helles Feuer empor. Schnell füllte sie die Pfanne mit glühenden Kohlen und lief nach Hause. Als sie wieder am Herde stand, waren die eben noch brennenden Holzkohlen kalt und schwarz geworden. Auch beim zweiten und dritten Versuch, mit frischer Glut vom Feuer am Wege die Herdflamme wieder zu entfachen, hatte sie keinen Erfolg.

Unterdessen kam der Hausherr, und die Magd erzählte ihm ihr sonderbares Erlebnis. Prüfend schauten beide nach dem Herde. Da sahen sie anstatt der schwarzen Kohlen einen Haufen puren Goldes. Der arme Bauer war nun ein wohlhabender Mann. Dankbaren Herzens machte er dem Kloster ein reiches Geschenk und vermählte sich mit der treuen Magd.

690.

DER RITTERSPRUNG

Der junge Günther von der Saffenburg bewarb sich um die Hand der Hildegunde, der Tochter des Grafen von Are. Das Burgfräulein nahm den Antrag des ritterlichen Bewerbers, dem es schon lange in Liebe zugetan war, mit Freuden an, doch der Vater, der mit den Saffenburgern eine alte Rechnung zu begleichen hatte, wies den Freier mit höhnischen Worten ab und verbot ihm, die Burg Are jemals wieder zu betreten.

Günther störte sich nicht an das Verbot des Haßerfüllten. In nächtlicher Stunde erstieg er immer wieder unter Lebensgefahr den Burgberg von Are zu heimlicher Zwiesprache mit der Braut. Bald ward das dem Grafen hinterbracht, und als der treue Liebhaber wieder einmal im Schutze der Dunkelheit den steilen Pfad hinaufklomm, da schreckte ihn plötzlich Waffengeklirr aus seinen sehnsüchtigen Gedanken auf. Im Augenblick sah er sich von einer bewaffneten Schar umringt. Mit geschwungenem Schwerte stürmte der Burgherr rachedürstend auf ihn zu. Der wehrlose Jüngling schien verloren; jeder Widerstand war bei der Übermacht der Feinde nutzlos. Doch lieber wollte er sterben, als in schimpfliche Gefangenschaft geraten. Rasch entschlossen stürzte er sich in kühnem Sprunge in den schauerlichen Abgrund. Wie durch ein Wunder kam er mit dem Leben davon.

Schon am folgenden Tage gab der Graf von Are seine Einwilligung zur Vermählung der Liebenden. Die Stelle aber, von der aus der junge Saffenburger den tollkühnen Sprung gewagt hatte, heißt noch heute »Zum Rittersprung!«

691.

DIE DREI JUNGFRAUEN VON LANDSKRON

Auf der Burg Landskrone an der Ahr wohnte einmal ein mächtiger Graf, der hatte drei liebliche Töchter, denen es an Freiern nicht fehlte. Um die Hand der Jüngsten bewarb sich ein benachbarter Ritter, der aber kein Gehör fand und daher auf blutige Rache sann.

Eines Tages zog der Graf mit seinen Knappen auf die Jagd. Da überfiel der abgewiesene Freier mit seinen Leuten die Burg. Ungestüm polterte er von einem Gemach zum andern, doch die Gesuchte fand er nicht. In seiner wilden Wut ließ er das Schloß plündern und in Brand stecken.

Den Schwestern war es rechtzeitig gelungen, durch ein geheimes Pförtchen in der Ringmauer zu fliehen und in einer nahen Felsenkluft Schutz zu suchen. Doch auch dorthin fand der Rasende im Feuerschein der brennenden Burg den Weg. Die Jungfrauen, die sich in ihrer Herzensangst im fernsten Winkel der Schlucht verborgen hatten, vernahmen alsbald vom Eingang her drohende Rufe und Waffengeklirr. In dieser großen Not konnte nur Gott ihnen helfen. Engumschlungen knieten sie nieder und flehten inbrünstig um seinen Schutz. Und siehe, die Felswand teilte sich wie ein Vorhang; eine dunkle Grotte wurde sichtbar und nahm die Schwestern bergend auf. Nach einer Weile verhallten Schwertgerassel und Verwünschungen in der Ferne.

Mittlerweile war der Graf von der Jagd zurückgekehrt. Schon von weitem hatte er die rauchenden Trümmer seiner Burg gesehen. Er jagte dem Frevler nach und tötete ihn im Zweikampfe. Dann suchte er nach seinen Töchtern, doch all sein rastloses Forschen war vergeblich. Er durchstreifte die Wälder zu beiden Seiten der Ahr, er räumte den Schutt der zerstörten Burg hinweg, er stieg sogar ins tiefe Burgverlies hinab, nirgendwo fand er eine Spur der Verschwundenen.

Endlich, in der dritten Nacht nach jenem Schreckenstage, zeigte ihm ein Engel im Traume das Versteck seiner Töchter. Noch ehe der Tag graute, machte er sich froher Hoffnung voll auf den Weg nach der Schlucht, und schon bald schloß er die Wiedergefundenen beglückt in seine Arme. An der Stelle aber, wo Gott durch ein Wunder die verfolgte Unschuld gerettet hatte, ließ er eine Kapelle erbauen, die noch heute weißglänzend vom Gipfel des Burgberges ins Ahrtal hinabschaut.

692.

DER GOLDENE PFLUG

Im Inneren des Berges, der die Ruinen der stattlichen Burg Neuenahr trägt, waren in alter Zeit viele Schätze verborgen. Dazu gehörte auch ein goldener Pflug, der in dem heute verschütteten Schloßbrunnen lag. Ein Bauer, dem das Arbeiten schwer fiel, und der doch gern ein Leben geführt hätte wie die adligen Herren auf ihren Burgen, wurde einmal um die

Mitternachtsstunde von einem Zwerge an den Rand des Brunnens geführt. Der Kleine sprach: »Du weißt, daß auf dem Grunde dieses tiefen Schachtes ein goldener Pflug liegt. Grabe in der nächsten Vollmondnacht danach. Dort unter jenem Haselstrauch liegt ein Stein, der den Brunnen verdeckt. Heb ihn auf und lasse eine Angel hinab, dann wirst du den Schatz bergen und ein reicher Mann sein. Doch darf dabei kein Laut über deine Lippen kommen, sonst werden die Erdgeister den Schatz nicht hergeben!«

Der Bauer merkte sich die Stelle genau und traf alle Vorbereitungen, um den goldenen Pflug ans Tageslicht zu bringen. Er verhielt sich in diesen Tagen so schweigsam, daß es seinem redseligen Weibe nicht gelingen wollte, auch nur ein einziges Wort aus ihm herauszubringen. Endlich war der Mond voll geworden, und der Schatzgräber ging um die Mitternachtsstunde an die Arbeit. Er hieb den Haselstrauch ab und schob den Schlußstein des Brunnens beiseite. Aus der Tiefe strahlte ihm ein heller Schein entgegen. Behutsam ließ er die Angel, die er mitgebracht hatte, an einer langen Schnur bis auf den Grund des Schachtes hinab und zog sie dann langsam und schweigend nach oben. Wild klopfte da sein Herz vor Freude; denn er merkte, daß ein schweres Gewicht an der Angel hing. Höher und höher stieg der kostbare Schatz, noch einige Augenblicke, so dachte der Bauer, und er würde ihn sein eigen nennen. Doch plötzlich sah er einen feurigen Ritter vor sich, der ihm drohend sein blitzendes Schwert entgegenstreckte. Mit einem gellenden Schrei sprang er zurück, und der goldene Pflug stürzte wieder in die Tiefe. Ganz verstört eilte der Zitternde nach Hause. Als er in der nächsten Vollmondnacht einen zweiten Versuch machen wollte, in den Besitz des Schatzes zu gelangen, da war jede Spur des Brunnens verschwunden.

693.

DER FISCHERKNABE AM LAACHER SEE

Am Ufer des Laacher Sees wohnte einmal ein Fischer, der hatte einen Sohn, den alles Geheimnisvolle unwiderstehlich lockte. Wenn an stillen Abenden der See im Mondenschein gespenstisch leuchtete, dann erzählte die Großmutter dem atemlos lauschenden Knaben von versunkenen Schlössern und verborgenen Schätzen, und der Wißbegierige nahm sich vor, einmal in der Mitternachtsstunde hinauszufahren, um die Wunder der Tiefe zu schauen.

In einer sternenhellen Nacht verließ er unbemerkt sein Lager und schlich ans Seeufer hinab. Mit kundiger Hand löste er einen Kahn vom Pflocke, schwang sich hinein und ruderte furchtlos der Mitte des Sees zu. Tiefe Stille herrschte ringsum, der Knabe vernahm nur das Plätschern der Bugwellen und vom Ufer her den Ruf des Käuzchens.

Plötzlich drangen sanfte Töne an sein Ohr, die allmählich anschwollen und immer lauter aufrauschten. Harfen und Flöten erklangen, dazwischen erscholl froher Becherklang und das kriegerische Klirren der Waffen. Beglückt und frohen Staunens voll beugte sich der Knabe weit über den Rand des Fahrzeuges. Da sah er tief unten ein herrliches Schloß mit festen Mauern und hohen Zinnen. An den hellerleuchteten Fenstern vorbei bewegten sich eilende Schatten wie von tanzenden Paaren. Nixen stiegen aus der Tiefe und lockten mit holdem Lächeln. Der Knabe wußte nicht, wie ihm geschah; er glitt vom Rande des Nachens in die grundlose Tiefe.

Am folgenden Morgen fand der Fischer ein Boot, kieloben auf den Fluten treibend; von dem Knaben ward nichts mehr gesehen.

694.

VOM ULMENER MAAR

In düstere Wälder, fruchtbare Ackerbreiten und sonnige Heidehänge eingebettet, liegen geheimnisvoll blinkend die sagenumwobenen Eifelmaare. In ihrem Rund spiegelt sich an lieblichen Frühlingstagen seidenblau der Himmel, träge wie geschmolzenes Blei liegt unter der Sommersonne ihre Flut, an düsteren Herbsttagen ist tiefe Schwermut über sie ausgebreitet, und im Winter steigen die Nixen aus der Tiefe und pochen gegen die glitzernde Decke, die die Wasser gefangen hält.

Die Alten sagten, die Maare seien unergründlich tief und ständen nicht nur untereinander, sondern auch mit dem Weltmeer in Verbindung. Einst fing ein Fischer im See von Ulmen einen Hecht, der mehr als zwei Meter lang war. Er band ihm eine Schelle um und brachte ihn dann wieder ins Wasser zurück. Und siehe, einige Wochen später zog ein Klosterbruder am Laacher See den Riesenfisch mit der Schelle staunend aus dem Netz.

695.

DER RITTER IN DER MANNE

Auf einer von der Üß umflossenen Anhöhe in der Nähe von Bertrich stand in alter Zeit die Entersburg. Dort hauste ein Raubritter, der die Handelswege im Moseltal und in den Eifelbergen unsicher machte. Die Reisigen des Trierer Kurfürsten hatten Befehl, ihm das Handwerk zu legen, doch er entging durch eine List immer wieder ihren Verfolgungen. Wenn er die Feinde in der Nähe wußte, ließ er seinem Pferde die Hufeisen umgekehrt aufschlagen, so daß die Spuren nach der entgegengesetzten Richtung zeigten und die Verfolger in die Irre führten.

Um des verwegenen Räubers habhaft zu werden, beschloß der kurfürstliche Hauptmann, seine Burg zu belagern. Einige Zeitlang hielt die Besatzung tapfer stand; dann aber gingen ihr die Lebensmittel aus, und sie mußte sich ergeben. Die Gemahlin des Ritters erschien auf der Ringmauer und führte die Verhandlungen. »Wir übergeben euch«, so rief sie hinab, »die Burg, wenn ihr mir gestattet, frei auszuziehen und soviel mitzunehmen, wie ich in einer Manne auf dem Kopfe tragen kann.«

Der Anführer der Belagerer war mit diesem Vorschlage einverstanden. Das Burgtor ward von innen geöffnet, und heraus kam mit einem großen Korbe auf dem Kopf eine stattliche Frau. Unbehelligt schritt sie mitten durch die Schar der staunenden Feinde und verschwand im nahen Walde.

Die Kurtrierer drangen nun in die Burg ein, um den Räuber dingfest zu machen. Doch sie fanden ihn nicht, obwohl sie jeden Winkel vom Burgverlies bis zum höchsten Turmgemach hinauf durchsuchten. Zu spät fiel es ihnen ein, daß sie veräumt hatten, sich den Inhalt der Manne zeigen zu lassen.

696.

DER SCHÄFER AM PULVERMAAR

In alter Zeit zogen alljährlich in den ersten Frühlingstagen die Bauern aus den Dörfern am Pulvermaar um den See und flehten betend und singend den Segen Gottes auf ihre Fluren herab. Aus Gleichgültigkeit und Bequemlicheit unterblieb einmal der fromme Bittgang. Da geriet das Wasser des tiefen Kessels in Bewegung; wie von unterirdischen Feuern erhitzt, wallte es auf, stieg höher und höher und drohte über die Ufer zu treten. Unheimlich grollte und dröhnte es aus der Tiefe, und die Erde erbebte im weiten Umkreis.

Ein Schäfer, der in der Nähe seine Herde hütete, gewahrte voll Schrecken das nahende Verderben. Sein frommer Sinn sagte ihm sogleich, daß Gottes Strafgericht drohe, weil die Dorfbewohner vom frommen Väterbrauch abgewichen waren. Um das Versäumte nachzuholen, steckte er seinen Hut auf den Hirtenstab und zog, gefolgt von seinen Schafen, mit Gebet und Gesang um den See. Alsbald beruhigte sich die zürnende Flut, mehr und mehr trat sie zurück, und als der Schäfer den Umgang beendet hatte, lag der Wasserspiegel wieder ruhig und friedlich wie sonst an stillen Frühlingstagen.

697.

DER SPUK AUF DER BURG MANDERSCHEID

Im Jahre 1844 wurden in der Niederburg bei Manderscheid Ausbesserungsarbeiten vorgenommen. Dabei fand man in der Wand neben dem großen Wachtturm eine Nische, deren Eingang zugemauert war. Der Raum war so groß, daß ein erwachsener Mensch zur Not aufrecht darin stehen konnte. Ganz oben an der Decke befand sich eine kleine Öffnung. Als die Steinmetzen die Vorderwand entfernten, fanden sie in dem Kämmerchen ein menschliches Gerippe, eine kleine irdene Schüssel und einen Stein zum Sitzen.

Die Alten in Manderscheid wußten diesen schauerlichen Fund zu erklären.

Vor ein paar hundert Jahren lebte auf der Niederburg ein stolzer Graf, der das gewöhnliche Volk verachtete. Seine Tochter liebte einen von den Dienstmannen der Burgbesatzung, und dieser, ein schmuckes junges Blut, erwiderte ihre Liebe. Bei einer heimlichen Zusammenkunft wurde das ungleiche Paar überrascht, und der jähzornige Alte ließ den unglücklichen Liebhaber auf der Stelle töten. Seine Tochter aber ließ er in jener Nische einmauern. Durch die kleine Öffnung erhielt sie täglich ein wenig Nahrung, bis der Tod sie von ihrer Qual erlöste.

Von dieser Zeit an spukte es jahrhundertelang um die Mitternachtsstunde am alten Wachtturm. Der Spuk hörte erst auf, als man das Gerippe in ein christliches Grab gebettet hatte.

698.

DAS VERSUNKENE SCHLOSS

Wo sich jetzt das Weinfelder Maar ausbreitet, da stand vor Zeiten auf gesegneter Flur ein prächtiges Schloß. In diesem Schlosse wohnte ein reicher Graf, der wegen seiner Mildherzigkeit weit und breit berühmt war. Seine Gemahlin aber hatte ein hartes Gemüt. Lieber trat sie das Brot mit Füßen, als daß sie es einem Hungrigen reichte. Das bereitete dem Grafen großen Kummer. Doch still duldend ertrug er sein Leid. Er fand nur Trost in der Liebe zu seinem einzigen Kinde.

Eines Tages war der Graf mit seinem Gefolge zur Jagd geritten. Da verfinsterte sich plötzlich über dem Schlosse der Himmel, aus schwarzem Gewölk zuckten grelle Blitze, unheimlich rollte der Donner. Unter betäubendem Getöse spaltete sich der Boden, und ungeheure Wassermassen stiegen empor und verschlangen das Schloß mit allem, was darin war. In den aufsteigenden Fluten fand auch die Gräfin einen jähen Tod.

Ein Bote überbrachte dem heimkehrenden Herrn die schreckliche Kunde. Schon von weitem rief er dem Ahnungslosen zu: »Herr Graf, verschwunden ist Euer Schloß; wo es gestanden hat, da flutet jetzt ein tiefer See!« Ungläubig erwiderte der Graf: »Das ist ebensowenig möglich, als daß mein treuer Falchert, auf dem ich sitze, hier eine Quelle aus dem Boden stampfen könnte.« Noch hatte er nicht ausgesprochen, da fing das Pferd an zu scharren, und unter seinen Hufen sprudelte alsbald eine frische Quelle hervor. Der Graf wurde bleich wie der Tod. Er drückte seinem Pferde die Sporen in die Weichen und sprengte der Unglücksstätte zu. Als er dort ankam, sah er nichts als eine weite, unheimliche Wasserfläche. Bleich und zitternd starrte der Schwergeprüfte auf die dunkle Flut, die ihm alles genommen hatte. Doch siehe, da trieb, wie durch ein Wunder gerettet, sein liebes Kind wohlbehalten in einer Wiege ans Ufer. Voll Dank gegen Gott drückte er es an seine Brust und zog getröstet von dannen.

699.

DER PFEIL

Gegen Ende des 9. Jahrhunderts lebte in der Nähe von Laon in Frankreich der reiche Ritter Nithard mit seiner edlen Gemahlin Erkanfrieda. Er diente Gott mit Gebet und guten Werken und war seinen Untertanen ein milder und gerechter Herr. Alles, was er unternahm, gelang ihm, und sein Glück wäre vollkommen gewesen, wenn Gott ihm einen Erben geschenkt hätte.

Als seine Tage sich dem Ende zuneigten, faßte er den Entschluß, seine Güter einem Kloster zu übertragen, damit sie zu guten und wohltätigen Zwecken verwandt würden. Um die richtige Wahl zu treffen, zog er seinen Beichtvater zu Rate. Der sprach zu ihm: »Nimm aus deinem Köcher einen Pfeil und schieß ihn ab. Die Lüfte werden ihn weitertragen über Berg und Tal. Dem Kloster, in dessen Bereich er niederfällt, schenke deinen Reichtum.«

Der Vorschlag gefiel dem Ritter, und er veranstaltete auf seiner Burg ein großes Fest, das sieben Tage dauerte. Am letzten Tage wollte er den Pfeil abschießen. Er versammelte seine Gäste um sich und stieg mit ihnen den Burgberg hinab ins Tal zu einem sagenumwobenen Felsen. Dort befestigte er die Schenkungsurkunde an einem Pfeil. Bevor er ihn in die Lüfte sandte, sprach der Burgkaplan zu der harrenden Menge: »Nithard übt ein edles Werk. Lasset uns zum Herrn beten, daß es recht gelingen möge!« Alle knieten nieder und beteten andächtig. Dann bestieg Nithard den Felsen und schoß den Pfeil ab hoch in die Wolken. Im gleichen Augenblick öffnete sich der Himmel, lieblicher Gesang ertönte, ein strahlender Engel stieg hernieder, fing den Pfeil auf und trug ihn durch die Lüfte davon.

Zur selben Stunde stand im fernen Eifelkloster Prüm Abt Ansbald am Altare und feierte das heilige Opfer. Auf einmal erfüllten süße Klänge das Gotteshaus. In hehrem Glanze schwebte ein Engel hernieder und überreichte dem Abt im Angesichte des staunenden Volkes Nithards Pfeil mit der Urkunde. Nachdem der Engel sich vor dem Allerheiligsten geneigt hatte, verschwand er wieder.

Lange wurde der wunderbare Pfeil als kostbares Kleinod im Prümer Kloster aufbewahrt.

700.

DIE HEXE VON NATTENHEIM

Zu der Zeit, als im Trierischen Lande die Hexen noch ihr Unwesen trieben, diente in Nattenheim ein armes Knechtlein bei einem Bauern, dessen Weib auch mit dem Teufel im Bunde stand. Allabendlich trat die Hexe an den Jungen heran, warf ihm einen Pferdezaum um den Hals und ritt auf seinem Rücken über Berg und Tal, durch Feld und Wald bis in den Morgen hinein. Kaum war nach dem wilden Ritt der Todmüde in seiner Kammer eingeschlafen, dann trommelte ihn seines Herrn harte Faust schon wieder heraus.

Wie der Arme nun von Tag zu Tag blasser und schmaler wurde, schickte ihn der Bauer zum Arzt. Das Knechtlein aber sprach: »Der Doktor kann mich nicht heilen, nur Ihr könnt mir helfen«; und er erzählte dem Bauern sein ganzes Elend. Vor Staunen fiel der Mann beinahe auf den Rücken, und er nahm sich vor, sein Weib zu kurieren.

Noch am gleichen Abend versteckte er sich hinter der Tür der Knechtekammer. Wie dann die Bäuerin eintrat, riß er ihr den Zaum aus der Hand und warf ihn ihr um den Hals. Da stand ein Schimmel vor ihm mit Pferdehuf und Schweif. Er schwang sich auf seinen Rücken, und fort ging's über Stock und Stein, bis der Schaum dem Pferde von den Flanken flog. Doch dem Bauer ging es noch immer zu langsam. Er bearbeitete sein Reittier mit Peitsche und Sporn, daß es dahinfegte wie der Wind, bis endlich ihm selber der Atem stockte. Dann hielt der Reiter vor eines Hufschmieds Haus und ließ seinem Gaul vier neue Eisen anschlagen. Und weiter ging der rasende Galopp bis zum Frührot. Als die Sonne eben aufging, löste vor seines Hauses Tür der Bauer den Zaun vom lahmenden Schimmel. Eine Stunde später fand man die Hexe im Bette liegend, zerkratzt und zerschunden, mit Hufbeschlag an Hand und Fuß.

701.

DAS KRÄUTERMÄNNCHEN

Ein Fischer stand bei Sonnenuntergang mit seinem Wurfgarn oberhalb der Fließemer Mühle an der Kyll. Immer wieder warf er das Netz in die klare Flut, doch es gelang ihm nicht, auch nur ein einziges Fischlein zu fangen. Das machte ihn sehr verdrießlich, hatte er doch zu Hause zwei kranke Zwillingskinder, die einen Fisch zu essen begehrten.

Während er so ungeduldig harrend am Ufer stand, kamen auf dem Wasser zwei junge Schwäne daher, die, schwach und matt, langsam flußaufwärts schwammen. Schon war er versucht, das Garn nach ihnen auszuwerfen, da trat am andern Ufer das grasgüne Kräutermännlein aus dem Walde und drohte ihm mit erhobenem Finger. Doch der Fischer achtete nicht auf die Warnung, er ließ das Garn fliegen, und die Schwäne waren gefangen. Als er aber das Netz aus dem Wasser zog, da waren statt der Schwäne zwei glänzende Forellen drin. Nicht wenig war darüber der Fischer verwundert; er eilte rasch nach Hause, um den kranken Kindern die sehnsüchtig erwartete Speise zu bringen. Als er sich seiner Hütte näherte, sah er zwei Schwäne über dem Dache emporsteigen und in nebelhafter Ferne verschwinden. Die Kinder aber lagen in ihren Betten und waren tot.

Da wußte er, daß die kranken Schwäne seine eigenen Kinder gewesen waren, und untröstlich sprach er immer wieder: »O hätte ich doch dem Kräutermännlein gefolgt!«

702.

DAS VERLORENE PANTÖFFELCHEN

Bei Speicher, unweit der Kyll, hausten in einer Felsenhöhle Wichtelmännchen. Sie waren winzig klein und trugen hohe, spitze Hütchen. Am Tage waren sie nie zu sehen; nur in dunklen Nächten gingen sie aus. Man sah dann am Morgen im feuchten Grunde vor der Höhle ihre zierlichen Fußspuren. Sie waren den Menschen freundlich gesinnt und besserten ihnen Schuhe und Kleider aus.

Einst wurde in einer Mühle an der Kyll eine Hochzeit gefeiert. Musik und Jubel drangen bis in die Höhle der winzigen Gesellen. Und als die Nacht hereinbrach, da schimmerten hellerleuchtete Fenster lockend durch das tiefe Dunkel. Wie gerne hätten die Männlein an der Freude der Menschen, mit denen sie es so gut meinten, teilgenommen, doch sie wagten es nicht. Endlich faßte der Nestling der Schar Mut und sprach: »Wenn wir auch nicht ins Haus hineingehen dürfen, so wollen wir uns doch die Hochzeit von außen ansehen!« Trotz der Warnung der Alten machten sie sich zusammen auf und schlichen klopfenden Herzens an das Hochzeitshaus. Sie stiegen auf die Haselnußsträucher, die vor der Mühle wuchsen, und schauten sehnsüchtigen Blickes durch die Fenster. Doch, o Schrecken, der Neugierigsten einer stieß unversehens an eine Fensterscheibe. »Die Wichtelmännchen belauschen uns!« so hörten die zu Tode Erschrockenen eine laute Stimme rufen. Und sie liefen fort, so schnell ihre kurzen Beinchen sie trugen. Die jungen Burschen im Hochzeitshaus aber ließen vom Tanze ab und verfolgten die Fliehenden. Der Bruder der Braut fand ein winziges Pantöffelchen von purem Golde, das der Männlein einst verloren hatte.

Während nun die Hochzeitsgesellschaft ihre Feier fortsetzte, irrte der arme Kleine im Finstern umher und suchte sein verlorenes Schühlein. Da er es nicht wiederfand, durfte er nicht mehr zu seinen Brüdern zurückkehren. Er wußte nicht, daß die bösen Menschen es gefunden hatten. Noch heute wandelt er in nächtlicher Stunde klagend durch das Kylltal. Die andern Wichtelmännchen aber zogen bald nach jener Hochzeit von dannen, wohin, weiß niemand.

703.

DER TEUFELSWEG

Der junge Ritter Siegfried von Sezin hielt eines Tages um die Hand der schönen Tochter des Burgherrn von Falkenstein an. In finsterem, hochmütigem Schweigen stand der Falkensteiner, dann sprach er: »Bei Rittern ist es Sitte, die Braut hoch zu Roß mit Wagen und Gefolge abzuholen. Wenn Ihr es fertig bringt, in einer einzigen Nacht einen Weg auf meine Burg zu schaffen, so daß Ihr der Braut Eure Aufwartung machen könnt, wie es ihrem Stande zukommt, dann will ich Euren Wunsch erfüllten.« Niedergeschlagen und ohne Hoffnung ging der Freier davon; war doch die Forderung des Falkensteiners nicht in einem ganzen Jahre, geschweige denn in einer Nacht zu erfüllen.

Als der junge Ritter den Felsenpfad von Falkenstein hinabschritt, trat aus dem Gebüsch der Zwergenkönig in grünem Gewande und redete ihn an: »Der Grund Eures Trübsinns ist mir bekannt. Ich kann Euch zur Erfüllung Eures Wunsches verhelfen, wenn Ihr auf meinen Vorschlag eingeht. Ihr habt ein Bergwerk in der Nähe der Behausung meines Volkes. Wenn Eure Leute dort weiter arbeiten, so werden sie uns bald vertreiben. Versprecht mir, die Arbeit einzustellen, dann wollen wir noch in dieser Nacht den Weg nach Falkenstein vollenden.«

Mit tausend Freuden sagte Siegfried zu, und in wenig Minuten wimmelte der ganze Wald von Männlein, die den Weg absteckten, Bäume fällten und Gestein und Erdreich bewegten. Und als vom Turm die erste Stunde nach Mitternacht schlug, war das Werk vollendet. Dunkel und still lag der Wald, der eben noch hell erleuchtet und vom Lärm der Arbeit erfüllt gewesen war.

Am frühen Morgen ertönte des Falkensteiner Turmwarts Horn; ein prächtiger Zug von Reitern und Wagen bewegte sich auf breitem Fahrweg den Burgberg herauf. Da löste der Burgherr sein Wort ein und nahm den Ritter, der solchen Teufelsweg fertiggebracht hatte, zum Schwiegersohne an.

704.

DER GEIGER VON ECHTERNACH

Vor mehr als tausend Jahren lebte in Echternach der hl. Willibrord, der ein großer Wohltäter unseres Landes war. Wenn er predigte, dann drängte sich das Volk in dichten Scharen um ihn. In der vordersten Reihe der Zuhörer sah man stets den lange Veit, einen ungewöhnlich großen Mann, der als Musikant durchs Land und bei Festlichkeiten zum Tanze aufspielte. Das Wort des gewaltigen Bußpredigers rührte so sehr das Herz des Spielmanns, daß dieser sich eines Tages aufmachte und mit seinem Weibe eine Wallfahrt nach dem heiligen Lande antrat.

Jahre vergingen, doch Veit kehrte nicht zurück; nicht einmal eine Nachricht von ihm kam in die Heimat. Seine Verwandten hielten ihn für tot und teilten seinen Besitz. Da endlich, am Ostertage des zehnten Jahres seiner Wallfahrt, erschien ganz unerwartet der Totgesagte wieder, allein und bettelarm. Sein Weib hatten Räuber im Morgenlande erschlagen. Eine alte Geige war seine ganze Habe. Er trat vor seine Verwandten und forderte sein Gut zurück. Die Unredlichen erschraken und beschlossen, sich des

Heimgekehrten zu entledigen. Sie klagten ihn an, er selbst habe sein Weib im fernen Lande ermordet.

Für solch schwere Anklage war der Beweis vor dem Gerichte nicht zu führen; nur ein Gottesurteil konnte entscheiden. Gegen einen waffengewandten Vetter mußte der lange Veit zum Kampfe antreten; er wurde besiegt, und der Richter verurteilte den Unterlegenen nach Gesetz und Herkommen zum Tode.

Als der Unglückliche unter dem Galgen stand und den Strick schon am Halse spürte, bat er, noch einmal auf seiner Geige spielen zu dürfen. Das wurde ihm als letzte Gnade gewährt, und er entlockte den Saiten solche wehmütige Töne, daß den Zuhörern die hellen Tränen über die Wangen liefen. Dann aber spielte er feurige Weisen, die alle zur Hinrichtung Herbeigeeilten, Burschen und Dirnen, Männlein und Weiblein, ja selbst die ernsten Richter und den finstern Henker, zum Tanze mitrissen. Toll und immer toller drehte sich die Schar im Kreise, Veit aber stieg gemächlich von der Leiter herab und verschwand, immer weiter spielend, im Walde.

Erst am späten Abend hörten die Tänzer auf, sich zu drehen, doch die Verwandten Veits, die ihn fälschlich angeklagt hatten, mußten ohne Unterbrechung weiter springen. Schon hatten sie sich bis an die Knie in die Erde hineingetanzt, da löste endlich Sankt Willibrord, den man herbeigerufen hatte, den tollen Zauber.

705.

DIE UNTERGEGANGENE STADT GRESSION

Als an der Duffesmaar bei Geich einmal ein Bauer beim Pflügen an etwas Hartes im Boden stieß, so hart, daß der Pflug davon zerriß, fing es an zu läuten; er grub nach und fand die Spitze eines Kirchturmes von Gression. Sofort warf er Erde in das Loch, denn es soll nicht gut sein, in die Geheimnisse einer versunkenen Stadt einzudringen. Einen guten Teil unseres linksrheinischen Niederlandes muß in alten Heidenzeiten einmal diese große Stadt Gression bedeckt haben. Auf dem Rott, einer Flur bei Gürzenich, haben ihre Festungswerke on Poeze (Pforten, Tore) gestanden, aber auch »em Poezefähld« bei Langerwehe, wie schon der Name besagt; die Marktplätze der Stadt lagen in Düren, wo heute das Muttergotteshäuschen steht, bei Birgel auf dem »Mahdberg« (was also nichts anderes als Marktberg bedeutet) und in der »Duffesmaar« bei Geich. Auch bei Berzbuir, wo es heißt »de ahl Kerch«, und im »Kirchwasser« bei Merken sollen solche Kirchen von Gression versunken sein, oder richtiger Heidentempel, denn auch an der Stelle mancher alten Pfarrkirche, wie der zu Langerwehe und zu Pier, standen solche Tempel. Und bei letztgenanntem Orte im Schlammerweiher liegt denn auch die Burg von dem, der über die Stadt zu sagen hatte; freilich auch die Heidenburg bei Hoven gehörte mindestens noch zu Gression. Und wiederum in Lamersdorf behaupten sie, ihr Ort sei einst der Mittelpunkt von Gression gewesen. Zurzeit als er noch auf der Höhe, nicht wie jetzt im Tale, lag. Bescheidener beansprucht Altdorf, daß dort eine Vorstadt gewesen sei, weshalb auch jetzt noch ein Teil der Ortschaft so heiße. Durch einen großen Teil des Kreises Düren und des Landkreises Aachen geht diese Sage von Gression, und auch noch bis in die Kreise Bergheim und Jülich. Wo man mit dem Spaten oder Pflug auf römische Baureste, Dachpfannen oder Grundmauern stößt, sagt man gleich: »Das es wedde e Stöck van dr Stadt Gression, die versonke es«, oder so ähnlich. Fast immer heißt es auch: »diese Stadt die reichte bis Gressenich«. Dies heutige Dorf Gressenich (zwischen Stolberg und Düren) muß denn auch seinen Namen von dem alten Gression haben, es ist eben das, was von der großen Stadt übrigblieb, es war der Hauptteil davon, ja, die untergegangene Stadt wird nicht selten selbst Gressenich genannt.

Nach alledem muß die Stadt größer gewesen sein, als alle jetzigen bei uns. Nach einigen brauchte man zwei Stunden, nach andern fünf, nach den meisten Berichten sieben Stunden, um sie zu durchmessen. Damit noch nicht genug, es heißt, sie habe gar von Aachen bis Köln und von Düren bis Jülich gereicht, oder von Aachen längs der Krefelder Straße bis an den Rhein, hundert Stunden habe sie im Umfang gehabt. Sie war auch anders gebaut als die heutigen Großstädte: »Dat woe su ne vertelte Stadt, net wie jetz die Städt senn. He woe ne Fleck, do stonde de Huse, dann kom ne Plaatz, do wor et frei; su geng dat fürahn, su dat dat velle Oetschofte wore. Dat ganze nennte me evve Gressiona«. Und an verschiedenen Orten, wie wir bereits wissen, kennt man noch die Stellen der Tore und Mauern.

Fast alle stimmen darin überein, daß sie in der Heidenzeit gestanden habe, einige meinen, es sei schon vor der Sündflut gewesen. Die römischen Scherben im Ackerboden haben wohl den Anstoß zur Bildung der Sage gegeben, aber die Volkssage weiß von Römern als Erbauern und Bewohnern Gressions nur in Gressenich und wenigen anderen Orten. Einmal war ein riesiges Türkenheer vor Gression, das als uneinnehmbare Festung galt, das war zu der Zeit als der Omerbach, der zwischen Gression und Hamich fließt, noch ein großer, schiffbarer Strom war. Dort wurden die Türken in einer furchtbaren Schlacht besiegt:

Zu Gression
Am Omerstrom
Ward eine blutige Schlacht geschlagen...

So begann ein altes Lied, das die Leute jetzt leider vergessen haben. Der Türkenfeldherr soll aber beim Abzug gesagt haben, »wenn er wiederkäme, würde er ein so großes Heer mitbringen, daß ihre Pferde den ganzen Omerfluß aussaufen und trocknen Fußes hinüber könnten. Dann solle in der Stadt kein Stein auf dem andern bleiben.«

Wie die Stadt Gression zugrunde ging, davon wird noch mancherlei erzählt; außer den Türken wird es auch irgendwelchen andern fremden Kriegsvölkern zugeschrieben. In Merken sagt man, bei der Zerstörung sei es so furchtbar zugegangen, daß davon die Stadt oder vielmehr ihre Ruine den Namen Gräßelich bekam, woraus dann später Gressenich wurde. An der Kohlenasche, die sich viel in römischen Trümmern findet, soll man ein sicheres Zeichen haben, daß die Stadt durch Feuer zerstört wurde. In andern Orten dagegen hält man dafür, daß eine große Flut, meist sagt man: die Sündflut, die Stadt begraben habe. Man sehe das ja auch noch an den versteinerten Muscheln in den Steinbrüchen, die könnten doch nur vom Wasser herrühren; ebenso auch die Baumstämme, die in der Braunkohle bei Lucherberg zusammengeschwemmt sind, und die Sand- und Geröllmassen über dieser Schicht; und dann die steinharten, schwarzen Baumstümpfe, die im »ruede Brooch« bei Schwarzenbroich stecken, mit der Wurzel nach oben: was das für eine gewaltige Flut gewesen sein müsse!

Am meisten hört man: Gression ist versunken, warum, wissen manche Erzähler nicht zu sagen, oder es heißt, wie bei vielen andern Städten, denen das geschah: zur Strafe für ihre Üppigkeit und ihre Sünden. Wie prächtig und wie reich die Stadt war, können wir nur noch ahnen; im Oretzfeld bei Selgersdorf (im Kreise Jülich) werden manchmal besonders schöne, große Ziegel ausgepflügt, mit Blumen und anderm Bildwerk darauf, und am Sandberg bei Rödingen (ebenfalls im Kreise Jülich) findet man an einigen Stellen Sand so glänzend und schwer wie pures Gold. Die Alten wußten mehr davon, wie es in Gression zugegangen ist. Eine von den schlimmsten in der Stadt sei »Frau Liesche« gewesen. Nach ihr heißt heute noch eine Mulde, die mit Gestrüpp und alten Weidenbäumen bewachsen war, hinter Röhe auf St. Jöris zu; da ging nachts Frau Liesche um, oder sprang von Baum zu Baum in langes, leuchtend weißes Leinen gehüllt, und plättete mit den Händen Wäsche, daß es schaurig durch den ganzen Wald hallte; das mußte sie nach ihrem Tode zur Strafe dafür, daß sie sonntags gewaschen hatte.

706.

DER BINGER MÄUSETURM

Zu Bingen ragt mitten aus dem Rhein ein hoher Turm, von dem nachstehende Sage umgeht. Im Jahr 974 ward große Teuerung in Deutschland, daß die Menschen aus Not Katzen und Hunde aßen und doch viel Leute Hungers sturben. Da war ein Bischof zu Mainz, der hieß Hatto der andere, ein Geizhals, dachte nur daran, seinen Schatz zu mehren und sah zu, wie die armen Leute auf der Gasse niederfielen und bei Haufen zu den Brotbänken liefen und das Brot nahmen mit Gewalt. Aber kein Erbarmen kam in den Bischof, sondern er sprach: »Lasset alle Arme und Dürftige sammlen in einer Scheune vor der Stadt, ich will sie speisen.« Und wie sie in die Scheune gegangen waren, schloß er die Türe zu, steckte mit Feuer an und verbrannte die Scheune samt den armen Leuten. Als nun die Menschen unter den Flammen wimmerten und jammerten, rief Bischof Hatto: »Hört, hört, wie die Mäuse pfeifen!« Allein Gott der Herr plagte ihn bald, daß die Mäuse Tag und Nacht über ihn liefen und an ihm fraßen, und vermochte sich mit aller seiner Gewalt nicht wider sie behalten und bewahren. Da wußte er endlich keinen andern Rat, als er ließ einen Turm bei Bingen mitten in den Rhein bauen, der noch heutiges Tags zu sehen ist, und meinte sich darin zu fristen, aber die Mäuse schwummen durch den Strom heran, erklommen den Turm und fraßen den Bischof lebendig auf.

707.

DAS BLUTENDE MARIENBILD

Im Jahre 1302 kam König Albrecht, des Kaisers Rudolf von Habsburg Sohn, an den Rhein und zog gen Bingen, um die Stadt zu erobern. Da entflohen die Nonnen aus dem ehrwürdigen Kloster Rupertsberg, wo vor Zeiten die heilige Seherin Hildegard Äbtissin gewesen war. Die Kriegsleute des Königs drangen in die verlassenen Zellen der Nonnen und in die Klosterkapelle ein und raubten, was ihnen des Mitnehmens wert schien.

Eine Mauernische im Chor der Kapelle barg ein altes Holzbild der hl. Jungfrau mit dem göttlichen Kind. Die Krone der Gottesmutter war mit vier Edelsteinen herrlich geschmückt; ein besonders kostbarer Diamant zierte die Halskette der hohen Frau. Angelockt durch den Glanz des Geschmeides, kam einer der Kriegsleute herbei und riß die Edelsteine aus der Krone. Auch nach dem fünften Steine streckte er die räuberischen Hände. Dabei stieß er mit dem Dolch in das fromme Bild. Und siehe, sogleich quoll rotes Blut aus dem harten Holze. Entsetzt sprang der Frevler zurück. Mit einem Fetzen vom Seidengewand des Gnadenbildes suchte er das Blut zu stillen. Doch vergebens! Da kam ein Priester, um das heilige Opfer darzubringen; ihm gelang es, mit dem geweihten Kelchtüchlein die Wunde zu schließen.

Wie ein Lauffeuer verbreitete sich die Kunde von diesem großen Mirakel. König Albrecht und seine Scharen sahen staunend und ehrfürchtig, was geschehen war; und es dauerte nicht lange, da kamen von nah und fern fromme Pilger, um vor dem blutenden Marienbild ihre Andacht zu verrichten.

708.

DER BINGER BLEISTIFT

In alten Zeiten rief einmal der Bürgermeister von Bingen seine einundzwanzig Schöffen zusammen, um mit ihnen über das Wohl und Wehe der Bürger zu beraten. Viel kluge Gedanken wurden da zu Tage gefördert, manch guter Rat wurde gegeben. Endlich sagte der Bürgermeister: »Ihr Herrn, was ihr vorgebracht habt, hat Hand und Fuß. Damit es aber nicht in Vergessenheit gerät, sondern zum Besten unserer guten Stadt in die Tat umgesetzt werden kann, will ich die trefflichsten Vorschläge zu Papier bringen.« Er begann in seinen Rocktaschen nach einem Bleistift zu suchen, fand aber keinen. »Kann einer der Herren mir einen Bleistift leihen?« wandte er sich an die Stadtväter. Die schauten ihn halb verlegen, halb vorwurfsvoll an und griffen dann zögernd in die Taschen; es kam kein Bleistift zum Vorschein. »Dann wollen wir«, fuhr der Bürgermeister fort, »die Sitzung schließen und auf das gute Gelingen unserer Pläne ein paar Flaschen leeren.« Er winkte dem Ratsdiener, der alsbald verschwand und nach ein paar Minuten mit einem Korb voll bemooster Flaschen Scharlachberger zurückkam.

Von neuem kam das würdige Stadtoberhaupt in Verlegenheit; in seinen Hosentaschen fand sich kein Stopfenzieher. Auf seine Frage nach diesem im Weinlande so unentbehrlichen Gerät zuckten die Hände der Ratsherrn, ohne fehl zu greifen, blitzschnell nach den richtigen Taschen, und im nächsten Augenblick lagen einundzwanzig Stopfenzieher vor dem verständnisvoll schmunzelnden Bürgermeister. Sie waren alle vom fleißigen Gebrauch so blank wie ein neuer Silbertaler.

Noch heute heißen im Rheingau die Stopfenzieher Binger Bleistifte.

709.

DER BLINDE SCHÜTZ AUF SOONECK

In alten Zeiten hauste auf der stolzen Burg Sooneck ein gewalttätiger Raubritter. Er war der Schrecken der Reisenden, die duch sein Gebiet ziehen mußten, und lag mit allen Nachbarn, die sich an seinen Raubzügen nicht beteiligten, in Fehde. Zu seinen Freunden zählte er nur Gesellen seines eigenen Schlages.

Eines Tages überfiel er mit seinen Kumpanen einen Zug friedlicher Kaufleute. Den billig errungenen Sieg feierte er mit einem wüsten Trinkgelage. Als die Zecher vom reichlich genossenen Wein erhitzte Köpfe hatten, gerieten sie in Streit darüber, wer von ihnen Bogen und Pfeil am besten zu handhaben verstehe. Keiner wollte zurückstehen, jeder wollte Meister sein.

Da rief der Burgherr in den Streit und Lärm hinein: »Nicht einer von uns allen kann es als Schütze mit dem Fürstenecker aufnehmen!« Die Spießgesellen schauten einander verwundert an, war doch der Ritter von Burg Fürsteneck seit einiger Zeit auf unerklärliche Weise verschwunden. Mit seiner vom Trunke heiseren Stimme rief da der Soonecker: »Ich weiß, wo der fromme Schleicher ist! In meinem Burgverlies liegt er gefangen und geblendet. Doch heute soll er vor euch einen Meisterschuß tun.«

Nach wenigen Augenblicken steht der Gefangene im Saal, erloschenen Auges und mit vergrämten Zügen, aber doch hoch erhobenen Hauptes. »Heute sollst du deinen Meisterschuß tun«, höhnt der Soonecker. »Wenn du das Ziel triffst, bist du frei!« »Ich will es wagen«, sagt der Blinde und umspannt prüfend den dargereichten Bogen. Da wirft der Räuber einen Becher mitten unter die Zechgenossen und schreit: »Hier der Becher ist das Ziel. Schieß los!«

Schnell spannt der Blinde den Bogen, schon schwirrt die Sehne, und mit dem Pfeil im Herzen sinkt der Ritter von Sooneck tot zu Boden. Ernüchtert verlassen die Gäste den Saal. Nur ein Mitleidiger bleibt zurück und führt den Blinden auf seine Burg, heim zu Weib und Kind.

710.

DIE LEITER AM TEUFELSKÄDRIG

Es war an einem launischen Tage im Mai. Heulend trieb der Wind Regen und verspäteten Schnee vor sich her. Da kam der Ritter Sibo, Herr zu Lorch, von einem langen Ritt ermüdet zurück. Er hatte dem jungen Ruthelm, der das Waffenhandwerk bei ihm gelernt hatte, und nun zu seinem ersten Kriegszug ausritt, das Geleite gegeben.

Kaum hatte der Wächter das Tor hinter seinem Herrn geschlossen, da bat auch ein Fremder um Einlaß. Sibo war schlechter Laune und ließ ihn kurz abweisen. Der grobe Torwart schlug dem Unbekannten das Guckfenster vor der Nase zu und empfahl ihm höhnisch, unter der Zugbrücke zu übernachten.

Hell leuchtete am anderen Morgen die Maiensonne wieder, als des Burgherrn einziges Töchterlein, die zwölfjährige Gerlind, vor das Tor hinaussprang, um Blumen zu einem Frühlingsstrauß zu pflücken. Als das Kind um die Mittagsstunde noch nicht heimgekehrt war, schickte der Ritter Leute aus, um es zu suchen. Ganz niedergeschlagen und ohne Erfolg kehrten sie zurück. Da überfiel bange Sorge des Vaters Herz; mit seinen Knechten eilte er hinaus und durchforschte jeden Winkel in der ganzen Gegend. Doch alle Mühe war umsonst, nicht einmal eine Spur der Verlorenen ward gefunden. Endlich trafen die Suchenden einen Hirtenknaben, der das Kind frühmorgens am Fuße eines hohen Felsens, Kädrig genannt, gesehen hatte. »Mit einem Male«, so berichtete der Knabe, »kamen mehrere graue Männlein vom Felsen herabgesprungen, faßten das kleine Fräulein bei den Händen und stiegen mit ihm am Gestein empor.«

Wie Sibo nun vor dem steilen Berge stand und mit den Augen das glatte Gestein absuchte, da krampfte sich ihm das Herz zusammen vor Weh; eines Menschen Fuß, das sah er, konnte diesen Felsen nicht ersteigen. Endlich glaubte er hoch oben ein helles Gewand zu sehen. Er streckte die Arme sehnsüchtig aus und rief den Namen seines Kindes. Doch ein böses Lachen ertönte, und eine schrille Stimme rief: »Das ist der Dank für deine Gastfreundschaft!«

Alsbald versuchten beherzte Männer den Felsen zu erklimmen; aber auf halbem Wege mußten sie haltmachen, ja man hatte Mühe, sie aus ihrer gefährlichen Lage zu befreien. Als die Knechte des Ritters am anderen Morgen versuchten, mit Hacke und Meißel eine Treppen in den Felsen zu schlagen, da setzte sich über ihren Köpfen eine Steinrausche in Bewegung und vertrieb sie.

Sommer und Winter vergingen, der Kädrig wurde nicht erstiegen, und Sibos Haar wurde weiß vor Kummer und Sorge. Auf der vereinsamten Burg ging der unglückliche Vater umher mit gramdurchfurchten Zügen und trüben Augen. All das reiche Almosen, mit dem er Kirchen und Klöster beschenkte, konnte ihm nicht eine einzige frohe Stunde schaffen.

Vier lange Jahre waren verflossen, da kehrte der junge Ruthelm von seinem Kriegszuge zurück. Er war inzwischen zu einem kraftvollen Manne herangereift. Als er von Sibo vernahm, was am Tage nach seinem Weggang geschehen war, da rief er in froher Zuversicht: »Ich bringe Euch die Tochter wieder! Ich will sie den grauen Männlein schon entreißen!« Voll Zweifel, doch in leiser Hoffnung, entgegnete Sibo: »Wenn du sie befreist, dann darfst du mit ihr als deiner Braut einreiten durch die Tore von Lorch!«

Ohne Säumen begab sich Ruthelm an den Fuß des Kädrig. Scharfen Blikkes späht er hinauf, um einen Weg zu finden, den trotzigen Felsen zu bezwingen. Da sah er auf einem Felsvorsprung ein graues Männlein sitzen, das sich den langen Bart strich und ihm lachend zurief: »Heda, der Junker will wohl hinaufsteigen, um sein Schätzchen zu suchen! Wenn er das fertig bringt, dann soll er das Mägdlein haben. Darauf kann er sich verlassen!« Im Augenblick verschwand der Graue im Gestein wie ein Mäuslein in altem Gemäuer.

Wie nun Ruthelm wieder emporblickte, da sah er über dem Berge einen Vogel seine Schwingen breiten, und er sprach vor sich hin: »Ach wäre ich doch ein Vogel, wie jener Falke, der so leicht um des Berges Gipfel kreist!« Da stand neben ihm ein Zwergenweiblein, sah ihn freundlich an und sagte: »Auch ohne Flügel wird es dir möglich sein, den Felsen zu ersteigen und die Gefangene zu befreien. Der dir das Mägdlein eben versprochen hat, ist mein Bruder; er wird Wort halten. Ich aber will dir verraten, wie du den Weg zur Höhe findest. Im Wispertal ist ein verfallener Stollen. Über seinem Eingang ist eine Buche mit einer Tanne dicht zusammengewachsen. Dort läute mit diesem Glöcklein, und es wird dir Hilfe werden.«

Schon nach wenig Stunden stand Ruthelm am Stolleneingang im Wispertal und schwang das Glöcklein. Da tauchte aus der Tiefe ein graues Männlein auf, das ein Grubenlicht in der Hand hielt. Ruthelm erzählte, wer ihn geschickt habe, und bat flehentlich um Hilfe. Der Alte sagte: »Wenn du Mut hast, dann komme morgen früh vor Tagesanbruch an den Kädrig!« Darauf steckte er zwei Finger in den Mund und pfiff, und sogleich raschelte es ringsum im Laube. Ruthelm sah eine ganze Schar von Männlein mit Axt und Säge, die mit einem Male wieder seinen Blicken entschwanden. Auf dem Heimwege aber vernahm er solch lauten Lärm im Walde, als ob hundert Holzhauer an der Arbeit wären.

Ehe die erste Morgenröte sich am Himmel zeigte, stand Ruthelm schon am Fuße des Kädrig und sah eine mächtig große Leiter, die am Felsen lehnte. Ohne Zögern begann er emporzusteigen. Als er aber nach einer Weile in den Abgrund schaute, da zitterten ihm die Knie vor Entsetzen. Doch er biß die Zähne zusammen und straffte die Muskeln, bis er endlich über die oberste Leitersprosse hinweg auf ebenen Boden gelangte und halb ohnmächtig vor übermäßiger Anstrengung zusammenbrach. Nach einigen Augenblicken der Ruhe schaute er um sich und sah ganz nahe eine Hütte. Dorthin lenkte er den Schritt. Wer beschreibt seine Freude, als er vor der Hütte auf einem Mooslager ein liebliches Mägdelein in tiefem Schlafe fand. Er erkannte in der Schlummernden die kleine Gefährtin seiner Kindertage kaum wieder, war sie doch zu einer blühenden Jungfrau herangewachsen. Leise ließ er sich neben ihr auf die Knie nieder und ergriff ihre Hand. Da öffnete sie die Augen und erkannte in freudigem Erschrecken den Jugendfreund. Ruthelm erzählte der Überglücklichen, daß er gekommen sei, um sie zu befreien und heimzuführen. Lange saßen die beiden zusammen in seliger Freude, bis sie endlich die Männlein gewahrten, die um sie herstanden. Der Anführer der Schar sprach zu Ruthelm: »Du hast nun die Braut gewonnen. Aber ehe du sie nach der Burg Lorch führen darfst, mußt du noch die Leiter hinabsteigen. Gerlind wirst du unten finden. Wenn du dann nach Lorch kommst, dann sage dem Alten, daß er für seine Ungastlichkeit nun genug gebüßt habe.«

Beim Abstieg hüllten freundliche Rheinnebel Ruthelm ein, so daß er den grausigen Abgrund zu seinen Füßen nicht sah. Sobald sein Fuß den Boden betrat, kam Gerlind an der Hand des Zwergenweibleins auf ihn zu. Beim Abschied drückte ihnen die Alte als Hochzeitsgeschenk ein Kästchen mit edlem Gestein in die Hand.

Der hochbeglückte Burgherr von Lorch fand nach der Wiedervereinigung mit seinem Kinde bald Gesundheit und Lebensmut wieder. Er richtete ein Hochzeitsfest, zu dem jedermann willkommen war. Wenn aber in Zukunft auf Burg Lorch ein Kindlein in der Wiege lag, dann erschien jedesmal bei Gerlind und Ruthelm die Alte mit kostbaren Geschenken und erfreute sich am Anblick des jungen Lebens.

711.

DIE SIEBEN SCHÖNEN VON SCHÖNBERG

Vor langer Zeit wohnten in der Burg Schönberg bei Oberwesel sieben bildschöne Schwestern. Von nah und fern kamen tapfere Ritter, um als Freier ihr Glück bei ihnen zu versuchen; doch keiner ward erhört. Jahrelang verteilten die Spröden nur Körbe, die den damit Bedachten viel Spott und Hohn eintrugen.

Da geschah es einmal, daß der Zufall die abgewiesenen Freier zusammenführte. Sie verabredeten sich, dem Werben ein Ende zu machen, und sandten einen Knappen nach Schönberg mit der Botschaft: »Meine Herren lassen euch wissen: Wenn ihr nicht willens seid, sieben Bewerbern aus unserer Mitte das Jawort zu geben, dann werden wir nie wieder Schloß Schönberg betreten. Und auch unsere Freunde und Bekannten werden wir abhalten, jemals den Fuß über die Schwelle eurer Burg zu setzen.«

Über diese Botschaft lachten die übermütigen Schönen. Sie beschlossen, den aufgebrachten Freiern einen heilsamen Streich zu spielen, und luden sie für den folgenden Tag nach Schönberg ein. Als die Schar der Freier im Rittersaale versammelt war, kam eine Magd und berichtete: »Es ist der Wille meiner Herrinnen, sieben von den edlen Rittern als Gemahl anzunehmen. Über die Wahl soll das Los entscheiden.«

In einer silbernen Schale wurden die Lose hereingebracht. Und siehe, die ältesten und unansehnlichsten Freier zogen die Glückslose, die die Namen der Schwestern trugen. Die überglücklichen Gewinner beeilten sich, die Bräute zu begrüßen. Sie strichen schnell noch über Haar und Bart, zupften den Rock zurecht und begaben sich erwartungsvoll in das Frauengemach. Aber die Schwestern waren verschwunden. Nur fratzenhafte Bilder hatten sie zurückgelassen, um die Freier zu verhöhnen. Vom Ufer des Rheines herauf klang ihr spöttisches Gelächter. Sie stiegen eben in einen Kahn, um nach dem andern Ufer überzusetzen und auf einer Burg an der Lahn Wohnung zu nehmen. Ob sie dort angekommen sind, weiß man nicht. Noch heute bringt man ihr Verschwinden in Verbindung mit sieben Felsklippen im Rhein, die in ganz trockenen Sommern aus der Flut auftauchen. Zur Strafe für ihren Übermut sollen sie in dieses harte Gestein verwandelt worden sein.

712.

DIE GEISTER IM SCHLOSS EHRENBREITSTEIN

In der Philippsburg zu Ehrenbreitstein, der alten Residenz der Trierer Kurfürsten, war es niemals recht geheuer. Als der letzte der Kurfürsten, Clemens Wenzeslaus, seinen Wohnsitz nach dem neuen Koblenzer Schloß verlegte, da mag der Gedanke an die Geister von Philippsburg ihm den Entschluß dazu erleichtert haben.

Der Kurfürst Johann Hugo von Orsbeck, einer der Vorgänger des Clemens Wenzeslaus, hatte einmal in Ehrenbreitstein ein ganz seltsames Erlebnis. Am Dreikönigstage des Jahres 1701 wurde in der Schloßkirche das Fest des ewigen Gebetes gefeiert, das nach damaligem Brauch um 4 Uhr nachmittags seinen Anfang nahm. Wichtige Amtsgeschäfte brachten es mit sich, daß der Kurfürst erst gegen Mitternacht dazu kam, seine Betstunde zu halten. Er fand die Kirche hell erleuchtet, am Altare brannten die Kerzen. Endlich öffnete sich lautlos die Türe der Sakristei, und es kamen drei Priester hervor, die in den kostbarsten Gewändern zum Altare schritten. Über das Ungewöhnliche dieses Vorganges verwunderte sich der Kurfürst sehr; auch kam es ihm so vor, als habe er keinen der drei Herren je gesehen.

Nach einer kurzen Anbetung setzten sich die Priester stumm nieder. Der Kurfürst machte ihnen ein Zeichen, mit dem Dienste zu beginnen, doch er erhielt zur Antwort: »Wir warten noch auf einen Mitbruder!« Das alles kam ihm ganz absonderlich vor, und er ging in die Sakristei, um nachzusehen, wer doch jener sei, auf den die drei am Altare warteten. Da erblickte er eine Gestalt, die in Größe, Gewand und Gesichtszügen sein vollkommenes Ebenbild war. Durch eine Türe, zu der nur er den Schlüssel trug, ging die Gestalt in die Kirche. Er folgte ihr, fand aber die Türe fest verschlossen, und selbst mit seinem Schlüssel konnte er sie nicht öffnen.

Tiefer Schreck überfiel nun den Kurfürsten; er stieg auf die Empore über dem Chor, um von dort aus die Herren am Altare genauer zu betrachten. Endlich erkannte er in ihnen drei längst verstorbene Amtsbrüder, die bei seiner Bischofsweihe die heiligen Handlungen vorgenommen hatten. Auch unter den anwesenden Gläubigen erkannte er die Gesichter von alten Freunden und Bekannten, die lange im Grabe ruhten. Und als der feierliche Dienst beendet war, da kamen seine verstorbenen Eltern, umgeben von ihren Kindern, Hand in Hand durch das Kirchenschiff.

Mit einem Schlage war darauf alles in der Kirche verändert. Die Wände waren schwarz ausgeschlagen wie zu einer feierlichen Trauermesse. Herzbeklemmend erklang das dies irae. In einem offenen Sarge sah der Kurfürst sich selber liegen, angetan mit den Zeichen seiner bischöflichen Würde. Tiefes Grauen überfiel ihn; er fühlte sich umweht von den geheimnisvollen Schauern der Ewigkeit; ganz gebrochen schleppte er sich in sein Schlafgemach.

Zehn Jahre später am Dreikönigstage starb Johann Hugo. Er liegt begraben vor den Stufen des Altares, den er den drei Heiligen aus dem Morgenlande zu Ehren in der hohen Domkirche zu Trier hatte errichten lassen.

713.

DIE BÄCKERJUNGEN VON ANDERNACH

Einst zogen die Linzer gegen ihre Erbfeinde, die Andernacher, zum Streite. Bei grauendem Morgen kamen sie vor die Tore der feindlichen Stadt. Sie wähnten die Bewohner noch in den Federn; doch sie hatten die Rechnung ohne die fleißigen Bäcker gemacht, die seit dem ersten Hahnenschrei in ihren Backstuben hantierten, und deren Jungen die frischen Wekken schon von Haus zu Haus trugen.

Zwei der Burschen, die ihren Rundgang beendet haben, steigen zum Vergnügen auf den Torturm am Rheinufer. Von dort aus sehen sie die vorsichtig heranschleichenden Linzer. Sogleich reißen sie mit aller Kraft am Strang der Sturmglocke. Dann aber werfen sie den Feinden die auf der Mauerbrüstung stehenden Bienenkörbe auf die Köpfe. Die gereizten Immen stechen wütend drauf los, und alsbald wenden sich die Linzer vor solch grimmigem Feinde zur Flucht. Gepeinigt von rasendem Schmerz, mit dikken Mäulern und verbeulten Gesichtern sitzen sie nach kurzer Zeit reihenweise am Rheinufer, um die Qual durch Kühlung zu lindern. Von der Andernacher Stadtmauer her aber tönt lautes Hohngelächter.

Das Lob der tüchtigen Bäckerjungen klingt noch heute fort; ihr Andenken ist durch ein Steinbild am Rheintor für immer gesichert.

714.

DIE ENTSTEHUNG DES SIEBENGEBIRGES

In uralter Zeit lag oberhalb Königswinter ein großer See, der zur Zeit der Schneeschmelze oft Schaden anrichtete. Die Uferbewohner aus der Eifel und vom Westerwald faßten daher den Plan, ihn abzuleiten. Da dies Werk aber Menschenkraft überstieg, wandten sie sich an die Riesen, denen sie hohen Lohn versprachen. Sieben von ihnen kamen. Sie trugen gewaltige Schaufeln auf den Schultern und machten sich alsbald an die Arbeit. Nach ein paar Tagen hatten sie schon eine tiefe Scharte in das Gebirge gegraben. In die Vertiefung drang das Wasser und vollendete das Werk der Riesen. Der See floß ab. Wo früher seine Fluten gespült hatten, lag nun fruchtbares Land. Die dankbaren Uferbewohner schleppten den Lohn für die Riesen herbei. Diese teilten ihn brüderlich, und jeder von ihnen schob seinen Anteil in seinen Reisesack. Ehe sie Abschied nahmen, klopften sie noch Erdreich und Gestein, die an den Spaten hafteten, ab. Dadurch entstanden sieben Berge, die man noch heute am rechten Rheinufer sehen kann.

715.

AUF DEM DRACHENFELS

In alten Zeiten, als an den Ufern des Rheins noch Heiden wohnten, hauste im Siebengebirge ein furchtbarer Drache, dem man tagtäglich Menschenopfer darbrachte. Meist waren es arme Kriegsgefangene, die ihm vorgeworfen wurden. Unweit der Höhle band man sie fest an einen Baum, unter dem ein Altar aufgemauert war. Zur Zeit der Abenddämmerung kam das Ungeheuer hervor und verschlang gierig die Opfer.

Einst brachten die Bewohner des Landes von einem Kriegszuge eine christliche Jungfrau von großer Schönheit als Gefangene mit. Da sich die Anführer über den Besitz der Beute nicht einigen konnten, wurde die Unglückliche als Opfer für den Drachen bestimmt. Auf dem Altarsteine wurde sie, in weißem Gewande, wie eine Braut geschmückt, festgebunden. Ruhig stand sie da, ergeben in Gottes Willen. Aus der Ferne blickte das Volk wie gebannt nach der furchtbaren Stätte.

Als die letzten Strahlen der untergehenden Sonne auf den Eingang der

Höhle fielen, kam mit glühendem Atem der Drache hervor und kroch nach dem Altare, um sein Opfer zu verschlingen. Doch auch da verzagte die edle Jungfrau nicht. Zuversichtlich hielt sie ihr Kreuzlein empor. Vor diesem Zeichen wich das Untier zurück; brüllend und schnaubend stürzte es sich den Felsen hinab in den Rhein.

Voll Staunen und Freude eilte das Volk herbei, um die Jungfrau zu befreien. Es bewunderte gar sehr die Macht des Christengottes und ließ die Gerettete frei in die Heimat zurückziehen.

716.

DER MÖNCH ZU HEISTERBACH

Im ehrwürdigen Kloster Heisterbach lebte einmal ein junger Mönch, der in der heiligen Schrift und in den frommen Büchern der Väter die Gottesgelehrtheit eifrig studierte. Mit heißem Bemühen und rastlosem Fleiß suchte er einzudringen in die ewigen Dinge, die dem Menschenverstande verborgen sind. Und er las: »Vor Gott sind tausend Jahre wie ein Tag.« Lange grübelte er über den Sinn dieser Worte nach; bange Zweifel quälten seine Seele, während er sinnend im Klostergarten auf und ab ging.

Da hörte er der Vöglein liebliches Singen im nahen Walde. Er folgte den süßen Tönen und ließ sich endlich auf das weiche Moos nieder. Langsam schlossen sich seine müden Augen zum Schlafe.

Als er erwachte, leuchtete das Abendrot durch die Zweige; vom nahen Kloster tönte das Vesperglöcklein herüber. Um das gemeinsame Mönchsgebet nicht zu versäumen, schritt er frisch dahin. Doch alles kam ihm gar seltsam vor. Den Bruder an der Klosterpforte erkannte er nicht. An seinem Platze im Chor kniete ein fremder Mönch. Der Abt fragte ihn nach seinem Namen, und als er ihn bekommen nannte, da hatte keiner der Brüder ihn je gehört. Ein Mönch brachte dann die Klosterchronik herbei, und es stellte sich heraus, daß ein Bruder seines Namens vor dreihundert Jahren das Kloster verlassen hatte und nicht wiedergekommen war. Nun merkte der Heimgekehrte, er selber war jener Verschollene. Aufrichtig bereute er all seine Zweifel; dann sank er sterbend zu Boden, indem er gläubig flüsterte: »Vor Gott sind tausend Jahre wie ein Tag.«

717.

DER ZAUBERRING

In der Nähe des Klosters von Grevenmacher an der Mosel wohnte einst ein Mann, der einen Zauberring besaß. Sein Nachbar, ein reicher Bauer, hatte sich mit den Klosterherren entzweit. Um den Abt einmal ungestraft gründlich ärgern zu können, erbat der Streitsüchtige sich für einen Tag den Zauberring. Nur mit großem Widerstreben ging der Besitzer des Ringes darauf ein, mußte er doch während der ganzen Zeit, in der er das seltsame Schmuckstück nicht am Finger hatte, ständig in tiefem Schlafe liegen. Nur durch große Versprechungen ließ er sich schließlich bewegen, den Wunsch des Zudringlichen zu erfüllen.

Als dann der Bauer den schmalen Eisenreifen über den Finger streifte, ward er sogleich in eine Katze verwandelt. Kaum war es dunkel geworden, da kletterte er an dem Weinstocke des Klostergebäudes bis zu der Fensterbank vor des Prälaten Studierzimmer, öffnete den Fensterriegel, indem er die Pfote durch eine zerbrochene Scheibe hineinsteckte, warf voll Schadenfreude Bücher und Schriftwerk vom Schreibtisch auf den Boden und goß das bis an den Rand gefüllte Tintenfaß darüber aus.

Zweimal wiederholte er den Schabernack, der den Abt weidlich in Harnisch brachte. Beim vierten Male aber ging es ihm übel. Der gewitzte Prälat stand hinter dem Fenstervorhang auf der Lauer. Wie nun die Pfote durch die Scheibe hineinlangte, hieb er sie blitzschnell mit einem großen Messer ab und verbrannte sie im Kamin.

Seit diesem Tage schleicht die Katze noch immer umher und sucht die verlorene Pfote, um den Zauber lösen zu können; in dem Häuschen neben dem Kloster aber schlief bis zu seinem Tode jener törichte Mann, der seinen Zauberring verliehen hatte.

718.

DAS EBERHARDSFÄSSCHEN

Der fromme Einsiedler Eberhard errichtete an der Stelle, wo heute der weitbekannte Wallfahrtsort Klausen liegt, zur Ehre der Gottesmutter eine schlichte Kapelle. Rasch ging der Bau vonstatten; denn von allen Seiten eilten die Landleute herbei und halfen an dem gottseligen Werke. Es war mitten in der Sommerzeit, und Eberhard hatte von der Mosel ein Fäßlein guten Weines besorgt, um die Arbeiter von Zeit zu Zeit mit einem kühlen Trunk zu erquicken. Als aber an einem Tage die Sonne besonders heiß vom Himmel brannte, ging der Wein zur Neige. Der vorsorgliche Bauherr hatte zwar zeitig nach einem zweiten Fäßchen gesandt, doch es war noch nicht angekommen. Da fingen die Bauleute an zu murren und drohten fortzugehen. In dieser Not wendete sich der Einsiedler an die himmlische Mutter. Er betete: »Liebe Mutter, ich habe das Meinige getan, die Reihe ist jetzt an dir; hilf mir in meiner großen Not.« Und siehe, sein Gebet wurde erhört; das eben noch leere Fäßchen war wieder bis zum Spundloch voll des besten Weines.

Die Nachricht von diesem großen Wunder verbreitete sich rasch in der ganzen Gegend. Noch heute ist es im Mosellande Sitte, sich bei Hitze und Durst ein Eberhardsfäßchen zu wünschen.

719.

DER BERNKASTELER DOKTOR

Auf seiner schönen Burg Landshut lag Erzbischof Boemund schwer krank danieder; vergebens hatten die Ärzte ihre Kunst an ihm versucht, unrettbar schien er dem Tode verfallen.

Da versprach der Kirchenfürst hohen Lohn dem, der ihm noch helfen könne. Ein schlichter Bürger aus Bernkastel hörte das. Gar feinen Wein hatte er im Keller; er nahm ein Fäßlein vom Allerbesten und trug es keuchend hinauf zur kurfürstlichen Burg. Erst wollte man ihm hier den Eintritt verwehren, doch als er dringlich vorgab, er sei der rechte Doktor, der den Kurfürsten ganz gewiß wieder gesund machen könne, ward er eingelassen. Vor dem Krankenbette schlug er den Kran ins Fäßlein, füllte einen Becher mit perlendem Wein und reichte ihn dem Kurfürsten mit den Worten: »Wer von diesem Wein trinkt, der muß gesund werden. Das ist der rechte Doktor!«

Erst nippte der Kranke, dann schlürfte er, dann tat er einen langen Zug. Als der Becher geleert war, sprach er: »Reich mir noch mehr von dieser guten Arznei! Ich fühle, wie sie mir wohlig durch die Adern rinnt.« Nun trank er weiter von dem köstlichen Lebenselixier, und schon nach kurzer Zeit konnte er völlig genesen vom langen Krankenlager aufstehen.

Noch heute rühmt man jenen Wein als den »Bernkasteler Doktor«.

720.

GRÄFIN LORETTA

Nicht weit von Traben-Trarbach liegt, weit ins Land schauend, auf dem Kamm steilragender Rebenhänge das Dörflein Starkenburg. Nur eine einzige Fahrstraße führt von Enkirch aus auf die luftige Höhe. Ein kleiner Trümmerrest zeigt die Stelle, wo vormals die ritterliche Feste stand, die dem Dörflein den Namen gab.

Zur Zeit des Trierer Kurfürsten Balduin wohnte auf der Starkenburg die tatkräftige und schöne Gräfin Loretta von Sponheim. Sie war früh Witwe geworden, ihr Gemahl war von einer Fahrt ins heilige Land nicht heimgekehrt. Um das Erbgut ihrer Kinder lag sie nicht nur mit gierigen Nachbarn, sondern mehr noch mit dem herrschgewaltigen Kurfürsten in gar erbittertem Streit, bis es der Vermittlung wohlmeinender Freunde und Verwandten endlich gelang, einen Waffenstillstand zu vereinbaren. Doch bald bot sich ihr eine solch günstige Gelegenheit, den großen Gegner in ihre Hände zu bekommen, daß sie sich kein Gewissen daraus machte, den geschlossenen Vertrag zu brechen.

Von ihren Spähern erfuhr die Gräfin, der Kurfürst werde auf einem kleinen Schifflein mit geringer Begleitung moselabwärts nach Koblenz fahren. An trefflich geeigneter Stelle, von einem mit Weidengebüsch dicht bestandenen Vorland aus, ließ sie nahe unter dem Wasserspiegel eine starke Kette spannen, die den Fluß absperrte. Ahnungslos fuhr der Kurfürst in die Falle. Die plötzlich straffgezogene Kette zwang sein leichtes Fahrzeug, zu halten, und von der Übermacht der Mannen Lorettas überwältigt, ward er gefangen und auf die Starkenburg geführt. Dort empfing ihn die Gräfin mit allen seinem Stande zukommenden Ehren, hielt ihn aber in sicherem Gewahrsam. Selbst der Bannstrahl des Papstes vermochte nicht, ihn aus den Händen Lorettas zu befreien.

Lange zogen sich die Verhandlungen zwischen den Gegnern hin; endlich verpflichtete sich Balduin, der Gräfin ein hohes Lösegeld zu zahlen, ihr eine auf Sponheimschen Grund zu Birkenfeld erbaute Burg zu übergeben und gar ein Bündnis mit ihr zu schließen. Nach seiner Entlassung hielt der Kirchenfürst diese Versprechungen aufs Wort; ja, er schloß sogar Freundschaft mit der tapferen und klugen Frau, die so mannhaft für die Rechte ihrer Kinder eingetreten war.

721.

DIE KAPELLE AUF DEM PETERSBERG

In alten Zeiten stand in Neef an der Mosel ein kleines Kirchlein mitten in einem Friedhofe, auf dem die Dorfbewohner seit Menschengedenken zur letzten Ruhe gebettet wurden. Wie nun das ehrwürdige Gotteshaus baufällig wurde, rissen die Neefer es ab, um an seiner Stelle ein größeres und schöneres zu errichten. Alt und jung beteiligten sich in frohem Wetteifer an der Arbeit, und bald lagen Holz und Steine in Fülle auf der Baustelle. Als aber die Steinmetzen eines Morgens ans Werk gehen wollten, um das Gebäude aufzuführen, da war der Bauplatz leer, Holz und Steine waren verschwunden. Und wie man suchte, fand man alles auf der Höhe des Petersberges, fein säuberlich zu hohen Stapeln aufgeschichtet. Zuerst dachte man an einen losen Scherz mutwilliger Buben, doch die Umlagerung war ohne jeden Lärm vor sich gegangen; kein Hund hatte in der Nacht angeschlagen.

Mühsam schafften die fleißigen Neefer die Vorräte auf die alte Stelle. Vergebens! Morgens lagen sie wieder auf der Höhe des Berges. In der nächsten Nacht standen die Männer des Dorfes Wache, um zu sehen, wer ihnen wohl den bösen Streich spiele. Bis Mitternacht blieb alles still, der Bauplatz lag friedlich im Mondenschein. Da stiegen aus einer Wolke leuchtende Gestalten hernieder und trugen Holz und Steine durch die Luft erneut zur Bergesspitze empor. Nun erkannten die Neefer, daß die Kapelle nach Gottes Willen hoch oben über ihren Weinbergen errichtet werden sollte. Sie fügten sich dem göttlichen Befehl, und heute noch steht das Kirchlein inmitten des stillen Friedhofes an der Stelle, die Gott durch ein Wunder gezeigt hatte.

722.

DIE NIKOLAUSKERZE

Zwischen Sennheim und Mesenich an der Mosel stand früher ein schroffer Schieferfelsen. Die Schiffer kannten ihn alle und nannten ihn schlechtweg die »Lei«. Es war eine gefährliche Stelle für sie, und in einer Nische des Felsens stand ein Bild des heiligen Nikolaus, ihres Schutzpatrons, und keiner vergaß, ihn um Hilfe anzurufen. Einmal bei Hochwasser fuhr ein Schiffer mit kostbarer Ladung zu Tal. Da trieb ihn die reißende Strömung dem Riff zu, und es half auch nichts, daß er mit dem Schorbaum das Schiff vom Felsen abzuhalten suchte. Da warf er sich in seiner Angst auf die Knie und rief: »Heiliger Nikolaus, hilf mir! Ich opfere dir auch eine Kerze so dick wie der Schorbaum.« Kaum hatte er das Gelöbnis getan, da dreht sich das Schiff dicht vor der Lei herum und treibt ganz ruhig im schönsten Fahrwasser. Da wurde der Schiffer gleich wieder übermütig, und wie er an dem Kapellchen vorbeifuhr, rief er: »Niklösche, no kriegst de nit esu lang!«, und dabei legte er den einen Zeigefinger über das erste Glied des andern. Aber er hatte zu früh triumphiert. Gleich unterhalb Mesenich, wo er so oft gefahrlos vorübergefahren war, wurde das Schiff auf einmal so gegen den Riverberg geschleudert, daß es in wenigen Augenblicken unterging. Nur der Schiffsknecht konnte mit Mühe und Not an Land schwimmen.

723.

DER TABAKRAUCHENDE TEUFEL

Im großen Wildenburger Wald auf dem Hunsrück machte einmal ein alter Förster seinen Reviergang und ließ dabei mächtige Rauchwolken aus seiner schön geschnitzten Pfeife aufsteigen. Mit einem Male stand, wie aus dem Boden gewachsen, ein wildfremder Kerl vor ihm, der einen weiten Mantel trug und einen Klumpfuß hatte. Wie der Förster in das feuerrote Gesicht mit den grellen Augen sah, wurde es ihm unheimlich, und verstohlen faßte er nach dem Schaft seiner Flinte, die er schußbereit über der Schulter trug. Und als ihn dann der Kerl fragte, was er tue, sagte er ganz seelenruhig: »Oh, nichts Besonderes; ich rauche meinen Tabak.« Da bat der Fremde: »Darf ich auch einen Zug aus dieser schönen Pfeife tun?« Bereitwillig kam der Förster der Bitte des Zudringlichen nach, hielt ihm aber statt der Pfeife den Flintenlauf an den Mund und forderte ihn auf, tüchtig zu ziehen. Kaum tat der Fremde den ersten Zug, da griff der Förster blitzschnell ans Flintenschloß und drückte los. Doch ruhig, als sei nichts geschehen, spuckte der Teufel, denn er war es, die Kugel aus und sagte: »Ei, zum Donner, du rauchst ein starkes Kraut.« Mit einem Schlage war darauf der Böse verschwunden. Der Förster aber merkte an dem abscheulichen Schwefelgeruch, wen er vor sich gehabt hatte.

724.

DER TEUFELSSCHORNSTEIN

Bei Saarhölzbach lebte einmal ein Schmied, der war so stark, daß er seinen Amboß mit Leichtigkeit bis über den Kopf heben konnte. Er war ein rauher Geselle, fluchte den ganzen Tag und glaubte weder an Gott noch an den Teufel.

Eines Tages stand er in seiner Werkstatt und machte Hufeisen. Als er das erste fertig hatte und beiseite schob, sprang es mitten durch. Zornig nahm er ein zweites unter den Hammer, doch auch dieses zersprang. Da packte er fluchend ein neues Stück Eisen mit der Zange und sprach: »Wenn das nun auch zerspringt, dann soll mich gleichfalls der Teufel holen!« Wütend hämmerte er drauf los, daß die Funken bis an die Wände stoben. Wie nun auch das dritte Hufeisen klirrend in zwei Stücke zerbrach, da kam schon der Teufel durch den Rauchfang und redete den Überraschten an: »Ich habe deinen Wunsch gehört und bin gekommen, ihn zu erfüllen. Folge mir!«

Da wurde es dem Schmied angst und bange; er dachte darüber nach, wie er dem Teufel entrinnen könne, und sagte endlich: »Mein Wort will ich halten, doch sollst du mir vorher zeigen, wie groß deine Macht ist.« Der Teufel war's zufrieden, und nachdem die beiden abgemacht hatten, sich um Mitternacht auf dem Berge gegenüber Saarhölzbach zu treffen, verschwand der Böse wieder durch den Rauchfang.

Als es Nacht geworden war, nahm der Schmied seinen schweren Zuschlaghammer unter den Arm, fuhr mit einem Nachen über die Saar, stieg den Berg hinan und stellte sich in einen hohlen Baum, um den Teufel zu erwarten. Plötzlich tat sich am Abhange des Berges die Erde auf, und der Fürst der Unterwelt kam, in eine Rauchwolke gehüllt, aus der Öffnung hervor. Er hob schnuppernd die Nase und kam dann geradeswegs auf den hohlen Baum zu. Der Schmied gab ihm nun auf, zwischen 12 und 1 Uhr sämtliche Marksteine des Trierer Landes auf einen Haufen zusammenzutragen, und sie dann zwischen 1 und 2 Uhr wieder zurückzuschaffen, einen jeden an seine Stelle. Der Teufel war einverstanden; er pfiff auf den Fingern, und sogleich kam eine ganze Schar bocksfüßiger Gesellen herbeigestürmt. Die gingen, als es im nahen Mettlach zwölf Uhr schlug, mit ihrem Meister ans Werk. Bald regnete es Marksteine, und noch vor Ablauf einer Stunde war die halbe Arbeit getan; die Steine lagen, haushoch aufgetürmt, beisammen. Nur einer lag etwas abseits; ein Teufel hatte ihn fallen lassen, als ob er ihm zu heiß sei. Als der Schmied ihn genauer betrachtete, sah er, daß er mit einem Kreuz gezeichnet war. Er zerschlug ihn heimlich mit dem Hammer zu Staub und streute diesen in den nahen Bach.

Beim Schlage eins begann die höllische Schar die Steine wieder fortzuschaffen, und schon vor der ausbedungenen Zeit konnte der Meister berichten, daß die Abmachung erfüllt sei. Der Schmied aber machte ihn darauf aufmerksam, daß noch ein Stein fehle. Als die Teufel merkten, was geschehen war, drangen sie wütend auf den Mann in der Lederschürze ein. Der aber packte den Hammer und schlug den Anstürmenden gewaltig auf die Köpfe, daß sie klirrten. Doch allmählich erlahmten seine Kräfte, und er wäre sicher verloren gewesen, wenn es nicht im Augenblick der höchsten Gefahr vom Mettlacher Kirchturm zwei geschlagen hätte. Da fuhren die Teufel durch die Öffnung am Bergabhang wieder in die Tiefe.

Als der Schmied sich erholt hatte, ging er langsam nach Hause. Schon am andern Morgen warf er Hammer und Amboß in die Saar und trat eine Fahrt nach dem heiligen Lande an. Der Felsen aber, unter dem die Höllenbewohner aus- und eingefahren waren, heißt noch heute der Teufelsschornstein.

725.

ST. ORANNA

Die hl. Oranna war eine Königstochter aus Schottland. Gleich ihrem Bruder Wendelin verließ sie ohne Wissen der Eltern Vaterhaus und Heimat und zog über das Meer, um in der Stille und Verborgenheit Gott zu dienen. Als sie mit ihrer Gefährtin Cyrilla in die Bergwälder an der Saar gekommen war und eines Tages auf der steilen Höhe von Berus rastete, sah sie im Tale eine Reiterschar, die sie auf Befehl ihres Vaters verfolgte und nach Schottland zurückbringen sollte. Voll Angst flohen die beiden Jungfrauen weiter.

Zur gleichen Stunde war ein Bauersmann auf einem nahen Felde bei der Arbeit. Als er zum letzten Male die braunen Ackerfurchen entlang schritt, um seinen Samen auszustreuen, kamen die Verfolger auf der Höhe an. Sie fragten ihn, ob er keine Flüchtlinge gesehen habe. »Als ich anfing zu säen«, antwortete der Gefragte, »ritten zwei vornehme Jungfrauen in Eile hier vorbei.« Bei diesen Worten blickte er um sich, und siehe, die eben gesäte Gerste stand kniehoch. Auch die Reiter sahen das grüne Getreidefeld und sprachen bei sich: »Es ist umsonst gewesen, wir kommen zu spät.« Und sie gaben die Verfolgung auf und kehrten nach Schottland zurück.

Oranna und Cyrilla blieben als fromme Klausnerinnen im Walde von Berus. Als sie starben, wurden sie im nahen Eßweiler begraben. Über ihrer Gruft wurde eine Kapelle errichtet. In den Bauernkriegen wurde das Dorf dem Erdboden gleichgemacht. Obwohl das Kirchlein der Zerstörung entging, brachte man doch die Gebeine der heiligen Jungfrauen in die Pfarrkirche von Berus. Dort sind sie noch heute der Gegenstand frommer Verehrung. Das in der Regel am dritten Sonntage im September stattfindende Orannafest wird von zahlreichen Wallfahrern aus dem Saarlande und dem benachbarten Lothringen besucht.

726.

DIE FELSENKIRCHE

Auf steilem Felsen über dem Nahestädtchen Oberstein stand in alten Zeiten ein stolzes Grafenschloß. Dort lebten einmal zwei Brüder, Emich und Wyrich, die waren einander in treuer Liebe zugetan. Bei einem Turnier, auf dem sie Seite an Seite kämpften und sich hohen Ruhm erwarben, lernten sie ein junges Edelfräulein von der Burg Lichtenberg kennen. Das Schicksal fügte es, daß beide die Schöne liebgewannen. Mit der Liebe zog aber auch die Eifersucht in ihre Herzen ein, und es dauerte nicht lange, da schauten sie sich nicht mehr mit freundlichen Augen an. Als der Zufall sie einmal im Erkerzimmer der Burg zusammenführte, da flammte der Haß zwischen ihnen wild auf. Wyrich packte den Bruder und schleuderte ihn hinab in den schauerlichen Abgrund. Mit zerschmetterten Gliedern blieb Emich am Fuße des Burgfelsens tot liegen.

Die furchtbare Tat lastete schwer auf dem Mörder, und das vergossene Bruderblut ließ ihn nicht mehr zur Ruhe kommen. Wie Kain irrte er unstät und flüchtig umher. Auch eine Fahrt ins heilige Land brachte seiner Seele den Frieden nicht. Da traf er einmal einen Einsiedler, dem er seine bittere Herzensnot klagte. Der kluge Greis gab ihm den Rat: »Achte auf deinen nächsten Traum. Was Gott dir in seiner Weisheit und Güte eingeben wird, das tue!«

Bald nachher sah der Ritter im Schlafe sich selbst, wie er mit Meißel und Hammer eine Grotte in einen Felsen schlug und in die tiefe Höhlung eine Kirche baute. Als er erwachte, erinnerte er sich an den Rat des Klausners und machte sich sofort ans Werk. Mit unermüdlichem Fleiß führte er am steilen Hange über der rauschenden Nahe Schlag auf Schlag gegen den harten Felsen. Oft wollten ihm die müden Hände beinahe den Dienst versagen, doch nach einem kurzen Gebet griff er immer wieder mit neuem Mute nach Brecheisen und Schlägel. An einem heißen Sommertag sehnte er sich bei der harten Arbeit nach einem Trunke frischen Wassers. Siehe, da sprudelte aus einem Felsspalt eine klare Quelle hervor. »Herr, du bist gütig und allmächtig«, sprach der Ritter voll Zuversicht, als er das wunderbare Zeichen sah, »du kannst mir auch Verzeihung meiner schweren Sünde gewähren.« Mit allen Kräften arbeitete er nun weiter, und noch vor Ablauf eines Jahres war die Kirche vollendet.

Als am Morgen des Einweihungstages der Priester, der das erste heilige Opfer in der neuen Kirche darbringen sollte, zum Altare schritt, da fand er den Ritter tot an den Stufen des Heiligtums. Sanfter Friede verklärte das bleiche Antlitz.

727.

DER AFFE ZU DHAUN

Nicht weit von der Nahe, hoch über dem Tal des Simmerbaches, stand das im Mittelalter erbaute stolze Schloß Dhaun. Dort wohnten lange Zeit die Wild- und Rheingrafen, ein mächtiges und reiches Geschlecht. In den Ruinen ihrer alten Burg sieht man über dem Torbogen des Palastes ein wunderliches Bild. Es stellt einen Affen dar, der einem Kinde einen Apfel reicht. Über die Entstehung dieses Bildes berichtet die Sage.

An einem schönen Sommertage saß im Garten der Burg eine Wärterin mit dem kleinen Grafenkinde. Die Sonne brannte heiß hernieder, einschläfernd summten die Bienen in den Rosensträuchern; die Wärterin fiel in einen leichten Schlummer. Als sie erwachte, war das Kind verschwunden. Nachdem sie sich von dem ersten lähmenden Schrecken erholt hatte, suchte sie jammernd den weiten Garten und die ganze Gegend ab; doch sie fand nicht einmal eine Spur ihres Schützlings. In ihrer Verzweiflung lief sie in den Wald; denn sie getraute sich nicht mehr, ihrem Herrn vor die Augen zu treten. Da sah sie plötzlich nach langem Umherirren unter einem schattigen Baume das verlorene Kind. Es lag mit roten Bäckchen im weichen Moose und schlief. Neben ihm saß der gleichfalls schlafende Affe, den der Burggraf von einer Fahrt nach dem Morgenlande mitgebracht hatte. Überglücklich schloß die Wärterin das wiedergefundene Kind in ihre Arme und eilte zum Schlosse, wo sich Trauer und Klagen schnell in Freude und Jubel verwandelten.

Der Vater des Kindes ließ die seltsame Begebenheit in jenem Steinbilde am Torbogen festhalten.

728.

DIE EBERNBURG

Unweit der Badestädte Kreuznach und Münster am Stein, im Winkel von Nahe und Alsenz, steht die stolze Ebernburg. Dort wohnte um das Jahr 1500 Franz von Sickingen, das Oberhaupt des schwäbisch-rheinischen Ritterbundes, ein tatkräftiger Schirmherr der Reformation. Viele Anhänger der neuen Lehre fanden bei ihm Schutz vor Verfolgung und eine gastliche Freistätte, darunter auch Ulrich von Hutten, der den Ebernburger zum Kampf gegen die geistlichen Fürsten am Rhein aufrief.

Einst wurde die Ebernburg belagert. Viele Wochen lang rannten die Feinde vergebens gegen ihre starken Mauern an. Den Belagerern blieb schließlich die einzige Hoffnung, Sickingen mit seinen Mannen auszuhungern; allzu groß konnten die Lebensmittelvorräte auf der Burg nicht mehr sein. Aber die Zeit bis zur Übergabe wurde den Feinden doch lange gemacht. Tag für Tag mußten sie sehen, wie die Burgmannen ein großes Schwein zum Hof hinausführten und zum Abstechen niederwarfen; gleichzeitig vernahmen sie ein lautes quiekendes Geschrei. Hätten sie geahnt, daß ihnen mit einem einzigen Borstentier, einem stattlichen Eber, solch Schauspiel immer von neuem vorgeführt wurde, dann würden sie die Belagerung nicht so bald aufgegeben haben. So aber gelang die Täuschung, und der Feind zog ab.

Des Ebers Bild, in Stein gehauen, ist noch jetzt am Eingang der Burg, die zum Teil aus dem Schutt vergangener Jahrhunderte neu erstanden ist, zu sehen.

729.

DER RHEINGRAFENSTEIN

Auf dem Rheingrafenstein, einem steilen Felsen an der Nahe, stand in alten Zeiten eine gewaltige Burg, die war nicht von Menschenhänden erbaut; sie war vielmehr des Teufels Werk.

Einer der Grafen von der Kauzenburg in Kreuznach schloß nach einer durchzechten Nacht mit dem Bösen diesen Vertrag: »Ich, der Teufel, werde auf dem Rheingrafenstein in einer einzigen Nacht ein Schloß erbauen und es dem Ritter von der Kauzenburg schenken. Dafür soll die Seele des ersten, der aus einem Fenster des Schlosses schaut, mir gehören.«

Als nun das Bauwerk wider alles Erwarten am andern Morgen vom hohen Felsen stattlich emporragte, da ward es dem Ritter angst und bange; ja, er wollte gar nicht in die Teufelsburg einziehen. Die Gräfin aber machte ihm Mut. Ruhig ritt sie den Felspfad hinauf, gefolgt vom Burgkaplan; zögernd kam der Graf mit seinen Rittern und Mannen hinterher. Als der Teufel, der in Gestalt eines großen Raubvogels auf dem Dachfirst saß, den Geistlichen sah, da lachte ihm das schwarze Herz im Leibe, dachte er doch, jener werde ganz sicher seine Beute werden.

Doch der kluge Teufel hatte sich diesmal gründlich verrechnet. Die Gräfin setzte Frauenlist gegen Teufelslist, und es gelang ihr, den Vater der Lüge zu prellen. Sie ließ einen Esel in den Rittersaal bringen, bekleidete ihn mit des Kaplans Sutane und schwarzem Käppchen und ließ ihn dann zum Fenster hinausschauen. Mit wilder Freude stieß der Teufel auf sein Opfer nieder und trug es in den Krallen davon. Doch hoch in den Lüften begann das Grautier aus allen Kräften sein angsterfülltes I a, I a zu schreien. Nun erkannte der Teufel, daß er sich hatte übertölpeln lassen. Mit einem entsetzlichen Fluch ließ er den Esel los, der beim Aufprall auf den Felsen zerschmettert wurde.

730.

DAS RIESEN-SPIELZEUG

Auf der Burg Nideck, die an einem hohen Berg bei einem Wasserfall liegt, waren die Ritter vorzeiten große Riesen. Einmal ging das Riesen-Fräulein herab ins Tal, wollte sehen, wie es da unten wäre und kam bis fast nach Haslach auf ein vor dem Wald gelegenes Ackerfeld, das gerade von den Bauern bestellt ward. Es blieb vor Verwunderung stehen und schaute den Pflug, die Pferde und Leute an, das ihr alles etwas neues war. »Ei«, sprach sie, und ging herzu, »das nehm ich mir mit.« Da kniete sie nieder zur Erde, spreitete ihre Schürze aus, strich mit der Hand über das Feld, fing alles zusammen und tat's hinein. Nun lief sie ganz vergnügt nach Haus, den Felsen hinaufspringend, wo der Berg so jäh ist, daß ein Mensch mühsam klettern muß, da tat sie einen Schritt und war droben.

Der Ritter saß gerad am Tisch, als sie eintrat. »Ei, mein Kind«, sprach er, »was bringst du da, die Freude schaut dir ja aus den Augen heraus.« Sie machte geschwind ihre Schürze auf und ließ ihn hineinblicken. »Was hast du so Zappeliches darin?« »Ei Vater, gar zu artiges Spielding! so was schönes hab ich mein Lebtag noch nicht gehabt.« Darauf nahm sie eins nach dem andern heraus und stellte es auf den Tisch: den Pflug, die Bauern mit ihren Pferden; lief herum, schaute es an, lachte und schlug vor Freude in die Hände, wie sich das kleine Wesen darauf hin und her bewegte. Der Vater aber sprach: »Kind, das ist kein Spielzeug, da hast du was schönes angestiftet! Geh nur gleich und trags wieder hinab ins Tal.« Das Fräulein weinte, es half aber nichts. »Mir ist der Bauer kein Spielzeug«, sagt der Ritter ernsthaftig, »ich leids nicht, daß du mir murrst, kram alles sachte wieder ein und trags an den nämlichen Platz, wo du's genommen hast. Baut der Bauer nicht sein Ackerfeld, so haben wir Riesen auf unserm Felsen-Nest nichts zu leben.«

BAYERN MIT FRANKEN UND SPESSART

731.

DER WILDE JÄGER

In den Waldschluchten des Spessarts, auf seinen Felsenhöhen haust der wilde Jäger. Der fromme Köhler, der seinen Meiler hütet, der harmlose Wanderer, der seinem ehrlichen Erwerbe nachgeht, die schuldlosen Kindlein, die Beeren suchen, sehen ihn nicht; aber er stellt sich überall ein, wo die Sünde ihm die Pforte öffnet, und wehe dem, der Böses sinnend ihm in den Weg kommt, wenn er in wilder Jagd mit höllischem Halloh über die Baumwipfel hinbraust! – Besonders an St. Petri Stuhlfeier (22. Februar) treibt er sein Unwesen; da ist kein Holzdieb sicher, daß er nicht mit gebrochenen Armen oder Beinen heimkommt: darum haben an diesem Tage der Wald und der Förster ihre gute Ruhe.

So gefährlich es aber auch ist, dem wilden Jäger zu begegnen: es gibt doch Frevler, die ihn und seine Hilfe sogar aufsuchen. Wer Freikugeln gießen will, der muß ihn dabei haben, denn nur sein Segen gibt den Kugeln die Gabe, niemals zu fehlen. Freilich tut er's nicht umsonst, aber wer nur der Gegenwart lebt, denkt nicht an die Zukunft.

Zu Orb gab es im Anfange des siebenzehnten Jahrhunderts einen Mann, der einen gottlosen Lebenswandel führte. Als Knabe war er hinter die Schule geschlichen, als Jüngling und Mann ging er der Arbeit aus dem Wege, aber desto fleißiger ins Wirtshaus. Er war nicht reich; das kleine ererbte Gut war bald durch die Gurgel gejagt und borgen mochte ihm niemand: er war nun gezwungen, auf irgendeinen Erwerb zu denken. Als Kriegsknecht hätte er ihn wohl finden mögen, denn der greuliche dreißigjährige Krieg verwüstete Deutschland schon seit Jahren und das Kriegsvolk führte eben auch kein erbaulicheres Leben, als er selber, aber der Kriegsdienst war ihm zu beschwerlich und gefährlich. Orb ist rings von großen Forsten eingeschlossen, die damals überreich an Wild waren; mit einiger Vorsicht konnte man schon einen Edelhirsch oder einen Rehbock gefahrlos erlangen – und der Mann ward ein Wildschütz.

Wenn man so in der Dämmerung auf ungebahnten Pfaden durch den Wald schleicht, lassen sich mancherlei Bekanntschaften machen. Der Mann mußte sie auch gemacht haben, denn bald verschoß er nur Freikugeln.

Nun lebte er mehrere Jahre in Saus und Braus. Ein einziger Schuß aus sicherer Ferne gab ihm täglich die Mittel, seinen Gelüsten zu frönen – und er tat das reichlich und kümmerte sich nichts darum, was nachkommen werde; ein Fluch war sein bestes Vaterunser.

Da kam das Jahr 1634 und mit ihm alles Unheil über Orb. Die Schweden überfielen die Stadt, plünderten sie und erschlugen, wer sich widersetzte. Die armen Einwohner litten an allem den bittersten Mangel – und im darauf folgenden Jahre wurden sie auch von der Pest heimgesucht. Diese wütete dergestalt, daß die Stadt bis auf 10 Familien und den Pfarreiverweser (der alte Pfarrer war kurz zuvor heimgegangen) ausstarb; die Leichen mehrten sich, daß sie nicht mehr in dem Friedhofe begraben werden konnten und haufenweise auf dem Marktplatze lagen; man beerdigte sie außerhalb der Stadt in einem Felde, das heute noch den Namen »Pestacker« führt: fast Tausend fanden hier ihr unbekanntes Grab.

Auch der Wildschütz wurde von der Pest befallen. Seine Verwandten sprachen ihm zu, sich den Pfarreiverweser rufen zu lassen und die Schrekken des herannahenden Todes bewogen ihn, in ihr Begehren zu willigen; als aber der Geistliche kam, fand er den Wildschützen in seiner Kammer erhenkt. Ob er es selbst in der Verzweiflung getan, ob der andere geholfen: wer kann es sagen?

Die letzten Bürger von Orb, die täglich morgens vor dem unteren Stadttore zusammenkamen und täglich weniger waren, trugen die Leiche des Wildschützen auf den Pestacker. Aber unterwegs schlugen auf einmal Flammen aus der Totenlade, daß die Träger voll Schrecken die Leiche fallen ließen. Sie fanden später den Sarg gänzlich verbrannt und den Leichnam allein auf dem Boden liegend und senkten ihn in die Erde; am Morgen darnach lag die Leiche wieder unbedeckt auf dem Acker und blieb da, bis sie ein Raub der Verwesung geworden.

732.

DER HAPPES-KIPPEL

Unfern von Kassel bei Orb erhebt sich ein einzeln stehender kegelförmiger Berg, welcher der Happes-Kippel genannt wird.

Auf diesem Berge stand vor vielen, vielen Jahren eine stattliche Burg. Hohe, dicke Mauern umschlossen geräumige Wohngebäude, Ställe und Vorratshäuser und ein mächtiger Turm schaute stolz herab in das Tal und ließ jeden Feind in weiter Ferne erschauen. Drinnen hauste ein gewaltiges Geschlecht, edel dem Stamme nach, aber nicht nach seinem Tun. Mord, Raub und Entführung waren das tägliche Geschäft; das Flehen mißhandelter Weiber, die Drohungen gekränkter Männer rührten die Burgherrn gleich wenig; gegen das eine schützte sie ihr steinern Herz, gegen die andern ihre Felsenmauern.

An dem Fuße des Burgberges hatte sich eine Witwe mit ihren beiden Kindern angesiedelt. Wie die Taube im alten Gemäuer am Meeresstrande friedlich neben dem Turmfalken nistet, so lebte die Witwe ungestört neben dem Horste der adeligen Räuber. Sie hatte freilich nichts, was ihre Habgier reizen konnte: ein paar Ziegen waren ihr ganzer Reichtum.

Einst an einem heißen Junitage übte sich das zehnjährige Söhnlein des Burgherrn vor dem Tore der väterlichen Burg im Armbrustschießen. Die beiden Ziegen der Witwe hatten sich in den kühlen Gebüschen, welche an dem Berge wuchsen, ihre Nahrung gesucht, waren immer höher geklettert, und kamen endlich in die Nähe des jungen Schützen. Der war schon lange des Schießens nach einer bloßen Scheibe überdrüßig; in den beiden Ziegen fand er seiner Meinung nach ein weit würdigeres Ziel für seine Kunst – und zwei Bolzen streckten die Ziegen nieder.

Es war Abend geworden, und die Witwe ging, ihre Ziegen heimzuholen. Sie pflegten sich sonst nie weit von der Hütte zu entfernen, aber die Witwe fand sie dieses Mal nicht an den gewohnten Stellen; sie stieg höher und höher und kam endlich an die Stätte, wo der Knabe seinem Vater jubelnd die Opfer seiner gelungenen Schüsse zeigte. Weinend warf sich die Witwe auf ihre eben verbluteten Lieblinge, die Gespielinnen, die Ernährerinnen ihrer Kinder. »O Barmherziger im Himmel«, rief sie verzweifelnd, »wie hast Du zulassen können, daß ein ruchloser Bube in seinem Übermute eine bedrängte Mutter ihrer letzten Stütze beraubt?! Nun kann ich meine armen Kinder nicht mehr ernähren, und es bleibt ihnen nichts übrig, als Hungers zu sterben!« »Hoho«, sprach der Junge, »wozu das Geschrei, das Jammern? Was ist's für ein Unglück, wenn auch deine Rangen verhungern sollten? Ist's doch nur Bauernpack – und wie man nicht weiß, von wannen es gekommen, so kümmert's auch niemanden, wenn es vergangen.« »Meinst du?« rief das Weib, das in seinem Elende aller Furcht vor dem strengen Burgherrn vergaß: »Meinst du, frecher Bube? In deinen Augen und in denen deines Vaters, der für deine Schandtat nur ein beifälliges Hohnlächeln hat, mag der Bauer nichts gelten, aber der Rächer alles Unrechtes wird euch einst sagen, daß der fleißige Bauer mehr wert ist als der räuberische Junker. Ich bin ein schwaches Weib, das mit euch nicht abzurechnen vermag; aber der, dessen Donnerstimme eben spricht, wird meinen Worten Kraft verleihen. Verflucht seist du, übermütiger Bube, und dein ganzes Geschlecht, verflucht sei das Haus, das dich geboren, verflucht sei dein Name und deines Namens Gedächtnis!«

Und eben begann sich das Gewitter zu entladen, das schon früher heraufgezogen war. Ein Blitzstrahl zerriß nach dem andern das Gewölk, und die Donnerschläge erschütterten die Erde, daß sie in ihren Grundfesten bebte. Der Ritter und sein Söhnlein, wie die Witwe eilten hinweg, jene mit Rachegedanken in die stolze Burg, diese trostlos in die arme Hütte. Bis tief in die Nacht tobte ein greuliches Unwetter – am andern Morgen war die Burg nur ein Steinhaufen; das Feuer des Himmels hatte sie verzehrt und mit ihr alle Bewohner. Wie sie sich nannten, ist unbekannt; der Name der Burg ist verschollen; nur einige Mauertrümmer geben Kunde, daß Ritter und Burg gewesen. – Wo die Ziegen der Witwe gemordet wurden, wächst heute noch kein Gras und bleibt kein Schnee liegen; für die Kinder wird Der gesorgt haben, der die jungen Raben speist und die Lilien des Feldes kleidet.

733.

DER BEILSTEIN

Einige Stunden von Orb liegt das Dorf Lettgenbrunn und zwischen diesem und dem Dorfe Villbach eine steile Bergkuppe von Basalt, der Beilstein genannt. Auf diesem Berge stand früher eine Burg. Wer sie gebaut, weiß man nicht, sie muß aber stattlich gewesen sein, denn es hatten mehrere Herren Anteil an derselben, namentlich auch die Erzbischöfe von Mainz. In der Mitte des 14. Jahrhunderts war der Mainzer Anteil am »Haus Bylstein« an Dietzen von Tungede (Thüngen), Friedrich Forstmeister und andre verpfändet. Wann und von wem die Burg Beilstein zerstört wurde, ist ebenso unbekannt, als wann sie gebaut worden. Seit vielen Jahren bezeichnen nur kaum erkennbare Mauertrümmer ihre Stätte. Man hat sie nach Schätzen durchwühlt und zwar Waffenstücke, Pfeilspitzen und ähnliche Gegenstände gefunden, aber kein Gold, kein Silber. Die Reichtümer, die man in den Ruinen zu finden glaubte, liegen tiefer, im Innern des Berges, wohin keine menschliche Macht zu dringen vermag, und werden hier von den Erdgeistern bewacht, die sie aufgehäuft haben.

Einst am frühen Morgen ging ein junger Mann von Lettgenbrunn nach Villbach. Als er an den Beilstein kam, sah er eine wunderschöne Blume. Er brach sie ab und ging seines Weges. Bald kam er an ein hohes gewölbtes Tor, das in das Innere des Beilsteins führte. Unter dem offenen Torbogen standen drei Jungfrauen von überirdischer Schönheit in strahlenden Gewändern, die dem jungen Manne freundlich winkten. Obwohl überrascht von der wunderbaren Erscheinung, fühlte sich der Jüngling doch unwiderstehlich fortgezogen Er trat durch das Tor in eine weite hohe Halle und folgte den Jungfrauen durch eine lange Reihe geräumiger Gemächer, die durch ein unbekanntes Licht prächtig beleuchtet waren. Da glänzte und glitzerte es überall, daß dem Jünglinge fast die Sinne vergingen. In dem einen Gemache lagen große Haufen gediegenen Silbers, in dem andern Haufen Goldes, in dem dritten gar Haufen von Edelgesteinen in allen Farben des Regenbogens. Die Gemächer schienen gar kein Ende zu nehmen. Anfangs hatte in der Seele des Jünglings nur die Bewunderung der nie gesehenen Schätze Raum, bald trat aber die Habsucht an ihre Stelle; er warf die Blume weg und begann, alle Taschen mit den gefundenen Schätzen zu füllen. Die Wahl ward ihm schwer; wenn er sich das Schönste ausgelesen zu haben glaubte, fand er immer noch ein Stück, das ihm schöner zu sein dünkte, und das er nun auch mitnehmen mußte. Endlich glaubte er eine richtige Auswahl getroffen zu haben; schwer bepackt eilte er dem Ausgange zu. Die Jungfrauen hatten dem Jüngling bisher in tiefem Schweigen und mit betrübten Mienen zugeschaut; er hatte sie gar nicht mehr beachtet. Nun sprach die eine: »Vergiß das Beste nicht!« Er kümmerte sich aber nicht darum und eilte weiter. Da rollte ein langer schwerer Donner durch die Hallen, daß die Erde in ihren Grundfesten erbebte; die Decke und die Wände wankten und drohten den Einsturz. Der Jüngling war noch weit von dem Ausgang; immer näher aber kam die Gefahr, verschüttet oder erdrückt zu werden, denn die Wände rückten auch gegen einander. In der Angst seines Herzens warf er ein Stück seines Schatzes nach dem andern von sich und eben hatte er das letzte hinweggeworfen, als mit einem neuen Donnerschlag das Gewölbe sich schloß. Der Jüngling war gerade auf dem Sprung ins Freie, so daß der Fels nur noch seine Ferse packte, die er ihm auch abschlug. Als er sich umschaute, sah das Gestein des Berges aus, wie gewöhnlich, und es war keine Spur eines Einganges zu finden, die Sonne aber war im Untergehen. – Der Jüngling blieb lahm sein Leben lang.

Seit dieser Zeit hat niemand mehr die Wunderblume und den Eingang in den Berg gefunden.

734.

DIE UNGERECHTEN FELDSCHIEDER

In der Kertelbachswiese, einem Tale zwischen der Kälberauer und Michelbacher Markung, ist eine kleine Anhöhe, worauf vor Zeiten ein Schloß gestanden. In dem Schloßkeller befindet sich ein Kessel bis zum Rande mit Gold gefüllt; dabei steht ein Tisch und darauf ein Glas Wein und an dem Tische sitzt ein graues Männlein mit einer Feder hinter dem Ohre, das beständig rechnet und das Geld zählt und wieder in den Kessel wirft – und das Männlein wird nicht älter und das Weinglas nicht leer, obwohl schon Jahrhunderte darüber hingegangen sind. Und wenn's Mittag wird, da klopft's im Keller; das Männlein schlägt seine elf Schläge auf den Deckel des Kessels, worin es seinen Schatz geborgen – und es erwachen drei schwarze Gestalten, die in dem Winkel des Kellers schlafend lagen, und gehen, freilich nicht jedermann sichtbar, hinaus an ihre Arbeit und messen die umliegenden Felder, schlagen Pflöcke und setzen die Steine, die sie ehedem verrückten, an ihren rechten Ort. Mit dem zwölften Glockenschlage verschwinden sie in ihre unterirdische Behausung und schlafen wieder bis Mitternacht, um dann abermals an ihre ewig vergebliche Arbeit zu gehen; jetzt sind sie aber feuerig. Schlägt die Mitternachtsstunde aus, so kehren die feurigen Feldschieder zu dem Männlein zurück, in dessen Solde sie falsch maßen und Steine setzten. Das Männlein empfängt sie mit höllischem Grinsen und beginnt aufs neue zu rechnen und zu zählen, während die Feldmesser in ihren Todesschlaf sinken.

So schaurig es drunten im Schloßkeller auch aussieht, die Habsucht hat es doch versucht, dem Männlein sein Geld wegzuholen. Erst in den 1830er Jahren wagten es kecke Leute, in den Hügel zu graben. Sie fanden verschiedene Geschirre, warfen sie beiseite und sahen sie später nicht wieder; endlich kamen sie auf den Kessel. Greuliche Stimmen aus der Tiefe schleuderten ihnen Verwünschungen und Drohungen entgegen; in der Todesangst stieß einer der Schatzgräber ein paar Worte aus, und der Kessel versank.

735.

DER TEUFELSGRUND

Zwischen Steinbach im Kahlgrunde und der Oberschur zieht ein kleiner Grund gegen die Kahl, der fast ringsum von Wald umgeben ist und wild genug aussieht. Er heißt jetzt der Teufelsgrund und die Mühle darinnen die Teufelsmühle.

Vor langen Jahren, ehe die Teufelsmühle gebaut war, standen in dem Teufelsgrunde einige kleine Hütten. Die Leute sagten: sie seien von Zigeunerinnen bewohnt, aber niemand sah diese Zigeunerinnen; in die Hütte selbst mochte aber auch niemand gehen.

Es kam ein neuer Jäger aus dem hohen Spessart in den Kahlgrund. Der hörte auch von den Zigeunerinnen erzählen und meinte, wer sich im hohen Spessart vor dem wilden Jäger nicht gefürchtet habe, brauche auch kein Zigeunerweibchen zu scheuen, zudem die Zigeunerinnen, wenn auch ziemlich schwarz, doch meist lieblichen Antlitzes seien. Er dachte ihnen deshalb seinen Besuch zu und betrat, sobald ihn der Weg vorüber führte, eine der Hütten – sie war leer, so auch die zweite, dritte und vierte. Der Waidmann war nun überzeugt, daß die Erzählung von den Zigeunerweibchen nur eine Erfindung müßiger Leute sei und dachte nicht mehr daran.

Einige Zeit danach befand sich der Jäger in einem Walde unfern des Teufelsgrundes, als ein fürchterliches Wetter hereinbrach. Der Wind heulte, daß man sein eigenes Wort nicht hörte, der Regen fiel in Strömen vom Himmel, und es ward so finster, daß man jeden Augenblick in Gefahr war, an einen Baum zu laufen. Der Jäger erinnerte sich der leeren Hütten und nahm seine Zuflucht in eine, um das Unwetter abzuwarten. Gegen draußen war es in dem Hüttchen ganz behaglich; der Jäger machte sich ein Lager zurecht und schlief bald ein.

Um Mitternacht erwachte er von einem Geräusche um sich her; als er die Augen aufschlug, glaubte er zu träumen: das ganze Hüttchen war mit einer unzählbaren Menge Weiblein angefüllt, aber das waren keine rundwangigen, schwarzäugigen Zigeunermädchen, sondern erdfahle kleine Ungeheuer mit unförmlichen Köpfen und Affengesichtern. Eben hatten auch sie den Jäger wahrgenommen und nun fielen sie ihn wütend an. Sie kneipten, bissen und zerkratzten den Mann, der sich der Menge nicht erwehren konnte, dergestalt, daß kein heiler Fleck an seinem Leibe blieb und trieben dieses Unwesen, bis der erste Hahnenschrei erscholl; dann waren sie verschwunden.

Der Jäger dankte Gott, daß er mit dem Leben davongekommen, hat aber die Hütten in der Folge nie mehr betreten und lieber einen Umweg gemacht, als daß er auch nur an ihnen vorbei ging.

736.

DER NAME ASCHAFFENBURG

Die Mainufer in der Nähe der jetzigen Stadt Aschaffenburg waren ehemals nichts als Wald. Als die erste Ansiedelung sich ausdehnte, bedurfte man Land zum Feldbau; das Abholzen des dichten Urwaldes durch die Axt würde eine Arbeit gewesen sein, der die Ansiedler kaum gewachsen waren: sie steckten deshalb den Wald in Brand. Das ganze Aschafftal ward von Bäumen entblößt, die Asche lag aber so dick darin, daß der Bach ganz davon bedeckt war. Die Ansiedler nannten ihn deshalb Asgaffa oder Ascaffa von den altdeutschen Worten asga, Asche und affa, Fluß, sonach Aschenbach. Die Aschaff floß zu jener Zeit durch die Stadt und die Stadt, die er durchschnitt, ward Aschaffenburg genannt.

737.

DIE RIESENPFLÜGE

In uralter Zeit war der Main überall in mehrere Arme geteilt. So floß ein Arm da vorbei, wo jetzt Aschaffenburg steht, und ein anderer ging oberhalb Nilkheim ab und vereinigte sich unterhalb Leider wieder mit dem erstern. Bei Dettingen teilte sich der Fluß gar in drei Teile; der eine floß links an Kleinwelzheim vorbei, der zweite in dem jetzigen Mainbette, so daß Kleinwelzheim auf einer Insel gestanden wäre, und der dritte ergoß sich über die Pfaffenwiesen am Häuseracker-Hof vorbei. Der letzte war der stärkste, worauf die Schiffe notdürftig fortkommen konnten; der Weg von dem nun ausgetrockneten Hümmelsee nach Großwelzheim heißt deshalb noch heutzutage der Schiffsweg.

Damals war das ganze Maintal mit Sümpfen bedeckt und der Landwirtschaft unzugänglich; nur der Ur, dessen Hörner noch hie und da aufgefunden werden, hauste in den Weiden- und Erlenwäldern, die an den Ufern und auf den Inseln des Maines wucherten. Die Höhen des Maintals waren von riesenhaften Männern bewohnt. Um den großen Teils guten Boden des Maintals dem Ackerbau zu gewinnen und eine ordentliche Schiffahrt möglich zu machen, unternahmen es diese Männer, ein einziges Flußbett herzustellen. Zu diesem Ende lockerten sie den Grund in dem einen Arme mit Riesenpflügen tief auf, und der Strom ergoß sich nun in den einen und die übrigen legten sich allmählich trocken; aber die alten Flußbetten sind noch heute sichtbar.

Von den Pflügen wurden zum ewigen Gedächtnis eine Schar und eine Segge aufbewahrt; sie hängen in dem Hofe des Schlosses zu Aschaffenburg.

738.

DER GESPENSTISCHE KÜFER

In dem Keller des Schönborner Hofes zu Aschaffenburg, unter dem Baue, welcher zunächst des Freihofes liegt, befand sich ein großes Weinlager. Der Küfer, welcher dasselbe zu beaufsichtigen hatte, war so diensteifrig, daß er alles andre darüber vergaß; er hämmerte oft an den Fässern herum bis tief in die Nacht. So trieb er's einst auch an dem hl. Weihnachtsabend, und die Leute, die in die hl. Christmette gingen, und die, welche herauskamen, hörten ihn noch im Keller klopfen. Deshalb hebt er jetzt noch, wenn es zur hl. Christmette läutet, zu klopfen an, und man kann das unheimliche Hämmern hören, solange die heilige Christmette währt.

739.

AM GUTEN MANN

Am linken Mainufer, wo der Bach aus dem schönen Busch kommt und sich in den Fluß ergießt, ist sumpfiges Land. Der Weg von Leider nach Stockstadt führt dort hindurch und wird eben wegen des sumpfigen Landes gefährlich, noch mehr aber, weil der Graben nur an einer schmalen Stelle überschritten werden kann. Einem verspäteten Wanderer kann leicht ein Unfall begegnen, wenn er von dem rechten Wege abkommt. In jener Gegend lebt aber ein guter Geist, der den Verirrten zurecht weist. Er hat nichts Auffallendes in seiner Erscheinung, sieht vielmehr mit seinem Schlapphut, seiner blauen Jacke und seinen kurzen ledernen Beinkleidern einem Landmann völlig ähnlich – und da er sich dem Wanderer nur gleichsam zufällig nähert, als wenn er eben auch des Wegs ginge, so mag er schon manchen geführt haben, ohne daß dieser den wohltätigen Geist in ihm erkannte. Von diesem guten Mann heißt die Stelle: »am guten Mann.«

740.

DER TEUFELSRITT

In Soden wohnten einmal Leute, die gaben sich mit Schatzgraben ab. Gefunden mußten sie noch nicht viel haben, denn sie waren arm an Gut und Geld und nur reich an Hoffnungen, und oft getäuscht wühlten sie dennoch unermüdlich in der Erde.

Auf einem Berg zwischen Soden und Schweinheim hatten sie auch einen Schatz aufgespürt; ob sich eine Glut dort gezeigt, ob ein Lichtchen geleuchtet oder ein Flämmchen getanzt hatte, weiß man nicht, ihrer Sache aber waren die Leute gewiß und darum machten sie sich einst gegen Mitternacht auf und gruben nach dem Schatze. Wer Schätze graben will, muß schweigen können; auf das erste unbedachte Wort sinkt der Schatz tief hinunter in die Erde, wo ihn keines Menschen Arm mehr erreicht.

Das wußten die Sodener wohl, und schweigend schafften sie, daß sie bald ein tiefes Loch ausgegraben hatten. Auf einmal gab's einen dumpfen Klang; der Spaten hatte auf Eisenblech gestoßen, das konnte nichts anders als eine Truhe und in der mußte der Schatz sein. Sie machten Anstalt, die Truhe herauszubringen: eben schlug es zwölf Uhr. Da hörten sie Hufschläge, die schnell näherkamen, und ein Haufen Reiter sprengte daher grad auf die Schatzgräber zu, und im Galopp sauste er über ihren Köpfen weg. Die Schatzgräber waren keine Leute, die gleich davonliefen, wenn was Unheimliches kam, sie ließen sich darum auch von den Reitern nicht beirren; konnten sie ihnen doch nichts tun, solange sie nur still schwiegen. Bald darauf kam noch einer geritten, aber auf einem Besen. Es war ein altes Männlein mit dünnen schlotternden Beinen, das sich gar sehr abarbeitete, um weiterzukommen; es ging aber nur langsam vorwärts. Der Besenreiter fragte die Schatzgräber wiederholt, wohin die Reiter geritten seien, bekam jedoch keine Antwort. Da sagte er: »Ihr braucht mir gerade keine Antwort zu geben, ihr grobes Volk! Die Reiter hol' ich doch ein.« Und nun hob er einen Galopp an, wie ein kleiner Knabe und humpelte so hinein in den Wald. Einem der Schatzgräber kam die Reiterei so possierlich vor, daß er hell auflachte und herausplatzte: »Ja, Blasen!« – Klatsch! hatte er eine ungeheure Ohrfeige, daß er umfiel, und der Schatz war verschwunden und ist heute noch nicht wieder aufgefunden worden, der Berg aber, wo er sich gezeigt, heißt jetzt noch der Teufelsritt.

741.

IM BACKOFEN

Wenn man zwischen dem Erbig und dem Erbsenraine, zweien Bergen in der Nähe von Schweinheim, hinausgeht, kommt man in eine tellerförmige Vertiefung, welche jetzt »im Backofen« heißt.

Dort wohnte vor vielen Jahren ein Bäcker, der war kein ehrlicher Mann. In der teuern Zeit mischte er Sand unter das Mehl und betrog auch sonst die Leute, wo er konnte. Er ward reich, aber unrecht Gut gedeiht nicht. Als die Schweden kamen, ward sein Haus verbrannt, er verlor seine ganze Habe und starb als ein Bettler.

Viele Jahre vergingen, es dachte kein Mensch mehr an den bösen Bäcker. Da fuhr einmal ein Mann hinaus in das Feld, um seinen Acker zu zackern, der gerade an den Platz stieß, wo das Bäckershaus gestanden hatte. Der Mann war guten Muts und pfiff und sang. Wie er im besten Pflügen ist, hört er ein eifriges Schaffen und eine Stimme, die ruft: »Misch' das Brot, Frau, daß wir bald einschießen können« – und ähnliche Reden. Der Mann bleibt stehen und hört dem Treiben eine Weile zu, fürchtet sich aber nicht; er pflügt den Acker hinauf und hinunter, und als er wieder hinkommt, wo sich die Stimme hören läßt, ruft er fröhlich: »Na, backt mir auch einen schönen Kuchen!« Es ist freilich nur sein Spaß und er denkt nichts Arges dabei; als er aber mit seinem Pfluge wieder herunterkommt, liegt am Ende der Furche ein schöner Kuchen.

Jetzt wirds dem Mann doch unheimlich. Er fährt mit seinem Pfluge heim, nimmt aber unwillkürlich den Kuchen mit. Daheim erzählt er seiner Frau die Geschichte; es wird ihr ganz gruselig, allein der Kuchen riecht gar so gut und sie kann sich nicht enthalten, davon zu essen, und der Mann ißt mit. – Nach drei Tagen waren beide tot.

742.

DER VERHINDERTE MEINEID

Ein junger Bauersmann aus Schweinheim hatte vertrauten Umgang mit einem Mädchen von da und wollte sie heiraten. Ehe aber die Kirche den Bund geheiligt hatte, ward das Mädchen Mutter; ihr Verlobter brach nun allen Umgang mit ihr ab, weigerte sich durch die Ehe gutzumachen, was er ihr Böses getan, und widersprach sogar, der Vater zu dem Kinde des Mädchens zu sein.

Das Mädchen war genötigt, zur Rettung ihrer Ehre eine gerichtliche Klage gegen ihren Verführer anzustellen. Im Vertrauen, daß er nicht so gottlos sein werde, einen falschen Eid zu schwören, schob sie ihm den Eid zu, daß er nicht der Vater ihres Kindes sei.

Schweinheim gehörte damals zu dem Unteramte Bessenbach, der Beamte hielt aber jede Woche einen Gerichtstag zu Schweinheim im Rathaus ab.

An dem bestimmten Tage erschienen die Klägerin und der Beklagte im Rathaus. Das Schwören kam zu jener Zeit nicht so häufig vor, als in der unsrigen; die Abnahme eines Eides war deshalb eine sehr feierliche Handlung. Auch in dem Rathaus zu Schweinheim war ein mit schwarzem Tuch bedeckter Tisch aufgestellt worden, worauf sich zwei brennende Kerzen und zwischen ihnen das Bild des Gekreuzigten befanden. Der Richter belehrte den Beklagten über die Heiligkeit des Eides und die schweren Folgen des Meineides, allein es rührte ihn alles nicht, und er bestand darauf, daß er den Eid ableisten könne, und es ward zur Abnahme geschritten. Eben hatte der Beklagte dem Richter nachgesprochen. »Ich schwöre« – da stürzte von der Zimmerdecke der Verputz herunter und gerade auf den Beklagten. Vor Schrecken brach er zusammen und lag unter Schutt und Staub halb vergraben. Er war unverletzt, aber sein Gewissen war ergriffen. Ehe er sich noch erhob, rief er: »Ja, ich bin's, ich bin's; ich hätt' falsch geschworen. Lise, ich heirate dich!« – und so geschah's auch.

743.

DER BÜRGERMEISTERS-FUCHS

In Schweinheim war einmal ein Bürgermeister, der hatte rote Haare, wie der, den man Ischarioth nennt, und war auch nicht viel besser. Den Herrn hatte er zwar nicht verraten, aber desto mehr die Gemeinde, und mancher Taler, der in den Gemeindesäckel hätte kommen sollen, hatte den Weg in seinen eigenen gefunden. Die Leute, wenn sie von dem Bürgermeister sprachen, sagten nur: »der Fuchs«, und sie nannten ihn so nicht bloß der roten Haare wegen. Endlich starb er. Nach ihm kam ein anderer Bürgermeister, aber wie das Sprichwort sagt: es kommt selten was Besseres nach, und der neue Bürgermeister war noch schlimmer, als der alte. Eines Tages, es war schon tief in der Nacht, saß der neue Bürgermeister mit dem Schulzen auf dem Rathaus und pflog mit ihm Rats, wie sie der Gemeinde ein X für ein U machen könnten. Da springt mit einem Male die Stubentür weit auf, und herein tritt ein großer Fuchs mit einem langen Schwanz. Er schaut den Bürgermeister und den Schulzen, denen der Angstschweiß ausbricht, eine Weile starr an, dann spricht er mit einer Stimme nicht wie ein Fuchs, sondern wie ein Bär: »Zur Strafe meiner Diebereien muß ich jetzt, wie ihr mich seht, herumwandern. Wenn ihr so fortfahrt, so geht's euch auch so. Bessert euch – bessert euch!« Und fort war er.

Der Bürgermeister und der Schulz ließen sichs nicht umsonst gesagt sein, und gingen etwas in sich, aber der große Fuchs soll sich doch von Zeit zu Zeit wieder haben sehen lassen. – Weil nun dieser Fuchs ein Leben ohne Ende hat, so pflegt der Jäger, wenn bei einem Treibjagen ein Fuchs die Schützenlinie hinaufläuft und überall hübsch gefehlt wird, zu sagen: »Das muß der Bürgermeisters-Fuchs sein!«

744.

DAS OBERNAUER KAPELLCHEN

Zu Obernau lebte ein Mann, den Gott reichlich mit Gütern gesegnet hatte. Er genoß aber seinen Reichtum nicht mit dankbarem Herzen gegen den Geber, sondern trachtete nur darnach, immer mehr Geld aufzuhäufen; er schlief kaum, um nur früh und spät bei der Arbeit zu sein.

An Mariä Geburt hatte er sich vorgenommen, des folgenden Tages Ohmet zu mähen. Um gewiß nicht zu spät zu kommen, stand er lange vor Tags auf und begab sich hinaus auf seine Wiese, die an den Wald stieß. Unter einer Eiche dängelte er im hellen Mondscheine seine Sense. Es war noch nicht Mitternacht vorbei, und es wurde der Feiertag durch seine Habsucht entweiht.

Als er noch bei dem unheiligen Werke war, kam ein Nachbar vorüber, mit dem er in langer Feindschaft lebte. Der Nachbar hatte bis spät in die Nacht in einem nahen Dorfe gezecht, und der Kopf war ihm warm. Da war der Streit schnell entbrannt; sie warfen sich rauhe Worte und Schimpfreden zu, von Worten kam es zu Tätlichkeiten, und der Nachbar erschlug den reichen Mann mit seiner eigenen Sense.

Zur Sühne der doppelten Untat stifteten die Verwandten des Erschlagenen ein Muttergottesbild, welches an dem Eichbaum, dem Zeugen des Mordes, aufgestellt wurde. Keiner ging vorüber, der nicht ein Vaterunser für die Seele des Erschlagenen betete. Als der Jahrestag der Tat herannahte, hörten die Frommen in der Nähe des Bildes von unsichtbaren Händen dängeln und dieses wiederholte sich jedes Jahr acht Tage vor und acht Tage nach Mariä Geburt. Es wurde nun ein Kapellchen unter der Eiche erbaut und das Muttergottes-Bild dort aufgestellt. Das ist das Obernauer Kapellchen an dem Wege von Obernau nach Geilbach – und dort hört man das wundersame Dängeln noch jedes Jahr acht Tage vor und acht Tage nach Mariä Geburt.

745.

DER TEUFELSBESCHWÖRER

Vor hundert und mehr Jahren lebten zu Keilberg zwei Nachbarn, Hans und Peter geheißen. Beide hatten von ihren Eltern ganz hübsche Gütchen ererbt, worauf sie sich wohl ernähren konnten – und Peter nährte sich auch gut; er war ein fleißiger, sparsamer Mann, der erste aus den Federn, und der letzte in Feld, Hof und Stall. Darum standen seine Felder auch am besten, darum hatte er auch das schönste Vieh im ganzen Dorfe. Hans dagegen war lieber hinter dem Kruge, als hinter dem Pfluge, und wenn er ja zu Hause blieb, so stöberte er in einem alten Buche, das er in einem vergessenen Winkel gefunden hatte, und das von Geisterbeschwörungen und dergleichen Teufelskünsten handelte. Feld und Vieh waren fremden Leuten überlassen: kein Wunder wenn Feld und Vieh gleich mager waren. So kam er immer mehr in Rückgang, während Peter, der von Haus aus nicht mehr hatte als er, täglich wohlhabender wurde. Wenn Hans die vollen Getreidewägen seines Nachbars von glänzenden Kühen mit strotzenden Eutern heimführen sah, während sein hungriges Vieh ein armseliges Führchen mühsam herbeischleppte, so erwachte in ihm ein Neid, der sich zu dem unversöhnlichsten Hasse gegen seinen glücklichen Nachbarn steigerte. Es wurde sein sehnlichster Wunsch, daß sein Nachbar wenigstens so arm, als er selbst werden möge, er versuchte sogar öfters, ihn in Schaden zu bringen, aber alles mißlang. – Eines Tages, als er sich wieder über den Wohlstand seines Nachbars recht erbost hatte, beschloß er, bei dem Teufel Hilfe zu suchen. Er schlug sein Zauberbuch auf, und las laut die Formeln ab, die den Teufel zu seinem Dienste zwingen sollten, – und der Teufel, der immer nahe ist, wenn der Mensch des Herrn vergißt, erschien wirklich. Hans, der doch nicht so recht an das Erscheinen des Teufels geglaubt hatte, erschrak dergestalt, daß er keine Worte finden konnte; aber als der Teufel ihn grimmig aufforderte zu reden, da er ihn doch einmal gerufen, bat er zitternd und bebend um ein Mittel, den Wohlstand seines Nachbars ohne Gefahr für sich zu vernichten. Der Teufel sagte ihm das zu, verlangte jedoch, daß Hans verspreche, nach zehn Jahren sein eigen zu werden. Hans versprachs in seiner Todesangst und der Teufel bezeichnete ihm ein Kraut, das er nachts 12 Uhr im Walde unter Anrufung des Teufels holen und auf das Viehfutter seines Nachbars werfen sollte. Darauf verschwand er im Schwefeldampf.

Hans tat, wie ihm geheißen, und des Tags darauf war sämtliches Vieh des Nachbars gefallen.

Peters Wohlstand war durch den Verlust seines sämtlichen Viehes gänzlich zerrüttet, seine Freude und sein Stolz waren ihm genommen, und er grämte sich so, daß er starb.

Da erwachte in Hans, der im Grunde des Herzens nicht bös war, das Gewissen. Er sah die Schändlichkeit seiner Handlungen ein und verabscheute sie und sich selbst. Er versagte sich alle Freuden der Erde und flehte ganze Nächte auf seinen Knien Gott und die Seele seines Nachbars um Vergebung seiner Missetat an. Endlich unter harter Buße und guten Werken verflossen die zehn Jahre, nach deren Ablauf Hans des Teufels Eigentum werden sollte. Der verhängnisvolle Tag war gekommen. Zu der nämlichen Stunde, wo der Pakt geschlossen worden, erschien der Teufel und ergriff den zitternden halbtoten Hans. Da schwebte im Glanze des Himmels der selige Geist Peters hernieder und sprach zu dem Teufel: »Weiche, Satan, du hast keinen Teil an ihm. Eine zehnjährige Reue hat sein Schuldbuch gelöscht und der Herr hat ihm vergeben, wie ich ihm schon längst verziehen habe, was er an mir getan.« Darauf ließ ihn der Teufel unwillig los und fuhr mit einem Gepolter, als wenn das ganze Haus zusammenstürze, davon. Auch der selige Geist verschwand, nachdem er Hansen noch freundlich angeblickt hatte. Auf den höllischen Lärm kamen Leute herbei, die Hansen sterbend fanden; er konnte ihnen nur noch erzählen, was vorgefallen, und dann verschied er in Frieden.

In dem Walde, wo in des Teufels Namen das Zauberkraut gesucht worden, ist es aber noch heute nicht geheuer.

746.

DAS EICHENBERGER KAPELLCHEN

Bei Eichenberg steht eine kleine Kapelle mit einem gnadenreichen Muttergottesbilde. Das Bild stand früher unter freiem Himmel; als sich aber die Zahl der Andächtigen mehrte, wollte man eine Kapelle bauen und das Bild darein setzen. Es wurde ein gelegener Bauplatz ausgewählt und dort das Bauholz aufgefahren; am andern Morgen hatten die Ameisen das Holz fortgetragen und an die Stelle des Gnadenbildes gelegt. Dort wurde nun auch die Kapelle errichtet.

747.

DIE GLÜCKSRUTE

Die Glücksrute, von der hier gesprochen wird, bringt kein Glück und ist auch keine Rute, sondern ein dicker Stock, der auf Befehl seines Eigentümers einen, er mag nah oder fern sein, ohne Zutun einer Menschenhand windelweich drischt. Um zu einem solchen Stocke zu gelangen, muß man in der heiligen Christnacht in den Wald gehen, und dort um zwölf Uhr unter Hersagung gewisser Sprüche eine junge Eiche abschneiden; man darf aber auf dem Hin- und Herwege nicht beschrien werden und auch kein Wort sprechen, sonst ist der Stock unkräftig und es kann einem auch sonst ein großes Unglück widerfahren. Gelingt's und gewinnt einer durch den Frevel einen kräftigen Stock, so mag ein rachsüchtiges Gemüth das wohl für ein Glück ansehen, ob's aber seiner Seele Gewinn bringt, mag der am besten wissen, der dem Stocke den Segen gibt.

Der Hanskort von Edelbach im Kahlgrunde hatte eben auch ein rachsüchtiges Gemüth; er konnte es nie vergessen, wenn ihn jemand beleidigt hatte, und wenn die Beleidigung auch nur eingebildet war. Einst hatte sein Vetter von ihm eine kleine Summe Geldes, die er jenem schuldig sein sollte, gefordert; Hanskort leugnete mit Recht oder Unrecht die Schuld, mußte sie aber, als der Vetter vor Gericht klagbar ward, bezahlen. Das wurmte den Hanskort, daß er nicht schlafen konnte. Es ging gerade auf Weihnachten und Hanskort hatte auch von der Glücksrute gehört und wußte, wie man ihrer habhaft werde; er nahm sich vor, sich eine zu schneiden und dann auf dem Rücken seines Vetters einen Versuch damit zu machen. Als der heil. Christabend gekommen war und Mitternacht nahte, begab sich Hanskort auf den Weg in den nahen Wald. An dem Eingange in denselben traf er auf einen stattlichen Jäger, der zwei große Hunde mit sich führte. Der Jäger sprach: »Gut' Zeit, Hanskort! Wo hinaus so spät?« Hanskort stutzte, als er sich mit seinem Namen anreden hörte, denn es war mondhell und der Jäger stand in vollem Lichte, aber Hanskort kannte ihn nicht; dennoch erwiderte er den Gruß und murmelte etwas von einer unverschieblichen Reise, worauf er seinen Weg fortsetzte. Als er in der stillen Winternacht die Glocken von Ernstkirchen zur Mette läuten hörte, schritt er zum Werk; bald hatte er den Stock in den Händen. Er kehrte sich um und wollte den Rückweg antreten – da stand hinter ihm der Jäger, aber nicht zum freundlichen Gruße, sondern mit gräulichem Gesicht; er ergriff den Hanskort am Kragen, fuhr mit ihm hoch in die Luft, drehte ihm den Hals um und warf ihn zur Erde, daß kein Knochen ganz blieb.

An der Stätte, wo dieses geschehen, wächst heute noch kein Halmen Gras.

748.

DER WASSER-NIX

Zur Adventszeit hört man im Kahlgrunde, in der Nähe von Schimborn, bei stiller Nacht »Hoho, Hoho!« schreien. Obwohl es fast wie eine Menschenstimme klingt, so wird's doch denen, die es hören, unheimlich, denn der Rufer ist der Wassernix, der in der Kahl wohnt. Gesehen hat ihn noch niemand, aber seine Tücke sind wohlbekannt und darum geht ihm jeder gern aus dem Wege, wenn sein Ruf erschallt, und nicht leicht wagt es jemand, in der Nähe der Kahl einen Spaß über ihn zu machen.

Einst zur Adventszeit hatten sich einige Männer von Königshofen vor Tagesanbruch aufgemacht, um ihre Besen nach Aschaffenburg auf den Markt zu tragen. Es war bitterlich kalt und alles gefroren, und die Kahl sah aus wie ein Gletscher. Die Leute hatten schwere Trachten und mußten tief im sandigen Schnee waten; sie waren darum bereits ermüdet, als sie an die Kahl kamen, warfen ihre Trachten ab und ruhten eine Weile.

Da hörten sie plötzlich ein lautes Gepolter auf dem Eise der Kahl. Erschrocken sprangen sie auf, denn sie dachten alle zu gleicher Zeit an den Nix; um aber ihren Weg fortzusetzen, mußten sie über die Kahl, und es wollte auf dem Stege keiner der erste und keiner der letzte sein. Ein junger Mann sagte endlich scherzend: »Der Hannes soll vorausgehen, der ist ein frommer Mann, vor dem der Wassermann Respekt hat; der letzte will ich sein, der Wassermann und ich sind alte Freunde!« Und so schritten sie über den Steg. Als sie bald hinüber waren, rief der, welcher zuletzt ging, spottend ihnen zu: »Habt Acht, daß euch der Wassermann nicht holt! Hoho, Wassermann, hoho!« Er hatte die Worte kaum ausgesprochen, da ergriff ihn eine unsichtbare Hand und zog ihn hinab durch das Eis in die Kahl. Die andern Männer befiel ein solcher Schrecken, daß sie zwar lautlos ihren Weg fortsetzten, aber nach dem Verkaufe ihrer Besen auf einem andern Wege heimkehrten und den Steg bei Schimborn niemals mehr betraten. – Von dem Manne, der in die Kahl versank, hat man nichts mehr gesehen; ein Wasserwirbel bezeichnet aber jetzt noch die Stelle.

749.

DIE ST. MARKUS-KAPELLE

Unterhalb Kreuzwertheim liegt Haßloch, jetzt ein mäßiges Dorf, ehemals ein stattlicher Ort mit einem festen Schlosse. Kaiser Karl IV. hatte im Jahre 1357 Macht und Gewalt gegeben, daß aus Haßloch (Haselo) eine Stadt gemacht werde, die gleiche Privilegien wie Frankfurt haben solle; Karls gute Absicht wurde aber nicht vollführt – und das Schloß zerfiel und seine Stätte ist kaum noch erkennbar im nahen Walde.

Wenn man von Haßloch das enge, frische Wiesental des Hasselbachs hinauf wandelt, erblickt man etwa drei Viertelstunden von Haßloch entfernt an dem Fuße eines Berges die St. Markus-Kapelle. Die Stille der romantischen Landschaft, nur von dem leisen Geflüster der nahen Quelle und dem Pochen des unfern gelegenen Hammerwerkes unterbrochen, lädt zur Andacht ein; aber die Kapelle liegt in Trümmern und das Brustbild des heiligen Markus, das die Kapelle geschmückt hatte, steht vor der Pfarrkirche zu Unterwittbach in einer Nische. Die Kapelle verdankte ihre Entstehung dem Wertheimer Grafen Johann mit dem Barte. Der liebte die Jagd so leidenschaftlich, daß er selbst den Tag des Herrn mit dem wilden Treiben des Weidwerks entweihte. Sogar am Osterfeste ließ er davon nicht ab; da sprang ein weißer Hirsch vor ihm auf und lockte den verfolgenden Jägersmann immer weiter und tiefer in den dichten Wald. Es wurde Nacht; der Graf sank schier verschmachtend zur Erde. Da gedachte er sehnsüchtig seiner lieben frommen Hausfrau, die ihn oft so flehentlich gewarnt vor dem gottlosen Übermaße der Jagdlust. Und plötzlich, wie innige Reue in ihm erwachte, hörte er neben sich ein Brünnlein rauschen; und als er gelabt und gestärkt nun weiterschritt, schallte ein Glöcklein vor ihm – immer vor ihm her, bis ihn der fromme Klang wieder auf seine Burg heimführte. Zum Dank für die wunderbare Errettung baute der Graf an der Stätte, wo die Quelle ihm geflossen, eine kleine Kapelle, die er dem h. Markus widmete.

750.

DIE HOHE WART

Die hohe Wart ist eine mäßig große Waldung, fast in der Mitte zwischen den Ortschaften Oberbessenbach, Hessenthal, Neudorf, Völkersbrunn, Leidersbach, Ebersbach und Soden gelegen, und gehört etwa zur Hälfte der Stadt Aschaffenburg, zur anderen Hälfte mehreren Gemeinden des Vorspessarts.

In diesem Walde hauste von jeher allerlei Spuk. Die Waldmeister, welche das Gemeindegut veruntreuten, die Bierrichter, welche falsche Steine setzten, die Holzdiebe, die gewissenlosen Holzarker, wandern in der hohen Wart; insbesondere treiben die Vierrichter ihr Wesen um den sogenannten Dreimärker, den Grenzstein, welcher die hohe Wart von der Gemarkung Volkersbrunn und dem gräflich ingelheimischen Walde scheidet.

Ein Mann von Hessenthal ging einst in der Nacht von Obernburg nach Hause. Als er an das Hohenwarthäuschen kam, stand ein grauer Mann da, der ihm auf den Rücken sprang und sich bis an das erste Haus von Neudorf tragen ließ. Da sprang er ab und sagte: »Wenn du wieder in der Nacht am Hohenwarthäuschen vorübergehst, so mache hübsch ein Kreuz.«

Der Klosen-Jockel von Neudorf fuhr nachts mit seinen Ochsen die Lamstershöhle hinaus gegen die hohe Wart, wo sein Wagen mit Holz beladen stand; er wollte ihn nach Obernau führen. Als er dem Gründchen gleich war, erschollen Hundegebell, Schüsse und Jagdgeschrei, wie wenn eine Treibjagd abgehalten würde. Zugleich erhob sich ein solcher Wind, daß der Klosen-Jockel mitsamt seinen Ochsen aus dem Wege über das Feld hinweggeblasen wurde, bis an die sogenannte Kühruhe, die eine halbe Stunde vom Gründchen entfernt ist. Dort erst kam er wieder zu sich und setzte nun seinen Weg in die hohe Wart fort; das Jagdgetöse aber hörte er noch lange.

Der Hocken-Schmied von Hessenthal ging am hellen Tage von Kleinwallstadt durch die hohe Wart nach Hause. Als er an die Grenze zwischen der hohen Wart und der Hessenthaler Markung kam, sprang ihm ein Pferd ohne Kopf auf den Rücken und fuhr mit ihm bis zum Erlenbrunnen. Dort lag ein Tränktrog für das Vieh, woran sich der Mann fest anhielt und mit einer Hand Wasser über seinen Rücken auf das Pferd warf. Da sprang es ab und war verschwunden.

In der Nacht vor Pfingsten hüteten mehrere Neudorfer Bauern in dem Distrikte Häuschenschlag und zwar in einer jungen Kultur, wo das Vieh den größten Schaden anrichtete. Die Bauern hatten sich unter eine Buche gelegt, um zu schlafen, allein um Mitternacht erhob sich in den Ästen der Bäume ein fürchterlicher Lärm, als wenn alles kurz und klein gebrochen würde und herabstürzte und Menschen und Vieh erschlüge. Voller Angst eilten die Frevler mit ihrem Vieh aus dem Walde.

Im Sohlschlage weideten einst zwei Bauern von Volkersbrunn nächtlicher Weile ihr Vieh. Da kam ein großes schwarzes Tier, ähnlich einem Hund, bei dessen Anblick das Vieh zu brüllen anfing und unaufhaltsam nach Völkersbrunn lief.

Ein städtischer Förster kam auf seiner Runde einst auch in den Distrikt Rothenabt. Da hörte er Holz mit dem Waldhammer schlagen. Er ging dem Laute nach, sah aber niemand, und nun hörte er bald vor, bald hinter sich schlagen, daß es ihm, obwohl er ein beherzter Mann, ganz unheimlich ward.

Und so gibt es noch eine Menge Geschichten, welche beweisen, daß es in der hohen Wart nichts weniger als geheuer ist.

751.

DAS SPATZENBILD

Eines Tages ging ein Bauer von Hessenthal aus der Stadt nach Hause und nahm seinen Weg über die hohe Wart. Er hatte den Weg schon oft gemacht, achtete deshalb nicht darauf und ging in seinen Gedanken hin. Auf einmal hört er in der Luft ein fürchterliches Geschrei, blickt auf und sieht zwei Raben in einem verzweifelten Kampfe miteinander. Sie steigen auf und sinken nieder, lassen sich aber nicht aus und zerfleischen sich mit ihren starken Schnäbeln. Der Bauer bleibt stehen und will abwarten, was aus der Geschichte wird. Es dauert nicht lange, so wird der Kampf immer schwächer, und der eine Rabe fällt unfern von dem Bauer tot zur Erde und gleich darauf auch der andere. Der Bauer will sich die toten Raben besehen, die nur ein Paar Schritte von ihm auf der Heide liegen müssen: sie sind aber beide verschwunden. Da fällt dem Bauer ein, daß er an der Stelle ist, wo sich vor vielen Jahren zwei Männer in der Hitze des Streites erschlugen; dahingeschieden in ihren Sünden ohne Reue und Buße mochten sie keine Ruhe im Grabe gefunden haben. Der Bauer ließ zu dessen Gedächtnis und daß die Wanderer ein frommes Gebet für die Erschlagenen beten möchten, einen Bildstock dorthin setzen, welcher die Aufschrift hat:

HANS H
ENRICH S
PATZ
VON HE
SLENDA
HL 1745.

Das Spatzenbild steht an dem Wege von Dörmersbach in die hohe Wart unfern der letztern.

752.

DAS HOHE KREUZ VON HESSENTHAL

Oberhalb der Kapelle zu Hessenthal stand ein kleines Haus. Darin wohnte eine betagte Frau, die Witwe war und kinderlos. Sie hatte ihr gutes Auskommen, gab sich aber nie zufrieden und trachtete nur, immer mehr zu erwerben. Sie gönnte weder sich, noch einem andern etwas, gab keinem Armen ein Almosen und schaffte vom Morgen bis zum Abend, an Werk- und Feiertagen, nur um des leidigen Geldes willen. Denn das war ihr Gott, um den im Himmel kümmerte sie sich wenig, und kam nur höchst selten in die Kirche, die doch nur drei Schritte von ihrer Wohnung lag. Schon oft hatte sie der kleinen Gemeinde durch ihr Schaffen während des Gottesdienstes Ärgernis gegeben, schon oft war sie gemahnt worden, wenigstens die Andacht anderer nicht zu stören, aber vergebens.

Am Samstag vor Pfingsten tief in der Nacht war sie mit dem Flachsspinnen fertiggeworden. Sie war am darauf folgenden Tage noch so müde, daß sie ausruhen mußte, allein am Pfingstmontag schürte sie den Kessel und begann, ihr Garn zu kochen. Eine Nachbarsfrau ging vorüber zur Kirche und sah durch die offene Haustüre das Feuer unter dem Kessel und das Sieden des Garnes. Sie rief der Frau zu: »Ei, Nachbarin, wißt Ihr denn nicht, daß heute Pfingstmontag ist und schämt Ihr Euch denn nicht vor den Leuten? Gleich wird die Wallfahrt zum Herrnbilde abgehen: was werden die Leute dazu sagen, wenn Ihr da steht und Garn kocht, statt daß Ihr andächtig, wie andre, sein solltet?« »Was kümmert mich«, sprach die Frau, »Euer Pfingstmontag und Eure Wallfahrt! Wallfahrten mag gehen, wer nichts Besseres zu tun weiß; ich sage: Pfingstmontag hin, Pfingstmontag her, heute muß mein Garn gekocht sein.«

Als die Prozession von dem Herrnbilde zurückkam, war das Häuschen der Frau mit allem, was es enthielt, in die Erde versunken; nur ein tiefer Schlund war sichtbar und in der Tiefe hörte man das Strudeln des kochenden Wassers.

Lange Zeit war die Öffnung unbedeckt; später ward eine Mauer darüber errichtet und drei steinerne Kruzifixe mit den Bildsäulen der heiligen Mutter Gottes und des heiligen Johannes darauf gestellt. In der Mauer blieb eine viereckige Nische, die keine Öffnung nach innen hat; man hört aber daraus immer noch das Kochen des Wassers, am deutlichsten am Pfingstmontag.

753.

DIE VERWÜNSCHTE DAME

Als die Grafen von Rieneck ausgestorben und auch der Amtmann herab ins Dorf gezogen war, wohnte auf dem Wildensteiner Schloß der Schäfer. Er hatte ein Stück Ackerfeld für sich und einen Weidplatz für seine Schafe.

Einmal nun stand der Schafpferch auf dem sogenannten kleinen Höhakker, an welchem oben und unten das Gebüsch des Waldes anstößt, und es war Nacht, und der Schafknecht lag in seiner Hütte bei den Schafen und schlief. Da geschah eine Erschütterung an seiner Hütte, und er sah hinaus und erblickte eine weiße Frau, dieselbe hatte einen schwarzen Schleier um den Kopf und ganz nasse Augen und winkte ihm, er aber erschrak, hielt sich die Augen zu und kroch in die Tiefe seiner Hütte. Des Morgens sagte er es seinem Herrn.

»Wenn sie wiederkommt«, sagte dieser, »so rede sie an und sprich: Alle guten Geister loben Gott den Herrn! Was ist dein Begehr?« Den Abend kam sie wieder und er tat, wie sein Herr geboten. Die Frau sprach: »Ich bin eine verwünschte Dame aus dem Schloß, und du kannst mich erlösen. Sei morgen abend zwischen elf und zwölf Uhr an der Schloßbrücke, da komme ich aber nicht so wie jetzt, sondern als eine Schlange, winde mich an dir hinauf und gebe dir die Schlüssel. Du darfst dich aber nicht fürchten, ich tue dir nichts und kann dir nichts tun.«

Der Schafknecht sagte: »Ja! ich komme!« – »Was soll ich mich auch fürchten?« dachte er, »ich bin (als ein Schäfer) aus dem Geschlechte Mosis – derselbe hat sich vor der Schlange, die aus dem Hirtenstabe wurde, auch nicht gefürchtet«, faßte guten Mut und einen ordentlichen Stolz in seinen Kopf, daß er Mosis Nachfolger werden sollte, und als nun die bestimmte Zeit da war, und die Nacht dunkelte, stellte er sich an den bestimmten Ort. Auf einmal erhob sich ein großes Krachen in dem Schloß, daß er meinte, das Schloß wolle zusammenstürzen und ein erschreckliches Rauschen und Rollen, wie das Donnern eines Gewitters – und siehe! eine große eisgraue Schlange kroch daher, hatte ein Gebund Schlüssel im Maul und fuhr auf den Schafknecht los; der aber, wie er sie sah, schrie auf und lief davon.

Da wurde die Schlange wieder zu einer Frau, jammerte herzzerreißend und sprach: »Wehe! jetzt dauert's wieder hundert Jahre, bis ich erlöst kann werden. Denn es wird ein Kirschbaum wachsen drüben im Wald, und von diesem werden Bretter geschnitten, und aus den Brettern eine Wiege gemacht werden, und das Kind erst, das zuerst darin gewiegt wird, kann mich erlösen!« –

Am folgenden Tag nahm der Schafknecht seine Schäferschippe und seinen Hund und wanderte; denn er hätte das Weinen und Jammern der Frau nicht noch einmal hören können.

754.

DER KÜNIGENBRUNNEN

In dem Waldtal, durch welches man von Eschau nach Wildensee geht, ist ein Brunnen von seltsamer Beschaffenheit. Sein Wasser ist nicht gut zu trinken: es ist ungesund und hat einen bitteren Geschmack. – Das kommt von den bittern Kummertränen, die einmal in diesen Brunnen sind geweint worden.

Es ist nämlich in der uralten Zeit, als von Eschau noch kein Haus stand, sondern nur das Schloß auf der Wiese zwischen dem Schleifbächlein und der Elsava, welches jetzt spurlos verschwunden ist, eine Königin durchs Tal gegangen – in großem Leide. Ihr Gemahl war geblieben im Krieg, ihre Kinder in Feindesgewalt geraten. Drei Tage lang war sie schon durch den Wald geirrt, ihre Kleider waren zerrissen von den Dornen, und ihre Füße wund vom harten Gestein, und die Augen brannten ihr im Kopfe, denn sie hatte noch keine Träne weinen können. Da legte sie sich nieder unter den Buchen neben dem Brunnen und meinte, das Herz müsse ihr zerspringen vor großem Weh, Gott aber hatte endlich Mitleid mit ihr: sie hielt ihr brennendes Gesicht in den kühlen Quell, und ihre Zähren lösten sich und rannen hinein. Seit dem schmeckt der Brunnen nach den Tränen der Königin und heißt der *Künigenbrunnen*. Was es aber für eine Königin gewesen ist, weiß man nicht.

755.

DER BOCK BEIM AURAER KREUZ

In alten Zeiten gingen allabendlich junge Burschen und Mädchen aus Burgsinn nach Aura, um sich dort zu vergnügen. Auf ihrem Weg kamen sie auch an einem Steinkreuz vorbei, das man auf der höchsten Stelle des

Pfades errichtet hatte. Immer wieder ermahnten die Alten der beiden Dörfer die jungen Leute eindringlich, nicht zu spät nach Hause zu gehen. Denn in der Nähe des Kreuzes sei nach Mitternacht schon mehrmals ein ungewöhnlich großer Bock gesehen worden. Lachend schlugen sie aber alle guten Ratschläge in den Wind und gingen wie ehedem abends nach Aura. Eines Tages vergnügten sie sich besonders ausgelassen, und es wurde sehr spät, bis sie sich auf den Rückweg machten. Als sie am Kreuz vorbeikamen, vernahmen sie ein Rascheln, und da sprang auch schon ein riesiger Bock aus dem Gebüsch hervor. Er spießte eines der Mädchen auf seine Hörner und rannte blitzschnell davon, ohne daß ihre Begleiter eingreifen und es verhindern konnten. Mehrere Tage lang suchten die Bewohner der beiden Orte nach der Verschwundenen, doch sie wurde nie wieder gesehen. Wegen der feurigen Augen und der schwarzen Hörner, die das Ungeheuer hatte, glaubten die Leute, der Teufel sei in Gestalt dieses Bockes erschienen und habe das Mädchen geholt. Noch lange nach diesem Vorfall mieden die Leute der Umgebung den Weg über das Auraer Kreuz zu nächtlicher Stunde.

756.

DIE ZWOATELSFRAU

In Ruppertshütten gibt es auch heute noch die Waldabteilung »Zweitel«, die nach der Mundart »Zwoatel« genannt wird. Vor Jahren kam regelmäßig um sechs Uhr zum Abendläuten eine alte Frau mit einem Huckelkorb, einer sogenannten Kratze, aus der Waldabteilung Zweitel heraus. Sie schaute sich nach den Kindern um, ob sie zur Abenddämmerung auch nach Hause gehen würden. Sie hat nach der Überlieferung sogar einige streunende Kinder im nahegelegenen Wald freundlich an der Hand genommen und nach Hause zu ihren Eltern gebracht. Nachdem sie ihre Aufgabe erledigt hatte, entschwand sie jedoch den Blicken der Ruppertshüttener Bürger. Auch heute noch ermahnen die Eltern von Ruppertshütten ihre Kinder, pünktlich zum Abendläuten zu Hause zu sein, weil sonst die »Zwoatelsfrau« sie heimbringen würde.

757.

PERLEN DER MUTTERGOTTES

Einst herrschte Hungersnot. Eine Witwe aus Lohr wußte nicht mehr, womit sie ihre Kinder ernähren sollte. In ihrer höchsten Not und Verzweiflung wallfahrtete sie eines Tages zum Gnadenbild am Bauershof und flehte dort so herzinnig um Hilfe, daß die hölzerne Figur der Muttergottes Leben bekam und die schwarzen Perlen ihres Rosenkranzes weit übers Land streute. Wo aber eine Perle zu Boden fiel, entsproß ein Strauch der Erde, über und über mit ebensolchen dunkel glänzenden Perlen bedeckt. Die Kinder entdeckten schnell, daß die Früchte wunderbar schmeckten. Auf die Geschichte von der Entstehung der Heidelbeeren ist es auch zurückzuführen, daß heute noch viele Beerenfrauen im Spessart in dankbarer Erinnerung mit »Gegrüßet seist Du Maria« auf den Lippen das Pflücken beginnen.

758.

DER GEISSFUSS

Vor vielen Jahren hörte einmal ein Fischer von Langenprozelten auf der anderen Seite des Maines »Fährer hol!« rufen. Es war schon Nacht und ein abscheuliches Wetter; ein dichtes Schneegestöber ließ kaum drei Schritte weit sehen und der Sturm heulte, daß man fast sein eigenes Wort nicht hörte. Dennoch klang das »Fährer hol!« deutlich und laut herüber. Den Fischer dauerte die arme Seele, die bei solchem Unwetter auf die Überfahrt harrte, er entschloß sich, den Rufer abzuholen. Er war noch nicht ganz am linken Ufer, da sprang ein kräftiger, großer Mann in einem dunkeln Mantel hinein, und der Nachen sank augenblicklich so tief ins Wasser, daß der Rand kaum fingersbreit war. Der Fischer ruderte aus Leibeskräften, um den unheimlichen Gast bald ans Land zu bringen, und der sprang auch, sobald er in die Nähe des rechten Ufers gelangte, hinaus, und eilte ohne Lohn und Dank davon. Der Fischer war nur froh, daß der unheimliche Mann fort war, und verzichtete gern auf den Fahrlohn; den andern Morgen betrachtete er sich die Stelle wo der Mann an das Ufer gesprungen, und fand im harten Gestein eine große Geißklaue tief eingedrückt. – Die Geißklaue ist unterhalb Langenprozelten noch zu sehen.

759.

DIE GEISTERJAGD IM NEUSTADTER FORST

Die Klosterherren zu Neustadt versahen den Gottesdienst auf der Burg Rothenfels. Sie waren bei den gastlichen Amtleuten freundlich aufgenommen und es kam manches Mal der späte Abend herbei, bis sie die Burg verließen. Einst an einem Feiertage nach bereits eingebrochener Nacht schritt ein Klosterherr von Rothenfels am Maine hin gegen Neustadt. Da hörte er von Würzburg her lustigen Hörnerschall herüberklingen, der erst sehr entfernt war, aber schnell näher kam. Der Klosterherr lauschte festgebannt den wunderlieblichen Klängen und heller und heller ertönte es und herüber über den Main kam ein glänzender Zug, voraus reitende Jäger mit den klingenden Hörnern, dann stattliche geistliche Herren und Ritter hoch zu Roße mit dem Jagdspeer in der Faust, dann Karossen mit schönen Frauen, endlich ein großer Troß, berittene und unberittene, mit Jagdgeräte und den Bracken an der Leine. Der Zug schwebte, ohne Land oder Wasser zu berühren, an dem erschrockenen Klosterherrn vorüber und verlor sich in dem großen Klosterwalde.

Im darauf folgenden Jahre traf sich's, daß der nämliche Klosterherr an demselben Feiertage wieder den Gottesdienst auf der Rothenfelser Burg abhielt. Auch dieses Mal ging er in der Nacht nach Neustadt. Und wieder hörte er den Hörnerklang, und wieder erschien der Jagdzug und verlor sich, wie das erste Mal im Neustadter Forst. Daheim im Kloster erzählte der Herr, was er zwei Male erlebt, und hörte, daß vor vielen Jahren eine Gesellschaft von hohen geistlichen Herren, Rittern und Frauen aus Würzburg acht Tage im Kloster sich aufgehalten, um der Jagdlust zu genießen, und daß sie selbst am Feiertage die Jagd nicht ausgesetzt hätten, weshalb sie wohl auch nach ihrem Tode die Geisterjagd abhalten müßten.

760.

EIN VERHEXTER WEG

Von Retzbach nach Thüngen führt ein Weg durch den Wald, der wegen seiner Unheimlichkeit bei Nacht und auch bei Tag von den Leuten alleine nicht gerne begangen wird. Auf diesem Weg erschien den einsamen

Wanderern des Nachts fast regelmäßig eine Gestalt in Gehrock und Zylinder. Manch einem folgte der Geist ein Stück weit, ohne daß man sich seiner erwehren konnte. Auch tat er niemand etwas zuleide, sondern zog, an seinem Bestimmungsort angekommen, höflich den Zylinder und ließ den Wanderer allein heimwärts ziehen.

Auf dem gleichen Weg zeigten sich dann und wann noch andere Spukgestalten. Der Bauer Michael Scheeb aus Binsfeld ging eines Nachts von Stetten kommend heimzu. Da kroch auf der Thüngener Höhe ein Untier mit Hörnern, Schwanz und Bockshufen hinter einem Holzwellenhaufen hervor, und mit weitaufgerissenem Maul sprang es dem erschreckten Bäuerlein entgegen. Diesem war Hören und Sehen vergangen, und in seiner übergroßen Not stammelte er ein Stoßgebet. Und siehe da, das Untier wandte sich ab und verschwand.

761.

DAS WEIB MIT DEN LÄUSEN

Vor Jahren ging in Wernfeld ein zehnjähriger Junge in den Garten seiner Eltern und wollte Salat für seine Mutter holen. Da kam eine ältere Frau auf ihn zu und setzte ihm eine Menge Läuse auf den Kopf. Der Junge lief sogleich ins Haus zu seiner Mutter und berichtete ihr alles. Sofort erkannte sie, daß diese Frau eine Hexe war, und wußte auch, wie man sich an ihr rächen konnte. Sie suchte den Kopf ihres Buben ab, entfernte die Läuse, legte drei davon auf den Deckel eines nagelneuen Kochtopfes und hieb mit einem ungebrauchten Kochlöffel heftig auf das Ungeziefer ein. Während dies geschah, bekam die Hexe eine mächtige Tracht Prügel, ganz gleich, wo sie sich gerade befand. Da erschien auch schon das böse Weib am Fenster und rief: »Hör' auf, hör' auf! Du schlägst mir dauernd auf den Kopf!« Die Mutter aber schrie zurück: »Wenn du meinem Buben noch einmal Läuse auf den Kopf setzt, so tue ich es wieder!« Daraufhin verschwand die Frau, und bis heute hat niemand mehr etwas von ihr gehört oder gesehen.

762.

DIE VERSUNKENE KUTSCHE

Bei Gössenheim fließt die Wern durch ein breites Wiesental. Dort gibt es eine Quelle, die aus großer Tiefe nach oben steigt und in das sogenannte »Bodenlose Loch« mündet. Immer wieder mahnen die älteren Leute die noch unerfahrenen Kinder und sagen: »Geht ja nicht zu nah an das Loch, dort wohnt eine böse Wasserjungfrau, die zieht euch mit sich hinab. Dann müßt ihr ihre goldenen Haare kämmen, und sie läßt euch hernach nie wieder frei.«

Eines Tages fuhr ein Hochzeitspaar nach festlicher Trauung und fröhlichem Hochzeitsmahl von Karlstadt heim nach Gössenheim. Die Jungvermählten saßen in einer goldenen Kutsche. Es war stockfinstere Nacht, als die Brautleute über die Eußenheimer Höhe kamen. Man konnte kaum die eigene Hand vor dem Gesicht sehen. Da verirrte sich der Kutscher und gelangte ins Werntal. Hier kam er vom Weg ab, näherte sich der Quelle und versank mitsamt dem Hochzeitswagen im »Bodenlosen Loch«. Kein Mensch hat die Kutsche jemals wieder gesehen, auch die Brautleute blieben verschwunden. Nur Sonntagskinder sehen bisweilen in der Karfreitagsnacht eine goldene Deichselspitze aus dem Quellwasser am »Bodenlosen Loch« ragen.

763.

DIE FLÄMMCHEN AM ZOLLSTOCK

Nicht weit von Dattensoll, das früher Tatzenzoll hieß, auf dem Wege nach Hundsbach, steht ein Zollstock. An ihm führte der Weg der Getreidebauern vorüber, die auf die Schweinfurter Schranne fuhren. Da sie hier vom Fuldaischen ins Würzburgische kamen, mußten sie am Mautplatz die Tatze, ihren Zoll, bezahlen.

Wenn die Nächte recht finster und schauerlich waren, besonders in den rauhen Nächten um die Jahreswende, aber auch zur Zeit der Sommersonnenwende, erschreckten den verspäteten Heimkehrer hier am Zollstock zwei flackernde, bläuliche Flämmchen. Es waren die Seelen zweier Bösewichte, die an dieser Stelle einen von der Schranne heimkehrenden Bauern totgeschlagen und seine gespickte Geldkatze unter sich geteilt hatten. Aber die Gesellen kamen nicht weit. Ein Blitzstrahl setzte ihrem Verbrecherleben ein schnelles Ende. Noch heute gehen ihre Seelen am Mordplatz um und schrecken die Leute, die zu später Stunde am Zollstock vorüberkommen.

764.

DER TEUFEL IM SACK

In Gräfendorf war eine Frau als Hexe verschrien, und die Leute sagten ihr nach, sie stehe mit bösen Mächten und Geistern im Bunde. Zur gleichen Zeit gab es im Wiesengrund einen Bauernhof, auf dem sich geheimnisvolle Dinge abspielten. Jeden Morgen, wenn der Bauer die Arbeit beginnen wollte und in den Stall kam, waren die Schwänze sämtlicher Pferde zu Zöpfen geflochten. Man glaubte, daß Geister, Teufel und Hexen in der Nacht kämen und die Schwänze zu Zöpfen binden würden.

Um hinter das Geheimnis zu kommen, legte sich der Bauer eines Nachts auf die Lauer. Tatsächlich erschien zu mitternächtlicher Stunde eine abscheuliche Teufelsgestalt, die die Pferdeschwänze zusammenflocht und dann wieder verschwand. Der Bauer wollte den Unhold fangen, er wußte aber, daß dies nur mit einer List gelingen könnte. Er überlegte sich folgendes: »Wenn ich Türen und Fenster im Stall fest verschließe und alle Ritzen zustopfe, bleibt nur noch das Schlüsselloch, durch das der Teufel entkommen kann. Wenn ich dann einen Sack vor das Loch halte, schlüpft er hinein und ich habe ihn.«

Am nächsten Morgen machte er sich mit seinem Knecht ans Werk; sie verstopften alle Fugen, Ritzen und Löcher, nur ein Schlüsselloch blieb frei. Am Abend warteten sie auf Mitternacht, und als die Turmuhr zwölfmal schlug, kam das Ungeheuer wie ehedem in den Stall und machte sich ans Werk. Als die Stunde der Geister zu Ende ging, fand der Teufel keinen anderen Weg nach draußen als durch das Schlüsselloch; und schon war er im Sack gefangen. Der Bauer und der Knecht verschnürten den Sack gut, schlugen dann mit Knüppeln, Prügeln und Stangen nach Kräften auf das Bündel so lange ein, bis der Geprellte jämmerlich schrie und um sein Leben bettelte. Als sie ihm genug Prügel verabreicht hatten, ließen sie ihn aus dem Sack schlüpfen und jagten ihn davon. – Am nächsten Tag hatte die Frau, von der man sagte, sie sei eine Hexe, einen verbundenen Kopf. Zudem hinkte sie und war mit blauen Flecken übersät. Die Pferde und der Bauer aber hatten von diesem Tag an ihre Ruhe.

765.

DER PESTVOGEL IN GRÄFENDORF

Es war in den Tagen, als in Gräfendorf die Pest wütete. Sie raffte ohne Ansehen des Alters und des Standes die Einwohner hinweg. Schon waren viele Bewohner des Ortes der gefürchteten und erbarmungslosen Seuche zum Opfer gefallen. Da bemerkte man einen schwarzen, unheimlichen Vogel mit auffallenden weißen Punkten über dem Ort kreisen. Keiner kannte seinen Namen und niemand hatte ihn früher schon einmal gesehen. Als der Vogel fortflog, zog die Pest mit ihm, und die Gräfendorfer waren vom Schwarzen Tod befreit. Man sagt, wenn sich dieser Vogel eines Tages wieder in einem Dorf zeige, werde hier die Pest erneut ausbrechen.

766.

DER TEUFEL AM ZOLLBERG

Auf dem Zollberg zwischen Schaippach und Gemünden steht seit alters ein Zollhaus. Um diese Stätte rankt sich folgende Sage:

Einst zog ein geiziger Kaufmann auf der Birkenheiner Straße in Richtung Bayerische Schanz. Als er zum Zollhaus kam, wollte er keinen Zoll bezahlen und überlegte, wie er das anstellen könne. Da hatte er einen Einfall. Er machte sich von der Rückseite an das Haus heran und schlug kräftig an die Hintertür, um den Zöllner von der Straße wegzulocken. Dann lief er schnell vor das Haus auf die Straße und fuhr in voller Fahrt davon. Als der Zöllner merkte, daß er hintergangen war, rief er seinen kräftigen Gehilfen und nahm die Verfolgung auf. Der Betrüger hatte inzwischen einen erheblichen Vorsprung; da wurden seine beiden Pferde störrisch und wollten nicht mehr laufen. Sosehr sich der Flüchtige auch abmühte, weder Zureden noch Schlagen half etwas. Die Verfolger hatten nun den Betrüger fast eingeholt. Da sagte dieser: »Ach würde nur der Teufel den Wagen ziehen!«

Kaum waren diese Worte seinem Mund entschlüpft, stand der Leibhaftige schon da, packte den Wagen und schaffte ihn in Windeseile über Berg und Tal. Der Zöllner und sein Gehilfe hatten nur das Nachsehen; sie ahnten aber, was sich da abspielte, und kehrten erschrocken um. Der Betrüger aber wurde nie mehr gesehen.

In der Umgebung des Zollberges ist der Spruch »Wenn man vom Teufel spricht, ist er nicht weit« noch heute ein geflügeltes Wort.

767.

DER LINDWURM IN SCHAIPPACH

In Schaippach wird erzählt, daß es dort vor vielen Jahren einen riesigen Lindwurm gegeben habe. Dieses Ungeheuer richtete viel Schaden an Flur und Vieh an. So beschloß man, das Scheusal zu töten. Lange Zeit aber konnte dieses Vorhaben nicht in die Tat umgesetzt werden, da sich niemand mehr auf seinen Acker wagte. Eines Tages aber soll ein schneidiger Bauer beim Mistbreiten dem Lindwurm begegnet sein und ihn mit der Mistgabel erstochen haben. Ein Lindwurmdenkmal im Ort erinnert heute noch an die unheilvollen Zeiten und die mutige Tat des wackeren Bauern. Früher war das Denkmal zusammen mit dem Bildstock des heiligen Wendelinus, dem Schutzpatron des Viehs, aufgestellt. Heute hat es in der Nähe des »Dietrichsackers« seinen eigenen Platz gefunden.

768.

DER BURGGEIST VON RIENECK

Vor vielen Jahren zog ein junger Wandersmann das Sinntal entlang auf Rieneck zu. Er war müde und suchte in verschiedenen Wirtshäusern vergeblich eine Bleibe, denn alle Quartiere waren bereits belegt. Einer der Wirte aber sagte zu ihm: »Wenn du Mut hast, kannst du ja im Schloß übernachten.« »Mut hab' ich«, entgegnete der Bursche, »aber weshalb brauche ich Mut, wenn ich im Schloß übernachte?« Da erzählte ihm der Wirt, was sich vor etwa vierhundert Jahren in der Burg zugetragen hatte. Damals gehörte sie Graf Hubert von Rieneck, der Kunigunde von Schönrain zur Frau hatte. Aber es stellte sich bald heraus, daß er ein herzloser Mann war. Da erlosch die Liebe Kunigundens zu ihm, und sie schenkte ihre Gunst einem Leibknappen. Kunigunde wollte nun ihren Gatten loswerden. So setzte sie ihm vergiftete Knödel vor. Sobald Hubert davon gekostet hatte und ihm kalter Schweiß auf die Stirn trat, rief er: »Keine Ruhe sollst du finden, weder im Leben noch im Tode!« Bald nach ihrem Gatten starb auch Kunigunde, und sie fand tatsächlich keine Ruhe in ihrem Grab.

Diese Geschichte konnte aber den wackeren jungen Mann nicht erschrecken. Er ging hinauf zur Burg, fand ein leeres Zimmer und legte sich alsbald in ein fein hergerichtetes Bett. Um Mitternacht aber wurde es plötzlich lebendig. Lautlos wurde die Tür zur Schlafkammer geöffnet und eine Frau, deren Augen sich vom bleichen Gesicht blutrot abhoben, kam herein. Sie trat an den Herd, bereitete Knödel, denen sie ein weißes Pulver beimischte, und bot sie dem Burschen an. Der aber sprang aus dem Bett, riß ihr einen Knödel aus der Hand und stopfte ihn der Erscheinung in den Mund. Dabei rief er: »Im Namen der Dreifaltigkeit, iß sie selber!« Darauf sprach die Frau: »Du hast mich erlöst! Nun werde ich endlich Ruhe finden.« In dem Augenblick sank die Gestalt in sich zusammen, nur ein Häuflein Asche blieb zurück. Dem jungen Wandersmann aber stand von Stund an das Glück zur Seite.

769.

DAS BRANDTÜCHLEIN VON PFLOCHSBACH

Im Pfarrhaus von Pflochsbach wurde noch in den dreißiger Jahren in einem Schaukästchen ein Linnentüchlein gezeigt, in das deutlich sichtbar die Konturen einer Hand eingebrannt waren. Bei einem Besuch erzählte mir damals der Ortsgeistliche zu dem kostbar gehüteten Überlieferungsstück eine Geschichte:

Eine fromme Gräfin, sie stammte wohl von der Burg Rothenfels, war unglücklich über ihren Gemahl, weil dieser auf Abwege geraten und in Sünde gefallen war. Sie betete unablässig für seine Umkehr und gelobte dafür auch eine Wallfahrt nach Rom. Der Graf aber änderte seinen bösen Lebenswandel nicht, und als er nach Jahren in der Fremde starb, wußte die Gräfin nicht, ob er nicht doch zuletzt seine Sünden bereut habe und er doch noch mit Aussicht auf den Himmel ins Jenseits gekommen sei. Deshalb ließ sie in ihrem Gebet nicht nach und fühlte sich auch weiter an ihr Gelübde gebunden.

Da aber die Edelfrau durch den langen Kummer kränklich geworden war, bat sie den befreundeten Abt von Neustadt am Main, für sie die Wallfahrt nach Rom zu unternehmen und dort in der Peterskirche für das Seelenheil ihres Gemahls eine Messe zu lesen. Der Klosterherr war bereit, diese Bitte zu erfüllen, und sagte zur Gräfin, Gott werde ihr sicher ein Zeichen geben, wenn die Seele ihres Mannes gerettet sei. Die fromme Frau wollte in Gedanken die Wallfahrt mitmachen und in dieser Zeit sich besonders dem Gebet und Fasten widmen. Sie vereinbarte mit dem Abt, daß sie zur gleichen Zeit, zu der er in Rom die Messe lese, ein Amt in der Klosterkirche feiern lasse.

Während des vereinbarten Gottesdienstes kniete die Edelfrau in inbrünstigem Gebet an der untersten Altarstufe und hielt ein Linnentüchlein in der Hand, mit dem sie sich zuweilen eine Träne von der Wange wischte. Als nun das Silberglöcklein zur Wandlung ertönte, spürte sie plötzlich einen feurigen Händedruck, und wie sie das Tüchlein anschaute, sah sie darauf die Konturen einer Hand bräunlich eingebrannt. Nach etwa einem Monat kehrte der Abt aus Rom zurück, und als er von dem wunderbaren Ereignis erfuhr, erklärte er der Gräfin mit Freuden, der Graf habe ihr zum Dank für ihr unablässiges Gebet und als Zeichen für seine gerade erfolgte Rettung während der heiligen Wandlung die Hand gereicht.

Die Gräfin aber zog sich für den Rest ihres Lebens in die Einsamkeit zurück, erbaute in Pflochsbach ein Kirchlein, und so ist das Tüchlein dorthin gekommen.

770.

VOM MOSTGEISTLEIN

Bei einem Bauern in Hafenlohr wohnte seit vielen Jahrzehnten ein Geistlein, das hinter dem Herd eine Ritze hatte, in der es schlief. Es war sehr scheu und ließ sich nur selten sehen. In den Nächten aber kam es aus seinem Schlupfwinkel hervor und schlich sich in den Keller. Dort trank es bis zum Morgen. Es war jedoch so klein, daß sein Trinken keinen Schaden machte.

Die Frau des Bauern war ein habsüchtiges Weib und neidete es dem Geistlein sehr, daß es vom Most trank. Eines Abends stellte sie heimlich eine Schüssel voll Wasser auf die Kellertreppe, so daß das Mostgeistlein hineinfiel und ertrank. – Seitdem gerät in diesem Keller kein Most mehr.

771.

ERLEBNISSE AM FASTNACHTSDIENSTAG

Am Fastnachtsdienstag darf niemand in den Wald gehen, weil an diesem Tage die unholden Wesen alles Recht haben; wer's trotzdem tut, kann Arges erleben, und wer's getan hat, weiß davon zu erzählen.

Mehrere Windheimer Männer fuhren einmal an einem Fastnachtsdienstag in den Wald, um in den Teufelsgrüben, einer Abteilung im Fürstlich-Löwensteinschen Park, Holz zu holen. Als sie eine Fuhre geladen hatten, brach ihnen ein Rad. »Jetzt müssen wir den Wagen stehen lassen«, sagten sie, »das ist recht ärgerlich.« – »O nein!« rief es hinter ihnen, und als sie sich umwandten, sahen sie, daß dort der Teufel stand, der trug ein neues Rad in der Hand. Er steckte es an die Achse und machte es fest; dabei plauderte er ganz leutselig mit ihnen, wie arg es sei, wenn einem unterwegs etwas passiere, wie bitter, wenn man wieder unverrichteterdinge heimgehen müsse und was halt so derlei allgemeiner und unverbindlicher Redensarten sind. So freuten sich denn die Männer, weil der Teufel gar so umgänglich war, und einer meinte: »Diesmal haben wir Glück gehabt.« – »Freilich«, sagte der Teufel, »Glück muß der Mensch haben, ja, und was ich noch sagen wollte: Umsonst ist nicht einmal der Tod, denn der kostet das Leben. Für das Rad muß ich mir einen von euch mitnehmen. Ihr könnt selber aussuchen, welcher es sein soll.« Die Männer erschraken gar sehr und baten ihn, daß er das Rad wieder zurücknehme, aber darauf ließ er sich nicht ein. Sie handelten aus, wer mit dem Teufel gehen solle, konnten sich aber nicht einig werden und begannen zu streiten. Das dauerte dem Teufel zu lange: er packte den Nächstbesten und schleppte ihn davon.

772.

DIE ROTEN MÄNNLEIN VOM TRAUBERG

Im Trauberg bei Marienbrunn hausen kleine rote Männlein, die sind so flüchtig, daß man sie nur selten sehen kann. Sie sammeln viele Schätze und verbergen sie im Erdinnern; davon wird einmal der Berg ausgehöhlt sein und zusammenstürzen.

Einst gelang es einem Mann, ein solch flüchtiges Männlein zu fangen, das bat ihn gar sehr, daß er es ausließe, und weil er es nicht tun wollte, drohte es ihm mit vielem Schaden an seinem Vieh, also ließ er es doch frei. Als er heimging, stolperte er über tausend große Wurzeln und Steinc, die plötzlich unter jedem seiner Schritte lagen.

Wenn ein Hüterbub in der Nähe des Traubergs oder gar auf dem Trauberg selber recht schreit, laut mit der Peitsche knallt oder sich aus Übermut einer Kuh an den Schwanz hängt und sich von ihr schleifen läßt, dann kommen in der Nacht die roten Männli vom Trauberg, die hocken sich ihm auf die Brust, dann sind sie so schwer wie Blei und drücken ihn, daß er fast nicht mehr schnaufen kann; wird sich's fürs nächstemal schon gemerkt sein lassen.

773.

DER ENGELSBERG

Eine starke halbe Stunde unterhalb Miltenberg, aber auf dem rechten Mainufer, liegt ein steiler Vorsprung des Spessarts, der Engelsberg – auf ihm eine Kapelle mit einem Klösterlein, zu welchem man von Großheubach auf 670 Staffeln gelangt. Die Kapelle ist im Anfange des fünfzehnten Jahrhunderts zu Ehren des hl. Erzengels Michael und aller andern Engel erbaut worden. Die Erbauer hatten nicht die Absicht, die Kapelle da zu errichten, wo sie jetzt steht, sondern an einer anderen Stelle des Berges und es waren hier bereits Steine und Bauholz aufgefahren, allein in der Nacht trugen die Engel Holz und Steine auf den jetzigen Bauplatz. Und wenn die Engel ein irdisches Haus haben wollten, konnte es nirgends schöner stehen als da, wo es sich jetzt befindet. Rings um den Berg liegt eine Landschaft, wie der Garten Gottes, und der trunkene Blick weiß nicht, soll er auf der entzückenden Nähe haften oder soll er in die herrliche Ferne schweifen. Darum senken sich auch himmlische Lichter auf den Bau herab, Engels-Harmonien umtönen den Berg und sichtbar wandeln die Engel in der Kapelle.

Auf der Stelle, wo der Bau zuerst hatte errichtet werden sollen, eine halbe Stunde hinter der Michels-Kapelle, wurde später die Mariahilf-Kapelle gebaut. 145 Treppen führen von dem Fuße des Bergs zu dieser Kapelle und 116 von da auf den Engelsberg.

In der Michels-Kapelle steht ein gnadenreiches Muttergottesbild, die hl. Maria zu den Engeln, der von den zahlreichen Wallfahrern aus der Nähe und Ferne eine besondere Verehrung gewidmet wird.

Früher stand bei der Michels-Kapelle nur ein kleines Haus, die Wohnung des Kirchendieners. Im Jahre 1629 erhielten die Kapuziner die Erlaubnis, sich auf dem Engelsberge anzusiedeln und diese errichteten in den darauffolgenden Jahren das kleine Kloster, das seit des Jahres 1829 von den Franziskanern bewohnt wird.

774.

DER HEILIGE SONNTAG

Zu Kindstadt in Franken pflog eine Spinnerin des Sonntags über zu spinnen und zwang auch ihre Mägde dazu. Einsten dauchte sie miteinander, es ginge Feuer aus ihren Spinnrocken, täte ihnen aber weiter kein Leid. Den folgenden Sonntag kam das Feuer wahrhaftig in den Rocken, wurde doch wieder gelöscht. Weil sie's aber nicht achtete, ging den dritten Sonntag das ganze Haus an vom Flachs und verbrann die Frau mit zweien Kindern, aber durch Gottes Gnade wurde ein kleines Kind in der Wiegen erhalten, daß ihm kein Leid geschahe.

Man sagt auch, einem Bauer, der sonntags in die Mühle ging, sein Getreid zu mahlen, sei es zu Aschen geworden, einem andern Scheuer und Korn abgebrunnen. Einer wollte auf den heiligen Tag pflügen und die Pflugschar mit einem Eisen scheuern, das Eisen wuchs ihn an die Hand und mußte es zwei Jahr in großem Schmerz tragen, bis ihn Gott nach vielem brünstigen Gebet von der Plage erledigte.

775.

DER WANDELNDE MÖNCH

Es war einmal in Coburg ein Herzog, der führte Krieg mit dem Bischof in Bamberg. In einer Schlacht, welche er seinem Gegner lieferte, nahm er zwölf Junker gefangen und sandte sie nach Coburg auf sein Schloß, die alte Veste. Die Junker wurden dort nicht allzu streng gehalten und trieben oft innerhalb des Hofes und der Stiege mancherlei Kurzweil. Da geschah's einmal, daß sie auch beisammen waren, und daß der Schloßkaplan, ein finsterer Mönch, die offene Stiege herab in den Hof schreiten wollte, allein er glitt aus und ist herabgefallen. Darüber schlugen die Junker ein helles und anhaltendes Gelächter auf, was den Pfaffen sehr verdroß. Er hob sich zornig von dannen, verklagte die Junker beim Herzog und sagte ihm, unter ihnen sei auch der Mörder des Vaters von dem Herzog. Da befahl dieser in seinem Zorn, um Mitternacht sollten soviel Häupter der Junker durch das Schwert fallen, als der Turmwächter Stunden anblasen würde, und der Türmer erhielt noch dazu den Befehl, zwölfmal zu tuten. Das erfuhr die Herzogin, eine gute und fromme Frau, betrübte sich darüber sehr und hätte die Junker gern gerettet. Sie bat den Herzog um deren Leben, und ihre Bitte besänftigte den strengen Herrn, so daß er sagte, nur einer, und zwar der Mörder seines Vaters, solle des Todes sterben. Die Herzogin wollte auch den Tod des einen hindern, ließ den Türmer rufen und ihn in ein Gemach sperren, daß er nicht tute. Aber der Mönch war im Nebenzimmer und hörte alles mit an. Da es nun nicht mehr weit von zwölf Uhr des Nachts war, so wurden die Junker mit Fackeln unter dem Zulauf einer großen Menschenmenge herab auf das Schafott geführt, um sie mindestens die Angst des Todes empfinden zu lassen. Indes empfing der Türmer in seinem Arrest eine Flasche Wein durch die Herzogin, die ganz heitern Mutes war. Da schlug es auf der großen Glocke zwölf, und nach dem zwölften Schlag schallt schaurig das Horn vom Turm, und zwölfmal rief es, und auf jeden Ruf sank ein Haupt. Die Herzogin erschrak zu Tode, und der Türmer wußte nicht, was das zu bedeuten habe. Und auch der Herzog erschrak heftig, denn er wollte nicht mehr der Junker Tod. Er sandte Reiter nach der Richtstatt, Einspruch zu tun und Gnade zu rufen, aber es war zu spät. Jetzt stieg er selbst auf den Turm, fand da den Mönch, der noch des Türmers Horn in den Händen hielt und frohlockend rief: »So ihr Buben, nun werdet ihr meiner nimmer spotten!« Da ergrimmte der Herzog, packte den Mönch und warf ihn vom Turm hinunter, daß sein Leichnam zerschellte.

Nun tutet immer, wenn diese Nacht wiederkehrt, nicht der Wächter, sondern der Mönch, welcher im Turm der St. Moritzkirche wandelt mit einem Schlüsselbund, Wächterhorn und Rosenkranz, und auch um die Kirche die Runde macht. Es ist nicht gut, ihm zu begegnen.

776.

DAS HEMDABWERFEN

Zu Coburg saßen am Weihnachtabend mehrere Mädchen zusammen, waren neugierig und wollten ihre künftige Liebhaber erkündigen. Nun hatten sie tags vorher neunerlei Holz geschnitten und als die Mitternacht kam, machten sie ein Feuer im Gemach und die erste zog ihre Kleider ab, warf ihr Hemd vor die Stubentüre hinaus und sprach bei dem Feuer sitzend:

»Hier sitz ich splitterfasernackt und bloß,
wenn doch mein Liebster käme
und würfe mir mein Hemde in den Schoß!«

Hernach wurde ihr das Hemd wieder hereingeworfen und sie merkte auf das Gesicht dessen, der es tat; dies kam mit dem überein, der sie nachdem freite. Die andern Mädchen kleideten sich auch aus, allein sie fehlten darin, daß sie ihre Hemder zusammen in einen Klump gewickelt hinauswarfen. Da konnten sich die Geister nicht finden, sondern huben an zu lärmen und zu poltern, dermaßen, daß den Mädchen grausete. Flugs gossen sie ihr Feuer aus und krochen zu Bette bis frühe, da lagen ihre Hemder vor der Türe in viel tausend kleine Fetzen zerrissen.

777.

GESPENST ALS EHEWEIB

Zur Zeit des Herzogs Johann Casimir von Coburg wohnte dessen Stallmeister G. P. v. Z. zuerst in der Spitalgasse, hierauf in dem Hause, welches nach ihm D. Frommann bezogen, dann in dem großen Hause bei der Vorstadt, die Rosenau genannt, endlich im Schloß, darüber er Schloß-

Hauptmann war. Zu so vielfachem Wechsel zwang ihn ein Gespenst, welches seiner noch lebenden Ehefrau völlig gleich sah, also daß er, wenn er in die neue Wohnung kam und am Tisch saß, bisweilen darüber zweifelte, welches seine rechte leibhafte Frau wäre, denn es folgte ihm, wenn er gleich aus dem Hause zog, doch allenthalben nach. Als ihm eben seine Frau vorschlug, in die Wohnung, die hernach jener Doktor inne hatte, zu ziehen, dem Gespenst auszuweichen, hub es an mit lauter Stimme zu reden und sprach: »Du ziehest gleich hin, wo du willst, so ziehe ich dir nach, wenn auch durch die ganze Welt.« Und das waren keine bloße Drohworte, denn nachdem der Stallmeister ausgezogen war, ist die Türe des Hinterhauses wie mit übermäßiger Gewalt zugeschlagen worden und von der Zeit an hat sich das Gespenst nie wieder in dem verlassenen Hause sehen lassen, sondern ist in dem neubezogenen wieder erschienen.

Wie die Edelfrau Kleidung anlegte, in derselben ist auch das Gespenst erschienen, es mogte ein Feierkleid oder ein alltägliches sein, und welche Farbe als es nur wollte; weswegen sie niemals allein in ihren Haus-Geschäften, sondern von jemand begleitet, ging. Gemeinlich ist es in der Mittagszeit zwischen elf und zwölf Uhr erschienen. Wenn ein Geistlicher da war, so kam es nicht zum Vorschein. Als einmal der Beichtvater Johann Prüscher eingeladen war und ihn beim Abschied der Edelmann mit seiner Frau und seiner Schwester an die Treppe geleitete, stieg es von unten die Treppe hinauf und faßte durch ein hölzernes Gitter des Fräuleins Schürz und verschwand, als dieses zu schreien anfing. Einsmals ist es auf der Küchen-Schwelle mit dem Arm gelegen und als die Köchin gefragt: »was willst du?« hat es geantwortet: »deine Frau will ich.« Sonst hat es der Edelfrau keinen Schaden zugefügt. Dem Fräulein aber, des Edelmanns Schwester, ist es gefährlich gewesen und hat ihm einmal einen solchen Streich ins Gesicht gegeben, daß die Backe davon aufgeschwollen ist und es in des Vaters Haus zurückkehren mußte. Endlich hat sich das Gespenst verloren und es ist ruhig im Hause geworden.

778.

DER ENGLÄNDER UND SEIN DIENER

Zu einem reichen Engländer, welcher immer an den heftigsten Zahnschmerzen zu leiden hatte, sprach einst ein altes Weib: »Wenn du von deinen Schmerzen befreit sein willst, so verschaffe dir von Luthers Bett, welches sich auf der Veste Coburg befindet, einen Span und stochere damit in deine Zähne!«

Kaum hatte der Engländer diesen Rat des Weibes vernommen, so gab er seinem treusten Diener Paddy den Befehl, sofort nach Coburg zu reisen und einen Span von Luthers Bett zur Beseitigung seiner Schmerzen zu holen. Nach langer, mühseliger Reise gelangte Paddy auch an einem heißen Sommertage in Coburg an. Da er großen Durst verspürte, so kehrte er in dem Ratskeller ein, wo er dem schäumenden Zollhofsbier so wacker zusprach, daß sich sein Körper vor lauter Wonne und Wohlbehagen über diesen Zaubertrank in nichts auflöste. Als nun in mitternächtlicher Stunde der Geist Paddys ohne Span vor seinem Herrn erschien, so fuhr dieser aus der Haut. Zur Strafe für diese Freveltaten wurden beide vom Schicksal nach der Coburger Veste verbannt, wo sie sich von Zeit zu Zeit zur Mitternacht als Gespenster bis auf den heutigen Tag sehen lassen.

779.

DER LANGE MANN IN DER MORDGASSE ZU HOF

Vor diesem Sterben (der Pest zu Hof im Jahr 1519) hat sich bei Nacht ein großer, schwarzer, langer Mann in der Mordgasse sehen lassen, welcher mit seinen ausgebreiteten Schenkeln die zwei Seiten der Gassen betreten und mit dem Kopf hoch über die Häuser gereicht hat; welchen meine Ahnfrau Walburg Widmännin, da sie einen Abend durch gedachte Gasse gehen müssen, selbst gesehen, daß er den einen Fuß bei der Einfurt des Wirtshauses, den andern gegenüber auf der andern Seite bei dem großen Haus gehabt. Als sie aber vor Schrecken nicht gewußt, ob sie zurück oder fortgehen sollen, hat sie es in Gottes Namen gewagt, ein Kreuz vor sich gemacht, und ist mitten durch die Gasse und also zwischen seinen Beinen hindurchgegangen, weil sie ohne das besorgen müssen, solch Gespenst mögte ihr nacheilen. Da sie kaum hindurchgekommen, schlägt das Gespenst seine beiden Beine hinter ihr so hart zusammen, daß sich ein solch groß Geprassel erhebet, als wann die Häuser der ganzen Mordgasse einfielen. Es folgte darauf die große Pest und fing das Sterben in der Mordgasse am ersten an.

780.

DIE LANGEN SCHRANKEN BEI SCHWEINFURT

Im Bereich der alten Stadt liegt ein schöner ebener Platz, welcher jetzt mit Obstbäumen bewachsen ist. Hier, sagt man, sei vor Zeiten der Turnierplatz gewesen, daher der Name ›die langen Schranken‹ sich bis auf den heutigen Tag fortgeerbt habe. Einst war ein glänzendes Turnier angestellt; zu dem kamen viele fremde Ritter. Einer derselben erblickte unter den anwesenden Damen eine, die wohl auch fremd sein mochte, und deren Schönheit ihn so bezauberte und umstrickte, daß er sich zu ihrem Kämpfer weihte, und jedem den Handschuh hinwarf, der ihr nicht den Preis der Schönheit zugestehen wollte. Er blieb auch wirklich Sieger, streckte alle Gegner in den Sand, und nahte nun der Holden, die ein meergrünes Kleid trug, sittig ihren Dank zu empfangen. Sie lächelte ihn liebreich und holdselig an, aber wie ward ihm, als er dabei wahrnahm, daß sie grüne Zähne hatte? Er bebte zurück, sie stieß einen Schrei aus, verwandelte sich in ein Seeweiblein und rutschte auf dem Schlangenleib dem Maine zu, in den sie sich stürzte und auf dessen Oberfläche sie eine Weile fortschwamm, bis sie niedertauchte, und den Blicken der staunenden Herrn und Damen entschwand. Da tat sich der Ritter seine Waffen und Rüstung ab, und trat als Mönch in einen der strengsten Orden.

781.

AUSGEHACKTE FRÖSCHE

Einem Weinhäcker aus Schweinfurt begegnete unter der Petersstirn bei der Mainleite etwas sehr Seltsames. Er war mit seiner Frau mit Brechen des Weinbergs, der unmittelbar unter der Trümmerstätte liegt, beschäftigt; die Frau hackte sehr fleißig, und mit einem Mal hackte sie bei jedem Schlag in die Erde einen Frosch heraus. So mochte sie wohl fünf oder sechs Frösche herausgehackt haben, als es ihr auffiel und sie zu ihrem Manne sagte: »Pfui! Was sind das garstige Frösche.« Und jetzt kamen keine mehr. Und der Mann, näher tretend, bückte sich nach den Fröschen und sah keine, wohl aber leuchteten so viele Goldstücke, als zuvor Frösche zum Vorschein gekommen waren, am Boden. Die hob er auf und steckte sie ein, und zankte seiner Frau, daß sie nicht stillschweigend fortgehackt. Beide hackten und brachten den ganzen Tag damit zu, es gab aber keine Goldfrösche mehr.

782.

DER DOM ZU BAMBERG

Baba, Heinrich des Voglers Schwester, und Graf Albrechts Gemahlin, nach andern aber Kunigund, Kaiser Heinrich II. Gemahlin, stiftete mit eigenem Gut den Dom zu Babenberg. So lange sie baute, setzte sie täglich eine große Schüssel voll Geldes auf für die Taglöhner und ließ einen jeden so viel herausnehmen, als er verdient hatte; denn es konnte keiner mehr nehmen, als er verdient hätte. Sie zwang auch den Teufel, daß er ihr große marmelsteinerne Säulen mußte auf den Berg tragen, auf den sie die Kirche setzte, die man noch heutiges Tages wohl siehet.

783.

DER DOMBAUMEISTER

Der Dombau zu Bamberg war einem griechischen Meister aufgetragen. Zu diesem kam ein Jüngling mit der Bitte, er solle ihn zum Gehilfen nehmen, da man doch zu zweit gewiß weiter komme, als wenn einer das riesenhafte Werk zu fördern habe. Der Dombaumeister willigte in den Vorschlag ein und übertrug dem Gehilfen den Bau des Peterstors, während er selbst das Georgentor übernahm. So arbeiteten die zwei rastlos an dem Werk, ein jeder bemüht, den anderen zu übertreffen.

Bald bemerkte man aber, daß der Bau des Georgentors viel rascher vonstatten ging. Das verdroß den Jüngling sehr, und als er sich nicht mehr zu helfen wußte, verschrieb er seine Seele dem Teufel, auf daß ihm dieser Rat verschaffen sollte. Von Stund' an änderte sich die Sache. Das Peterstor stieg rascher in die Höhe, während am Georgentor kein Fortschritt bemerkbar war; was man am Tag schaffte, fiel nachts wieder ein, denn zwei ungeheure Tiere – halb Kröten, halb Löwen – umschlichen das Werk und unterwühlten die Arbeit des Dombaumeisters.

Wie nun der Teufel dachte, sein Versprechen gelöst und den Ehrgeiz des Jünglings befriedigt zu haben, lud er diesen eines Tages ein, mit ihm auf die Höhen des Peterstors zu steigen und sich das Bauwerk von oben herab anzusehen. Der Jüngling folgte; als er nun oben stand, ergriff ihn der Teufel und schleuderte ihn jählings von der Höhe hinab.

784.

BAMBERGER WAAGE

Zu Bamberg, auf Kaiser Heinrichs Grab, ist die Gerechtigkeit mit einer Waagschale in der Hand eingehauen. Die Zunge der Waage steht aber nicht in der Mitte, sondern neigt etwas auf eine Seite. Es gehet hierüber ein altes Gerücht, daß, sobald das Zünglein ins gleiche komme, die Welt untergehen werde.

785.

DIE BLINDE JUNGFRAU

Heut hat sich die blinde Jungfrau sehen lassen«, oder auch: »Heut hat sich die blinde Gerechtigkeit wieder sehen lassen«, hört man oft sagen. »Ist denn wieder das Buch herabgefallen?« fragt man dann, und die Antwort ist: »Es muß wohl so sein.« Die Geschichte ist folgende: Am alten Dom zu Bamberg, bei dem Prachttor, oben steht eine Jungfrau von Sandstein ausgehauen. In ihrer Rechten hält sie einen Stab, der ist zerbrochen, in ihrer linken Hand zehn Ziegel. Ihre steinernen Augen aber sind verbunden mit einem Tuche, wie 's der Weber macht. Die Figur aber stellt eine Jungfrau vor, die einst öffentlicher Unzucht angeklagt und als schuldig erkannt wurde. Vergebens beteuerte sie ihre Unschuld; wohl mehr als zehnmal fiel sie nieder auf die Knie, rief Pfaff und Laie an, sie doch nicht schmachvoll sterben zu lassen durch Henkerhand; vergebens, man riß sie auf, und schleppte sie halbtot weiter. Als sie an den Dom gekommen war und zum alten Schloß, raffte sie sich noch mal auf, und rief, die Blicke gen Himmel: »Der Mensch hat kein Erbarmen mit meiner Unschuld, ihr Ziegel auf dem

Dache habt's noch eher, so erbarmt ihr euch!« kaum hatte sie das gesprochen, fielen zehn Ziegel vom Dache und schlugen sie tot. Volk und Richter nahmen es als ein Himmelszeichen, und der Jungfrau Bildnis prangt an dem Orte, wo das Wunder geschehen ist. Der Bildhauer, der die Augenbinde vergaß, die das blinde Urteil sollte bedeuten, verband die Augen mit einem rechten Tuche, und so oft es durch das Wetter zu faulen anfängt, geht die Jungfrau wandeln. Um Mitternacht schwebt sie auf dem Domberg auf und nieder, und die Wachtposten haben nicht den Mut, sie anzurufen; sie schwebt dann weiter, und pocht an alle Domherrnwohnungen, jede Nacht es wiederholend, bis ihre Augen ein frisches Tuch bedeckt.

786.

DER SEHER IM FRANKENTAL

Bei Frankental, einem Klosterhof des berühmten Stifts Langheim zwischen Lichtenfels und Bamberg, hütete im Jahr 1445 ein junger Schäfer des Namens Hermann seine Herde und wollte sie von der Berghöhe heimwärts treiben, als die Abendglocke von dem Kloster Banz auf gegenüberliegendem Berge in das schöne Maintal niederklang. Da hörte er seitwärts ein Rufen, die Stimme eines weinenden Kindes, und sah ein Knäblein einsam auf dem Acker sitzen; er ging auf dasselbe zu, da fand er ein Kind von strahlender Schönheit, das ihn wunderlieblich anlächelte und gleich darauf vor seinen Augen verschwand. Er ging von der Stelle hinweg, sah sich aber noch einmal um, und siehe – da saß wieder das Kind, noch viel herrlicher anzuschauen, und zwei Kerzen brannten neben ihm. Noch einmal eilte Hermann auf die liebliche Erscheinung zu, und abermals verschwand sie. Beunruhigt in seinem Gemüte trieb der Schäferknabe die Herde heim und sprach zu seinen Eltern von dem Gesicht, allein diese glaubten ihm nicht und geboten ihm zu schweigen; er vertraute aber, was er gesehen hatte, einem frommen Priester an, und der sagte ihm, was er tun solle, falls er noch einmal einer solchen Erscheinung gewürdigt werde. Solches geschah auch, doch erst im folgenden Jahre auf demselben Platze, nur noch viel überirdischer. Das Kindlein, von himmlischer Glorie umstrahlt, hatte ein rotes Kreuz auf der Brust und war umgeben von noch vierzehn andern himmlischen Kindlein, alle rot und weiß (das sind des alten Frankenlandes Farben) gekleidet. Jetzt fragte Hermann: Im Namen Gottes des Vaters, des Sohnes und des Heiligen Geistes: Wer seid ihr, und was wünschet ihr? – Da antwortete das himmlische Kind: Ich bin Jesus Christus, und diese sind die vierzehn heiligen Nothelfer. Wir wollen hier wohnen und ruhen und euch dienen, so ihr uns dienet! – Darauf schwebte das Jesuskind, und die vierzehn mit ihm, zum Himmel empor. Und am nächsten Sonntag sah der Seher vom Frankental um dieselbe Stunde zwei brennende Kerzen vom Himmel sich auf jene Stelle niedersenken; und eine des Weges daherkommende Frau sah dies Wunder ebenfalls und sah auch, wie die Kerzen wieder himmelan schwebten. Da ging nun Hermann der Schäfer zum Abte von Langheim und verkündete ihm und den Vätern des Klosters die wiederholten Erscheinungen; und es wurde eine Kapelle auf jener Berghöhe gegründet, die bald als besonderer Gnadenort weit und breit in Ruf kam; Wunder geschahen dort, Wallfahrer strömten aus Nähe und Ferne herbei und beteten zu den vierzehn heiligen Nothelfern, auch wurde die Kapelle mit reichem Ablaß begnadet; eine Brüderschaft nannte sich nach den Nothelfern, ein Graf von Henneberg gründete ihnen einen Ritterorden; Kaiser Friedrich III. wallfahrtete dorthin, ein Gelübde zu erfüllen, auch Albrecht Dürer war im Jahre 1519 dort. Und durch gute und schlimme Zeiten hindurch behielt die Wallfahrtskirche Vierzehnheiligen ihren großen, dauernden Ruf und Ruhm; immer schöner und herrlicher wurde sie gebaut, eine Propstei ward neben ihr errichtet. Mitten im Kreuz, das Langhaus und Querschiff bilden, erhebt sich ein dreifacher Altar mit unten offenem Raume über der Stelle, wo der Seher vom Frankental die Erscheinung sah. An dieser Stelle zu beten, zu büßen, zu geloben, wallen alljährlich viele Tausende dem hoch und schön gelegenen Tempel zu. Die Namen der vierzehn heiligen Nothelfer sind: Georgius, Blasius, Erasmus, Pantaleon, Vitus, Christophorus, Dionysius, Cyriakus, Achatius, Eustachius, Aegidius, Margaretha, Barbara und Katharina. Unvergänglich lebt das Andenken an den frommen Schäfer Hermann, den Seher im Frankental.

787.

ZEITELMOOS

Auf dem Fichtelberg, zwischen Wunsiedel und Weißenstadt, liegt ein großer Wald, Zeitelmoos genannt und daran ein großer Teich; in dieser Gegend hausen viele Zwerge und Berggeister. Ein Mann ritt einmal bei später Abendzeit durch den Wald und sah zwei Kinder beieinander sitzen, ermahnte sie auch, nach Haus zu gehen und nicht länger zu säumen. Aber diese fingen an, überlaut zu lachen. Der Mann ritt fort, und eine Strecke weiter traf er dieselben Kinder wieder an, welche wieder lachten.

788.

DER WEBER UND DIE ZWERGE

Nicht weit vom Ort Fichtelberg ist eine verfallene Burg, Zwergennest oder Zwergenburg genannt. Aus diesem Ort ging ein Weber in die Fremde; als er heimkehrte, waren die Eltern tot; er wollte sein Geschäft beginnen, seinen Webstuhl aufschlagen; niemand nahm ihn auf, denn seine Mutter war als böse Hexe bekannt gewesen. Sie wiesen ihn hinaus mit seinem Webstuhl in die Schafhütte am Zwergennest. Diese hatte der Schäfer verlassen müssen, weil die Zwerge nachts die Schafe versprengten und zu Fall brachten.

So ging er denn hinaus und richtete sich die Hütte zurecht und schlug seinen Webstuhl auf. Als er nun die erste Nacht zu Bett lag, erwachte er plötzlich und sah einen Zwerg beim Licht des Vollmondes hereinkommen in die Kammer, der, ein Hütchen auf dem Kopfe, in Frack und kurzen Höschen, mit Schnallenschuhen und einem Stöckchen in der Hand, mehrmals auf und ab ging und sich neugierig alles besah; er schien vergnügt zu sein, alles so wohlgeordnet zu finden. Zuletzt sprang er auf den Tisch, setzte sich – er war nur spannlang – auf den Brotlaib, der noch dort lag, und schnitt sich ein Stückchen ab, das er aß. Da redete er den Gesellen an, daß, wo er hier wohnen wolle, Mietlohn gezahlt werden müsse. Er verlange nicht Silber noch Gold, denn er wisse ja, daß er arm sei, aber drei Bedingungen setze er, welche genau zu erfüllen wären. Das erste sei, daß an jedem Vollmond der Webstuhl abgeräumt sein müsse, das zweite, daß der Weber niemals bei Nacht in die Werkstätte hineinsehe, das dritte, daß er schweigsam bleibe. Damit war der Geselle zufrieden, und der Zwerg ging.

Nun hatte er in Bayreuth einen Kaufherrn gefunden, der ihm Arbeit gab, und richtete es so ein, daß mit nächstem Vollmond der Stuhl abgeräumt war. Als er daher am Morgen darauf in die Werkstatt trat, war er nicht wenig erstaunt, am Stuhl einen Streifen seidenen Gewebes, ein Muster, zu finden, welches seinesgleichen nicht hatte. Damit ging er zum Kaufherrn und bat um Seide, um nach dem Muster zu wirken. Er erhielt, soviel er deren bedurfte, und schon am nächsten Vollmond brachte er ein wunderschönes Stück Seidenstoff, welches dem Herrn so gefiel, daß er dem tüchtigen Gesellen sogleich neue Arbeit gab.

So hatte der Geselle Brot, und öfter traf es sich, daß er am Morgen nach der Vollmondnacht ein neues schönes Muster am Stuhl fand, was ihm stets neue Bestellungen verschaffte. Darüber wurden aber die anderen Handwerksgenossen voll Neid, besonders der Werkmeister; sie bemühten sich auf alle Weise, ihm sein Geheimnis zu entlocken; er schwieg. Da führten sie ihn öfter zum Wein und machten ihn trunken; aber auch so hielt er sein dem Zwerg gemachtes Versprechen. Doch einmal kehrte er berauscht heim: Neugier hatte ihn erfaßt, die Werkstätte zu besehen. Schon hatte er den Griff der Tür in der Hand, als sein guter Geist ihn noch zurückhielt. Am Morgen fand er zwar ein Muster am Stuhl hängen, aber ganz verworfen. Gleichwohl machte er es nach, und die Arbeit gefiel mehr als alle früheren.

Indessen wurde ihm stets mehr und mehr mit Wein zugesetzt: Er verfiel in Trägheit und schlechte Sitte, das Geschäft blieb zurück. Um so mehr wollte er sehen, wie es die Zwerge machten, hatte aber kaum die Tür geöffnet, als er ohnmächtig zu Boden fiel. Am Morgen war der Webstuhl zerbrochen und die Hütte in ihrem vorigen zerfallenen Zustand.

Da nahm er seine Arbeit, um sie zum Kaufherrn zu bringen und alles dort zu entdecken. Auf dem Weg legte er sich unter einem Baum nieder; zufällig sah er nach dem Gewebe, es war in Asche zerfallen. In höchster Verzweiflung machte er sich auf den Weg, um in die weite Welt zu gehen; er kam in einen Wald, und hier dachte er, wie gut es für ihn wäre, wenn ihm der Teufel helfen wollte; jetzt habe er ja doch nichts mehr zu verlieren und dem Teufel wäre er ja ohnehin schon verfallen. Wie er nun so vor sich hinging, sah er ein zwei Schuh hohes Männchen auf einem Stein sitzen, welches einen Stiefel ausgezogen hatte und zu schmieren begann. Der Weber dachte, das könne nur der Teufel sein, und ging auf ihn zu. Das Männchen aber kannte des Gesellen Herz und rief ihm entgegen: »Ich bin nicht der Teufel, aber ich suche, was du suchest, Rache an den Zwergen. Willst du mit mir gehen, um dich zu rächen, so tu, was ich dir sage. Hole mir da unten zwei Binsen herauf.« Der Weber brachte sie. Sie setzten sich nun rittlings jeder auf eine Binse und flogen weithin durch die Luft. An einem steinigen Platz hielten sie an und gingen dann, das Männchen voraus, der Weber hintendrein, in das Steingesprenge und zuletzt durch eine Kluft, welche so eng wurde, daß der Geselle vermeinte, er müsse zu einem Kartenblatt werden, um durchzukommen. Endlich machten sie halt. Da sagte das Männlein zum Weber: »Hörst du nicht Musik? Sie kommt von den Zwergen, welche Hochzeit halten; sieh durch diese Öffnung hinunter, und wenn die Braut dir nahe kommt, hole sie mir herauf!«

Da schaute der Weber hinunter durch eine Spalte in einen Saal, in welchem die Zwerge bei süßer Musik fröhlich auf- und abgingen und tanzten. Die Braut trug nebst allen Gästen seidene Kleider: Die Stoffe waren dieselben, deren Muster einst an seinem Webstuhl hingen; im Bräutigam erkannte er den Zwerg, mit dem er einst verkehrt hatte. Köstlicher Speisengeruch stach ihm in die Nase: Schon näherte sich die Braut, er wollte sie herauflangen, doch zog er die Hand wieder zurück; bei dem ungeduldigen Begleiter, der ihn darüber zankte, entschuldigte er sich, daß ihm ein Schweißtropfen von der Stirn in das Auge gelaufen sei. So auch das zweite Mal: Immer überkam ihn eine gewisse Furcht, die Braut zu stehlen. Da fuhr das Männlein zornig auf seinen Nacken und drohte ihn zu erwürgen, so er nicht zugriffe. Zum dritten Mal streckte er die Hand nach der Braut, da nieste sie, und er rief ihr unversehens ein »Helf Gott« hinunter. Nun brach alles zusammen mit fürchterlichem Getöse: Der Weber lag von einem Schlag des Männchens getroffen ohnmächtig da. Als er erwachte, standen die Zwerge um ihn, und der Bräutigam dankte ihm für die Rettung seiner Braut, ermahnte ihn aber, von nun an ein besseres Leben zu führen; mit Silber könne er ihm nicht lohnen, aber zu Arbeit wolle er ihm helfen, wie früher.

So ging der Weber heim, die Hütte war wieder ganz und der Webstuhl ordentlich aufgestellt. Er fing wieder zu wirken an, hatte stets Arbeit genug und lebte fortan glücklich.

789.

ZWERGE LEIHEN BROT

Der Pfarrer Hedler zu Selbitz und Marlsreuth erzählte im Jahr 1684 folgendes. Zwischen den zweien genannten Orten liegt im Wald eine Öffnung, die insgemein das Zwergenloch genannt wird, weil ehedessen und vor mehr als hundert Jahren daselbst Zwerge unter der Erde gewohnet, die von gewissen Einwohnern in Naila, die notdürftige Nahrung zugetragen erhalten haben.

Albert Steffel siebenzig Jahr alt und im Jahr 1680 gestorben, und Hans Kohmann drei und sechzig Jahr alt und 1679 gestorben, zwei ehrliche, glaubhafte Männer haben etlichemal ausgesagt, Kohmanns Großvater habe einst auf seinem bei diesem Loch gelegenen Acker geackert und sein Weib ihm frischgebackenes Brot zum Frühstück aufs Feld gebracht und in ein

Tüchlein gebunden am Rain hingelegt. Bald sei ein Zwerg-Weiblein gegangen kommen und habe den Ackermann um sein Brot angesprochen: Ihr Brot sei eben auch im Backofen, aber ihre hungrige Kinder könnten nicht darauf warten und sie wolle es ihnen Mittags von dem ihrigen wieder erstatten. Der Großvater habe eingewilligt, auf den Mittag sei sie wiedergekommen, habe ein sehr weißes Tüchlein gebreitet und darauf einen noch warmen Laib gelegt, neben vieler Danksagung und Bitte, er möge ohne Scheu des Brots essen und das Tuch wolle sie schon wieder abholen. Das sei auch geschehen, dann habe sie zu ihm gesagt, es würden jetzt so viel Hammerwerke errichtet, daß sie, dadurch beunruhigt, wohl weichen und den geliebten Sitz verlassen müßte. Auch vertriebe sie das Schwören und große Fluchen der Leute, wie auch die Entheiligung des Sonntags, indem die Bauern vor der Kirche ihr Feld zu beschauen gingen, welches ganz sündlich wäre.

Vor kurzem haben sich an einem Sonntag mehrere Bauernknechte mit angezündeten Spänen in das Loch begeben, inwendig einen schon verfallenen sehr niedrigen Gang gefunden; endlich einen weiten, fleißig in den Fels gearbeiteten Platz, viereckig, höher als Manns hoch, auf jeder Seite viel kleine Türlein. Darüber ist ihnen ein Grausen angekommen und sind herausgegangen, ohne die Kämmerlein zu besehen.

790.

DER LINDWURM IN VOLKACH ZU UNTERFRANKEN

An der westlichen Seite der an dem Maine liegenden Stadt Volkach ist noch ein Teil der alten Befestigung, nämlich die Ringmauer, Türme, Wall und Gräben, erhalten. Dabei steht eine steinerne Martyrsäule, auf der einen Seite Christus am Kreuze mit Knienden: Ritter, Frau und Kinder, dann auf der anderen Seite St. Georg darstellend, wie er den Drachen tötet. Der Ritter St. Georg ist Schutzpatron der Stadt.

In diesem Graben, weiß die Sage, war sonst ein See, in welchem sich ein Lingwurm (nach der Aussprache des Volkes) aufhielt, der Menschen und Tiere vergiftete. Da aber der See abgelassen, und der Graben ausgetrocknet wurde, so konnte sich das Tier nicht mehr aufhalten, und seit dieser Zeit ist Ruhe. Alle Jahre, am Samstagabend nach Fronleichnam, geht wegen dieses Ereignisses eine große Wallfahrt nach Burgwindheim.

791.

DIE NEUMÜNSTERKIRCHE IN WÜRZBURG

In der Neumünsterkirche in Würzburg ist ein Kreuzbild. Ein schwedischer Soldat, nach dem Metalle lüstern, schlich sich nachts in die Gruft, um das Bild zu stehlen. Als er aber daran war, schloß der Gekreuzigte die ehernen Arme um ihn und hielt ihn fest, bis des kommenden Morgens der Priester seine Wehklage vernahm und durch sein Gebet den Frevler aus der Haft befreite.

792.

DER SPUK IN DER UNIVERSITÄTSBIBLIOTHEK ZU WÜRZBURG

In dem Gewölbe der Manuskriptensammlung der Universität spukt von Zeit zu Zeit nachts ein graues Männchen, welches einen Pack Pergamentmanuskripte unterm Arme trägt. Dies soll der Geist eines Bibliotheksdieners sein, welcher einst den Schweden die versteckten wertvollen Manuskripte verraten hat. Diese Manuskripte wurden sämtlich von Gustav Adolph nach Schweden geschickt.

793.

DER FREIER VON ROTHENBURG

Zu Rothenburg an der Tauber ist zum öftern einer, welcher sich nicht allein in Kleidern prächtig und stattlich gehalten, sondern sich auch großen Reichtums und vornehmen Geschlechtes gerühmt, in eines ehrlichen Mannes Haus gekommen. Zwei andere Gesellen, die er bei sich gehabt, waren gleichermaßen schön und herrlich gekleidet, und einer von ihnen konnte pfeifen, der andere geigen. Er hatte auch öfter stattliche Gastereien und Abendtänze ausgerichtet und getan, als wollte er um des Hauswirtes Tochter freien. Er gab darum an, er wäre eines vornehmen adligen Geschlechtes, hätte auch großes Gut und Reichtum an Schlössern, Landgütern und vielen Städten in fremden und fernen Ländern, so daß es ihm an keinem Dinge als an einem frommen und tugendreichen Ehegemahl mangelte. Der Wirt aber hatte an dieses Gastes Weise und Wesen ein großes Mißfallen, verweigerte ihm darum seine Tochter, zumal sie nicht edel wäre, und verbot ihnen allen das Haus, daß sie nicht mehr sollten zu ihm kommen. Aber der Gast ist mit seinen Mitgesellen so unverschämt gewesen, daß er nichtsdestoweniger etliche Abende schön geputzt wiedergekommen in der Absicht, seinen Handel und sein Vorhaben zu vollstrecken. Das hat dann den Wirt bewogen, daß er auch die Prädikanten des Orts zu Gast geladen, mit denen hat er dann über Tisch aus Gottes Wort konferiert und allerlei gelehrte Unterhaltung gepflegt. Diese christlichen Gespräche sind dem Gast und seinen Gesellen sehr verdrießlich gewesen, sie haben darum angefangen, von anderen Dingen zu reden und gesagt: Das reime sich ja gar nicht, daß er die Gäste mit Predigen wolle fröhlich machen, es wären doch sonst wohl andere scherzhafte und kurzweilige Reden, die in einem solchen Konvivio zur Lustigkeit viel dienlicher, als daß man viel predigte und von Gottes Wort und der Heiligen Schrift disputierte. Daran erkannte der Wirt dieser Gäste teuflische Art und Natur, und weil er mit Gottes Wort gegen Teufels List und Betrug wohl gerüstet war, hieß er sie in Christi Namen von ihm weichen. Darauf ist der Bösewicht samt seinen Gesellen mit großem Brausen alsbald verschwunden und hat einen großen Gestank und drei tote Körper von Personen, die wegen ihrer Missetaten mit dem Strang vom Leben zum Tod befördert waren, in der Stube zurückgelassen.

794.

DAS BODLOSER LOCH

In der Sauerwiesen bei dem Dorfe Östheim, welches an der Straße von Feuchtwang nach Rothenburg liegt, ist eine sumpfige Vertiefung, welche den Namen: das Bodloserloch führt. Der Erzähler, ein Greis von achtzig Jahren, sagte: »Das Bodloserloch ist eine Meerader, weil das Wasser darin nie versiegt. In demselben waren vor Zeiten die Wasserfräulein, aus welchem sie oft herauskamen und wieder in das Wasser verschwanden. Sie gingen auch in die Häuser, wenn die Leute auf dem Felde waren, kochten den Kindern Brei und pflegten sie. In Oberöstheim ist ein Platz, die Tanzwiese genannt; dahin kamen die Wasserfräulein oft und vergnügten sich am

Tanze. Einst verspätete sich eines dieser Fräulein; es eilte zurück nach dem Bodloserloch und sagte ihrem Begleiter: »Siehst du einen Wasserstrahl emporsteigen, so werde ich nicht gestraft, wenn aber ein Blutquell kommt, so habe ich meine Strafe erlitten.« Bald aber stieg ein Blutstrahl aus dem Bodloserloch.

795.

DIE MEISTERSINGER VON NÜRNBERG

Die Meistersinger selbst erzählten den Ursprung ihrer zunftmäßig verbundenen Kunstgenossenschaft in sagenhafter Gestaltung folgendermaßen:

Zur Zeit des Kaisers Otto I. und des Papstes Leo VIII. im Jahre 962 erweckte Gottes Gnade zwölf Männer, die, ohne voneinander zu wissen, in deutscher Sprache zu dichten und zu singen anfingen und so den Meistersang in Deutschland stifteten. Unter dieser Zwölfzahl steht Heinrich Frauenlob obenan, demnächst gehört Walter von der Vogelweide dazu, auch Wolfram von Eschenbach, den sie Wolfgang Rohn nannten, Regenbogen der Schmied, Konrad von Würzburg und einige weniger bekannte. Der Anhang des Papstes bezichtigte aber diese Meister bei dem Kaiser der Ketzerei. Der Kaiser meinte anfangs in der Tat, es sei eine neue unreine Sekte, und beraumte einen Tag an, an welchem sie sich auf der hohen Schule zu Pavia stellen sollten.

Das geschah, und vor dem Kaiser, seinem ganzen Rate und vielen Doktoren und Magistern, auch päpstlichen Legaten wurden die zwölf Sänger nach Zahl, Maß und Wort genau abgehört. Der Eindruck war ein günstiger, alle hörten mit Wohlgefallen zu, und der Kaiser wie seine Begleiter überzeugten sich, daß die Zwölf keine Rottengeister seien. Als dann auch Papst Leo vernommen, wie die Lieder dieser Meister Gott nicht zuwider seien, erlaubte er den Meistergesang jedermann und ermahnte sonderlich die Deutschen, weil ihnen Gott die Kunst bekannt gemacht, dieselbe auszubreiten. So erhielt Gott den Meistergesang über sechshundert Jahre bei gutem Klange.

796.

EPPELA GAILA

Vor nicht lang sangen die Nürnberger Gassenbuben noch diesen alten Reim:

> Eppela Gaila von Dramaus
> reit allzeit zum vierzehnt aus;

und:

> Da reit der Nürnberger Feind aus
> Eppela Gaila von Dramaus.

In alten Zeiten wohnte im Bayreuthischen bei Drameysel (einem kleinen, nach Muggendorf eingepfarrten Dörfchen) *Eppelin von Gailing,* ein kühner Ritter, der raubte und heerte dort herum und sonderlich aufgesessen war er den Nürnbergern, denen schadete er, wo er mochte. Er verstand aber das Zaubern und zumal so hatt' er ein Rößlein, das konnte wohl reiten und traben, damit setzte er in hohen Sprüngen über Felsen und Risse und sprengte es über den Fluß Wiesent, ohne das Wasser zu rühren, und über Heuwagen auf der Wiese ritt er, daß seines Rosses Huf kein Hälmlein verletzte. Zu Gailenreuth lag sein Hauptsitz, aber rings herum hatte er noch andere seiner Burgen und im Nu wie der Wind flog er von einer zur andern. Von einer Bergseite war er flugs an der gegenüber stehenden und ritt oftmals nach Sankt Lorenz in Muggendorf. Zu Nürnberg hielten ihn weder Burgmauern auf, noch der breite Stadtgraben und viel ander Abenteuer hat er ausgeübt. Endlich aber fingen ihn die Nürnberger und zu Neumarkt ward er mit seinen Helfershelfern an den Galgen gehängt. In der Nürnberger Burg stehen noch seine Waffen zur Schau und an der Mauer ist noch die Spur vom Huf seines Pferdes zu sehen, die sich eingedrückt hatte, als er darüber sprang.

797.

BESCHWÖRUNG DER BERGMÄNNLEIN

Zu Nürnberg ist einer gewesen, mit Namen Paul Creuz, der eine wunderbare Beschwörung gebraucht hat. In einen gewissen Plan hat er ein neues Tischlein gesetzt, ein weißes Tuch darauf gedeckt, zwei Milchschüßlein drauf gesetzt, ferner: zwei Honigschüßlein, zwei Tellerchen und neun Messerchen. Weiter hat er eine schwarze Henne genommen und sie über einer Kohlpfanne zerrissen, so daß das Blut in das Essen hineingetropft ist. Hernach hat er davon ein Stück gegen Morgen, das andere gegen Abend geworfen und seine Beschwörung begonnen. Wie dies geschehen, ist er hinter einen grünen Baum gelaufen und hat gesehen, daß zwei Bergmännlein sich aus der Erde hervor gefunden, zu Tisch gesetzt, und bei dem kostbaren Rauchwerke, das auch vorhanden gewesen, gleichsam gegessen. Nun hat er ihnen Fragen vorgelegt, worauf sie geantwortet; ja, wenn er das oft getan, sind die kleinen Geschöpfe so vertraut geworden, daß sie auch zu ihm ins Haus zu Gast gekommen. Hat er nicht recht aufgewartet, so sind sie entweder nicht erschienen oder doch bald wieder verschwunden. Er hat auch endlich ihren König zu Wege gebracht, der dann allein gekommen in einem roten scharlachen Mäntlein, darunter er ein Buch gehabt, das er auf den Tisch geworfen und seinem Banner erlaubt hat, so viel und so lange er wollte drinnen zu lesen. Davon hat sich der Mensch große Weisheit und Geheimnisse eingebildet.

798.

KAISER KARL IM BRUNNEN UND IM BERGE

Auf dem Markt zu Nürnberg steht der schöne Brunnen, mit herrlichem Bildwerk geziert und vom künstlichen Gitter umgeben. Der Brunnen soll sechzehnhundert Schuh tief sein, nach andern nur dreihundert, die Kette, an der die Eimer hangen, wiegt dreitausend Pfund. In dieses Brunnens Tiefe hat Kaiser Carolus magnus sich verwünscht, da drunten der Welt Ende zu erwarten. Einst ließen die Herren von Nürnberg einen Verbrecher in die Tiefe des Brunnens hinab, der sah Carolum drunten sitzen an einem Steintisch, wie den Barbarossa im Kyffhäuser. Der Bart war durch den Tisch hindurchgewachsen und reichte schon zweimal um den Tisch herum. Wann er zum dritten umreicht, wird der Welt Ende vor der Türe sein.

Nicht weit von Nürnberg erhebt sich der Kaiser-Karlsberg, auch in diesem soll der Kaiser Karl sitzen und auf der Welt Ende harren mit allen seinen Wappnern. In frühern Zeiten ward aus dem Berge oft ein schöner Gesang vernommen – da waren die Zeiten noch gut –, jetzt hört man aus ihm nur noch klagendes Weinen, weil die Zeiten so schlecht sind. Damit besagtes Weltende nicht allzu schnell herbeirücke, als welches schrecklich und sehr störend wäre, so muß des Kaisers Bart siebenmal um den Tisch wachsen, und da sich nun die Leute darüber gestritten und noch streiten, ob der Bart des verzauberten Kaisers dreimal oder siebenmal um den Tisch wachsen müsse, so ist davon das Sprichwort entstanden, wann über unausgemachte Sachen nutzlos gestritten wird: es ist ein Streit um des Kaisers Bart. Die Sage geht, ein Bäckerjunge aus Fürth habe einst, wie dort der Semmelknabe im Guckenberge, durch einen Gang Brot in den Kaiser-Karlsberg gebracht, es sei ihm aber auch gleich jenem ergangen, oder noch schlimmer, denn als er das Geheimnis zu entdecken gezwungen worden, sei er zum letzten nicht wiedergekehrt, und nur seine Kleider seien zerstückt außen am Berge gefunden worden.

Aus dunkler Mythenzeit klingt schon die Sage herein, daß ein König Noro im Berge verzaubert sitze, der habe der Stadt ihren alten Namen verliehen: Nor im Berg; aus seines Namens spätem Nachhall ist aber ohne Sinn Nero geworden, ein prächtig Fündlein für die Diftler, die nun gleich die Stadt vom Römerkaiser Nero gründen ließen, denn römisch mußte diesen klassischen Narren alles sein, was gelten sollte, Deutsches paßte nicht in ihren gelahrten Kopf, Kropf und Zopf.

799.

DAS TAUBENBRÜNNLEIN ZU FEUCHTWANGEN

Die Volkssage erzählt die Entstehung des Klosters Feuchtwangen also. An den Abhängen des Sulzbachtales, in dichten Fichtenwäldern, soll Kaiser Karl der Große einstmals Jagd gehalten haben. Vom Fieber überfallen habe er sich matt und müde auf einen Fichtenstock gesetzt. Durstig zum Sterben konnte er kein Wasser bekommen, wie sehr es sich seine Jagdgenossen und die ausgesendeten Boten angelegen sein ließen. Sieh da! sei eine Wildtaube aus dem Gesträuch aufgeflogen. Sie suchten den Ort auf und fanden da reines frisches Quellwasser im Busche aus verborgenem Gestein herausfließen. Dem müden kranken Kaiser war geholfen: er trank nach Herzenslust und wurde heil und munter. Zum Danke habe er eine Kirche und ein Kloster da zu bauen gelobt. So entstand im feuchten Gelände der Sulzach Feuchtwangen. Noch immer hat das Taubenbrünnlein am Fuße des Klosterberges klares Wasser und nach der Volksmeinung liegt auch der Fichtenstock, auf dem der Kaiser saß, vom Alter versteinert, unter dem Hochaltar der Stiftskirche zu Feuchtwangen. Eine neuere Steinplatte bei dem Brunnen enthält diese Sage in wenigen Zeilen eingemeißelt.

800.

DIE JUNGFRAU IM OSELBERG

Zwischen Dinkelsbühl und Hahnkamm stand auf dem Oselberg vor alten Zeiten ein Schloß, wo eine einige Jungfrau lebte, die ihrem Vater als Wittiber Haus hielt und den Schlüssel zu allen Gemächern in ihrer Gewalt gehabt. Endlich ist sie mit den Mauern verfallen und umgekommen, und das Geschrei kam aus, daß ihr Geist um das Gemäuer schwebe und nachts an den vier Quatembern in Gestalt einer Fräulein, die ein Schlüsselbund an der Seite trägt, erscheine. Dagegen sagen alte Bauern dieser Orte aus, von ihren Vätern gehört zu haben, diese Jungfer sei eines alten Heiden Tochter gewesen und in eine abscheuliche Schlange verwünscht worden; auch werde sie in Weise einer Schlange, mit Frauenhaupt und Brust, ein Gebund Schlüssel am Hals, zu jener Zeit gesehen.

801.

DAS GEISTERMAHL

Eine lustige Gesellschaft war noch bis tief in die Nacht beim Pfarrer von Berneck versammelt. Schon gingen die Flaschen zur Neige, die Kerzen waren tief herabgebrannt, auch der Nachtwächter verkündete schon die elfte Stunde. Aber die Gäste des Pfarrherrn zogen es vor, sitzenzubleiben. Da winkte dieser seiner Magd und meinte, da nun der Wein ausgetrunken sei, so sollte sie ihr Glück einmal oben auf dem alten Schloß versuchen, dort zechten die Geister allnächtlich, und die könnten ihm wohl einige Flaschen aus ihrem Keller zukommen lassen.

Die Magd sah ihren Herrn betroffen an, der aber wiederholte ernstlich sein Zumuten, sie sollte nach Wallenroden hinauf. Also faßte die treue Dienerin einen festen Entschluß und machte sich auf den Weg. Als sie sich dem Schloß näherte, riß ein Wirbelwind das Tor vor ihr auf. Wankenden Schrittes ging sie hinein und kam in einen weiten Saal, da saßen wirklich die verstorbenen Ritter im Kreis bei einem Gastmahl zusammen. Sie waren von aschgrauem Aussehen und hatten Totenschädel als Pokale.

Als die Magd eintrat, erhob sich einer der finsteren Männer von seinem Sitz und fragte die Zitternde, was ihr Begehren sei, worauf diese mit bebenden Lippen ihren Auftrag vorbrachte. Darauf nahm der Ritter einen Krug, füllte ihn und gab ihn der Magd mit den Worten: »Deiner Einfalt sei verziehen, die Schuld haftet auf deinem Herrn. Aber laß dich niemals wieder hier sehen, wenn dir Leib und Leben teuer sind.«

Leichenblaß griff die Magd nach dem Krug und eilte damit, so schnell sie konnte, durch das offene Schloßtor hinaus in die finstere Nacht. Im Pfarrhaus angelangt, setzte sie den Krug auf den Tisch und erklärte mit kurzen Worten, daß sie diesmal – aber zum letzten Mal – dem Gebot ihres Herrn getreu auf das alte Schloß gegangen sei. Die Gäste aber spotteten über solche Kunde und schlürften mit Behagen den vortrefflichen Geisterwein. Plötzlich entstand ein wildes Brausen, der Sturm heulte fürchterlich, und Blitze auf Blitze durchzuckten den Saal. Unter Zittern und Beben waren die Gäste einer nach dem anderen verschwunden. Als aber der nächste Morgen tagte, fand man den Herrn des Hauses tot.

802.

ABKUNFT DER BAYERN

Das Geschlecht der Bayern soll aus Armenien eingewandert sein, in welchem Noah aus dem Schiffe landete, als ihm die Taube den grünen Zweig gebracht hatte. In ihrem Wappen führen sie noch die Arche auf dem Berg Ararat. Gegen Indien hin sollen noch deutschredende Völker wohnen.

Die Bayern waren je streitbar und tapfer, und schmiedeten solche

Schwerter, daß keine andere besser bissen. »Reginsburg die märe« heißt ihre Hauptstadt. Den Sieg, den Cäsar über Boemund, ihren Herzog, und Ingram, dessen Bruder, gewann, mußt' er mit Römerblute gelten.

803.

DER KLUGE MANN

In früher Zeit wohnte in dem Wirtshause der Witwe Hauberstroh zu Dörflas, ein Dorf im Fichtelgebirg, bei dem Markte Redwitz, von welchem es durch die Kössein getrennt ist, ein Hagen, angeblich ein Gastwirt und Bierbrauer, welchem mehrere Sachen entwendet wurden, worüber er so sehr in Harnisch kam, daß er beschloß, dem Dieb das nächstemal den Tod antun zu lassen. Bald darauf kam im Hause eine silberne Kette abhanden. Hagen ritt zum Klugen Mann, welcher den Tod antun konnte. Dieser riet ihm ab, aber er beharrte. Der Kluge Mann sagte ihm nun, wer ihm zuerst im Hofe begegnen werde, habe die silberne Kette. Wie er in seinen Hof hineinritt, kam ihm sein eigenes Kind entgegengelaufen, das sich auf die Ankunft seines Vaters gefreut und ihn erwartet hatte. Es erkrankte aber plötzlich, und als man es entkleidete und in sein Bettchen legte, fand man die silberne Kette, mit welcher es gespielt hatte, in seinem Täschchen. Hagen ritt nun eilig zum Klugen Mann zurück, um den Tod von seinem Kinde abzuwenden; aber das konnte der Kluge Mann nicht, und als er nach Hause kam, war es schon tot. Sein Nachfolger, auch ein Hagen, hatte zwölf Kinder, welche alle zwischen einem und fünf Jahren starben. Auf dem Platze, wo jetzt das Wirtshaus steht, war ein adeliger Hof. Das, behauptete die Erzählerin dieser Sage, Witwe Haberstroh, sei gewiß; denn im Garten lagen noch zwei Särge in einer Gruft, einer von Kupfer, der andere von Zinn. Als sie und ihr Mann das Haus erworben hätten, habe man in der ganzen Gegend geglaubt, sie würden kein Kind am Leben erhalten; ihre Kinder seien aber bis jetzt alle gesund.

Auf dem Kirchhof zeigt man einen Grabstein, auf welchem ein Hagen mit seinen zwölf Kindern, von welchen fünf noch in Wickeln sind, ausgehauen ist.

804.

DIE WALDLEUTE

Die Gegend, wo jetzt das Dorf Kalchsreut in der Oberpfalz steht, war in alten Zeiten ein Wald, in welchem ein Waldmännlein und ein Waldweiblein wohnten. Als die Gegend angebaut und bewohnt wurde, kamen sie nachts in die Häuser der guten Menschen, verrichteten die Hausarbeiten und waren zufrieden mit einem wenigen der übrig gebliebenen Speise. Am liebsten hielten sie sich nachts in der Mühle in Kalchsreut auf; das Männlein hantierte in der Mühle, das Weiblein im Stalle. Dafür stellte ihnen die Müllerin ein wenig von der übriggebliebenen Speise hin. Morgens war alles in schönster Ordnung; das Haus hatte Glück und Segen. Als der Winter nahte, legten ihnen die Müllersleute Kleider hin, denn sie waren nackt. Sie weinten und ließen sich in der Mühle nie wieder sehen.

Lange Zeit hörte man nichts von dem Waldmännlein und Waldweiblein, bis sie sich wieder auf dem Breitenstein zeigten. In diesem Schloß lebte eine fromme Magd, für welche sie nachts arbeiteten und wofür ihnen diese ein wenig von den übriggebliebenen Speisen hinstellte. Alle Arbeiten der frommen Magd gingen ihr besser von der Hand, und sie leistete mehr als die übrigen Mägde, welche sie aus Neid bei dem Schloßherrn verleumdeten. Dieser ließ das Männlein fangen und einsperren. Klagend lief das Weiblein nachts um das Schloß herum und bat, ihr Männlein freizulassen, sie wolle dafür guten Schlehenstein geben. Aber der Schloßherr achtete nicht auf das Flehen des Weibleins und ließ das Männlein verhungern. Das Weiblein umkreiste den Breitenstein und sprach: »Weil du mein Männlein hast verhungern lassen, so geb ich dir keinen Schlehenstein, deine Nachkommen werden bald aussterben und von deiner Burg wird kein Stein auf dem andern bleiben.« Alles ist eingetroffen; auf Breitenstein sieht man keine Schlehen, welche doch überall in dieser Gegend wachsen. Auf diesem Schlosse lebte damals ein Taglöhner, welcher im Wald Holz fällte. Zu diesem trat das Waldweiblein und bat: »Lieber Mann, wenn du einen Baum fällst, so haue jedesmal drei Kreuze auf den Stock; darauf kann ich ruhen und der wilde Jäger hat keine Gewalt über mich.« Dann bat sie ihn: »Dein Weib backt morgen; sie soll mir einen kleinen, dicken Kuchen backen.« Als der Mann den Kuchen brachte, brach das Weiblein ein kleines Stück von der Rinde, höhlte ihn aus, aß nur die Brosen, füllte den ausgehöhlten Kuchen mit Sägspänen, gab ihn dem Taglöhner zurück und wünschte ihm Glück. Dann ging das Weiblein fort und der Taglöhner hörte sie in der Ferne noch wehklagen. Als dieser nach Hause kam, warf er den Kuchen verdrießlich auf den Tisch, weil er sich Besseres vom Waldweiblein für den guten Kuchen erwartet hatte als Sägspäne. Als aber der Kuchen platzte, fielen drei schöne Taler heraus. Von nun an hat man das Waldweiblein nicht mehr gesehen, aber man hört es zuweilen nachts um den Breitenstein heulen und klagen. Man pflegt dann zu sagen: das Klagweiblein, Klagmütterlein hat sich hören lassen, geschieht gewiß bald ein Unglück.

805.

HERRIN DER FISCHE

Einst ließen die Fischer den Zauberweiher zu Brückelsdorf ab, um die Fische herauszuholen, da kam ein fremdes Weib mit gelben Wangen und roten Augen, trat, ohne Gruß, in den Schlamm, und nahm den größten Fisch heraus. Der Fischer rief zornig: »Laß du Hex meine Fische, und hole dir vom Teufel aus der Hölle, wenn du deren nötig hast!« Bei dieser Rede schwoll das Weib durch Zorn wie eine Kröte, und sprach im Hinweggehen, mit ihren roten Augen nach den Fischen schielend: »Das ist euer letzter Fang, von nun an gehört der Weiher mein; keinen Fisch werdet ihr je wieder herausnehmen.« Seitdem ruht der Fluch auf dem Zauberweiher; denn man sieht wohl Fische schwimmen, wie aber das Wasser zum Fischen abgelassen wird, ist's auf dem Grund ganz leer.

806.

DIE PROPHEZEIUNG DES SOLDATEN

Zu Kriegszeiten zogen Soldaten durch eine Flur. Dirnen steckten Krautpflanzen. Da zog einer der vorbeimarschierenden Soldaten die Pflanze, welche soeben ein hübsches Mädchen gesteckt hatte, wieder heraus, legte sie neben hin auf einen Stein, und sagte: »So wahr diese Pflanze hier gedeiht, so wahr wirst du mein.« Und wirklich wuchs die Pflanze auf dem Steine und ward schöner als alle übrigen; auch kehrte der Soldat zurück und das Mädchen ward sein Weib. Zu Waldmünchen geschehen.

807.

DER VORHERBESTIMMTE TOD

Einmal wurde ein Goldener Sonntag-Kind zur Taufe getragen. Während der Taufe, als sie noch mit dem Kind in der Kirche waren, kamen drei Männer in die Stube und bestimmten den Tod dieses Kindes. Die ersten zwei hatten es nicht erraten. Der dritte aber sagte: »Dieses Kind muß in dem Brunnen ertrinken.« Er gab auch den Tag an, an welchem es geschehen sollte. Der Knecht war allein zu Hause und hörte dies. Als der Tag herankam, an dem das Kind im Brunnen ertrinken sollte, da blieb er wieder allein zu Hause, sperrte das Kind in einer Stube fest ein und vernagelte den Brunnen mit lauter Brettern, so daß das Kind nicht ertrinken konnte. Aber als er nach dem Kinde umsah, war es nicht mehr in der Stube. Und weil es nicht in den Brunnen hatte fallen können, weil er vernagelt war, so lag es tot auf demselben.

808.

FREUNDE IN LEBEN UND TOD

Es waren zwei Jugendfreunde in einer Gegend am Böhmerwalde, welche sich sehr liebten und gegenseitig das Versprechen gaben, daß, wer von ihnen zuerst sterbe, dem anderen nach dem Tode Nachricht geben solle, wie es in der anderen Welt gehalten werde. Beide wurden zu Priestern geweiht.

Der eine davon kam als Hilfspriester nach Sch. Einmal läutete es mit der Provisurglocke, als er schon zu Bette und eingeschlafen war; er erwachte darüber und sagte vor sich hin: »Gleich will ich mich aufmachen.« Kaum hatte er diese Worte gesprochen, so klopfte es schon, und eine Stimme rief durch die Türe hinein, ob er sich schon versehen hätte, mit ihm zu gehen. Er erwiderte »Ja« – kleidete sich schnell an und ging mit dem Unbekannten, der draußen seiner harrte, ohne ein Wort zu reden, des Weges nach St. Dort angekommen, hieß er den Unbekannten ein wenig warten, bis er die Schlüssel zur Kirche vom Meßner geholt hätte. Dieser bedurfte es aber nicht: denn er sah auf einmal die ganze Kirche erleuchtet und die Flügel der Türe geöffnet. So traten sie beide ein. Da stand der Unbekannte als Priester mit dem Meßgewande bekleidet vor ihm; es war sein Freund, der ihn bat, ihm am Altare zu dienen; er habe als Student U. L. Frauen zu Ehren eine Messe versprochen, sein Versprechen aber vergessen, und müsse es nun nachträglich erfüllen.

So trat der Geist an den Altar, und sein Freund diente ihm. Als die Heilige Messe zu Ende war, wendete sich der Geist zu ihm und sprach: »So, nun habe ich nicht mehr zu leiden. Von der anderen Welt aber kann ich dir nichts sagen, als daß es sehr genau genommen wird.« Mit diesen Worten verschwand er.

809.

HEXEN ERKENNEN

Da muß man sich ein Stühlerl machen von neunerlei Holz: vier Beine, vier Keile und das Brett. In der Christmette muß man sich auf so ein Stühlerl knien. Zwei Kötztinger Burschen haben es probiert und sahen, daß die schönsten Bürgerstöchter des Marktes bei der Wandlung das Gesicht abwendeten. Danach haben die beiden Burschen mit ihren Stühlern dreimal um die Kirche laufen müssen, und die Kötztinger Kirche ist groß! Wie sie endlich zum Torbogen der Burg hinauswollten, haben sie die Hexen schon gehabt und so zerrauft und zerkratzt, daß ihnen das Blut heruntergelaufen ist. Mit Müh und Not konnten sie sich in ein Haus retten, sonst hätten die sie ›aufgearbeitet‹.

810.

DER BAUMLÄUFERBUB

Ein jeder hat ihn gekannt und gefürchtet, weil er ein teuflisches Kind, ein Wechselbalg gewesen ist. Wenn man ihn um Tabak nach Hohenau geschickt hat und dachte, er könnte jetzt beim Weiher, gerade außerhalb des Dorfes sein, da war er mit dem Tabak schon wieder da. Es ist aber nicht zum Sagen, was er den Leuten für Schaden gemacht hat. Deshalb hätten sie ihn gern hingemacht, aber es hat ihn kein Mensch erwischt. Wenn er mit dem Fuß ein grünes Pflänzlein Moos hat berühren können, ist er verschwunden gewesen. Wurde es ihm im Sommer bei der Arbeit zu heiß, dann sagte er: »Ich mein', es regnet bald ein wenig«, – hat im Boden ein Löchlein gemacht, ein paar Halme darüber gelegt, seine G'schichten gemacht, und in einer halben Stunde hat es nur so geschüttet. – Mit einem einzigen Sonnenstrahl hat er ein Haus anzünden können. Den Hohenauern und den Grünbachern hat er das ganze Getreide verhageln wollen. Aber die Hohenauer haben mit ihrer hochgeweihten Glocke so geläutet, daß sie fast zersprungen wär'. Die hat das Wetter auseinandergetrieben. Da hat der Baumläuferbub einen schweren Fluch getan und hat gesagt: »Der Hohenauer Stier hat mich heruntergeworfen.« – Wie es nicht mehr zum Aushalten gewesen ist, haben sie ihn halt doch einmal erwischt, auf einen Scheiterhaufen geworfen und verbrannt.

811.

BURG HOHENBOGEN

Das Volk erzählt, die Ritter von Lichtenegg und vom Hohenbogen seien lange Jahre gegen einander in Fehde gewesen. Endlich stellte sich der Lichtenegger an, als sei er des Haders müde, und wußte durch gleißnerische Botschaften seinen Gegner und dessen Söhne dahin zu bringen, daß sie zu einem Sühnversuche auf seinem Schlosse einritten. Hier bewirtete er sie aufs köstlichste, aber während sie, keines Argen sich versehend, dem Weine ihres falschen Gastwirtes wacker zusprachen, ließ dieser verräterischer Weise durch seine Leute die ihrer besten Verteidiger beraubte Burg Hohenbogen ersteigen und in Brand stecken. Als die Flammen turmhoch aufloderten, führte er seine Gäste schadenfroh ans Fenster und warf dann die hinterlistig Getäuschten in das Burgverlies.

Nach einer andern Sage schreitet allnächtlich zur Geisterstunde das Burgfräulein in weißem Sterbekleide aus dem verfallenen Tore hervor, steigt in den Graben hinab und läßt sich auf einer bemoosten Steinplatte am Fuße des Turmes nieder. Dort sitzt sie, bis der Hahn kräht, und kämmt mit einem funkelnden Goldkamm ihr langes schwarzes Haar. Als sie noch leiblich auf Erden weilte, knüpfte die Ärmste ohne Wissen der Ihrigen mit dem böhmischen Ritter Wranko, einem Hussiten, zarte Bande an. Darüber traf sie der Fluch der strenggläubigen Eltern, und sie stürzte sich im Wahnsinne vom Turme herab.

Eine dritte Sage weiß von einem Schatze zu berichten, der lange Jahrhunderte im Burgkeller vergraben lag und von einem großen schwarzen Hunde mit feurigen Augen bewacht wurde. Ihn erhoben die Jesuiten von Klattau in Böhmen, indem sie den Teufel bannten und ihn zwangen, die Geldtruhe auf einer Schleife bis in ihr Kloster zu ziehen. Ja, die Jesuiten! Was vermögen die nicht alles?

812.

DIE WETTERHEXE

An einem schwülen Sommertage kam ein Gewitter gezogen; trotz allen Läutens mit sämtlichen Glocken und immerwährenden Betens blieb das Gewitter über Neuern auf einem Platze stehen, und es blitzte und donnerte fürchterlich. Dazumal hatten die Neuerner einen recht frommen Pfarrer; der ging mit der Monstranz hinaus und gab den Segen zum Gewitter hinauf; es war alles vergebens; er nahm dann eine gläserne hochgeweihte Kugel, lud sie in sein Gewehr und schoß sie ins Gewitter. Da ließ sich eine weibliche Gestalt sanft zur Erde nieder. Er nahm sie mit sich in die Pfarrei und verhörte sie. Das Weib gab ihm zur Antwort, es habe schon öfter mit Gewittern hier durchziehen wollen und jedesmal habe sie heftiges Hundegebell daran verhindert. Das Hundegebell war aber der Glockenschall. Der Pfarrer übergab sie als Hexe dem Gerichte. Sie wurde zum Feuertode verurteilt. Als der Scheiterhaufen fertig war und sie bereits darauf stand, erbat sie sich als Gnade noch einen Knäuel Zwirn; als das Holz unter ihr zu brennen anfing, wickelte sie das Ende des Zwirnsfadens um einen Finger der linken Hand und mit der rechten Hand warf sie den Knäuel mit einem Schrei in die Höhe und fuhr blitzschnell dem Knäuel nach in die Luft und das Holz verbrannte umsonst. Der Teufel hatte sie am Faden fortgezogen.

813.

DER WELTFISCH

Die Stadt Cham soll früher viel größer gewesen sein. Chammünster lag damals in der Mitte, und Chamereck bildete die östliche Spitze. Die ganze Stadt steht auf dem Schweif eines ungeheuren Fisches. Damit er nicht erschreckt werde und durch seine Bewegung die Stadt zerstöre, durfte früher der Hirt beim Austreiben des Viehes nicht blasen.

814.

DER VERSTEINERTE RITTER

Der Ritter von Chammerau hatte sein Auge auf die schöne Tochter eines Müllers im Regentale geworfen, fand aber bei der sittsamen Maid kein williges Gehör. Eines Tages, als er in gewohnter Weise von seiner Feste auf Raub auszog, überraschte er die Jungfrau auf der Wiese ihres Vaters, wo sie das Linnen bleichte. Stracks faßte er den Entschluß, mit Gewalt zu nehmen, was ihm nicht in Gutem gegeben wurde, und lenkte sein Roß vom Wege ab auf den Grasplatz hin. Das Mädchen aber merkte noch zeitig genug des Ritters böslich Absicht und suchte sich durch die Flucht zu retten. Wie ein gescheuchtes Reh lief es über die Fluren hin; nicht lange jedoch, so stand es an dem Ufer des Regen, über welchen an jener Stelle weder Brücke noch Steg führt. Vor ihr der Tod im Flusse, hinter ihr Entehrung und Schande; die Wahl war kurz, denn schon sprengte der Ritter mit seinem Trosse näher heran. Mit dem Rufe: »Gott gnade meiner Seele!« stürzte sich die Jungfrau in die Fluten. Dies waren barmherziger als die Menschen, und trugen sie nach einer Untiefe hin, wo sie festen Fuß fassen konnte. Doch war sie noch nicht gerettet, denn der Verfolger setzte ihr auch in den Fluß nach, und bald hörte sie dicht hinter sich das Schnauben der Rosse und das Hohngelächter der wilden Schar. Mit einem Male aber war alles still, und als die Jungfrau sich umwendete, sah sie weder Ritter noch Knappen mehr, wohl aber eine lange Reihe ungestalter Felsblöcke, die vom Ufer bis über die Mitte des Flusse sich erstreckte. Die Hand Gottes hatte strafend den Wüstling und seine Helfershelfer erreicht. Die Steine liegen noch heute im Regen, und man sieht sie, wenn man von Chammerau nach Roßbach hinuntergeht.

815.

DREISESSELBERG

Dreisesselberg heißt der hohe Berg im Bayerischen Wald, an der Böhmischen Grenze. Er erhebt sich 3798 Pariser Fuß über die Meeresfläche. Drei Schwestern hatten auf demselben ihr Schloß und einen ungeheuren Schatz, welchen sie teilen wollten. Jede kam mit ihrem Bottig (Bodinga). Eine der drei Schwestern war blind. Sie stellten nun die Bottige auf, aber den Bottig der Blinden mit dem Gupf nach oben. Nun füllten sie die Bottige mit der Wurfschaufel, wobei aber auf die Blinde nur so viel Geld traf, als auf dem umgekehrten Bottig Raum hatte. Diese klopfte aber mit dem Finger an die Wand des Bottigs, und als dieser einen hohlen Klang gab und sie den Betrug merkte, sprach sie: »Alles soll versinken!« So geschah es. Zu heiligen Zeiten steigen sie aus der Tiefe und jede sitzt auf ihrem Sessel.

In den See an dem Dreisesselberg sind viele Geister verschafft, die als wilde Tiere darin hausen. Scheiterhauer hörten die Stimme »alles is do, alles is do! nur der stuzet Stier geht o«. Steine in den See geworfen erregen Sturm und Regen; ein goldner Ring beschwichtiget ihn.

Auf den Dreisesselberg ist im J. 1848 vom k. Forstamte ein bequemer Weg gebahnt worden. – Es wird erzählt, daß zur Zeit, als die Fürsten ihre Zusammenkunft auf dem Dreisesselsteine hielten, in den Burgen zu Wolfstein, Hauzenberg und Riedl drei wunderholde Fräulein lebten. Um diese warben drei junge Edelleute aus dem Gefolge der Fürsten, ein Bayer, ein Österreicher und ein Böhme. Aber die Fräulein waren eben so hoffärtig als liebreizend, und ihr Sinn stand nach gräflichen oder wohl gar fürstlichen Freiern, weshalb ihnen die schlichten Ritter nicht gelegen kamen. Um diese abzuschrecken, setzten sie den Preis ihrer Schönheit über die Maßen hoch hinauf und stellten den Jünglingen schier unerfüllbare Bedingnisse. Gleichwohl nahmen die Ritter die harten Satzungen an, denn die Liebe deucht keine Aufgabe zu schwer. Sie empfingen nun aus der Hand der Fräulein jeder ein goldenes Fingerreiflein. Damit sollten sie sich, wenn sie ihre Abenteuer glücklich durchgekämpft, von heute an übers Jahr, am Abende vor dem Dreikönigsfeste, gemeinsam auf dem Dreisesselstein einfinden. In der Mitternachtsstunde würden sodann auf den Warten der drei Burgen Freudenfeuer auflodern, zum Zeichen, daß man der Bräutigame in Jubel harre. Die Ritter zogen nun in den Gauen herum, bestanden manchen heißen Strauß, kämpften mit Riesen und Drachen, und nachdem sie alles, was ihnen geboten war, pünktlich vollführt, arbeiteten sie sich an dem bestimmten Tage mühsam durch den tiefen Schnee zum Dreisesselberge hinan, um auf dem Gipfel desselben die versprochenen Zeichen abzuwarten. Eine Ewigkeit schien ihnen die Zeit bis zur Mitternacht; diese kam und verrann – aber nirgends brannten die ersehnten Feuer. Die Ritter vermerkten jetzt – zu spät – daß sie geäfft seien, und voll Unmutes zogen sie die Ringe von den Fingern und warfen sie, jeder nach einer andern Himmelsgegend, in die mit Schnee bedeckten Abgründe. Darauf zogen sie von dannen auf Nimmerwiederkommen. Die stolzen Dirnen aber führte kein Freier zum Altare. Sie welkten dahin in den freudenleeren Mauern ihrer Schlösser und sanken ins Grab, ohne auch dort Ruhe zu finden. Denn alljährlich in der Dreikönigsnacht sieht man sie die Kuppe des Dreisesselberges umirren, vergeblich die klafterhohe Schneedecke nach ihren Ringen durchwühlend.

816.

VON DEM BÖCKLER

Ein Dillinger, der aus Italien kommend wieder nach Deutschland reiste, fiel, als das Schiff auf welchem er sich befand, nur kurze Zeit den Hafen verlassen hatte, mit allen seinen Reisegefährten in die Hände mohammedanischer Seeräuber, die ihn auf dem Sklavenmarkte in Algier verkauften, an einen grausamen Herrn. Der Unglückliche wurde zur härtesten Arbeit angehalten, an schwere Ketten geschmiedet und mußte mit einem Trupp Leidensgefährten selbst bei brennender Sonnenhitze nur mit einigen Lumpen bedeckt, das Land bebauen. Es vergingen Jahre des Elends und endlich gab er jede Hoffnung auf, jemals wieder in sein geliebtes Vaterland zu kommen. Da fügte es sich, daß in Geschäften, in welchen hat die Sage nicht erwähnt, ein vornehmer Herr, der sich entweder lange in Dillingen aufgehalten oder vielleicht hier geboren war, nach Algier und zu dem Herrn des Sklaven kam. Durch Gottes Fügung kam er mit letzteren zusammen und erstaunte nicht wenig, als ihm dieser Deutschland, Dillingen als seine Heimat bezeichnete. »Um der teuern Stadt willen«, sprach der vornehme Herr, »wollte ich dich gerne loskaufen: doch gib mir einen Beweis, daß du wirklich ein Dillinger bist! Sag an, was hat die Uhr am mittlern Torturm für ein Zeichen?« – »Sonne, Mond und Sterne sind an ihr angebracht«, entgegnete hastig der Sklave, und erzählte dem fremden Herrn eine Menge Umstände, welche die Wahrheit seiner Heimatsangabe bekundeten. Um eine große Summe Geldes kaufte ihn nun der Herr vom Sklavenstande los und stattete ihn mit den Mitteln zur Heimreise aus. Er kam auch glücklich in seiner Vaterstadt Dillingen an, machte sich ansässig und wurde bald ein angesehener begüterter Mann. Zur Erinnerung an seine überstandenen Leiden und seine unverhoffte Erlösung ließ er unterhalb der Uhr am mittlern Tor zwei Böcke anbringen, die mit dem Uhrwerke in Verbindung stehen, zugleich auch als Anspielung auf seinen Namen, denn er soll »Böckler« geheißen haben.

817.

DER SCHWARZE MANN

Einen Kaufmann, welcher die Donau mit Gütern herabfuhr, überfiel bei Höchstädt in Schwaben ein großer Sturm. Das Schiff war nahe daran unterzugehen, da erschien, auf dem Wasser gehend, ein schwarzer Mann, welcher dem Kaufmann versprach, ihn mit seinen Gütern zu retten, wenn er ihm das geben werde, was ihm in seinem Hause unbekannt sei. Der Kaufmann achtete das nicht hoch, versprach es, und mußte die Urkunde mit seinem Blute zeichnen. Der Sturm legte sich, und der Kaufmann kam wohlbehalten mit seinen Gütern nach Hause. Freudig eilte ihm seine Gattin entgegen, aber wie bestürzt war er, als sie ihm kundgab, daß sie guter Hoffnung sei! Sie gebar ein Mädchen, welchem nach 6 Jahren sein Schicksal eröffnet wurde. Einige Jahre später erschien der schwarze Mann, und holte das Mädchen mit der Versicherung ab, daß ihm kein Leid geschehen werde. Der schwarze Mann führte das Mädchen über die Donau in eine Felsenhöhle, und wurde dort zum schwarzen Pudel. Dort war ihr Geschäft den Pudel zu kämmen (strählen) und zu pflegen.

Einige Jahre später heiratete des Mädchens Schwester, und der Pudel erlaubte seiner Pflegerin, auf die Hochzeit zu fahren. In schönen Gewändern, kam sie zur größten Freude der Ihrigen an. Nach drei Tagen kehrte sie zurück, wurde aber unterwegs von einer schwarzen Hexe geraubt und von derselben längere Zeit schlecht behandelt. Der Pudel umschwebte sie stets als unsichtbarer Geist und sagte ihr, wie sie sich gegen die Hexe zu benehmen habe. Einst sagte die Hexe dem Mädchen, es entlassen zu wollen, wenn es drei Bedingungen erfülle. Die erste und zweite sind nicht mehr bekannt; die dritte aber war: einen schwarzen Wollenstrang weiß zu waschen. Diese drei Bedingungen erfüllte das Mädchen; der Hund und die Hexe waren erlöst, und das Mädchen, reich mit Schätzen beladen, kehrte zu seinen Eltern zurück.

818.

GROSSE FEUERSNOT IN DONAUWÖRTH

Am Margarethentag 1477 kam ein großes Feuer aus. Vergeblich waren alle, auch die angestrengtesten Löschungsversuche. Schon loderten vier Häuser und die ganze Stadt war in sichtlicher Gefahr. Da wendete man sich an den Abt, und dieser kam, begleitet von dem Klostergeistlichen, mit dem heiligen Kreuz, und umging betend und segnend die Flammen. Da mäßigte sich deren Wut, und es sank in Kurzem in sich selbst zusammen. Schon 1317 bei dem Brande des aus den Trümmern von Mangoldstein erbauten Rathauses hatte man ein gleiches Wunder gesehen.

819.

VON SONDERBAREN WAHRZEICHEN DER STADT INGOLSTADT

Für ein Wahrzeichen kann mancherlei gelten oder gehalten werden; es ist aber gewiß, daß es nicht leicht eine Stadt oder einen Markt gibt, so nicht irgend ein Wahrzeichen oder dergleichen mehrere hätte. Auch Ingolstadt hat solche und dies Kapitel soll davon handeln.

Vom Pfarrer, der klopft, geht eine gar schauerliche Kunde und doch wieder trostreich für die Stadt. Wenn du in die Pfarrkirche ad Stum Mauritium dich begibst und deine Schritte zum Hochaltare lenkest, so siehest du, ehe die Staffeln anheben, einen rötlichen Stein am Boden liegen, darauf ein Kreuz von Messing und ein detto Täfelein mit der Inschrift: Anno 1460 obiit Conradus Ulmer, plebanus hujus ecclesiae, zu deutsch: Im Jahre 1460 starb Konrad Ulmer, Pfarrer dieses Gotteshauses. – Selbiger Ulmer, so von 1442 bis 1460 Pfarrherr in der untern Stadt gewesen, war ein gar frommer und heiligmäßiger Mann. Er ist aus Schwaben gebürtig gewesen, nicht unwahrscheinlich aus dem Städtchen Gmünd in Württemberg. Sein Bruder, Petrus Ulmer, aus dem Orden des hl. Augustin, ist insgemein frater de Gamundia d. h. Bruder von Gmünd genennet worden. War der Durchlauchtigen Herzogen in Bayern Hofprediger, der Gottesgelehrtheit Doktor, unter dem Bischof Johann III. von Freising dessen Weihbischof und Bischof von Mitrokomia in part. inf. Er weihte in der Augustinerkirche zu München acht Altäre am 1. Oktober 1449 und ward auf dem Kapitel zu

Landau im Jahre 1430 zum Obern der rheinischen und schwäbischen Ordensprovinz erwählet. Ist zu Gmünd selig im Herrn entschlafen und in der Kirche seines Ordens begraben worden. Unser Konradus Ulmer ist wahrscheinlich durch die Fürbitte seines bischöflichen Bruders auf die gute St. Moritz Pfarrei gekommen, so er durch den lichtscheinenden Glanz seiner Tugenden nicht wenig ehrte. Als er Pfarrer zu sein anhob, ist eine gar traurige Zeit im Bayerlande gewesen, sintemalen der alte Herr Ludwig im Barte von seinem unnatürlichen Sohne Ludwig dem Höcker im Schlosse zu Neuburg belagert, gefangen und letztlich auf des Markgrafen Albrecht Schloß nach Onolzbach gebracht wurde. Schon zwei Jahre darauf mußte Konrad Ulmer die Leiche Ludwig des Höckers, den der Tod nicht ohne gerechtes Zulassen Gottes so schnell ereilte, zu Grabe in die Pfarrkirche zur U. L. Sch. Frau begleiten. Im August des Jahres 1447 hielt er in seinem Gotteshause eine feierliche Leichenbesingnis für Herzog Ludwig im Barte, so als 81jähriger Greis aus Herzeleid im Schlosse zu Burghausen verblichen war. – Im Jahre 1430 wurde am 4. Mai in der Sakristei der Frauenkirche eine Kiste, so mit dem Siegel des Grafen von Oettingen verschlossen gewesen, eröffnet und darin überaus kostbare Reliquien gefunden, welche obgenannter Graf wahrscheinlichst aus dem heiligen Lande gebracht und diesem Gotteshause vermacht hatte. Zeugen sind die Prälaten von Thierhaupten, Donauwörth und Würzburg gewesen, item Bartlme von der Leiter zu Bern. Selbige Heiltümer nun wurden im Jahre 1444 in Gegenwart beider Stadtpfarrer, nämlich unsers Konrad Ulmer und des Gabriel Klosen wieder in die Truhe zurückgetan und sorgfältig verschlossen. Ulmer hielt dann noch den feierlichen Gottesdienst für den zu Landshut abgeleibten Herzog Heinrich im Jahre 1450, huldigte mit allen seinen Amtsbrüdern dem neuen Herzog Ludwig dem Reichen, hat die Judenvertreibung, so gedachter Herzog wegen ihres Wuchers aus Ingolstadt und vierzig andern Städten des Landes befohlen hatte, mitangesehen, erlebte noch, daß im Jahre 1453 Ingolstadt der Titel einer Hauptstadt verliehen worden ist, nicht minder den Entschluß des Herzogs, allhie eine Universität zu errichten und die päpstliche Bulle vom Jahr 1459 mit der Erlaubnis hierzu. Die Errichtung selbst hat er aber nicht mehr erlebt, sintemalen er bereits im Jahre 1460 selig im Herrn entschlafen ist, den Ruf eines eifrigen Seelenhirten und heiligmäßigen Mannes bis auf diese Stunde zurücklassend. Er verehrte mit absonderlichem Vertrauen die allerseligste Jungfrau Maria und betete eifrig den hl. Rosenkranz. Wohl ist es wenig, was wir von dem frommen Priester wissen und aufgezeichnet finden, doch verspüret die Stadt jetzt noch nach Jahrhunderten den Segen seines heiligen Wirkens und die Kraft seiner mächtigen Fürbitte. Es geht nämlich die Sage und selbige ist durch vielfache Erfahrung bestätigt, daß um der Verdienste jenes heiligen

Mannes willen in Ingolstadt nie mehr als ein Haus abbrenne. Auch soll derselbige durch Klopfen in seiner Gruft die baldige Entstehung eines Brandes anzeigen und darauf aufmerksam machen. Es gibt viele, so dieses Klopfen schon gehört haben wollen. Wie dem auch sei, dies ist gewiß, daß seit unfürdenklichen Zeiten selbiger Pfarrer, der klopft, für ein rechtes Wahrzeichen Ingolstadts gehalten worden ist.

Item haben wir ein solches an dem großen rötlichen Stein, so vor dem Hause des Herrn Lebzelters Berthold liegt. Ist früher an der Gottesacker Mauer, so vor Zeiten um die obere Pfarre gegangen, der Konviktkaserne gegenüber, gelegen. Mag vielleicht ein vom Baue der Frauenkirche übriggebliebener Stein gewesen sein, auf welchem den Arbeitern der verdiente Lohn ausbezahlt wurde, aus Ursach dessen selbiger Stein in seiner Mitte eine geringe Höhlung gehabt hat. Gerade das aber hat die Sage, so über diesen Stein geht, benützt, vorgebend, der »Gott sei bei uns« habe selbigen Stein zum Trutz des Baumeisters Konrad Gläzl über die Kirche geworfen und sei leibhaftig darauf gesessen. Gewiß ist, daß sich beim Wegbringen selbigen Steines an seine jetzige Stelle nur mit Mühe jemand gefunden hat, Hand anzulegen und einen Wagen zu dem Zwecke herzugeben, ein Beweis, wie tief obige Sage im Volke bereits eingewurzelt gewesen.

820.

DER STRUMPFSTRICKER ZU INGOLSTADT

Es geschah im Jahre 1634 um die Zeit des Überfalls des Herzoges Bernhard von Weimar, daß ein Oberst von Farnspach die Festung zu verraten gedachte. Er stund im Bunde mit einem Strumpfstricker von Ingolstadt. Dieser sollte sich mit einem roten und weißen Strumpfe auf dem schwächsten Punkte des Walles sehen lassen. Der Verrat mißglückte; was dem Strumpfstricker widerfahren, ist unbekannt, nur so viel ist gewiß, daß er nachmals auf einem der nördlichen Stadttürme zwischen dem Feldkirchner- und Harder-Tor abgemalt worden. Ein Statthalter Santini soll oftmals in heiligem Eifer auf diese Abbildung geschossen haben. Heutzutage ist auch das Bild verschwunden. Oberst Farnspach wurde zu Regensburg enthauptet.

Eine andere Sage schrieb die Festigkeit dieses Platzes dem Umstande zu, daß der Teufel selbst des Nachts mit einem Zwölfpfünder im Arm auf der sogenannten Teufelsbastei Wache hielt.

821.

DER TEUFELSFELSEN

Ein hoher Fels an der Donau bei Kelheim heißt die Teufelswand und, nächst dieser, ein anderer den Wasserspiegel der Donau zum Teil überragender Fels, das Teufelsjoch. Hier soll die Donau sehr eng gewesen sein und ein Baumeister mit Hilfe des Teufels den Durchgang ausgebrochen haben, wogegen sich dieser zum Lohne die ersten drei Seelen ausbedingte, welche durch das neue Bett fahren würden. Als nun der Teufel den Felsen ausgebrochen hatte, ließ der Baumeister zuerst einen Hirsch, einen Gockel und einen Hund in einem Nachen durchfahren. In seinem Zorn verwandelte der Teufel diese Tiere in Stein. Daher heißt ein Felsen das Teufelsjoch und drei andere nennt man Hirschsprung, Gockel und Hund.

822.

HERZOG ARNOLD

Einstimmig brachten die Deutschen, und mit ihnen auch Herzog Arnold, dem Königssohne, Otto, die Krone. Herzog Arnold von Bayern überlebte Heinrichs Todesfall nicht lange. Er starb das Jahr nach ihm, den 12ten Juli 936, und seine Leiche wurde zu St. Emmeram beigesetzt. Eine erst von Schriftstellern des 13. und 14. Jahrhunderts ersonnene Sage behauptete: er seie vom Teufel geholet worden, und man habe, weil er sich an der Geistlichkeit und Kirchengut öfters vergriffen, zu St. Emmeram, wo er beigesetzt worden, den Teufel zischen und die arme Seele heulen hören, so daß die Mönche genötigt gewesen seien, seinen Körper auszugraben, und vor die Tür zu setzen, um ihn den Teufeln preiszugeben. Sein Tod wäre mit den schrecklichsten Umständen begleitet gewesen. Er habe des Bischofs von Augsburg über der Tafel gespottet, der, als einmal auch von ihm Contribution gefordert, ihm verheißen hätte, er würde sterben, wenn er sie nicht wieder herausgäbe, und da der Bischof nun hier angekommen, und Arnold ihm zur Tafel einen Trunk im silbernen Gefäße mit den Worten zugeschickt habe, daß er noch am Leben sei, so wäre jener so sehr darüber entrüstet worden, daß er seinem Diener gesagt, wenn er nach Hause käme, würde er seinen Herrn nicht mehr am Leben treffen; wirklich sei dies eingetroffen, Arnold sei plötzlich vom Schlage gerührt worden, und der Diener habe ihn nicht mehr am Leben getroffen.

Arnold war, so lange er lebte, von Freunden und Feinden gefürchtet, denn er wollte die einmal an sich genommenen Zügel nicht mehr entreißen lassen, aber man verdankte ihm Ruhe und Schutz und Sicherheit vor den Überfällen der barbarischen Ungarn.

Er hinterließ drei Söhne, Eberhard, Herrmann und Arnolf, und eine Tochter, Judith Gisela, die an Kaiser Heinrichs Sohn, Herzog Heinrich I., vermählet gewesen.

823.

TRAUM VOM SCHATZ AUF DER BRÜCKE

Es hat auf ein Zeit einem geträumt, er solle gen Regensburg gehen auf die Brücken, da sollt er reich werden. Er ist auch hingegangen und da er einen Tag oder vierzehn allda gangen hat, ist ein reicher Kaufmann zu ihm kommen, der sich wunderte, was er alle Tag auf der Brücke mache und ihn fragte: was er da suche? Dieser antwortete: »Es hat mir geträumt, ich soll gen Regensburg auf die Brücke gehen, da würde ich reich werden.« »Ach«, sagte der Kaufmann, »was redest du von Träumen, Träume sind Schäume und Lügen; mir hat auch geträumt, daß unter jenem großen Baume (und zeigte ihm den Baum) ein großer Kessel mit Geld begraben sei, aber ich acht sein nicht, denn Träume sind Schäume.« Da ging der andere hin, grub unter dem Baum ein, fand einen großen Schatz, der ihn reich machte und sein Traum wurde ihm bestätigt.

Agricola fügt hinzu: »Das hab ich oftmals von meinem lieben Vater gehört.« Es wird aber auch von andern Städten erzählt, wie von Lübeck (Kempen), wo einem Bäckerknecht träumt, er werde einen Schatz auf der Brücke finden. Als er oft darauf hin und hergeht, redet ihn ein Bettler an und fragt nach der Ursache, und sagt hernach, ihm habe geträumt, daß auf dem Kirchhof zu Möllen unter einer Linde (zu Dordrecht unter einem Strauche) ein Schatz liege, aber er wolle den Weg nicht daran wenden. Der Bäckerknecht antwortet: »Ja es träumt einem oft närrisch Ding, ich will mich meines Traums begeben und euch meinen Brückenschatz vermachen«; geht aber hin und hebt den Schatz unter der Linde.

824.

DER PFLUG IM STRAUBINGER WAPPEN

In alter Zeit wollte die Donau nicht an die Stadt heran. Weit hinter deren Rücken floß sie breit zwischen Wundermühle und Hornstorf hinab. Aber die Straubinger brauchten den Strom notwendig. Da fertigten sie einen mächtigen Pflug, spannten, ich weiß nicht wie viel der stärksten Pferde daran und rissen ein neues Strombett auf. Das wand sich südwärts ganz nahe zur Stadt heran. Sie pflügten es aus und leiteten mit Kunst und Bedacht das wallende Wasser hinein. Das folgte ihnen gehorsam und hieß fortan die neue Donau. Bei der alten wurde ein Steindamm, die Bschlacht, gebaut, damit es dem neuen Strom nicht wieder einfiel abzukehren. Nur ein kleiner Arm fließt noch an alter Stelle, daß die Hornstorfer und die von der Wundermühle auch noch eine Donau haben. Den Pflug aber erhielten die Straubinger ins Wappen, und sie haben ihn allzeit in Ehren gehalten.

825.

JORDANUS UTZ

Ein sehr alter Bau in der Steinergasse in Straubing ist das heutige Krönner-Anwesen, das ehemalige Höber-Lebzelterhaus an der Nordwestecke der Gasse. Als ältesten Besitzer dieses Anwesens kennen wir aus einer Urkunde vom Jahre 1368 Ulrich Utz, der damals Pfleger der Liebfrauenkirche (Jesuitenkirche) war. Die Buckelquader an der Ecke stammen noch von dem ersten Haus, das hier einst gestanden hat, und an dieses Haus knüpft sich eine interessante Begebenheit. Bei dem großen Stadtbrand 1393 wohnte hier ein vornehmer Mann, Jordanus Utz, genannt Uhlein. Als damals ein Haus nach dem andern in Feuer aufging, da stellte Uhlein eine hölzerne Statue des hl. Petrus vor das Fenster und sprach zu ihr: »Peterl, schau auf, daß mein Haus nicht verbrennt, sonst verbrennst du mit ihm.« Und wirklich, so berichtet uns der Geschichtsschreiber Andreas Presbyter von Regensburg, ein Zeitgenosse des Uhlein, blieb dieses Haus erhalten und zu dieser Statue entwickelte sich dann eine Wallfahrt.

826.

DER GESCHUNDENE WOLF

Herzog Otto von Bayern vertrieb des Papstes Legaten Albrecht, daß er flüchten mußte und kam nach Passau. Da zog Otto vor die Stadt, nahm sie ein, und ließ ihn da jämmerlich erwürgen. Etliche sagen: man habe ihn schinden lassen, darum führen noch die von Passau einen geschundenen Wolf. Auch zeigt man einen Stein, der Blutstein geheißen, darauf soll Albrecht geschunden und zu Stücken gehauen sein. Es sei ihm, wie es wolle: er hat den Lohn dafür empfangen, daß er so viel Unglück in der Christenheit angestiftet.

827.

JOHANN VON PASSAU

Doktor Martinus Luther erzählt: ein Edelmann hatte ein schön jung Weib gehabt, die war ihm gestorben, und auch begraben worden. Nicht lange darnach, da liegt der Herr und der Knecht in einer Kammer beieinander, da kommt des Nachts die verstorbene Frau und lehnet sich über des Herren Bette, gleich als redete sie mit ihm. Da nun der Knecht sah, daß solches zweimal nacheinander geschah, fraget er den Junkherrn, was es doch sei, daß alle Nacht ein Weibsbild in weißen Kleidern vor sein Bett komme, da saget er nein, er schlafe die ganze Nacht aus, und sehe nichts. Als es nun wieder Nacht ward, gibt der Junker auch acht drauf und wachet im Bette, da kommt die Frau wieder vor das Bett, der Junker fraget: wer sie sei und was sie wolle? Sie antwortet: sie sei seine Hausfrau. Er spricht: »Bist du doch gestorben und begraben!« Da antwortet sie: »Ja, ich habe deines Fluches halben und um deiner Sünden willen sterben müssen, willst du mich aber wieder zu dir haben, so will ich wieder deine Hausfrau werden.« Er spricht: »Ja, wenns nur sein könnte«; aber sie bedingt aus und vermahnet ihn, er müsse nicht fluchen, wie er denn einen sonderlichen Fluch an ihm gehabt hatte, denn sonst würde sie bald wieder sterben; dieses sagt ihr der Mann zu, da blieb die verstorbene Frau bei ihm, regierte im Haus, schlief bei ihm, aß und trank mit ihm und zeugete Kinder.

Nun begibt sich's, daß einmal der Edelmann Gäste kriegt und nach gehaltener Mahlzeit auf den Abend das Weib einen Pfefferkuchen zum Obst aus einem Kasten holen soll und bleibet lange außen. Da wird der Mann scheltig und fluchet den gewöhnlichen Fluch, da verschwindet die Frau von Stund an und war mit ihr aus. Da sie nun nicht wieder kommt, gehen sie hinauf in die Kammer, zu sehen, wo die Frau bliebe. Da liegt ihr Rock, den sie angehabt, halb mit den Ärmeln in dem Kasten, das ander Teil aber heraußen, wie sich das Weib hatte in den Kasten gebücket, und war das Weib verschwunden und seit der Zeit nicht gesehen worden.

828.

ZAUBERZEDDEL

Ein Student, Christian Elsenreiter genannt, versuchte zu Anfang des siebzehnten Jahrhunderts in der Stadt Passau in einem Gäßchen, rückwärts dem Rathause, wo er sich aufhielt, durch Verfertigung von Zauberzetteln, die gegen alle Verwundungen schützen sollten, Ansehen und Reichtümer zu erlangen. Es waren auf den Zetteln diese Worte zu lesen: Teufel hilf mir; Leib und Seel' geb ich Dir. Wer sich vor jeder Kugel, Lanze und Schwert sicher stellen wollte, verschluckte einen solchen Zettel, und seine Existenz war auf Lebenszeit geschirmt. Starb er aber in den ersten 24 Stunden nach der Verschluckung, so gehörte seine Seele dem bösen Feinde an. Die Vorurteile des Zeitalters kamen dem Erfinder günstig zuguten; in kurzer Zeit war diese Kunst unter dem Namen »Passauer-Kunst« und die Benennung »Passauer-Zeddel« allgemein bekannt. Im dreißigjährigen Kriege, und besonders im oberösterreichischen Bauernkriege unter Kaiser Ferdinands II. Regierung, bedienten sich sehr viele Soldaten und Bauern dieses Mittels, und selbst der in der Geschichte bekannte Stephan Fädinger soll fest an die Unverletzbarkeit seines Körpers geglaubt haben.

829.

DIE TREULOSE STÖRCHIN

Cranz, ein Kanzler Herzog Thaßilos III. schreibt gar ein seltsames Wunder von Störchen, zur Zeit Herzog Haunbrechts. Der Ehebruch sei derselbigen Zeit gemein gewesen, und Gott habe dessen harte Strafe an unvernünftigen Tieren zeigen wollen.

Oberhalb Abach in Unterbayern, nicht weit von der Donau, stand ein Dorf, das man jetzund Teygen nennet. In dem Dorf nisteten ein Paar Störche und hatten Eier zusammen. Während die Störchin brütete und der Storch um Futter ausflog, kam ein fremder Storch, buhlte um die Störchin und überkam sie zuletzt. Nach verbrachtem Ehebruch flog die Störchin überfeld zu einem Brunnen, taufte und wusch sich, und kehrte wieder ins Nest zurück, der Maßen, daß der alte Storch bei seiner Rückkunft nichts von der Untreue empfand. Das trieb nun die Störchin mit dem Ehebrecher fort, einen Tag wie den andern, bis sie die Jungen ausgebrütet hatte. Ein Bauer aber auf dem Felde nahm es wahr und verwunderte sich, was doch die Störchin alle Tage zum Brunnen flöge und badete; vermachte also den Brunnen mit Reisig und Steinen, und sah von ferne zu, was geschehen würde. Als nun die Störchin wiederkam und nicht zum Brunnen konnte, tat sie kläglich, mußte doch zuletzt ins Nest zurückfliegen. Da aber der Storch ihr Mann heimkam, merkte er die Treulosigkeit, fiel die Störchin an, die sich heftig wehrte; endlich flog der Storch davon und kam nimmer wieder, die Störchin mußte die Jungen allein nähren. Nachher um St. Laurenztag, da die Störche fortzuziehen pflegen, kam der alte Storch zurück, brachte unsäglich viel andre Störche mit, die fielen zusammen über die Störchin, erstachen und zerfleckten sie in kleine Flecken. Davon ist das gemeine Sprichwort aufkommen: »Du kannst es nicht schmecken!«

830.

HERZOG HEINRICH IN BAYERN HÄLT REINE STRASSE

Herzog Heinrich zu Bayern, dessen Tochter Elsbeth nach Brandenburg heiratete, und die Märker nur »dat schon Elsken ut Beyern« nannten, soll das Rotwild zu sehr lieb gehabt und den Bauern die Rüden durch die Zaun gejagt haben. Doch hielt er guten Frieden und litt Reuterei, oder wie die Kaufleute sagten, Räuberei, gar nicht im Lande. Die Kaufleut hießen sein Reich: im Rosengarten. Die Reuter aber klagten und sagten: »Kein Wolf mag sich in seinem Land erhalten, und dem Strang entrinnen.« Man sagt auch sonst von ihm, daß er seine Vormünder, die ihn in großen Verlust gebracht, ehe er zu seinen Jahren kam, gewaltig gehaßt, und einmal, als er über Land geritten, begegnete ihm ein Karren, geladen mit Häfen. Nun kaufte er denselben ganzen Karren, stellte die Häfen nebeneinander her und hob an zu fragen jeglichen Hafen: »Wes bist du?« Antwortete drauf selber »des Herzogs« und sprach dann: »Nun du mußt es bezahlen«, und zerschlug ihn. Welcher Hafen aber sagte, er wäre der Regenten, dem tat er nichts, sondern zog das Hütel vor ihm ab. Sagte nachmals: »So haben meine Regenten mit mir regiert.« Man nannt ihn nur den reichen Herzog; den Turm zu Burghausen füllte er mit Geld aus.

831.

DER WILDE JÄGER IN DEM ODENWIESERWALD

Es war vor vielen hundert Jahren ein Köhler in dem Odenwieserwald, der hatte eine einzige, schöne, tugendhafte Tochter Lili. Während ihr Vater bei dem Meiler saß, ging sie in den Wald, um Erdbeeren, das Lieblingsessen ihres Vaters, zu holen. Sie ging tief in den Wald und fand viele Beeren. Sie gelangte an einen Bach und sah unter einer großen Buche einen großen Mann mit blassem Gesichte, daneben sein kohlschwarzes Roß, seine Schweißbracken und seine Falken. Die Maid erschrak, verlor aber alle Furcht, als sie der fremde Ritter freundlich grüßte. Er verlangte Labung, und die schöne Maid reichte ihm ihren Korb mit den Erdbeeren. Darauf setzte er die Maid vor sich hin auf das Roß und trabte der Köhlerhütte zu. Der Köhler freute sich über den vornehmen Besuch, gewährte dem fremden Ritter Nachtlager, welcher mit Sonnenaufgang zärtlichen Abschied von der Lili nahm und wiederzukommen versprach. Die Jungfrau hatte aber einen Geliebten, der die Schafe ihres Vaters hütete. Wie sie sich wiedersahen, errötete Lili und war verwirrt. Der Hirt, vermeinend der Grund hiervon liege in übler Nachrede der Leute, tröstete sie mit der Versicherung, daß sie bald heiraten würden. Der Ritter kam nun öfter in die Köhlerhütte und gewann so die Gunst der Lili, daß sie des Schafhirten nicht mehr gedachte. Der Köhler war es zufrieden, daß Lili eine gnädige

Frau werden sollte, und so vergingen den beiden mehrere Monde in süßer Minne. Den Schafhirten fand man zerrissen im Walde, niemand wußte von wem. Die Leute fürchteten die Köhlerhütte sehr, denn es stürmte und brauste da das *wilde gjoad.*

Lili konnte das lange Schweigen ihres Bräutigams über Herkommen und Stand nicht länger ertragen, und sie und ihr Vater drangen in ihn, sich zu entdecken. Zwar suchte der Ritter sie davon abzubringen, aber sie beharrten darauf. Am Abend vor Neujahr war die Hochzeit; da war ein großer Hofstaat, viele Ritter und Knappen in glänzenden Rüstungen waren zugegen, und es waren Turniere und allerlei Ritterspiele. Die schöne Braut Lili glänzte von eitel Gold und Edelsteinen. Der Ritter wollte seiner Braut erst in der Brautkammer eröffnen, wessen Standes und Abkommen er sei, und wo er Hof halte. Als nun die Stunde der Mitternacht nahte, da brach ein höllisches Wetter los; es blitzte und donnerte, und eine wilde Flamme schlug vom Himmel in die Köhlerhütte, aus deren Mitte der Bräutigam mit der Braut in schneeweißem Gewand auf seinem Rappen fuhr, und dann über die Waldbäume durch die Lüfte sauste. Der Wehruf der Maid ward noch lange gehört, bis er verklang. Von der Köhlerhütte war keine Spur mehr zu sehen, und auch der Köhler verbrannte, den Gott wegen seines Hochmutes strafte. Auf dem Platze, wo die Köhlerhütte stand, war noch vor mehreren Jahren ein Kreuz; da mochte abends niemand weilen. Die Lili sah man oft mit ihrem Korb roter Beeren bei der Buche an der Quelle sitzen, hörte sie klagen und singen mit lieblicher Stimme, und sie geht heutzutag noch.

Der wilde Jäger wurde nachher von Zeit zu Zeit gesehen, wie er in der Nacht bei Mondenschein mit der jammernden Lili auf dem schnaubenden Rappen, wie Sturmwind, durch die Lüfte brauste, und wer das *wilde gjoad* hört, der spricht den Namen Lili, den läßt es vorüber, und kann ihm nicht schaden.

832.

DIE GRETLMÜHL

Herzog Ott, Ludwigs von Bayern jüngster Sohn, verkaufte Mark Brandenburg an Kaiser Karl IV. um 200 000 Gülden, räumte das Land und zog nach Bayern. Da verzehrte er sein Gut mit einer schönen Müllerin, namens Margret, und wohnte im Schloß Wolfstein, unterhalb

Landshut. Dieselbige Mühl wird noch die Gretlmühl genannt, und der Fürst Otto der Finner, darum, weil er also ein solches Land verkauft. Man sagt: Karl hab ihn im Kauf überlistet und die Stricke an den Glocken im Land nicht bezahlt.

833.

STIFTUNG DES KLOSTERS WETTENHAUSEN

Zwischen Ulm und Augsburg, am Flüßchen Camlach, liegt das Augustinerkloster Wettenhausen. Es wurde im Jahr 982 von zwei Brüdern, Conrad und Wernher, Grafen von Rochenstain, oder vielmehr von deren Mutter Gertrud gestiftet. Diese verlangte und erhielt von ihren Söhnen so viel Lands zur Erbauung einer heiligen Stätte, als sie innerhalb eines Tages umpflügen könnte. Dann schaffte sie einen ganz kleinen Pflug, barg ihn in ihrem Busen, und umritt dergestalt das Gebiet, welches noch heutiges Tages dem Kloster unterworfen ist.

834.

ATTILA VOR AUGSBURG

Das römische Reich kam in Abnahm, hingegen die deutsche und andere mächtige Völker aus den nordlichen Gegenden Europens verbanden sich mit einander, und zogen mit unzählbaren Heeren daher, es gänzlich zu stürzen. Die Goten bemächtigten sich des größten Teils von Italien, die Franken Galliens, die Sachsen Engellands, die Wandalen Spaniens, die Allemannen und Sueven aber beunruhigten unsere Gegenden mit unaufhörlichen Streifereien, biß sie sich endlich auch derselben gänzlich bemächtigten, oder vielmehr die Römer ihnen wichen, und unsere Stadt ihrem Schicksal überließen.

Während dieser Zeit kam noch der Einfall der Hunnen dazu, eines ungezähmten, räuberischen Volkes, welches sich Pannoniens, das ist des jetzigen Ungarns, bemächtiget hatte, und in die römischen Provinzen mit großer Macht eingedrungen war; ein Einfall der weit entsetzlicher war als alle vorige. Ihr König Attila ist so bekannt, daß ich ihn nur nennen darf. Er nannte sich selbst die Geißel Gottes und verwüstete alles mit Feuer und Schwert wo er hin kam. Bei Augsburg aber soll sein Mut einen Schandfleck erhalten haben. Man sagt, er habe mit seinem Heere auf unsere Stadt zugehen, und sie gleich andern zu einem Steinhaufen machen wollen. Er soll bis an die Ufer des Lechs gekommen sein, und St. Affra Kapelle verwüstet haben. Als er aber durch den Fluß setzen wollte, sei ihm ein abscheuliches altes Weib, auf einem ebenso häßlichen Pferd entgegengekommen, habe ihn dreimal mit fürchterlicher Stimme angerufen: Zurück Attila, darüber soll der Held so sehr erschrocken sein, daß er mit seinem ganzen Heer die Flucht ergriffen und unsere Gegenden verlassen habe. Die Geschichte ist der Inhalt des Gemäldes am Barfüßer-Tor, das dermalen meistens vergangen ist. Für die Wahrheit will ich nicht gutstehen, dann es gibt Leute welche behaupten Attila wäre nie in unsere Gegenden gekommen. Indessen sollte es mich verdrießen wann sie nicht wahr wäre, dann sie ist einmal recht artig und ganz unwahrscheinlich ist sie eben auch nicht. Dann häßliche böse Weiber können einem wohl Furcht einjagen, sie dürfen nicht einmal Hexen sein.

835.

DIE UMGEHENDE WEHMUTTER

In Augsburg lebte gegen das Ende des vorigen Jahrhunderts die Wehmutter. Sie war Hebamme und taufte die Kinder bei Nottaufen in Teufels Namen. Nach ihrem Tode irrte sie in verschiedenen Gestalten, als Hund, Kalb u. dgl. umher. Sie hauste gräßlich, und war besonders Wöchnerinnen und kleinen Kindern gefährlich, welchen sie sich durch wehmütiges Winseln bemerkbar machte. In den Rauchnächten zog sie durch die Straßen. Wer vorwitzig zum Fenster hinausschaute, dem schwoll der Kopf. Es war nicht eher Ruhe, bis sie ein Geistlicher in die Donau bei Regensburg beschwor. Andere sagen der Kapuziner Köpplin habe die Wehmutter in die Wertach gebannt.

836.

DIE DREI SPÄNE

Es ist noch bei Menschen Gezeiten in einer Winternacht, da man bei der Gunkel im Gärtnerhaus in Lichtenberg schauerliche Begebenheiten, sonderbar von der Teufelskuchen erzählte, war eine Dirne, ein keckes Ding, so fürwitzig, mancherlei des Gehörten zu verspotten, und vermaß sich jetzt in der Finster allein in die Schlucht zu gehen. Wie nun die einen sich ob solch frevelhafter Herausforderung des Bösen kreuzten, sprachen die andern, die Dirne an Wort zu halten und zum Zeichen, daß sie dort gewesen, drei Spän aus einem alten Eibenbaum zu schneiden, morgen am Tag wollten sie dann nachsehen ob sie wirklich so getan. Das Mädel ließ sich nicht aufhalten und lief richtig hinaus. Bald kam sie zur Schlucht und fand auch den Baum. Hier schnitt sie rasch den ersten Span, aber ihr armes Herz nackelte schon fast, als es ihr war es knisterte wie ein Feuer um sie. Aber schneidig wie sie war, schnitt sie keck den zweiten Span, da fuhren aber ganz deutlich feurige Funken heraus, und wollt es ihr nun doch zaghaft werden; halb wahnsinnig vor Schreck und Wut erschnitt sie aber doch noch den dritten Span, schrie laut hin: es ist doch alles nur Teufelspuk und jagte in einer Furie nach Haus, um sie herum aber war alles ein wildes Feuer.

Es wird eine Gefahr haben, ob sie wieder kommt, sagte gerade die alte Ahnfrau, als die Dirne selber bleich wie der Tod wie eine Erscheinung in die Stuben stürzte und die drei Spän auf den Tisch hinwarf. Wer aber beschreibt das Entsetzen aller, als drei weißgebleichte Totenbeiner auf das Tischbrett rasselten, und die Dirne jählings zusammenfiel. In der Nacht traute sich keins mehr hinaus, bis der Tag zu grauen anhub. Sie beteten inbrünstig ob der armen Dirne, die man so wider Gleich und Recht hinausgelassen, und dieses Frevels halber kam die Mehrsten ein Greuel an. Doch Reu und Leid wurd da zu spät gemacht, in drei Tagen verschied die Dirne in der hitzigen Krankheit, allzeit schüttelte es sie im Fieber bald vor Frost, bald vor Glut, das Erlebte erzählend fiebernd vor Angst.

837.

WIE KARL DER GROSSE GEBOREN WARD AUF DER REISMÜHLE AM WÜRMSEE

Pipin wohnte eine Zeit lang auf der Burg zu Weihenstephan bei Freising. Nun gedachte er sich zu vermählen und schickte seinen Hofmeister, einen bösen Ritter, die Braut abzuholen. Da wurde der und sein ruchloses Weib mit einander eins, die fremde Prinzessin zu töten und statt derselben ihre eigene Tochter unterzuschieben, die jener sehr ähnlich sah. Der Hofmeister führte die fremde Königstochter von ihres Vaters Hof im prächtigen Zuge fort. Der Abschied war unendlich traurig, als hätte die Ärmste geahnt, welch' Unglück ihrer warte. Nach dem letzten Nachtlager vor Weihenstephan nahm der Hofmeister einen starken Umweg in die tiefe Wildnis zwischen dem Würm- und Ammersee. Dort harrte seiner verborgen Weib und Tochter. Er nahm bei der Nacht der Prinzessin königliche Gewänder und ihren Fingerring, legte ihr dafür seiner Tochter Anzug vor ihr Lager und befahl zweien seiner treuesten Knechte, wie er in aller Stille abgezogen sei, die Königstochter ungestüm aufzuwecken mit dem Begehren, sie sollte ihnen ohne Widerrede folgen. Das tat sie, obgleich mit großem Schrecken. Ihr geliebtes Hündlein folgte ihr. Auch vergaß sie nicht ihr Werkzeug und Gold und Seide, denn sie konnte gar herrlich wirken.

Als sie nun mitten im finstersten Dickicht waren, sagten ihr die Knechte, sie hätten geschworen, sie zu töten, ließen sich aber doch erbarmen an so viel Schönheit und Jugend und brachten als Wahrzeichen, daß sie getan, wie ihnen befohlen, dem bösen Hofmeister ihr blutiges Oberkleid und ihres Hündleins Zunge. Der war dessen froh und die Hochzeit seiner Tochter mit Pipin wurde vollzogen. Die arme Königstochter in der Wildnis trieb aber der Hunger wieder zu den Leuten. Ein häßlicher Köhler, dessen sie anfangs gar sehr erschrak, weil sie ihn für den leibhaftigen bösen Feind hielt, der ihrer Seele nachstelle, führte sie zum Müller in der Reismühle bei dem alten Heidenorte Gauting. Dem Müller war nun des edlen Königs Tochter eine Magd, nur sagte sie nicht, wer sie sei und was mit ihr geschehen. Sie machte wunderschönes Kunstwerk in Gold und Seide, das trug der Müller auf ihr Bitten gen Augsburg und verkaufte es dort fränkischen Handelsleuten.

So schwanden Jahre und Tage dahin. Da verirrte sich einst Pipin in dem weiten Wald mit seinem Knecht, seinem Arzt und Sterndeuter. Der Abend brach herein. Von den Hörnern der Gefährten hatten sie schon seit vielen Stunden keines mehr erschallen gehört. Der Knecht war auf eine Tanne gestiegen, und sah ganz in der Nähe Rauch. Sie ritten rasch darauf los und fanden den Köhler, und verlangten zu essen. Er konnte ihnen nichts geben, denn er hatte selbst nichts, aber er führte sie auf die Reismühle gen Gauting, da erquickten sie sich. Der Sterndeuter trat vor die Hütte und blickte an den Himmel und kam hocherstaunt wieder herein und sprach zu Pipin: »Herr! ihr sollt diese Nacht von Eurer Hausfrau einen Sohn gewinnen, vor dem die Christenkönige und die Heidenkönige sich neigen.« Da sprach Pipin: »Wie kann das sein? Es ist halb Mitternacht und noch weit auf Weihenstephan.« Der Sterndeuter ging noch einmal hinaus und sprach: »Dennoch ist es so, Ihr werdet bei der sein, die Eure Hausfrau ist und schon lange war.« Da stürmte Pipin auf den Müller, er solle sagen, ob nicht jene Frau bei ihm verborgen. Der König hätte ihn getötet, als er gestand, es sei wohl schon sieben Jahre eine engelschöne Jungfrau bei ihm, die keines Menschen Auge gesehen. Da mußte die Jungfrau herfürgehen, und Pipin schmeichelte ihr: »es stehe in den Sternen, sie sei sein ehelich Weib.« Da war zwischen ihnen viel Frage und Antwort, obgleich die Jungfrau ihr Geschick lange nicht offenbaren wollte, wegen des schweren Eides, bis der König ihr erklärte, er sei durch Todesfurcht erzwungen und ungültig. Die edle Bertha zeigte ihm nun seinen eigenen Brautring, den er ihr durch den verräterischen Hofmeister gesendet und Pipin war außer sich vor Freude, gebot den Seinigen Schweigen, so lieb ihnen ihr Leben sci, nahm zärtlichen Urlaub und erreichte des Abends noch die Burg, die jetzund Pael heißt und kam des andern Tages gen Weihenstephan. Dort erzwang er das Geständnis der Knechte, die Bertha verschont, ließ seine Weisesten rufen, den Hofmeister dazu, erzählte seine Falschheit und Missetat, als wäre sie einem andern geschehen, fragte darauf mit schrecklichem Blick und Ton den Hofmeister: »Was gebührt einem für solche Missetat?« Blaß und zitternd sprach dieser: »Ich will kein Urteil fällen über mich selbst.« Da verdammte ihn der gemeine Rat zum schmählichen Tode. Die Hofmeisterin, die den verdammlichen Rat gegeben, ward eingemauert, und ihre Tochter, die unterschobene Königin, in einem besondern Gemach verwahrt, doch starb sie bald aus Gram.

Wie Pipin heimkam aus dem langen Feldzug wider die Sachsen, eilte er auf die Reismühle am Würmsee. Der Müller trat ihm entgegen und reichte ihm einen Pfeil zum Wahrzeichen, in der Mühle sei ihm ein Sohn geboren von der schönen Bertha. Das war der große Karl.

Pipin führte seine Fürsten und Ritter zu seiner Frau, zeigte ihnen ihr armes Kämmerlein, und ihr Lager bloß von weichem Moos und zog dann mit ihr ab unter lauten Schall und Ruf und Waffenklang; auf Weihenstephan zuerst und dann noch Frankreich, wo sie als Königin des Landes gegrüßt und ihr schöner, kühner Knabe getauft wurde. Carolus Magnus, dessen Ruf durch alle Welt ging.

838.

DIE KIRCHE DES HEILIGEN LEONHARD IN KAUFRING

Das schöne Kirchlein, dem heiligen Leonhard geweiht, soll auf folgende Weise entstanden sein.

Eines Tages – es war in der zweiten Hälfte des siebzehnten Jahrhunderts – schwamm auf den Wogen des reißenden Lechstromes ein hölzernes Bild des heiligen Leonhard herab. Der Fluß warf dieses Bild einige hundert Schritte oberhalb des Dorfes ans Land. Der Mann, welcher es fand, machte in einer alten Eiche, die neben einer klaren Quelle stand, eine Höhlung und stellte das Bild hinein. Als nach einiger Zeit der Mann sein Bild wieder besuchen wollte, war es verschwunden und wurde auf einer Wiese wiedergefunden, die etwas oberhalb der Quelle lag. Man brachte nun das Bild des heiligen Leonhard abermals in die hohle Eiche. Am andern Tage aber lag es an demselben Platze auf der Wiese. Dieses wiederholte sich öfters und führte das Volk zum Glauben, daß der heilige Leonhard hier sein Bild geehrt wissen wollte. Deshalb baute die Gemeinde Kaufring eine Kirche, und stellte das Bild des heiligen Leonhard in derselben auf. Gegenwärtig befindet sich das Bild oberhalb dem Eingange der Kirche, auf dem Choraltar steht ein schöner gearbeitetes. Dieses Kirchlein erwarb sich bald großen Reichtum so wie nämlich das Vertrauen der Gläubigen wuchs und der Besuch der Andächtigen sich vermehrte, die in frommem Glauben auch stets Hilfe in Viehseuchen gefunden haben. Man erzählt auch, daß zuweilen zur Nachtszeit die Kirche ganz erleuchtet gesehen worden, ohne daß man sich erklären konnte, was Ursache dieser Beleuchtung gewesen sein möge. Der vor einigen Jahren verstorbene Förster Rauch soll selbst einmal in der Kirche zur Nachtszeit Musik gehört haben.

839.

DIE RECHTE HAND

Es war ein junger Graf von Dachau, der liebte ein Ritterfräulein von Wolfratshausen, hatte aber einen Feind am Grafen von Starnberg, der ließ ihm auflauern durch seine Knechte, und da er von oder nach Wolfratshausen ritt, so erschlugen sie ihn nahe bei Berg am See und beraubten ihn und hieben ihm die rechte Hand ab, an deren einem Finger er einen Ring von seiner Braut trug, den wollten sie auch sich aneignen, aber da schnappte des Ermordeten Hund zu und faßte die Hand und trug sie fort, immer fort bis nach Dachau, und legte sie zu den Füßen der Mutter des Erschlagenen nieder. Da schrie die Mutter Ach und Weh zusamt der Braut, und ließen an der Stätte, wo die Tat geschehen, die bald kundbar ward, eine Kapelle bauen, die ist hernachmals aber, weil sie zu fern vom Wege stand, bei die Rotschweig hingebaut worden, und an der Empore der Kapelle ward die Geschichte bildlich dargestellt.

Bei Wolfratshausen hat vordessen auch ein Schloß gestanden, aber es ist versunken; darinnen ruht noch ein großer Schatz, den drei Fräulein und ein Hund hüten. Als diese drei noch beim Leben waren und geerbt hatten, waren zwei blind, die eine aber war halb schwarz, halb weiß und machte es bei der Teilung mit ihren Schwestern gerade so wie die Brüder auf der Burg am Rhein mit ihrer blinden Schwester; sie maß sich den vollen Scheffel Geldes zu und drehte dann den Scheffel um, deckte den Boden und ließ die Blinden fühlen, daß das Gefäß voll sei. Dafür fitzt sie der Teufel mit Ruten, bis die Haut in Fetzen von ihrem Leibe hängt, welche dann in der zwölften Stunde wieder zusammenwächst. Das soll so lange dauern, bis der Schatz gehoben ist.

840.

VON DER MÜNCHNER FRAUENKIRCHE

In der Liebfrauenkirche zu München gibt es mehr als ein Wahrzeichen und geht mehr als eine Sage von ihr. Die Kirche erhielt dreißig prächtige hohe Fenster, die zum Teil mit den herrlichsten Glasmalereien verziert sind. Als der Teufel einst voll Ärgers über den neuen schönen Tempel durch das Portal unterm Chore hineintrat, kam er auf eine Stelle zu stehen, wo er kein einziges von den Fenstern erblickte, und murmelte: Kein Fenster? Kein Licht? Daran erkenn' ich meine Münche – *bon!* – wandte zufrieden um und brannte nur seine Fußtapfe zum freundlichen Andenken in den Boden, die noch heute zu sehen. Hatte sich aber stark geirrt, der dumme Teufel.

So lang die Kirche ist, fast so hoch sind ihre Türme, dreihundertunddreiunddreißig Fuß. Auf dem linken üblichen Turme ist es nicht geheuer, er wird nur selten betreten. Jörg Gankoffen von Halspach (Haselbach bei Moosburg, wo noch sein Geburtshaus bezeichnet wird) hieß der Kirche

Erbauer; er vollführte, wie eine Inschrift besagt, den ersten, den mittleren und den letzten Stein; zwanzig Jahre währte der Bau, und als der fromme Maurermeister den letzten Stein vollführt hatte, da starb er. Sein treues Bildnis ist noch innerhalb der Kirche zu sehen, neben ihm das Bildnis des Zimmermanns, der den Dachstuhl baute. Es wurden dazu nicht minder als vierzehnhundert Flöße, jedes aus fünfzehn bis sechzehn Bäumen bestehend, auf der Isar herabgeflößt. Da der Bau vollendet war, fand sich ein zugerichteter noch unverwendeter Balken, und dennoch fehlte nirgend auch nur eine Latte. Selbiger Turm ist noch heute zu sehen. Der Meister soll selbst den Balken aus dem Gerüst genommen und gesagt haben: Nun komme her, wer da wolle, und sage mir, wo der Balken fehle, und wo er füglich hingehört! – Aber vor wie nach hat sich niemand gemeldet und ist ein Jahrhundert um das andere vorübergegangen, und der überflüssige Balken ist noch immer vorhanden.

Außer dem Hochaltar hat die Frauenkirche dreißig Altäre, einer derselben ist St. Benno geweiht, der nächst der Himmelskönigin Münchens und der Kirche Schutzpatron ist. Der heilige Leichnam Bennos ward aus Meißen, wo er gelebt und manches Wunder vollbracht, gen München geführt, und als er von da in bedrohlicher Zeit nach Salzburg geborgen wurde, später aber von dort zurückkam, übte der Heilige ein neues Wunder, denn alsbald hörte mit seinem Eintreffen die grimme Pest auf, welche damals zu München wütete, darum mit ward diesem Heiligen vorzugsweise der Name Wundertäter, *Thaumaturgos,* beigelegt.

841.

DIE DREI GÖTZEN

Bis zum Anfang unseres Jahrhunderts befand sich am Karlstor in München ein Torwarthaus samt der Zöllnerstube.

In dieser wurde ein steinerner unförmlich großer Kopf mit drei Gesichtern, einem schwarzen, roten und weißen gezeigt, den man die drei Götzen nannte. Auf demselben waren die Jahreszahlen 1105, 1109 und 1767 eingemeißelt. Der Sage nach soll in uralter Zeit an der Stelle, wo das Karlstor sich befindet, ein heidnischer Götzentempel gestanden und in demselben dieser Kopf verehrt worden sein.

Bei Abbruch der Wälle und des Torwarthäuschens verschwand dieser Kopf spurlos und wurde wahrscheinlich zertrümmert.

842.

DER SPIEGELBRUNNEN IN MÜNCHEN

Das Eck, welches die Theatinerstraße in das Schrannengäßchen der k. Polizeidirektion gegenüber bildet, hieß in alten Zeiten das Spiegelbrunneneck und kömmt unter diesem Namen schon in einer Urkunde vom Jahre 1543 vor. Noch vor etwa fünfzig Jahren war an diesem Hauseck ein Gemälde angebracht, welches ein hahnartiges Tier, wie man den fabelhaften Basilisken zu malen pflegt, vorstellte. Vor diesem Hause stand damals an derselben Stelle, wo noch jetzt der Schöpfbrunnen steht, ein Zieh- oder Kettenbrunnen. Hierüber geht folgende Sage:

In diesem Brunnen hauste vor uralten Zeiten ein Basilisk. Der Basilisk ist aber ein greuliches Tier, denn seinen Blick kann kein lebendiges Wesen ertragen; wer ihn sieht muß sterben, und auch er selbst, wenn er seiner ansichtig wird. Das war nun ein großer Jammer in München, denn jeder, der in die Tiefe des Brunnens hinabschaute, wurde von dem Blick des Basilisken sogleich getötet, und viele waren auf diese Weise schon umgekommen. Da wurde endlich ein großer Spiegel herbeigebracht und über dem Brunnen aufgestellt, und als gleich darauf der Basilisk aufwärts schaute und in dem Spiegel sein eigenes Bild erblickte, war er sogleich tot. So wurde die Stadt von diesem Unheil errettet, und der Brunnen hieß seitdem der Spiegelbrunnen.

843.

DIEZ SCHWINBURG

Kaiser Ludwig der Bayer ließ im Jahr 1337 den Landfriedensbrecher Diez Schwinburg, mit seinen vier Knechten gefangen in München einbringen und zum Schwert verurteilen. Da bat Diez die Richter, sie möchten ihn und seine Knechte an eine Zeil, jeden acht Schuhe voneinander stellen, und mit ihm die Enthauptung anfangen; dann wolle er aufstehen und vor den Knechten vorbeilaufen, und vor so vielen er vorbeigelaufen, denen möchte das Leben begnadigt sein. Als ihm dieses die Richter spottweise gewährt, stellte er seine Knechte, je den liebsten am nächsten zu sich, kniete getrost nieder, und wie sein Haupt abgefallen, stand er alsbald auf, lief vor allen vier Knechten hinaus, fiel alsdann hin und blieb liegen. Die Richter getrauten sich doch den Knechten nichts zu tun, berichteten alles dem Kaiser und erlangten, daß den Knechten das Leben geschenkt wurde.

844.

DER JUNGFERNTURM UND DIE EISERNE JUNGFRAU

An jenem Reste der ehemaligen Stadtmauer, welcher sich vom St. Salvatorplatze – dem sogenannten griechischen Markte – bis zur Häuserreihe des Maximilians- oder Dultplatzes hinzieht, ist eine Gedenktafel angebracht mit der Inschrift:

Hier stand der
Jungfernthurm,
erbaut im Jahre
1493
Abgebrochen
im Jahre
1804.

Auf diesem Jungfernturm haftet eine schauerlich-romantische Volkssage. Nach dieser soll in demselben eine eiserne Statue der heiligen Jungfrau gewesen sein, welche das Schlachtopfer, dessen Tod beschlossen war, habe küssen müssen, während dem der Boden unter seinen Füßen sich öffnete und der Unglückliche in die Tiefe des Verließes versank. Nach einer anderen Erzählung öffnete sich unter dem Verurteilten eine Falltüre, und derselbe sank in der Tiefe in die Arme der eisernen Jungfrau, die ihn mit denselben umschloß und an ihre mit Dolchen gespickte Brust drückte, während zugleich die mit Schwertern bewaffneten Arme ihn zerfleischten und der Unglückliche hierdurch des qualvollsten Todes starb. Namentlich knüpft die heutige Volkssage dieses geheimnisvolle Walten der eisernen Jungfrau an die Zeit des Kurfürsten Karl Theodor, durch dessen geheimen Ausschuß, an dessen Spitze der berüchtigte geheime Rat Lippert stand, allerdings ohne gerichtliches Urteil Landesverweisungen ausgesprochen, Todesurteile gefällt und ohne Geräusch heimlich vollzogen wurden. Personen, welche durch revolutionäre Grundsätze dem Staate gefährlich schienen, sollen dieser Sage nach plötzlich verhaftet, durch den gespenstigen »Einspänniger« in die Residenz abgeführt, dort im gefürchteten gelben

Zimmer von dem geheimen Ausschusse abgehört und verurteilt, und sodann in dem Jungfrauenturm durch die Arme der eisernen Jungfrau ermordet worden sein. Die Münchener Sage benennt sogar mit Bestimmtheit den Hauptmann des churbayerischen Leibregimentes Franz von Unertl, welcher am Abende des 6. Januar 1796 aus einem Gasthause dahier mit dem Einspänniger abgeholt, und am 7. Januar morgens 3 Uhr durch die eiserne Jungfrau hingerichtet worden sein soll.

845.

DER WALLENSEE

In den bayerischen Alpen unweit Kochel, von ungeheuern Bergen eingeschlossen, liegt ein See, genannt der Waller- oder Walchensee. Seine schwarzen Wasser sind von unergründlicher Tiefe, und er steht mit dem Weltmeere in Verbindung, daher er im Jahre 1755, als Lissabon durch das große Erdbeben zerstört wurde, heftig tobte und brausete. Und auch zu andern Zeiten stürmt und schäumt er oft hoch auf, und würde er einmal sein Felsenbett in seiner Wut zersprengen, so würden sich seine Wasser gegen München ergießen, und diese Stadt ein Raub der Fluten werden. Zur Abwendung dieses entsetzlichen Unglückes wurde in der ehemaligen in der Gruftgasse befindlichen Gruftkirche täglich eigens eine heilige Messe gelesen, und zur Sühne des zürnenden Wassers alle Jahre ein goldener Ring geweiht und in den Wallersee geworfen.

846.

DIE HEXE VON MENZING

Ein Bursche ging einmal zur Nachtszeit zum Kammerfenster seiner Geliebten, die im Dorfe Menzing an der Würm wohnte. Als er sich dem Hause näherte, sah er das Zimmer der Dirne hell erleuchtet, und als er neugierig hineinblickte, gewahrte er, wie das Mädchen einen Bund Stroh zusammenrichtete, und denselben mit allerlei Bändern und Flitterwerk zierte. Nach einigem Zögern klopfte der Bursche an das Fenster und fragte die Dirne, was sie denn mache. Diese gab zur Antwort: Ich fahre aus; wenn du mit mir reisen willst, so kannst du dich zu mir setzen; rede aber kein Wort, sonst bist du unglücklich. Der Bursche war neugierig, zu wissen, was seine Geliebte treibe, stieg hinein und setzte sich auf den Bund Stroh mit dem Versprechen, zu schweigen. Das Mädchen nahm eine Büchse aus der Tasche ihres Kleides, bestrich sich und dem Geliebten mit einer Salbe die Nase und begann darauf die Reise. Diese ging durch den Kamin hinaus und dann durch die Luft fort und fort in weit entfernte Gegenden. Da fuhren sie einmal ganz nahe an einem Weinkeller vorüber, wo man eben mit Lichtern beschäftigt war. Da der Zug etwas niedrig ging, glaubte der Bursche, die Leute, die dem Strohbunde so nahe kamen, möchten ihn anzünden, und in der Angst schrie er auf. Augenblicklich lag er auf dem Boden, während die Dirne mit dem Strohbunde seinen Blicken entschwand und ihre Luftreise unbekümmert um ihn fortsetzte. Der Keller, bei welchem er auf den Boden gelangte, lag bei Wien. Zufällig war der Kellermeister ein alter Bekannter von ihm, den er früher in München hatte kennen lernen. Mit dessen Hilfe gelang es ihm, seine Reise in die Heimat zu bewerkstelligen. Als er wieder nach Menzing kam, traf er seine Geliebte auf dem Felde bei der Arbeit. Die Vorwürfe, die er ihr machte, rührten sie nicht, sondern sie sprach bloß: »Ich habe dir gesagt, du sollst schweigen; hättest geschwiegen, so hättest du mit mir auf den Blocksberg zum Tanz fahren können. Ich war dort recht lustig und bin in vierzehn Tagen schon wieder zu Hause gewesen, während du einen schönen Umweg hast nehmen müssen.«

847.

DER BAYERISCHE HIASL

Der bayerische Hiasl, seiner Zeit berüchtigter Spitzbube, geboren in Kissing bei Friedberg, soll sich eine Zeitlang im Jexhof, einer Einöde mitten im Schöngeiseninger Forste, aufgehalten haben. Obwohl er den Jägern sagen ließ, sie sollten herauskommen, wenn sie den bayerischen Hiasl sehen wollten, so wagte es doch keiner derselben, und der Räuber blieb unangefochten. Bei dem Jexhof befand sich eine Höhle im Walde, genannt Kuchelschlag, welche früher Räubern zum Aufenthalt diente, in der auch der bayerische Hiasl mit seinen Leuten auf eine Zeit Quartier nahm. Der gefürchtete Räuber begab sich hierher, und wählte sich unter den Wildschweinen, welche ein eigener Wildhüter füttern mußte, die schönsten aus, die er dann in der Höhle mit seinen Leuten verzehrte, ohne daß der Wildhüter dagegen Einsprache tun konnte. Von hier aus überfielen die Räuber zu gewissen Zeiten die Bauernhöfe der Nachbarschaft. Als sie endlich, von den Gerichten verfolgt, abziehen mußten, hinterließen sie viele Schätze, welche sie in der Eile nicht mitnehmen konnten. Die hat nun der Teufel als herrenloses Gut in Verwahrung genommen. Schatzgräber haben umsonst versucht, diese Schätze zu heben. Sie sollen immer tiefer versinken.

848.

DIE INNBRÜCKE IN ROSENHEIM

In Pirach bei Vogtareuth war einmal ein Knecht, der weder an einen Himmel noch an eine Hölle glaubte. An einem Sonntagmorgen ging er nach Rosenheim und empfing dort in der Klosterkirche die Hl. Kommunion, obwohl er zuvor nicht gebeichtet hatte. Danach ging er in ein Wirtshaus und zechte den ganzen übrigen Tag. Als es schon zu dämmern anfing, machte er sich erst auf den Heimweg. Als er über die Innbrücke gehen wollte, saßen auf den beiden Geländern je eine schwarze Katze, die ihn mit wildfunkelnden Augen anglotzten. Mit einem kräftigen Fluch wollte er sie hinunterschlagen. Sie sprangen jedoch auf ihn zu, fauchten ihn an und wichen ihm nicht mehr von den Fersen, bis er einen geweihten Rosenkranz herauszog und das Kreuzzeichen machte. Darauf verschwanden sie.

849.

MAUSSEE

Zwischen Inning und Seefeld liegt der Wörthsee, auch »Maussee« genannt; letzteren Namen hört die Herrschaft sehr ungerne. War einst ein Graf von Seefeld, der in großer Hungersnot die armen Leute in einem Stadel zusammensperrte, daß sie jämmerlich schrien, da frug er lachend, ob man die Mäuse pfeifen höre; darauf kam deren eine Unzahl zum Vorschein, die ihn überall hin verfolgten; zuletzt flüchtete er sich auf die Insel im Wörthsee, wo sie ihm zu Tausenden nachfolgten und ihn, obwohl er das Bett in eisernen Ketten aufhängen ließ, auffraßen.

850.

DER HAHNENKAMPF

Zu einer Zeit kam Karl der Große auf sein Schloß bei Kempten zu seiner Gemahlin Hildgard. Als sie nun eines Tages über Tische saßen, und mancherlei von der Vorfahren Regierung redeten, während ihre Söhne Pipin, Karl und Ludwig darneben standen, hub Pipin an und sprach: »Mutter, wann einmal der Vater im Himmel ist, werde ich dann König?« Karl aber wandte sich zum Vater und sagte: »Nicht Pipin, sondern ich folge dir nach im Reich.« Ludwig aber, der jüngste, bat beide Eltern, daß sie ihn doch möchten lassen König werden. Als die Kinder so stritten, sprach die Königin: »Eure Zwist wollen wir bald ausmachen; geht hinab ins Dorf und laßt euch jeder sich einen Hahn von den Bauern geben.« Die Knaben stiegen die Burg hinab mit ihrem Lehrmeister und den übrigen Schülern, und holten die Hähne. Hierauf sagte Hildegard: »Nun laßt die Hähne auf einander los! wessen Hahn im Kampfe siegt, der soll König werden.« Die Vögel stritten, und Ludwigs Hahn überwand die beiden andern. Dieser Ludwig erlangte auch wirklich nach seines Vaters Tode die Herrschaft.

851.

DER EINSTURZ DES TÖLZER SCHLOSSES

Auf dem Schlosse zu Tölz hauste ein gottloser Pfleger, der nichts von Gott und den Heiligen wissen wollte und über alles spottete. Einmal am Margarethen-Tage wollten seine Ehhalten (Dienstboten) zur Kirche gehen – er war damals noch ein Feiertag – er aber schickte sie zur Arbeit ins Heu. Eine fromme Dirn mahnte ihn dringend, doch an diesem Tage um günstiges Wetter zum Heiligen bitten zu lassen; da fuhr er sie höhnend an: »Was kümmere ich mich um diese Heubrunzerin!« In derselben Nacht ging ein furchtbarer Wolkenbruch unter Donner und Blitz hernieder, der

Ellbach schwoll gewaltig an, riß alles mit sich fort und unterspülte den Berg, das Schloß stürzte plötzlich ein und erschlug seine Bewohner.

852.

DER KARLSTEIN BEI REICHENHALL

Der Karlstein und Pankratz sind zwei sehr nahe aneinander liegende Felsen. Auf dem westlichen Gipfel, der Karlstein genannt, steht eine Ruine. Am Fuße des Berges liegt der Thumsee. Hier, auf dem Karlstein, berichtet die Sage, waren vor undenklichen Zeiten drei Frauen, welche man vor großen Ereignissen entweder singen oder jammern hörte. In der Waidwiese halfen sie den Haar (Flachs) ausziehen. Von dem Karlstein bis zu dem etwa achthundert Fuß entfernten, auf einem andern Berg liegenden Turm Amering, von welchem noch Überreste stehen, war eine lederne Brücke über das Tal gespannt.

853.

DER SCHLORGGER IN KAUFBEUREN

Zur Zeit, als um die St. Martins-Pfarrkirche in Kaufbeuren noch ein Friedhof war, spukte auf demselben nächtlich zu gewissen Zeiten ein Geist, der in Schlappschuhen daher huschte, und den man deshalb den »Schlorgger« nannte. Er ging gewöhnlich um die Kirche herum, während das Innere derselben hell erleuchtet war und man schönen Gesang aus derselben vernahm. Viele fürchteten den Schlorgger sehr und wären um keinen Preis des Nachts auf den Friedhof zu bringen gewesen. Als dann später der Platz für den Friedhof zu klein geworden war, hat man diesen vor die Stadt hinaus verlegt und seitdem ist auch der Schlorgger verschwunden.

854.

DOKTOR BACH

Zwischen den Hindelangern und den Wertachern ist einmal ein Streit entstanden wegen einer Alpe, welche zwischen den Triften beider Gemeinden inmitten lag. Endlich, nach vielem Hin- und Herzanken, ist der Handel dem Doktor Bach, welcher Dechant in Wertach war, übertragen worden, daß er ihn mit seinem Worte schlichte. Es waren aber die Mitglieder beider Gemeinden auf den Tag wieder nach der streitigen Alpe beschieden worden, um den Ausspruch des Doktors Bach zu vernehmen. Dieser sagte nun und schwor vor den versammelten Gemeindern: so wahr ein Schöpfer über mir ist, so wahr stehe ich auf meinem Grund und Boden. Also mußten die Hindelanger von ihrem Begehren abstehen, und es ward den Wertachern die Alpe als Eigentum zugesprochen. Es hatte aber Doktor Bach, der ein Schalk war, einen Löffel, oder Schöpfer unter seinem Hut verborgen, als er jenes Wort sprach; und zu Hause hatte er aus seinem Garten Erde in die Schuhe getan, so daß er wohl sagen konnte: so wahr ein Schöpfer über mir ist, so wahr stehe ich auf meinem Grund und Boden. Gott aber strafte ihn nach seinem Tode wegen dieses hinterlistigen und gottlosen Benehmens; denn er muß noch immer auf seinem Schimmel, den er im Leben geritten, auf jener Alpe umherreiten und wird oft gesehen von Leuten, die spät des Weges gehen; und, wer ihm nahe kommt und ihm traut, den betrügt er noch jetzt nach dem Tode mit seiner Arglist und führt ihn irre.

855.

DIE DRUDENSTEINE

Drudensteine nennt man in der Gegend von Kempten und Oberdorf in Schwaben einen kleinen, runden Stein mit einem Loch. Die Drudensteine gehören zur Kalkbildung; ihre Abrundung ist, wie bei allen Flußgeschieben, durch das Abreiben der Kanten und Ecken im strömenden Wasser erfolgt. In dem Loche, welches bei keinem Drudensteine fehlen darf, stak wahrscheinlich ein Belemnit, welchen das Volk Donnerkeil oder Teufelsfinger nennt. An die Drudensteine knüpft sich ein alter Aberglaube, welcher in der genannten Gegend noch nicht ganz erloschen ist: oft fühle man nachts im Bette, wenn man ganz wach sei, ein furchtbares Drücken; man nehme deutlich wahr, wie sich etwas dem Bette nähere, sich allmählich auf das Bett niederlasse und endlich auf dem im Bette liegenden mit solcher Last ruhe, daß dieser sich nicht mehr rühren und selbst nicht um Hilfe rufen könne. Oft komme es vor, daß kleine Kinder in der Wiege in einer Nacht am Leibe große Beulen bekommen, daß sie nicht schlafen und gedeihen können. Oft bemerke man morgens im Pferdestall, daß die Mähnen oder Schweife der Pferde so in Zöpfe verflochten sind, daß man sie kaum auseinanderbringen kann. Dieses alles machen die Druden und das Gegenmittel ist der Drudenstein. Wenn man durch das Loch dieses Steines ein Bändl oder einen Riemen zieht und ihn in der Stube oder an des Kindes Wiege oder im Pferdestall aufhängt, so kann die Drud nichts machen. Alte Hebammen haben solche Steine und leihen sie den Weibern, ihre Kinder zu schützen.

856.

DER AUFHOCKER

Eine alte Reinhartshoferin erzählte mir folgendes: Ich kam früher mit meinem Mann oft den Fußweg von Klimmach nach Reinhartshofen herunter, an der Justinaklause vorbei. Immer wenn ich nachts von zehn bis zwölf Uhr auf St. Justina zuging, erschien mir ein Geist. Sehen konnte ich ihn nie, aber er sprang mir immer auf die Fersen, als wollte er sich mir auf den Rücken setzen und reiten. Was habe ich da oft für eine Angst ausgestanden! Und mein Mann hat nie etwas davon gemerkt, dem hat der Geist nie etwas getan. Wenn wir nach zwölf Uhr vorbeigingen, habe ich nie etwas gespürt.

857.

VOM WILDEN GEJÄG MITGENOMMEN

Zwischen Lengenfeld und Stoffen liegt eine wilde, weite Ödung auf einer hohen Ebene, darüber zieht das wilde Gejäg am wütendsten, verweilt am längsten. Darüber hin ging vor geraumer Zeit ein Mann aus Hofstetten, es dunkelte bereits, da vernahm er aus der Weite ein Heulen und Sausen, als wollte sich ein furchtbarer Sturm erheben. Wie er da stillstand und sich umsah, kam mittlerweile das wilde Gejäg ob seiner in den Lüften daher, und als er verstarrt vor Schrecken vergaß sich auf den Boden zu werfen, hob es ihn leicht auf ab der Erden und riß ihn im Zuge mit dahin. Sechs lange Wochen war der Mann der Erden entrückt, kein Mensch wußte wohin er gekommen, und die Seinigen waren in Kümmernis um ihn als einen Toten. Da auf einmal kam er zurück, er wußte selbst nit wie und wo, und war noch ganz tamisch in seinem Sinn. Es schwindelte ihm allweg, wenn er nur daran dachte und allen, die davon hörten, geschwindelte es mit. Der Mann lebt noch, verhält sich aber stets geruhig und still, hat zu nichts mehr weder Freud noch Leid, hat nur noch ein Kuchelleben. Ebenso werden in solchen Nächten Hunde, die ledig herumlaufen, mitgenommen, man weiß aber von keinem der wiedergekommen wär.

858.

TIERE REDEN IN DER CHRISTNACHT

Der Wolfbauer war ein Mann, der nicht nach altem guten Brauch gehaust hat, sondern alles besser machen wollte als sein Vater und Ahnherr und Urahnherr, die doch die reichsten Bauern in der Gegend gewesen sind. Er las Zeitungen, disputierte mit dem Herrn Pfarrer, sagte zu seinen Ehehalten, man brauche des Pfarrers Predigt und Messe nicht, man könne sich zu Hause mit Gott unterhalten, und stak immer in Prozessen. Der nun in seinem freventlichen Übermut hielt die Geister und alles Überirdische für eitel Lug und Trug und wollte seine Gedanken bei Gelegenheit an den Tag kommen lassen. Da war Christnacht, wo das Vieh um die zwölfte Stunde miteinander redet. Aber sein Mutwille wurde hart bestraft. Der Wolfbauer legte sich im Trunke unter den Barn, wo seine liebsten Ochsen, der Müller und Ruckl, angebunden waren, und freute sich schon im stillen, wie er den Glauben an Geister niederschlagen werde. Als es zwölf Uhr schlug, da hub der Ruckl an: »Schau, Müller! Tut mich recht erbarmen unser Bauer; heut über acht Tag müssen wir ihn auf den Friedhof fahren.« Darauf sagte der Müller: »Ja, ist mir auch ganz zuwider; er ist alleweil so brav gegen uns gewesen; keinen Schlag hat er uns gegeben, und Futter und Ruhe hat er uns genüglich gelassen.«

»Wart, wart! Ich will euch die Faxen austreiben«, schrie der betrunkene Bauer, »ihr sollt mich gewiß nicht in die Grube bringen.« Und gleich in der Frühe verkaufte er die Ochsen an einen andern um ein Spottgeld, nur daß er sie wegbrachte.

Aber eine Viehseuche entstand und raffte alles Vieh des Bauern und seiner Nachbarn hin bis auf die zwei Stierlein, die dem Frevler sein Ende vorhergesagt. Sogar der Wolfbauer, der viel mit dem kranken Vieh umging und durch Menschenklugheit dem Verderben Einhalt tun wollte, wurde von der bösen Seuche ergriffen und starb, ganz wie es ihm die Tiere in der Christnacht prophezeit hatten, und, da kein ander ›Mähnt‹ da war, weil die Seuche alles Vieh weggerafft hatte, so zogen der Ruckl und der Müller des ungläubigen Bauern Bahre auf den Gottesacker, acht Tage nach jener Begebenheit im Stalle.

859.

DER KALTE SCHLAG DER SCHMIEDE

In Waldkirchen in Niederbayern und in der dortigen Gegend ist es Brauch, daß der letzte der Schmiede, Meister oder Gesell, welcher am Feierabend die Werkstätte verläßt, mit dem Hammer einen kalten Schlag auf den Amboß macht. Das geschieht, damit Luzifer seine Kette nicht abfeilen kann; denn er feilt immer daran, so daß sie immer dünner wird. Am Tage nach Jakobi ist sie so dünn wie ein Zwirnsfaden; aber an diesem Tage wird sie auf einmal wieder ganz. Würden die Schmiede nur einmal vergessen, den kalten Schlag auf den Amboß zu machen, so könnte Luzifer seine Kette ganz abfeilen.

BÖHMEN

860.

DIE SCHAFFUNG DES GOLEM

Es lebte zu Worms ein Mann von gerechtem Wesen mit Namen Bezalel. Diesem wurde in der Passahnacht ein Sohn geboren. Es war das Jahr fünftausendzweihundertdreiundsiebzig nach der Weltschöpfung, und die Juden litten unter schweren Verfolgungen. Die Völker, in deren Mitte sie lebten, beschuldigten sie, daß sie bei der Herstellung des Passahbrotes Blut verwendeten. Als der Sohn R. Bezalels zur Welt kam, brachte seine Geburt schon Gutes. Wie nämlich das Weib von Geburtswehen erfaßt wurde, liefen die Hausgenossen auf die Straße, um die Wehmutter zu holen, und vereitelten dadurch das Vorhaben einiger Bösewichte, die ein totes Kind im Sacke trugen und es mit der Absicht, die Juden des Mordes zu beschuldigen, in die Judengasse werfen wollten. Da weissagte R. Bezalel über seinen Sohn und sprach: »Dieser wird uns trösten und uns von der Plage befreien. Sein Name in Israel sei Juda Arje, gemäß dem Vers im Segen Jakobs: ›Juda ist ein junger Löwe; als meine Kinder zerrissen wurden, stieg er hoch.‹« Und der Knabe wuchs heran und ward ein Schriftgelehrter und Weiser, dem alle Wissenszweige vertraut waren und der alle Sprachen beherrschte. Er wurde Rabbiner der Stadt Posen, bald darauf aber berief man ihn nach Prag, woselbst er oberster Richter der Gemeinde ward.

Sein Sinnen und Trachten war darauf gerichtet, seinem bedrängten Volke zu helfen und es von der Verleumdung des Blutgebrauches zu befreien. Er bat den Himmel, ihm im Traume zu sagen, wie er den Priestern, die die falschen Anklagen verbreiteten, beikommen könnte. Da ward ihm in nächtlichem Gesicht der Bescheid: »Mache ein Menschenbild aus Ton, und du wirst der Böswilligen Absicht zerstören.« Nun rief der Meister seinen Eidam wie seinen ältesten Schüler zu sich und vertraute ihnen die himmlische Antwort an. Auch erbat er ihre Hilfe zu dem Werk. Die vier Elemente waren zur Erschaffung des Golems notwendig: Erde, Wasser, Feuer und Luft. Von sich selbst sprach der Rabbi, ihm wohne die Kraft des Windes inne; der Eidam sei einer, der das Feuer verkörpere; den Schüler nehme er als Sinnbild des Wassers; und so hoffe er, daß ihnen dreien das Werk gelingen werde. Er legte ihnen ans Herz, von dem Vorhaben nichts zu verraten und sich sieben Tage lang für die Aufgabe vorzubereiten.

Als die Frist um war, es war der zwanzigste Tag des Monats Adar im Jahre fünftausenddreihundertundvierzig und die vierte Stunde nach Mitternacht, begaben sich die drei Männer nach dem außerhalb der Stadt gelegenen Strome, an dessen Ufer eine Lehmgrube war. Hier kneteten sie aus dem weichen Ton eine menschliche Figur. Sie machten sie drei Ellen hoch, formten die einzelnen Gesichtszüge, danach die Hände und die Füße und legten sie mit dem Rücken auf die Erde. Hierauf stellten sie sich alle drei vor die Füße des Tonbildes, und der Rabbi befahl seinem Eidam, siebenmal im Kreise darum zu schreiten und dabei eine von ihm zusammengesetzte Formel herzusagen. Als dies vollbracht war, wurde die Tonfigur gleich einer glühenden Kohle rot. Danach befahl der Rabbi seinem Schüler, gleichfalls siebenmal das Bild zu umkreisen und eine andre Formel zu sagen. Da kühlte sich die Glut ab, der Körper wurde feucht und strömte Dämpfe aus, und siehe da, den Spitzen der Finger entsproßten Nägel, Haare bedeckten den Kopf, und der Körper der Figur und das Gesicht erschienen als die eines dreißigjährigen Mannes. Hierauf machte der Rabbi selbst sieben Rundgänge um das Gebilde, und die drei Männer sprachen zusammen den Satz aus der Schöpfungsgeschichte: »Und Gott blies ihm den lebendigen Odem in die Nase, und der Mensch ward zur lebendigen Seele.«

Wie sie den Vers zu Ende gesprochen hatten, öffneten sich die Augen des Golems, und er sah den Rabbi und seine Jünger mit einem Blick an, der Staunen ausdrückte. R. Löw sprach laut zu dem Bildnis: »Richte dich auf!« Und der Golem erhob sich und stand da auf seinen Füßen. Danach zogen ihm die Männer Kleider und Schuhe an, die sie mitgebracht hatten – es waren Kleidungsstücke, wie sie Synagogendiener tragen –, und der Rabbi sprach zu dem Menschen aus Ton: »Wisse, daß wir dich aus dem Staub der Erde geschaffen haben, damit du das Volk vor dem Bösen behütest, das es von seinen Feinden zu leiden hat. Ich heiße deinen Namen Joseph; du wirst in meiner Gerichtsstube wohnen und die Arbeit eines Dieners verrichten. Du hast auf meine Befehle zu hören und alles zu tun, was ich von dir fordere, und hieße ich dich durchs Feuer gehen, ins Wasser springen oder dich von einem hohen Turm herunterwerfen.« Der Golem nickte mit dem Kopfe zu den Worten des Rabbi, als wollte er seine Zustimmung ausdrükken. Er hatte auch sonst in allem ein menschliches Gebaren; er hörte und verstand, was man zu ihm sprach, nur die Kraft der Rede blieb ihm versagt.

So waren in jener denkwürdigen Nacht drei Menschen aus dem Hause des Rabbi gegangen; als sie aber um die sechste Morgenstunde heimkehrten, waren ihrer vier.

Seinen Hausgenossen sagte der Rabbi, daß er, als er des Morgens nach dem Tauchbad gegangen sei, einem Bettler begegnet wäre und ihn, da er redlich und unschuldig zu sein schiene, mitgenommen habe. Er wolle ihn in seiner Lehrstube als Bedienten gebrauchen, verbiete es ihnen aber, den Knecht für häusliche Arbeiten zu verwenden.

Und der Golem saß beständig in einer Ecke der Stube, den Kopf auf beide Hände gestützt, und verhielt sich reglos wie ein Geschöpf, dem Geist und Verstand abgehen und das sich um nichts bekümmert, was in der Welt vorgeht. Der Rabbi sprach von ihm, daß ihm weder Feuer noch Wasser etwas anhaben würden, und daß ihn kein Schwert verwunden könne. Den Namen Joseph hatte er ihm zur Erinnerung an den im Talmud erwähnten Joseph Scheda gegeben, welcher halb Mensch und halb Geist gewesen war, die Schriftgelehrten bedient und sie vielmal aus schwerer Bedrängnis gerettet hatte.

Der Hohe R. Löw bediente sich des Golems nur, wo es galt, die Blutbeschuldigung zu bekämpfen, unter welcher die Juden Prags besonders zu leiden hatten. Schickte R. Löw den Golem irgendwohin, wo dieser nicht gesehen sein sollte, so legte er ihm ein Amulett um, das auf Hirschhaut geschrieben war. Das machte ihn unsichtbar, er selbst aber konnte alles sehen. In der Zeit vor dem Passahfest mußte der Golem allnächtlich durch die Stadt streifen und jeden aufhalten, der eine Last auf dem Rücken trug. War es ein totes Kind, das in die Judengasse geworfen werden sollte, so band er den Mann und die Leiche mit einem Strick, den er immer bei sich trug, und führte ihn nach dem Stadthaus, wo er ihn der Obrigkeit übergab. Die Kraft des Golems war übernatürlich, und er vollbrachte viele Taten.

861.

DER TOD DES GOLEM

Nachdem ein Erlaß herausgekommen war, der die Blutbeschuldigungen als grundlos bezeichnete und jede Anklage dieser Art untersagte, beruhigten sich die Gemüter und R. Löw beschloß, dem Golem seinen Odem wieder zu nehmen. Er ließ ihn auf ein Bett legen, befahl seinen Schülern, ihn abermals siebenmal zu umkreisen, wobei sie die Worte herzusagen hatten, die seinerzeit bei der Erschaffung des Golems gesprochen worden waren, nur in umgekehrter Ordnung. Als die siebente Umkreisung zu Ende war, ward der Golem wieder zum Klumpen. Man zog ihm die Kleider aus, wickelte ihn in zwei alte Gebetmäntel und verwahrte das tönerne Bild unter einem Haufen alter, schadhafter Bücher in der Dachstube des Rabbi.

R. Löw erzählte, daß, als er darangegangen sei, dem Golem den Odem einzublasen, zwei Geister zu ihm gekommen wären, der des Joseph Scheda und der des Jonathan Scheda. Er wählte den Geist Josephs, weil dieser sich schon bei den Schriftgelehrten des Talmuds als Retter bewährt hatte. Die Kraft der Rede konnte er dem Golem nicht eingeben, denn was diesem innewohnte, war eine Art Lebenstrieb, aber keine Seele. Er war wohl mit einem gewissen Unterscheidungsvermögen ausgestattet, aber Dinge der Weisheit und höhere Einsicht blieben ihm versagt.

Wiewohl nun der Golem keine Seele hatte, merkte man ihm am Sabbat etwas Besondres an, und sein Gesicht erschien freundlicher als an Wochentagen. Andre wiederum sagen, daß R. Löw an jedem Rüsttage zum Sabbat das Schildchen mit dem heiligen Gottesnamen, das unter der Zunge des Tongebildes steckte, zu entfernen pflegte, weil er befürchtete, daß der Sabbat ihn unsterblich machen könnte und die Menschen ihn als Götzen anbeten würden.

Der Golem barg in seinem Innern keinerlei Neigungen, weder gute noch sündhafte. Was er tat, geschah nur unter Zwang und aus Furcht, zurück ins Nichts versenkt zu werden. Alles, was zehn Ellen über und zehn Ellen unter der Erde lag, war für ihn mit Leichtigkeit zu erreichen, und nichts konnte ihn an der Ausführung des einmal Unternommenen hindern.

Er mußte ohne Zeugungstrieb erschaffen werden, sonst hätte sich kein Weib vor ihm retten können und es wäre wieder das eingetreten, was sich in der Urzeit begeben hatte, als die Engel an den Menschentöchtern Gefallen fanden. Weil er aber keinen Trieb kannte, so haftete ihm auch keine Krankheit an. Auch besaß er die Eigenschaft, daß er den Wechsel der Stunden zur Tages- und Nachtzeit genau empfand. Es weht nämlich zu jeder Stunde vom Garten Eden ein Wind auf die Erde, der die Luft reinigt, und diesen Lufthauch spürte der Golem dank seinem feinen Geruchsinn.

R. Löw behauptete, daß der Golem auch Anteil am ewigen Leben haben werde, da er sovielmal Israel vor schwerer Not bewahrt hatte. Auch sagte er, daß er dereinst zusammen mit den Toten erwachen werde; er werde aber dann nicht mehr die Gestalt Joseph Schedas noch die, die er jetzt hatte, tragen, sondern in einer ganz neuen Gestalt erscheinen.

862.

DER TEUFELSSTEIN

Bei Hochlibin im Walde liegt der Teufelsstein, er ist drei Mannslängen hoch und hat drei Absätze. Hier soll sich einmal ein Mann mit dem Teufel gerauft haben und der Teufel zu Stein geworden sein.

863.

DIE KUTSCHE

Von einem Teiche bei Hochlibin sagt man, daß es da umgehe. Jemand ging in der Nacht dort vorbei. Plötzlich hörte er ein Rollen und ein Getöse und wie er aufsah, erblickte er eine Kutsche, in welcher zwei Schimmel ohne Köpfe eingespannt waren.

864.

DIE FEDERTANTE

In Hochlibin glaubt man an die Federtante. Das ist eine schwarze Frau, die eine weiße Feder auf dem Hute trägt. Sie erscheint in einem Hause bei Hochlibin immer, wenn jemand erkrankt ist und sterben soll.

865.

DER SILBERMÖNCH

Zur Zeit, als man Silber aus den Erzadern holte, die sich von Freiberg quer über das Gebirge bis nach Joachimstal erstrecken, konnte man in den Ortschaften diesseits und jenseits der böhmischen Grenze einem Mönch begegnen, den niemand kannte, von dem niemand wußte, aus welchem Kloster er kam, und der seinen breitkrempigen Hut so tief ins Gesicht gezogen hatte, daß sein Gesicht im Schatten verborgen blieb. Je mehr sich das Silbererz erschöpfte, desto seltener sah man den Mönch. Und gewiß ist, daß er für immer mit den letzten Deutschen verschwand.

Wo man einst nach Silber und Blei schürfte, da schafft man jetzt die Pechblende zu Tage.

Nun, damals als der Mönch sich noch häufig zeigte, gab es doch einige, die zu wissen glaubten, wer er sei. Der gute Geist der Silberbergwerke, ja das wäre er, behaupteten sie, in den Stollen wandle er in Knappentracht einher, und wenn auch dann sein Antlitz nicht deutlich auszumachen sei, so habe dies seinen besonderen Grund. In seiner Grubenlampe leuchtete nämlich ein Diamant, und der sende so starke Lichtstrahlen aus, daß die Hauer vor Ort oft vermeinten im Tageslicht zu arbeiten, aber, ihren Blick gegen die Lichtquelle richtend, von dieser geblendet wurden. Bisweilen gelang es aber doch dem einen oder anderen, dem Mönch ein wenig unter den Hut und dem guten Geist hinters Licht zu sehen. Sie beteuerten, daß die beiden ein und dieselbe Person seien, und so kam denn der Name »Silbermönch« auf. Man konnte sicher sein, auf eine reiche Erzader zu stoßen, wo er sich zeigte. Auch den Grund, weshalb er sein Gesicht den Blicken der Menschen nicht freigebe, wußten einige anzugeben. Der gute Geist der Bergwerke, den sich die Leute als eine Erscheinung von edlen Zügen vorstellten, war nach dem Bericht dieser wenigen Knappen mißgestaltet und häßlich. Sein Rücken war gekrümmt und sein Antlitz von tiefen Runzeln zerfurcht. Die Leute wollten das nicht so recht glauben, aber es ist schon so: nicht immer ist ein schöner Leib das Äußere von edlen Seelen, und oft verbirgt sich hinter der Mißgestalt ein mitfühlendes Herz. Ob der Silbermönch verschwand, weil das Silber zur Neige ging, oder ob die Menschen kein Silber mehr fanden, weil der Mönch verschwunden war, niemand weiß es.

866.

HANS HEILINGS FELSEN

Beim Dorfe Aich, nicht weit von Karlsbad, ragen am Ufer der Eger seltsam geformte Felsen empor, in denen man versteinerte Gestalten zu erkennen glaubt. Eine Hochzeitsgesellschaft sei es, so sagt man, die durch zauberische Gewalt zu Stein erstarren mußte. Früher verrufen und gemieden, wurde das Felsbild jetzt ein Ausflugsziel. Und wenn am Abend vom Fluß her die Nebel aufwallen und man seinen Blick lange genug auf die bizarre Steinformation richtete, dann glaubt man sie wirklich zu erkennen, die sich im Sterben umarmenden Jungvermählten, die Brauteltern und ihre Gäste.

Im Egerland lebte einst ein junger Mann, Hans Heiling mit Namen, der ein achtsames Gewerbe betrieb und so tüchtig in seinem Geschäft schien, daß er es in kurzer Zeit zu großem Reichtum brachte. Doch begannen die Leute zu tuscheln, daß es nicht mit rechten Dingen zugehen könne, wenn ein Jüngling, dem kaum noch der Bart sproßt, mit Talern nur so um sich werfe, auf Festen oder im Wirtshaus. Auch fiel auf, daß er ängstlich allen Mädchen auswich, und warf einmal ein Mägdlein einen Blick nach ihm, dann gelang es ihm wohl, in seinen Augen ein kurzes sehnsüchtiges Aufleuchten hervorzulocken, aber alsbald wandte er sich dann, wie vor sich selbst erschreckend, von dem holdseligen Bilde ab. Des Geredes um den jungen Mann wurde immer mehr, da kamen manche mit der Beobachtung daher, daß der Geheimnisvolle stets einen großen Bogen um die Kreuze und Kapellen am Wegesrand mache und er wohl mit dem Bösen im Bund sein müsse. So begann seine ganze Nachbarschaft genauestens auf ihn achtzuhaben, und bald wußte man, daß er sich jeden Freitag in seinem Haus einzuschließen pflege. Vergeblich sei es, ihn da vor das Tor zu rufen. Es legten sich mutige Männer auf die Lauer, um herauszubekommen, was da an jedem Freitag in dem Haus des Jünglings vorgehen. Und sie sahen, wie an diesem Tag stets zur Abendstunde eine Gestalt in das Haus schlüpfte, ohne daß ihm das Tor geöffnet wurde, also ein zauberisches Wesen, das Kräfte besitzte, Mauer und Stein zu durchdringen. Der Teufel sei das, behaupteten die einen, aber andere der Aufpasser wollten in dem nächtlichen Besucher eine schöne Nixe erkennen. Die Egernixe sei das, so sagten sie. Man habe ja viel von ihren Zauberkünsten gehört, und für den Schwur von ewiger Liebe und Treue lehre sie den Jüngling nun die Kunst des Goldmachens.

Und dann kam doch einmal die Stunde, wo ein liebliches Egerländer Mädchen es zuwege brachte, daß sie der Jüngling auf einem Tanzboden länger anblickte und es um ihn geschehen war. Er verliebte sich in ein irdisches Frauenzimmer und hielt um seine Hand an. Von dieser Stunde ab verschloß er Freitags sein Haus nicht mehr, er wich Kreuzen nicht mehr aus und wußte das Vertrauen der Eltern der Jungfrau zu erringen. Sie willigten ein, daß sich die beiden verlobten. Auf den Mai über ein Jahr wurde die Hochzeit festgesetzt. Doch noch war die halbe Zeit nicht um, da ging abermals eine Veränderung mit dem Bräutigam vor. Sein Blick wurde unstet, fahrig seine Bewegungen, und als ihn die Braut an einem Freitag zu einem Besuch bei ihren Eltern einlud, erschien er nicht, und das Mädchen und seine Eltern beschlossen, das Verlöbnis zu lösen. Alles verzweifelte Bitten des Mannes vom einsamen Haus nützte nichts, ja, je dringlicher er wurde, desto härter wurde der Wille des Mädchens sich von dem unheimlichen Gesellen loszusagen. Mit der Zeit vergaß sie ihn, andere junge Leute traten in ihr Leben, und einem von ihnen gab sie das »Jawort«. Die Hochzeit wurde festgesetzt, und zwar genau auf dem Tag, an dem sie den andern hätte heiraten sollen.

Das Haus der Brauteltern lag an einem Hang, der sanft zur Eger hinabfällt. Es war ein schönes, stattliches Bauernhaus, denn das Mädchen war wohlhabender Eltern Kind. Eine große Hochzeitsgesellschaft versammelte sich an jenem Tag im Mai, und es herrschte eitel Freude, beinahe Ausgelassenheit unter den Gästen. Schon lange hatte man so ein schönes Paar nicht gesehen, und die Frauen machten einander aufmerksam, wie verliebt es doch sei, und Frauen sehen gerne, wenn junge Leute recht zärtlich zueinander sind. Um die Mittagsstunde war es getraut worden, und nun saßen die beiden, sich an den Händen haltend, nebeneinander und ließen das fröhliche Treiben an sich vorüberziehn. Es wurde getanzt, musiziert, gescherzt und getrunken. Vom Dorf Aich her, wo die Trauung stattgefunden hatte, schlug die Kirchenglocke die zwölfte Stunde – da sprang die Tür auf, und herein trat ein Mann mit bleichem Gesicht, wirrem Haar und flakkernden Augen. Das Mädchen schrie entsetzt: »Hans Heiling!« Voll bebender Angst umklammerten sich die Liebenden. Nun erhob Hans Heiling seine Stimme. Geisterhaft hohl klang sie, das Blut in den Adern erstarren lassend: »Die ihr mit mir verbündet seid, Geister der Hölle, ich entbinde euch von meinem Dienst, wenn ihr mir diese da vernichtet. Ich mag dann selbst zugrunde gehen!«

Von Aich aus war zu sehen, wie Blitze hinzuckten über das Haus am Hang. Ein furchtbarer Sturm erhob sich, das Unwetter tobte bis zum Morgen. Als sich die erschreckten Bewohner des Dorfes endlich aus ihren Häusern hervorwagten, war die ihnen vertraute Landschaft so verwandelt, daß sie sie kaum mehr wiederzuerkennen vermochten. An Stelle des sanften Hanges ragte eine Felswand empor, die Hochzeitsgesellschaft war zu Steinbildern erstarrt. So sieht man sie heute noch, die Jungvermählten sich in Todesnot umarmend, die Hochzeitsgesellschaft aber steht da mit gefalteten Händen.

Wie die Sonne aber nun voll heraufkam, und die Dörfler noch immer voll Staunen sich nicht fassen konnten, vollendete sich das Drama. Auf den Felsklippen erschien Hans Heiling, und mit dem Schrei »Ich danke dir Hölle« stürzte er sich in die Fluten der Eger. Der Fluß gab die Leiche nie mehr frei. Die Nixe habe den Hans Heiling hinabgezogen zu sich in ihr Wasserschloß, um ihn vor Teufel und Hölle zu bewahren, hieß es. Und so hatten die Aufpasser damals alle recht: denn den einen Freitag besuchte die Nixe, den andern der Teufel den Hans Heiling.

867.

DIE STEINZWERGE VON ELNBOGEN

Zwischen Karlsbad und Elnbogen ist eine Reihe von zu Stein verwandelten Zwergen zu sehen. Sie haben freundliche Gesichter, am lustigsten aber schaut der Zwerg aus, der gerade beim Fenster hinaussieht. Diese Zwerge waren, ehe sie zu Stein wurden, gutmütige Gesellen, die den Menschen halfen, wo sie nur konnten. Aber als ihre Hilfe seltener wurde, sprach es sich bald herum, daß die armen Wichteln unter den Zauber eines Geisterbanners geraten waren, der sie mit grausamer Strenge zu behandeln begann.

Die Zwerge dachten, wie sie sich von der Fuchtel des Geisterbanners befreien könnten, und es kam ihnen der Gedanke, heimlich im Wald eine Zwergenkirche zu bauen, denn sie hatten ja bei den Menschen gesehen, wie diese an den Schutz eines mächtigen Gottes glaubten. Aber alles hatten sie den Menschen doch nicht abgeguckt, denn sonst hätten sie wohl gewußt, daß man eine Kirche nicht mit einer Hochzeit einweihen könne. Und eben das taten sie, als der zierliche Bau, an den sie so viel Mühe gewandt hatten, fertig war. Mit diesem fröhlichen Fest begann alles. Der Bräutigam war in feierliches Schwarz gekleidet, die Braut trug einen langen weißen Schleier, den die allerwinzigsten Zwerginnen als Brautjungfern über den Boden hielten. In einer roh gezimmerten Forstschenke wurde der Hochzeitsschmaus gehalten. Der Wirt und die Kellner sahen sehr possierlich aus mit den vorgebundenen Schürzen und den Biergläsern in der Hand so groß wie Fingernägel. Die Musik wurde von Grillen gezirpt. Der Zauberer kam aber hinter die Heimlichkeit und erschien, just als das Fest seinen Höhepunkt erreicht hatte. Er wurde fuchsteufelswild, stieß eine Verwünschung aus und bannte das ganze Zwergenvolk, so wie es eben war, zu Steinbildern. Noch heute sind sie der Reihe nach aufgestellt zu sehen, die Zwerglein, wie sie sich in einen Zug formierten, um so die Flucht zu ergreifen. Nur einer von den Wichteln merkte nichts, er blickte gerade zum Fenster des Wirtshauses hinaus, und durch den Bann verewigt, lächelt er den Wanderern zu, die an ihm vorbeikamen und kommen werden.

868.

DER HUNDERTJÄHRIGE SCHLAF

Am Ufer der Eger, nicht weit von Hans Heilings Felsen, liegt eine Höhle, zu der man sich nur durch einen Spalt hineinzwängen kann. Seit einer dort ein Gewimmel von Zwergen gesehen haben will, hat sich niemand mehr in die Höhle hineingewagt. Und da es auch hieß, daß es an ihrem Eingang nicht geheuer sein soll, machten Pilzsucher und Holzsammler einen weiten Bogen um die verrufene Gegend.

Aber einmal geriet eine Bauersfrau im Eifer ihrer Pilzsuche in das Waldstück um die Höhle, doch als sie es merkte und schnell kehrtmachen wollte, fiel plötzlich die Nacht ein, ohne daß es eine Dämmerung gegeben hätte. Der Frau wurde sehr ängstlich zu Mut, sie suchte verzweifelt die Richtung in das Dorf zu finden, tappte aber in der schrecklichen Finsternis nur hoffnungslos hin und her. Plötzlich aber blendete sie heller Lichtschein, sie folgte dem Strahl und stand vor einem Haus, das sie vordem nie gesehen und von dem sie auch nie gehört hatte. Lange zögerte sie einzutreten, aber als die Feuchtigkeit der Nachtluft und die Kälte sie zittern machten, sie sich in den finsteren Wald aber nicht mehr zurückwagte, so trat sie schließlich ein. Sie sah sich einem Alten gegenüber, der an einem Tisch saß und emsig ein Papier beschrieb. Sie verharrte schweigend, bis der Alte endlich aufblickte und die rätselhaften Worte sprach: »Die Hälfte meiner Zwerge ist schon geflogen, also muß auch ich mich bald auf die Reise machen.« Dann wies er der Frau einen Winkel an, wo sie schlafen könne. Weiter wurde nichts geredet. Sie hörte nur das rastlose Kritzeln des Gänsekiels auf dem Papier und ein Rumoren rings um sie, obgleich sie niemanden außer dem Alten in dem Raum entdecken konnte. Das werden wohl die Zwerge sein, dachte sie, aber sie sind unsichtbar. Es verging noch eine geraume Weile, bis ihr geängstigstes Herz Ruhe finden und sie einschlafen konnte.

Als sie erwachte war es heller Morgen, sie befand sich aber nicht mehr in dem Raum des Hauses, sondern lag auf einer Wiese und von dem Haus war nichts mehr zu sehen. Sie fühlte sich glücklich, daß der Spuk vergangen und sie mit heiler Haut davongekommen war. Das Bild des kritzelnden Greises war schon sehr gespenstisch gewesen. Wie sie nun aber in das Dorf Taschwitz, ihrem Heimatort, kam, schien ihr alles so verändert. Sie erkannte kein Haus mehr! Sie konnten doch nicht alle über Nacht abgerissen und durch neue ersetzt worden sein? Hatte sie Gift im Leib, war ihr Auge mit Zauber geschlagen? Und die Leute, die an ihr vorbeigingen! Alles fremde Menschen. Niemand grüßte sie, niemand blieb stehen auf ein Schwätzchen, grüßte sie selbst, bekam sie einen gleichgültigen Gegengruß, so wie man am Lande »Grüß Gott« sagt, wenn man jemandem begegnet, dem man auch sonst noch nie begegnet sein mag. Sie langte schließlich an der Kirche an, der Friedhof umgab sie. Ihr Blick fiel auf einen Grabstein, der verwittert an einem ungepflegten Grab stand: sie entzifferte die Buchstaben, die sich zum Namen ihres Mannes und ihrer Kinder formten. Da wurde sie nun gänzlich verwirrt, rannte auf den Dorfplatz, fragte nach ihrem Haus, nannte ihren Namen, die Leute schüttelten den Kopf, die Kinder machten sich über sie lustig: »Eine Närrische ... eine Närrische ...«

Das große Aufsehen lockte den Landjäger herbei, der führte die Frau erst zum Bürgermeister, und da dieser mit ihr nichts anzufangen wußte, zum Pfarrer. Auch er hatte nie etwas von einer Familie ihres Namens gehört. Aber da sie nun darauf bestand, hier geboren zu sein und hier mit ihrer Familie gewohnt zu haben, sagte der Pfarrer schließlich: »Wenn deine Angaben stimmen, Frau, dann müssen sie ja in meinem Taufbuch verzeichnet sein. Wann bist du denn geboren, liebe Frau?«

Sie nannte Tag, Monat und Jahr, und der Pfarrer schlug die Hände über dem Kopf zusammen: »Da bist du ja weit über hundert Jahre alt und siehst aus wie dreißig.« Nun blätterte er in seinen Matrikeln und fand darin die Eintragung, daß vor hundert Jahren an diesem Tag eine Frauensperson des genannten Namens beim Heiligenfelsen verschollen sei.

Da sie in diesen hundert Jahren nicht gealtert war, lebte sie noch lange, und die Gemeinde betreute sie. Denn ihr Gemüt blieb alle Zeit verdüstert.

869.

VORSCHAU

Unweit Eger in einem Dorfe lebte ein begüterter Landmann, der ging einmal am S. Thomasabende um Mitternacht auf einen Kreuzweg, um die Ereignisse des künftigen Jahres vorzuschauen. Er zog mit geweihter Kreide um sich einen Kreis und wartete, bis die Uhr im Dorfe Mitternacht anzeigte. Da hörte er in der Ferne Pferdegetrappel und Peitschenknall und sah nach einiger Zeit einen schwerbeladenen Wagen mit vier rabenschwarzen Pferden auf sich zukommen. Neben dem Wagen schritt ein riesiger Mann mit rotem Haar und Bart, der unserem Landmanne mit lauter, zorniger Stimme befahl, aus dem Wege zu gehn. Doch der Landmann blieb ruhig im Kreise stehen und der Spuk verschwand mit einem lauten Knalle.

Nach einer Weile sah der Bauer wiederum einige Abteilungen Soldaten in seiner Nähe, die erbittert miteinander kämpften. Auch vernahm er Kanonendonner und eine Kugel flog knapp über seinem Kopfe hinweg. Mit einem Schrei des Entsetzens sprang der Bauer aus dem Kreise und fiel ohnmächtig nieder. Kurze Zeit darauf starb er.

870.

DER VERWÜNSCHTE FREIBAUER

In der Nähe von Eger hatte ein Freibauer einen Hof, zu welchem viele Felder gehörten. Die Schnittzeit ging langsam vorüber und er hatte noch viel Getreide auf dem Felde, als der Regen schon drohte. Da sandte er alle seine Leute aufs Feld und trieb sie zum größten Fleiße an, damit er das letzte Getreide noch trocken in die Scheuer bekomme. Schon fuhr auch wirklich der letzte Wagen dem Hof zu, als es anfing zu regnen. Darüber geriet der Bauer in Wut und schlug mit der Peitsche auf ein Kreuz, das am Wege stand und schrie: Hast du uns das Getreide nicht trocken einführen lassen können? Als sie aber nach Hause kamen, erkrankte der Bauer und starb. Nach seinem Tode erschien er seinem Sohne; er solle eine Lampe vor dem Kruzifix im Hofe brennen lassen. Der Sohn tat so, wenn man aber einmal vergißt, die Lampe anzuzünden, so entsteht ein furchtbarer Tumult im Hofe, den der Geist des verstorbenen Bauers machen soll.

871.

DIE GESPENSTIGE FAHRT ZU OSSEG

Ein Abt des Klosters Osseg war der im Munde des Volkes noch fortlebende Hieronymus Bösneker. Unter den vielen Gerüchten, die von ihm verbreitet sind, ist folgendes das erheblichste. In einer Nacht, als der Nachtwächter der Abtei die Klosterhöfe durchwandelte, klopfte es an den Toren und herein kam der erst verstorbene Abt Hieronymus. Da sich diese Erscheinungen wiederholten, meldete er es am gehörigen Orte, wo man ihm seine Furcht zu benehmen suchte und zugleich dem Nachtwächter die Weisung gab, sollte ihm dieses Gesicht noch einmal erscheinen, so möchte er sogleich zu dem Nachfolger im Vorsteheramte eilen. Beruhigt betrat der Hüter wieder seinen Posten. Um Mitternacht pochte es abermals am Tore gegen Herrlich. Das Tor öffnete sich und herein zogen vier schwarze Rosse schnaubend eine Kalesche, worin sich der Verstorbene befand. Auf das Rufen des Nachtwächters kam der damalige fromme und gottesfürchtige Prälat Kajetan im Ornate, ganz wie er beim Altare erscheint, herbei. Der Mann trat ab und es entspann sich zwischen dem furchtbaren Gaste und ihm ein Gespräch in lateinischer Sprache. Alsbald führte der fromme Kajetan seine Begleiter durch die Tür im Sommersalon, der schon vorbereitet war, hinaus in den Garten, und man sah durch die Lindenallee nach Herrlich wieder die greuliche Gestalt dahinfahren. Diese Allee wurde von dem Wiedererschienenen angelegt. Bald nachher entstand ein heftiges Gewitter, der Blitz schlug in eine Linde dieser Allee und die Krone kam in die Erde, die Wurzel aber oben zu stehen und seit der Zeit war nichts mehr zu sehen und zu hören. Der Enkel jenes Nachtwächters Waitzendörfer, ist ein Mann von 70 Jahren und lebt als Lehrer in Rathschitz.

872.

DER WALDSCHÜTZ

In Rodau, einem Dorfe bei Graslitz im Erzgebirge, erzählt man sich viel von dem Waldschützen. Es soll dies ein Mann sein, der in dem nahegelegenen Walde zu mitternächtlicher Stunde umgeht. Er schlägt dabei mit großer Kraft und Gewalt an die Bäume und verursacht dadurch einen großen Lärm. Zugleich setzt er dem Wilde nach, scheucht es auf und treibt es lange herum, bis ihn die Geisterstunde zurückruft. Dabei hört man, wie er die Hunde hetzt. Deshalb nennen ihn die Leute den Waldschützen. Er geht immer tiefer in den Wald und verliert sich endlich im Forste.

Dieser Waldschütz hat endlich auch die Gewohnheit, die Leute in diesem tiefen Walde irre zu führen. Eines Tages ging ein Holzhauer aus dem Walde nach Hause. Er war noch nicht lange gegangen, als es stockfinster wurde und er furchtbare Axtschläge in seiner Nähe vernahm. Der Holzhauer ging herzhaft auf den Lärm los, weil er glaubte, daß es Holzdiebe seien. Wie er aber auf den Platz kam, wo die Schläge erschallten, sah er einen fremden Mann in Jägertracht, der an die Bäume klopfte. Der Holzhauer fragte: Wer bist du? Ich bin der Waldschütz! sagte der Mann und klopfte weiter. Der Holzhauer folgte dem Mann nach. Um Mitternacht waren sie schon tief in den Wald geraten, da fühlte der Holzhauer plötzlich einen Axtschlag, daß er halbtot zu Boden stürzte. Am andern Morgen, als er aufwachte, standen einige Leute bei ihm, die ihn gefunden hatten. – In der Hochgart geschah es, daß dieser Geist sich am Tage sehen ließ, dann ist er böswillig und läßt niemanden ungeschoren. Ein armer Mann sah ihn und rief ihn dreimal beim Namen: Waldschütz, Waldschütz, Waldschütz! Da drehte sich derselbe um, und sprach: Für dein Necken sollst du hier in einen Baumstumpf verwandelt so lange stehen, bis dich der Zufall erlös't. Augenblicklich ward der Mann zu einem Baumstumpf und wurzelte im Boden. Seine Erlösung aber blieb nicht lange aus. Eines Tages waren Köhler in der Nähe; einer derselben sah den Stock dastehen und dachte, er sei gut, das Mittagsessen darauf einzunehmen. Er legte daher sein Brot darauf, schnitt es mit dem Messer durch, so zwar, daß er auch noch in den Stock schnitt, und hackte auch seine Hacke darin ein. In demselben Augenblicke schrie es heftig auf, der Baumstumpf verschwand und der verzauberte Mann stand erlöst vor den Augen der Köhler.

873.

DAS HEMÄNNCHEN GEHT UM

In Graslitz ist das Hemännchen (Hamann) ein neckender Waldgeist, der seine Freude hat an dem Schaden der Leute. Mehrere Holzhauer fuhren einst mit ihrem Karren in den Wald, um Bäume zu fällen. Als sie den ersten Baum zu Falle brachten, hörten sie ein heiseres Lachen hinter sich und sahen, daß ihre Karren genau an die Stelle geschoben waren, wohin der Baum fallen mußte. Einen Augenblick später waren alle Karren zersplittert. Einige Weiber suchten Heidelbeeren. Nachdem sie ihre Krüge gefüllt hatten, stellten sie dieselben auf den Boden und gingen ein wenig bei Seite. Als sie aber zurückkehrten und ihre Krüge aufheben wollten, blieb der Boden derselben auf der Erde. Zugleich erscholl hinter ihnen ein wildes Gelächter und als sie sich umschauten, sahen sie zwar nichts, erhielten aber eine tüchtige Ohrfeige.

874.

BERGÄFFCHEN UND BERGMÖNCHE

Ein gelehrter Mann im Erzgebirge wollte einmal genau wissen, was es mit den Geistern in den Schächten und Stollen auf sich habe, von denen die Knappen so viel erzählen. So fuhr er viele Male mit den Knappen in die Gruben ein und beobachtete das Treiben der Geister in den Silberschächten. Er hat dann alles aufgezeichnet, es ist auf Pergament gedruckt und in Schweinsleder gebunden worden.

Zwei Arten von Berggeistern sind in den Gruben des Erzgebirges anzutreffen, sie hausen in der Tiefe des Erdinnern und steigen, wenn sie die Lust dazu ankommt, hinauf in die Schächte. Die einen sind den Menschen wohlgesinnt, die anderen betrachten sie als Eindringlinge und hassen sie deshalb. Die freundlichen Berggeister nennt der Knappe »Guteli«. Sie sind quicklebendig wie kleine Äffchen, tanzen und turnen im Schacht umher, hocken auf den Wagen, klopfen bisweilen emsig an den Wänden und tun so, als ob sie schrecklich fleißig wären. Aber sie bringen nichts weiter. Zum Scherzen und Possenmachen sind sie aber immer aufgelegt. Sie erschrecken die Bergmänner durch plötzliches Sturmgetöse, werfen oft auch mit Holzstücken und kleinen Steinen nach ihnen. Haben sie es gar zu arg getrieben, dann suchen sie die Gefoppten dadurch zu versöhnen, daß sie ihnen neue Erzadern zeigen.

Ganz anders geartet sind die bösen Berggeister, die von den Knappen die Bergmönche genannt werden. Sie sind darauf aus, den Menschen, die in ihr Reich vorgedrungen sind, zu schaden, wo und wie sie nur können. Besonders arg trieben sie es einmal in den St. Annen- und Rosenkranzgruben.

Zwölf Knappen, die von auswärts kamen und ihre einheimischen Kumpel wegen ihrer Ängste vor den Bergmönchen verlachten, sahen, nachdem sie eingefahren waren, ein Roß mit einem Hals, so lang wie der übrige Körper, und mit Augen wie Feuerräder auf sich zukommen. Sie drückten sich eng an die Wand des Stollens, und vor ihren Augen verwandelte sich das Roß in einen Bergmönch. Er hauchte die zwölf Knappen mit eisigem Atem an, und bis auf einen, der weiter entfernt gestanden war, waren sie alle auf der Stelle tot. Nachdem er oben bei Tageslicht von dem Geheimnis in der Tiefe berichtet hatte, starb auch er.

875.

DER TOD GEHT VORBEI

Ein Bauer in Nordböhmen war eines Abends ganz allein im Haus. Als er sich in der Stube ein wenig hinsetzen wollte vor dem Schlafengehen, da fiel sein Blick zufällig zum Fenster hinaus. Und es war ihm, als habe er die alte Predigerin vorbeigehen sehen.

Es dauerte auch nicht lange, da hörte er die Haustür gehen, und es kommt jemand herein. Doch da ihm unheimlich ist, rührt er sich nicht von der Stelle, sondern wartet.

Jetzt erkennt er auch die Stimme der alten Predigerin. Sie redet mit wem, und sie fangen an zu streiten. Schließlich ist es wieder ruhig, und es verläßt wieder jemand das Haus.

Aber auch die Stubentür geht, und herein kommt die alte Predigerin.

»Was machst denn du da für Geschichten?« fragt sie der Bauer.

Sie setzt sich zu ihm und sagt:

»Du kannst von Glück reden. Wie ich hereinkomm, seh ich den Tod im Hausgang lehnen. Ich hab ihn überredet weiterzugehen. Und er ist auch gegangen.«

Dem Bauern kommt der Angstschweiß, doch dann denkt er, daß er Glück gehabt hat, und bedankt sich bei der Alten.

Am nächsten Tag fragt er die Leute, ob jemand gestorben ist. Und ganz richtig: der Tod ist in das Haus des Nachbarn gegangen und hat dort den jüngsten Sohn mit sich genommen.

876.

WIE EIN REICHENBERGER FUHRKNECHT DIE PEST VERTRIEB

Es geschah einmal ganz plötzlich an einem Frühlingstag, daß die Pest in Böhmen ausbrach. Man hatte sie bis dahin nur vom Hörensagen gekannt und wohl auch ungläubig den Kopf geschüttelt, wenn erzählt wurde, daß ein von der Pest befallener binnen eines halben Tages sterben müsse. Die Pest kam zuerst nach Eger, und es war noch viel schlimmer, als man es je gedacht hätte. Ohne Unterlaß läutete das Zügenglöcklein. Da es unmöglich war, so schnell so viele Gräber auszuheben, um alle von dem Schwarzen Tod Dahingerafften zu beerdigen, wurden die Toten in große Gruben geworfen und Kalk darüber geschaufelt. Das Schreckliche aber war, daß die Pest alle menschlichen Gefühle zu ersticken schien, die Kinder ihre Eltern mieden und umgekehrt, und jeder nur mehr darauf bedacht war, ob er Anzeichen der Seuche an sich entdeckte. Viele flohen in den Böhmerwald, aber der Schwarze Tod zog ihnen nach.

Und er zog weiter durch Böhmen und kam bis Reichenberg. Dort aber geriet er an seinen Meister. Ein Fuhrknecht war es, der die Pest überlistete, und das ging so zu:

Dieser Fuhrknecht sollte Waren von Reichenberg nach Prag bringen. Früh am Morgen schon hatte er seinen Wagen angespannt und sich auf die Reise gemacht. Kein Mensch war noch auf den Straßen zu sehen. Es verwunderte ihn daher, als er an der Staatsgrenze einem Mann in Begleitung eines alten Weibes begegnete. Als er die beiden näher in Augenschein nahm, kam er zur Gewißheit, den leibhaftigen Tod vor sich zu haben. Denn dem Mann schlotterte ein viel zu großes Gewand um den Leib, und der Fuhrknecht vermutete richtig, daß die Fetzen ein Gerippe verhüllten, außerdem trug der Mann eine Sense. Das Weib aber hatte einen Rechen geschultert, und der Fuhrknecht dachte, daß damit wohl die vielen Toten zusammengekehrt würden. Angst packte ihn, er gab seinen Pferden die Peitsche und raste davon.

Nach einer Zeit blickte er sich um, und da sah er zu seinem Entsetzen die beiden Gestalten hinter ihm herlaufen. Nun schlug er noch toller auf seine Rosse ein, und ein Wettlauf mit dem Tod begann. Erst gegen Abend gelang es ihm, die beiden Verfolger abzuschütteln, und nun machte er bei einem Wirtshaus an der Straße Halt. Er setzte sich an einen Tisch im Freien, bestellte etwas zu essen und einen großen Humpen Wein, um wieder zu Kräften zu kommen. Wer aber beschreibt nun sein Erstaunen, als er das gespenstische Paar auf sich zukommen sah. Nun gab es kein Ausreißen mehr, er mußte auf andere Weise versuchen, mit ihm zurecht zu kommen. Er lud die beiden zum Niedersitzen ein und fragte: »Wollt ihr auch ein Glas Wein, ist vom besten Tiroler? Seid herzlich eingeladen.«

Der Gevatter Tod trank gierig einen ordentlichen Schluck, schob dann den Krug dem Weib mit der Totenharke hin und forderte sie auf, sich auch zu bedienen. Dann kam wieder der Fuhrknecht an die Reihe, und so ging der Humpen zwischen den dreien hin und her, bis er leer war. Dann rückte der Gevatter Tod mit seinem Anliegen heraus: »Du bist ein guter Fuhrmann, und so einen suche ich schon lange. Ich brauche nämlich einen, der die Toten schnell wegschaffen kann, so schnell, wie sie die Vettel da zusammenkehrt. Geld kann ich dir allerdings keines als Lohn geben, doch ich verspreche dir, daß du als einziger bei dem großen Totentanz übrig bleiben wirst, den ich in Reichenberg zu veranstalten gedenke.«

Zwar fand es der Fuhrknecht gar nicht schön, daß sein liebes Reichenberg eine ausgestorbene Stadt sein solle, und ein Leben darin – ohne die lieben Menschen – kam ihm auch nicht so begehrenswert vor, doch konnte er im Augenblick nichts anderes tun, als zuzusagen. Sie wurden also handelseins, und der Mann mit der Hippe wies seinen frisch angeheuerten Knecht an, am nächsten Morgen vor dem Rathaus in Reichenberg auf ihn zu warten. »Halt, noch auf ein Wort«, sagte da der pfiffige Fuhrknecht, der insgeheim den Plan gefaßt hatte, die Stadt vor dem Pesttod zu warnen, »wie wird denn alles vor sich gehen, ich muß mir doch auch alles zurechtlegen, wie ich euch bei Eurer Hurtigkeit am besten zufriedenstellen kann.«

»Ja freilich, es geht alles sehr schnell bei mir zu«, antwortete der Schwarze Tod. »Ich trete in ein Haus ein, atme meinen Pesthauch aus, schon sind alle von der Seuche ergriffen, und ein paar Stündchen später kann sie die Vettel da schon zur Tür hinaus auf die Straße kehren. Du mußte sie dann auf deinen Wagen laden und zum Friedhof hinaus karren.«

»Auf morgen in Reichenberg denn!« rief der Fuhrknecht so fröhlich er konnte, denn es würgte ihm beinahe die Kehle ab.

»Heissa auf morgen in Reichenberg!« antwortete gut gelaunt der Sensenmann.

Der Fuhrknecht machte, als die gespenstischen Gestalten entschwunden waren, sofort kehrt, denn er wollte noch vor dem Morgengrauen Reichenberg erreichen, um die Stadt zu warnen. Er wußte ja jetzt, wie es der Schwarze Tod anstellte, und als er in der Stadt ankam, da suchte er gleich den Bürgermeister auf und erzählte ihm, daß der Schwarze Tod im Anmarsch sei und durch die Haustüren die Wohnungen betreten werde, um sie mit Pestatem anzuhauchen. So ließ denn der Bürgermeister sogleich austrommeln, daß man die Haustüren geschlossen halten solle. Entsetzen lähmte die Stadt, und in allen Häusern wurden die Riegel vorgeschoben.

Vor dem Rathaus wartete der in den Dienst des Todes Getretene auf seinen neuen Herrn. Richtig, so in den ersten Vormittagsstunden kamen er und seine Vettel angetrottet. »Viel Glück«, rief ihm der Fuhrknecht höhnisch zu, denn er dachte, die Stadt sei durch seinen Ratschlag vor dem Schwarzen Tod gefeit. Aber bald darauf sah er schon auf dem Rathausplatz, wie die Vettel die Leichen aus den Häusern fegte. Der Sensenmann winkte ihn herbei, und während der Fuhrknecht die ersten Leichen auflud, war es der Gevatter mit der Hippe, der höhnen konnte: »Du hast geglaubt, mich zu überlisten, aber eine versperrte Haustür ist für den Schwarzen Tod kein Hindernis. Ich hauche meinen Pestatem durch den Schornstein hinab.«

Da wurde der Knecht recht kleinlaut und fragte: »Willst du noch lange in Reichenberg bleiben?«

»Ei freilich«, sagte der Tod, »Reichenberg ist eine große Stadt. Da gibt es die Altstadt, die Neustadt und die Christianstadt. Die alle auszurotten, ist schon ein hartes Stück Arbeit.«

Der Knecht ergab sich in sein Schicksal und karrte eine ganze Reihe von Tagen die Opfer seines Herrn zum Friedhof. Als er wieder einmal einen Wagen voll Leichen vor dem Friedhofstor anbrachte, war kein Totengräber da, so beschloß er also, in der nahen Gaststätte erst einmal ein Glas Bier zu trinken, damit er aber dann gleich abfahren könnte, wendete er den Wagen, bevor er in der Kneipe verschwand. Aus dem ersten Glas Bier wurden zwei, aus zwei wurden drei, denn das Reichenberger Bier ist gut und berühmt. Da trat der Sensenmann wütend in die Schenke und fuhr seinen Knecht an: »Daß du mir nicht wieder den Wagen verkehrt zum Friedhof stellst!«

Da ging dem Fuhrknecht ein Licht auf. Der Tod muß immer von Häupten her dem Sterbenden nahen, das wußte er von seiner Muhme. Wendet man das Bett eines Kranken immer hin und her, ist der Tod überlistet. Und so darf auch der Schwarze Tod seine Sense nicht weiter schwingen, wenn ein Leichenwagen verkehrt vor dem Friedhof steht. Und so gelang es dem Fuhrknecht, mit dem verkehrt aufgestellten Wagen den Tod erst aus Reichenberg und dann aus ganz Böhmen zu vertreiben.

877.

DER ZAUBERKAMM

Es waren zwei Mädchen in Reichenberg, die waren hübsch und auch artig, nur hatten sie immer einen zerzausten Kopf. Sie hielten sich nicht gerne zu Hause auf, sondern spielten lieber im Freien. Am meisten Freude aber machte es ihnen, durch Wald und Feld zu streifen, und davon bekamen sie ihren Struwwelkopf. Und weil es viel Mühe macht, ein von Wind und Wetter verwirrtes Haar in Ordnung zu bringen, hatten sie es immer. Die Freundinnen in der Schule nannten sie deshalb Struwwelliesen. Das kränkte sie, und oft nahmen sie sich vor, sich zu bessern, aber es wurde nie etwas Richtiges daraus.

Bei einer ihrer Wanderungen gerieten die beiden Kinder tief in den Wald hinein, der mit einem Mal jäh zu steigen anfing. Sie verfolgten einen schmalen Steig, der sich dann im Moos verlor. Aber sie wollten nicht eher umkehren, als bis sie die Höhe erreicht hatten. Und da sahen sie sich unversehens auf dem langgestreckten Bergrücken des Jeschken. Weit und breit war kein Weg zu entdecken, mächtige vom Sturm gefällte Baumstämme erschwerten das Suchen, und schließlich verloren sie jede Orientierung. Wie sie nun dastanden, dem Weinen näher als dem Lachen, raschelte es im Unterholz, und ein Buschweiblein trat daraus hervor. »Fürchtet euch nicht«, sagte das winzige Geschöpf, das ein braunes Kleid trug und grünes, struppiges Haar hatte, »ich bin ein Freund der Kinder, weil ich mich vor ihnen wegen meiner Kleinheit nicht zu schämen brauche.«

»Du brauchst dich vor uns wirklich nicht zu schämen«, riefen die Kinder aus einem Mund, »wir finden dich nämlich sehr niedlich.«

»Ja, weil ich genau so struwweliges Haar habe wie ihr«, lächelte verschmitzt das Buschweiblein, »aber wenn ich ordentliches Haar hätte, wäre ich noch viel niedlicher.«

Die Schwestern bestätigen dies, und das Buschweiblein zog darüber sehr erfreut einen kleinen Kamm hervor und begann sich damit tüchtig das Haar zu strählen. Die Mädchen konnten sich kaum fassen vor Staunen, welche Verwandlung mit der Zwergin vorging. Fein und goldglänzend gleich Engelshaar fiel es auf einmal von ihren Schultern, und zugleich röteten sich ihre Wangen, und das Buschweiblein sah richtig aus wie Schneewittchen! Ja, so einen Kamm könnten wir auch gebrauchen, riefen die Mädchen.

Da sagte das Buschweiblein: »Den Kamm schenke ich euch, weil ihr so freundlich mit mir wart. Und ihr werdet auch so schönes Haar haben und so rote Wangen, wenn ihr in den Wald geht und eines das andere kämmt. Doch der Zauberkamm verliert seine Kraft, wenn ihr euren Freundinnen in der Schule etwas davon erzählt oder sie gar noch mit ihm verschönen wollt.« Dann wies sie ihnen den Weg ins Tal. Gleich im Wald kämmten sie einander noch, und mit goldenen, schulterlangen Haaren und Gesichtern wie Engel kehrten die Struwwelliesen nach Hause zurück.

Eltern und Geschwister konnten sich gar nicht fassen, wie fein sich die beiden herausgemacht hatten, doch diese verrieten nichts und schlichen sich nur alle paar Tage einmal in den Wald, um von dort in neuer Schönheit zurückzukehren. In der Schule herrschte das gleiche Erstaunen, aber auch dort hielten die Schwestern fein den Mund. Nun gab es da ein Mädchen, das pechschwarzes Haar hatte und gar zu gern blondes haben wollte. Sie spürte, daß die beiden goldhaarigen Engel ein Geheimnis besaßen, und wurde nicht müde ihnen zuzusetzen, es ihr doch preiszugeben. Anfangs wehrten sich die Goldhaarigen sehr. Sie versicherten der Freundin, wie gut ihr doch das pechschwarze Haar stünde, aber von Tag zu Tag schwand etwas von ihrem Widerstand. Sie waren nämlich schrecklich stolz auf den Zauberkamm und malten sich aus, was für Ansehen sie gewinnen würden, wenn sie die Freundin auf so wunderbare Weise verwandelten. Aber es kam, wie es das Buschweiblein angedroht hatte: das schwarze Haar blieb wie es war, und sie selber mußten sich nun wieder als Struwwelliesen nach Hause schleichen. Es ärgerte sie sehr, daß sie da und in der Schule deshalb verlacht und verspottet wurden. Und sie machten sich von da an die Haare so schön, als wären sie vom Zauberkamm gestreichelt worden, nur die roten Bäckchen kehrten in solcher Frische nicht mehr zurück.

878.

DAS KREUZCHEN

In der Nähe der Stadt Jungbunzlau breitet sich ein großer Wald aus, der unter dem Namen Domosnitzer Wald bekannt ist. In diesem Walde soll in früherer Zeit um Mitternacht ein furchtbares Getöse entstanden sein. Ein Jüngling war neugierig und ging in den Wald, legte sich unter einen Busch und wartete, was da kommen werde. Um Mitternacht erhob sich plötzlich ein großer Wind, und es brauste ein Ritter auf einem weißen Pferde einher, dem eine Menge Jagdgesellen folgten. Unter dem Jagdgefolge befand sich aber gleich in erster Reihe ein schönes Fräulein. Diese bemerkte den Jüngling und machte den Ritter auf ihn aufmerksam. Dieser faßte den Jüngling beim Halse; allein zufällig trug der Jüngling ein Kreuzchen am Halse, das ihm seine Mutter geschenkt hatte. Kaum hatte der Ritter dieses bemerkt, so schrie er laut auf und jagte mitsamt seinem Gefolge eilig davon. Seit dieser Zeit ist er in jener Gegend nicht mehr gesehen worden.

879.

DER BERG BÖSIG UND DER TEUFELSBERG

Zwei Meilen von Jungbunzlau entfernt erhebt sich der berühmte Berg Bösig; daneben steht aber ein Berg, der heißt der Teufelsberg. Einst soll der Teufel mit der Muttergottes gestritten haben, wer den größeren Berg in gleicher Zeit erbaut haben werde. Die Muttergottes nahm die Wette an und fing an Erde zusammenzutragen, der Teufel auch. Die Muttergottes trug in Körben, der Teufel mit Wagen. Allein als die bestimmte Frist gekommen war, zeigte es sich, daß die Muttergottes den heiligen Berg Bösig, der Teufel den viel kleineren Teufelsberg erbaut hatte. Man glaubt, wenn man den Teufelsberg besteigt, während der Priester in der Weihnacht die Mette hält, daß sich der Berg dann öffne und man hineinfalle.

880.

DER VERSUNKENE WAGEN

In uralten Zeiten fuhr durch Bezno, einem Dörfchen im Bunzlauer Kreise, ein junger heidnischer Herr mit seiner Gemahlin auf einem prachtvollen Wagen, der von vier Pferden gezogen wurde. Es war gerade zu der Zeit, daß man im Kirchlein von Bezno zur Wandlung läutete. Der Kutscher, ein Christ, sprang vom Wagen und betete dreimal: »Gott sei mir armem Sünder gnädig.« Darüber ergrimmte der Herr und fluchte jämmerlich über den Knecht und den Gott der Christen. Allein plötzlich öffnete sich ein Abgrund und der Wagen fuhr donnernd in die Erde. Nur der fromme Knecht war gerettet. Der Abgrund aber, wo der Wagen versunken, ist noch heute bei Bezno zu sehen. In diesen Abgrund ergießt sich im Frühling das Schnee- und Regenwasser und verliert sich spurlos in demselben. In dieses Loch warfen sonst die Bewohner von Bezno jedes Jahr im Frühling im Mai eine Ente mit einem roten Bändchen am Halse. Aus einem Brunnen bei Wrutice Kručova soll sie wieder herausgekommen sein. Man erzählt auch, daß der Wagen, der bei Bezno versunken war, an jener Stelle, wo jener Brunnen ist, wieder aus der Erde herausgefahren sei.

881.

DER GLÜHENDE WAGEN

In einem Tale bei Bunzlau wohnte vor vielen Jahren ein wilder Herr, dessen größte Lust es war, den Leuten zu schaden. Als er alt geworden war und nicht mehr gehen konnte, ließ er sich einen goldenen Wagen bauen. Mit dem fuhr er nun rings in der Gegend herum und verwüstete alle Felder. Eines Tages fuhr er über einen Weg, worauf drei Knäblein saßen. Unbekümmert um das Geschrei der herbeieilenden Eltern jagte er über die unschuldigen Wesen fort. Da zuckte plötzlich aus heiterem Himmel ein Blitz herab und schlug den Mann mit dem goldenen Wagen tief in den Boden hinein. Alle neun Jahre nun stieg er einmal und zwar in der Walburgisnacht aus der Erde heraus und umfuhr um Mitternacht sein ehemaliges Besitztum. Sein Wagen war aber rotglühend und überall, wo er vorbeikam, versengte er Gras und Getreide. Schon vor vielen Jahren wagten vier Bauern den Versuch, den Ritter zu erlösen. Sie waren auch fast am Ziele; nach zahlreichen Beschwörungen kam der Wagen herauf und man wollte ihn eben mit dem Blute einer schwarzen Henne bespritzen, als einer der Bauern »Herr Jesus!« ausrief, und sogleich fuhr der Wagen mit fürchterlichem Krache in die Erde zurück und zog die Bauern nach sich.

882.

DER MÖNCH VON KOMMOTAU

Wenn man in Kommotau das alte Rathaus besichtigt, so kommt man in einen Hof, der das »Mönchshöfel« heißt. An der einen Wand desselben bemerkt man ein Steinbild, das einen Mönch vorstellt, dessen Haupt und Hände getrennt sind. Im Rathaus soll nämlich, so oft der Stadt eine Gefahr droht, ein Mönch herumgehen, der den Kopf unter dem Arme trägt. Er geht vom Rathause bis zur Kaserne, einem ehemaligen Jesuitenkloster, wo er verschwindet. Viele Leute wollen ihn schon gesehen haben, namentlich soll er im Jahre 1832 sich gezeigt haben und drei Tage nach seinem Erscheinen ist die ganze Stadt abgebrannt.

883.

WARUM DAS JOHANNISBERG-GLÖCKCHEN »TIM ... LING« WIMMERT

Im Reichensteinergebirge, nicht weit vom Städtchen Jauernig liegt der Johannisberg, auf dem sich der Bischof ein Schloß gebaut hat. In ihm wird ein Zimmer gezeigt, in dem ein Kampf mit dem Teufel stattgefunden hat, und eines der Türmchen des Schlosses besitzt ein Glöckchen und hat einen wimmernden Klang, aus dem ganz deutlich ein »Tim ... ling – Tim ... ling« herauszuhören ist.

Gegenüber dem Johannisberg liegt der Galgenberg. Dort weidete ein Hirte namens Gideon Timling die Schafe eines Bauern. Er war mit zwölf Jahren der Schule entlaufen, weil es ihn ärgerte, daß man dort alles mögliche lernen konnte, nur nicht wie man schnell zu Geld kommt. Das aber war das einzige, was er wissen wollte. Er hatte sich bei einem Bauern verdingt und weitere zwölf Jahre nichts anderes getan als Schafe gehütet. Eine andere Beschäftigung nahm ihn freilich noch mehr in Anspruch. Vom Galgenberg hinüberzuschauen auf das Schloß und davon zu träumen, dort als Verwalter Einzug halten zu können. Er würde da wohl nicht soviel Geld und Macht wie der Fürstbischof haben, aber genug davon würde auch auf ihn übergehen, daß er sich prächtig aufspielen und herrliche Feste veranstalten könnte.

Eines Tages erschien auf dem Galgenberg ein Jäger, ganz in grün gekleidet. Als er Gideons Gruß »Gelobt sei Jesus Christus« mit einer verächtlichen Handbewegung beantwortete, da wußte der Hirte Timling sogleich, wen er vor sich hatte. Der Grüne machte auch nicht viele Umstände und kam gleich zur Sache: »Du willst auch dort auf dem Schloß Einzug halten? Nun, nichts leichter als das. Ich reiche dir hier zwei Blatt Papier. Auf dem einen steht geschrieben, daß du mir deine Seele überläßt und ich sie in sieben Jahren abholen kann. Du wirst es mir unterzeichnen und damit bekommt das zweite Blatt Papier, das noch leer ist, seine Kraft. Darauf kannst du aufschreiben, was du für Wünsche hast, und sie werden dir sofort erfüllt werden.«

Gideon unterschrieb, und der Grüne entfernte sich mit einem Kratzfuß. Auf das leere Blatt Papier aber setzte Gideon Timling den Wunsch, Verwalter des Schlosses auf dem Johannisberg zu werden. Dann steckte er es in seine Tasche und klopfte beim Schloßgärtner an. Der zeigte sich hocherfreut, denn bei ihm sei gerade die Stelle eines Schloßgärtners frei geworden. Gideon Timling brauchte nicht lange in so untergeordneter Stellung zu arbeiten. Er zeigte sich so anstellig, daß der Gärtner meinte, er sei zu Höherem berufen, er solle doch einmal beim Fürstbischof von Breslau anfragen, ob er nicht ein besseres Amt für ihn habe, denn ihm gehöre das Schloß, weil doch auch das Sudetenstädtchen Jauernig in seiner Diözese läge.

Mit dem Blatt Papier in der Tasche suchte Gideon Timling um eine Audienz beim Fürstbischof an und verließ diesen als Verwalter des Schlosses am Johannisberg. Nun begann das Leben, das er sich immer erträumt hatte. Er hatte Macht, bekam ein großes Gehalt und veranstaltete rauschende Feste. Ein Jahr war um, da besuchte ihn der grüne Jäger. Er bat ihn, ein Glöckchen in das Mitteltürmchen des Schlosses hängen zu dürfen, das ihn immer am Jahrestag des Paktabschlusses daran erinnern solle, daß seinen Freuden eine Frist gesetzt sei. Gideon Timling konnte sich der Bitte nicht versagen, und so wimmerte das Glöckchen am ersten Jahrestag des Teufelspakts sein »Tim ... ling – Tim ... ling«. Und ebenso wimmerte es am zweiten Jahrestag und am dritten und am vierten. Als Gideon Timling am fünften abermals daran erinnert wurde, daß in zwei Jahren alle Herrlichkeit zu Ende sein sollte und er mit dem Teufel in die Hölle fahren müsse, da packte ihn endlich die Angst. Er beschloß, nicht mit dem Teufel zu gehen, sondern mit ihm zu kämpfen, ihn zu besiegen und ihn beim Schloß hinauszuwerfen. Er stählte seine Muskeln, lernte fechten und ringen.

Im Städtchen Jauernig hatte man längst gemunkelt, daß es bei dem Verwalter auf dem Schloß nicht ganz mit rechten Dingen zugehen könne. Als dann eines Tages der Teufel beim Schmied vorbeikam und ihn bat, seinen

Pferdehuf neu zu beschlagen und ihm einen eisernen Handschuh zu schmieden, da wußte der Meister gleich, was sich da vorbereitete. Der Teufel bezahlte mit einem Golddukaten für das Beschlagen und mit einem Silberschilling für den Handschuh. Nun ging er zum Schloß hinauf, und bald darauf begann das Glöckchen zu wimmern, das Zeichen, daß der Kampf begonnen hatte. Schnell rief der Meister ein paar Nachbarn zusammen, und mit ihnen lief er zum Schloß hinauf.

Es war die Nacht inzwischen hereingebrochen, aber im Zimmer des Verwalters brannte Licht, und das Fenster stand offen. So konnten die Männer genau beobachten, was darin vorging. Sie sahen wie Gideon Timling mit dem Teufel verzweifelt um seine Seele rang. Der Teufel mußte ein paarmal zu Boden, daß es nur so krachte. Stühle flogen im Zimmer umher, wüste Schreie gellten, und dazwischen wimmerte das Glöckchen: »Tim ... ling – Tim ... ling«.

Aber der Satan erwies sich am Ende doch als der Stärkere. Er bekam den Verwalter am Kopf zu fassen und preßte ihn mit seinem Eisenhandschuh wie in einen Schraubstock hinein. Gideon Timling verlor die Besinnung, und der Teufel entführte ihn durch das offene Fenster in die Lüfte. Die Spuren des Kampfes sind noch heute zu sehen, und jedes Jahr am Tag, da der furchtbare Kampf stattfand, wimmert das Glöckchen am Johannisberg: »Tim ... ling – Tim ... ling.«

884.

DIE WICHTLEIN

Die Wichtlein oder Bergmännlein erscheinen gewöhnlich wie die Zwerge, nur etwa dreiviertel Ehle groß. Sie haben die Gestalt eines alten Mannes mit einem langen Bart, sind bekleidet wie Bergleute mit einer weißen Hauptkappe am Hemd und einem Leder hinten, haben Laterne, Schlägel und Hammer. Sie tun den Arbeitern kein Leid, denn wenn sie bisweilen auch mit kleinen Steinen werfen, so fügen sie ihnen doch selten Schaden zu, es sei denn daß sie mit Spotten und Fluchen erzürnt und scheltig gemacht werden. Sie lassen sich vornehmlich in den Gängen sehen, welche Erz geben oder wo gute Hoffnung dazu ist. Daher erschrecken die Bergleute nicht vor ihnen, sondern halten es für eine gute Anzeige, wenn sie erscheinen und sind desto fröhlicher und fleißiger. Sie schweifen in den Gruben und Schachten herum und scheinen gar gewaltig zu arbeiten, aber in Wahrheit tun sie nichts. Bald ists, als durchgrüben sie einen Gang oder eine Ader, bald, als faßten sie das Gegrabene in den Eimer, bald, als arbeiteten sie an der Rolle und wollten etwas hinauf ziehen, aber sie necken nur die Bergleute damit und machen sie irre. Bisweilen rufen sie, wenn man hinkommt, ist niemand da.

Am Kuttenberg in Böhmen hat man sie oft in großer Anzahl aus den Gruben heraus und hinein ziehen gesehen. Wenn kein Bergknappe drunten, besonders wenn groß Unglück oder Schaden vorstand (sie klopfen dem Bergmann dreimal den Tod an), hat man die Wichtlein hören scharren, graben, stoßen, stampfen und andere Bergarbeiten mehr vorstellen. Bisweilen auch, nach gewisser Maße, wie die Schmiede auf dem Amboß pflegen, das Eisen umkehren und mit Hämmern schmieden. Eben in diesem Bergwerke hörte man sie vielmals klopfen, hämmern und picken, als ob drei oder vier Schmiede etwas stießen; daher sie auch von den Böhmen *Haus-Schmiedlein* genannt wurden. In Idria stellen ihnen die Bergleute täglich ein Töpflein mit Speise an einen besondern Ort. Auch kaufen sie jährlich zu gewissen Zeiten ein rotes Röcklein, der Länge nach einem Knaben gerecht, und machen ihnen ein Geschenk damit. Unterlassen sie es, so werden die Kleinen zornig und ungnädig.

885.

DAS KREUZ VON SOLNICE

In der Nähe des Städtchens Solnice bei Reichenau im Königgrätzer Kreise steht auf einem Hügel ein steinernes Kreuz, das alljährlich um etwas tiefer in die Erde sinkt. Wenn es ganz versunken sein wird, wird der jüngste Tag einbrechen.

Bei Časlau stehen an einem Kreuzwege zwei Kreuze, ein goldenes und ein hölzernes. Dort sieht man in den Bittagen einen feurigen Mann um Mitternacht umgehen. Wenn von dem goldenen Kreuze die rechte Hälfte und von dem hölzernen schwarzen die linke Hälfte des Querbalkens abfallen wird, so kommt der jüngste Tag.

886.

DIE WEISSE FRAU BEI KÖNIGGRÄTZ

Unweit Platzka bei Königgrätz sieht man am Elbufer alljährlich eine weiße Frau umgehen. Sie soll ungerecht behandelt worden sein und in der Wut ihr ganzes Gesinde umgebracht haben. Unter dem Gesinde befand sich jedoch das Pflegekind einer Hexe, welche die Prinzessin aus Rache verzauberte. Wenn jemand nach dem S. Jakobstage dort badet, so zieht ihn die weiße Frau in ihr unterirdisches Schloß, wo er ihre Gärten bebauen muß. Sie soll so lange verzaubert bleiben, bis ein Pilger bei dem Kreuze, das sich dort befindet, drei Vaterunser betet.

Eine andere verzauberte Prinzessin soll bei dem Dorfe Kuklena ihre Wohnung haben. Sie soll von einem Ritter, den sie mit seinem Heiratsantrag abgewiesen hatte, verzaubert sein. Geht jemand am Allerheiligentag an diesem Orte vorüber, so nimmt sie ihn mit in ihr Schloß und läßt ihn nicht eher los, als bis er ihr etwas Essen gegeben hat. Sie ist auf so lange verwünscht, bis einer aus der Familie des zurückgewiesenen Ritters ihr etwas schenken wird.

887.

DAS WEINFASS IM HELFENSTEIN

Eine Meile von Trautenau entfernt liegt der Helfenstein, ein steiler Fels, der einst eine Raubritterburg trug. Wohin das Geschlecht gekommen ist, das einst auf dem Helfenstein hauste und das Land ringsum bedrückte, weiß man nicht. Es war eines Tages einfach nicht mehr da. Der Helfenstein gehört zum Riesenberg, und halbwegs zwischen ihm und Trautenau findet man auf Landkarten, die die Ortsnamen noch so festhalten, wie sie seit urdenklichen Zeiten gelautet haben, den Weiler Mäschendorf verzeichnet.

Eines Tages war eine Magd aus Mäschendorf auf die Wiesen beim Riesenberg hinausgekommen, um das Vieh von der Weide zu holen. Eine Menge Kinder spielten dort, und plötzlich sagte die Magd: »Kommt Kinder, wir wollen in den Helfenstein und das große Weinfaß anschauen.« Obgleich keines von ihnen jemals etwas von einem Weinfaß im Helfenstein gehört hatte, waren sie doch gleich dabei, mit der Magd zu ziehen, nur ein kluges Mädchen fragte: »Wie kommen wir eigentlich zum großen Weinfaß?«

»Darüber brauchst du dir weiters keine Gedanken zu machen«, antwortete die Magd, »es wird eine Tür im Berg sein, und es wird ein Schlüssel im Schloß stecken, ich werde aufschließen, und wir werden in den Helfenstein hineingehen.«

Wie es die Magd angekündigt hatte, so traf es auch ein. Sie brauchte nur noch den Schlüssel umzudrehen. Das Tor sprang auf, und sie gelangten in einen Raum, in dem weiter nichts zu sehen war als Staub und Spinnweben. Doch da entdeckte eines der Kinder eine zweite Tür, und durch sie gelangte die kleine Schar in eine Art Kellergewölbe, in dem allerlei Hausrat herumlag und in dem auch ein großes Weinfaß stand. Es sah sehr merkwürdig aus. Die Dauben waren zum größten Teil abgefallen, doch hatte sich an ihrer Stelle eine fingerdicke Haut gebildet, die das Faß zusammenhielt. Die Kinder brachen in Rufen des Erstaunens aus, die Magd aber sagte: »Ich hatte es anders in Erinnerung.«

Nun wurde eine weitere Tür von innen geöffnet, ein Mann mit einem Zinnkrug kam in das Gewölbe und ließ ihn vollaufen, nachdem er den Zapfhahn des Fasses aufgedreht hatte. Die Kinder wußten nicht, wem sie sich in ihrer Neugier zuerst zuwenden sollten, denn in dem Gemach, zu dem ihnen der Blick jetzt freigegeben war, sahen sie an einer langen Tafel Männer und Frauen sitzen und ein fröhliches Gelage halten. Der Mann aber, der den Wein holte, erregte ihre Aufmerksamkeit, durch sein seltsames Gewand, und sie umdrängten nun ihn: »Ein, was für ein schöner, neuer Hut und die rote Feder drauf und das Wams, mit Gold bestickt!«

Der Mann forderte die Magd und die Kleinen auf, doch nur ruhig weiterzugehen, sie würden auch etwas Gutes zu essen bekommen, und tanzen könnten sie auch, denn gleich würde die Musik wieder aufspielen. Damit entfernte sich der Mann mit dem gefüllten Zinnkrug. Den Kindern wurde es aber jetzt doch ein bißchen unheimlich, weil die Leute alle so gekleidet waren wie sie es noch nie gesehen hatten, und sie zögerten, der Aufforderung nachzukommen. Die Magd drängte: »Nun geht doch schon Kinder, habt ihr nicht gehört, wie freundlich ihr eingeladen worden seid.« Und da kam auch schon wieder der Mann von vorhin und ermunterte die Schar: »Nur vorwärts und nur vorwärts.« Da packte das kluge Mädchen die Magd plötzlich bei der Hand und sagte: »Nur heraus, nur heraus, es sind alles verwehte Menschen hier.«

Die Magd folgte dem Mädchen, als sie dieses bei der Hand nahm, und alle liefen so schnell sie konnten den Weg zum Eingangstor zurück. Als sie in Mäschendorf ihr Erlebnis erzählten, glaubte man ihnen nichts. Nur der Pfarrer, wie sie alle haarklein dasselbe berichteten, meinte, es könnte doch etwas Wahres daran sein, sicher sei, daß sie niemals aus dem Berg herausgekommen wären, wenn sie den Festsaal betreten hätten. Nun nahm er noch die Magd ins Gebet, wie sie darauf gekommen sei, von einem unterirdischen Gewölbe im Helfenstein zu reden. Die Magd erwiderte, sie habe sich gar nichts dabei gedacht, es sei ihr so plötzlich eingefallen. Da sagte der Pfarrer: »Es leben in manchem vergangene Dinge und Menschen, und er weiß es nicht.«

888.

DIE ZWERGENBURG

Der Graf von Rosenberg auf dem Schloß Krumau vermählte seine achtzehnjährige Tochter Berta mit Hans von Liechtenstein, Herr auf Nikolsburg. Der war steinreich und der Rosenberg'sche fragte nicht danach, daß seine Tochter den armen Herrn von Sternberg liebte. Auch daß der Herr von Nikolsburg einen üblen Ruf hatte und als roh und gewalttätig verschrien war, hatte den Grafen auf Krumau von seinem Plan nicht abbringen können. Schon bei der Hochzeitstafel zeigte der Nikolsburger sich von der übelsten Seite. Weil er einen liebevollen Blick des traurigen Herrn von Sternberg erspäht zu haben glaubte, sprang er auf, zerrte den Jüngling auf den Söller und machte Miene, ihn die Burgmauer hinab in die Moldau zu werfen. Einigen beherzten Gästen gelang es im letzten Augenblick, den Wütenden von seinem Vorhaben abzubringen.

Auf Schloß Nikolsburg erlebte Berta ein wahres Martyrium an der Seite des rohen Gatten und dreier böser Frauenspersonen; ihrer Schwiegermutter und zwei Schwägerinnen, den beiden Schwestern des Burgherrn. Ein Knabe kam zur Welt und starb bald nach der Geburt, eine Tochter, die den Namen Elisabeth erhielt, blieb ihr erhalten. Genau an ihrem 25. Hochzeitstag fand ihr Leiden ein Ende. Ihr Gatte wurde an diesem Tag von einem jähen Tod dahingerafft. Die drei bösen Frauen bekamen es nun mit der Angst, die Witwe könnte Besitzrechte auf Nikolsburg geltend machen, sie hätten ihr am liebsten Gift eingeschüttet, um sie loszuwerden, doch schreckten sie davor denn doch zurück. Dafür heckten sei einen anderen Plan aus. Zum Besitztum des Verstorbenen gehörte eine halbverfallene Burg in Neuhaus. Der Verwalter war ins Dorf übersiedelt, weil ein Zwergengeschlecht sich in ihr eingenistet hatte und er von ihm Böses befürchtete. Darum mieden auch die Bewohner von Neuhaus das allmählich zerbröckelnde Gemäuer. Die drei nun redeten der Frau Berta ein, sie habe jetzt die Pflicht, sich um die Besitztümer ihres verstorbenen Mannes zu kümmern, manches läge im argen und aus der Herrschaft Neuhaus wäre noch viel herauszuholen. Insgeheim dachten sie, die Zwerge würden Frau Berta und ihre Tochter schon vom Leben zum Tod befördern, weil sie das Erscheinen der beiden in ihrem Treiben störte. Berta und Elisabeth wiederum waren froh, der Hausgemeinschaft mit der bösen Verwandtschaft wenigstens für eine Zeit ledig zu sein, willigten ein und machten sich auf den Weg.

Als sie das Dorf Neuhaus durchschritten und den verwachsenen Pfad zum Hügel einschlugen, auf dem sich die Burg erhob, kam ihnen ein Bauer nachgelaufen, und indem er sich ohne Unterlaß bekreuzigte, beschwor er die Damen, kehrt zu machen und ihre Seele zu retten. Nun erfuhren sie zum ersten Mal von dem Gerücht, daß böse Zwerge die Burg in Besitz genommen hätten. Im Weiterschreiten glaubte Elisabeth ein freundliches Piepen aus dem hohen Gras zu hören, und sie versicherte dem Bauern, der ihnen noch immer warnend und beschwörend nachlief, sie habe geheime Botschaft erhalten, daß es gute Zwerge seien, die in dem verfallenen Gemäuer hausten.

Die Gemächer der Burg fanden sie in vollkommen verwahrlostem Zustand vor, und sie erkannten jetzt wohl, daß ihre Feindinnen in Nikolsburg sie ins Unglück hatten schicken wollen. Aber sie vertrauten auf ihren guten Stern, machten in dem Schlafgemach einigermaßen Ordnung und legten sich dann zu Bett. Von der tagelangen Wanderung müde, schliefen sie alsbald fest ein. Um Mitternacht weckten sie schlurfende Schritte, leises Piepen, und die Augen aufschlagend sahen sie ein Gewimmel kleiner Männlein, die kleine Leuchten in winzigen Händen trugen. Einer aus der unübersehbaren Schar trat an die Betten heran. Er trug einen goldenen Kronreif und gab sich als König der Zwerge zu erkennen. Sie führten nichts Böses im Schilde, nur der Kastellan, der im Auftrag des gewalttätigen Herrn von Nikolsburg das Schloß verwaltete, habe sie vertreiben wollen mit Mitteln, mit denen man Ameisen oder Ratten ausräuchert, und das hätten sie sich nicht gefallen lassen. Es wäre ihnen leicht gefallen, den Kastellan zu töten, doch begnügten sie sich damit, ihn besonders während der Nacht zu zwacken und zu zwicken, worauf der Statthalter des Nikolsburgers Reißaus genommen und die Burg dem Verfall preisgegeben hätte. Wenn sie hier weiter wohnen bleiben dürften, dann würden es die beiden Damen nicht zu bereuen haben. So sprach der König, und Berta und ihre Tochter Elisabeth riefen aus einem Mund: »Oh, bleib doch, du lieber, kleiner König.«

Da verneigte sich der kleine König und bat nur noch um eine Gunst. Er und seine Brüder äßen um alles gerne Hirsebrei, und für ein gutes Hirsegericht würden sie auch die Burg wieder instandsetzen. Berta und Elisabeth bereiteten denn in einem großen, großen Topf Hirsebrei zu, stellten ihn im Speisesaal der Burg auf, nur wußten sie nicht woher sie die Tellerchen und Löffelchen nehmen sollten, damit die Zwerge bequem speisen konnten. Da nun die Nacht hereinbrach und der Hirsebrei gerade so weit abgekühlt war, daß man ihn, ohne sich die Zunge zu verbrennen, genießen konnte, erschienen eine Unzahl von Zwergen. Alle mit kleinen Tellerchen und Löffelchen ausgerüstet. Mutter und Tochter hatten nichts weiter zu tun, als mit einer Schöpfkelle die Tellerchen vollzufüllen. Die Zwerge verschwanden für diese Nacht, hielten aber ihr Versprechen. In vielen folgenden Nächten setzten sie die ganze verfallene Burg wieder instand. Gräfin Berta und ihre Tochter lebten noch lange dort und wurden als Wohltäter weithin berühmt im Böhmerwald.

889.

DIE WAFFENHÖHLE BEI LANDSKRON

In einem Walde bei Landskron liegt der Purzhügel, der große Schätze enthält und sich jedes Jahr am Palmsonntage öffnet. In diesem Hügel ist eine Höhle und vor der Höhle liegt ein großer platter Stein, der die Form einer Türe hat. Unter diesem Steine sickert beständig Wasser hervor, das bereits zollhoch den Grund der Höhle bedeckt. Von dieser Höhle sagt man sich folgende Prophezeihung, die dem blinden Jüngling zugeschrieben wird:

Nach vielen Jahren wird auf dem nahen Krohenfelde eine große Schlacht zwischen dem österreichischen, russischen und türkischen Kaiser geliefert werden. Alle Russen und Türken werden darin ihren Tod finden. In dieser Zeit nun wird sich die steinerne Tür öffnen und das Wasser so gewaltig in die Höhle dringen und sie so ausfüllen, daß kein Vogel ohne zu ersticken, Platz haben werde. Dann wird die Posaune der Engel erschallen und der jüngste Tag hereinbrechen.

890.

DER WAFFENSCHMIED IM SCHWARZEN FELSEN

In der Gegend von Budweis ist ein großer schwarzer Felsen, in dem Felsen sitzt ein Waffenschmied, der schmiedet an einer Rüstung. Jedes Jahr macht er einen Schlag und wenn die Rüstung fertig sein wird, dann wird sie der Befreier anlegen und mit ihrer Hilfe alle Feinde vertilgen.

891.

DER KOPFLOSE EINÄUGIGE

Eine Stunde von dem Marktfleckchen Forbes im südlichen Böhmen liegt ein Meierhof mit Namen Tročnov.

Die Bewohner der Umgegend erzählen sich von einem kopflosen Manne, der sich in den Wäldern bei Tročnov aufhalte. Derselbe hat ein großes Auge auf der Brust und ist ganz weiß gekleidet. Er kommt nachts aus dem Walde in die Nähe der genannten Meierei, trägt einen Grenzstein in den Händen und ruft mit entsetzlicher Stimme: Wohin soll ich diesen Stein setzen? Erhält er auf seine Frage keine Antwort, so begibt er sich wieder zurück in das Gehölz. Gibt man ihm aber zur Antwort: Lege ihn dorthin, wo du ihn genommen hast; so wird er dadurch gereizt, und läuft demselben nach.

Glücklicherweise hat er noch niemanden ertappt, obgleich die Knechte ihn oft zum besten halten.

An einem Abende ging der Schaffner dieses Meierhofes mit allen seinen Knechten und Dreschern aus, um in dem nahen Bache bei Licht Krebse zu fangen. Als nun alle beschäftigt waren, da fing ihr Hund an zu winseln und kroch dem Schaffner zu Füßen. Dieser stand auf und erblickte zu seinem Schrecken zehn Schritte vor ihnen den Kopflosen, der ihrem Geschäfte stillschweigend zuschaute. Ganz erschrocken durch den Ruf: Kopfloser! sprangen alle aus dem Bache, ließen ihren Fang zurück und suchten diesem unheilvollen Gaste zu entkommen.

Als einst drei Männer von Forbes von einem Besuche aus Lagau zurückkehrten, verspäteten sie sich. Sie kamen um Mitternacht in die Wälder bei Tročnov, und als sie durch ein Dickicht gingen, hörten sie ein Geräusch in ihrer Nähe. Sie verhielten sich jedoch ruhig und lauschten ängstlich. Da sahen sie, wie der Kopflose aus dem einen in das andere Dickicht über den Weg schnellte. Doch setzten sie ihren Weg fort, und einer fragte den andern, ob er auch den Kopflosen gesehen habe.

892.

WASCHWEIBCHEN UND WASSERMÄNNLEIN

An einem Bach, der am Rande eines Böhmerwalddorfes dahinplätscherte, pflegten so um die Sommersonnenwende klitzekleine Geschöpfe zu erscheinen und Wäschestücke zu waschen, die so klitzeklein wie sie selber waren und die sie in ebensolchen klitzekleinen Körben herbeigeschleppt hatten. Man wußte, daß die Kleinen dem Geisterreich angehörten, aber gutmütige und freundliche Geschöpfe waren und niemandem etwas taten. Die Dörfler kamen, wenn sich die Kunde von ihrem Erscheinen verbreitete, herbei, um die Geschwindigkeit zu bestaunen, mit der die Kleinen, die Waschweibchen genannt wurden, ihre Arbeit erledigten. Aber ganz nahe an sie heran traute sich doch niemand – man konnte ja nicht wissen, wie sie das aufnehmen würden.

Da war aber nun ein Bursche im Ort, der sich als Fallensteller betätigte. Von den Ottern holte er das Fell, die Füchse fing er wegen ihrer Schädlichkeit und die Geier wegen ihrer Federn, denn Geierfedern als Hutschmuck verkauften sich gut. Diesem Schlingel nun fiel ein, sich ein Waschweiblein zu fangen. Er bastelte sich ein Fangeisen aus dünnen Drähten, damit es sein Opfer nicht verletzt und stellte es unter einem Erlengebüsch auf. Und richtig fing sich ein Waschweiblein darin. Er trug das niedliche Geschöpf nach Haus, wo es allseits gebührend bestaunt wurde. Aber still zu halten, das war seine Art nicht. Gleich stieg es auf die Waschbank hinauf und begann das Geschirr zu spülen, anderntags scheuerte es den Fußboden, und sich am Waschtag emsig mitzubetätigen, das schien seine größte Freude. Gelegentlich kam ein Wassermännlein gegen Abend geschlichen, so klitzeklein wie das Waschweiblein, und stellte sich unter das Fenster. Das Waschweiblein kletterte dann auf den Sims und plauderte mit dem Männlein. Das Waschweiblein lief aber nun immer barfuß umher, und als der Winter kam, dauerte es die Eltern des Fallenstellers, und sie beschlossen, ihrem Hilfsgeist ein Paar Schühlein machen zu lassen. Freilich durften sie ihm nicht zu nahekommen und konnten daher nicht maßnehmen, doch verfielen sie auf den Gedanken, feinen Sand in der Küche auszustreuen, und mit Fußabdrücken, die das Waschweiblein hinterließ, hatten sie ja dann die Maße. Der Schuster des Dorfes fertigte danach ein Paar klitzekleine, allerliebste Schühchen an, und die Eltern des Fallenstellers stellten sie auf die Waschbank, denn sie ihrem Hilfsgeist in die Hand zu drücken, das wagten sie nicht. Das Waschweiblein nahm die Schuhe, zog sie an und fing dann bitterlich zu weinen an. »Das Geschenk ist so schön«, schluchzte es, »aber es ist mir verboten, Lohn anzunehmen, darum muß ich jetzt wieder fort.« Und damit eilte es aus dem Haus, und nie mehr wieder hat man am Bachufer ein Waschweiblein gesehen.

893.

DIE VERWÜNSCHUNG AM DREISESSELBERG

Der Dreisesselberg oder die Dreisteinemark ist ein 1336 Meter hoher Gipfel des südlichen Böhmerwaldes, da, wo Böhmen, Bayern und Österreich zusammenstoßen. Sein Gipfel besteht aus Granitblöcken, die als Krönung drei Spitzen bilden. Sie haben die Form von Sitzen und jeder von ihnen bietet die Aussicht in eines der drei Länder. Es heißt, daß in heidnischer Zeit die Könige von Böhmen, Bayern und Österreich sich diese Sessel aus dem Fels heraushauen haben lassen, wobei sie übereingekommen seien, daß der Bayer gegen Westen, der Böhme gegen Osten der Österreicher aber gegen Süden sich niedersetzen sollte. So viel Land dürfe er dann in Anspruch nehmen soweit sein Blick reichte. So teilten sie also die Länder unter sich. Den Abend dieses denkwürdigen Tages sollte ein Festschmaus beschließen, und man sandte Diener aus, damit sie aus dem See unterhalb des Berges, der fortan der Dreisesselberg hieß, Forellen holen sollten. Wie sie nun das Netz in das Wasser warfen, drängten sich die Fische in großer Menge heran, und bald hätten sie das Netz gar nicht mehr hochheben können, so schwer war es von der zappelnden Last. Die Knechte stutzten, als sie die Fische sahen, denn sie waren rotgefleckt um das Maul, und dann und wann sprühten auch Funken aus ihren Schuppenleibern. Es wurde ihnen bange, und am liebsten hätten sie die Fische, die gar nicht aussahen wie Forellen, der Flut zurückgegeben, aber sie fürchteten, ihre Herren würden ihnen nicht glauben. Also trugen sie ihre Last zur Bergspitze hoch, entzündeten dort ein Feuer und setzten einen Kessel mit Wasser darüber. Dahinein warfen sie den Fang. Die Könige hatten ihre steinernen Throne verlassen, um sich zum Mahl zusammenzusetzen. Doch die Fische, statt im Wasser zu garen, wurden dort erst recht lebendig, und je stärker es im Topf brodelte, desto lustiger wurden sie, sprangen hoch und sangen ... ja sangen, wie Menschen singen, und manchmal gaben sie auch Töne von sich, die sich wie das Sausen der Windsbraut anhörten. Da rief der böhmische König, die Diener sollten die Fische zurückbringen in den See, und er verwünschte das blühende Land. Statt Ähren wuchsen dort nun fortan Bäume, und so entstand der Böhmerwald.

894.

DIE SEMMELSCHUHE

Im Klatauer Kreis, eine Viertelstunde vom Dorf Oberkamenz, stand auf dem Hradekberg ein Schloß, davon noch einige Trümmer bleiben. Vor alter Zeit ließ der Burgherr eine Brücke bauen, die bis nach Stankau, welches eine Stunde Wegs weit ist, führte und die Brücke war der Weg, den sie zur Kirche gehen mußten. Dieser Burgherr hatte eine junge, hochmütige Tochter, die war so vom Stolz besessen, daß sie Semmeln aushöhlen ließ und statt der Schuhe anzog. Als sie nun einmal auf jener Brücke mit solchen Schuhen zur Kirche ging und eben auf die letzte Stufe trat, so soll sie und das ganze Schloß versunken sein. Ihre Fußstapfe sieht man noch jetzt in einem Stein, welcher eine Stufe dieser Brücke war, deutlich eingedruckt.

895.

DER KRÄMER UND DIE MAUS

Vor langen Jahren ging ein armer Krämer durch den Böhmerwald gen Reichenau. Er war müd geworden und setzte sich, ein Stückchen Brot zu verzehren; das einzige, was er für den Hunger hatte. Während er aß, sah er zu seinen Füßen ein Mäuschen herumkriechen, das sich endlich vor ihn hinsetzte und aufschaute, als erwartete es etwas. Gutmütig warf er ihm einige Bröcklein von seinem Brot hin, so not es ihm selber tat, die es auch gleich wegnagte. Dann gab er ihm, so lang er noch etwas hatte, immer sein kleines Teil, so daß sie ordentlich zusammen Mahlzeit hielten. Nun stand der Krämer auf, einen Trunk Wasser an einer nahen Quelle zu tun; als er wieder zurückkam, siehe, da lag ein Goldstück auf der Erde und eben kam die Maus mit einem zweiten, legte es dabei und lief fort, das dritte zu holen. Der Krämer ging nach und sah, wie sie in ein Loch lief und daraus das Gold hervorbrachte. Da nahm er seinen Stock, öffnete den Boden und fand einen großen Schatz von lauter alten Goldstücken. Er hob ihn heraus und sah sich dann nach dem Mäuslein um, aber das war verschwunden. Nun trug er voll Freude das Gold nach Reichenau, teilte es halb unter die Armen und ließ von der andern Hälfte eine Kirche daselbst bauen. Diese Geschichte ward zum ewigen Andenken in Stein gehauen und ist noch am heutigen Tage in der Dreieinigkeitskirche zu Reichenau in Böhmen zu sehen.

896.

DIE POLEDNICE ENTFÜHRT EINE WÖCHNERIN

In der Mittagsstunde geht in Böhmen eine Frau um, die heißt Polednice. Sie ist entweder weiß oder auch rot gekleidet und erscheint insbesondere Sechswöchnerinnen, wenn sie sich in der Mittagszeit im Freien blicken lassen. Daher sieht man streng darauf, daß solche Frauen um zwölf Uhr mittags zu Hause sind. Ebenso wenig dürfen sie des Abends nach dem Feierabendläuten aus der Stube gehn.

In Přibram ging einmal eine Sechswöchnerin aufs Feld, um den Schnittern, die dort Garben banden, das Mittagsessen zu bringen. Die Schnitter erschraken gleich, wie sie die Frau kommen sahen, und warnten sie und sagten, sie sollte eilen, daß sie vor dem Mittagsläuten nach Hause komme. Die Wöchnerin aber lachte über die Furcht ihrer Leute und sagte, daß sie warten und das leere Geschirr wieder mitnehmen wolle. Sie setzte sich daher zu den Schnittern ins Gras und plauderte. Auf einmal entstand ein großer Wirbelwind, und die Frau war mitten aus den erschrockenen Schnittern verschwunden. Erst nach Jahr und Tag kam sie wieder nach Hause. Die Polednice sagte man, habe sie entführt und im Wirbelwind herumgetragen.

897.

DER TEUFELSHÜGEL BEI PŘIBRAM

Eine Viertelstunde von Přibram ist eine Mühle, die heißt na lukách (auf den Wiesen). Oberhalb dieser Mühle erhebt sich ein ziemlich großer Hügel, der čertový pahorek (Teufels-Berglein), der in der Nachtzeit gern von den Leuten in der Gegend gemieden wird. Auf diesem Hügel soll nämlich um Mitternacht der Teufel sitzen und Violine spielen. Einmal ging ein Bergmann aus Přibram des Nachts über den Hügel nach Hause, da hörte er ein solches Pfeifen in seiner Nähe, daß er davon wie betäubt war und sein Gehör zu verlieren glaubte.

Auf dem mitternächtlichen Vorsprunge der Ruine Žembera bei Schwarzkostelec soll gleichfalls der Teufel sitzen und zu gewissen Zeiten auf dem Dudelsack spielen.

898.

DAS SCHWARZE GEFÄHRT

Ungefähr drei Viertelstunden von dem böhmischen Dorfe Scheibradaun, unweit Neuhaus, ist ein großer Wald. In demselben hört man zur Zeit des Neumondes (an den sogenannten neuen Tagen) die wilde Jagd. Abgesondert von derselben sieht man am Rande des Waldes den »schwarzen Mann« mit breitkrempigem Hute. Schritt vor Schritt fährt neben ihm ein anderer in einem Wagen, der höher ist als die Waldbäume. Der Wagen sowohl, als auch die beiden Pferde sind schwarz.

899.

DER TOLLE GRAF VON ZIEGENHALS

Bei Ziegenhals, auf dem Boden noch, der Österreich nach den großen Kriegen um Schlesien verblieben war, stand ein Schloß, in dem einst ein Freigraf wohnte, dem die tollsten Dinge nachgesagt wurden. Er setzte seinen Ehrgeiz daran, als Sünder zu gelten. Wenn die Sonntagsglocken zum Kirchgang läuteten, begann er mit wüsten Gesellen ein Gelage zu feiern, und mit wildem Trunk und Würfelspiel wurde des Tags des Herrn gespottet. Die Gräfin leistete ihm dabei nach Leibeskräften Gesellschaft, denn sie konnte dem Humpen genauso zusprechen wie ein Mann. Der Graf ließ die Felder, die er von seinem Vater in ordentlichem Zustand übernommen hatte, vernachlässigen. Erst schoß Unkraut aus den nicht mehr gepflügten Furchen, ihm folgte Buschwerk und bald rückte auch der Wald auf das Feld vor. Wenn man ihn dafür zur Rede stellte, dann pflegte er zu antworten: »Auch Disteln sind von Gott geschaffen und der Wald erst recht.« Sagte nun einer, daß es viele hungrige Menschen und zu wenig Felder gäbe, antwortete er unwirsch: »Es macht mir Spaß, Nützliches verkommen zu lassen, und als Beweis lade ich dich zum nächsten Sonntag auf eine Kegelpartie ein, wo wir Brotlaibe als Kugel benützen wollen.« Einmal begab sich der Pfarrer aufs Schloß, um dem tollen Grafen ernsthaft ins Gewissen zu reden. Da wurde denn dieser auch ernsthaft und sagte: »Diese meine Felder waren einmal Wald, und ich habe einem geheimnisvollem Auftrag zu gehorchen, sie wieder zu Wald zu machen.« Da ahnte der geistliche Herr, daß er vor einem Zauber stünde und ließ von seinen Vorstellungen ab.

Nun kam auch dem Kaiser das tolle Treiben des Grafen zu Ohren, und er verfügte, daß ihm sein Grund wegzunehmen sei, weil Ackerboden in den Sudetenbergen knapp sei und er nicht wünsche, daß den Menschen dort Mehl und Brot weggenommen werde. Dem Graf blieb nichts anderes übrig, als sich dem Befehl zu fügen, und er bat nur um eine Gnade, weil er einen geheimnisvollen Auftrag zu erfüllen habe. Dem kaiserlichen Kommissar kam dieses Ansuchen zwar wunderlich vor, doch fragte er, welche Gnade sich denn der Graf erbitte. Er wolle noch einmal pflügen, sagte der enteignete Schloßherr, und davor das Unkraut jäten und den jungen Wald ausreißen, der sich schon auf den Feldern breitgemacht habe. Da rief der Kommissar: »Das nenn ich mir eine freundliche Bitte, die Arbeit des Pflügens den Nachfolgern abzunehmen! Gern sei sie gewährt.«

Mit einer Schnelligkeit, über die alle staunten, verwandelte er den jungen Wald und das Brachland zu Ackerland. Zum zweiten Mal war so aus dem

Wald Feld geworden. »Was für ein guter Bauer wäre das geworden, wenn er nur gewollt hätte«, sagte der Kommissar. Und als der Graf dann noch um eine letzte Gnade bat, auf den jungen Feldern auch die neue Saat ausstreuen zu dürfen, da gab es ein noch freudigeres »Ja«.

Der Graf begann also die Aussaat. Furche um Furche warf er den Samen, und es war ein hartes Stück Arbeit, und es vergingen etliche Tage, bis das Land bestellt war. Doch es war nicht Kornsamen gewesen, den er der Erde übergab, sondern Samen von Eichbäumen. Am Vorabend des Tages, an dem er und seine Gemahlin das Besitztum verlassen sollten, brach ein furchtbares Unwetter herein, Wasserfluten brachen aus dem Boden hervor und verschlangen das Schloß samt ihren Bewohnern. An seiner Stelle entstand ein Sumpf. Groß aber war das Erstaunen im Dorf, daß statt des Korns junge Eichbäume in den Furchen aufgingen. Ein herrlicher, mächtiger Eichwald wuchs auf dem Land des tollen Grafen heran. In den Nächsten geistert er und seine Gemahlin durch den Wald, und man hört ihn rufen: »Dreimal Wald und zweimal Feld, dann sind wir erlöst.« Das dreimal Wald hatte sich erfüllt, das zweimal Feld harrt noch der Erfüllung. Wird sie jemals kommen, da nach dem Schloßherrn auch die Menschen, die dieses Land jahrhundertelang bewohnt hatten, fortziehen mußten?

900.

DIE WALDFRAU UND DER BAUER

In Beschen lebte ein Bauer, der hatte ein Waldweib zur Frau. Bei seiner Hochzeit hatte er aber der Waldfrau versprechen müssen, sie niemals zu schimpfen, weil sie sonst verschwinden würde. Lange lebten beide glücklich und zufrieden. Einmal aber vor der Erntezeit, als der Bauer mit seinem Fuhrwerk nach Wien gefahren war, ging seine Frau aufs Feld und ließ alles Getreide grün abmähen und nach Hause schaffen. Die Leute im Dorfe redeten darüber und ein Mann, der dem Bauer auf seinem Rückwege von Wien begegnete, erzählte diesem die Torheit, die seine Frau daheim begangen habe. Als der Bauer das hörte, fing er fürchterlich an zu fluchen und seine Frau zu beschimpfen. In voller Wut fuhr er nach Hause. Hier aber war seine Frau schon verschwunden. Ein fürchterliches Unwetter brach los, und der Hagel zerstörte alles Getreide, das auf den Feldern stand; das grüne Getreide des Bauern aber war vollkommen reif und gut. Da erkannte der Bauer, daß seine Frau das Unwetter vorausgesehen und deshalb das

Getreide geborgen habe. Er grämte sich hart über ihren Verlust, sie aber war und blieb verschwunden.

901.

DAS STEINERNE BRAUTBETT

In Deutschböhmen türmt sich ein Felsen, dessen Spitze in zwei Teile geteilt gleichsam ein Lager und Bett oben bildet. Davon hört man sagen: es habe sonst da ein Schloß gestanden, worin eine Edelfrau mit ihrer einzigen Tochter lebte. Diese liebte wider den Willen der Mutter einen jungen Herrn aus der Nachbarschaft und die Mutter wollte niemals leiden, daß sie ihn heiratete. Aber die Tochter übertrat das Gebot und versprach sich heimlich ihrem Liebhaber, mit der Bedingung, daß sie auf den Tod der Mutter warten und sich dann vermählen wollten. Allein die Mutter erfuhr noch vor ihrem Tode das Verlöbnis, sprach einen strengen Fluch aus und bat Gott inbrünstig, daß er ihn hören und der Tochter Brautbett in einen Stein verwandeln möge. Die Mutter starb, die ungehorsame Tochter reichte dem Bräutigam die Hand und die Hochzeit wurde mit großer Pracht auf dem Felsenschloß gefeiert. Um Mitternacht, wie sie in die Brautkammer gingen, hörte die Nachbarschaft ringsumher einen fürchterlichen Donner schlagen. Am Morgen war das Schloß verschwunden, kein Weg und Steg führte zum Felsen und auf dem Gipfel saß die Braut in dem steinernen Bette, welches man noch jetzt deutlich sehen und betrachten kann. Kein Mensch konnte sie erretten, und jeder der versuchen wollte, die Steile zu erklettern, stürzte herab. So mußte sie verhungern und verschmachten; ihren toten Leichnam fraßen die Raben.

902.

DER WASSERMANN AN DER FLEISCHERBANK

Der Wassermann kam auch wöchentlich in die Stadt zur Fleischerbank, sich da einzukaufen, und wie wohl seine Kleidung etwas anders war, als der übrigen Menschen, ließ ihn doch jeder gewähren und dachte sich weiter nichts besonders dabei. Allein er bezahlte immer nur mit alten durchlöcherten Groschen. Daran merkte ihn zuletzt ein Fleischer und sprach: »Wart, den will ich zeichnen, daß er nicht wieder kommt.« Jetzt, wie der Wassermann wiederkam und Fleisch kaufen wollte, ersahs der Metzger und ritzte ihn flugs mit dem Messer in den ausgestreckten Finger, worin er das Geld hinreichte, so daß sein Blut floß. Seit der Zeit ist der Wassermann ganz weggeblieben.

903.

DIE MALESINA

Die Malesina (Melusine) war die Frau eines Ritters. Sechs Tage in der Woche hatte sie menschliche Gestalt, am siebenten aber war sie halb Mensch und halb Fisch. Diesen Tag verbrachte sie in einem Badehause, das ihr der Mann vor der Hochzeit gebaut hatte. Der wußte von der Doppelnatur seiner Frau nichts. Durch ihr häufiges Verweilen im Bade mißtrauisch geworden, belauschte er sie eines Tages. Er wurde jedoch von der Frau bemerkt. Erschrocken stieß sie einen Schrei aus; dann wurde sie von einem Sturmwinde davongetragen. Noch heute fliegt sie im Sturme umher. Wenn er recht heult, sagt man: »Die Kinder der Malesina weinen« und streut einen Löffel Mehl zum Fenster hinaus, damit ihnen die Mutter einen Brei koche.

Wenn der Sturm brauste, so sagte meine Mutter: »Heute weint die Malesina.« Sie streute dann einen Löffel voll Mehl zum Fenster hinaus und sprach: »Malesina, da hast, koch deinen Kindern einen Brei!«

904.

DIE HEILIGE WALPURGIS AUF DER FLUCHT

Viele haben die heilige Walpurgis auf ihrer Flucht schon gesehen. Einst ging ein Bauer spät in der Nacht durch den Wald. Da begegnete ihm in der Mitte des Waldes eine Weiße Frau mit feurigen Schuhen, langen wallenden Haaren, eine goldene Krone auf dem Haupte und in den Händen einen dreieckigen Spiegel und eine Spindel. Eine Strecke hinter der Frau gewahrte er einen Trupp Reiter auf weißen Rossen, die sich anstrengten, die Flüchtige einzuholen. Es war die heilige Walpurgis und ihre Verfolger. Vor Furcht warf sich der Bauer zu Boden, brausend ging der Zug über ihn hinweg.

Ein andermal führte ein Bauer, da er Regenwetter fürchtete, des Nachts noch sein Getreide ein. Da schwebte plötzlich die heilige Walpurgis vor seinem Wagen und bat ihn freundlich, sie in eine Garbe zu verstecken, da ihr die Feinde auf dem Fuße folgten. Der Bauer ließ sich erbitten und verbarg die Heilige in einer Garbe. Daher wird die heilige Walpurgis mit einer Garbe abgebildet. Kaum war die Heilige verborgen, als unter wildem Hallo die weißen Ritter vorüberbrausten. Der Bauer schlug schnell ein Kreuz und wurde so gerettet. Die heilige Walpurgis stieg hierauf aus dem Wagen, dankte dem Bauern und sagte, er solle wohl der Garben achten. Der Bauer fuhr nach Hause; aber wer beschreibt seine Freude, als er des anderen Morgens Goldkörnlein statt Roggen in den Ähren fand! Er war ein reicher Mann und lebte glücklich und zufrieden.

905.

DER FUCHSENSTEIN BEI HOSTERSCHLAG

Auf dem Fuchsenstein bei Hosterschlag soll der Teufel sich immer »zum Ausruhn einstellen.« Das Gestein zeigt dort noch die Merkmale seiner Tatzen, seines Hinterteils und seiner Flasche, die sich darin eingedrückt haben.

Als einst die Bäuerin des eine Viertelstunde davon gelegenen Hofes um die zwölfte Stunde des Mittags vom Felde heimkehrte und am Fuchsenstein vorüberging, sah sie auf demselben einen grauen Mann in einem grünen Rocke sitzen, der einen Haufen Geld zählte. »Laßt mir auch etwas zukommen«, redete die Bäuerin den Fremden scherzend an. »So nimm dir einen Rusch« (raschen Handgriff), sagte der Fremde. Da strich die Bäuerin rasch einen Haufen Münzen in die Schürze und lief davon. Alsbald aber hörte sie hinter sich das Schnauben und Stampfen von Rossen; Hundegebell und Gerassel und Jagdgejohle toste rings um sie her, so daß sie, schon im Garten angekommen das Geld noch wegwarf, aber nur Kohlen ausstreute. Nur eine Kohle blieb an der Schürze hängen. Als sie diese in den Backofen warf, ward aus derselben ein silberner Siebzehner. Sie lief nun hinaus, um die andern Kohlen aufzulesen, die aber waren schon verschwunden.

906.

DER TEUFELSOFEN

Südöstlich von Merklin, mitten in einem Walde, erhebt sich ein kleiner Hügel, auf welchem kein einziges Kräutlein wächst. Den Gipfel desselben bedecken ungeheure Massen von Steinen, die der Sage nach von dem Teufel herbeigetragen wurden, der aus ihnen eine Hütte und nebenbei einen großen Ofen erbaute. Der Ofen ist noch heutzutage dort zu sehen, die Hütte aber liegt in Trümmern. Der Teufel soll sie selbst zerstört haben, als er sah, daß die Leute in der Gegend keine Bündnisse mit ihm eingehen wollten.

907.

DAS FIEBER

In der Gegend von Merklin sollen, wie die Leute sagen, die meisten und schrecklichsten Fieber herrschen, von denen man schwer wieder losgelassen wird. Diese Fieber bringen weibliche Geister über den Menschen, die in Brunnen leben, aus denen man zu gewissen Zeiten nicht trinken darf. Will man sich davon befreien, so muß man sich reine Wäsche nehmen, das ausgezogene Hemd aber in der Nacht zu einer bestimmten Stunde über das Dach werfen. Gelingt das auf den ersten Wurf, so wird man augenblicklich fieberfrei; muß man aber den Wurf mehrmals wiederholen, so verliert man es erst nach einiger Zeit. Inzwischen darf man sich aber des Nachts nicht im Freien blicken lassen, weil die Fee auf ihn lauert und sich dafür, daß man sie mit Gewalt austrieb, rächen will.

908.

DER WALDTEUFEL

Drei Stunden von Budin steht in einem Walde eine große Eiche, die zwölf Männer nicht umfassen können. Sie soll schon viele hundert Jahre alt sein und in dieser Eiche soll sich der Waldteufel aufhalten. Am heiligen Abende um Mitternacht soll er aus dem Baum heraussteigen und den Wipfel desselben anzünden, so daß der Baum brennt, aber nicht verbrennt. Er geht auch im Walde herum und wenn er einen Wanderer findet, der unter einem Baum schläft, so steckt er ihm das Ei von einer ganz schwarzen Henne unter den Arm. Wacht der Mensch auf und wirft das Ei weg, so fällt er auf der Stelle tot zu Boden. Behält er aber das Ei bei sich und trägt er es drei Tage unter dem Arme, so zeigt ihm der Waldteufel einen Ort, wo sich ein Schatz befindet. Einer soll auch da nachgegraben und fünf goldene Kügelchen auf einer Perlenschnur gefunden haben.

909.

DER HAHNKRAHT

In Kozlan lebte vor langer Zeit ein altes Weib, eine Zauberin, die dem Teufel verschrieben war. Einmal war diese dem Teufel nicht zu Willen. Darüber war der Teufel böse und schwur, sich an ihr und ganz Kozlan zu rächen und das Städtchen zu überschwemmen. Er verschwand unter großem Gestanke, und hinter ihm brach ein starker Wind los und dem Winde folgte ein heftiger Regen. Der Teufel aber flog bis zum Berge Plazek über der Kočkowitzer Mühle, wo das Wasser von Kozlan durch ein Tal fließt. Dort nahm er ungeheure Felsstücke und warf sie in das Tal, um einen Damm zu bauen, damit das Wasser aufgehalten und das Städtchen Kozlan samt dem alten Weibe ersäuft würde. Schon reichte das Wasser bis Kozlan hinauf und benetzte das Städtchen, als die alte Zauberin merkte, was geschehen sei. Rasch nahm sie den schönsten schwarzen Hahn, den sie hatte, und warf ihn hoch in die Luft. Der Hahn krähte in der Höhe, und als der Teufel das Krähen hörte, war ihm alle Macht benommen. Er trug gerade ein großes Felsstück auf den Damm und ruhte damit auf einem Felsen bei Jawornic aus. Rasch warf er nun das Felsstück bei Seite, das heute noch in jener Gegend gezeigt wird.

910.

DER VERZAUBERTE KÖNIG ZU SCHILDHEISS

Das alte Schloß Schildheiß, in einer wüsten Wald- und Berggegend von Deutschböhmen sollte aufs neue gebaut und wiederhergestellt werden. Als die Werkmeister und Bauleute die Trümmer und Grundfesten untersuchten, fanden sie Gänge, Keller und Gewölbe unter der Erden in großer Menge, mehr als sie gedacht, in einem Gewölbe saß ein gewaltiger König im Sessel, glänzend und schimmernd von Edelgestein und ihm zur Rechten stund unbeweglich eine holdselige Jungfrau, die hielt dem König das Haupt, gleich als ruhete es drinnen. Als sie nun vorwitzig und beutegierig näher traten, wandelte sich die Jungfrau in eine Schlange, die Feuer spie, so daß alle weichen mußten. Sie berichteten aber ihren Herrn von der Begebenheit, welcher alsbald vor das bezeichnete Gewölbe ging und die Jungfrau bitterlich seufzen hörte. Nachher trat er mit seinem Hund in die Höhle, in der sich Feuer und Rauch erzeigte, so daß der Ritter etwas zurückwich und seinen Hund der vorausgelaufen war, für verloren hielt. Das Feuer verlosch und wie er sich von neuem näherte, sah er daß die Jungfrau seinen Hund unbeschädigt im Arme hielt und eine Schrift an der Wand, die ihm Verderben drohte. Sein Mut trieb ihn aber nachher dennoch an, das Abenteuer zu wagen und er wurde von den Flammen verschlungen.

911.

DIE WEISSE KAPELLE BEI DAUBA

Eine Viertelstunde von der Stadt Dauba steht eine Kapelle, die wegen ihres weißen Anstrichs die »weiße Kapelle« genannt wird. Hier soll einst eine große Schlacht stattgefunden haben, in welcher ein großer Held ums Leben kam. Diesem Helden soll die weiße Kapelle als Denkmal errichtet worden sein. Wenn einst auf derselben drei Trauben roter Vogelbeeren wachsen werden, wird ein großer Krieg entstehen, so daß die sogenannte Schwarzmühle bei Dauba von dem Blute der Gefallenen getrieben werden wird und wird mahlen können. Vor vielen hundert Jahren sollen auch schon Vogelbeeren darauf gewachsen sein, aber es waren mehr als drei

Trauben, und so ist auch nicht lange darauf ein großer Krieg entstanden, er ist aber nicht bis Dauba gekommen.

912.

DER FLUCH VERTREIBT DIE GESPENSTER

In Luschtenitz geht ein schwarzer Geist um, das soll ein Prinz gewesen sein, der seine Untertanen sehr drückte. Zu den Nachkommen derjenigen, die von ihm zu leiden hatten, tritt nun der Geist und klopft ihm auf die Schulter und spricht einen Wunsch aus und gibt nicht eher Ruhe, als bis dieser den Wunsch erfüllt hat. Einst begegnete er aber auch einem Bauern und klopfte ihm auf die Schulter; der aber kannte das Gespenst aus den Erzählungen seines Großvaters und fing alsbald an zu fluchen. Augenblicklich war das Gespenst verschwunden.

913.

DAS GERIPPE

Im Habichtstein bei Neuschloß sollen viele unterirdische Gewölbe sein, die mit Schätzen angefüllt sind. Zwei Männer gruben einmal nach, kamen auch wirklich in ein Gewölbe, fanden aber darin keine Schätze, sondern ein riesiges Gerippe. Gevatter, sagte der eine, den Kerl hätt' ich sehen mögen mit dem Kopfe zwischen den Achseln! In der Nacht darauf klopfte etwas an die Fenster der beiden Schatzgräber; ein ungeheurer Riese mit Feueraugen steht da und spricht: Ihr habt mich sehen wollen mit dem Kopf zwischen den Achseln, seht mich nun an! Die beiden Männer erschraken aber vor dem Anblicke so, daß sie bald darauf starben.

914.

DIE TODFRAU

In Luschtenitz glaubt man an die Todfrau. Wenn ein verheirateter Mann sterben soll, so erscheint dem Weibe desselben eine weiße Frau. Sie kommt durch den Kamin und lauert in der Küche auf das Weib. Zuweilen läßt sie bei ihrem Erscheinen ein Geräusch vernehmen, das dem ähnelt, welches ein gerüttelter Bogen Papier hervorbringt. Ist das Geräusch hörbar, so darf die Witwe nicht mehr heiraten. Auch dem Manne erscheint sie, wenn seine Frau sterben soll, nur kommt sie da um Mitternacht ans Bett desselben.

915.

DIE FEINDLICHEN BRÜDER

In der Nähe des Brodnizer Waldes steht neben einem Bache eine sehr alte Linde.

Es lebten einmal im Dorfe zwei Brüder, die sich bitter haßten. Als der eine starb, ließ ihn der andere unter diese Linde begraben, nach einiger Zeit aber erhängte sich der andere selbst an dieser Linde. Am andern Tage fanden ihn die Leute und begruben ihn auf derselben Stelle, wo der Bruder lag. Das Haus nahm sich ein Gläubiger und wohnte darin. Aber wie erschrak er, als er um die zwölfte Stunde der Nacht ein Geprassel und einen Schlag hörte. Er stand auf und sah die Geister der Brüder, die sich prügelten und dabei sein Geräte zerschlugen und zerbrachen. Dasselbe wiederholte sich in der zweiten Nacht und in der dritten, so daß er endlich das Haus verlassen mußte. Viele Menschen sahen sie unter der Linde raufen. Ein Postillon fuhr einmal durch den Wald. Da hörte er auf einmal hinter sich »Josef« rufen. Er schaute sich um und sah die zwei Brüder unter der Linde, die rauften sich wieder. Rasch schlägt der Postillon in die Pferde und will weiter fahren, allein auf einmal gingen die Pferde so langsam und zogen und schwitzten, als ob sie schwer geladen hätten. Der Postillon schaut sich um und sah den einen Bruder hinten auf dem Wagen sitzen. Erst am Kreuzwege war er wieder verschwunden und die Pferde zogen leichter. Jeden Tag wiederholt sich der Kampf der Brüder; oft findet man am andern Tage Blutstropfen unter der Linde.

BADEN-WÜRTTEMBERG MIT SCHWARZWALD UND BODENSEE

916.

URSPRUNG DER WELFEN

Warin war ein Graf zu Altorf und Ravensburg in Schwaben, sein Sohn hieß Isenbart und Irmentrut dessen Gemahlin. Es geschah, daß ein armes Weib unweit Altorf drei Kindlein auf ein Mal zur Welt brachte; als das Irmentrut die Gräfin hörte, rief sie aus: »Es ist unmöglich, daß dies Weib drei Kinder von einem Mann haben könne, ohne Ehbruch.« Dieses redete sie öffentlich vor Graf Isenbart ihrem Herrn und allem Hofgesinde »und diese Ehbrecherin verdiene nichts anders, als in einen Sack gesteckt und ertränkt zu werden.«

Das nächste Jahr wurde die Gräfin selbst schwanger, und gebar, als der Graf eben ausgezogen war, zwölf Kindlein, eitel Knaben. Zitternd und zagend, daß man sie nun gewiß, ihren eigenen Reden nach, Ehbruchs zeihen würde, befahl sie der Kellnerin, die andern elfe (denn das zwölfte behielt sie) in den nächsten Bach zu tragen, und zu ersäufen. Indem nun die Alte diese elf unschuldigen Knäblein in ein großes Becken gefaßt, in den vorfließenden Bach, die Scherz genannt, tragen wollte: schickte es Gott, daß der Isenbart selber heim kam, und die Alte frug, was sie da trüge? Welche antwortete: es wären Welfe oder junge Hündlein. »Laß schauen«, sprach der Graf, »ob mir einige zur Zucht gefallen, die ich zu meiner Notdurft hernach gebrauchen will.« »Ei, ihr habt Hunde genug«, sagte die Alte und weigerte sich, »ihr möchtet ein Grauen nehmen, sähet ihr einen solchen Wust und Unlust von Hunden.« Allein der Graf ließ nicht ab, und zwang sie hart, die Kinder zu blößen und zu zeigen. Da er nun die elf Kindlein erblickte, wiewohl klein, doch von adlicher, schöner Gestalt und Art, fragte er heftig und geschwind: wes die Kinder wären. Und als die alte Frau bekannte, und ihn des ganzen Handels verständigte, wie daß nämlich die Kindlein seinem Gemahl zustünden, auch aus was Ursach sie hätten umgebracht werden sollen, befahl der Graf diese Welfen einem reichen Müller der Gegend, welcher sie aufziehen sollte; und verbot der Alten ernstlich, daß sie wiederum zu ihrer Frau ohne Furcht und Scheu gehen, und nichts anders sagen sollte, als: ihr Befehl sei ausgerichtet und vollzogen worden.

Sechs Jahre hernach ließ der Graf die elf Knaben, adlich geputzt und geziert in sein Schloß, da itzo das Kloster Weingarten stehet, bringen, lud seine Freundschaft zu Gast, und machte sich fröhlich. Wie das Mahl schier vollendet war, hieß er aber die elf Kinder, alle rot gekleidet, einführen; und alle waren dem zwölften, den die Gräfin behalten hatte, an Farbe, Gliedern, Gestalt und Größe so gleich: daß man eigentlich sehen konnte, wie sie von einem Vater gezeugt, und unter einer Mutter Herzen gelegen wären.

Unterdessen stand der Graf auf, und frug feierlich seine gesamte Freundschaft: was doch ein Weib, die so herrlicher Knabe elfe umbringen wollen, für einen Tod verschulde? Machtlos und ohnmächtig sank die Gräfin bei diesen Worten hin; denn das Herz sagte ihr, daß ihr Fleisch und Blut zugegen waren; als sie wieder zu sich gebracht worden, fiel sie dem Grafen mit Weinen zu Füßen, und flehte jämmerlich um Gnade. Da nun alle Freunde Bitten für sie einlegten, so verzieh der Graf ihrer Einfalt und kindlichen Unschuld, aus der sie das Verbrechen begangen hatte. Gottlob, daß die Kinder am Leben sind.

Zum ewigen Gedächtnis der wunderbaren Geschichte, begehrte und verordnete in seiner Freunde Gegenwart der Graf: daß seine Nachkommen sich fürder nicht mehr Grafen zu Altorf, sondern Welfen, und sein Stamm der Welfen Stamm heißen sollten. –

Andere berichten des Namens Entstehung auf folgende verschiedene Art:

Der Vorfahre dieses Geschlechtes habe sich an des Kaisers Hof aufgehalten, als er von seiner eines Sohns entbundenen Gemahlin zurück gerufen wurde. Der Kaiser sagte scherzweise: »Was eilst du um eines Welfen willen, der dir geboren ist?« Der Ritter antwortete: weil nun der Kaiser dem Kind den Namen gegeben, solle das gelten; und bat ihn, es zur Taufe zu halten, welches geschah.

917.

WELFEN UND GIBLINGER

Herzog Friedrich von Schwaben, Conrads Sohn, überwand die Bayern unter ihrem Herzog Heinrich, und dessen Bruder Welf in dem Ries (Holz) bei Neresheim. Welf entfloh aus der Schlacht, wurde aber im nächsten Streit vor Winsperg erstochen. Und war die Krei (Schlachtgeschrei) des bayrischen Heeres: »hie Welf!« Aber der Schwaben »hier Gibling!« und ward die Krei genommen von einem Wiler, darin die Säugamme Friedrichs war; und wollte damit bezeugen, daß er durch seine Stärke, die er durch die Bauernmilch empfangen hätte, die Welfen überwinden könne.

918.

WARUM DIE SCHWABEN DEM REICH VORFECHTEN

Die Schwaben haben von alten Zeiten her unter allen Völkern des deutschen Reiches das Recht, dem Heer vorzustreiten; und dies verlieh Karl der Große ihrem Herzoge Gerold (Hildegardens Bruder), der in der blutigen Schlacht von Runzefal vor dem Kaiser auf das Knie fiel, und diesen Vorzug, als der Älteste im Heer, verlangte. Seitdem darf ihnen niemand vorfechten. Andere erzählen es von der Einnahme von Rom, wozu die Schwaben Karl dem Großen tapfer halfen. Noch andere von der Einnahme Mailands, wo der schwäbische Herzog das kaiserliche Banner getragen, und dadurch das Vorrecht erworben.

919.

RITTER ULRICH, DIENSTMANN ZU WIRTENBERG

Eine Burg liegt in Schwabenland, geheißen Wirtenberg, auf der saß vor Zeiten Graf Hartmann, dessen Dienstmann, Ritter Ulrich, folgendes Abenteuer begegnete. Als er eines Freitags in den Wald zu jagen zog, aber den ganzen Tag kein Wild treffen konnte, verirrte sich Ritter Ulrich auf unbekanntem Wege in eine öde Gegend, die sein Fuß noch nie betreten hatte. Nicht lange, so kamen ihm entgegen geritten ein Ritter und eine Frau, beide von edelem Aussehen; er grüßte sie höflich, aber sie schwiegen, ohne ihm zu neigen; da sah er derselben Leute noch mehr herbei ziehen. Ulrich hielt beiseit in dem Tann, bis fünfhundert Männer und eben so viel Weiber vorüber kamen, alle in stummer, schweigender Gebärde und ohne seine Grüße zu erwidern. Zu hinterst an der Schar fuhr eine Frau allein, ohne Mann, die antwortete auf seinen Gruß: »Gott vergelts!« Ritter Ulrich war froh, Gott nennen zu hören, und begann diese Frau weiter zu fragen nach dem Zuge, und was es für Leute wären, die ihm ihren Gruß nicht gegönnt hätten? »Laßt's euch nicht verdrießen«, sagte die Frau, »wir grüßen nicht, denn wir sind tote Leute.« – »Wie kommt's aber, daß euer Mund frisch und rot steht?« – »Das ist nur der Schein; vor dreißig Jahren war mein Leib schon erstorben und verweset, aber die Seele leidet Qual.« – »Warum zoget ihr allein, das nimmt mich Wunder, da ich doch jede Frau sammt einem Ritter fahren sah?« – »Der Ritter, den ich haben soll, der ist noch nicht tot, und gerne wollt ich lieber allein fahren, wenn er noch Buße täte und seine Sünde bereute.« – »Wie heißt er mit Namen?« – »Er ist genannt von Schenkenburg.« – »Den kenne ich wohl, er hob mir ein Kind aus der Taufe; gern möchte ich ihm hinterbringen, was mir hier begegnet ist: aber wie wird er die Wahrheit glauben?« – »Sagt ihm zum Wahrzeichen dieses: mein Mann war ausgeritten, da ließ ich ihn ein in mein Haus, und er küßte mich an meinen Mund; da wurden wir einander bekannt, und er zog ein rot gülden Fingerlein von seiner Hand und schenkte mir's; wollte Gott, meine Augen hätten ihn nie gesehen!« – »Mag denn nichts eure Seele retten, Gebete und Wallfahrten?« – »Aller Pfaffen Zungen, die je lasen und sangen, können mir nicht helfen, darum, daß ich nicht zur Beichte gelangt bin, und gebüßt habe vor meinem Tod; ich scheute aber die Beichte: denn wäre meinem biderben Mann etwas zu Ohren kommen von meiner Unzucht, es hätte mir das Leben gekostet.«

Ritter Ulrich betrachtete diese Frau, während sie ihre jämmerliche Geschichte erzählte; an dem Leibe erschien nicht das Ungemach ihrer Seele; sondern sie war wohl aussehend und reichlich gekleidet. Ulrich wollte mit ihr dem andern Volk bis in ihre Herberge nachreiten; und als ihn die Frau nicht von diesem Vorsatz ablenken konnte, empfahl sie ihm bloß: keine der Speisen anzurühren, die man ihm bieten würde, auch sich nicht daran zu kehren, wie übel man dies zu nehmen scheine. Sie ritten zusammen über Holz und Feld, bis der ganze Haufen vor eine schön erbaute Burg gelangte, wo die Frauen abgehoben, den Rittern die Pferde und Sporen in Empfang genommen wurden. Darauf saßen sie je zwei, Ritter und Frauen, zusammen auf das grüne Gras; denn es waren keine Stühle vorhanden; jene elende Frau saß ganz allein am Ende, und niemand achtete ihrer. Goldne Gefäße wurden aufgetragen, Wildbret und Fische, die edelsten Speisen, die man erdenken konnte, weiße Semmel und Brot; Schenken gingen und füllten die Becher mit kühlem Weine. Da wurde auch dieser Speisen Ritter Ulrich vorgetragen, die ihn lieblich anrochen: doch war er so weise, nichts davon zu berühren. Er ging zu der Frauen sitzen, und vergaß sich, daß er auf den Tisch griff, und einen gebratenen Fisch aufheben wollte; da verbrunnen ihm schnell seiner Finger viere, wie von höllischem Feuer, daß er laut schreien mußte. Kein Wasser und kein Wein konnte ihm diesen Brand löschen; die Frau, welche neben ihm saß, sah ein Messer an seiner Seite hangen, griff schnell danach, schnitt ihm ein Kreuz über die Hand, und stieß das Messer wieder ein. Als das Blut über die Hand floß, mußte das Feuer davor weichen, und Ritter Ulrich kam mit dem Verluste der Finger davon. Die Frau sprach: jetzt wird ein Turnier anheben, und euch ein edles Pferd vorgeführt, und ein goldbeschlagener Schild vorgetragen werden; davor hütet euch. Bald darauf kam ein Knecht mit dem Roß und Schild vor den Ritter, und so gern ers bestiegen hätte, ließ ers doch standhaft fahren. Nach dem Turnier erklangen süße Töne, und der Tanz begann; die elende Frau hatte den Ritter wieder davor gewarnt. Sie selbst aber mußte mit anstehen, und stellte sich unten hin; als sie Ritter Ulrich anschaute, vergaß er alles, trat hinzu, und bot ihr die Hand. Kaum berührte er sie, als er für tot niedersank; schnell trug sie ihn seitwärts auf einen Rain, grub ihm ein Kraut, und steckte es in seinen Mund, wovon er wieder auflebte. Da sprach die Frau: »Es nahet dem Tage, und wann der Hahn kräht, müssen wir alle von hinnen.« Ulrich antwortete: »Ist es denn Nacht? mir hat es so geschienen, als ob es die ganze Zeit heller Tag gewesen wäre.« Sie sagte: »Der Wahn trügt euch; ihr werdet einen Waldsteig finden, auf dem ihr sicher zu dem Ausgang aus der Wildnis gelangen könnet.« Ein Zelter wurde der armen Frau vorgeführt, der brann als eine Glut; wie sie ihn bestiegen hatte, streifte sie den Ärmel zurück: da sah Ritter Ulrich das Feuer von ihrem bloßen Arm schießen, wie wenn die Flammen um ein brennendes Haus schlagen. Er segnete sie zum Abschied, und kam auf dem angewiesenen Steige glücklich heim nach Wirtenberg geritten, zeigte dem Grafen die verbrannte Hand, und machte sich auf zu der Burg, wo sein Gevatter saß. Dem offenbarte er, was ihm seine Buhlin entbieten ließ, samt dem Wahrzeichen mit dem Fingerlein und den verbrannten Fingern. Auf diese Nachricht rüstete sich der von Schenkenburg samt Ritter Ulrich; fuhren über Meer gegen die ungetauften Heiden, denen sie so viel Schaden, dem deutschen Hause zum Trost, antaten, bis die Frau aus ihrer Pein erlöst worden war.

920.

DER EWIGE JÄGER

Graf Eberhard von Würtenberg ritt eines Tages allein in den grünen Wald aus und wollte zu seiner Kurzweil jagen. Plötzlich hörte er ein starkes Brausen und Lärmen, wie wenn ein Weidmann vorüber käme; erschrak heftig und fragte, nachdem er vom Roß gestanden und auf eines Baumes Tolde getreten war, den Geist: ob er ihm schaden wolle? »Nein«, sprach die Gestalt, »ich bin gleich dir ein Mensch und stehe vor dir ganz allein, war vordem ein Herr. An dem Jagen hatte ich aber solche Lust, daß ich Gott anflehte, er möge mich jagen lassen, bis zu dem jüngsten Tag. Mein Wunsch wurde leider erhört und schon fünfthalb hundert Jahre jage ich an einem und demselben Hirsch. Mein Geschlecht und mein Adel sind aber noch niemanden offenbart worden.« Graf Eberhard sagte: »Zeig mir dein Angesicht, ob ich dich etwan erkennen möge?« Da entblößte sich der Geist, sein Antlitz war kaum faustgroß, verdorrt, wie eine Rübe und gerunzelt, als ein Schwamm. Darauf ritt er dem Hirsch nach und verschwand, der Graf kehrte heim in sein Land zurück.

921.

DAS WÜRTTEMBERGISCHE WAPPEN

Als Herzog Konradin von Schwaben in Hohenschwangau Abschied von seiner Mutter genommen hatte und nach Italien gezogen war, behielt sie seinen mit ihm aufgewachsenen Lieblingslöwen auf ihrem Schloß zu Ravensburg zurück. Nachdem lange Zeit keine Botschaft von Konradin eingetroffen war, kam der Löwe mit blutender Pfote aus dem Schloßhofe zu ihr und winselte sehr. Niemand vermochte die Ursache der blutigen Vordertatze zu erklären. Eine Woche später traf ein Eilbote ein und brachte die traurige Nachricht vom Tode des letzten Hohenstaufen in Neapel. Konradin hatte sein Blut an demselben Tag und zur selben Stunde auf dem Schafott vergossen, als der Löwe jammernd seine blutige Vordertatze vorzeigte.

Seit dieser Zeit erhielt jeder der drei schwarzen Löwen im hohenstaufischen Wappen zum Gedächtnis an den Tod Konradins eine blutige Vordertatze. Württemberg nahm dann das Erbe der hohenstaufischen Güter das Wappen dieser Familie in das seinige auf.

922.

SPUKENDER FELDSCHIEDER

Im obersten Stock eines Hauses der Wertheimer Rittergasse spukt nachts ein ungerechter Feldschieder. Er kommt durch die verschlossene Tür in die Stube und geht händeringend darin umher. Er zeigt sich alljährlich nach dem Tag, an dem die Feldschieder die Markung begehen, als graues Männlein, und dann den ganzen Advent hindurch, wo er von Nacht zu Nacht größer wird. In der übrigen Zeit des Jahres läßt er sich nicht sehen. Doch die Bewohner des obersten Stockwerkes können in keiner Nacht von elf bis ein Uhr schlafen.

923.

DIE WETTENBURG

Eine halbe Stunde oberhalb von Wertheim, auf einem Berg, den der Main auf drei Seiten umfließt, lag einst die Wettenburg. Seine letzte Besitzerin war eine geizige Gräfin, die einen Teil des Flusses auch um die vierte Seite leiten wollte, um dadurch ganz sicher vor den vielen Bettlern zu sein. Sie belegte daher ihre Untertanen rücksichtslos mit schweren Fronarbeiten zu allen Tag- und Jahreszeiten. Auch den Vorstellungen des Schloßvogtes, Gott könne es mißfallen, wenn sie den Lauf des Flusses so willkürlich abändere, schenkte sie kein Gehör. »Es mag Gott lieb oder leid sein, mein Vorhaben muß ausgeführt werden, und so wenig ich diesen Ring wiedersehe, so wenig unterbleibt es!« erwiderte sie. Bei diesen Worten zog sie einen Ring vom Finger und warf ihn in den Fluß. Noch an demselben Tag, als auf der Burg ein Gelag sein sollte, fand der Koch den Ring in einem frischgebackenen Karpfen und brachte ihn der Gräfin, die sorglos bei ihren Gästen saß. Als die den Ring erblickte, erschrak sie sehr und erbleichte; zugleich zuckte ein greller Blitz durch den Raum, ein

Donnerschlag folgte, und das Schloß mit allen Anwesenden versank mit großem Getöse im Berg.

Alle sieben Jahre, am Untergangstag der Burg, ist diese auf dem Grund des Mains in allen Einzelheiten zu sehen. Oben auf dem Berg, wo die Burg einst stand, erscheint ebenfalls alle sieben Jahre eine Höhle mit einem Felsen daneben, in dem ein großer Ring eingedrückt ist. Darauf legte einst ein Küfer sein Bandmesser und schlief dabei ein. Beim Erwachen sah er keinen Felsen und kein Messer mehr; erst nach sieben Jahren fand er beide wieder, als er am gleichen Tage dahinkam.

Ein Schäfer, der sich einst vor dem Regen in die Höhle geflüchtet hatte, verfiel darin in Schlaf; nach seinem Erwachen waren unterdessen siebenmal sieben Jahre vergangen, und er traf zu Hause alles so verändert an, daß er sich nicht mehr auskannte.

Zu dem tiefen Schacht, der nach dem Untergang der Burg auf deren altem Platz geblieben war, kam einmal der Schäfer von Kreuzwertheim und erblickte in der Öffnung einen eisernen Handlauf, welcher über Stufen in die Tiefe führte. Er stieg hinab und kam in eine helle leere Stube. Daneben lagen einige weitere Zimmer. Als er weiterging, begegnete ihm eine alte Frau. Sie führte ihn durch viele prächtige Gemächer mit kostbaren Einrichtungen und in einen schönen Garten. Hier ließ sie ihn allein. Er blieb längere Zeit an diesem Ort. Endlich, nach langem Suchen, entdeckte er einen unterirdischen Gang und gelangte durch ihn ins Freie. Als er dann nach Hause kam, wollte seine Frau mit einem anderen Manne gerade Hochzeit machen. Sie hatte ihn längst für tot gehalten; denn nicht sieben Tage, wie er glaubte, sondern sieben ganze Jahre hatte er sich im Berge aufgehalten. Während dieser Zeit war ihm der Bart bis zum Gürtel gewachsen.

Einigen Buben aus Kreuzwertheim, die in der Nähe des Schachtes Vieh hüteten, kam die Lust an, zu erkunden, wie es im Berginnern aussehe. Sie flochten daher ein Seil aus Lindenbast und ließen daran einen von ihnen in den Schacht hinab. Wenn er an dem Seile zöge, sollten sie ihn wieder herausholen. Der Junge kam in eine Stube hinein, in der um einen Tisch mehrere Männer und Frauen in alten Trachten regungslos saßen; ebenso starr lagen zwei Hunde auf zwei Truhen hingestreckt, in deren Schlössern die Schlüssel staken. Der Junge erschrak furchtbar und ließ sich sofort wieder aus dem Schacht herausziehen. Er erkrankte hernach, und nach wenigen Tagen verstarb er.

924.

DAS WERTHEIMER BERGSCHLOSS

In einem Streit zwischen Würzburg und Wertheim drohte der Bischof dem Grafen von Wertheim, er werde ihm das Schloß schleifen lassen, wenn er nicht nachgeben würde. Daraufhin ließ der Graf an der Außenseite des ersten Schloßturmes gegen Würzburg zu zehn dicke Eisenringe anschmieden und dem Bischof ausrichten, er habe seine Burg mit starken Ringen versehen, um dem Bischof die Arbeit zu erleichtern. Dieser möge kommen, Stricke an die Ringe binden und die Burg daran wegschleifen, wohin er wolle.

Heute noch hängen die Ringe an dem Turm, der daher den Namen Ring- oder Ringelturm hat.

925.

KLAPPERHANNES

Im Schulhaus zu Urspringen in Baden waren einst in die Nacht hinein junge Leute beim Pfänderspiel versammelt. Einem Mädchen ward aufgegeben, allein in das Beinhaus des nahen Kirchhofes zu gehen und aus dem Hühnerneste dort die Eier zu holen. Das Mädchen weigerte sich aber, weil sie sich vor dem Klapperhannes fürchtete. Das war das Gerippe eines Mannes, der einst Johannes geheißen hatte. Weil sein Gerippe im Winde immer so klapperte, hieß er Klapperhannes. Schließlich machte sich ein Bursche anheischig, an Stelle des Mädchens das Pfand zu lösen. »Mir tut der Klapperhannes nichts, ich bin sein Pate«, sagte er spöttisch. Er ging also ins Beinhaus und holte die Eier. Als er damit fort wollte, hängte sich das Gerippe ihm auf den Rücken und ließ sich von ihm bis vor den Kirchhof tragen. Dort sagte es: »Wärest du nicht mein Patenkind, so hätte ich dir für deinen Frevel den Hals gebrochen. So aber trage mich ins Beinhaus zurück und laß sechs heilige Messen für mich lesen.« Der Bursche brachte das Gerippe in das Beinhaus zurück. Kaum hatte er es abgesetzt, zerfiel es in Asche. Nachher ließ er die sechs Messen lesen und erlöste dadurch seinen Paten.

926.

DER WILDE JÄGER VON SCHLOSSAU

Über die Gegend von Schlossau im Odenwald fährt zuweilen nachts der wilde Jäger mit großem Jagdgetöse durch die Luft dahin. Wer dann im Freien ist und ihn herankommen hört, der muß ihm ausweichen oder sich mit dem Gesicht auf den Boden legen, sonst wird er vom Jagdnetz des wilden Jägers erfaßt, fortgenommen und in einem fremden Land auf die Erde gesetzt.

927.

DER JETTEN-BÜHEL ZU HEIDELBERG

Der Hügel bei Heidelberg, auf dem jetzt das Schloß stehet, wurde sonst der Jetten-Hügel genannt und dort wohnte ein altes Weib, Namens Jetta, in einer Kapelle, von der man noch Überreste gesehen, als der Pfalzgraf Friedrich Kurfürst geworden war und ein schönes Schloß (1544) baute, das der neue Hof hieß. Diese Jetta war wegen ihres Wahrsagens sehr berühmt, kam aber selten aus ihrer Kapelle und gab denen, die sie befragten, die Antwort zum Fenster heraus, ohne daß sie sich sehen ließ. Unter andern verkündigte sie, wie sie es in seltsamen Versen vorbrachte, es wäre über ihren Hügel beschlossen, daß er in künftigen Zeiten von königlichen Männern, welche sie mit Namen nannte, sollte bewohnt, beehrt und geziert und das Tal unter demselben mit vielem Volk besetzt werden.

Als Jetta einst bei einem schönen Tag nach dem Brunnen ging, der sehr lustig am Fuß des Geißbergs nah am Dorf Schlürbach, eine halbe Stunde von Heidelberg liegt und trinken wollte, wurde sie von einem Wolf, der Junge hatte, zerrissen. Daher er noch jetzt der Wolfsbrunnen heißt. Nah dabei ist unter der Erde ein gewölbter Gang, von dem Volk das Heidenloch genannt.

928.

DAS HEIDENLOCH

Auf dem Michelsberg bei Heidelberg ist eine Vertiefung, die das Heidenloch heißt. Es soll hier früher ein heidnisches Heiligtum gewesen sein. Dieses Loch sei, wie man erzählt, der Ausgang eines unterirdischen Ganges, der von den zwei letzten Bogen des Heidelberger Schlosses aus unter dem Neckar hin bis hierher geführt worden sei.

Einst wurde ein zum Tode Verurteilter an Stricken in den Gang gelassen, weil man ihm versprochen hatte, ihm das Leben zu schenken, wenn er glücklich wieder herauskomme. Dieser Mann erzählte nachher: Er sei alsbald zu zwei Löwen gekommen, die seien auf zwei Kisten gesessen. Und als er sich zwischen ihnen hindurchgewagt habe, hätten sie ihm kein Leid zugefügt. Darauf sei er an eine eiserne Tür und durch diese in ein geräumiges Zimmer gekommen; darin seien drei Männer mit langen Perücken gesessen. Sie hätten geschrieben und viele Pergamente vor sich gehabt. Auf die Frage, was er da wolle, habe er ihnen seine Geschichte erzählt. Sie hätten ihm geantwortet: Er solle sich Geld nehmen, so viel er möge. Übrigens sei er der letzte, der lebendig aus diesem Gang wieder heraufkomme. Das solle er oben nur sagen. Zum Zeugnis, daß er dagewesen sei, gaben sie ihm ein Stück Pergament, das mit unlesbaren Schriftzügen bedeckt war und das sich noch jetzt in der Heidelberger Bibliothek befinden soll.

Als der Mann wieder an die Erdoberfläche kam, waren seine Haare vor Schrecken und Angst weiß geworden. Seitdem hat es niemand mehr gewagt, in den Gang hinabzusteigen.

929.

NOTBURGA

Noch stehen am Neckar Türme und Mauern der alten Burg Hornberg. Darauf wohnte vorzeiten ein mächtiger König mit seiner Tochter Notburga. Diese liebte einen Ritter und hatte sich mit ihm verlobt; er aber war in Kriegsdiensten ausgezogen und nicht wiedergekommen. Da beweinte sie Tag und Nacht seinen Tod und schlug jeden andern Freier aus. Ihr Vater indessen war hartherzig und achtete wenig auf ihre Trauer. Einmal sprach er zu ihr: »Bereite deinen Hochzeitsschmuck, in drei Tagen kommt ein Bräutigam, den ich dir ausgewählt habe.« Notburga aber sprach in ihrem Herzen: »Lieber will ich fortgehen, so weit der Himmel blau ist, als daß ich meine Treu brechen sollte.«

In der Nacht darauf, als der Mond aufgegangen war, rief sie einen treuen Diener und sprach zu ihm: »Führe mich in die Waldhöhle hinüber zu der Kapelle St. Michael, da will ich, verborgen vor meinem Vater, im Dienste Gottes mein Leben beschließen.« Als sie dann die Burg verließen, rauschten die Blätter und ein schneeweißer Hirsch kam herzu und stand neben Notburga still. Da setzte sie sich auf seinen Rücken, hielt sich an seinem Geweih fest und ward schnell von ihm fortgetragen. Der Diener sah, wie der Hirsch mit ihr über den Neckar leicht und sicher hinüberschwamm und drüben verschwand.

Am anderen Morgen, als der König seine Tochter nicht fand, ließ er sie überall suchen und schickte Boten nach allen Gegenden aus, doch sie kehrten zurück, ohne eine Spur gefunden zu haben. Der treue Diener wollte Notburga aber nicht verraten. Als es Mittagszeit war, kam der weiße Hirsch auf Burg Hornberg zu ihm, und als er ihm Brot reichen wollte, neigte er seinen Kopf, damit er es ihm an das Geweih stecken möge. Dann sprang er fort und brachte es der Notburga hinaus in die Wildnis, und so kam er jeden Tag und erhielt Speise für sie; viele sahen es, aber niemand außer dem treuen Diener wußte, was es zu bedeuten hatte.

Endlich bemerkte auch der König den weißen Hirsch und zwang dem Alten das Geheimnis ab. Andern Tags zur Mittagszeit setzte er sich zu Pferd, und als der Hirsch wieder die Speise holen kam und damit forteilte, folgte er ihm durch den Fluß hindurch bis zu einer Felsenhöhle, in der das Tier verschwand. Der König stieg ab und ging hinein in die Höhle. Da fand er seine Tochter vor einem Kreuze kniend, und neben ihr ruhte der Hirsch. Der König sprach zu ihr: »Kehre mit nach Hornberg zurück.« Und sie antwortete: »Ich habe Gott mein Leben gelobt und suche nichts mehr bei den Menschen.« Was der König auch sprach, sie war nicht zu bewegen, ihm zu folgen und gab ihm immer die gleiche Antwort. Da geriet er in Zorn und wollte sie wegziehen, aber sie klammerte sich ans Kreuz, und als er Gewalt gebrauchte, löste sich der Arm, an welchem er sie gefaßt hatte, vom Leibe und blieb in seiner Hand. Da ergriff ihn ein Grauen, daß er forteilte und sich nimmer wieder der Höhle näherte.

Als die Leute hörten, was geschehen war, verehrten sie Notburga wie eine Heilige. Viele Pilger und Wallfahrer kamen zu ihr. Sie betete mit ihnen und nahm ihnen die schweren Lasten von ihrem Herzen. Im Herbst, als die Blätter fielen, kamen die Engel und trugen ihre Seele in den Himmel. Die Leiche hüllten sie in ein Totengewand und schmückten sie mit Rosen, obgleich die Blumen längst verwelkt waren. Zwei schneeweiße Stiere, die noch kein Joch auf dem Nacken getragen hatten, trugen sie über den Fluß, ohne die Hufe zu benetzen, und die Glocken von den naheliegenden Kirchen fingen von selbst an zu läuten. Die Tiere brachten, ohne daß sie geführt oder gelenkt wurden, den Wagen nach dem Dorfe Hochhausen an die Stelle, wo jetzt die Kirche steht. Hier wurde Notburga beigesetzt.

930.

DER SCHATZ IN HANDSCHUHSHEIM

In Handschuhsheim wohnte ein armer Mann in einem kleinen Boden-Häuslein. Der hatte zwei Kinder. Einmal hörte er nachts ein furchtbares Krachen in der Stubenkammer. Er ging dem Lärm nach, da war der Kammerboden durchgebrochen, und seine beiden Kinder lagen unten in einem Gewölbe und schrien. Der Mann stieg auf einer Leiter hinab, um die Kinder wieder heraufzuholen. Als er unten war, sah er sich um und bemerkte in einer Ecke einen großen irdenen Hafen, in einer anderen Ecke einen ebenso großen. Der Mann deckte das erste Gefäß auf, da war es mit lauter blanken Dukaten bis zum Rande gefüllt. Er deckte den anderen Hafen auch auf, da stieg ein dünner Rauch heraus; es war ein Geist darinnen. Der trieb von nun an sein Unwesen im Hause und war nicht mehr zu vertreiben.

931.

FEURIGER MANN HILFT

Ein Müller aus Bretzingen bei Buchen führte alle Jahre Grünkern nach Miltenberg, wobei ihm immer ein feuriger Mann begegnete. Als der Müller nun einmal wieder dahin fuhr, sprang ihm das Wagenrad von der Achse. Da sagte er: »Heute nacht, wo ich ihn brauchen könnte, ist der Feurige nicht da!« Kaum hatte er das gesagt, da stand der Feurige Mann auch schon vor ihm und fragte: »Was willst du von mir?« Der Müller antwortete: »Hilf mir das Rad hineinheben!«, was der Feurige tat und gleich darauf verschwand.

932.

DAS BADERSMÄNNLE

Vorzeiten lebte in Tauberbischofsheim ein Weber, der die Leute betrog, indem er stets für eine Elle nur dreiviertel maß. Dafür mußte er nach seinem Tode umgehen. Schon am Tage seiner Beerdigung begann er zu spuken. Als seine Leiche zum Friedhof geführt wurde, da schaute er, ganz schwarz im Gesicht, zum Giebelloch des Hauses heraus. Von nun an spukte es im Hause. Es polterte und rumpelte, daß die Leute nicht mehr schlafen konnten. Ein alter Mann verschwor für dreihundert Gulden den Geist in eine Bütte. Dann trug er diese ins Gewann Wiesenbach und leerte sie dort aus. Deshalb spukte es dort. Der Geist ist sichtbar zwischen Weihnachten und Neujahr. Er trägt einen grünen Gehrock, grüne Hose, grüne Weste und einen großen schwarzen Hut. Unterm Arm hat er ein Bündel Leinwand. Alle, denen er begegnet, redet er mit den Worten an: »Dreiviertel für eine Elle!« Das Badermännle ist wohl nicht zu erlösen, da es ganz grün ist und keinen weißen Fleck an sich trägt. Es tut niemandem etwas zuleid.

933.

DIE GRAFEN VON EBERSTEIN

Als Kaiser Otto seine Feinde geschlagen und die Stadt Straßburg bezwungen hatte, lagerte er vor der Burg der Grafen Eberstein, die es mit seinen Feinden hielten. Das Schloß stand auf einem hohen Fels am Wald (unweit Baden in Schwaben), und dritthalb Jahr lang konnte es das kaiserliche Heer immer nicht bezwingen, sowohl der natürlichen Festigkeit, als der tapfern Verteidigung der Grafen wegen. Endlich riet ein kluger Mann dem Kaiser folgende List: er solle einen Hoftag nach Speier ausschreiben, zu welchem jedermann ins Turnier sicher kommen dürfte; die Grafen von Eberstein würden nicht säumen, sich dahin einzufinden, um ihre Tapferkeit zu beweisen; mittlerweile möge der Kaiser durch geschickte und kühne Leute ihre Burg überwältigen lassen. Der Festtag zu Speier wurde hierauf verkündigt; der König, viele Fürsten und Herrn, unter diesen auch die drei Ebersteiner waren zugegen; manche Lanze wurde gebrochen. Des Abends begannen die Reihen, wobei der jüngste Graf von

Eberstein, ein schöner, anmutiger Mann, mit krausem Haar, vortanzen mußte. Als der Tanz zu Ende ging, nahte sich heimlich eine schöne Jungfrau den dreien Grafen und raunte: »Hütet euch, denn der Kaiser will eure Burg ersteigen lassen, während ihr hier seid; eilt noch heute Nacht zurück!« Die drei Brüder berieten sich, und beschlossen, der Warnung zu gehorchen. Darauf kehrten sie zum Tanz, forderten die Edeln und Ritter zum Kampf auf morgen, und hinterlegten Hundert Goldgülden zum Pfand in die Hände der Frauen. Um Mitternacht aber schifften sie über Rhein und gelangten glücklich in ihre Burg heim. Kaiser und Ritterschaft warteten am andern Tage vergebens auf ihre Erscheinung zum Lanzenspiel; endlich befand man, daß die Ebersteiner gewarnt worden wären. Otto befahl, aufs schleunigste die Burg zu stürmen; aber die Grafen waren zurückgekehrt und schlugen den Angriff mutig ab. Als mit Gewalt gar nichts auszurichten war, sandte der Kaiser drei Ritter auf die Burg, mit den Grafen zu unterhandeln. Sie wurden eingelassen, und in Weinkeller und Speicher geführt; man holte weißen und roten Wein, Korn und Mehl lagen in großen Haufen. Die Abgesandten verwunderten sich über solche Vorräte. Allein die Fässer hatten doppelte Boden oder waren voll Wasser; unter dem Getreide lag Spreu, Kehricht und alte Lumpen. Die Gesandten hinterbrachten dem Kaiser, es sei vergeblich, die Burg länger zu belagern; denn Wein und Korn reiche denen inwendig noch auf dritthalb Jahre aus. Da wurde Otto'n geraten, seine Tochter mit dem jüngsten Grafen Eberhard von Eberstein zu vermählen, und dadurch dieses tapfre Geschlecht auf seine Seite zu bringen. Die Hochzeit ward in Sachsen gefeiert, und der Sage nach soll es die Braut selber gewesen sein, welche an jenem Abend die Grafen gewarnt hatte. Otto sandte seinen Schwiegersohn hernachmals zum Papst in Geschäften; der Papst schenkte ihm eine Rose in weißem Korb, weil es gerade der Rosensonntag war. Diese nahm Eberhard mit nach Braunschweig, und der Kaiser verordnete: daß die Rose in weißem Felde künftig das ebersteinische Wappen bilden sollte.

934.

BRUNNENVERDERBER

Zwischen Ottenau und Gaggenau entspringt auf dem rechten Murgufer eine Quelle, die der Heienbrunnen heißt. Sie war in früheren Zeiten heilkräftig und deshalb von Leidenden häufig besucht. Da hierdurch die Wiese, über die der Weg führte, Schaden litt, warf ihr Eigentümer so viel Unrat in die Quelle, daß sie ihre Heilkraft verlor und nicht mehr besucht wurde. Wegen dieser Untat mußte der Mann seit seinem Tode nachts von elf bis zwölf auf der Wiese und an dem Brunnen in schwarzer Gestalt umgehen. Wer ihn sieht, lebt nicht mehr lange.

935.

DER ENTENWIGK ZU SACHSENHEIM

Es kam ein Gespenst nach Sachsenheim zu den Herren von Sachsenheim. Es blieb etliche Jahre bei ihnen und hieß Entenwigk. Das Gespenst hat erzählt, es sei ein aus dem Himmel verstoßener Engel und hoffe, einmal wieder in Gnaden angenommen zu werden. Entenwigk hat mancherlei davon geredet, wie er die Zeit seit seiner Verstoßung verbracht habe, so sei er u. a. 1000 Jahre in einem Röhrlein in einem Moos gewesen, in der Erwartung, bald von da wegzukommen.

Er war von den Edelleuten befragt worden, wie er nach Sachsenheim gekommen sei. Entenwigk berichtete, er sei mit einem Diener von Köln heraufgereist und hinten auf dem Pferd gesessen.

Alles, was es im Schloß zu tun gab, verrichtete er nach bestem Willen, wie ihm befohlen. Er leuchtete den Gästen im Dunkeln, brachte das Kartenspiel herbei oder andere gewünschte Dinge, wie er eben geheißen wurde. Nur hat man ihn dabei nicht sehen können, und die Dinge sind gewissermaßen durch die Luft geschwebt und wie von selbst gekommen. Wenn er in ein Zimmer kam, sah man ihn nicht, auch wenn er redete.

Alle Gebete, die man ihm vorsprach, sagte er nach, auch das Glaubensbekenntnis und das Vaterunser, dieses jedoch nur ohne die Worte: »Und führe uns nicht in Versuchung, sondern erlöse uns von dem Übel!« Die hat er nicht sagen wollen und an dieser Stelle geschwiegen.

Entenwigk hat auch vernehmen lassen, so lange er sich zu Sachsenheim aufhalte, werde das Sachsenheimer Geschlecht bei Ehr und Gut verblieben. Es ist auch, um die Wahrheit zu sagen, dem damaligen Herrn von Sachsenheim glücklich und wohl ergangen. Er hatte hübsche Kinder und auch Zuwachs erfahren an Zeitlichem. Doch, wiewohl der Geist etliche gute Jahre im Schloß verbrachte, niemanden beleidigte, sondern zu jedermann dienstwillig war, so war es den Freunden der Familie doch nicht ganz wohl dabei. Sie rieten dem Herrn von Sachsenheim dringend, er solle das

Gespenst fortschicken, es werde das Geschlecht sonst aussterben. Also ließ sich der von Sachsenheim bereden und trennte sich von dem Geist. Beim Abschied sagte Entenwigk ein großes Unglück voraus. Von ihm selbst hat man nie wieder etwas vernommen.

936.

DER DICKE AMTMANN

In Pforzheim lebte einmal ein Beamter, der seines Gewichtes wegen nur der dicke Amtmann genannt wurde. Seinen Dienst übte er so schlecht aus, daß er vor einer angekündigten Untersuchung in den Hohbergwald ging und sich dort im Kuhloch aufhängte. Von einem Jägerburschen, der gleich darauf vorbeikam, wurde er abgeschnitten und wieder ins Leben zurückgerufen. Durch Geld und gute Worte wurde der Bursche bewogen, zu schweigen; aber schon nach zwei Monaten erhängte sich der Amtmann wieder in seiner Wohnung im jetzigen Blumenwirtshaus. Darin mußte er dann alle Nacht umgehen. Einmal gab er dem Hauseigentümer, als der ihm aufpaßte, ein paar derbe Ohrfeigen. Ein anderer Mann fragte den Geist, der auf dem Gang vor seiner Stube auf und ab ging, wer er sei und erhielt die Antwort: »Der dicke Amtmann!« »Gib mir deine Hand, damit ich sehe, ob du wahr gesprochen!« erwiderte der Mann. »Da würde ich deine Hand übel zurichten«, sagte der Geist, »Reiche mir etwas anderes her!« Der Mann hielt ihm nun ein kleines Brett hin, auf das der Geist seine Hand legte, die sich sofort in das Holz einbrannte.

Zwanzig Jahre lang dauerte der Spuk, da ließen die Hausleute endlich den Synagogendiener kommen, der mit dem siebten Buch Mosis genau bekannt war. Der Jude beschwor das Gespenst und zwang es, in Gestalt eines kleinen schwarzen Hundes in einen Sack zu schlupfen. Diesen trug er hinaus auf das Feld bei dem Hohberg und bannte den Geist hierhin. Doch dieser wollte hier nicht bleiben und verlangte, in das Kuhloch gebracht zu werden. Das geschah auch. Seitdem zeigt sich hier der dicke Amtmann in grauem Überrock, weißer Schlafmütze und grünen Pantoffeln noch heute. Die Vorübergehenden führt er zuweilen irre und hat auch schon einige, die ihn neckten, mit Ohrfeigen traktiert.

937.

ZAUBERARBEIT

Ein Schuster zu Waldangelloch hatte gewettet, er werde vom Morgen bis zum Abend ganz allein ein Paar Stiefel und ein Paar Schuhe machen. Auf sein Verlangen schlossen ihn seine Bekannten in seiner Werkstatt ein. Nach einigen Stunden schauten sie durch das Schlüsselloch, um zu sehen, was der Schuster mache. Da sahen sie ihn müßig sitzen, dafür aber vier unbekannte Männer emsig arbeiten. Sie drangen unvermutet in die Werkstatt ein, fanden aber außer dem Schuster nichts als vier Mücken unter vier Fingerhüten. Sie verließen die Werkstatt wieder, und am Abend waren Stiefel und Schuhe fertig und die Wette gewonnen.

938.

FAHRSAMEN

Vor vielen Jahren diente ein Eschelbacher in Waldangelloch. Der hatte sich vom Teufel Fahrsamen verschafft und konnte deshalb fahren, wie und wohin er wollte. Oft jagte er mit schwer beladenem Wagen und vier Pferden steile Berghänge hinab, und wenn dabei das Gefährt auch ganz auf die Seite hing, so stürzte es doch niemals um. Einst kam er mit einem Wagen Frucht in die Scheuer, und da er niemand fand, der ihm beim Abladen geholfen hätte, fuhr er einfach die senkrechte Leiter hinauf auf die Obertenne und warf dort die Frucht ab. Währenddessen kam der Bauer in die Scheuer, sah den Wagen oben stehen und ging entsetzt und schweigend wieder hinaus. Der Knecht fuhr die Leiter wieder hinab, ging zu seinem Herrn und sagte zu ihm: »Das war ein Glück, daß Ihr in der Scheuer kein Wort gesprochen habt, sonst wäre ich mit Roß und Wagen von der Obertenne gefallen.«

Einst bat ein Freund diesen Knecht, ihm auch Fahrsamen zu beschaffen. Beide begaben sich hierauf um elf Uhr in der Christnacht auf einen Kreuzweg. Dort machte der Knecht einen Kreis auf den Boden, stellte sich mit dem anderen hinein und ermahnte ihn, ja nicht zu sprechen, es möge kommen was da wolle. Dann zog er ein Büchlein hervor und fing an, still darin zu lesen. Gegen zwölf Uhr hörten sie ein Getöse, als ob das wilde Heer in

Anmarsch wäre. Der Lärm hörte aber wieder auf, und über ihren Köpfen sahen sie nun einen Mühlstein an einem dünnen Faden hängen, der jede Sekunde auf sie herabzustürzen drohte; aber der Stein störte sie ebensowenig wie eine heranrasselnde vierspännige Kutsche, deren Führer sie vergeblich um die Entfernung nach dem nächsten Orte fragte. Zum Schluß kam jemand in einer großen Holzschüssel mühsam herbeigerutscht und fragte: »Kann ich die Kutsche noch einholen?« Da mußte der Freund des Knechtes laut lachen, und sogleich erhielt er von dem Knecht eine Ohrfeige mit den Worten: »Dummkopf! Jetzt hast du dich mit deinem Gelächter um den Fahrsamen gebracht!«

939.

DIE WEIBER ZU WEINSBERG

Als König Conrad III. den Herzog Welf geschlagen hatte (im Jahr 1140) und Weinsberg belagerte, so bedingten die Weiber der Belagerten die Übergabe damit: daß eine jede auf ihren Schultern mitnehmen dürfte, was sie tragen könne. Der König gönnte das den Weibern. Da ließen sie alle Dinge fahren, und nahm ein jegliche ihren Mann auf die Schulter und trugen den aus. Und da des Königs Leute das sahen, sprachen ihrer viele, das wäre die Meinung nicht gewesen, und wollten das nicht gestatten. Der König aber schmutzlachte und tät Gnade dem listigen Anschlag der Frauen: »Ein königlich Wort«, rief er, »das ein Mal gesprochen und zugesagt ist, soll unverwandelt bleiben.«

940.

DOKTOR FAUST ZU BOXBERG

Als Doktor Faust in Heilbronn weilte und durch seine Zauberkünste in der ganzen Gegend bekannt war, kam er auch öfters auf die Burg Boxberg, wo er stets gastliche Aufnahme fand. Einst an einem kalten Wintertag spazierte er mit einigen Burgfrauen in den Gartenwegen an der Ostseite des Schlosses. Die Frauen beklagten sich dabei über Kälte und schlechtes Wetter. Sogleich ließ Faust die Sonne scheinen, so daß der noch schneebedeckte Boden plötzlich zu grünen anfing und Veilchen aus der Erde sprießten. Auf Fausts Geheiß blühten auch die Bäume, und nach dem Wunsche der Frauen reiften daran Äpfel, Pfirsiche und Pflaumen. Endlich ließ er Weinstöcke wachsen, die Trauben trugen und forderte alle seine Begleiterinnen auf, jede möge sich auf seinen Befehl hin eine Frucht abschneiden. Als die Frauen auf diesen Befehl warteten, standen sie plötzlich da, und jede hatte das Messer an die eigene Nase angesetzt, Faust aber war verschwunden. Der Garten heißt seit jener Zeit der Veilchengarten.

Ein anderes Mal verließ Faust mittags um dreiviertel zwölf das Boxberger Schloß, um Schlag zwölf Uhr bei einem Gelage in Heilbronn zu sein. Er setzte sich in seinen mit vier Rappen bespannten Wagen und fuhr wie der Wind davon. Pünktlich um zwölf war er in Heilbronn. Ein Arbeiter auf dem Felde hatte beobachtet, wie gehörnte Geister vor dem Wagen den Weg pflasterten und hinter ihm die Steine wieder herausrissen und entfernten, so daß nicht die geringste Spur eines Weges übrig blieb.

941.

HEINRICH MIT DEM GÜLDENEN WAGEN

Zu Zeiten König Ludwigs von Frankreich lebte in Schwaben Eticho der Welf, ein reicher Herr, gesessen zu Ravenspurg und Altorf; seine Gemahlin hieß Judith, Königstochter aus Engelland, und ihr Sohn Heinrich. Eticho war so reich und stolz, daß er einen güldenen Wagen im Schilde führte, und wollte sein Land weder von Kaiser noch König in Lehen nehmen lassen; verbot es auch Heinrich seinem Sohne. Dieser aber, dessen Schwester Kaiser Ludwig vermählt war, ließ sich ein Mal von derselben bereden: daß er dem Kaiser ein Land abforderte, und bat, ihm so viel zu verleihen, als er mit einem güldenen Wagen in einem Vormittag umfahren könnte in Bayern. Das geschah, Ludwig aber traute ihm nicht solchen Reichtum zu, daß er einen güldenen Wagen vermöchte. Da hatte Heinrich immer frische Pferde, und umfuhr ein groß Fleck Lands, und hatte einen güldenen Wagen im Schoß. Ward also des Kaisers Mann. Darum nahm sein Vater, im Zorn und aus Scham, sein edles Geschlecht so erniedrigt zu sehen, zwölf Edelleute zu sich, ging in einen Berg und blieb darinnen, vermachte das Loch, daß ihn niemand finden konnte. Das geschah bei dem Scherenzer Walde, darin verhärmte er sich mit den zwölf Edelleuten.

942.

ERDMÄNNLEIN IN STUTTGART

Ehe Herzog Ulrich von Württemberg ans Regiment kam, hatte er einen Hofschuhmacher, genannt der Kinspan. Dessen Frau wurde einmal, als sie Kindsbetterin und gerade allein im Hause war, von einem kleinen Erdmännchen besucht. Das trug auf dem Kopf einen kupfernen Kessel, den es der Frau schenken wollte. Aber diese, statt sich zu freuen, erschrak und schrie laut auf. Daraufhin sagte das Männchen: »Wenn ihr meine Gabe nicht annehmen wollt, so muß ich sie wieder wegtragen!« Und damit zog es davon.

Die Frau hatte nicht sehen können, ob etwas im Kessel war. Einige Leute, die davon hörten, meinten, es sei vielleicht ein Zauberkessel gewesen. Nun, es sei wie es wolle, der guten Frau ist er jedenfalls nicht beschert worden, wie es nach einem alten Sprichwort heißt:

»Was einem nicht werden soll,
das streift einem ein Reis ab.«

943.

DAS SILBERGLÖCKLEIN AUF DER STUTTGARTER STIFTSKIRCHE

Auf den Höhen um Stuttgart standen einst sieben Burgen. Eine von ihnen hieß die Weißenburg. In dieser wohnte eine Edelfrau. Die hatte sich einst im Walde verirrt und kam nicht mehr heim. Da nahm ihre Tochter ihr sämtliches Silbergeschmeide, brachte es zum Silberschmied und ließ daraus ein silbernes Glöckchen machen. Als es fertig war, hing man es in den höchsten Turm der Burg. Die Tochter läutete es selbst täglich abends um neun Uhr und nachts um zwölf Uhr, damit der Klang von der Mutter gehört werde als Zeichen des Heimwehs der Tochter. Aber die Mutter hörte das Glöcklein nicht und kam nicht wieder, solange das Edelfräulein lebte. Daher setzte die Tochter, nachdem sie viele Jahre gewartet hatte, in ihrem Vermächtnis fest, daß das Glöcklein auf dem Turm der Stuttgarter Stiftskirche ganz oben aufgehängt werde, wenn einmal die Weißenburg nicht mehr stehe. Dazu setzte sie zweihundert Gulden aus für den Mesner, der das Glöcklein zu läuten habe.

Und als sich nach zweihundert Jahren eine Prinzessin im Walde verirrte und an dem Klang des Glöckleins den Weg nach Hause wiederfand, da wurde die Stiftung erneuert, und noch heute klingt des Glöckleins heller Ton über die Stadt.

944.

DER HAALGEIST

In Schwäbisch Hall gibt es einen Geist, den man den Haalgeist nennt, nach dem Salzbrunnen oder »Haal«, wo er umgeht. Er ist ein alter Salzsieder und zeigt sich immer drei bis vier Tage vor einer Überschwemmung, trägt eine Laterne in der Hand und geht vom Kocher her auf die untere Stadt zu, indem er beständig mit lauter Stimme ruft: »Raumt aus! Raumt aus!« So weit er aber vorwärts geht, so weit tritt jedesmal in den nächsten Tagen der Kocherfluß über. Der Haalgeist, den man auch im Kocher platschen hören kann, ist schon öfters in die Stadt gekommen. Dann haben die Leute Keller und Wohnungen geräumt und haben sich vor der Überschwemmung in Sicherheit gebracht. Jedesmal hat der Geist die Ausdehnung des Wassers genau angezeigt.

Der Haalgeist tut niemandem etwas. Man muß ihn nur ruhig gehen lassen. Wird er aber geneckt, so kommt er in einer erschreckenden Gestalt, als schwarzer Pudel oder als zotteliges Kalb mit feurigen Augen, so daß die Menschen sich entsetzen und krank werden. Ein Nachtwächter wollte den Geist einmal an der Nase herumführen. Dieser merkte es aber. Er wurde dafür vom Haalgeist bei der Henkersbrücke in den Kocher geworfen, so daß er elendiglich ertrinken mußte.

945.

DIE EIERLEGER

Eine Bauersfrau aus Jartheim, die nur wenige Hühner hatte, brachte dennoch immer eine große Menge Eier auf den Markt zu Crailsheim. Endlich schöpften die Nachbarinnen Verdacht, daß dies nicht mit rechten

Dingen zugehe und wandten sich an den Knecht der Frau, er möge auf sie aufpassen. Der verstand sich um so williger dazu, als ihm schon aufgefallen war, daß die Frau stets zweierlei Brot buk, halbweißes für sich allein und schwarzes für die übrigen Hausgenossen. Als die Frau nun wieder auf dem Markt war, versuchte der Knecht, die verschlossene Tischschublade zu öffnen, was ihm auch gelang. Er schnitt nun ein tüchtiges Stück von dem halbweißen Brot ab. Kaum hatte er es verzehrt, so begann er zu gackern wie ein Huhn, lief in den Hühnerstall, setzte sich auf das Nest und begann Eier zu legen. Während er so dasaß, hörte er den Bauer nach ihm rufen. Weil der Knecht aber nicht von seinem Nest wegkam, bat er den Bauer zu sich her und erzählte ihm die ganze Geschichte. Der Bauer ging augenblicklich in die Stube und aß auch von dem halbweißen Brot. Sofort mußte er auch gakkern, lief in den Hühnerstall, setzte sich neben den Knecht, und beide legten nun zwei große Haufen Eier. Jetzt war ihnen klar, woher die Frau, die immer nur halbweißes Brot aß, ihre vielen Eier herbekam. Als sich die Sache herumgesprochen hatte, wollte auf dem Markt niemand mehr bei der Bäuerin Eier kaufen. Die Jartheimer aber bekamen den Spitznamen »Eierleger«, der ihnen bis heute geblieben ist.

946.

DER HERRGOTTSTRITT

Auf einem Felsen der Alb bei Heuberg, in einem anmutigen, von der Rems durchflossenen Tale, liegen Trümmer der Burg Rosenstein. Da konnte man früher die Spuren eines schönen menschlichen Fußes im Stein abgedrückt sehen. Gegenüber auf dem Scheulberg findet man eine ähnliche Spur mit dem Tritt landeinwärts, dagegen die auf Rosenstein auswärts. Gegenüber dem Wald steht die Kapelle der wundertätigen Maria von Beißwang. Links erstreckt sich eine Kluft, die Teufelsklinge heißt. Hinterm Schloß liegt eine Höhle; sie heißt Scheuer.

Vor uralter Zeit zeigte von diesem Berge herab der Versucher unserem Heiland die schöne Gegend und bot sie ihm an, wenn er vor ihm, dem Teufel, niederfallen wolle. Da befahl ihm Christus zu weichen, und der Satan stürzte sich den Berg hinab. Er war nun dazu verdammt, tausend Jahre in Ketten und Fesseln in der Teufelsklinge zu liegen, und das trübe Wasser, das daraus fließt, sind seine teuflischen Tränen. Christus aber tat einen mächtigen Schritt über das Gebirge, und wo er seine Füße hinsetzte, drückten sich die Spuren ein.

Später bauten die Herren von Rosenstein hier eine Burg und waren Raubritter, die ihre Beute in der Scheuer bargen. Einmal beredete der Teufel sie, sie sollten die Kapelle niederreißen und deren Geräte und Bilder mit sich nehmen. Kaum aber waren sie mit dem gestohlenen Gut heimgekehrt, als sich ein ungeheurer Sturm erhob und das ganze Raubnest zertrümmerte.

947.

DER PFALZGRAF VON TÜBINGEN UND MEISTER EPPEN

In einem Dorf im Schwarzwald, Pfalzgrafenweiler genannt, stand einst eine Burg, von der heute nur noch wenige Ruinen übrig sind. Hier wohnte ein Graf von Tübingen, der auch viel zu jagen pflegte.

Einmal zog dieser Graf ins Holz. Da kam ihm ein winzig kleines Männlein entgegen, das zwei Jagdhündchen an einer Koppel führte. Der Kleine nannte sich Meister Epp. Die zwei Hündchen hießen Will und Wall. Der Graf fand an Epp und seinen Hündchen so viel Gefallen, daß er sie mit nach Pfalzgrafenweiler nahm. Er behielt sie bei sich und fing, weil er mit Meister Epp und dessen Hunden häufig in den Wald zog, so viel Wildbret, daß er niemals ohne Beute heimkam. Außerdem fühlte er sich, solange er dieses Erdmännlein oder Jägerlein in seinem Schlosse hatte, glücklich an Leib und Seele.

Einmal jagte der Graf mit seinem Jägermeister Eppen und dessen zwei Hündchen Will und Wall hinter dem Schloß Feherbach. Wie sie nun in den Wald kamen, brachten die zwei Hündlein einen mächtigen Haupthirsch auf die Füße, der nicht aus diesem Lande war. Das Tier flüchtete zuerst nach der Stadt Horb und in einen Wald, der Weitow geheißen wurde, nach Tübingen, dann aber weiter nach Gmünd, Ellwangen, Dinkelsbühl, Nürnberg und durch den Böhmerwald bis nach Prag. Der Graf und seine Jägermeister zogen den ganzen Tag mit den Hunden hinter dem Hirsch her bis zur Nacht und frühmorgens wieder, bis sie endlich nach mehreren Tagen nach Prag kamen.

Damals herrschte in der Prager Burg der König von Böhmen. Als der Graf mit seinem Jäger und den Hunden an die Pforte kam, war sie verschlossen. Die beiden Jagdhündchen Will und Wall aber waren so laut, daß sich manche darüber wunderten. Das wurde dem König gleich überbracht, der sie einlassen ließ, worauf der Graf mit seinem Jägermeister und den Hündchen bis in des Königs Saal zogen, wo an die Tausend Hirschgeweihe hingen. Als die beiden Hündchen nun das Geweih des Hirsches, den sie die Tage über gejagt hatten, über sich sahen, wurden sie abermals so laut, daß sich der König darüber wunderte. Auf seinen Befehl nahm man die zuletzt aufgehängten Hirschgeweihe herab und legte sie den beiden Hündchen vor. Sie fielen darüber her wie Hunde, die einen Hirsch festhalten. Daraufhin sagte des Königs Jäger, daß dieser Hirsch erst am Tage zuvor gefangen worden sei, woran man erkennen konnte, daß es derselbe Hirsch war, den die Hunde zuerst im Weilerwald bei Feherbach aufgespürt hatten. Der König von Böhmen war verwundert, und nun erzählte ihm der Graf von Tübingen von Anfang bis zum Ende, wie ihm sein Jägermeister Epp mitsamt seinen zwei Jagdhunden in dem Holze begegnet, ihm hernach allemal das Jagen gelungen war und er nie leer von der Jagd heimgekommen sei, wie er ferner diesen Hirsch am Weilerwalde zuerst angetroffen und ihn dann all die Tage bis hierher verfolgt habe.

Als der König solche Abenteuer vernahm und des Grafen Namen hörte, erkannte er ihn und fand seinen Namen in etlichen Briefen geschrieben, aus denen ersehen und bewiesen werden konnte, daß der Pfalzgraf des Königs Feind war, worüber der Pfalzgraf nicht wenig erschrak. Der König aber sagte zu ihm, er solle nicht erschrecken, bei ihm sei er an Leib und Gut sicher. Schließlich wurden der König und der Graf sich in allen Dingen einig, und der König ließ seine Ungnade fallen.

Nach einer gewissen Zeit, als der Graf mit seinem Jägerlein und mit Will und Wall Abschied nehmen wollte, bat ihn der König so ernstlich um die zwei Hündchen mit dem Anerbieten, er werde ihm dafür nichts versagen, um was er ihn auch bitten möchte. Darauf redete der Graf mit seinem Jäger Eppen. Aber dieser widerriet dem Grafen, es zu tun, und so versagte auch der Graf dem König die Bitte. Doch der König ließ nicht nach mit Drängen, so daß der Pfalzgraf endlich nachgiebig wurde und dem König die Hündchen schenkte. Aber das Jägerlein wollte sich von seinen lieben Hündchen nicht trennen und blieb beim König zu Prag.

Kurze Zeit danach rüstete der König von Böhmen den Pfalzgrafen von Tübingen mit Knechten und Pferden und auch mit anderen Geschenken aus und ließ ihn in allen Gnaden ziehen. Der Graf reiste wieder nach Pfalzgrafenweiler. Aber bald regte sich in ihm das Verlangen nach seinem Meister Eppen und den Jagdhündlein. Das wurde so stark ihn ihm, daß er anfing, an Leib und Seele abzunehmen. Er starb bald darauf. Seine Nachkommen verließen Pfalzgrafweiler, gleichwohl änderte der Ort den Namen nicht.

Vielen Vermutungen nach hat sich diese Geschichte unter Kaiser Heinrich III. zugetragen, der das Land des Königs von Böhmen mit Krieg überzogen hatte.

948.

DER SCHIMMELREITER BEI WANKHEIM

Im Elsenwäldle, in einem kleinen Tal zwischen Tübingen und Wankheim, reitet der Schimmelreiter auf einem weißen, riesigen Gaul durch das Gehölz und trägt seinen eigenen Kopf wie einen Hut unterm Arm. Gewöhnlich reitet er still und ruhig, oft jagt er auch wie der Blitz dahin. Wenn er langsam ritt, hat es zuweilen schon ein verwegener Bursche gewagt, sich zu ihm aufs Pferd zu setzen, was der Schimmelreiter zum Schein wohl eine Weile duldete, dann aber den Mitreiter jedesmal jämmerlich vom Pferde warf. Er führte auch die Menschen irre.

Einmal kam ein Mann mit einem Mehlsack von Tübingen her durch das Elsenwäldle, traf den Schimmelreiter und bat ihn, daß er den Sack auf sein Pferd legen dürfe. Dieser sagte weder ja noch nein, doch ließ er es zu. Als aber der Mann so neben ihm herging, war nach einer Weile alles verschwunden. Er ging darauf den Weg zurück und fand den Sack an derselben Stelle, wo er ihn dem Schimmel aufgeladen hatte, am Boden liegen.

Wenn man durch das Wäldchen geht, ist es oft so still darin, als ob alles eingeschlafen wäre, weil auch nicht ein Blatt sich regt. Dann wiederum bricht plötzlich ein Sturm los, daß man meint, es müßten alle Bäume zusammenbrechen. Und das kommt bloß von dem Schimmelreiter her.

949.

DER KÄSPERLE VON GOMARINGEN

Der Käsperle oder Kaspar war einst Vogt zu Gomaringen bei Tübingen. Er soll die Gemeinde und Felder betrogen haben, nun muß er seit seinem Tode geistweis umgehen. Er spukt in einem Hause, das man die Aunaut nennt. Dort erschien er in einer weißen Zipfelkappe, mit weißen Strümpfen und Schnallenschuhen, die Pfeife im Mund, und klopfte und polterte im Haus, daß schließlich niemand mehr darin wohnen wollte. Besonders unruhig wurde er, wenn ein Kind im Hause geboren wurde. Dann nahm er öfters der Mutter das Kind weg und legte es unter ihr Bett, tat ihm aber sonst nichts zu leide. In der Weihnachtszeit trieb er es besonders stark. Da lief er oft in der Viehkrippe hin und her, daß das Vieh vor

Angst brüllte; darüber lachte er dann immer aus vollem Hals. Zuweilen band er das Vieh verkehrt an oder band zwei Stück an einen einzigen Strick; auch fiel es ihm dann und wann ein, den Knechten, wenn sie Futter schneiden wollten, Heu und Stroh aus dem Schneidestuhl herauszuziehen. Wenn er es aber zu toll trieb, rief ihm der Hausherr etwa zu: »Jetzt aber bist du still!« Dann war wohl eine Weile Ruhe; aber bald trieb es der Käsperle so arg wie zuvor. Auch liebte er es, gelegentlich den Leuten seine große Schnupftabaksdose hinzuhalten, sie aber dann schnell zurückzuziehen, ehe man eine Prise nehmen konnte.

Endlich ließ man die Aunaut abbrechen. Lose Leute spotteten über den Käsperle, daß er jetzt allein und unbedacht zurückbleiben müsse. Allein, als der letzte Wagen mit Holz abfuhr, setzte sich der Käsperle oben drauf. Dadurch wurde der Wagen so schwer, daß er sich unter der Last bog und brechen wollte. Auch wagte niemand, den Wagen abzuladen, ehe der Käsperle abgestiegen war. So wie aber das Holz in das neue Haus hineingebracht war, stellte sich auch der Käsperle wieder ein und trieb darin sein Wesen gerade so wie einst in der Aunaut. Endlich hat man sein Grab geöffnet und ihn darin unverwest in seinem Blut liegend gefunden. Darauf hat man ihn zum zweiten Male begraben; seitdem hat er Ruhe.

950.

DAS BAUERNWEIBLE

Das Bauernweible ist ein klein monzig Weiblein, das im Unterwald, auf der Waldhöhe zwischen Tübingen und dem Wurmlinger Berg, sein Wesen treibt. Es sitzt auf den höchsten Gipfeln der Waldbäume und hängt dort schneeweiße Windeln auf. Es seufzt und klagt beständig. Man hat es auch schon waschen gesehen. Es hängt seine Wäsche im Waldgestrüpp auf. Beim Waschen hörte man es ein Klagelied singen:

»Wässerle, Wässerle wasche rein,
Getötet hab' ich mein Kindelein!«

Das Bauernweiblein soll sein eigenes Kind umgebracht und darum keine Ruhe haben; es wäscht immer Kindszeug. Die Kinder fürchten sich vor ihm.

951.

KNÖPFLEINTAGE

In manchen Gegenden Württembergs heißen die drei Freitage vor Weihnachten die Knöpfleintage, weil an ihnen in allen Häusern abends Knöpflein gekocht werden. Wer am ersten dieser Tage den Löffel ungesehen aus dem Knöpfleinteige zieht, ihn an den beiden andern ebenso unbemerkt wieder hineinsteckt und herauszieht, so daß nun Teig von allen drei Tagen daran hängt und ihn so am Christtag mit in die Kirche nimmt: der sieht daselbst alle Hexen verkehrt stehen, nämlich mit dem Rücken gegen den Geistlichen. Er muß aber, noch ehe der Segen gesprochen wird, zu Hause sein, sonst kostet es ihm leicht das Leben.

Eines Färbers Sohn zu Vaihingen an der Enz, der die letzte Regel nicht beobachtet hatte, wurde darauf ein Vierteljahr lang von unsichtbaren Händen nachts aus dem Bett gezogen und auf den Trockenstangen, die zum Speicher hinausstehen, hin und her geführt. Er magerte hierüber ganz ab und wäre sicher bald gestorben, hätte er nicht endlich den erfahrenen Scharfrichter von Steinfürtle befragt, der in den geheimen Künsten sehr erfahren war. Durch ihn wurde er von den Hexen und von der Krankheit befreit.

952.

HAUSVERSICHERUNG GEGEN HEXEN

Ein Tübinger Bürger konnte keine Kuh gesund im Stall behalten. Schon nach wenigen Wochen zehrte sie jedesmal so ab, daß er sie schnell um jeden Preis verkaufen mußte, wenn er sie nicht ganz verlieren wollte. Sobald aber die Kuh aus dem Stall war, erholte sie sich gleich wieder.

Endlich ließ der Bauer seinen Kuhstall gegen Hexen versichern. Und das ging so zu: Ein Hexenbanner vergrub unter allerlei Beschwörungen einen Hund, der noch geschlossene Augen hatte, hinter der Türschwelle des Stalles. Die Stelle bedeckte er mit einem Brett. Außerdem wurde ein beschriebenes Stück Papier an einer Stallwand befestigt. Sodann riet der Banner dem Besitzer, er solle der größeren Sicherheit wegen immer nur schwarze

Kühe halten, daneben auch einen schwarzen Bock, dessen Geruch den Hexen zuwider sei. Und seitdem er das alles getan hatte, blieben seine Kühe gesund.

953.

DIE ALTE URSCHEL

Seit vielen hundert Jahren lebt eine verwünschte Frau im Urschelberg bei Pfullingen; man nennt sie nur die alte Urschel. Sie erscheint manchmal in schwarzen, manchmal in weißen Kleidern. Immer hat sie einen Schlüsselbund an der Seite.

Vor etwa zweihundert Jahren lebte zu Pfullingen ein Bursche namens Michael Weiß. Der fand als Knabe einmal am Fuße des Berges ein Pferdekummet. Er nahm es auf, aber sogleich verwandelte es sich unter seinen Händen in die Urschel aus dem Berg. Sie war von kleiner, zierlicher Gestalt, trug einen Schlüsselbund und begleitete von nun an den jungen Burschen, wenn er auf dem Urschelberg erschien. Kam er mit Wagen und Pferden, so bremste sie bei der Abwärtsfahrt den Wagen, indem sie sich ins Rad stellte, und zwar von der Steig am Urschelhohberg bis nahe vor Pfullingen. Sie sprach auch mit dem Burschen und erzählte ihm mancherlei. Das ging so, bis der Michel verheiratet war und schon vier Kinder hatte. Eines Tages sagte sie zu ihm, sie sei von ihrer Schwester hierher verwünscht worden, und er sei ausersehen, sie zu erlösen. Sie werde ihm erscheinen halb als Schlange, halb als Jungfrau, und dann müsse er sie küssen. Darauf werde ein schwarzer Pudel seinen Rachen gegen ihn aufreißen, aber das habe nichts zu bedeuten. Sie werde ihm eine Rute reichen, und er könne damit den Pudel, der auf einer Kiste sitze, leicht vertreiben. Das Geld in der Kiste gehöre dann ihm. Auch werde über seinem Haupt ein Mühlstein an einem Zwirnsfaden hängen, allein auch das sei nicht gefährlich, wenn er nur still halte und sich überhaupt nicht muckse; wenn er aber einen Laut von sich gebe, sei er verloren.

Michel erschrak zuerst über diese Ankündigung, dann machte er eine Bedingung und sagte, er wolle das alles nur tun, wenn seine Eltern mitkämen. Das wollte jedoch die Urschel nicht zugeben, und so unterblieb die Erlösung. Die Urschel setzte ihm noch eine Zeitlang zu mit Bitten und Flehen; dann sagte sie ihm schließlich, daß er auf alle Fälle zu einer bestimmten Zeit sterben müsse, er möge sie nun erlösen oder nicht. Trotzdem war

Michel nicht mehr umzustimmen und starb genau an dem Tag, den die Urschel vorausgesagt hatte. Da soll sie bitterlich geweint und gesagt haben, wenn ein Hirsch eine Eichel in den Boden trete und aus der Eichel ein Baum und aus dem Holz des Baumes einmal eine Wiege werde, so könne das erste Kind, das da hinein komme, sie einmal erlösen.

954.

DIE WEISSE FRAU ZU GUTENBERG

Im Schloß zu Gutenberg am Neckar, dem Michelsberg gegenüber, erschien früher eine weiße Frau. Sie war weiß und runzlig und sah sehr alt aus. Sie schlich nur so umher. Den Mägden half sie bei der Arbeit, namentlich beim Waschen, aber nur, wenn diese recht fleißig waren. Manchmal sah sie auch nur ruhig zu. Niemanden tat sie etwas zuleide. Doch zuweilen sprang sie auch wohl einer Magd, wenn diese gerade backen wollte, ins Genick, war aber nicht schwer. Nachts hörte man sie in den Gängen Brennholz vor den Ofen werfen. Am Morgen aber war alles wieder verschwunden. Einem Knechte, der ihr einmal nachsah, nahm sie mehrmals die Bettdecke weg und trug sie in eine Ecke des Zimmers. Des Morgens schlich sie immer in das Waschhaus und verschwand da in einer Ecke. Der Schloßherr ließ hier einmal nachgraben, und man stieß auf die Gebeine eines erwachsenen Menschen und eines Kindes. Die gehörten zur weißen Frau und ihrem Kinde, das sie umgebracht hatte. Hier waren beide einmal beerdigt worden. Man brachte die letzten Überreste auf den Friedhof, begrub sie ordentlich, und seitdem spukte die weiße Frau nicht mehr.

955.

DER ZAUBERSTEIN IM BLAUTOPF

Man findt gleichwol, daß vor viel Jahren, als die Grafen von Helfenstein das Stättlin Blaubeuren samt der ganzen Herrschaft noch ingehapt, daß zwen Gebrüder des Geschlechts der Grafen von Helfenstein einstmals miteinander zu dem Ursprung und Bronnen der Blau spazieren gangen und der ein unter ihnen ein Stein allernächst dem Ursprung von manicherlei Farben ersehen (hat). Den hat er ufgehept und besehen. Wie das geschehen ist, ist der dem andern Bruder user den Augen kommen, derhalben (ihm dieser) gerufen, wo er so bald hinkommen. Der hat ihm geantwurt. Wie er ihn aber noch nit gesehen, aber wohl gehört, daß er allernächst bei ihme sei, do hat er sich noch mehr verwundert und dem Bruder bekennt (gesagt), er höre ihn wohl, kunnte ihn aber nit sehen und begehrt (zu wissen), womit er solches zuwege bring. Do hat ihm der Bruder den Stein auch in die Hand geben, also hat er auch nit gesehen.

Wie sie nun beide vermerkt, daß die Kraft von dem Steine her reich, do haben sie nach langer Beratschlagung, was sie mit diesem Stein, als einem köstlichen Kleinat (Kleinod), anfahen wellten, sich dahin entschlossen und bedacht, was Nachteils und Übeles ihre Nachkommen hiermit anstiften möchten, wodurch auch ihr Geschlecht in Spott, Unehr und Verderben geführt künnt werden; daß sie des Steins und seiner Kraft sich wollten verwegen und verzeihen (entäußern). Und damit warfen sie den Stein in den Ursprung der Blau, welcher dann viel klafter dief (fiel) und niemand besorgen muß, daß ihn jemand wiederumb vom Grund heraufbring.

956.

DER BLAUTOPF

Im Jahre 1641, so wird berichtet, war der Topf so stark angelaufen, daß das Kloster Blaubeuren für sich fürchten mußte. Es wurde daher ein allgemeiner Bettag gehalten, eine Prozession zu der erzürnten Quelle veranstaltet, und gleichsam zur Versöhnung mit der in der Quelle wohnenden Nymphe wurden zwei vergoldete Becher hineingeworfen. Hierauf soll das starke Überfließen nachgelassen haben.

957.

DER FREIJÄGER AUS SALMBACH

In Salmbach (Salmensbach) lebte ein Jäger, der jedes Stück Wild, es mochte noch so entfernt sein, schießen konnte. Lange bat ihn sein Jägerbursch vergebens, ihn in diese Kunst einzuweihen; endlich willigte er ein unter der Bedingung, daß der Bursche niemandem etwas verrate. Er befahl ihm nun, im Advent zum Abendmahl zu gehen, aber dann die Hostie, statt sie zu genießen, ihm zu bringen. Nachdem der Bursche so gehandelt hatte, mußte er in der Christnacht mit seinem Herrn in den Wald gehen. Dort stellte sich der Jäger, die Hostie zwischen zwei Fingern haltend, dem Burschen gegenüber und forderte ihn auf, er solle auf sie schießen und sich durch nichts abhalten lassen, sonst könne es ihm übel ergehen. Der Bursche legte an, da erblickte er in der Hostie den Heiland, warf das Gewehr weg und fiel im nächsten Augenblick tot zur Erde.

Kurze Zeit nachher starb auch der Jäger und spukte so sehr im Hause, daß seine Frau einen Kapuziner kommen ließ, der ihn wegschaffen sollte. Der beschwor nun den Geist, doch dieser wollte nicht aus dem Hause weichen, sich indessen mit jedem Platze darin begnügen. Der Kapuziner bannte ihn nun in einen Schrank, den er nebst dem Zimmer verschloß, und gab der Frau die Schlüssel. Die Frau verheiratete sich aber wieder und wurde öfters von ihrem zweiten Mann nach dem verschlossenen Zimmer gefragt. Sie antwortete stets ausweichend, vergaß aber einst, als sie in die Kirche ging, die Schlüssel mitzunehmen. Ihr Mann fand dieselben und, von Neugier geplagt, öffnete er Tür und Schrank. Da sah er im Schrank den Jäger stehen und mit dem Gewehr im Anschlag auf ihn zielen. Von Entsetzen und Wahnsinn ergriffen, floh der Mann aus dem Haus, lief bei strenger Winterkälte in den Wald und wurde am andern Tag erfroren gefunden.

958.

DER HERR VON FALKENSTEIN

Ein Ritter aus dem Kinzigtal namens Kuno von Stein wollte unter Gottfried von Bouillon das heilige Grab erobern helfen. Er nahm daher Abschied von seiner Gemahlin mit den Worten: »Wenn ich nach

Jahresfrist nicht wieder hier bin, dann bin ich tot, und du darfst nicht länger auf mich warten.«

Vor Jerusalem geriet der Ritter in die Gefangenschaft der Sarazenen, wurde als Sklave verkauft und mußte nun den Pflug ziehen und das Feld umackern. So verstrich ein Jahr. Wie er nun in einer schlaflosen Nacht seiner Heimat und seines Weibes gedachte, trat ein kleines Männlein, das aber der Teufel war, zu ihm heran und versprach, ihn noch vor Anbruch des Tages zu den Seinen unter folgender Bedingung zurückzubringen: Bleibe der Ritter während der ganzen Nacht wach, so wolle das Männlein ihn umsonst hinschaffen, schlafe er aber ein, dann solle er mit Leib und Leben dem Männlein verfallen sein. Der Vertrag wurde schriftlich aufgesetzt, und sogleich befand sich der Ritter auf dem Rücken eines Löwen und flog hoch über den Wolken über Meer und Land dahin.

Wie er nun so dahinfuhr, überfiel ihn mit einem Male eine unüberwindliche Müdigkeit. Er wollte eben einschlummern, als er plötzlich einen Schlag ins Gesicht bekam. Er fuhr auf und erblickte einen weißen Falken über sich schweben. Aber der Schlaf übermannte ihn fast ein zweites und ein drittes Mal, doch immer wurde er von dem weißen Falken geweckt.

Endlich dämmerte der Morgen. Der Ritter sah bereits tief unten die Zinnen seiner Burg liegen. Schon senkte sich der Löwe herab und ließ sich vor den Toren der Burg nieder. Im gleichen Augenblick fiel der Pergamentstreifen, auf dem der Ritter sich dem Teufel verschrieben hatte, zerrissen zu des Ritters Füßen nieder. Ein heftiger Sturm brach aus und tobte um die Burg, bis die Sonne aufging. Da sah der Ritter den weißen Falken auf dem Schloßturm sitzen. Der Vogel verließ die Burg nicht mehr und kehrte nach seinen Flügen immer wieder auf sie zurück.

Zum Andenken nahm der Ritter den Falken in sein Wappen auf und nannte die Burg und sein Geschlecht nach ihm Falkenstein.

959.

DER DURCHZUG DES MUTESHEERES

Durch das Dorf Thieringen bei Balingen kam alljährlich das Mutesheer mit Saus und Braus und zog dabei oft durch ein bestimmtes Haus, in dem man deshalb immer Türen und Fenster aufmachte, sobald man es kommen hörte. Da dachte einst der Hausherr, er wolle doch einmal aufbleiben und zusehen, was es mit dem Mutesheere eigentlich auf sich habe. Er blieb daher ruhig in seiner Stube sitzen, als das Heer sich nahte. Da rief eine Stimme: »Streich deam do d'Spältle zue!« Sogleich schien es dem Mann, als ob jemand mit den Fingern ihm über die Augen fahre, worauf er plötzlich erblindete. Alle Mittel, die er anwandte, um wieder sehend zu werden, halfen nichts.

Da gab ihm jemand eines Tages den Rat, er solle doch das nächste Mal, wenn das Mutesheer wieder durch sein Zimmer fahre, sich wieder an den gleichen Platz setzen. Das tat der Mann, und als das Heer im folgenden Jahr wiederum durchs Zimmer zog, hörte er eine Stimme rufen: »Streich deam do d'Spältle wieder auf!« Da spürte er eine Berührung um seine Augen herum und vermochte mit einem Male wieder zu sehen und erblickte das ganze Mutesheer. Es waren eine Menge Menschen, Alte und Junge, Männer und Frauen, und die machten einen wilden Lärm.

960.

DER SCHLAPPHUT IM URSELENTÄLCHEN

Im Urselentälchen, das bei Nendingen an der Donau ausläuft, haust der Schlapphut seit vielen Jahren. An seinen Füßen hat er eine Art von Schuhen, hierauf etwas Weißes wie ein Tüchlein, und dann kommen die Hosen. Er hat eine schwarzgraue Jägerjuppe um sich. Wenn man sein Gesicht sieht, erschrickt man: Es hat zwei schneeweiße Augen, fast größer als Gänseeier. Sein Hut hängt ihm weit über die Schulter hinab. Holzdiebe hat er schon sehr in Angst gejagt. Leuchtende Feuer, die von Nendingen her öfters gesehen wurden, stammen von ihm. Man kann ihn beim Schlößleberg unten über das Hag herunter kommen sehen. Er steht oft stundenlang um Mitternacht auf demselben Platz.

961.

DAS DÄNGELMÄNNLE VON TROSSINGEN

Zu Trossingen im Briel hört man es an stillen und ruhigen Sonn- und Feiertagen dendeln, als wäre es heller Werktag. Will man aber sehen, wo der Dengler sitzt, so ist weit und breit niemand festzustellen. Es hat damit folgende Bewandtnis: Vor etwa 200 Jahren lebte in dem Ort ein geiziger und eigensinniger Bauer, der das Dengeln immer gern auf den Sonntag verschob, weil er werktags keine Zeit dazu fand. Seit seinem Tode muß er dafür an Sonn- und Feiertagen umgehen und dengeln bis in alle Ewigkeit. Besonders in der Heu- und Getreideernte ist er vernehmlich zu hören, vor allem in der Abenddämmerung.

962.

DAS SCHRÄTTELE

Im Lautlinger Tale, in Laufen, aber auch in Tieringen, in Ebingen auf dem Heuberg, in Fridingen und anderswo nennt man die besondere Art von Hexen, die das Alpdrücken erzeugen, Schrättele. Sie legen sich dem Menschen über die Brust und auf den Hals, so daß es ihm Angst wird und er um Hilfe rufen will, aber nicht kann. Nur wenn jemand ihn bei seinem Namen ruft, weicht das Schrättele von ihm und er erwacht.

In manchen Gegenden heißt man das Schrättele auch Drückerle, so im Filstal, im Lenninger und Neidlinger Tal; in Hohenstaufen wird es Nachtmännle genannt. Das Schrättele geht als Strohhalm, als Henne oder auch unsichtbar. Als Strohhalm kommt es durch alle Schlüssellöcher.

963.

SCHRÄTTELE IN HERBERTINGEN

Oft müssen gewisse Personen als Schrättele gehen, weil es ihnen von andern angetan worden ist. So hatte vor nicht langer Zeit ein Bauer in Herbertingen eine Magd, die alle Nacht ihre Wanderung antreten mußte. Die Kinder des Bauern hörten öfters, als sie schon im Bett waren, ein Geräusch in der Kammer der Magd. Bei frischgefallenem Schnee konnte dann festgestellt werden, daß die Magd nachts die Kammer und das Haus verließ. Der Bauer stellte sie zur Rede, und nach langem Drängen gestand die Magd, daß sie nichts dafür könne, denn es sei ihr »angetan«. Hierauf fragte der Bauer, ob ihr nicht zu helfen sei, worauf sie erwiderte: »Nur dann, wenn ich im Hause zerbrechen kann, was ich will!« Das wurde ihr vom Bauer zugestanden. Nachts darauf lag der Hund tot in seiner Hütte. Das Mädchen aber war befreit. Der Bauer entließ sie zwar aus seinem Dienst, aber hin und wieder durfte sie doch noch einen Laib Brot bei ihm holen.

964.

DAS NÄGELINSKREUZ

Um das Jahr 1300 trug es sich zu, daß Andreas Nägelin, ein Bauer aus dem Spaichinger Tal, nach Villingen ging, um da den Markt zu besuchen. Unterwegs, in der Gegend der Schonwiesen, sah er ein Kruzifix auf der Straße liegen und war sehr erstaunt über den seltsamen Fund. Er hob ihn auf und verbarg ihn einstweilen in einem nahen Gebüsch. Auf dem Rückwege nahm er dann das Kruzifix mit sich nach Hause und verrichtete täglich zwei Jahre lang seine Andacht vor ihm. Nach dieser Zeit wurde er sehr krank und versank in Bewußtlosigkeit, so daß niemand mehr mit seiner Genesung rechnete. Plötzlich aber erlangte der Kranke sein Bewußtsein wieder und sagte laut folgende Worte: »Laßt dieses Kreuz durch einen zuverlässigen Mann nach Villingen tragen mit der Botschaft, man solle zu Ehren dieses Kreuzes ein Kirchlein erbauen. Villingen wird dann von großen Übeln und Bedrohungen verschont bleiben.« Man erfüllte Nägelins Wunsch, aber der Bote fand in der Stadt kein Gehör und kehrte mit dem

Kruzifix unverrichteter Dinge wieder zurück. Einem zweiten Boten ging es ebenso. In der Nacht nach dessen Rückkehr hörte Nägelin deutlich die Worte: »Steh auf, Andreas Nägelin, nimm dies Kreuz und trag es selbst nach Villingen zur Bekräftigung der Gnadenverheißung!« Da fühlte sich Nägelin mit einem Schlag von aller Krankheit und Schwäche befreit. Am Morgen machte er sich mit dem Kreuz auf den Weg nach Villingen. Und ihm ward nun Glauben geschenkt. Die Bürgerschaft baute vor dem Bickentor eine Kapelle, in der das Kreuz aufbewahrt wurde. Es entstand eine Wallfahrt zu dieser Kapelle. Und von nun an geschahen durch das Nägelinskreuz zahlreiche Wunder, auch ließ es der Stadt, besonders während der schweren Belagerung im Jahre 1633, seinen Schutz angedeihen.

965.

DER WILDERER

Zu Beizkofen war ein Wilderer, der besaß einen dreieckigen Hut. Wenn er diesen aufsetzte, lief ihm alles Wild nach. Einstmals hatte er sich vor das Breiteloch gestellt mit seinem Hut, da kam ein Kapitalzwölfender heraus. Eben wollte er ihn am Geweih packen und wie gewöhnlich lebendig nach Hause bringen, da begegnete ihm der Müller, der vom Menger Fruchtmarkt heimkehrte und sah, daß der Hirsch an jedem Haar einen Schweißtropfen hängen hatte. Der Müller bekam es mit der Angst zu tun und sagte laut: »Gelobt sei Jesus Christus!« Da tat's einen gewaltigen Krach, und der Hirsch rannte dem Wald zu, wo es auf einmal anfing, gewaltig zu rauschen. Das Zauberhütlein aber war verschwunden.

Dieser selbe Wilderer zauberte einmal beim Wirt Selbherr in Beuren mitten in den Hof eine hohe Mauer, um sich hinter ihr vor dem Amtmann und seinen Schergen, die ihn verfolgten, zu verstecken. Jedermann konnte die Mauer sehen und greifen. Als die Gefahr für ihn vorüber war, zauberte der Wilderer die Mauer ebenso schnell wieder weg.

966.

DER GROSSE OCHSE IN DER KESSELQUELLE

Hinter dem Kloster Zwiefalten kommt ein zweiter Quellfluß der Ach aus dem Kesseltobel, der sich vom Kloster in der Richtung auf Upflamör hinzieht. Der Kessel ist ein großer Quelltopf, der dem Blautopf an Umfang wenig nachgibt. Er soll bis auf den Grund der Hölle hinuntergehen.

Dort weidete einmal ein riesiger Ochse, von dem niemand wußte, woher er gekommen war. Ein fahrender Schüler, der zufällig des Weges daherkam, faßte den Ochsen an den Hörnern. Alsbald vermochte er nicht mehr, diese wieder loszulassen, vielmehr rannte der Ochse mit ihm dem Kessel zu und war im Nu verschwunden. Seitdem hat man von beiden nichts mehr gehört.

967.

DAS SILBERNE MESSER

Bei Fleischwangen in der Federseegegend, da wo einst die Burg des Ritters Hans von Ringgenburg stand, erschien vor Zeiten oft ein schönes Fräulein in schwarzseidenem Gewand auf dem Felde bei den Schnittern und brachte ihnen einen Krug Wein und ein Laiblein schneeweißen Brotes. Das Fräulein hatte alleweil ein silbernes Messerlein dabei und sagte immer dazu: »Gebt mir mein Messerlein wieder, sonst bin ich verloren!« Lange ging es so gut, und die Knechte und Mägde gaben das Messerlein immer wieder zurück. Aber einmal war ein roher Geselle unter ihnen, der behielt es. Und so sehr das Fräulein auch bat und flehte, der Knecht gab es nicht heraus. Da raufte sich das Fräulein das Haar, zerriß sein seidenes Kleid und verschwand, als ob die Erde es verschlungen hätte. Seitdem ist es nimmer gesehen worden.

968.

DER WASSERMANN IN RÖTENBACH

In Rötenbach bei Uttenweiler zwischen Donau und Federsee hört man bei Nacht den Wassermann zu Zeiten mächtig plantschen. Bald könnte man meinen, ein riesiger Fisch peitsche das Wasser, bald, ein vierspänniger Wagen rassle durch den Bach. Ein Bauer, der seinen Garten dicht daneben hatte, sah einst am hellen Tag eine weiße Kuh in seinem Garten grasen, die er noch nie gesehen hatte. Er wollte sie einfangen, aber sie verschwand unter lautem Geplatsch im Bach. Ein andermal hörte er in mondheller Nacht jemanden seine Obstbäume schütteln. Er glaubte, es seien Diebe und eilte hinaus. Da sah er zwei weißgekleidete Burschen von den Bäumen rutschen und in den Bach laufen, wo sie verschwanden. Im Garten lag aber weder Stiel noch Blatt am Boden, obwohl die Bäume gewaltig geschüttelt worden sind.

969.

HEXENRITT

In der Gegend von Leutkirch lebten einmal ein Mann und eine Frau. Die Frau war eine Hexe und war viele Nächte nicht zu Hause. Ihr Mann merkte das wohl, wußte aber nicht recht warum. Einmal schlich er ihr nach und schaute von der Stube durch ein Fenster in die Küche hinein. Die Frau war gerade dabei, einen Besenstiel mit Salbe zu bestreichen. Hierauf setzte sie sich darauf und fuhr zum Kamin hinaus. Der Mann hörte sie rufen: »Hopp, hopp un neane na!« Der Mann besann sich nicht lange und machte es ebenso. Auch er fuhr wie ein Wetter durchs Kamin. Er gelangte nach einer langen Luftfahrt in einen riesigen Saal, wo großer Hexentanz war. Es ging über die Maßen lustig zu, von Mitternacht bis zum Morgen. Auf einmal hörte er ein Munkeln im Gewühle und Läuten. Husch! Alles stob auseinander und war wie weggeblasen. Der gute Mann wußte nicht, was das zu bedeuten habe. Er vernahm von ferne eine Frühglocke. Auf einmal saß er auf einem weiten, öden Felde, wo nichts als Gräber und Totengerippe zu sehen waren. Er war in einer wildfremden Gegend. Zwei Jahre brauchte er, bis er wieder in seine Heimat kam.

970.

DER WILDE JÄGER AUS DEM SCHWARZWALD

Im vorderen Schwarzwald läßt sich der wilde Jäger besonders in den Adventsnächten hören, indem er beständig Holz anschlägt. Die Förster tun dies mit einem Hammer. Gerade so hört man den wilden Jäger im Walde klopfen, und zwar bald hier, bald da, indem er blitzschnell von einer Stelle zur andern spring. Auch die, welche ihm jagen helfen, klopfen an die Bäume wie beim Holzanschlagen; außerdem folgt ihm immer eine Schar bellender Hunde.

Ein Bauer verirrte sich einst in einem Wald, in dem der wilde Jäger sein Wesen trieb. Als er schließlich aus dem Wald in eine Lichtung gelangte, folgte ihm ein Reiter, der ihn so rasch einholte, daß er zur Seite springen mußte, um nicht umgeritten zu werden. Aber dann wieder schien es, als sei der Reiter wieder ein gutes Stück hinter ihm. So ging es eine Weile hin und her, und plötzlich war der wilde Jäger verschwunden.

971.

SCHWARZES GESPENST

Einem zehnjährigen Mädchen aus Durlach erschien eine Zeitlang täglich ein schwarzer Mann, der oft aus einer Zimmerwand hervorkam und, ohne etwas zu reden, ihm überall hin folgte. Das Kind magerte hierüber ganz ab. Sein Vater befragte einen Geistlichen, der gab den Rat, man solle das Gespenst ansprechen. Das Mädchen tat dies und erhielt folgende Antwort: »Komme drei Nächte hintereinander zwischen elf und zwölf auf das Feld bei der Gänsbrücke. Dort werde ich als schwarzer Hund mit feurigen Augen auf einer großen Eisenkiste sitzen. Jage mich von der Kiste. Habe keine Angst und sprich auch keinen Ton. Handelst du genau so, dann bin ich erlöst, und das Geld in der Kiste ist dein Eigentum. Es ist dir erlaubt, drei Leute mitzubringen; sie müssen aber in einiger Entfernung von dir stehen bleiben.« Mit seinem Vater, dem Geistlichen und einem Manne vom Gericht begab sich nun das Kind dreimal zur bestimmten Zeit auf das Feld. Zweimal ging alles gut, obgleich der Hund in der zweiten Nacht den Rachen noch weiter gegen das Mädchen aufriß als in der ersten.

In der dritten Nacht aber, als der Hund sogar Feuer spie, fürchtete es sich, ihn von der Kiste zu jagen und fiel mit dem Ruf »O Jesus!« in Ohnmacht.

Da versank die Kiste polternd im Boden, und in der Luft entstand ein solches Getöse, daß es noch in Durlach gehört wurde. Die Männer brachten das Kind nach Hause, wo es nach sieben Tagen verschied. Das Gespenst jedoch ging wie früher als schwarzer Hund auf dem Feld und der benachbarten Landstraße umher.

972.

DER FEURIGE MANN AUS WEINGARTEN

Ein Mann aus Weingarten bei Durlach war im Advent in Neibsheim gewesen. Als er abends nach Hause ging, hörte er es zwischen Obergrombach und Weingarten mehrmals hupen; er ging einige Schritte weiter und hörte es wieder hupen. Da gab er Antwort, in der Meinung, Jöhlinger Leute hätten sich auf dem Rückweg vom Bruchsaler Katharinenmarkt verirrt. Plötzlich stand ein feuriger Mann vor ihm, dürr und hager wie ein Skelett: in seinem Innern brannte ein Licht, man konnte alle Rippen zählen. Darüber erschrak der Mann sehr und wollte davoneilen, doch vergebens. Denn ging er schnell, so ging auch der Feurige schnell, ging er aber langsam, machte es jener ebenso. Nachdem der Feurige ihn eine große Strecke begleitet hatte, bog der Mann in einen Seitenweg ein und war nun endlich wieder allein. Er hatte aber einen solchen Schrecken empfangen, daß er krank wurde und acht Tage darauf starb.

973.

GESPENSTISCHER KAPUZINER

Wolfartsweier hat seinen Namen daher, weil man vor Zeiten in die dortige Kirche Wallfahrten machte. Damals hat auch auf den Heiligenäckern ein Heiligenhäuslein gestanden. Die Wallfahrt stand unter der Pflege von Kapuzinern, die bei der Kirche wohnten und einen großen Schatz zusammengebracht hatten. Der war im Gewölbe unter dem jetztigen Pfarrgarten verborgen; deshalb mußten die Kapuziner – es waren drei – im Garten umgehen.

Sie wuschen manchmal an dem vorbeifließenden Bach oder banden das Vieh im nahen Stall los, so daß es am Morgen ganz mit Angstschweiß bedeckt war. Einer von ihnen trug in der Brust ein hellscheinendes Licht. Ein anderer, der um Mitternacht auf dem hölzernen Steg gesessen hatte, wurde beim Aufstehen und Weggehen so hoch wie ein Baum und von fürchterlichem Krachen begleitet. Auf dem Geländer des Steges hing zuweilen nachts eine goldene Stole, und in dem Garten zeigten sich öfters Flämmchen, auch gelegentlich drei Kälbchen, das waren die drei Kapuziner.

974.

HEXENWÄSCHE

In Karlsruhe war eine Magd, die, wenn sie nachts waschen mußte, sich von niemandem helfen ließ, dennoch aber am Morgen mit der ganzen Wäsche allemal fertig war. Dies fiel ihrer Herrschaft auf. Man beobachtete heimlicherweise die Magd. Da sah man in der Waschküche eine Menge Katzen um den Zuber stehen und emsig waschen, während die Magd daneben stand, das Feuer unterhielt und sonst nichts tat. Zu einer schwarzen Katze, welche die größte war, sagte sie nur hin und wieder: »Mohrle, nur sauber!« Am Morgen hing, wie immer, die Wäsche blendend weiß auf dem Trockenseil; aber als noch am selben Tag die Magd den Abschied erhielt, weil die Herrschaft keine Hexe in ihrem Hause dulden wollte und das Haus verlassen hatte, war die Wäsche wieder so schmutzig wie zuvor, als ob sie gar nicht gewaschen worden wäre.

975.

SCHATZ BEI DIETLINGEN

Eine Frau zu Dietlingen träumte zwei Nächte nacheinander, daß in der Furche zwischen ihrem und dem benachbarten Weinberg eine weiße Frau sitze, die einen Hafen voll Geld auf dem Schoße habe. Sie erzählte dies ihrem Mann, der ihr riet, in den Weinberg zu gehen, wenn in der nächsten Nacht der Traum sich wiederholen sollte. Als dies eintrat, eilte die Frau noch in der Nacht hinaus, wo sie in der Furche die weiße Frau mit dem Hafen voll Geld sitzen sah. Stillschweigend nahm sie ihr den Schatz vom Schoße und ging dann bis an das Ende der Furche fort, während sich hinter ihr ein fürchterliches Getöse hören ließ. Gleichwohl kam sie mit dem Gelde glücklich nach Hause, starb aber plötzlich nach zwei Tagen.

976.

STREIT ZWISCHEN ETTLINGEN UND FRAUENALB

Als die Waldungen von Ettlingen noch bis Bernbach reichten, ließ die Bürgerschaft bei der Abtei Frauenalb einen Schweinestall bauen. Die Klosterleute fanden an diesem Gebäude verständlicherweise wenig Gefallen, und so machten sie es durch Feuer dem Erdboden gleich. Die Ettlinger blieben die Antwort nicht schuldig und vergalten gleiches mit gleichem: sie zündeten das Kloster an. Die Äbtissin wandte sich in ihrer Not an den Kaiser, der sämtliche Ratsherren zum Tode verurteilte. Die Bürgerschaft mußte zudem den ganzen Waldbezirk von Bernbach bis zur Moosalb abtreten, außerdem ward sie angehalten, den Turm, den sie im Stadtwappen führte, umzudrehen, so daß er auf die Spitze zu stehen kam. Der Kaiser ließ es sich nicht nehmen, der Vollziehung des Urteils selbst beizuwohnen. Als schon elf Ratsherren enthauptet waren, fragte er seinen Hofnarren, wie ihm denn das Köpfen gefalle. »Wenn es Weidenköpfe oder Krautköpfe wären, gefiel' es mir schon«, antwortete der Narr. Dem Kaiser gab diese Antwort zu denken, und er begnadigte den zwölften Ratsherrn. Die elf Enthaupteten wurden auf dem Richtplatz begraben, und die Grabplatten bekamen ebensoviele Kreuze, Köpfe und Schwerter eingehauen. Zu späteren Zeiten wurde aus dem Platz ein Weinberg gemacht. Die Grabplatten kamen dann außen an die Mauer beim Gutleuthaus. Der Weinberg aber erhielt den Namen »Die Kopfreben.«

977.

DER BRÜCKLEINBÄCKER

Ein Bäcker in Ettlingen, der als städtischer Verrechner viel Armengeld unterschlagen hatte, mußte aus diesem Grunde nach seinem Tode umgehen. In und bei seinem Haus an der kleinen Brücke, aber auch in seinem Garten, ließ er sich sehen, und zwar bald als Bäcker in grauem Überrock und weißer Kappe, bald als Kalb oder kleines Schwein. Keiner der herbeigerufenen Geistlichen war imstande, ihn zu bannen. Schließlich nahm man Zuflucht zu einem Ettlinger Kaplan, dessen Frömmigkeit bekannt war. Bei seinem Anblick rief der umgehende Bäcker aus: »Ich wollte, der wäre daheimgeblieben!« Der Kaplan aber beschwor den Geist derart, daß er in einen Sack schlüpfen mußte, der sogleich von einem beherzten Maurergesellen in Begleitung des Kaplans in den Kalbenklamm getragen wurde. Unterwegs mußte der Geselle den Sack seiner Schwere wegen über zehn Mal absetzen. In der Schlucht ließ der Kaplan das Gespenst aus dem Sack und wies ihm diesen Ort zum Aufenthalt an. In der Schlucht führt das Gespenst die Passanten oft irre, ohrfeigt sie oder schlägt ihnen die Hüte vom Kopf. Deshalb wird die Schlucht auch nicht gern begangen.

978.

DAS EISINGER LOCH

Eine Viertelstunde vom Heidenkeller bei Eisingen sieht man in den Teufelsäckern das Große Loch, in das ein ganzes Haus hineingestellt werden kann. Mächtige Felsen bilden seine Wände, und an seinen beiden Enden führen Gänge unter die Erde. Der eine führt in den Keller des Lammwirtshauses zu Göbrichen, der andere bis in die Hölle. Durch diesen pflegt der Teufel aus und einzugehen, besonders, wenn er in heiligen Nächten bei dem Loche Hexenversammlungen hält.

Ein Küferknecht von Eisingen, der mit dem Bösen im Bunde stand, stieg öfters bei Tag allein in das Loch und klopfte mit einem Schlüssel – stets mit demselben – auf eine gewisse Stelle des Bodens. Da tat sich dort eine Tür auf, durch die er in eine Stube gelangte. In deren Mitte stand eine Kiste mit

Geld, auf dem Kistendeckel lag ein schwarzer Pudel. Dieser sprang, sobald der Küfer den Deckel hob, herab und ließ ihn ruhig von dem Geld nehmen. Einmal sah der Knecht in der Stube eine Sackuhr auf dem Tische liegen. Er steckte sie ein und behielt sie, obgleich er später erfuhr, daß ein ihm bekannter Schäfer sie dort habe liegen lassen. Nachdem der Küfer ziemlich viel Geld geholt hatte, wollte er eines Tages auch einige Genossen mit hinunternehmen; aber da war die Tür nicht mehr zu finden.

979.

DER SCHATZ IM KELLER

In einem Hause beim Pforzheimer Roßwehr war eines Abends die Frau allein in der Stube. Da rief die Stimme eines Unsichtbaren herein, sie solle in den Keller gehen, den Hafen mit Eiern holen, der dort auf einem bestimmten Platze steht, und an dem Schatz auch die Armen teilnehmen lassen. Unverzüglich begab sich die Frau in den Keller, fand an der bezeichneten Stelle den Hafen mit Eiern und nahm ihn mit sich. Am nächsten Morgen waren die Eier zu Gold geworden, und die Frau und ihr Mann gaben den Armen reichlich davon.

980.

HEXE FÄLLT AUS DER LUFT

Am Walpurgistag ging ein Markgraf mit einem Hofherrn in der Morgendämmerung aus dem Rastatter Schloß auf die Jagd. Als sie vor die Stadt kamen, ertönte die Betglocke, und sie hörten etwas Schweres in ein nahes Gebüsch fallen. Als sie dort nachsahen, fanden sie eine nackte Frau aus Rastatt; der Markgraf gab ihr seinen Mantel, damit sie heimgehen konnte. Er merkte wohl, daß sie eine Hexe sei, die auf ihrer nächtlichen Fahrt sich verspätet hatte und, vom Frühgeläute überrascht, aus der Luft herabgefallen war.

981.

GESCHICHTEN VON DOKTOR FAUST

Eine Stunde von Maulbronn, in dem Städtchen Knittlingen, ist der berühmte Zauberer Johannes Faust geboren. Nachdem er viel studiert und spekuliert und mit Hilfe des Teufels, dem er dafür seine Seele verschreiben mußte, manchen höllischen Spuk allerorten angestiftet und ein ruch- und gottloses Leben geführt hatte, holte ihn endlich der Teufel zur bestimmten Stunde, als sich Faust gerade in Maulbronn aufhielt.

Dort kann man heute noch ein Gemach sehen, in dem der Zauberer hauste. An der Wand befindet sich noch ein unabwaschbarer Blutfleck. Hier schlug ihm der Teufel den Schädel ein, als er mit der Seele des Zauberers davonging.

Man erzählt vielerlei Geschichten von Dr. Faustus. Der Teufel mußte ihm in allem gefällig sein und ihm alles beibringen, was er nur haben wollte. So mußte er ihm mitten im Winter etwa reife Erdbeeren auftischen oder mitten im Hochsommer eine Schneebahn herrichten, damit sich Faust mit Schlittenfahren vergnügen konnte. Ferner befahl er oftmals dem Teufel, wenn Faust durch eine Stadt fuhr, das Straßenpflaster vor ihm aufzureißen und sogleich hinter ihm wieder zuzupflastern. Und dabei fuhr Faust nicht langsam. Umgekehrt mußte der Teufel ihm wohl auch einen Feldweg pflastern, und, sobald er darübergefahren war, das Pflaster augenblicklich wieder aufreißen.

982.

GRAF HUBERT VON CALW

In alten Zeiten lebte zu Calw ein Graf, der besaß große Reichtümer und lebte fröhlich und sorglos in den Tag hinein, bis ihm zuletzt das Gewissen schlug und er zu seiner Gemahlin sprach: »Es ist Zeit, daß auch ich lerne, was Armut heißt, wenn ich nicht ganz zugrunde gehen will.« Hierauf sagte er ihr Lebewohl, legte die Kleidung eines armen Pilgers an und wanderte in die Schweiz. Dort wurde er in dem Dorfe Deislingen Kuhhirt und weidete die ihm anvertraute Herde auf einem nahegelegenen Berg. Obwohl nun das Vieh unter seiner Hut gedieh und fett wurde, verdroß es die Bauern, daß er sich immer auf dem nämlichen Berg aufhielt, und sie setzten ihn vom Amte ab. Da ging er wieder heim nach Calw und bat um Almosen vor der Tür seiner Gemahlin, die eben Hochzeit mit einem anderen Mann feierte. Als ihm nun ein Stück Brot herausgebracht wurde, wollte er es nicht annehmen, es sei denn, daß ihm auch der Becher der Gräfin voll Wein dazu gereicht werde. Man brachte ihm den Becher, und indem er trank, ließ er seinen goldenen Vermählungsring hineinfallen und kehrte stillschweigend wieder in das Schweizer Dorf zurück.

Die Leute waren über seine Rückkunft froh, weil sie ihr Vieh einem schlechten Hirten hatten überlassen müssen, und behielten ihn als Hirten weiterhin, solange er lebte. Als er sich dem Tode nahe fühlte, offenbarte er den Leuten, wer und woher er sei; auch ordnete er an, daß man seine Leiche von Rindern ausfahren und sie da, wo die Tiere anhalten, beerdigen lassen solle. Auch eine Kapelle solle man an dieser Stelle erbauen. Sein Wille ward genau vollzogen. Über seinem Grabe errichtete man ein Heiligtum, das nach seinem Namen »Zu Sankt Hubert« genannt wurde. Viele Menschen gingen dahin wallfahren und ließen zu seinem Gedenken Messen lesen. Jeder Bürger aus Calw, der da vorübergeht, hat das Recht, an der Kapellentür anzuklopfen.

983.

DER MANN IM MOND

Im Schwarzwald, in der Umgebung von Calw und Liebenzell, erzählen sich die Leute, daß die dunklen Flecken, welche man im Vollmond sieht, von einem Mann herrühren sollen, der in den Mond verwünscht worden sei. Dieser Mann stahl am Sonntag, als er meinte, daß kein Jäger im Walde anzutreffen sei, ein Büschel Besenreiser und trug es heim. Da begegnete ihm aber im Walde ein Mann; das war der liebe Gott. Der stellte ihn zur Rede und sagte ihm, daß er ihn bestrafen müsse, weil er den Sonntag nicht heilig halte. Er fügte aber hinzu, daß er sich die Strafe selbst auswählen dürfe: Ob er lieber in den Mond oder lieber in die Sonne verwünscht sein wolle? Darauf versetzte der Mann: »Wenn es denn sein muß, so will ich lieber im Mond erfrieren als in der Sonne verbrennen.« So also ist er mit seinem Bündel Besenreiser auf dem Rücken in den Mond gekommen.

984.

DER GEIGER AUS GMÜND

Ein armer Geiger klagte einmal vor einem Marienbilde in der Muttergotteskapelle, die zwischen Gmünd und Gotteszell hart am Wege liegt, seine Not. Dann spielte er auf seiner Geige so schön, daß das heilige Bild sich bewegte und ihm einen von seinen beiden goldenen Pantoffeln zuwarf. Der Geiger wollte nun den Pantoffel verkaufen, aber da wurde er verhaftet und als Kirchenräuber zum Tode verurteilt. Er bat um die Gnade, daß er vor seinem Tode noch einmal vor dem Marienbilde spielen dürfe, was ihm auch gestattet wurde. Viel Volk versammelte sich dazu. Und als er seinen letzten Bogenstrich getan hatte, da bewegte das Gnadenbild sich abermals und warf ihm auch den andern Pantoffel zu, woraus das Gericht die Unschuld des armen Geigers erkannte und ihm gern die goldenen Pantoffeln ließ.

Noch vor 20 Jahren hing in der Muttergotteskapelle ein altes Bild, welches diese Geschichte darstellte, wie nämlich der zum Tode verurteilte Geiger im roten Mantel noch einmal vor der Mutter Gottes spielte und ihm von der Maria der zweite Pantoffel geschenkt wurde.

985.

DAS ALTE SCHLOSS ZU BADEN

Einem Manne aus Balg begegnete eines Abends auf dem Weg zum Schloß ein unbekannter fahrender Schüler, der ihn mit Namen anredete und zu ihm sagte, wenn er mit ihm gehen wolle, so könne er eine Menge Geld bekommen; nur dürfe er kein Wort reden, sonst koste es ihn das Leben. Der Mann ließ sich nicht lange bitten. Der fahrende Schüler führte ihn durch das Gebüsch bergaufwärts, bis sie zu einem alten Eichenstamm kamen. Darauf lag ein großer Schlüssel, den der Schüler an sich nahm und mit ihm, als sie in den Burgkeller kamen, eine eiserne Tür öffnete. Die beiden gelangten in mehrere Gemächer und zuletzt in ein kleines Gewölbe, in dessen Mitte eine Kiste aus Eisen stand. Auf ihrem Deckel saß ein schwarzer Pudel mit feurigen Augen, und in jeder der vier Ecken des Gewölbes stand ein Geharnischter mit einem Spieß. Der Schüler trat zur

Kiste und sprach etwas Lateinisches. Da sprang der Hund herab und die Geharnischten, die vorher zu schlafen schienen, reckten plötzlich die Köpfe. Der Schüler öffnete den Deckel der Kiste und forderte den Mann auf, von den weißen Schafzähnen, womit die Kiste angefüllt war, nach Belieben zu nehmen. Der Mann aus Balg getraute sich nicht, seine Taschen ganz voll zu stopfen, sondern hörte bald auf damit, worauf der fahrende Schüler den Kistendeckel wieder zuklappte und der Pudel mit einem Satz wieder hinaufsprang.

Zu Hause leerte der Mann seine schwergewordenen Taschen, und siehe da – statt der Schafzähne fielen lauter Goldstücke auf den Fußboden. Am nächsten Tag suchte er wieder den Schloßberg auf in der Hoffnung, noch mehr Goldstücke zu erlangen, aber vergebens. Weder fand er den Eichstamm, auf dem der Schlüssel gelegen hatte, noch die eiserne Tür zu dem Gewölbe wieder. Auch der fahrende Schüler war wieder verschwunden.

Zu Beginn des letzten Jahrhunderts ging eines Morgens eine Frau, die in Baden die warmen Quellen gebrauchte, mit ihrem sechsjährigen Töchterlein auf die Burg. Nachdem sie sich eine Zeitlang umgesehen hatten, kamen sie an eine Tür und klopften daran, worauf sich diese öffnete. Die Frau trat mit ihrem Kinde ein und befand sich in einem Gewölbe, worin drei Klosterfrauen waren. Diese empfingen sie freundlich und schenkten dem Kinde, da es anfing, unruhig zu werden und zu weinen, eine Schachtel mit Sand. Während des Spielens beruhigte sich das Kind wieder, verschüttete aber gegen die Hälfte des Sandes. Als die Frau glaubte, es sei Mittag, nahm sie von den Nonnen Abschied und ging mit ihrer Tochter nach Baden zurück. Dort erfuhr sie nun, daß es schon abends halb sechs Uhr sei. Bei der Öffnung der Schachtel fand sie den Sand, der noch darin war, in kostbare Diamanten verwandelt.

986.

DIE HAUENEBERSTEINER GLOCKE

In der Nähe des Dorfes Haueneberstein ward vor Zeiten von Wildebern eine Glocke am Ufer des Eberbachs aus dem Boden gewühlt. Die Dorfbewohner fanden sie und hängten sie in ihren Kirchturm. Als man sie läutete, war ihr Klang so hell und stark, daß man ihn zwölf Stunden weit, ja sogar in Straßburg hörte. Nun wollten die Straßburger sie gerne haben und boten dafür so viele Taler, als sich von der Glocke oben im Turm bis an die

Gemarkungsgrenze in einer zusammenhängenden Reihe würden legen lassen. Die Haueneberstеiner gingen jedoch auf den Handel nicht ein, und um ihre Glocke desto sicherer zu behalten, dämpften sie deren Klang durch einen hineingetriebenen Nagel. So blieb ihnen die Glocke noch lange, bis sie im letzten Kriege von den Franzosen mitgenommen wurde.

987.

SCHATZ BEI GERNSBACH

Dem Taglöhner eines Gernsbacher Gutsbesitzers träumte drei Nächte hintereinander, er solle einen gewissen Acker seines Herrn im Gewann Entensee umpflügen und die Mäuse, die sich dann zeigten, unbeschrien totschlagen und sorgfältig aufbewahren, denn sie seien so gut wie Silbermünzen. Am Morgen darauf wurde er vom Gutsbesitzer, der von dem Traum nichts wußte, angehalten, den erwähnten Acker zu pflügen. Als Ochsentreiber nahm er einen Jungen mit, dem er befahl, während der ganzen Arbeit nichts zu reden. Beim Pflügen kamen eine ganze Menge Mäuse aus dem Boden und sprangen dem Manne nach; er schlug sie stillschweigend tot, legte sie auf einen Haufen und warf einen Sack darüber. Auf einmal merkte er, daß die Pflugschar stecken blieb. Als er nachsah, fand er sie im Ringe eines Kessels, der ganz voller Gold war. Durch das öftere Halten ungeduldig geworden, rief jetzt der Junge dem Taglöhner zu, fortzufahren, und da sank der Kessel dröhnend in die Tiefe. Der Mann schalt mit dem Jungen und schaute dann nach dem Haufen Mäuse, und siehe da, sie waren zu lauter silbernen Geldstücken geworden.

Nach zwei Jahren, am ersten März, vormittags zwischen zehn und elf Uhr, sahen Leute, die dem Acker gegenüber wohnten, auf dem Platze, wo der Kessel versunken war, etwas Glänzendes liegen. Beim zweitenmale dachte der Mann, der den Glanz auch sah, es sei ein Schatz und ging schweigend auf die Stelle zu; aber unterwegs fragte ihn eine Frau, wohin er wolle, und im Augenblick war das Glänzende verschwunden.

988.

SEEFRAU

Ein Seeweiblein brachte einem Forbacher Holzhauer, der beim Herrenwieser See beschäftigt war, lange Zeit das Mittagessen; er solle dies aber, wie sie von ihm verlangte, niemandem offenbaren. Seiner Frau fiel endlich auf, daß er das Essen, das sie ihm zur Arbeit mitgab, meistens wieder zurückbrachte. Sie fragte ihn nun so lange und dringend nach der Ursache, bis er ihr dieselbe gestand. Am andern Tag arbeitete er wieder am See, da kam das Seeweiblein mit zwei Bund Stroh und sagte, daß sie ihm kein Essen mehr bringen werde, weil er die Sache ausgeplaudert habe. Doch schenkte sie ihm zum Abschied die zwei Bund Stroh, er solle sie aber gut aufbewahren. Hierauf verschwand sie im See. Trotz ihrer Ermahnung warf er auf dem Heimweg das Stroh weg; ein Hälmchen indessen blieb ihm am Ärmel hängen. Er bemerkte es zu Hause, als es sich zu Gold verwandelt hatte. Sofort begab er sich nochmals auf den Platz, wo er das Stroh weggeworfen hatte, allein, da war nichts mehr zu finden.

989.

DER KLEINE MUMMELSEE

Auf der sogenannten Herrenwiese, zwei Stunden von Forbach entfernt, haben die badischen Markgrafen oft Feste und Lustbarkeiten veranstaltet. Daher hat die Wiese ihren Namen. In der Nähe liegt der kleine Mummelsee, in dem früher zwölf Seeweiblein wohnten. Die kamen zweimal im Jahr, zu Fasnacht und zu Martini, nach Forbach zum Tanz. Zum Schluß begleiteten die Burschen sie zurück bis zum See. Einst hatte sich ein Bursche mit seinem Seeweiblein etwas verspätet und war hinter den übrigen zurückgeblieben. Als die beiden endlich am See ankamen, hatten die anderen Seeweiblein, die auf sie warteten, eine gar große Freude und schenkten dem Burschen zum Dank ein Bündel Stroh. Der nahm es, trug es eine Strecke weit, dachte: »Was sollst du dich mit dem Stroh abschleppen?« und warf es weg. Aber ein Halm blieb an seinem Kittel hängen, und der war eine schwere Goldstange geworden, als er heimkam. Die hat er dann um gutes Geld an den Markgrafen von Baden verkauft.

990.

EIN HUHN ZEIGT DEN KIRCHPLATZ

Ein Herr von der Burg Windeck bei Bühl wollte eine Kirche bauen. Weil aber der Raum auf der Burg zu eng war, so wußte man nicht, wohin man die Kirche stellen sollte. Da nahm der Burgherr ein weißes Huhn, trug es auf die Zinnen seiner Burg und ließ es von hier aus fliegen, wohin es wolle. Das Huhn flog den Berg hinab und ließ sich auf dem Platze nieder, wo jetzt die Meierei Hennegraben steht. Sie hat von diesem Flug ihren Namen. An dieser Stelle ließ der Herr von Windeck die Kapelle bauen, die heute längst zerfallen ist. Nur noch einige Trümmer sind zu sehen.

991.

DER SCHLANGENKÖNIG UND SEINE KRONE

Bei Wildberg badete sich oftmals in der Nagold eine Schlange, die trug eine Goldkrone auf dem Haupte. Vor dem Bade aber legte sie jedesmal die Krone ab. Das hatte ein Mann aus Wildberg gesehen, paßte ihr eines Tages auf, stahl der Schlange die Krone, als sie eben ins Bade gegangen war, und flüchtete sich auf einen nahen Baum. Als die Schlange wieder aus dem Flusse kam und ihre Krone nicht mehr fand, stieß sie einen hellen, schrillen Ton aus, worauf mehr als hundert Schlangen von allen Seiten herbeieilten und die Krone suchten. Hätten sie den Dieb erwischt, so würden sie ihn umgebracht haben. Allein sie entdeckten sein Versteck nicht und verließen traurig den Platz.

Gegen Abend kam die Schlange, die die Krone getragen hatte – es war der Schlangenkönig – noch einmal an die Stelle, wo sie gebadet und die Krone verloren hatte und starb, wo sie die Krone abgelegt hatte.

992.

GESPENSTISCHE NONNEN

Zu Weißenstein war vor langen Zeiten ein Frauenkloster; es ist aber längst zerfallen und auf dem Platz die Herrenscheuer gebaut worden, die auch nicht mehr steht. Aus ihr kamen manchmal des Nachts gespenstische Nonnen in weißer und schwarzer Ordenstracht auf die Wiesen an der Nagold herunter. Manchmal geschah das auch bei Tage. Zusammen sind es neun, aber man sieht nur ihrer drei beisammen. An dem Bildstock knien sie in den heiligen Zeiten stundenlang und beten. Wenn man sie in Ruhe läßt, tun sie einem nichts; aber einen Mann, der ihnen von der Brücke zurief, sie sollten ihn nach Dillstein begleiten, statt hier umherzuschlendern, warfen sie ins Wasser und zerkratzten ihm Gesicht und Hände.

993.

DER TEUFELSSTEIN

Die Wendelinskapelle bei Nußbach in der Nähe von Oberkirch stand früher noch weiter vom Dorf entfernt, auf dem Platze, wo jetzt ein Bildstock errichtet ist. Damals wollte der Satan sie zertrümmern. Er lud mit Hilfe anderer Teufel den größten der »zwölf Steine« auf seine Achsel und ging damit durch das große Rappenloch auf den Berg gerade über der Kapelle. Dort begegnete er einem alten Männlein, das ihn fragte, was er vorhabe. Er antwortete: »Den Schweinestall da unten, worin ein paar alte Säue grunzen, will ich mit dem Stein zusammenwerfen!« Dabei zeigte er auf die Kapelle, in der ein paar alte Frauen beteten. Das Männlein redete ihm zu, vorerst seine Last abzulegen und auszuruhen. Jedoch der Teufel schlug es ab, weil er allein den Stein nicht mehr in die Höhe bringen könne. »Ich bin stark genug«, erwiderte das Männlein, »und will dir wieder helfen.« Der Teufel ließ sich bewegen, seine Last abzusetzen. Kaum aber war dies geschehen, so verschwand das Männlein, und der Satan mußte den Felsen liegen und die Kapelle stehen lassen. Das Männlein aber war unser Heiland gewesen. Noch jetzt liegt der Fels, den man den Teufelsstein nennt, auf dem Platze. Nachts treibt dort der Böse sein Wesen; manchmal fährt er unter Peitschenknallen mit sechs Geißböcken daher.

994.

SCHATZ UND SPUK AUF DER SCHAUENBURG

Auf der verfallenen Schauenburg bei Oberkirch liegt ein Geldschatz vergraben. Alle sieben Jahre zeigt sich an der Stelle eine weiße Frau. Einmal in einer Nacht rief sie den Schweinehirten von Loh, der mit einem Bund Holz vorbeiging, mit seinem Taufnamen Ciriak. Sie bat ihn, als er stehen blieb, ihr aus dem benachbarten Brunnen einen Schluck Wasser zu holen, sie werde dadurch erlöst und er könne zudem einen Schatz heben. »Ich habe kein Geschirr zum Schöpfen«, sagte der Ciriak, worauf die Frau sagte: »So nimm deinen Schuh dazu!« Jetzt erst bemerkte der Hirte, daß sie auf der Brust einen schwarzen Flecken hatte. Nun weigerte er sich, ihre Bitte zu erfüllen. Da krachte es fürchterlich, und die Frau war verschwunden. Er selbst aber, ohne zu wissen wie, saß mit einem Male auf einer hohen Tanne, deren Spitze sich gegabelt hatte. Er konnte sich anstrengen, wie er wollte, er kam aus der Gabel nicht mehr heraus. Er versuchte, durch Schreien Hilfe herbeizurufen, aber erst am Morgen wurde er von Holzhauern gehört und befreit.

995.

MUMMELSEE

Im Schwarzwald, nicht weit von Baden, liegt ein See, auf einem hohen Berg, aber unergründlich. Wenn man ungerad, Erbsen, Steinlein, oder was anders, in ein Tuch bindet und hinein hängt, so verändert es sich in gerad, und also, wenn man gerad hinein hängt, in ungerad. So man einen oder mehr Steine hinunterwirft, trübt sich der heiterste Himmel und ein Ungewitter entsteht, mit Schloßen und Sturmwinden.

Da einst etliche Hirten ihr Vieh bei dem See gehütet, so ist ein brauner Stier daraus gestiegen, sich zu den übrigen Rindern gesellend, alsbald aber ein Männlein nachgekommen, denselben zurückzutreiben, auch da er nicht gehorchen wollen, hat es ihn verwünscht, bis er mitgegangen.

Ein Bauer ist zur Winterzeit über den hartgefrorenen See mit seinen Ochsen und einigen Baumstämmen ohne Schaden gefahren, sein nachlaufendes Hündlein aber ertrunken, nachdem das Eis unter ihm gebrochen.

Ein Schütz hat im Vorübergehn ein Waldmännlein darauf sitzen sehen, den Schoß voll Geld und damit spielend; als er darauf Feuer geben wollen, so hat es sich niedergetaucht und bald gerufen: wenn er es gebeten, so hätte es ihn leicht reich gemacht, so aber er und seine Nachkommen in Armut verbleiben müßten.

Eines Males ist ein Männlein auf späten Abend zu einem Bauern auf dessen Hof gekommen, mit der Bitte um Nachtherberg. Der Bauer, in Ermangelung von Betten, bot ihm die Stubenbank oder den Heuschober an, allein es bat sich aus, in der Hanfräzen zu schlafen. »Meinethalben«, hat der Bauer geantwortet, »wenn dir damit gedienet ist, magst du wohl gar im Weiher oder Brunnentrog schlafen.« Auf diese Verwilligung hat es sich gleich zwischen die Binsen und das Wasser eingegraben, als ob es Heu wäre, sich darin zu wärmen. Frühmorgens ist es herausgekommen, ganz mit trockenen Kleidern, und als der Bauer sein Erstaunen über den wundersamen Gast bezeiget, hat es erwidert: ja, es könne wohl sein, daß seines gleichen nicht in etlich hundert Jahren hier übernachtet. Von solchen Reden ist es mit dem Bauer so weit ins Gespräch kommen, daß es solchem vertraut, es sei ein Wassermännlein, welches sein Gemahel verloren und in dem Mummelsee suchen wolle, mit der Bitte, ihm den Weg zu zeigen. Unterweges erzählte es noch viel wunderliche Sachen, wie es schon in vielen Seen sein Weib gesucht und nicht gefunden, wie es auch in solchen Seen beschaffen sei. Als sie zum Mummelsee gekommen, hat es sich untergelassen, doch zuvor den Bauer zu verweilen gebeten, so lange, bis zu seiner Wiederkunft, oder bis es ihm ein Wahrzeichen senden werde. Wie er nun ungefähr ein paar Stunden bei dem See aufgewartet, so ist der Stecken, den das Männlein gehabt, samt ein paar Handvoll Bluts mitten im See durch das Wasser heraufgekommen und etliche Schuh hoch in die Luft gesprungen, dabei der Bauer wohl abnehmen können, daß solches das verheißene Wahrzeichen gewesen.

Ein Herzog zu Württemberg ließ ein Floß bauen, und damit auf den See fahren, dessen Tiefe zu ergründen. Als aber die Messer schon neun Zwirnnetz hinuntergelassen und immer noch keinen Boden gefunden hatten, so fing das Floß gegen die Natur des Holzes zu sinken an, also daß sie von ihrem Vorhaben ablassen und auf ihre Rettung bedacht sein mußten. Vom Floß sind noch Stücke am Ufer zu sehen.

996.

DIE DREI SEEJUNGFRAUEN VOM MUMMELSEE

Im Tal von Oberkappel, wo der Weg hinaufführt zum Mummelsee, liegt der Zinken Seebach. Wie in vielen Gegenden Deutschlands war es auch dort noch im letzten Jahrhundert Sitte, daß sich die jungen Mädchen mit ihren Spinnrädern in einer Wohnung abwechselnd versammelten, um sich beim Spinnen mit Plaudern und Singen die Zeit zu vertreiben.

Eines Abends öffnete sich beim Hofbauer Erlfried leise die Türe zur Spinnstube, und drei weißgekleidete Seejungfrauen traten herein, jede mit einem niedlichen Spinnrädchen in der Hand. Sie baten die anwesende Gesellschaft, an der Unterhaltung in der Spinnstube teilnehmen zu dürfen, was augenblicklich zugestanden wurde.

Den Seefräulein gefiel es an diesem Abend so gut, daß sie von nun an in keiner Spinnstube mehr fehlten. Sobald es dämmerte, stellten sie sich mit ihren Spinnrocken ein, und mit dem Glockenschlag elf nahmen sie Kunkel und Hanf und verschwanden wieder, es half kein Bitten und Betteln. Niemand wußte so recht, woher sie kamen, doch ging das Gerücht um, die Fräulein seien aus dem Mummelsee. Seit sie die Spinnstuben zu besuchen pflegten, fanden sich Burschen und Mädchen noch einmal so gern ein, ging die Arbeit rascher von der Hand, brachten die Spinnerinnen jedesmal vollere Spulen und feineren Faden nach Hause. Nur eines gefiel allen nicht: daß die Fräulein immer um Schlag elf Uhr aufbrachen und die Stube verließen. Ein Bursche konnte es daher nicht unterlassen, eines Abends die hölzerne Wanduhr um eine Stunde zurückzustellen. An diesem Abend verging die Zeit besonders schnell. Um elf Uhr entfernten sich die Seefräulein wie gewöhnlich. Es war aber Mitternacht, ohne daß sie es wußten.

Am Morgen darauf gingen Holzhauer am Mummelsee vorüber. Da vernahmen sie aus der Tiefe ein seltsames Wimmern und Stöhnen, und auf der Wasseroberfläche schwammen drei große Blutlachen. Seither wurden die Seejungfrauen nicht mehr gesehen. Der Bursche, der die Uhr nachgestellt hatte, erkrankte schon am Tag darauf und war nach drei Tagen eine Leiche.

997.

SCHWARZKOPF UND SEEBURG AM MUMMELSEE

Der Mummelsee liegt im tiefen Murgtale rings von ehemaligen Burgen umgeben; gegen einander stehen die Überreste der ehemaligen Festen Schwarzkopf und Seeburg. Die Sage erzählt, daß jeden Tag, wann Dämmerung die Bergspitzen verhüllt, von der Seite des Seeburger Burghofes dreizehn Stück Rotwild zu einem Pförtchen herein, über den Platz, und zu dem entgegengesetzten flügellosen Burgtore hinaus eilen. Geübte Wildschützen bekamen von diesen Tieren immer eins, aber nie mehr in ihre Gewalt. Die andern Kugeln gingen fehl, oder fuhren in die Hunde. Kein Jäger schoß seit der Zeit auf ein anderes Tier, als das in diesem Zuge lief und sich durch Größe und Schönheit auszeichnete. Von diesem täglichen Zuge ist jedoch der Freitag ausgenommen, der deswegen den noch jetzt üblichen Namen Jäger-Sabbat erhielt und an welchem niemand die Seeburg betritt. Aber an diesem Tage, um die Mitternacht, wird eine andere Erscheinung gesehen. Zwölf Nonnen, in ihrer Mitte ein blutender Mann, in dessen Leib zwölf Dolche stecken, kommen durch die kleine Waldpforte in den Hof und wandeln still dem großen Burgtore zu. In diesem Augenblick erscheint aus dem Portale eine ähnliche Reihe, bestehend in zwölf ganz schwarzen Männern, aus deren Leibern Funken sprühen und überall brennende Flekken hervorlodern; sie wandeln dicht an den Nonnen und ihrem blutigen Begleiter vorüber, in ihrer Mitte aber schleicht eine weibliche Gestalt. Dieses Gesicht erklärt die Sage auf folgende Weise: in der Seeburg lebten zwölf Brüder, Raub-Grafen, und bei ihnen eine gute Schwester; auf dem Schwarzkopf aber ein edler Ritter mit zwölf Schwestern. Es geschah, daß die zwölf Seeburger in einer Nacht die zwölf Schwestern vom Schwarzkopf entführten, dagegen aber auch der Schwarzkopfer die einzige Schwester der zwölf Raubgrafen in seine Gewalt bekam. Beide Teile trafen in der Ebene des Murgtals auf einander und es entstand ein Kampf, in welchem die Seeburger bald die Oberhand erhielten und den Schwarzkopfer gefangen nahmen. Sie führten ihn auf die Burg und jeder von den Zwölfen stieß ihm einen Dolch vor den Augen seiner sterbenden Geliebten, ihrer Schwester, in die Brust. Bald darnach befreiten sich die zwölf geraubten Schwestern aus ihren Gemächern, suchten die zwölf Dolche aus der Brust ihres Bruders und töteten in der Nacht sämtliche Mord-Grafen. Sie flüchteten nach der Tat, wurden aber von den Knechten ereilt und getötet. Als hierauf das Schloß durch Feuer zerstört ward, da sah man die Mauern, in welchen die Jungfrauen geschmachtet, sich öffnen, zwölf weibliche Gestalten, jede mit einem Kindlein auf dem Arm, traten hervor, schritten zu dem Mummelsee und stürzten sich in seine Fluten. Nachher hat das Wasser die zertrümmerte Burg verschlungen, in welcher Gestalt sie noch hervorragt.

Ein armer Mann, der in der Nähe des Mummelsees wohnte und oftmals für die Geister des Wassers gebetet hatte, verlor seine Frau durch den Tod. Abends darauf hörte er in der Kammer, wo sie auf Spänen lag, eine leise Musik ertönen. Er öffnete ein wenig die Türe und schaute hinein und sah sechs Jungfrauen, die mit Lichtlein in den Händen um die Tote standen; am folgenden Abend waren es eben so viel Jünglinge, die bei der Leiche wachten und sie sehr traurig betrachteten.

998.

DIE FELSENKIRCHE

Nicht weit von Oppenau, am Weg nach Allerheiligen, liegt in einer einsamen Waldlichtung ein riesiger Felsen, der die Form einer halbzerfallenen Kirche hat. Tatsächlich sollen hier auch einmal eine Kirche und in der Nähe eine Burg gestanden haben.

Es war um die Zeit, als der Hunnenkönig Attila mit seinen Horden bis an den Rhein vorgedrungen war. Da lebten auf dieser Burg sieben Schwestern in der tiefen Einsamkeit des Waldes. Durch einen Zufall wurde die Burg von einer Schar Hunnen entdeckt. Die Frauen gerieten dadurch in schwere Bedrängnis. Nun führte von der Burg ein unterirdischer Gang zur nahe gelegenen Kirche. Ein getreuer Diener riet den sieben Schwestern, durch diesen Gang in die Kirche zu fliehen. Das geschah auch. Aber ein Knecht bemerkte die Flucht und verriet das Geheimnis den Hunnen. Als diese in die Kirche eindringen wollten, um sich der Frauen zu bemächtigen, fanden sie die eichene Tür fest verriegelt. Die Verfolger fällten im nahen Walde eine Tanne, um mit deren Stamm die Türe aufzusprengen. Als sie wieder zur Kirche zurückkamen, war der Eingang nirgends zu finden. Auch die Fenster waren verschwunden. Wohl stand die Kirche noch an ihrem Platze, war aber in einen mächtigen, undurchdringlichen Fels verwandelt. Aus seinem Innern tönte leise und schauerlich ein Psalmenchor weiblicher Stimmen.

Noch lange danach vernahmen vorübergehende Talbewohner zuweilen in stillen Nächten liebliche Gesänge, die aus dem Felseninnern zu erklingen schienen.

999.

DER GEIZHALS IN KIPPENHEIM

Vor längerer Zeit lebte in Kippenheim ein steinreicher kinderloser Geizhals, der keinem Armen je einen Kreuzer gegeben hatte. Bei seiner letzten Krankheit nahm er statt der vorgeschriebenen Arznei eine andere, die er noch von früher übrig hatte. Daran starb er. Als er merkte, daß seine letzte Stunde geschlagen hatte, beschwor er seine Frau, ihm einen Sack voll Goldstücke mit in den Sarg zu geben, was sie auch tat. So geheim dies auch geschehen war, es wurde doch von einem armen Manne bemerkt, der sofort daran dachte, daß er das Geld besser brauchen könne als der Tote. Also ging er in der Nacht auf den Friedhof, schaufelte die Erde über dem Sarg weg und öffnete ihn. Da sah er zwei riesenhafte Kröten, die eine auf dem Geldsack, die andere auf dem Gesicht des Toten sitzen. Darüber erschrak er so, daß er weglief, ohne das Geld zu nehmen. Am frühen Morgen begab er sich zur Frau des Verstorbenen und erzählte ihr alles, worauf sie mit mehreren Leuten auf den Gottesacker ging und die Kröten noch an der alten Stelle fand. Da niemand wußte, was hier zu tun sei, machten sie der Obrigkeit Anzeige. Das Grab wurde mit allem, was darin war, wieder zugeworfen und die Erde so fest gestampft, daß es nicht leicht mehr geöffnet werden konnte.

Gleich nach seinem Tode hatte der Verstorbene angefangen, in seinem Haus als schwarzer Mann zu spuken. Er riß den Schlafenden die Bettdecke weg, klopfte im Keller an die Fässer, bewarf die Leute mit Steinen, und wenn sie darüber fluchten, lachte er laut hinaus. Nachdem dies alles eine Weile gewährt hatte, ließ man einen Geisterbanner kommen, allein der vermochte nichts auszurichten. Im Gegenteil, das Gespenst erklärte ihm, daß es aus dem Haus ebensowenig wegzubringen wie zu erlösen sei. Daraufhin wurde das Haus von seinen Bewohnern verlassen und endlich, da niemand mehr hineinziehen wollte, ganz abgerissen und der Platz zu einem Garten gemacht. Aber auch hier geht der schwarze Mann noch um.

1000.

DER BRAUTBRUNNEN

In vergangenen Zeiten zog einmal ein Burgfräulein aus der Burg Landeck, nicht weit von Emmendingen entfernt, als Braut nach Sponeck, wo sie ihre Hochzeit mit dem Ritter von Sponeck abhalten wollte. Ein stattlicher Zug mit mehreren Wagen Lebensmittel für die Armen begleitete sie. Zwischen Eichstetten und Bötzingen sprudelte ein Brunnen. Da bekam die Braut Gelüste, von dem frischen Wasser zu trinken. Damit sie aber ihre Schuhe nicht beschmutze, ließ sie von der Sänfte bis zum Brunnen Brotlaibe legen, auf denen sie dann zum Brunnen ging und trank. Dreimal trank sie, doch nach dem dritten Mal, als sie wieder zurückgehen wollte, öffnete sich der Boden und verschlang sie. Seit dieser Zeit muß das Fräulein von Landeck hier umgehen. Sie ist um Mitternacht aber auch am hellen Tage zu sehen und spricht die Vorbeigehenden um einen Trunk Wasser an. Der Brunnen heißt nach ihr Brautbrunnen.

1001.

ENDERLINS GRAB

An der Landstraße zwischen Malterdingen und Bombach bei Emmendingen ist ein Erdaufwurf mit Steinen zu sehen, allgemein Enderlins Grab genannt. Es wird gesagt, Hofrat Enderlin sei an dieser Stelle ermordet worden, und es sei hier nicht ganz geheuer.

Als einmal in einer Abendgesellschaft von jungen Leuten über Gespenster geplaudert wurde, machte sich ein junges Mädchen anheischig, um seinen Mut und seine Unerschrockenheit zu beweisen, ganz allein um Mitternacht einen Pfahl auf Enderlins Grab einzuschlagen. Sie tat es auch. Aber als sie sich wieder entfernen wollte, fühlte sie sich plötzlich festgehalten. Vor Schreck schrie sie auf, denn sie glaubte, Enderlins Geist habe sie gepackt. Zwei Burschen, die ihr nachgeschlichen waren, um sie zu beobachten, eilten herbei und merkten, daß der Pfahl durch die Schürze in den Boden getrieben worden war. Die Burschen befreiten das erschrockene Mädchen. Es fiel aber alsbald in ein schweres Fieber, an dem es drei Tage danach starb.

1002.

DIE SCHLANGE UND DAS KIND

In Schwandorf bei Nagold richtete eine Mutter ihrem Kind, so oft sie ins Feld mußte, zum Essen einen Hafen voll Milch und ließ das Kind allein damit im Garten. Die Mutter verwunderte sich nach ihrer Rückkehr jedesmal, daß der Hafen, so groß er auch gewesen sein mochte, immer völlig ausgegessen war. Daher paßte die Mutter eines Tages auf und sah nun, daß zur Essenszeit eine Schlange aus einem Mauerwinkel herbeigekrochen kam und mitaß. So oft das Kind einen Löffel voll genommen hatte, steckte die Schlange ihren Kopf in den Hafen und trank. So ging das fort, eins ums andere. Auch ward die Schlange nicht böse, als das Kind sie mit dem Löffel auf den Kopf schlug und dabei sagte: »Iß et no Ilch, iß au Ickle«.

Nach dem Essen legte sich die Schlange dem Kinde in den Schoß und spielte mit ihm. Da die Mutter sah, daß sie dem Kinde nichts zuleide tat, ließ sie beide gewähren und gab der Schlange auch später, als das Kind erwachsen war, noch lange Zeit täglich ihre Milch.

1003.

DER IRRWISCH

Von der Sägemühle zwischen Enz und Nagold außerhalb der Stadt Pforzheim sah man in der Adventszeit oftmals auf der nahen Rodanhöhe ein Irrlicht, welches unruhig hin- und herwanderte, auf- und abstieg. Eines Nachts sah ein Mann dem Irrwisch lange zu und rief dann schließlich übermütig aus:

»Scheible feucht,
mach di leicht,
daß du bal' bei mir seist!«

Plötzlich kam der Irrwisch, das kleine unruhige Licht, auf die Sägemühle zugeflogen, so daß die dortigen Bewohner, die gerade dem Licht zuschauten, erschreckt die Fenster zuschlugen und machten, daß sie wegkamen.

1004.

DOPPELTE GESTALT

Zu Berneck im Schwarzwald (Tennenbronn) hatte sich ein Mädchen heftig in einen jungen Mann verliebt und meinte, nicht mehr ohne ihn leben zu können. Der Mann verheimlichte ihr aber, daß er verheiratet war. Als sie dies nach einiger Zeit doch erfuhr, wurde es ganz schwermütig. In dieser Stimmung ging es einst in den Wald und traf dort eine alte Frau, die es nach der Ursache ihres Kummers fragte. Anfangs wollte das Mädchen mit der Sprache nicht heraus. Als die Frau ihm aber Hilfe versprach, erzählte es alles. Hierauf sagte die Alte: »Wenn du den Mann um jeden Preis haben willst, so laß dir jetzt, wenn es auch weh tut, von mir sieben Haare vom Kopfe reißen.« Da legte das Mädchen ohne Bedenken den Kopf in den Schoß der Frau und ließ sich von ihr sieben Haare ausziehen. Die Alte wickelte sie in ein Papier und machte auch sonst noch einige geheimnisvolle Bewegungen. Das Mädchen mußte die Haare unterm Kleid auf dem Rücken tragen und konnte nun hexen. Das übte es fleißig und zauberte oft den Mann zu sich her. Es gelang ihm auch, dessen Frau kennenzulernen und deren Vertrauen zu erwerben. Es überredete sie schließlich auch, mit ihm auf den Blocksberg zu fahren, um zu sehen, wie prächtig es dort sei. Die Frau widerstand lange, konnte aber dann doch ihre Neugierde nicht überwinden und sagte zu. In einer Nacht zwischen elf und zwölf Uhr kam das Mädchen in einer Kutsche, welche mit Schmetterlingen bespannt war, vor das Haus. Die Frau bekam Bedenken und wollte nicht einsteigen. Das Mädchen hatte den Mann zuvor in tiefen Schlaf gezaubert. Als die Frau immer noch nicht wollte, riß das Mädchen die Frau zum Fenster heraus und warf sie, ohne mit einzusteigen, in die Kutsche, die sich sogleich in die Lüfte erhob. Die Frau erwachte allein und verlassen aus einer tiefen Ohnmacht im Welschland. Zum Glück fand sie bald ein Unterkommen bei freundlichen Leuten, die sie im Haushalt aufnahmen. Sechs Jahre weilte sie im Welschland, bis sie so viel erspart hatte, daß sie die Heimreise antreten konnte. In der Nähe von Berneck erfuhr sie, daß niemand ihre Abwesenheit bemerkt habe, daß aber das Mädchen seit sechs Jahren verschwunden sei.

Dieses hatte nämlich, als die Frau kaum fort war, deren Gestalt und Stimme angenommen, mit dem getäuschten Manne zusammengelebt und ihm im letzten Jahr ein Kind geboren. Als die Frau wieder in ihr Haus kam, erblickte sie eine ihr ganz ähnliche Gestalt am Brunnen stehen und ihre beiden Kinder, die inzwischen größer geworden waren, im Hofe umherspringen. Sie ging in die Stube, wo ihr Mann saß und ein kleines Kind in der Wiege neben sich hatte. Kaum hatte sie ihn angeredet, da kam das frühere Mädchen zur Tür herein, und der Mann rief voller Verwunderung aus: »Was ist denn das, ich glaube, ich habe zwei Frauen!« Da sprang das Mädchen zur Wiege, riß ihr Kind heraus und eilte mit ihm davon. Nach neun Tagen wurden beide tot im Wasser gefunden. Der Mann und seine Frau aber lebten nun miteinander in Liebe und Einigkeit.

1005.

AUF DER HOCHBURG

Die Hochburg bei Emmendingen ist heute eine riesige Ruine. Aber immer noch geht in dem verfallenen Gemäuer eine weiße Jungfrau um. Sie hütet einen Schatz und trägt immer einen Bund Schlüssel bei sich. Wenn der Mond scheint, schaut sie aus einem Erker ins Land hinaus und singt dabei ein Lied. Auch geht sie jede Nacht hinab in das Brettental, wäscht sich am Bache und kämmt und zopft ihre langen Haare. Beim Hinuntergehen ist sie fröhlich, auf dem Rückweg aber weint sie.

Einem Bauer aus Windenreute, der nachts zur Mühle ging, begegnete die Jungfrau und sagte zu ihm: »Gehe mit mir auf die Hochburg zu dem Schatz, nimm dir aber nicht mehr davon, als du heimtragen kannst, ohne unterwegs abzustellen. Sooft du wiederkommst, mach es dann wieder so. Hast du all das Geld weggetragen, dann ist meine Erlösung gekommen. Finde ich sie nicht durch dich, dann muß ich noch lange auf sie warten, denn das Holz zur Wiege des Kindes, das mir wieder helfen kann, ist noch nicht gewachsen.« Ohne Bedenken folgte ihr der Bauer in ein Gewölbe des Schlosses. Darin lag auf einer eisernen Kiste ein schwarzer Pudel. Auf einen Wink der Jungfrau sprang er herab, der Deckel der Kiste fuhr von selbst auf und ließ das viele Geld sehen, womit sie gefüllt war. Gierig faßte der Mann eine große Menge in seinen ausgeleerten Maltersack und machte sich damit auf den Heimweg. Aber unterwegs mußte er absetzen und ausruhen. Die Last war ihm zu schwer geworden. Da fuhr etwas über ihn hinweg, so daß er die Besinnung verlor. Als er wieder zu sich kam, waren Sack und Geld verschwunden. Ganz elend kam er nach Hause und erzählte, was sich begeben hatte. Am dritten Tage starb er.

Das Geld, das auf der Burg vergraben ist, hebt sich im März aus dem Boden, um sich zu sonnen. Als einst ein Mann mittags zwischen elf und zwölf auf das Schloß kam, sah er dort neun Körbe voll Bohnenschoten an der Sonne stehen. Aus jedem Korb nahm er eine Handvoll in seine Rocktaschen, worin Brotkrümchen waren. Die Schoten wurden von ihnen berührt und konnten jetzt nicht mehr entweichen. Zu Hause fand der Mann zu seiner Überraschung die Taschen mit Silbermünzen gefüllt. Er eilte wieder zur Burg zurück, aber Körbe und Bohnen waren verschwunden.

Ein Hirtenjunge aus dem Meierhof unterhalb der Burg kam eines Sonntags hinauf und gewahrte durch ein Mauerloch einen großen Saal. Der war ganz mit roten Teppichen ausgeschlagen. An einer Tafel saßen zwölf Männer, in Gold und Silber gekleidet. Vor jedem stand ein goldner Becher, in der Tafelmitte eine prachtvolle Kanne und um sie herum eine Menge Speisen in den köstlichsten Geschirren. Ohne Furcht ging der Junge hinein und ließ es sich mit stummer Einwilligung der Männer schmecken. Hernach holten diese zwei schwere goldene Kugeln und neun ebensolche Kegel herbei. Sie winkten dem Jungen, aufzusetzen, und fingen an zu kegeln. Nach einer Weile gab einer der Männer, ohne ein Wort zu sagen, dem Kegelbuben vier Goldstücke, und einen Augenblick später waren der Saal mit Männern, Tafel und Kegelspiel verschwunden und der Junge wieder im Freien.

Er begab sich hinab in den Meierhof, wo er alles erzählte. Mit Erstaunen erfuhr er nun, daß er drei ganze Tage auf dem Schlosse gewesen sei. Er ging zwar mit den Leuten hinauf auf die Burg, aber alles Suchen nach dem Saal war vergebens.

1006.

HERR PETER DIMRINGER VON STAUFENBERG

In der Ortenau unweit Offenburg liegt Staufenberg, das Stammschloß Ritter Peters Dimringer, von dem die Sage lautet: er hieß einen Pfingsttag früh den Knecht das Pferd satteln, und wollte von seiner Feste gen Nußbach reiten, daselbst Metten zu hören. Der Knappe ritt voran, unterweges am Eingang des Waldes sah er auf einem Stein eine wunderschöne, reichgeschmückte Jungfrau mutterallein sitzen; sie grüßte ihn, der Knecht ritt vorüber. Bald darauf kam Herr Peter selbst daher, sah sie mit Freuden, grüßte und sprach die Jungfrau freundlich an. Sie neigte ihm und sagte: »Gott danke dir deines Grußes.« Da stund Peter vom Pferde, sie bot ihm ihre Hände und er hob sie vom Steine auf, mit Armen umfing er sie; sie setzten sich beide ins Gras und redeten, was ihr Wille war. »Gnade, schöne Fraue, darf ich fragen was mir zu Herzen liegt, so sagt mir: warum ihr hier so einsam sitzet und niemand bei euch ist?« – »Das sag ich dir Freund auf meine Treue: weil ich hier dein warten wollte, ich liebe dich, seit du je Pferd überschrittest; und überall in Kampf und in Streit, in Weg und auf Straßen hab ich dich heimlich gepfleget, und gehütet mit meiner freien Hand, daß dir nie kein Leid geschah.« Da antwortete der Ritter tugendlich: »Daß ich euch erblickt habe, nichts liebers konnte mir geschehen, und mein Wille wäre, bei euch zu sein bis an den Tod.« – »Dies mag wohl geschehen«, sprach die Jungfrau, »wenn du meiner Lehre folgest: willst du mich lieb haben, darfst du fürder kein ehelich Weib nehmen, und tätest du's doch, würde dein Leib den dritten Tag sterben. Wo du aber allein bist und mein begehrest, da hast du mich gleich bei dir, und lebest glücklich und in Wonne.« Herr Peter sagte: »Frau, ist das alles wahr?« Und sie gab ihm Gott zum Bürgen der Wahrheit und Treue. Darauf versprach er sich ihr zu eigen, und beide verpflichteten sich zu einander. Die Hochzeit sollte auf der Frauen Bitte zu Staufenberg gehalten werden; sie gab ihm einen schönen Ring, und nachdem sie sich tugendlich angelacht und einander umfangen hatten, ritt Herr Peter weiter fort seine Straße. In dem Dorfe hörte er Messe lesen, und tat sein Gebet, kehrte alsdann heim auf seine Feste, und sobald er allein in der Kemenate war, dachte er bei sich im Herzen: wenn ich doch nun meine liebe Braut hier bei mir hätte, die ich draußen auf dem Stein fand! Und wie er das Wort ausgesprochen hatte, stand sie schon vor seinen Augen, sie küßten sich und waren in Freuden beisammen.

Also lebten sie eine Weile, sie gab ihm auch Geld und Gut, daß er fröhlich auf der Welt leben konnte. Nachher fuhr er aus in die Lande, und wohin er kam, war seine Frau bei ihm, so oft er sie wünschte.

Endlich kehrte er wieder heim in seine Heimat. Da lagen ihm seine Brüder und Freunde an, daß er ein ehelich Weib nehmen sollte; er erschrak und suchte es auszureden. Sie ließen ihm aber härter zusetzen durch einen weisen Mann, auch aus seiner Sippe. Herr Peter antwortete: »Eh will ich meinen Leib in Riemen schneiden lassen, als ich mich vereheliche.« Abends nun, wie er allein war, wußte es seine Frau schon, was sie mit ihm vor hatten, und er sagte ihr von neuem sein Wort zu. Es sollte aber zu damal der deutsche König in Frankfurt gewählt werden; dahin zog auch der Staufenberger unter viel andern Dienstmännern und Edelleuten. Da tat er sich so heraus im Ritterspiel, daß er die Augen des Königs auf sich zog, und der König ihm endlich seine Muhme aus Kärnten zur Ehe antrug. Herr Peter geriet in heftigen Kummer und schlug das Erbieten aus; und weil alle Fürsten darein redeten, und die Ursache wissen wollten, sprach er zuletzt: daß er schon eine schöne Frau und von ihr alles Gute hätte; aber um ihrentwillen keine andere nehmen dürfte, sonst müßte er tot liegen innerhalb drei Tagen. Da sagte der Bischof: »Herr, laßt mich die Frau sehen.« Da sprach er: »Sie läßt sich vor niemand, denn vor mir sehen.« – »So ist sie kein rechtes Weib« – redeten sie alle – »sondern vom Teufel; und daß ihr die Teufelin minnet mehr denn reine Frauen, das verdirbt euren Namen und eure Ehre vor aller Welt.« Verwirrt durch diese Reden sagte der Staufenberger, er wollte alles tun, was dem König gefalle; und alsobald ward ihm die Jungfrau verlobet unter kostbaren königlichen Geschenken. Die Hochzeit sollte nach Peters Willen in der Ortenau gehalten werden. Als er seine Frau wieder das erste Mal bei sich hatte, tat sie ihm klägliche Vorwürfe, daß er ihr Verbot und seine Zusage dennoch übertreten hätte, so sei nun sein junges Leben verloren »und zum Zeichen will ich dir Folgendes geben; wenn du meinen Fuß erblicken wirst und ihn alle andere sehen, Frauen und Männer, auf deiner Hochzeit, dann sollst du nicht säumen, sondern beichten und dich zum Tod bereiten.« Da dachte aber Peter an der Pfaffen Worte, daß sie ihn vielleicht nur mit solchen Drohungen berücken wolle, und es eitel Lüge wäre. Als nun bald die junge Braut nach Staufenberg gebracht wurde, ein großes Fest gehalten wurde, und der Ritter ihr über Tafel gegen über saß, da sah man plötzlich etwas durch die Bühne stoßen, einen wunderschönen Menschenfuß bis an die Knie, weiß wie Elfenbein. Der Ritter erblaßte und rief: »Weh, meine Freunde, ihr habt mich verderbet, und in drei Tagen bin ich des Todes.« Der Fuß war wieder verschwunden, ohne ein Loch in der Bühne zurück zu lassen. Pfeifen, Tanzen und Singen lagen danieder, ein Pfaff wurde gerufen, und nachdem er von seiner Braut Abschied genommen und seine Sünden gebeichtet hatte, brach sein Herz. Seine junge Ehefrau begab sich ins Kloster, und betete zu Gott für seine Seele, und in allen deutschen Landen wurde der mannhafte Ritter beklaget.

Im 16. Jahrh. nach Fischarts Zeugnis, wußte das Volk der ganzen Gegend noch die Geschichte von Peter dem Staufenberger und der schönen Meerfei, wie man sie damals nannte. Noch jetzt ist der Zwölfstein zwischen Staufenberg, Nußbach und Weilershofen zu sehen, wo sie ihm das erste Mal erschienen war; und auf dem Schlosse wird die Stube gezeigt, da sich die Meerfei soll unterweilen aufgehalten haben.

1007.

DER ERLÖSTE GEIST

Nach dem Tode eines Schapbacher Hofbauern ließ sich nachts in seinem Bergwalde ein Licht sehen. Es schwebte an einem Grenzstein hin und her. Einmal ging ein Metzger, der nicht mehr ganz nüchtern war, mit einem Kalb spät an dem Berg vorüber, und als er das Licht sah, rief er ihm zu: »Komm herunter und leuchte mir, da droben hilfst du mir nichts!« Augenblicklich war das Licht bei ihm und brachte ihn und das Kalb im Nu hinauf zu dem Grenzstein. »Drehe den Stein!« sagte das Licht zu dem nüchtern gewordenen Metzger. »Das werde ich nicht können«, erwiderte er, worauf das Licht ihn ermutigte: »Es geht schon, versuche es nur!« Der Metzger legte Hand an den Stein, und zu seiner Überraschung bewegte er sich leicht in eine gewisse Richtung. »So, jetzt bin ich erlöst!« sprach dann das Licht und verschwand. Zu Hause sprach der Metzger über den Vorfall, und es erfolgte eine amtliche Untersuchung. Es stellte sich heraus, daß der Hofbauer zu seinen Lebzeiten dem Grenzstein eine falsche Richtung gegeben und sich dadurch ein Stück des anstoßenden fremden Waldes angeeignet hatte. Es wurde dem rechtmäßigen Eigentümer wieder zurückgegeben.

1008.

DAS SEEMÄNNLEIN VON HUTZENBACH

Nach Hutzenbach kam häufig ein Seemännlein vom nahen See in das Haus eines Bauern und schaffte dort. Es fütterte nachts das Vieh, reinigte den Stall und machte sich auch auf der Heubühne zu schaffen. Im Winter setzte es sich auch an den Webstuhl und wob. Weil es aber immer so zerlumpt und zottelig daherkam, dachte der Bauer, er müsse dem Seemännlein auch einmal eine Freude machen und ließ ihm auf Weihnachten ein Häs nähen: einen Kittel, eine Weste und eine Hose. Abends legte er ihm den ganzen Anzug auf die Treppe. Da nahm das Seemännlein zwar das Häs, sagte aber zugleich, damit sei es ausgezahlt und könne jetzt nicht mehr kommen. Seit der Zeit hat es sich im Haus nicht mehr blicken lassen.

Ebenso hat der Müller aus Schwarzenberg das Seemännle, das ihm lange

Zeit mahlen half, vertrieben, weil er ihm einen Kittel schenkte. Da weinte das graue Männlein und sagte: »Jetzt habe ich meinen Lohn und kann nicht mehr kommen!« und ist seit der Zeit auch nie wieder gesehen worden.

1009.

AUSGELOHNTE ZWERGE

Hinter dem Buchwald, dreiviertel Stunden von Dornhan, liegt der Spaltberg, der hat seinen Namen von einer Felsspalte, die den Eingang zur Wohnung der Erdmännle bildete. Die Erdmännle, die hier hausten, waren ganz kleine Leute, etwa zwei bis dritthalbe Schuh hoch. Sie waren verheiratet mit ebenso kleinen Erdweiblein und hatten auch Kinder miteinander. Des Nachts gingen sie zu den Menschen in die Häuser, kehrten dort die Stuben aus und fütterten und melkten das Vieh; besonders gern kamen sie, wenn gebacken wurde, dann machten sie die Brotlaibe. Zu Dornhan kamen sie regelmäßig in das Haus des Breitebauern und schafften bei Nacht alles fertig, was eben zu tun war. Weil sie aber immer ganz zerlumpt daher kamen, ließ der Breitebauer ihnen einmal neue Kleider machen und hängte sie zum Fenster hinaus. Da nahmen sie die Kleider und weinten und sprachen: »Wenn man jemand auszahlt, so muß er gehen.« Und seitdem sind sie nicht wiedergekommen.

1010.

DER METZGER IN HORB

In einem Haus zu Horb ging früher ein Geist um, der hackte oftmals Fleisch, ging in den Keller oder auch auf die Bühne bis unters Dach. Und wenn er nicht beschäftigt war, saß er in seiner früheren menschlichen Gestalt hinter dem Ofen. Er war ruhig und tat niemandem etwas, nur das Fluchen konnte er nicht ertragen. Er war Metzger und mußte umgehen, weil er bei einer Teuerung einst eine Wiese um einen einzigen Laib Brot gekauft hatte. Ein Armer hatte ihm nämlich die Wiese für drei Laib Brot angeboten. Der Metzger aber sagte: »Du bist noch nicht hungrig genug, ich geb' dir nur einen!« und wartete auch wirklich so lang, bis er die Wiese um diesen Preis erhielt. Dafür mußte er lange umgehen. Jetzt ist er erlöst.

1011.

DIE TRIBERGER WALLFAHRT

Oberhalb von Triberg, auf einem Weg nach Schonach, stand eine hohe Tanne. Jemand hatte eine Nische in den Stamm gehauen und ein Muttergottesbildchen aus Pergament hineingestellt. Wer an der Tanne vorbeiging und das Bild sah, grüßte es. Bisweilen verrichtete auch ein Vorübergehender ein kurzes Gebet an dieser Stelle. Eines Tages jedoch fiel das Bild aus seiner Nische. Ein Triberger Mädchen fand es, nahm es mit sich nach Hause und stellte es in den Herrgottswinkel. Dort aber schien das Bildchen nicht bleiben zu wollen. Denn das Kind erkrankte, und im Traum hörte es eine Stimme, die ihm sagte, es werde nur wieder gesund werden, wenn es die Muttergottes an den alten Platz zurückbringe. Dies geschah, und das Mädchen erlangte seine Gesundheit wieder. In den folgenden Jahren ersetzte ein Mann, der vom Aussatz geheilt war, aus Dankbarkeit das Pergamentbild durch eine Holzfigur, die mit der Zeit das Ziel einer Wallfahrt wurde.

Diese Wallfahrt geriet aber nach und nach in Vergessenheit. Einmal kamen drei Tiroler Soldaten an der Tanne vorbei, vernahmen einen lieblichen Gesang, gingen ihm nach und entdeckten die Muttergottes in der Tanne. Daraufhin belebte sich die Wallfahrt wieder, und es wurde an dieser Stelle eine Kirche erbaut. Zwar mußte die Tanne gefällt werden, doch der untere Teil blieb stehen.

Anno 1713, als französische Soldaten die Gegend unsicher machten, mußte das Muttergottesbild in die Triberger Pfarrkirche gebracht werden. Dabei zeigte sich die Wunderkraft des Bildes. Sobald nämlich feindliche Soldaten nur von ferne die Wallfahrtsstätte erblickten, zogen sie sich zurück und belästigten weder den Wallfahrtsort noch Triberg, obwohl sie jedesmal ringsum plünderten und sogar die Hirten auf dem Felde mit dem Tode bedrohten.

1012.

DER GRÜNE JÄGER

In der Nähe des Hornspergs, im Wald Sauhagen, geht der grüne Jäger um. Man sieht ihn oft; er gräbt gern mit Schaufel und Haue, bringt aber kein Stäubchen Erde weg. Wenn die Jagdzeit eintritt, so reviert er mit seinen Gesellen und Hunden, daß es ein Graus ist und jedermann ihm ausweicht. Aber nicht allein im Wald ist er, er kommt auch heraus und jagt durch die Luft.

Am liebsten läßt er sich jedoch im Walde sehen. Kommt ein Bauer daher, fährt einen Sägblock weg und versinkt so tief, daß sich kein Gaul mehr regen kann, so ist der Grüne da und schiebt am Wagen, und schon geht's vorwärts. Stiehlt einer einen Baumstamm, dann steht der grüne Jäger auf einmal da, tut fürchterlich wild und setzt sich auf den Wagen, daß er nicht mehr weiterkommt. Bisweilen schmeißt er den Wagen auch in den nächsten Graben.

Wenn abends die Holzmacher heimkehren, so kommt der Grüne und bittet um Feuer. Dann zündet er friedlich sein Pfeifchen an, läßt die Leute in Ruhe, geht in den Wald und schreit: »Ho ho! I bin scho wieder do!«

Oft geht er in die benachbarten Höfe, ohne daß sich jemand um ihn kümmert, zündet am Herd ruhig seine Pfeife an und geht zur Tür wieder hinaus. Manchmal sieht man ihn ohne Kopf; manchmal erscheint er als Pferd.

Einmal fuhr nachts ein Bauer übers Weiherwehr. Da kam mitten auf dem Weg der Grüne auf einem Schimmel dahergeritten. »Wenn er mich nur nicht zusammenreitet«, denkt der Bauer. Aber der Schimmel weicht aus, der Grüne reitet mitten durch den Weiher, und der Bauer kann ruhig weiterfahren.

Vor dem grünen Jäger ist man nie sicher. Bald sitzt er einem auf dem Rücken, bald wirft er den Wanderer in einen Graben, manchmal schreit er nur sein »Ho ho! I bin scho wieder do!« und verschwindet unter den Bäumen.

1013.

DIE GEISTERKUTSCHE

Auf dem zerfallenen Bergschloß bei Kirnbach befindet sich in einem steilen Felsen, dem Rappenstein, ein brunnenartiges Loch von unergründlicher Tiefe. Daraus steigt in den Adventsnächten eine Kutsche. Sie ist mit zwanzig grauen Geißböcken bespannt und von zwei Laternen beleuchtet. Sie wird von einem ehemaligen Grafen des Schlosses gelenkt, der, in voller Rüstung mit geschlossenem Helmvisier, allein darin sitzt. Mehr als hundert Knappen folgen ihm aus dem Felsenloch, jeder einen Speer und eine angezündete Fackel in den Händen. Wie der Blitz so schnell und mit wildem Getöse fährt der Zug den steilen Felsen in eine Schlucht hinab und macht dann unten im Tale Halt. Hier sammeln sich die Knappen um die Kutsche, der Graf steigt aus, legt an ein Rad den Hemmschuh und setzt sich wieder in die Kutsche. Unter großem Geschrei werfen nun die Knappen ihre Fackeln, die sogleich erlöschen, von sich und verschwinden mit der Hälfte der Geißböcke, die als Vorspann gedient hatten. Bei dem spärlichen Licht der zwei Laternen kehrt der Graf hierauf mit den übrigen zehn Böcken und mit gesperrtem Rade nach dem Felsenloch zurück und fährt dabei den Weg ebenso schnell hinauf, als er ihn mit dem starken Vorspann und ohne Hemmschuh herabgekommen ist.

Oft sind schon Leute dem Zug begegnet. Wer schnell Platz machte, dem geschah kein Leid, wer aber nicht rasch auf die Seite sprang, wurde niedergeworfen und überfahren, wenn er auch weiter von dem leichten Fahrzeug nicht beschädigt wurde.

1014.

DER WEISSE MANN

Bei der Ruine Schenkenzell in der Nähe von Wolfach weideten einst zwei Bauern ihre Ziegen. Da gesellte sich ein ganz weißer Mann zu ihnen und sagte zu dem einen, der ihn allein sah und hörte, er solle mit ihm gehen. Als er dem weißen Mann folgte, gelangte er mit ihm an eine eiserne Bogentür, die er früher nie bemerkt hatte und die sein Begleiter nun mit einem großen Schlüssel öffnete. Nun traten sie ein und kamen durch einen langen Gang und zwei andere eiserne Türen schließlich in ein Gewölbe, worin eine große Kiste stand. Der weiße Mann ließ ihn den Deckel aufmachen, worauf lauter blanke Goldstücke sichtbar wurden. Er forderte den Bauern auf, so viele Münzen an sich zu nehmen, als er tragen könne. Das tat dieser, nahm aber aus Schüchternheit weit weniger, als möglich gewesen wäre.

Als sie wieder im Freien waren, wollte der weiße Mann wissen, warum er nicht mehr von dem Schatz genommen habe. Da sagte der Bauer, er wolle, wenn das jetzige Geld verbraucht sei, wieder kommen und holen, was er brauche. Das sei nicht möglich, leider dürfe er es ihm erst jetzt mitteilen, bekam der Bauer zur Antwort, und damit verschwand der weiße Mann, auch die Bogentür war nicht mehr zu sehen.

Von den Goldmünzen, die dünn und so groß wie Sechsbätzner sind, befinden sich noch heute elf Stück im Dorfe Schenkenzell.

1015.

ROMEIAS VON VILLINGEN

Vor mehr als vierhundert Jahren lebte in Villingen ein Mann namens Romeias. Er war auf dem Käferberg geboren und von riesenhafter Größe, seine Eltern dagegen waren beide von kleiner Statur. Wenn er durch die Gassen ging, dann vermochte er in den zweiten Stock der Häuser zu sehen. Er trug dabei hohe Pfauenfedern auf dem Hut, wodurch er noch größer erschien. Eines Tages hatte er auf einen Wagen zwei Baumstämme geladen, aber die davorgespannten Ochsen konnten die Fuhre nicht vorwärts bringen. Da lud er die zwei Tiere einfach zu den Stämmen auf den Wagen und zog die ganze Last allein nach Hause.

Oft ward Romeias auch in den Wäldern in der Gegend um Villingen gesehen, denn er jagte und wilderte hier gerne. Er war gefürchtet in der Stadt, weil er stark und jähzornig war, er war aber auch bei vielen beliebt, weil er zuvorkommend und hilfsbereit war. Außerdem war er berüchtigt, weil er sein Leben lang immer in Händel verstrickt war. So hat er in den vielen Streitfällen mit Hornberg, Haslach, Rottweil und anderen Orten manchen wackeren Streich verübt. Eine schöne Glocke soll er in Düningen, einem benachbarten Dorf im Württembergischen, geraubt und nach Villingen gebracht haben. Ein besonderes Kunststück vollbrachte er in einem Streit mit der Stadt Rottweil. Bei Nacht und Nebel schlich er sich vor die

Rottweiler Stadtmauer und schlug die Wache vor dem Tor nieder. Hierauf hob er den hölzernen Torflügel aus den Angeln, lud ihn auf seine Schultern und trug ihn, ohne ihn nur einmal abzusetzen, bis auf den Stumpen, einen zwischen Villingen und Rottweil gelegenen Hügel. Ja, andere erzählen sogar, er habe beide Torflügel mitgenommen. Drei Viertelstunden von Rottweil weg sei er auf einem Bühl steckengeblieben und habe sich dann umgeschaut, ob er nicht verfolgt werde. Der Platz heißt heute noch Guckebühl. Die Torflügel soll man im Villinger Oberen Tor eingesetzt haben.

Einmal gebrauchte Romeias scharfe Worte gegen den Schultheißen der Stadt. Da niemand wagte, Hand an den starken Mann zu legen, ersann der Schultheiß eine List, um ihn gefangenzusetzen. Romeias erhielt den Auftrag, aus dem größten Verteidigungsturm, dem Michaelisturm, einen Steinklotz herauszuholen. Niemand sei dazu imstande außer ihm. Arglos stieg er in das tiefe Verlies hinab. Da zog man blitzschnell die Leiter in die Höhe und Romeias saß im Turm. Täglich wurde ihm ein kleines Kalb oder ein Schaf in das Gefängnis geworfen. Romeias sammelte nun die abgenagten Knochen. Als er genug beisammen hatte, steckte er sie in die Löcher und Ritzen der Mauer und stieg an ihnen wie auf einer Treppe die Mauer hinauf, durchbrach die Balkendecke und gelangte so unter das Dach des Turmes. Hier fand er eine Menge Stroh und drehte sich daraus ein starkes Seil. Nachts schlüpfte er durch eine Mauerlücke und ließ sich an dem Strohseil auf die Ringmauer herab. Von hier aus gelangte er in das Asyl der Johanniter, wo er fürs erste geborgen war. Aber obgleich die Kirche alsbald von einer starken Wache umstellt wurde, gelang es ihm doch, aus der Stadt zu fliehen.

Nach seiner Flucht kam Romeias auf die Küssaburg bei Waldshut. Dort wurde er als Büchsenmeister eingestellt und half, die Burg gegen die Schweizer zu verteidigen. Er hielt sich so tapfer, daß Kaiser Maximilian, dem das Schloß gehörte, Romeias lobte und ihm eine Pfründe im Spital zu Villingen zuwies. Der Magistrat mochte sich stellen, wie er wollte, es blieb ihm nichts anderes übrig, als den tapferen Mann in Ehren wieder aufzunehmen.

Später zog es Romeias noch einmal hinaus in Krieg und Streit. Er ließ sich vom französischen König in Sold nehmen und kämpfte in Oberitalien für ihn, wo er im Jahre 1513 in der Schlacht bei Novara fiel.

1016.

ST. AGATHA VON VILLINGEN

In einer Waldnische eines Hauses an der Ecke Zinsergasse und Brunnengasse stand bis in jüngster Zeit ein Agathafigürchen. Die heilige Agatha wurde früher in der Stadt als Schützerin vor Feuersbrunst verehrt. Man weiß von einem Brand, der Villingen um die 150 Jahre nach der Stadtgründung heimsuchte. Die Flammen, die durch das Niedere Tor hereingeschlagen haben, sollen bis an dieses Haus vorgedrungen sein. Dort erloschen sie wunderbarerweise. Man sah hierin eine Wirkung der Fürbitte der heiligen Agatha und errichtete aus Dankbarkeit an der Hauswand in der Zinsergasse ein Bildstöckchen der Heiligen. Mit der Zeit bildete sich der Brauch, daß die Hausbewohner an jedem Agathentag vor dem Heiligenbild für 24 Stunden eine Laterne brennen hatten. Zugleich wurde in dem Hause fleißig gebetet. Die einen beteten auf dem Speicher, die andern in der Stube, wieder andere im Keller; die Magd betete im Stall.

1017.

DIE SIEBEN JUNGFRAUEN ZU VÖHRENBACH

In vergangenen Zeiten ließen sich in der Nähe der Stadt Vöhrenbach sieben Jungfrauen nieder und führten da ein frommes, klösterliches Leben. In der Stadt war um diese Zeit eine Verwilderung der religiösen Sitten eingetreten. Die Jungfrauen versuchten daher, die Bevölkerung dem christlichen Lebenswandel zurückzugewinnen. Dabei aber schufen sie sich viele Feinde. Vor allem der Schultheiß Mändle war ihnen nicht gut gesonnen.

Auf seinen Befehl nahm man sie gefangen und versuchte durch Folter, ja durch Androhung des Todes, sie von ihrem Vorhaben abzubringen. Als dies alles ohne Wirkung blieb, ließ man falsche Zeugen auftreten und die Jungfrauen der Hexerei bezichtigen. So kam es, daß sie trotz ihrer Unschuld zum Tode durch Verbrennen verurteilt wurden. Bevor man den Scheiterhaufen entzündete, sprach eine der Jungfrauen: »So gewiß wir unschuldig sind, so gewiß wird Vöhrenbach dreimal verbrennen!« Auch die anderen Jungfrauen sagten nacheinander Schlimmes voraus: Das Geschlecht der Mändle werde aussterben, das Stadtgericht verloren gehen, die Silbergruben und die Obstbäume würden nicht mehr ergiebig sein und schließlich würden die Kirchen zerfallen. Ungeachtet dieser Voraussagungen verbrannte man zuerst sechs Jungfrauen; die siebte aber verschonte man in der Hoffnung, sie ihrem christlichen Glauben abspenstig zu machen. In der folgenden Nacht sah diese Jungfrau ihre Gefährtinnen in der himmlischen Herrlichkeit und beteuerte darauf vor den Richtern, daß sie niemals von Jesus Christus lassen werde. Da ward auch sie verbrannt. Zuvor warf sie vom Scheiterhaufen aus einen Bund von sieben goldenen Schlüsseln auf die Erde und rief: »So gewiß bin auch ich unschuldig, als an dieser Stelle ein Brunnen entstehen wird, wohin ich die Schlüssel werfe. Darin wird alle sieben Jahre am Karfreitag vor Sonnenaufgang ein Fisch mit den Schlüsseln um den Hals erscheinen. Mit den Schlüsseln kann man eine Goldkiste öffnen. Aber nur der kann den Fisch sehen, der ganz rein ist von Sünden!« Da entsprang an dieser Stelle eine Quelle. Auch die übrigen Vorhersagen der Verurteilten gingen in Erfüllung.

Jetzt steht da, wo die Jungfrauen verbrannten, ein Michaelskirchlein, man nennt es auch die Siebenfrauenkapelle. Darin ist auf einem Votiv die Verbrennung dargestellt. Zur Kapelle wie zu dem Brunnen, der Heilkraft besitzt, macht man Wallfahrten; besonders tun das junge Mädchen, die gewöhnlich zu siebt miteinandergehen. In dem Brunnen ist auch der Fisch mit den Schlüsseln zu der Goldkiste schon gesehen worden. Wo diese Kiste jedoch verborgen liegt, ist niemandem bekannt.

1018.

DER ROTTWEILER ESEL

Die Bürger von Rottweil fanden einst, als ihre Stadt noch eine freie Reichsstadt war, einen großen Kürbis auf dem Felde und hielten ihn für ein Ei. Allerdings vermochten sie nicht herauszubringen, was für ein Vogel es wohl gelegt haben könnte. Sie beschlossen daher, um Klarheit zu bekommen, daß der Bürgermeister es ausbrüten solle. Da half kein Weigern und Widerreden des Bürgermeisters, es wurde ihm einfach eine Frist gesetzt, in der er das Ei auszubrüten habe. Als nun nach Verlauf der bestimmten Zeit nichts Lebendiges zum Vorschein kommen wollte, beschloß man, das Ei, weil es vielleicht schon faul geworden, über die Mauer zu werfen. Und das tat man auch. Wie aber der Kürbis auf die Erde fiel und mit einem Knall zerplatzte, da sprang ganz erschreckt ein Hase, der an der Mauer geschlafen hatte, auf und davon, so daß man hätte glauben können, er sei aus dem Kürbis oder dem Ei herausgekommen. Die Rottweiler glaubten das auch steif und fest und schrien, als sie das langohrige Tier davonlaufen sahen: »Da schaut, ein Esel!« Seitdem führen die Rottweiler den Spottnamen Esel.

Ein Maler, der die Geschichte kannte, malte einen Esel auf die Stadtfahne von Rottweil. Bei seinem Werk malte er die Flucht Christi nach Ägypten mit Wasserfarben auf die Fahne, nur für den Esel benutzte er Ölfarbe. Als nun bei einer Prozession einmal ein heftiger Regen fiel, wurden die Wasserfarben verwischt und fast ausgelöscht. Nur der Esel allein blieb übrig.

1019.

DAS MÄDCHENKREUZ IM FREIBURGER MÜNSTER

Am Tage vor Fronleichnam hütete einst ein Mädchen auf dem Freiburger Schloßberg seine Rinderherde. Plötzlich fing eines der Tiere an, mit seinem Horn den Boden aufzureißen, und grub endlich eine silberne Scheibe heraus. Auf ihr war in erhabener Arbeit ein Kruzifix zwischen Maria und Johannes dargestellt. Das Mädchen rief Leute herbei, damit sie in der Stadt den Fund bekanntmachten. Bald erschien eine Prozession, um die Scheibe mit Kreuz und Fahne in das Münster zu bringen. Am Fundort errichtete man ein hölzernes Kreuz und sorgte zugleich für lebenslängliche Pflege des Tieres, das die Scheibe gefunden hatte. Das Mädchen ging, sobald es erwachsen war, ins Kloster. Weil man ihr das Scheibenkreuz verdankt, wird es bei Bittgängen stets den Mädchen vorangetragen und deshalb auch Mädchenkreuz genannt. Das hölzerne Kreuz auf dem Feld fiel dreimal dem Blitzschlag zum Opfer. Nach dem dritten Mal erbaute man weiter unten ein Kruzifix aus Stein.

1020.

URSPRUNG DER ZÄHRINGER

Die Sage ist, daß die Herzoge von Zähringen vor Zeiten Köhler sind gewesen, und haben ihre Wohnung gehabt in dem Gebirg und den Wäldern hinter Zähring dem Schloß, da es dann jetzund stehet, und haben allda Kohlen gebrennt. Nun hat es sich begeben, daß der Köhler an einem Ort im Gebirg Kohlen brannte, Grund und Erde nahm, und damit den Kohlhaufen, um ihn auszubrennen, bedeckte. Als er nun die Kohlen hinweg tat, fand er am Boden eine schwere, geschmelzte Materie; und da er sie besichtigte, da ist es gut Silber gewesen. Also brennte er fürder immerdar an dem Ort seine Kohlen, deckte sie mit demselben Grund und Erdboden, und fand aber Silber, wie zuvor. Dabei konnte er merken, daß es des Berges Schuld wäre, behielt es geheim, brannte von Tag zu Tag Kohlen da, und brachte großen Schatz Silbers zusammen.

Nun hat es sich damals ereignet, daß ein König vertrieben ward vom Reich, und floh auf den Berg im Breisgau, genannt der Kaiserstuhl, mit Weib und Kindern und allem Gesinde, litt da viel Armut mit den Seinen. Ließ darauf ausrufen, wer da wäre, der ihm wollte Hülfe tun, sein Reich wieder zu erlangen, der sollte zum Herzoge gemacht, und eine Tochter des Kaisers ihm gegeben werden. Da der Köhler das vernahm, fügte sich's, daß er mit einer Bürde Silbers vor den König trat und begehrte: er wolle sein Sohn werden und des Königs Tochter ehelichen, auch dazu Land und Gegend – wo jetzt Zähringen, das Schloß, und die Stadt Freiburg stehet – zu eigen haben; alsdann wolle er ihm einen solchen Schatz von Silber geben und überliefern, damit er sein ganzes Reich wieder gewinnen könne. Als der König solches vernahm, willigte er ein, empfing die Last Silbers, und gab dem Köhler, den er zum Sohn annahm, die Tochter zur Ehe, und die Gegend des Landes darzu, wie er begehret hatte. Da hub der Sohn an und ließ sein Erz schmelzen, überkam groß Gut damit und baute Zähringen samt dem Schloß; da macht ihn der römische König, sein Schwäher, zu einem Herzogen von Zähringen. Der Herzog baute Freiburg und andre umliegende Städte und Schlösser mehr; und wie er nun mächtig ward, zunahm an Gut, Gewalt und Ehre, hub er an und ward stolz und frevelhaft. Eines Tages, so rief er seinen eignen Koch und gebot, daß er ihm einen jungen Knaben briete und zurichtete; denn ihn gelüste zu schmecken, wie gut Menschenfleisch wäre. Der Koch vollbrachte alles nach des Herrn Befehl und Willen, und da der Knabe gebraten war und man ihn zu Tische trug dem Herrn, und er ihn sah vor sich stehen, da fiel Schrecken und Furcht in ihn, und empfand Reu und Leid um diese Sünde. Da ließ er zur Sühne zwei Klöster bauen, mit Namen das eine zu St. Ruprecht, und das andere zu St. Peter im Schwarzwald, damit ihm Gott der Herr barmherzig verzeihen möge und vergeben.

1021.

DAS BILD AM SCHWABENTOR ZU FREIBURG

Am Schwabentor zu Freiburg ist an der Innenseite ein Bild angebracht. Es zeigte in seiner ersten Ausführung einen schwäbischen Bauern bei einem vierspännigen Wagen, neben dem eine Katze läuft. Beladen ist der Wagen mit zwei Fässern. Über das Bild gibt es zwei Erzählungen:

Ein Mann aus Schwaben brachte die zwei Fässer nach Freiburg. Die Fässer waren voll Gold, das für den Münsterbau bestimmt sein sollte. Aber als die Fässer geöffnet wurden, stellte sich heraus, daß sie Kieselsteine enthielten. Der Bauer brachte nun in Erfahrung, daß seine Frau – die Katze auf dem Bild – eine Hexe sei und die Verwandlung bewirkt habe. Der Zauber könne jedoch behoben werden, wenn er die Hexe in Stücke schlage. Ohne Bedenken tat er das, und sogleich befand sich wieder Gold in den Fässern.

Nach einer anderen Erzählung war ein reicher Schwabenbauer nach Freiburg gekommen, um die Stadt zu kaufen. Er hatte zu diesem Zwecke zwei Fässer voller Gold mitgebracht und fragte nun: »Was kostet's Städtli?« Daß es tausendmal mehr wert sei als sein Geld, setzte ihn in große Verwunderung, worüber ihn die Freiburger tüchtig auslachten. Noch mehr aber verspotteten sie ihn, als die Fässer geöffnet wurden und statt Gold Sand zum Vorschein kam. Die Frau des Bauers hatte nämlich das Gold aus den Fässern geleert, dafür aber Sand hineingefüllt und hierdurch bewiesen, daß in Schwaben auch gescheite Leut' zu finden sind.

1022.

DER DRACHE AM SCHÖNBERG

In uralter Zeit, als das Christentum noch nicht überall verbreitet war, flog ein feuriger Drachen über Ebringen hinweg und verschwand am südlichen Schönberg in einer Höhle. Daraufhin mußte dem Drachen von Zeit zu Zeit ein Menschenopfer dargebracht werden. Schließlich fiel das Los auch einmal auf die junge Tochter des Grafen auf der Schneeburg. Um diese Zeit aber wohnte am Fuß des Schönberges ein junger Ritter, der sich heimlich zum Christentum bekannte. Als er von dem schrecklichen Schicksal der Grafentochter hörte, beschloß er, den Drachen zu töten. Gut bewaffnet und furchtlos ritt er dem Untier entgegen. Und obwohl das Pferde vor dem feuerspeienden Drachen scheute, so gelang es ihm doch, seinen Speer mit starker Hand dem Ungetüm in den Rachen zu stoßen und es zu töten.

Zur Erinnerung an diese Tat wurden auf den Häusern zu Ebringen, über die der Drachen hinweggeflogen war, steinerne Kreuze errichtet. Einige davon sind noch vorhanden. Da der kühne junge Ritter, der von den Leuten von nun an als Heiliger verehrt wurde, Georg hieß, so nannte sich späterhin der Ort, wo er wohnte, St. Georgen.

1023.

DAS KREUZ VON OBERRIED

Einst vor dreihundert Jahren holten drüben auf dem Rheinufer ein Knecht und eine Magd auf einem Wagen Futter, als sie plötzlich den Rhein herab einen eigentümlichen Gegenstand schwimmen sahen, der allmählich ans Ufer trieb. Sie gewahrten ein Kruzifix von sonderbarem Aussehen: Der lebensgroße Körper des Heilands sah aus wie eine Leiche, die lange im Wasser gelegen hatte. Sie zogen das Kreuz aus dem Rhein, banden es ihrer Kuh auf den Rücken und gingen damit ins nächste Dorf, um den Geistlichen um Rat zu fragen. Als sie im Dorf waren, brachten sie aber die Kuh gar nicht zum Stillstand, so daß der Pfarrer sagte, man solle das Tier mit dem Kreuz laufen lassen, wohin es wolle. So ließen sie also die Kuh weiterziehen und gingen mit ihr ostwärts durch Freiburg ins Dreisamtal nach Oberried, wo sie vor dem Kloster Halt machte. Man erkannte nun die Fügung Gottes und brachte das Kreuz in die Kirche, wo es dann aufgestellt und hoch verehrt wurde.

1024.

SUGGENTAL

In den reichen Gold- und Silbergruben von Suggental arbeiteten an die fünfzehnhundert Bergleute. Das Tal stand so voller Häuser, daß die Katzen von der Elz bis zum obersten Hof auf den Dachfirsten gehen konnten. Auf der heutigen Schloßmatte erhob sich ein prächtiges Schloß, in dem wie auch im Dorf üppiger Reichtum, aber auch Hoffart und Verschwendung herrschte. Um die junge Schloßgräfin bewarben sich viele Freier; allein sie wollte nur den nehmen, der im Schloß einen gläsernen Weiher anlegen würde, so daß sie aus ihrem Bett die Fische darin schwimmen sehen könnte. Ein Hauptmann der Bergleute ließ sich durch diese schwere Bedingung nicht abschrecken und führte mit großer Mühe eine Wasserleitung von der Platte auf dem Kandel bis zum Schlosse, wo er den Weiher aus Glas anlegte. Daraufhin heiratete sie ihn. Bei der Hochzeit waren Übermut und Ausgelassenheit so groß, daß sie und die Gäste ausgehöhlte Brotlaibe als Tanzschuhe benutzten.

Währenddessen ging draußen der Pfarrer vorrüber, um einen Kranken mit der »letzten Ölung« zu versehen. Als der Mesner das Glöcklein schwang, wollten einige mit dem Tanzen innehalten und niederknien, doch die Gräfin rief: »Was fragt ihr nach der Schelle, jede meiner Kühe hat auch eine!« Der Pfarrer versah den Kranken und kehrte mit dem Mesner wieder um. Der Kranke schickte bald darauf seinen Sohn ans Fenster, damit er nachsehe, ob am Himmel keine Wolke zu erblicken sei. Zuerst erschien nur eine kleine Wolke über dem Schwarzenberg, so groß wie ein Hut, dann aber wurde die Wolke so groß wie eine Wanne, dann wie ein Scheunentor. Da ließ der Vater sich geschwind auf den Luserberg tragen, denn er glaubte, Gottes Gericht breche jetzt über das Tal herein. Und wirklich hatte sich inzwischen ein kohlschwarzes Gewitter über dem Tal zusammengezogen, das sich jetzt mit grellen Blitzen und Donnerschlägen und einem ungeheuren Wolkenbruch entlud. Alle Gebäude außer der Kirche und dem obersten Hof wurden weggerissen, sämtliche Gruben zerstört, und von der ganzen Einwohnerschaft blieben nur ein alter Mann mit seinem Sohn und ein kleines Kind am Leben. Dieses Kind schwamm in seiner Wiege mitten in der Flut. Bei ihm war eine Katze, die das schwankende Schifflein im Gleichgewicht hielt, indem sie hin und her sprang, wie es gerade nötig war. Unterhalb Buchholz blieb die Wiege im Dolden einer Eiche hängen. Als das Wasser sich verlaufen hatte, holte man das Kind und die Katze herunter. Beide waren unverletzt. Weil aber niemand wußte, wer des Kindes Eltern waren, nannte man es nach dem Wipfel des Baumes Dold.

1025.

DIE MARGARETENGLOCKE ZU WALDKIRCH

In der Stifskirche zu Waldkirch hängt eine große Glocke, sie heißt Margareta. Sie wurde auf dem Friedhof in einem noch sichtbaren Loche gegossen. Dabei wurde ein ganzer Haufen geopferten Silbers unter das Erz gemischt. Dadurch bekam sie den schönen Klang, der weit und breit im Lande gehört wird. Nicht nur schwere Gewitter vertrieb sie, sondern auch eine Schar Hexen, die einst mit gläsernen Äxten den Kandelfelsen durchhauen und den See, welchen er verschließt, auf das Waldkircher Tal loslassen wollten.

Weil die Glocke kostbar war, suchten die Freiburger sie für ihr Münster zu bekommen. Sie boten dafür dem Stift so viel Kronentaler, als sich auf dem Weg von Freiburg nach Waldkirch in einer zusammenhängenden Reihe würden legen lassen. Auf diesen Handel gingen die Stiftsherren ein und empfingen die Bezahlung. Eine Woche später kamen die Freiburger mit neun Wägen, um die Glocke abzuholen. Sie war nur aus dem Turme zu bringen, indem man ein großes Loch in die Mauer schlug. Und nur mit Mühe konnte sie aufgeladen werden. Noch im Orte drückte sie beim Wegfahren drei der schweren Wägen zusammen. Da ließen die Freiburger sie liegen und einen eisernen Wagen machen. Darauf luden sie nun die Glocke und brachten sie bis zum Bad »In der Enge«. Hier sank der Wagen ziemlich tief in den Boden; er wurde zwar wieder herausgehoben und bis an die Waldkircher Banngrenze gezogen, war aber, obwohl zweiunddreißig Pferde vorgespannt waren, schlechterdings nicht mehr weiter zu bringen. Nun endlich erkannten die Stifsherren des Himmels Willen, kündigten den Freiburgern den Handel auf und ersetzten ihnen den Kaufschilling und die übrigen Auslagen. Um die Glocke nach Waldkirch zurückzubringen, schoben der Vogelbauer und der Schwefelbauer drei neue Tragbäume auf einen gewöhnlichen Wagen, spannten zehn Ochsen davor und führten damit die Glocke ohne Mühe in das Stift. Als sie dort wieder im Turme hing, begann sie von selbst zu läuten, und alle Leute, die sie hörten, verstanden, was sie sagte:

»Margareta heiß ich,
Alle schwere Wetter weiß ich,
Alle schwere Wetter kann ich vertreiben,
Und im Glockenturm zu Waldkirch will ich bleiben!«

1026.

DAS HUTTENWEIBLEIN

Eine Bäuerin von Sölden pflegte sonn- und feiertags mit Holzhippe und Hutte (Korb) auf den waldigen Schönberg zu gehen und Holz zu lesen. Wegen dieser Entheiligung muß sie seit ihrem Tode auf dem Berg und seiner Umgebung spuken. Sie wird, weil sie eine Hutte trägt, Huttenweiblein genannt. Sie ist alt und klein, stützt sich auf einen Stock und hat ein Strohhütlein auf; ihre Jacke und Handschuhe sind mit Pelz besetzt; der eine ihrer Strümpfe ist weiß, der andere rot. Sie kann sich in mancherlei Gestalten verwandeln. Häufig schreit sie: »Hu, hu, hu!« Manchmal, besonders wenn sie in den Kronen der Tannen sitzt, singt sie:

»Heute strick ich,
morgen näh ich!«

In ihrer Hutte hat man schon Farnkraut wahrgenommen; auch trägt sie öfters darin Leseholz, das unbewacht im Wald umherliegt, zum Verdruß der Eigentümer hinweg.

Einer Frau aus Freiburg, die im Sternwald Himbeeren gesucht hatte, ehe sie in die Frühmesse ging, begegnete das Huttenweiblein und sagte zu ihr: »Hättest du keine guten Gedanken gehabt, so wollte ich dich gezeichnet haben!« Zu einer anderen Frau kam das Huttenweiblein zwischen Ebringen und Sölden und fragte sie: »Käterle, wohin willst du?« Darauf wußte die Frau, die nicht Käterle hieß, gar nicht mehr, wo sie war, und fand sich erst wieder zurecht, nachdem sie stundenlang den Wald durchirrt hatte.

Eine Abends traf ein Geflügelhändler, der nach Pfaffenweiler heim wollte, bei Kirchhofen ein schönes Reh: es war das Huttenweiblein. Auf seine Lockrufe kam es herbei und ließ sich von ihm streicheln. »Das ist etwas für die Küche!« dachte er bei sich und wollte ihm eine Schnur um den Hals binden; aber da wuchs es so riesenhaft an, daß er voll Schrecken davonlief. Die ganze Nacht rannte er in der Irre umher und erkannte erst am Morgen, daß er sich auf der Eschholzmatte bei Freiburg befand.

Ein Mann, der nachts durch den Bitterswald ging, rief spottend: »Huttenweiblein, komm und trage mich! Hu, hu, hu!« Schnell wie der Wind war es da, packte und trug ihn auf die Todtnauer Höhe und stellte ihn so tief in den Sumpf, daß er nur mit vieler Mühe sich wieder heraushelfen konnte.

Andere Männer, die im Feld bei Pfaffenweiler das Geschrei des Weibleins spottweise nachahmten, bekamen von ihr solche Ohrfeigen, daß einigen die Hüte von den Köpfen flogen, andere sogar zu Boden fielen.

In den Ortschaften, die um den Schönberg liegen, pflegt man die Kinder mit dem Huttenweiblein zu erschrecken.

1027.

DAS BRUNNENBECKEN ZU ST. ULRICH

Der heilige Ulrich hatte sein kleines Kloster im Möhlingrunde ausgebaut und wünschte nun noch einen steinernen Trog zu dem Brunnen. In dem Grunde selbst konnte er keinen tauglichen Stein auffinden und wegen der Enge des Tales anderswoher keinen heranbringen lassen. Da schlief er eines Abends im Freien ein und erblickte im Traum auf dem Meeresgrund einen runden Sandsteinblock, der zu einer Brunnenschale wie gemacht schien. Als er erwachte, war es Morgen. Da erschien ein Jäger und sprach mit ihm. Als er von dem Wunsche des Heiligen nach einem Steinblock gehört hatte, erbot er sich, diesen noch vor Abend herbeizuschaffen, wenn Ulrich ihm dafür seine Seele verschriebe. Da wußte dieser, mit wem er es zu tun hatte, und sagte zu dem Jäger: »Um neun Uhr will ich Messe lesen. Wenn du den Stein vor der Wandlung zum Kloster schaffst, will ich nach meinem Tode dein eigen sein; bringst du ihn aber erst nach der Wandlung, so gehört der Stein mir und ich gehöre nicht dir.« Mit diesem Vorschlag war der Teufel zufrieden und eilte hinweg. Zur festgesetzten Zeit las der Heilige die Messe und bat darin Gott um Beistand. Unterdessen schwebte der Teufel mit dem Steinblock auf dem Kopf heran; aber in der Ferne tönte ihm schon das erste Läuten zur Wandlung entgegen, und bei seiner Ankunft auf dem Berg Geiersnest erklang das zweite. Da warf er voller Wut den Stein in das Tal hinab und fuhr brüllend davon. Mit Freuden sah Ulrich, als er aus der Kirche kam, den Block beim Kloster liegen. Nun ließ er aus ihm von seinen Mönchen das kunstreiche Becken machen, in das sich noch jetzt der Brunnen ergießt.

1028.

GELDMÄNNLEIN

In Hausen an der Möhlin besaß eine Frau ein sogenanntes Geldmännlein. Das war eine lebende Kröte, die sie in einer Schachtel aufbewahrte, täglich in einem Glas Rotwein badete und dieses dann austrank. Jeden Abend legte sie einen Taler zu der Kröte in die Schachtel, und am andern Morgen konnte sie stets zwei Taler herausnehmen. Nachdem sie auf diese Art zu einem schönen Vermögen gekommen war, suchte sie das Geldmännlein zu verschenken; allein sie brachte es nirgendwo unter und starb endlich, ohne es losgeworden zu sein. Da füllte sich gleich nach ihrem Tode das Haus mit schwarzen Katzen, deren eine bei der Leiche sitzen blieb, bis sie aus dem Hause war. Hierauf tobten die Katzen im Haus umher. Da sie auf keine Weise hinausgebracht werden konnten, wurde es endlich von seinen Bewohnern verlassen. Viele Jahre stand es leer. Dann wurde es neu renoviert, und seitdem sind die Katzen verschwunden.

1029.

DER HUNNENFÜRST MIT DEM GOLDENEN KALB

Bei einem Einfall nach Deutschland kamen die Hunnen nach Schlatt, zerstörten das Frauenkloster bei dem Heilbrunnen und den größten Teil des Dorfes. Zwischen Schlatt und dem Rheine stießen sie aber auf das Heer der Deutschen und erlitten eine völlige Niederlage. Ihr oberster Anführer fiel in der Schlacht. Er wurde von den Hunnen in einen goldenen Sarg gelegt, den ein silberner und diesen wiederum ein hölzerner umschloß. Man hat den Leichnam dann mit seinen beigegebenen Schätzen und einem lebensgroßen goldenen Kalb drei Stunden von der Hochstraße entfernt beerdigt. Über dem Grabe errichteten die hunnischen Krieger einen mächtigen Hügel und rechts und links davon, in geringen Entfernungen, je einen kleineren, damit die Feinde nicht wissen sollten, wo der Fürst begraben sei. Noch immer hat man ihn samt seinen Schätzen nicht gefunden. Auf dem Schlachtfelde läßt sich in manchen Nächten Kampfgeschrei und Waffengetöse unsichtbarer Streiter hören.

1030.

VERSCHONUNG VON DER PEST

Als Deutschland wieder einmal von der Pest heimgesucht wurde, wütete sie auch in Breisach. Sie begann in der Unterstadt, ergriff Haus um Haus und dehnte sich schließlich gegen die Oberstadt aus. Schon war die schreckliche Seuche bis zur halben Bergeshöhe angestiegen, als sie plötzlich innehielt und das übrige Breisach verschonte. Über dem Windbruchtor oder Bürgerturm, neuerdings auch Hagenbachturm genannt, erschien urplötzlich an der Seitenwand eines Hauses auf einem hinteren Mauerabsatz ein heiliges Haupt nebst einer Hand. Niemand konnte sich diese Erscheinungen erklären, aber alle waren überzeugt, daß nur durch sie der Pestilenz Einhalt geboten worden war. Inzwischen sind schon einige Jahrhunderte verflossen, die Bilder aber befinden sich noch immer an der alten Stelle.

1031.

KUCHENHÄNSLE

Der Kuchenhänsle war Burgherr zu Staufen und die Plage seiner Untertanen. Häufig ließ er diese an den Pflug spannen und bis Altbreisach ackern. Auf die Jagd war er so erpicht, daß er selbst an Sonn- und Feiertagen nicht auf sie verzichtete. Ein Krozinger Acker, auf dem er bei der Jagd gern seine Mahlzeiten einnahm, heißt noch jetzt der Küchen- oder Kuchengarten. Zur Beichte und Kommunion ging der Burgherr nie, und als er es doch einmal mußte, nahm er die heilige Hostie aus dem Munde, hängte sie an einem Baume auf und durchschoß sie.

Endlich empfing er seinen Lohn, indem er vom Zimmer Peter in Staufen, dessen junge Frau er verführen wollte, mit der Axt erschlagen ward. Seitdem spukt er bei Tag und Nacht in der Gegend. Von einer Meute Jagdhunde umgeben, reitet er bald auf einem dreibeinigen Schimmel, bald fährt er in einer mit vier Rappen bespannten Kutsche, die von einem schwarzen Mann gelenkt und von zwei schwarzen Reitern begleitet wird. Pfeilschnell gleiten die Pferde dahin, es ertönt der Ruf des Kutschers, das Getrappel der Rosse, das Gerassel des Wagens und das Gebell der Hunde.

1032.

IBENTAL

In dem Tal, das von Burg herauf nach St. Märgen zieht, war vorzeiten keine Kirche. Daraus ergaben sich für die Bewohner viele Unannehmlichkeiten, und es wurde daher beschlossen, eine Kirche zu bauen. Nur über den Platz konnten sie sich nicht einig werden. Die Leute des oberen Tales wollten sie dort, die des unteren bei sich haben, und so stapelten sie nun auch das gefällte Bauholz, die einen im oberen, die anderen im unteren Tal. Bei einer Zusammenkunft schlugen einige vor, die Kirche in der Mitte des Tales zu bauen, aber gegen diesen Vorschlag waren diejenigen, welche an den Enden des Tales wohnten. Spät in der Nacht trennten sich die Leute mit dem Entschluß, gar keine Kirche zu errichten.

Am nächsten Morgen lag aber das Bauholz nicht mehr an den alten Stellen, sondern beisammen auf dem Lindenberg in der Mitte des Tales. Jeder Teil hielt dies für einen Streich des andern, obwohl offensichtlich war, daß dieser unmöglich das Holz in einer halben Nacht an die jetzige Stelle schaffen konnte. Um es wieder an die alten Plätze zu bringen, was jetzt geschah, brauchte jeder Teil für sein Holz einige Tage. Als sie damit fertig waren, lag das Holz nach der folgenden Nacht wieder auf dem Lindenberg. Da wurde nach dem Rat der Mönche von St. Peter das Holz nochmals zurückgeschafft und dabei ein Zimmergeselle als Nachtwache aufgestellt. Um ja nicht einzuschlafen, fing dieser an zu rauchen, aber trotzdem fielen ihm die Augen zu. Als er sie wieder aufschlug, lag er, die brennende Pfeife im Mund, mit allem Bauholz auf dem Berg. Da auf dem Platz eine große Linde stand, die tags zuvor dort nicht gestanden hatte, erkannte man endlich den Willen Gottes und baute dort die Kirche Maria-Linden, jedoch ohne dabei einen Geistlichen anzustellen. Wegen dieses Mangels mußte der Gottesdienst von St. Peter aus versehen werden; das führte aber zu manchen Unbequemlichkeiten, so daß die Kirche nach einiger Zeit nicht mehr gebraucht wurde.

Zur Strafe dafür brachen drei Jahre nacheinander im Tale Seuchen aus, die zuerst alles Hornvieh, dann die Pferde und zuletzt die Schweine und Schafe wegrafften. Größer noch wurden die Drangsale, als man die Kirche dann abbrach und ihre Geräte mit dem Gnadenbild der Mutter Gottes nach Eschbach verkaufte.

1033.

SCHÜTZEN-KLAUS

Der Schützen-Klaus war Jäger im Bezirk von St. Peter. Aus übertriebener Sorgsamkeit für den Wald verbot er den Leuten, Geißen zu halten. Um zu kontrollieren, ob sie sein Verbot befolgten, ging er nachts an die Häuser und meckerte wie eine Ziege. Wenn nun Geißen im Stalle waren, so erwiderten sie sein Gemecker, und er nahm die Leute dann in Strafe. Das nahm so überhand, daß die Leute ihm wünschten, er möge nach seinem Tode bis zum Jüngsten Tage meckernd umgehen.

Seit seinem Tode spukt er nun im Jagdanzug, in dem er mit zwei Hunden umgeht und meckern muß. Nach der Abendglocke hat er manchen schon irregeführt oder mit Steinen beworfen. Andere wieder, die ihn verspotteten, indem sie sein Meckern nachahmten, packte er und warf sie den Berghang hinab.

1034.

RUCHTRAUT VON ALLMENDSHOFEN

In alten Zeiten lebte in dem Dorfe Allmendshofen bei Donaueschingen ein Rittergeschlecht, das reichen Besitz in der ganzen Umgebung besaß. Einer der Ritter hatte eine Tochter, die sehr fromm war. Ihre Frömmigkeit ging so weit, daß sie sich nachts von ihrem Lager erhob, um noch vor Tagesanbruch den Frühgottesdienst in der drei Stunden entfernten Kirche von Mistelbrunn nicht zu versäumen. Damals aber war die ganze Gegend mit Wald bedeckt. Als sie das erstemal den Wald betrat, stand ein Hirsch mit siebzehn Enden vor ihr. Auf jeder Zacke seines Geweihs brannte ein Licht, und er geleitete Ruchtraut durch das Dunkel des Waldes bis zur Kirche von Mistelbrunn. Das geschah, ob es Winter oder Sommer war; immer geleitete der Hirsch sie auf ihrem Waldweg zur Kirche. Als nun die Zeit ihres Todes kam, bat sie die Ihren, sie dort zu begraben, wo es Gottes Wille sei. Also legte man nach ihrem Hinscheiden den Totenbaum auf einen Wagen und ließ ihn durch zwei des Joches ungewohnte Stiere ziehen, wohin diese wollten. Die ganze Gemeinde folgte dem Wagen, und die Tiere zogen den Wagen durch den Wald zur Kirche von Mistelbrunn. Hier hielten sie an und ließen sich nieder. Ruchtraut aber wurde in der Kirche beigesetzt. Ein Votivbild in der Kirche erinnert noch an sie.

1035.

DAS ROCKERTWEIBCHEN

Nach dem Tode eines Grafen von Eberstein sprach dessen Witwe den Rockertwald bei der Murg sich zu eigen an, obwohl er Eigentum der Gemeinden Scheuern, Hilpertsau und Reichental war. Es wurde daher ein Gericht einberufen, vor dem die Gräfin an einem Platz im Wald beschwören sollte, daß er ihr gehöre. Da sie das wahrheitsgemäß nicht behaupten konnte, bediente sie sich einer List. Sie versteckte in dem Federbusch ihrer Haube einen Löffel oder Schöpfer, tat in ihre Schuhe Erde aus ihrem Burggarten und schwur dann vor dem Gericht: »So gewiß der Schöpfer über mir ist, so gewiß stehe ich auf eigenem Grund und Boden!« Daraufhin ward ihr der Forst zuerkannt; aber sie starb nach wenigen Tagen und geht seitdem, zur Strafe für ihre Lüge, in der Gegend um, besonders im Rockertwald und auf der angrenzenden Gättelwiese. Sie wird das Rockertweibchen genannt und wird oft mit einem Bund Schlüssel und in der schwarzen Trauerkleidung, die sie seit dem Tode ihres Mannes trug, gesehen. Zuweilen fährt sie in einer vierspännigen Kutsche, gewöhnlich aber geht sie zu Fuß, wobei sie manchmal von vielen Hunden begleitet ist, mit welchen sie das Wild hetzt. Öfter schreit sie wehklagend: »Hu, hu!« Mädchen, die Laub oder Gras holten, hat sie schon die Körbe aufgeholfen; binnen Jahresfrist aber waren die Mädchen tot.

Ein Schneider aus Obertsrot hörte nachts beim Heimgang von Lautenbach die Gräfin rufen und fing an, sie laut zu beschimpfen. Da faßte sie ihn am Arm und führte ihn gewaltsam durch Hecken und Stauden auf den Lautenfelsen. Hier mußte er dann bis zum Morgen bleiben und warten, bis er von Vorbeigehenden herabgeholt werden konnte.

Andere Leute, welche das Rockertweibchen beleidigten, hat sie in einen Gumpen oder Weiher getaucht oder sich ihnen auf den Rücken gesetzt und sich auf den Berg hinauf und hinab bis an den Bach tragen lassen, wo sie dann, wie ein Maltersack, ins Wasser fiel.

In einer regnerischen Nacht kam sie im Rockert zu drei Wilderern, die an einem Feuer saßen, und wollte an der Wärme ihre nassen Kleider trocknen. Da rief einer von ihnen: »Pack dich fort!«, aber im gleichen Augenblick war er von ihr ergriffen und durch dick und dünn fortgeschleift bis zum Tagesgrauen, so daß er, von Dornen zerkratzt, vier Stunden von dem Wald entfernt in Ohnmacht aufgefunden wurde.

Manche Wanderer hat sie schon irregeführt, aber auch manchen Verirrten wieder auf den rechten Weg gewiesen. Nicht jedes Jahr läßt sie sich sehen; aber wenn sie erscheint, dann gibt es in diesem Jahr Frucht und Heu in Hülle und Fülle.

1036.

DER RETTENDE HUND

Als einst der Felsenmüller von Ehrenstetten nachts mit einem vollen Geldgurt nach Hause ging, wurde er im Wald bei Kirchhofen von drei raubsüchtigen Spitzbuben angefallen. In demselben Augenblick fing sein Hund in der über eine Stunde entfernten Mühle so auffallend stark an zu rasen, daß die Knechte ihn von der Kette losmachen mußten. Schnurstracks rannte er nun seinem Herrn zur Hilfe, riß zwei der Räuber nieder und jagte den dritten in die Flucht. Wegen dieser wunderbaren Errettung ließ der Müller auf dem Platze eine Tafel errichten, worauf das Auge Gottes abgebildet ist mit der Inschrift: »Gott ist überall zugegen, wie in offenen Landen so in düstern Wäldern!«

Die Tafel ist noch an ihrer Stelle zu sehen, die nach ihr der Tafelplatz genannt wird.

1037.

DER HAUSGEIST RÜDI

Das Pfarrhaus zu Obereggenen im Markgräflerland ist fast 200 Jahre alt. Das frühere stand nicht an diesem Platz, sondern in dem Garten, den man jetzt Rüdigarten nennt. Der Pfarrer, der darin wohnte, hatte viele Jahre lang keine Ruhe vor einem Hausgeist, der darin auf allerlei Weise sein Unwesen trieb. Deshalb beklagte sich der Hausherr bei dem Abt von St. Blasien, dem die Pfarrei unterstand, er wolle eine andere Wohnung haben. Der Abt hörte aber nicht darauf, und so baute sich der Pfarrer endlich ein eigenes Haus, um den Geist los zu werden. Das half, und der Geist zog nicht in das neue Haus ein. Nach dem Tode des Pfarrers kaufte der Abt der Witwe das Haus ab, ließ das alte niederreißen und aus dem Platz einen Garten machen, den man nach dem Geist den Rüdigarten nannte.

Bei den Leuten hieß der Geist nämlich Rüdi. Er war früher Kapuziner gewesen. Jetzt neckte er die Leute und verwandelte sich in mancherlei Gestalten. Oft erschien er als Knecht, und wenn er seine Arbeit verrichtete, so war sie immer gut getan. Die Dienstboten wußten, daß ihnen Rüdi allzeit behilflich war, wenn sie die Ernte in die Scheuer brachten. Er schleppte Wasser und Holz herbei, und man hätte sich über ihn in keiner Weise zu beklagen gehabt, wenn er es mit seinen Neckereien zuweilen nicht zu toll getrieben hätte. Wenn hin und wieder die Pfarrer aus der Nachbarschaft ihren Amtsbruder in Obereggenen besuchten, so konnte es geschehen, daß sie den Pfarrherrn doppelt sahen: einmal im Hofe, das war der Pfarrer selbst, und zum andern zum Taubenschlag herausblickend, das war Rüdi, der des Pfarrers Gestalt angenommen hatte. Wenn das Gesinde zu Nacht aß, so fing Rüdi manchmal an, das Kind zu wiegen, stürzte zuweilen auch nachts die Wiege um, ohne daß das Kind Schaden litt. Im Kamin machte er oft einen Lärm, der wie das Wirbeln einer Trommel klang. Er warf auch Nüsse, Erbsen, Bohnen auf den Boden, so daß die Leute ausglitten. Holte man Wein im Keller, so war Rüdi schon da und klopfte hinten ans Faß, so lange noch etwas darinnen war.

Einmal kam zum Pfarrer ein naher Vetter von der Universität, der hörte auch von dem Hausgeist. Der Pfarrer versicherte ihm, daß Rüdi ungefährlich sei, wenn man ihn in Ruhe ließe. Das machte dem Studenten Mut. Er nahm seinen Degen und begab sich in den Keller. Der Knecht ging hinter ihm her und blieb mit dem Licht an der Kellertür stehen. Der Student war halbwegs auf der Treppe stehen geblieben und rief höhnisch nach dem Geist. Rüdi war sofort zur Stelle und schlug dem Studenten mit flacher

Hand so stark auf die Backen, daß der Licht und Degen fallen ließ und die Treppe vollends hinabstürzte. Der Knecht brachte ihn zurück in sein Zimmer, wo er wieder zu sich kam.

Winters, wenn das Gesinde an den Abenden um den Ofen saß, so hörte man den Rüdi das Feuer schüren. Als nun der Pfarrer das neue Haus bezog, wollte niemand im alten zurückbleiben, denn der Geist war durch nichts hinauszutreiben. Beim Auszug ging die Pfarrerin zum letztenmal mit Knecht und Magd in das alte Haus, um die übrigen Sachen zu holen. Wie nun die Frau und die Dienstboten das leere Haus verlassen wollten, hing Rüdi in seiner Kapuzinerkutte am Türpfosten wie an einem Galgen, und sie mußten sich mühsam an ihm vorbeidrängen.

1038.

DIE DANKBARE SCHLANGE

Zu einem Viehhirten in Immeneich bei St. Blasien kam jeden Morgen und Abend zur Melkzeit eine große Schlange in den Stall, die auf dem Kopf eine goldene Krone trug. Die Magd gab ihr allemal warme Kuhmilch zu saufen. Als aber eines Tages die Magd den Dienst wechselte und die neue Viehmagd das erstemal melken wollte, fand sie auf dem Melkstuhl die goldene Krone liegen, auf der die Worte »Aus Dankbarkeit« eingeritzt waren.

Sie brachte die Krone ihrem Herrn, der diese dem aus dem Dienst getretenen Mädchen gab, für das sie auch bestimmt war. Seitdem ist die Schlange nicht mehr gesehen worden.

1039.

DER LENZKIRCHER URSEE

Am Fahrweg von Raitenbuch nach Fischbach, wo der »Tabaksbue« sein Unwesen treibt, erhebt sich über dem Ursee ein gewaltiger Fels mit einer kleinen Höhle. Die Höhle wird Bärenhöhle genannt, weil hier einmal Bären gehaust haben sollen.

Bei diesem See pflügte einst ein Bauer mit einem Joch prächtiger Ochsen, sein kleines Büblein machte den Treiber. Da wurden die Ochsen störrisch, und kein »Ho, hü« half da weiter. Da fluchte der Bauer: »Wenn eich allzsämme nu de Teifel hole tät!« Kaum hatte er so gesprochen, zogen die Ochsen wieder an und trabten schnurstracks ins Wasser, so daß sich der Knabe nur mit Müh und Not noch retten konnte. Vom Gespann sah man nichts mehr, bis nach einigen Jahren das Jochholz im Titisee ans Ufer geschwemmt wurde. Damit war bewiesen, daß zwischen dem Ursee und Titisee ein unterirdischer Gang besteht.

Am Ursee, dessen Wasser unermeßlich tief ist, hatten von jeher die Hexen ihren Tummelplatz. Hier trafen sie sich mit dem Leibhaftigen und beratschlagten, was sie in der nächsten Zeit auf den Höfen der Umgebung anstellen wollten. Noch jetzt kann man, besonders in der Walpurgisnacht, deutlich ihr Tun und Treiben beobachten.

1040.

DER TITISEE

Unterhalb der Seesteige stand in alter Zeit eine reiche Stadt mit einem Kloster. Als Reichtum und Verschwendungssucht so groß geworden waren, daß man die Brotlaibe aushöhlte, die Brosamen dem Vieh verfütterte und in der Kruste wie in Schuhen umging, da versank die Stadt in die Erde, und an ihrer Stelle entstand der Titisee. In seiner Tiefe wird bei hellem Wetter die Turmspitze des Klosters wieder sichtbar, und an stillen Sonntagsmorgen tönen die Glocken der versunkenen Stadt herauf. Man sagt, wenn einst das Kloster vom nahen Friedenweiler versinke, dann werde aus dem Titisee das alte Kloster wieder heraufsteigen.

Vor vielen Jahren begann der See auszubrechen. Da kam in der Nacht eine alte Frau, verstopfte unter beschwörenden Worten die Öffnung mit ihrer weißen Haube und verhinderte den Ausfluß. Von der Haube aber verfault jedes Jahr ein Faden, und wenn der letzte Faden geschwunden ist, bricht der See aus und überschwemmt die ganze Umgebung.

Nachdem schon manche vergebens versucht haben, die Tiefe des Sees zu ergründen, fuhr endlich einmal ein Mann auf einem Kahn in die Seemitte und warf an einer fast endlosen Schnur das Senkblei aus. Schon waren achtzig Spulen Faden im Wasser und noch genug zum Abwickeln vorhanden, da rief eine fürchterliche Stimme:

»Missest du mich,
so verschling ich dich!«

Vor Schrecken ließ der Mann nun von seinem Unternehmen ab, und seither hat es niemand mehr gewagt, die Tiefe des Sees zu erforschen.

1041.

VERSETZTER GRENZSTEIN

Vor vielen Jahren lebte in Kandern ein Mann, der trotz seines Reichtums so geizig war, daß er vor Unrecht nicht zurückschreckte. Er begab sich daher einmal mitten in der Nacht auf seinen Acker und fing an, einen Grenzstein auszugraben, um ihn in ungesetzlicher Weise zu versetzen. Er hatte ein weißes Hündchen bei sich, das dieses Unrecht nicht dulden wollte und in einem fort dagegen bellte. Aber der Mann kümmerte sich nicht darum, sondern setzte den Stein, nachdem er ihn herausgegraben hatte, eine schöne Strecke weit in des Nachbarn Feld hinein. Nach einigen Tagen und weil er noch nicht genug hatte, ging er abermals um Mitternacht an die Stelle, wo jetzt der Grenzstein stand. Dort traf er einen grauen Hund, dessen Gebell ihn nicht abschreckte, grub den Stein aus und versetzte ihn noch weiter in den fremden Acker. Als er zum dritten Male den Stein versetzen wollte, bellte ihn ein schwarzer Hund an und zerriß ihn in tausend Stücke, nachdem er angefangen hatte, den Stein auszugraben.

Als Gespenst muß der Mann nun um Mitternacht auf dem Acker umgehen. Dabei trägt er den schweren Grenzstein umher und ruft:

Wo leg ich ihn hin
mir zum Gewinn?

Viele Jahre war er so auf dem Acker erschienen, als einst ein Betrunkener des Weges kam und auf des Geistes Ruf antwortete: »Ei, leg ihn hin, woher du ihn genommen hast!« Da setzte das Gespenst den Stein auf den ursprünglichen Platz und war erlöst.

1042.

FRONFASTENWEIBER

In einer Fronfastennacht stellte sich ein Mann zu Kirchhofen unter die Linde hinter der Kirche, um die Fronfastenweiber vorbeireiten zu sehen. Bald darauf zogen sie auf ihren Besen vorüber; eine von ihnen aber ritt zu ihm hin, indem sie sagte: »Ich will einen Nagel dort in den Pfosten schlagen.« Im Nu steckte dem Mann ein schuhlanger Eisennagel im Kopfe. Er konnte ihn nur dadurch wieder herausbringen, daß er sich des andern Jahres in der gleichen Fronfastennacht abermals unter den Baum stellte. Da kam das Weib wieder zu ihm und zog den Nagel heraus.

Zum Andenken wurde der Kopf des Mannes in Stein ausgehauen und am Sigristhaus eingemauert, wo er noch jetzt zu sehen ist.

1043.

ERDLEUTE VON HASEL

Die große Tropfsteinhöhle bei Hasel wurde vorzeiten von Erdmännlein und Erdweiblein bewohnt und heißt davon Erdmännleinsloch oder Erdmannshöhle. Diese Leute waren sehr klein und hübsch und standen mit den Haslern in freundschaftlichem Verkehr. Manchmal aber nahmen sie auch den Bauern auf dem Feld Brot und Kuchen weg und legten dafür Steine aus ihrer Höhle hinzu, welche ganz das Ansehen von Gebäck hatten.

Später, als in Hasel große Sittenlosigkeit aufkam, ließen sie sich nicht mehr dort sehen, außer in einem Haus, dessen Bewohner gut und ehrlich geblieben waren. Dahin kamen eines Winterabends zwei Erdmännlein und baten den Bauern um Essen. Dafür versprachen sie, ihm ihr Bergwerk zu zeigen. Nachdem sie ihre Suppe bekommen hatten, nahmen sie den Bauer mit in die Höhle und führten ihn dann in das Bergwerk. In diesem waren viele tausend Erdleute mit der Gewinnung von Gold und Silber beschäftigt. Als der Bauer alles betrachtet hatte, wurde er mit einem Goldstänglein beschenkt und bis vor die Höhle zurückgeführt.

Von nun an kamen die Männlein jeden Abend in das Haus, um Suppe zu essen, die Erdleute hingegen nahmen den Mann stets mit in die Höhle und beschenkten ihn mit einer kleinen Goldstange. Hierdurch wurde er allmählich sehr reich, ohne daß jemand im Orte erriet, auf welche Weise. Nun trugen die Erdleute allesamt so lange Kleider, daß ihre Füße ganz davon gedeckt wurden. Auch verbargen sie diese auf das sorgfältigste. Daher kam es, daß der Bauer neugierig wurde und die Füße sehen wollte. Eines Abends streute er in seinen Hausgang feine Asche. Nachdem die Männlein darüber gegangen waren, konnte man deutlich die Fußstapfen erblicken. Sie ähnelten denen der Gänse. Als die Erdmännlein merkten, was geschehen war, kamen sie nie wieder in das Haus. Wahrscheinlich haben sie die Gegend ganz verlassen. Gleich nachher fiel der Bauer in eine langwierige Krankheit, welche immer schlimmer wurde. Zugleich büßte er immer mehr sein Vermögen ein und starb zuletzt in tiefer Armut.

1044.

BRENNENDE MÄNNER

Auf den Matten und Äckern des Wiesentales erscheinen in manchen Nächten brennende Männer, die zu ihren Lebzeiten Marksteine von Grundstücken betrügerisch versetzt hatten. Blitzschnell huschen sie von einer Stelle zur anderen. Den Leuten, die vorüberkommen, springen sie auf den Rücken und lassen sich fortschleppen. Einem Bauer aus Freiatzenbach, der mit einem Sack Mehl aus der Zeller Mühle heimging, setzte sich ein solches Gespenst auf den Sack. Der Bauer mußte es bis an seine Haustüre tragen. Zuletzt war es immer schwerer geworden. Als die Frau auf das Klopfen des Bauern die Türe öffnete, rief sie aus: »Was des Teufels hast du denn auf dem Sack?«. Da verließ das Gespenst den Bauer, der wohl wußte, daß er einen brennenden Mann auf dem Rücken hatte.

1045.

DER WILDE JÄGER AUS DEM WIESENTAL

Ein Mann aus Maulburg im Wiesental hörte einst den wilden Jäger, der beständig sein »Hu, hu!« hören ließ, im Walde jagen. Da kam es dem Manne in den Sinn, den wilden Jäger nachzuäffen und ebenfalls »Hu, hu!«

zu schreien. Plötzlich hörte er etwas rascheln, ein Knochen flog auf ihn zu, und der wilde Jäger rief:

»Hosch mer helfe jage,
muesch au helfe nage!«

Seit der Zeit ist der Mann krank geworden und langsam an der Auszehrung gestorben.

1046.

DER LEHLIFOZEL

Auf dem Hotzenwald ging einmal im Sommer eine Frau in den Wald und suchte Beeren. Sie war gerade auf einem verwachsenen Waldweg, der schon lange nicht mehr benützt wurde. Während sie eifrig Beeren pflückte, hörte sie plötzlich in ihrer Nähe unter Peitschenknallen und Hü und Hott ein Fuhrwerk fahren. Obwohl das Geräusch immer näher kam, sah sie doch nichts. Doch auf einmal wurde sie mit Gewalt ein Stück weit in den Wald geschleudert, ohne daß ihr etwas geschah. Das kam von dem Lehlifotzel.

Der lebte vor langer Zeit als betrügerischer Holzhändler auf dem Hotzenwald. Wenn er so durch den Wald fuhr und an einer Holzbeige vorbeikam, so stieß er mit dem Wagen an die Beige, daß sie übereinanderstürzte. Alsdann nahm er von dem Holz und lud es auf seinen Wagen. So stahl er mit der Zeit eine Menge Holz zusammen. Dafür mußte er nach seinem Tode vom Hotzenwald bis nach Basel umgehen. Er fährt dann auf einem zweirädrigen Wagen die gleichen Wege ab, die er einst zu Lebzeiten benutzt hatte. Manche Leute sehen ihn nur, andere hören ihn auch. Er hat verschiedene Namen. Auf dem Hotzenwald heißt er Lehlifotzel, weiter unten Pfaffejockeli.

1047.

DIE SCHÖNAUER GLOCKE

Für das Münster zu Basel und die Kirche zu Schönau im Wiesental wurden die gleichen Glocken gegossen, und beide klangen gleich schön. Da sollen die Basler einst einen Gesandten des Papstes fortgejagt und, als er wieder kam, in den Rhein geworfen haben. Zur Strafe kam ein Erdbeben über Basel, das auch den Glockenturm erschütterte, so daß ein Teil davon samt der schönen Glocke, die Lucia hieß, in den Rhein stürzte.

Da wollten die Basler die Schwester ihrer versunkenen Glocke haben, um so mehr, als man ihren herrlichen Glockenton in Basel auf der Rheinbrücke vernehmen konnte. Sie zogen also nun hinüber in den Schwarzwald und nahmen zu Schönau die Glocke weg, brachten sie aber nur bis zum roten Kreuz. Hier mußten sie die Glocke stehen lassen und unverrichteter Dinge abziehen. Die Schönauer hängten ihre Glocke schnell wieder auf, und die Basler konnten noch hören, wie sie ihnen das Geleit läutete:

»Mi Schwester Luci,
lit zu Basel im Rhin;
sie wird nimmi usecho,
bis Basel katholisch wird si.«

Die Schönauer Glocke hütet auch vor Hagel und Sturm, wie man aus ihrer Inschrift entnehmen kann:

»Susanne heiß i,
die schwere Watter weiß i,
zieh mi bi Zite a,
daß i die schwere Watter verdribe cha!«

1048.

FEURIGER MANN WIRD ÜBERGESETZT

Ein Laufenburger Schiffer namens Joseph Zimmermann fuhr eines Abends spät mit seinem Nachen von Säckingen heimwärts. Als er dem Landeplatz gegenüber war, sah er den jenseitigen steilen Rain herunter einen feurigen Mann kommen, sich dem Ufer nähern und fortwährend winken und andeuten, er möge ihn herüberholen. Der unerschrockene Schiffer fuhr hinüber, nahm den Mann auf den Vorderteil des Weidlings und ruderte ihn an das andere Ufer. Dort wollte der Mann ihm beim Aussteigen die Hand reichen. Allein der Schiffer, der wohl wußte, daß es dann um ihn geschehen wäre, reichte dem Feuermännlein statt der Hand das Ruder, in das der Feurige nun alle fünf Finger einbrannte. Selbst da, wo er im Schiffe gesessen hatte, hinterließ er eine angebrannte Stelle.

1049.

DIE DREI HERRENBERGER GRAFEN

Da, wo der Schönbuch gegen das Gäu und den Schwarzwald hin ausläuft, liegt die Stadt Herrenberg. Über der Stadt steht das Schloß. Dort hausten einst drei Grafen. Die hatten ein wildes, wüstes Leben geführt und mußten deshalb nach ihrem Tode geistweis umgehen. Man hörte sie als Jäger im Walde toben und ihre Hunde hetzen. Öfters sah man sie auf einem Fuhrwerk ausfahren, das mit vier Katzen bespannt war. Regelmäßig ging es vom Herrenberger zum Ehninger Schloß wie der Wind über Stock und Stein, in Saus und Braus. Hinter dem Herrenberger Schloß im Wald liegt auch ein Platz, auf dem die Hexen zum Tanz zusammenkommen.

1050.

DAS MÜNCHINGER WEIBLEIN

Auf dem Weg zwischen Münchingen und Bonndorf geht das kopflose Weiblein – es hat den Kopf unterm Arm. Es tut niemand etwas zuleide, es geht nur so neben den Leuten her. Will man es sich aber vom Leibe schaffen oder schilt man es gar, so springt es einem auf die Schultern oder führt die Leute irre. Bei der Kapelle zwischen Münchingen und Bonndorf verschwindet es. Das Weiblein soll zu seinen Lebzeiten seinen Mann umgebracht haben, um einen andern heiraten zu können. Deshalb muß sie zur Strafe geistern, bis ein Jüngling, der nachts um zwölf Uhr an Walpurgis geboren wurde, sie an seinem 20. Geburtstag erlöst.

1051.

DER SCHWÄBISCHE RIESE EINHEER

Zu Zeiten Karls des Großen lebte ein gewaltiger Riese, der unter dem Kaiser zu Pferd diente und Einheer hieß, weil er allein soviel Kraft hatte und soviel vermochte, wie ein ganzes Heer. Dieser Riese stammte aus dem Thurgau, einem Landstrich am Bodensee, der ehedem zu Schwaben gehörte. Er watete durch alle Flüsse, ohne eine Brücke zu benutzen, zu Fuß und zog sein Roß hinter sich her. Wenn das ihm nicht durchs Wasser folgen wollte, dann sagte er wohl im Scherz: »So wahr mir Gott helfe, Gesell, du mußt mir folgen auch wider deinen Willen.« In den Kriegen Karls des Großen gegen die Wenden und Hunnen mähte der Riese Einheer mit seinem Degen die Feinde wie Gras nieder, hing sie an seinen Spieß und trug sie wie kleine Vögel auf der Leimrute auf seiner Schulter. Und wenn ihn dann, als er heimkehrte, die Leute nach ihrer Gewohnheit fragten, was die Feinde doch für Leute seien und was man im Krieg gegen sie ausgerichtet habe, so sagte er voll Unwillen: »Was soll ich von den Fröschlein sagen? Ich habe ihrer oft sieben, bisweilen auch mehr an meinen Spieß wie an einen Bratspieß gesteckt und auf der Achsel getragen, daß sie quakten, ich weiß nicht wie. Es war nicht der Mühe wert, daß unser Kaiser mit so großen Unkosten wider solche Würmlein einen Feldzug unternahm. Man hätte das viel leichter und billiger ausmachen können.«

1052.

TEUFELSHAND IM STEIN

Die Brücke über den Schussen in Ravensburg wurde gebaut. Der Baumeister schloß einen Bund mit dem Teufel; die erste Seele, welche die Brücke passiere, gehöre ihm, wenn er ihm beim Bauen helfe. So geschah es, und bald stand die Brücke. Da ließ der Baumeister einen Hahn hinüberspazieren. Der Teufel war darüber so erbost, daß er einen gewaltigen Stein auf die andere Seite des Schussen warf. In den Stein drückte sich seine Krallenhand ein. Er lag lange Zeit in der Nähe der Brücke.

1053.

DIE WETTERGLOCKE IN WEINGARTEN

In Weingarten hängt eine große Glocke. Drei Mann braucht man, um sie zu läuten. Die St. Galler wollten sie einmal kaufen. Sie boten so viel Kronentaler, als man von St. Gallen nach Weingarten aneinander legen könnte. Die Weingarter gaben die Glocke nicht her. Da kamen die von St. Gallen, stahlen die Glocke und brachten sie bis Friedrichshafen, dann aber keinen Schritt weiter. Unterdessen schlug das Wetter in Weingarten alles zusammen. Die St. Galler hätten die Glocke deswegen so gern gehabt, weil, sooft man in Weingarten die Glocke zog, die Gewitter von Weingarten weg alle in die Schweiz zogen.

1054.

GESPENSTISCHE HUNDE

In der Tettnanger Gegend wissen die Leute viel vom Klushund zu erzählen. Man sieht ihn nachts feurig an den Ufern des Sees bis nach Bregenz hinfahren. Seine Zeit ist in den heiligen Nächten.

Bei Untermarchtal ging vor Zeiten in den heiligen Nächten ein feuriger Hund um. Er lief hinter den Leuten her und sprang zuletzt an ihnen hinauf.

Zwischen Schemmerberg und Altheim ging der sogenannte Brühlhund um, der den Leuten gern auf dem Rücken saß und sich tragen ließ.

1055.

DIE WEISSE FRAU BEI GIESSEN

In der Nähe des Schlosses Gießen, das in dem gleichnamigen Weiler nicht weit von Tettnang liegt, zeigte sich den Knechten oft, wenn sie auf dem Felde arbeiteten, eine wunderschöne weiße Frau. Sie brachte ihnen Brot und allerlei Gutes zu essen und reichte ihnen außerdem dazu silberne Messer und Gabeln. Sie war sehr freundlich, und die Knechte unterhielten sich gern mit ihr. Einmal jedoch stahl ihr einer der Knechte ein silbernes Messer. Seitdem ist sie nicht wiedergekommen.

1056.

DAS KRUZIFIX AUF DER MAINAU

Als die Schweden die Insel Mainau im Bodensee eingenommen hatten, luden sie das Kruzifix und die beiden Schächer aus Erz, welche nahe der Insel im See standen, auf einen Wagen und fuhren damit fort. Aber bei Lützelstetten blieb der Wagen plötzlich stehen und war nicht mehr von der Stelle zu bringen, obgleich die Schweden zuletzt zwölf Pferde davor gespannt hatten. Sie ließen ihn daraufhin mit seiner Ladung stehen. Einige Bauern führten den Wagen wieder zurück. Sie hatten nur zwei Pferde vorgespannt, und der Wagen lief wie von selbst. Sie stellten das Kruzifix nebst den Schächern am alten Platz wieder auf.

1057.

DER WIEDERGEFUNDENE DOMSCHATZ

Als die Stadt Konstanz eine Zeitlang den zwinglianischen Glauben angenommen hatte, wurden alle Kleinodien und Kirchengeräte in eine Truhe zusammengeschüttet und an einem geheimen Ort im Kreuzgang vergraben. Das dauerte so an die zwanzig Jahre, und kein Mensch wußte mehr etwas davon. Nun lebte noch ein Domherr, Herr Melcher von Bubenhofen, dem ist in einer Nacht der Ort im Kreuzgang, wo die Heiligtümer verborgen lagen, im Traum ganz deutlich erschienen. Er erzählte davon im Kapitel und setzte durch, daß danach gegraben wurde. Man fand auch wirklich die Truhe und in ihr den Domschatz wieder.

1058.

MEERSBURG

Meersburg am Bodensee steht nach der Sage auf dem Wasser. Nur eine dünne Erdschicht trennt die Straßen und Plätze vom Wasser. So wollte einmal jemand einen Brunnen graben, da aber brach das Seewasser aus der Tiefe hervor. Kommt einmal ein großes Erdbeben, dann fällt Meersburg ins Wasser.

1059.

SPUK AM KILIWEIHER

Etwa eine halbe Stunde vom früheren Kloster Salem entfernt liegt der Kiliweiher mit einer Insel, auf der sich ein Jägerhaus mit Kapelle befindet. Dicht am Ufer des Weihers zieht sich die Landstraße hin. Oft wurden hier nachts Lichter gesehen, die auf dem Wasserspiegel tanzten, besonders in der St.-Andreas- und St.-Nikolaus-Nacht. Dann konnte es geschehen, daß Leute, die um diese Zeit am Kiliweiher vorübergingen, neben sich schwarze Gestalten sahen, die sie bis an das Ende des Weihers begleiteten.

Manchen Personen gesellte sich auch ein schwarzer Mann ohne Kopf zu, mit einem Stecken in der Hand, der wieder verschwand, wenn sie am Weiher vorbei waren. Oder ein Wanderer spürte im Vorübergehen plötzlich eine schwere Last auf seinem Rücken. Einmal schritten zwei Männer längs des Ufers hin; da war es dem einen, als ob er zu Boden gedrückt würde. Er stöhnte, fing an zu schwitzen und konnte nicht weiterkommen. »Komm doch!« rief ihm sein vorangehender Gefährte zu, »komm in Gottes

Namen!« Da war derselbe von seiner Last mit einem Schlag befreit und konnte erleichtert weitergehen.

1060.

DAS GRAB DES HUNNENKÖNIGS

Im Überlinger Wald Sigmundshau steht in der Nähe des uralten Hofes Höllwangen ein kegelförmiger Berg, der von einem Erdwall umgeben ist. Wenn man auf dem Gipfel des Berges steht, tönt es im Berginnern, als ob der ganze Berg hohl wäre. In diesem Berg liegt das Grab des Hunnenkönigs. Der Leichnam ruht in einem Diamantsarg, der wieder von einem goldenen Sarg umgeben ist; der goldene Sarg aber befindet sich in einem silbernen Sarg, der silberne in einem kupfernen, dieser in einem zinnernen; dann folgt ein eiserner und zuletzt ein eichener Sarg. So ist die Leiche des Königs in sieben Särgen verwahrt. Niemand aber kann die rechte Stelle finden, obgleich schon da und dort nachgegraben wurde.

1061.

DER GEIST DER GUNZOBURG

In der Oberstadt Überlingens, dem sogenannten Dorf, steht ein altes Haus, das die Burg heißt. Hier soll der Alemannenherzog Gunzo gewohnt haben. Eine Inschrift im Torbogen des Hauses lautet: »In dieser Burg residierte im Jahre 641 Gunzo, Herzog von Schwaben und Alemanien.«

In früheren Zeiten erschien den Hausbewohnern bisweilen ein großer, über sechs Fuß hoher schwarzer Ritter mit geschlossenem Visier. Er kam plötzlich und verschwand ebenso wieder. Er begegnete auch manchen Leuten hinter dem Haus im Burggäßchen, verfolgte sie und warf sie in den Stadtgraben hinab. Als aber unter die Dachtraufe an der unteren Hausecke gegen das Gäßchen zu ein Kreuz unter einen Haufen Ziegelsteine gelegt worden war, konnte der Geist nicht mehr herunterkommen. Im Hause jedoch zeigte er sich noch von Zeit zu Zeit. So kam er abends einmal in das

Zimmer, wo die Frau des Hausherrn bereits im Bette lag. Die Tür öffnete sich geräuschlos, ein gewaltiger schwarzer Ritter mit unkenntlichem Gesicht trat herein, in der Hand ein Kohlengefäß, aus dem die Feuerfunken sprühten. Nachdem er im Zimmer umhergegangen war, beugte er sich über das Bett und schüttete das Becken über dem Bett aus, so daß die glühenden Kohlen auf die Bettdecke fielen und dort liegen blieben. Sie richteten jedoch nicht den geringsten Schaden an. Die Frau aber gebar bald darauf ein Kind mit schwarzen Brandmälern.

1062.

UNTERIRDISCHE SCHÄTZE

Überlingen war einst eine freie Reichsstadt und wohlversehen mit Türmen, Mauern und Gräben. Manch alter Turm steht noch, manche Überreste der einstigen Schutzmauer sind noch vorhanden. Mitunter trifft man auch eingefallene Gewölbe oder zugemauerte Tore, die dereinst in unterirdische Gänge führten, deren es viele gab; denn die einzelnen Festungstürme sollten so mit anderen wichtigen Stellen der Stadt Verbindung haben. Am Barfüßertor in der Nähe der Bestlemühle war ebenfalls eine Maueröffnung, die zu einem Gang führte, durch den man in die ehemalige Burg des Alemannenherzogs Gunzo gelangen konnte. Andere Gänge sollen sich bis hinab zum See erstrecken. In diesen Gängen seien seit undenklichen Zeiten ungeheuere Schätze angehäuft worden, und zwar in solcher Menge, daß die Stadt, wenn sie dreimal verbrennen sollte, dreimal wieder aufgebaut werden könnte. Nur der Rat der Stadt kannte die Stellen, wo die Schätze lagen.

1063.

DER MINKREITER BEI BAMBERGEN

Die alte Straße von Überlingen über Lippertsreute ins Salemertal führt in der Nähe von Bambergen durch den Wald gegen den Schönbucheshof und wird hier von einem Waldweg gekreuzt. Dieser Weg heißt der Minkweg. Der Name rührt von einem Förster her, der in diesem Waldgebiet die Waldarbeiter und Holzhauer schwer gedrückt hat. Außerdem soll er unablässig greulich geflucht und gotteslästerliche Redensarten im Munde geführt haben. Deshalb mußte er nach seinem Tode als Reiter auf einem Schimmel umgehen. Manchmal hört man den Minkreiter im Walde fluchen und krakeelen. Gern auch führte er die Leute in die Irre, daß sie schließlich da wieder aus dem Wald herauskamen, wo sie hineingegangen waren. Mitunter machte er auch die Pferde scheu, daß sie gar den Wagen umwarfen.

Ein Bauer fuhr einmal nachts mit zwei Pferden in den Wald. Da hörte er in der Nähe Rossegewieher und hielt an, um das Fahrzeug oder den Reiter herankommen zu lassen. Aber es rührte sich nichts, obwohl das Gewieher weiterdauerte. Da fürchtete er, es sei der Mink, und machte, daß er weiterkam.

Einst kam ein Knecht mit seinem Meister durch den Wald. Beim Minkweg rief der Knecht: »Mink, jetzt komm einmal!« Da stand plötzlich ein großer Mann neben ihm und gab ihm eine solch kräftige Ohrfeige, daß er zu Boden stürzte. Alles dies hat auch der Meister gesehen.

Vor mehreren Jahren marschierte ein Soldat bei Mondschein heimwärts durch den Wald und bemerkte auf einmal hinter sich einen großen schwarzen Hund, der ihm folgte und der stehen blieb, wenn er auch anhielt. Der Soldat hielt seinen Säbel bereit. Aber der Hund tat ihm nichts zuleide. Ja, er murrte nicht einmal, sondern folgte ihm bis auf die Höhe, wo der Minkweg die Landstraße schneidet. Hier verschwand der Hund plötzlich.

1064.

DAS GOLDENE KEGELSPIEL

Zwischen Sissenmühlen und Sipplingen zieht sich längs der Straße ein steiler, ziemlich hoher Bergrücken hin, der Abtsberg heißt. Eine Felsspalte dieses Berges soll in eine Höhle führen, in der sich ein goldenes Kegelspiel befindet, das durch ein großes, eisernes Gitter verwahrt ist. Schon mehrmals wurde versucht, das Kegelspiel zu holen; aber es ist noch niemandem gelungen. Nachts aber hört man manchmal, wie im Berg gekegelt wird. Das Rollen der Kugel und das Fallen der Kegel wird mitunter ganz deutlich wahrgenommen.

1065.

SPUK BEI LUDWIGSHAFEN

Zwischen Ludwigshafen am Bodensee und Bodman dehnt sich vom Seeufer bis gegen das Dorf Espasingen ein Landstrich aus, der den Namen Hangen führt und von der Stockacher Ach durchflossen wird. Über diesen Bach führt eine Brücke, die sogenannte Hutbrücke. Bei der Brücke soll ehedem ein Galgen gestanden haben. Deshalb ist es auch in dieser Gegend nicht ganz geheuer. Allerlei Spuk wird da getrieben.

Eines Abends wollte ein Knabe aus Ludwigshafen einmal auf einem der Nußbäume, die hier standen, Nüsse holen. Während er auf dem Baume saß, kam über das Feld her eine weiße Gestalt, in weißem Gewand und weißem Strohhut, ging dreimal um den Baum herum und dann wieder zurück über das Feld. Dem Knaben ward es unheimlich, er ließ die Nüsse im Stich, glitt von dem Baum herunter und rannte heim.

Ein andermal wollte nachts ein Jäger bei Mondschein aus einem Entenstand, den er hier errichtet hatte, Enten schießen. Aber statt der Enten sah er einen Fuchs über das Feld kommen. Der schlich am Ufer hin und her und ließ so die Enten nicht näher kommen. Da schoß der Jäger auf den Fuchs, der dann sogleich verschwand. Folgenden Tages erfuhr der Jäger, daß man im benachbarten Bodman einer alten Frau, welche allgemein als Hexe galt, Schrotkörner aus dem Leibe hat schneiden müssen.

1066.

GRAF ULRICH UND WENDELGARD

Zu Buchhorn am Bodensee wohnt Graf Ulrich, Herr im Linzgau. Als die Ungarn in Bayern einfielen, zog er den Feinden entgegen, wurde aber besiegt und als Gefangener nach Ungarn abgeführt. Seine Gemahlin Wendelgard aber, da sie glaubte, der Graf sei gefallen und werde nie mehr zurückkehren, zog sich nach St. Gallen zurück, entsagte allen weltlichen Gedanken, nahm den Schleier, verbrachte ihre Tage mit Fasten und Beten und tat den Armen viel Gutes.

Am vierten Todestage ihres Mannes kam sie nach Buchhorn und teilte, wie sie es gewohnt war, Almosen aus. Inzwischen jedoch war Ulrich aus der Gefangenschaft entkommen und befand sich an diesem Tage unerkannt unter den Bettlern, welche Wendelgard umringten. Auch er empfing von ihr ein Almosen. Dabei drückte er heftig ihre Hand, umarmte sie wider ihren Willen und küßte sie. Die Umstehenden machten Anstalt, den zudringlichen Bettler zurückzureißen und zu züchtigen. Da rief dieser: »Halte ein! Ich habe genug Schläge und Schmähungen ausgestanden. Ich bin Ulrich, euer Graf, den Gott aus der Gefangenschaft befreit und hierhergeführt hat!«

Da fiel es allen wie Schuppen von den Augen, und sie erkannten ihn. Wendelgard ließ sich vom Bischof Salomo von Konstanz ihres Gelübdes entbinden, legte das Nonnenkleid ab und hielt zum zweiten Male Hochzeit mit Ulrich. Dieser vermachte zum Zeichen seiner Dankbarkeit dem Kloster St. Gallen einige Güter.

1067.

DER GEIST BEI ESPASINGEN

Einst ritt der Abt des Klosters Petershausen im Herbst in den Hegau, um Geschäfte zu erledigen. Als er bei Espasingen über ein Moor reiten wollte, sah er, als eben der Tag anbrach, einen Menschen neben sich gehen, konnte ihn aber wegen des Nebels nicht recht erkennen. Der Abt war so in Gedanken vertieft, daß er des Mannes neben ihm nicht weiter achtete. Als sie nun beide bis fast zur Mitte des Moores gelangt waren, wo es am tiefsten ist, da ergriff der, der neben dem Abt ging, den Zaum des Rosses und führte es mit Gewalt bis zum äußersten Rand eines Weihers. Der Abt merkte immer noch nichts; aber als der Geist das Pferd, das plötzlich zu schnauben anfing, in das Wasser führen wollte, bemerkte der Abt die Gefahr. Deshalb schrie er laut: »Hilf, Herr Gott! Hilf, heiliger Gebhard!« Da verschwand der böse Geist, und der Abt war gerettet.

1068.

DAS NEBELMÄNNLE VON BODMAN

Vor Zeiten lebte zu Bodman ein Ritter namens Hans von Bodman. Der faßte eines Tages den Entschluß, auf etliche Jahre in die Heidenschaft zu reisen. Nach vielen und mancherlei Abenteuern gelangte er schließlich an ein großes Wasser oder Meer. Hier traf er ein kleines Männlein. Das sprach ihn an und führte ihn in eine Behausung, die ganz mit Gras und Laub bedeckt war. Dort ward er mit Essen und Trinken wohl gehalten. Dabei setzte es ihm mancherlei Wein vor. Darunter war ein Wein, von dem der Ritter sagte, wenn er jetzt daheim wäre zu Bodman, dann würde er meinen, es wäre Wein von seinen eigenen Reben. Das Männlein antwortete darauf, das treffe wirklich zu, der Wein sei Bodmaner Gewächs. Darüber verwunderte sich Hans von Bodman und wollte wissen, wie sein eigener Wein, der nicht gerade als einer der besten angesehen werden könne, so fern hierher in ein fremdes Land gekommen sei. Das Männchen sagte, er sei kein natürlicher Mensch, sondern der Nebel. Darum könne er von überall her Wein bekommen. Außerdem sagte er zu ihm, wenn er seine Weinreben zu Bodman in Zukunft vor Nebel und Schaden behüten wolle, dann solle er nie wieder gegen den Nebel läuten lassen. Sie schieden hierauf voneinander, und das Männlein riet ihm, er möge nun die Heimreise nach Bodman antreten, was der Ritter auch befolgte.

Während nun so der Ritter sich in der Fremde aufhielt und seine erwachsenen Kinder zurückgeblieben waren, da kamen die Tochtermänner und Schwäger samt ihren Weibern oft nach Bodman wie es nach dem Sprichwort heißt: Ist die Katze aus dem Haus, so tanzen die Mäuse.

So kamen sie auch einmal an St. Johanns Sonnwend auf die Burg: Herr Hans von Schellenberg, Heinrich von Blumeck und Gottfried von Krähen, jeder mit seiner Frau, alle Töchter des Hauses von Bodman. Sie wurden von ihrem Bruder und Schwager Konrad von Bodman wohl empfangen. Sie waren den ganzen Abend fröhlich und ausgelassen und ahnten nicht, was für ein Unglück sie treffen sollte. Nach dem Nachtisch fingen sie an zu tanzen und hatten allerlei Kurzweil miteinander, ließen sich auch nicht durch ein starkes Gewitter, das über dem Schloß heraufgezogen war, von ihren Vergnügungen abhalten. Auch als die Diener erschienen und ihnen von feurigen Kugeln und Strahlen über dem Schloß berichteten, machte das keinen Eindruck auf sie. Sie kehrten sich nicht daran und merkten auch nichts. Mit der einbrechenden Nacht aber schlugen Blitze und feurige Kugeln in das Schloß, so daß im ganzen Haus mit einem Schlag ein Feuer ausbrach. An eine Rettung war nicht mehr zu denken, da die Flammen überall tobten. Und so wenig sie vorher jede Vorsicht beachteten, um so mehr baten sie nun Gott um Gnade und Verzeihung und ergaben sich geduldig dem Tode. Das geschah im Jahre 1307.

Bald nach diesem Unglück kam der Ritter Hans von Bodman wieder ins Land. Er fand nur noch Trümmer der Burg vor. Er hat sie nicht mehr aufgebaut, sondern eine neue errichtet. Und von der Zeit an hat man in Bodman bis auf den heutigen Tag nicht mehr gegen den Nebel geläutet.

1069.

ST. PIRMIN

Als Pirmin die Insel Reichenau betrat, verließen die Scharen des giftigen Gewürms, als ob sie von einer unwiderstehlichen Kraft genötigt worden wären, fluchtweise die Insel. Drei Tage und drei Nächte lang war der See, durch den sie schwammen, so bedeckt von ihnen, daß kein Wasser mehr sichtbar war.

1070.

DIE NELLENBURG BEI STOCKACH

In der Zeit, als das Christentum bei uns noch kaum bekannt war, lebte in der Gegend um Stockach ein reiches heidnisches Mädchen namens Nella, dessen Eltern beide am gleichen Tag verstarben. Sie wurden in der Nähe der jetzigen Nellenburg begraben. Auf ihren täglichen Gängen zum Grab ihrer Eltern begegnete ihr ein junger Christ, Mangold geheißen, der Sohn eines vornehmen alemannischen Adligen. Beide verliebten sich ineinander und wurden Mann und Frau. Mangold unterwies seine Frau im neuen Glauben und Nella wurde Christin. Da, wo sie sich zum ersten Male getroffen hatten, entsprang plötzlich dem Boden eine Quelle. Mit ihrem Wasser taufte man Nella, und an dieser Stelle erbaute Mangold eine Burg, die er nach seiner Gemahlin Nellenburg nannte.

1071.

POPPELE AUF HOHENKRÄHEN

Auf dem Hohenkrähen nahe beim Hohentwiel lebte vor Zeiten Johann Christoph Popelius Mayer als Burgvogt. Er war klein und schwächlich von Gestalt, aber doch wild und unbändig und zu allerlei Untaten aufgelegt. Er wurde von einem Abte, dem er einst einen bösen Streich gespielt hatte, verflucht und muß nun seit seinem Tode als Geist umgehen. Die Leute nennen ihn nur den Poppele von Hohenkrähen.

Er hilft oft auf dem Bruderhof und tut alles, was sie ihm auftragen. Er holt Wasser und Holz für die Küche, wirft Stroh und Heu von der Bühne, füttert das Vieh und putzt die Pferde. Bei jedem Auftrag aber muß man stets sagen: »It ze litzel und it ze viel!«, sonst macht er Dummheiten und in allem das Gegenteil.

Zum Lohn muß man dem Poppele auch alle Tage mitdecken, ihm einen besonderen Teller hinstellen, und zwar immer den gleichen, und sagen: »Poppele iß auch mit!« Unterläßt man das, dann wirft er das Gedeck und alle Speisen durcheinander, bindet das Vieh im Stall los und lebt einem auf jede Weise zuleide. Ebenso muß man ihn einladen, wenn auf das Feld gefahren wird, und sagen: »Poppele, fahr auch mit!« Dann setzt er sich hinten auf das vorstehende Wagenbrett und fährt mit ins Feld. Wird er nicht eingeladen, so passiert dem Fuhrwerk bestimmt etwas.

Einst diente auf der Burg Hohenkrähen eine Magd. Die bekam jedesmal, wenn sie Kühe melkte und dabei etwas von der süßen Milch naschte, von unsichtbarer Hand eine Ohrfeige. Sie kündigte deshalb ihren Dienst auf. Als ihr Herr sie fragte, weshalb sie fort wolle, schwieg sie und wollte nicht so recht mit der Sprache heraus. Endlich gestand sie, daß sie sich beim Melken nicht länger wolle schlagen lassen. »Dann mußt du irgend etwas getan haben, was nicht recht ist, sonst hättest du keine Schläge bekommen.« Die Magd wollte zuerst davon nichts wissen, dann jedoch gestand sie ihre Schuld. »So laß nur das Milchtrinken!« sprach der Herr, »dann wird dir nichts wieder geschehen.« Die Magd befolgte diesen Rat, und seitdem hat sie keine Ohrfeigen mehr bekommen.

1072.

POPPELE NECKT EINEN MÜLLER

Zu einem Müller aus Radolfzell, der eines Abends vom Möhringer Fruchtmarkt heimfuhr, gesellte sich unter der Burg Hohenkrähen ein armselig gekleideter Wanderer und bat, bis Singen auf dem Wagen mitgenommen zu werden, was ihm der Müller auch bewilligte. Kurz vor Singen mußte der Müller einmal absteigen, wobei er mit Schrecken bemerkte, daß der Geldgurt, den er um den Leib trug, ganz leicht und leer geworden war. Argwöhnisch blickte er den Wanderer an, aber der sagte nur so nebenhin: »Ich habe das Geld nicht; geht einmal ein paar Schritte zurück, vielleicht findet Ihr es wieder.«

Da schaute sich der Müller um und sah im Mondlicht vor sich auf dem Weg einen Taler liegen; unweit davon fand er einen zweiten und einige Meter weiter einen dritten. Hierüber lachte der Wanderer laut auf und war plötzlich verschwunden. Da merkte der Müller, daß er es mit dem Poppele, dem Spukgeist von Hohenkrähen, zu tun hatte.

In Singen stellte er sein Fuhrwerk ein und ging suchend auf der Landstraße eine gute Stunde weit zurück. Da fand er nach und nach alle seine Taler, den letzten morgens um fünf Uhr, an der Stelle, wo er den Poppele auf den Wagen genommen hatte.

ÖSTERREICH

1073.

ANDREASNACHT

Es ist Glaube, daß ein Mädchen in der Andreas-Nacht, Thomas-Nacht, Christ-Nacht und Neujahrs-Nacht seinen zukünftigen Liebsten einladen und sehen kann. Es muß einen Tisch für zwei decken, es dürfen aber keine Gabeln dabei sein. Was der Liebhaber beim Weggehen zurückläßt, muß sorgfältig aufgehoben werden, er kommt dann zu derjenigen, die es besitzt und liebt sie heftig. Es darf ihm aber nie wieder zu Gesicht kommen, weil er sonst der Qual gedenkt, die er in jener Nacht von übermenschlicher Gewalt gelitten und er des Zaubers sich bewußt wird, wodurch großes Unglück entsteht.

Ein schönes Mädchen in Österreich begehrte einmal um Mitternacht, unter den nötigen Gebräuchen, seinen Liebsten zu sehen, worauf ein Schuster mit einem Dolche daher trat, ihr denselben zuwarf und schnell wieder verschwand. Sie hob den nach ihr geworfenen Dolch auf und schloß ihn in eine Truhe. Bald kam der Schuster und hielt um sie an. Etliche Jahre nach ihrer Verheiratung ging sie einstmals sonntags, als die Vesper vorbei war, zu ihrer Truhe, etwas hervorzusuchen, das sie folgenden Tag zur Arbeit vornehmen wollte. Als die die Truhe geöffnet, kommt ihr Mann zu ihr und will hineinschauen; sie hält ihn ab, aber er stößt sie mit Gewalt weg, sieht in die Truhe und erblickt seinen verlornen Dolch. Alsbald ergreift er ihn und begehrt kurz zu wissen, wie sie solchen bekommen, weil er ihn zu einer gewissen Zeit verloren hätte. Sie weiß in der Bestürzung und Angst sich auf keine Ausrede zu besinnen, sondern bekennt frei, es sei derselbe Dolch, den er ihr in jener Nacht hinterlassen, wo sie ihn zu sehen begehrt. Da ergrimmte der Mann und sprach mit einem fürchterlichen Fluch: »Hur! So bist du die Dirne, die mich in jener Nacht so unmenschlich geängstiget hat!« und stößt ihr damit den Dolch mitten durchs Herz.

Diese Sage wird an verschiedenen Orten von andern Menschen erzählt.

Mündlich: von einem Jäger, der seinen Hirschfänger zurückläßt; in dem ersten Wochenbett schickt ihn die Frau über ihren Kasten, Weißzeug zu holen und denkt nicht, daß dort das Zaubergerät liegt, das er findet und womit er sie tötet.

1074.

VON DR. JOHANNES FAUST

Dr. Faust konnte sogar Menschen mit Haut und Haar und Kleidung fressen. Als ihm in einem Wirtshause der Junge den Becher zu voll schenkte, drohte er ihn zu fressen, wo er's mehr täte. Der Junge lachte darüber und schenkte ihm abermals zu voll ein. Da sperrte Faust das Maul auf und fraß ihn; er erwischte darauf einen Kübel mit Wasser und sprach: »Auf einen guten Bissen gehört ein guter Trunk« und soff ihn auch aus. Der Wirt wollte seinen Jungen wieder haben. Faust hieß ihn zufrieden sein und hinter den Ofen schauen. Da lag der Junge, bebte vor Schrecken und war ganz naß begossen.

1075.

ZWEI WUNDERBARE EHRENTAGE

Einmal ging ein Bräutigam aus dem Gölsental mit dem Brautführer aus, um Gäste zur Hochzeit zu laden. Unterwegs trafen beide einen fremden Mann, der sie gar eigenartig anblickte. Zu dem sagte der Brautführer: »Du könntest leicht auch zur Hochzeit kommen!« Darauf nickte der Fremde.

Am Hochzeitstag kam wirklich der eingeladene Mann, ging geradewegs auf den Bräutigam und Brautführer zu und sagte, sie hätten ihn geladen und er sei nun da. Nun blieb den beiden nichts übrig, als ihn freundlich zu empfangen und zu bewirten. Er tanzte und unterhielt sich recht gut. Als er Abschied nahm, sprach er zu dem Bräutigam: »Weil du mich zu deinem Ehrentag so freundlich empfangen hast, so lade ich dich zu meinem Ehrentag ein. Er wird in drei Tagen stattfinden. Geh nur fort, so wirst du hinkommen! Und zwar wirst du zuerst auf eine Wiese kommen, dann auf eine Heide, dann zu einem Häuschen, wo du die Musik hören und danach leicht mein Hochzeitshaus finden wirst.«

Der junge Ehemann ging am bestimmten Tag wirklich fort, um der Einladung zu folgen. Er kam auf eine Wiese, wo erstaunlich viel Futter wuchs, aber recht mageres Vieh weidete. Dann kam er auf eine Heide, wo fast kahler Sand, aber recht fettes Vieh war. Dann kam er zu einem Häuschen, worin es gewaltig summte. Neugierig, was darin sei, machte er ein Schuberl auf, um hineinzugucken. Flugs fuhren dichte Schwärme von Bienen heraus und flogen fröhlich von dannen. Da machte er sich Vorwürfe, daß er seinem freundlichen Lader so viele Bienen auslasse und schob das Schuberl schnell wieder zu. Er ging wieder ein Stückchen weiter, hörte bald Musik und hellen Jubel und trat in das Hochzeitshaus ein. Der Bräutigam empfing ihn recht freundlich und sagte zu ihm, er möge tanzen nach Herzenslust, aber nicht länger, als die Musik spiele. Er tanzte also zweimal, aber länger, als ihm erlaubt war. Da warnte ihn der Bräutigam nochmals, er solle doch ja gewiß nicht noch ein drittes Mal länger tanzen, als das Spiel dauere. So gab er denn acht und folgte der eindringlichen Weisung. Darauf sagte der Bräutigam zu seinem Gaste, er könne nun wieder heimgehen. Bevor er aber ging, bat er den Bräutigam noch um Aufklärung über das magere Vieh auf der fetten Wiese und das fette Vieh auf der mageren Heide und bat ihn um Verzeihung dafür, daß er ihm so viele Bienen ausgelassen habe. Der aber erwiderte: »Daß du eine Menge Bienen ausgelassen hast, das macht nichts, denn es waren arme Seelen, die froh sind, daß sie erlöst wurden. Das fette Vieh, das du auf der dürren Heide gesehen hast, wirst du nicht mehr antreffen, denn es waren arme Seelen, die der Erlösung schon nahe waren. Das dürre Vieh auf der fetten Wiese wirst du noch antreffen; denn es sind arme Seelen, die noch lange zu leiden haben.«

Danach nahm der Gast Abschied von seinem liebenswürdigen Wirte, kam wieder zu dem kleinen Häuschen und wollte alle darin summenden armen Seelen erlösen, er fand aber kein Schuberl mehr. Dann kam er wieder auf die sandige Heide und traf kein Vieh dort. Dann kam er auf die saftige Wiese und fand das elende Vieh noch. Endlich kam er zu seinem Hause zurück; aber alles dünkte ihm fremd, niemand kannte ihn und wollte ihn in sein Haus einlassen. Da er jedoch auf seinem Rechte bestand und seine Geschichte erzählte, schlug man in den Büchern nach und fand in der Tat, daß er derselbe Mann sei, der vor dreihundert Jahren, drei Tage nach seiner Hochzeit unerklärlich verschwunden war. Man nahm ihn also staunend auf; doch er zerfiel gleich darauf in Staub und Asche.

1076.

DER TEUFELSTURM AM DONAUSTRUDEL

Es ist eine Stadt in Österreich, mit Namen Krain, ob der Stadt hat es einen gefährlichen Ort in der Donau, nennet man den Strudel bei Stockerau, da hört man das Wasser weit und breit rauschen; also hoch fällt es über den Felsen, macht einen großen Schaum, ist gar gefährlich dadurch zu fahren; kommen die Schiff in einen Wirbel, gehen gescheibweis herum, schlägt das Wasser in das Schiff, und werden alle die auf dem Schiff sind, ganz und gar naß. Wenn ein Schiff nur ein wenig an den Felsen rührt, zerstößt es sich zu kleinen Trümmern. Da muß jedermann arbeiten, an den Rudern mit Gewalt ziehen, bis man herdurch kommt. Daselbst herum wohnen viel Schiffleut, die des Wassers Art im Strudel wissen; die werden alsdann von den Schiffleuten bestellt, daß sie also desto leichter, ohn sondern Schaden, durch den Strudel kommen mögen.

Kaiser Heinrich, der dritte dieses Namens, fuhr hinab durch den Strudel; auf einem andern Schiff war Bischof Bruno von Würzburg, des Kaisers Vetter; und als dieser auch durch den Strudel fahren wollte, saß auf einem Felsen, der über das Wasser herausging, ein schwarzer Mann, wie ein Mohr, ein greulicher Anblick und erschrecklich. Der schreit und sagt zu dem Bischof Bruno: »Höre, höre, Bischof! ich bin dein böser Geist, du bist mein eigen; fahr hin, wo du willt, so wirst du mein werden; jetzund will ich dir nichts tun, aber bald wirst du mich wieder sehen.« Alle Menschen, die das hörten, erschraken und fürchteten sich. Der Bischof machte ein Kreuz, gesegnete sich, sprach etlich Gebet, und der Geist verschwand vor ihnen allen. Dieser Stein wird noch auf diesen Tag gezeigt; ist darauf ein kleines Türmlein gebaut, allein von Steinen und kein Holz dabei, hat kein Dach, wird der Teufelsturm genannt. Nicht weit davon, etwan zwei Meil Wegs, fuhr der Kaiser mit den Seinen zu Land, wollt da über Nacht bleiben in einem Flecken, heißt Pösenbeiß. Daselbst empfinge Frau Richilta, des Grafen Adelbar von Ebersberg Hausfrau (er war aber schon gestorben), den Kaiser gar herrlich, hielt ihn zu Gast und bat ihn daneben: daß er den Flekken Pösenbeiß und andere Höfe herum, so ihr Gemahl vogtsweise besessen und verwaltet hätte, ihres Bruders Sohn, Welf dem dritten, verleihen wollte. Der Kaiser ging in die Stube, und während er da stand und bei dem Bischof Bruno, Grafen Aleman von Ebersberg, und bei Frau Richilta, und er ihr die rechte Hand gab und die Bitte gewährte, fiel jähling der Boden in der Stube ein; der Kaiser fiel hindurch auf den Boden der Badstube ohne allen Schaden, dergleichen auch Graf Aleman und die Frau Richilta; der Bischof aber fiel auf eine Badwanne auf die Taufel, fiel die Rippe und das Herz ein, starb also in wenig Tagen hernach.

1077.

DIE GEISTERSCHIFFE

In schöner Nacht fuhr vor Zeiten ein alter Fischer von Melk in seiner Zille die Donau hinab und nickte bei der ruhigen Fahrt sogar ein. Plötzlich weckte ihn ein heftiger Sturmwind, rasch ruderte er zu einer Insel und setzte sich unter eine starke Weide, da ein großes Gewitter heranzuziehen schien. Dieses blieb aber aus, doch der Sturm wurde trotzdem immer ärger. Auf einmal gewahrte der Greis gegen Aggsbach zu auf dem Wasser ein ungeheures Schiff, das fast bis zum Himmel emporreichte. Heller Lichtschein leuchtete aus seinen Luken, und aus den Spitzen der Mastbäume sprangen grelle Blitze in die dunkle Nacht. Hinter diesem Fahrzeuge sah der höchst erstaunte Fischer eine ganze Reihe anderer folgen, die anscheinend noch größer waren. Sie kamen mit unheimlicher Schnelle stromaufwärts gefahren, Blitze und Donner dröhnten unaufhörlich. Wild schäumten die Wellen auf, so daß sich der Alte auf der Insel schon für verloren hielt. Wüster Lärm tönte ihm von den Schiffen selbst entgegen, welche unter furchtbarem Getöse an ihm vorbei sausten. Als das letzte Fahrzeug kam, erfolgte ein schauerlicher Krach, und hell loderte ein Baum neben dem Fischer empor. Vom Feuer geblendet, stieß dieser einen Schrei aus und fiel leblos zu Boden. Als er wieder aus seiner Betäubung erwacht war, sah er vor Melk das Wasser furchtbar aufwirbeln, ein schrecklicher Abgrund öffnete sich im Strome, der den ganzen gespensterhaften Schiffszug verschlang. Darauf legte sich der Sturm, und auf der Donau wurde es wieder still und ruhig. Der Fischer wagte aber erst am Morgen die Heimkehr. Der erlittene Schreck hat den Armen so mitgenommen, daß er bald darauf starb.

Von einem gespenstigen Schiffszuge wird auch sonst in der Wachau erzählt. Wenn in der Nacht ein Gewittersturm braust, hört man das Hallo der Schiffsknechte und das Getrappel der Pferde.

1078.

DER RATTENFÄNGER VON KORNEUBURG

Einst war die wegen ihrer Kornmärkte berühmte Stadt Korneuburg von Ratten und Mäusen stark heimgesucht. Der Stadtrat wußte sich gegen diese Plage nicht zu helfen. Da erschien ein Mann in der Stadt, der sich antrug, mittels seiner Kunst, Tiere zu bannen, sämtliche Ratten aus Korneuburg zu vertreiben und in die Fluten der nahen Donau zu verbannen. Man versprach ihm dafür einen schönen Lohn. Der Mann ging flötend durch die Stadt, und im Nu liefen ihm die Ratten und Mäuse nach bis zur Donau. Als er seinen Lohn forderte, entstand ein Streit über dessen Höhe, und so verweigerte der Stadtrat die Bezahlung. »Auch gut!« dachte sich der Rattenbanner, ging zum Donaustrand und führte, die Flöte spielend, die ganze Rattenschar wieder in die Stadt. Den Räten schien es nun am klügsten, dem Banner den geforderten Lohn zu geben. Wieder nahm er seine Flöte und lockte die Ratten bis zur Donau, wo sie diesmal alle ertranken. Zum Andenken an diese Befreiung wurde das Rattendenkmal ausgeführt. Da später einmal die Gelehrten den Rattenstein als ein Rattendenkmal nicht anerkennen wollten, sondern ihn für einen Grabstein hielten, ließ man ein kunstvolles Standbild des Rattenfängers von Korneuburg gießen und es auf dem Rathausplatze der Stadt aufstellen.

1079.

DER LIEBE AUGUSTIN

Einer der beliebtesten Volkssänger im alten Wien soll der liebe Augustin gewesen sein, der in der zweiten Hälfte des 17. Jahrhunderts in den besuchtesten Schenken seine Lieder und Späße beim Klange seines Dudelsackes vortrug und stets ein geneigtes Ohr bei den im Wirtshaus Erholung suchenden Bürgern fand. An jenem Tag, wo der Volkssänger Augustin in einem Lokal erschien, konnte der Wirt immer auf eine fette Einnahme rechnen. Anders wurde dies freilich, als das furchtbare Pestjahr 1679 ganz Wien in Furcht, Schrecken und Jammer stürzte. »Zu Wien aber«, erzählte nun der schlesische Rechtskandidat Johann Konstantin Feigius, »hörte man nunmehr kein ander Lied singen als dieser ist gestorben, dieser stirbt, und jener wird bald sterben, denn in der Stadt waren schon dreihundert Häuser gesperrt, welche völlig ausgestorben, und auch wenn in beiden Lazaretten schon täglich eine große Menge Leute begraben wurde, so wuchs doch die Zahl der Infizierten darinnen so groß, daß sie sich zuweilen auf die dreitausend und mehr Personen hinaus erstreckte. So waren um die ganze Stadt herum fast alle Lust- und Weingärten, Gassen und Straßen mit toten und kranken Leuten angefüllt, ja sogar, daß man nicht Leut' genug haben konnte, die Toten unter die Erde zu bringen, und daher es bisweilen geschah, daß die mit dem Tode allbereit Hingehenden, auf die Wagen unter die Toten gelegt und miteinander in die hierzu gemachten Gruben geworfen wurden. Als sie einem namens Augustin, der ein Sackpfeifer gewesen, welcher zwischen der kaiserlichen Burg und St. Ulrich auf selbigem Weg wegen eines starken Rausches gelegen und geschlafen hat, begegnet sind, ist dieser Mensch von den Siechknechten ohne einiges Vermerken auf den Wagen, in Ansehung, daß er die böse Krankheit hätte und in Totenzügen allbereit begriffen, geladen, neben anderen Toten weggeführt und in eine Grube geworfen worden. Weilen man aber die Körper nicht eher mit Erden verschüttete, bis eine Reihe derselben nach der Länge und Breiten völlig vollgewesen, ist besagter Mensch, nachdem er die ganze Nacht unter den Toten ohne Aufhören geschlafen, erwacht, nicht wissend, wie ihm geschehen oder wie er möge dahinkommen sein, hat aus der Gruben hervorsteigen wollen, solches aber wegen der Tiefen nicht zuweg' bringen können, weswegen er dann auf den Toten so lang herumgestiegen und überaus sehr geflucht, gescholten und gesagt hat, wer Teufel ihn dahin mußte gebracht haben, bis endlich mit anbrechendem Sonnenschein die Siechknechte mit toten Leuten sich eingefunden und ihm herausgeholfen haben. So hat ihm dieses Nachtlager auch nicht das wenigste geschadet.« Der liebe Augustin soll, nachdem die Seuche vorüber war, dieses grauenvolle Abenteuer noch oft gereimt vorgetragen haben, was ihm schallenden Beifall und klingenden Sold eintrug.

1080.

DER BASILISK IN DER SCHÖNLATERNGASSE

Im Jahre 1212 wollte die Magd eines Bäckers in der Schönlaterngasse zu Wien im Hausbrunnen Wasser schöpfen. Doch wie erschrak sie, als sie im Brunnen etwas Seltsames glitzern sah, das einen gräßlichen Gestank von sich gab. Ein Bäckergeselle, der keine Furcht kannte, ließ sich an einem Seil in den Brunnen hinabgleiten, mußte aber, da er zu schreien anfing, sofort hinaufgezogen werden. Als der zu Tode erschrockene Geselle wieder zu sich kam, erzählte er, im Brunnen ein gräßliches Tier gesehen zu haben, das die Gestalt eines Hahnes mit einem vielzackigen Schuppenschweif, plumpen Füßen und glühenden Augen hatte und auf dem Kopfe ein Krönlein trug. Ein Weltweiser der Stadt wurde zu Rate gezogen, und er erklärte, daß das gräßliche Tier ein Basilisk sei, das aus dem Ei eines Hahnes entsteht, das eine Kröte ausgebrütet hat. Sein Hauch sei giftig. Der Weise gab den Auftrag, das Tier mit einem Spiegel, den man ihm vorhalten solle, zu töten. Denn erblickt der Basilisk sein eigenes Abbild, so ist er von seiner Scheußlichkeit so entsetzt, daß er vor Wut und Ingrimm zerplatzt. Als man darauf dem Basilisken einen Spiegel vorhielt, brüllte er laut auf und verstummte. Dann warf man Steine und Erde in den Brunnen und hatte seitdem Ruhe. In Erinnerung an dieses seltsame Ereignis ließ ein späterer Besitzer des Hauses einen steinernen Basilisken an der Stirnwand anbringen, der noch heute zu sehen ist.

1181.

DER HAHN AUF DER STEPHANSKIRCHE

Gegen Ende des 15. Jahrhunderts lebte in Wien ein wackerer Edelmann namens Kaspar Schlezer. Eine wunderschöne und gute Gattin machte das Glück seines Lebens aus, mit der er im zärtlichsten Einvernehmen lebte. Aber wie erbebten sie, als der Edelmann eines Tages vom Landesfürsten den Auftrag erhielt, mit einer wichtigen Botschaft nach der Türkei zu reisen. Besonders Herr von Schlezer war trüber Ahnungen voll, denn er wußte gar wohl, wie der mächtige Günstling des Regenten eine geheime Liebe zu seiner Gattin nähre und durch seine Ränke ihn aus dem Lande schicke.

Indessen es mußte gehorcht werden, und so bat beim Abschied der Ritter seine Gattin bloß darum, ihm treu zu bleiben und sich weder durch List noch durch Gewalt bewegen zu lassen, einem anderen ihre Hand zu geben, bevor sie nicht sichere Nachricht von seinem Tode hätte. Als sicherstes Zeichen werde gelten, wenn sie das silberne Kruzifix erhalte, das er auf seiner Brust trage.

Nach kurzer Zeit des Aufenthaltes in der türkischen Hauptstadt wurde er von Räubern überfallen, fortgeschleppt und als Sklave verkauft. Als die Gesandtschaft aber nach Wien zurückkehrte, gaben Schlezers Begleiter, um für die Entführung ihres Herrn nicht büßen zu müssen, an, dieser sei gestorben und von ihnen begraben worden. Die vermeintliche Witwe trauerte drei Jahre um ihn, widerstand allen Heiratsanträgen und hoffte noch immer auf die Rückkehr, denn der Hauptbeweis des Todes ihres Gatten, das silberne Kreuzchen, fehlte.

Währenddessen schmachtete Schlezer noch immer in der Gefangenschaft, sich in den schwärzesten Vermutungen über die Gattin ergehend, deren Treue gewiß schon den Ränken des Günstlings zum Opfer gefallen wäre. Da erschreckte ihn eines Nachts besonders ein Traum, in dem er sie mit dem gefürchteten Nebenbuhler am Traualtar in der Stephanskirche stehen sah. Er konnte seinen Nachbarn in der Kirche nichts weiter fragen als welcher Monatstag gerade wäre. Ach, es war derselbe Tag, dem er eben entgegenschlief!

»Weh mir!« rief er beim Erwachen aus, »morgen also wird Bertha das Weib eines anderen! Oh, könnte ich bis morgen in Wien sein, ich gäbe meine Seligkeit darum!«

Kaum war dies unvorsichtige Worte gesprochen, als ein Hahn krähte, und vor seinem Lager stand der böse Geist. »Auf!« rief dieser, »bist du mein mit Gut und Blut, mit Seel und Leib, so bringe ich dich auf diesem Hahn, der soeben gekräht hat, noch in dieser Nacht, bevor der Morgen graut, nach Wien!«

Eine Weile sann der Edelmann nach, dann sprach er: »Gut, ich willige ein, doch setze ich zur Bedingung, daß ich während des ganzen Weges nicht ein einziges Mal erwache; geschieht dies aber, dann hast du ferner keinen Teil an mir.«

Der böse Geist ging auf die Bedingung ein, die der Ritter, vertrauend auf den Talisman, den er bei sich trug, gestellt hatte. Der Edelmann entschlummerte, nachdem er sich in stillem Gebete dem höheren Schutze empfohlen hatte, und wie ein Sturm rauschte der Hahn mit seiner Last davon.

Schon lauerte der böse Geist auf seinen Raub; aber da witterte der Hahn plötzlich Morgenluft und krähte aus allen Kräften, so daß der Ritter erwachte. O Freude! Er befand sich nahe dem Stephansturm, wo der Hahn plötzlich mit ihm zur Erde gesunken war. Was nützte es dem Bösen, daß er fluchte; sein Opfer war ihm entrissen.

Der Ritter eilte freudig zu seinem geliebten Weib, das seiner in Sehnsucht harrte. Zum Andenken an seine abenteuerliche Befreiung aber ließ er nun den Hahn in getreuer Nachbildung auf das Dach der Stephanskirche setzen.

1082.

DAS DONAUWEIBCHEN

In der Zeit, als Wien noch ein ganz kleines Städtchen war und an der Donau kleine Fischerhütten standen, lebte in einer solchen Behausung ein alter Fischer mit einem erwachsenen Sohn, die dort ihr Handwerk betrieben, wobei sie sich mehr auf dem Wasser als auf dem Land aufhielten. Nur im Winter, wenn der Donaustrom fest zugefroren war, hausten die beiden Männer in ihrer Hütte, machten neue Netze oder besserten die alten aus, setzten ihre Kähne instand und lebten heiter und zufrieden. Dabei unterhielten sie sich oft über ihre Erlebnisse auf ihren Fischzügen, und der Alte wußte von Wassergeistern und Nixen zu erzählen. Auf dem Grunde des Donaustromes sei ein großer Glaspalast, in dem der Donaufürst mit seiner Frau, seinen Söhnen und Töchtern, den zierlichen Nixen, lebe. Auf großen Tischen stünden umgestülpte irdene Töpfe, unter denen die Seelen der Ertrunkenen gefangengehalten werden. Der Neck werde oft als Jäger verkleidet am Stromufer lustwandelnd im Mondenscheine angetroffen, und man dürfe ihn ja nicht ansprechen, wenn man nicht sofort von ihm angegriffen und ins Wasser gezogen werden wolle. Die Nixen seien gar liebliche Mädchen, die aber namentlich junge Männer durch ihren verführerischen Gesang in den Strom lockten. Diese Wassergeister kämen sogar in die Tanzstuben und tanzten bis zum ersten Hahnenschrei. Dann müßten sie aber gleich nach Hause eilen, sonst würden sie von ihrem Vater, dem Neck, furchtbar gestraft oder gar getötet. Sei das Donauwasser des Morgens trübe, so hätten die Nixen Schläge von ihrem Vater bekommen, sei es aber blutig rot, dann lebten sie gar nicht mehr.

Aufmerksam hörte der Sohn den Erzählungen seines Vaters zu, aber er wollte sie nicht recht glauben, denn niemals hatte er solche Wassergeister gesehen. Plötzlich erleuchtete sich die Stube, und eine Mädchengestalt in schimmernd weißem Gewande mit weißen Wasserrosen in dem schwarzen Haar stand vor den beiden Männern. »Erschreckt nicht«, sagte sie, »ich tue euch nichts zuleide; ich komme nur, euch zu warnen. Bald wird Tauwetter eintreten, das Eis des Stromes wird krachend in Stücke gehen, die Hochflut wird sich über die Auen ergießen. Seid auf der Hut und flieht weit in das Land hinein, sonst seid ihr verloren.«

Die beiden Männer wußen nicht, ob sie wachten oder träumten, denn so plötzlich, wie die Wassernixe gekommen war, war sie auch verschwunden. Aber sie hatten sie doch beide gesehen und ihre liebliche Stimme gehört.

1083.

DAS WASSERMÄNNCHEN IN DER WIEN

Bei den Bewohnern des Magdalenengrundes geht die Sage, daß in dem Wasser des Wienflusses seit langer Zeit ein Wassermännchen hause. Es soll von kleiner, etwas krummer Gestalt sein, tiefe Augenhöhlen und ein sehr blasses Gesicht haben. Es trägt einen grauen Rock, von welchem beständig Wasser herabträufelt, einen grünen Hut mit einem schwarzem Bande und hohe Röhrenstiefel mit roten Quasten. Sein Haupthaar reicht bis zur Erde. Abends, bei feuchtem Wetter, läßt es sich öfters mit zur Erde gesenktem Blicke auf den Brettern der Wehre sehen. Es lockt die Menschen durch beständiges Winken in seine Nähe. Ist ihm einer nahe genug, so ergreift es eine günstige Gelegenheit, um ihn in seine Gewalt zu bringen. So lange das Männchen da ist, kann das Wasser nicht austrocknen, noch dessen Tiefe erforscht werden. Selbst in dem Jahre 1834, da Wiens Vorstädte Mangel an Wasser litten, soll man dasselbe von hier in großer Menge weggeführt haben. Das Wassermännchen hat daselbst mehrere Gemächer, in welchen es wohnt, und in denen es die Seelen der Unglücklichen unter Töpfen aufbewahrt. Tieren, zum Beispiel Pferden, Ochsen, Schweinen u. a., welche in die Schwemme hineingetrieben werden, tut es nichts zuleide. – So soll es hier schon seit langer Zeit herrschen und jährlich wenigstens ein Opfer verlangen.

1084.

DER WIEDERKEHRENDE KLOSTERMÖNCH

Im Jahr 1710, im Monat August, starb in einem Wiener Kloster eine noch junge Ordensperson an einer langwierigen Lungensucht, es geschah aber so unverhofft, daß sich die Krankheit und der Tod gleichsam in einem Augenblick geäußert hatten. Hier sah man den bekannten Satz, daß die Todesstunde des Menschen so ungewiß, als gewiß sei, durch ein überzeugendes Exempel bestätigt. Nun war es zu derselben Zeit nicht allein in den heißesten Hundstagen, sondern der Orden hatte auch gleich ein besonderes Fest zu begehen, daß man daher mit der bereits stinkenden Leiche innerhalb von fünfzehn Tagen zum Grabe eilen mußte. Noch denselben Abend um die zehnte Stunde kam ein Pater von diesem Orden auf den Chor seiner Andacht zu pflegen, wo er seinen verstorbenen Mitbruder an seinem sonst gewöhnlichen Ort mit der Mönchskappe stehen sah, gleich als wenn er ordentlich in der Psalmodie begriffen wäre. Anfänglich hatte er ihn für einen andern noch lebenden gehalten, als er ihm aber im Hinausgehen mit der Laterne unter das Gesicht geleuchtet, erkannte er die völlige Gestalt des Verstorbenen. Hierüber stieß ihm vor Schrecken ein Schauer zu, und zugleich wurde ihm die Laterne ausgelöscht, so daß er vor Angst die Chortür nicht wiederfinden konnte, sondern kümmerlich an den Bänken herumtappen mußte. Mitten in dieser Verwirrung kam der Sakristan zum Chor herein seine Lampe anzuzünden, welcher nicht begreifen konnte, was dieser Pater allda im Finstern zu suchen hätte. Da ihm aber derselbe erzählte, was ihm begegnet war, wußte der Sakristan gleichfalls zu berichten, daß wie er vor einer halben Stunde in der Sakristei auf den folgenden Tag Anstalt gemacht hätte, wäre etwas in der Gestalt eines Ordensmanns und in der Kleidung desselben hereingetreten, gleich als wenn er sich zur Messe ankleiden wollte. Nachdem er nun hinzugegangen, um zu sehen, was dieses bedeuten sollte, hätte sich der Priester umgesehen, da hätte er wahrgenommen, daß es der erst verstorbene und vor einigen Stunden beigesetzte Pater sei. Er wäre hierüber eiligst zur Sakristei herausgelaufen und hätte nicht gewußt, wo er sich vor Schrecken hinwenden sollte. Diese beiden Zeugen gingen des andern Morgens zu ihrem Vorgesetzten und hinterbrachten ihm ihre in voriger Nacht gehabten Gesichte, welcher alsobald allen Ordensbrüdern anbefahl, den verstorbenen Pater in ihr Gebet und andere Werke der Gottseligkeit mit einzuschließen, ob er vielleicht aus den Flammen des Fegefeuers könnte gerettet werden. Wiewohl sie nun insgesamt ihren möglichsten Fleiß werden angewendet haben, so war dennoch alles vergebens, indem fast kein einziges Mitglied dieses Klosters übrig blieb, welches nicht sagen konnte, daß es den Verstorbenen bald im Refektorium, bald in den Kreuzgängen, bald in der Bibliothek gesehen habe. Dieses verursachte nun, wie leicht zu erachten, eine nicht geringe Verwirrung im ganzen Kloster, und man ging schon damit um, einen außerordentlichen Exorzismus vorzunehmen. Nur wollte sich unter der ganzen Anzahl Mönche keiner finden, welcher das Herz gehabt hätte, ein so wichtiges Werk auszuführen, obgleich dieser erscheinende Geist niemandem einigen Schaden zugefügt, sondern nur ein allgemeines Schrecken erregt hatte. Was aber die Mönche des Klosters am meisten irre machte, war folgender merkwürdiger Zufall. Es ist in den Klöstern der allgemeine Gebrauch, daß am Allerseelentag die gesamten Klostergruften geöffnet werden, damit jedermann die Särge der Verstorbenen in der Ordnung beschauen könne, welches sonst niemals geschieht, außer wenn eine Leiche beigesetzt wird. Nun waren von dem Ableben besagten Paters kaum drei Monate bis zum 2. November, an welchem Tage dieses Fest einfällt, verflossen. Da aber der Sakristan am Allerheiligentag die Gruften öffnete und die Lichter in Ordnung setzen wollte, sah er mit Erstaunen den halbvermoderten Körper aufgerichtet sitzen, den Deckel aber von dem Sarg auf der Erde liegen, welcher Anblick ihn so erschreckte, daß er im Zurückweichen an die Ecke des Altars stieß und eine starke Beule im Gesicht zum Andenken bekam. Jedoch machte er sich eilend aus dem Staub und erstattete bei dem Oberhaupt des Klosters einen Bericht von demjenigen, was ihm begegnet war. Alles dieses nun, was sowohl der Sakristan als alle Mönche gesehen hatten, konnte nicht so verborgen bleiben, daß es nicht nach einiger Zeit unter die Leute gekommen und in der ganzen Stadt wäre ausgebreitet worden. Was aber für die Hauptursache dieses Zufalls angegeben, und wie der Sache endlich abgeholfen sei, wird das Archiv dieses Klosters am besten wissen.

1085.

DAS LOCH IN DER MAUER DER KREUZKIRCHE

Es soll in der Stadt Wien ehemals ein Beckenknecht gewesen sein, welcher an einem Tage siebenmal in unterschiedlichen Kirchen kommuniziert hatte. Man weiß aber nicht, was für ein Geheimnis er unter der siebten Zahl gesucht habe, da sich sonst eben kein gar zu gottseliger Wandel bei ihm verspüren ließ. Gleich denselben Abend starb er eines plötzlichen Todes, da man noch nichts von dem, was er in unterschiedlichen Kirchen vorgenommen, in Erfahrung gebracht hatte. Die Geistlichkeit schloß also daraus, daß er eben an seinem Sterbenstage zum heiligen Abendmahl gewesen, er habe der Pflicht eines wahren Christen gemäß gelebt, und sei durch einen unvermuteten Todesfall übereilet worden, weswegen er denn, nach christlichem Brauch, des folgenden Tages begraben wurde. Des Nachts aber um die elfte Stunde wurde die gewöhnliche Klosterglocke dreimal nacheinander stark angezogen, und da der Pförtner die Türe geöffnet, sah er zwei schwarzgekleidete Personen mit Windlichtern in den Händen vor sich stehen, welche einen Priester verlangten, der ihnen mit dem Cibario oder Hostienbehältnis folgen sollte. Es wurde ihnen sofort in ihrem Begehren gewillfahrt, obgleich der Priester nicht wußte, wohin er von diesen beiden Unbekannten würde geführt werden. Da er ihnen also immer nachgefolgt und sie bis zu einer Kirche gelangt waren, öffnete sich die Kirchtür, sie gingen hinein und näherten sich der Stelle, wo der verstorbene Beckenknecht begraben lag. Sie fanden das Grab schon offen, und den unglückseligen Körper in seinem Sarge außer demselben stehen. Einer von den beiden richtete den Körper in die Höhe und befahl dem Pater, das Ziborium unter den Mund des Leichnams zu halten, rüttelte ihm den Kopf und versuchte dadurch, daß sieben geweihte Hostien aus dem Munde desselben herausfielen. Unter währender Zeremonien bemerkte der Priester, daß diese vermutlich dienstbaren Geister eine besondere Ehrerbietung von sich blicken ließen, welche ihm sodann auferlegten, er möchte selbige an den gehörigen Ort tragen, sie aber dienten ihm bis zu dem Tabernakel mit ihren Windlichtern zur Begleitung. Nachdem sie nun diesen Schatz allda beigelegt hatten, verschwanden jene und ließen den Pater nebst seinem Gefährten mit der Laterne in größter Verwunderung stehen. In der Kirche aber wurde ein grausames Poltern und Krachen wie ein Erdbeben gehört, daß auch die beiden Geistlichen darüber in eine starke Ohnmacht verfielen. Da sie sich wiederum erholt hatten, merkten sie, daß der Tag bereits angebrochen war, gingen deswegen zu dem Grabe, welches sie offen, den bloßen Sarg aber ohne Körper daneben stehend fanden. In der Quermauer dieser Kirche hingegen sahen sie eine ziemliche Öffnung, durch welche, ihrer Mutmaßung nach, dieser unglückselige Körper durch die Lüfte mußte fortgeführt worden sein, weil dieser Zufall nicht allein die Mönche desselben Klosters, sondern fast die ganze Stadt in Verwirrung gebracht hatte. Da man endlich nach vielfältigem Suchen nicht die geringste Spur von dem entführten Körper hat antreffen können, wurde beschlossen, diese Öffnung der Stadt zu einem ewigen Andenken und allen Ruchlosen zur Warnung übrig zu lassen, damit solche zu einem augenscheinlichen Exempel der bestraften Verunehrung göttlicher Geheimnisse dienen möchte. Es ist dieses Loch auch noch bis auf diese Stunde gleich hinter der jetzigen neuen Klosterpforte zu sehen und wird sowohl von den Einwohnern als auch den Ausländern, welche dahin kommen, als etwas Sonderbares bewundert, die Geschichte aber wird auf einer hölzernen Tafel im Gemälde gezeigt.

1086.

DER TEUFEL IN WIEN

Ein Schmiedgesell in Wien machte einmal mit dem Teufel eine Wette, er wollte nämlich ein Schloß fertigen, welches jener nicht öffnen können sollte. Das war der Teufel zufrieden. Da machte der Schmied einen Ring um einen dicken Baum, ein Schloß daran, und warf dann den Schlüssel in die Donau. Der Teufel arbeitete vergebens das Schloß zu öffnen, ärgerte sich endlich, lauerte dem Gesellen auf und fand ihn einmal betrunken in einem Keller, nahm ihn und fuhr mit ihm durch das Haus davon. Noch jetzt findet sich der Baum woran das Schloß mit dem Ring sich befunden und jeder fremde Schmiedgesell der nach Wien kömmt, schlägt einen Nagel in den Baum, so daß er fast ganz davon bedeckt ist.

1087.

MAUERKALK MIT WEIN GELÖSCHT

Im Jahr 1450 wuchsen zu Österreich so sauere Trauben, daß die meisten Bürgersleute den gekelterten Wein in die offene Straße ausschütteten, weil sie ihn seiner Herbheit halben nicht trinken mochten. Diesen Wein nannte man Reifbeißer; nach einigen, weil der Reif die Trauben verderbt, nach andern, weil der Wein die Dauben und Reife der Fässer mit seiner Schärfe gebissen hätte. Da ließ Friedrich 3., römischer König, ein Gebot ausgehen, daß niemand so die Gabe Gottes vergießen solle und wer den Wein nicht trinken möge, habe ihn auf den Stephanskirchhof zu führen, da solle der Kalk im Wein gelöscht und die Kirche damit gebaut werden.

Zu Glatz, gegen dem böhmischen Tor wärts, stehet ein alter Turm, rund und ziemlich hoch; man nennet ihn Heidenturm, weil er vor uralten Zeiten im Heidentum erbaut worden. Er hat starke Mauern und soll der Kalk dazu mit eitel Wein zubereitet worden sein.

1088.

DER BRENNBERGER

Als nun der edle Brennberger mannigfalt gesungen hatte von seiner schönen Frauen, da gewahrte es ihr Gemahl, ließ den Ritter fahen und sagte: »Du hast meine Frau lieb, das geht dir an dein Leben!« Und zur Stunde ward ihm das Haupt abgehauen; sein Herz aber gebot der Herr auszuschneiden und zu kochen. Darauf wurde das Gericht der edlen Frau vorgestellt, und ihr roter Mund aß das Herz, das ihr treuer Dienstmann im Leibe getragen hatte. Da sprach der Herr: »Frau, könnt ihr mich bescheiden, was ihr jetzund gegessen habt?« Die Frau antwortete: »Nein, ich weiß es nicht; aber ich möcht es wissen, denn es schmeckt mir schön.« Er sprach: »Fürwahr, es ist Brennbergers Herz, deines Dieners, der dir viel Lust und Scherz brachte, und konnte dir wohl dein Leid vertreiben.« Die Frau sagte: »Hab ich gegessen, das mir Leid vertrieben hat, so tu ich einen Trunk darauf zu dieser Stund, und sollte meiner armen Seele nimmer Rat werden; von Essen und Trinken kommt nimmer mehr in meinen Mund.« Und eilends stund sie auf, schloß sich in ihre Kammer und flehte die himmlische Königin um Hülfe an: »Es muß mich immer reuen um den treuen Brennberger, der unschuldig den Tod erlitt um meinetwillen; fürwahr, er ward nie meines Leibes teilhaftig, und kam mir nie so nah, daß ihn meine Arme umfangen hätten.« Von der Zeit an kam weder Speise noch Trank über der Frauen Mund; eilf Tage lebte sie, und am zwölften schied sie davon. Ihr Herr aber, aus Jammer, daß er sie so unehrlich verraten, stach sich mit einem Messer tot.

1089.

DER UNTERBERG

Der Unterberg oder Wunderberg liegt eine kleine deutsche Meile von der Stadt Salzburg an dem grundlosen Moos, wo vor Zeiten die Hauptstadt Helfenburg soll gestanden haben. Er ist im Innern ganz ausgehöhlt, mit Palästen, Kirchen, Klöstern, Gärten, Gold- und Silber-Quellen versehen. Kleine Männlein bewahren die Schätze und wanderten sonst oft um Mitternacht in die Stadt Salzburg, in der Domkirche daselbst Gottesdienst zu halten.

1090.

GOLDKOHLEN

Im Jahr 1753 ging von Salzburg eine Kräutel-Brockerin auf den Wunderberg; als sie eine Zeit lang auf demselben herumgegangen war, kam sie zu einer Steinwand, da lagen Brocken, grau und schwarz, als wie Kohlen. Sie nahm davon etliche zu sich und als sie nach Haus gekommen, merkte sie, daß in solchen klares Gold vermischt war. Sie kehrte alsbald wieder zurück auf den Berg, mehr davon zu holen, konnte aber alles Suchens ungeachtet den Ort nicht mehr finden.

1091.

DIE WILDEN FRAUEN IM UNTERBERG

Die Grödicher Einwohner und Bauersleute zeigten an, daß zu diesen Zeiten (um das Jahr 1753) vielmals die wilden Frauen aus dem Wunderberge zu den Knaben und Mägdlein, die zunächst dem Loche innerhalb Glanegg das Waidvieh hüteten, herausgekommen und ihnen Brot zu essen gegeben.

Mehrmals kamen die wilden Frauen zu der Ährenschneidung. Sie kamen früh Morgens herab und abends, da die andern Leute Feier-Abend genommen, gingen sie, ohne die Abend-Mahlzeit mitzuessen, wiederum in den Wunderberg hinein.

Einstens geschah auch nächst diesem Berge, daß ein kleiner Knab auf einem Pferde saß, das sein Vater zum Umackern eingespannt hatte. Da kamen auch die wilden Frauen aus dem Berge hervor und wollten diesen Knaben mit Gewalt hinweg nehmen. Der Vater aber, dem die Geheimnisse und Begebenheiten dieses Berges schon bekannt waren, eilte den Frauen ohne Furcht zu und nahm ihnen den Knaben ab, mit den Worten: »Was erfrecht ihr euch, so oft herauszugehen und mir jetzt sogar meinen Buben wegzunehmen? was wollt ihr mit ihm machen?« Die wilden Frauen antworteten: »Er wird bei uns bessere Pflege haben und ihm besser bei uns gehen, als zu Haus; der Knabe wäre uns sehr lieb, es wird ihm kein Leid widerfahren.« Allein der Vater ließ seinen Knaben nicht aus den Händen und die wilden Frauen gingen bitterlich weinend von dannen.

Abermals kamen die wilden Frauen aus dem Wunderberge nächst der Kugel-Mühle oder Kugelstadt genannt, so bei diesem Berge schön auf der Anhöhe liegt und nahmen einen Knaben mit sich fort, der das Waidvieh hütete. Diesen Knaben, den jedermann wohl kannte, sahen die Holzknechte erst über ein Jahr in einem grünen Kleid auf einem Stock dieses Bergs sitzen. Den folgenden Tag nahmen sie seine Eltern mit sich, Willens, ihn am Berge aufzusuchen, aber sie gingen alle umsonst, der Knabe kam nicht mehr zum Vorschein.

Mehrmals hat es sich begeben, daß eine wilde Frau aus dem Wunderberg gegen das Dorf Anif ging, welches eine gute halbe Stunde vom Berg entlegen ist. Alldort machte sie sich in die Erde Löcher und Lagerstätte. Sie hatte ein ungemein langes und schönes Haar, das ihr beinahe bis zu den Fußsohlen hinabreichte. Ein Bauersmann aus dem Dorfe sah diese Frau öfter ab- und zugehen und verliebte sich in sie, hauptsächlich wegen der Schönheit ihrer Haare. Er konnte sich nicht erwehren zu ihr zu gehen, betrachtete sie mit Wohlgefallen und legte sich endlich in seiner Einfalt ohne Scheu zu ihr in ihre Lagerstätte. Es sagte eins zum andern nichts, viel weniger, daß sie etwas ungebührliches getrieben. In der zweiten Nacht aber fragte die wilde Frau den Bauern, ob er nicht selbst eine Frau hätte? Der Bauer aber verleugnete seine Ehefrau und sprach nein. Diese aber machte sich viel Gedanken, wo ihr Mann abends hingehe und nachts schlafen möge. Sie spähete ihm daher nach und traf ihn auf dem Feld schlafend bei der wilden Frau. »O behüte Gott«, sprach sie zur wilden Frau, »deine schönen Haare! was tut ihr da miteinander?« Mit diesen Worten wich das Bauersweib von ihnen und der Bauer erschrak sehr hierüber. Aber die wilde Frau hielt dem Bauern seine treulose Verleugnung vor und sprach zu ihm: »Hätte deine Frau bösen Haß und Ärger gegen mich zu erkennen gegeben, so würdest du jetzt unglücklich sein und nicht mehr von dieser Stelle kommen; aber weil deine Frau nicht bös war, so liebe sie fortan und hause mit ihr getreu und untersteh dich nicht mehr daher zu kommen, denn es steht geschrieben: ›Ein jeder lebe getreu mit seinem getrauten Weibe‹, obgleich die Kraft dieses Gebots einst in große Abnahme kommen wird und damit aller zeitlicher Wohlstand der Eheleute. Nimm diesen Schuh voll Geld von mir, geh hin und sieh dich nicht mehr um.«

1092.

GOLDSAND AUF DEM UNTERBERG

Im Jahr 1753 ging ein ganz mittelloser, beim Hofwirt zu St. Zeno stehender Dienstknecht, namens Paul Mayr, auf den Berg. Als er unweit dem Brunnenthal fast die halbe Höhe erreicht hatte, kam er zu einer Steinklippe, worunter ein Häuflein Sand lag. Weil er schon so manches gehört hatte und nicht zweifelte, daß es Goldsand wäre, füllte er sich alle Taschen damit und wollte voll Freude nach Haus gehen; aber in dem Augenblick stand ein fremder Mann vor seinem Angesicht und sprach: »Was tragst du da?« Der Knecht wußte vor Schrecken und Furcht nichts zu antworten, aber der fremde Mann ergriff ihn, leerte ihm die Taschen aus und sprach: »Jetzt gehe nimmer den alten Weg zurück, sondern einen andern und sofern du dich hier wieder sehen läßt, wirst du nicht mehr lebend davon kommen.« Der gute Knecht ging heim, aber das Gold reizte ihn also, daß er beschloß, den Sand noch einmal zu suchen, und einen guten Gesellen mitnahm. Es war aber alles umsonst und dieser Ort ließ sich nimmermehr finden.

Ein andermal verspätete sich ein Holzmeister auf dem Berge und mußte in einer Höhle die Nacht zubringen. Anderen Tages kam er zu einer Steinklippe, aus welcher ein glänzend schwerer Goldsand herabrieselte. Weil er aber kein Geschirr bei sich hatte, ging er ein ander Mal hinauf und setzte das Krüglein unter. Und als er mit dem angefüllten Krüglein hinweg ging, sah er unweit dieses Orts eine Türe sich öffnen, durch die er schaute, und da kam es ihm natürlich vor, als sehe er in den Berg hinein und darin eine besondere Welt mit einem Tageslicht, wie wir es haben. Die Türe blieb aber kaum eine Minute lang offen; wie sie zuschlug, hallte es in den Berg hinein, wie in ein großes Weinfaß. Dieses Krüglein hat er sich allzeit angefüllt nach Haus tragen können, nach seinem Tode aber ist an dem Gold kein Segen gewesen. Jene Türe hat in folgender Zeit niemand wieder gesehen.

1093.

DAS BERGMÄNNLEIN BEIM TANZ

Es zeigten alte Leute mit Wahrhaftigkeit an, daß vor etlichen Jahren zu Glaß im Dorf, eine Stunde von dem Wunderberg und eine Stunde von der Stadt Salzburg, Hochzeit gehalten wurde, zu welcher gegen Abend ein Bergmännlein aus dem Wunderberge gekommen. Es ermahnte alle Gäste, in Ehren fröhlich und lustig zu sein und verlangte, mit tanzen zu dürfen; das ihm auch nicht verweigert wurde. Also machte es mit einer und der andern ehrbaren Jungfrau allzeit drei Tänze und zwar mit besonderer Zierlichkeit, so daß die Hochzeitgäst mit Verwunderung und Freude zuschauten. Nach dem Tanz bedankte es sich und schenkte einem jeden der Brautleute drei Geldstücke von einer unbekannten Geldmünze, deren jedes man zu vier Kreuzer im Werte hielt und ermahnte sie dabei, in Frieden und Eintracht zu hausen, christlich zu leben und bei einem frommen Wandel ihre Kinder zum Guten zu erziehen. Diese Münze sollten sie zu ihrem Geld legen und stets seiner gedenken, so würden sie selten in Not kommen; sie sollten aber dabei nicht hoffärtig werden, sondern mit ihrem Überfluß ihren Nachbarn helfen.

Dieses Bergmännlein blieb bei ihnen bis zur Nachtzeit und nahm von jedermann Trank und Speis, die man ihm darreichte, aber nur etwas weniges. Alsdann bedankte es sich und begehrte einen Hochzeitmann, der es über den Fluß Salzach gegen den Berg zu schiffen sollte. Bei der Hochzeit war ein Schiffmann, namens Johann Ständl, der machte sich eilfertig auf und sie gingen miteinander zur Überfahrt. Während derselben begehrte der Schiffmann seinen Lohn: das Bergmännlein gab ihm in Demut drei Pfennige. Diesen schlechten Lohn verschmähte der Fährmann sehr, aber das Männlein gab ihm zur Antwort, er sollte sich das nicht verdrießen lassen, sondern die drei Pfennige wohl behalten, so würde er an seiner Habschaft nicht Mangel leiden, wo er anders dem Übermut Einhalt tue. Zugleich gab es dem Fährmann ein kleines Steinlein, mit den Worten: »Wenn du dieses an den Hals hängst, so wirst du in dem Wasser nicht zu Grunde gehen können.« Und dies bewährte sich noch in demselben Jahre. Zuletzt ermahnte es ihn zu einem frommen und demütigen Lebenswandel und ging schnell von dannen.

1094.

RIESEN AUS DEM UNTERBERGE

Alte Männer aus dem Dorfe Feldkirchen, zwei Stunden von Salzburg, haben im Jahr 1645 erzählt, als sie noch unschuldige Buben gewesen, hätten sie aus dem Wunderberge Riesen herabgehen gesehen, die sich an die nächst dieses Berges stehende Grödicher Pfarrkirche angelehnt, daselbst mit Männern und Weibern gesprochen, dieselben eines christlichen Lebens und zu guter Zucht ihrer Kinder ermahnt, damit diese einem bevorstehenden Unglück entgingen. Sodann hätten sich diese Riesen wiederum nach ihrem Wunderberg begeben. Die Grödicher Leute waren von den Riesen oft ermahnt, durch erbauliches Leben sich gegen verdientes Unglück zu sichern.

1095.

KAISER FRIEDRICH IM UNTERSBERGE

Kaiser Friedrich Barbarossa war vom Papste in den Bann getan worden; alle Kirchen verschlossen sich ihm, kein Priester fand sich, der ihm die Messe lesen oder gar das heilige Abendmahl spenden wollte.

Der Kaiser kam gegen Salzburg, um Ruhe zu finden. Er fand sie nicht; auf den Walser Feldern traf er mit dem Erzbischof von Salzburg zusammen; es kam zwischen ihnen zu einem heftigen Streit, der damit endete, daß der Erzbischof ihm fluchte und erklärte: »Der Kaiser soll so wenig bei Gott Gnade finden, als der Birnbaum auf dem Walser Felde je wieder Blätter und Blüten treiben wird.« Damit ließ er den Baum vor den Augen des Kaisers kurz über der Erde fällen.

So kam die heilige Osterzeit heran. Der edle Kaiser wollte das heilige Fest nicht stören und der gläubigen Christenheit kein Ärgernis geben, so ritt er denn zur Jagd.

Er legte ein kostbares, von Indien ihm gesandtes Gewand an, nahm ein Fläschchen mit wohlriechendem Öle zu sich und bestieg sein feuriges Roß. Keiner von des Kaisers Leuten kannte jedoch sein Vorhaben.

Die Jagd verlor sich bald tiefer in den Wald, und nur wenige seines Gefolges vermochten dem kaiserlichen Herrn zu folgen. Da, auf einer

Lichtung angelangt, nahm Kaiser Friedrich plötzlich ein wunderbares Fingerlein in seine Hand und verschwand vor den Augen seiner Begleiter.

Vergebens durchforschten seine Getreuen die Wälder, durchstöberten die Schlucht, riefen seinen Namen. Er war und blieb verschwunden. Niemand ahnte, wohin er gekommen war.

Seit jener Zeit aber haust er im Untersberge.

1096.

DIE WETTERGLOCKEN

Der berühmte »Zabera Jaggl« soll sich oft bitter beklagt haben über die Hindernisse, welche ihm einige Glocken, die sogenannten Wetterglocken, bereiteten, wenn er mit einem Wetter im Anzug war. »Wenn ich mit dem Wetter durch den Paß Lueg fahren will«, soll er gesagt haben, »so läßt mich der Werfner Schloßhund (die große Schloßglocke in der Festung Werfen, die in früherer Zeit bei drohendem Ungewitter geläutet worden sein soll, was aber dann auf Bitten der Abtenauer unterblieb, da sonst alle Ungewitter über Abtenau gefahren wären) oft nicht vorbei; ich muß dann draußen bleiben oder über die Abtenau fahren. Schläft aber der Schloßhund und komme ich dort glücklich vorbei und fahr' ich dann durch die Fritz (Tal und Bach zwischen Dorfwerfen und Bischofshofen rechts in die Salzach mündend), so kommt mir schon bei der Höllbrücke der große Altenmarkter Hund (große Kirchenglocke) entgegen und läßt mich nicht über die Kreisten (steile Böschung der Wasserscheide zwischen Enns und Fritz gegen letztere hin bei Stat. Eben) hinauf, ja oft nicht einmal in die Oberfritz (Fritztal von der Höllbrücke aufwärts gegen Filzmoos) hinein. Will ich dann ausweichen und übern Gasthofberg nach St. Martin fahren, dann geht's erst recht los; mit dem Gasthofhund (große Hausglocke) fangen alle kleinen Gasthofberghündlein (kleine Hausglocken) zu belfern an, und ich muß meinen Zorn auf den Höllberg auslassen, oder ich muß zurück und übers Brunnhäusl (Gasthaus an der Mündung des Baches von St. Martin in die Fritz) nach St. Martin hinein. Schlüpfe ich aber bei der Höllbrücke glücklich durch und fahre ich durch die Oberfritz gegen Filzmoos, so kommen mir gleich die kleinen Filzmooser-Bellerl (zwei kleine Glocken auf dem Kirchturm zu Filzmoos; bis sie bei Gelegenheit der Anschaffung eines neuen Kirchengeläuts als Wetterglocken von zwei Bauern angekauft wurden) entgegen und lassen mich nicht weiter fahren. Was will ich tun? In den Neuberg hinein lassen mich die Neuberger »Schepperl« (kleine Hausglocken im Neuberg, dem obersten Fritztale) nicht, zum Rückzug bin ich zu müde, und in der Fritz lassen mich die »Bauernbelferl« (kleine Hausglocken in der Oberfritz) nicht einmal niedersitzen auf den »bockstickeln« Leiten. Das »Burenhelferl« (Hausglocke des »Buren«, eines Bauern an der Grenze zwischen Altenmarkt und Filzmoos) ist da gar ein arges. Ich muß also todmüde noch auf die Berge hinaufsteigen und über die Gsengplatte oder über den Roßbrand oder, wenn's gut geht, über den Wurmeck (niedriger aber breiter Bergrücken zwischen Fritz und Wandling in Filzmoos) hinfahren und dort an unschuldigen Weiden und Wäldern meinen Zorn auslassen und an Forst und Vieh mich rächen, bis ich endlich am Dachstein mich niederlassen und ausruhen kann.«

1097.

DER BIRNBAUM AUF DEM WALSERFELD

Bei Salzburg auf dem sogenannten Walserfeld soll dermaleinst eine schreckliche Schlacht geschehen, wo alles hinzulaufen und ein so furchtbares Blutbad sein wird, daß den Streitenden das Blut vom Fußboden in die Schuh rinnt. Da werden die bösen von den guten Menschen erschlagen werden. Auf diesem Walserfeld steht ein ausgedorrter Birnbaum zum Angedenken dieser letzten Schlacht; schon dreimal wurde er umgehauen, aber seine Wurzel schlug immer aus, daß er wiederum anfing zu grünen und ein vollkommner Baum ward. Viele Jahre bleibt er noch dürr stehen, wann er aber zu grünen anhebt, wird die greuliche Schlacht bald eintreten und wann er Früchte trägt, wird sie anheben. Dann wird der Bayerfürst seinen Wappenschild daran aufhängen und niemand wissen, was es zu bedeuten hat.

1098.

DER VERDÄCHTIGE THEOPHRASTUS

Unter allen Alchimisten und Goldmachern ist einer von den berühmtesten gewesen, Philippus Theophrastus Bombast von Hohenheim, Paracelsus genannt, ein geborner Edelmann aus der Schweiz, dessen Vater aber hernach in dem Herzogtum Karten sich häuslich niedergelassen. Dieser Mann ist zwar ein berühmter Philosoph, D. Medicinae und vortrefflicher Alchimist gewesen, aber er wird nicht ohne Ursach von vielen zum höchsten getadelt und eines gottlosen Wandels, wo nicht gar der Zauberei verdächtig gehalten.

Wie aber des Paracelsi Werke beschaffen, wie sie fast das gemeine natürliche Vermögen übertreffen und der lästernden Zungen Gebissenheit übersteigen, das gibt seine Grabschrift, so ihm von dem durchl. und hochwürd. Bischof, Fürsten von Salzburg, zum Zeugnis seiner guten Verdienste gegeben worden, genugsam, es sei der Mißgunst lieb oder leid, an den Tag. Selbige lautet auf deutsch also:

Grabschrift Paracelsi, welche man zu Salzburg im Spital zu St. Sebastian an der Kirchenmauer aufgerichtet und in Stein gehauen sieht:

> Hier liegt begraben Philippus Theophrastus, der fürtreffliche Doktor in der Arznei, welcher die harten Wunden, den Aussatz, das Podagra, die Wassersucht und andere unheilbare Leibesseuchen mit verwunderlicher Kunst vertrieben und seine Güter den Armen vermacht und ausgeteilet. Im Jahr 1541, den 24. Tag des Herbstmonats [September] hat er das Leben mit dem Tod verwechselt.

Es ist zwar ein köstlich Ding um eine solche Grabschrift, wenn das geführte Leben des Verstorbenen damit übereinstimmet. Man kann aber dergleichen Zeugnis nicht für unfehlbar annehmen, denn mancher steht mit güldenen Buchstaben aufs allerprächtigste bei einem Grabmal angeschrieben und doch hergegen bei Gott im schwarzen Register der verdammten Übeltäter. Helmontius rechtfertige sich vor selbsten, ehe er die gestrittene [bestrittene] Aufrichtigkeit eines andern versichere.

Vielleicht hat Gott dem Theophrasto die Gnade verliehen, daß er sich noch vor seinem Ende bekehret und rechtschaffene Früchte getan, dahero man ihm etwan nach seinem Tode die Grabschrift setzen lassen. So nun diesem gleich also wäre, kann doch sein böses Leben darum nicht lobenswert sein. Helmont mag von ihm halten, was er wolle, so wird er dennoch mich nimmer bereden, so daß seine schwarzen Rabenfedern weiß sein.

Wo findet man mehr abergläubische Possen als eben in des Paracelsi

Schriften? In seinem Buch von der geheimen Philosophie. Die Krankheiten könne man durch Charaktere heilen, welche durch den Goldtrunk, nach Quintessenz vom Spießglas zu kurieren. Scheuet er sich doch nicht, ausdrücklich zu setzen: Man soll eine Hand, Fuß oder ander Glied, das bresthaft ist und schmerzet, gleich bilden oder auch ein Bildnis des gesamten Leibes formieren und hernach selbiges Bildnis pflastern und salben, nicht den Patienten selbsten. Imgleichen da der Mensch durch Zauberei die Sprache, Gehör oder seine männliche Kraft verloren, müsse man des ganzen Menschen Ebenbild von Wachs machen, mit starkem Glauben und tiefer Einbildung, und selbiges Wachsbild gebührlichermaßen kurieren. Welches ja die rechte Weise und Gewohnheit der alten Zaubervetteln ist.

1099.

DIE STEINERNE AGNES

Von den Rothöfen am Lattengebirge schaut in das kleine Berchtesgadener Ländchen eine mächtige Felsspitze herab, die »steinerne Agnes« genannt. Agnes war einst die schönste Dirne weit und breit gewesen. Flink bei der Arbeit, lustig und froh im Kreise ihrer Freundinnen, war sie gepriesen und beliebt wie keine zweite und oftmals bei Schalmei und Hackbrett zur Königin erwählt. Also befeiert, wurde sie aber alsbald stolz gegen ihre Mitschwestern und von abstoßendem Übermut erfüllt. Allein: »Hochmut kommt vor dem Fall!« Dieses Sprichwort sollte sich auch an ihr bewahrheiten. Ein schmucker Jägersmann wußte sich in ihr Herz zu stehlen, sie ward verführt, ihrer Unschuld beraubt und wagte sich bald nicht mehr zu Spiel und Tanz, damit ihre Schande nicht offenkundig würde. Aber geheimer Gram lastete schwer auf ihrer Seele; denn ihr Verführer ließ sich nicht mehr blicken.

Da hüllte sich der Teufel in Jägertracht, ging zu der armen Agnes und sprach: »Was härmst du dich? Du bleibst ja doch wie vor und ehe die schöne, flinke Agnes; ein Druck der Hand – ein Laut – und wie alles Weh lischt auch das Lebenslichtlein deines Kindleins aus!« – Schaudernd hört es Agnes, was der Versucher ihr ins Ohr flüstert. Lange ringt sie mit der Mutterliebe in ihrem Herzen; sie sieht auf der einen Seite unausbleibliche Schande, den Spott und Hohn ihrer Mitschwestern, auf der anderen Vergessenheit dessen, was geschehen, und der Böse hat den Sieg über die Mutter davongetragen, sie tötet ihr Kind mit eigener Hand. Solch scheußliches

Verbrechen ereilte aber sofort die Strafe Gottes. Zum Schreckbild auf die Zinne hinausgerückt, starrt Agnes, zu Stein geworden, von der schroffen Wand hinab ins Tal.

1100.

DIE NACHTSENDIN

Auf den Gasteiner Alpen traf einst in einer eisigkalten Winternacht – die Sennerinnen waren schon seit vielen Wochen heimgezogen – ein von der Jagd ermüdeter Jäger auf eine Alpenhütte, ging in dieselbe und legte sich mit seinem Hunde auf der »Hossen« ins Heu. Trotz aller Ermüdung und Schlafsucht fand er aber nicht die geringste Ruhe; denn immerzu vernahm er ein unheimliches Geräusch, bald ein Knistern, bald Kesselrühren, dann wieder, wie wenn Geschirr gereinigt würde, ganz so, wie die Sennerinnen zur Sommerszeit auf den Almen hantieren. Auf einmal aber rief es in hellem Tone:

»Du auf der Hossen,
Möcht'st nicht von meinem Rührmus kosten?«

Der Jäger erschrak über die Maßen und brachte nicht ein Wort über seine Lippen. Doch bald rief's wieder:

»Komm' runter, Jäger, von den Hossen,
Mußt auch von meinem Rührmus kosten!«

Da bellte der Hund laut auf, drunten krachten die Geräte alle zusammen, ein gellendes Lachen durchzitterte den Raum, dann heulte und wimmerte es wieder; darauf fiel die Hüttentüre ins Schloß, und eine kreischende Stimme rief:

»Hätt'st du den Brandl (Hund) nicht bei dir,
Zerrieb ich dich zu Laub und Staub!«

Das war die Gasteiner Nachtsendin, welche, in Sünden verstorben, im Tode keine Ruhe finden kann und nachts zur Winterszeit auf den Alpen erwacht und in der Hütte ihr Unwesen treibt.

1101.

DER BURGGEIST IN GASTEIN

Da war unter den Weitmoserschen Bergleuten ein junger Bursche, der in froher Lust mit heller Stimme sein Lied erschallen ließ, wenn er in der Grube gerade mit der schwersten Arbeit aussetzte. Dies machte dem Berggeiste besonderes Vergnügen und eines Tages stand er in Gestalt eines winzigen Bergmännleins vor dem erstaunten Knappen. Da gestand das Männlein, wie sehr es sein froher Gesang erfreue und machte ihm den Vorschlag, es werde für ihn alle Arbeit verrichten, er solle nur zur Grube einfahren und stets fleißig singen. An Segen der Arbeit werde es ihm nicht fehlen, nur dürfe er niemand verraten, was sie beide ausgemacht hätten. Der Knappe war wohl zufrieden und versprach auch, ihr Geheimnis streng zu hüten. Auch an Geld hatte er keinen Mangel, denn was er förderte, war stets das beste Erz. So lebte er lustig in den Tag hinein und abends klangen seine Lieder im Kreise seiner Kameraden und machten ihn beliebt weit und breit. Aber eines Tages, als er dem Weine zu stark zugesprochen hatte, verriet seine Zunge das lang gehütete Geheimnis.

Das Unglück ließ nicht auf sich warten. Als er am nächsten Tage eingefahren war, hörte man plötzlich in dem Gange, wo er arbeitete, ein fürchterliches Krachen und Donnern und als die Nächsten zu Hilfe eilen konnten, fanden sie ihn jämmerlich erschlagen von den herabgestürzten Felstrümmern. Der erboste Berggeist hatte ihn gestraft für den Verrat und sein Geist muß seitdem im Schachte umgehen.

1102.

GOLDBERG IN RAURIS

Einst ging ein Knappe über den Hügel nahe am Goldberg hin, der hatte einen Laib Brot an eine Schnur gehängt, und trug ihn über der Schulter, da kam der Kaputzer wie ein Windstoß und entführte ihm das Brot. Ein andermal ging derselbe Knappe wieder dort fürbaß und trug zwei Brotlaibe, und wieder entriß ihm der neckische Berggeist einen Laib und kollerte ihn bergabwärts. Da warf der Knappe den andern Laib hinterdrein und rief: »Hast du den einen, nimm auch den andern!« Seitdem heißt jener

Hügel der Brotschnagel. Der Knappe aber ward bald darauf ein glücklicher Fündner und gelangte zu großem Reichtum. Der Kaputzer blieb ihm hold.

1103.

DER RING IM FISCHBAUCH

Im städtischen Museum von Wiener Neustadt hängt ein Gemälde, das eine junge Frau darstellt, die einen Fisch ausweidet und dabei nachdenklich einen Ring, der auf der Spitze des emporgehaltenen Messers steckt, betrachtet.

Der Gemeinderat Franz Pachner hinterließ seiner Frau ein großes Vermögen. Eines Tages ging die stolze Bürgerin in Gesellschaft anderer Frauen zum Neutor hinaus. Auf der Brücke des Stadtgrabens blieb sie stehen und wähnte sich in ihrem Übermute so reich, daß sie nicht verarmen könnte. Eine Frau aber meinte dazu, daß es keinem Menschen beschieden sei, zu wissen, welches Ende er haben werde; sie solle daher nicht ein so sündhaftes Gespräch führen. Die stolze Frau wies die Warnung höhnend zurück, zog einen goldenen Ring vom Finger und sagte, indem sie ihn in das Wasser des Stadtgrabens warf: »So wenig ich diesen Ring je wiedersehen werde, ebensowenig werde ich je verarmen.«

Einige Tage darauf brachte ein Fischer der reichen Bürgerin einen prächtigen Fisch. Als ihre Köchin ihn aufschnitt, spießte sich an das Messer ein goldener Ring, den sie voll Erstaunen ihrer Herrin zeigte. Frau Pachner erkannte ihren Ring und gedachte des übermütigen Geredes vom ewigen Reichtum. Es dauerte auch nicht lange, so erlitt die Frau einen Verlust nach dem andern und verarmte schließlich derart, daß sie in ihren alten Tagen genötigt war, um Aufnahme in das Bürgerspital zu bitten, wo sie als die ärmste Frau der Stadt verstarb.

1104.

DER NEUSIEDLER SEE

Im Herzen des Burgenlandes liegt der Neusiedler See. An seinen schilfumwachsenen Ufern spielen die Wassergeister, wenn das Rohr sich im Winde wiegt, wenn die Sumpfvögel sich kreischend in die Lüfte schwingen und das Wasser sich leise kräuselt. Dann singt und klingt es um den See, und wie die Bauern erzählen, gibt es besonders um zwölf Uhr mittags dort oft viel Tumult und Lärm, man hört jauchzen und schreien, geigen und pfeifen, daß man meinen könnte, eine Bauernhochzeit werde auf dem Grund des Sees gefeiert. Das sind die Wassermänner und ihre Nixenfrauen, die sich vergnügen. Aber einmal wurde ihre Lustbarkeit gewaltsam gestört, worüber uns Christof Hanstein und Hans Kötner wahre Kunde geben.

Ein Mann aus Andau, der zum Neusiedler See gegangen war, um an seinen Ufern Schilf zu schneiden, hörte schon längere Zeit die laute Fröhlichkeit, die aus der Tiefe des Sees emporstieg. Da kam plötzlich auf einem großen Rappen ein schöner Reiter dahergesprengt. Eine lange Gerte hielt er in der Hand. Er grüßte den Mann und fragte ihn, ob dieses seichte Wasser hier der berühmte Neusiedler See sei.

»Das ist er wohl, und gar so verächtlich müßt Ihr von ihm nicht reden. In seiner Tiefe gibt es Nixen und Wassermänner genug, hört Ihr nicht, wie lustig sie eben sind?«

»Dann bin ich hier recht am Ort«, brummte der Reiter, sprang von seinem Pferd, trat ans Wasser heran, hob seine Gerte, ließ sie jedoch wieder sinken und wandte sich dem Mann aus Andau zu.

»Ich bin ein Wassermann. Man hat mir mein Weib entführt. In allen Gewässern der Welt habe ich sie schon gesucht und nicht gefunden. Vielleicht ist sie hier. Halte mir mein Pferd fest, damit es mir nicht nachspringe.« Einen Augenblick überlegte er noch, dann trat er so dicht an den See heran, daß seine Füße schon im Wasser standen, hob die Gerte hoch und schlug damit aufs Wasser. Im selben Augenblick erklang von ferne das Mittagsgeläute der Kirchenglocken herüber. Das Wasser teilte sich, und wie auf einer breiten Straße schritt der Wassermann in den See hinein und war bald darauf verschwunden.

Aus der Tiefe tönte noch immer das Jauchzen und Singen, aber mit einem Mal brach es jäh ab, und gleich darauf erhob sie ein jämmerliches Geschrei und Wehklagen. Dem Mann am Ufer des Sees wurde bang zumute, und er konnte kaum mehr das Roß halten, das ungestüm dem Wasser zustrebte.

Plötzlich färbte sich der See an einer Stelle dunkelrot. Es war, als wäre eine Blutquelle in der Tiefe entsprungen. Kurze Zeit darauf öffnete sich die Wasserstraße wieder, der Wassermann schritt dem Ufer zu, aber er war nicht mehr allein, seine Nixenfrau ging an seiner Seite.

»Die Rache ist gelungen, der Räuber ist tot«, rief er frohlockend. Er setzte sich auf sein Pferd, hob die Nixe vor sich in den Sattel und warf dem Mann aus Andau einen kleinen Beutel zu, in dem nur ein einziger Kreuzer war.

»Das dir zum Lohn, Bauer. Sooft du in diesen Beutel greifst, wirst du ihm einen Kreuzer entnehmen können.«

Der Mann ist reich geworden, denn er tat nichts anderes mehr als in den Beutel greifen und einen Kreuzer nach dem anderen herauszuholen.

Ein Zigeuner stahl ihm diesen Beutel, hatte aber nichts davon, denn für die Diebeshand war kein Kreuzer im Beutel vorhanden.

1105.

VON HEXEN IN AU UND IHREN ZAUBERKÜNSTEN

Ein Bauer aus Au ging einmal um Mitternacht nach Hause, da sah er eine ganz in Schwarz gekleidete Frau auf sich zukommen, die ihn mit feurigen Augen bös anblickte. Erschrocken suchte der Bauer das Weite. Eine ähnliche Begegnung mit einer weiß vermummten Gestalt hatten gleichfalls zwei Bauern aus Au, die zur mitternächtlichen Stunde heimgingen. Einer der Bauern erkannte in der Gestalt eine Bäuerin des Dorfes, die ihm mit dem Tode drohte, falls er ihren Namen verraten würde. Der Bauer ließ sich auch nicht dazu bewegen, den Namen zu nennen.

Zwei Bauern aus Au, welche Bürteln nach Mariental verkauft hatten, wollten des Nachts aufbrechen, um am nächsten Tage zeitig ihre Ladung abliefern zu können. Vor Mitternacht ging einer der Fuhrleute seinen Fahrtgenossen wecken. Als er beim Hause Nr. 24 (ich habe in diesem Hause öfters übernachtet) vorbeikam, gewahrte er aus den Fenstern Licht schimmern. Neugierig, wer noch zu so später Stunde auf sei, blickte er durch eine kleine Fensterspalte ins Zimmer und sah vier in Leintücher gehüllte Frauen, um einen Tisch sitzend, essen. Eine der Frauen drohte ihm mit erhobener Faust. Im selben Augenblick schlug es ein Uhr, und die vier Frauen waren verschwunden und das Zimmer in Dunkelheit gehüllt.

Der Bauer R. aus Au hatte die Frau L. schon lange im Verdacht, daß sie eine Hexe sei. Als er ihr einmal beim Pestkreuz begegnete, spuckte er vor ihr aus. Kurze Zeit darauf bekam er einen ganz schiefen Mund. Nun wußte er bestimmt, daß Frau L. eine Hexe sei.

Der Landwirt D. aus Au ging vor Jahren mit seiner Frau zu Fuß nach Wien Gänse verkaufen. Auf dem Rückwege rasteten sie in Himberg. Es war gegen zehn Uhr abends, stockfinster, und es regnete stark. D. weigerte sich, bei diesem Wetter nach Au zurückzugehen, und wollte in Himberg übernachten. Seine Frau bestand jedoch auf der Rückkehr. Sie brachen um halb elf Uhr auf, um elf Uhr gingen sie bereits an der Auer Kirche vorbei. (Der Weg von Himberg nach Au beträgt sechs Gehstunden.) D. war ein Sonntagskind und soll alles Böse, das nach dem Ave-Läuten ins Dorf kam, gesehen haben. »Macht's die Türen zu, denn ihr wißt nicht, was in den Ort kommt.«

Daß es Hexen gibt und diese Begebenheiten wahr sind, daran zweifelt niemand. Lautet doch der Ausspruch eines Sonntagskindes: »In Au sind 27 Hexen und ein Hexenmeister.« Auch Hexen, welche die Gestalt von Katzen annehmen und sprechen können, kommen vor.

1106.

DIE ROMFAHRT DER DORFHEXE

Und es war eine Dorfhexe, und es waren im Dorf Au sieben Bräute und sieben Bräutigame. Und sie gingen zusammen alle sieben Bräute und alle sieben Bräutigame, in die heilige Kirche (um) zu heiraten. Und wie sie gingen zu heiraten, sah sie die Dorfhexe. Und sie verwünschte sie, daß niemals eine einzige Braut Kinderchen bekommen möge. Und die Bauern waren mit ihren Frauen sieben Jahre, und es war (ihnen) kein einziges Kindchen. Und es dachte die Dorfhexe, daß sie das diesen sieben Bräuten gemacht hatte, weil sie sie verwünscht hatte, daß sie niemals Kinderchen bekommen. Und es dachte die Dorfhexe, daß sie gehen muß nach dem heiligen römischen Papst, dies herauszubeichten, was sie diesen sieben Bräuten gemacht hatte, daß sie keine Kinderchen bekommen.

Und sie machte sich auf und ging fort nach dem heiligen römischen Papst. Und als sie auf die römisch-päpstliche Grenze kam, kam ihr der größte Priester entgegen, daß sie nicht hinübertrete auf die heilige Grenze. Und wo er sie getroffen hatte, sagte zu ihr der Priester, auf jener Stelle, wo er sie getroffen hatte, sie möge nichts vorwärts (und) nichts zurück gehen, sondern dort auf jener Stelle soll sie sich niederlassen. »Und am Morgen werde ich kommen, der Priester, hierher auf diese Stelle zu dir. Und du wirst mir erzählen, was für einen Traum du heute nacht sahst.«

Und der Priester kam zu ihr am Morgen, und sie, die Dorfhexe, schlief noch, und der Priester weckte sie auf, die Dorfhexe. Und der Priester sagte zu ihr: »Nun, erzähl mir, was für einen Traum du heute nacht sahst!«

Und (es) sagte zu ihm, dem Priester, die Dorfhexe, daß sie, die Dorfhexe, keinen anderen Traum sah, nur eine Triste Stroh [Strohbündel], daß (diese) bis in das Himmelreich reichte. »Und ich war oben auf ihrer Spitze gelegen.«

Und der Priester sagte zu ihr, er kann ihr nicht Beichte (hören), und er kann sie nicht lossprechen diesen Tag. Und er nahm (die) Hexe und steckte sie in eine Kapelle hinein. Und er sagte zu ihr, der Hexe: »Am Morgen komme ich und nehme dich heraus, und dann kannst du beichten.« Und er sagte zu ihr, zu der Dorfhexe, sie kann nicht beichten, weil, wieviel lauter Stroh in jener Triste war, so viele Menschen hat sie auf der Welt verhext. Und er sagte dann zu ihr, daß sie, eine Dorfhexe, so viele Leute auf der Welt verhext hat, darum kann sie nicht beichten, und steckte sie nachher hinein in eine Stube, und bis zum Morgen fraßen sie die Schlangen und die Ratten.

Und am Morgen ging der Priester in die Stube, wo er die Dorfhexe hineingesteckt (hatte) und klaubte ihre Knochen zusammen und steckte sie in einen gläsernen Sarg. Und der Priester gab einen Zettel auf diesen gläsernen Sarg. Und es stand darauf, daß jene Knochen einer Dorfhexe sind. Weil jene Dorfhexe sieben Bräuten die Kinderchen verhext, und darum ließ er sie auffressen und quälte sie in jener Stube, damit sie nur die Schlangen und die Ratten fressen, weil sie so viele Leute auf der Welt verhext.

1107.

DER KLARINETTHIASL

Der Klarinetthiasl aus Wiesen war ein tüchtiger Musikant. Einst ging er spät in der Nacht von einem Nachbarorte, in dem er zum Tanz aufgespielt hatte, nach Hause.

Als er durch das Spatzenviertel in Wiesen ging, wurde er auf einmal von hohen weißen Gestalten umringt. Bevor er sich von seinem Schrecken erholt hatte, fühlte er sich in die Luft gehoben und fortgetragen. Er erkannte nun, daß er Hexen in die Hände gefallen war. Sie brachten ihn auf den Hexenanger, eine kleine Wiese in der Nähe des Ortes, die von den Leuten stets gemieden wurde, weil sie wußten, daß sich dort Geister und Hexen aufhalten. Hier angelangt, mußte er vorerst den Hexen einen Schwur leisten, der so lautete:

»Wir reiten siebenmal um den Mist
und leugnen den Herrn Jesu Christ.«

Hernach wurde er mit köstlichen Speisen und Getränken bewirtet, und dann mußte er den Hexen aufspielen. In seiner Angst spielte er, so gut er konnte. Die Hexen tanzten und sangen zu seinem Spiel, bis die goldene Sonne über die Berge stieg.
Reichlich mit Krapfen und Mehlspeisen beschenkt, wurde er entlassen. Daheim erzählte er das sonderbare Erlebnis seiner Frau. Sie machte ein sehr ungläubiges Gesicht und hatte ihn augenscheinlich in Verdacht, daß er zuviel getrunken habe.
Als er nun die Mehlspeisen hervorziehen wollte, um die Wahrheit seiner Erzählung zu beweisen, fand er in seiner Tasche nur Pferdemist.

1108.

DER SCHLOSSHANSL

Im Familienkreise der vorletzten Besitzer Bernsteins war die Behauptung der Bevölkerung allbekannt, daß der »Rote Iván« bald im inneren Burgtor vor der Schloßkapelle, bald vor dem Schloß, beim alten Nußbaum am Tümpel, wo seinerzeit das Tor der äußeren Umwallung gestanden haben muß, gewöhnlich in später Abendstunde gesehen worden sei: eine hagere, rothaarige Gestalt mit böse blickenden Augen, in ein rotes Wams gekleidet. Es gab in der Familie wenige, die den Aussagen der angeblichen Augenzeugen glaubten, meist wurde über die Furcht der Bauern gelacht. Am meisten wußten die Schloßknechte zu erzählen, die in den Häuslein am äußeren Burghof wohnten und deren Ahnen schon seit Jahrhunderten als Hörige innerhalb der Schloßmauern lebten.

In unserem Jahrzehnt starben die Enkel der letzten Hörigen als Greise weg, und die Nachrichten über die Spukerscheinungen gerieten in Vergessenheit oder gingen in der Gleichgültigkeit des Alltags verloren. Wenn heute einer oder der andere im Dorf noch eine Überlieferung über den »Schloßhansl« bewahrt, so hütet er sie wohl und läßt sie sich nur schwer entlocken. Unglaube der »aufgeklärten« Zuhörer und schon oft empfundener Spott verschließen ihm den Mund und lassen ihn jedes Wissen hartnäckig leugnen. Viel haben zur Diskreditierung der Erscheinung die Vermummungen und Maskeraden beitragen, mit denen im Abenddunkel jüngere Mitglieder obiger Familie zeitweilig die Gäste und die Bevölkerung schreckten.

1109.

DIE SUMPFGEISTER

Vor mehr als hundert Jahren, als in Glashütten noch Glas erzeugt wurde, trugen die »Glaserer« das Glas in schweren Buckelkraxen weit ins Ungarische hinein, um es dort zu verkaufen. Sie waren oft tagelang unterwegs und wanderten erst heim, wenn die letzte Glasplatte veräußert war. Nicht selten marschierten sie auch während der Nacht, und im Sommer schliefen sie in den Heuschobern.

In jener Zeit war die Straße von Lockenhaus nach Glashütten noch nicht ausgebaut und führte durch ein Sumpfgebiet. Nur im Winter, wenn der Boden gefroren war, oder in ganz trockenen Sommermonaten konnte man mit einem Pferdefuhrwerk das Moor durchqueren. Der Weg war gefährlich, und wer keinen triftigen Grund hatte, ihn zu benutzen, machte lieber einen Umweg.

Einmal ging der alte Knozer Toni mitten in der Nacht durch den Sumpf. Er hatte es eilig heimzukommen, deshalb wählte er die Abkürzung, außerdem war es mondhell und windstill, was konnte da schon viel geschehen!

Als er sich dem Sumpf näherte, tauchten plötzlich mehrere Lichter vor ihm auf, die wie toll durcheinanderwirbelten und immer vor ihm hergaukelten. Er beschleunigte seine Schritte, um sie einzuholen, aber es gelang ihm nicht. Je schneller er ging, desto schneller tanzten die Lichter vor ihm her.

»Verflixt noch einmal!« ärgerte sich der Toni und blieb stehen, um zu verschnaufen.

In diesem Augenblick begann sich ein heftiger Sturm zu erheben, der von einem unheimlichen Sausen begleitet war. Es hörte sich an, als ob ein Geisterheer durch die Luft fegte.

Da bekam es der Knozer Toni mit der Angst zu tun, und er fing zu laufen an. Nach einer Weile fühlte er festen Boden unter seinen Füßen. Da hörte der Lärm auf, und es war wieder ganz still und ruhig wie zuvor.

Er war froh, als er endlich daheim anlangte. Auf die Frage seiner Frau, warum er so gerannt sei, ob ihn jemand verfolgt habe, erzählte er ihr sein Erlebnis. Aber sie lachte nur darüber und meinte, es hätten ihn bloß die Irrlichter genarrt. Als aber einige Tage später ein anderer und ein dritter dasselbe Erlebnis hatten, war es allen klar, daß in dem Sumpfgebiet die Hexen ihr Unwesen trieben.

Um ihnen den Aufenthalt zu verleiden, bauten die Bewohner von Glashütten eine Kapelle, die noch heute zu sehen ist. Und wirklich sind seit damals die Hexen aus der Gegend verschwunden.

1110.

KAISER MAXIMILIAN IN DER MARTINSWAND

Kaiser Maximilian schien dazu geboren, allerlei Gefahren schadlos zu überstehen. Er liebte am meisten die gefährlichste aller Jagden, die Gemsjagd, und hat dabei viele Todesgefahren glücklich überstanden.

An der Landstraße von Augsburg nach Innsbruck erhebt sich in der Nähe des Dorfes Zirl in Tirol ein jäher, überhoher Fels, der gleich einer Mauer emporsteigt, St. Martinswand genannt. Auf dieser Wand verstieg sich Maximilian einst (1493), als er den Gemsen nachkletterte, so daß er schließlich weder vorwärts noch rückwärts konnte. Wo er sich hinwandte, hatte er den Tod vor Augen. Blickte er über sich, so drohten ihm die hängenden Felsen, die sich abreißen konnten; sah er unter sich, so erschreckte ihn eine grausige Tiefe von mehr als hundert Klaftern. Mit Seilen und anderen Werkzeugen konnte ihm niemand nahekommen, und einen Weg durch die Felswand hätten alle Steinbrecher nicht in Monatsfrist öffnen können. Unten im Grunde liefen händeringend seine Hofleute, aber sie vermochten ihm nicht zu helfen. Zwei ganze Tage und Nächte hatte er schon in dieser schrecklichen Lage zugebracht, und er mußte sich dem Gedanken hingeben, daß dieser Fels ihm den Tod bringen werde. So laut er konnte, rief er den Seinen nach unten zu, man möchte die Priester mit dem heiligen Sakrament kommen lassen und es ihm entgegenhalten, damit er sich zum Sterben rüsten könnte.

Inzwischen erscholl die betrübende Nachricht von diesem Unfall durch das ganze Land. In allen Kirchen wurde die göttliche Allmacht um Rettung angerufen, und Gott erhörte das Gebet des treuen Volkes.

Am dritten Tage, während Maximilian nur noch mit Sterbegedanken umging, hörte er in der Nähe ein Geräusch. Ein Jüngling in Bauernkleidern kroch daher, machte einen Weg im Felsen, bot ihm die Hand und sprach: »Seid getrost, gnädiger Herr, Gott lebet noch, der euch retten kann und will. Folget mir und fürchtet euch nicht, ich will euch dem Tode entführen!«

Nach kurzer Zeit brachte der Führer ihn auf einen Steig, der ihn bis zu den Seinen leitete, wo er mit großer Freude empfangen wurde. In dem jetzt entstehenden Gedränge verlor sich der Jüngling, der ihn geführt hatte; er konnte nachmals nirgends aufgefunden werden, und man achtete ihn deshalb für einen Engel Gottes.

Der Kaiser wurde mit Speise und Trank gelabt, matt und blaß aufs Pferd gesetzt und nach Innsbruck geführt, wo ihn sein Vetter Erzherzog Siegmund froh bewillkommnete und ein großen Dankfest anstellte.

Maximilian ließ die Stelle am Felsen später mit einem Kreuze versehen und feierte jedes Jahr den Tag seiner Rettung in tiefster Einsamkeit mit Gebet und Fasten.

IIII.

RIESE HAYM

Es war vor Zeiten ein Riese, genannt Haym oder Haymon. Als nun ein giftiger Drache in der Wildnis des Inntals hauste und den Einwohnern großen Schaden tat, so machte sich Haymon auf, suchte und tötete ihn. Dafür unterwarfen sich die Bewohner des Inntals seiner Herrschaft. Darnach erwarb er noch größern Ruhm, indem er die Brücke über den Inn, daher die Stadt Innsbruck den Namen führte, fester baute, weshalb sich viel fremde Leut unter ihn begaben. Der Bischof von Chur aber taufte ihn und Haymon erbaute zu Christi Ehren das Kloster Wilten, wo er bis an sein Ende lebte und begraben liegt.

Zu Wilten ist sein Grab zu sehen, vierzehen Schuh, drei Zwergfinger lang, auf dem Grab ist seine Gestalt in Rüstung aus Holz geschnitten. Auch zeigt man in der Sakristei die Drachen-Zunge, samt einem alten Kelch, worauf die Passion abgebildet ist, den man vor mehr als 1100 Jahren, wie man das Fundament des Klosters grub, in der Erde gefunden, also daß der Kelch bald nach Christi Himmelfahrt gemacht war. Neben Haymes Grab hängt eine Tafel, worauf sein Leben beschrieben steht.

1112.

FRAU HÜTT

In uralten Zeiten lebte im Tirolerland eine mächtige Riesen-Königin, Frau Hütt genannt und wohnte auf den Gebirgen über Innsbruck, die jetzt grau und kahl sind, aber damals voll Wälder, reicher Äcker und grüner Wiesen waren. Auf eine Zeit kam ihr kleiner Sohn heim, weinte und jammerte, Schlamm bedeckte ihm Gesicht und Hände, dazu sah sein Kleid schwarz aus, wie ein Köhlerkittel. Er hatte sich eine Tanne zum Stecken-Pferd abknicken wollen, weil der Baum aber am Rande eines Morastes stand, so war das Erdreich unter ihm gewichen und er bis zum Haupt in den Moder gesunken, doch hatte er sich noch glücklich heraus geholfen. Frau Hütt tröstete ihn, versprach ihm ein neues schönes Röcklein und rief einen Diener, der sollte weiche Brosame nehmen und ihm damit Gesicht und Hände reinigen. Kaum aber hatte dieser angefangen mit der heiligen Gottes-Gabe also sündlich umzugehen, so zog ein schweres, schwarzes Gewitter daher, das den Himmel ganz zudeckte und ein entsetzlicher Donner schlug ein. Als es wieder sich aufgehellt, da waren die reichen Kornäcker, grünen Wiesen und Wälder und die Wohnung der Frau Hütt verschwunden und überall war nur eine Wüste mit zerstreuten Steinen, wo kein Grashalm mehr wachsen konnte, in der Mitte aber stand Frau Hütt, die Riesenkönigin, versteinert und wird so stehen bis zum jüngsten Tag.

In vielen Gegenden Tirols, besonders in der Nähe von Innsbruck, wird bösen und mutwilligen Kindern die Sage zur Warnung erzählt, wenn sie sich mit Brot werfen oder sonst Übermut damit treiben. »Spart eure Brosamen, heißt es, für die Armen, damit es euch nicht ergehe, wie der Frau Hütt.«

1113.

DER ALTAR ZU SEEFELD

In Tirol nicht weit von Innsbruck liegt Seefeld, eine alte Burg, wo im vierzehnten Jahrhundert Oswald Müller, ein stolzer und frecher Ritter wohnte. Dieser verging sich im Übermute so weit, daß er im Jahr 1384 an einem grünen Donnerstag mit der ihm, im Angesicht des Landvolks und seiner Knechte in der Kirche gereichten Hostie nicht vorlieb nehmen wollte, sondern eine größere, wie sie die Priester sonst haben, vom Kapellan für sich forderte. Kaum hatte er sie empfangen, so hub der steinharte Grund vor dem Altar an, unter seinen Füßen zu wanken. In der Angst suchte er sich mit beiden Händen am eisernen Geländer zu halten, aber es gab nach, als ob es von Wachs wäre, also daß sich die Fugen seiner Faust deutlich ins Eisen drückten. Ehe der Ritter ganz versank, ergriff ihn die Reue, der Priester nahm ihm die Hostie wieder aus dem Mund, welche sich, wie sie des Sünders Zunge berührt, alsbald mit Blut überzogen hatte. Bald darauf stiftete er an der Stätte ein Kloster und wurde selbst als Laie hineingenommen. Noch heute ist der Griff auf dem Eisen zu sehen und von der ganzen Geschichte ein Gemälde vorhanden.

Seine Frau, als sie von dem heimkehrenden Volk erfuhr, was sich in der Kirche zugetragen, glaubte nicht daran, sondern sprach: »Das ist so wenig wahr, als aus dem dürren und verfaulten Stock da Rosen blühen können.« Aber Gott gab ein Zeichen seiner Allmacht und alsbald grünte der trockne Stock und kamen schöne Rosen, aber schneeweiße, hervor. Die Sünderin riß die Rosen ab und warf sie zu Boden, in demselben Augenblick ergriff sie der Wahnsinn und sie rannte die Berge auf und ab, bis sie andern Tags tot zur Erde sank.

1114.

WIE DIE ALPBACHER RIESEN UND DIE DORNAUER RIESEN MITEINANDER KÄMPFTEN

Auf dem Dornerberg im Zillertale wohnten ein Paar Riesen zu derselben Zeit, wie die Alpbacher Riesen den Roßmooserhof innehatten; die hatten es abgesehen auf den jungen Bartl, und forderten ihn zum »Robeln« heraus, den sie waren gewaltig rauflustig und wollten jenem gern ein Bein stellen, ja noch lieber ihn ganz aus dem Wege räumen. Bartl wich ihnen aus, so viel er konnte, und zeigte keine Neigung, seine Kraft mit jenen zu messen, denn er war nicht rauflustig. Da kamen aber einstmals die Dornauer Riesen herüber und trafen mit dem alten Roßmooshöfer zusammen, bei dem just dessen Bartl anwesend war, und spöttelten über den Sohn, und forderten ihn abermals auf, mit ihnen zu robbeln. Da nun der Bartl unentschieden schwieg, so wurmte das den Alten, und er rief: »Bartl, bist d' denn goar koa Bua, da d' alles leid'st?«

»Ja, Datt'n, darf i denn?« frage der Bartl, und wie der Vater bejahend nickte, so begann der Sohn wieder: »Aft Datt'n, mit oan isch aber schiar nit der Müah wert, ich robble glei mit boadi!«

Und da ging der Kampf los mit den beiden Dornauerbergern, der Bartl erwischte gleich jeden beim Kragen, zog sie in die Höhe, ließ sie zappeln und mit Händen und Füßen strampeln, bis ihnen das Wasser aus den Augen rann, dann ließ er sie fallen, und da schlugen sie hin und lagen wie tot und waren nur mit Mühe wieder in das Leben zurückzurufen.

Als sie sich erholt hatten, schlichen sie sich beschämt vom Kampfplatz und verredeten, je wieder mit dem Bartl anzubinden. Dessen Ruf aber wuchs noch weit und breit hin durch diesen Sieg, denn die Dornberger waren keineswegs Schwächlinge. Jeder allein trug oft 3 bis 4 Salzsäcke, eine Last von 5 bis 6 Zentner, von Zell im Zillertal auf den Dornerberg, auf dem sie in einer Berghöhle wohnten. Dabei hüpften sie lustig am und im Bache von Stein zu Stein, bückten sich samt ihren Lasten und fingen die Forellen im Bache, die unter den Steinen versteckt waren, mit ihren Händen. Dieser Riesenbuben Schwester war es, die ihren Bräutigam, den Pfitscher-Grundbauernsohn, vor lauter Kraft beim Verlobungskuß zu Tode drückte, obgleich der Pfitscherbub schon selbst ein halber Riese war.

1115.

DIE GROSSE STERB

Als einst im Zillertale die große Sterb (Pest) gewütet hatte, blieben nur zwei arme Dienstboten vom Tode verschont. Es waren dies ein Knecht Lenz (Laurenz) mit Namen, der in einem Weiler unweit von Mayrhofen lebte, und eine Dirn, welche in einer Hütte am gegenüberliegenden Zillerufer zu Hause war. In trauriger Stimmung ging sie einmal hinab gegen den Fluß, um Umschau zu halten, ob denn gar alles ausgestorben sei, bemerkte aber zu ihrer größten Freude auf den Feldern des jenseitigen Ufers den ihr wohlbekannten Knecht und rief so laut sie konnte: »Ho, Lenz!« Dieser, auch nicht wenig erfreut, daß außer ihm noch das Dirndl am Leben sei, sprang mit dem Rufe: »Burgal!« in den Ziller, wartete zu dem Mädchen hinüber, und kurze Zeit darauf heirateten sie sich. Seitdem nennt man die Weiler, in welchen die Stammeltern der Zillertaler wohnten, Hollenzen und Burgstall.

1116.

WABERNDES FLAMMENSCHLOSS

In Tirol auf einem hohen Berg liegt ein altes Schloß, in welchem alle Nacht ein Feuer brennt; die Flamme ist so groß, daß sie über die Mauern hinausschlägt und man sie weit und breit sehen kann. Es trug sich zu, daß eine arme Frau, der es an Holz mangelte, auf diesem Schloß-Berge abgefallene Reiser zusammensuchte und endlich zu dem Schloß-Tor kam, wo sie aus Vorwitz sich umschaute und endlich hineintrat, nicht ohne Mühe, weil alles zerfallen und nicht leicht weiter zu kommen war. Als sie in den Hof gelangte, sah sie eine Gesellschaft von Herrn und Frauen da an einer großen Tafel sitzen und essen. Diener warteten auf, wechselten Teller, trugen Speisen auf und ab und schenkten Wein ein. Wie sie so stand, kam einer der Diener und holte sie herbei, da ward ihr ein Stück Gold in das Schürz-Tuch geworfen, worauf in einem Augenblick alles verschwunden war und die arme Frau erschreckt den Rückweg suchte. Als sie aber den Hof hinausgekommen, stand da ein Kriegsmann mit brennender Lunte, den Kopf hatte er nicht auf dem Hals sitzen, sondern hielt ihn unter dem Arme. Der hub an zu reden und verbot der Frau, keinem Menschen was sie gesehen und erfahren zu offenbaren, es würde ihr sonst übel ergehen. Die Frau kam, noch voller Angst, nach Haus, brachte das Gold mit, aber sie sagte nicht, woher sie es empfangen. Als die Obrigkeit davon hörte, ward sie vorgefordert, aber sie wollte kein Wort sich verlauten lassen und entschuldigte sich damit, daß wenn sie etwas sagte, ihr großes Übel daraus zuwachsen würde. Nachdem man schärfer mit ihr verfuhr, entdeckte sie dennoch alles, was ihr in dem Flammen-Schloß begegnet war, haarklein. In dem Augenblick aber, wo sie ihre Aussage beendigt, war sie hinweg entrückt und niemand hat erfahren können, wo sie hingekommen ist.

Es hatte sich aber an diesem Ort ein junger Edelmann ins zweite Jahr aufgehalten, ein Ritter und wohlerfahren in allen Dingen. Nachdem er den Hergang dieser Sache erkundet, machte er sich tief in der Nacht mit seinem Diener zu Fuß auf den Weg nach dem Berg. Sie stiegen mit großer Mühe hinauf und wurden sechsmal von einer Stimme davon abgemahnt: sie würdens sonst mit großem Schaden erfahren müssen. Ohne aber darauf zu achten, gingen sie immer zu und gelangten endlich vor das Tor. Da stand jener Kriegsmann wieder als Schildwache und rief, wie gebräuchlich: »Wer da?« Der Edelmann, ein frischer Herr, gab zur Antwort: »Ich bins.« Das Gespenst fragte weiter: »Wer bist du?« Der Edelmann aber gab diesmal keine Antwort, sondern hieß den Diener das Schwert herlangen. Als dieses geschehen, kam ein schwarzer Reuter aus dem Schloß geritten, gegen welchen sich der Edelmann wehren wollte; der Reuter aber schwang ihn auf sein Pferd und ritt mit ihm in den Hof hinein und der Kriegsmann jagte den Diener den Berg hinab. Der Edelmann ist nirgends zu finden gewesen.

1117.

DAS BERGKLÖPFERL IN TIROL

In den Bergwerken klopft und hammerlt es bald nahe bald fern in dem Felsen drinnen, so erzählen die alten Knappen bei Schwaz und Rattenberg, ja auch anderswo im Lande. Und wenn die Grubenleute ein solches Bergklöpferl hören, dann halten sie es für ein gutes Zeichen zum baldigen Fündigwerden wertvoller Erze.

Das Bergklöpferl ist ein altes graubärtiges Männlein, welches höchst selten gesehen wird; es weicht den Menschen aus und mag mit ihnen nicht viel zu schaffen haben. Zu jener Zeit als Tausende von Arbeitern in dem Silber- und Kupferbergbau am Ringenwechsel beschäftigt waren, hatte man eine Tragbahre im Eingangsstollen stehen, auf welcher Verunglückte oder Tote zur Kirche hinabgetragen wurden. Auf dieser Tragbahre sah man das Bergklöpferl manchmal sitzen, aber leider geschah dann meist am nämlichen Tage noch ein Unglück.

1118.

DER METZGER VON IMST

Es ist noch nicht gar so lange Zeit her, daß zu Imst ein Metzger lebte, der die unlöbliche Gewohnheit an sich hatte, auf der Alm Schafe von fremden Herden wegzufangen, die Zeichen derselben umzuändern, sie in seinen Herden eine Zeitlang mitgehen zu lassen, und sie dann zu schlachten oder auch lebend zu verkaufen. Das gelang ihm ziemlich lange, denn bekanntlich ähnelt ein Schaf dem andern sehr, wenn es nicht fleckig ist. Aber als der Metzger gestorben war, begann er alsbald so greulich zu spuken, daß seine Verwandten nichts Eiligeres zu tun hatten, als den ruhelosen

Geist bannen zu lassen. Der Wächter zu Strad rief gerade in einer finstern Nacht die zwölfte Stunde ab, als er plötzlich auf der Straße zwei Kapuziner gehen sah, von denen jeder ein brennendes Licht und der eine ein großes Buch trug. Zwischen beiden aber ging die Gestalt des Metzgers, den hohen Hut tief ins Gesicht herabgedrückt und die Hände über den Unterleib gekreuzt, in schwarzem Gewande. Die Kapuziner winkten dem Nachtwächter, zur Seite zu gehen, welchen Wink dieser auch äußerst gern und sehr bereitwillig befolgte. Jene drei aber schritten aus Strad die Poststraße entlang, nach Nassereit zu und zum Wirtshause »Zum Dollinger«, kehrten aber nicht ein daselbst, sondern wendeten sich übers Gurgeltal hinüber nach einer Klamm, durch die vom hohen Andelsberg herab der Klammbach stürzt.

Dort hinein sind schon viele spukende Pütze aus der Umgegend von Imst gebannt, und man hört sie manchmal durch die Nachtstille grauslich heulen: »Helft uns! Hoi – hoiiih!«

1119.

DIE GEISTERKIRCHE IM ACHENSEE

Einst stand ein schmuckes Dorf inmitten ausgedehnter wogender Saatfelder an dem Orte, wo nunmehr der Achensee seine Wasser weit ausbreitet. Die Einwohner dieses stattlichen Dorfes waren als leichtfertiges Volk bekannt.

Namentlich die Burschen waren keck und vergnügungssüchtig. Sie vergaßen sich soweit, daß sie auf dem Kirchenchore während der sonntäglichen Predigt und selbst während des Amtes spielten und würfelten und allerlei Mutwillen trieben.

So ging es eines Festtages wieder arg her auf dem Chore, als plötzlich die Burschen gewahr wurden, daß die ganze Ebene ringsum von Wasser überflutet war, das unaufhaltsam höher und höher stieg. An ein Entkommen war nicht mehr zu denken. Alsbald war das Dorf vollständig begraben unter den Wogen eines weitausgedehnten Sees.

Manchmal hört man aus der Tiefe des Sees die Glocken der Kirche geisterhaft erklingen; und an besonders klaren Tagen sieht man wohl noch den goldenen Knopf der Kirchturmspitze durch die stillen Wellen leuchten. Namentlich von der Mederer Brücke aus sah man es öfters goldig schimmern aus dem See.

1120.

SELBERGETAN

Ein Bauer von Arzl im Oberinntal ging einmal in den Wald, um Kienholz zu machen. Dort fand er aber einen so harten Zundernstock, daß es ihn viele Mühe kostete, ihn zu klieben. Als er mit dieser Arbeit beschäftigt war, kam eine Fangga daher und fragte den Bauern: »Wie heißest du?« Da antwortete der Bauer dem Waldweibe: »Saltthon.« Da sprach die Fangga freudig: »Jetzt bekomm ich einmal Menschenfleisch, das soll mir schmecken.« Darauf sagte der Bauer, der ein pfiffiger Kauz war: »Du wirst mich aber nicht roh essen; wenn das Fleisch schmecken soll, muß es gebraten sein.« Nun fragte die Fangga: »Wie geht denn das?« Da erwiderte der Bauer: »Du mußt zuerst diesen Zunderstamm klieben, ihn dann anzünden, und dann kannst du mich am Feuer braten. Fahr nur mit deinen starken Händen hinein und reiß den Stock auseinander.« Das tat das Waldweib und griff in die Spalte hinein. Der Bauer zog aber stracks den hineingeschlagenen Keil heraus, und die Fangga war eingeklemmt. Wie sie sich so überlistet und gefangen sah, fing sie an zu schreien und um Hilfe zu rufen. Da kam der Waldmann so herabgetümmelt (gelärmt), daß noch heutzutage der Ort Timmels heißt, und rief: »Wer hat dir ein Leides getan?« Antwortete die Fangga: »Saltthon.« Als der Waldmann dies hörte, war er unwillig und rief: »Saltthon, saltg'litten!« Dann lief er davon und ließ die Fangga im Stiche. Der Bauer kam nun mit heiler Haut nach Hause, wagte sich aber nie mehr so spät in den Wald hinauf.

1121.

DIE HEILIGE NOTBURGA

Eine der ältesten Tiroler Burgen war die Rottenburg, welche jetzt nur noch in Trümmern die Gegend schmückt. Sie war die Wiege und der Stammsitz eines diese Gegend weithin beherrschenden Dynastengeschlechtes, das seinen Ursprung bis in das 8. Jahrhundert hinauf leitete. Ein Schutzengel war im 14. Jahrhundert dem Hause zuteil geworden, und zwar in einer frommen Jungfrau, des Namens Notburga, welche Heinrich I. von Rottenburg und Ottilie, seiner Gemahlin, als Magd diente, und zwar mit der aufopferndsten Treue. Aber auch gegen die Armen war Notburga die Milde selbst, und das war der kargen Herrin Ottilie nicht recht; sie wollte nicht einmal dulden, daß die Dienerin die Speisen an Arme gebe, die sie sich selbst am Munde absparte, und es ereigneten sich auf Rottenburg Szenen, wie bei der heiligen Elisabeth, Landgräfin von Thüringen, indem sich milde Gaben in Rosen verwandelten und dergleichen. Ottilie ließ sich durch nichts bewegen, der guten Jungfrau Notburga anders als herrisch und feindselig zu begegnen, ja, sie trieb die Arme endlich aus ihrem Schlosse. Notburga suchte und fand bei einem Bauern Zuflucht, der sie aufnahm, in dessen Haus ihr Walten Segen und Fülle brachte, obgleich die fromme Jungfrau mehr betete als arbeitete. Einst galt es Gras zu schneiden, aber ehe die Arbeit vollendet war, erklang die Feierabendglocke, indem die letzten Strahlen der sinkenden Sonne die Gegend vergoldeten. Alsbald endete Notburga die Arbeit, und darüber wurde der Bauer etwas unmutig und sagte: »Es muß heute zu Ende geschnitten werden.« Aber Notburga antwortete nur das eine Wort: »Feierabend!« warf die Sichel hoch in die Luft, und siehe, die Sichel blieb hängen auf dem letzten Sonnenstrahl und glänzte hell wie der silberne Mond. Je mehr bei dem Bauern der Segen wuchs, um so mehr nahm er ab beim Dynasten von Rottenburg; endlich starb Heinrich I., und Herrin Ottilie sank auch auf das Sterbelager. Da gab ihr Gott zum Glücke den Gedanken ein, Notburga zurückzurufen und ihre Verzeihung zu erbitten. Die Jungfrau kam, und bald blühte auch auf Rottenburg alles wieder im besten Wohlstand, und eine Reihe von Jahren war Notburga des Hauses wohltuender und segnender Genius. Als aber auch sie ihr Ende herannahen fühlte (nach dessen Eintreten Engel ihre Seele sichtbarlich in den Himmel trugen), ordnete sie an, daß ihre Leiche auf einen mit zwei Stieren bespannten Wagen gelegt werden sollte, und wo jene – ohne Lenker – sie hinfahren würden, da solle man sie bestatten. Die Tiere fuhren den Leichnam über den Inn, zu einer Kapelle des heiligen Ruprecht, in welcher in früherer Zeit Notburga oft gebetet hatte; dort begrub man sie nun, und da an ihrem Grabe Wunder geschahen, so wurde sie vom Volke als eine Heilige verehrt, und ihr zu Ehren später eine herrliche Kirche erbaut und geweiht, die nun eine besuchte Wallfahrtskirche ist und zu Eben ob Jenbach steht.

1122.

DER ALTE WEINKELLER BEI SALURN

Auf dem Rathause des Tiroler Fleckens Salurn, an der Etsch, werden zwei alte Flaschen vorgezeigt und davon erzählt: Im Jahr 1688 ging Christoph Patzeber von St. Michael nach Salurn in Verrichtungen und wie er bei den Trümmern der alten Salurner Burg vorüberkam, wandelte ihn Lust an, das Gemäuer näher zu betrachten. Er sah sich im obern Teil um und fand ungefähr eine unterirdische Treppe, welche aber ganz hell schien, so daß er hinabstieg, und in einen ansehnlichen Keller gelangte, zu dessen beiden Seiten er große Fässer liegen sah. Der Sonnenstrahl fiel durch die Ritzen, er konnte deutlich achtzehn Gefäße zählen, deren jedes ihm deuchte fünfzig Irten zu halten; an denen die vorn standen, fehlte weder Hahn noch Krahn und als der Bürger vorwitzig umdrehte, sah er mit Verwunderung einen Wein, köstlich wie Öl, fließen. Er kostete das Getränk und fand es von solchem herrlichen Geschmack, als er zeitlebens nicht über die Zunge gebracht hatte. Gern hätte er für Weib und Kind davon mitgenommen, wenn ihm ein Geschirr zu Handen gewesen wäre; die gemeine Sage fiel ihm ein von diesem Schloß, das schon manchen Menschen unschuldigerweise reich gemacht haben sollte, und er sann hin und her, ob er nicht durch diesen Fund glücklich werden möchte. Er schlug daher den Weg nach der Stadt ein, vollbrachte sein Geschäft und kaufte sich zwei große irdene Flaschen nebst Trichter und verfügte sich noch vor Sonnenuntergang in das alte Schloß, wo er alles gerade so wiederfand, als das erstemal. Ungesäumt füllte er seine beiden Flaschen mit Wein, welche etwa zwanzig Maß fassen konnten, hierauf wollte er den Keller verlassen. Aber im Umdrehen sah er plötzlich an der Treppe, also daß sie ihm den Gang sperrten, drei alte Männer an einem kleinen Tische sitzen, vor ihnen lag eine schwarze mit Kreide beschriebene Tafel. Der Bürger erschrak heftig, hätte gern allen Wein im Stich gelassen, hub an inbrünstig zu beten und die Kellerherrn um Verzeihung zu bitten. Da sprach einer aus den dreien, welcher einen langen Bart, eine Ledermütze auf dem Haupt und einen schwarzen Rock anhatte: »Komm so oft du wilt, so sollst du allzeit erhalten, was dir und den deinen vonnöten ist.« Hierauf verschwand das ganze Gesicht. Patzeber konnte frei und ungehindert fortgehen und gelangte glücklich heim zu seinem Weibe, dem er alles erzählte, was ihm begegnet war. Anfangs verabscheute die Frau diesen Wein, als sie aber sah, wie ohne Schaden sich ihr Hauswirt daran labte, versuchte sie ihn auch und gab allen ihren Hausgenossen dessen zu trinken. Als nun der Vorrat all wurde, nahm er getrost die zwei irdenen Krüge, ging wieder in den Keller und füllte von neuem und das geschah etlichemal ein ganzes Jahr durch; dieser Trunk, der einer kaiserlichen Tafel wohl gestanden hätte, kostete ihn keinen Heller. Einmal aber besuchten ihn drei Nachbaren, denen er von seinem Gnadentrunk zubrachte, und die ihn so trefflich fanden, daß sie Verdacht schöpften und argwohnten, er sei auf unrechtem Wege dazu gekommen. Weil sie ihm ohnedies feind waren, gingen sie aufs Rathaus und verklagten ihn, der Bürger erschien und verhehlte nicht, wie er zu dem Wein gelangt war, obgleich er innerlich dachte, daß er nun den letzten geholt haben würde. Der Rat ließ von dem Wein vor Gericht bringen und befand einstimmig, daß dergleichen im Lande nirgends anzutreffen wäre. Also mußten sie zwar den Mann nach abgelegtem Eid heim entlassen, gaben ihm aber auf, mit seinen Flaschen nochmals den vorigen Weg zu unternehmen. Er machte sich auch dahin, aber weder Treppe noch Keller war dort zu spüren und er empfing unsichtbare Schläge, die ihn betäubt und halbtot zu Boden streckten. Als er so lange Zeit lag, bedeuchte ihn den vorigen Keller, aber fern in einer Tiefe, zu erblicken, die drei Männer saßen wieder da und kreideten still und schweigend bei einer hellen Lampe auf dem Tisch, als hätten sie eine wichtige Rechnung zu schließen; zuletzt wischten sie alle Ziffern aus und zogen ein Kreuz über die ganze Tafel, welche sie hernach bei Seite stellten. Einer stand auf, öffnete drei Schlösser an einer eisernen Tür und man hörte Geld klingen. Auf einer anderen Treppe kam dann dieser alte Mann heraus zu dem auf der Erde liegenden Bürger, zählte ihm 30 Taler in den Hut, ließ aber nicht den geringsten Laut von sich hören. Hiermit verschwand das Gesicht und die Salurner Uhr aus der Ferne schlug eilf. Der Bürger raffte sich auf und kroch aus den Mauern, auf der Höhe sah er einen ganzen Leichenzug mit Lichtern vorbeiwallen und deutete das auf seinen eigenen Tod. Inzwischen kam er nach und nach auf die Landstraße und wartete auf Leute, die ihn nach Haus schleppten. Darauf berichtete er dem Rat den ganzen Verlauf und die 30 alten Taler bewiesen deutlich, daß sie ihm von keiner oberirdischen Hand waren gegeben worden. Man sandte des folgenden Tags acht beherzte Männer aus zu der Stelle, die gleichwohl nicht die mindeste Spuren entdeckten, außer in einer Ecke der Trümmer die beiden irdenen Flaschen liegen fanden und zum Wahrzeichen mitbrachten. Der Patzeber starb zehen Tage darauf und mußte die Weinzeche mit seinem Leben zahlen; das gemachte große Kreuz hatte die Zahl der zehn Tage vielleicht vorbedeutet.

1123.

DIE TROPFENDE RIPPE

Im Cillerkreise der Steiermark liegt ein Ort Oberburg, auf slavisch Gornigrad, in dessen Kirche hängt eine ungeheure Rippe, dergleichen kein jetzt bekanntes Landtier hat. Man weiß nicht, wann sie ausgegraben worden, die Volkssage schreibt sie einer Heidenjungfrau (slavisch: ajdowska dekliza) zu, mit der Anmerkung, daß von dieser Rippe alljährlich ein einziger Tropfen abfällt und der jüngste Tag in der Zeit komme, wo sie ganz vertröpfelt sein wird.

1124.

DIE WUNDERBARE LEITER

In dem nunmehr aufgelassenen Kupferbergwerke in der Teichen bei Kalwang arbeitete einst ein Hutmann mit seinen Leuten. Da vernahmen sie ein Klopfen, welches tönte, als hämmere jemand in einem benachbarten Stollen auf die Wand. Das Klopfen war deutlich vernehmbar und dauerte eine gute Weile. Darüber wurde nun der Hutmann ängstlich und sagte: »Es droht uns Gefahr, das Bergmännchen warnt uns!« Aber die Knappen lachten über die Furcht des Hutmannes und arbeiteten ungestört fort. Am darauffolgenden Tage wiederholte sich das Klopfen, nur tönte es stärker als das erste Mal. Am nächsten Tage schien es, als werde das Geräusch in der nächsten Nähe verursacht. Auch bemerkten sie an der Stollenwand eine kleine schwache Leiter angelehnt, die sie früher nicht bemerkt hatten. Zugleich tönte das Klopfen stärker denn je und es deuchte allen, als wenn unterirdische Wasser hervorbrechen würden. Plötzlich rief der Hutmann entsetzt aus: »Jesus Maria! Heilige Barbara, steh' uns bei!« und stieg eilends die schwache Leiter hinan, während die übrigen Knappen schleunigst dem Grubenausgange zueilten. Aber schon war es zu spät! Mächtig drangen die unterirdischen Gewässer aus den Spalten hervor und erfaßten die Flüchtigen, noch bevor diese den Ausgang erreichten. Der Hutmann auf der Leiter glaubte, jeden Augenblick müsse diese den heftigen Stößen nachgeben und umfallen. Aber die Leiter blieb stehen, als wäre sie befestiget, und die mächtigen Wogen mochten noch so stark anprallen, sie wankte nicht. Als das Wasser immer höher stieg, kletterte auch der Hutmann hinan; es schien ihm, als ob die Leiter immer die Höhe hinanstrebe, und oben auf der letzten Sprosse erblickte er ein kleines Männchen mit langem weißen Barte. Es war der Berggeist, welcher die Knappen vor der ihnen drohenden Gefahr gewarnt hatte. Nach zwei Tagen hatten sich die unterirdischen Gewässer verlaufen und als der entsetzte Hutmann die Grube verließ, erblickte er die Leichen seiner verunglückten Gefährten, die ihre Zweifel und ihren Unglauben an die Existenz des Berggeistes mit dem Leben hatten bezahlen müssen.

1125.

DAS BERGMÄNNLEIN IM NESTLGRABEN

Im Nestlgraben bei Turrach und auf der Turracher Höhe sind die einzigen Fundstätten in der Steiermark, wo echte Steinkohle vorkommt. Ehemals wurde diese vorzügliche Steinkohle auch bergmännisch abgebaut; nur die verfallenen Stollen erinnern noch an diese Zeit, aber auch die Sage berichtet davon.

Damals war im Bergwerk bei Turrach ein schmächtiger Bursche beschäftigt, der die losgebrochenen Kohlenstücke in die Aufzugstonne werfen mußte. Weil er aber dabei viel zu langsam war, wurde er von den rohen Knappen oft beschimpft und sogar geschlagen. Als er einmal recht müde war und kaum mehr arbeiten konnte, weinte er bitterlich. Plötzlich stand ein Bergmännlein mit langem, weißem Bart in Bergmannstracht vor ihm und sprach: »Ich habe Mitleid mit dir, und wenn du brav bleibst, so will ich für dich arbeiten, aber du darfst es niemandem sagen. Wenn du plauderst, wirst du furchtbar bestraft!« – Der Knabe versprach zu schweigen, brauchte wirklich nicht mehr zu arbeiten und hatte das schönste Leben. Das Bergmännlein arbeitete so fleißig, daß der Knabe doppelten Lohn erhielt. Darüber wurden die Knappen zornig vor Neid und beobachteten ihn, konnten aber nichts Auffälliges entdecken. An einem Sonntag nahmen sie ihn mit ins Wirtshaus, ließen fleißig Wein auftragen, bis der Bursch einen tüchtigen Rausch hatte. In diesem Zustand verriet er den Knappen sein Geheimnis. Als er am nächsten Morgen reumütig in die Grube fuhr, wartete schon der erzürnte Berggeist, zerriß den Knaben und warf die Stücke in die Aufzugstonne. Aber auch die bösen Knappen, die den armen Jungen verführt hatten, fanden bald der Reihe nach ein vorzeitiges Ende im Bergwerk.

1126.

MARGARETHA MAULTASCH

In Tirol und Kärnten erzählen die Einwohner viel von der umgehenden Margaretha Maultasch, welche vor alten Zeiten Fürstin des Landes gewesen, und ein so großes Maul gehabt, davon sie benannt wird. Die Klagenfurter gehen nach der Betglocke nicht gern ins Zeughaus, wo ihr Panzer verwahret wird, oder der Vorwitz wird mit derben Maulschellen gestraft. Am großen Brunnen, da wo der aus Erz gegossene Drache steht, sieht man sie zu gewissen Zeiten auf einem dunkelroten Pferde reiten. Unfern des Schlosses Osterwik stehet ein altes Gemäuer; manche Hirten, die da auf dem Felde ihre Herden weideten, nahten sich unvorsichtig und wurden mit Peitschenhieben empfangen. Man hat darum gewisse Zeichen aufgesteckt, über welche hinaus keiner dort sein Vieh treibt; und selbst das Vieh mag das schöne, fette Gras, das an dem Orte wächst, nicht fressen, wenn unwissende Hirten es mit Mühe dahin getrieben haben. Zumal aber erscheint der Geist auf dem alten Schlosse bei Meran, neckt die Gäste, und soll einmal mit dem bloßen Schwerte auf ein neuvermähltes Brautpaar in der Hochzeitnacht eingehauen haben; doch ohne jemand zu töten. In ihrem Leben war diese Margaretha kriegerisch, stürmte und verheerte Burgen und Städte, und vergoß unschuldiges Blut.

1127.

HEILIGENGEIST BEI VILLACH

Zu Heiligengeist bei Villach gelang es einem Bauer, das Bergmandl zu fangen. Er hielt es lange Zeit in seinem Hause und hörte nicht auf die Bitten des Männleins; aber gegen eine entsprechend große Belohnung wollte er es endlich freilassen. Da fragte es ihn, ob er das »ewige Eisenarz« begehre, d. i. ein Bergwerk, das nie versiegt; oder ob er wissen wolle, was das Kreuz in der Nuß bedeute. Natürlich wünschte der Mann jenes, worauf der Berggeist überaus froh ward und hell aufjauchzend entsprang. Wahrscheinlich hat das Kreuz in der Nuß eine so hohe Bedeutung, daß ihm nichts anderes gleichkommt.

1128.

DER HILFREICHE BERGGEIST

An der alten Straße, die von Knappenberg nach Mösel führt und auch Erzstraße heißt, arbeiteten früher viele reiche Bergknappen. Sie waren in solcher Zahl beisammen, daß sie in den Häusern gar nicht mehr Platz hatten und in Höhlen wohnen mußten. Infolge ihres Reichtums aber wurden sie so übermütig, daß sie mit ihrem Glücke scherzten, was, wie die Leute sagen, dem Fasse den Boden ausschlug.

Als einst ein Bettler zu den Knappen kam und um ein Almosen bat, reichten sie ihm statt dessen Steine und verhöhnten seine Lumpenkleider. Darüber geriet der arme Mann in solchen Zorn, daß er den Bergsegen verfluchte und mit drohender Stimme rief: »Heute heißt es noch auf der Jaungen, morgen aber auf der Raungen.« Niemand verstand die rätselhaften Worte, und unbekümmert fuhr das tolle Knappenvölklein am nächsten Morgen in die Grube, aber alle fanden durch Verschüttung den Tod. Noch heute sieht man an der Straße alte Grubenlöcher und Höhlen, wo die Knappen einst gewohnt haben sollen.

Unter den Verunglückten befand sich auch ein frommer Mann, der an dem Frevel der übrigen nicht beteiligt war. Als dieser am Unglückstage mit seinen Kameraden ahnungslos einfuhr, traf ihn dasselbe Schicksal wie sie, die gewaltigen Bergmassen verschütteten auch ihn. In Angst und Schrecken grub er nun die Steine weg, da erschien ihm ein Bergmännlein mit Licht, Speise und Gezähe und hieß ihn nur unentwegt fortgraben, dann werde er schon wieder ans Tageslicht gelangen. Täglich brachte ihm nun der gute Berggeist seine Nahrung. Er grub emsig weiter und kam endlich nach sieben Tagen an das Licht.

Als er bei seiner Frau eintrat, hielt sie ihn für einen Fremden, denn er hatte nicht, wie er glaubte, sieben Tage, sondern Jahre im Bergwerke verweilt, und sie hatte unterdessen einen andern geheiratet. Da ließ er sich den Bart scheren, worauf ihn seine Frau sogleich erkannte. Nun herrschte heller Jubel im Hause, und der zweite Mann wich gerne dem ersten.

SCHWEIZ

1129.

DER KREUZLIBERG

Auf einer Burg in der Nähe von Baaden im Aargau lebte eine Königstochter, welche oft zu einem nah gelegenen Hügel ging, da im Schatten des Gebüsches zu ruhen. Diesen Berg aber bewohnten innen Geister und er ward einmal bei einem furchtbaren Wetter von ihnen verwüstet und zerrissen. Die Königstochter, als sie wieder hinzukam, beschloß in die geöffnete Tiefe hinabzusteigen, um sie beschauen zu können. Sie trat, als es Nacht wurde, hinein, wurde aber alsbald von wilden, entsetzlichen Gestalten ergriffen und über eine große Menge Fässer immer tiefer und weiter in den Abgrund gezogen. Folgenden Tags fand man sie auf einer Anhöhe in der Nähe des verwüsteten Bergs, die Füße in die Erde gewurzelt, die Arme in zwei Baumäste ausgewachsen und den Leib einem Steine ähnlich. Durch ein Wunderbild, das man aus dem nahen Kloster herbeibrachte, wurde sie aus diesem furchtbaren Zustande wieder erlöst und zur Burg zurückgeführt. Auf den Gipfel des Bergs setzte man ein Kreuz, und noch jetzt heißt dieser der Kreuzliberg und die Tiefe mit den Fässern des Teufels Keller.

1130.

DER AUSGEBROCHENE KNOCHEN VOR GERICHT

Einst wurde zwischen den Dörfern Gontenschwil und Zetzwil ein toter Mann auf der Straße gefunden, der alle Spuren eines gewaltsam erlittenen Todes an sich trug. Als man dem vergebens nachgeforscht hatte, kam man auf den Einfall, der Leiche einen Knochen auszubrechen, und ihn an den Zug der Schloßglocke zu Lenzburg zu hängen, wo jeder läuten mußte, der beim Landvogt Recht oder Almosen suchte. Lange Jahre war der Knochen zwecklos so angebunden gewesen, als einmal ein bettelnder Greis die Schelle zog und plötzlich darüber mit Blut bespritzt war. Er wurde verhaftet und gestand, in seiner Jugend jenen Mann angefallen und ermordet zu haben.

1131.

DIE SCHLANGEN-JUNGFRAU

Um das Jahr 1520 war einer zu Basel im Schweizerlande mit Namen Leonhard, sonst gemeinlich Lienimann genannt, eines Schneiders Sohn, ein alberner und einfältiger Mensch, und dem dazu das Reden, weil er stammerte, übel abging. Dieser war in das Schlauf-Gewölbe oder den Gang, welcher zu Augst über Basel unter der Erde her sich erstreckt, ein- und darin viel weiter, als jemals einem Menschen möglich gewesen, fortgegangen und hinein gekommen und hat von wunderbarlichen Händeln und Geschichten zu reden wissen. Denn er erzählt und es gibt noch Leute, die es aus seinem Munde gehört haben, er habe ein geweihtes Wachslicht genommen und angezündet und sei mit diesem in die Höhle eingegangen. Da hätte er erstlich durch eine eiserne Pforte und darnach aus einem Gewölbe in das andere, endlich auch durch etliche gar schöne und lustige grüne Gärten gehen müssen. In der Mitte aber stünde ein herrlich und wohlgebautes Schloß oder Fürstenhaus, darin wäre eine gar schöne Jungfrau mit menschlichem Leibe bis zum Nabel, die trüge auf ihrem Haupt eine Krone von Gold und ihre Haare hätte sie zu Felde geschlagen; unten vom Nabel an wäre sie aber eine greuliche Schlange. Von derselben Jungfrau wäre er bei der Hand zu einem eisernen Kasten geführt worden, auf welchem zwei schwarze bellende Hunde gelegen, also daß sich niemand dem Kasten nähern dürfen, sie aber hätte ihm die Hunde gestillt und im Zaum gehalten, und er ohne alle Hinderung hinzugehen können. Darnach hätte sie einen Bund Schlüssel, den sie am Hals getragen, abgenommen, den Kasten aufgeschlossen, silberne und andere Münzen heraus geholt. Davon ihm dann die Jungfrau nicht wenig aus sonderlicher Mildigkeit geschenkt, welche er mit sich aus der Schluft gebracht; wie er denn auch selbige vorgezeigt und sehen lassen. Auch habe die Jungfrau zu ihm gesprochen, sie sei von königlichem Stamme und Geschlecht geboren, aber also in ein Ungeheuer verwünscht und verflucht, und könne durch nichts erlöst werden, als wenn sie von einem Jüngling, dessen Keuschheit rein und unverletzt wäre, dreimal geküßt werde; dann würde sie ihre vorige Gestalt wieder erlangen. Ihrem Erlöser wolle sie dafür den ganzen Schatz, der an dem Orte verborgen gehalten würde, geben und überantworten. Er erzählte weiter, daß er die Jungfrau bereits zweimal geküßt, da sie denn alle beide Mal, vor großer Freude der unverhofften Erlösung, mit so greulichen Gebärden sich erzeigt, daß er sich gefürchtet und nicht anders gemeint, sie würde ihn lebendig zerreißen; daher er zum drittenmal sie zu küssen nicht gewagt, sondern weggegangen wäre. Hernach hat es sich begeben, daß ihn etliche in ein Schand-Haus mitgenommen, wo er mit einem leichtsinnigen Weibe gesündigt. Also vom Laster befleckt, hat er nie wieder den Eingang zu der Schlauf-Höhle finden können; welches er zum öftern mit Weinen beklagt.

1132.

DIE UHREN ZU BASEL

In Basel gehen alle Uhren eine Stunde zu früh, wenns in den umliegenden Städten und Dörfern Ein Uhr ist, schlägts hier Zwei.

Vor mehren hundert Jahren sollte die Stadt vom Feinde überfallen werden. Der Feind hatte den Angriff, wenn es nach Mitternacht auf der großen Glocke des Turms an der Brücke, Eins schlüge, beschloßen. Der Uhrmacher, der die Uhr besorgte, erfuhr dieses, und ließ die Uhr so verlaufen, daß sie statt Eins, Zwei schlagen mußte. Der Feind, in Meinung, er sei eine Stunde zu spät gekommen, gab sein Unternehmen gänzlich auf.

Zum Andenken dieser Errettung schlagen seit der Zeit, bis auf den heutigen Tag alle Uhren der Stadt Eins, statt Zwei.

Noch sieht man auch an dieser Uhr einen Kopf, der auf die Straße hinausblickt, auf welcher der Feind eindringen wollte. Er ist von jenem Uhrmacher gefertiget, und streckt in jeder Minute höhnisch die Zunge heraus.

1133.

DER GRENZLAUF

Über den Klußpaß und die Bergscheide hinaus vom Schächenthale weg erstreckt sich das Urner Gebiet am Fletschbache fort und in Glarus hinüber. Einst streitten die Urner mit den Glarnern bitter um ihre Landesgrenze, beleidigten und schädigten einander täglich. Da ward von den Biedermännern der Ausspruch getan: zur Tag- und Nachtgleiche solle von jedem Teil frühmorgens, sobald der Hahn krähe, ein rüstiger, kundiger Felsgänger ausgesandt werden, und jedweder nach dem jenseitigen Gebiet zulaufen und da, wo sich beide Männer begegneten, die Grenzscheide festgesetzt bleiben, das kürzere Teil möge nun fallen diesseits oder jenseits. Die Leute wurden gewählt und man dachte besonders darauf, einen solchen Hahn zu halten, der sich nicht verkrähe und die Morgenstunde auf das allerfrühste ansagte. Und die Urner nahmen einen Hahn, setzten ihn in einen Korb und gaben ihm sparsam zu essen und saufen, weil sie glaubten, Hunger und Durst werde ihn früher wecken.

Dagegen die Glarner fütterten und mästeten ihren Hahn, daß er freudig und hoffärtig den Morgen grüßen könne, und dachten damit am besten zu fahren. Als nun der Herbst kam und der bestimmte Tag erschien, da geschah es, daß zu Altdorf der schmachtende Hahn zuerst erkrähte, kaum wie es dämmerte, und froh brach der Urner Felsenklimmer auf, der Marke zu laufend. Allein im Linthal drüben stand schon die volle Morgenröte am Himmel, die Sterne waren verblichen und der fette Hahn schlief noch in guter Ruh. Traurig umgab ihn die ganze Gemeinde, aber es galt die Redlichkeit und keiner wagt es, ihn aufzuwecken; endlich schwang er die Flügel und krähte. Aber dem Glarner Läufer wirds schwer sein, dem Urner den Vorsprung wieder abzugewinnen! Ängstlich sprang er, und schaute gegen das Scheideck, wehe da sah er oben am Giebel des Grats den Mann schreiten und schon bergabwärts niederkommen; aber der Glarner schwang die Fersen und wollte seinem Volke noch vom Lande retten, so viel als möglich. Und bald stießen die Männer aufeinander und der von Uri rief: »Hier ist die Grenze!« »Nachbar«, sprach betrübt der von Glarus, »sei gerecht und gib mir noch ein Stück von dem Weidland, das du errungen hast!« Doch der Urner wollte nicht, aber der Glarner ließ ihm nicht Ruh, bis er barmherzig wurde und sagte: »So viel will ich dir noch gewähren, als du mich an deinem Hals tragend bergan laufst.« Da faßte ihn der rechtschaffene Sennhirt von Glarus und klomm noch ein Stück Felsen hinauf, und manche Tritte gelangen ihm noch, aber plötzlich versiegte ihm der Atem und tot sank er zu Boden. Und noch heutigestags wird das Grenzbächlein gezeigt, bis zu welchem der einsinkende Glarner den siegreichen Urner getragen habe. In Uri war große Freude ob ihres Gewinnstes, aber auch die zu Glarus gaben ihrem Hirten die verdiente Ehre und bewahrten seine große Treue in steter Erinnerung.

1134.

WILHELM TELL

Es fügte sich, daß des Kaisers Landvogt, genannt der Grißler, gen Uri fuhr; als er da eine Zeit wohnte, ließ er einen Stecken unter der Linde, da jedermann vorbei gehen mußte, richten, legte einen Hut drauf, und hatte einen Knecht zur Wacht dabei sitzen. Darauf gebot er durch öffentlichen Ausruf: wer der wäre, der da vorüber ginge, sollte sich dem Hut neigen, als ob der Herr selber zugegen sei; und übersähe es einer und täte es nicht, den wollte er mit schweren Bußen strafen. Nun war ein frommer Mann im Lande, hieß Wilhelm Tell, der ging vor dem Hut über und neigte ihm kein Mal: da verklagte ihn der Knecht, der des Hutes wartete bei dem Landvogt. Der Landvogt ließ den Tell vor sich bringen und fragte: warum er dem Stecken und Hut nicht neige, als doch geboten sei? Wilhelm Tell antwortete: »Lieber Herr, es ist von ungefähr beschehen; dachte nicht, daß es euer Gnad so hoch achten und fassen würde; wär ich witzig, so hieß ich anders dann der Tell.« Nun war der Tell gar ein guter Schütz, wie man sonst keinen im Lande fand, hatte auch hübsche Kinder, die ihm lieb waren. Da sandte der Landvogt, ließ die Kinder holen, und als sie gekommen waren, fragte er Tellen, welches Kind ihm das allerliebste wäre? »Sie sind mir alle gleich lieb.« Da sprach der Herr: »Wilhelm, du bist ein guter Schütz, und find't man nicht deins gleichen; das wirst du mir jetzt bewähren; denn du sollst deiner Kinder einem den Apfel vom Haupte schießen. Tust du das, so will ich dich für einen guten Schützen achten.« Der gute Tell erschrak, fleht um Gnade, und daß man ihm solches erließe, denn es wäre unnatürlich; was er ihn sonst hieße, wolle er gern tun. Der Vogt aber zwang ihn mit seinen Knechten und legte dem Kinde den Apfel selbst aufs Haupt. Nun sah Tell, daß er nicht ausweichen konnte, nahm den Pfeil, und steckte ihn hinten in seinen Göller, den andern Pfeil nahm er in die Hand, spannte die Armbrust, und bat Gott, daß er sein Kind behüten wolle; zielte und schoß glücklich ohne Schaden den Apfel von des Kindes Haupt. Da sprach der Herr, das wäre ein Meisterschuß; »aber eins wirst du mir sagen: Was bedeutet, daß du den ersten Pfeil hinten ins Göller stießest?« Tell sprach: »Das ist so Schützen Gewohnheit.« Der Landvogt ließ aber nicht ab, und wollte es eigentlich hören; zuletzt sagte Tell, der sich fürchtete, wenn er die Wahrheit offenbarte: wenn er ihm das Leben sicherte, wolle ers sagen. Als das der Landvogt getan, sprach Tell: »Nun wohl! sintemal ihr mich des Lebens gesichert habt, will ich das Wahre sagen.« Und fing an und sagte: »Ich hab es darum getan, hätte ich des Apfels gefehlt, und mein Kindlein geschossen, so wollte ich euer mit dem andern Pfeil nicht gefehlt haben.« Da das der Landvogt vernahm, sprach er: »Dein Leben ist dir zwar zugesagt; aber an ein Ende will ich dich legen, da dich Sonne und Mond nimmer bescheinen«; ließ ihn fangen und binden, und in denselben Nachen legen, auf dem er wieder nach Schwitz schiffen wollte. Wie sie nun auf dem See fuhren, und kamen bis gen Axen hinaus, stieß sie ein grausamer starker Wind an, daß das Schiff schwankte, und sie elend zu verderben meinten; denn keiner wußte mehr dem Fahrzeug vor den Wellen zu steuern. Indem sprach einer der Knechte zum Landvogt: »Herr, hießet ihr den Tell aufbinden, der ist ein starker, mächtiger Mann, und versteht sich wohl auf das Wetter: so möchten wir wohl aus der Not entrinnen.« Sprach der Herr, und rief dem Tell: »Willst du uns helfen und dein Bestes tun, daß wir von hinnen kommen? so will ich dich heißen aufbinden.« Da sprach der Tell: »Ja gnädiger Herr, ich wills gerne tun, und getraue mirs.« Da ward Tell aufgebunden, und stand an dem Steuer und fuhr redlich dahin; doch so lugte er allenthalben auf seinen Vorteil und auf seine Armbrust, die nah bei ihm am Boden lag. Da er nun kam gegen einer großen Platte – die man seither stets genannt hat »des Tellen Platte« und noch heut bei Tag also nennet – deucht es ihm Zeit zu sein, daß er entrinnen konnte; rief allen munter zu, fest anzuziehen, bis sie auf die Platte kämen, denn wann sie davor kämen, hätten sie das Böseste überwunden. Also zogen sie der Platte nah, da schwang er mit Gewalt, als er dann ein mächtig stark Mann war, den Nachen, griff seine Armbrust, und tat einen Sprung auf die Platte, stieß das Schiff von ihm, und ließ es schweben und schwanken auf dem See. Lief durch Schwitz schattenhalb (im dunkeln Gebirg), bis daß er kam gen Küßnach in die hohle Gassen; da war er vor dem Herrn hingekommen, und wartete sein daselbst. Und als der Landvogt mit seinen Dienern geritten kam, stand Tell hinter einem Staudenbusch, und hörte allerlei Anschläge, die über ihn gingen, spannte die Armbrust auf, und schoß einen Pfeil in den Herrn, daß er tot umfiel. Da lief Tell hinter sich über die Gebirge gen Uri, fand seine Gesellen, und sagte ihnen, wie es ergangen war.

1135.

DER ZUSCHAUER BEI DER TOTENPROZESSION

Es war zur Zeit des Beulentodes, als eines Morgens früh der Pfarrer (oder der Sigrist) zu Spiringen sich ankleidete und eben den einen Strumpf angezogen hatte. In diesem Augenblick hörte er im Freien ein Gemurmel wie von einem großen Volkshaufen. Erstaunt eilte er zum Fenster, um zu sehen, was das sei. Da zog eine große Prozession vom St. Antoni her laut betend zur Kirche. Die Teilnehmer kannte er alle, es waren Kinder und Erwachsene, Männer und Frauen; den Schluß bildete ein Mann, der den einen Fuß mit dem Strumpf bekleidet hatte, während der andere Strumpf auf seiner Achsel ruhte. Als die Prozession vorüber war, ging der Pfarrer (Sigrist) ins Zimmer zurück und nahm auch den zweiten Strumpf von der Achsel, um ihn anzuziehen. In diesem Augenblick kam ihm in den Sinn, wer jener Mann am Schlusse der Prozession gewesen. Er sagte nun, wer alles aus seiner Gemeinde noch an der Pest sterben, und daß er selber der letzte sein werde. Und so kam es dann.

1136.

LIEBESZAUBER

Einst ging ein Bursche von Alplen am Nordabhang der Bergkette über das Alpler Tor bis nach Bürglen in die Achenberge, also fast eine Tagreise weit, z'Stubeten. Als er zurückkehrte, gab ihm das Mädchen zwei schöne Äpfel mit und sagte, er müsse sie dann selber essen und dürfe sie niemand geben. Diese trug er bis nach Alplen und bewahrte sie auf, und jetzt mußte der Bursche drei Abende nacheinander das Mädchen besuchen, bis er todmüde war und es ihm verleidete. Endlich warf er die Äpfel einem ›Pintner‹ ins Futter. Sobald das Schwein diese Äpfel gefressen hatte, stürmte es davon und über die Berge und galoppierte bis zum Hause jenes Mädchens in den Achenbergen und kletterte sogar an der Hauswand bis in die Kammer des Mädchens hinauf.

1137.

DER GESCHUNDENE SENN

Die drei Knechte der Alp Wyssenboden in der Gemeinde Bürglen sagten eines Tages zueinander: »Mier settet doch äu äs Wybervolch ha!« Da küferten sie aus Blätzen einen ›Dittitolgg‹ zusammen und nannten ihn Zurrimutzi, und wenn sie ihren Reisbrei aßen, sagten sie zu ihm: »Da friß äu!«, und strichen ihm davon in das Gesicht. Endlich fing der Tolgg an zu essen. Er versah ihnen die Hausfrau, kochte, waschte und flickte und half das Vieh hüten und melken. Er redete auch, aber nur mit dem Senn. Sie trieben mit dem Tunscheli allerlei Gugelfuhr und nahmen es abwechslungsweise zu sich in das Bett. Als der Herbst nahte, machten sie miteinander aus: »Der Toggel müeß de da blyba, der nähme-m'r de nitt mid-is.« Am Tage der Abfahrt half er ihnen noch das Vieh zusammentreiben. Als sie aber mir nichts dir nichts, nu kissmis nu läckmis, abziehen wollten, da kam er zur Sprache, stellte sich in aller Breite vor die Älpler hin, die Hände in die Hüfte gestemmt, und sagte zornig: »So! d'r ganz Summer hann-ich g'hulfä schaffä-n-und wärchä; jetz g'heert m'r äu ä Freid. Ich müeß fryli dablybä, aber Einä von ych müeß äu dablybä!« Da erschmyeten und erbleichten sie. Aber es gab keine Gnade. Einer mußte dahinten bleiben. Jetzt warfen sie das Los, und es traf den Senn. Die zwei andern durften gehen, aber nicht zurückschauen, bevor sie die Alpmark hinter sich hatten. Als sie die Grenze überschritten, kehrten sie sich um, um noch einen letzten Blick zurückzuwerfen. Da bot sich ihren Augen ein Schauspiel, das ihnen das Herz im Leibe zittern machte. Auf dem Hüttendach schwingen das Zurrimutzi und der Senn miteinander; nach langem, hartem Ringen wird der Toggel Meister und wirft den Senn, der einen Mark und Bein erschütternden Schrei hören läßt, nieder, ergreift das Messer, kniet auf ihn, schindet ihn bei lebendigem Leibe und breitet die bluttriefende Haut auf dem Hüttendach aus.

1138.

TOD UND TÖDIN

Einst wanderten der Tod und seine Frau, die Tödin, durch das Reußtal hinauf. Bei Meitschligen blickte die letztere gegen den Gurtneller Berg hinauf und merkte, daß es da sehr viele alte Leute habe. Sie ballte ihre Fäuste gegen den Berg und rief: »Wartet nur, iähr altä Chremäsä, ych wil-i scho appäwischä.« Aber der Tod meinte: »Ja, wennd-si Chralläberri ässet, channsch-nä dü nyt a'tüe.« Sie stritten laut miteinander, so daß ein Mann im Tangel jenseits der Reuß es hörte. Bald kam der Beulentod, und es starben viele Leute, auch auf dem Berg. Da erinnerte sich jener Mann des Zwiegespräches und sagte den Leuten, sie sollten Korallenbeeren essen. Die es taten, blieben vom Tode verschont.

1139.

LADUNG IN DAS TAL JOSAPHAT

Es war um das Jahr 1917, als zu Wassen ein Mann nahe an dem Nachbarhause, das einer alten Witwe gehörte, ein Waschhaus und ein Sauställchen baute. Doch kam er ihr nicht vors Licht; er deckte das kleine Gebäude mit einem flachen Dach. Dennoch prozessierte die Witwe mit ihm, verlor es aber vor allen Instanzen. Da meinte sie: »Hesch-es jetz gwunnä, wiä d'hesch wellä, das gilt alls nytt; miär machet das im Tall Josaphat midänand üss.« Wenige Tage später starb diese Frau an Altersschwäche; der Bedrohte, der ihrem Ausspruche Glauben geschenkt hatte, wurde bald hernach von der Grippe überfallen und folgte genau am achten Tage der Witwe im Tode nach.

1140.

HUNDERT ELLEN ALLMEND

Ein braves, unschuldiges Buebli erzählte zu Hause, wie ihm schon lange ein Mann nachlaufe, an dem es keinen rechten Kopf zu erkennen vermöge. Da ging die Mutter mit ihm zum Pfarrer und erzählte alles. Der Pfarrer unterrichtete dann das Buebli, es ging zur Beicht und heiligen Kommunion und war bereit, die arme Seele anzureden. Aber der Pfarrer dingte ihm an, ja sich das erste und letzte Wort vorzubehalten, sonst könnte ihn der Geist zu Tode reden. Der angeredete Geist bekannte, er habe vor hundert Jahren 100 Ellen Allmend zu eigen eingehagt, dafür habe er jetzt hundert Jahre wandlen und leiden müssen; und weitere hundert Jahre des Leidens stünden ihm bevor, wenn ihn niemand erlöse. Solches vernahm ein reicher Verwandter des Geistes, und der tat alles Nötige, und so wurde die arme Seele erlöst.

1141.

UNGEZIEFER GEBANNT

Es ist bekannt, wie einst ein fahrender Schüler das Ungeziefer, Schlangen, Kröten, Maulwürfe (aber nicht Frösche, Eidechsen) aus der Göscheneralp in die Horwengand verbannt hat. Der nämliche hatte es auch den Bewohnern des benachbarten Meientales gegen ein ›Nessli‹, das ihm jede Haushaltung als Entgelt entrichten sollte, versprochen. Er nahm ein Pfeiflein, schritt talauswärts, pfiff vor sich her, und die Schlangen, Kröten, Maulwürfe folgten ihm von allen Seiten her bis auf die Schanz, wo er sie in das Steingeröll verbannte. Aber jetzt wollten die Meier den versprochenen Lohn nicht geben. Sie meinten: »Draußen sind sie, und zurückkommen tun sie nicht mehr.« Aber der fahrende Schüler sagte: »So sollen sie wieder sein, wo sie gewesen sind!« Und am nächsten Morgen war das ganze Getier wieder in Meien.

1142.

DIE VERGEBUNG DER SCHULD

Durch die Schuld des Kühers erfiel in den Planggen in der Geschener-alp eine Kuh, Tschägg genannt, die einem gewissen Martin gehörte. Der Küher starb. Aber zu gewissen Zeiten, besonders an den Vorabenden hoher Feste, erblickte man ihn oben auf einem Felsen ob den Planggen. Er kauerte auf dem Boden, und es hatte ganz den Anschein, als ob er da Beeren sammeln, ›berränä‹, würde. Zuletzt rief er dann hinunter: »D's Martis Tschägg isch ibery'.« Einmal ging auch jener Martin selber durch die Gegend und ersah den seltsamen Beerensammler und hörte ihn rufen: »D's Maris Tschägg isch ibery'.« Da rief Martin hinauf: »Ja, i weiß scho; äs soll-der g'schänkt sy.« Seit diesem Augenblick ließ sich der Geist nie mehr sehen, er war erlöst.

1143.

DIE BÜSSENDEN SEELEN IM EIS

Ein Jäger aus dem Maderanertal beging den Hüfifirn. Da traf er eine weibliche Menschengestalt, die bis an den Hals im Eise eingefroren war und trotzdem herrlich sang. Sinnend schritt er weiter und stieß wieder auf eine Frauengestalt, die mit den Füßen eingefroren war und bitterlich weinte. Da nahm sich der Jäger ein Herz und fragte: »Warum weinst du, während jene da drüben, die doch bis zum Halse im Firn eingeschlossen ist, fröhlich singt?« »Ich weine«, erhielt er zur Auskunft, »weil mein Leiden erst beginnt, während jene andere ihrer baldigen Erlösung entgegengeht. Ich muß noch ganz im Eise versinken, bevor ich erlöst werde.«

1144.

EIN KIND SIEHT SEINEN VERSTORBENEN VATER

Ein Bauer in Erstfeld wurde vor kaum zwei Jahrzehnten von einer stiersüchtigen Kuh zu Boden gedrückt, daß er das Rückgrat brach und daran starb. Kurze Zeit nachher, als die Mutter mit ihrem zweijährigen Kinde zum Stalle ging, um das Vieh zu besorgen, rief dieses auf einmal: »Lüeget, da chunt der Vatter hinderem Gadä firä.« Ähnliches ereignete sich später mehrmals; die Mutter aber sah allemal nichts und suchte es auch dem Kinde auszureden und sagte ihm, der Vater sei ja nicht mehr hier, er sei im Himmel. Aber das Kind bestand jeweilen auf seiner Aussage. Endlich sagte es die Mutter dem Pfarrer in Bürglen; der fragte, ob das Kind tifig genug wäre, die Erscheinung anzureden und zu fragen, was sie wünsche und was ihr fehle. Die Mutter meinte: ja, und unterrichtete das Kind in seiner Rolle. Es redete bei der nächsten Erscheinung den Vater an, und der bekannte, er habe etwas gefehlt und bedürfe dafür dies und jenes. Das sagte dann die Mutter dem Geistlichen wieder, und dann erschien der Vater nie mehr. Was dieser gefehlt und was er noch gewünscht hatte, sagte die Mutter außer dem Geistlichen niemandem.

1145.

DER KILTGÄNGER UND DIE DANKBAREN TOTEN

Einen Kiltgänger im Isental führte der Weg zu seiner Liebsten über den Friedhof. Jauchzend und jodelnd kam er jeweilen daher bis zum Eingang des Friedhofes, und wenn er diesen beim Türli wieder verließ, nahm er sein Jodeln wieder auf. Über den Friedhof hingegen schritt er schweigend einher. Das laute Wesen des Burschen mißfiel dem Ortspfarrer, Peter Anton Egger (1848–1875), der ihm schon mehrere Male abgepaßt hatte. Er bestellte endlich zwei handfeste Burschen, die dem Kiltgänger aufpassen, ihn festnehmen und in das Pfrundhaus bringen sollten. Sie vollführten den Auftrag, aber, als der Gesuchte erschien, hatte er zwei Begleiter bei sich; sie wagten es nicht, ihn zu packen, und meldeten es dem Pfarrer. Da bestellte er drei Bruschen, aber auch der Kiltgänger erschien mit drei Gespanen, zuletzt, als ihm fünfe auflauerten, kam auch er mit fünf Gehilfen. Da gab der Geistliche nach, ließ den Kiltgänger zu sich kommen und fragte ihn, wen er allemal auf seinen nächtlichen Gängen bei sich habe. Der wußte nichts von seinen Begleitern, und darum fragte ihn der Pfarrer, was er denn mache. »Ich bete auf dem Friedhof zum Troste der armen Seelen.« Jetzt sagte der Pfarrer: »Laßt ihn machen, die armen Seelen begleiten ihn.«

1146.

DAS ERZLOCH BEI SARGANS

In der beinahe 600 Meter hohen Felswand des Gonzenhauptes befindet sich ein wahrscheinlich schon zur Römerzeit benutztes Eisenbergwerk, von den Sarganserländern »Erzloch« genannt. Es wurde bis um das Jahr 1870 immer noch betrieben. In den Gruben waltete das Bergmännlein, ein wohltätiger Berggeist, welcher jede Gefahr rechtzeitig verkündete. Wenn die Knappen in unergiebigem Gestein arbeiteten und die Öffnung neuer, besserer Erzgänge bevorstand, geschah es, während sie ahnungslos im Knappenhaus beim Essen saßen, daß vom Bergwerke her, über die Steine bis auf die hölzerne Stiege, laute Tritte erschallten, als ob dreißig oder mehr Arbeiter mit schweren, eisenbeschlagenen Schuhen sich näherten. Die Knappen sprangen hinaus; aber nichts war zu sehen und zu hören.

Ungefähr im Jahr 1852 war der Knappe Martin Hobi von Hl. Kreuz mit seinem Bruder Christian in der »Lehmgrube« über einem schauerlich tiefen Schachte auf einem hölzernen Gerüste am Arbeiten. Da fing es an, kleine Steine nach ihnen zu werfen, anfangs ganz sachte, dann aber immer toller, so daß sie es endlich für ratsam hielten, ihren Posten zu verlassen. Kaum waren sie an einem sichern Orte angelangt, so stürzte das Gerüste zusammen und unter schrecklichem Gepolter in die grausenhafte Tiefe hinab.

1147.

TEUFELSBRÜCKE

Ein Schweizer-Hirte, der öfters sein Mädchen besuchte, mußte sich immer durch die Reuß mühsam durcharbeiten, um hinüber zu gelangen, oder einen großen Umweg nehmen. Es trug sich zu, daß er einmal auf einer außerordentlichen Höhe stand und ärgerlich sprach: »Ich wollte der Teufel wäre da und baute mir eine Brücke hinüber.« Augenblicklich stand der Teufel bei ihm und sagte: »Versprichst du mir das erste Lebendige, das darüber geht, so will ich dir eine Brücke dahin bauen, auf welcher du stets hinüber und herüber kannst.« Der Hirte willigte ein; in wenig Augenblikken war die Brücke fertig, aber jener trieb eine Gemse vor sich her und ging hinten nach. Der betrogene Teufel ließ alsbald die Stücke des zerrissenen Tiers aus der Höhe herunter fallen.

1148.

WINKELRIED UND DER LINDWURM

In Unterwalden beim Dorf Wyler hauste in der uralten Zeit ein scheußlicher Lindwurm, welcher alles was er ankam, Vieh und Menschen tötete und den ganzen Strich verödete, dergestalt, daß der Ort selbst davon den Namen Ödwyler empfing. Da begab es sich, daß ein Eingeborener, Winkelried geheißen, als er einer schweren Mordtat halben landesflüchtig werden müssen, sich erbot, den Drachen anzugreifen und umzubringen, unter der Bedingung, wenn man ihn nachher wieder in seine Heimat lassen würde. Da wurden die Leute froh und erlaubten ihm wieder in das Land; er wagt' es und überwand das Ungeheuer, indem er ihm einen Bündel Dörner in den aufgesperrten Rachen stieß. Während es nun suchte diesen auszuspeien und nicht konnte, versäumte das Tier seine Verteidigung, und der Held nutzte die Blößen. Frohlockend warf er den Arm auf, womit er das bluttriefende Schwert hielt und zeigte den Einwohnern die Siegestat, da floß das giftige Drachenblut auf den Arm und an die bloße Haut und er mußte alsbald das Leben lassen. Aber das Land war errettet und ausgesöhnt; noch heutigestags zeigt man des Tieres Wohnung im Felsen und nennt sie die Drachenhöhle.

1149.

DER KAISER UND DIE SCHLANGE

Als Kaiser Karl zu Zürich in dem Hause, genannt »zum Loch« wohnte, ließ er eine Säule mit einer Glocke oben und einem Seil daran errichten: damit es jeder ziehen könne, der Handhabung des Rechts fordere, so oft der Kaiser am Mittagsmahl sitze. Eines Tages nun geschah es, daß die Glocke erklang, die hinzu gehenden Diener aber niemand beim Seile fanden. Es schellte aber von neuem in einem weg. Der Kaiser befahl ihnen nochmals hin zu gehen, und auf die Ursache Acht zu haben. Da sahen sie nun, daß eine große Schlange sich dem Seile näherte und die Glocke zog. Bestürzt hinterbrachten sie das dem Kaiser, der alsbald aufstand und dem Tiere, nicht weniger als den Menschen, Recht sprechen wollte. Nachdem sich der Wurm ehrerbietig vor dem Fürsten geneigt, führte er ihn an das Ufer eines Wassers, wo auf seinem Nest und auf seinen Eiern eine übergroße Kröte saß. Karl untersuchte und entschied der beiden Tiere Streit, dergestalt, daß er die Kröte zum Feuer verdammte und der Schlange Recht gab. Dieses Urteil wurde gesprochen und vollstreckt. Einige Tage darauf kam die Schlange wieder an Hof, neigte sich, wand sich auf den Tisch, und hob den Deckel von einem darauf stehenden Becher ab. In den Becher legte sie aus ihrem Munde einen kostbaren Edelstein, verneigte sich wiederum und ging weg. An dem Orte, wo der Schlangen Nest gestanden, ließ Karl eine Kirche bauen, die nannte man Wasserkilch; den Stein aber schenkte er, aus besonderer Liebe, seiner Gemahlin. Dieser Stein hatte die geheime Kraft in sich, daß er den Kaiser beständig zu seinem Gemahl hinzog, und daß er abwesend Trauern und Sehnen nach ihr empfand. Daher barg sie ihn in ihrer Todesstunde unter der Zunge, wohl wissend, daß, wenn er in andere Hände komme, der Kaiser ihrer bald vergessen würde. Also wurde die Kaiserin samt dem Stein begraben; da vermochte Karl sich gar nicht zu trennen von ihrem Leichnam, so daß er ihn wieder aus der Erde graben ließ, und 18 Jahr mit sich herum führte, wohin er sich auch begab. Inzwischen durchsuchte ein Höfling, dem von der verborgenen Tugend des Steines zu Ohren gekommen war, den Leichnam, und fand endlich den Stein unter der Zunge liegen, nahm ihn weg und steckte ihn zu sich. Alsobald kehrte sich des Kaisers Liebe ab von seiner toten Gemahlin und auf den Höfling, den er nun gar nicht von sich lassen wollte. Aus Unwillen warf ein Mal der Höfling, auf einer Reise nach Köln, den Stein in eine heiße Quelle; seitdem konnte ihn niemand wieder erlangen. Die Neigung des Kaisers zu dem Ritter hörte zwar auf, allein er fühlte sich nun wunderbar hingezogen zu dem Orte, wo der Stein verborgen lag; und an dieser Stelle gründete er Aachen, seinen nachherigen Lieblingsaufenthalt.

1150.

DER KNABE ERZÄHLTS DEM OFEN

Als auch Luzern dem ewigen Bunde beigetreten war, da wohnten doch noch Östreichisch-Gesinnte in der Stadt, die erkannten sich an den roten Ärmeln, welche sie trugen. Diese Rotärmel versammelten sich einer Nacht unter dem Schwibbogen, willens die Eidgenossen zu überfallen. Und wiewohl sonst niemand um so späte Zeit an den Ort zu gehen pflegte, geschah es damals durch Gottes Schickung: daß ein junger Knab unter dem Bogen gehen wollte, der hörte die Waffen klingen und den Lärm, erschrak und wollte fliehen. Sie aber holten ihn ein und drohten hart: wenn er einen Laut von sich gebe, müsse er sterben. Drauf nahmen sie ihm einen Eid ab, daß ers keinem Menschen sagen wolle; er aber hörte alle ihre Anschläge, und entlief ihnen unter dem Getümmel, ohne daß man sein achtete. Da schlich er und lugte, wo er Licht sähe; und sah ein groß Licht auf der Metzgerstube, war froh, und legte sich dahinten auf den Ofen. Es waren noch Leute da, die tranken und spielten. Und der gute Knab fing laut zu reden an: »O Ofen, Ofen!« und redete nichts weiter. Die andern hatten aber kein Acht drauf. Nach einer Weile fing er wieder an: »O Ofen, Ofen, dürft ich reden.« Das hörten die Gesellen, schnarzten ihn an: »Was Gefährts treibst du hinterm Ofen? hat er dir ein Leid getan, bist du ein Narr, oder was sonst, daß du mit ihm schwatzest?« Da sprach der Knab: »Nichts, nichts, ich sage nichts«, aber eine Weile drauf hub er an zum dritten Mal, und sagte laut:

o Ofen, Ofen, ich muß dir klagen,
ich darf es keinem Menschen sagen;

setzte hinzu, daß Leute unterm Schwibbogen stünden, die wollten heunt einen großen Mord tun. Da die Gesellen das hörten, fragten sie nicht lange nach dem Knaben, liefen und tatens jedermann kund, daß bald die ganze Stadt gewarnt wurde.

1151.

DER DRACHE FÄHRT AUS

Das Alpenvolk in der Schweiz hat noch viele Sagen bewahrt von Drachen und Würmern, die vor alter Zeit auf dem Gebirge hausten und oftmals verheerend in die Täler herabkamen. Noch jetzt, wenn ein ungestümer Waldstrom über die Berge stürzt, Bäume und Felsen mit sich reißt, pflegt es in einem tiefsinnigen Sprüchwort zu sagen: »Es ist ein Drach ausgefahren.« Folgende Geschichte ist eine der merkwürdigsten:

Ein Blinder aus Lucern ging aus, Daubenholz für seine Fässer zu suchen. Er verirrte sich in eine wüste, einsame Gegend, die Nacht brach ein und er fiel plötzlich in eine tiefe Grube, die jedoch unten schlammig war, wie in einen Brunnen hinab. Zu beiden Seiten auf dem Boden waren Eingänge in große Höhlen; als er diese genauer untersuchen wollte, stießen ihm zu seinem großen Schrecken zwei scheußliche Drachen auf. Der Mann betete eifrig, die Drachen umschlangen seinen Leib verschiedenemal, aber sie taten ihm kein Leid. Ein Tag verstrich und mehrere, er mußte vom 6. November bis zum 10. April in Gesellschaft der Drachen harren. Er nährte sich gleich ihnen von einer salzigen Feuchtigkeit, die aus den Felsenwänden schwitzte. Als nun die Drachen witterten, daß die Winterzeit vorüber war, beschlossen sie auszufliegen. Der eine tat es mit großem Rauschen und während der andere sich gleichfalls dazu bereitete, ergriff der unglückselige Faßbinder des Drachen Schwanz, hielt fest daran und kam aus dem Brunnen mit heraus. Oben ließ er los, wurde frei und begab sich wieder in die Stadt. Zum Andenken ließ er die ganze Begebenheit auf einen Priesterschmuck sticken, der noch jetzt in des hl. Leodagars Kirche zu Lucern zu sehen ist. Nach den Kirchenbüchern hat sich die Geschichte im Jahr 1420 zugetragen.

1152,

RUDOLF VON STRÄTTLINGEN

König Rudolf von Burgund herrschte mächtig zu Strättlingen auf der hohen Burg; er war gerecht und mild, baute Kirchen weit und breit im Lande; aber zuletzt übernahm ihn der Stolz, daß er meinte, niemand und selbst der Kaiser nicht, sei ihm an Macht und Reichtum zu vergleichen.

Da ließ ihn Gott der Herr sterben; alsbald nahte sich der Teufel und wollte seine Seele empfangen; drei Mal hatte er schon die Seele ergriffen, aber Sankt Michael wehrte ihm. Und der Teufel verlangte von Gott, daß des Königs Taten gewogen würden; und wessen Schale dann schwerer sei, dem solle der Zuspruch geschehen. Michael nahm die Waage, und warf in die eine Schale, was Rudolf Gutes, in die andere, was er Böses getan hatte; und wie die Schalen schwankten, und sachte die gute niederzog, wurde dem Teufel angst, daß seine auffahre; und schnell klammerte er sich von unten dran fest, daß sie schwer hinunter sank. Da rief Michael: »Wehe, der erste Zug geht zum Gericht!« Drauf hebt er zum zweiten Mal die Waage, und abermal hängte sich Satan unten dran, und machte seine Schale lastend; »wehe«, sprach der Engel, »der zweite Zug geht zum Gericht!« Und zum dritten Mal hob er und zögerte; da erblickte er die Krallen des Drachen am schmalen Rand der Waagschale, die sie niederdrückten. Da zürnte Michael und verfluchte den Teufel, daß er zur Hölle fuhr; langsam nach langem Streit hob sich die Schale des Guten um eines Haares Breite, und des Königs Seele war gerettet.

1153.

DIE FÜSSE DER ZWERGE

Ein Hirt hatte oben am Berg einen trefflichen Kirschbaum stehen. Als die Früchte eines Sommers reiften, begab sich's, daß dreimal hintereinander nachts der Baum geleert wurde und alles Obst auf die Bänke und Hürden getragen war, wo der Hirt sonst die Kirschen aufzubewahren pflegte. Die Leute im Dorfe sprachen: »Das tut niemand anders als die redlichen Zwerglein, die kommen bei Nacht in langen Mänteln mit bedeckten Füßen dahergetrippelt, leise wie Vögel und schaffen den Menschen emsig ihr Tagwerk. Schon vielmal hat man sie heimlich belauscht, allein man stört sie nicht, sondern läßt sie kommen und gehen.« Durch diese Reden wurde der Hirt neugierig und hätte gern gewußt, warum die Zwerge so sorgfältig ihre Füße bergen, und ob diese anders gestaltet wären als Menschenfüße. Da nun das nächste Jahr wieder die Kirschenzeit kam, nahm der Hirt einen Sack voll Asche und streute die rings um den Baum herum aus. Den anderen Morgen mit Tagesanbruch eilte er zur Stelle hin; der Baum war richtig leer gepflückt, und er sah unten in der Asche die Spuren von vielen Gänsefüßen eingedrückt. Da lachte der Hirt und spottete, daß der Zwerge

Geheimnis verraten war. Bald aber zerbrachen und verwüsteten diese ihre Häuser und flohen tiefer in den Berg hinab, grollen dem Menschengeschlecht und versagen ihm ihre Hilfe. Jener Hirt, der sie verraten hatte, wurde siech und blödsinnig fortan bis an sein Lebensende.

1154.

DAS DRACHENLOCH

Bei Burgdorf im Bernischen liegt eine Höhle, genannt das Drachenloch, worin man vor alten Zeiten bei Erbauung der Burg zwei ungeheure Drachen gefunden haben soll. Die Sage berichtet: Als im Jahr 712 zwei Gebrüder Syntram und Beltram (nach andern Guntram und Waltram genannt), Herzöge von Lensburg, ausgingen zu jagen, stießen sie in wilder und wüster Waldung auf einen hohlen Berg. In der Höhlung lag ein ungeheurer Drache, der das Land weit umher verödete. Als er die Menschen gewahrte, fuhr er in Sprüngen auf sie los und im Augenblick verschlang er Beltram, den jüngeren Bruder, lebendig. Sintram aber setzte sich kühn zur Wehr und bezwang nach heißem Kampf das wilde Getier, in dessen gespaltenem Leib sein Bruder noch ganz lebendig lag. Zum Andenken ließen die Fürsten am Orte selbst eine Kapelle der heil. Margaretha gewidmet bauen und die Geschichte abmalen, wo sie annoch zu sehen ist.

1155.

DAS BERGMÄNNCHEN

In der Schweiz hat es im Volk viele Erzählungen von Berggeistern, nicht bloß auf dem Gebirg allein, sondern auch unten am Belp, zu Gelterfingen und Rümlingen im Bernerland. Diese Bergmänner sind auch Hirten, aber nicht Ziegen, Schafe und Kühe sind ihr Vieh, sondern Gemsen und aus der Gemsenmilch machen sie Käse, die so lange wieder wachsen und ganz werden, wenn man sie angeschnitten oder angebissen, bis man sie unvorsichtiger Weise völlig und auf einmal, ohne Reste zu lassen, verzehrt. Still und friedlich wohnt das Zwergvolk in den innersten Felsklüften und arbeitet emsig fort, selten erscheinen sie den Menschen, oder ihre Erscheinung bedeutet ein Leid und ein Unglück; außer wenn man sie auf den Matten tanzen sieht, welches ein gesegnetes Jahr anzeigt. Verirrte Lämmer führen sie oft den Leuten nach Haus und arme Kinder, die nach Holz gehen, finden zuweilen Näpfe mit Milch im Wald stehen, auch Körbchen mit Beeren, die ihnen die Zwerge hinstellen.

Vorzeiten pflügte einmal ein Hirt mit seinem Knechte den Acker, da sah man neben aus der Felswand dampfen und rauchen. »Da kochen und sieden die Zwerge«, sprach der Knecht, »und wir leiden schweren Hunger, hätten wir doch auch ein Schüsselchen voll davon.« Und wie sie das Pflugsterz umkehrten, siehe, da lag in der Furche ein weißes Laken gebreitet und darauf stand ein Teller mit frischgebackenem Kuchen und sie aßen dankbar und wurden satt. Abends beim Heimgehen war Teller und Messer verschwunden, bloß das Tischtuch lag noch da, das der Bauer mit nach Haus nahm.

1156.

DER EINKEHRENDE ZWERG

Vom Dörflein Ralligen am Thunersee und von Schillingsdorf, einem durch Bergfall verschütteten Ort des Grindelwaldtals, vermutlich von andern Orten mehr, wird erzählt: bei Sturm und Regen kam ein wandernder Zwerg durch das Dörflein, ging von Hütte zu Hütte und pochte regentriefend an die Türen der Leute, aber niemand erbarmte sich und wollte ihm öffnen, ja sie höhnten ihn noch dazu aus. Am Rand des Dorfes wohnten zwei fromme Armen, Mann und Frau, da schlich das Zwerglein müd und matt an seinem Stab einher, klopfte dreimal bescheidentlich ans Fensterchen, der alte Hirt tat ihm sogleich auf und bot gern und willig dem Gaste das wenige dar, was sein Haus vermochte. Die alte Frau trug Brot auf, Milch und Käs, ein paar Tropfen Milch schlürfte das Zwerglein und aß Brosamen von Brot und Käse. »Ich bins eben nicht gewohnt«, sprach es, »so derbe Kost zu speisen, aber ich dank euch von Herzen und Gott lohns; nun ich geruht habe, will ich meinen Fuß weiter setzen.« »Ei bewahre«, rief die Frau, »in der Nacht in das Wetter hinaus, nehmt doch mit einem Bettlein vorlieb.« Aber das Zwerglein schüttelte und lächelte: »Droben auf der Fluh hab ich allerhand zu schaffen und darf nicht länger ausbleiben, morgen sollt ihr mein schon gedenken.« Damit nahms Abschied und die Alten legten sich zur Ruhe. Der anbrechende Tag aber weckte sie mit Unwetter und Sturm, Blitze fuhren am roten Himmel und Ströme Wassers ergossen sich. Da riß oben am Joch der Fluh ein gewaltiger Fels los und rollte zum Dorf herunter, mitsamt Bäumen, Steinen und Erde. Menschen und Vieh, alles was Atem hatte im Dorf, wurden begraben, schon war die Woge gedrungen bis an die Hütte der beiden Alten; zitternd und bebend traten sie vor ihre Türe hinaus. Da sahen sie mitten im Strom ein großes Felsenstück nahen, oben drauf hüpfte lustig das Zwerglein, als wenn es ritte, ruderte mit einem mächtigen Fichtenstamm und der Fels staute das Wasser und wehrte es von der Hütte ab, daß sie unverletzt stand und die Hausleute außer Gefahr. Aber das Zwerglein schwoll immer größer und höher, ward zu einem ungeheuern Riesen und zerfloß in Luft, während jene auf gebogenen Knien beteten und Gott für ihre Errettung dankten.

1157.

BLÜMELIS-ALP

Mehr als eine Gegend der Schweiz erzählt die Sage von einer jetzt in Eis und Felstrümmern überschütteten, vor alten Zeiten aber beblümten, herrlichen und fruchtbaren Alpe. Zumal im Berner Oberland wird sie von den Klariden (einem Gebirg) berichtet:

Ehmals war hier die Alpweide reichlich und herrlich, das Vieh gedieh über alle Maßen, jede Kuh wurde des Tages dreimal gemolken und jedesmal gab sie zwei Eimer Milch, den Eimer von dritthalb Maß. Dazumal lebte am Berg ein reicher, wohlhabender Hirte, und hob an, stolz zu werden und die alte einfache Sitte des Lands zu verhöhnen. Seine Hütte ließ er sich stattlicher einrichten und buhlte mit Cathrine, einer schönen Magd, und im Übermut baute er eine Treppe ins Haus aus seinen Käsen und die Käse legte er aus mit Butter und wusch die Tritte sauber mit Milch. Über diese Treppe gingen Cathrine, seine Liebste, und Brändel, seine Kuh, und Rhyn, sein Hund, aus und ein.

Seine fromme Mutter wußte aber nichts von dem Frevel und eines Sonntags im Sommer wollte sie die Senne ihres Sohns besuchen. Vom Weg ermüdet ruhte sie oben aus und bat um einen Labetrunk. Da verleitete den Hirten die Dirne, daß er ein Milchfaß nahm, saure Milch hineintat und Sand darauf streute, das reichte er seiner Mutter. Die Mutter aber, erstaunt über die ruchlose Tat, ging rasch den Berg hinab und unten wandte sie sich, stand still und verfluchte die Gottlosen, daß sie Gott strafen mögte.

Plötzlich erhob sich ein Sturm und ein Gewitter verheerte die gesegneten Fluren. Senne und Hütte wurden verschüttet, Menschen und Tiere verdarben. Des Hirten Geist, samt seinem Hausgesinde, sind verdammt, so lange, bis sie wieder erlöst worden, auf dem Gebirg umzugehen, »Ich und min Hund Rhyn, und mi Chuh Brandli und mine Kathry, müssen ewig uf Klaride syn!« Die Erlösung hangt aber daran, daß ein Senner auf Charfreitag die Kuh, deren Euter Dornen umgeben, stillschweigend ausmelke. Weil aber die Kuh, der stechenden Dörner wegen, wild ist und nicht still hält, so ist das eine schwere Sache. Einmal hatte einer schon den halben Eimer vollgemolken, als ihm plötzlich ein Mann auf die Schulter klopfte und fragte: »Schäumts auch wacker?« Der Melker aber vergaß sich und antwortete: »O ja!« da war alles vorbei und Brändlein, die Kuh, verschwand aus seinen Augen.

1158.

DES TEUFELS BRAND

Es liegt ein Städtlein im Schweizerland mit Namen Schiltach, welches im Jahr 1533 am zehnten April plötzlich in den Grund abgebrannt ist. Man sagt, daß dieser Brand folgender Weise, wie die Bürger des Orts vor der Obrigkeit zu Freiburg angezeigt, entstanden sei. Es hat sich in einem Hause oben hören lassen, als ob jemand mit linder, lispelnder Stimme einem andern zuriefe und winkete, er solle schweigen. Der Hausherr meint, es habe sich ein Dieb verborgen, geht hinauf, findet aber niemand. Darauf hat er es wiederum von einem höheren Gemach her vernommen, er geht auch dahin und vermeint, den Dieb zu greifen. Wie aber niemand vorhanden ist, hört er endlich die Stimme im Schornstein. Da denkt er, es müsse ein Teufels-Gespenst sein und spricht den Seinigen, die sich fürchten, zu, sie sollten getrost und unverzagt sein, Gott werde sie beschirmen. Darauf bat er zwei Priester zu kommen, damit sie den Geist beschwüren. Als diese nun fragten, wer er sei, antwortete er: »Der Teufel.« Als sie weiter fragten, was sein Beginnen sei, antwortete er: »Ich will die Stadt in Grund verderben!« Da bedräuen sie ihn, aber der Teufel spricht: »Euere Drohworte gehen mich nichts an, einer von euch ist ein liederlicher Bube; alle beide aber seid ihr Diebe.« Bald darauf hat er ein Weib, mit welchem jener Geistliche vierzehn Jahre zusammengelebt, hinauf in die Luft geführt, oben auf einen Schornstein gesetzt, ihr einen Kessel gegeben und sie geheißen, ihn umkehren und ausschütten. Wie sie das getan, ist der ganze Flecken vom Feuer ergriffen worden und in einer Stunde abgebrannt.

1159.

DAS SCHWERE KIND

Im Jahr 1686, am 8. Juni erblickten zwei Edelleute auf dem Wege nach Chur in der Schweiz an einem Busch ein kleines Kind liegen, das in Linnen eingewickelt war. Der eine hatte Mitleiden, hieß seinen Diener absteigen und das Kind aufheben, damit man es ins nächste Dorf mitnehmen und Sorge für es tragen könnte. Als dieser abgestiegen war, das Kind angefaßt hatte und aufheben wollte, war er es nicht vermögend. Die zwei Edelleute verwunderten sich hierüber und befahlen dem andern Diener, auch abzusitzen und zu helfen. Aber beide mit gesamter Hand waren nicht so mächtig, es nur von der Stelle zu rücken. Nachdem sie es lange versucht, hin und her gehoben und gezogen, hat das Kind anfangen zu sprechen und gesagt: »Lasset mich liegen, denn ihr könnt mich doch nicht von der Erde wegbringen. Das aber will ich euch sagen, daß dies ein köstliches und fruchtbares Jahr sein wird, aber wenig Menschen werden es erleben.« Sobald es diese Worte ausgeredet hatte, verschwand es. Die beiden Edelleute legten nebst ihren Dienern ihre Aussage bei dem Rat zu Chur nieder.

1160.

DER RAT DES WILDEN MANNES

Die Gemeinde Tenna, in Graubünden, fing einen großen Bären, der ihr viel Schaden zugefügt hatte; sie wollte ihn dafür grausam bestrafen, um an dem wilden Brummer für immer ein Exempel zu statuieren; da trat ein wildes Mannli unter die Versammlung und sagte: »'s grusigst ist, lant e hürotha« (das grausigste ist's, wenn ihr ihn heiraten laßt). Die Sentenz des wilden Mannlis wurde von nun an im Munde des Volkes ein Sprichwort.

1161.

DER SUMPFDRACHE

Auf einem Berge bei Waltensburg befindet sich ein Sumpf, der soll grundlos sein. Es haust ein ungeheurer Drache darin, der wird einst heraufsteigen und bis zu dem Dorfe herabkommen und eine große Überschwemmung bewirken.

1162.

DIE GOLDTROPFE

Ein Jäger aus Ferden begegnete einst im Rotgebirge dem Berggeist. Dieser zeigte ihm in einem Felsen einen Spalt, in dem eine »Goldtropfe« war. Da durfte er jedes Jahr ein Krüglein hinstellen und es jedes Jahr voll wegnehmen.

Der Jäger war dessen zufrieden, holte Jahr für Jahr das Krüglein Gold, kaufte damit ein Gut, arbeitete darauf und ließ das Jagen bleiben. Einst wollte er aber schon mitten im Jahr nachschauen, wieviel Gold bereits drin sei. Er fand aber weder Spalt noch Krüglein noch »Goldtropfe« mehr.

1163.

MORD IN DER HERBERGE

Es ging einst ein viel benutzter Saumweg von Ruden durch das Zwischbergental nach den Gemeinalpen und von hier über den Gletscher nach Almagel. Noch sieht man in den Gemeinalpen die stark ausgetretene Saumstraße gegen den Gletscher hin. Am Eingang der Alpen lag die Herberge oder Wirtschaft, genannt Van oder Wan, als Mittelstation zwischen Ruden und Almagel. Noch sieht man da an kristallhellen Quellen die Ruinen des stattlichen Gebäudes. Hier kehrten einstens drei Venediger, welche bekanntlich im Rufe standen, Gold und Silber im Innern der Gebirge finden zu können, ein. Im Wahne, bei ihnen große Schätze zu erhaschen, mordete während der Nacht ihr Führer alle drei und begrub sie heimlich neben dem Gasthause. Aber o weh! bald lagen zum großen Schrecken der Wirtsleute die Schädel der Ermordeten auf dem Grabe. Endlich wurden sie ins Beinhaus nach Ruden, später in jenes von Glis gebracht, wo sie noch gezeigt werden sollen.

1164.

DIE DREI STADT-UNGEHEUER

In der wohllöblichen Stadt Sitten hausten lange Zeit drei Ungeheuer; das dreibeinige Roß, die grünäugige Rathaussau und der rote Stier.

Wo die Rathaussau sich aufhielt, sagt schon der Name. Auch ließ sie ihr Grunzen nächtlich ertönen in einem der beiden Gäßchen, die neben dem Hause ›de Platea‹ treppenartig in die untere Stadt führen. In dem andern dieser Gäßchen lagerte der rote Stier.

Das dreibeinige Roß, mit einem glühenden Auge mitten in der Stirne, hatte sein Stammquartier im Stadtviertel ›Mala curia‹. Es taumelte sich oft in einem Baumgarten hinter der Saviese-Gasse und, wo es sich wallete, sproß kein Gras mehr. Mit seinen drei Beinen trabte es gar sonderbar das Bett der Sitte hinunter und lenkte beim Rathaus durch einen kleinen Abzugskanal in die Schloßgasse ein. Wehe dem, den dann die Neugierde ans Fenster trieb! Alsbald schwoll das gespenstige Roß zu einer solchen Höhe an, daß es dem Auflauerer, auch im dritten und vierten Stocke, zum Fenster hinein entgegenglotzen konnte, worauf der Neugierige in ›Winna‹ kam, am Gesicht aufschwoll und am Munde Ausschlag erhielt.

Viel schlimmer ging's einem Bäuerlein, das an einem Markttage ein Tröpflein über den Durst getrunken hatte. Es setzte sich abends gemütlich auf das dreibeinige Roß meinend, das wäre sein Maultier, und ließ sich sorglos davontragen. Unter einem Bogen wurde es aber vom aufschwellenden Roße zusammengedrückt zur Dicke eines Batzens.

1165.

EIN JAGDZAUBER

Aus Saviese wird erzählt, daß ein Jäger sich einem alten Soldaten klagte, er bringe so selten etwas von der Jagd heim. Dieser belehrte ihn, wenn er glückliche Jagd machen wolle, so solle er einem Anverwandten, der nächsthin aus seinem Hause sterben würde, zwei Roßnägel in die Ferse schlagen, davon einen wieder ausziehen und aufbewahren, mit dem andern aber den Toten zu Grabe tragen lassen. Treffe er nun auf der Jagd Fußtritte von Gewild an, so solle er nur den aufgehobenen Nagel in dieselben stekken und augenblicklich werde das gejagte Tier still stehen und sich sofort totschießen lassen.

Bald darauf starb des Jägers Vater, dem der Sohn tat, wie er war belehrt worden. Und wirklich brachte ihm der Zaubernagel viel Glück; stets kehrte er mit Wildbret wohl beladen heim. – Eines Tages, als unser Jäger im Hochgebirge auf der Lauer war, sprang unvermutet gerade vor seinen Augen ein schöner Gemsbock auf. Gleich pflanzte er den Nagel in dessen Fährte und in kleiner Entfernung stand das Tier still, sich wild und hoch aufbäumend; es schien am Hinterfuße wie an den Boden genagelt. Verwundert sah der Jäger dem Spiele lange zu. Da hörte er die weinerliche Stimme seines verstorbenen Vaters deutlich rufen: »Schieß! Schieß doch schnell und zwinge mich nicht so lange das Tier mühsam zu halten. – Oder gönnst du deinem Vater auch im Grabe die Ruhe nicht?« Erschrokken erlegte nun der Jäger das Tier und trug es heim. – Bei nächster Gelegenheit suchte er aber auf dem Kirchhofe die vermoderte Leiche seines Vaters auf, zog den Zaubernagel wieder aus und ging nie mehr auf die Jagd.

1166.

DER VERWÜNSCHTE WOLF

Z'en Grächten im Leukergrunde guckte eines Abends bei stürmischem Wetter ein Wolf recht armselig und hungrig zu einer offenen Stalltüre hinein, wo ein junger Bursche das Vieh verpflegte. Dieser erschrak zuerst; bekam aber bald Mitleiden mit dem armen, ihn so zutraulich anblickenden

Tiere. Er warf ihm sogar ein kleines Lamm vor, welches der Wolf mit Hunger verzehrte und sich dann entfernte.

Nach vielen Jahren, als der barmherzige Küherbursche ein Mann geworden, wurde dieser auf einer Wallfahrt nach Einsiedeln von einem fremden Herrn bewillkommt und freundlich aufgenommen. »Sieh«, sprach dieser, »du hast an mir Barmherzigkeit getan; die will ich dir nun vergelten. Ich bin der arme hungrige Wolf, dem du einst im Leukergrund ein Lamm vorgeworfen und so mir das Leben gerettet hast.« Er erzählte ihm dann ferner, wie er als naschhafter Junge der Gefräßigkeit halber von seiner Mutter in einen hungrigen Wolf verwünschet worden und wie Gott diese traurige Verwünschung in Erfüllung habe gehen lassen für sieben Jahre. Er habe viel Hunger gelitten, weil er nichts stehlen und nur von wilden Tieren sich habe nähren dürfen. Gewiß wäre er damals seinem Elende erlegen, wenn er nicht von ihm noch zur rechten Zeit wäre gespeist worden. Am gleichen Tage, als sieben Jahre voll und er aus der Wolfshaut geschloffen, sei seine Mutter gestorben; seither hätte ihn Gott gesegnet. – Er entließ den erstaunten Wallfahrer wohl bewirtet und wohl beschenkt.

1167.

DIE KALTE PEIN

Vor alten Zeiten ging einmal ein frommer Pater, der Professor war, mit seinen jungen Schülern in das Aletschtal spazieren, um dessen großen Gletscher zu sehen. Er betrat mit ihnen denselben; aber kaum daß sie ihn erstiegen hatten, so machte der Pater halt und wollte auch den Studenten weiter vorwärts zu gehen nicht erlauben. Als er um die Ursache gefragt wurde, soll er ihnen geantwortet haben: »Wenn ihr wüßtet was ich weiß und sehen könntet was ich sehe, so würdet ihr gewiß keinen Schritt mehr vorwärts tun.« Die Schüler, noch neugieriger, fragten ihn wieder, was er denn sehe. Und er legte einen Finger auf den Mund, als wollte er ihnen Stillschweigen gebieten und sagte mit halblauter Stimme: Weil der Aletschgletscher voll armer Seelen ist. Da aber einige Schüler darüber ungläubig den Kopf schüttelten, sagte er einem derselben: »Komm hinter meinen Rücken, stelle deinen rechten Fuß auf meinen linken und schaue über meine Achsel auf den Gletscher hinüber!« Da erblickte er voll Entsetzen aus den blauen Gletscherspalten so viele Köpfe armer Seelen emportauchen, daß man keinen Fuß hätte dazwischen setzen können.

1168.

WEINFÄLSCHER MUSS UMGEHEN

Am Fuße des Simpelberges, in einer wilden Alpe, wo ehemals die alte Saumstraße durch das Gantertal vorüberzog, stand vor vielen, vielen Jahren ein Wirtshaus, zur ›Tavernen‹ genannt. Es wollte vielleicht auch zu schnell reich werden; darum hat dasselbe ein ähnliches Schicksal, wie heutzutage so manches Gasthaus, getroffen. Lange soll sein Hauswesen geblüht haben, bis es endlich durch Überlohnen und Weinverfälschung bei den Reisenden den Kredit verlor und in Verfall geriet. Nach dem Tode der letzten Wirtin dieses Gasthauses soll man an den Tempertagen, aus den Gräben der Kalten-Wasser, welche durch dieses wilde Tal tosen, bei nächtlicher Stille wehmütig rufen gehört haben:

»Ich heiße Johannili fi
Bi zer Tafernu Wirti g'si,
Hä Wasser usgä fir Wi
Muoß jez in-ne chaltu Wässru si.«

1169.

DIE ERLÖSUNG DER ARMEN SEELE

In wilden Geklüften eines Hochgebirges hörte einmal ein Gemsjäger auf der Warte einen wunderschönen Gesang. Sanfte Töne trafen so lieblich sein still horchendes Ohr, daß er unwillkürlich aufstand und zum Orte hineilte, aus dem die so melodische Stimme zu kommen schien. – Und sieh! er fand, offenbar in großen Qualen, eine arme Seele, die da so fröhlich tat. – Verwundert fragte der Jäger, wie sie doch in so großen Peinen frohlocken und so munter singen möge? »Da muß ich wohl singen und mich herzlich freuen«, antwortete die arme Seele, »mein Schutzengel hat mir soeben geoffenbaret, ein liebes Vögelein hätte heute beim Bäcken (Aufpicken) eines Tannenzapfens ein Samenkörnlein auf die Erde fallen lassen, welches sprießen und zu einem Baume heranwachsen werde. Aus dem Holze dieses Baumes werde dann für die Leiche eines unschuldigen Kindes das Särglein gemacht werden. Und beim Tode dieses Kindes«, fügte sie singend hinzu, »werde ich, von allen Qualen frei, in den Himmel kommen!«

1170.

DER GRATZUG

Im Natersberge soll ein Alphäuschen gerade am Rande einer Totenstraße stehen. Eines Abends ließ der Hausvater ein großes Stück Brennholz in der Straße liegen, weil er sich zum Aufspalten verspätet hatte. Um Mitternacht klopfte es kräftig an die Haustüre und ihm ward ernstlich geboten, wenn er sein Häuschen noch retten wolle, doch gleich die Straße zu öffnen, denn der Totenzug rücke heran. In aller Eile folgte der Erschrockene, und – als der erste Tote anlangte, hatte er zwar den Totz fortgeschafft, sein Fuß aber verspätete sich und wurde vom Zuge noch an der Ferse erreicht, die bedenklich krank wurde. – Auch der Mann in Visperterminen, welcher den Toten ohne den Weißkleidgürtel gesehen, wurde aus dem Schlafe geweckt um das ›Lauberwegli‹ für den Totenzug frei zu machen, in welchem er einen Baumstamm hatte liegen lassen. – Auf dem Aletschbort in der Lusgeralpe stand eine Hütte mitten in einer Geisterstraße; Fenster und Hintertüre wurden immer offen gefunden so oft man sie auch wieder schließen mochte, weil die Toten durchzogen. Deswegen hob man die Hütte ab und stellte sie am ›Roßwang‹ in der Belalpe auf, wo sie noch steht.

Auf der ›Egge‹ an Jungen, in St. Niklaus, hört man in der Herbstquatemberwoche den Totenzug oder die Synagog mit deutlichen Musiktönen und starkem Trommeln vorüberziehen, so daß selbst die nahen Felsen widerhallen.

1171.

TANZ MIT DEM NACHTVOLK

Nahe der Kapelle der hl. Margaretha befindet sich eine schöne waldlose Ebene, ›Plan dy danses‹ genannt, auf der die jungen Leute, so wird erzählt, gerne ihre verborgenen Tänze hielten. Eines Abends versammelten sich dort wieder viele und der Tanz begann lustiger als gewöhnlich; munter pfiff des Spielmanns Flöte, die Geigen zischten summend und die fröhlichen Tänzer, sich hurtig im Kreise drehend, begannen zu jodeln, zu trallen und hell aufzujauchzen. – Und sieh! es kamen neue ungekannte Tänzer, nie gesehene Tänzerinnen an und schlossen sich tanzend ihren tanzenden Reihen an. Und es kamen wieder andere und wieder andere, und zuletzt so viele, daß der große Tanzboden überfüllt und unsere ersten Tänzer einander kaum mehr erkannten und ein sichtbares Zeichen verabredeten, um einander nicht ganz unter der Menge zu verlieren.

Das dauerte aber nicht gar lange; unserm Tänzervolk ward bange und es begann auszureißen. Sie flohen den Berg hinab und suchten eine alte Scheuer auf, in welche sie sich eilig einzuschließen bemühten, weil eine Schar der Ungekannten ihnen auf der Ferse folgte. Voll Angst schrien sie um Hilfe, denn die Fremden drohten Türen und Wände einzuschlagen. Einer der Tänzer wußte das Evangelium des hl. Johannes und begann dasselbe mit lauter Stimme vorzubeten; alle stimmten fromm mit. Da wurde es stiller von außen. Eine Stimme rief ihnen noch zum Schlüsselloch hinein: »Wenn ihr nicht dieses Gebet gebetet hättet, wo würden wir euch zerhakken wie Gartengemüse.« Die Angreifer entschwanden in feurigen Flammen in den Wald zurück.

Nur ein Geiger fehlte aus ihrer Gesellschaft. Der Arme war zu sehr von den Musiktönen seines Spieles hingerissen, daß er die Flucht der Seinen nicht wahrnahm und sich ihnen nicht mehr anschließen konnte. Am folgenden Morgen kam er zerlumpt und zerrissen, nur seine Geige blieb unbeschädigt, aus dem Wald heraus; die fremden Tänzer jagten ihn die ganze Nacht so durch Stauden, Disteln und Dornen, daß kein ganzer Fetzen an seinem Leibe blieb.

1172.

DES TEUFELS REITTIER

Eine halbe Stunde ob dem Pfarrdorfe in Visperterminen steht in reizender Einsamkeit des Waldes eine schöne, vielbesuchte Wallfahrtskapelle. Unter den vielen Votivtafeln, die ringsum an der Mauer hängen, fallen auf ein ›Hufeisen‹ und eine ›Haarflechte‹. Darüber geht folgende Sage:

Ungefähr fünfzig Minuten ob der Kapelle, wo der Wald nun zu Ende geht, war vor vielen Jahren in einer Ebene ein stattliches Dorf, in dem ein Hufschmied, Ruspeck mit Namen, seine Schmiede hatte und wacker zuhämmerte. Beim Graben einer Alphüttenhofstatt fand man da noch unlängst Kohlen und Eisenschlacken. – Eines Morgens kam ein fremder Reiter in vollem Galopp zu seiner Werkstatt und verlangte, eilig sein Pferd beschlagen zu lassen; er habe Geschäfte im Dorfe, werde gleich wiederkommen, es zur Hand nehmen und bezahlen.

Der Meister und sein Gehilfe machten sich hurtig an die Arbeit und begannen eben munter aufzuschlagen, als sie das Pferd deutlich jammern hörten: »Schlage nicht so hart, du schlägst dein Fleisch und Blut; denn ich bin deine Tochter, die du verwünschet hast und nun der Teufel reitet. – Doch mach geschwind fertig und binde mich los; es ist heute der letzte Tag, an dem mich der Teufel allein läßt und ich ihm etwa noch entlaufen kann. Ich werde nur frei, wenn ich, ehe er mich wieder einholt, über neunundneunzig Friedhöfe setzen kann.« – Wie versteinert horchten Vater und Sohn, der Gehilfe, zu. Sie taten schnell was ihnen befohlen, und – fort war das Pferd.

Der fremde Reiter ließ nicht lange auf sich warten. Mit Ungestüm forderte er sein Pferd wieder. Trotzig antwortete Ruspeck: »Du hast mir nur befohlen das Pferd zu beschlagen, nicht aber selbes zu hüten. Ich will meinen Lohn; das Übrige geht mich nichts an.« Über diese barsche Antwort stutzig, zahlte der Fremde und rannte in Sturmes Eile davon. – Vater und Sohn kehrten zur Familie heim; alle begannen mit Eifer zu beten für die Erlösung ihrer unglücklichen Tochter.

Nach drei Tagen kehrte diese befreit ins väterliche Haus zurück und erzählte, wie sie der Satan auf dem letzten Friedhofe eingeholt und am Schweife fest ergriffen habe. Mit einem letzten, mächtigen Kraftsprunge setzte sie, den Schweif in Satans Händen zurücklassend, hinüber und – entzaubert und gerettet lag sie auf dem Boden. Voll Zorn warf ihr Satan die Hufeisen und die ausgerissene Haarflechte dar, welche sie aufhob, nach langen Tagereisen heimbrachte und in der Waldkapelle der Muttergottes zur Erinnerung dankbar aufhenkte. – Neben der Haarflechte und dem Hufeisen, das der frohe Vater aus den vieren zusammenschmiedete, hängt noch ein Blumenkranz an der Wand, welcher sagen will: »Ruspecks Tochter wäre dem Teufel nicht entgangen, wäre sie nicht eine Jungfrau gewesen.«

1173.

DER TEUFEL ALS TÄNZER

Im Visperzehnen wurde einst ein geheimer Tanz in einem alten unbewohnten Hause gehalten. In der Stubentüre war, zur Bequemlichkeit der ehemaligen Bewohner dieses Hauses, eine runde Glasscheibe eingemacht. Eine Mutter hatte auch ein Kind bei diesem Tanze; sie nahm ein kleines unschuldiges Kind auf ihren Arm und ging zu diesem Haus, um ihr tanzendes Kind zu holen. Als sie an der Tanzstube ankam, sah sie heimlich durch die runde Glasscheibe hinein. Da sah sie mitten im Kreise der lustigen Leute ein grünes Männlein mit einem langen Schweife. Sobald die Spieler ihren Tanz geendet, stund der in ihrer Mitte springende Teufel auch still. Sobald die Spielleute einen neuen Tanz anstimmten, hüpfte der Geist auch auf, und als der Tanz anfing tanzte das grüne Männlein auch, aber ganz allein. Die Mutter mit dem unschuldigen Kinde trat mit großem Schrecken in die Stube und sagte öffentlich was sie gesehen. Da sprang alles auf und fort vor Schrecken. Jede Person wollte die erste sein. Auf einmal erhob dieser Geist ein Geschrei: »Laufet nur – Eines aus euch bleibt doch mein und muß mit mir in die Hölle, um den Tanzlohn zu empfangen.« Was geschah – da ist eine tanzende Person verlorengegangen und nicht mehr gefunden worden; aber ein schreckliches Geschrei hatte man in der Luft gehört.

1174.

DER TEUFEL IN DER KIRCHE

Pfarrer Joller las einst in Maria Brunn den Alpleuten die Messe. Unter den Gläubigen betete auch eine äußerst fromme Jungfrau; von ihr glaubten alle, sie sei eine Heilige. Dabei war sie nur scheinheilig.

Nach der Messe sahen nämlich die Alpleute auf dem Kapellendach den Teufel mit einem dreispitzigen Hut. Er hatte eine große Kuhhaut ausgespannt und schrieb wie wild darauf. Pfarrer Joller fragte ihn, was er da zu tun habe. Der Teufel grinste, er habe alle schlechten Gedanken aufschreiben wollen, welche die scheinheilige Jungfrau während der Messe gedacht habe. Aber es sei zu wenig Platz auf der Kuhhaut. Dann verschwand er.

1175.

DIE VUIVRA

Die ›Vuivra‹ so wird erzählt, ist ein fliegendes Ungetüm, das eine Krone auf dem Haupte trägt, Feuer zu Flügeln hat und am Körper einem Drachen gleicht. Es nährt sich von Goldsand, den es auf dem Grunde der drei größern Bergseen abwechselnd aufwühlt und aufspeist. Ist die Grundfläche des einen Sees ausgebeutet, so erhebt es sich aus dem Wasser in die Luft und eilt in schauerlichem Fluge einem andern See zu, um da wieder den Goldsand aufzuweiden, den die Wasser während seiner Abwesenheit neuerdings ansammelten. Der Fall kann nun eintreffen, daß das gefräßige Ungeheuer, unter festem Eise eingeschlossen, den Winter zu lange findet und manchmal nur noch magere Faßnacht hat. Darum führt es dann gegen die harte Eiskruste solche Kraftstreiche, daß Berg und Tal davon ringsum mächtig erdröhnen.

1176.

DER ZUG DER ARMEN SEELEN

In Saas wird erzählt, daß einmal an einer ansteckenden Krankheit viele Personen starben. Alle Mittel und Vorkehrungen wollten nichts helfen. Der Sigrist wollte alle diese Sterbenden an einem Seelentage in die Kirche gehen gesehen haben und habe alle gekannt außer den Letzten. Auch habe er dann in der Kirche, als der Ungekannte eingetreten war, deutlich sagen hören: »Jetzt müssen wir noch den Loser (Zuhörer) auch einschreiben.« Er behauptet darum fest, so lange er zu Grabe läute, werde der Tod nicht aufhören. – Und wirklich war der Sigrist die letzte Leiche, die der Seuche erlag.

1177.

AROLEID

In Zermatt heißt es an einer Bergschaft ›Aroleid‹, was so viel bedeuten soll als, Leidwesen von einem Ari – Geier – oder grauen Adler, verursacht. Dieser Name soll folgendem traurigen Ereignisse entnommen worden sein. Eine Mutter welche das Vieh hütete, legte ihren Säugling in das Gras nieder, um dem Vieh nachzulaufen, das sich zu weit entfernte. Während ihrer Abwesenheit kam der Geier – d's Ari – und raubte ihr das Kind. Als sie zurückkehrte, sah sie einen großen Vogel in der Luft, von dem eine lange Fäsche (Band) herunterhing. Die Unglückliche erriet schnell, was dies bedeute; – erfüllte Berg und Tal mit ihrem Wehklagen, fand aber das liebe Kind nie wieder.

1178.

DAS MUTTERGOTTES-BILD AM FELSEN

Im Vispertal an einer schroffen Felsenwand des Rätibergs hinter St. Niklus stehet hoch oben, den Augen kaum sichtbar, ein kleines Marienbild im Stein. Es stand sonst unten am Weg in einem jetzt leeren Kapellchen, daß die vorbeigehenden Leute davor beten konnten. Einmal aber geschahs, daß ein gottloser Mensch, dessen Wünsche unerhört geblieben waren, Kot nahm und das heilige Bild damit bewarf; es weinte Tränen: als er aber den Frevel wiederholte, da eilte es fort, hoch an die Wand hinauf und wollte sich auf das Flehen der Leute nicht wieder herunter begeben. Den Fels hinanzuklimmen und es zurückzuholen, war ganz unmöglich; eher, dachten die Leute, könnten sie ihm oben vom Gipfel herab nahen, erstiegen den Berg und wollten einen Mann mit starken Stricken umwunden so weit hernieder schweben lassen, bis er vor das Bild käme und es in Empfang nehmen könnte. Allein im Herunterlassen wurde der Strick, woran sie ihn oben festhielten, unten zu immer dünner und dünner, ja als er eben dem Bild nah kam, so dünn wie ein Haar, daß den Menschen eine schreckliche Angst befiel und er hinaufrief: sie sollten ihn um Gotteswillen zurückziehen, sonst wär er verloren. Also zogen sie ihn wieder hinauf und die Seile erlangten zusehends die vorige Stärke. Da mußten die Leute von dem Gnadenbild abstehen und bekamen es nimmer wieder.

1179.

DAS MISSACHTETE ARBEITSTABU

Am St. Agathenabend (5. Februar) darf man nicht spinnen. Eine Frau in Reckingen spann gleichwohl nach Feierabendläuten. Da erschien ein Geist, der sie warnte. Die Frau erwiderte:

»St. Agathe dar, St. Agathe har,
das Zogelti spinn ich gleichwohl noch ab.«

Am gleichen Abend ging in der Hütte das Feuer auf. Das Haus brannte nieder und die Frau blieb in den Flammen. Die Ställe links und rechts daneben wurden vom Feuer verschont.

1180.

ALTENTÖTUNG DER ZWERGE

In der Umgebung Unterbächs wohnten Zwerge. Da kamen sie einmal her und verlangten eine Schaufel. Der Bauer, der ihnen das Werkzeug lieh, folgte ihnen, um zu sehen, was sie damit anstellen wollten. Da sah er, wie die Zwerge ein großes Loch gruben und ein altes Mutterli hineinlegten, das schrecklich jammerte: »Laßt mich rächen (laufen), ich kann noch grächen!« Aber die Zwerge blieben unerbittlich, legten ihr einen Krug Wein bei und ein Brot und deckten die Grube wieder zu.

1181.

JUNGFRAU ALS SCHATZHÜTERIN

Auf einem Hügel, unmittelbar vor dem Fricktaler Dorfe Oschgen gelegen, deuten noch Mauerreste und unterirdische verschüttete Gänge auf das Schloß zurück, welches hier einstens gestanden hat. Als der Burgherr nicht endete, die Leute unbarmherzig zu plagen, haben es die Bauern zuletzt zerstört. Darauf war hier jeden Karfreitag mitternachts ein unterirdisches Rumpeln und Tosen zu hören. Als zu dieser Zeit ein Mann vorüberging und das Getöse gleichfalls vernahm, schlupfte er neugierig und herzhaft in eines der Löcher des Hügels hinein. Durch einen langen Gang kam er zu einer Eisentüre, die sich von selber öffnete, und darauf in einen prächtig mit Tapeten behangenen Saal. Hier saß auf einem Ruhbette eine Jungfrau, neben ihr auf einer Goldtruhe ihr Schoßhündlein. Sie bot ihm alle ihre Schätze gegen drei Küsse an. Der Mann dachte, derlei lasse sich leicht tun, wenn man damit so viel auf einmal verdienen könne, und gab ihr denn sogleich einen Kuß. Allein jetzt schoß ein Schlangenhaupt aus dem Rumpfe des Weibes hervor. Gleichwohl machte er sich zum zweiten Kusse bereit, und auch diesmal gelang's trotz dem Hündlein, das groß anschwoll, zerrend, heulend und reißend an ihm emporsprang. Sogleich darauf war die Jungfrau in eine ungeheuerliche Kröte verwandelt, und mit Grausen entsprang nun der Mann.

ANHANG

Abkürzungsverzeichnis

Aick
Gerhard Aick: Der Katzensteig. Graz/Stuttgart 1978.
Alpenburg 1857
Johann N. Ritter von Alpenburg: Mythen und Sagen Tirols. Zürich 1857.
Alpenburg, Alpensag. 1861
Johann N. Ritter von Alpenburg: Deutsche Alpensagen. Wien 1861.
Antz
Rheinlandsagen. Hg. v. August Antz. Wittlich 1950.
Bechstein 1842
Ludwig Bechstein: Der Sagenschatz des Frankenlandes. Erster Theil: Die Sagen des Rhöngebirges und des Grabfeldes. Würzburg 1842.
Bechstein, Mecklenb.
Ludwig Bechstein: Deutsches Sagenbuch (1853). Hg. v. K. M. Schiller. Meersburg/Leipzig 1930.
Birlinger
A. Birlinger: Sagen, Legenden, Volksaberglauben. 1. Band. Wiesbaden 1874.
Bockemühl
Niederrheinisches Sagenbuch. Hg. v. Erich Bockemühl. Gelsenkirchen 1930.
Brüstle
Das wilde Heer. Die Sagen Baden-Württembergs. Hg. v. Hans Brüstle. Freiburg i. Br. 1977.
Buchner
M. Buchner: Niederbayerische Sagen und Geschichten. 2. Aufl. Passau 1951.
Bügener
Heidegold. Münsterländische Sagen. Erlauscht u. zusammengestellt v. H. Bügener. Münster 1929.
Calliano
Carl Calliano: Niederösterreichischer Sagenschatz. Wien 1936.
Diederichs, Hess. Sag. 1978
Hessische Sagen. Hg. v. Ulf Diederichs u. Christa Hinze. Düsseldorf/Köln 1978.
Diederichs, Nieders. Sag. 1977
Sagen aus Niedersachsen. Hg. v. Ulf Diederichs u. Christa Hinze. Düsseldorf/Köln 1977.
Diederichs, Norddte. Sag. 1976
Norddeutsche Sagen. Hg. v. Ulf Diederichs u. Christa Hinze. Düsseldorf/Köln 1977.
Dörler
Adolf Ferdinand Dörler: Sagen aus Innsbrucks Umgebung mit besonderer Berücksichtigung des Zillertals. Innsbruck 1895.
Drewitz
Märkische Sagen. Hg. v. Ingeborg Drewitz. Düsseldorf/Köln 1979.
Freisauff
R. von Freisauff: Salzburger Volkssagen. 2 Bände. Wien/Pest/Leipzig 1880.
Grässe, Preuß. Sag. 1868
J. G. Th. Grässe: Sagenbuch des Preußischen Staats. 1. Band. Glogau 1868.

Grässe, Preuß. Sag. 1871
J. G. Th. Grässe: Sagenbuch des Preußischen Staats. 2. Band. Glogau 1871.
Grässe, Sachsen 1874 I
Der Sagenschatz des Königreichs Sachsen. Hg. v. J. G. Th. Grässe. 2. Aufl. 1. Band. Dresden 1874.
Grässe, Sachsen 1874 II
Der Sagenschatz des Königreichs Sachsen. Hg. v. J. G. Th. Grässe. 2. Aufl. 2. Band. Dresden 1874.
Grimm 1816/18
Deutsche Sagen. Hg. v. d. Brüdern Grimm. 2 Bände. Berlin 1816/18.
Grimm, F. 1979
Der unbekannte Bruder Grimm. Deutsche Sagen von Ferdinand Philipp Grimm. Herausgegeben von Gerd Hoffmann u. Heinz Rölleke. Düsseldorf/Köln 1979.
Grimm-Nachlaß 1963
Westfälische Märchen und Sagen aus dem Nachl. d. Brüder Grimm. Herausgegeben von K. Schulte Kemminghausen. 2. Aufl. Münster 1963.
Grimm-Nachlaß 1979
Märchen aus dem Nachlaß der Brüder Grimm. Hg. und erl. v. H. Rölleke. 2., verb. Auflage. Bonn 1979.
Grohmann
Sagen aus Böhmen. Ges. u. hg. v. Josef Virgil Grohmann. Prag 1863.
Gugitz
Gustav Gugitz: Die Sagen und Legenden der Stadt Wien. Wien 1952.
Heilfurth
Gerhard Heilfurth unt. Mitarb. v. Ina-Maria Greverus: Bergbau und Bergmann in der deutschsprachigen Sagenüberlieferung Mitteleuropas. Marburg 1967.
Herrlein
Adalbert von Herrlein: Die Sagen des Spessart. Aschaffenburg 1851.
Hofmann
Emil Hofmann: Ach – Wien. Geschichte und Sagen. 2. Folge. Wien 1908.
Huber
Nikolaus Huber: Fromme Sagen und Legenden. Salzburg 1880.
Jessen
Sylter Sagen. Hg. v. Wilhelm Jessen. 3. Aufl. Münsterdorf 1976.
Knobloch
Johann Knobloch: Romani-Texte aus dem Burgenland. Eisenstadt 1965.
Kuhn, Märk. Sag. 1843
Märkische Sagen und Märchen. Ges. u. hg. v. Adalbert Kuhn. Berlin 1843.
Kuhn, Westf. Sag. 1859
Sagen, Gebräuche und Märchen aus Westfalen. Bd. 1. Ges. u. hg. v. Adalbert Kuhn. Leipzig 1859.
Kuhn/Schwartz
Norddeutsche Sagen, Märchen und Gebräuche. Ges. u. hg. v. Adalbert Kuhn und Wilhelm Schwartz. Leipzig 1848.
Lübbing
Hermann Lübbing: Friesische Sagen. Jena 1928.
Mailly
Anton von Mailly: Niederösterreichische Sagen. Leipzig/Gohlis 1926.

Mayer
J. M. Mayer: Münchener Stadtbuch. München 1868.
Mensing
Sagen, Märchen und Lieder der Herzogtümer Schleswig, Holstein und Lauenburg. Hg. v. Karl Müllenhoff (1845). Neue Ausg. bes. v. Otto Mensing. Schleswig 1921.
Mittermaier
[L. Mittermaier:] Das Sagenbuch der Städte. Dillingen 1842.
Münst. Geschichten
Münsterische Geschichten, Sagen und Legenden. Münster 1825.
Panzer
Friedrich Panzer: Bayerische Sagen und Bräuche. München 1948.
Petzoldt, DV
Deutsche Volkssagen. Hg. v. Leander Petzoldt. 2. Aufl. München 1978.
Petzoldt, Hist. Sag. 1976
Historische Sagen. 1. Band. Hg. u. erl. v. Leander Petzoldt. München 1976.
Petzoldt, Hist. Sag. 1977
Historische Sagen. 2. Band. Hg. u. erl. v. Leander Petzoldt. München 1977.
Peuckert 1961
Deutsche Sagen. Hg. v. Will-Erich Peuckert. Band 1. Berlin 1961.
Peuckert 1966
Schlesische Sagen. Hg. v. Will-Erich Peuckert. 2. Aufl. Düsseldorf/Köln 1966.
Peuckert, Monathl. Unterr. 1961
Will-Erich Peuckert: Die Sagen der monathlichen Unterredungen Otto von Grabens zum Stein. Berlin 1961.
Plöckinger
Hans Plöckinger: Sagen der Wachau. Krems 1926.
Pohl
Erich Pohl: Die Volkssagen Ostpreußens. Königsberg 1943.
Pöttinger
Josef Pöttinger: Niederösterreichische Volkssagen. Wien 1950.
Pröhle
Heinrich Pröhle: Deutsche Sagen. Berlin 1879.
Quensel
Thüringer Sagen. Hg. v. Paul Quensel (1926). Düsseldorf/Köln 1974.
Redeker
Westphälische Sagen. Ges. u. mitget. v. W. Redeker. Minden 1830.
Reiser
K. Reiser: Sagen, Gebräuche und Sprichwörter des Allgäus. Band 1. Kempten [1894].
Schattauer
Friedrich Schattauer: Burgenland-Sagen und Legenden. Waldhofen 1980.
Schell
Bergische Sagen. Hg. v. Otto Schell. Elberfeld 1897.
Schicklberger
Aus alten Zeiten. Main-Spessart-Sagen. Hg. v. Franz Schicklberger. Würzburg o. J.
Schirmeyer
Osnabrücker Sagenbuch. Neu bearbeitet v. L. Schirmeyer. Osnabrück 1920.

Schleglmann
M. A. Schleglmann: Tiroler Legenden, Sagen und Volksbräuche. Regensburg 1928.
Schmidt-Ebhausen
Schwäbische Volkssagen. Hg. v. Friedrich Heinz Schmidt-Ebhausen. Stuttgart o. J.
Schönwerth I–III
Franz Xaver von Schönwerth: Aus der Oberpfalz. Sitten und Sagen. 3 Teile. Augsburg 1857.
Schöpf/Jöckl
Alois Schöpf/Hans Jöckl: Deutscher Sagenschatz. Wien/Heidelberg 1977.
Schöppner
Alexander Schöppner: Sagenbuch der Bayerischen Lande. 3 Bände. München 1874.
Seiler
Volkssagen und Legenden des Landes Paderborn. Ges. u. hg. v. J. Seiler. Cassel 1848.
Stahl
Westphälische Sagen und Geschichten. Von H. Seiler [d. i. J. D. H. Temme]. 2 Bände. Elberfeld 1831.
Tandler
Cäcilie Tandler: Österreichische Sagen. Wien 1946.
Toeppen
M. Toeppen: Aberglaube aus Masuren, mit einem Anhang, enthaltend Masurische Sagen und Märchen. 2. erw. Aufl. Danzig 1867.
Trog
Rheinlands Wunderhorn. Sagen, Geschichten und Legenden [...]. Hg. v. C. Trog. 14. Band: Bergisches Land, Düsseldorf. Essen/Leipzig o. J.
Vernaleken
Theodor Vernaleken: Mythen und Bräuche des Volkes in Österreich. Wien 1859.
Weddingen/Hartmann
O. Weddingen u. H. Hartmann: Der Sagenschatz Westfalens. Minden 1884.
Wettig
H. Wettig: Die schönsten Sagen und historischen Erzählungen aus dem Herzogtum Coburg und seiner Umgebung. Coburg 1899.
Wolf
J. W. Wolf: Deutsche Märchen und Sagen. Leipzig 1845.
Zaunert 1955
Alt wie der Wald. Ostdeutsche Sagen und Historien. Ausgew. u. bearb. v. Paul Zaunert. Düsseldorf/Köln 1955.
Zaunert 1969
Rheinland Sagen. Hg. v. Paul Zaunert. Düsseldorf/Köln 1969.
Zingerle
Ignaz Zingerle: Sagen, Märchen und Gebräuche aus Tirol. Innsbruck 1859.

Quellennachweise

1: Lübbing S. 242
2: ebd. S. 150
3: ebd. S. 194
4: Diederichs, Norddte. Sag. 1976 S. 261
5: ebd. S. 262
6: ebd. S. 263
7: Lübbing S. 261
8: ebd. S. 260
9: Mensing Nr. 78
10: Lübbing S. 186
11: Diederichs, Norddte. Sag. 1976 S. 265
12: Lübbing S. 233
13: ebd. S. 154
14: ebd. S. 102
15: ebd. S. 151
16: ebd. S. 197
17: ebd. S. 207
18: ebd. S. 210
19: Diederichs, Norddte. Sag. 1976 S. 124
20: Lübbing S. 257
21: ebd. S. 219
22: Diederichs, Norddte. Sag. 1976 S. 248
23: Lübbing S. 241
24: ebd. S. 160
25: ebd. S. 183
26: ebd. S. 209
27: Diederichs, Norddte. Sag. 1976 S. 269
28: Lübbing S. 246
29: ebd. S. 236
30: ebd. S. 143
31: ebd. S. 235
32: ebd. S. 193
33: Diederichs, Norddte. Sag. 1976 S. 237
34: ebd. S. 243
35: ebd. S. 245
36: ebd. S. 247
37: Lübbing S. 172
38: Diederichs, Norddte. Sag. 1976 S. 254
39: ebd. S. 256
40: ebd. S. 257
41: Lübbing S. 145
42: ebd. S. 200
43: ebd. S. 206
44: Diederichs, Norddte. Sag. 1976 S. 253
45: Mensing Nr. 13
46: ebd. Nr. 109
47: ebd. Nr. 372
48: ebd. Nr. 247
49: ebd. Nr. 531
50: ebd. Nr. 445
51: ebd. Nr. 290
52: ebd. Nr. 352
53: ebd. Nr. 168
54: Grimm 1816 Nr. 41
55: Mensing Nr. 343
56: ebd. Nr. 279
57: ebd. Nr. 462
58: ebd. Nr. 72
59: ebd. Nr. 132
60: ebd. Nr. 537
61: ebd. Nr. 197
62: ebd. Nr. 502
63: ebd. Nr. 192
64: ebd. Nr. 488
65: ebd. Nr. 293
66: ebd. Nr. 106
67: ebd. Nr. 562
68: Grimm 1816 Nr. 176
69: Mensing Nr. 235
70: ebd. Nr. 271
71: ebd. Nr. 464
72: ebd. Nr. 459
73: ebd. Nr. 246
74: ebd. Nr. 547
75: ebd. Nr. 544
76: ebd. Nr. 572
77: ebd. Nr. 55
78: ebd. Nr. 321
79: ebd. Nr. 334
80: ebd. Nr. 257
81: ebd. Nr. 430
82: ebd. Nr. 7
83: ebd. Nr. 577
84: ebd. Nr. 88
85: Grimm 1816 Nr. 362
86: Diederichs, Norddte. Sag. 1976 S. 146
87: ebd. S. 147
88: ebd. S. 150
89: ebd. S. 150
90: ebd. S. 151
91: ebd. S. 156
92: ebd. S. 157
93: ebd. S. 170
94: ebd. S. 180
95: ebd. S. 189
96: ebd. S. 191
97: ebd. S. 198
98: ebd. S. 209
99: ebd. S. 211
100: ebd. S. 216
101: ebd. S. 212
102: ebd. S. 213
103: ebd. S. 214
104: ebd. S. 217
105: Kuhn/Schwartz Nr. 347
106: ebd. Nr. 1
107: Grimm 1816 Nr. 194
108: Bechstein, Mecklenb. Nr. 220
109: Kuhn/Schwartz Nr. 3
110: ebd. Nr. 5
111: ebd. Nr. 6
112: ebd. Nr. 35

113: Bechstein, Mecklenb. Nr. 215
114: ebd. Nr. 217
115: ebd. Nr. 218
116: ebd. Nr. 219
117: ebd. Nr. 216
118: Petzoldt, DV S. 69
119: ebd. S. 107
120: ebd. S. 143
121: ebd. S. 147
122: ebd. S. 156
123: ebd. S. 237
124: ebd. S. 264
125: Kuhn/Schwartz Nr. 4
126: Petzoldt, DV S. 290
127: Grimm 1816 Nr. 284
128: Grässe, Preuß. Sag. 1871 S. 443
129: ebd. S. 471
130: ebd. S. 472
131: ebd. S. 473
132: ebd. S. 477
133: ebd. S. 479
134: ebd. S. 482
135: ebd. S. 494
136: ebd. S. 495
137: ebd. S. 503
138: ebd. S. 506
139: ebd. S. 510
140: ebd. S. 411
141: ebd. S. 458
142: ebd. S. 459
143: ebd. S. 509
144: ebd. S. 514
145: Kuhn/Schwartz Nr. 13
146: ebd. Nr. 22
147: Grässe, Preuß. Sag. 1871 S. 457
148: ebd. S. 459
149: ebd. S. 460
150: ebd. S. 512
151: ebd. S. 513
152: ebd. S. 430
153: ebd. S. 431
154: ebd. S. 432
155: ebd. S. 426
156: ebd. S. 509
157: ebd. S. 442
158: ebd. S. 447
159: ebd. S. 449
160: ebd. S. 455
161: ebd. S. 470
162: ebd. S. 461
163: ebd. S. 469
164: ebd. S. 496
165: ebd. S. 501
166: ebd. S. 511
167: Grimm 1816 Nr. 342
168: Grässe, Preuß. Sag. 1871 S. 440
169: ebd. S. 441
170: ebd. S. 505
171: Grimm 1816 Nr. 291
172: Grässe, Preuß. Sag. 1871 S. 456
173: ebd. S. 507
174: Grimm 1816 Nr. 280
175: Aick S. 19
176: ebd. S. 72
177: Pohl S. 113
178: Aick S. 58
179: ebd. S. 50
180: ebd. S. 21
181: Toeppen S. 134
182: Pohl S. 87
183: Petzoldt, Hist. Sag. 1977 S. 185
184: ebd. S. 266
185: ebd. S. 11 1
186: Aick S. 78
187: Pohl S. 110
188: ebd. S. 115
189: ebd. S. 89
190: Aick S. 10
191: ebd. S. 86
192: Petzoldt, Hist. Sag. 1977 S. 51
193: Pohl S. 107
194: ebd. S. 95
195: Aick S. 30
196: Grässe, Preus. Sag. 1871 S. 605
197: ebd. S. 46
198: ebd. S. 38
199: ebd. S. 56
200: Petzoldt, Hist. Sag. 1977 S. 267
201: Peuckert 1961 S. 154
202: Pohl S. 87
203: Aick S. 48
204: Petzoldt, Hist. Sag. 1977 S. 63
205: Pohl S. 102
206: Aick S. 60
207: ebd. S. 41
208: ebd. S. 61
209: Pohl S. 93
210: Petzoldt, Hist. Sag. 1977 S. 47
211: Petzoldt, Hist. Sag. 1976 S. 77
212: ebd. S. 89
213: Aick S. 39
214: Pohl S. 90
215: Aick S. 33
216: Pohl S. 109
217: ebd. S. 101
218: ebd. S. 93
219: ebd. S. 109
220: Petzoldt, Hist. Sag. 1977 S. 206
221: ebd. S. 207
222: Aick S. 17
223: Diederichs, Nieders. Sag. 1977 S. 9
224: Grimm 1816 Nr. 171
225: Diederichs, Nieders. Sag. 1977 S. 18
226: ebd. S. 29
227: ebd. S. 56
228: ebd. S. 40
229: ebd. S. 46
230: Grimm 1816 Nr. 182
231: Diederichs, Nieders. Sag. 1977 S. 50
232: ebd. S. 66

233: ebd. S. 70
234: ebd. S. 76
235: ebd. S. 80
236: ebd. S. 83
237: ebd. S. 89
238: Grimm 1816 Nr. 315
239: ebd. Nr. 316
240: ebd. Nr. 152
241: Diederichs, Nieders. Sag. 1977 S. 91
242: ebd. S. 91
243: ebd. S. 94
244: ebd. S. 98
245: ebd. S. 99
246: Grimm 1816 Nr. 244
247: Diederichs, Nieders. Sag. 1977 S. 114
248: ebd. S. 120
249: Grimm 1818 Nr. 457
250: Diederichs, Nieders. Sag. 1977 S. 130
251: ebd. S. 132
252: ebd. S. 137
253: ebd. S. 138
254: ebd. S. 140
255: ebd. S. 142
256: ebd. S. 156
257: ebd. S. 164
258: ebd. S. 165
259: ebd. S. 171
260: ebd. S. 175
261: ebd. S. 184
262: ebd. S. 192
263: ebd. S. 193
264: ebd. S. 203
265: ebd. S. 205
266: ebd. S. 209
267: ebd. S. 211
268: ebd. S. 216
269: ebd. S. 218
270: ebd. S. 222
271: ebd. S. 225
272: ebd. S. 226
273: ebd. S. 228
274: ebd. S. 231
275: ebd. S. 234
276: ebd. S. 239
277: ebd. S. 248
278: ebd. S. 249
279: ebd. S. 253
280: ebd. S. 256
281: ebd. S. 262
282: ebd. S. 266
283: ebd. S. 268
284: ebd. S. 269
285: Grimm 1818 Nr. 541
286: Diederichs, Nieders. Sag. 1977 S. 282
287: ebd. S. 278
288: ebd. S. 286
289: ebd. S. 290
290: ebd. S. 292
291: ebd. S. 295
292: ebd. S. 305
293: ebd. S. 314
294: ebd. S. 316
295: ebd. S. 321
296: Grimm 1818 Nr. 408
297: ebd. Nr. 409
298: Grimm 1816 Nr. 31
299: Grässe, Sachsen 1874 I, S. 351
300: ebd. S. 352
301: ebd. S. 363
302: ebd. S. 381
303: ebd. S. 383
304: ebd. S. 387
305: ebd. S. 270
306: ebd. S. 271
307: ebd. S. 281
308: Grässe, Sachsen 1874 II, S. 278
309: Grimm 1816 Nr. 54
310: ebd. Nr. 145
311: Grässe, Sachsen 1874 II, S. 104
312: ebd. S. 153
313: ebd. S. 232
314: ebd. S. 127
315: ebd. S. 138
316: ebd. S. 156
317: Grässe, Sachsen 1874 I, S. 274
318: Grässe. Sachsen 1874 II, S. 328
319: Grässe, Sachsen 1874 I, S. 85
320: ebd. S. 87
321: ebd. S. 103
322: ebd. S. 119
323: Grimm 1816 Nr. 309
324: Grässe, Sachsen 1874 I, S. 184
325: ebd. S. 173
326: ebd. S. 407
327: ebd. S. 294
328: ebd. S. 253
329: ebd. S. 262
330: ebd. S. 493
331: Grässe, Sachsen 1874 II, S. 215
332: ebd. S. 375
333: ebd. S. 8
334: Petzoldt, DV S. 110
335: Grässe, Sachsen 1874 I, S. 522
336: ebd. S. 428
337: ebd. S. 418
338: ebd. S. 516
339: ebd. S. 475
340: ebd. S. 453
341: Grässe, Sachsen 1874 II, S. 40
342: ebd. S. 65
343: ebd. S. 25
344: ebd. S. 42
345: ebd. S. 51
346: Drewitz S. 13
347: ebd. S. 14
348: ebd. S. 25
349: ebd. S. 27
350: ebd. S. 34
351: ebd. S. 52
352: ebd. S. 58
353: ebd. S. 59
354: ebd. S. 61
355: ebd. S. 64
356: ebd. S. 90
357: ebd. S. 95

358: ebd. S. 110
359: ebd. S. 114
360: ebd. S. 118
361: ebd. S. 120
362: ebd. S. 136
363: ebd. S. 136
364: ebd. S. 147
365: ebd. S. 148
366: ebd. S. 154
367: ebd. S. 166
368: ebd. S. 174
369: ebd. S. 176
370: ebd. S. 184
371: ebd. S. 184
372: ebd. S. 186
373: ebd. S. 188
374: ebd. S. 194
375: ebd. S. 210
376: ebd. S. 210
377: ebd. S. 212
378: ebd. S. 216
379: ebd. S. 224
380: ebd. S. 225
381: ebd. S. 228
382: ebd. S. 247
383: ebd. S. 280
384: ebd. S. 282
385: ebd. S. 282
386: Kuhn, Märk. Sagen. 1843 S. 6
387: ebd. S. 25
388: ebd. S. 32
389: ebd. S. 46
390: ebd. S. 53
391: ebd. S. 107
392: ebd. S. 143
393: ebd. S. 159
394: ebd. S. 196
395: ebd. S. 212
396: ebd. S. 216
397: Petzoldt, DV S. 86
398: ebd. S. 70
399: Peuckert 1966 S. 200
400: ebd. S. 201
401: ebd. S. 219
402: ebd. S. 154
403: Petzoldt, DV S. 69
404: Peuckert 1966 S. 150
405: ebd. S. 254
406: ebd. S. 170
407: ebd. S. 120
408: Zaunert 1955 S. 157
409: Peuckert 1966 S. 99
410: ebd. S. 109
411: ebd. S. 107
412: ebd. S. 150
413: Grimm 1816 Nr. 143
414: Petzoldt, DV S. 65
415: Peuckert 1966 S. 113
416: Petzoldt, DV S. 182
417: Zaunert 1955, S. 129
418: ebd. S. 130
419: Petzoldt, DV S. 32
420: Peuckert 1966 S. 75
421: Zaunert 1955 S. 116
422: Petzoldt, DV S. 209
423: Peuckert 1966 S. 218
424: ebd. S. 241
425: ebd. S. 273
426: Petzoldt, DV S. 77
427: ebd. S. 115
428: ebd. S. 82
429: Peuckert 1966 S. 224
430: ebd. S. 67
431: Zaunert 1955 S. 139
432: ebd. S. 139
433: ebd. S. 100
434: Peuckert 1966 S. 141
435: Petzoldt, DV S. 311
436: Peuckert 1966 S. 87
437: Petzoldt, DV S. 11
438: Weddingen/Hartmann S. 7
439: Redeker S. 49
440: Seiler S. 18
441: Münst. Gesch. S. 19
442: Grimm-Nachlaß 1963 S. 146
443: Kuhn, Westf. Sag. 1859 S. 298
444: Heilfurth S. 178
445: Grässe, Preuß. Sagen 1868 S. 696
446: Münst. Gesch. S. 171
447: ebd. S. 164
448: Grimm-Nachlaß 1963 S. 168
449: Münst. Gesch. S. 189
450: ebd. S. 193
451: ebd. S. 200
452: Grimm-Nachlaß 1963 S. 144
453: ebd. S. 141
454: Münst. Gesch. S. 188
455: Grimm-Nachlaß 1963 S. 149
456: Grimm, 1816 Nr. 121
457: Stahl S. 112
458: ebd. S. 110
459: Bügener S. 3
460: Grässe, Preus. Sag. 1868 S. 781
461: Grimm-Nachlaß 1979 S. 68
462: Grimm-Nachlaß 1963 S. 145
463: Wolf S. 367
464: Kuhn. Westf. Sag. 1859 S. 114
465: Münst. Gesch. S. 169
466: Bügener S. 64
467: ebd. S. 94
468: ebd. S. 99
469: ebd. S. 110
470: ebd. S. 118
471: ebd. S. 129
472: ebd. S. 149

473: Schirmeyer S. 91
474: Bügener S. 176
475: Schirmeyer S. 26
476: ebd. S. 42
477: ebd. S. 107
478: Grimm-Nachlaß 1963 S. 48
479: Zs. f. rhein. u. westf. Vkde. 1912 S. 231
480: Wolf S. 406
481: Redeker S. 67
482: Zs. f. rhein. u. westf. Vkde. 1912 S. 295
483: W. Busch: Ut ôler Welt. Hg. v. O. Nöldeke. München 1943, S. 147
484: F. Vormbaum: Die Grafschaft Ravensburg. Leipzig 1864, S. 44
485: Grimm-Nachlaß 1979 S. 74
486: Kuhn S. 115
487: Seiler S. 38
488: Pröhle S. 133
489: Seiler S. 71
490: Kuhn S. 214
491: Grimm 1816 Nr. 126
492: Kuhn S. 165
493: Grässe, Preuß. Sag. 1868 S. 721
494: Kuhn S. 152
495: Stahl S. 146
496: Grässe, Preuß. Sag. 1868 S. 719
497: ebd. S. 750
498: H. Vos und M. Weinand: Essener Sagenbuch. Essen 1912, S. 22
499: Grimm 1816 Nr. 341
500: ebd. Nr. 30
501: ebd. Nr. 10
502: Diederichs, Hess. Sag. 1978 S. 31
503: ebd. S. 47
504: ebd. S. 48
505: ebd. S. 55
506: ebd. S. 56
507: ebd. S. 60
508: Grimm 1816 Nr. 163
509: ebd. Nr. 130
510: Diederichs, Hess. Sag. 1978 S. 62
511: ebd. S. 63
512: ebd. S. 68
513: ebd. S. 68
514: ebd. S. 73
515: ebd. S. 77
516: Grimm 1816 Nr. 4
517: Diederichs, Hess. Sag. 1978 S. 86
518: ebd. S. 86
519: ebd. S. 87
520: ebd. S. 89
521: ebd. S. 92
522: ebd. S. 95
523: ebd. S. 101
524: ebd. S. 102
525: ebd. S. 105
526: ebd. S. 107
527: ebd. S. 108
528: ebd. S. 112
529: ebd. S. 120
530: ebd. S. 122
531: ebd. S. 125
532: ebd. S. 136
533: ebd. S. 137
534: ebd. S. 138
535: ebd. S. 140
536: ebd. S. 143
537: ebd. S. 147
538: ebd. S. 147
539: ebd. S. 147
540: ebd. S. 148
541: Grimm 1818 Nr. 562
542: Diedrichs, Hess. Sag. 1978 S. 154
543: ebd. S. 158
544: ebd. S. 159
545: ebd. S. 160
546: ebd. S. 162
547: ebd. S. 164
548: ebd. S. 166
549: ebd. S. 166
550: ebd. S. 168
551: ebd. S. 172
552: ebd. S. 178
553: ebd. S. 180
554: ebd. S. 185
555: ebd. S. 187
556: ebd. S. 208
557: ebd. S. 218
558: ebd. S. 232
559: ebd. S. 234
560: ebd. S. 235
561: ebd. S. 243
562: ebd. S. 248
563: Grimm 1816 Nr. 85
564: Diederichs, Hess. Sag. 1978 S. 297
565: ebd. S. 300
566: ebd. S. 312
567: ebd. S. 319
568: ebd. S. 325
569: Grimm 1816 Nr. 212
570: ebd. Nr. 242
571: Diederichs, Hess. Sag. 1978 S. 326
572: ebd. S. 336
573: ebd. S. 133
574: ebd. S. 337
575: ebd. S. 337
576: ebd. S. 338
577: ebd. S. 346
578: Grimm 1818 Nr. 546
579: ebd. Nr. 547
580: ebd. Nr. 548
581: ebd. Nr. 555
582: Quensel S. 52
583: Grimm 1818 Nr. 556
584: Quensel S. 118
585: Grimm 1816 Nr. 173
586: Quensel S. 324
587: ebd. S. 299

588: ebd. S. 278
589: Grimm 1816
Nr. 119
590: Quensel S. 314
591: ebd. S. 321
592: ebd. S. 282
593: ebd. S. 235
594: ebd. S. 220
595: Grimm 1816
Nr. 136
596: Quensel S. 304
597: Grimm 1818
Nr. 575
598: ebd. Nr. 550
599: ebd. Nr. 551
600: Quensel S. 316
601: ebd. S. 256
602: ebd. S. 294
603: ebd. S. 312
604: ebd. S. 138
605: ebd. S. 280
606: ebd. S. 284
607: ebd. S. 277
608: ebd. S. 266
609: ebd. S. 269
610: ebd. S. 261
611: ebd. S. 296
612: ebd. S. 231
613: ebd. S. 271
614: ebd. S. 289
615: Grimm 1816
Nr. 7
616: ebd. Nr. 329
617: ebd. Nr. 247
618: ebd. Nr. 48
619: Quensel S. 194
620: ebd. S. 280
621: ebd. S. 213
622: ebd. S. 150
623: Petzold, DV S. 321
624: Quensel S. 202
625: Grimm 1818
Nr. 535
626: ebd. Nr. 538
627: Bockemühl S. 273
628: ebd. S. 9
629: ebd. S. 239
630: ebd. S. 254
631: Antz S. 66
632: Bockemühl S. 226
633: ebd. S. 224
634: Zaunert 1969 S. 38
635: Antz S. 57
636: Bockemühl S. 210
637: Antz S. 65
638: Bockemühl S. 206
639: Antz S. 57
640: Bockemühl S. 82
641: ebd. S. 67
642: ebd. S. 21
643: ebd. S. 116
644: ebd. S. 124
645: Grimm 1816
Nr. 204
646: Zaunert 1969 S. 167
647: Grimm 1816
Nr. 340
648: Schell S. 21
649: ebd. S. 57
650: ebd. S. 16
651: ebd. S. 54
652: ebd. S. 65
653: ebd. S. 78
654: Trog S. 202
655: Petzoldt, Hist. Sag.
1977 S. 45
656: Schell S. 84
657: ebd. S. 74
658: ebd. S. 75
659: ebd. S. 76
660: ebd. S. 93
661: ebd. S. 98
662: ebd. S. 129
663: ebd. S. 131
664: ebd. S. 137
665: ebd. S. 171
666: Trog S. 229
667: Schell S. 207
668: Trog S. 230
669: ebd. S. 231
670: Schell S. 230
671: Trog S. 154
672: Schell S. 233
673: ebd. S. 255
674: ebd. S. 259
675: ebd. S. 158
676: ebd. S. 160
677: ebd. S. 149
678: Grimm 1818
Nr. 452
679: Grimm 1816
Nr. 186
680: Zaunert 1969 S. 51
681: ebd. S. 51
682: ebd. S. 64
683: Antz S. 63
684: Bockemühl S. 54
685: ebd. S. 276
686: Bockemühl S. 19
687: Antz S. 78
688: ebd. S. 79
689: ebd. S. 81
690: ebd. S. 83
691: ebd. S. 86
692: ebd. S. 84
693: ebd. S. 87
694: ebd. S. 92
695: ebd. S. 94
696: ebd. S. 98
697: ebd. S. 99
698: ebd. S. 103
699: ebd. S. 107
700: ebd. S. 115
701: ebd. S. 116
702: ebd. S. 117
703: ebd. S. 121
704: ebd. S. 122
705: Zaunert 1969 S. 84
706: Grimm 1816
Nr. 241
707: Antz S. 18
708: ebd. S. 19
709: ebd. S. 20
710: ebd. S. 22
711: ebd. S. 32
712: ebd. S. 44
713: ebd. S. 46
714: ebd. S. 47
715: ebd. S. 48
716: ebd. S. 49
717: ebd. S. 127
718: ebd. S. 130
719: ebd. S. 133
720: ebd. S. 134
721: ebd. S. 137
722: ebd. S. 27
723: ebd. S. 149

724: ebd. S. 15
725: ebd. S. 156
726: ebd. S. 164
727: ebd. S. 166
728: ebd. S. 169
729: ebd. S. 174
730: Grimm 1816 Nr. 17
731: Herrlein S. 88
732: ebd. S. 95
733: ebd. S. 106
734: ebd. S. 74
735: ebd. S. 69
736: ebd. S. 3
737: ebd. S. 3
738: ebd. S. 19
739: ebd. S. 27
740: ebd. S. 33
741: ebd. S. 35
742: ebd. S. 37
743: ebd. S. 38
744: ebd. S. 40
745: ebd. S. 53
746: ebd. S. 63
747: ebd. S. 65
748: ebd. S. 68
749: ebd. S. 143
750: ebd. S. 161
751: ebd. S. 163
752: ebd. S. 168
753: ebd. S. 210
754: ebd. S. 212
755: Schicklberger S. 76
756: ebd. S. 89
757: ebd. S. 106
758: Herrlein S. 123
759: ebd. S. 132
760: ebd. S. 13
761: Schicklberger S. 23
762: ebd. S. 26
763: ebd. S. 28
764: ebd. S. 41
765: ebd. S. 48
766: ebd. S. 53
767: ebd. S. 54
768: ebd. S. 70
769: ebd. S. 118
770: ebd. S. 131
771: ebd. S. 136
772: ebd. S. 143
773: ebd. S. 159
774: Grimm 1816 Nr. 232
775: Bechstein 1842 Nr.
776: Grimm 1816 Nr. 117
777: ebd. S. 259
778: Wettig S. 29
779: Grimm 1816 Nr. 167
780: Panzer I, S. 173
781: Bechstein 1842 S. 158
782: Grimm 1818 Nr. 477
783: Schöppner
784: Grimm 1816 Nr. 294
785: Panzer II, S. 137
786: Bechstein 1842
787: Grimm 1816 Nr. 46
788: Schönwerth
789: Grimm 1816 Nr. 34
790: Panzer I, S. 164
791: E. Fentsch: Volkssage und Volksglauben in Unterfranken. München 1866, S. 179
792: Schöppner II, S. 260
793: Pröhle
794: Panzer
795: Bechstein 1842
796: Grimm 1816 Nr. 129
797: ebd. Nr. 38
798: Bechstein 1842
799: Birlinger S. 186
800: Grimm 1816 Nr. 221
801: Schöppner
802: Grimm 1816 Nr. 417
803: Panzer II, S. 74
804: Panzer
805: Petzoldt, DV 1978 S. 216
806: ebd. S. 2
807: ebd. S. 2
808: ebd. S. 74
809: ebd. S. 13
810: ebd. S. 28
811: B. Grueber und A. von Müller: Der Bayerische Wald. 2. Aufl. Regensburg 1851, S. 262
812: Petzoldt, DV 1978 S. 23
813: ebd. S. 8
814: Schöppner
815: Panzer II, S. 138
816: Mittermaier S. 89
817: Panzer II, S. 79
818: Mittermaier S. 135
819: L. Gemminger: Das alte Ingolstadt. Regensburg 1864, S. 183
820: Schöppner
821: Panzer II, S. 57
822: Ch. G. Gumpelzhaimer: Regensburgs Geschichte. 1. Bd. Regensburg 1830, S. 125
823: Grimm 1816 Nr. 211
824: Buchner S. 33
825: H. Rohrmayr: Häusergeschichte der Stadt Straubing. Straubing 1961, S. 67
826: Grimm 1818 Nr. 495
827: Grimm 1816 Nr. 94
828: J. Lenz: Hist.-top. Beschreibung von Passau, 2 Bde. Passau 1819

829: Grimm 1818 Nr. 492
830: ebd. Nr. 493
831: Panzer
832: Grimm 1818 Nr. 496
833: ebd. Nr. 526
834: P. von Stetten: Erläuterungen ... aus der Geschichte der Reichstadt Augsburg. Augsburg 1765, S. 22
835: Panzer II, S. 111
836: K. Frh. von Leoprechting: Aus dem Lechrain. München 1855, S. 116
837: Schöppner
838: ebd
839: Bechstein 1853
840: ebd.
841: Mayer S. 540
842: ebd. S. 551
843: Grimm 1818 Nr. 494
844: Mayer S. 504
845: ebd. S. 544
846: Schöppner
847: Schöppner III, S. 234
848: Bayerische Stammeskunde. Hg. v. F. Lüers. Jena 1933, S. 63
849: Petzoldt, DV 1978, S. 178
850: Grimm 1818, Nr. 438
851: Zs. f. dte. Mythologie u. Sittenkde. 1 (1853), S. 447–453
852: Panzer I, S. 10
853: Reiser S. 69
854: Panzer II, S. 105
855: Panzer
856: Petzoldt, DV 1978, S. 161
857: ebd. S. 142
858: ebd. S. 2
859: ebd. S. 279
860: Petzold dt, Hist. Sag. 1977, S. 120
861: ebd. S. 122
862: Grohmann S. 278
863: ebd. S. 106
864: ebd. S. 70
865: Aick S. 210
866: ebd. S. 208
867: ebd. S. 215
868: ebd. S. 213
869: Grohmann S. 100
870: ebd. S. 285
871: ebd. S. 104
872: ebd. S. 115
873: ebd. S. 118
874: Aick S. 227
875: Schöpf/Jöckl S. 30
876: Aick S. 252
877: ebd. S. 225
878: Grohmann S. 80
879: ebd. S. 279
880: ebd. S. 104
881: ebd. S. 99
882: ebd. S. 282
883: Aick S. 243
884: Grimm 1816 Nr. 37
885: Grohmann S. 64
886: ebd. S. 71
887: Aick S. 223
888: ebd. S. 202
889: Grohmann S. 63
890: ebd. S. 63
891: ebd. S. 282
892: Aick S. 201
893: ebd. S. 207
894: Grimm 1816 Nr. 235
895: ebd. Nr. 332
896: Grohmann S. 112
897: ebd. S. 276
898: ebd. S. 101
899: Aick S. 248
900: Grohmann S. 130
901: Grimm 1816 Nr. 229
902: ebd. Nr. 53
903: Petzoldt, Hist. Sag. 1976 S. 105
904: Petzoldt, Hist. Sag. 1977 S. 251
905: Grohmann S. 83
906: ebd. S. 278
907: ebd. S. 140
908: ebd. S. 117
909: ebd. S. 277
910: Grimm 1816 Nr. 25
911: Grohmann S. 62
912: ebd. S. 285
913: ebd. S. 286
914: ebd. S. 69
915: ebd. S. 280
916: Grimm 1818 Nr. 515
917: ebd. Nr. 516
918: ebd. Nr. 450
919: ebd. Nr. 527
920: Grimm 1816 Nr. 308
921: Brüstle S. 265
922: ebd. S. 55
923: ebd. S. 84
924: ebd. S. 212
925: ebd. S. 59
926: ebd. S. 22
927: Grimm 1816 Nr. 138
928: Brüstle S. 158
929: ebd. S. 195
930: ebd. S. 183
931: ebd. S. 28
932: ebd. S. 46
933: Grimm 1818 Nr. 470
934: Brüstle S. 49
935: ebd. S. 38
936: ebd. S. 48
937: ebd. S. 111
938: ebd. S. 112
939: Grimm 1818 Nr. 481
940: Brüstle S. 117
941: Grimm 1818 Nr. 518

942: Brüstle S. 126
943: ebd. S. 237
944: ebd. S. 68
945: ebd. S. 95
946: ebd. S. 193
947: ebd. S. 283
948: ebd. S. 24
949: ebd. S. 43
950: ebd. S. 45
951: ebd. S. 95
952: ebd. S. 108
953: ebd. S. 171
954: ebd. S. 34
955: ebd. S. 114
956: ebd. S. 136
957: ebd. S. 119
958: ebd. S. 267
959: ebd. S. 12
960: ebd. S. 21
961: ebd. S. 74
962: ebd. S. 87
963: ebd. S. 89
964: ebd. S. 241
965: ebd. S. 140
966: ebd. S. 145
967: ebd. S. 125
968: ebd. S. 137
969: ebd. S. 97
970: ebd. S. 23
971: ebd. S. 153
972: ebd. S. 28
973: ebd. S. 160
974: ebd. S. 91
975: ebd. S. 176
976: ebd. S. 309
977: ebd. S. 52
978: ebd. S. 159
979: ebd. S. 159
980: ebd. S. 12
981: ebd. S. 118
982: ebd. S. 264
983: ebd. S. 225
984: ebd. S. 227
985: ebd. S. 164
986: ebd. S. 232
987: ebd. S. 175
988: ebd. S. 143
989: ebd. S. 192
990: ebd. S. 336
991: ebd. S. 330
992: ebd. S. 71
993: ebd. S. 250
994: ebd. S. 154
995: Grimm 1816 Nr. 59
996: Brüstle S. 138
997: Grimm 1816 Nr. 331
998: Brüstle S. 208
999: ebd. S. 42
1000: ebd. S. 298
1001: ebd. S. 83
1002: ebd. S. 329
1003: ebd. S. 31
1004: ebd. S. 93
1005: ebd. S. 156
1006: Grimm 1818 Nr. 522
1007: Brüstle S. 57
1008: ebd. S. 137
1009: ebd. S. 122
1010: ebd. S. 47
1011: ebd. S. 221
1012: ebd. S. 26
1013: ebd. S. 64
1014: ebd. S. 169
1015: ebd. S. 310
1016: ebd. S. 229
1017: ebd. S. 197
1018: ebd. S. 313
1019: ebd. S. 245
1020: Grimm 1818 Nr. 521
1021: Brüstle S. 307
1022: ebd. S. 327
1023: ebd. S. 240
1024: ebd. S. 315
1025: ebd. S. 230
1026: ebd. S. 80
1027: ebd. S. 205
1028: ebd. S. 189
1029: ebd. S. 257
1030: ebd. S. 307
1031: ebd. S. 297
1032: ebd. S. 202
1033: ebd. S. 63
1034: ebd. S. 197
1035: ebd. S. 53
1036: ebd. S. 332
1037: ebd. S. 36
1038: ebd. S. 331
1039: ebd. S. 136
1040: ebd. S. 134
1041: ebd. S. 56
1042: ebd. S. 19
1043: ebd. S. 121
1044: ebd. S. 58
1045: ebd. S. 23
1046: ebd. S. 50
1047: ebd. S. 232
1048: ebd. S. 30
1049: ebd. S. 63
1050: ebd. S. 47
1051: Schmidt-Ebhausen S. 40
1052: Brüstle S. 251
1053: ebd. S. 230
1054: ebd. S. 338
1055: ebd. S. 33
1056: ebd. S. 242
1057: ebd. S. 212
1058: ebd. S. 151
1059: ebd. S. 60
1060: ebd. S. 258
1061: ebd. S. 261
1062: ebd. S. 172
1063: ebd. S. 71
1064: ebd. S. 165
1065: ebd. S. 65
1066: ebd. S. 194
1067: ebd. S. 73
1068: ebd. S. 285
1069: ebd. S. 201
1070: ebd. S. 192
1071: ebd. S. 76
1072: ebd. S. 78
1073: Grimm 1816 Nr. 114
1074: Calliano S. 50
1075: Pöttinger S. 79
1076: Grimm 1816 Nr. 482
1077: Pöttinger Nr. 16
1078: Mailly S. 78
1079: Gugitz S. 150
1080: Mailly S. 27
1081: Gugitz S. 26

1082: Hofmann S. 3
1083: Vernaleken S. 166
1084: Peuckert, Monathl. Unterr. 1961 S. 159
1085: ebd. Nr. 103
1086: Grimm, F. 1979 S. 173
1087: Grimm 1816 Nr. 351
1088: Grimm 1818 Nr. 500
1089: Grimm 1816 Nr. 27
1090: ebd. Nr. 162
1091: ebd. Nr. 50
1092: ebd. Nr. 161
1093: ebd. Nr. 39
1094: ebd. Nr. 137
1095: Freisauff I, S. 22
1096: Huber S. 108
1097: Grimm 1816 Nr. 24
1098: E. W. Happel: Relationes Curiosae. Hamburg 1684, S. 166
1099: Freisauff I, S. 366
1100: ebd. II, S. 640
1101: Heilfurth S. 415
1102: ebd. S. 403
1103: Mailly S. 25
1104: Tandler S. 74
1105: A. Seracsin, Sagen aus dem Leithagebirge. In: Unsere Heimat 9 (1936), S. 252
1106: Knobloch S. 13
1107: A. Strobe: Sagen aus dem Rosaliengebirge. St. Pölten 1949, S. 183
1108: W. Erwenweig: Schloß Bernstein. Bernstein 1927, S. 48
1109: Schattauer S. 173
1110: Petzoldt, Hist. Sag. 1976, S. 173
1111: Grimm 1816 Nr. 139
1112: ebd. N r. 233
1113: ebd. Nr. 355
1114: Alpenburg 1857, S. 38
1115: Dörler S. 149
1116: Grimm 1816 Nr. 281
1117: Heilfurth S. 463
1118: Alpenburg 1857, S. 159
1119: Scheglmann S. 37
1120: Zingerle Nr. 218
1121: Alpenburg, Alpensag. 1861 Nr. 83
1122: Grimm 1816 Nr. 15
1123: ebd. Nr. 140
1124: Heilfurth S. 471
1125: ebd. S. 416
1126: Grimm 1818 Nr. 1126
1127: Heilfurth S. 222
1128: ebd. S. 504
1129: Grimm 1816 Nr. 339
1130: Petzoldt, DV S. 67
1131: Grimm 1816 Nr. 13
1132: Grimm F. 1979, S. 126
1133: Grimm 1816 Nr. 287
1134: Grimm 1818 Nr. 512
1135: Petzoldt, DV S. 6
1136: ebd. S. 25
1137: ebd. S. 206
1138: ebd. S. 65
1139: ebd. S. 72
1140: ebd. S. 79
1141: ebd. S. 48
1142: ebd. S. 84
1143: ebd. S. 98
1144: ebd. S. 101
1145: ebd. S. 102
1146: Heilfurth S. 474
1147: Grimm 1816 Nr. 336
1148: ebd. Nr. 217
1149: Grimm 1818 Nr. 453
1150: ebd. Nr. 513
1151: Grimm 1816 Nr. 216
1152: Grimm 1818 Nr. 506
1153: Petzoldt, DV S. 230
1154: Grimm 1816 Nr. 219
1155: ebd. Nr. 298
1156: ebd. Nr. 45
1157: ebd. Nr. 82
1158: ebd. Nr. 206
1159: ebd. Nr. 14
1160: Petzoldt, DV S. 198
1161: ebd. S. 309
1162: Heilfurth S. 943
1163: ebd. S. 732
1164: Petzoldt, DV S. 304
1165: ebd. S. 41
1166: ebd. S. 64
1167: ebd. S. 87
1168: ebd. S. 89
1169: ebd. S. 97
1170: ebd. S. 98
1171: ebd. S. 149
1172: ebd. S. 90
1173: ebd. S. 288
1174: ebd. S. 295
1175: ebd. S. 304
1176: ebd. S. 122
1177: ebd. S. 332
1178: Grimm 1816 Nr. 347
1179: Petzoldt, DV S. 174
1180: ebd. S. 230
1181: ebd. S. 317

Ortsregister

Die nachfolgenden Zahlen bezeichnen die Numerierung der Sagen im vorliegenden Band